EN LETTRES **D'ANCRE**

HANYA YANAGIHARA

VERS LE PARADIS

roman

Traduit de l'anglais (États-Unis)
par Marc Amfreville

BERNARD GRASSET
PARIS

L'édition originale de ce texte a été publiée en 2022
par Doubleday, sous le titre :

TO PARADISE

Jaquette : *Iokepa*, peinture de Hubert Vos © Alamy Stock Photo.

ISBN 978-2-246-82933-1

À Daniel Roseberry, qui m'a aidée à tenir

et

À Jared Hohlt, éternellement

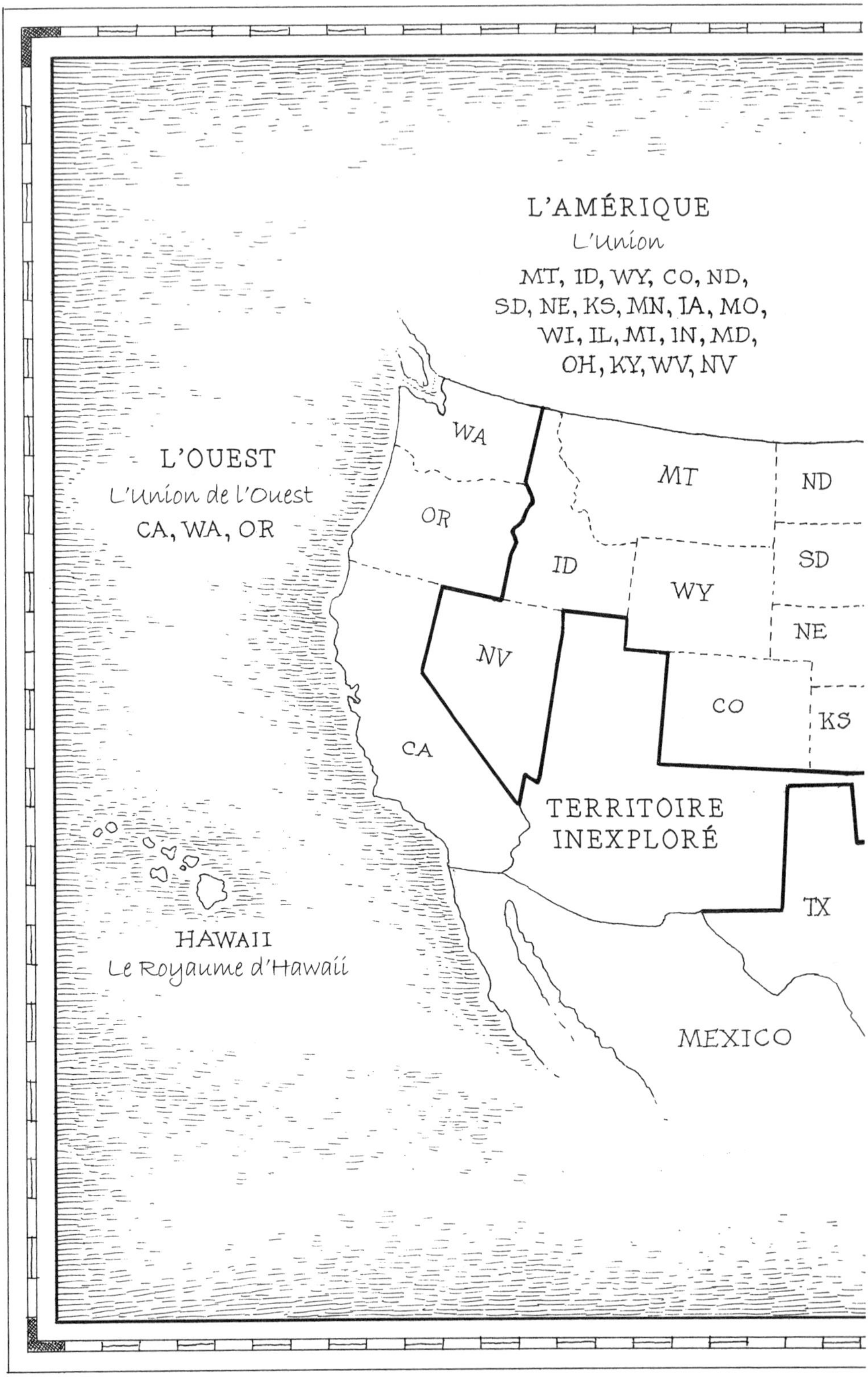
L'AMÉRIQUE
L'Union
MT, ID, WY, CO, ND, SD, NE, KS, MN, IA, MO, WI, IL, MI, IN, MD, OH, KY, WV, NV
L'OUEST
L'Union de l'Ouest
CA, WA, OR
WA
OR
MT
ND
SD
ID
WY
NE
NV
CO
KS
CA
TERRITOIRE INEXPLORÉ
TX
HAWAII
Le Royaume d'Hawaii
MEXICO

LIVRE I
1893

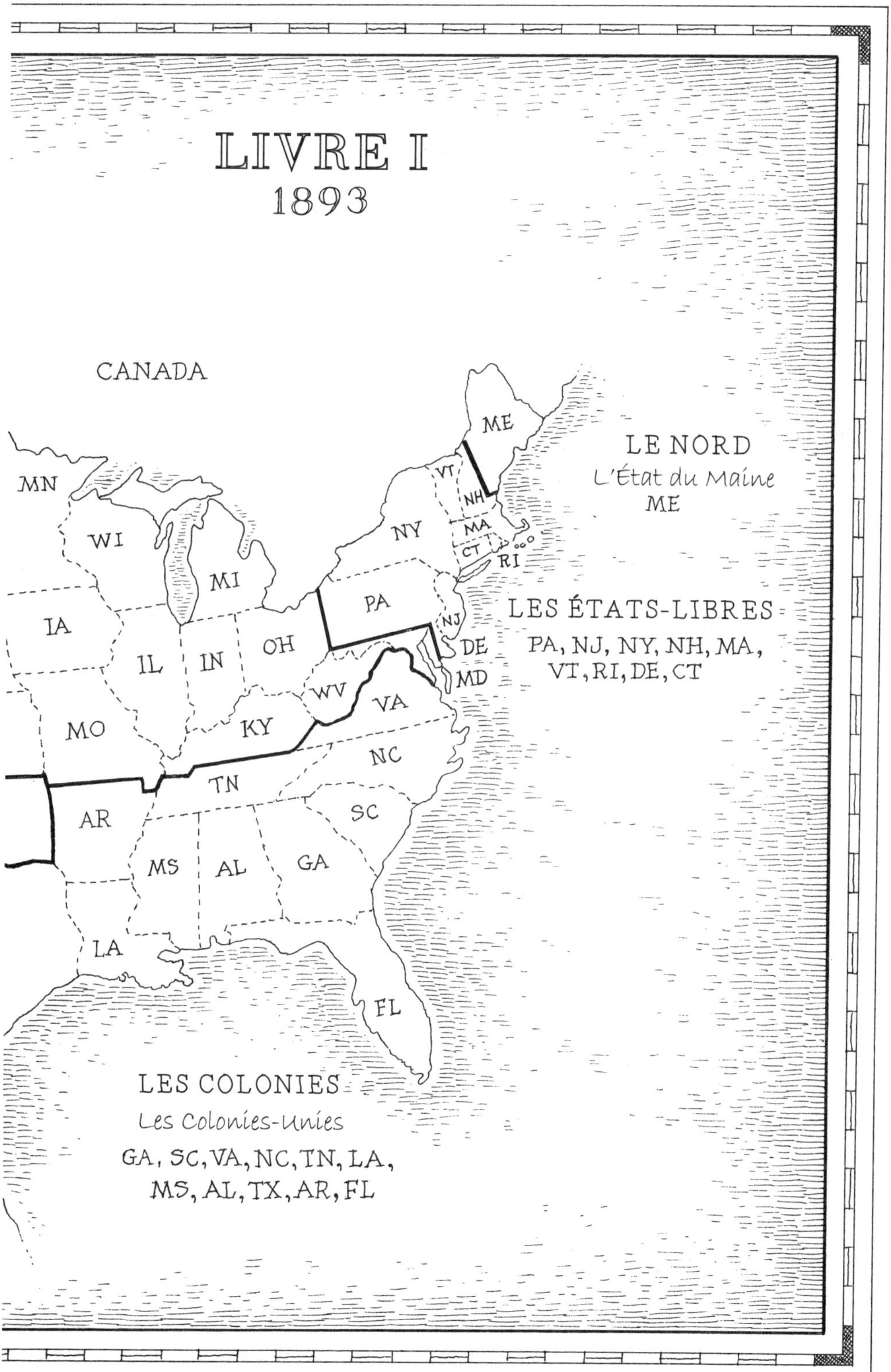
CANADA
LE NORD
L'État du Maine
ME
LES ÉTATS-LIBRES
PA, NJ, NY, NH, MA,
VT, RI, DE, CT
LES COLONIES
Les Colonies-Unies
GA, SC, VA, NC, TN, LA,
MS, AL, TX, AR, FL
MN
WI
MI
IA
IL
IN
OH
MO
KY
WV
VA
NC
TN
AR
SC
MS
AL
GA
LA
FL
NY
PA
NJ
DE
MD
VT
NH
MA
CT
RI
ME

LIVRE II
1993

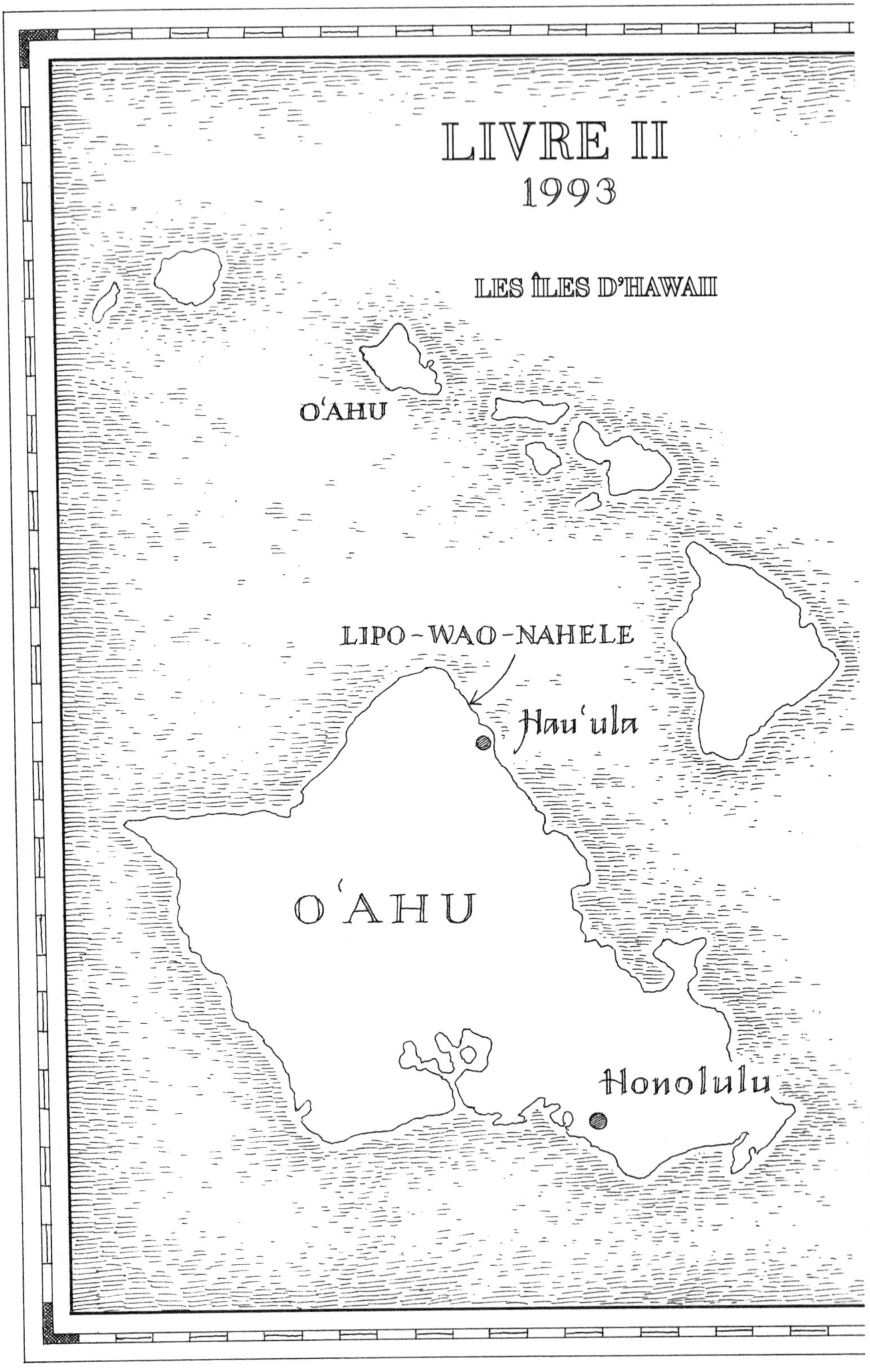

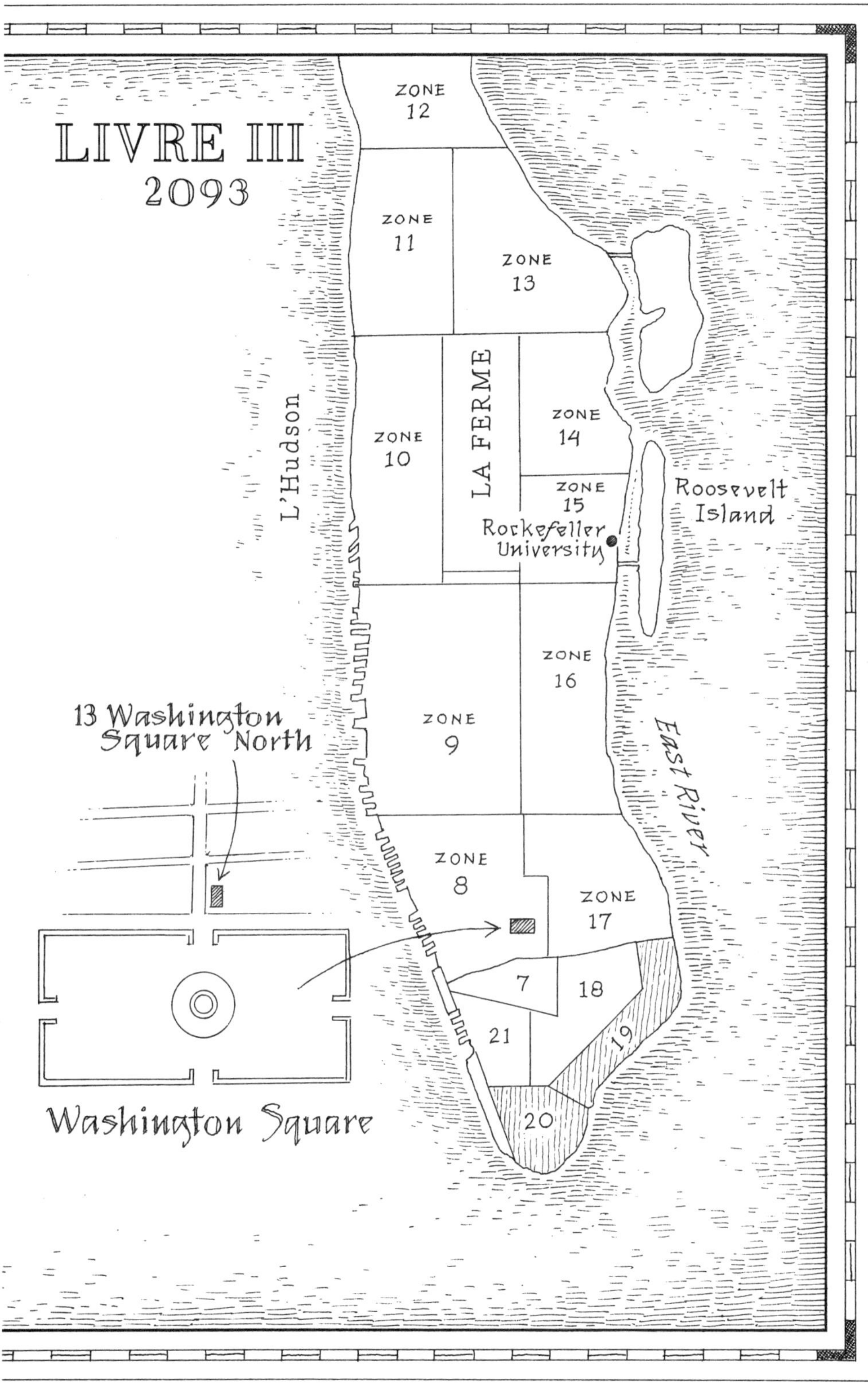

LIVRE III
2093
ZONE 12
ZONE 11
ZONE 13
LA FERME
ZONE 10
ZONE 14
ZONE 15
Roosevelt Island
Rockefeller University
L'Hudson
ZONE 16
ZONE 9
13 Washington Square North
East River
ZONE 8
ZONE 17
7
18
21
19
20
Washington Square

SOMMAIRE

LIVRE I : WASHINGTON SQUARE.............................. 15

LIVRE II : LIPO-WAO-NAHELE.................................... 215

LIVRE III : ZONE HUIT.. 421

LIVRE I

Washington Square

I.

Il avait pris l'habitude, avant le dîner, de faire une promenade au parc : dix longueurs, certains soirs aussi lentement qu'il lui plaisait, d'autres, d'un pas plus vif, puis de remonter jusqu'à sa chambre pour se laver les mains et réajuster sa cravate avant de redescendre vers la salle à manger. Ce jour-là cependant, alors qu'il s'apprêtait à sortir, la petite bonne dit en lui tendant ses gants : « Mister Bingham me demande de vous rappeler que votre frère et votre sœur viennent souper ce soir. » Et il répondit : « Oui, merci de me le remettre en tête, Jane », comme s'il avait effectivement oublié, et après une petite révérence, elle referma la porte derrière lui.

Il allait devoir marcher plus vite qu'il ne l'eût fait s'il avait pu disposer de son temps à sa guise, mais il sentit un élan de résistance et il adopta une allure plus lente, attentif au cliquetis des talons de ses bottines sur le pavé qui résonnaient avec résolution dans l'air froid. Le jour allait tomber, et le ciel avait pris ces teintes d'encre violette qu'il ne voyait jamais sans repenser, douloureusement, à l'époque où on l'avait éloigné dans un pensionnat et où il regardait les ombres draper de noir le paysage et la silhouette des arbres se fondre sous ses yeux dans le crépuscule.

L'hiver ne tarderait plus, et il était trop légèrement vêtu ; il poursuivit néanmoins son parcours, croisant les bras sur sa poitrine et remontant les revers de son habit. Même quand les cloches sonnèrent 5 heures, il baissa la tête et continua de marcher, et ce ne fut pas avant d'avoir terminé son cinquième tour du parc qu'il se décida, à regret, à obliquer vers le nord en empruntant un chemin qui le ramena vers la maison et son élégant perron de pierre ; la porte s'ouvrit avant qu'il n'eût atteint le haut des marches, le majordome tendant déjà la main pour prendre son chapeau.

« Au salon, Mister David.

— Merci, Adams. »

Devant les portes du salon, il s'arrêta, se passant plusieurs fois les mains dans les cheveux – un tic nerveux, de même nature que sa façon de fréquemment lisser son toupet quand il lisait ou dessinait, celle de glisser légèrement l'index sous son nez lorsqu'il réfléchissait ou attendait son tour lors d'une partie d'échecs, ainsi que toutes sortes d'habitudes comparables auxquelles il se livrait – avant de soupirer à nouveau et d'ouvrir simultanément les deux battants, en un geste témoignant d'une confiance et d'une détermination dont il se sentait bien sûr dépourvu. L'assemblée entière remarqua son entrée, mais de manière passive, sans joie ni déplaisir de le voir. Il était comme une chaise, une pendule, une étoffe tendue sur le dos du divan, un objet que le regard avait enregistré tant de fois qu'il se posait sur lui sans s'arrêter, sa présence si familière qu'elle avait été conçue et ajoutée au décor de la scène avant le lever de rideau.

« En retard, comme toujours », lança John, avant même qu'il ait pu présenter des excuses, mais la voix de son frère était douce et il ne semblait pas d'humeur à faire des reproches, même si, avec lui, rien n'était jamais sûr.

— John », dit-il, sans relever son commentaire et lui serrant la main ainsi que celle de son mari, Peter. « Eden », continua-t-il en embrassant d'abord sa sœur, puis son épouse, Eliza, chacune sur la joue droite. « Où est Grand-Père ?

— À la cave.

— Ah… »

Ils demeurèrent tous un moment silencieux, et l'espace d'une seconde, David ressentit la gêne familière qui l'envahissait souvent à l'idée que tous trois, les frères et sœur Bingham, ne trouvent rien à se dire – ou plutôt qu'ils ne sachent pas comment se parler entre eux – en l'absence de leur grand-père, comme si la seule chose qui conférât réalité aux yeux des uns et des autres n'était ni les liens du sang ni leur histoire commune, mais lui.

« Une journée bien remplie ? », s'enquit John en se tournant quelques secondes vers son frère, mais il était penché sur sa pipe et David ne put déterminer dans quel esprit il l'avait interrogé. Dans le doute, il pouvait le plus souvent interpréter le sens d'une question en scrutant le visage de Peter – son beau-frère parlait moins mais était plus expressif, et David les voyait souvent comme une seule unité de communication, Peter éclairant d'un regard ou d'un mouvement du menton ce que disait John, ou John verbalisant les froncements de sourcils, les moues et les sourires fugitifs qui traversaient le visage de Peter, mais cette fois, rien ne s'y lisait, il demeurait aussi neutre que la voix de John et donc ne lui était d'aucun secours ; il se vit contraint de répondre en supposant que la question n'avait aucune malice, ce qui était peut-être le cas.

— Pas tant que cela », répondit-il, et la sincérité de cette réplique – son évidence, son caractère indiscutable – prêtait si peu le flanc à la discussion dans sa sobriété même qu'il sembla que le silence s'était à nouveau abattu sur la pièce, peut-être même John avait-il honte d'avoir posé pareille question. Si bien que David se mit à tenter de faire ce qu'il faisait parfois – ce qui aggravait les choses – : se justifier, essayer d'exprimer ce à quoi ressemblaient ses journées et leur donner forme. « J'ai lu et… » Mais son humiliation s'arrêta là, parce que son grand-père entrait dans la pièce, brandissant une bouteille de vin sombre, couverte d'une pellicule de duvet gris souris, et exultant – il l'avait trouvée ! – avant même de les avoir rejoints. Il annonça à Adams son intention de faire simple, il suffisait de la mettre à décanter tout de suite et ils la boiraient au dîner. « Ah, ah, voyez un peu quel temps il m'a fallu pour dénicher cette maudite bouteille, un plaisir de plus pour notre soirée ! », s'exclama-t-il en souriant à David avant de se tourner vers les autres, de sorte que son sourire s'adressât à eux tous, une invitation à le suivre vers la salle à manger, à laquelle ils répondirent aussitôt, s'apprêtant à partager comme chaque mois le repas du dimanche, chacun des six prenant sa place habituelle autour de la table en chêne rutilante – Grand-Père en tête de table, David à sa droite et Eliza à la sienne, John à gauche de Grand-Père et Peter à la sienne, Eden à l'autre bout – et à se lancer dans leur conversation ordinaire, à voix basse et sans intérêt : la banque, les études d'Eden, les enfants, les familles respectives de Peter et d'Eliza. Au-dehors le monde était à feu et à sang – les Allemands s'avançaient toujours plus loin en Afrique, les Français continuaient à se tailler la part du lion en Indochine, et plus proches d'eux, les Colonies étaient en proie à la terreur : on tuait, pendait, maltraitait, immolait – des événements trop terribles pour être regardés en face, et pourtant à leur porte – mais rien de tout cela – moins que tout autre les sujets qui les concernaient – n'avait droit de percer le nuage des dîners du Grand-Père, où tout n'était que douceur et où chaque difficulté était aplanie ; même la sole avait été cuite à la vapeur de façon si experte qu'on pouvait la servir sans effort à l'aide de la cuiller qu'on vous tendait, les arêtes cédant à la moindre sollicitation du couvert en argent. Mais il était tout de même difficile, et toujours davantage, de ne pas laisser le monde extérieur faire intrusion, et au moment du dessert – un sabayon au vin de gingembre fouetté jusqu'à devenir aussi aérien que de la mousse de lait –, David se demanda si les autres songeaient, comme lui, à cette précieuse racine de gingembre, trouvée et déterrée dans les Colonies avant d'être rapportée ici dans les États-Libres et achetée à grand prix par Cook. Qui avait-on forcé à creuser et à récolter les racines ? À quelles mains avaient-elles été arrachées ?

Après le dîner, ils se réunirent au salon et Matthew servit le café ou le thé, et Grand-Père venait de remuer sur son siège, imperceptiblement, quand Eliza bondit soudain sur ses pieds et s'écria : « Peter, j'ai depuis longtemps l'intention de te montrer dans ce livre l'image de cet oiseau de mer extraordinaire et je me suis promis de ne pas laisser à nouveau passer l'occasion ce soir. Grand-Père Bingham, vous permettez ? » ; Grand-Père hocha la tête et répondit : « Bien sûr, mon enfant », et Peter se leva à son tour, et ils quittèrent la pièce, bras dessus bras dessous, sous le regard d'Eden qui paraissait fière d'avoir une femme si bien accordée à son entourage, capable de deviner que les Bingham allaient vouloir se retrouver entre eux et de se retirer avec grâce hors de leur présence. Eliza était rousse, ses bras et ses jambes étaient un peu lourds, et quand elle traversa le salon, les petites pampilles de verre suspendues aux lampes de la table tremblèrent et tintèrent, mais en matière de civilité, elle savait se montrer légère et vive, et tous avaient l'occasion de se féliciter de son intelligence des situations.

Ils s'apprêtaient donc à s'engager dans la conversation que Grand-Père lui avait annoncée en janvier, au tout début de l'année. Pourtant, chaque mois, ils avaient attendu, et chaque mois, après chaque dîner de famille – et après le Jour de l'Indépendance, puis Pâques, ensuite le Premier Lundi de Mai, et enfin le jour de l'anniversaire de Grand-Père, ainsi que lors de toutes les occasions spéciales qui les avaient rassemblés –, la conversation ne s'était pas produite, et toujours pas, et toujours pas, et voici qu'aujourd'hui, ce deuxième dimanche d'octobre, elle allait avoir lieu au bout du compte. Les autres en avaient, eux aussi, aussitôt deviné le sujet, et il y eut un sursaut général, chacun s'intéressa brusquement à son assiette, à sa soucoupe et ses biscuits déjà grignotés et sa tasse à moitié vide, les jambes se décroisèrent et les dos se redressèrent, sauf Grand-Père qui à la place s'enfonça dans son siège dont les ressorts couinèrent sous son poids.

« J'ai jugé important de vous élever tous les trois dans l'honnêteté, commença-t-il après un de ses silences coutumiers. Je sais que d'autres grands-pères n'auraient pas cette discussion avec leurs petits-enfants, soit par souci de discrétion, soit parce qu'ils ne seraient pas prêts à affronter les querelles et les déceptions qui risquent d'en résulter – pourquoi s'y contraindre, alors que pareils différends peuvent avoir lieu quand on n'est plus là pour y assister et qu'on n'a plus besoin d'y prendre part ? Mais je ne suis pas pour vous trois ce genre de grand-père, je ne l'ai jamais été, et j'estime donc qu'il vaut mieux vous parler franchement. Comprenez bien que – et là, il marqua une pause pour les fixer tour à tour d'un regard appuyé – cela ne signifie pas que je ne m'attende à essuyer un revers : vous confier ce que j'ai en tête ne veut pas dire que les choses ne soient pas claires dans mon esprit ; c'est la fin de la discussion et non pas son début. Je vous préviens, il n'y aura ni malentendus, ni spéculations : vous tiendrez les informations de ma bouche, les entendrez avec vos propres oreilles, au contraire de les apprendre par la lecture d'un document dans l'étude de Frances Holson, à laquelle vous assisteriez tout de noir vêtus.

Vous ne serez pas surpris d'entendre que j'entends diviser mes biens avec équité entre vous trois. Vous avez hérité d'objets et d'avoirs qui vous viennent de vos parents, bien entendu, mais je vous ai attribué à chacun certains de mes trésors personnels, des choses dont je pense que vous ou vos enfants pourront profiter à titre individuel. Vous découvrirez précisément de quoi je parle après ma disparition. Des sommes d'argent ont été prévues pour les enfants que vous aurez peut-être. Pour ceux que vous avez déjà, j'ai créé des fidéicommis : Eden, il en existe un pour chacun Wolf et Rosemary, John, il y en a également un pour Timothy. Et toi, David, sache qu'un montant équivalent a été réservé à tes héritiers potentiels.

La Bingham Brothers reste aux mains de son conseil d'administration, et les parts seront divisées entre vous trois. Vous conserverez chacun un siège à ce conseil. Si vous deviez décider de vendre vos parts, les pénalités seraient importantes, et vous devriez alors donner l'opportunité à vos frères et sœur de les racheter en priorité, à un prix avantageux, et la vente devrait recevoir l'approbation des autres membres du conseil. J'ai déjà discuté de ces points individuellement avec chacun de vous. Rien de tout cela ne devrait vous surprendre. »

Il changea à nouveau de position sur son siège, et les frères et la sœur firent de même, parce qu'ils savaient que ce qui allait être annoncé constituait la véritable énigme, et ils n'ignoraient pas, n'ignoraient en rien que leur grand-père savait lui aussi que quoi qu'il eût décidé allait provoquer le mécontentement de deux d'entre eux – la seule question étant de savoir lesquels.

« Eden, annonça-t-il, tu recevras Frog's Pond Way et l'appartement de la 5e Avenue. John, je te laisse le domaine de Larkspur et la maison de Newport. »

Et à ce moment, l'air sembla se raréfier et se mettre à trembler parce qu'ils comprirent tous les trois ce que cela signifiait : David allait hériter de la maison de Washington Square.

« À David, prononça lentement Grand-Père, je lègue Washington Square et la villa de l'Hudson. »

Il eut soudain l'air fatigué ; il se rencogna plus loin encore dans son fauteuil, manifestement accablé par un vrai épuisement qui n'avait rien de théâtral, et le silence s'installa. « Et voilà tout. Telle est ma décision. Je veux que vous signifiiez votre accord à haute voix, maintenant.

— Oui, Grand-Père », murmurèrent-ils tous les trois. David retrouva ses esprits le premier et ajouta : « Merci, Grand-Père », et Peter et Eden, s'arrachant à leur transe, firent de même.

« Je vous en prie, dit Grand-Père. Mais espérons tout de même qu'il se passera plusieurs années avant qu'Eden ne fasse abattre ma chère bicoque de Frog's Pond. » Il lui sourit et elle réussit à lui rendre son sourire.

Après cela, et sans qu'ils se fussent concertés, la soirée prit abruptement fin. John sonna pour que Matthew fasse revenir Peter et Eliza et avancer leurs fiacres. Puis on échangea poignées de main et baisers, et le moment des adieux, alors que tous marchaient vers la porte où son frère, sa sœur et leurs conjoints s'emmitouflaient dans leurs manteaux, châles et écharpes, ce qui normalement était l'occasion d'un échange prolongé d'exclamations inattendues, de commentaires de dernière minute sur le repas, et d'informations oubliées et éparses sur leurs vies respectives, fut cette fois bref et silencieux. Peter et Eliza avaient déjà adopté le masque attentif, indulgent et compréhensif que tous ceux qui entrent dans l'orbite familial des Bingham apprennent très tôt à porter. Et bientôt, ils disparurent tous, après une dernière ronde d'embrassades et d'adieux qui incluaient David, même si la chaleur et le cœur manquaient manifestement.

À la suite de ces dîners du dimanche soir, David et son grand-père avaient coutume de boire un dernier verre de porto ou une tasse de thé dans le boudoir du maître de maison, et de discuter de la façon dont s'était déroulée la soirée – une série de petites observations, presque au bord du commérage, Grand-Père toujours un peu plus acerbe, comme c'était son droit et bien dans sa manière : Peter n'avait-il pas paru un peu blafard à David ? Le professeur d'anatomie d'Eden ne lui paraissait-il pas insupportable ? Mais ce soir-là, une fois la porte refermée, quand ils s'étaient retrouvés seuls dans la grande maison, Grand-Père avait annoncé qu'il était fatigué, que la journée avait été longue et qu'il allait se coucher.

« Bien sûr », avait-il répondu, même si personne ne lui avait demandé son autorisation, mais lui aussi souhaitait être seul pour réfléchir à ce qui s'était dit, et il embrassa son grand-père sur la joue, puis resta quelques instants sous les dorures éclairées par les candélabres de ce qui serait un jour son vestibule, avant de se retirer lui aussi à l'étage, non sans avoir demandé à Matthew de lui porter dans sa chambre une autre part de sabayon.

II.

Il n'avait pas cru qu'il parviendrait à dormir, et de fait, pendant ce qui lui parut durer plusieurs heures, il demeura éveillé, conscient d'être en train de rêver et pourtant de rester lucide, de sentir sous lui le coton amidonné de ses draps en se rendant compte qu'étant donné la façon dont il était allongé dans son lit, la jambe gauche repliée en triangle, il se lèverait sans doute le lendemain le corps engourdi et douloureux. Néanmoins, il lui apparut que finalement il avait dû dormir car, quand il rouvrit les yeux, de fines bandes de lumière blanche filtraient là où les rideaux n'étaient pas parfaitement joints, les sabots des chevaux résonnaient sur le pavé, et devant sa porte, les domestiques s'affairaient avec leurs seaux et leurs balais.

Le lundi était toujours pour lui un jour morose. À son réveil, les peurs de la nuit précédente le hantaient encore, et d'ordinaire, il s'efforçait de se lever tôt, même avant Grand-Père, ne serait-ce que pour se donner l'impression que lui aussi participait au flot des activités qui animait la vie de la plupart des autres, que lui aussi, comme John, Peter ou Eden, avait des devoirs à accomplir, ou comme Eliza, des endroits où se rendre, au lieu d'avoir devant lui une journée aux contours aussi imprécis que toutes les autres et qu'il devait tenter de remplir sans l'aide de personne. Il n'était d'ailleurs pas exact que rien ne l'attendît. Il était le responsable titulaire de la fondation de bienfaisance de l'entreprise, et il lui appartenait d'approuver l'aide accordée aux différents individus et causes diverses, qui, considérés collectivement, constituaient une sorte d'histoire familiale – les combattants de la résistance qui menaient la lutte dans le Sud, les œuvres de bienfaisance qui se chargeaient de loger et de réunir les fugitifs, le groupe qui s'occupait de promouvoir l'éducation des Négros, les associations qui s'intéressaient aux enfants abandonnés ou maltraités, celles venant en aide aux masses d'immigrants aux abois qui débarquaient chaque jour sur leurs rivages, tous ces gens qu'un membre de la famille ou un autre avait rencontrés et dont le sort l'avait ému au cours de sa vie et qu'il aidait d'une façon ou d'une autre –, et pourtant ses responsabilités n'allaient pas au-delà de la vérification des chèques et du pointage mensuel des chiffres et des dépenses déjà soumis à l'examen des comptables et des avocats de l'entreprise par sa secrétaire, une jeune femme efficace nommée Alma, qui dans les faits gérait elle-même la fondation. Il n'avait en réalité à offrir que son nom, Bingham. Parce qu'il avait joui d'une bonne éducation et qu'il était encore jeune, il proposait aussi ses services comme volontaire dans différentes bonnes œuvres : il préparait des paquets de gaze, de pansements, et de baumes à base de plantes pour ceux qui combattaient dans les Colonies ; il tricotait des chaussettes pour les pauvres ; il donnait un cours une fois par semaine à l'école pour les enfants trouvés que sa famille subventionnait. Mais tous ces efforts et activités n'occupaient jamais plus que l'équivalent d'une semaine de travail par mois, si bien que, le reste du temps, il était seul et désœuvré. Il avait parfois l'impression que sa vie était là seulement afin qu'il l'épuise, pour qu'à la fin de chaque jour il puisse se coucher en soupirant avec la conscience qu'il avait traversé une nouvelle fraction de son existence et avancé d'un centimètre de plus en direction de sa conclusion.

Ce matin cependant, il se réjouissait de s'être réveillé tard, parce qu'il ne savait pas encore exactement comment comprendre les événements de la veille au soir, et se félicitait d'avoir sans doute les idées plus claires pour y réfléchir. Il sonna pour demander des œufs, des toasts et du thé, il prit son petit déjeuner au lit en lisant le journal du matin – nouvelle purge dans les Colonies, sans qu'aucun détail précis soit fourni ; un essai verbeux rédigé par un philanthrope excentrique connu pour ses opinions parfois extrêmes qui avançait une fois de plus l'argument selon lequel il fallait donner les droits de citoyenneté aux Négros qui avaient vécu dans les États-Libres avant leur fondation ; un long article, le neuvième au cours des neuf derniers mois, célébrant le dixième anniversaire de la construction du Brooklyn Bridge qui avait ranimé les échanges commerciaux de la ville, dans cette édition accompagnée de grandes illustrations détaillées de ces gigantesques mâts dominant la rivière –, puis il se lava, s'habilla et quitta la maison, criant à Adams qu'il déjeunerait au club.

C'était un jour froid et ensoleillé, et irrigué au fur et à mesure que la matinée avançait par une joyeuse et débordante énergie. Il était suffisamment tôt pour que tout le monde soit encore affairé et optimiste – porté par l'espoir que ce jour-là la vie opère une sorte de virage heureux et longtemps attendu, que tombe peut-être une vraie bonne nouvelle, que les conflits dans le Sud prennent fin, ou même seulement qu'il y aura deux tranches de lard au lieu d'une au repas de ce soir – et dans le même temps il n'était pas assez tard pour que cet espoir ne risque pas une fois de plus d'être déçu. Quand il se promenait, il n'avait en général aucune destination précise en tête, laissant ses pieds choisir sa direction, et là, il tourna à droite pour s'engager dans la 5e Avenue, adressant au passage un signe de tête au cocher qui attachait un cheval alezan dans la ruelle bordant les écuries.

La maison : maintenant qu'il se trouvait hors de ses murs, il espérait pouvoir la considérer avec un peu plus d'objectivité, mais que représentait-elle au fond ? Il n'y avait pas passé la première partie de son enfance, son frère et sa sœur non plus, cet honneur était revenu à une vaste demeure glaciale loin au nord de la ville, à l'ouest de Park Avenue – mais c'était là que lui, Eden et John, et avant eux leurs parents, s'étaient retrouvés pour célébrer toutes les fêtes de famille importantes et, une fois leur père et leur mère morts, emportés par la maladie, c'était dans cette maison que les trois petits avaient emménagé. Ils avaient dû abandonner dans celle de leur enfance tous les objets en tissu ou en papier qu'ils possédaient, tout ce qui aurait pu contenir une puce, tout ce qui pouvait être brûlé ; il se rappelait avoir pleuré sur une poupée bourrée de crin de cheval qu'il avait adorée, et Grand-Père promettant qu'il pourrait en avoir une autre ; quand ils étaient entrés dans leurs chambres respectives à Washington Square, leurs vies passées avaient été recréées pour eux dans les moindres détails – leurs poupées, jouets, couvertures et livres, leurs tapis, chemises, manteaux et coussins. Au bas de l'enseigne de la Bingham Brothers on lisait la devise : *Servatur Promissum* – Promesse Tenue – et à cet instant, les trois orphelins purent mesurer qu'elle s'appliquait aussi à eux, que leur grand-père tiendrait toujours parole, et durant les quelque vingt années où ils avaient été à sa charge, d'abord enfants, puis adultes, que cette promesse n'avait jamais été trahie.

La maîtrise qu'avait eue leur grand-père de la nouvelle situation dans laquelle lui comme eux s'étaient retrouvés avait entraîné ce dont il devait plus tard se souvenir comme de la fin presque immédiate du chagrin. Bien sûr, c'était sans doute faux, pour lui, pour son frère ou sa sœur, et même pour son grand-père, soudain privé de son unique fils, mais David était si étonné par l'assurance de son grand-père, se dit-il maintenant, et par la stabilité de l'univers qu'il avait su créer pour eux, qu'il ne pouvait pas rêver aujourd'hui que ces années se fussent passées autrement. C'était comme si depuis leur naissance leur grand-père avait tout prévu pour le jour où il deviendrait leur tuteur et où ils s'installeraient dans une maison qu'il avait habitée seul, à son propre rythme, plutôt que de se laisser prendre par surprise. Plus tard, David devait s'imaginer que la maison, déjà spacieuse, avait généré de nouveaux appartements, que de nouvelles ailes et de nouveaux espaces étaient apparus par magie pour les accueillir, que la pièce qu'il en était venu à appeler sa chambre (comme il la considérait encore aujourd'hui) avait été façonnée par la nécessité plutôt que remodelée à partir du petit salon supplémentaire et peu utilisé qu'elle était autrefois. Au fil des ans, Grand-Père avait souvent répété que ses petits-enfants avaient donné un sens à cette demeure, que sans eux elle n'eût jamais rien été d'autre qu'un assemblage hétéroclite de pièces, et il s'enorgueillissait que tous trois, même David, en soient convaincus, qu'ils aient fini par croire au fond d'eux-mêmes qu'ils avaient fait la grâce à cette bâtisse – et donc à la vie de Grand-Père – d'un cadeau rare et précieux.

Il supposait que chacun d'eux regardait la maison comme sienne, mais il se plaisait à la considérer, toujours, comme sa propre tanière, un endroit où non seulement il vivait mais où il était compris. Aujourd'hui adulte, il lui arrivait de la voir comme elle apparaissait aux étrangers, ses pièces décorées de toute une collection bien organisée mais néanmoins excentrique de curiosités que son grand-père avait rapportées de ses voyages en Angleterre, dans le reste de l'Europe et même aux Colonies, où il avait séjourné un certain temps durant un bref intervalle de paix, mais pour l'essentiel, persistait l'impression qu'il en avait eue enfant, quand il pouvait passer des heures à aller d'un étage à l'autre, ouvrant tiroirs et placards, fouillant sous les lits et les sofas, arpentant les planchers frais et lisses de ses pieds nus. Il se rappelait distinctement un matin où, jeune garçon, il paressait tard dans son lit et où, en contemplant un rayon de soleil qui filtrait par la fenêtre, il avait compris qu'il était chez lui et en avait éprouvé un vrai sentiment de confort. Plus tard même, quand il s'était vu dans l'impossibilité de quitter la maison, sa chambre, où sa vie se réduisait à son lit, il avait continué à voir cette demeure comme un sanctuaire, ses murs maintenant à distance les horreurs du monde extérieur mais l'aidant surtout à ne pas se perdre lui-même. Et voilà qu'elle allait être à lui, et lui à elle : pour la première fois, il en ressentit la tyrannie, comprenant qu'il ne pourrait sans doute jamais s'en échapper car cette maison le possédait autant que lui la possédait.

Ses pensées l'occupèrent tout le temps qu'il lui fallut pour rejoindre la 22e Rue, et bien qu'il n'eût plus guère envie d'aller au club – un endroit qu'il fréquentait de moins en moins parce qu'il hésitait de plus en plus à voir ses anciens camarades de classe –, la faim le poussa à entrer. Il commanda du thé, du pain, des saucisses qu'il avala promptement, puis repartit en direction du nord, remontant jusqu'à Broadway et l'extrémité sud de Central Park avant d'obliquer vers chez lui. Quand il arriva à Washington

Square, il était plus de 5 heures, le ciel se drapait de nouveau de ses mélancoliques ombres bleues et il eut à peine le temps de se changer et de mettre de l'ordre dans sa tenue avant d'entendre, à l'étage au-dessous, son grand-père qui s'adressait à Adams.

Il ne s'attendait certes pas à ce que Grand-Père fît référence aux événements du dîner de la veille, en tout cas pas devant les domestiques, mais même quand ils se retrouvèrent seuls dans son boudoir devant un verre, Grand-Père continua à ne parler que de la banque, des tractations du jour, et d'un nouveau client de Rhode Island, armateur d'une importante flotte de bateaux. Matthew leur apporta le thé et un gâteau de Savoie nappé d'un épais glacis à la vanille. Cook, qui savait combien le jeune homme aimait le gingembre confit, l'en avait parsemé. Son grand-père eut tôt fait de faire disparaître sa tranche, mais David, lui, se sentait incapable de profiter de ces saveurs autant qu'il l'aurait pu, parce qu'il craignait trop ce que son aïeul aurait à dire de la conversation de la veille, et ce que lui-même pourrait laisser transparaître sans le vouloir, quelque chose de son ambivalence qui le ferait paraître ingrat. Au bout du compte toutefois, son grand-père tira sur sa pipe et sans le regarder déclara : « Il y a autre chose dont je désire m'entretenir avec toi, David, mais naturellement, c'était impossible dans toute l'agitation de ce dîner. »

C'était l'occasion pour lui d'exprimer ses remerciements, mais son grand-père agita la main pour les repousser en même temps que la fumée de sa pipe. « Inutile de montrer de la gratitude. Cette maison est à toi. Tu l'aimes après tout.

— Oui », commença-t-il, parce que c'était vrai, mais il pensait toujours aux étranges idées qui l'avaient traversé durant la journée, quand il se demandait, au long de toutes ces rues, pourquoi la perspective d'hériter de cette maison ne lui donnait aucun sentiment de sécurité mais provoquait plutôt une sorte de panique. « Mais…

— Mais quoi ? interrogea Grand-Père, qui le fixait maintenant de ce regard étrange qui n'appartenait qu'à lui, et David, mal à l'aise d'avoir paru hésitant, se hâta de répondre :

— Je suis seulement inquiet pour Eden et John, voilà tout. » Et le vieil homme balaya de nouveau l'air de sa main. « Tout ira très bien pour eux, rétorqua-t-il vivement. Ne te fais aucun souci pour eux.

— Grand-Père, dit-il à son tour en souriant, ne vous en faites pas non plus pour moi. » Le vieil homme ne répondit pas, et ils se sentirent tous deux gênés tant par ce mensonge que par son énormité, une telle contrevérité que même les bonnes manières n'exigeaient pas qu'ils la réfutent.

— J'ai reçu une demande en mariage pour toi, reprit son grand-père pour briser le silence. Une bonne famille, les Griffith de Nantucket. Ils ont commencé par fabriquer les bateaux des autres, bien sûr, mais aujourd'hui, ils possèdent leur propre flotte, ainsi qu'un commerce de fourrure, petit mais lucratif. Le gentleman s'appelle Christian, il est veuf. Sa sœur, veuve elle aussi, vit avec lui et ils élèvent ensemble leurs trois fils. Il passe la saison d'été sur l'île et l'hiver à Cape Cod.

Je ne connais pas cette famille moi-même, mais ils occupent une position plus que respectable, ils sont très impliqués dans les affaires publiques, et le frère de Mister Griffith, qui dirige l'entreprise avec lui et sa sœur, est à la tête de l'association locale des marchands et commerçants. Il y a aussi une autre sœur, qui vit dans le Nord. Mister Griffith est l'aîné, les parents sont encore en vie – ce sont les grands-parents maternels qui ont lancé l'entreprise. C'est Frances qui a reçu leur demande, par l'intermédiaire de leur avocat. »

David sentit qu'il lui fallait répondre quelque chose. « Quel âge a ce monsieur ? »

Grand-Père se racla la gorge. « Quarante et un ans, annonça-t-il non sans réticence.

— Quarante et un ans ! s'exclama-t-il avec davantage de véhémence qu'il ne l'aurait souhaité. Pardonnez-moi, mais quarante et un ans, c'est un vieil homme ! »

Grand-Père sourit à ces mots. « Pas tout à fait. En tout cas, pas à mes yeux. Et pas à ceux de la plupart du reste des gens. Mais certes, il n'est plus tout jeune. Il est plus vieux que toi, en tout cas. » Et devant l'absence de réponse de son petit-fils, il ajouta : « Mon enfant, tu sais que je n'ai aucune intention de te marier contre ta volonté. Mais c'est assurément un sujet dont nous avons discuté, une question qui ne t'est pas indifférente, sinon je n'aurais pas même considéré cette proposition. Veux-tu que je demande à Frances de décliner ? Ou bien accepterais-tu l'idée d'une rencontre ?

— J'ai l'impression d'être de plus en plus un fardeau pour vous, finit-il par murmurer.

— Non. En aucun cas un fardeau. Comme je te l'ai dit, aucun de mes petits-enfants n'a l'obligation de se marier s'il ne le souhaite pas. Mais je pense tout de même que tu devrais y réfléchir. Nous n'avons pas besoin de répondre tout de suite à Frances. »

Ils gardèrent le silence. Il est certain qu'il n'avait reçu aucune demande depuis plusieurs mois – un an, peut-être plus, ni même le moindre signe d'intérêt, mais il ne savait pas si cela était dû au fait qu'il avait décliné si rapidement et avec une grande indifférence les deux dernières propositions, ou si le bruit de ses confinements – que Grand-Père et lui s'étaient si diligemment appliqués à cacher – avait fini par circuler en société. Assurément, l'idée de se marier lui causait quelques craintes, mais n'y avait-il pas lieu de s'inquiéter que cette dernière demande émanât d'une famille dont ils ne savaient rien ? Certes, ils occupaient sans doute une position sociale et un rang convenables – Frances n'aurait jamais osé parler d'eux à Mister Bingham dans le cas contraire – mais cela signifiait que tous deux, Grand-Père et Frances, avaient résolu de considérer des demandes issues de familles extérieures au cercle des Bingham et auxquelles ils s'associaient d'ordinaire, les quelque cinquante dynasties qui avaient construit les États-Libres, parmi lesquelles non seulement lui, son frère et sa sœur, mais aussi ses parents et Grand-Père avant eux avaient tous passé leurs vies entières. C'était à cette petite communauté qu'appartenaient Peter, ainsi que Eliza, mais il apparaissait clairement que l'aîné des héritiers Bingham, dût-il se marier, se verrait contraint de trouver son conjoint hors de ce cercle doré et de se tourner vers un autre monde. Ils n'étaient pas dédaigneux, les Bingham, ils n'excluaient personne, rien à voir avec ces gens qui refusaient de s'associer à des marchands ou des négociants, à des individus qui avaient débuté leur vie dans ce pays dans une certaine classe sociale et qui, par leur intelligence et leur industrie, s'étaient élevés jusqu'à une autre. La famille de Peter entretenait ce type de préjugés, mais les Bingham non. Et pourtant, David ne pouvait pas ne pas sentir qu'il avait démérité, que l'héritage que ses ancêtres avaient assuré par un si dur labeur était à cause de lui dévalué.

Mais il pensait aussi, malgré ce qu'avait dit Grand-Père, qu'il valait mieux pour lui ne pas refuser immédiatement cette demande. Il était le seul à blâmer pour sa situation actuelle, et comme le soulignait l'entrée en scène des Griffith, il allait désormais avoir un choix plus restreint, malgré son nom et la fortune de son aïeul. Il répondit par conséquent à Grand-Père qu'il acceptait cette rencontre et le vieil homme – avec ce qui apparut, n'est-ce pas, comme une expression de soulagement à peine dissimulé – répondit qu'il allait aussitôt en informer Frances.

Ensuite, se sentant fatigué, il présenta ses excuses et se retira dans sa chambre. Même si elle ne ressemblait plus en rien à ce qu'elle était quand il en avait pris possession, il la connaissait si bien qu'il pouvait s'y diriger même dans le noir. Une seconde porte ouvrait sur ce qui avait été la salle de jeux des trois enfants et était désormais son bureau, et ce fut là qu'il se rendit avec en main l'enveloppe que son grand-père lui avait tendue avant qu'il ne prît congé pour la nuit. À l'intérieur se trouvait une petite gravure du prétendant, Charles Griffith, et il l'observa attentivement sous la lumière. Mister Griffith était blond, avait les sourcils clairs, le visage rond et doux, une moustache bien fournie mais sans excès. Même sur ce portrait qui ne montrait que le visage, le cou et le haut des épaules, David voyait qu'il devait être corpulent.

D'un seul coup, il fut saisi de panique, et se précipita pour ouvrir la fenêtre et respirer l'air pur et froid. Il se rendit compte qu'il était tard, plus tard qu'il ne l'avait cru, et dans la rue, rien ne bougeait. Fallait-il vraiment songer à quitter Washington Square, si peu de temps après avoir imaginé à regret qu'il ne le ferait sans doute jamais ? Il se retourna et balaya la pièce du regard, en tentant de se représenter tout ce qui l'entourait – ses rayonnages de livres, son chevalet, sa table de travail avec ses papiers, ses encriers, et le portrait encadré de ses parents ; sa chaise longue dont les coussins écarlates étaient désormais avachis et craquelés par le temps, et qu'il possédait depuis ses années d'étudiant ; son écharpe brodée à motifs cachemire de la plus moelleuse des laines offerte par Grand-Père deux Noëls plus tôt, commandée spécialement aux Indes ; tout ce qui visait à son confort, son plaisir ou les deux, déplacé vers une maison en bois à Nantucket et lui-même exilé parmi toutes ces reliques.

Impossible. Ces objets appartenaient à ces lieux, à cette demeure. C'était comme si la maison elle-même les avait façonnés, comme s'il s'agissait d'êtres vivants qui se flétriraient et mourraient si on devait les expatrier. Puis il se dit : le même sort ne le guettait-il pas ? Ne faisait-il pas lui aussi partie de ces choses que la maison avait sinon créées, du moins entretenues et nourries ? S'il quittait Washington Square, comment pourrait-il jamais savoir où était sa place dans le monde ? Comment quitter ces murs qui l'avaient entouré et regardé sans réprobation à toutes les étapes qu'il avait traversées ? Comment laisser derrière lui ces planchers, sur lesquels il avait entendu s'approcher son grand-père au milieu de la nuit pour lui porter lui-même un bouillon de viande et des médicaments durant les mois où il ne pouvait pas sortir de sa chambre ? Cela n'avait pas toujours été un lieu joyeux. Parfois même un lieu terrible. Mais comment un autre pourrait-il jamais lui donner l'impression qu'il y était aussi clairement chez lui ?

III.

Une fois par an, la semaine précédant Noël, les pensionnaires de l'Institution de bienfaisance et de l'École Hiram Bingham se voyaient offrir à déjeuner dans les salles de réunion de la Bingham Brothers. On servait du jambon, des confiseries, des pommes cuites et des entremets, et à la fin du repas, Nathaniel Bingham, leur bienfaiteur et président de la banque, venait en personne les saluer, accompagné de deux de ses employés, eux-mêmes anciens élèves de l'école, ce qui leur promettait un avenir encore trop lointain et abstrait (et le resterait d'ailleurs, pour la plupart d'entre eux) pour qu'ils puissent se le représenter. Mister Bingham prononçait un bref discours qui les encourageait à se montrer appliqués et obéissants, puis les enfants formaient deux rangs et chacun recevait, des mains de l'un des deux employés, un épais sucre d'orge plat à la menthe.

Les deux frères et la sœur assistaient à ce déjeuner, et le moment favori de David n'était pas celui où on lisait sur le visage des enfants leur réaction en découvrant la fête qu'on leur avait préparée, mais celle qui se peignait sur leurs traits quand ils entraient dans le grand hall de la banque. Il comprenait parfaitement leur émerveillement craintif, parce qu'il en faisait lui-même à chaque fois l'expérience : l'immense sol de marbre argenté, frotté jusqu'à ce qu'il étincelle ; les colonnes ioniennes sculptées dans la même pierre ; l'imposante rotonde du plafond, incrustée d'une mosaïque scintillante, les fresques qui couvraient trois murs entiers, peintes jusque si haut qu'on était presque contraint de s'agenouiller pour les découvrir complètement – la première représentait son arrière-arrière-arrière-grand-père, Ezra, le héros de la guerre, qui s'était distingué dans la lutte pour l'indépendance menée contre la Grande-Bretagne, la seconde son arrière-arrière-grand-père, Edmund, qui avait marché vers le nord, de la Virginie à New York, en compagnie de ses camarades utopistes pour dessiner les frontières de ce qu'on devait appeler les États-Libres, la troisième son arrière-grand-père, Hiram, que David n'avait jamais connu, qui avait fondé la banque Bingham Brothers et été élu maire de New York. À l'arrière-plan de tous les panneaux, dans des teintes brunes et grises, on pouvait voir des épisodes particuliers où se croisaient la vie de leur famille et l'histoire du pays : le Siège de Yorktown où avait combattu Ezra, sa femme et leurs jeunes fils chez eux à Charlottesville ; Edmund épousant son mari, Mark, et les premières guerres avec les Colonies, finalement remportées par les États-Libres mais non sans un terrible coût humain et financier ; Hiram et ses deux frères, David et John, jeunes hommes alors, ne soupçonnant pas que des trois, seul Hiram, le cadet, dépasserait l'âge de quarante ans, et que lui seul aurait un héritier – son fils, Nathaniel, le grand-père de David. Au bas de chaque panneau était scellée une plaque de marbre où un mot unique était sculpté – Civilité ; Humilité ; Humanité – qui, de pair avec l'inscription sur le blason de la banque, composait la devise de la famille Bingham. Le quatrième panneau, qui surplombait les majestueuses portes d'entrée ouvrant sur Wall Street, était une plaque vierge et lisse sur laquelle les exploits du grand-père de David seraient un jour exposés : comment il avait fait de la Bingham Brothers la plus riche institution bancaire non seulement des États-Libres mais de l'Amérique entière ; comment, avant d'avoir contribué à financer le combat de l'Amérique dans sa Guerre de Rébellion et assuré l'autonomie pécuniaire de son pays, il avait réussi à protéger l'existence des États-Libres contre toute tentative visant à les désunir et à mettre à mal les droits de leurs citoyens ; comment il avait donné de l'argent pour réinstaller les Négros affranchis qui arrivaient dans les États-Libres, les aidant à se rebâtir une vie dans le Nord ou dans l'Ouest, ainsi que les esclaves en fuite venus des Colonies. Certes, la Bingham Brothers n'était plus la seule institution – ni même la plus puissante des États-Libres, au dire de certains –, surtout depuis l'apparition récente de banques juives florissantes qui avaient commencé à s'installer à New York, mais tous s'accorderaient à dire qu'elle était toujours la plus influente, la plus prestigieuse, la plus renommée. Au contraire des nouveaux venus, se plaisait à répéter le grand-père de David, la Bingham ne confondait pas ambition et rapacité, intelligence et ruse – elle avait le sens de ses responsabilités envers les États autant qu'à l'égard des particuliers qu'elle servait. Les journalistes appelaient Nathaniel « Le Grand Mister Bingham », non sans ironie parfois, comme quand il avait essayé de lancer l'un de ses plus ambitieux projets – sa proposition dix ans plus tôt, par exemple, d'étendre le suffrage universel à l'Amérique entière –, mais le plus souvent avec sincérité, car le grand-père de David était indiscutablement un grand homme, quelqu'un dont les actions et le visage mériteraient d'être peints sur plâtre, l'artiste se balançant dangereusement sur une nacelle de bois et de corde au-dessus du sol de marbre et tentant de ne pas regarder vers le bas tandis qu'il passerait sur la surface son pinceau luisant de peinture.

Néanmoins, il n'y avait pas de cinquième ou de sixième panneau : aucun espace n'avait été réservé à son père, le deuxième héros de guerre de la famille, ni d'ailleurs pour David, son frère ou sa sœur. Mais au fond, que pourrait-on bien peindre sur son tiers de pareil panneau ? Un homme qui, dans la maison de son grand-père, voyait défiler les saisons et attendait que le sens de sa vie lui soit enfin révélé ?

Pareille commisération, pareille complaisance n'étaient ni attirantes ni dignes de lui, il le savait, et il traversa le hall d'un pas énergique pour gagner les imposantes portes en chêne au fond de la salle, là où l'attendait le secrétaire de son grand-père, un homme que son frère, sa sœur et lui avaient toujours entendu appeler Norris du plus loin qu'il se souvienne.

« Mister David. Cela faisait un certain temps.

— Bonjour, Norris. Vous avez raison. Vous vous portez bien, j'ose espérer.

— Oui Mister David. Et vous-même ?

— Très bien.

— Le gentleman est déjà arrivé, je vais vous conduire auprès de lui. Votre grand-père souhaite vous voir ensuite. »

Il suivit Norris dans le couloir décoré de lambris. C'était un homme soigné et à l'apparence irréprochable, aux traits fins et bien dessinés, dont les cheveux, quand David était petit, avaient été d'un blond doré et qui, au fil des ans, s'étaient ternis jusqu'à prendre la teinte d'un parchemin. Son grand-père parlait en toute franchise de presque tous les sujets qui le concernaient ou touchaient à sa famille, mais il se montrait toujours évasif quand il était question de Norris ; tous se disaient que Norris et son grand-père avaient une certaine proximité, mais malgré la tolérance affichée par Nathaniel Bingham pour toutes les classes sociales et l'agacement manifeste que lui causait le souci des convenances, il n'avait jamais présenté Norris comme son compagnon, ni même suggéré, devant ses petits-enfants ou qui que ce fût, qu'il songeait à une union légalement reconnue. Norris allait et venait en toute liberté dans la maison, mais il n'y avait pas de lit, pas de chambre ; il ne s'adressait jamais aux enfants Bingham, depuis qu'ils étaient petits, autrement qu'en faisant précéder leur prénom de « Mister » ou « Miss », et ils avaient depuis longtemps cessé d'essayer de le faire changer d'habitude ; il était présent lors de certaines réceptions familiales, mais jamais ne participait après dîner aux conversations avec Grand-Père dans son boudoir. Même aujourd'hui, David ne savait pas avec certitude où demeurait Norris – il croyait avoir entendu dire quelque part qu'il vivait dans un appartement près de Gramercy Park que Grand-Père lui aurait acheté, des années auparavant –, il ignorait d'où il venait et qui pouvait être sa famille ; il était arrivé des Colonies avant la naissance de David et triait le charbon à la Bingham Brothers où Grand-Père l'avait rencontré. En compagnie de la famille, il se montrait discret et silencieux, mais néanmoins à l'aise ; sa présence était si coutumière qu'on tendait à l'oublier – on supposait sa présence mais ne remarquait pas son absence.

Norris s'arrêta devant une des salles de réunion privées et ouvrit la porte : l'homme et la femme qui se trouvaient à l'intérieur se levèrent de leurs chaises et se retournèrent à son entrée.

« Je vous laisse, dit Norris en refermant sans bruit le battant derrière lui tandis que la femme s'avançait vers David.

— David ! s'exclama-t-elle. Je ne vous avais pas vu depuis si longtemps. » C'était Frances Holson, depuis toujours l'avocate de son grand-père et qui, à l'instar de Norris, n'ignorait presque aucun détail de la vie des Bingham. Elle aussi était devenue une sorte de meuble, mais sa place dans la famille était plus importante et mieux reconnue – elle avait arrangé les mariages de John et d'Eden et semblait déterminée à régler celui de David.

« David, reprit-elle, je suis ravie de vous présenter Mister Charles Griffith, de Nantucket et Falmouth. Mister Griffith, voici le jeune homme dont vous avez tant entendu parler, Mister David Bingham.

Il paraissait moins âgé que David l'avait craint, et en dépit de son teint de blond, il n'était pas non plus rougeaud : Charles Griffith était un homme de haute taille et d'une certaine corpulence, mais qu'il portait avec assurance. Il avait les épaules larges, le torse et le cou massifs. Sa veste était bien coupée, la laine en était douce et fine, et sous la moustache, ses lèvres joliment ourlées et encore roses dessinèrent un sourire avenant. On n'aurait pas pu dire qu'il était beau, mais il donnait une impression d'agilité, de vigueur et de santé qui, combinées, formaient une image presque séduisante.

Sa voix aussi se révéla agréable, grave et, à la fois, feutrée : elle avait une douceur, une délicatesse qui contrastait avec son apparence imposante. « Mister Bingham », dit-il, et ils se serrèrent la main. « Quel plaisir de vous rencontrer ! J'ai tellement entendu parler de vous.

— Moi de même », répondit David, bien qu'il n'eût rien appris de significatif depuis le jour, six semaines auparavant, où le nom de Charles Griffith avait été prononcé la première fois. « Merci à vous d'avoir fait tout ce chemin. J'espère que votre voyage fut bon ?

— Oui, parfait, répondit Griffith. Et je vous en prie, appelez-moi Charles.

— Alors il vous faudra m'appeler David.

— Bien ! dit Frances. Je vais vous laisser vous entretenir, Messieurs. Quand vous aurez terminé, sonnez, David, et Norris raccompagnera Mister Griffith.

Ils attendirent qu'elle fût sortie, la porte se referma derrière elle, et ils prirent chacun un siège de part et d'autre d'une table basse sur laquelle étaient posées une assiette de biscuits sablés et une théière de ce que David reconnut à l'odeur être du Lapsang Souchong, un thé difficile à se procurer et le favori de Nathaniel Bingham, réservé aux grandes occasions. Il comprit que son grand-père avait voulu lui souhaiter bonne chance, et ce geste l'émut et le rendit triste à la fois. Charles soulevait déjà sa tasse, David s'en servit une, et quand il la porta à ses lèvres, Charles fit de même et ils sirotèrent leur thé de conserve.

« Il est assez fort », dit-il, parce qu'il savait que beaucoup le trouvaient trop fumé ; Peter, qui le détestait, l'avait un jour décrit comme « un feu de bois à demi étouffé sous forme liquide ».

« Mais je l'aime beaucoup, répondit Charles. Il me rappelle le temps que j'ai passé à San Francisco – on en trouvait alors facilement là-bas. Très cher, bien sûr. Mais pas aussi rare qu'ici dans les États-Libres.

— Vous avez passé du temps dans l'Ouest ? s'étonna David.

— Oui. C'était, oh, il y a vingt ans. Mon père venait de prolonger notre contrat dans le Nord avec nos trappeurs, et San Francisco était bien sûr déjà devenue prospère à l'époque. Il eut l'idée de m'envoyer là-bas pour y ouvrir un comptoir et réaliser quelques ventes. Ce fut une expérience inoubliable, en fait. J'étais jeune, la ville était en pleine expansion, c'était le moment idéal pour se trouver là. »

David était impressionné – il n'avait jamais rencontré personne qui eût réellement vécu dans l'Ouest. « Est-ce que ce qu'on raconte est vrai ?

— Pour l'essentiel, oui. Il y a dans l'air quelque chose de… de malsain, je suppose. En tout cas, de licencieux. Je me suis senti en danger, parfois – tellement de gens qui essayaient de recommencer leur vie, tellement de gens qui voulaient s'enrichir, tellement de gens qui ne pouvaient qu'être déçus –, mais aussi quelque chose de libérateur. Même si cela non plus n'était pas sûr. Les fortunes se font et se défont si vite là-bas, les êtres aussi peuvent se détruire. Celui qui vous devait de l'argent pouvait disparaître du jour au lendemain, et il était impossible de le retrouver. Nous avons réussi à maintenir notre comptoir ouvert pendant trois ans, mais ensuite, bien sûr, il nous a fallu déguerpir en 76, quand les lois ont été promulguées.

— Tout de même, je vous envie. Le croiriez-vous ? Je ne suis jamais allé dans l'Ouest.

— Mais vous avez beaucoup voyagé en Europe, m'a dit Miss Holson.

— Oui, j'ai fait mon Grand Tour. Mais il n'y avait rien là de franchement indécent. Sauf à considérer les centaines de Canaletto, Tintoret et Caravage comme licencieux. »

Charles éclata de rire, et après cela, la conversation coula tout naturellement. Ils continuèrent à parler de leurs voyages respectifs – Charles en avait fait de nombreux, ses affaires l'ayant mené non seulement dans l'Ouest et en Europe, mais aussi au Brésil et en Argentine – et de New York, où Charles avait habité autrefois et où il possédait encore une résidence dans laquelle il se rendait souvent. Pendant qu'ils bavardaient, David tendit l'oreille pour détecter cet accent du Massachusetts que nombre de ses camarades de classe avaient eu, avec ses voyelles ouvertes et plates, et une cadence particulièrement rapide, mais en vain. Charles parlait d'une façon plaisante mais neutre, et qui ne révélait rien de ses origines.

« J'espère que vous ne jugerez pas ma question impertinente, dit Charles, mais dans le Massachusetts, nous sommes tous intrigués, et de longue date, par cette tradition des mariages arrangés.

— Oui, s'esclaffa David sans s'en offusquer. Tous les autres États s'en étonnent. Et je vois bien pourquoi – c'est une coutume locale, qui se limite à New York et au Connecticut. » Les mariages arrangés avaient commencé environ un siècle plus tôt et permettaient aux familles des États-Libres de créer des alliances stratégiques et de consolider leurs fortunes.

« Je comprends pourquoi cette tradition s'est implantée ici – ces deux provinces avaient toujours été les plus riches – mais pourquoi pensez-vous qu'elle a perduré ?

— Je ne saurais le dire, vraiment. Mon grand-père soutient que, des dynasties puissantes étant nées de ces unions, il est devenu essentiel pour l'indépendance financière de ces États qu'on les maintienne. Il en parle comme on pourrait décrire l'implantation des arbres (Charles rit à nouveau, ce que David jugea agréable) : une façon de conserver un réseau de racines sur lequel la nation a pu prospérer et s'épanouir.

— Voilà qui est poétique de la part d'un banquier, et patriotique.

— Oui, mon grand-père est les deux.

— Eh bien, je suppose que nous, les autres États-Libres, devons notre prospérité à ce goût pour les mariages arrangés et nous devrions vous en être reconnaissants. » David savait qu'il plaisantait, mais gentiment, et il lui rendit son sourire.

« Sans doute. Je remercierai mon grand-père de votre part et de celle de vos concitoyens du Massachusetts. En Nouvelle-Angleterre, vous n'avez pas cette pratique ? Je croyais que si.

— Certes, mais beaucoup moins systématiquement. Quand nous y recourons, les raisons sont les mêmes : unir des familles qui ont le même esprit – mais les conséquences ne sont jamais aussi significatives qu'ici. Ma jeune sœur a récemment facilité un mariage entre sa bonne et l'un de nos marins, par exemple, mais c'était parce que la famille de cette domestique possède une petite scierie, et celle du marin un atelier de confection de cordages, et qu'ils voulaient tous deux développer leurs ressources – sans parler du fait que ces deux jeunes gens avaient du goût l'un pour l'autre mais qu'ils étaient tous deux trop timides pour commencer à se fréquenter de leur propre initiative.

Mais comme je vous le disais : c'était là une affaire sans conséquence pour le reste du pays. Alors, oui, je vous en prie, remerciez votre grand-père de notre part. Même s'il semble que vous ayez aussi votre frère et votre sœur à remercier – Miss Holson me dit qu'ils ont tous deux aussi contracté des mariages arrangés.

— Oui, avec des familles depuis longtemps proches de la nôtre : Peter, le mari de mon frère John, vient aussi de New York ; Eliza, la femme d'Eden, du Connecticut.

— Ont-ils des enfants ?

— John et Peter en ont un ; Eden et Eliza, deux. Vous, vous contribuez à l'éducation de vos neveux, n'est-ce pas ?

— Oui, et assurément ils me sont très chers. Mais j'aimerais aussi avoir mes propres enfants un jour. »

Là, David comprit bien qu'il devrait signifier son accord, dire que lui aussi souhaitait en avoir, mais il s'en sentit incapable. Toutefois, Charles remplit le blanc sans difficulté, et ils parlèrent de ses neveux, de ses sœurs et de son frère, de leur maison à Nantucket. La conversation continua de rouler jusqu'à ce que Charles finît par se lever, et David l'imita.

« Je dois partir maintenant, dit Charles. Mais j'ai passé un moment délicieux et je me réjouis que vous ayez accepté de me rencontrer. Je serai de retour à New York dans une quinzaine de jours ; j'ose espérer que vous voudrez bien me voir à nouveau.

— Mais bien sûr, dit-il et il sonna. Ils se serrèrent la main, puis Norris raccompagna Charles jusqu'à l'entrée ; David frappa à la porte située de l'autre côté de la pièce, et quand il entendit une voix l'inviter à entrer, il pénétra directement dans le bureau de son grand-père.

« Ah, s'exclama le vieil homme en se levant de sa table de travail et en tendant une pile de papiers à sa secrétaire. Te voici ! Sarah…

— Oui, Monsieur, tout de suite », répondit Sarah, et elle quitta le bureau, refermant silencieusement la porte derrière elle.

Son grand-père fit le tour de la table et prit place dans l'un des fauteuils placés devant, faisant signe à David de s'asseoir dans l'autre.

« Eh bien, je n'irai pas par quatre chemins, et je te demande de faire de même. J'étais impatient de te voir et de t'entendre me dire ce que tu avais pensé du gentleman.

— Il est…, commença-t-il avant d'hésiter. Il est agréable, finit-il par dire, en tout cas, plus agréable que je l'avais imaginé.

— Voilà qui fait plaisir à entendre. De quoi avez-vous parlé ? »

Il raconta leur conversation à son grand-père, gardant l'épisode du séjour de Charles dans l'Ouest pour la fin, et en le rapportant, il observa que ses sourcils se haussaient. « Ah vraiment ? » demanda son grand-père avec douceur, et David devina ce qu'il pensait : cette information n'était pas ressortie de l'enquête qu'on avait menée sur Charles Griffith, et parce que la Bingham Brothers avait accès aux figures les plus expertes dans toutes les professions – médecins, avocats, détectives –, il se demandait ce qui pouvait encore leur avoir échappé, quelles autres zones d'ombre il restait à découvrir.

« As-tu l'intention de le revoir ? demanda Grand-Père quand David eut terminé.

— Il revient dans deux semaines, et il a demandé si c'était possible, et j'ai répondu oui. »

Il avait cru que son grand-père serait satisfait de cette réponse, mais celui-ci se leva, l'air pensif, et se dirigea vers l'une des grandes fenêtres, effleurant légèrement le liséré des longs et lourds rideaux de soie. Il observa un moment la rue en silence, mais quand il se retourna, il souriait à nouveau. Ce cher sourire familier qui faisait toujours croire à David, aussi rude que lui parût la vie, qu'il était chez lui quelque part.

« Alors, dit son grand-père. Il a vraiment beaucoup de chance. »

IV.

Les semaines passèrent vite, comme elles en donnaient toujours l'impression à la fin de l'automne, et même si, à l'évidence, l'arrivée de Noël n'était jamais une surprise, ils étaient condamnés, apparemment, à se sentir pris au dépourvu, aussi fermement qu'ils s'étaient promis l'année précédente de se préparer suffisamment à l'avance pour que, dès Thanksgiving, les menus fussent décidés, les cadeaux des enfants achetés et empaquetés, les enveloppes destinées aux domestiques cachetées, les décorations accrochées.

C'est au beau milieu de ces activités qu'il rencontra Charles Griffith pour la deuxième fois, au début décembre. Ils étaient allés au concert – plusieurs des premières œuvres chorales de Liszt que donnait l'Orchestre philarmonique de New York –, et ensuite, ils étaient remontés jusqu'à un salon de thé situé à l'extrémité sud de Central Park où David s'arrêtait parfois quand il déambulait dans la ville pour déguster un café et un gâteau. Cette fois aussi, la conversation fut fluide, ils parlèrent des livres qu'ils avaient lus, des pièces de théâtre et des expositions qu'ils avaient vues, de la famille de David – de son grand-père, et plus succinctement, de son frère et sa sœur.

Un mariage arrangé exige inévitablement une accélération de l'intimité, et par conséquent, un renoncement plus rapide aux convenances, et donc, après qu'ils eurent devisé de choses et d'autres, David s'enhardit à interroger Charles sur feu son mari.

« Ah, dit Charles. Ma foi, je suppose que vous savez déjà qu'il s'appelait William, William Hobbes, et qu'il est décédé il y a neuf ans. » David opina du chef. « C'était un cancer qui a commencé à la gorge mais qui l'a emporté très vite.

Il venait d'une famille de pêcheurs de langoustes dans le Nord, et enseignait dans une petite école à Falmouth – nous nous étions rencontrés peu après mon retour de Californie. Une période très heureuse pour nous deux, je crois. J'apprenais à gérer l'entreprise familiale aux côtés de ma sœur et de mon frère, et nous étions tous les deux jeunes et audacieux. L'été, durant les vacances scolaires, il venait avec moi à Nantucket où nous tous – ma jeune sœur, son mari et leurs fils, mon frère, sa femme et leurs filles, mes parents, mon autre sœur et les siens venus du nord du pays – nous retrouvions dans la maison familiale. Une année, mon père m'a envoyé jusqu'à la frontière pour rencontrer certains de nos trappeurs, et nous avons passé presque toute la saison dans le Maine et au Canada en compagnie de nos associés à visiter toute la région : c'est un si beau pays !

Je pensais passer toute ma vie avec lui. Nous avions décidé que les enfants viendraient plus tard. Nous voulions une fille et un garçon. Nous irions à Londres, à Paris, à Florence – il était tellement plus cultivé que moi –, je voulais être le premier à lui faire découvrir les fresques et les sculptures sur lesquelles il avait lu depuis toujours. Je pensais que ce serait moi qui l'accompagnerais dans tous ces monuments, j'en rêvais. Nous visiterions toutes les cathédrales, dégusterions des moules au bord de l'eau, je reverrais ces endroits que je trouvais magnifiques mais que je n'avais jamais su apprécier autant que lui saurait le faire, et en les contemplant avec lui, je les redécouvrirais.

Quand on est marin, ou qu'on a passé un certain temps avec des matelots, on sait que faire des plans est une folie – Dieu fera selon Sa volonté, et nos projets ne sont rien en regard des Siens. Je ne l'ignorais pas, et pourtant, je ne pouvais m'en empêcher. Je n'ignorais pas que c'était ridicule, mais rien n'y faisait. Je rêvais, j'échafaudais sans cesse. Je dessinais déjà la maison que je nous construirais, sur une rivière dominant les rochers et l'océan, avec des lupins tout autour.

Mais ensuite, il est mort, et un an plus tard, le mari de ma jeune sœur a succombé dans l'épidémie de 85, et depuis lors, vous le savez, je vis avec elle. Les trois premières années après le décès de William, je me suis noyé dans le travail, et j'y ai trouvé un certain réconfort. Mais curieusement, il semble que plus le temps passe depuis sa disparition, et plus je pense à lui – non seulement à lui mais au compagnonnage qui était le nôtre et dont je croyais qu'il serait éternel. Aujourd'hui, mes neveux sont presque adultes, ma sœur est à nouveau fiancée, et j'en suis venu, ces dernières années, à me rendre compte que je… » Et là, Charles s'interrompit soudainement en rougissant. « J'ai trop parlé, et sans réfléchir, reprit-il enfin. Acceptez mes excuses, je vous prie.

— Nul besoin de vous excuser », répondit paisiblement David, même si, de fait, il avait été surpris – mais pas gêné – par la franchise de l'homme, par ce presque aveu d'un sentiment de solitude. Ensuite, cependant, aucun des deux ne sut comment reprendre la conversation et leur rencontre prit fin peu après. Charles le remercia de façon formelle, mais sans proposer de troisième entrevue, et chacun reprit manteau et chapeau. Dans la rue, le fiacre de Charles se dirigea vers le nord de la ville, celui de David vers le sud, en direction de Washington Square. De retour, il réfléchit à cet étrange rendez-vous, qui, malgré son caractère déconcertant, n'avait pas été déplaisant et l'avait fait se sentir *conséquent* – il n'y avait pas d'autre mot – d'être ainsi l'objet de tant de confiance, de se voir autorisé à être le témoin d'une telle vulnérabilité.

Et donc, il fut davantage pris au dépourvu qu'il n'eût dû l'être quand, au salon après le déjeuner de Noël (un canard à la peau croustillante et granulée par la cuisson au four, entouré de groseilles luisant comme des perles pourpres), John claironna, avec une note de triomphe dans la voix :

« Ainsi donc, David, on raconte qu'un gentleman du Massachusetts te fait la cour.

— Il ne s'agit pas de cour, répliqua vivement Grand-Père.

— Une demande en mariage alors ? Qui est-ce, en tout cas ? »

David laissa Grand-Père brosser la situation à grands traits : armateur et négociant, Cape Cod et Nantucket, veuf et sans enfant. Eliza fut la première à réagir. « Il m'a l'air charmant », déclara-t-elle avec fermeté – chère et réconfortante Eliza, dans ses pantalons de laine grise et son écharpe de soie à motifs cachemire autour de son cou replet ! –, tandis que le reste de la famille gardait le silence.

« Tu t'installerais à Nantucket alors ? demanda Eden.

— Je n'en sais rien. Je n'y ai pas songé.

— C'est dire que tu n'as pas accepté, dit Peter – une affirmation plutôt qu'une question.

— Absolument.

— Mais tu y réfléchis ? insista Peter.

— Je n'en sais rien, reconnut-il de nouveau.

— Mais si…

— Il suffit, intervint son grand-père. C'est Noël, et il appartient à David et à lui seul de décider. »

Les convives se dispersèrent peu de temps après cela, son frère et sa sœur allèrent chercher les enfants et leurs nounous dans la chambre de John, transformée en salle de jeux pour ses petits et ceux d'Eliza. On échangea adieux et bons vœux, et David et son grand-père se retrouvèrent à nouveau seuls.

« Monte avec moi, proposa le vieil homme, et il obéit, reprenant le siège qu'il choisissait toujours dans le boudoir, face à son grand-père, légèrement à sa gauche. « Je n'ai pas voulu me montrer indiscret, mais je reconnais que je suis curieux. Vous vous êtes rencontrés deux fois maintenant. Commences-tu à savoir si tu souhaites accepter la demande de ce gentleman ?

— Je n'ignore pas que je devrais en avoir une idée, mais ce n'est pas le cas. Eden et John, eux, se sont décidés si vite ! J'aimerais vraiment avoir une certitude, aussi facilement qu'eux.

— Ne pense pas à ce qu'ont fait Eden et John. Tu n'es pas eux. Et pareilles décisions ne se prennent pas dans la précipitation. Ta seule obligation, c'est de considérer cette proposition avec sérieux, et si ta réponse est non, de l'en informer aussitôt, ou de demander à Frances de s'en charger – même si, sincèrement, après deux entrevues, il t'appartiendrait de le faire. Mais tu dois prendre ton temps et ne pas t'en vouloir de ne pas te presser. Quand ton père a envisagé d'épouser ta mère, elle a mis six mois à accepter. » Il sourit finement. « Non que tu doives absolument suivre son exemple. »

David sourit à son tour. Mais ensuite, il se résolut à poser la question qui lui brûlait les lèvres : « Grand-Père, que sait-il de moi ? » Et devant le silence du vieil homme, en regardant fixement son verre de whisky, il se risqua plus avant : « Sait-il quelque chose de mon confinement ?

— Non, répondit avec fermeté son grand-père, en relevant brusquement la tête. Il n'en sait rien, et n'a pas à le savoir. Ce ne sont pas ses affaires.

— Mais n'y a-t-il pas de la duplicité à le lui cacher ?

— Bien sûr que non. Il y en aurait si nous lui dissimulions délibérément quelque chose d'essentiel pour lui, alors que cette question est sans importance. Il ne s'agit pas d'une information qui pourrait affecter sa décision.

— Cela ne devrait peut-être pas l'affecter, mais qui dit que cela ne l'affecterait pas ?

— Dans ce cas, il ne serait pas digne d'être épousé, pour commencer. »

La logique de son grand-père, d'ordinaire implacable, était cette fois si largement sujette à caution que David, eût-il eu pour habitude de le contredire, n'aurait pas osé de peur que ne s'écroule tout l'édifice de l'histoire telle que la racontait le vieil homme. Si ses confinements avaient été sans importance, pourquoi s'interdire de les divulguer ? Et n'était-ce pas le moyen de juger du véritable caractère de Charles Griffith que de lui confier, avec honnêteté, toute la vérité sur lui-même ? De surcroît, s'il n'y avait aucune honte à sa maladie, pourquoi avaient-ils tous deux pris soin de la dissimuler ? Assurément, ils n'avaient pas tout su immédiatement au sujet de Charles Griffith – Grand-Père avait grommelé en apprenant qu'il avait passé un certain temps à San Francisco – mais ce qu'ils avaient fini par savoir était simple et irréfutable. Il n'existait aucune raison de penser que Charles Griffith n'était pas un homme parfaitement honorable.

Il songea avec inquiétude, bien qu'il ne le sût pas lui-même et se fût senti insulté de l'entendre, que son grand-père avait décidé d'une façon ou d'une autre que les faiblesses de David étaient un fardeau acceptable pour Charles en échange de l'honneur d'épouser un Bingham. Certes, Charles était riche – moins que les Bingham, mais personne ne l'était autant qu'eux – mais c'était une fortune récente. Certes, il semblait intelligent, mais il n'avait pas fait d'études, il n'était pas allé à l'université, n'avait jamais appris ni le latin ni le grec, il avait voyagé dans le monde entier mais c'était pour développer ses affaires et non pour parfaire sa culture. Certes, il avait de bonnes manières, mais il n'était pas raffiné. David ne se serait pas cru enclin à penser de la sorte, mais il se demanda s'il n'était pas suffisamment imparfait pour que son grand-père les voie Charles et lui comme le recto et le verso de la même pièce comptable : sa maladie, l'équivalent du manque de raffinement de Charles. Son défaut d'énergie, le pendant de l'âge avancé de Charles. Au fond, finiraient-ils l'un comme l'autre par ne pas valoir plus que ce zéro souligné à l'encre par son grand-père ?

« Ce sera bientôt le Nouvel An, reprit son grand-père devant le silence de David, et les débuts d'année sont toujours plus révélateurs que les fins. Tu prendras ta décision, ce sera oui ou non, et les années continueront à finir et à commencer, à finir et à commencer, quel que soit ton choix. » David comprit à ces mots qu'on lui donnait congé, il se pencha pour embrasser son grand-père et lui souhaiter bonne nuit avant de monter dans sa chambre.

Puis, trop vite, le 1er janvier arriva, et les Bingham se rassemblèrent à nouveau pour le célébrer. Ils avaient pour tradition que le dernier jour de l'année, tous les domestiques soient invités à partager une flûte de champagne avec la famille dans la salle à manger, et toute cette assemblée – petits-enfants et arrière-petits-enfants, bonnes et laquais, la cuisinière, le majordome, la gouvernante, le cocher et leurs subalternes – se tenait autour de la table où on avait placé des bouteilles de champagne dans des coupes en cristal emplies de glaçons, des oranges piquées de clous de girofle, des assiettes de noix grillées, et des plats de tartelettes à la farlouche pour écouter Grand-Père porter un toast à l'année nouvelle. « Encore six ans avant le XXe siècle ! », s'écria l'aïeul, et les domestiques s'agitèrent, parce qu'ils détestaient le changement et qu'un nouveau départ les effrayait, même s'ils savaient que dans la maison de Washington Square rien ne serait bouleversé :

David continuerait d'occuper la chambre qui avait toujours été la sienne, son frère et sa sœur viendraient en visite de temps à autre, et Nathaniel Bingham serait leur maître à tout jamais.

Quelques jours après cette célébration, David prit un des fiacres pour se rendre à l'orphelinat. C'était une des premières institutions de ce type à New York, et les Bingham en étaient les bienfaiteurs depuis sa fondation, quelques années seulement après celle des États-Libres. Au fil des décennies, sa population s'était réduite ou accrue alors que les Colonies traversaient des périodes de prospérité relative ou de pauvreté aggravée ; le voyage vers le Nord était périlleux et ardu, et beaucoup de ces enfants avaient vu leurs parents mourir en chemin alors qu'ils tentaient de s'enfuir vers les États-Libres. La période la plus dure remontait à une trentaine d'années, pendant et après la Guerre de la Rébellion, juste avant la naissance de David, quand la population des réfugiés à New York atteignit son pic et que les gouverneurs des États de New York et de Pennsylvanie avaient envoyé la cavalerie sur leurs frontières sud en mission humanitaire pour trouver et reloger les fugitifs des Colonies. Tous les enfants seuls qu'ils rencontraient, ainsi que certains accompagnés de leurs parents – mais dont il était clair qu'ils ne pouvaient pas s'occuper de leur progéniture –, furent envoyés dans les États-Libres, selon leur âge, soit en apprentissage soit dans une institution de bienfaisance où ils pourraient être proposés à l'adoption.

Comme toutes les bonnes œuvres de ce genre, celle de Hiram Bingham abritait très peu de nourrissons et d'enfants en bas âge – la demande pour ceux-ci était si forte qu'ils étaient rapidement adoptés ; à moins qu'il ne fût visiblement malade ou handicapé, il était rare qu'un bébé reste plus de six mois dans un orphelinat. Le frère et la sœur de David avaient tous deux trouvé là leurs enfants, et si David voulait un jour un héritier, l'institution lui en procurerait un de la même façon. Le fils de John et Peter était un orphelin des Colonies ; les enfants d'Eden et Eliza avaient été arrachés au sinistre taudis d'un couple d'immigrés irlandais qui possédaient à peine de quoi les nourrir. Les débats animés étaient fréquents dans les journaux et les salons sur ce qu'il fallait faire de ces flots toujours croissants d'immigrants qui débarquaient sur les rivages de Manhattan – ces derniers temps d'Italie, d'Allemagne, de Russie et de Prusse, sans oublier l'Orient – mais une chose mettait tout le monde d'accord – même à regret –, c'était bien que les Européens exilés fournissaient des enfants aux couples qui voulaient en adopter, non seulement à New York mais dans tous les États-Libres.

La concurrence pour obtenir un enfant était si féroce que le gouvernement avait récemment lancé une campagne pour encourager les gens à en adopter de plus âgés. Mais les résultats n'avaient pas été probants, et tous comprenaient, y compris les pupilles eux-mêmes, que ceux âgés de plus de six ans ne trouveraient vraisemblablement pas de famille d'accueil. En conséquence, l'institution des Bingham, comme les autres, s'appliquait à enseigner à ses pensionnaires à lire et à compter, afin qu'ils puissent apprendre un métier. À quatorze ans, ils seraient placés comme apprentis chez un tailleur, un menuisier, une couturière ou une cuisinière, ou n'importe lequel de ces professionnels dont les talents étaient essentiels à la prospérité durable et au bon fonctionnement des États. Sinon, ils rejoignaient les rangs de l'armée ou de la marine, et servaient ainsi leur pays.

En attendant, c'étaient des enfants, et comme il se devait à leur âge, ils allaient à l'école, conformément à la loi en vigueur dans les États-Libres. La nouvelle philosophie en matière d'éducation voulait que, en grandissant, les petits deviennent de meilleurs citoyens et des êtres plus sains s'ils étaient exposés non seulement au minimum vital en matière d'éducation (calcul, lecture, écriture), mais aussi aux beaux-arts, à la musique et au sport. Et donc, l'été précédent, quand son grand-père lui avait demandé s'il voulait bien aider à dénicher un professeur de dessin pour la fondation, David avait surpris tout le monde – y compris lui-même – en se portant volontaire pour ce poste – n'avait-il pas étudié cette discipline pendant de nombreuses années ? Ne cherchait-il pas depuis un moment une tâche utile à accomplir qui l'aiderait à donner consistance à ses journées ?

Il dispensait son cours tous les mercredis, en fin d'après-midi, juste avant le dîner des enfants, et au début, il s'était souvent demandé si leur nervosité et leur agitation étaient dues à lui ou à la perspective du repas – il avait même songé à solliciter de la directrice la permission de dispenser son cours un peu plus tôt, mais elle terrifiait les adultes (alors que, curieusement, les pensionnaires l'adoraient), et bien qu'elle eût été obligée de satisfaire sa requête, il s'était senti trop intimidé pour le suggérer. Il s'était toujours méfié des enfants, leurs regards fixes et indomptables qui suggéraient qu'ils le voyaient comme les adultes ne savaient pas le faire – ou ne s'en donnaient pas la peine. Avec le temps cependant, il s'était habitué à ses élèves, s'était même pris d'affection pour eux, et au fil des mois, ils étaient devenus plus calmes et plus posés par contagion, s'appliquant, le fusain en main devant leurs blocs, à reproduire de leur mieux la coupe chinoise emplie de coings qu'il avait placée devant sa classe sur un tabouret.

Ce jour-là, il entendit la musique avant même d'atteindre la porte – un air familier, une chanson populaire dont il se demanda aussitôt si elle convenait bien à des enfants. Il tendit la main vers la poignée et la tourna d'un geste brusque, mais avant d'avoir pu exprimer consternation ou colère, il fut frappé par un certain nombre d'images et de sons qui le laissèrent muet et interdit.

Là, devant les pupitres, on avait tiré le vieux piano en piteux état, longtemps abandonné et relégué dans un coin au fond de la classe, son châssis tellement déformé que David avait supposé que l'instrument était désespérément désaccordé. Mais voilà qu'on l'avait réparé, briqué, et placé au centre de la salle, comme un élégant piano de concert, et que sur le tabouret était assis un jeune homme, sans doute de quelques années moins âgé que lui, aux cheveux noirs plaqués en arrière comme pour une soirée mondaine, et doté d'un visage superbe et animé parfaitement accordé à la belle voix qui chantait : *Pourquoi ce célibat, pourquoi vis-tu tout seul, sans enfants, sans maison ?*

Il avait la tête renversée en arrière, son cou était long, mais souple et vigoureux, un peu pareil à un serpent, et tandis qu'il chantait, David observa un muscle qui allait et venait, comme une perle montant et descendant le long de sa gorge.

Dans la salle de bal, aux lumières féeriques
L'orchestre nous jouait une douce musique
Ma belle, ma chérie alors m'a déclaré
J'ai soif, mais qu'attends-tu, de l'eau va donc chercher
À mon retour hélas, un homme l'enlaçait
Et en nouvel amant, tendrement l'embrassait.

C'était le genre de rengaine qu'on entendait dans des endroits vulgaires, music-halls et spectacles de ménestrels par exemple, et qui ne convenait donc absolument pas à des enfants, et surtout pas des enfants comme ceux-là qui, étant donné leur situation particulière, risquaient fort d'apprécier sans réserve ce type de divertissement larmoyant. Et pourtant, David se sentit incapable d'intervenir, tout aussi fasciné par l'interprète et sa voix douce et grave que l'étaient ses élèves. Il avait déjà entendu ces paroles, sur un air de valse plaintif et sirupeux, mais l'homme avait donné à la chanson quelque chose de joyeux et d'enlevé si bien que le caractère ridiculement sentimental de l'histoire – une jeune fille demande à son vieil oncle, célibataire endurci, pourquoi il n'est jamais tombé amoureux, ne s'est jamais marié, n'a pas fondé de famille – avait laissé la place à une ritournelle facétieuse et piquante. David détestait cette chanson en partie parce qu'il redoutait de devoir l'entonner un jour lui-même, poussé par l'expérience et un destin inexorable, mais dans cette version, l'oncle paraissait désinvolte et allègre, comme si en ne se mariant jamais, il n'avait pas manqué quelque chose, mais plutôt évité un avenir sinistre.

Quand revient le matin, que le bal est fini,
Les étoiles couchées, les convives partis,
Combien d'âmes soupirent, si seulement tu savais,
Que d'espoirs envolés, de cœurs seuls désormais.

Le pianiste termina en plaquant quelques accords virtuoses, puis il se leva et salua d'une courbette les quelque vingt enfants qui avaient écouté avec extase et lâchaient maintenant une salve de bravos et d'applaudissements. David se redressa et se racla la gorge.

Remarquant sa présence, le jeune homme le regarda en souriant, un sourire si franc et éclatant que David se sentit de nouveau troublé. « Les enfants, dit le musicien, je crains de vous avoir mis en retard pour votre cours suivant. Maintenant, personne ne grommelle, c'est très grossier – les joues de David s'empourprèrent –, sortez vos cahiers de dessin, je vous verrai la semaine prochaine. » Ne cessant de sourire, il s'avança vers David qui se tenait toujours sur le seuil.

« À mon humble avis, c'est une chanson un peu étonnante pour un public d'enfants, déclara-t-il, en essayant de son mieux de paraître sévère, mais l'homme s'esclaffa, sans prendre ombrage de la remarque, comme si David avait seulement voulu le taquiner.

— Vous avez sans doute raison », répondit-il avec bonne humeur, puis avant que David ait pu lui poser la question : « Je suis terriblement grossier, non seulement je vous ai mis en retard pour votre cours, ou plutôt j'ai mis vos élèves en retard – vous, vous étiez à l'heure ! –, mais je ne me suis pas présenté. Je m'appelle Edward Bishop, je suis le nouveau professeur de musique dans cet auguste établissement.

— Je vois, dit-il en se demandant comment le contrôle de la conversation avait pu lui échapper aussi vite. Eh bien, je dois vous avouer que j'ai été plutôt surpris d'entendre...

— Et je sais qui vous êtes, l'interrompit le jeune homme, mais de façon si charmante, si chaleureuse, que David se sentit une fois de plus désarmé. Vous êtes Mister David Bingham, de la famille Bingham de New York. Je suppose que la précision est inutile, n'est-ce pas ? Il doit cependant y avoir une autre branche des Bingham quelque part dans les États-Libres, vous ne croyez pas ? Les Bingham de Chatham, par exemple ; ou les Bingham de Portsmouth ? Je me demande ce qu'ils doivent ressentir, ces Bingham de deuxième ordre, en sachant que leur nom est invariablement associé à une seule famille, qu'ils n'en font pas partie et qu'ils ne peuvent par conséquent que décevoir quand les gens demandent, "Oh, de *la* famille Bingham ?", et qu'ils doivent répondre en s'excusant : "Non, je crains que non. Nous sommes des Bingham d'Utica", à leur interlocuteur dont le sourire s'estompe aussitôt. »

David ne savait que répondre à ce flot de paroles, déversé joyeusement à un rythme rapide, et il put seulement bredouiller non sans raideur : « Je n'y avais jamais pensé sous cet angle », ce qui fit à nouveau s'esclaffer le professeur de musique, mais moins fort, comme s'il ne se riait pas de David mais s'amusait de quelque chose qu'il avait dit et que tous deux eussent partagé une confidence.

Puis, il posa la main sur le bras de David et déclara, toujours avec entrain : « Eh bien, cher Mister David Bingham, ce fut un grand plaisir de faire votre connaissance et je vous renouvelle mes excuses pour avoir perturbé l'emploi du temps. »

Une fois la porte refermée derrière lui, quelque chose d'essentiel sembla s'être échappé de la salle ; les enfants, auparavant éveillés et attentifs, parurent soudain épuisés et défaits, et même David sentit ses épaules ployer, comme si son corps refusait de se prêter plus avant à cette farce d'enthousiasme et de maintien qu'une vie bien disciplinée exigeait.

Il poursuivit néanmoins. « Bonjour les enfants », articula-t-il, et il reçut en retour un bien tiède : « Bonjour, Mister Bingham » tandis qu'il plaçait sur le tabouret le sujet de la nature morte de l'après-midi : un vase verni de couleur crème où il disposa quelques branches de houx. Comme d'ordinaire, il se posta au fond de la salle, à la fois pour surveiller les élèves et pour dessiner lui aussi si l'envie l'en prenait. Ce jour-là cependant, on eût dit que la seule chose qu'il pût voir dans la salle, c'était le piano, derrière le tabouret, et son vase inintéressant, qui, malgré sa vétusté, lui paraissait être l'objet le plus beau et le plus fascinant : un phare, un rayon de lumière, pur et étincelant.

Il jeta un coup d'œil en direction de l'élève assise à sa droite, une fillette de huit ans, menue et malpropre, et vit qu'elle tentait de dessiner (sans grand succès) non seulement le vase et le houx mais aussi le piano.

« Alice, tu n'es censée dessiner que la nature morte », lui rappela-t-il.

Elle releva la tête : ses yeux paraissaient immenses dans son visage émacié, ses deux dents qui avançaient ressemblaient à des esquilles d'os. « Excusez-moi, Mister Bingham », murmura-t-elle, et il soupira. Pourquoi n'aurait-elle pas l'idée d'inclure le piano alors qu'il était lui-même incapable de s'empêcher de le regarder, comme s'il avait pu faire apparaître le musicien à force d'y croire, comme si sa présence hantait encore la salle de classe ? « Ce n'est pas grave, Alice. Recommence seulement sur une feuille blanche. » Autour de lui, les autres élèves étaient silencieux et boudeurs ; il les entendait s'agiter sur leurs chaises. C'était ridicule de sa part d'être mortifié, mais il ne pouvait s'en empêcher – il avait toujours pensé qu'ils aimaient son cours, qu'ils y prenaient au moins autant de plaisir qu'il avait fini par en éprouver en le leur dispensant, mais après avoir été témoin de leur ravissement, il comprenait que si cela avait pu être le cas, ce n'était désormais plus vrai. Il était comme un petit morceau de pomme, alors qu'Edward Bishop était cette même pomme rôtie au four dans une tourte savoureuse, couverte d'une pâte friable et riche et crépitant de sucre, et qu'après en avoir goûté une bouchée, ils ne pouvaient pas revenir au fruit cru.

Au dîner, ce soir-là, il était morose, mais Grand-Père était d'humeur radieuse – tout le monde sur cette Terre était-il aussi heureux ? – et on avait servi des pigeonneaux rôtis, le plat favori de David, accompagnés de cardons braisés. Néanmoins, il mangea peu, et quand Grand-Père demanda, comme chaque mercredi, comment s'était passé son cours, il se contenta de murmurer : « Bien, Grand-Père ! », alors que d'ordinaire, il s'efforçait de le faire rire en racontant des anecdotes sur les dessins des écoliers, ou sur les questions qu'ils lui avaient posées, ou encore sur la distribution des fruits ou des fleurs composant la nature morte avec lesquels il avait récompensé les dessins les plus réussis.

Mais Grand-Père ne semblait pas remarquer sa réserve, ou à tout le moins il choisit de ne pas l'interroger à ce sujet, et après dîner, alors que le vieil homme regagnait lentement son boudoir, David eut soudain sous les yeux, de façon complètement inopinée, l'image d'Edward Bishop, et il se demanda ce qu'il pouvait bien être en train de faire à l'heure où lui s'apprêtait à passer une soirée de plus au coin du feu, avec son grand-père pour toute compagnie. Dans cette vision, le jeune musicien se trouvait dans un club, du genre de celui où David n'avait jamais mis les pieds qu'une fois : son long cou offert aux regards, la bouche largement ouverte, il chantait, et autour de lui, d'autres jeunes gens et jeunes femmes, tous très beaux, tous vêtus de soie chatoyante ; la vie était une fête, et l'air embaumait le parfum des lys et le champagne, tandis qu'au-dessus de leurs têtes, un lustre de cristal taillé inondait la salle d'éclats de lumière vacillants.

V.

Les six jours précédant son prochain cours défilèrent encore plus vite que d'ordinaire, et le mercredi suivant, il était si impatient qu'il arriva trop tôt et décida d'aller marcher un peu pour se calmer et faire passer le temps.

La fondation était un grand bâtiment cubique, simple mais bien entretenu, à l'angle de la 12e Rue Ouest et de Greenwich Street – une situation qui était devenue moins recommandable au fil des décennies avec l'installation, trois pâtés de maisons au nord et un à l'ouest, des lupanars de la ville. Tous les deux ou trois ans, les membres du Conseil d'administration débattaient de l'opportunité d'un déménagement, mais ils finissaient toujours au bout du compte par décider de rester, parce que c'était dans la nature de la métropole que les contraires les plus flagrants – riches et pauvres, résidents de longue date et nouveaux arrivants, innocents et criminels – cohabitent non loin les uns des autres, car il n'y avait tout simplement pas assez d'espace pour rendre les distances naturelles possibles. Il descendit en direction de Perry Street plus au sud, puis poursuivit vers le nord-ouest dans Washington Street, mais après avoir fait ce tour deux fois, il jugea qu'il faisait trop froid même pour lui, et il dut s'arrêter et souffler sur ses mains avant de retourner vers le fiacre pour prendre le paquet qu'il avait apporté.

Depuis plusieurs mois, il promettait aux enfants de les laisser dessiner quelque chose d'inhabituel, mais il avait bien senti, en tendant l'objet à Jane plus tôt dans la journée pour qu'elle l'emballe, qu'il espérait aussi qu'Edward Bishop le verrait porter cette chose étrange et volumineuse entre ses bras et qu'il en serait intrigué, qu'il resterait peut-être même pour le voir l'ouvrir et se montrerait ébahi. Il n'était pas très fier de cette pensée, bien sûr, ni de l'excitation qui s'empara de lui en empruntant le couloir qui menait à sa salle de classe : il avait conscience de l'accélération de sa respiration et de son cœur qui cognait dans sa poitrine.

Mais quand il ouvrit la porte de sa salle, il n'y avait rien – ni musique, ni jeune homme, ni enchantement –, rien que ses élèves qui jouaient, chahutaient et criaient, avant de remarquer sa présence et de se pousser du coude pour s'enjoindre au silence.

« Bonjour les enfants, dit-il, reprenant ses esprits. Où est votre professeur de musique ?

— Il vient le jeudi matin, Monsieur, lui répondit l'un des garçons.

— Ah ! soupira-t-il, déçu, sentant qu'une chaîne de fer lui enserrait le cou, et qu'il en avait honte.

— Qu'est-ce qu'il y a dans ce paquet ? », demanda un autre élève, et il se rendit compte qu'il était resté appuyé au chambranle, ses mains engourdies serrant l'objet qu'il tenait toujours dans ses bras. Soudain, l'idée lui parut ridicule, une farce en somme, mais c'était la seule chose qu'il avait apportée pour les faire dessiner, et ne voyant rien d'autre dans la pièce qui pût composer un tableau, il alla le poser sur un pupitre au premier rang et le déballa avec soin, dévoilant la statue, la réplique en plâtre d'un buste romain. Son grand-père possédait l'original en marbre, acheté lors de son Grand Tour *à lui*, et l'avait fait reproduire quand David apprenait à dessiner. Il n'avait pas de réelle valeur marchande, mais il l'avait copié de nombreuses fois depuis les quelque vingt ans qu'il le possédait, et bien avant de découvrir le vrai torse d'un homme, cette sculpture lui avait appris tout ce qu'il savait de l'anatomie, la façon dont les muscles recouvrent les os et la peau se tend sur les muscles, le pli, unique et féminin, qui apparaissait sur le flanc quand on se penchait dans une certaine direction, les deux lignes pareilles à des flèches qui pointaient vers l'aine.

Au moins les enfants paraissaient intéressés, impressionnés même, et en le plaçant sur le tabouret, il leur parla de la statuaire romaine et leur expliqua que jamais un artiste n'exprimait mieux son talent que quand il imitait la forme humaine. Tout en les regardant dessiner, la tête penchée sur leur esquisse avant de la relever brièvement de temps à autre pour observer le buste, il songea à John qui se moquait de ses cours. « Pourquoi leur enseignes-tu des choses qui n'auront aucune place dans leur vie d'adulte ? », avait-il demandé. John n'était pas seul à le penser, même Grand-Père, malgré toute son indulgence pour David, trouvait bien bizarre, voire cruel, de passer son temps à exposer des enfants à des distractions et des loisirs pour lesquels ils n'auraient pas le temps et encore moins l'argent par la suite. Mais David était convaincu du contraire : il leur enseignait une discipline pour laquelle seuls une feuille de papier, un peu d'encre ou un bout de mine étaient nécessaires ; et par ailleurs, expliquait-il à Grand-Père, si vous aviez des domestiques qui comprenaient mieux l'art, qui en connaissaient la valeur et le prix, ils seraient peut-être plus soigneux, plus admiratifs des œuvres qui ornaient les maisons où ils travaillaient, ce à quoi le vieil homme – auquel des bonnes et des laquais maladroits avaient cassé sans le vouloir plusieurs de ses pièces – n'avait pu s'empêcher de rire et de reconnaître qu'il pourrait bien avoir raison.

Ce même soir, après avoir passé un moment avec son grand-père, il était remonté dans sa chambre et avait repensé à la façon dont, depuis le fond de la classe alors qu'il dessinait avec ses élèves, c'était Edward Bishop et non pas le buste de plâtre qu'il contemplait, installé sur le tabouret, et il s'était forcé à marcher entre les rangs pour surveiller le travail des enfants afin de penser à autre chose.

Le lendemain était un jeudi, et il s'efforçait d'inventer une excuse pour se rendre de nouveau à l'école, quand on l'avisa que Frances avait besoin de le voir à propos d'un écart dans les livres de comptes de la fondation Bingham, qui finançait tous leurs projets divers. Il n'avait bien sûr aucune excuse pour ne pas être disponible, et sachant que Frances ne l'ignorait pas, il prit le chemin du centre-ville où tous deux se penchèrent sur les livres jusqu'à se rendre compte qu'un 7 avait été pris pour un 1, et désorganisé tous les comptes. Un 7 pour un 1 : une simple erreur, et pourtant s'ils ne l'avaient pas débusquée, Alma aurait été interrogée et aurait peut-être même perdu son emploi chez les Bingham. Quand ils en eurent terminé, David avait encore le temps de se rendre à l'école avant la fin du cours d'Edward, mais son grand-père le retint pour le thé, et là encore, il ne trouva pas de bonne raison de refuser – son oisiveté était si bien connue qu'elle était devenue une sorte de prison, un emploi du temps en soi.

« On dirait que quelque chose t'inquiète, observa son grand-père en lui servant une tasse de thé. Tu dois te rendre quelque part ?

— Non, pas du tout. »

Il prit congé dès qu'il put le faire sans grossièreté, monta en hâte dans le fiacre et pria le cocher de se presser, mais il était déjà beaucoup plus de 16 heures quand ils atteignirent la 12e Rue Ouest, et il paraissait peu probable qu'Edward eût flâné en chemin par ce froid. Il demanda néanmoins au cocher de l'attendre, et se dirigea d'un pas décidé vers sa salle de classe, fermant les yeux et retenant son souffle avant de tourner la poignée, recommençant à respirer seulement après n'avoir perçu qu'un grand silence à l'intérieur.

Mais soudain une voix résonna : « Mister Bingham ! Quelle surprise de vous voir ici ! »

Il avait bien sûr espéré ce moment, et pourtant, quand il ouvrit les paupières et vit Edward Bishop campé devant lui, avec le même sourire éclatant, ses deux gants à la main, la tête penchée comme s'il venait de poser une question à l'arrivant, David se trouva dans l'incapacité de répondre, et son expression dut traduire sa confusion parce que Edward s'approcha avec un air de sollicitude. « Mister Bingham, vous vous sentez bien ? Vous paraissez si pâle. Prenez une de ces chaises et laissez-moi vous apporter un verre d'eau.

— Non, non, finit-il par réussir à articuler. Je me sens parfaitement bien. C'est seulement.... Enfin, je pensais avoir laissé mon cahier de croquis hier, je l'ai cherché sans succès toute la journée, mais je vois qu'en fait, je ne l'ai pas oublié ici non plus. Je suis désolé de vous avoir importuné.

— Mais vous ne m'importunez pas du tout ! Perdre son cahier, quelle horreur ! Je ne sais pas ce que je ferais si je perdais le mien. Permettez-moi de chercher un peu.

— Ce n'est vraiment pas nécessaire », murmura-t-il. C'était un mensonge médiocre, il y avait si peu de meubles dans la salle que son cahier imaginaire n'aurait vraiment pu se cacher nulle part – mais Edward avait déjà commencé à fureter, il ouvrait les tiroirs vides du pupitre, jetait un coup d'œil dans le placard également vide juste derrière, près du tableau noir, allant même jusqu'à se mettre à genoux, malgré les protestations de David, pour regarder sous le piano (comme si David ne l'eût pas remarqué aussitôt, si le cahier en question – évidemment en sûreté dans son bureau à la maison – s'était trouvé quelque part dans cette salle). Durant tout ce temps, Edward lâchait des exclamations d'inquiétude et de consternation pour le compte de David. Il avait une façon théâtrale de parler, délibérément désuète et étonnamment affectée – des Oh ! et des Ah ! en cascade – mais moins irritante qu'elle aurait pu l'être : on y sentait quelque chose de généreux et de sincère, si bien qu'elle apparaissait moins comme une suffisance que comme l'expression d'une sensibilité artistique ; elle suggérait la vivacité et la bonne humeur, comme si Edward Bishop était résolu à ne rien prendre trop au sérieux, comme si cette gravité que montrait la plupart des gens dans leur rapport au monde était précisément une affectation au contraire de l'enthousiasme.

« On dirait qu'il n'est pas là, Mister Bishop », déclara enfin Edward, en se relevant et en regardant David droit dans les yeux avec un demi-sourire et une expression indéchiffrable : fallait-il y voir une tentative de flirt, ou même une manœuvre de séduction, la reconnaissance du rôle qu'ils avaient tous les deux joué dans cette pantomime ? Ou bien (plus probablement) un trait d'humour, et même une moquerie ? À combien d'hommes animés par des intentions déraisonnables et dissimulées avait été confronté Edward Bishop dans sa courte vie ? À combien de noms venait s'ajouter celui de David ?

Il aurait aimé mettre fin à cette comédie mais ne savait pas bien comment s'y prendre : il en était à l'origine, mais il se rendit compte trop tard qu'il n'avait pas prévu d'épilogue avant de commencer.

« C'était très aimable à vous de chercher, dit-il piteusement en fixant le plancher. Mais je suis sûr que je l'ai égaré quelque part à la maison. Je n'aurais pas dû venir, je ne vais pas vous importuner plus longtemps. » *Jamais plus*, se promit-il. *Je ne vous importunerai jamais plus.* Et pourtant, il ne faisait pas le moindre mouvement pour s'en aller.

Il y eut un silence, et quand Edward reprit la parole, sa voix était différente, moins emphatique, moins tout ce qu'elle était auparavant. « Ce n'était rien, vraiment », dit-il, puis après une nouvelle pause : « Il fait très froid dans cette salle, n'est-ce pas ? » (C'était vrai. La directrice maintenait une température glaciale durant les heures de cours, prétendant que cela aiguisait les capacités de concentration des élèves et leur enseignait la détermination. Les enfants s'y étaient habitués, mais les adultes non : tous les professeurs et les membres du personnel étaient en permanence emmitouflés dans leurs manteaux et leurs châles de laine. David était venu un soir et s'était étonné de trouver les lieux mieux chauffés et la température agréable.)

« Il fait toujours froid ici, répondit-il tristement.

— Je me disais qu'un café me réchaufferait », suggéra Edward, et voyant que David ne savait pas bien comment prendre cette phrase, il ajouta : « Il y a un bar à l'angle de la rue, voudriez-vous m'y accompagner ? »

David accepta sans réfléchir, sans même hésiter, avant de s'être demandé ce que pouvait signifier cette proposition, et l'instant suivant, à sa plus grande surprise, Edward avait déjà boutonné son manteau, ils quittaient l'école et marchaient en direction du sud puis de l'est dans Hudson Street. Ils n'échangeaient pas un mot, et Edward fredonnait quelque chose en chemin, une autre rengaine populaire, et l'espace d'un instant, David fut assailli de doutes : cet Edward n'était-il que vernis et surface ? Il avait présumé qu'un homme sérieux se cachait sous les sourires et les gestes aimables, derrière ses dents blanches et parfaites, mais s'il s'était trompé ? Si ce n'était qu'un feu follet, un être qui ne recherchait que son propre plaisir ?

Mais ensuite, il se dit : Et quand bien même ? Il était question d'un café, pas d'une demande en mariage, et quelque peu rassuré, il songea à Charles Griffith, dont il n'avait pas eu de nouvelles depuis leur dernière rencontre, avant Noël, et il sentit une chaleur lui monter dans le cou en dépit du froid.

L'établissement en question tenait effectivement davantage du bar que du salon de thé, c'était un endroit peu confortable, avec un plancher de bois brut, des tables branlantes et des tabourets instables. On entrait d'abord dans la partie boutique, et ils durent se faufiler parmi les clients qui examinaient des tonneaux contenant des grains de café, des fleurs de camomille séchées et des feuilles de menthe, que les deux employés chinois de l'établissement plaçaient dans des sacs en papier et pesaient sur une balance en cuivre, additionnant les chiffres sur un boulier dont les billes en bois qui s'entrechoquaient constamment résonnaient comme des percussions. En dépit, et peut-être à cause de cela, l'atmosphère était animée et conviviale, et les deux hommes trouvèrent une table près de la cheminée, où virevoltaient des escarbilles de braise pareilles à des feux d'artifice.

« Deux cafés », demanda Edward à la serveuse, une fille asiatique bien en chair qui hocha la tête avant de s'éloigner en trottinant.

Face à face, ils restèrent un moment à se regarder sans rien dire, puis Edward sourit, David lui rendit son sourire, et voir l'autre sourire les fit sourire à nouveau, et ils éclatèrent de rire au même instant. Puis Edward se pencha vers lui, comme pour lui faire une confidence, mais avant qu'il ait pu parler, tout un groupe de jeunes gens – manifestement, à les voir et à les entendre, des étudiants de l'université – entra dans la salle, prit place à une table voisine sans même interrompre leur conversation, un débat qui occupait leur génération depuis des dizaines d'années depuis la Guerre de la Rébellion : « Je dirais seulement que notre pays ne peut pas se dire libre s'il n'accueille pas les Négros comme des citoyens à part entière », déclarait une jolie fille aux traits anguleux.

— Mais c'est le cas, répliqua un garçon face à elle.

— Oui, mais seulement s'ils sont en route vers le Canada ou l'Ouest – nous ne souhaitons pas les voir s'installer, et quand nous disons que nous ouvrons nos frontières à quiconque arrive des Colonies, nous ne pensons pas à eux, et pourtant ils sont davantage persécutés que ceux à qui nous offrons asile ! Nous nous considérons infiniment supérieurs à l'Amérique et aux Colonies, et pourtant c'est complètement faux !

— Mais les Négros ne sont pas comme nous.

— Si justement ! J'ai connu – enfin pas moi personnellement mais mon oncle, quand il voyageait dans les Colonies – des Négros exactement comme nous ! »

Des railleries fusèrent, et un des garçons imita avec arrogance un accent traînant du Sud : « Anna voudrait nous faire croire qu'il y avait même des Peaux-Rouges comme nous, et que nous n'aurions jamais dû les éliminer, mais plutôt les laisser à leur sauvagerie.

— Il y avait assurément des Indiens comme nous, Ethan. Là-dessus, il n'y a aucun doute. »

Cette déclaration fut accueillie par les cris de toute la tablée, et entre ce vacarme et le claquement des billes du boulier, plus fort désormais qu'auparavant, et la chaleur qui lui montait dans le dos, David commença à se sentir un peu étourdi. Cela devait se lire sur son visage parce que Edward se pencha vers lui et lui demanda, en criant presque, s'il voulait qu'ils s'en aillent, et David accepta.

Edward alla voir la serveuse pour lui dire que, finalement, ils ne voulaient plus leurs cafés, et tous deux se frayèrent un chemin devant la table des étudiants entre les clients qui attendaient leurs sachets de thé, et ils se retrouvèrent de nouveau dans la rue bondée, qui, malgré toute son agitation, leur parut spacieuse et tranquille en comparaison. Un véritable soulagement.

« Ce café est parfois très bruyant, dit Edward, surtout en fin d'après-midi, j'aurais dû m'en souvenir. Mais d'ordinaire, c'est vraiment un lieu sympathique.

— Je n'en doute pas, murmura poliment David. Vous pensez à un autre endroit où nous pourrions aller ? » Car, bien qu'il eût enseigné dans cette école pendant six mois, ce n'était pas un quartier où il avait coutume de s'attarder – il passait rapidement, dans un but précis, et il se sentait trop âgé pour fréquenter les pubs et les cafés bon marché qui attiraient les étudiants dans ces rues.

« Eh bien, répondit Edward au bout de quelques secondes, nous pourrions aller chez moi, si cela vous convient – j'habite tout près. »

David fut surpris de cette proposition, mais elle lui plut, car n'était-ce pas exactement ce genre de comportement qui l'avait poussé vers Edward depuis le début ? Une promesse de liberté d'esprit, un joyeux mépris des conventions, un rejet des vieux usages et des conventions ? C'était un garçon de son temps, et en sa présence, David se sentait jeune lui aussi, si bien qu'il accepta aussitôt, enhardi par l'irrévérence de son nouvel ami. Edward hocha la tête comme s'il s'attendait à cette réponse (alors même que David était encore ébahi par sa propre audace), et le conduisit vers le nord puis le fit tourner dans Bethune Street en direction de l'ouest. La rue était bordée de jolies maisons récemment construites, murs de grès brun et bougies qui vacillaient devant les fenêtres – il n'était que 5 heures du soir, mais déjà la nuit les enveloppait –, mais Edward les dépassa d'un pas rapide pour s'arrêter devant un haut édifice à moitié délabré, autrefois majestueux sans doute, tout près de la rivière, le genre de demeure dans laquelle le grand-père de David avait été élevé, mais en piteux état, et doté d'une porte au bois gauchi qu'Edward dut ouvrir à coups de boutoir.

« Prenez garde à la deuxième marche, il manque une dalle, l'avertit-il avant de se retourner vers David. Ce n'est pas Washington Square, je le reconnais, mais c'est mon chez-moi. » Ces paroles se voulaient une excuse, mais son sourire – toujours aussi radieux – en faisait tout autre chose : pas vraiment une fanfaronnade, sans doute, mais au moins une sorte de défi.

« Comment savez-vous que j'habite Washington Square ?

— Qui ne le sait pas ? », répliqua Edward, mais d'un ton qui semblait faire revenir le mérite de cette adresse prestigieuse à David et l'en féliciter.

Une fois à l'intérieur (après avoir dûment pris garde à la deuxième marche), David comprit que l'ancien hôtel particulier avait été converti en pension ; sur la gauche, là où aurait dû se trouver le salon, on découvrait une sorte de réfectoire, avec une demi-douzaine de tables de styles hétérogènes et environ le double de chaises, de factures diverses elles aussi. Au premier coup d'œil, David s'aperçut que les meubles étaient de pauvre façon, mais il découvrit dans un coin un joli secrétaire du tournant du siècle, pareil à celui qui trônait dans le boudoir de son grand-père, et il s'approcha pour l'examiner. Apparemment, le bois n'avait pas été ciré depuis plusieurs mois, et le vernis avait été endommagé par une huile de qualité inférieure ; la surface, quand il y posa la main, était poisseuse, et lorsqu'il les retira, ses doigts étaient couverts de poussière. Mais cela avait dû être un beau meuble, et avant qu'il eût posé la question, Edward, qui se tenait derrière lui, affirma : « La propriétaire de cette maison était riche autrefois, du moins c'est ce qu'on raconte. Rien de comparable aux Bingham bien sûr – encore une référence à sa famille et sa fortune ! – mais bien nantie.

— Et que s'est-il passé ?

— Un mari joueur invétéré, qui s'est ensuite enfui avec sa sœur. Enfin, c'est ce qu'on m'a raconté. Elle vit au dernier étage, et je la vois rarement – elle est très âgée maintenant –, une cousine éloignée gère la pension pour elle.

— Comment s'appelle-t-elle ? demanda David – si la propriétaire avait effectivement eu de l'argent, son grand-père la connaîtrait.

— Larsson. Florence Larsson. Venez, ma chambre est par ici. »

Le tapis sur les marches était effiloché en divers endroits, carrément usé jusqu'à la corde à d'autres, et en montant l'escalier, Edward lui expliqua combien il y avait de locataires (douze, lui compris) et depuis combien de temps il habitait là (un an). Il ne semblait pas le moins du monde gêné par son environnement, sa pauvreté et son délabrement (les infiltrations avaient décoloré le papier peint à fleurs, le transformant en une mosaïque de grosses taches jaunes irrégulières), ni même du tout de vivre dans une pension. Bien sûr, c'était le cas de nombreuses personnes, mais David n'en avait jamais rencontré aucune, et encore moins mis les pieds dans pareil établissement, et il regardait autour de lui avec curiosité et même une légère anxiété. Comment vivaient les gens dans cette ville ! D'après Eliza, dont les propres activités caritatives consistaient à installer et à loger les réfugiés des Colonies et des immigrants venus d'Europe, les conditions d'existence de la plupart des nouveaux résidents étaient déplorables. Elle leur avait parlé de familles qui vivaient entassées à dix dans une seule pièce, de fenêtres qui n'étaient pas calfeutrées même par grand froid, d'enfants qui se brûlaient en s'approchant de trop près d'âtres sans pare-feu dans une tentative malheureuse de se réchauffer, de toits d'où la pluie coulait directement dans les pièces d'habitation. Ils écoutaient ces récits en secouant la tête, Grand-Père faisait claquer sa langue et la conversation dérivait vers un autre sujet – les études d'Eden, par exemple, ou une exposition qu'avait vue Peter récemment – et les logements insalubres dont parlait Eliza passaient à la trappe. Et voilà que lui, David Bingham, se trouvait dans un immeuble dans lequel ni son frère ni sa sœur n'auraient jamais osé mettre les pieds. Il se rendit soudain compte qu'il vivait une aventure exceptionnelle, puis il eut honte de sa propre fierté, car, en vérité, venir seulement en visite ne demandait aucun courage particulier.

Sur le palier du deuxième étage, Edward tourna à droite et David le suivit jusqu'à une chambre située au fond du couloir. Autour d'eux, tout était silencieux, même si, en déverrouillant sa porte, Edward posa l'index sur sa bouche et montrant la chambre voisine : « Il doit dormir.

— Si tôt ? chuchota David en réponse (à moins qu'il ne fût en fait déjà assez tard).

— Il travaille la nuit. Il est docker – il ne quitte jamais la maison avant 7 heures du soir.

— Ah ! », et une fois de plus, il fut frappé par le peu qu'il savait du monde extérieur.

Ils entrèrent dans la chambre, et Edward referma sans bruit la porte derrière eux. Il faisait si sombre que David n'y voyait rien, mais il sentit une odeur de fumée, et plus légère, celle du suif. Edward annonça qu'il allait allumer des bougies, et avec chaque craquement d'allumette, il vit des formes et des couleurs se dessiner dans la pièce. « Je garde toujours les rideaux fermés pour conserver la chaleur », expliqua son hôte, mais à ce moment, il les ouvrit et le reste de l'espace apparut enfin.

La chambre était plus petite que le bureau de David à Washington Square, et dans un coin se trouvait un lit étroit, sur lequel une couverture de laine rugueuse avait été soigneusement tirée. Au pied de la couche, était posée une malle dont le cuir se détachait par bandes, et à droite, un placard en bois encastré dans le mur. De l'autre côté de la pièce, une étroite table avec une lampe à huile d'un autre âge, un tas de papiers et un buvard, entourés de piles de livres défraîchis. Il y avait aussi un tabouret, manifestement bon marché, à l'instar du reste de l'ameublement ; dans l'angle opposé au lit, une cheminée massive en briques, et suspendue à un crochet en fer, une antique marmite noire en fonte, du genre de celles qu'il se rappelait de son enfance, quand dans la cour de leur ancienne maison au nord de la ville il regardait les bonnes baratter leur lessive dans d'énormes chaudrons emplis d'eau bouillante. De part et d'autre de la cheminée, une grande fenêtre où les branches dénudées des aulnes venaient dessiner une toile d'araignée d'ombres.

Aux yeux de David, l'endroit était remarquable, comme tout droit sorti d'un article de journal, et il s'étonna à nouveau d'être là, sa seule présence lui paraissant plus incongrue que la compagnie de la personne dont c'était la chambre.

Puis il se souvint de ses bonnes manières, et rendit son regard à Edward, debout au milieu de la pièce, les doigts croisés devant lui, en une attitude dont David devinait déjà qu'elle exprimait une vulnérabilité inhabituelle, et pour la première fois depuis leur rencontre si récente, David lut une sorte d'hésitation sur ce visage, une expression qu'il ne lui connaissait pas, et il s'aperçut que pareille humilité le faisait se sentir plus tendre et plus courageux à la fois. Si bien que quand son hôte proposa enfin de faire du thé, il put s'avancer à quelques centimètres d'Edward Bishop, si près qu'il parvenait à distinguer chacun de ses cils, aussi sombres et humides qu'un tracé à l'encre noire.

« Je vous en prie, répondit-il, la voix aussi douce que possible, comme si parler plus fort risquait de faire reprendre au jeune homme ses esprits et l'amener à reculer. Avec grand plaisir. »

Edward alla donc chercher de l'eau, et en son absence, David put examiner la chambre et son contenu plus en détail et avec davantage d'attention, et il se rendit compte que la sérénité avec laquelle il avait accepté la réalité du logement d'Edward n'était pas de la sérénité du tout, mais qu'il était sous le choc. David pouvait maintenant le reconnaître clairement : il était pauvre.

Mais à quoi s'attendait-il ? Qu'Edward fût comme lui-même un monsieur à l'éducation et l'instruction irréprochables qui enseignait dans cette école par charité et non pas – comme il devait désormais le considérer comme probable et même certain – pour gagner sa vie ? Il avait remarqué la beauté de ses traits, la bonne coupe de ses vêtements, et il avait présupposé une communauté d'intentions, une ressemblance, là où il n'en existait aucune. Mais maintenant, il était assis sur la malle au pied du lit et il regardait le manteau d'Edward, qu'il avait laissé là avant de quitter la pièce : la laine et la façon étaient de bonne qualité, mais les revers (quand il les retourna pour les examiner de plus près) semblaient légèrement trop larges pour être à la mode, les épaules étaient usées et luisaient comme du satin, une partie de la doublure avait été reprisée à petits points, et il y avait un pli à la manche là où un ourlet avait sauté. Un petit frisson le parcourut quand il se rendit compte qu'il avait mal jugé et aussi en mesurant que l'erreur venait de lui seul. Edward n'avait pas essayé de le tromper. Il avait décidé tout seul qui était le jeune homme et n'avait pas voulu voir les preuves du contraire. À la recherche d'un reflet de lui-même ou des gens de son milieu, il avait cru le trouver, ou quelque chose d'approchant, et il ne s'était plus posé de questions, il avait tout simplement cessé de voir. « Un homme du monde désormais », avait déclaré Grand-Père au retour de son voyage d'un an en Europe, et David l'avait cru, il était même d'accord avec lui. Mais était-il vraiment un homme du monde ? Ou bien plutôt un homme de ce monde qu'avaient créé les Bingham, un monde certes riche et varié mais, il le savait, largement incomplet ? Et voilà qu'il se trouvait dans une chambre à louer dans une pension à moins de quinze minutes de fiacre de Washington Square, et pourtant les lieux lui paraissaient plus étrangers que Londres, Paris ou Rome. Il s'y reconnaissait si peu qu'il aurait pu aussi bien être à Pékin ou sur la lune. Et l'agitait aussi quelque chose de pire – un sentiment d'incrédulité qui n'était pas seulement désagréable mais aussi dangereux. Même quand il était entré dans cette bâtisse, il s'était obstiné à penser qu'Edward vivait là pour se divertir, comme s'il jouait la comédie de la pauvreté.

Ce souvenir, ajouté au froid de cette chambre, un froid qui paraissait presque humide, si envahissant et insistant, lui fit se rendre compte du caractère absurde de sa présence, et il se releva, reboutonna son manteau, qu'il n'avait même pas retiré, et s'apprêtait à partir, se préparant à rencontrer Edward Bishop dans l'escalier et à lui présenter ses excuses, quand son hôte réapparut, une casserole en cuivre débordant d'eau entre les mains. « Écartez-vous, s'il vous plaît, Mister Bingham », dit-il avec une solennité simulée, ayant manifestement retrouvé toute son assurance. Il versa l'eau dans la bouilloire avant de s'agenouiller pour allumer le feu, les flammes jaillissant aussitôt comme par magie. Durant ce temps, David resta debout, désemparé, et quand Edward se tourna de nouveau vers lui, il prit place sur le lit avec résignation.

« Oh pardon, je n'aurais pas dû prendre la liberté de m'asseoir sur votre lit ! », s'exclama-t-il en bondissant sur ses pieds.

Edward sourit. « Il n'y a pas d'autre siège, répondit-il simplement. Je vous en prie. » Et David se rassit.

Le feu rendait le décor plus chaleureux, moins triste ; les fenêtres se couvrirent de vapeur, et quand Edward lui eut servi son thé – « Pas vraiment du thé, je le crains, rien que des bourgeons de camomille séchée » – David se sentit moins mal à l'aise. Pendant un certain temps, un silence agréable s'installa tandis qu'ils sirotaient leur breuvage.

« J'ai des biscuits. Vous en voulez ?

— Non, non, je vous remercie. »

Ils continuèrent à boire à petites gorgées.

« Il faudra que nous retournions dans ce café. Plus tôt dans la journée, peut-être.

— Oui, avec plaisir. »

Durant quelques minutes, ils semblèrent avoir du mal à parler.

« Est-ce que vous pensez que nous devrions laisser entrer les Négros ? demanda Edward pour plaisanter, et David, lui rendant son sourire, secoua la tête : « J'ai de la peine pour eux, bien sûr, dit-il avec fermeté, imitant l'avis de son grand-père sur la question, mais il vaut mieux qu'ils se trouvent eux-mêmes un endroit où vivre – dans l'Ouest, peut-être. » Ce n'était pas, disait son grand-père, qu'on ne puisse pas éduquer les Négros – de fait, l'inverse était vrai, et là était bien le problème, parce qu'une fois instruit, pourquoi l'homme noir ne réclamerait-il pas les avantages dont jouissaient les États-Libres ? Il songea à la façon dont son grand-père ne faisait jamais référence à ce sujet sans parler du « thème des Négros » plutôt que de l'appeler « la question des Négros » ou « le problème des Négros », parce que, dès qu'on les désignait ainsi, on se sentait devant l'obligation de les traiter. « Le thème des Négros est le péché au cœur de l'Amérique, répétait-il souvent. Mais nous ne sommes pas l'Amérique, et ce n'est pas notre péché. » Sur ce point, comme sur tant d'autres, David admirait la sagesse de son aïeul, et il ne lui était jamais venu à l'esprit de s'opposer à ses vues.

Un nouveau silence s'ensuivit, interrompu seulement par le cliquetis des tasses en faïence contre leurs dents, et Edward lui sourit à nouveau :

« Vous devez être choqué par la façon dont je vis.

— Non, choqué n'est pas le mot », bien qu'il le fût. Il était de fait si surpris que ses capacités de conversation et ses bonnes manières l'avaient totalement déserté. Du temps où il était un garçon timide, peinant à se faire des amis et souvent ignoré par ses camarades de classe, Grand-Père lui avait dit un jour que, pour paraître intéressant, il suffisait de poser des questions aux autres. « Les gens n'aiment rien tant que parler d'eux-mêmes. Et si jamais tu te trouves dans une situation où ta position et ton rang ne suffisent pas à te rassurer – et cela ne devrait pas se produire : tu es un Bingham, rappelle-toi, et le meilleur enfant que je connaisse –, tout ce que tu as à faire, c'est interroger cette personne sur elle-même, et elle sera convaincue à jamais que tu es l'individu le plus fascinant qu'elle ait jamais rencontré. » Naturellement, c'était exagéré, mais son grand-père n'avait pas tort, et ce conseil, une fois suivi, avait sinon changé sa place parmi ses pairs, du moins permis d'éviter ce qui promettait d'être une vie entière d'opprobre, et il s'en était servi depuis en d'innombrables occasions.

Même en ce moment précis, il avait conscience que, de tous deux, Edward était de loin le plus fascinant, le plus irrésistible. Il s'appelait David Bingham, et on savait tout de lui. Quel effet cela faisait-il d'être anonyme, quelqu'un dont le nom ne signifiait rien, qui pouvait se mouvoir dans l'existence comme une ombre, chanter une rengaine de music-hall sans que tous ceux qu'il connaissait en eussent aussitôt vent, louer une chambre glaciale dans une pension avec pour voisin un docker qui se levait quand les autres s'installaient dans leur salon pour prendre un verre en faisant la conversation, quelqu'un qui ne devait rien à personne ? Il n'était pas assez romantique pour en rêver vraiment. Il n'apprécierait guère de passer ses jours dans cette petite cellule froide si près de la rivière, de devoir aller chercher de l'eau chaque fois qu'il avait soif plutôt que de sonner impérieusement pour qu'on lui en apporte – il n'était même pas persuadé d'en être capable. Pourtant, la notoriété revenait à renoncer à l'aventure pour la sécurité, et par conséquent, à se retrouver exilé dans une vie sans surprise. Même en Europe, il était passé d'une relation de son grand-père à une autre : il ne traçait jamais son propre chemin, quelqu'un l'avait toujours déjà fait pour lui, éliminant les obstacles dont il ne saurait même jamais qu'ils auraient pu se trouver là. Il était libre, mais en même temps, il ne l'était pas.

Et donc ce fut avec un désir de le connaître bien réel qu'il interrogea Edward sur lui-même, voulant savoir qui il était et comment il en était venu à mener l'existence qui était la sienne. Et Edward parla sans réserve avec autant de naturel que s'il avait attendu depuis des années de voir cet homme entrer dans sa vie et lui poser toutes sortes de questions. David, lui, tout en écoutant l'histoire d'Edward avec un réel intérêt, sentit qu'il éprouvait une sorte de vanité, inconnue et déplaisante, à se dire qu'il se trouvait dans cet endroit improbable, qu'il parlait avec ce beau garçon mystérieux, improbable lui aussi, et même s'il voyait à travers les vitres embuées que la nuit tombait, et donc que son grand-père devait prendre place à table en se demandant où il avait pu passer, il ne déclara pas qu'il était désolé de devoir prendre congé et ne fit aucun mouvement pour s'en aller. Il était comme ensorcelé, et s'en rendant compte, il ne faisait rien pour rompre le charme : il abdiquait, il désertait le monde qu'il connaissait afin d'en découvrir un autre, et tout cela pour essayer de ne plus être celui qu'il était et devenir celui qu'il rêvait d'être.

VI.

Au fil des semaines suivantes, il revit le professeur de musique d'abord une fois, puis deux, puis trois, puis quatre. Ils se retrouvaient après le cours d'Edward ou le sien. Pour leur deuxième rendez-vous, ils gardèrent le prétexte d'aller d'abord au café, mais ensuite, ils se rendirent directement dans la chambre d'Edward, et ils y restèrent aussi tard que l'osa David avant de devoir reprendre son fiacre qui l'attendait devant l'école, et de se hâter de rentrer avant que Grand-Père n'eût annoncé qu'il passait à la salle à manger – il ne s'était pas montré fâché mais curieux quand son petit-fils était rentré tellement tard après leur première rencontre, et même si David avait réussi à esquiver les questions, il savait qu'elles se feraient plus pressantes si l'incident se renouvelait, et il ne se sentait pas prêt à y répondre.

De fait, il ignorait comment il qualifierait, si on l'y forçait, son amitié avec Edward. Le soir, après le dernier verre et la conversation partagés dans le boudoir – « Tu es sûr que tu vas bien ? avait demandé son grand-père après le troisième rendez-vous secret –, il se retirait dans son bureau et consignait dans son journal intime ce qu'il avait appris d'Edward ce jour-là, puis prenait le temps de le relire, comme s'il s'agissait d'un de ces romans à énigme qu'affectionnait Peter, au contraire de récits qu'il avait lui-même entendus de vive voix.

Il avait vingt-trois ans, cinq de moins que David, et avait suivi pendant deux ans les cours du conservatoire de Worcester,

Massachusetts. Mais bien que bénéficiant d'une bourse, il n'avait pas eu assez d'argent pour aller jusqu'au diplôme, et il était arrivé à New York quatre ans plus tôt pour y chercher du travail.

— Et qu'as-tu fait ? s'était enquis David.

— Oh, tout et n'importe quoi », avait-il répondu, et ce n'était pas faux, ou au moins pas entièrement : Edward avait été pour de brèves périodes aide-cuisinier (« Horrible, c'est à peine si je sais faire bouillir de l'eau, comme tu as pu le constater »), précepteur (« Affreux, je négligeais totalement l'éducation des enfants qui m'avaient été confiés et j'étais ravi de les bourrer de bonbons ! »), apprenti charbonnier (« Je ne sais plus très bien pourquoi j'ai pensé que c'était sans doute le métier pour lequel j'étais le moins fait »), et modèle pour un peintre (« Beaucoup plus ennuyeux que tu pourrais le croire. On est perché dans une position impossible jusqu'à être transi de froid et avoir des crampes partout pendant qu'une classe de vieilles dames mielleuses et de barbons vicieux essaient de croquer ton image »). Finalement (par des moyens qui restaient à expliquer), il avait trouvé un emploi de pianiste dans un petit cabaret.

(« Un cabaret ! », n'avait pu s'empêcher de s'exclamer David.

— Oui, oui un cabaret ! Où crois-tu que j'aurais appris toutes ces chansons qui heurtent tellement les oreilles Bingham ? » Mais cette dernière remarque avait été ajoutée sur le ton de la plaisanterie, et ils s'étaient souri.)

C'était au fond de ce cabaret qu'il avait reçu la proposition de donner des cours à la fondation (cela non plus n'était pas vraiment clair, et David se laissa aller à imaginer durant quelques secondes la directrice qui descendait jusqu'à une salle obscure, saisissait Edward par le col et lui faisait remonter l'escalier, dévaler la rue et le forçait à entrer dans l'école) ; plus récemment, il avait tenté de compléter ses revenus en donnant des cours particuliers, mais il savait que dénicher des élèves ne serait pas simple, voire presque impossible.

(« Pourtant, tu as toutes les qualifications requises, avait protesté David.

— Mais beaucoup d'autres en possèdent davantage et ils ont toutes les lettres de recommandation nécessaires. Regarde, tu as des nièces et des neveux, n'est-ce pas ? Ton frère ou ta sœur engageraient-ils quelqu'un comme moi ? Ou bien préféreraient-ils – sois sincère ! – contracter un tuteur formé au Conservatoire national, ou un musicien professionnel pour donner des cours à leurs petits chéris ? Oh non, n'aie pas honte, tu n'as pas besoin de t'excuser ; je sais que c'est la vérité, les choses sont ce qu'elles sont. Un jeune homme pauvre sans réputation ni même un diplôme délivré par une institution de troisième ordre n'est pas très recherché, et ne le sera jamais. »)

Il adorait enseigner. Ses amis (sans fournir de détails à leur sujet) se moquaient de son travail, modeste dans tous les sens du terme, mais lui l'aimait, et il éprouvait de l'affection pour ses ouailles. « Ils me rappellent l'enfant que j'étais », dit-il, là non plus sans expliquer en quoi. Comme David, il savait que ses élèves ne deviendraient jamais musiciens, qu'ils n'auraient sans doute jamais l'occasion d'assister à un concert ou un récital, mais il pensait qu'il pouvait au moins leur donner quelques moments de bonheur, de joie dans leurs vies, quelque chose qu'ils garderaient en eux, une source de plaisir qu'ils pourraient s'approprier.

« C'est exactement ce que je ressens, s'était écrié David, transporté à l'idée que quelqu'un pût partager sa vision de l'éducation de ces malheureux. Il est possible qu'ils ne jouent jamais de musique – aucun d'eux ne le ferait selon toute vraisemblance – mais ils y trouveront un certain raffinement de l'esprit, n'est-ce pas ? Et le jeu n'en vaut-il pas la chandelle ? »

À ces mots, un nuage était furtivement passé sur le front d'Edward, et durant quelques secondes, David s'était demandé s'il n'avait pas dit quelque chose de blessant. Mais « Tu as tout à fait raison » avait été le seul commentaire de son nouvel ami, et la conversation avait dérivé vers un autre sujet.

Tous ces moments, il les avait consignés, ainsi que tous les détails qu'Edward lui avait fournis sur ses voisins, qui le faisaient rire et l'étonnaient toujours : un vieux monsieur qui ne quittait jamais sa chambre, et qu'Edward avait surpris occupé à faire descendre ses chaussures dans un seau pour que le cireur qui attendait sous la fenêtre les réceptionne ; le docker, dont ils entendaient parfois les ronflements à travers la mince paroi ; le garçon juste au-dessus, dont Edward jurait qu'il passait sa vie à donner des cours de danse à de vieilles dames, à en croire le claquement des talons qui martelaient le plancher. Il devinait qu'Edward devait le trouver bien naïf et qu'il prenait un vif plaisir à le surprendre et même à essayer, parfois, de le choquer. Et David était ravi de se prêter au jeu : il était effectivement naïf. Il adorait qu'on l'étonne. En présence d'Edward, il se sentait à la fois plus mûr et plus juvénile, et surtout léger – l'occasion lui était donnée de revivre sa jeunesse, d'éprouver ce sentiment de lâcher-prise qui caractérisait cet âge de la vie, sauf qu'il était désormais assez vieux pour l'apprécier à sa juste valeur. « Mon candide », s'était mis à l'appeler Edward, et alors qu'il aurait pu se sentir offensé par cette affection condescendante – parce que c'était bien de la condescendance, n'est-ce pas ? –, il n'en était rien. Aux yeux d'Edward, il n'était pas ignorant au bout du compte mais simplement innocent, une petite chose précieuse, qu'il fallait chérir et protéger de tout ce qui existait hors les murs de cette pension.

Mais c'est ce qu'Edward lui avait confié lors de leur troisième rencontre qui en était venu à occuper une grande partie de son temps et de ses pensées. Ils étaient devenus intimes pour la première fois ce jour-là : Edward, debout, s'était arrêté au milieu d'une phrase (il était en train de discourir sur l'un de ses amis, professeur particulier de mathématiques dans une famille prétendument nantie dont David n'avait jamais entendu parler) pour fermer les rideaux, et avec un naturel parfait, l'avait rejoint sur le lit. Bien que ce ne fût pas là sa première relation – comme tous les habitants de cette ville, riches ou pauvres, il prenait de temps à autre un fiacre pour se rendre à l'extrémité est de Gansevoort Street, quelques rues au nord de la pension, où les hommes tels que lui se dirigeaient vers les maisons du trottoir sud, et ceux qui cherchaient des femmes vers celles du trottoir nord ; quant à ceux qui voulaient quelque chose de complètement différent, ils choisissaient l'extrémité ouest, où se trouvaient quelques salons qui satisfaisaient des désirs plus spécifiques, entre autres un établissement unique, parfaitement bien tenu, qui n'accueillait que des clientes – tout lui avait paru extraordinaire, comme s'il réapprenait à marcher, à manger ou à respirer : une sensation physique dont il avait accepté depuis si longtemps de penser qu'elle était en sens unique, mais dont il lui était soudain révélé qu'elle pouvait être tout autre chose.

Ensuite, ils étaient restés allongés l'un à côté de l'autre, et le lit d'Edward était si étroit qu'ils devaient se tenir sur le flanc, sinon David risquait de rouler par terre. Cela aussi les avait fait rire.

« Sais-tu », avait-il commencé à dire, en sortant son bras de sous la couverture en laine qui le grattait insupportablement, comme s'il s'était trouvé sous un écheveau d'orties – il va falloir que je lui en offre une autre, avait-il songé –, et en le posant sur la peau douce d'Edward, sous laquelle il sentait la cage thoracique, « tu m'as beaucoup parlé de toi mais tu ne m'as jamais dit d'où tu venais ni qui étaient tes parents. » Cette retenue l'avait d'abord intrigué, mais maintenant il la jugeait un peu déconcertante – il redoutait qu'Edward n'eût honte de ses origines, ou qu'il pût penser que David désapprouverait. Pourtant, il n'était pas ce genre de personne, Edward n'avait rien à craindre de lui. « D'où viens-tu ? demanda-t-il devant le silence de son compagnon. Pas de New York, poursuivit-il. Du Connecticut ? Du Massachusetts ?

D'une voix posée, Edward finit par répondre : « Des Colonies », et David en resta muet.

Il n'avait jamais connu personne originaire des Colonies. Oh, il en avait vu : chaque année, Eliza et Eden offraient chez elles une réception afin de lever des fonds pour les réfugiés, et faisaient toujours venir un évadé, d'ordinaire récemment arrivé, pour parler en tremblant de son expérience avec ce joli accent suave des gens du Sud. Ils venaient de moins en moins pour des raisons religieuses ou pour échapper aux persécutions, mais parce que durant les décennies après la défaite (même si leurs citoyens ne l'appelaient jamais ainsi), lors de la Guerre de la Rébellion, les Colonies s'étaient peu à peu appauvries – pas complètement, pas jusqu'à tomber dans la misère, mais elles ne jouiraient plus jamais de leur fortune d'antan, et moins encore de richesses comparables à celles qu'avaient accumulées les États-Libres durant les quelque cent ans suivant leur fondation. Or, ce n'étaient pas ce genre d'exilés que sa sœur et son épouse accueillaient, mais les rebelles, ceux qui gagnaient le Nord parce que rester là où ils étaient nés et avaient grandi aurait représenté un grand risque, et parce qu'ils voulaient vivre libres. La guerre était finie, mais les combats continuaient. Pour beaucoup de leurs enfants, les Colonies demeuraient un lieu de malheur, en proie aux escarmouches et aux attaques nocturnes.

Et donc, non, il n'était pas complètement ignorant du chaos qui régnait dans les Colonies. Mais cela n'avait rien à voir. Il s'agissait maintenant de quelqu'un qu'il était en train d'apprendre à connaître, avec qui il avait partagé confidences et éclats de rire, et entre les bras de qui il se trouvait en ce moment même, tous deux dévêtus.

« Mais tu n'as pas du tout l'accent des Colonies, dit-il, et pour son plus grand soulagement, Edward s'esclaffa :

— C'est vrai. Mais je vis ici depuis pas mal d'années. »

Lentement d'abord, puis sur un rythme plus précipité, son histoire se fit jour. Il était arrivé enfant dans les États-Libres, à Philadelphie. Sa famille vivait depuis quatre générations en Géorgie, à Savannah, où son père était instituteur dans une école pour garçons. Il avait sept ans quand on lui avait annoncé qu'il leur fallait partir faire un grand voyage. Ils étaient six en tout : lui, sa mère, son père, et ses trois sœurs, deux plus âgées, la dernière plus petite.

David calcula. « Donc, c'était en 1877 ?

— Oui, à l'automne. »

Vint ensuite un récit typique de fuite ; avant la guerre, le Sud avait manifesté son opposition aux États-Libres, mais n'avait pas légiféré pour restreindre les mouvements de ses citoyens dans le pays. Après la guerre, cependant, et la sécession du Sud, il devint illégal pour les habitants des États-Libres de se rendre dans le Sud, désormais rebaptisées « Les Colonies-Unies », ou pour leurs citoyens d'aller au Nord. Cependant, beaucoup de ces derniers passèrent outre. Le voyage vers le Nord était long et difficile, il se faisait généralement à pied. On considérait en général que le plus sûr était de se déplacer à plusieurs, mais par groupes composés de moins de dix personnes qui ne devaient pas inclure plus de cinq enfants, car ils se fatiguaient vite et risquaient de s'agiter en cas de contrôle par une patrouille. Il circulait des histoires affreuses sur des tentatives avortées : des marmots qui braillaient qu'on arrachait gémissants à leurs parents et qu'on vendait ensuite, à en croire les rumeurs, à des familles locales qui les faisaient travailler dans les champs ; des femmes séparées de leurs époux et qu'on forçait à se remarier ; des histoires d'emprisonnements, d'assassinats. Les pires récits mettaient en scène des gens comme eux, qui s'enfuyaient vers les États-Libres pour vivre dans la légalité. Peu de temps auparavant, Eliza avait invité deux hommes, récemment arrivés, qui voyageaient avec un couple d'amis depuis le Maryland, d'où ils comptaient gagner la Pennsylvanie. Ils s'étaient arrêtés pour se reposer au pied d'un chêne. Ils étaient allongés là, enlacés, mais au moment même où ils avaient commencé à se détendre, ils entendirent les premiers martèlements de sabots, bondirent sur leurs pieds et prirent leurs jambes à leur cou. Mais le second couple fut plus lent à réagir, et quand leurs amis crièrent avant de tomber, ils ne se retournèrent pas et se mirent à détaler plus vite qu'ils ne s'en seraient jamais crus capables. Sur leurs talons, ils perçurent un nouveau bruit de cavalcade, et réussirent à franchir la frontière de quelques mètres. Alors seulement, ils se retournèrent pour voir le milicien, le visage dissimulé sous son capuchon, tirer brutalement sur ses rênes et déraper pour s'arrêter, avant de les mettre en joue. Les patrouilles n'avaient pas le droit de franchir la frontière pour arrêter un évadé, et encore moins de le tuer, mais nul n'ignorait qu'il suffisait d'une balle pour rendre cette loi vaine. Les fugitifs reprirent leur course, l'écho des hennissements du cheval les poursuivant pendant ce qui leur parut être plusieurs kilomètres, et ce ne fut que le lendemain, alors qu'ils étaient enfin en sûreté à l'intérieur du pays, qu'ils s'autorisèrent à pleurer sur le sort de leurs amis, non seulement parce qu'ils avaient imaginé la vie qu'ils partageraient dans les États-Libres, mais aussi parce que chacun savait ce qui attendait les gens comme eux quand ils étaient pris : ils seraient battus, brûlés, torturés, mis à mort. En faisant ce récit dans le salon d'Eliza et Eden, les deux hommes avaient à nouveau éclaté en sanglots, et David, comme toute l'assistance, était resté figé d'horreur. Cette même nuit, de retour à Washington Square, il avait songé à la grande chance qui était la sienne d'être né dans les États-Libres : il n'avait jamais connu et ne connaîtrait jamais la barbarie qu'avaient subie ces hommes.

La famille d'Edward avait fait le voyage seule. Son père n'avait pas payé les services d'un passeur qui, s'il était honnête (et certains l'étaient), augmentait considérablement les chances de succès de l'évasion ; aucune autre famille ne les accompagnait, ce qui aurait été préférable parce que les parents pouvaient se relayer pour dormir et surveiller les enfants. Depuis la Géorgie, il fallait encore deux semaines de marche, mais au bout de la première, il s'était mis à faire froid, puis glacial, et les provisions étaient presque épuisées.

« Mes parents nous réveillaient très tôt, à l'aube, et mes sœurs et moi allions ramasser des glands, raconta Edward. Nous ne pouvions pas prendre le risque d'allumer un feu, mais ma mère les écrasait pour en faire une pâte dont on tartinait des biscuits.

— C'est affreux ! », murmura David. Il se sentait ridicule, mais qu'aurait-il pu trouver à dire ?

« Oui, affreux. Et plus encore pour ma petite sœur, Belle. Elle n'avait que quatre ans, et elle ne se rendait pas compte qu'il ne fallait pas faire de bruit. Elle savait seulement qu'elle avait faim et elle ne comprenait pas pourquoi. Elle pleurait sans arrêt, et ma mère devait lui couvrir la bouche pour qu'elle ne trahisse pas notre présence. »

Ses parents ne prenaient ni petit déjeuner ni repas de midi. Ils gardaient la nourriture restante pour le dîner, et la nuit, tous se blottissaient les uns contre les autres pour se tenir chaud. Edward et son père se mettaient à la recherche d'un bosquet où ils pourraient dormir, ou au moins un fossé, et ils se couvraient de feuillages et de rameaux, pour se protéger du vent et afin que les chiens des patrouilles ne repèrent pas leur odeur. Quel était le pire, se souvenait de s'être demandé Edward sur le moment, la peur ou la faim ? Toutes deux définissaient ses journées.

Quand ils atteignirent enfin le Maryland, ils se rendirent directement dans un des centres d'accueil dont un ami de la famille leur avait parlé, et ils y restèrent plusieurs mois. Son père apprenait à lire et à compter aux enfants des autres réfugiés, et sa mère, couturière expérimentée, ravaudait les vêtements usagés que le centre collectait pour assurer la pitance de ses résidents. Au printemps, ils quittèrent les lieux et reprirent la route – un périple difficile mais moins dangereux, parce que désormais ils étaient dans l'Union – vers les États-Libres, et ils poursuivirent vers le nord jusqu'à New York. Là, dans la grande ville, Mister Bishop finit par trouver du travail dans une imprimerie (car on entretenait dans les États-Libres et l'Union des préjugés sur le niveau d'éducation des gens qui venaient des Colonies, si bien que de nombreux exilés pourtant instruits se virent réduits à des conditions modestes), et ils s'entassèrent tous les six dans un petit appartement d'Orchard Street.

Néanmoins, disait Edward (et David détecta dans sa voix une note de sincère fierté), ils s'en étaient pour la plupart bien tirés. Ses parents étaient morts, emportés par l'épidémie de grippe de 1890, mais ses deux sœurs aînées étaient désormais institutrices dans le Vermont, et Belle, devenue infirmière, vivait avec son mari médecin à Manchester, dans le New Hampshire.

« En fait, je suis le seul raté », gémit-il avec un soupir théâtral, même si David devinait qu'il y avait un peu de vrai dans cette affirmation et qu'il en souffrait.

— Tu n'es pas un raté », dit-il en se serrant contre lui.

Ils gardèrent quelque temps le silence tandis que David, le menton posé sur les cheveux noirs d'Edward, suivait du doigt des lignes imaginaires sur son dos.

« Ton père, demanda-t-il enfin, était-il comme nous ?

— Non, pas comme nous, mais il n'y trouvait rien à redire, je ne l'ai jamais entendu exprimer quelque chose contre. Je ne crois pas ça de lui.

— Il était peut-être un adepte du révérend Foxley, alors ? » Beaucoup des exilés croyaient en secret aux enseignements du célèbre utopiste, un des fondateurs des États-Libres, partisan de l'amour libre. Il était considéré comme hérétique dans les Colonies où ses livres étaient proscrits.

« Non, non, mon père n'était pas très croyant.

— Mais alors, si tu me permets la question, pourquoi avait-il voulu partir pour le Nord ? »

David avait senti qu'Edward soupirait, son souffle chaud contre sa poitrine.

« Pour être honnête je dois reconnaître, après tout ce temps, que je n'en sais rien moi-même. Nous menions une existence confortable en Géorgie, au bout du compte. La famille était connue, nous avions des amis.

Quand j'ai été en âge et assez impertinent pour le faire, je lui ai souvent posé la question. Et il répondait seulement qu'il voulait nous donner une vie meilleure. Une vie meilleure ! D'instituteur respecté, il était devenu ouvrier dans une imprimerie – je n'ai rien contre, évidemment, mais un homme qui travaille avec son cerveau ne considère pas d'ordinaire que travailler avec ses mains soit une vie meilleure. Donc, je n'ai jamais compris, à mon grand dam, et je suppose que je n'aurai jamais la réponse.

— Mais peut-être, suggéra paisiblement David, l'avait-il fait pour toi. »

Edward laissa passer quelques secondes sans répondre. Puis :

« Je ne pense pas qu'il l'avait deviné alors que je n'avais que six ans.

— Peut-être que si. Le mien le savait. Je crois qu'il l'avait compris pour chacun d'entre nous. Enfin, peut-être pas Eden. Elle était encore presque un bébé quand nos parents sont décédés. Mais John et moi, même si nous n'étions pas bien vieux… Oui, je pense qu'il le savait.

— Et ça ne le contrariait pas ?

— Non, et pourquoi aurait-il été contrarié ? Son propre père était comme nous. Il ne nous considérait ni comme des oiseaux rares, ni comme des indésirables. »

Sur ce, Edward lâcha un petit rire silencieux et roula sur le dos. Le soir était venu, et il faisait déjà sombre dans la chambre – David devrait partir bientôt s'il ne souhaitait pas manquer encore un dîner. Mais la seule chose qu'il voulait, c'était rester allongé sur le lit étroit et dur d'Edward, continuer à sentir cette couverture de laine le gratter atrocement, la douce chaleur des braises qui se consumaient dans la cheminée, et la peau d'Edward contre son corps.

« Tu sais comment on appelle les États-Libres dans les Colonies, n'est-ce pas ? », demanda Edward, et David, même s'il n'accordait pas beaucoup d'importance à ce qu'on pensait d'eux ou pas, n'ignorait pas les surnoms cruels et vulgaires dont on affublait son pays, et au lieu de répondre, il lui couvrit la bouche de sa paume.

« Oui, je le sais. Embrasse-moi. » Et Edward s'exécuta.

Il était ensuite rentré à Washington Square, après s'être rhabillé à regret et aventuré dans le froid, mais plus tard, seul dans son bureau, il s'était avoué que cette discussion, cette rencontre, l'avaient transformé. Il avait un secret, et ce secret s'appelait Edward. Non seulement lui, sa peau lisse et blanche et ses doux cheveux noirs, mais son expérience, ce qu'il avait vu et enduré : il venait d'ailleurs, il avait eu une existence autre, et en partageant ses souvenirs avec David, il avait soudain rendu sa vie tout à la fois plus riche, plus profonde, plus heureuse et plus impénétrable.

Dans la solitude de son bureau, il relisait son journal intime, s'attachant à des détails qu'il connaissait bien comme s'il les découvrait : le deuxième prénom d'Edward – Martins, le nom de jeune fille de sa mère –, son morceau de musique préféré (la suite pour violoncelle n° 1 en sol majeur de Bach), son plat favori (« Ne ris pas, c'est la bouillie de maïs au lard. Non, il ne faut pas te moquer, je viens de Géorgie, que veux-tu ? »). Il se replongea dans les pages qu'il avait écrites avec un appétit qu'il n'avait pas ressenti depuis des années, et quand il se décida enfin à se coucher, ne pouvant plus s'empêcher de bâiller, ce fut avec plaisir, parce qu'il savait que ce serait bientôt demain et que cela signifiait qu'il allait revoir Edward. Les sentiments qu'il éprouvait pour lui étaient merveilleux, mais plus inouïes encore en étaient l'intensité et la vitesse à laquelle ils s'étaient épanouis. Pour la première fois de sa vie sans doute, il se sentait audacieux et libre, comme s'il chevauchait un cheval fugitif, et qu'il retînt à peine les rênes alors qu'il traversait une longue prairie au grand galop, hilare et effrayé à la fois.

Pendant des années – tant d'années ! – il s'était demandé s'il n'avait pas quelque chose qui ne tournait pas rond, peut-être même un défaut congénital. Non qu'il ne fût pas invité aux mêmes réceptions que John et Eden ; le hic était plutôt ce qu'il s'y passait. Cela remontait au temps où ils étaient plus jeunes, qu'on les appelait simplement « les enfants Bingham » et lui-même « l'aîné », pas encore « le célibataire » ou « celui qui n'est pas marié » ou « celui qui habite encore Washington Square » : ils arrivaient à la soirée, gravissaient les quelques marches du perron en pierre d'une de ces récentes demeures de Park Avenue, Eden et John devant lui, sa sœur au bras de son frère, et lui formant l'arrière-garde, et quand ils franchissaient le seuil du hall éclaboussé de lumières chatoyantes, il entendait ce qui à ses oreilles résonnait comme des hourras, tandis que John et Eden se laissaient embrasser par des admirateurs inconnus soupirant de ravissement dès que tous deux apparaissaient.

Et lui ? On le saluait également, bien sûr. Ils ne manquaient pas d'éducation, ces connaissances et ces pairs, et il était un Bingham lui aussi, personne n'eût osé se montrer moins que cordial, en tout cas pas en face. Mais durant le reste de la réception, il avait l'impression étrange d'être ailleurs, comme s'il flottait au plafond, et durant le dîner, où on ne le plaçait à côté d'aucune des étoiles montantes de l'assemblée, mais plutôt parmi les amis et les relations de leurs parents – la sœur du père, par exemple, ou le vieil oncle de la mère –, il éprouvait intensément son indiscutable étrangeté, comme si ce qu'il s'était appliqué à cacher était évident et perceptible par tous les membres de leur cercle. De l'autre bout de la table, lui parvenaient parfois des éclats de rire, et son voisin ou sa voisine secouait la tête avec indulgence, avant de se tourner vers lui pour commenter l'irrépressible frivolité des jeunes, dont il fallait bien accepter ces petits débordements. Il leur arrivait parfois de mesurer leur erreur, et ils s'empressaient d'ajouter que lui aussi devait profiter de moments de joie, mais d'autres fois, ils ne le faisaient même pas. Il serait vieux avant l'âge, chassé du paradis de la jeunesse, non par les années mais à cause de son caractère.

Or il ne s'agissait peut-être pas de sa personnalité, mais sans doute d'autre chose ; il n'avait jamais été joyeux ou léger, même enfant. Il avait un jour entendu son grand-père parler de sa gravité à Frances, ajoutant qu'elle était probablement due au fait qu'il était l'aîné, qu'il avait sans doute eu plus de chagrin à la mort de leurs parents. Mais les qualités qui vont souvent de pair avec ce type de repli sur soi – la constance, le sérieux dans l'effort, le goût des études – lui étaient étrangères. Il était réceptif aux dangers du monde, mais ni à ses plaisirs ni à ses joies ; même l'amour n'était pas pour lui une source d'enthousiasme, mais plutôt d'angoisses et de craintes : celui qu'il aimait l'aimait-il vraiment en retour ? Quand le quitterait-il ? Il avait observé Eden puis John au début de leurs fréquentations sentimentales, il les avait vus rentrer tard le soir, les joues rosies par le vin et la danse, avait remarqué avec quelle promptitude ils bondissaient sur les lettres que leur apportait Adam sur un plateau, déchirant les enveloppes en courant vers leurs chambres, un sourire déjà sur les lèvres. Qu'il n'eût jamais connu pareil bonheur était un sujet de tristesse et d'inquiétude ; récemment, il avait commencé à redouter non seulement de ne jamais être aimé, mais aussi d'être lui-même incapable de donner pareil amour, ce qui lui paraissait infiniment pire. Sa toquade pour Edward, puis l'éveil de tout ce qu'il avait commencé à éprouver au fond de lui-même, n'était pas seulement un enthousiasme dû à ces sensations mais aussi un véritable soulagement : finalement, rien ne clochait en lui. Ce n'était pas lui dont le cœur était défectueux, il lui fallait seulement rencontrer celui qui ferait s'épanouir sa pleine aptitude au plaisir. Mais maintenant il l'avait trouvé, et il faisait enfin l'expérience de cette métamorphose que l'amour avait provoquée chez tous ceux qu'il connaissait mais qui lui avait toujours échappé.

Cette nuit-là, il fit un rêve qui se passait plusieurs années plus tard. Edward et lui vivaient ensemble dans la maison de Washington Square. Ils étaient assis côte à côte dans deux fauteuils au salon, là où on avait maintenant installé un piano sous la fenêtre qui donnait sur la lisière nord de Central Park. À leurs pieds, trois enfants bruns, une fille et deux garçons, lisaient leurs livres d'images, et la petite portait un nœud en velours écarlate dans ses cheveux chatoyants. Un feu brûlait dans l'âtre, et des rameaux de pin étaient disposés sur la tablette de la cheminée. Il neigeait, il le savait, et de la salle à manger provenaient un fumet de perdrix rôties, le gargouillement du vin qui coulait dans les verres, et le cliquetis des assiettes en porcelaine qu'on disposait sur la table.

Dans cette vision nocturne, Washington Square n'était pas une prison, ou un endroit à redouter – c'était sa maison, leur maison, et cette famille était la leur. Il comprit que finalement il était chez lui – et il était chez lui parce que cette maison était devenue la maison d'Edward.

VII.

Le mercredi suivant, il partait pour donner son cours quand Adams se précipita vers la porte. « Mister David, Mister Bingham vous demande de rentrer à 17 heures précises aujourd'hui.

« Merci, Matthew, je vais m'en charger », dit-il au valet en désignant la cagette de fruits qu'il portait à l'école pour que ses élèves la dessinent, et tournant son attention vers le majordome. « Est-ce qu'il vous a dit pourquoi, Adams ?

— Non, monsieur. Il a simplement réclamé votre présence.

— Très bien. Vous pouvez lui dire que je serai là.

— Parfait, Monsieur. »

La demande était poliment formulée, mais David savait que ce n'en était pas moins un ordre. Rien que quelques semaines plus tôt – quelques semaines ! Ne s'était-il vraiment passé qu'un petit mois depuis qu'il avait rencontré Edward et que son monde s'était transformé ? – il eût été effrayé, angoissé à l'idée de ce que son grand-père pouvait avoir à lui dire (sans aucune raison, parce que le vieil homme n'avait jamais été dur avec lui, l'avait rarement réprimandé, même enfant), mais aujourd'hui il ne ressentait que de l'irritation, parce qu'il aurait moins de temps à passer avec son amant. Après son cours donc, il se rendit directement chez Edward, et au bout d'un moment qui lui parut terriblement bref, il lui fallut se rhabiller et partir, non sans promettre de revenir bientôt.

Sur le seuil, ils s'attardèrent un peu, David habillé de pied en cap, Edward enroulé dans son horrible couverture rêche.

« Alors, demain ? », demanda Edward sans aucune gêne et avec un désir si flagrant que David – peu habitué à être celui dont l'assentiment déterminerait le bonheur de l'autre – sourit et hocha la tête.

« Entendu, demain. » Edward le lâcha et David dévala l'escalier.

En montant les marches du perron de sa maison, il se sentit nerveux de voir son grand-père alors qu'il ne l'était jamais, comme s'il s'agissait de retrouvailles après plusieurs mois de séparation, plutôt que moins de vingt-quatre heures. Mais l'aïeul, déjà installé dans son boudoir, laissa David l'embrasser comme à l'accoutumée, et tous deux bavardèrent en sirotant leur sherry, jusqu'à ce que Adams vînt leur annoncer que le dîner était servi. Ce fut seulement en descendant l'escalier qu'il murmura quelque chose à son grand-père. Mais Mister Bingham répondit : « Après dîner. »

Il ne se passa rien non plus pendant le repas, et alors qu'il prenait fin, David éprouva un ressentiment rare à l'égard de son grand-père. N'y avait-il rien de nouveau, aucune information dont il aurait pu se faire le relais ? Était-ce seulement une manœuvre pour lui rappeler sa dépendance, pour souligner le fait – dont il avait parfaitement conscience – qu'il n'était pas le maître de cette maison, pas même vraiment un adulte mais un jeune homme qu'on autorisait seulement en théorie à aller et venir à sa guise ? Il se rendit compte que ses réponses à son interlocuteur devenaient plus sèches, et il dut se reprendre pour ne pas franchir la limite entre taciturne et grossier. Car que pouvait-il faire, quelle objection pouvait-il soulever ? Il n'était pas chez lui. Il n'était pas son propre maître. Sa situation n'était pas si différente de celle des domestiques, des employés de la banque, des élèves de la fondation : il dépendait de Nathaniel Bingham et dépendrait toujours de lui.

Et donc, il bouillonnait d'émotions diverses – irritation, apitoiement sur son sort, franche colère – quand son grand-père lui tendit une épaisse enveloppe, en piteux état et aux coins racornis par de l'eau qui avait séché.

« Cette lettre est arrivée au bureau aujourd'hui, dit son grand-père d'un ton neutre, et David, perplexe, la retourna et vit son nom, suivi de la mention « Aux bons soins de la banque Bingham Brothers », et un cachet de la poste du Massachusetts. « Par courrier express, ajouta le vieil homme. Prends-la, lis-la et rends-la-moi. » David se leva, sans un mot, et se rendit dans son bureau où il resta un moment assis, l'enveloppe entre les mains, avant de se décider à l'ouvrir.

Le 20 janvier 1894

Mon cher David,

Il n'existe aucune façon de commencer cette lettre sans vous prier en préambule d'accepter mes excuses les plus sincères de ne pas avoir écrit plus tôt. Je suis navré à l'idée d'avoir pu vous causer la moindre peine ou inquiétude, même si je me flatte peut-être et que vous n'ayez pas pensé à moi aussi souvent que moi à vous ces presque sept dernières semaines.

Je ne saurais offrir d'excuse pour mon absence de manières, mais je souhaite absolument vous expliquer pourquoi je ne vous ai pas écrit, parce que je ne voudrais pas que mon silence fût pris pour un manque de loyauté.

Peu après vous avoir quitté au début décembre, j'ai dû me rendre dans le Nord pour rendre visite à nos trappeurs. Comme je pense vous l'avoir dit, nous avons un accord de longue date avec une famille de trappeurs au nord du Maine, et au fil des ans, ce contrat a pris une part de plus en plus importante dans nos affaires. Lors de ce voyage, j'étais accompagné de l'aîné de mes neveux, James, qui a quitté l'université au printemps dernier pour travailler chez nous. Ma sœur, et je la comprends, n'était pas enthousiaste à cette idée, et je ne l'étais pas non plus – il aurait été le premier de notre famille à obtenir un diplôme universitaire –, mais c'est un adulte, et nous n'avons eu d'autre choix que d'accepter. C'est un jeune homme merveilleux, allègre et enthousiaste, mais comme il n'a pas le pied marin et qu'il est sujet aux nausées, ma famille et moi avons décidé qu'il serait mieux à sa place à la tête de notre commerce de fourrures.

Il a fait un froid exceptionnel dans le Nord cette année, et comme je vous l'ai précisé, nos trappeurs vivent tout près de la frontière canadienne. Notre visite avait quelque chose d'officiel : j'allais leur présenter James, et ils l'emmèneraient en expédition pour lui montrer comment ils capturent les animaux, les dépècent, et tannent la fourrure, ensuite nous rentrerions à Cape Cod à temps pour Noël. Mais les choses ne se sont pas passées ainsi.

Au début, tout s'est déroulé comme prévu. James s'est immédiatement lié d'amitié avec un membre de la famille, un jeune homme fort aimable et intelligent nommé Percival, qui a passé plusieurs jours à montrer à James les ficelles du métier, tandis que je restais à la maison pour discuter du comment développer notre offre. Vous vous demandez sans doute pourquoi nous nous intéressons tellement à la fourrure alors que cette industrie décline depuis environ soixante ans ; en tout cas, nos associés se sont posé la question. Mais c'est précisément parce que les Anglais ont abandonné la région que je pense que nous avons une chance de développer notre commerce, en vendant non seulement du castor mais surtout, et c'est essentiel à mon avis, du vison et de l'hermine, des fourrures plus douces et plus raffinées, pour lesquelles nous avons encore une clientèle, certes petite, mais fidèle. Ces trappeurs, les Delacroix, sont aussi une des dernières familles européennes qui travaillent encore dans cette branche, si bien qu'ils sont davantage dignes de confiance, et mieux adaptés aux réalités et aux complexités de la peausserie.

L'après-midi du cinquième jour de notre visite était réservé à la détente, et suivi par un dîner pour fêter notre collaboration. Un peu plus tôt, alors que nous faisions le tour de la propriété des Delacroix, nous étions passés devant une jolie petite étendue d'eau, gelée en cette saison, et James était tout excité à l'idée de patiner dessus. Il faisait glacial, mais le ciel était sans nuages et il n'y avait pas de vent, et comme l'étang n'était qu'à quelques centaines de mètres de la maison et qu'il s'était bien comporté, je lui ai dit oui.

Il n'était pas parti depuis une heure que, soudainement, le temps a changé. En l'espace de quelques minutes, le ciel est devenu blanc, puis bronze, et enfin presque noir. Presque aussitôt, il s'est mis à neiger et les flocons tombaient par paquets.

J'ai tout de suite pensé à James, et Olivier, le patriarche de la famille, lui aussi. Il est accouru vers moi alors que je me précipitais pour le chercher. « Nous allons envoyer Percival avec les chiens, m'a-t-il dit. Il peut trouver son chemin dans le noir, il le connaît parfaitement. » Pour assurer sa sécurité, il a attaché l'extrémité d'une longue corde au pied de la rampe d'escalier, et l'autre à la ceinture de son neveu, et a ordonné au garçon, armé d'une hache et d'un couteau par précaution, de rentrer aussi vite que possible.

Percival s'est élancé, calme et sans crainte, tandis que Olivier et moi restions au pied des marches, observant la corde qui se déroulait et finit par se tendre. À ce moment-là, la neige tombait si dru que je ne voyais plus que du blanc. Alors, le vent s'est mis à souffler, doucement d'abord, puis par rafales si violentes et assourdissantes que j'ai dû me réfugier à l'intérieur.

Toutefois, la corde restait tendue. Olivier a imprimé deux fortes secousses et, quelques secondes plus tard, deux fortes secousses lui ont répondu. Entre-temps le père du garçon, Marcel, le frère cadet d'Olivier, nous avait rejoints, muet et anxieux, ainsi que leur autre frère, Julien, leurs femmes respectives et leurs vieux parents. Au-dehors, le vent mugissait si férocement que même le solide chalet en était secoué.

Puis, d'un seul coup, la tension de la corde s'est relâchée. Percival était parti environ vingt minutes plus tôt, et quand Olivier a de nouveau tiré dessus, aucune secousse ne lui a répondu. Les Delacroix sont des gens stoïques : on ne peut pas vivre dans cette partie du monde, avec le temps qu'il y fait (sans parler des autres dangers – les loups, les ours, les cougars, et bien sûr les Indiens), si on ne sait pas garder son calme dans des circonstances éprouvantes. Et pourtant, ils adoraient tous Percival, et j'ai senti comme un bourdonnement de tension dans le vestibule.

À voix basse, une discussion s'est vite engagée sur ce qu'il convenait de faire. Percival avait avec lui les deux meilleurs chiens de chasse de la famille, ce qui lui assurerait une certaine protection – les molosses étaient entraînés à travailler en tandem, et on pouvait faire confiance à l'un tandis que l'autre courrait vers la maison pour chercher du secours. Cela en supposant que Percival n'avait pas ordonné aux chiens, par exemple, de chercher James et de rester à ses côtés. La neige et le vent étaient maintenant si déchaînés que la maison entière paraissait tanguer et que les vitres des fenêtres cliquetaient dans leurs châssis comme des dents qui s'entrechoquent.

Nous avions tous mesuré le temps écoulé depuis qu'il était parti : dix minutes. Vingt minutes. Une demi-heure. À nos pieds, comme un serpent mort, gisait la corde.

Puis, environ trois quarts d'heure après le départ de Percival, on a entendu un martèlement sur la porte, que nous avons d'abord pris pour les coups de boutoir du vent, avant de comprendre que c'était le bruit fait par une créature qui se jetait contre le battant. Marcel, avec un grand cri, s'est empressé de tirer la lourde barre en bois et Julien et lui ont ouvert la porte pour découvrir un des chiens, le poil si couvert de neige qu'on aurait dit une croûte de sel, et accroché à son échine, James. Nous l'avons tiré à l'intérieur – il portait toujours ses patins, ce qui, nous l'avons compris plus tard, l'avait probablement sauvé en lui permettant de trouver des appuis quand il avait escaladé la pente, et les femmes de Julien et d'Olivier l'ont enveloppé dans des couvertures et entraîné vers une chambre ; elles avaient mis de l'eau à chauffer en prévision du retour des garçons, et nous les avons entendues qui s'affairaient avec des seaux pleins et perçu le bruit de l'eau qui éclaboussait les parois de la baignoire en métal. Olivier et moi sommes allés lui poser des questions, mais le malheureux était si transi, si épuisé, et dans un tel état d'agitation qu'il ne parvenait pas à nous répondre. « Percival ! Percival ! », répétait-il sans cesse. Ses yeux qui se révulsaient lui donnaient l'air d'un dément, et je dois reconnaître que j'ai eu très peur. Quelque chose s'était produit qui avait terrifié mon neveu.

« James, où est-il ? a insisté Olivier.

— L'étang, l'étang ! », a bredouillé James. Mais nous n'avons pu tirer de lui aucune information supplémentaire.

Dans le vestibule, Julien nous l'a raconté plus tard, le chien rescapé donnait des coups de pattes et grattait le battant en gémissant pour qu'on le laisse sortir. Marcel l'a pris par le cou et forcé à reculer, mais l'animal était au désespoir, il aboyait, se débattait, et finalement, sur l'ordre de leur père, ils ont de nouveau déverrouillé la porte et le chien s'est élancé dans l'opacité blanche.

De nouveau, l'attente a commencé, et après avoir fait enfiler à James une chemise de corps et une culotte en flanelle propres et l'avoir soutenu pendant que la femme de Julien lui faisait boire un grog brûlant avant de le mettre au lit, j'ai rejoint les autres dans le vestibule juste à temps pour entendre à nouveau un martèlement effrayant contre la porte, que Marcel cette fois a ouverte aussitôt, avec un cri de soulagement qui s'est aussitôt transformé en vagissement de douleur. Sur le seuil, se trouvaient les deux chiens, tremblant de froid, épuisés et haletants, et entre eux, Percival, les cheveux transformés en stalactites, son beau visage de ce bleu irréel qui ne peut signifier qu'une seule chose. Les chiens l'avaient tiré sur tout le chemin depuis l'étang.

L'heure suivante a été atroce. Les autres enfants, les frères, les sœurs et les cousins de Percival, à qui leurs parents avaient ordonné de rester à l'étage, se sont précipités au rez-de-chaussée pour voir le malheureux garçon qu'ils aimaient tant mort de froid, entouré de ses parents en larmes, et ils se sont mis à sangloter à leur tour. Je ne sais plus comment nous avons réussi à les apaiser, ni comment nous avons pu les faire remonter se coucher, mais la nuit m'a paru interminable. Le vent continuait à hurler – avec un acharnement malveillant, me semblait-il alors – et la neige à tomber. Ce n'est pas avant le lendemain après-midi, alors que James s'était enfin réveillé et avait recouvré ses esprits, qu'il parvint à nous raconter, en tremblant, ce qu'il s'était passé : quand la tempête s'était déchaînée, il avait été pris de panique et avait essayé de regagner seul la maison. Mais la neige l'aveuglait et le vent était si violent qu'il était sans arrêt ramené vers l'étang. Puis, alors qu'il venait de se convaincre qu'il allait mourir là, il avait entendu de faibles aboiements et aperçu le haut de la casquette rouge vif de Percival : il comprit qu'il allait être sauvé.

Percival avait tendu le bras, James l'avait saisi, mais à ce moment précis, une bourrasque particulièrement violente avait soufflé, et son sauveteur avait glissé sur la glace avec lui et tous deux s'étaient retrouvés les quatre fers en l'air. Ils se relevèrent, se rapprochèrent du bord, mais dérapèrent à nouveau. Or cette fois, poussé par le vent, Percival était tombé dans une position étrange. Il avait sorti sa hache – James nous a expliqué qu'il comptait la planter sur la rive et l'utiliser comme levier pour les tirer de là – et la lame perça la glace qui se craquela sous leur poids.

« Bon Dieu, avait crié Percival, James, hisse-toi hors de cette glace ! »

James y réussit, à l'aide des chiens qui s'étaient approchés du bord pour qu'il puisse les saisir par le cou et se redresser, puis il se retourna pour tendre la main à Percival dont les semelles patinaient à nouveau sur la surface en direction de la terre ferme, mais avant qu'il ait pu l'atteindre, une rafale le repoussa et il tomba pour la troisième fois, atterrissant cette fois sur le dos au milieu de la toile d'araignée de la surface craquelée. À ce moment-là, James entendit un grondement sinistre, la glace se brisa et Percival fut happé par l'eau.

James se mit à crier, de terreur et de désespoir, mais il aperçut la tête de Percival qui émergeait. Mon neveu saisit l'extrémité de la corde qui n'était plus attachée à la ceinture de son compagnon et la lui lança. Mais quand Percival tenta de se hisser à la surface, le trou dans la glace s'élargit et sa tête fut engloutie à nouveau. James était en proie à une panique désormais totale, mais Percival, lui, restait très calme. « James, cours à la maison, et dis-leur de venir à mon secours. Rosie – un des deux chiens – va rester avec moi. Pars avec Rufus et raconte-leur ce qui s'est passé. » Voyant James hésiter, il ajouta : « Va, je te dis. File ! »

Et James obtempéra, se retournant une seconde pour voir la chienne courir sur la glace afin de rejoindre Percival et le garçon tendre la main vers elle.

Ils n'avaient pas parcouru plus de quelques mètres quand ils entendirent un bruit sourd derrière eux ; le vent soufflait si fort qu'il assourdissait tous les sons mais James, presque aveuglé par la neige, fit demi-tour vers l'étang avec Rufus. Là ils entrevirent Rosie qui courait sur la glace en décrivant des cercles concentriques et sans cesser d'aboyer. Rufus se précipita vers elle et tous deux s'immobilisèrent en gémissant. À travers la neige, James distingua le gant rouge de Percival qui s'agrippait à la glace, mais pas sa tête. Il voyait seulement des remous violents qui agitaient l'eau. Puis, le gant rouge fut à son tour englouti et Percival disparut. James courut vers la berge, mais quand il s'avança sur l'étang, la glace se brisa par plaques et ses pieds s'enfoncèrent dans l'eau. Tant bien que mal, il réussit à reculer avant que la surface ne se fende complètement. Il appela les chiens, mais il eut beau s'époumoner, Rosie refusait de quitter son îlot de glace flottante. Ce fut Rufus qui le guida vers la maison, et durant plusieurs minutes, il continua d'entendre les geignements de Rosie portés par le vent.

Il avait laissé couler ses larmes pendant tout son récit, mais maintenant il se mit à sangloter et à hoqueter violemment. « Je suis désolé, Oncle Charles. Je suis tellement désolé, Monsieur Delacroix !

— Il n'a même pas eu le temps de couler, dit Marcel, d'une voix assourdie et étranglée. Vu que les chiens ont réussi à le tirer de là.

— Il ne savait pas nager, ajouta Olivier. On avait essayé de lui apprendre, mais il n'y avait rien à faire. »

Comme vous pouvez l'imaginer, ce fut de nouveau une nuit terrible, et je l'ai passée auprès de James, le tenant contre moi et lui murmurant des paroles réconfortantes jusqu'à ce qu'il se rendorme enfin. La neige et le vent se sont apaisés le lendemain, le ciel était d'un bleu éclatant, et il faisait encore plus froid. J'ai aidé les cousins de Percival à dégager à coups de pelle un chemin vers la glacière où Marcel et Julien entreposerait le corps jusqu'à ce que le sol ait suffisamment dégelé pour pouvoir l'enterrer convenablement. Le lendemain, James et moi sommes repartis, en passant par Bangor pour envoyer des nouvelles à ma sœur.

Depuis lors, vous l'imaginez sans peine, les choses ont beaucoup changé. Je ne parle même pas de l'aspect financier, sur lequel je n'ose pas poser de questions – j'ai adressé aux Delacroix nos plus sincères condoléances et mon père leur a fait parvenir l'argent nécessaire à la construction d'un fumoir qu'ils voulaient bâtir. Mais nous n'avons reçu aucune réponse.

James n'est plus le même. Il a passé les vacances dans sa chambre, presque sans manger, parlant à peine. Il reste des heures assis, le regard fixe, et parfois il pleure, mais le plus souvent, il garde le silence, et rien de ce que ses frères, sa sœur ou moi pouvons faire ne réussit à nous le ramener. À l'évidence, il se sent responsable de cette tragédie, même si je lui ai expliqué un nombre incalculable de fois qu'il n'y était pour rien. Mon frère a pris temporairement la direction de l'entreprise, pendant que ma sœur et moi passons autant de temps que possible avec James dans l'espoir de percer un jour le brouillard de sa peine, d'entendre à nouveau ce rire qui nous est si cher.

Je sais que cela va vous paraître très déplacé et égoïste de dire cela, mais tandis que je passe ces jours et ces semaines auprès de lui, je ne peux m'empêcher de me remémorer notre conversation qui m'a laissé terriblement gêné – ce que je vous ai confié, l'absence de retenue avec laquelle je me suis livré, le fardeau que cela a dû représenter pour vous – et de m'interroger sur ce que vous devez penser de moi. N'y voyez aucun reproche, mais je me demande s'il faut y voir la raison de votre silence, alors même que, bien sûr, vous avez peut-être interprété le mien comme un manque d'intérêt et en avez pris ombrage, ce que je comprendrais.

Le décès de Percival m'a également fait penser plus souvent à Williams, au désespoir qui m'a accablé quand il nous a quittés, et à la façon dont, au cours des brefs moments passés avec vous, j'ai commencé à imaginer que je pourrais refaire ma vie avec un compagnon, quelqu'un avec qui je pourrais partager les joies de l'existence mais aussi ses chagrins.

J'espère que vous saurez pardonner mon silence, et que cette très longue lettre réussira dans une certaine mesure à vous assurer de mon intérêt et de l'affection que je vous porte. Je serai de retour à New York dans deux semaines et j'espère sincèrement que vous accepterez de me recevoir, ne serait-ce que pour implorer votre pardon en personne.

Je vous souhaite, ainsi qu'à votre famille, une excellente santé et vous adresse mes vœux tardifs pour la nouvelle année. En attendant votre réponse, je demeure votre très dévoué,

Charles Griffith.

VIII.

Durant quelques instants, David demeura immobile, abasourdi par le récit de Charles, une histoire qui eut l'effet de dissiper son propre tourbillon de joie, mais aussi l'agacement qu'il avait ressenti pour son grand-père. Il s'apitoya sur le sort de ce pauvre James, dont la vie, comme le soulignait Charles, avait été bouleversée et demeurerait hantée pour toujours par cet accident – il n'avait rien à se reprocher, mais il ne s'en persuaderait sans doute jamais. Il passerait ses années d'adulte soit à tenter de s'excuser pour ce qu'il pensait avoir fait, soit à le dénier. La première option le rendrait faible, la seconde, amer. Et ce malheureux Charles, qui avait de nouveau touché la mort de si près, qui se trouvait une fois de plus associé à la disparition de quelqu'un de si jeune !

Dans le même temps, il se sentait honteux, car jusqu'à ce que son grand-père lui eût remis cette lettre, il avait pour ainsi dire oublié Charles.

Ou peut-être pas vraiment oublié, mais à tout le moins, il avait cessé de s'intéresser à lui. L'idée de mariage avait de la même façon perdu toute la saveur d'une aventure, même si le sens du défi en question se nuançait d'une certaine méfiance. Il lui paraissait soudain que c'était un aveu de faiblesse que de se laisser conduire au mariage, de sacrifier l'idée de l'amour à la stabilité, la respectabilité, voire la fiabilité. Et pourquoi se résoudrait-il à une vie terne quand il pouvait en espérer une autre ? Il s'imagina – injustement, il ne l'ignorait pas, parce qu'il n'avait jamais vu la maison de

Charles Griffith – dans une bâtisse blanche en bois, spacieuse mais ordinaire, entourée de jolis massifs d'hortensias, assis dans un fauteuil à bascule, un livre sur les genoux, le regard rivé sur l'océan, comme une vieille dame qui attend d'entendre le pas lourd de son mari résonner sous le porche. À cet instant, il se sentit de nouveau furieux contre son grand-père et son désir de le condamner à une existence sans saveur. Le vieil homme croyait-il qu'il ne pouvait rien imaginer de meilleur pour lui-même ? Pensait-il, malgré toutes les objections émises par son petit-fils, que le mieux pour lui était le confort d'une institution, sinon littéralement, du moins au sens matrimonial du terme ?

C'est avec ces pensées confuses qu'il entra dans le boudoir de son grand-père, refermant la porte derrière lui d'un geste un peu trop bruyant qui fit lever les yeux de surprise au vieil homme. « Excusez-moi », marmonna-t-il, et son grand-père se contenta de répondre par une question : « Qu'avait-il à te dire ? »

Il lui tendit la lettre sans un mot, et son grand-père la prit, déplia ses lunettes et se mit à lire. David le regardait, devinant à quel passage de la missive de Charles il en était en observant ses froncements de sourcils. « Mon Dieu ! », finit-il par soupirer avant de retirer ses lunettes et de les replier. « Pauvres garçons ! Pauvre famille ! Et pauvre Mister Griffith – il semble très affligé.

— Oui, c'est un terrible malheur !

— Que comprends-tu quand il dit qu'il a été gêné par votre dernière conversation ? »

Il exposa brièvement la solitude de Charles, sa franchise, et son grand-père hocha la tête, moins par réprobation que par compassion.

« Et donc, dit-il après une pause de silence. As-tu l'intention de le revoir ?

— Je ne sais pas », après avoir lui aussi laissé passer quelques secondes, les yeux rivés sur ses genoux.

Un troisième silence s'ensuivit. « David, reprit Grand-Père doucement. Se passe-t-il quelque chose ?

— Que voulez-vous dire ?

— Tu es si… distant ces derniers temps. Tout va bien ? »

Il comprit que son grand-père pensait qu'il entamait peut-être une de ses crises, et aussi agacé qu'il fût à cette idée, il avait aussi envie de rire en pensant à la façon erronée dont le vieil homme avait interprété sa vie et combien il le connaissait peu, bien que s'en rendre compte n'allât pas sans lui causer une certaine tristesse.

« Je vais parfaitement bien.

— Je croyais que tu avais apprécié tes rencontres avec Mister Griffith.

— Effectivement.

— En tout cas, lui semble y avoir pris plaisir, David. Tu ne crois pas ? »

Il se releva, saisit le tisonnier et raviva le feu en regardant les bûches soigneusement disposées qui crépitaient en basculant. « Sans doute. » Puis, voyant que son grand-père ne reprenait pas la parole, il ajouta : « Pourquoi voulez-vous que je me marie ? »

Le vieil homme parut surpris : « Que veux-tu dire ?

— Vous affirmez que la décision m'appartient, mais on dirait vraiment que c'est vous qui la prenez. Vous et Mister Griffith. Pourquoi voulez-vous que je me marie ? Serait-ce parce que vous pensez que je ne peux rien faire de mieux ? Parce que vous pensez que je ne suis pas capable de prendre soin de moi-même ? »

Il se sentait incapable de regarder son aïeul en face, mais il sentit son visage s'empourprer, à la fois à cause de la chaleur du feu et de l'impertinence qu'il venait d'afficher.

« Je ne sais pas, je ne comprends pas ce qui me vaut cette remarque, répondit lentement le vieil homme. Comme je te l'ai souvent dit ainsi qu'aux autres, j'ai suffisamment travaillé pour m'assurer que le seul motif pour lequel mes petits-enfants se marient soit un vrai désir de compagnonnage. Toi-même, David, tu avais clairement indiqué que cette possibilité pouvait t'intéresser. C'est la seule raison pour laquelle Frances a commencé à faire savoir que nous étions ouverts aux propositions. Comme tu le sais, tu en as toi-même décliné plusieurs sans même rencontrer ces messieurs – des aspirants parfaitement convenables, je peux te le dire – et donc, quand la demande de Mister Griffith est arrivée, Frances a suggéré, et j'ai donné mon accord, que j'essaie de te convaincre d'au moins essayer de songer à rencontrer cet homme avant que tout le monde ne perde son temps.

Tout cela a été fait en pensant à ton propre bonheur, David. Ni pour mon plaisir, ni pour celui de Frances, je t'assure. Nous avons agi pour toi, et pour toi seul, et si je te parais irrité, voire fâché, ce n'est pas mon intention. Je suis seulement un peu surpris. Tu es l'unique responsable des décisions à prendre, et c'est sur tes suggestions que la machine s'est mise en route.

— Et donc, parce que j'avais rejeté tant de candidats potentiels, il ne me restait que… que qui ? Des gens auxquels personne ne s'intéresserait ? Un veuf ? Un homme âgé et sans éducation ? »

À ces mots, le grand-père se leva d'un bond si vif que David craignit qu'il ne voulût le frapper, et il saisit son petit-fils par les épaules et le força à le regarder dans les yeux.

« Tu me consternes, David. Je ne vous ai pas élevés, ton frère, ta sœur et toi, pour que vous parliez des autres en ces termes. Tu es jeune, c'est certain, plus jeune que lui. Mais tu es – du moins l'avais-je cru – avisé, et c'est clairement quelqu'un de tendre. De nombreuses unions se bâtissent sur moins que cela, beaucoup moins même. Je ne sais pas ce qui t'a inspiré autant de colère, autant de défiance.

Il tient manifestement à toi. Il se peut même qu'il t'aime. J'imagine qu'il se montrerait ouvert à toute discussion sur ce qui pourrait te faire hésiter, comme l'endroit où vous vivriez, par exemple. Il possède une maison en ville, il n'a jamais dit à Frances que vous devriez vous installer dans le Massachusetts, si c'est ce qui te soucie. Mais si effectivement, il ne t'intéresse pas du tout, il te faut le lui dire. Tu le dois à ce gentleman. Et tu dois le faire en personne, avec gentillesse et gratitude.

Je n'ai aucune idée de ce qui t'arrive, David. Ces derniers mois, tu as changé. J'ai plusieurs fois voulu t'en parler mais tu n'étais jamais disponible. »

Son grand-père se tut, et David se détourna à nouveau pour regarder le feu, brûlant de honte.

« Oh, David, reprit doucement le vieil homme. Tu m'es tellement cher. Et de fait, tu as raison – il est vrai que je voudrais te savoir avec quelqu'un qui prendra soin de toi : non pas parce que je t'en crois incapable, mais parce que je pense que tu serais plus heureux auprès de quelqu'un d'autre. Au fil des ans, depuis ton retour d'Europe, tu t'es peu à peu désengagé du monde. Je sais que tes crises ont été éprouvantes – je sais qu'elles te laissent désemparé, et surtout, je vois combien tu en as honte. Mais mon enfant, tu as devant toi un homme qui a connu de grandes peines et de graves maladies, et qui ne les a pas fuies. Il vaut donc la peine que tu considères sa demande, parce que c'est quelqu'un qui prendra toujours ton bonheur à cœur. C'est exactement le type de personne que je souhaite pour toi. »

Ils demeurèrent silencieux, son grand-père le regardait, et lui fixait le plancher.

« Dis-moi, David, reprit lentement le vieil homme. Y a-t-il quelqu'un d'autre dans ta vie ? Tu peux me le dire, mon enfant.

— Non, Grand-Père », répondit-il, les yeux toujours rivés au sol.

— Alors, tu dois écrire tout de suite à Mr. Griffith pour lui dire que tu acceptes de le revoir. Et au cours de cette rencontre, il te faudra soit couper toute relation, soit lui annoncer ton intention de poursuivre vos échanges. Et si effectivement, tu décides de t'entretenir avec lui, David – et bien que tu ne me l'aies pas demandé, je crois que tu devrais le faire –, tu feras preuve de sincérité et de la générosité dont je te sais capable. Tu le lui dois. Veux-tu me le promettre ? »

Et David s'y engagea.

IX.

Les jours suivants furent inhabituellement remplis – la famille se rassembla un soir pour fêter l'anniversaire de Wolf, et celui d'Eliza le lendemain soir – et ce ne fut donc que le jeudi suivant qu'il put retrouver Edward devant l'école après son cours, et le raccompagner à pied jusqu'à sa pension. En chemin, Edward passa son bras gauche sous le bras droit de David, et lui qui n'avait jamais marché bras dessus bras dessous avec personne, se serra contre Edward, non sans avoir vérifié d'un coup d'œil par-dessus son épaule si le cocher l'avait remarqué, parce qu'il ne voulait pas qu'il le répète à Adams, et donc que son grand-père en fût informé.

Cet après-midi-là, tandis qu'ils étaient étendus côte à côte – David avait apporté une couverture de laine bien douce d'un joli gris tourterelle qu'Edward avait admirée et dans laquelle ils étaient maintenant enroulés –, Edward lui parla de ses amis. « Une bande d'inadaptés », avait-il dit en riant, comme s'il s'en enorgueillissait, et de fait, la définition semblait leur aller comme un gant : il y avait Theodora, fille prodigue d'une riche famille du Connecticut, qui rêvait de chanter dans « un de ces cabarets qui t'épouvantent » ; Harry, un très beau jeune homme sans le sou, compagnon d'« un banquier plein aux as – ton grand-père le connaît sans doute » ; Fritz, un peintre, qui avait tout l'air d'un bon à rien (mais bien sûr, David se garda d'exprimer son opinion) ; et Marianne, étudiante aux Beaux-Arts, qui donnait des cours de dessin pour gagner sa vie. Ils se ressemblaient tous : jeunes, désargentés (même si seuls quelques-uns l'étaient de naissance), et insouciants. David se les imaginait : Theodora, jolie, mince, nerveuse, avec de longs cheveux châtain foncé et brillants ; Harry, blond, les yeux noirs, la bouche charnue ; Fritz, le teint bistre, agité de tics, une moue moqueuse sur ses lèvres minces ; Marianne, son sourire candide et une tignasse bouclée de couleur pêche. « J'aimerais beaucoup faire leur connaissance un jour », dit David, peu sûr de le vouloir vraiment – il préférait penser qu'ils n'existaient pas, qu'Edward n'appartenait qu'à lui – et le jeune homme, comme s'il n'en était pas dupe, se contenta de sourire et de répondre qu'un jour, cela se produirait peut-être.

Trop tôt, ce fut l'heure pour David de rentrer, et en boutonnant son manteau, il demanda : « On se voit demain, alors ? »

— Ah non… J'ai oublié de t'en parler. Demain, je pars.

— Tu pars ?

— Oui, une de mes sœurs, une de celles qui vivent dans le Vermont, va avoir un bébé, et je monte la voir, elle et les autres.

— Oh ! (Edward lui en aurait-il parlé s'il n'avait pas proposé qu'ils se voient ? David se serait-il présenté comme d'habitude à la pension et aurait attendu dans le salon qu'il apparaisse ? Combien aurait-il laissé passer de temps – des heures d'accord, mais combien ? – avant d'admettre son échec et de rentrer piteusement à Washington Square ?) Et tu reviens quand ?

— Fin février.

— Mais que c'est loin !

— Pas tant que ça ! Février est très court. D'ailleurs, ce n'est même pas exactement à la fin du mois. Je rentre le 20. Ce ne sera vraiment pas si long ! Et puis, je vais t'écrire. »

Un sourire plein de sous-entendus se dessina lentement sur le visage d'Edward, il rejeta la couverture, se releva et prit David dans ses bras.

« Pourquoi ? Je vais te manquer ? »

David rougit. « Tu sais bien que oui.

— Mais que c'est touchant ! Je suis très honoré ! » Au fil des semaines, les paroles d'Edward avaient perdu de leur théâtralité, de leur expressivité exagérée, mais voilà qu'il recommençait, et en entendant à nouveau ces inflexions, David se sentit mal à l'aise – ce qui ne l'avait pas troublé auparavant lui semblait aujourd'hui faux, hypocrite et étrangement déconcertant, et ce fut avec une réelle tristesse et un autre sentiment sur lequel il ne parvenait pas à mettre un nom mais néanmoins désagréable, qu'il prit congé d'Edward.

Dès la semaine suivante cependant, le trouble qu'il avait pu éprouver avait disparu, remplacé par le pur désir de le revoir. Avec quelle rapidité Edward l'avait transformé ! Que la vie était morne sans lui ! Ses après-midi étaient de nouveau vides, et il passait son temps comme il l'avait toujours fait, à lire, à dessiner et à broder, mais au fil des heures, il restait surtout à rêvasser ou à faire de longues et tristes promenades au parc. Il se surprit même à entrer dans le bar où ils avaient failli partager leur premier café, et cette fois, il s'assit, en commanda une tasse qu'il sirota lentement en jetant des coups d'œil furtifs à la porte dès qu'elle s'ouvrait, comme si le nouveau client aurait pu être Edward.

Il rentrait d'une de ses expéditions au café quand Adams lui annonça qu'une lettre était arrivée pour lui, qui se révéla être de Charles Griffith, l'invitant à dîner chez lui quand il serait à New York la semaine suivante. Il accepta, poliment, mais sans en escompter le moindre plaisir, avant tout soucieux d'honorer la promesse faite à son grand-père, et de répondre au désir qu'avait exprimé Charles de lui présenter des excuses de vive voix, si bien que, le soir dit, il rentra si tard du café qu'il eut à peine le temps de se changer et de se passer de l'eau sur le visage avant de monter dans le fiacre qui l'attendait.

La résidence de Charles Griffith se trouvait non loin de la maison d'enfance de David, mais dans une rue adjacente à la 5e Avenue. La demeure en question était vaste, mais celle de Charles plus grande encore, et surtout plus noble, avec un escalier de marbre incurvé qui conduisait à l'étage du salon, où son hôte attendait David et se leva pour le saluer à son arrivée. Ils se serrèrent la main de façon protocolaire.

« David, quel plaisir de vous voir !

— Un plaisir partagé. »

Et à sa plus grande surprise, cela devait se révéler vrai. Ils prirent place dans le magnifique salon – David songeant combien Peter, pour qui ce genre de choses comptait, se montrerait sûrement méprisant en découvrant cette pièce, surchargée de tissus ostensiblement précieux et de couleurs, ses sofas trop rembourrés, sa profusion de lampes étincelantes, ses murs tapissés de brocart mais presque vierges de tableaux – et une fois de plus, la conversation s'avéra fluide. David s'enquit de James, et vit une ombre de tristesse passer sur le visage de Charles (« Je vous remercie de poser la question, mais je crains qu'il ne soit toujours dans le même état ») ; ils parlèrent du silence prolongé des Delacroix, et de la façon dont ils avaient chacun passé la période des fêtes.

Alors qu'ils s'asseyaient pour dîner, Charles annonça : « Je me suis rappelé que le ragoût d'huîtres était un de vos plats favoris.

« C'est vrai », dit-il, alors qu'une soupière d'où s'échappait un fumet délicieusement parfumé était portée à table, et qu'on emplissait son bol. Il en goûta une cuillérée : le bouillon parfaitement assaisonné était succulent, les huîtres charnues et bien beurrées. « Tout à fait délicieux !

— Je suis ravi que vous l'aimiez. »

Il était touché par ce geste et le choix de cette soupe – un plat humble, familial, rendu plus humble et plus familial d'être servi dans cette salle à manger si pompeuse, avec sa longue table rutilante qui aurait pu accueillir vingt convives mais n'en accommodait que deux, ses vases de fleurs fraîchement coupées partout où il posait les yeux. La gentille attention qui l'avait inspiré fit monter en lui des sentiments chaleureux à l'égard de Charles, il eut soudain envie de lui offrir un cadeau en retour. « Savez-vous, demanda-t-il en acceptant qu'on le resserve, que je suis né tout près d'ici ?

— Je me posais la question, répondit Charles. Vous avez mentionné l'autre jour que vos parents étaient décédés quand vous étiez encore petit.

— Oui, en 71. J'avais cinq ans, John, quatre, et Eden, deux.

— La grippe ?

— Oui, ils ont été emportés très vite. Mon grand-père nous a accueillis aussitôt après. »

Charles secoua la tête : « Le pauvre homme, perdre ainsi son fils et sa bru…

— Oui, et se retrouver responsable de trois petits diables, le tout en moins d'un mois ! »

Charles s'esclaffa : « Je suis sûr que vous n'étiez pas de si vilains garnements.

— Oh mais si ! Je dois dire cependant que si j'étais difficile, John était bien pire. »

Ils rirent ensemble de cette plaisanterie, et David se surprit à égrener, ce qu'il n'avait pas fait depuis longtemps, les rares souvenirs qu'il avait de ses parents : ils travaillaient tous les deux pour la Bingham Brothers, son père comme banquier, sa mère comme avocate. Pour ce qu'il se rappelait, ils étaient toujours en train de partir : le matin pour aller travailler, le soir pour se rendre à des dîners ou des réceptions, à l'opéra ou au théâtre. Il conservait l'image vague et brumeuse de sa mère comme d'une personne mince et élégante, avec un long nez droit et une masse de cheveux noirs, mais il ne savait jamais vraiment si c'était un véritable souvenir, ou une vision d'elle reconstruite à partir d'un petit portrait qu'on lui avait donné après sa mort. Il se rappelait encore moins son père. Il savait qu'il avait les cheveux blonds et les yeux verts – son grand-père l'avait adopté nourrisson auprès d'une famille allemande à son service qui avait trop d'enfants et trop peu d'argent, et il l'avait élevé seul. C'était de lui que David, son frère et sa sœur avaient hérité leur teint et la couleur de leurs cheveux. Il se souvenait de lui comme d'un homme doux et plus joueur que sa mère. Le dimanche, quand ils revenaient de l'église, il demandait à David et à John de se tenir devant lui et il leur tendait deux poings fermés. Ils devaient alors choisir chacun à son tour – David une semaine, John, l'autre – la main qui dissimulait les friandises, et s'ils se trompaient, il faisait mine de se détourner d'eux, mais devant leurs protestations, il revenait toujours, le sourire aux lèvres, et les leur distribuait. Grand-Père répétait toujours que David avait hérité du tempérament de leur père, tandis que John et Eden ressemblaient à leur mère.

Mentionner ses frère et sœur les amena à parler davantage d'eux, et il décrivit comment John et Peter se ressemblaient de plus en plus en termes de sensibilité et de comportement depuis leur mariage, et la façon dont ils travaillaient tous deux pour la Bingham Brothers, imitant en cela leurs parents : John, banquier, Peter, avocat. Ensuite, il évoqua Eden et ses études de médecine, Eliza et ses œuvres de bienfaisance. Charles connaissait leurs noms – comme tout le monde, d'ailleurs, parce qu'ils apparaissaient sans cesse dans les chroniques mondaines après avoir assisté à tel et tel gala ou organisé une soirée costumée ; Eden mentionnée avec admiration pour son élégance et son sens de l'humour, John pour son éloquence dans les conversations – et il lui demanda s'il les aimait, et bien que David ne se souciât que modérément de l'opinion de Charles, il décida de lui mentir et répondit que oui.

« Et donc, Eden et vous êtes les rebelles qui n'êtes pas entrés dans les affaires familiales. À moins que ce ne soit John, puisqu'il est en minorité, après tout !

— Oui », répondit-il, mais il se sentait de plus en plus anxieux, parce qu'il devinait quelle direction allait prendre la conversation, et donc, avant que Charles n'ait pu lui demander, il déclara : « Je voulais travailler avec mon grand-père. Je le voulais vraiment. Mais je… » Et pour son plus grand embarras et à son horreur, il ne put finir sa phrase.

« Bon, dit tranquillement Charles pour remplir le silence laissé par David. Mais vous êtes un merveilleux artiste, me dit-on, et les artistes ne sont pas faits pour s'échiner dans les banques. Je suis certain que votre grand-père serait d'accord. Croyez-moi, si un membre de ma famille manifestait le moindre don créatif, soyez sûr que nous ne lui demanderions jamais d'additionner des chiffres et de dessiner des itinéraires, d'apaiser un négociant ou de signer des contrats ! Mais tristement, il semble qu'il y a peu de chances que cela se produise, parce que les Griffith sont au plus haut point, je regrette d'avoir à le dire, des tâcherons ! » Il s'esclaffa et l'atmosphère s'allégea ; David s'étant rasséréné rit de conserve, avec un sentiment de gratitude pour son hôte.

« Le sens pratique est une vertu, dit-il.

— Peut-être. Mais trop de sens pratique, comme le surcroît de toute vertu, devient vite très ennuyeux, je pense. »

Après le dîner et quelques derniers verres, Charles le reconduisit dans le vestibule. David sentait bien, étant donné la façon dont il retardait la séparation et lui tenait la main entre les siennes, que Charles avait envie de l'embrasser, et bien qu'il eût passé une soirée très agréable, qu'il s'avouât qu'il l'aimait bien, et même, l'aimait beaucoup, il ne put s'empêcher de regarder le visage de Charles, empourpré par le vin, et ce ventre qu'un gilet adroitement coupé ne réussissait pas à dissimuler, et de le comparer défavorablement au corps svelte et sec d'Edward, à sa peau lisse et pâle.

Charles n'allait pas exiger de marque d'affection de sa part, il le savait, et David se contenta de posa la main sur celle de son hôte en ce qu'il voulait être un geste de conclusion, et il le remercia pour cette soirée délicieuse.

Si Charles était déçu, il n'en montra rien. « Mais je vous en prie. Vous voir m'a apporté un peu de bonheur après une période particulièrement éprouvante.

— Mais une nouvelle année commence.

— C'est vrai. Néanmoins, si vous acceptez de me revoir, je serai assuré qu'elle ne pourra qu'être meilleure. »

Il savait qu'il aurait dû dire oui, et sinon, annoncer à Charles qu'il allait devoir refuser sa demande en mariage, même s'il en était profondément reconnaissant et honoré – et c'était vrai – et qu'il lui souhaitait toute la félicité et la chance possibles.

Mais pour la deuxième fois de la soirée, les mots lui manquèrent, et Charles, interprétant le silence de David comme un acquiescement, se pencha pour lui embrasser la main, et ouvrit la porte dans la nuit glaciale, où le deuxième cocher des Bingham attendait patiemment au bord du trottoir, les flocons de neige saupoudrant son manteau noir, la main sur la poignée de la portière du fiacre.

X.

La semaine suivante (comme la précédente), il écrivit chaque jour à Edward qui lui avait promis de lui envoyer l'adresse de sa sœur dans sa première lettre, mais il était parti depuis bientôt quinze jours et David n'avait pas reçu la moindre nouvelle. Il avait demandé à la pension s'il avait laissé une adresse, et même affronté la terrible directrice de l'école, mais les deux tentatives avaient échoué. Néanmoins, il continuait à écrire, une lettre par jour, qu'il demandait à un des domestiques de déposer à la pension au cas où Edward ferait savoir où il se trouvait.

Il sentait peu à peu son désœuvrement se changer en désespoir, et chaque soir, il échafaudait des plans pour le lendemain, quelque chose qui le tiendrait éloigné de Washington Square jusqu'après le premier passage du facteur, moment auquel il arrivait en fiacre ou à pied depuis le coin de la rue, de retour d'une visite au musée ou au club, d'une conversation avec Eliza qu'il préférait aux trois autres et avec laquelle il venait parfois partager un moment quand il savait qu'Eden était en cours. Grand-Père s'était ostensiblement abstenu de lui poser la moindre question sur son dîner avec Charles Griffith, et David n'avait spontanément fait aucun commentaire. La vie reprenait son rythme d'avant Edward, mais désormais, ses journées étaient plus mornes encore. Dorénavant, il se forçait à laisser passer une demi-heure après l'arrivée du courrier avant de monter l'escalier et s'appliquait à ne demander ni à Adams ni à Matthew si quelque chose était arrivé pour lui, comme si, en observant ce délai, il aurait pu faire qu'une lettre se matérialise pour le récompenser de son autodiscipline et de sa patience. Mais les jours défilaient, et le courrier ne lui apporta que deux missives de Charles, lui demandant toutes les deux s'il voulait aller au théâtre. Il déclina aussitôt la première proposition, avec courtoisie, alléguant des obligations familiales ; il laissa passer la seconde sans répondre, furieux contre ce message qui ne venait pas d'Edward, jusqu'à voir venir le moment où son silence serait une grossièreté, et il rédigea en hâte quelques lignes pour s'excuser et expliquer qu'il avait pris froid et devait garder la chambre.

Au début de la troisième semaine d'absence d'Edward, il prit le fiacre en direction de l'ouest, la lettre du jour à la main, décidé à découvrir lui-même où se trouvait son amant. Mais la seule personne qu'il croisa à la pension était la petite bonne au teint blafard qui semblait passer le plus clair de son temps à charrier un seau d'eaux usées d'un étage à l'autre. « Je sais pas, Monsieur », dit-elle en observant les chaussures de David d'un air soupçonneux, reculant devant la lettre qu'il lui tendait comme si elle risquait de la brûler, « il a pas dit quand qu'il rentrerait ». Il repartit bredouille, mais resta sur le trottoir, les yeux levés vers la fenêtre d'Edward, dont les rideaux sombres étaient tirés comme ils l'étaient depuis maintenant seize jours.

Ce soir-là, il se rappela un détail qui pourrait l'aider, et quand son grand-père et lui se retirèrent dans le boudoir après dîner, il lui demanda :

« Grand-Père, avez-vous entendu parler d'une certaine Florence Larsson ? »

Le vieil homme le jaugea avec une certaine froideur, avant de tasser le tabac dans sa pipe et de tirer une bouffée. « Florence Larsson, répéta-t-il. Voilà un nom que je n'avais pas entendu prononcer depuis longtemps. Pourquoi cette question ?

— C'est seulement que Charles a mentionné que son secrétaire vivait dans une pension qu'elle possède, répondit-il, atterré non seulement par sa propre duplicité et sa rapidité, mais aussi par son audace d'avoir mêlé Charles à cette affaire.

« C'est donc vrai, murmura son grand-père, presque comme s'il se parlait à lui-même, avant de soupirer. Je ne l'ai jamais connue personnellement, figure-toi, elle est encore plus vieille que moi. Franchement, je m'étonne même qu'elle soit encore en vie – mais à ton âge, elle avait été mêlée à un affreux scandale.

— Que s'est-il passé ?

— Eh bien, elle était la fille d'un homme assez fortuné – un médecin, je crois, et elle faisait elle aussi des études de médecine. Puis, un soir, elle rencontre un homme – je ne me rappelle pas son nom – à une réception donnée par sa cousine. À ce qu'on raconte, il était spectaculairement beau, très séduisant, et pauvre comme Job – un de ces hommes qui semblent venir de nulle part, qui n'ont aucune relation avec personne, et qui pourtant, grâce à leur allure et leur esprit, se font une place dans la meilleure société.

— Et ensuite ?

— Ensuite, il s'est passé ce qu'il se passe souvent en pareilles circonstances, je suis navré de le dire. Il lui a fait la cour ; elle est tombée amoureuse, son père a menacé de la renier si elle épousait ce garçon, et elle l'a fait malgré tout. Feu sa mère lui avait légué du bien, et peu après le mariage, son mari s'est enfui avec le magot, emportant jusqu'au dernier sou. Elle s'est retrouvée complètement démunie, et bien qu'elle ait pu rentrer au domicile de son père, il s'est montré si méprisant – un homme sans cœur, au dire de tous – qu'il a fait ce qu'il avait annoncé : il l'a entièrement déshéritée. La maison dans laquelle elle vit maintenant appartenait à une tante décédée, et je suppose qu'elle y demeure depuis qu'elle a été abandonnée. On raconte qu'elle était absolument désespérée. Elle a abandonné ses études, et elle ne s'est jamais remariée : pas même considéré la possibilité de le faire, pour ce que j'en sais. »

David sentit un frisson le parcourir. « Et qu'est-il advenu de cet homme ?

— Qui sait ? Des rumeurs ont circulé pendant plusieurs années. On l'avait vu ici ou là, il avait émigré en Angleterre ou sur le Continent, il avait épousé telle ou telle héritière – mais personne n'a jamais eu vraiment de certitude, et en tout cas, on n'a plus entendu parler de lui. Mais David, que se passe-t-il ? Tu es pâle comme un linge !

— Ce n'est rien, réussit-il à bredouiller. Je crois que le poisson de ce soir ne m'a pas réussi.

— Étonnant… Tu adores la sole, pourtant. »

À l'étage, réfugié dans son bureau, il tenta de se calmer. Les comparaisons qui lui avaient sauté aux yeux n'avaient aucun sens. Certes, Edward n'ignorait rien de sa fortune, mais il ne lui avait jamais demandé d'argent – il avait même semblé gêné d'accepter la couverture – et ils ne parlaient assurément pas de mariage. Mais tout de même, quelque chose dans cette histoire le bouleversait, comme si c'était l'écho d'une autre, une histoire pire encore, qu'il avait entendue un jour mais dont, malgré tous ses efforts, il ne parvenait pas à se souvenir.

Il fut incapable de trouver le sommeil cette nuit-là, et pour la première fois depuis longtemps, il passa la matinée au lit, refusant le petit déjeuner que lui proposaient les domestiques, et fixant une tache d'humidité sur la plinthe, là où les deux murs se rencontraient en formant un V. C'était son secret, cette marque jaune, et lors de son confinement, il l'avait observée des heures durant, convaincu que s'il la quittait des yeux ou qu'il battait des cils, quand il rouvrirait les paupières, la pièce aurait été transformée en un lieu inconnu, un espace exigu et formidablement sombre : une cellule de moine, la cale d'un bateau, le fond d'un puits. Cette tache était son lien avec le monde, et il fallait toute sa concentration pour ne pas la voir disparaître.

Durant ses confinements, il était parfois même incapable de tenir debout, mais cette fois-ci il n'était pas malade, il redoutait seulement quelque chose qu'il ne parvenait pas à nommer, et donc, il finit par se forcer à se laver et à s'habiller, et quand il se risqua à descendre l'escalier, il était déjà tard dans l'après-midi.

« Une lettre pour vous, Mister David. »

Il sentit son pouls s'accélérer. « Merci, Matthew. » Il prit la lettre sur le plateau d'argent, la posa sur une table, et s'assit, les mains croisées sur ses genoux, peinant à se calmer, à respirer plus lentement et plus fort. Finalement, avec mille précautions, il tendit le bras pour reprendre la lettre. *Ce n'est pas lui qui m'écrit*, se dit-il.

De fait, ce n'était pas lui. C'était un mot de plus que lui adressait Charles, s'informant de sa santé et lui demandant s'il lui plairait de l'accompagner à une lecture ce vendredi soir : *On y récitera des sonnets de Shakespeare, je sais que vous les aimez.*

Il resta immobile, la lettre à la main, sa déception se mêlant à un autre sentiment qu'une fois de plus il ne parvenait pas à identifier. Ensuite, avant de risquer d'hésiter, il sonna Matthew, demanda du papier et de l'encre, et se hâta de gribouiller une réponse à Charles pour accepter son invitation. Puis il tendit l'enveloppe à Matthew en lui demandant de la porter sur-le-champ.

Une fois cette décision prise, les dernières réserves d'énergie l'abandonnèrent, et il reprit lentement le chemin de ses appartements à l'étage, où il sonna la bonne et lui demanda de dire à Adams de prévenir son grand-père qu'il était toujours souffrant et serait absent au dîner. Il resta ensuite campé au milieu de son bureau et balaya la pièce du regard à la recherche de quelque chose – un livre, une toile, un carton à dessins – qui pût le distraire et apaiser le malaise qui était en train de s'emparer de lui.

XI.

Les sonnets étaient récités par une troupe entièrement composée de femmes, plus enthousiastes que réellement talentueuses, mais suffisamment jeunes pour qu'en dépit de leur manque de savoir-faire, elles fussent assez fraîches et agréables à regarder et qu'on pût les applaudir sans effort à la fin de la représentation.

Il n'avait pas faim ensuite, mais Charles oui, et il suggéra – plein d'espoir, songea David – de dîner chez lui. « Quelque chose de simple », dit-il, et David, qui n'avait rien de mieux à faire et avait besoin de distraction, accepta.

À la maison, Charles proposa de monter dans son boudoir à l'étage, qui bien que tout aussi indécemment extravagant que le salon du rez-de-chaussée – des tapis si épais qu'on avait l'impression de marcher sur de la fourrure ; des rideaux empesés qui crépitaient comme du papier en train de brûler quand on les frôlait –, était au moins plus petit, de dimensions plus chaleureuses.

« Nous pourrions dîner là, suggéra David.

— C'est ce que vous voulez ? s'enquit Charles. J'avais dit à Walden de mettre le couvert dans la salle à manger, mais je préférais de beaucoup rester ici, si cela vous convient.

— Tout ce que vous déciderez, répondit-il, sans plus s'intéresser ni au repas ni à la conversation à ce sujet.

— Je vais le lui demander, dit Charles en sonnant le domestique. Du pain, du fromage, du beurre et peut-être un peu de charcuterie », détailla-t-il au majordome quand il reparut, se tournant vers David en quête de son approbation et il hocha la tête.

Il était résolu à se montrer aussi peu loquace qu'un enfant boudeur, mais une fois de plus, les manières agréables de Charles eurent tôt fait de le pousser à la conversation. Il parla à David de ses autres neveux : Teddy, en dernière année de licence à Amherst (« Donc, il va maintenant prendre la place de James comme premier membre de la famille à décrocher un diplôme universitaire, et j'entends bien le récompenser »), et Henry, qui devait bientôt s'inscrire à l'université de Pennsylvanie (« Donc, vous voyez, je vais devoir venir dans le Sud – oui, pour moi, ici, c'est le Sud ! – beaucoup plus souvent »). Il parlait de ces jeunes gens avec tant d'amour, tellement d'affection, que David se sentit jaloux. Il n'avait bien sûr aucune raison rationnelle de l'être, son grand-père ne lui avait jamais dit le moindre mot blessant, et il n'avait connu qu'aise et fortune. Mais sans doute son envie était-elle mal dirigée ; elle était peut-être liée à la fierté qu'éprouvait Charles pour ses neveux alors que lui n'avait jamais rien fait pour susciter celle de son grand-père.

Tandis que la soirée avançait, ils évoquèrent divers aspects de leurs vies : leurs familles ; les amis de Charles ; les conflits qui ravageaient le Sud ; la détente des relations avec le Maine où, étant donné la semi-autonomie de cet État vis-à-vis de l'Union, les citoyens des États-Libres étaient mieux tolérés, bien que pas tout à fait acceptés ; et leurs rapports avec l'Ouest, marqués par des dangers de plus en plus grands. Malgré ces sujets inévitablement tristes, la compagnie de Charles était agréable, et David faillit plusieurs fois lui parler d'Edward, comme à un ami, et non pas un homme qui lui avait proposé de l'épouser : ses yeux noirs si vifs, le rose qui lui montait au creux de la gorge quand il discourait sur la musique ou les beaux-arts ; les difficultés qu'il avait traversées pour se frayer seul un chemin dans le monde. Mais il se rappela à temps où il se trouvait, et qui était Charles, et il ravala ses confidences. S'il ne pouvait pas tenir Edward entre ses bras, il brûlait d'avoir son nom sur les lèvres ; s'il parlait de lui, il le rendrait à nouveau présent. Il avait envie de se vanter de lui, de dire à qui voudrait bien l'entendre à quoi ressemblait celui qui l'avait choisi, que c'était lui avec qui il passait ses journées, lui qui lui avait rendu la vie. Mais devant cette impossibilité, il devait se satisfaire du secret que représentait Edward et qu'il portait au fond de son cœur comme l'éclair d'une flamme blanche ; une flamme qui brûlait haute et pure et ne réchauffait que lui, et dont il craignait qu'elle ne s'éteignît s'il l'examinait de trop près. Rien qu'en pensant à lui, il avait l'impression de l'avoir conjuré, tel un spectre qu'il était seul à voir, adossé au secrétaire au fond de la pièce, derrière Charles, souriant à David et souriant à lui seul.

Et pourtant – il le savait – Edward n'était pas là, ni physiquement ni par l'esprit. Au fil des semaines, alors qu'il attendait sans cesse de ses nouvelles et lui écrivait consciencieusement tous les jours (dont l'équilibre entre ce qu'il espérait être une série d'anecdotes divertissantes sur sa propre vie et sur New York d'une part, et de l'autre l'expression de son affection et de la tristesse causée par son absence, avait presque totalement basculé en direction de la seconde), l'inquiétude s'était muée en confusion, la confusion en surprise, la surprise en douleur, la douleur en frustration, la frustration en colère, et la colère en désespoir, jusqu'à ce que le cycle reprenne une fois de plus depuis le début. Aujourd'hui, à n'importe quel moment donné, il éprouvait tous ces sentiments mêlés, si bien qu'il ne parvenait plus à les distinguer, et ils étaient tous exacerbés par un désir aussi pur que violent. Curieusement, le fait d'être en présence de Charles, un homme bon dont la compagnie le détendait, rendait ces émotions plus vives encore, et donc d'autant plus oppressantes – il savait que s'il s'ouvrait à Charles de ses souffrances, il saurait le conseiller ou à tout le moins lui témoigner de la compassion, mais bien sûr le cruel paradoxe était que Charles était la dernière personne à qui il pouvait en parler.

Il songeait à tout cela, retournant sans répit la situation dans sa tête, comme si à force d'y réfléchir une solution au problème apparaîtrait par magie, quand il se rendit soudain compte que Charles s'était tu et qu'il avait été si absorbé par son propre dilemme qu'il avait complètement cessé de l'écouter.

Il se hâta de s'excuser profusément, mais Charles se contenta de secouer la tête, puis il quitta sa chaise pour traverser la pièce et s'asseoir sur le divan où David le rejoignit.

« Quelque chose ne va pas ? demanda Charles.

— Non, non, je suis vraiment désolé. Je pense que je suis fatigué, voilà tout, et que ce feu est si délicieusement chaud que je me suis assoupi. Il faut m'excuser. »

Charles hocha le menton et lui prit la main : « Vous paraissez avoir la tête ailleurs cependant. On dirait que quelque chose vous tourmente. Vous ne voulez pas vous confier à moi ? »

David sourit pour dissiper ses inquiétudes. « Vous êtes si bon pour moi, dit-il, puis avec davantage de ferveur : Tellement bon. Je me demande ce que cela représenterait d'avoir un ami comme vous.

— Mais je suis votre ami », répondit Charles en lui rendant son sourire, et David comprit qu'il avait dit ce qu'il ne fallait pas, qu'il se comportait exactement comme Grand-Père avait dit qu'il ne devait pas se comporter : qu'il le fasse aussi involontairement ne changeait rien à l'affaire.

« Je souhaite que vous me considériez comme tel, reprit Charles, à voix basse. Mais pas seulement », et il posa les mains sur les épaules de David et l'embrassa, puis continua de l'embrasser jusqu'à le forcer à se relever et à déboutonner son pantalon ; David laissa Charles le dévêtir et attendit pendant que Charles se déshabillait.

Dans le fiacre, sur le chemin du retour, il déplora sa propre stupidité, et la façon dont il avait, dans son état de confusion, laissé Charles imaginer qu'il accepterait d'être son mari au bout du compte. Il savait qu'à chaque occasion où ils se voyaient, à chaque conversation, à chaque lettre à laquelle il répondait, il s'enfonçait plus avant sur un chemin qui le menait inexorablement vers une seule issue possible. Il n'était pas trop tard pour arrêter la machine, pour annoncer son intention de faire marche arrière et de battre en retraite – il n'avait pas donné sa parole, ils n'avaient signé aucun papier, et même s'il s'était mal conduit, s'il avait dupé Charles, ce ne serait pas comme trahir un serment – mais s'il le faisait, il savait que Charles et son grand-père seraient tous deux à juste titre blessés, pour ne pas dire fous de rage, et que la faute lui en reviendrait entièrement. Il avait cédé à Charles en partie par gratitude pour sa compassion (et, David devait le reconnaître, pour le récompenser d'éprouver pour lui des sentiments qu'il n'était pas sûr qu'Edward éprouvât), mais ses autres raisons étaient franchement moins honorables et généreuses : une appétence déplacée et insatisfaite, un désir de punir Edward de son silence et de son inaccessibilité, le besoin de se détourner de son propre marasme. En agissant de la sorte, il avait créé une situation plus difficile encore, complètement de son fait, et dans laquelle il était incontestablement la proie, l'objet du désir de l'autre. Il était paralysé en se rendant compte que ces pensées étaient les siennes, qu'il était si suffisant et si égoïste qu'il avait encouragé quelqu'un, et un homme bon de surcroît, à entretenir de faux espoirs et des attentes simplement parce que son orgueil était meurtri et qu'il avait besoin d'être flatté.

Pourtant, ce sentiment était si puissant, ce besoin de dissiper les émotions insupportables que l'absence d'Edward et son silence persistant faisaient naître était tel qu'au cours des trois semaines suivantes – trois semaines durant lesquelles le 20 février arriva et fut bientôt dépassé sans nouvelles d'Edward – il retourna sans cesse chez Charles. Le voir, avec l'enthousiasme et l'excitation qu'il ne cherchait pas même à dissimuler, le faisait se sentir puissant et supérieur ; l'observer tandis qu'il tâtonnait pour déboutonner ses vêtements, rendu maladroit par l'impatience, la porte du boudoir refermée et verrouillée en hâte dès que Walden l'avait fait entrer. Il avait l'impression d'être un séducteur, un magicien, mais plus tard, quand il entendait Charles lui murmurer des mots tendres à l'oreille, il ne ressentait plus que de la culpabilité. Il était conscient de mal agir, il se jugeait même foncièrement mauvais – on encourageait l'intimité entre deux hommes avant un mariage arrangé, mais pas plus qu'une expérience ou deux, afin de déterminer la compatibilité des promis – et pourtant, il était incapable de s'arrêter, même si, en son for intérieur, il trouvait ses motivations de moins en moins justifiables et que le mépris incompréhensible qu'il ressentait pour son compagnon commençait à dégénérer en une sorte de répulsion. Mais là encore, il était dans une confusion totale. Il ne prenait pas plaisir aux relations avec Charles, enfin pas vraiment – même s'il en était venu à se réjouir de ses attentions, de son excitation durable et soutenue, et de sa force physique, il trouvait l'homme trop sérieux, sans fantaisie et inélégant –, mais les poursuivre rendait ses souvenirs d'Edward inexplicablement plus vifs, parce qu'il comparait sans cesse les deux hommes au détriment de Charles. En sentant sa bedaine contre lui, il se languissait de la minceur de sylphe d'Edward et s'imaginait comment il pourrait lui parler de Charles. Edward le raillerait assurément, avec ce petit gloussement de rire, grave et irrésistible. Mais bien sûr, il n'était pas là pour qu'on le lui raconte, pour partager cette cruelle moquerie implicite à l'égard de celui qu'il avait sous les yeux, fiable, sincère et attentif à tous égards : Charles Griffith. L'homme lui était devenu détestable précisément parce qu'il était disponible, et pourtant cette même disponibilité généreuse rendait David moins vulnérable, moins démuni face au silence d'Edward qui se prolongeait. Il en était venu à entretenir une légère haine pour Charles, parce qu'il l'aimait trop, et surtout parce qu'il n'était pas Edward. Son dégoût naissant prenait des allures de sacrifice, d'exquise autopunition, d'un acte d'humiliation personnelle quasi religieux qui – même s'il était le seul à le savoir – montraient ce qu'il était capable de supporter pour retrouver Edward un jour.

« Je pense que je suis amoureux de vous », lui confia Charles une nuit du début mars alors que David s'apprêtait à partir, boutonnant sa chemise et cherchant sa cravate du regard. Mais bien qu'il eût parlé clairement, David fit mine de ne pas l'avoir entendu, et se contenta de lancer un adieu poli par-dessus son épaule avant de quitter les lieux. Il devinait que Charles devait être déconcerté, et même meurtri par sa froideur, par le peu de désir que manifestait à l'évidence David de lui retourner cette déclaration, et il comprenait aussi que sa conduite envers Charles constituait un petit acte de malveillance indubitable, et qu'il répondait à l'honneur par la cruauté.

« Je dois partir, annonça-t-il dans le silence qui accueillit les paroles de Charles, mais je vous écrirai demain.

— Vraiment ? murmura Charles, et David éprouva de nouveau ce mélange d'irritation et de tendresse.

— Oui, je vous le promets. »

Il le revit un dimanche après-midi, et au moment de prendre congé, Charles lui demanda – comme il le faisait toujours après leurs rendez-vous – s'il ne pouvait pas rester dîner, s'il n'aimerait pas assister à tel ou tel concert ou voir une pièce de théâtre. Il refusait toujours, conscient qu'à chaque rencontre la question que Charles n'osait pas poser approchait dangereusement, jusqu'au point où elle prit la forme d'une sorte de brouillard, si bien que chacun de leurs mouvements les plongeait plus avant dans une opacité aveuglante, des ténèbres infranchissables. Il avait passé une fois de plus tout son temps avec Charles à penser à Edward, tentant d'imaginer que Charles *était* Edward, et même s'il se montrait toujours courtois, son attitude était de plus en plus guindée malgré l'intimité croissante de leur relation.

« Attendez, dit Charles. Ne vous rhabillez pas si vite – laissez-moi vous regarder encore un peu. » Mais David rétorqua que son grand-père l'attendait et fila avant que Charles n'eût pu insister.

Après chaque visite, il était plus malheureux en voyant comment il pouvait traiter ce brave Charles ; comment il se comportait en Bingham et en protégé de son grand-père ; comment sa soif désespérée de revoir Edward l'amenait à se conduire. Il ne pouvait cependant pas rendre Edward responsable de ses choix, quelles que fussent ses raisons de ne pas lui écrire – c'étaient ses décisions, elles n'appartenaient qu'à lui, et au lieu de supporter seul le poison de ses angoisses avec courage, il l'avait maintenant laissé contaminer Charles.

Bien qu'il continuât à rendre visite à Charles pour se distraire, être avec lui suscitait d'indésirables questions et de nouveaux doutes. Chaque fois que Charles lui parlait de ses amis, de ses neveux, de ses associés, il était à nouveau amené à penser qu'Edward avait tout fait pour effacer ses traces à jamais. Il ne lui avait dit que le prénom de ses amis, jamais leur nom de famille –

David se rendit compte qu'il ignorait même le nom d'épouse de ses sœurs. Chaque fois que Charles lui posait des questions sur lui-même, son enfance et ses années d'école, son grand-père, son frère, sa sœur, il se rappelait qu'Edward ne l'avait jamais interrogé sur rien. Il ne s'en était pas rendu compte sur le moment, mais aujourd'hui, il s'en souvenait. Ne l'intéressait-il pas ? Il repensa avec amertume à la façon dont il avait autrefois cru qu'Edward recherchait son approbation et avait été reconnaissant quand il la lui avait exprimée, et il mesurait désormais combien il s'était trompé, comment c'était toujours Edward qui contrôlait tout.

Le mercredi suivant, il mettait de l'ordre dans sa salle de classe après son cours quand il entendit l'écho de son nom qui résonnait dans le couloir. La semaine précédente, le piano, qui jusqu'alors avait continué à trôner devant les pupitres, un monument à la gloire d'Edward puis à sa disparition, avait été relégué dans son coin, où le manque d'entretien le rendrait bientôt à son piteux état d'antan.

Il se retourna, et la directrice entra dans la salle, le fixant comme toujours d'un regard désapprobateur. « Regagnez vos chambres maintenant, les enfants », dit-elle aux quelques retardataires, leur tapotant la tête ou l'épaule alors qu'ils la saluaient. Puis s'adressant à lui : « Mister Bingham, comment se passent ces cours ?

— Très bien, je vous remercie.

— C'est très généreux à vous de venir instruire mes enfants. Ils vous aiment beaucoup, vous savez ?

— Je les aime beaucoup aussi.

— Je suis venue vous porter ceci, expliqua-t-elle en tirant de sa poche une mince enveloppe blanche qu'il prit et faillit lâcher en reconnaissant l'écriture.

— Oui, elle vient de *Mister Bishop,* lâcha-t-elle avec mépris en crachant presque le nom d'Edward. Il semble qu'il ait enfin daigné nous revenir, dirait-on. » Au cours des semaines qui avaient suivi la disparition d'Edward, la directrice avait étonnamment et involontairement été la seule alliée de David, la seule personne qui fût aussi intéressée que lui à savoir ce que le musicien était devenu. Les raisons pour lesquelles elle voulait le retrouver étaient assez différentes cependant – Edward, avait-elle confié à David quand il s'était résolu à lui poser la question, l'avait suppliée de lui accorder une permission d'absence à cause d'une urgence familiale ; il devait reprendre les cours le 22 février, mais cette date était passée sans qu'elle eût de ses nouvelles, et elle avait été contrainte de supprimer complètement cet enseignement.

(« Je crois que sa mère, qui vit en Nouvelle-Angleterre, est très malade », lui avait-elle dit, apparemment perturbée par cette supposition.

« Moi je pense qu'il est orphelin, avait osé avancer David, après un silence. Il s'agit plutôt de sa sœur qui a eu une naissance. »

La directrice avait paru réfléchir à la question. « Je suis presque certaine qu'il avait parlé de sa mère. Je n'aurais jamais accordé de permission d'absence pour un bébé. Mais bon, avait-elle ajouté d'un ton plus conciliant – à un moment ou à un autre de leurs entrevues, elle semblait toujours se rappeler qu'il était le bienfaiteur de son école et ajustait sa voix et ses manières en conséquence –, je peux me tromper. Dieu sait que les gens me racontent des choses sur leurs vies et leurs problèmes toute la sainte journée, et je ne peux pas me rappeler chaque détail. Il avait aussi mentionné le Vermont, n'est-ce pas là qu'elle vit ? Il a trois sœurs, n'est-ce pas ?

— Oui, répondit-il, légèrement soulagé. Exactement.)

« Quand avez-vous reçu cette lettre ? », demanda-t-il faiblement, pressé de s'asseoir et de la voir tourner les talons pour se précipiter sur l'enveloppe.

— Hier, grommela la directrice. Il est passé – figurez-vous son audace ! – pour réclamer son dernier salaire, et je lui ai dit ma façon de penser au passage. Je lui ai expliqué qu'il avait déçu les enfants, qu'il s'était montré égoïste en partant ainsi et sans revenir alors qu'il s'y était engagé. Et il a répondu… »

David l'interrompit : « Madame, je suis tout à fait désolé, mais je dois vraiment partir. J'ai un rendez-vous qui ne peut pas attendre. »

Elle se redressa de toute sa hauteur, sa dignité manifestement outragée.

« Bien sûr, Mister Bingham. Je ne voudrais surtout pas vous causer de souci. Je vous verrai au plus tard la semaine prochaine. »

Il n'y avait que quelques mètres du perron de l'école à son fiacre, mais n'y tenant plus, il déchira l'enveloppe sur les marches, manquant la lâcher à nouveau, les doigts tremblant de froid et d'impatience.

5 mars 1894

Mon très cher David,

Que dois-tu penser de moi ? J'ai tellement honte, je suis si gêné, si profondément désolé. Je peux seulement te dire que ce silence n'était pas de mon fait, et j'ai pensé à toi chaque heure de chaque jour. Je n'avais qu'une envie, dès mon retour hier : me précipiter devant ta porte à Washington Square et t'attendre pour implorer ton pardon, mais je ne savais pas comment je serais reçu.

Je n'en suis pas plus sûr aujourd'hui. Mais si tu veux m'accorder la faveur d'essayer de réparer mes torts, je te prie de venir me retrouver à la pension, dès qu'il te plaira.

En attendant ce moment,

À toi, tendrement, Edward

XII.

Il n'avait pas le choix. Il renvoya le cocher à la maison pour prévenir son grand-père qu'il devait voir Charles Griffith ce soir-là, puis, tourmenté par ce mensonge, il attendit que le fiacre eût tourné le coin de la rue pour se mettre à courir, sans se soucier du spectacle qu'il devait donner. Sa gêne potentielle ne signifiait soudain plus rien face à la promesse de revoir Edward.

À la pension, la même domestique au visage cireux lui ouvrit la porte et il se précipita dans l'escalier. Ce ne fut qu'au dernier palier qu'il hésita, conscient que sous son excitation se cachait toute une gamme d'autres sentiments : le doute, la confusion, la colère. Mais cela ne suffit pas à l'arrêter, et avant même qu'il eût fini de frapper, la porte s'ouvrit, Edward était dans ses bras, l'embrassait partout comme un chien fou, et David sentit ses hésitations disparaître, balayées par la joie et le soulagement.

Mais quand il réussit à s'écarter un peu d'Edward, il remarqua son visage : un coquart à l'œil droit, la lèvre inférieure fendue et bordée de sang séché.

« Edward, mon cher petit ! Que t'est-il arrivé ?

— Ce que tu vois, répondit Edward, d'un air presque mutin, est l'une des raisons pour lesquelles j'ai été dans l'incapacité de t'écrire. » Et quand ils réussirent tous deux à se calmer, il entreprit d'expliquer ce qu'il s'était produit lors de cette maudite visite à ses sœurs.

Au début, raconta Edward, tout s'était bien passé. Un voyage sans histoire, bien que par un froid glacial, et il avait fait un détour par Boston pour passer trois jours chez de vieux amis de la famille avant de poursuivre en direction de Burlington. Là, ses trois sœurs l'accueillirent : Laura, en passe d'accoucher, Margaret, et bien sûr Belle, venue pour quelques jours du New Hampshire. Laura et Margaret, proches par l'âge et beaucoup d'autres choses, partageaient une grande maison de bois, chaque sœur et son mari occupant un étage différent : Belle s'installa chez Laura, Edward chez Margaret.

Le matin, Margaret partait travailler dans son école, mais Laura, Belle et Edward passaient leurs journées à parler et à rire, admirant les minuscules brassières, couvertures et chaussettes que Laura, Margaret et leurs maris avaient tricotées, et quand Margaret rentrait dans l'après-midi, ils s'asseyaient autour du feu et évoquaient leurs parents, leurs souvenirs d'enfance, tandis que les conjoints de Margaret et de Laura – le mari de Laura, instituteur lui aussi ; celui de Margaret, comptable – se chargeaient des tâches qu'auraient normalement accomplies les deux sœurs pour qu'ils puissent passer plus de temps ensemble.

(« Bien sûr, je leur ai parlé de toi, dit Edward.

— Oh ? réagit David, flatté. Que leur as-tu raconté ?

— J'ai dit que j'avais rencontré un homme beau et brillant, et qu'il me manquait déjà. »

David en rougit de plaisir, mais se contenta de l'inviter à poursuivre.)

Six jours après son arrivée, Laura donna naissance à un magnifique bébé, un garçon, auquel elle donna le prénom de leur père, Francis. C'était le premier enfant de la fratrie Bishop, et tous se réjouirent comme si c'était le leur. Il était prévu à l'origine qu'Edward et Belle resteraient encore une semaine ou deux, et malgré la fatigue de Laura, tout le monde était ravi. Il y avait six adultes pour s'extasier sur un seul bébé. Mais se retrouver tous les quatre ensemble, après tant de temps, leur faisait aussi penser à leurs parents, et en plus d'une occasion, ils pleurèrent en songeant à la façon dont ils s'étaient sacrifiés pour eux afin de leur donner une vie meilleure dans les États-Libres, et dont, malgré toutes les vicissitudes, ils se réjouiraient aujourd'hui de voir leurs enfants réunis.

(« Nous étions tous si occupés de ces retrouvailles que je prenais à peine le temps de faire quoi que ce soit d'autre, expliqua Edward avant même que David lui eût demandé pourquoi il n'avait pas écrit. Je pensais à toi sans cesse. J'ai commencé une centaine de lettres dans ma tête. Mais ensuite, le bébé se mettait à pleurer, ou je devais aider mes beaux-frères aux tâches ménagères – je n'aurais jamais pensé qu'un bébé pouvait donner un tel travail ! – et le temps que j'aurais pu passer à poser une plume sur un papier s'était déjà enfui.

— Mais pourquoi ne pas m'avoir au moins envoyé l'adresse de tes sœurs ? demanda-t-il en détestant entendre le tremblement de sa propre voix.

— Eh bien, ça, je ne peux que l'attribuer à mon imbécillité – j'étais sûr, absolument sûr de te l'avoir donnée avant de partir. En fait, je trouvais très étrange que tu ne m'écrives pas du tout ; tous les jours, quand une de mes sœurs arrivait avec le courrier, je demandais s'il y avait une lettre de toi, mais rien. Je ne peux pas te dire combien j'en étais triste. Je redoutais que tu m'aies oublié.

— Comme tu vois, tu n'avais rien à craindre », murmura David, tentant de ne pas paraître trop grincheux en montrant du doigt le tas de lettres, d'un volume embarrassant, que la bonne avait attaché avec une ficelle et qui restait posé, sans manifestement avoir été touché, au pied du lit. Mais Edward devinant que David était blessé une fois de plus l'entoura de ses bras. « Je les ai gardées dans l'espoir de te voir et de t'expliquer mon absence de vive voix. Je me disais qu'une fois que tu m'aurais pardonné – ce que j'espérais et espère encore du fond du cœur – nous les lirions ensemble, et que tu me confierais tout ce que tu ressentais et pensais en les rédigeant, et que ce serait un peu comme si nous n'avions jamais été séparés, que nous ayons de fait partagé chacun de ces moments. »)

Au bout d'environ deux semaines, Edward et Belle s'apprêtèrent à partir. Ils iraient à Manchester, où il séjournerait quelques jours chez sa sœur avant de reprendre le chemin de New York. Mais en arrivant à la maison, Belle appela son mari en franchissant le seuil et seul le silence leur répondit.

D'abord ils ne s'en inquiétèrent pas. « Il doit être encore à la clinique », lança joyeusement Belle, et elle envoya Edward à l'étage pour qu'il s'installe dans la chambre d'amis tandis qu'elle allait préparer quelque chose à manger dans la cuisine. Mais quand Edward redescendit, il la trouva pétrifiée au milieu de la pièce, les yeux rivés sur la table, et quand elle se tourna vers lui, son visage était livide.

« Il est parti ! »

— Que veux-tu dire, il est parti ? lui demanda Edward, mais en regardant alentour, il remarqua que la cuisine n'avait pas servi depuis au moins une semaine : l'âtre noirci était froid, les plats, bouilloires et marmites étaient secs et couverts d'une légère couche de poussière. Il prit le billet que Belle tenait en main, et reconnut l'écriture de son beau-frère : il s'excusait d'être indigne mais partait refaire sa vie avec une autre.

« Sylvie, murmura Belle. Notre bonne. Elle aussi a disparu. » Elle s'évanouit, et Edward la rattrapa au vol et l'aida à se mettre au lit.

Les deux jours suivants furent terriblement affligeants. La pauvre Belle oscillait entre le silence et les larmes, et Edward écrivit à leurs sœurs pour les informer de la mauvaise nouvelle. Il se précipita à la clinique de son beau-frère Mason, mais ses deux infirmières jurèrent n'être au courant de rien ; il tenta même de signaler la disparition à la police, mais les officiers lui expliquèrent qu'ils ne pouvaient pas se mêler des affaires domestiques. « Mais ce n'est pas seulement une affaire domestique, s'écria Edward. Cet homme a abandonné sa femme, ma sœur, une épouse fidèle et une bonne personne, profitant de la visite qu'elle rendait à notre sœur enceinte dans le Vermont. Il faut le retrouver et le traîner en justice ! » Les policiers se montrèrent compatissants mais se déclarèrent incompétents, et au fil des jours, Edward sentait sa colère monter et son désespoir s'accroître – voir Belle, vêtue de la même robe depuis quatre jours, fixer l'âtre vide en silence, les cheveux hâtivement noués en un chignon désordonné, et se pétrissant les mains de tristesse, le rendait toujours plus conscient de son impuissance et plus déterminé sinon à rendre son mari à sa petite sœur chérie, du moins à la venger.

Et un soir, à la taverne voisine, alors qu'il buvait un verre de cidre en pensant à la triste situation de sa sœur, il vit entrer un client qui n'était autre que Mason.

(« Il était tel qu'en lui-même, répondit Edward à la question de David. J'ai compris alors que j'avais cru que, si je le revoyais, je le trouverais d'une façon ou d'une autre transformé, comme si sa nature misérable et sa conduite inqualifiable devaient se lire sur son visage. Mais non. Dieu merci, il n'était pas avec cette Sylvie, sinon je ne sais pas de quoi j'aurais été capable.)

Il n'avait aucune intention précise quand il marcha vers son beau-frère, mais au moment précis où il s'aperçut que Mason le reconnaissait, Edward leva le poing et lui asséna un coup sur la joue. Mason, quand il eut encaissé le choc, réagit, mais leur bagarre fut vite interrompue par plusieurs clients qui les séparèrent – pas avant, souligna Edward non sans satisfaction, qu'il n'ait eu le temps de dénoncer auprès d'eux les méprisables agissements de son ex-beau-frère.

« Manchester est un village. Tout le monde connaît tout le monde, et Mason n'est pas le seul médecin sur place. Sa réputation est à jamais souillée, et ce n'est que justice, parce qu'il a lui-même ruiné ses perspectives par ce comportement ignoble. »

Belle, dit Edward, fut horrifiée par son acte – et de fait, Edward en avait honte lui-même : non d'avoir agressé Mason mais d'avoir causé à sa sœur un surcroît de peine et de honte – même s'il s'autorisait à penser qu'au fond elle en était secrètement ravie. Le lendemain, tous deux s'engagèrent dans une longue conversation, après que Belle lui eut nettoyé le visage et recousu la lèvre (« Je ne veux pas me vanter, mais je pense que Mason était en plus piteux état encore, même si je reconnais que jouer des poings n'était pas la chose la plus sage à faire, étant donné ma profession »), et ils décidèrent de conserve que Belle ne pouvait pas demeurer à Manchester – là où habitait toute la famille de Mason – et rester mariée à cet homme. Laura et Margaret avaient déjà envoyé un télégramme, puis une lettre, lui enjoignant de venir vivre auprès d'elles dans le Vermont – il y avait toute la place dans la maison, et Belle, qui avait reçu une formation d'infirmière, se rappelait sûrement David, pourrait trouver un bon emploi là-bas. Mais Belle hésitait à troubler une période aussi heureuse et agitée dans la vie de Laura, et de plus, confia-t-elle à Edward, elle avait besoin de paix, de temps et d'espace pour réfléchir. Ils décidèrent donc ensemble que Belle accompagnerait Edward jusqu'à Boston, où il devait passer de nouveau quelques jours chez les amis de la famille avant de rentrer finalement à New York. Belle aimait beaucoup les amis en question qui l'affectionnaient en retour, et chez eux, elle pourrait penser plus tranquillement aux choix qui s'offraient à elle : elle divorcerait de Mason, c'était certain, mais elle ne savait pas encore si elle voulait rester à Manchester ou rejoindre ses sœurs dans le Vermont.

« Donc, tu le vois, ce voyage est loin de s'être déroulé comme prévu, et toutes mes bonnes résolutions ont fondu devant les difficultés de Belle. C'était mal – vraiment très mal – de ma part de ne pas te donner de nouvelles, mais j'étais si débordé par les tourments de ma sœur que j'en ai oublié tout le reste. J'ai agi de façon terrible, je le mesure, mais j'espère que tu me comprendras. S'il te plaît, dis-moi que tu me pardonnes, mon cher David. S'il te plaît, dis-le-moi.

Lui pardonnait-il ? Oui et non. Il éprouvait de la compassion pour Belle, bien sûr, mais égoïstement, il ne pouvait s'empêcher de continuer à penser qu'Edward aurait pu chercher le temps de lui adresser même le plus court des messages ; et même qu'il aurait dû le trouver, parce que s'il lui avait fait confiance, il aurait pu lui venir en aide d'une façon ou d'une autre. *Comment* n'était pas clair – mais il aurait aimé avoir eu l'occasion d'essayer.

Cependant, tenter d'exprimer cela eût paru trop puéril, trop mesquin. Et donc, il répondit : « Bien sûr. Mon pauvre Edward. Bien sûr que je te pardonne », et reçut un baiser pour sa peine.

Mais le récit du jeune homme n'était pas terminé. En arrivant chez les Cooke, leurs amis, Belle avait recouvré un peu de sérénité et de détermination, et Edward savait que quelques jours auprès d'eux contribueraient à lui rendre sa stabilité. Les Cooke, Susannah et Aubrey, étaient un couple marié, un peu plus âgé que Margaret. Susannah, elle aussi réfugiée des Colonies, avait habité avec ses parents dans l'immeuble voisin de celui des Bishop, et les enfants des deux familles étaient vite devenus de grands amis. Aujourd'hui, son mari et elle possédaient une petite filature à Boston et vivaient dans une jolie maison toute neuve près de la rivière.

Edward se réjouit de revoir les Cooke, avant tout parce que Susannah et Belle étaient très proches, leur hôtesse assumant le rôle d'une troisième sœur aînée – elles s'enfermaient dans la chambre de Belle et bavardaient jusque tard dans la nuit, tandis qu'Edward et Aubrey jouaient aux échecs au salon. Le quatrième soir de leur visite, néanmoins, Aubrey et Susannah déclarèrent à leurs invités qu'ils voulaient les entretenir d'un sujet sérieux, et donc, après dîner, ils se retirèrent tous au salon, et les Cooke leur annoncèrent des nouvelles importantes.

Un peu plus d'un an auparavant, ils avaient été contactés par un Français avec lequel ils étaient en affaire depuis longtemps, et qui leur avait soumis une proposition irrésistible : faire de la Californie la région productrice de soie la plus importante du Nouveau Monde. Le Français en question, Etienne Louis, avait déjà acquis un domaine de plus de deux mille hectares au nord de Los Angeles, planté un millier d'arbres, et bâti des magnaneries qui pourraient abriter des dizaines de milliers de vers et d'œufs. Au bout du compte, cette ferme deviendrait une colonie indépendante et autonome. Louis avait déjà engagé le premier de cent experts des différents aspects de la confection de la soie, depuis le soin à apporter aux mûriers à la récolte des cocons en passant par l'élevage des vers, sans oublier le filage et le tissage. Les ouvriers agricoles seraient pour la plupart des Chinois – beaucoup étaient sans travail depuis la fin de la construction du chemin de fer transcontinental, dans l'impossibilité de rentrer dans leur pays ou, depuis les lois de 1892, de faire venir leurs familles depuis l'Orient. Un nombre alarmant d'entre eux étaient tombés dans la misère, la dépravation et la dépendance à l'opium, ainsi que d'autres activités tout aussi répréhensibles – les Cooke et Louis pourraient leur verser des salaires insignifiants ; la ville de San Francisco, où vivaient la plupart de ces immigrés, aidait même Louis à trouver des candidats acceptables qu'il pourrait convaincre de venir s'installer plus au sud. L'idée était que la colonie commence ses activités au début de l'automne.

Le frère et la sœur Bishop montrèrent presque autant d'enthousiasme à entendre le projet que les Cooke avaient mis à le leur décrire. Tous quatre s'accordaient à dire que le plan était magnifique – la population de la Californie croissait si rapidement, et l'industrie textile était encore si mal organisée qu'ils pouvaient compter sur un joli retour sur investissement. Chacun savait les fortunes que pouvait amasser dans l'Ouest une personne intelligente et travailleuse, et les Cooke étaient cela, mais multiplié par deux. Ils ne sauraient que réussir. C'était une nouvelle réconfortante, et d'autant plus joyeuse que la semaine précédente avait été difficile.

Mais ce n'était pas la seule surprise que leur réservaient les Cooke. Ils voulaient aussi demander à Belle et à Edward de gérer leur entreprise. « Nous comptions vous le proposer de toute façon, dit Susannah. À vous deux et à Mason. Mais aujourd'hui, et tu n'y verras, ma chère Belle, aucune malice, la situation paraît providentielle. C'est une nouvelle chance pour toi, une nouvelle vie, l'occasion de tout recommencer.

— C'est très généreux de votre part, répondit Belle quand elle eut repris ses esprits. Mais ni Edward ni moi ne connaissons quelque chose aux textiles ou à la façon de diriger une usine !

— Belle a raison, renchérit Edward. Chère Susannah, cher Aubrey, nous sommes très flattés, mais il vous faut sûrement quelqu'un possédant de l'expérience dans ces domaines. »

Or, Susannah et Aubrey insistèrent. Il y aurait un contremaître, et Aubrey lui-même se rendrait dans l'Ouest à l'automne pour y rencontrer Louis et superviser le travail durant les premiers temps. Dès que Belle et Edward arriveraient, ils se formeraient sur le tas. Le plus important pour les Cooke était d'avoir sur place des gens de confiance. Tant de choses dans l'Ouest étaient mystérieuses pour eux qu'elles nécessitaient des associés honnêtes et sûrs, dont ils connaîtraient parfaitement le passé et la personnalité. « Et qui connaissons-nous mieux que vous ? En qui avons-nous davantage confiance ? s'écria Susannah. Toi et Belle êtes comme des frère et sœur pour nous !

— Mais Louis ?

— Nous avons confiance en lui, bien sûr. Mais nous ne le connaissons pas aussi bien que vous. »

Belle s'esclaffa gentiment. « Cher Aubrey, je suis infirmière, Edward, pianiste. Nous ignorons tout de la culture de la soie, des mûriers ou des affaires. Nous risquerions de vous mettre sur la paille ! »

Tous quatre échangèrent des arguments, avec vigueur mais bon esprit, jusqu'à ce que Aubrey et Susannah finissent par leur arracher la promesse de réfléchir à leur proposition, puis, comme il était très tard, ils allèrent se coucher, sourires et félicitations aux lèvres, car même si les Bishop trouvaient l'idée improbable, ils étaient flattés de cette offre, et pleins d'une gratitude nouvelle pour la générosité de leurs amis et la foi qu'ils avaient en eux.

Le lendemain, Edward devait repartir, mais avant qu'il ne prenne congé des Cooke et monte dans sa diligence, Belle et lui firent une petite promenade ensemble. Longtemps, le frère et la sœur marchèrent en silence, bras dessus bras dessous, s'arrêtant pour regarder les canards qui venaient se poser sur la rivière et qui, après y avoir plongé leurs pattes palmées, s'envolaient à nouveau, en caquetant violemment, sans doute furieux de la température glaciale de l'eau.

« Je les aurais crus plus avisés », dit Edward en observant les oiseaux, puis se tournant vers sa sœur : « Que comptes-tu faire ?

— Je n'en suis pas sûre », répondit-elle, mais ensuite, alors qu'ils se rapprochaient de la maison des Cooke où attendait le bagage d'Edward, elle ajouta : « Mais je pense que nous devrions étudier leur proposition.

— Ma chère Belle !

— Ce pourrait être un nouveau départ pour nous, Edward. Une aventure. Nous sommes encore jeunes – je n'ai que vingt et un ans ! Et non – ne dis rien –, nous ne serions pas complètement seuls. Nous nous aurions l'un l'autre. »

C'était leur tour maintenant d'échanger des arguments contradictoires, jusqu'à ce qu'Edward risque de manquer sa voiture, et qu'ils finissent par se séparer tendrement. Il promit à sa sœur de réfléchir à l'offre des Cooke, bien qu'il n'en eût nullement l'intention. Mais une fois dans la diligence, et durant les longues heures de la première partie du voyage, il se surprit à y repenser de plus en plus. Pourquoi ne pas partir pour l'Ouest ? Pourquoi ne pas tenter de faire fortune ? Pourquoi ne pas se lancer dans l'aventure ? Belle avait raison – ils étaient jeunes : le succès de l'entreprise était assuré. Et même dans le cas contraire, n'avait-il pas toujours rêvé de mettre un peu de piment dans son existence ? S'était-il jamais senti chez lui à New York ? Ses sœurs étaient loin, et il vivait seul dans une ville dont la violence ordinaire – le manque d'argent, de reconnaissance, le climat – l'atteignait et l'usait, si bien qu'à seulement vingt-trois ans, il se sentait beaucoup plus vieux, las de vivre dans un endroit où il n'était jamais au chaud, où il devait lutter pour chaque dollar, où il avait toujours l'impression, plus souvent qu'à son tour, qu'il n'était qu'un visiteur, un enfant des Colonies qui n'avait pas encore trouvé sa destination finale. Et puis, il songea une fois de plus à ses parents, qui avaient eux-mêmes entrepris le long voyage qui avait bouleversé leurs vies – l'heure n'était-elle pas venue de faire le sien en miroir ? Laura et Margaret s'étaient trouvé un foyer, dans les États-Libres, et il s'en réjouissait pour elles. Mais pour être honnête, il devait reconnaître que sa vie durant, du plus loin qu'il se souvînt, il avait lui aussi toujours rêvé de ce sentiment de plénitude et de sécurité qui les habitait et qui, année après année, s'était toujours dérobé à lui.

Après plusieurs jours de pareilles réflexions, il était de retour à New York, et c'était comme si la ville, devinant son vacillement intérieur, avait accumulé sous les yeux du réfugié ses aspects les plus déplaisants pour l'aider à atteindre la juste et inévitable décision. Pour commencer, ce ne fut pas sur la terre ferme qu'il posa le pied quand il débarqua, mais dans une énorme flaque qui s'était formée dans une ornière du pavé, une véritable mare d'eau sale et glacée qui le trempa jusqu'à mi-mollet. Il y eut ensuite les odeurs, les sons, les images : les mendiants tirant leurs charrettes en bois aux roues branlantes qui glissaient du trottoir pour s'enfoncer dans la chaussée boueuse avec un bruit sourd ; les hommes courbés comme des mulets ; les enfants au visage gris et aux yeux affamés qui sortaient en une morne file indienne de l'usine où ils avaient passé des heures interminables à coudre des boutons sur des vêtements de confection miteuse ; les colporteurs qui essayaient désespérément de vous vendre leurs quelques denrées, des choses dont personne ne voulait, sauf les plus miséreux, de pauvres hères qui n'avaient pas un sou pour s'acheter un oignon aussi rabougri, sec et dur qu'une coquille d'huître, quelques onces de haricots dans une timbale en fer-blanc où fourmillaient des asticots ; les mendiants, les clochards, les pickpockets ; toutes ces hordes de gens transis et indigents, qui luttaient pour une survie misérable et traînaient les pieds dans les rues de cette ville impossible, altière et sans cœur, avec pour seuls témoins de l'âpreté de leur existence les gargouilles de pierre qui lorgnaient et souriaient avec une malice cruelle du haut de leurs perchoirs sur de majestueux immeubles dominant les rues grouillantes. Ensuite, ce fut le retour à la pension, où la bonne lui tendit une lettre le menaçant d'expulsion rédigée par l'invisible Florence Larsson, qu'il apaisa en payant un mois de loyer d'avance ainsi que celui correspondant à sa longue absence. Il grimpa l'escalier à nouveau, ces marches qui empestaient le chou et le moisi même en été, puis pénétra dans la chambre glaciale contenant ses maigres possessions, avec sa vue lugubre sur les arbres noirs dénudés. Et ce fut alors, en soufflant sur ses doigts engourdis afin de pouvoir aller chercher de l'eau et tenter l'impossible tâche de se réchauffer, qu'il prit sa décision : il irait en Californie. Il aiderait les Cooke à lancer leur filature de soie. Il deviendrait riche et indépendant. Et si jamais il revenait à New York – même s'il n'imaginait aucune raison de le faire un jour – ce serait sans se sentir nécessiteux, sans devoir s'excuser à chaque pas d'exister. New York ne le libérerait jamais. La Californie peut-être.

Un long silence s'ensuivit.

« Alors, tu pars ? », articula David, les mots s'étranglant dans sa gorge.

Depuis qu'il avait commencé à parler, le regard d'Edward se perdait au-dessus de David et derrière lui, mais maintenant, il plongea les yeux dans les siens.

« Oui », dit-il, avant d'ajouter : « Et tu viens avec moi.

— Moi ? », réussit-il finalement à dire. Puis : « Moi ? Non, Edward. Non.

— Mais pourquoi pas ?

— Edward ! Non, moi, non. C'est chez moi ici. Je ne pourrais jamais partir.

— Mais pourquoi ? » Edward se laissa glisser au pied du lit et s'agenouilla à ses pieds, prenant les deux mains de David dans les siennes. « Réfléchis-y, David... réfléchis-y. Nous serions ensemble. Ce serait une nouvelle vie pour nous, une nouvelle vie ensemble, ensemble au soleil, là où il fait chaud. David. Tu ne veux pas vivre avec moi ? Tu ne m'aimes pas ?

— Tu sais que je t'aime, reconnut-il piteusement.

— Et moi aussi, je t'aime », dit Edward avec passion, mais ces mots que David avait tant voulu entendre, qu'il avait si désespérément attendus, étaient éclipsés par le contexte proprement extraordinaire dans lequel ils étaient prononcés. « Nous pourrions vivre ensemble. Vivre ensemble enfin !

— Nous pouvons vivre ensemble ici !

— David, mon chéri, tu sais bien que c'est faux. Ton grand-père ne te laisserait jamais partager l'existence de quelqu'un comme moi. »

À cela, il ne pouvait rien répondre, tant il savait que c'était vrai, et il n'ignorait pas qu'Edward le savait aussi. « Mais nous ne pourrions jamais vivre ensemble dans l'Ouest, Edward. Sois raisonnable ! C'est dangereux d'être des gens comme nous là-bas – on nous mettrait en prison. On pourrait même nous tuer !

— Rien ne nous arrivera ! Nous savons nous montrer prudents. David, ceux qui sont en péril sont ceux qui se montrent *excessifs* dans la revendication de qui ils sont, qui s'affichent comme tels, qui font tout pour se faire remarquer. Nous ne sommes pas comme ça, et nous ne le serons jamais.

— Mais en fait, nous sommes bel et bien ce genre de personnes, Edward ! Il n'y a pas de différence entre eux et nous ! Si jamais nous étions soupçonnés, si jamais nous étions pris, les conséquences seraient funestes. Si nous ne pouvions pas vivre tels que nous sommes, alors comment pourrions-nous être libres ? »

Et là, Edward se releva, se détourna quelques secondes, et quand il lui fit face à nouveau, ce fut avec un sourire très doux. Il s'assit à côté de David et lui reprit les mains. « Pardonne-moi, David, de te poser cette question, demanda-t-il calmement, mais te sens-tu libre en ce moment ? » Et comme il ne trouvait rien à répondre : « David, mon candide. As-tu déjà pensé à ce que serait ta vie si ton nom ne signifiait rien pour personne ? Si tu pouvais échapper à celui qu'on a voulu que tu sois pour devenir celui que tu veux être ? Si Bingham était un nom aussi commun que Bishop, Smith ou Jones, au lieu d'un mot gravé dans un magnifique bloc de marbre ?

Et si tu n'étais plus que Mister Bingham, comme je ne suis que Mister Bishop ? Mister Bingham de Los Angeles : un artiste de talent, un homme bon et intelligent, le mari – clandestinement, c'est entendu, mais néanmoins, tout aussi tangiblement malgré le secret – d'Edward Bishop ? Qui habiterait avec lui dans une petite maison au milieu d'un grand verger planté d'arbres aux feuilles argentés sur une terre où jamais il ne gèle, qui ne connaît ni l'hiver, ni la neige ? Qui apprendrait à savoir qui il voulait être ? Qui, au bout d'un certain temps – deux-trois ans, peut-être plus –, reviendrait s'installer dans l'Est avec son mari, ou qui pourrait faire le voyage seul pour rendre visite à son grand-père bien-aimé ? Qui me tiendrait dans ses bras chaque nuit et chaque matin, et qui serait toujours aimé de son conjoint, et plus aimé encore parce que son mari ne serait qu'à lui et à lui seul ? Qui pourrait choisir à sa guise d'être Mister David Bingham de Washington Square, New York, États-Libres, aîné des petits-fils et enfant chéri de Nathaniel Bingham, mais qui serait aussi quelque chose de moins, et donc de plus ; qui appartiendrait à quelqu'un qu'il aurait choisi et qui pourtant n'appartiendrait qu'à lui-même. David. Ne pourrais-tu pas être celui-là ? Ne serait-ce pas celui que tu es vraiment ? »

David se releva, dégagea ses mains de celles d'Edward, et fit l'unique pas qui le séparait de la cheminée, froide, noire et vide, dans laquelle il plongea le regard comme si un feu y brûlait.

Derrière lui, Edward poursuivait : « Tu as peur. Et je le comprends. Mais tu m'auras toujours. Moi, mon amour, avec tous mes sentiments et l'admiration que je te porte – David, ça tu l'auras toujours. Mais vivre en Californie serait-il, d'une certaine façon, si différent de vivre ici ? À New York, nous sommes libres en tant qu'individus, mais nous ne le sommes pas comme couple. Là-bas, nous ne serions pas libres en tant qu'individus, mais nous serions de vrais époux, vrais l'un pour l'autre et partageant notre vie, sans personne pour nous lancer des regards réprobateurs, sans personne pour nous arrêter, pour nous interdire d'être ensemble entre les murs de notre maison. David, je te le demande : à quoi bon les États-Libres si la liberté ne nous y est pas vraiment donnée ?

— Tu m'aimes vraiment ? finit-il par réussir à demander.

— Oh, David », répondit Edward qui se leva pour venir l'enlacer, et David ne put s'empêcher de penser à la bedaine de Charles pressée contre lui, et il frémit. « Je veux passer ma vie auprès de toi. »

Il se retourna pour faire face à Edward, et l'instant d'après, ils se jetaient l'un sur l'autre. Mais, plus tard, alors qu'ils gisaient enlacés et épuisés, David sentit les doutes l'assaillir à nouveau. Il s'assit, entreprit de se rhabiller sous le regard d'Edward.

« Il faut que je parte, annonça-t-il en récupérant ses gants qui avaient glissé sous le lit.

— David », dit Edward en s'enveloppant dans la couverture et en se levant du lit avant de se camper devant son compagnon et de le forcer à le regarder dans les yeux. « Je t'en prie, réfléchis à ce que je te propose. Je ne m'en suis même pas encore ouvert à Belle. Mais maintenant que je t'ai parlé, je vais lui annoncer ma décision – et ce que je voudrais, dans cette lettre ou la prochaine d'ici peu, c'est lui dire que je la rejoindrai avec celui qui sera devenu mon mari.

Les Cooke avaient suggéré, au cas où nous accepterions, qu'un de nous deux arrive en mai, l'autre pas plus tard qu'en juin. Belle n'a personne à prendre en compte qu'elle-même – je lui demanderai de partir en éclaireuse, et elle se montrera non seulement digne de cette responsabilité mais heureuse de l'assumer. Mais David, je partirai de toute façon en juin. Quoi qu'il advienne. Et j'espère, mon amour, j'espère de tout cœur – je ne peux pas te dire à quel point – ne pas entreprendre ce voyage seul. Je t'en prie, dis-moi que tu vas y réfléchir. S'il te plaît – David ? Je t'en prie.

XIII.

Les Bingham avaient pour tradition familiale de donner une réception le 12 mars, date anniversaire de l'Indépendance des États-Libres, même si cette célébration était pensée moins comme festive que commémorative, l'occasion pour les amis et les relations des Bingham de passer en revue leur collection de curiosités et de documents éphémères qui retraçaient la création du pays et le rôle majeur qu'y avaient joué les Bingham.

Cette année, cependant, la date allait coïncider avec l'inauguration d'un petit musée que venait de fonder Nathaniel Bingham. Les archives de la famille et ses souvenirs devaient constituer le point de départ des collections, mais on espérait que quelques autres dynasties légueraient des objets, des journaux intimes et des cartes provenant des leurs. Plusieurs familles, y compris celle d'Eliza, s'y étaient déjà employées, et on s'attendait à ce que d'autres suivent leur exemple après l'ouverture du musée.

Le soir de l'inauguration, David se tenait devant le miroir de sa chambre et époussetait sa veste. Elle avait déjà été brossée et brossée à nouveau par Matthew, et n'avait nul besoin de l'être une fois de plus. David ne mettait de toute façon pas beaucoup de cœur à l'ouvrage ; il cherchait un apaisement dans ce geste irréfléchi et machinal.

Ce serait sa première sortie depuis la dernière fois où il avait vu Edward, presque une semaine plus tôt. Après cette soirée extraordinaire, il était rentré se coucher, et était resté au lit les six jours suivants. Son grand-père s'était sérieusement inquiété, convaincu qu'il était à nouveau malade, et bien que David se sentît honteux de ce mensonge, celui-ci lui paraissait une explication plus facile que de tenter de confier la profonde anxiété qu'il ressentait – car même s'il avait eu les mots pour l'exprimer, il lui eût aussi fallu aborder le sujet d'Edward, qui il était et ce qu'il représentait pour lui, et il était loin d'être prêt à avoir cette conversation. Il était donc couché dans son lit, silencieux et immobile, acceptant la visite du médecin de famille, le docteur Armstrong, qui lui avait examiné les yeux et la gorge, pris le pouls, et avait grommelé ses conclusions ; laissant les domestiques lui apporter des plateaux chargés de ses plats préférés et les reprendre, intacts, quelques heures plus tard ; autorisant Adams à installer chaque jour dans les vases (sur l'ordre de son grand-père, il le savait) des bouquets de fleurs fraîchement coupées – anémones, violettes et pivoines –, dénichées Dieu sait où et à prix d'or pendant les semaines les plus stériles de fin d'hiver. Durant tout ce temps, une heure après l'autre, il avait fixé la tache d'humidité. Mais au contraire d'une vraie crise, durant laquelle il n'eût pensé à rien, cette fois, il ne pouvait empêcher son cerveau de ruminer : il songeait au départ inévitable d'Edward, à sa proposition insensée, à leur conversation durant laquelle David n'avait pas tout saisi mais qui repassait inlassablement dans sa tête : il discutait la définition qu'avançait Edward de la liberté, sa façon de suggérer qu'il était enchaîné, prisonnier de son grand-père et de son nom, et par conséquent d'une vie qui n'était pas vraiment la sienne ; il questionnait l'assurance donnée par Edward qu'ils réussiraient à s'épargner les châtiments réservés à ceux qui violaient les lois locales prohibant la sodomie. Elles avaient toujours existé, mais depuis qu'elles avaient été renforcées en 1876, l'Ouest, autrefois une contrée pleine de promesses – au point qu'un certain nombre de législateurs des États-Libres avaient même songé à faire passer ces territoires sous leur contrôle –, était devenu d'une certaine façon plus dangereux que les Colonies ; il n'était pas légal, comme dans les Colonies, de chercher les preuves de leurs activités illicites, mais si ces dernières étaient découvertes, les conséquences étaient sévères et inévitables. On n'avait même pas la possibilité de faire libérer l'accusé sous caution. La seule chose qu'il ne pouvait pas faire, c'était de discuter de ces questions avec Edward, parce qu'il ne lui avait ni rendu visite, ni adressé le moindre message, ce qui aurait préoccupé David s'il n'était pas si absorbé par le dilemme devant lequel il avait été placé.

Or, si Edward n'avait pas communiqué avec lui, Charles n'y avait pas manqué, ou du moins, avait essayé. Plus d'une semaine s'était écoulée depuis leur dernière rencontre, et au fil des jours, les billets de son prétendant avaient pris un tour plus implorant, ne réussissant pas à dissimuler le désespoir de leur auteur, un désespoir comparable à celui que David se rappelait avoir laissé filtrer dans les dernières lettres adressées à Edward. Mais la veille, une énorme composition de jacinthes bleues avait été livrée, et la carte – « Mon très cher David, Miss Holson m'a appris que vous étiez souffrant, ce qui me navre. Je vous sais très bien entouré, mais si vous souhaitez ou désirez la moindre chose, il vous suffit de me le faire savoir et je serai aussitôt à votre disposition. Entre-temps, je vous adresse mes vœux de prompt rétablissement, et l'expression de mon dévouement » – exprimait ce que David interpréta comme un soulagement palpable que son silence ne fût pas dû à un quelconque désintérêt après tout, mais à la maladie. Il admira les fleurs, puis lut la carte de Charles, et se rendit compte qu'il avait une fois de plus oublié jusqu'à son existence, que la réapparition d'Edward dans sa vie avait suffi à effacer le reste ou à le rendre négligeable.

Pour l'essentiel, cependant, il songeait à son départ – ou plus exactement, il réfléchissait à la possibilité de même l'envisager. Sa peur de l'Ouest, liée à ce qui risquait de lui, de leur arriver là-bas, était inattaquable, et il se sentait justifié de l'éprouver. Mais qu'en était-il de sa crainte d'abandonner son grand-père et Washington Square ? N'était-ce pas cela aussi qui l'arrêtait ? Il savait qu'Edward avait raison : tant qu'il resterait à New York, il continuerait d'être l'esclave du vieil homme, de sa famille, de sa ville, de son pays. Ce point était tout aussi indiscutable.

Ce qui ne l'était pas, en revanche, était son désir d'une autre vie, d'une nouvelle vie. Il avait toujours pensé que c'était son vœu le plus cher. Quand il faisait son Grand Tour d'Europe, il avait en fait essayé de s'inventer une identité. Un jour, au musée Uffizi, il s'était arrêté dans le hall pour regarder en contrebas le Couloir de Vasari, dont la symétrie vous rendait presque mal à l'aise dans son inhumaine perfection, quand un jeune homme, brun et mince, était venu se poster à côté de lui.

« On peine à le croire, n'est-ce pas ? », lui avait-il demandé après un silence de quelques instants, et David s'était tourné vers lui.

Il s'appelait Morgan, était fils d'avocat, venait de Londres et faisait lui aussi son Grand Tour d'Europe. Il devait rentrer en Angleterre d'ici quelques mois. « Rien, rien d'intéressant en tout cas. Un emploi au cabinet de mon père – il insiste – et au bout du compte, je suppose, un mariage avec une jeune fille que ma mère aura choisie pour moi – elle insiste. »

Ils avaient passé l'après-midi ensemble à déambuler dans les rues, s'arrêtant pour boire un café et déguster une pâtisserie. Avant ce jour, David n'avait pratiquement parlé à personne durant son voyage, mis à part les différents amis de son grand-père qui l'accueillaient et l'invitaient à chaque étape, et s'entretenir avec quelqu'un de son âge, c'était comme se glisser à nouveau dans l'eau, en sentir la caresse sur sa peau, retrouver le souvenir d'une sensation confortable.

« Une fille vous attend, vous, dans votre pays ? lui avait demandé Morgan alors qu'ils traversaient la Piazza Santa Croce, et David, en souriant, avait répondu que non.

« Un instant, dit Morgan en le scrutant attentivement. D'où avez-vous dit que vous veniez en Amérique, exactement ?

— Je ne l'ai pas dit, répondit-il en souriant à nouveau. Et je ne suis pas américain. Je viens de New York. »

À ces mots, les yeux de Morgan s'étaient écarquillés. « Mais alors, vous êtes citoyen des États-Libres ? J'ai tellement entendu parler de votre pays ! Il faut tout me raconter. » Et la conversation avait roulé vers plusieurs sujets : les États-Libres et leurs relations désormais cordiales avec l'Amérique, maintenant leurs propres lois en matière de mariage et de religion, mais adoptant celles de l'Union pour tout ce qui concernait les impôts et la démocratie ;

le soutien – militaire et financier – qu'ils avaient apporté à l'Union durant la Guerre de la Rébellion ; le Maine, qui leur était en général favorable et où la sécurité de citoyens des États-Libres était plus ou moins assurée ; les Colonies et l'Ouest, où ils affrontaient des dangers de divers degrés ; la façon dont les Colonies avaient perdu leur guerre mais néanmoins fait sécession, s'enfonçant toujours davantage dans la pauvreté et la détresse à mesure que s'accroissaient leur dette et donc un ressentiment de plus en plus brûlant à l'égard des États-Libres ; le combat que menaient les États-Libres pour être reconnus comme une nation indépendante et distincte par les autres pays du monde, une qualification qui leur était refusée par tous, excepté les royaumes de Tonga et d'Hawaii. Morgan avait étudié l'histoire contemporaine à l'université et posait des rafales de questions, et en leur répondant, David mesurait combien il était attaché à son pays et à quel point il lui manquait, une impression qui s'accrut encore quand Morgan et lui s'était retrouvés dans la chambre miteuse de Morgan dans sa *pensione* mal entretenue. Alors que David rentrait vers la maison de son hôte tard dans la soirée, il songea, comme cela lui était arrivé de nombreuses fois au cours de ce voyage, à la chance qui était la sienne de vivre dans un pays où il n'aurait jamais à se cacher derrière une porte en attendant de pouvoir sortir sans danger d'être vu, où il avait le droit de marcher bras dessus bras dessous sur une place de la ville avec son bien-aimé (si jamais il en avait un) exactement comme il voyait les couples homme-femme (mais aucune autre variante) le faire partout sur le Continent, où il pourrait un jour épouser celui qu'il aimerait. Il était citoyen d'un pays où chaque homme et chaque femme étaient libres et pouvaient vivre dans la dignité.

Mais l'autre aspect de ce jour mémorable était que David n'avait pas été David Bingham ; il avait dit s'appeler Nathaniel Frear, un nom composé à la hâte à partir de ceux de son grand-père et de sa mère, et s'était fait passer pour un fils de médecin séjournant pendant un an en Europe avant de rentrer à New York pour entamer des études supérieures de droit. Il s'était inventé une demi-douzaine de frères et sœurs, une maison modeste mais gaie dans un quartier de la ville peu prisé mais accueillant, une vie confortable mais sans excès. Quand Morgan lui avait parlé de la magnifique résidence d'un de ses anciens camarades de classe qui allait avoir l'eau courante et chaude dans tous ses cabinets de toilette, David n'avait pas avoué que la maison de Washington Square était déjà équipée de la sorte, et qu'il n'avait qu'à pousser doucement le croisillon d'un robinet pour qu'un jet d'eau claire jaillisse immédiatement. En revanche, il s'émerveilla avec Morgan de la chance de cet ami et sur les progrès du monde moderne. Il ne voulait pas renier son pays – c'eût été une sorte de trahison – mais il avait menti sur sa propre biographie, et il y avait là quelque chose qui lui donnait le vertige, qui l'enivrait même un peu, si bien qu'à son retour au *palazzo* grandiose que possédaient un vieux camarade d'université de son grand-père, expatrié des États-Libres, et sa femme, une *contessa* revêche au pas lourd qu'il avait manifestement épousée pour son titre, son hôte l'avait interrogé avec un sourire entendu :

« Une bonne journée, dirait-on ? avait-il articulé lentement, en remarquant l'air rêveur et le regard perdu de son invité, et David, qui avait passé sa semaine à Florence à partir tôt le matin pour ne rentrer que tard le soir, afin de ne pas se laisser approcher par l'ami de son grand-père, dont les mains semblaient toujours trouver le moyen de tournoyer autour de lui, tels des oiseaux de proie qui descendraient un jour en piqué et s'empareraient de quelque chose, se contenta de sourire et de répondre oui.

Il ne lui arrivait que rarement de repenser à cet incident, mais ce jour-là, oui, et il tenta de se rappeler comment il s'était senti lors de ce moment d'affabulation, se rendant compte que son extase d'alors était en partie due au fait qu'il savait que ses mensonges feraient long feu. À n'importe quel moment, il aurait pu avouer qui il était vraiment, et même Morgan aurait connu son nom. Il était le seul à savoir la comédie qu'il avait jouée, mais sous cette mise en scène se cachait une vérité, quelque chose d'important : son grand-père, sa fortune, son nom. S'il partait pour l'Ouest, ce patronyme ne serait plus que synonyme de vice, si tant est qu'on le connût. Dans les États-Libres et le Nord, être un Bingham signifiait être respecté et même adulé. Mais dans l'Ouest, ce nom parlait d'abomination, de perversion, c'était une menace. Il ne s'agit pas en fait de pouvoir changer d'identité en Californie, mais d'y être obligé, parce que être qui il était serait trop périlleux.

Même remuer ces pensées lui donnait des remords, en particulier parce qu'il était sans cesse arraché à ses rêveries par les visites de son grand-père, qui passait le voir avant de partir le matin pour la banque, et deux fois dans la soirée, avant le dîner et après. Cette troisième visite était toujours la plus longue, Grand-Père prenait place sur une chaise près du lit de David, et sans préambule se mettait à lui lire le journal ou des extraits d'un recueil de poésie. Il lui arrivait parfois de parler seulement de sa journée, se lançant dans un paisible monologue ininterrompu qui donnait à David l'impression de flotter au fil d'une rivière tranquille. S'asseoir ainsi pour lui parler ou lui faire la lecture avait été la méthode adoptée par le vieil homme lors de ses épisodes de maladie précédents, et bien que sa douce persévérance n'eût jamais fait la preuve de son efficacité – c'était en tout cas ce que David avait surpris le médecin en train de lui expliquer – elle avait des effets stabilisateurs, il savait pouvoir compter dessus, elle était donc rassurante, et tout comme la tache d'humidité, elle le reliait au monde. Or, puisqu'il ne s'agissait pas d'une de ses crises, rien qu'un simulacre qu'il s'imposait à lui-même, David ne ressentait cette fois que de la honte à écouter le vieil homme – la honte de lui causer de l'inquiétude ; la honte supplémentaire d'envisager de le quitter, et pas seulement d'abandonner son grand-père lui-même, mais de renoncer aux droits et à la sécurité pour lesquels lui et tous ses aïeux avaient lutté afin que leurs héritiers puissent en jouir.

Son grand-père ne lui avait pas rappelé l'ouverture du musée, mais c'était pour apaiser cette honte qu'au jour dit, il sonna pour qu'on lui fît couler un bain et repasser un costume. En se regardant au miroir dans ses vêtements bien brossés, il se trouva le teint pâle et l'air fatigué, mais on ne pouvait rien y faire, et après avoir descendu l'escalier sur ses jambes flageolantes et frappé au bureau de son grand-père – « Entrez, Adams ! » –, il fut récompensé par la surprise du vieil homme. « David, mon cher petit, tu te sens mieux ?

— Oui, mentit-il. Et je ne voulais pas manquer ce soir.

— Mon enfant, tu n'es pas obligé d'être là si tu es encore malade », mais David mesura parfaitement combien il désirait sa présence, et il se dit que c'était la moindre et unique chose qu'il pouvait faire après avoir passé tant de jours à méditer sa trahison.

Il n'eût guère fallu de temps pour se rendre à pied jusqu'à l'hôtel particulier de la 13e Rue, un peu à l'ouest de la 5e Avenue, que son grand-père avait acquis pour abriter son musée, mais le vieil homme décida, étant donné le froid et la faiblesse de David, qu'il valait mieux prendre un fiacre. À l'intérieur, ils furent accueillis par John, Peter, Eden et Elisa, Norris et Frances Holson, et par d'autres amis, connaissances de la famille et associés, ainsi que par un grand nombre de personnes que David ne connaissait pas mais que son grand-père salua chaleureusement. Tandis qu'un petit homme d'allure soignée, historien employé de la famille depuis longtemps et désormais désigné directeur du musée, donnait des explications à quelques invités sur un panneau où l'on pouvait admirer les croquis d'un domaine que possédaient autrefois les Bingham près de Charlottesville, cette ferme et ces hectares qu'Edmund, fils d'un riche propriétaire terrien, avait abandonnés pour s'aventurer plus au nord et fonder les États-Libres, les Bingham suivaient d'un coin de la salle à l'autre leur patriarche qui s'extasiait sur des choses qu'il se rappelait ou non : là, sous une plaque de verre, se trouvait le parchemin, aujourd'hui presque en lambeaux, sur lequel l'arrière-arrière-grand-père de David, Edmund, avait esquissé la première Constitution des États-Libres en novembre 1790, un document signé par les quatorze fondateurs, les Utopistes originels, y compris l'arrière-arrière-grand-mère maternelle d'Eliza, et qui promettait la liberté de mariage, abolissait l'esclavage et la servitude, et qui, sans accorder aux Négros une citoyenneté pleine et entière, rendait illégales la maltraitance et la torture exercées contre eux ; là, on pouvait voir la Bible qu'Edmund utilisait en compagnie du révérend Samuel Foxley, alors qu'ils faisaient ensemble leurs études à la faculté de Droit en Virginie, et avec lequel il avait établi les bases juridiques de leur futur pays, un État où hommes et femmes pourraient aimer qui ils voudraient, une idée que Foxley avait formulée après avoir rencontré à Londres un théologien prussien original qui compterait plus tard, Friedrich Daniel Ernst Schleiermacher, parmi ses étudiants et disciples et qui l'avait poussé à une interprétation sensible et civique du christianisme ; là, on découvrait les premières esquisses du drapeau des États-Libres réalisées par Cassandra, la sœur d'Edmund : un rectangle de laine écarlate avec en son centre les dessins d'un pin, d'une femme et d'un homme disposés en pyramide, surmontés de huit étoiles figurant les États membres – Pennsylvanie, Connecticut, New Jersey, New York, New Hampshire, Massachusetts, Vermont et Rhode Island ; en arc de cercle, et brodée au-dessous, la devise CAR LA LIBERTÉ EST DIGNITÉ, ET LA DIGNITÉ, LIBERTÉ ; on voyait aussi les propositions de loi visant à accorder aux femmes le droit à l'instruction et, en 1799, le droit de vote. Il y avait là des lettres datées de 1790 et 1791, adressées par Edmund à un camarade de son université, décrivant les conditions de vie terribles dans les futurs États-libres, les forêts pleines d'Indiens vengeurs, les bandits et les voleurs, la bataille à mener pour se rallier les premiers résidents – une bataille rondement menée d'ailleurs, sans armes ni bain de sang, mais grâce aux ressources et aux infrastructures mises en place –, les religieux fanatiques qui jugeaient les convictions des États-Libres répugnantes, et qu'on payait pour les inciter à partir s'installer dans le Sud, les Indiens poussés vers l'Ouest par tribus entières ou massacrés sur place, en toute discrétion, dans ces mêmes forêts où ils avaient autrefois semé la terreur, ces caravanes de Négros nés en Amérique qui n'avaient pas lutté à leurs côtés pour gagner le contrôle des terres (ainsi que des réfugiés des Colonies), et qu'on exilait au Canada ou vers l'Ouest. Là, était exposée une copie des documents portés en main propre à la Résidence présidentielle à Philadelphie le 12 mars 1791, annonçant l'intention des États de faire sécession de l'Amérique, mais s'engageant à demeurer à tout jamais aux côtés de la Nation en cas d'attaque, domestique ou étrangère ; là, on pouvait lire la réponse mordante du président Washington, accusant Foxley et Bingham, auteurs du document en question, de trahison et du détournement des richesses et des ressources du pays ; un peu plus loin, des pages et des pages de négociations, Washington consentant finalement et à contrecœur à accorder aux États-Libres le droit à l'existence, mais seulement au bon plaisir du Président, et si ceux-ci juraient solennellement de ne tenter de ne rallier aucun futur État ou territoire américains à leur cause, et de continuer à s'acquitter de l'impôt qu'ils devaient à la capitale américaine en vassaux qu'ils restaient.

On pouvait aussi voir une gravure, de 1793, représentant le mariage d'Edmund à celui avec lequel il vivait depuis la mort en couches de sa femme trois ans plus tôt – la première union légale entre deux hommes dans leur nouveau pays, célébrée par le révérend Foxley –, et une autre, datant de cinquante ans plus tard, attestant le mariage de deux des plus fidèles et loyaux laquais des Bingham. Il y en avait également de Hiram prêtant serment lors de son investiture comme maire de New York en 1822 (on apercevait Nathaniel, alors petit garçon, qui se tenait aux côtés de son père, les yeux levés vers lui avec adoration) ; une copie de la lettre adressée par Nathaniel au président Lincoln, faisant serment de la loyauté des États-Libres au début de la Guerre de la Rébellion, et juste à côté, la réponse de Lincoln qui le remerciait, une lettre si célèbre que chaque enfant des États-Libres pouvait en réciter par cœur le contenu, et constituait la promesse implicite du président américain de respecter leur droit à l'autonomie, et dont les termes avaient été évoqués à de multiples reprises pour faire valoir l'existence des États-Libres à Washington DC : « … et vous bénéficierez non seulement de ma gratitude éternelle mais de la reconnaissance irréfragable de votre Nation comme une et indépendante au sein de la Nôtre. » On trouvait l'accord rédigé peu de temps après cette lettre, passé entre le Congrès américain et celui des États-Libres, où ces derniers s'engageaient à s'acquitter d'énormes impôts à l'Amérique en échange de la liberté incontestée de religion, d'éducation et de mariage. Là, on pouvait lire la déclaration officielle autorisant le Delaware à rejoindre les États-Libres peu après la fin de la guerre, une décision prise sans contrainte mais qui avait mis en péril l'existence du pays. Plus loin, il y avait la charte rédigée par la Société des abolitionnistes des États-Libres, cofondée par Nathaniel, qui autorisait le passage des Négros sur le territoire national et fournissait une aide financière pour leur installation en Amérique ou dans le Nord – les États-Libres ayant dû se protéger de l'arrivée massive de Négros en fuite, les citoyens n'étant évidemment pas prêts à laisser envahir le pays mais souhaitant tout de même affirmer leur sympathie pour le sort misérable des réfugiés.

L'Amérique n'était pas le pays de tous – pas le leur, en tout cas – et pourtant, on trouvait dans ce musée des rappels de tout ce qui avait été fait, avec attention et constance, pour apaiser l'Amérique et assurer aux États-Libres indépendance et autonomie : il y avait là les premières esquisses de l'Arc qui devait orner Washington Square pour honorer, ainsi que la place elle-même, la mémoire du général George Washington, et que le voisin des Bingham avait fait édifier cinq ans auparavant, en plâtre et en bois. Suivaient les plans ultérieurs de l'Arc, qui devait être reconstruit, en marbre brillant cette fois, extrait des terres familiales des Bingham à Westchester, pour l'édification duquel le grand-père de David – hérissé à l'idée qu'un petit homme d'affaires vivant de l'autre côté de la 5e Avenue lui volât la vedette – avait versé des sommes considérables.

David connaissait tous ces objets et ces documents pour les avoir vus des quantités de fois ; il se surprit néanmoins, comme tous les présents, à les examiner aussi attentivement que s'il les découvrait. De fait, la salle était plongée dans le silence, on n'entendait que le frou-frou des jupes en soie des femmes, et les toussotements et raclements de gorge occasionnels des hommes. Il était occupé à observer l'écriture pointue de Lincoln, l'encre décolorée jusqu'à un sombre jaune moutarde, quand il sentit plus qu'il n'entendit la présence de quelqu'un derrière lui. Il se redressa, se retourna, et s'aperçut qu'il s'agissait de Charles, son expression virant rapidement de l'étonnement et la joie au chagrin et à la douleur.

« Vous êtes là, balbutia-t-il d'une voix étranglée.

— Charles », répondit David, ne sachant comment poursuivre, et il y eut un silence avant que Charles ne reprît la parole.

« Je vous croyais malade », commença-t-il, et après que David eut hoché la tête : « Je suis navré de vous surprendre de cette façon… Frances m'a invité… Je pensais… c'est-à-dire… Je ne veux pas que vous soyez embarrassé, ni que vous vous imaginiez que j'essayais de vous voir alors que vous ne vous y attendiez pas.

— Non, non, je ne suppose rien de semblable. Je suis effectivement souffrant, mais mon grand-père tenait à ma présence, et donc… – David esquissa un geste d'impuissance – je suis là. Merci pour vos fleurs. Elles étaient superbes. Et pour la carte.

— Je vous en prie », répondit Charles, mais il paraissait si malheureux, si défait que David s'apprêtait à faire un pas vers lui, songeant qu'il risquait de s'évanouir, pourtant ce fut Charles qui se rapprocha. « David, je sais que ce n'est ni le lieu ni le moment de vous parler de la sorte, mais je suis… enfin… avez-vous… plutôt, pourquoi n'avez-vous pas… j'ai attendu… » Il avait parlé bas, ses mouvements étaient contenus, mais David se pétrifia sur place en songeant que chacun dans la salle devait sentir l'ardeur et l'angoisse de cet homme, et que tous voyaient sans doute en lui la cause de cet état, la source de ce désespoir. Avec horreur, tant pour Charles que pour lui-même, il s'aperçut que le malheureux était physiquement affecté : ses mâchoires pendaient, son visage rond et débonnaire était soudain couvert de taches et mouillé de transpiration.

Charles allait ajouter quelque chose quand Frances apparut à ses côtés et lui tapota le bras. « Charles ! s'exclama-t-elle. Mon Dieu, vous semblez sur le point de vous évanouir ! David, faites apporter de l'eau à Mister Griffith ! » et la foule s'écarta tandis qu'elle conduisait Charles vers un banc et que Norris allait lui chercher à boire.

Mais avant que Frances n'eût éloigné Charles, David avait surpris le regard qu'elle lui avait jeté – un regard contrarié, voire franchement réprobateur – et il se hâta de tourner les talons, comprenant qu'il lui fallait partir avant que Charles ne se remît et que Frances ne tentât de lui parler. Cependant, alors qu'il allait partir, il faillit entrer en collision avec son grand-père qui regardait le dos de Frances par-dessus l'épaule de son petit-fils.

« Grands dieux, que se passe-t-il ? », s'enquit le vieil homme et avant que David n'eût pu formuler une réponse : « Mais c'est Mister Griffith ? Est-il malade ? » Il se dirigea vers Charles et Frances non sans se retourner pour balayer la salle du regard. « David ? », demanda-t-il en s'adressant à l'espace où son petit-fils se tenait quelques secondes plus tôt. « Mon enfant, où es-tu ? »

Mais David avait déjà disparu.

XIV.

Quand il ouvrit les yeux, il fut un instant déconcerté : où se trouvait-il ? Puis il se souvint : Ah oui, il était chez Eden et Eliza, dans l'une de leurs chambres.

Depuis son départ précipité de la réception l'avant-veille, il s'était réfugié chez sa sœur à Gramercy Park. Il n'avait pas eu de nouvelles de son grand-père – bien qu'Eden, avant de disparaître pour son cours du lendemain matin, le lui eût décrit fou de colère – ni d'Edward, auquel il avait adressé un petit mot, ni de Charles. Pour l'heure au moins, il échappait aux explications.

Il se lava, s'habilla et passa voir les enfants dans la nurserie avant de descendre au rez-de-chaussée, où il trouva Eliza au salon, habillée en pantalons et à genoux sur le tapis couvert de pelotes pelucheuses, de chaussettes de laine grises et de piles de chemises de nuit en coton.

« Oh David ! s'exclama-t-elle en levant les yeux et en lui décochant un sourire rayonnant. Viens m'aider, je t'en prie !

— Mais que fais-tu, chère Liza ? demanda-t-il en s'accroupissant à ses côtés.

— Je prépare des fournitures pour les réfugiés. Tu vois, chaque ballot doit contenir une paire de chaussettes, deux chemises de nuit, deux pelotes de laine et deux aiguilles à tricoter – elles sont dans la boîte, à ta droite. Tu les attaches de cette façon – voici de la ficelle et un couteau – et tu places le paquet terminé dans ce carton, là, derrière moi. »

Il sourit – il était difficile de se sentir trop désespéré en présence d'Eliza – et tous deux se mirent à l'ouvrage. Après avoir travaillé en silence pendant quelques minutes, Eliza lui dit :

« Il faut que tu me parles de ton Mister Griffith. »

Il fit la grimace. « Ce n'est pas mon Mister Griffith.

— Mais il a l'air plutôt sympathique, en tout cas, pour ce que j'ai vu de lui avant qu'il ne fasse ce malaise.

— De fait, il est sympathique, très sympathique, même. »

Et il commença à lui décrire Charles Griffith : sa gentillesse, sa générosité, son goût de l'effort, sa nature pragmatique, avec quelques envolées romantiques inattendues ; son assurance qui ne tombait jamais dans la pédanterie ; les peines de cœur qu'il avait subies et l'élégante dignité avec laquelle il les avait supportées.

« Eh bien, répondit Eliza après une pause. Il semble tout à fait charmant, David. Et on dirait qu'il est épris de toi. Mais toi tu ne l'aimes pas, n'est-ce pas ?

— Je n'en sais rien, reconnut-il. Je ne crois pas.

— Et pourquoi non ?

— Parce que… », commença-t-il, mais il se rendit compte qu'il allait répondre : Parce que ce n'est pas Edward. Parce qu'il ne ressentait pas la même chose qu'avec Edward entre ses bras, parce qu'il n'avait pas la vivacité d'Edward, son imprévisibilité, son charme. Comparé à Edward, la fiabilité de Charles avait des allures de lourdeur, sa solidité, un air de timidité, son zèle au travail, des relents de platitude. Tous deux, Edward comme Charles, cherchaient un mari, mais celui de Charles serait un modèle de complaisance et de régularité, celui d'Edward un compagnon d'aventures, quelqu'un de hardi et de brave. L'un offrait une vision claire de qui il était, l'autre de qui il espérait devenir. Il savait ce que serait la vie auprès de Charles. Il partirait travailler le matin, et David resterait à la maison, et à son retour le soir, ils dîneraient tranquillement ensemble puis il devrait subir les caresses de ses mains potelées, de sa moustache piquante, ses baisers ardents et l'avalanche de ses compliments. De temps à autre, il l'accompagnerait à un dîner avec ses associés – le riche et beau mari de Mister Griffith – et quand David aurait pris congé, tous le féliciteraient sur cette belle prise – jeune, ravissant et un Bingham, de surcroît ! Griffith, gros malin, quel veinard tu fais ! – et Charles glousserait d'amour, tout à la fois embarrassé et fier, et la nuit venue, il voudrait partager son lit, encore et encore, il entrerait à pas de loup dans sa chambre et soulèverait un coin des couvertures, tendant sa grosse patte vers lui. Et puis un jour, en se regardant au miroir, David comprendrait qu'il était devenu Charles – les mêmes poignées d'amour, la même calvitie naissante – et il se rendrait alors compte qu'il avait donné ses dernières années de jeunesse à un homme qui l'avait rendu vieux avant l'heure.

Or, depuis qu'Edward lui avait fait sa demande, David rêvait à d'autres horizons, à des jours différents. Il rentrerait de son travail à la magnanerie – il pourrait devenir un spécialiste des mûriers, réaliser des croquis botaniques de ces arbres et veiller à leur bonne santé – vers la petite maison où Edward et lui vivraient ensemble. Il y aurait deux chambres, chacune avec un lit, au cas où ils seraient dénoncés et qu'on vînt fouiller leur domicile, mais une fois la nuit tombée sur le domaine, ils se retrouveraient dans la chambre conjugale, dans leur lit, et là, ils feraient tout ce qu'ils voudraient, dans la continuité de leurs étreintes à la pension. Une vie en couleurs. Une vie d'amour : n'était-ce pas le rêve de chacun ? D'ici moins de deux ans, quand il en aurait trente, il toucherait une partie de son héritage, celle que lui avaient léguée ses parents, mais Edward n'avait jamais évoqué son argent – il n'avait parlé que de lui et de leur vie commune –, et donc comment et pour quelle raison pouvait-il refuser ? Certes, ses ancêtres avaient peiné et lutté pour construire ce pays où il était libre, mais n'avaient-ils pas aussi jeté les bases d'une liberté différente, d'autant plus grande qu'elle paraissait insignifiante ? La liberté de vivre avec celui qu'il désirait ; la liberté de donner l'absolue priorité à la quête de son bonheur. Il était David Bingham, un homme qui se comportait toujours de façon convenable, qui opérait toujours des choix sensés. Aujourd'hui, il allait repartir de zéro, tout comme son arrière-arrière-grand-père Edmund, mais lui, c'était l'amour qui allait lui en donner le courage.

Le cours de ses pensées lui causa un léger vertige, il se releva et demanda à Eliza s'il pouvait utiliser son fiacre, elle accepta, mais au moment où il allait partir, elle le tira par la manche et l'attira à elle. « Prends soin de toi, David », dit-elle avec douceur, mais il se contenta de lui effleurer la joue de ses lèvres et se hâta de dévaler le perron, comprenant qu'il devait maintenant prononcer les mots à haute voix pour les rendre tangibles, et qu'il lui fallait le faire avant de recommencer à douter.

Il se rendit compte en chemin qu'il n'avait aucun moyen de savoir si Edward serait à la pension, mais il monta l'escalier et quand il lui ouvrit la porte, David se jeta aussitôt dans ses bras. « Je veux partir, s'entendit-il dire. Je veux partir avec toi. »

Quelle scène ce fut ! Tous deux pleuraient, s'étreignaient, agrippaient les vêtements de l'autre, se tiraient les cheveux, si bien que si vous aviez assisté au spectacle vous n'auriez pas su déterminer s'ils étaient en proie à une violente affliction ou à une extase.

« Sans réponse de ta part, j'étais convaincu que tu avais décidé de ne pas le faire, avoua Edward quand ils se furent un peu calmés.

— Une réponse ?

— Oui, à la lettre que je t'ai envoyée il y a quatre jours, t'informant que j'avais dit à Belle que j'avais bon espoir de te convaincre et où je te demandais la faveur de me laisser essayer à nouveau.

— Je n'ai rien reçu !

— Non ? Je l'ai pourtant envoyée, cette lettre, je me demande ce qu'elle a pu devenir !

— Il faut te dire que je n'ai pas vraiment été à la maison. Mais – je t'expliquerai tout à l'heure... » Car, à nouveau, la passion les submergeait.

Ce fut seulement bien plus tard, alors qu'ils avaient repris leurs positions habituelles dans l'étroit lit dur, qu'Edward lui demanda :

« Et comment a réagi ton grand-père ?

— En fait, je ne lui ai pas annoncé. Pas encore.

— David ! Mon chéri. Mais que va-t-il dire ? »

À cet instant précis, ce fut comme un accroc infime dans leur bonheur. Mais, « il s'en remettra », affirma résolument David, davantage pour se l'entendre dire que parce qu'il y croyait vraiment. « Il changera d'avis. Cela prendra sans doute du temps, mais il finira par comprendre. Et de toute façon, il ne peut pas m'en empêcher. Je suis adulte, après tout, il n'est plus mon tuteur légal. D'ici deux ans, on me versera une partie de mon argent.

Edward se rapprocha de lui : « Il ne peut pas s'y opposer ?

— Certainement pas – il ne lui appartient pas de le faire. C'est l'héritage de mes parents. »

Au bout de quelques minutes, Edward rompit le silence : « En attendant, ne t'inquiète de rien. Je vais me verser un salaire, et je pourrai nous prendre en charge tous les deux », et David, à qui personne n'avait jamais proposé un soutien financier en fut tout ému, et il couvrit le visage d'Edward de baisers.

« J'ai mis de côté pratiquement chaque penny de ma pension depuis l'enfance, le rassura-t-il. Nous aurons facilement des milliers de dollars. Je ne veux pas que tu aies à t'inquiéter de moi. » Dans les faits, il savait que ce serait lui qui prendrait l'autre en charge. Edward voudrait travailler, parce qu'il était courageux et ambitieux, mais David saurait rendre leur vie confortable, en plus de téméraire. Il y aurait un piano pour le musicien et des livres pour lui, et tous les objets – des tapis d'Orient vieux rose, de la fine porcelaine blanche et des fauteuils tapissés de soie – qu'il possédait en propre dans la maison de son grand-père. La Californie serait leur nouveau foyer, leur nouveau Washington Square, et David le rendrait aussi familier et douillet que possible.

Ils restèrent couchés là tout l'après-midi sans quitter le lit, même à la tombée du jour. Pour une fois, David ne devait se rendre nulle part : il ne s'était pas réveillé en sursaut de leur sieste pour être pris de panique en voyant le ciel déjà assombri, s'habiller en hâte, et s'arracher aux bras implorants d'Edward afin de courir vers le fiacre et supplier le cocher – mais, à qui s'adressait ce sourire moqueur ? À lui ? Comment ce gredin osait-il ? – de filer aussi vite que possible, comme s'il était encore un écolier, un enfant qui a manqué le dernier coup de sonnette après lequel les portes de la salle à manger seraient fermées et qui devrait aller se coucher sans dîner. Ce jour-là, et même ce soir-là, ils firent alterner veille et sommeil, veille et sommeil encore, et quand enfin ils se levèrent pour se faire cuire des œufs sur les braises, Edward l'empêcha de consulter sa montre à gousset. « Quelle importance ? demanda-t-il. Nous avons tout le temps du monde, pas vrai ? » Et il s'était mis à la place à trancher une miche de pain brun qu'ils firent griller à la flamme.

Le lendemain, ils se réveillèrent tard, et ils parlèrent sans pouvoir s'arrêter de leur future vie commune – des fleurs que David planterait dans leur jardin, du piano qu'Edward achèterait (« Mais seulement quand nous commencerons à être financièrement à l'aise », déclara-t-il avec le plus grand sérieux, et David avait éclaté de rire : « Je t'en achèterai un », promit-il, gâchant la surprise qu'il comptait lui faire, mais Edward secoua la tête : « Je ne veux pas que tu dépenses ton argent pour moi – il t'appartient »), de Belle, que David allait aimer et qui l'aimerait en retour. Puis l'heure du cours de David arriva – il avait manqué les deux semaines précédentes, et annoncé à la directrice qu'il en donnerait un en remplacement le jeudi au lieu du mercredi – et il se força à s'habiller et aller retrouver ses élèves à qui il donna la consigne de dessiner tout ce qu'ils voulaient, puis passa dans les rangs tandis qu'ils s'exécutaient, jetant de temps à autre un coup d'œil à leurs croquis de visages asymétriques, de chiens et de chats aux yeux fous, de marguerites grossièrement réalisées et de roses aux pétales pointus, sans jamais cesser de sourire. Quand il rentra à la maison, un bon feu brûlait dans la cheminée, la table regorgeait de nourriture qu'avait achetée Edward avec l'argent qu'il lui avait laissé, et surtout, il y avait Edward lui-même à qui David décrivit son après-midi – des histoires pareilles à celles qu'il racontait auparavant à son grand-père, ce qui le faisait rougir rétrospectivement : un homme adulte avec son grand-père pour seule compagnie ! Il repensa au couple qu'ils formaient, aux soirées passées dans le boudoir du vieil homme, ces moments ensuite où il se retirait dans son bureau pour esquisser quelques croquis sur son bloc. Une vie d'invalide, mais aujourd'hui, il avait recouvré la santé, il était guéri.

Il avait renvoyé le fiacre d'Eden et Eliza avec un petit mot le jour de son arrivée chez Edward, mais le troisième soir, on frappa à la porte. David alla ouvrir et trouva sur le seuil une bonne peu reluisante qui lui tendit une lettre qu'il prit et remplaça par une pièce.

« Qui t'écrit ? demanda Edward.

— Frances Holson, répondit-il en fronçant les sourcils. L'avocate de la famille.

— Eh bien, lis-la. Je vais me tourner face au mur et faire semblant d'être parti dans une autre pièce pour te laisser un peu d'intimité. »

Le 16 mars

Cher David,

Je vous écris pour vous donner de mauvaises nouvelles. Mister Griffith est tombé malade. Il a commencé à avoir de la fièvre le soir de l'inauguration du musée – votre grand-père l'a fait raccompagner.

Je ne peux savoir avec certitude ce qu'il s'est passé entre vous, mais je peux vous assurer de sa dévotion, et si vous êtes l'homme que je sais que vous êtes et que je connais depuis son enfance, vous aurez la bonté de lui rendre visite, et ce d'autant plus qu'il pense qu'il existe des liens entre vous. Il devait repartir pour Cape Cod après la réception, mais s'est vu obligé de prolonger son séjour. D'ailleurs pas seulement obligé, je suppose que c'est ce qu'il a souhaité dans l'espoir de vous voir. J'espère que votre conscience et votre bon cœur vous amèneront à satisfaire son désir.

Je ne vois aucune raison de parler de cet échange à votre grand-père.

Sincères salutations,

F. Holson.

Frances avait vraisemblablement appris son adresse par Eden, qui la tenait sans doute de son cocher, ce traître, mais il ne pouvait qu'être reconnaissant à leur avocate de toujours et amie de la famille pour sa discrétion – aussi sévère que fût sa lettre, il savait qu'elle ne le trahirait pas en parlant à son grand-père, car elle l'avait toujours gâté, même quand il était petit. Il froissa la missive dans sa main et la jeta au feu puis, au mépris des conseils de Frances, il se coucha en balayant d'un geste les inquiétudes d'Edward. Mais plus tard, alors qu'ils étaient de nouveau enlacés, il repensa à Charles et se sentit envahi de tristesse et de rage : de tristesse pour Charles et de rage contre lui-même.

« Tu as l'air si grave, lui chuchota Edward en lui caressant la joue. Tu ne veux pas me dire ce qu'il se passe ? »

Et finalement, il s'y résolut. Il décrivit la proposition de son grand-père, la demande en mariage de Charles, Charles lui-même, leurs rendez-vous, avoua que l'homme était amoureux de lui. Qu'il ait plus tôt imaginé qu'Edward et lui se riraient ensemble des gestes maladroits de Charles lui faisait honte désormais et il n'en était plus question. Edward écouta sans un mot et avec pitié, et à le voir aussi attentif, David se sentit envahi de plus de remords encore : il avait traité Charles ignominieusement.

« Le malheureux, finit par lâcher Edward, compatissant. Il faut tout lui dire, David. À moins, bien sûr, que tu ne sois en fait toi aussi amoureux de lui.

— Mais bien sûr que non ! s'enflamma-t-il. C'est toi que j'aime !

— Dans ce cas, dit Edward en se serrant contre lui, tu dois vraiment lui parler. Il le faut, David.

— Je le sais. Je sais que tu as raison. Mon bon Edward. Laisse-moi seulement rester auprès de toi encore une nuit, et demain, je lui rendrai visite. »

Ensuite, ils décidèrent de dormir, car, même s'ils avaient encore envie de se parler, ils étaient tous les deux épuisés. Par conséquent, ils soufflèrent les bougies, et alors que David craignait de ne pas trouver le sommeil à cause de ce qui l'attendait le lendemain, il s'endormit sans peine – apparemment, il lui suffit de poser la tête sur l'unique et mince oreiller d'Edward et de fermer les yeux, et le sommeil le gagna aussitôt, ses inquiétudes noyées dans les ténèbres de ses rêves.

XV.

« Mister Bingham, dit Walden d'un ton sec. Je suis désolé de vous avoir fait attendre. »

David se raidit – il n'avait jamais beaucoup apprécié l'individu, car il connaissait ce genre de domestiques : Londonien, probablement engagé par Charles à prix d'or, il oscillait sans doute entre deux sentiments : l'humiliation d'être le majordome d'un nouveau riche sans nom… et la fierté d'avoir une réputation si incontestable qu'un homme fortuné fût allé le chercher par-delà des mers et l'eût ramené par tous les moyens. Comme toutes les belles histoires, le charme de celle-ci s'était émoussé, et aujourd'hui Walden était prisonnier de ce territoire vulgaire au Nouveau Monde, travaillant pour un maître qui avait certes des moyens mais un goût exécrable. David rappelait constamment à Walden qu'il aurait pu mieux faire, qu'il aurait pu louer ses services à une fortune récente, mais pas si récente.

« Aucun problème, Walden, rétorqua David froidement. Après tout, je n'ai pas fait annoncer ma visite.

— C'est vrai. Voilà quelque temps que nous ne vous avons pas vu ici, Mister Bingham. »

Ce commentaire était impertinent, il visait à l'irriter et y réussit, mais David ne broncha pas, laissant Walden poursuivre : « Je crains que Mister Griffith ne soit encore très faible. Il demande – mais il comprendrait que vous refusiez – si vous accepteriez de le voir dans ses appartements.

— Bien sûr, ce sera parfait pour moi, s'il est certain…

— Oh oui, il est tout à fait certain. Je vous en prie, je pense que vous connaissez le chemin. »

Le ton paraissait docile, mais David bondit sur ses pieds, furieux, et suivit Walden dans l'escalier, rougissant au souvenir des nombreuses fois où un Charles impatient l'avait poussé vers sa chambre, la main à plat sur ses reins, et où il avait cru remarquer sur le visage du majordome un sourire tout à la fois lascif et moqueur.

Sur le seuil, il passa sans un mot devant Walden qui se courbait cérémonieusement mais non sans ironie, et il pénétra dans l'obscurité de la pièce aux stores baissés pour protéger son occupant du ciel lumineux de cette fin de matinée. Elle n'était éclairée que par une unique lampe de chevet. Charles était assis dans son lit, adossé à une cascade d'oreillers et encore vêtu de sa robe de chambre. Des papiers étaient éparpillés autour de lui, et il poussa plus loin la tablette sur laquelle se trouvaient un encrier et une plume posée sur ses genoux.

« David, murmura-t-il. Venez un peu que je vous voie. » Il tendit la main pour allumer une lampe de l'autre côté du lit. David s'avança en approchant une chaise.

Il était surpris de découvrir combien Charles paraissait mal en point, son visage et ses lèvres étaient gris, les poches sous ses yeux plissées et tombantes, ses rares cheveux mal peignés flottaient sur son crâne. Son étonnement dut se lire sur ses traits, car Charles lâcha un petit sourire contraint et dit :

« J'aurais dû vous faire prévenir avant que vous n'entriez.

— Mais pas du tout, répondit-il. Je suis toujours ravi de vous voir », une déclaration à la fois vraie et fausse, et Charles, comme s'il en avait pleinement conscience, se crispa légèrement.

Il avait craint – et il devait le reconnaître plus tard pour lui-même, aussi à demi espéré – que Charles ne fût malade d'amour, malade d'amour pour lui, et donc, quand il lui apprit qu'il s'agissait d'un rhume, il ressentit une petite pointe de déception inattendue, mêlée à une large mesure de soulagement.

« Je n'ai jamais été aussi souffrant depuis des années, dit Charles, mais je pense que j'ai passé le pire, même si monter et descendre l'escalier me laisse encore épuisé. Je suis resté piégé, je le crains, dans cette chambre et mon bureau, occupé à examiner cette paperasse – il désigna les documents épars –, ces livres de comptes et ces registres, et à tenir ma correspondance. » David voulut exprimer sa compassion, mais Charles l'arrêta d'un geste qui n'était pas brutal mais néanmoins impérieux. « C'est inutile, dit-il, je vous remercie, tout ira bien. Je suis sur le chemin de la guérison. »

S'ensuivit un long silence, durant lequel Charles l'observa tandis que David fixait le plancher, et quand il reprit la parole, son hôte le fit au même moment :

« Je suis désolé », se dirent-ils, puis, toujours de concert : « Je vous en prie, vous d'abord. »

« Charles, vous êtes un homme merveilleux. J'ai tant de plaisir à m'entretenir avec vous. Non seulement vous êtes quelqu'un de bon, mais aussi de sage. J'ai été et suis encore honoré de votre intérêt et de votre affection. Mais… je ne peux pas vous épouser.

Si vous aviez été une personne insensible, ou égoïste, ma conduite envers vous serait déjà inacceptable. Mais parce que vous êtes l'homme que vous êtes, elle est répréhensible. Je n'ai pas d'explications, pas de justification, pas de circonstances atténuantes. J'étais et suis complètement dans mon tort, et la tristesse d'avoir pu vous causer de la peine me hantera jusqu'à la fin de mes jours. Vous méritez quelqu'un de meilleur que moi, c'est certain. J'espère que le temps viendra où vous pourrez me pardonner, même si je n'ose y compter. Mais je sais que je formerai toujours des vœux pour votre bonheur. »

Il ne savait pas bien ce qu'il allait dire, même en montant l'escalier vers la chambre de Charles. Toute cette période, lui semblait-il, avait été marquée par des excuses : celles de Charles, pour ne pas lui avoir écrit, d'Edward, pour la même raison, celles qu'il venait d'offrir. Restaient seulement celles qu'il allait devoir présenter à son grand-père, mais il ne pouvait pas s'y résoudre, du moins pas pour l'instant.

Charles demeura silencieux, et pendant quelques minutes, ne résonna que l'écho des paroles de David ; quand le malade prit enfin la parole, ses paupières étaient closes, sa voix rauque et brisée. « Je le savais, dit-il. Je savais que ce serait votre réponse. Je le savais, et pour être honnête, j'ai eu des jours, des semaines pour m'y préparer. Mais l'entendre de votre bouche… » Il s'interrompit.

« Charles, murmura-t-il avec douceur.

— Dites-moi seulement… ou plutôt non, ne me dites rien. Mais… David, je suis plus âgé que vous, et à cent lieues d'être aussi beau. Pourtant… j'y ai beaucoup réfléchi parce que je savais que nous aurions un jour cette conversation : je me suis demandé s'il ne serait pas possible d'imaginer une relation où nous serions ensemble mais où vous pourriez trouver des satisfactions auprès d'autres. »

Il ne saisit pas tout de suite ce que voulait dire Charles, mais quand il comprit, il soupira, très ému :

« Oh, mon ami, vous êtes très beau… », mentit-il, et Charles esquissa un petit sourire triste mais ne dit rien. « Et vous êtes très bon. Mais vous n'êtes pas homme à vous satisfaire de pareil arrangement.

— C'est vrai, reconnut Charles. J'en serais incapable. Mais si ce pouvait être une façon de ne pas vous perdre…

— Charles, c'est impossible. »

Il poussa un long soupir, et tourna la tête sur son oreiller. Il resta quelques instants silencieux, puis il demanda :

« Êtes-vous amoureux de quelqu'un d'autre ?

— Oui », répondit David, et ils en furent tous deux surpris. C'était un peu comme s'il avait lâché un mot épouvantable, une horrible insulte, et que ni l'un ni l'autre ne sût comment poursuivre.

« Depuis combien de temps ? », s'enquit enfin Charles d'une voix basse et terne. Puis, voyant que David ne répondait pas : « Avant que nous soyons intimes ? » Et ensuite : « Qui est-ce ?

— Peu de temps, bredouilla-t-il. Non. Personne. Un homme que j'ai rencontré. » C'était une trahison de réduire Edward à ce rien, cette figure anonyme, mais il savait aussi qu'il devait ménager la susceptibilité de Charles, qu'il suffisait de lui avouer l'existence d'Edward sans pour autant lui donner de détails.

Une troisième pause s'ensuivit, puis Charles, qui s'était peu à peu enfoncé dans ses oreillers et détourné de David, se redressa dans un bruissement de draps. « David, il y a quelque chose qu'il me faut vous dire, de crainte de le regretter si je ne le faisais pas, commença-t-il lentement. Je dois prendre votre déclaration d'amour pour un autre au sérieux, autant qu'elle me peine, et croyez-moi, c'est le cas. Mais depuis un certain temps, je me suis mis à me demander si… vous n'aviez pas peur. Sinon du mariage, du moins de devoir me cacher certaines choses, et si ce ne serait pas la raison de votre réticence, de la distance que vous avez mise entre nous.

Je sais tout de votre état de santé, David. Ne me demandez pas qui m'en a parlé, mais je suis au courant depuis un certain temps, et je voudrais vous dire aujourd'hui – peut-être, et même sans doute, aurais-je dû aborder la question plus tôt – que votre condition n'a rien changé à mon désir de faire de vous mon mari, de passer toute ma vie à vos côtés. »

Il se réjouit d'être assis parce qu'il aurait pu s'évanouir, à tout le moins. C'était comme si on lui avait arraché ses vêtements et qu'il se tînt au milieu de Union Square, entouré par des multitudes se moquant de sa nudité, lui jetant des feuilles de chou blettes et baveuses au visage, des chevaux de trait caracolant alentour. Charles avait raison : il était inutile de chercher à deviner qui avait trahi son secret. Il savait que ce ne pouvait pas être sa famille, même si ses relations avec son frère ou sa sœur n'étaient pas des meilleures ; de telles rumeurs étaient presque toujours répandues par les domestiques, et bien que ceux des Bingham fussent loyaux et pour la plupart au service de la famille depuis de longues années, il y en avait toujours quelques-uns qui partaient, à la recherche d'une meilleure place, et même ceux qui restaient parlaient entre eux. Une femme de chambre aurait bavardé avec sa sœur, fille de cuisine dans une autre maison, elle-même aurait tout rapporté à son galant, cocher dans une autre famille, qui en aurait parlé à son tour au deuxième valet, qui aurait répété la chose à son amoureux, l'aide-cuisinier, qui pour se gagner les faveurs de son maître aurait confié cette rumeur au chef, qui s'en serait ouvert ensuite au majordome, parfois son ami mais le plus souvent son rival, ce personnage qui, plus encore que le maître, dictait les rythmes et donc les petits conforts de son existence, et qui, le jeune ami de son maître une fois reparti tard dans la nuit vers Washington Square, aurait frappé à la porte de la chambre de son employeur, sollicité la permission d'entrer, et en se raclant la gorge aurait déclaré : « Pardonnez-moi, Monsieur, j'ai longtemps hésité à vous dire quelque chose, mais je pense avoir l'obligation morale de le faire », et son maître, irrité et habitué aux petits drames qui passionnent les serviteurs, n'ignorant pas qu'ils détestent et adorent à la fois être au courant des aspects les plus intimes de la vie de leurs employeurs, aurait dit : « Eh bien, Walden ? De quoi s'agit-il ? Parlez, Walden ! », et le majordome, baissant la tête, feignant l'humilité, et cachant le sourire qui se dessinait involontairement sur ses lèvres minces, aurait dit : « Il s'agit du jeune Mister Bingham, Monsieur. »

« Vous entendez me menacer ? demanda-t-il à voix basse quand il eut repris ses esprits.

— Vous menacer ? Jamais de la vie, David ! Vous vous méprenez sur mon compte. Je veux seulement vous rassurer, vous faire valoir que même si votre passé, et on le comprend, vous a rendu méfiant, vous n'avez rien à craindre de moi, que…

— Parce que vous n'en ferez rien. Vous semblez oublier que je suis toujours un Bingham. Tandis que vous ? Vous n'êtes rien. Vous avez sans doute de l'argent. Des appuis dans le Massachusetts, mais ici, personne ne vous écoutera. Personne ne vous croira jamais. »

Ces paroles venimeuses flottaient dans l'air, et pendant un long moment, ni l'un ni l'autre ne reprirent la parole. Puis, d'un mouvement vif et soudain, si inattendu que David bondit sur ses pieds en pensant que l'offensé risquait de le frapper, Charles rejeta ses couvertures et se leva, une main accrochée au montant du lit pour ne pas perdre l'équilibre, et quand il ouvrit la bouche, sa voix avait une tonalité métallique que David n'avait jamais entendue auparavant.

« Il semble que je me suis trompé. Sur ce que je croyais que vous pourriez craindre. Sur vous, en général. Mais j'ai dit tout ce que j'avais à dire, et nous n'aurons plus jamais aucune raison de nous parler.

Je vous souhaite tout ce qu'il y a de meilleur, David – sincèrement. J'espère que cet homme que vous aimez vous aime en retour et à jamais, que vous connaîtrez tous deux une longue vie commune, et que vous ne vous retrouverez pas comme moi à mon âge, planté comme un idiot en chemise de nuit devant un beau jeune homme à qui vous aviez accordé votre confiance du fond du cœur et que vous croyiez honnête et bon jusqu'à ce qu'il révèle n'être ni l'un ni l'autre, mais rien qu'un enfant gâté. »

Il tourna le dos à David. « Walden va vous raccompagner », ajouta-t-il, mais David qui, en entendant les paroles de Charles, avait pris la pleine mesure de l'horreur de ses propres actions, resta pétrifié sur place. Quelques secondes s'écoulèrent, et quand il apparut clairement que Charles continuerait à lui tourner le dos, il pivota sur ses talons et marcha vers la porte, derrière laquelle, il en était sûr, Walden attendait, l'oreille collé au battant, le sourire aux lèvres, pensant déjà au moment où il partagerait cette histoire étonnante avec ses collègues durant le dîner du personnel.

XVI.

Il quitta les lieux dans une sorte de transe, et une fois dehors, il demeura comme étourdi sur le trottoir. Autour de lui, le monde paraissait insupportablement vivant : le ciel était d'un bleu implacable, le raffut des oiseaux l'oppressait, l'odeur du crottin, même par ce froid, lui assaillait les narines, les points sur ses gants en cuir pleine fleur de chevreau paraissaient si serrés, si minuscules et nombreux qu'il aurait pu perdre la tête en essayant de les compter.

Une tempête se déchaînait en lui, et pour s'en protéger, il en déclencha une autre, dirigeant son fiacre de boutique en boutique, déboursant son argent sans compter comme il ne l'avait jamais fait auparavant : il acheta des assortiments de meringues délicates, aussi blanches que du saindoux, un foulard en cachemire aussi noir que les yeux d'Edward, un boisseau d'oranges, juteuses et aussi parfumées que des fleurs, une boîte de caviar, chaque grain brillant comme une perle. Il dépensa à pleines mains pour des achats extravagants – aucun n'était nécessaire, et la plupart se gâteraient ou pourriraient avant qu'il eût le temps de les consommer. Sans relâche, il gaspilla, gardant quelques paquets avec lui mais en en faisant porter le plus grand nombre directement chez Edward, si bien que quand il finit par atteindre Bethune Street il dut attendre au pied de l'escalier que deux livreurs réussissent à faire passer par la porte du hall un kumquat en fleur, tandis que deux autres ressortaient de l'immeuble en emportant une caisse vide qui contenait auparavant un service à thé complet en porcelaine de Limoges à motifs d'animaux de la jungle africaine. Là-haut, Edward se tenait au centre de sa chambre, la tête entre les mains, et s'efforçait de donner des instructions – sans grand succès d'ailleurs – sur l'endroit où installer le kumquat. « Mon Dieu, répétait-il sans arrêt. Mettez-le là, je pense. Ou peut-être plutôt ici. Mais, non, non, là non plus… » et quand il aperçut David, il poussa un cri de surprise et de soulagement, non dénué sans doute d'exaspération.

« David ! s'écria-t-il. Mon chéri ! Que signifie tout cela ? Non, s'il vous plaît, là ce serait mieux (à l'adresse des livreurs). David, mais comme tu rentres tard ! Où étais-tu passé ? »

Pour toute réponse, David se mit à vider ses poches, jetant pêle-mêle sur le lit le caviar, un triangle de Stilton blanc, une petite boîte contenant des rondelles de son gingembre confit favori, des chocolats fourrés à la liqueur, chacun emballé dans un carré de papier de couleur vive – autant de douceurs, de délices destinées au plaisir, et visant à dissiper les regrets qui l'enveloppaient comme un nuage. Sa frénésie avait été telle qu'il avait acheté chaque chose en plusieurs exemplaires : non pas une tablette de chocolat sertie de groseilles à maquereau mais deux ; non pas un cornet de marrons glacés mais trois ; non pas une couverture de laine fine assortie à celle qu'il avait déjà offerte à Edward mais deux.

Mais cela, ils ne s'en aperçurent en riant qu'après s'être repus de toutes ces bonnes choses, et seulement quand ils purent reprendre leurs esprits – nus mais en sueur malgré l'humidité glaciale de la chambre, allongés par terre parce que le lit était encombré de paquets, ils se tenaient le ventre et gémissaient théâtralement, mimant l'indigestion après tout le sucre, le gras et la crème, le canard fumé et le pâté qu'ils venaient de consommer.

« Oh David, est-ce que tu ne vas pas regretter tout ça ?

— Bien sûr que non », répondit-il, et c'était vrai. Il ne s'était jamais comporté ainsi de sa vie. Agir de la sorte avait été nécessaire, à son avis – sa fortune ne semblerait jamais vraiment sienne tant qu'il ne se conduirait pas comme si elle l'était.

« Nous ne vivrons pas aussi bien en Californie, tu sais ? murmura Edward d'un air rêveur, et au lieu de répondre, David se releva, chercha son pantalon – jeté dans un coin éloigné (enfin, si l'on peut dire) de la chambre – et fouilla dans sa poche.

« Qu'est-ce que c'est ? », demanda Edward en lui prenant des mains un étui en cuir qu'il ouvrit en faisant basculer le couvercle. « Oh ! »

C'était une petite colombe en porcelaine, parfaitement représentée, son bec minuscule ouvert pour roucouler, ses yeux noirs brillant comme du jais.

« C'est pour toi, parce que tu es mon petit oiseau, expliqua David, et parce que j'espère que tu le seras toujours. »

Edward sortit l'objet de son écrin et le posa au creux de sa paume.

— Serais-tu en train de me demander de t'épouser ? demanda-t-il doucement.

— Oui », je te le demande, murmura David.

Et Edward le serra entre ses bras.

« Alors, oui. Sans hésiter, je te réponds oui ! »

Jamais ils ne devaient être plus heureux que cette nuit-là. Tout, autour d'eux, à l'intérieur d'eux, n'était que plaisir. David surtout se sentit ressuscité : en un jour, il avait refusé une demande en mariage et fait la sienne. Cette nuit-là, il se sentait invincible, tout le bonheur que contenait cette pièce lui était dû. Chaque douceur sur leurs langues, chaque coussin moelleux sur lequel ils posaient la tête, chaque parfum qui flottait dans l'air : tout venait de *lui*. C'était lui qui le leur avait procuré. Sous ce sentiment de triomphe cependant, comme une rivière sombre et empoisonnée, se cachait sa honte : les choses inadmissibles qu'il avait dites à Charles, et plus souterraine, le souvenir de sa conduite elle-même, l'irrespect avec lequel il avait traité le malheureux homme, la façon dont il l'avait utilisé par inconséquence, par lâcheté, et pour satisfaire son besoin de louanges et d'attention. Et une strate au-dessous encore, le spectre de son grand-père, qu'il avait trahi et auprès de qui aucune excuse ne serait jamais suffisante. Quand la conscience de ces sentiments remontait à la surface, il la noyait à nouveau en fourrant un chocolat dans sa bouche ou celle d'Edward, ou bien en faisant se coucher son amant sur le ventre.

Pourtant, il savait que rien n'y ferait, qu'il s'était souillé et que la tache était ineffaçable. Et donc, le lendemain matin, quand la petite bonne tapota sur la porte et ouvrit des yeux ébahis en découvrant l'état de la chambre, et qu'elle lui remit un billet de son grand-père aussi bref qu'impérieux, il comprit d'abord qu'il avait été enfin découvert et ensuite qu'il ne pouvait que rentrer à Washington Square, où il allait devoir répondre de son ignominie – et revendiquer sa liberté.

XVII.

De retour à la maison ! Il n'avait été absent qu'un peu moins d'une semaine, et pourtant comme elle lui semblait insolite – étrangère et familière à la fois, avec ses parfums de cire, de lys, d'Earl Grey et de feu de bois. Et bien sûr, ceux de son grand-père : son tabac et son eau de toilette à la fleur d'oranger.

Il s'était promis de ne pas être nerveux en arrivant à Washington Square – c'était sa maison, ce serait un jour sa maison –, et pourtant, en atteignant le sommet du perron, il marqua une hésitation : normalement, il serait entré sans façon, mais durant quelques instants, il songea qu'il devrait plutôt sonner, et si la porte ne s'était pas ouverte toute seule (Adams qui raccompagnait Norris), il serait peut-être resté devant pendant des lustres. Les yeux de Norris s'écarquillèrent ostensiblement en le voyant, mais il se reprit très vite et souhaita une bonne soirée à David, ajoutant qu'il serait heureux de le revoir bientôt, et même Adams, beaucoup plus stylé que ce méprisable Walden, ne put s'empêcher de lever les sourcils avant de s'empresser de les baisser à nouveau, avec un air réprobateur comme s'il voulait les punir de leur désobéissance.

« Mister David, vous avez bonne mine. Bienvenue à la maison. Votre grand-père est dans son boudoir. »

Il remercia Adams, lui tendit son chapeau et le laissa prendre son manteau, puis il gravit l'escalier. On servait le dîner tôt le dimanche, et il s'était appliqué à arriver de bonne heure, juste après le déjeuner de l'aïeul. Loin de Washington Square, il s'était rendu compte qu'il en était venu à mesurer le temps en suivant le métronome de cette maison. Midi, ce n'était pas seulement midi, c'était l'heure où son grand-père et lui terminaient leur déjeuner du week-end ; 17 heures 30, ce n'était pas seulement 17 heures 30, mais le moment où ils se retrouvaient à nouveau pour dîner. 7 heures du matin, c'était le départ de son grand-père pour la banque ; 17 heures sonnaient son retour. Son emploi du temps, ses jours eux-mêmes dépendaient du vieil homme, et durant toutes ces années, il l'avait accepté sans réfléchir. Même en exil, il ressentait la vieille douleur des dîners de famille du dimanche, il voyait, aussi clairement que si c'était un tableau, son frère, sa sœur, leurs conjoints et son grand-père assis autour de la table étincelante de la salle à manger, il sentait le riche fumet des cailles rôties.

Devant la porte du boudoir, il s'arrêta de nouveau et marqua une pause en inspirant profondément, avant de finir par cogner doucement sur le battant et d'entendre la voix de son grand-père lui dire d'entrer. Quand il s'exécuta, le vieil homme se leva, ce qui n'était pas habituel, et ils se regardèrent sans un mot, comme deux personnes qui s'étaient connues longtemps auparavant et perdues de vue.

« David, dit Nathaniel Bingham d'un ton neutre.

— Grand-Père. »

Le maître de céans s'approcha. « Laisse-moi te regarder », dit-il en posant les paumes sur les joues de David, lui faisant doucement tourner la tête d'un côté, puis de l'autre, comme si les énigmes de la vie actuelle de son petit-fils étaient inscrites sur son visage, avant de laisser retomber ses mains, son expression ne trahissant rien de ses sentiments. « Assieds-toi », ajouta-t-il, et David prit place dans son fauteuil habituel.

Un long moment, ils gardèrent le silence, puis son grand-père prit la parole.

« Je ne vais pas commencer par là où je pourrais sans doute le faire, les remontrances et les questions, mais je ne peux pas te promettre d'y résister durant toute notre conversation. Pour l'heure, cependant, je veux te montrer deux choses. »

David le regarda tendre la main vers un coffret posé sur une table à côté de lui et en tirer un paquet de lettres, plusieurs dizaines, nouées par une ficelle, et en les prenant, David vit qu'elles étaient toutes d'Edward, et il releva les yeux, outragé.

« Non ! ordonna son grand-père avant qu'il eût dit un mot, ne t'avise pas d'oser. » Et David, bien que furieux, défit le nœud et déchira la première enveloppe sans un mot. Se trouvait à l'intérieur la première lettre qu'il avait adressée à Edward quand il était parti voir ses sœurs, et sur une feuille séparée, la réponse d'Edward. La deuxième contenait une autre de ses lettres, et la réponse d'Edward. Il en allait de même pour la troisième, la quatrième, la cinquième – toutes les lettres qu'Edward avait laissées en suspens avant de finir par y répondre. En lisant, il ne put empêcher ses lèvres de sourire et ses mains de trembler : s'émouvant du caractère romantique de ce geste, mesurant à quel point il avait eu besoin de ces réponses, indigné de la cruauté qu'il avait fallu pour les lui cacher, soulagé de voir que personne ne les avait ouvertes pour que lui et lui seul les lise un jour. Se trouvait là aussi la lettre dont lui avait parlé Edward, celle qu'il avait fait porter deux jours avant l'inauguration du musée, alors que David était alité, presque inconscient et fou de douleur : elle était là, en compagnie de tant d'autres. La preuve était faite de l'amour d'Edward, ses sentiments transpiraient à chaque mot, sur chaque page de ce papier pelure – voilà pourquoi il n'avait pas eu de nouvelles de lui durant tout son confinement : parce que Edward lui avait écrit toutes ces lettres. Il se revit au lit, fixant la tache d'humidité, et plus à l'ouest, il s'imagina le jeune homme gribouillant à la lumière d'une bougie, les doigts raides et douloureux : chacun ignorant les tourments de l'autre mais ne pensant qu'à lui.

La colère monta de nouveau en lui, mais une fois de plus, son grand-père reprit la parole avant de lui laisser une chance de le faire.

« Tu ne dois pas me juger trop sévèrement, mon enfant. Pourtant je te présente mes sincères excuses pour te les avoir cachées. Mais tu étais si malade, si bouleversé, que je craignais qu'elles ne te fassent souffrir davantage encore. C'était un nombre de lettres si extraordinaire que j'ai pensé qu'elles pouvaient provenir de... de... » Il s'interrompit.

« Eh bien non ! répliqua sèchement David.

— Je le sais bien aujourd'hui, poursuivit son grand-père dont le visage s'assombrit. Cela m'amène à la deuxième chose que je voudrais que tu lises. » Et de nouveau, il plongea la main dans le coffret, et tendit cette fois à David une grande enveloppe brune, contenant une liasse de pages attachées ensemble, la première portant, en gros caractères, la mention : « Confidentiel. À l'attention de Mister Nathaniel Bingham, sur sa demande. » David sentit un frisson de peur le parcourir, et il posa les pages sur ses genoux, s'appliquant à ne pas les regarder.

« Lis, lui intima son grand-père de cette même voix neutre et tendue à la fois. Et comme David ne s'y décidait pas, il répéta : « Lis, j'insiste. »

Le 17 mars 1894

Cher Mister Bingham

Nous avons terminé le rapport sur l'individu en question, Edward Bishop, et avons consigné les informations concernant sa vie dans les pages qui suivent.

Edward Martins Knowlton est né le 2 août 1870 à Savannah, Géorgie, fils de Francis Knowlton, instituteur, et de Sarabeth Knowlton, née Martins. Les Knowlton ont eu un autre enfant, une fille, Isabelle (surnommée Belle) Harriet Knowlton, née le 27 janvier 1873. Mister Knowlton était un maître très aimé de ses élèves, mais aussi un joueur invétéré, et la famille se retrouvait souvent endettée. Knowlton empruntait beaucoup à sa famille et à celle, au sens large, de sa femme, mais quand il fut pris en train de voler dans les caisses de l'école il fut renvoyé et menacé d'un probable emprisonnement. Dans le même temps, on découvrit qu'il était endetté au-delà de ce que même sa famille savait – plusieurs centaines de dollars, et aucun moyen de les rembourser.

Le soir où on devait procéder à son arrestation, Knowlton s'enfuit avec sa femme et ses deux enfants. Les voisins trouvèrent la maison pratiquement dans l'état où ils l'avaient laissée, quoique avec tous les signes d'un départ précipité ; le cellier avait été vidé de toutes les denrées non périssables, et plusieurs tiroirs étaient restés ouverts. Une chaussette oubliée par un enfant traînait dans l'escalier. Les autorités entamèrent aussitôt des poursuites, mais on pense que les Knowlton durent trouver refuge dans une maison de clandestins, invoquant sans doute des persécutions religieuses.

À partir de là, on perd la trace de Knowlton et de sa femme. Les deux enfants, Edward et Belle, furent officiellement enregistrés dans un refuge à Frederick, Maryland, le 4 octobre 1877, mais comme orphelins. À en croire les dossiers conservés dans ce foyer d'accueil, aucun des deux enfants ne pouvait ni ne voulait parler de ce qu'il était advenu de leurs parents, mais à un certain moment, le garçon aurait déclaré : « L'homme à cheval les a trouvés, et nous, on s'est cachés », ce qui conduisit le directeur de cette institution à conclure que les parents avaient été capturés par une patrouille des Colonies juste avant de passer la frontière du Maryland, et que les enfants avaient été trouvés plus tard et amenés là par un bon Samaritain.

Le frère et la sœur restèrent deux mois de plus dans ce refuge, avant d'être conduits avec d'autres enfants sans parents trouvés dans la région vers une institution réservée aux orphelins des Colonies à Philadelphie. Là ils furent presque aussitôt adoptés par un couple de Burlington, Vermont, Luke et Victoria Bishop, qui avait déjà deux filles, Laura (huit ans) et Margaret (neuf ans), elles aussi orphelines des Colonies mais adoptées en bas âge. Les Bishop étaient des citoyens fortunés et jouissaient d'une bonne réputation : Mister Bishop possédait une scierie prospère qu'il dirigeait avec son épouse.

Or, les relations faciles entre les Bishop et leur nouveau fils se gâtèrent rapidement. Alors que Belle s'adaptait à sa nouvelle vie, Edward se montrait rétif. C'était un très beau garçon, intelligent et charmant, mais comme devait le formuler Victoria Bishop, « totalement dénué de goût pour le travail et incapable de se contrôler ». De fait, tandis que ses sœurs s'acquittaient docilement des diverses tâches ménagères et de leurs devoirs d'école, Edward s'appliquait invariablement à couper à ses responsabilités ; il se livra même à un petit chantage pour convaincre Belle de faire son travail à sa place. Bien que doté d'un esprit vif, il ne s'intéressait guère à l'école et il fut renvoyé après avoir triché à un examen de mathématiques. Il adorait les sucreries, et vola plusieurs fois des bonbons à l'épicerie. Et pourtant, insiste sa mère adoptive, ses sœurs l'adoraient, en particulier Belle, malgré les petites tentatives de manipulation dont elle faisait l'objet. Il se montrait, rapporte-t-elle, d'une patience exceptionnelle avec les animaux, y compris le chien boiteux de la famille, avait un don pour le chant, écrivait et lisait remarquablement, et était très affectueux. Bien qu'il eût peu d'amis, préférant passer son temps avec Belle, il était bien aimé de tous, connaissait beaucoup de monde et ne se sentait jamais seul.

Quand le garçon eut dix ans, la famille acheta un piano – Mister Bishop en jouait dans sa jeunesse – et même si tous les enfants prirent des leçons, ce fut Edward qui montra le plus grand don et le plus d'adresse. « On aurait dit que la musique apaisait quelque chose en lui », nous confie Missus Bishop, ajoutant qu'elle et son mari étaient soulagés de voir leur fils se découvrir un intérêt pour quelque chose. Ils lui firent donner des cours supplémentaires, et se réjouirent de voir Edward s'appliquer aussi diligemment à progresser.

Avec le temps cependant, les Bishop virent s'accroître les difficultés qu'ils connaissaient avec lui. Il représentait pour eux, note-t-elle, une sorte d'énigme ; bien que capable de réussir, le lycée l'ennuyait et il se mit à manquer les cours, et on le surprit encore à commettre une série de menus larcins – crayons, pièces de monnaie, etc. – auprès de ses camarades, ce qui déconcertait ses parents qui ne lui avaient jamais rien refusé. Quand il eut été expulsé de son troisième établissement en trois ans, ses parents engagèrent un tuteur privé pour qu'il pût finir ses études. Il décrocha son diplôme, de justesse, et s'inscrivit dans un conservatoire assez prestigieux de l'ouest du Massachusetts, d'où il partit au bout d'un an, après avoir reçu un modeste héritage de l'un de ses oncles, pour gagner New York, où il s'installa à Harlem chez sa grand-tante maternelle, Bethesda. Ses deux parents approuvaient la situation : quand elle avait perdu son mari neuf ans plus tôt, Beth avait commencé à perdre la tête, et même si elle ne manquait pas de personnel – elle était très riche –, ils se disaient que la présence d'Edward lui ferait du bien ; elle l'avait toujours tendrement aimé, et n'ayant pas d'enfant, elle le considérait comme son propre fils.

Le premier automne après qu'il eut quitté le conservatoire, Edward rentra chez ses parents pour Thanksgiving, et ils passèrent tous ensemble un délicieux week-end. Après son départ pour New York, et celui de ses sœurs vers leurs domiciles respectifs – Laura, et Margaret qui s'était récemment mariée, habitaient près de chez leurs parents à Burlington, et Belle faisait sa rentrée dans une école d'infirmières dans le New Hampshire – Missus Bishop décida de faire un peu de rangement. C'est alors qu'elle découvrit que son collier favori, une perle sur une chaîne en or que son époux lui avait offerte pour leur anniversaire de mariage, avait disparu de sa chambre. Elle se mit aussitôt à le chercher et au bout de plusieurs heures, après avoir fouillé tous les endroits où il pouvait se trouver, elle ne réussit pas à mettre la main dessus. À ce moment-là, elle comprit où le collier pouvait être passé, ou plus exactement qui pouvait l'avoir subtilisé, et comme pour chasser cette pensée de son esprit, elle entreprit de ravauder et de plier tous les mouchoirs de son mari, ce qui n'était en rien nécessaire mais s'imposa à elle comme une obligation.

Elle avait trop peur de demander à Edward s'il avait pris le collier, et elle n'osa pas en parler à son mari, qui était beaucoup moins tolérant qu'elle avec leur fils, et qui ne manquerait pas de prononcer des paroles que par la suite il regretterait. Elle résolut de ne pas soupçonner son garçon, mais après Noël, les enfants repartirent, et avec eux – ou plutôt avec l'un d'eux, comme elle devait finir par l'accepter plus tard – s'envola un bracelet en filigrane d'argent : elle dut à nouveau faire face à ses propres soupçons. Elle ne comprenait pas pourquoi Edward ne lui avouait pas tout simplement qu'il avait besoin d'argent, parce qu'elle lui en aurait donné, même sans l'accord de son mari. Mais lors de sa visite suivante, elle rassembla tout ce qu'il aurait pu facilement dérober dans un coffret, au fond d'une malle cadenassée qu'elle gardait dans son placard, mettant ainsi hors de portée de son propre fils tous les objets de valeur qu'elle possédait.

De la vie actuelle d'Edward, elle savait peu de choses. Des connaissances lui avaient appris qu'il chantait dans un cabaret, ce qui l'inquiétait – non pas pour la réputation de la famille, mais parce que son fils, bien qu'intelligent, était encore si jeune et pouvait, pensait-elle, subir de mauvaises influences. Elle lui écrivait souvent, mais il répondait rarement à ses lettres, et devant ce silence, elle s'appliquait à ne pas se demander si elle le connaissait vraiment. Au moins, elle savait qu'il vivait chez sa tante, et bien que le cerveau de Bethesda continuât de se détériorer, elle recevait de temps à autre une lettre parfaitement lucide, où la vieille dame parlait avec chaleur de son petit-neveu et se réjouissait de sa présence.

Ensuite, il y a un peu plus de deux ans, elle perdit tout contact avec Edward. Elle reçut un jour un télégramme affolé de l'avocat de sa tante lui annonçant qu'il avait été informé par la banque de la vieille dame que d'importantes sommes d'argent avaient été subtilisées sur son compte. Missus Bishop partit aussitôt pour New York, où au terme d'une série de rencontres consternantes elle apprit qu'au cours des douze derniers mois Edward avait signé lui-même des retraits d'argent de plus en plus substantiels du capital de sa tante ; une enquête menée par la banque (un établissement concurrent, vous serez soulagé de l'apprendre) révéla qu'Edward avait séduit l'assistant de l'administrateur des biens de Bethesda Carroll, un jeune homme simple et naïf, qui avoua en sanglotant qu'il avait délibérément enfreint la réglementation de l'établissement pour aider Edward à s'emparer des fonds – des milliers de dollars, bien que Missus Bishop se soit refusée à donner la somme exacte – qu'il voulait empocher. Chez sa tante, Missus Bishop trouva la vieille dame bien entourée, mais ne reconnaissant plus personne et ne sachant même plus qui était Edward ; elle s'aperçut aussi que des objets de valeur – en argent ou en porcelaine –, ainsi que le collier de diamants de sa tante, manquaient.

J'ai alors demandé à Missus Bishop comment elle pouvait être certaine que le coupable était son fils, et non un des soignants ou des domestiques, et elle s'est mise à pleurer en expliquant que tous étaient au service de la vieille dame depuis des années, et que rien n'avait jamais disparu – le seul changement dans la vie de sa tante, a-t-elle reconnu entre deux sanglots, avait été l'arrivée de son fils.

Mais où Edward était-il passé ? Il semblait s'être envolé. Missus Bishop se mit à sa recherche et engagea même les services d'un détective, mais on n'avait pas encore retrouvé sa trace quand elle dut repartir pour Burlington.

Durant tout ce temps, elle avait réussi à dissimuler à son mari les manquements d'Edward. Aujourd'hui cependant, alors que ses actes avaient basculé dans la criminalité, il lui fallut tout avouer. Comme elle le craignait, son mari réagit violemment, reniant totalement Edward, et, après avoir exigé de ses filles un récit détaillé des vilénies de leur frère, il leur interdit de jamais le revoir. Toutes trois fondirent en larmes car elles aimaient tendrement Edward. Belle en particulier se montra désespérée.

Mais Mister Bishop ne se laissa pas fléchir : ses sœurs ne devaient plus jamais lui parler, et s'il essayait d'entrer en contact, il leur fallait l'ignorer. « Nous avons commis une erreur », dit-il à sa femme qui s'en souvient encore, et il s'empressa d'ajouter : « Je ne parle pas pour toi, Belle. » Missus Bishop nous a confié à ce moment-là : « Mais j'ai vu le visage de notre fille, et j'ai compris qu'il était trop tard. »

Même si elles avaient été autorisées à entrer en contact avec Edward, elles n'auraient cependant pas pu le faire, car il semblait s'être complètement volatilisé. Le détective engagé par sa mère continua ses recherches, mais il conclut qu'il avait dû quitter la ville, sans doute le pays, et même les États-Libres. Pendant près d'un an, personne n'entendit parler de lui. Puis, il y a six mois, le détective écrivit de nouveau à Missus Bishop : il avait localisé Edward. Il était à New York et jouait du piano dans un cabaret près de Wall Street, un repaire favori des jeunes gens argentés de la bonne société, et il louait une chambre dans une pension de Bethune Street. Missus Bishop en fut décontenancée : une pension ? Mais où était donc passé l'argent, les sommes qu'il avait dérobées à sa tante ? Edward était-il un joueur invétéré, comme son père avant lui ? Il n'avait jamais donné aucun signe de pareille conduite mais, étant donné tout ce qu'elle ignorait de lui, rien ne paraissait impossible. Elle demanda au détective de surveiller les allées et venues d'Edward pendant une semaine pour voir si elle pouvait rassembler des informations sur ses activités quotidiennes, mais le résultat s'avéra décevant : Edward n'allait jamais à la banque ni ne fréquentait aucun de ces lieux où on jouait de l'argent. En revanche, on enregistrait des déplacements entre sa chambre et une luxueuse résidence près de Gramercy Park. Des recherches approfondies permirent d'établir qu'il s'agissait du domicile d'un certain Mister Christopher D. (j'ai effacé son nom du dossier par discrétion pour lui et les siens), un homme de bonne famille, âgé de vingt-neuf ans qui vivait avec ses parents vieillissants, Mister et Missus D., lesquels possédaient une entreprise florissante et une grande fortune. Le détective décrivait le jeune Mister D. comme « souffrant de solitude » et « d'un naturel simple ». De toute évidence, Edward réussit facilement à le séduire, au point que Mister D. le demanda en mariage – proposition acceptée – trois mois seulement après leur première rencontre. Il apparaît cependant que les parents, apprenant les projets de leur fils et les désapprouvant énergiquement, invitèrent Edward à leur rendre visite et lui proposèrent durant cet entretien un emploi de professeur dans une institution de bienfaisance qu'ils connaissaient, ainsi qu'une certaine somme d'argent, contre sa promesse de renoncer à toute relation avec leur fils et héritier. Edward accepta, reçut l'argent, et cessa tout contact avec le jeune Mister D., dont on dit qu'il est à ce jour encore « désemparé » et, à en croire le détective de Missus Bishop, qu'il cherche toujours plus désespérément à revoir son ex-fiancé. (L'institution de bienfaisance en question, j'ai le regret de vous en informer, n'est autre que la Fondation et l'École Hiram Bingham, où Edward a été employé jusqu'en février comme professeur de musique.)

Nous en arrivons maintenant à la situation actuelle de Mister Bishop. D'après la directrice, celui-ci – qu'elle décrit comme

« bizarre » et « écervelé », tout en reconnaissant qu'il était adoré de ses élèves : « L'enseignant le plus populaire que j'aie jamais eu, je suis navrée de le dire » – a demandé une autorisation d'absence vers la fin janvier pour aller prendre soin de sa mère malade à Burlington (un mensonge manifeste, vu que Missus Bishop est et a toujours été en parfaite santé.) Edward a effectivement fait le voyage vers le nord, mais là encore son récit s'écarte de la vérité. Il s'est d'abord arrêté à Boston chez ses amis, les Cooke, un frère et une sœur qui jouent les couples mariés pour des raisons sur lesquelles je reviendrai dans ce rapport. Ensuite, il a fait halte à Manchester, où sa sœur Belle vivait dans une pension de famille respectable et terminait ses études d'infirmière. Il semble que Belle, malgré les injonctions de son père, était restée en communication avec Edward depuis son bannissement de la famille, qu'elle lui réexpédiait même une partie de l'argent que lui envoyaient mensuellement ses parents. Ce qui s'est passé exactement entre eux deux n'est pas clair, mais plus tard en février, au moins une semaine après la date à laquelle Edward avait dit à la directrice qu'il serait de retour, ils ont fait ensemble le voyage à Burlington où, semble-t-il, Belle espérait que son frère et son père se réconcilieraient. Laura, la plus jeune de ses deux sœurs aînées, venait d'accoucher, et Belle devait penser que ses parents seraient d'humeur à pardonner.

Inutile de le préciser, la visite ne s'est pas déroulée comme le frère et la sœur l'avaient escompté. Mister Bishop, en découvrant la présence de ce fils dépravé, est entré dans une furieuse colère et l'échange a été franchement violent ; il avait, à ce stade, appris le vol des bijoux et objets personnels de sa femme, et il a exigé d'Edward des explications. À ces mots, le fils s'est brusquement jeté sur sa mère qui, aujourd'hui encore, demeure convaincue qu'il n'avait fait que se laisser aveugler par la fièvre de l'instant sans intention de l'agresser, mais son geste avait effrayé Mister Bishop qui, d'un coup de poing, a jeté son fils à terre. Une rixe s'est ensuivie, toutes les femmes présentes essayant de les séparer, et dans la mêlée, Missus Bishop a été frappée au visage.

Il n'est pas certain qu'Edward ait lui-même porté ce coup, mais c'était désormais sans importance : Mister Bishop l'a chassé de la maison et dit à Belle qu'un choix s'imposait : soit elle restait au sein de la famille soit elle partait avec son frère, mais elle ne pouvait pas faire les deux. À la grande surprise des Bishop, elle a suivi Edward, tournant le dos sans un mot de plus à ceux qui l'avaient élevée. (Tel est, m'a confié Missus Bishop en pleurant, le pouvoir du charme d'Edward et l'emprise qu'il est capable d'exercer sur ceux qu'il a séduits.)

Ensemble, Edward et Belle (celle-ci dépendant désormais complètement de son frère) s'enfuirent. Ils retournèrent à Manchester pour rassembler les affaires de Belle (et en tout cas, certainement, son argent), et poursuivirent leur chemin jusque chez les Cooke, à Boston. Comme les Bishop, les Cooke étaient des orphelins des Colonies et, comme eux, ils avaient été adoptés par une famille fortunée. On pense qu'Aubrey, le frère, avait connu Edward à New York quand celui-ci vivait chez sa tante Bethesda, et qu'ils entamèrent alors une liaison (au dire de tous, passionnée et sincère) qui dure jusqu'à aujourd'hui. Aubrey était et est toujours un homme extraordinairement beau d'environ vingt-sept ans, instruit et familier des usages de la bonne société, et sa sœur et lui menaient une vie facile, pour ainsi dire assurée. Toutefois, alors qu'Aubrey avait vingt ans et sa sœur Susannah dix-neuf, leurs parents trouvèrent la mort dans un accident de la route, et on apprit que la fortune dont leurs enfants avaient toujours pensé hériter n'existait plus, dilapidée par des années de mauvais investissements et les intérêts de dettes colossales.

Des individus différents se seraient tournés vers un travail honnête, mais cela ne ressemblait guère à ces deux-là. À la place, se faisant passer pour un jeune couple, ils se mirent en chasse d'hommes et de femmes mariés souffrant de solitude – ils n'étaient pas très regardants sur le sexe de leurs victimes pourvu qu'elles fussent très riches – au sein d'unions souvent malheureuses, auxquels ils proposaient leur amitié et leur compagnie. Ensuite, une fois assurés de leur amour, ils leur extorquaient de l'argent sous la menace de tout révéler à leurs conjoints. Sans exception, les malheureux payaient, trop effrayés par les conséquences et trop honteux de leur propre naïveté, et ensemble, les Cooke ont amassé une coquette somme en plus de l'argent qu'Edward avait volé à sa tante et celui que lui avaient versé les parents du pauvre Mister D., avec l'intention d'ouvrir une filature de soie dans l'Ouest. Selon mes sources, Edward et les Cooke préparent ce projet depuis au moins un an ; pour respecter les lois de 1876, Edward prétendra être l'époux de Susannah Cooke, et Aubrey celui de Belle.

Depuis novembre de cette année, le plan était prêt à être mis à exécution quand une gelée soudaine a ravagé la majorité des mûriers. Pris de panique, Aubrey et Edward ont dû se résoudre à essayer chacun de trouver une ultime nouvelle source de financement. Ils savent que ce n'est plus qu'une question de temps avant qu'une des victimes d'Aubrey ne le dénonce et qu'ils se retrouvent devant de graves ennuis juridiques. Il leur fallait seulement un dernier magot pour lancer l'entreprise et parer aux premières années de fonctionnement.

C'est alors, en janvier de cette année, qu'Edward Bishop a fait la connaissance de votre petit-fils.

XVIII.

Le rapport ne s'arrêtait pas là, mais il ne put en lire davantage. Il tremblait déjà tellement – et le boudoir était si silencieux – qu'il entendait le bruissement sec du papier entre ses mains, et les à-coups précipités de sa propre respiration. Il avait l'impression d'avoir été frappé sur la tête avec un objet compact mais mou, un coussin peut-être, et d'en être resté étourdi, le souffle coupé. Il sentit qu'il lâchait la feuille de papier, qu'il se relevait en chancelant avant de basculer en avant, puis que quelqu'un – son grand-père dont il avait presque oublié la présence – l'attrapait au vol et l'aidait à s'allonger sur le sofa en répétant son prénom. Comme de loin, lui parvint l'écho de la voix du vieil homme qui appelait Adams, et quand il revint à lui, il était de nouveau assis et son grand-père lui faisait boire une tasse de thé.

« Il y a du gingembre et du miel dedans, lui dit-il. Bois à petites gorgées. C'est bien, mon garçon. Très bien. Et voici un biscuit au sucre de canne – tu peux le tenir ? Parfait. »

Il ferma les yeux et renversa la tête. Il était redevenu David Bingham, il se sentait faible et son grand-père prenait soin de lui, et c'était comme s'il n'avait jamais lu le rapport de cet enquêteur, qu'il n'eût jamais pris connaissance de ces pages, qu'il n'eût jamais connu Edward. Sa confusion était trop grande. Trop dangereuse. Et pourtant, autant qu'il essayât de démêler les fils de cette intrigue, il en était incapable. On aurait dit qu'il avait *vécu* cette histoire plutôt que d'en avoir lu les épisodes, et en même temps, elle semblait lui être totalement étrangère, n'être liée en rien à l'Edward qu'il connaissait, qui était, après tout, le seul Edward qui comptait. Il y avait l'histoire qu'il venait de lire, et telle une ancre qui coulait rapidement, elle l'entraînait à des milliers de lieues sous l'eau et poursuivait sa descente jusqu'à s'enfouir dans le sable au fond de l'océan. Et au-dessus, il voyait le visage et les yeux d'Edward – Edward qui se tournait vers lui en souriant et qui lui demandait : « Tu m'aimes ? », son corps rasant la surface comme un oiseau, la voix assourdie par le vent. « Tu as confiance en moi, David ? », murmurait la voix, la voix d'Edward. « Tu me crois ? » Il songea à la peau d'Edward contre la sienne, la joie sur son visage quand il l'avait découvert sur le seuil de sa porte, la façon dont il lui avait effleuré le bout du nez et dit que d'ici un an, il se couvrirait de taches de rousseur de couleur caramel, un cadeau du soleil de Californie.

Il ouvrit les paupières et observa le beau visage grave de son grand-père, ses yeux de silex gris, et il comprit qu'il lui fallait prendre la parole, même si ses mots allaient les surprendre tous les deux : David, parce qu'il savait qu'ils exprimeraient ce qu'il ressentait vraiment, Grand-Père – même s'il choisissait de prétendre l'inverse – parce qu'il le savait lui aussi.

« Je n'y crois pas », dit-il.

Il vit l'expression du vieil homme passer de l'inquiétude à l'incrédulité. « Tu n'y crois pas ? Tu n'y *crois* pas ? David, je ne sais que dire. Tu sais que ce rapport a été rédigé par Gunnar Wesley, le meilleur détective privé de la ville, et sans doute de tous les États-Libres.

— Mais il a déjà commis des erreurs dans le passé. N'avait-il pas mal interprété les raisons du temps qu'avait passé Mister Griffith dans l'Ouest ? » Même si, au moment même où il soulevait cette objection, il devinait qu'il n'aurait pas dû parler de Charles.

« Oh, je t'en prie, David. C'était un détail. Et en rien une période de sa vie que Mister Griffith souhaitait garder secrète – voilà la seule erreur de Wesley, et elle n'a causé de tort à personne. Mais les informations qu'il avait réunies étaient absolument correctes.

David. David. Je ne suis pas en colère. Je t'assure que non. Je l'ai certes été en recevant ce document. Mais pas contre toi, contre cet… cet escroc qui t'a abusé. Ou qui du moins a tenté de le faire, David. Mon enfant. Je mesure la peine que cette lecture t'a causée. Mais ne vaut-il pas mieux savoir la vérité maintenant, avant que des torts irréparables ne soient causés, avant que cette affaire ne mette en péril tes relations avec Mister Griffith ? S'il devait découvrir le genre de personne que tu fréquentais…

— Cela ne concerne en rien Mister Griffith, s'entendit-il rétorquer d'une voix qu'il ne reconnaissait pas tant elle était glaciale et tranchante.

— Ne le concerne en rien, dis-tu ? David, il fait preuve pour toi d'une grande indulgence, d'une indulgence tout à fait extraordinaire, à mon avis. Mais même un homme aussi dévoué que l'est Mister Griffith ne saurait laisser passer pareille situation. Il est évident que cela lui importerait !

— Non, cela ne le regarde en rien, et ne le regardera jamais en rien, parce que j'ai refusé sa demande en mariage, répliqua David, et il sentit tout au fond de lui un noyau de triomphe en voyant son grand-père muet de surprise reculer comme s'il s'était brûlé.

— Tu as refusé ! David, quand l'as-tu fait et pourquoi ?

— Récemment. Et avant que vous ne posiez la question, non, il n'y a aucun retour possible, ni de ma part ni de la sienne, parce que les choses se sont mal terminées. Quant à la raison, elle est simple : je ne l'aime pas.

— Tu ne l'aimes pas ! », répéta Nathaniel Bingham en se levant d'un bond et en traversant la pièce avant de se retourner pour faire de nouveau face à son petit-fils : « Malgré tout le respect que je te dois, David, tu n'es pas à même d'en juger. »

Alors il s'entendit lâcher un rire tonitruant, pareil à un affreux aboiement. « Alors qui le serait à votre avis ? Vous ? Frances ? Mister Griffith ? Je suis un adulte. En juin, j'aurai vingt-neuf ans. Moi seul peux en juger. J'aime Edward Bishop, et je veux vivre avec lui quoi que vous en disiez et que Wesley ou quiconque en pense. »

Il crut que son grand-père allait exploser de rage, mais à la place, il se figea sur place, et avant de reprendre la parole, il saisit le dossier de son fauteuil à deux mains. « David, je m'étais promis de ne jamais aborder à nouveau ce sujet. Je m'en étais fait le serment. Mais aujourd'hui, il le faut, et pour la seconde fois ce soir, parce que ta situation actuelle l'exige. Pardonne-moi, mon enfant, mais tu t'es déjà cru amoureux une fois par le passé. Et tu as été mis face à ton erreur de la façon la plus horrible qui soit.

Tu crois que je mens. Que je me trompe. Je t'assure que non. Et je t'assure aussi que je donnerais toute ma fortune pour me tromper sur le compte de Mister Bishop. Et toute la tienne pour t'éviter de le laisser te faire du mal.

Il ne t'aime pas, mon enfant. Il est amoureux de quelqu'un d'autre. Ce qu'il aime, c'est ta fortune, c'est l'idée de s'en emparer. Parce que moi, je t'aime, je souffre de devoir te le dire, d'avoir à prononcer ces mots. Mais il le faut, car je ne laisserai personne te briser le cœur à nouveau en sachant que j'aurais pu l'éviter.

Tu m'as demandé auparavant pourquoi je voulais que tu épouses Mister Griffith, et je t'ai répondu honnêtement : parce que j'ai senti dans la description de Frances qu'il s'agissait de quelqu'un qui ne te ferait aucun mal, qui ne voudrait de toi que ta compagnie, qui jamais ne t'abandonnerait. Tu es intelligent, David, plein de finesse. Mais pour ce qui touche à ces questions, tu es imprudent, tu l'es depuis longtemps, depuis l'enfance même. Je ne saurais m'attribuer le mérite de tes dons, mais je peux te protéger de tes défauts. Je ne peux pas à nouveau t'envoyer en voyage, et pourtant je le ferais, et avec plaisir, si tu en émettais le désir. Mais je peux aussi t'enjoindre, de toutes mes forces, de ne pas commettre la même erreur à nouveau. »

David n'aurait pas imaginé, malgré l'allusion précédente de son grand-père, qu'il évoquerait l'épisode qui s'était produit sept ans plus tôt, ces événements qui, il se le disait parfois, l'avaient transformé pour toujours. (Et pourtant, il savait qu'il se trompait : c'était presque comme si ce qui s'était passé avait été écrit par la main du destin.) Il avait alors vingt et un ans, il venait de terminer sa licence, et s'était inscrit aux Beaux-Arts pour un an avant d'entrer à la Bingham Brothers. Un beau jour, au début du semestre, alors qu'il sortait de cours, il avait fait tomber son matériel de dessin, et comme il s'agenouillait pour le ramasser, il y avait à côté de lui un de ses camarades de classe, un certain Andrew, qui paraissait si rayonnant, d'un charme si naturel, que David, après avoir remarqué sa présence dès la rentrée, s'était interdit de même le regarder – tant ce garçon semblait à mille milles de jamais s'intéresser à lui. En revanche, il s'était mis à parler et avait déployé tous ses efforts pour se lier d'amitié avec ceux qui lui ressemblaient : les souris grises et tranquilles, ceux qu'il avait réussi en quelques semaines à inviter à partager un thé ou un déjeuner, moments où ils discutaient des livres qu'ils avaient lus, ou des œuvres d'art qu'ils espéraient réussir à copier quand ils auraient gagné en adresse. C'étaient ceux-là qui lui correspondaient – souvent les cadets de sœurs ou de frères plus énergiques ; des étudiants compétents mais sans rien de brillant ; agréables à regarder mais sans rien d'exceptionnel ; doués pour la conversation, mais sans rien de mémorable. Ils étaient tous les héritiers de fortunes qui allaient du discret à l'extraordinaire ; ils avaient tous quitté le domicile familial pour vivre d'abord en pension puis sur un campus, avant de revenir chez leurs parents, où ils resteraient jusqu'à ce qu'on leur arrange un mariage avec l'homme ou la femme adéquats –, certains se marieraient peut-être même entre eux. Ils formaient tout un groupe de garçons sensibles et au tempérament artistique, à qui leurs parents avaient accordé un an de liberté avant de reprendre les études supérieures ou d'intégrer l'entreprise familiale comme banquiers, armateurs, négociants ou avocats. Il le savait et l'acceptait : il était l'un des leurs. Même alors, John était major de sa promotion à l'université où il étudiait le droit et la finance – bien qu'il n'eût que vingt ans, son mariage avec Peter, un camarade de longue date, avait déjà été arrangé –, et Eden, la meilleure étudiante de son école. La réception que donnait chaque année leur grand-père le 15 août regorgeait de leurs amis, qui venaient par dizaines crier à tue-tête et rire à gorge déployée sous le croisillon de bougies que les domestiques avaient suspendu dans le jardin.

Mais tout cela n'était pas pour lui, et David savait que ce ne le serait jamais. Il était, depuis presque toujours, un solitaire : son nom l'avait protégé de l'opprobre et du harcèlement, mais on l'ignorait la plupart du temps, personne ne recherchait sa compagnie ni ne déplorait son absence. Et donc quand ce fameux après-midi Andrew lui avait adressé la parole pour la première fois, puis au fil des jours et des semaines renouvelé l'expérience de plus en plus souvent, peu à peu David se vit changer du tout au tout. Voilà qu'il osait éclater de rire dans la rue, comme Eden. Voilà qu'il se lançait dans des débats passionnés où on le jugeait adorable, comme John quand Peter était à ses côtés. Il avait toujours goûté les relations intimes, même s'il était trop timide pour se lancer dans des aventures sentimentales – préférant se rendre dans la maison de passe qu'il fréquentait depuis l'âge de seize ans, où il ne courait aucun risque de se voir rejeté –, mais avec Andrew il sut réclamer ce qu'il attendait et il l'obtint ; enhardi, il goûtait avec enthousiasme cet accès à ce que signifiait être un homme, faire partie du monde, être jeune et riche. Ah, se rappelait-il avoir pensé alors, c'était donc ça ! Ce que ressentaient John, Peter, Eden, ce qu'éprouvaient tous ses camarades de classe à la gaieté exubérante et au rire si facile !

On aurait dit qu'il était devenu fou ! Il présenta Andrew – fils de médecins du Connecticut – à Grand-Père, et quand ensuite le vieil homme, qui était resté presque muet pendant tout le dîner, un repas au cours duquel Andrew avait littéralement étincelé et David souri à chacune de ses reparties, quelque peu décontenancé cependant par le silence de l'aïeul, lui avait dit avoir jugé Andrew « trop affecté et arrogant », il avait froidement refusé de l'entendre. Et quand six mois plus tard, Andrew avait commencé à se montrer distant en sa présence, cessé de lui rendre visite, puis s'était mis à l'éviter complètement, et que David avait envoyé des bouquets de fleurs, des boîtes de chocolats – autant de déclarations d'amour embarrassantes et excessives – pour ne recevoir aucun message en réponse, puis un peu plus tard encore, voir retournées à l'envoyeur ses boîtes de chocolats sans que le ruban eût même été coupé, ses lettres encore cachetées et ses paquets contenant des livres rares intacts, il continua d'ignorer son grand-père, ses questions bienveillantes et ses efforts pour le distraire en lui proposant des places de théâtre, de concert ou encore un voyage à l'étranger. Puis un jour, alors qu'il errait sans but autour de Washington Square, il avait croisé, bras dessus bras dessous, Andrew en compagnie d'un garçon qui était aussi dans leur classe, durant ces mêmes cours auxquels David avait décidé de ne plus assister. Il connaissait l'autre de vue mais ne savait pas son nom, toutefois il n'ignorait pas qu'il était de la même race qu'Andrew, ces gens dont, par curiosité peut-être, il s'était un temps éloigné pour en passer avec David. Ils se ressemblaient, deux jeunes gens pleins d'énergie, qui marchaient côte à côte en discutant, l'air rayonnant, et David ne put s'empêcher de marcher puis de courir vers eux, et de crier au visage de l'infidèle son amour, son désir et sa douleur, tandis qu'Andrew, d'abord stupéfait puis effrayé, essayait d'abord de l'apaiser puis de l'écarter, son ami souffletant la tête de David de ses gants en une scène rendue plus sinistre encore par les promeneurs qui s'étaient attroupés pour les regarder et les montraient du doigt en s'esclaffant. Andrew finit par le repousser brutalement et David tomba à la renverse ; les deux amoureux détalèrent et il se retrouva dans les bras d'Adams qui, tout en criant aux badauds de se disperser, le porta plus qu'il ne le souleva pour l'entraîner vers la maison.

Pendant plusieurs jours, il ne quitta ni son lit ni sa chambre. Il était assailli d'images d'Andrew et de son humiliation, et quand il ne voyait pas les unes, les autres le hantaient. Il lui semblait que s'il cessait de s'intéresser au monde, le monde ne s'intéresserait sans doute plus à lui, et alors que les jours se muaient en semaines, il restait au fond de son lit en s'appliquant à ne penser à rien, et en tout cas pas à lui-même, perdu dans l'immensité d'un univers qui l'étourdissait. Finalement, après plusieurs semaines, le monde reprit des dimensions qu'il semblait pouvoir affronter – son lit, sa chambre, les visites matin et soir de son grand-père qui n'exigeait rien en retour de sa sollicitude. Au bout de trois mois, une paroi céda, comme s'il eût été enfermé dans une coquille et que quelqu'un – pas lui – eût tapoté dessus pour l'ouvrir. Il en émergea faible, pâle mais aguerri, pensait-il, contre Andrew et sa propre mortification. Il jura alors qu'il ne s'autoriserait plus jamais de sentiments aussi passionnés, qu'il n'accepterait plus jamais d'adorer quiconque à ce point, de se laisser aller à pareils transports de joie – une promesse qui s'appliquait non seulement aux êtres humains mais aussi aux œuvres d'art, si bien que quand son grand-père l'envoya en Europe sous prétexte de faire le Grand Tour (mais en réalité, ils le savaient tous les deux, pour éviter Andrew qui vivait encore à New York, toujours avec son amoureux, entre-temps devenu son fiancé), il se promena sans passion parmi les fresques et les peintures qui ornaient chaque plafond et chaque mur : il levait les yeux vers elles, et ne ressentait rien.

Quand il rentra à Washington Square quatorze mois plus tard, il était plus calme, plus lucide, mais aussi plus seul. Ses amis, ces garçons tranquilles qu'il avait négligés puis carrément délaissés pour Andrew, avaient trouvé leurs propres chemins, et il ne les voyait que rarement. John et Eden paraissaient eux aussi plus redoutablement efficaces que jamais : John allait bientôt se marier ; Eden était entrée à l'université. Il avait acquis une sorte de distance et une force plus grande, mais il avait aussi perdu quelque chose : il se fatiguait vite, il avait besoin d'être seul, et le premier mois passé à la Bingham Brothers – simple employé, comme son grand-père et son père avant lui quand ils avaient intégré l'entreprise – lui parut épuisant, voire invalidant, en particulier quand il se comparait à John, qui se formait à ses côtés mais dont le don pour les chiffres et l'ambition en général le distinguaient clairement de son frère aîné. Ce fut Grand-Père qui suggéra que David avait peut-être contracté un virus, une maladie inconnue et débilitante sur le Continent, et aurait sans doute besoin de quelques semaines de repos, mais ils n'ignoraient ni l'un ni l'autre que c'était une fiction, et qu'il donnait ainsi à son petit-fils la possibilité de se désengager sans avoir à reconnaître son échec. De guerre lasse, David accepta, et ces semaines devinrent des mois, puis des années, et il ne retourna jamais à la banque.

Il faisait de son mieux pour oublier la violence des émotions et la passion qu'il avait ressenties en présence d'Andrew, mais parfois, le souvenir de cette époque et de son humiliation l'assaillait, et il se retirait à nouveau dans sa chambre et au fond de son lit. Ces épisodes, que son grand-père et lui en vinrent à appeler ses « confinements », et qu'avec délicatesse le vieil homme décrivait à Adams, à ses frère et sœur, comme un « trouble nerveux », étaient en général précédés ou suivis par des périodes d'agitation maniaque, des jours de frénésie où il achetait sans compter, peignait, déambulait ou se rendait à la maison de passe, incapable de se freiner : autant de choses qu'il faisait aussi en temps ordinaire, mais qui s'intensifiaient et prenaient des proportions extravagantes. Il s'agissait de dérivatifs pour échapper à lui-même, il le savait, et pourtant ce n'était pas lui qui les avait imaginés ; ils s'étaient mis en place tout seuls, et il était à leur merci, ils le poussaient à l'activité extrême ou à l'indolence totale. Deux ans après son retour d'Europe, il avait reçu un faire-part annonçant qu'Andrew et son mari avaient adopté leur premier enfant, une fille, et il avait rédigé un message de félicitations. Pourtant, ce même soir, il avait commencé à se demander quelle était l'intention d'Andrew en lui adressant ce courrier. L'avait-il envoyé avec une intention précise, ou était-ce une négligence ? Fallait-il y voir un geste d'amitié ou une moquerie ? Il écrivit une lettre plus longue à Andrew en lui avouant combien il lui manquait.

Et ensuite, ce fut comme si un barrage avait cédé en lui, il se mit à écrire une lettre après l'autre, tour à tour maudissant ou suppliant Andrew, le condamnant ou l'implorant. Après dîner, il prenait place avec Grand-Père dans son boudoir, tentant d'empêcher ses doigts de trembler d'impatience, fixant l'échiquier mais ne voyant en fait que son bureau, avec son papier et son buvard, qui l'attendait, et dès que possible, il se retirait, escaladait les marches et écrivait de nouveau à Andrew, sonnant Matthew au milieu de la nuit pour lui demander de poster sa dernière missive. Le châtiment, quand il tomba – comme il savait au fond de lui qu'il se produirait un jour –, fut sévère : un avocat, qui représentait la famille du mari d'Andrew, demanda à rencontrer Frances Holson, et sortit de sa mallette une pile de lettres, des dizaines et des dizaines, dont les vingt dernières n'avaient même pas été ouvertes, et expliqua à sa consœur que David devait immédiatement cesser d'importuner son client. Frances s'entretint avec son grand-père qui lui parla à son tour, et bien que le vieil homme se fût montré compréhensif, l'angoisse de David avait été si intense qu'il décida lui-même de confiner son petit-fils dans sa chambre, en donnant mission à une domestique de le surveiller jour et nuit de peur qu'il ne se fît du mal. C'est à ce moment-là, David le comprit, que son frère et sa sœur perdirent le peu de respect qu'il leur restait pour leur aîné, à ce moment précis qu'il devint véritablement un invalide – quelqu'un qui de façon permanente oscillait entre la santé et la maladie, si bien que les périodes où il allait bien apparaissaient comme des interludes, des rémissions passagères avant la rechute dans la folie. Il savait qu'il était devenu un problème pour son grand-père, et bien que le vieil homme n'y fît jamais allusion, il craignait de passer bientôt du statut d'embarras à celui de fardeau. Il ne sortait jamais, ne connaissait personne ; il allait clairement falloir s'occuper de lui arranger un mariage parce qu'il était absolument incapable d'y songer tout seul. Et pourtant, il rejetait tous les candidats proposés par Frances, impuissant à trouver en lui l'énergie et la duplicité nécessaires à tromper celui qui tomberait dans le piège de l'épouser. Peu à peu, les propositions s'étaient raréfiées jusqu'à cesser complètement, et à un moment ou un autre, Frances et Grand-Père avaient dû convenir qu'il fallait se mettre en quête d'un prétendant de calibre différent – c'était sans doute la façon dont elle l'avait formulé : *un calibre différent, peut-être quelqu'un d'un peu plus mûr,* qu'en pensait Nathaniel ? – et c'est ainsi que Charles Griffith avait été contacté par le maricur et le dossier de David lui avait été présenté comme candidat possible.

C'était la fin pour lui. Cette année, il aurait vingt-neuf ans. Si Charles avait entendu parler de ses confinements, d'autres aussi sans doute – il ne devait pas se faire d'illusions à ce sujet. Chaque année qui passait, son patrimoine devenait moins significatif parce que le monde alentour s'enrichissait : pas encore aujourd'hui, mais bientôt, émergerait une famille plus fortunée que les Bingham et il aurait rejeté toutes les opportunités, vivrait encore à Washington Square, ses cheveux auraient blanchi, sa peau se serait ridée, et il dépenserait son argent à s'offrir des distractions – des livres, du papier à dessin, de la peinture et des amants – comme un enfant s'achète des bonbons et des jouets. Ce n'était pas seulement qu'il *voulait* croire Edward, il *fallait* qu'il le croie ; s'il partait pour la Californie, il abandonnerait sa maison et son grand-père, mais ne laisserait-il pas aussi derrière lui sa maladie, son passé et ses mortifications ? Son histoire, si enracinée dans New York que chaque rue qu'il arpentait avait été le théâtre d'une honte ou d'une autre ? Ne pouvait-elle pas être couverte d'un drap et accrochée au fond de son placard comme son manteau d'hiver ? À quoi bon sa vie si on ne lui donnait pas une nouvelle chance, aussi fragile qu'elle pût être, de ressentir qu'elle lui appartenait, qu'il était libre de la construire ou de la détruire, de la mouler comme de l'argile ou de la briser comme de la porcelaine ?

Il se rendit compte que Grand-Père attendait sa réponse. « C'est moi qu'il aime, murmura-t-il, et je le sais.

— Mon petit…

— Je lui ai demandé de m'épouser, poursuivit-il désespérément. Et il a accepté. Nous partons en Californie ensemble. »

À ces mots, son grand-père s'affaissa dans son fauteuil et se tourna vers le feu, et quand il le regarda à nouveau, David découvrit, effaré, qu'il avait les larmes aux yeux. « David, commença-t-il en murmurant presque, si tu épouses cet homme, je serai contraint de te couper les vivres, tu t'en rends compte, n'est-ce pas ? Je le ferai par obligation, parce que ce sera la seule façon de te protéger. »

Il le savait, mais pourtant, à l'entendre, il eut l'impression que le plancher s'était effondré sous lui. « Il me restera l'héritage de mes parents, finit-il par répondre.

— Certes, je ne peux rien à cela – et ce n'est pas faute de vouloir. Mais l'argent que moi, je te verse, ce que moi, je t'octroie : ce sera terminé. Tu perdras Washington Square, sauf à t'engager à ne pas partir avec cette personne.

— Je ne peux pas vous le promettre, dit-il, sentant qu'il était lui aussi au bord des larmes. Grand-Père, je vous en prie. Ne voulez-vous pas mon bonheur ? »

Le vieil homme inspira puis expira profondément : « Je veux que tu sois en sécurité, David. » Il soupira à nouveau. « David, mon enfant, pourquoi tant de hâte ? Pourquoi ne pas attendre ? S'il t'aime vraiment, il t'attendra. Mais qu'en est-il de cet Aubrey ? Et si Wesley avait raison, et que tu partes avec ton Edward vers la lointaine Californie – un endroit dangereux pour les gens comme nous, je te le rappelle, qui présente de fait des risques mortels – pour t'apercevoir que tu as été aveugle, qu'ils sont bel et bien un couple et qu'on t'a dupé ?

— Ce n'est pas vrai. Ce ne peut pas être vrai. Grand-Père, si seulement vous voyiez comment il se comporte à mon égard, combien il m'aime, quelles bontés il a pour moi !

— Mais bien sûr qu'il se montre bon, David. Il a besoin de toi ! Tous deux ont besoin de toi – Edward et son bien-aimé. Ne le vois-tu pas ? »

David était en colère maintenant, une colère qui couvait en lui mais qu'il n'osait pas exprimer parce qu'il ne voulait pas la rendre réelle en lui donnant voix. « Je n'avais pas conscience que vous aviez si peu d'estime pour moi, Grand-Père. Est-ce si difficile, est-il vraiment impossible d'imaginer que quelqu'un puisse m'aimer pour moi-même ? Quelqu'un de jeune, de beau, et qui s'est fait tout seul ?

Je mesure aujourd'hui que vous ne m'avez jamais cru digne de quelqu'un comme Edward – vous avez toujours eu honte de moi et je le comprends, je sais pourquoi. Mais n'est-il pas possible que je sois quelqu'un d'autre, quelqu'un que vous ne voyez pas, quelqu'un qui a été aimé deux fois, par deux hommes différents, en l'espace d'un an ? N'est-il pas possible, aussi bien que vous me connaissiez, que vous n'ayez eu accès qu'à un seul aspect de moi, que vous soyez resté aveugle à qui je pourrais être parce que nous étions trop proches ? N'est-il pas possible que, dans votre désir de me protéger, vous m'ayez sous-estimé et que vous ayez perdu la capacité de me voir autrement ?

Je dois partir, Grand-Père – il le faut. Vous dites que je jetterais ma vie aux quatre vents si je m'en vais, mais moi, je suis sûr que je l'enterrerai si je reste. Ne pouvez-vous pas m'accorder le droit à ma propre vie ? Ne pouvez-vous pas me pardonner ce que je m'apprête à faire ? »

Il suppliait, mais son grand-père se leva à nouveau : sans colère, sans ostentation, avec au contraire une grande lassitude, comme s'il éprouvait une douleur aiguë. Et soudain, avec une grande violence, il tourna la tête et leva la main droite pour cacher son visage, et David se rendit compte que le vieil homme pleurait. C'était un spectacle hors du commun, mais pendant quelques secondes il fut incapable d'interpréter le sentiment de dévastation qui l'envahissait rapidement.

Mais soudain, il comprit. Ce n'étaient pas seulement les larmes de son grand-père en tant que telles ; c'était parce qu'il savait que, en pleurant, le vieil homme reconnaissait qu'il savait que son petit-fils allait au bout du compte lui désobéir. Et dans le même temps, David se rendit compte, tout autant que son grand-père, que Nathaniel Bingham ne céderait pas, que, quand il quitterait Washington Square, ce serait pour toujours. Il demeura immobile, sachant qu'il était assis pour la dernière fois dans ce boudoir, devant le feu, que jamais plus cette maison ne serait la sienne. Il comprit que sa vie n'était plus là. Qu'elle était désormais avec Edward.

XIX.

La fin avril était le seul moment où le temps à New York pouvait être décrit comme doux, et pendant quelques précieuses semaines, les arbres devenaient des nuages de fleurs blanches ou roses, l'air était vierge de toute impureté, et les brises semblaient légères.

Edward était déjà sorti pour la journée, et David devait vaquer à ses occupations lui aussi. Mais il se réjouissait du silence – qui n'était pourtant jamais total à la pension – parce qu'il sentait le besoin de se ressaisir avant de mettre un pied dehors.

Il vivait avec Edward dans cette chambre depuis un peu plus de quatre semaines. Après avoir quitté son grand-père et Washington Square ce fameux soir, il était allé droit à la pension mais Edward était sorti. Néanmoins, la petite bonne avait fait entrer David dans la chambre sombre et froide et il était resté immobile pendant quelques minutes, avant de se relever et d'entreprendre d'abord méthodiquement, puis fiévreusement, l'inspection des lieux, sortant les vêtements d'Edward de la malle avant de les y replacer, feuilletant chaque page de ses livres, fouillant dans ses papiers, tapant du pied sur chaque latte du plancher pour voir si aucune n'avait été descellée afin d'y cacher un secret. Il trouva quelques réponses, supposa-t-il, mais rien ne disait si c'étaient celles qu'il cherchait : une petite gravure d'une jolie fille aux cheveux noirs entre les pages d'un exemplaire de *L'Énéide* – Belle, peut-être. Un daguerréotype d'un homme séduisant au sourire entendu, un chapeau crânement incliné sur la tête – Aubrey ? Un rouleau de billets retenus par une ficelle – de l'argent volé à Tante Bethesda ou gagné à l'école ? Une feuille de papier pelure craquelée, pressée entre les pages d'une bible, sur laquelle on lisait les mots « je t'aimerai toujours », tracés d'une main incertaine – celle d'une de ses mères, la première ou la seconde ? Belle ? Bethesda ? Aubrey ? Quelqu'un d'autre encore ? La deuxième malle, qu'il avait offerte à Edward, avec ses fermoirs en laiton et ses courroies de cuir, contenait le petit oiseau en porcelaine et quelques cahiers de musique vierges, mais le service à thé qu'il y avait lui-même rangé avant d'aller voir son grand-père – un geste symbolique en direction de leur déménagement, de l'établissement de la nouvelle maison qu'ils habiteraient ensemble – avait disparu, ainsi que les couverts en argent qu'il avait achetés.

Il s'interrogeait sur ce que cela pouvait signifier quand Edward rentra, et David se retourna et vit le désordre qu'il avait causé, toutes les affaires éparses autour de lui, et Edward lui-même, campé sur le seuil, une expression indéchiffrable sur le visage, et après avoir lâché sa première et absurde question, la seule qu'il eût à l'esprit parce qu'il ne savait pas par où commencer pour éclaircir le reste – « Où est passé le service à thé que je t'ai offert ? » –, il se mit à pleurer en se laissant tomber sur le plancher. Edward se fraya tant bien que mal un chemin à travers les tas de vêtements et de livres, s'accroupit près de lui, le prit dans ses bras, et David continua à sangloter en enfouissant le visage dans son manteau. Même quand il eut retrouvé l'usage de la parole, ses questions fusèrent en staccato, l'une suivant l'autre sans ordre ni logique apparente, mais toutes paraissant aussi urgentes : Edward était-il amoureux de quelqu'un d'autre ? Que représentait Aubrey pour lui en réalité ? Lui avait-il menti sur son histoire ou sa famille ? Pourquoi en réalité était-il allé dans le Vermont ? L'aimait-il ? L'aimait-il ? L'aimait-il vraiment ?

Edward avait tenté de répondre à ses questions au fur et à mesure, mais David l'interrompait chaque fois qu'il entamait une explication ; il était manifestement incapable d'assimiler ce que pouvait dire Edward. La seule chose qu'il avait rapportée de

Washington Square était la pile des lettres d'Edward en réponse aux siennes, et le rapport de Wesley qu'il finit par tirer de la poche de son manteau, sans cesser de sangloter, et qu'il tendit à Edward qui le prit et se mit à lire, d'abord avec curiosité puis avec colère, et étrangement, ce fut en voyant les manifestations de cette rage, en l'entendant s'écrier « Bon sang ! » et « Quel monstre ! » que David recouvra son calme. Quand il eut terminé, Edward jeta les pages à la volée dans l'âtre noir de suie à l'autre bout de la pièce et se retourna vers lui : « Mon pauvre David ! Mon pauvre candide ! Que dois-tu penser de moi ? » Puis ses traits se durcirent. « Je ne l'aurais jamais crue capable de me faire ça, gronda-t-il, et pourtant elle l'a fait, et elle a mis en péril la relation à laquelle je tiens le plus ! »

Il dit qu'il allait s'expliquer et entreprit de le faire : ses parents étaient bien morts, ses sœurs aînées vivaient dans le Vermont, la cadette dans le New Hampshire. Mais, devait-il reconnaître, une fracture s'était produite entre lui et la sœur de sa mère, Lucy, en charge de sa grand-tante Bethesda. Il avait habité avec la vieille dame durant une certaine période après avoir quitté le conservatoire – « je ne te l'ai pas dit parce que je voulais que tu me croies autonome ; je voulais que tu m'admires. Ce serait trop cruel que cette omission, motivée par mes craintes, devienne la chose qui te fasse maintenant douter de ma sincérité » – mais il était parti se trouver un logement indépendant au bout de quelques mois : « J'ai une immense affection pour ma grand-tante, et depuis toujours. Elle et ma tante sont arrivées peu de temps après notre installation dans les États-Libres, et elle a été pour moi presque une grand-mère. Mais l'idée qu'elle puisse être riche ou que j'aie pu la voler est complètement ridicule.

— Alors pourquoi Lucy l'aurait-t-elle affirmé ?

— Qui sait ? C'est une femme mesquine et méchante, qui ne s'est jamais mariée, n'a pas eu d'enfant, n'a aucun ami, mais qui possède une imagination débordante, comme tu peux t'en rendre compte. Ma mère avait coutume de nous demander de nous montrer gentils avec elle, elle disait que son aigreur était due à sa solitude permanente, et nous l'étions, autant que possible. Mais cette fois, c'en est trop. Elle est allée trop loin. En tout cas, ma tante Bethesda est morte il y a deux ans, et depuis, je n'ai pas revu ma tante Lucy – qui n'a d'ailleurs de tante que le nom ; mais tout cela est la preuve, et de la pire des sortes, qu'elle est toujours en vie et nocive, qu'elle reste irréparablement destructrice.

— Morte ? Mais tout à l'heure, en parlant de Bethesda, tu as dit avoir pour elle une immense affection, comme si elle était encore en vie.

— Elle nous a quittés. Mais est-ce que je ne peux pas continuer à éprouver de l'affection pour elle ? Les sentiments que je lui ai toujours portés n'ont pas disparu avec son décès.

— Ainsi donc, tu n'as jamais été adopté par un couple de citoyens des États-Libres ?

— Mais non, cent fois non ! Les mensonges de Lucy sur mes vols supposés – imaginés, je suppose, par pur désir de se divertir et par jalousie de ma jeunesse – attristent, mais le fait de désavouer ma famille (et donc la sienne !) a de quoi donner la nausée. Qu'elle ait osé mentir à ce point ! Cette femme ne va pas bien. J'aimerais que Belle soit ici aujourd'hui pour te dire quel tissu d'insanités elle a proféré, et te parler un peu de la vraie nature de ma tante !

— Eh bien, est-il vraiment impossible qu'elle en témoigne ?

— Bien sûr que non, et c'est une excellente idée. Je vais lui écrire dès ce soir et lui demander de répondre à toutes les questions qui te viennent à l'esprit.

— De fait, j'en ai d'autres. Beaucoup d'autres.

— Et comment pourrait-il en être autrement après avoir lu pareil rapport ? (J'ai le plus grand respect pour ton grand-père, et je suis un peu choqué qu'il place tant de confiance en un détective qui croit tout ce que lui dit une femme seule et au cerveau clairement dérangé.) Oh mon pauvre David ! Je ne saurais te dire combien je suis affligé que les menées malveillantes de cette femme aient pu te causer pareil désarroi. Tu dois me laisser t'expliquer. »

Et David accepta. Edward avait une réponse à chacune de ses inquiétudes. Non, il n'était assurément pas amoureux d'Aubrey, qui était bien le mari de Susannah (Sa sœur ! Mais jamais de la vie, grands dieux ! Que de perversité dans ce rapport !), et n'était pas l'un des leurs de toute façon. Tous deux étaient des amis très chers, mais rien de plus – David s'en rendrait compte par lui-même en Californie. « D'ailleurs je ne serais pas surpris que toi et lui deveniez de meilleurs amis encore que lui et moi. Vous avez tous les deux l'esprit pragmatique, tu vois ? Et alors, ce sera mon tour d'être un peu soupçonneux ! » Oui, il avait eu une liaison avec Christopher D., et oui, elle s'était mal terminée. (« Il s'était véritablement – et je ne dis pas cela pour me vanter mais pour décrire les faits – entiché de ma personne, et quand il m'a demandé en mariage et que j'ai refusé, il a fait une véritable fixation sur moi, et de mon côté, je l'avoue non sans honte, j'ai commencé à l'éviter, parce que je ne savais pas comment lui faire valoir que je n'étais pas amoureux de lui. Même s'il était insistant, ma lâcheté n'était due qu'à moi, et j'en ai beaucoup de remords »), mais non, Edward ne s'était jamais intéressé à lui pour son argent, et ses parents n'étaient jamais intervenus pour le compte de leur fils : il pouvait présenter David à Mister D. pour qu'il puisse lui poser lui-même la question. Mais si ! Si, il le ferait ! Il n'avait rien à cacher. Non, il n'avait jamais rien volé à personne, à ses parents moins qu'à tout autre, qui ne possédaient d'ailleurs rien qu'il pût leur voler, même s'il avait été homme à le faire. « De toutes les ignominies de ce rapport, la pire est la négation de ma filiation, de mon enfance, des sacrifices consentis par mes parents pour mes sœurs et moi, et la façon dont est salie la mémoire de mon père : un joueur invétéré ? un fugitif ? un tricheur ? C'était le plus honnête homme que j'aie connu. Distordre la vérité et faire croire qu'il aurait pu être un criminel ! Cela atteint des abîmes de malignité où je n'aurais pas cru même Lucy capable de plonger ! »

Ils discutèrent encore et encore, et au bout d'une heure et plus, Edward lui prit les mains.

« David, mon candide. Je peux réfuter chaque élément de ce rapport et je le ferai. Mais avant tout je veux te détromper sur un point : je ne t'aime pas et ne veux pas faire ma vie avec toi pour ta fortune. Elle t'appartient, et je n'en ai nul besoin. Je n'ai jamais vécu avec de l'argent, je ne saurais même pas qu'en faire. De plus, je disposerai bientôt du mien, et sans vouloir me montrer ingrat, je préfère cela.

Tu m'as demandé ce que j'avais fait du service à thé. Je l'ai vendu, David, et ce n'est qu'ensuite que je me suis rendu compte de mon erreur : tu m'avais fait ce cadeau par amour, et moi, poussé par l'envie de te démontrer que je pouvais prendre soin de toi, soin de *nous*, je l'ai troqué contre de l'argent. Mais ne comprends-tu pas que je l'ai fait moi aussi par amour ? Je ne veux jamais rien avoir à te demander. Je veux qu'à aucun moment le confort ne te manque. Je nous prendrai tous les deux en charge. Mon cher David. N'as-tu pas envie de partager ta vie avec quelqu'un qui ne verra pas en toi David Bingham, mais seulement un compagnon chéri, un mari digne de confiance, un conjoint adoré ? Tiens... » Et Edward fouilla dans la poche de son pantalon d'où il tira une bourse qu'il lui glissa dans la main. « Voici le produit de la vente. J'irai racheter le service à thé demain, si tu le souhaites. Mais dans tous les cas, cet argent est à toi et tu peux le garder. Avec, nous nous offrirons notre premier repas en Californie, ou ta première boîte de peinture. Mais l'essentiel est que nous le dépensions ensemble, que nous fassions notre vie tous les deux. »

David avait la migraine. Il se sentait submergé. Les larmes avaient séché sur ses joues et sa peau sèche le démangeait. Il avait l'impression de ne plus avoir d'os dans les bras et les jambes, et une fatigue si intense l'avait envahi que quand Edward entreprit de le dévêtir et de l'allonger sur le lit, il ne ressentit rien de l'anticipation fébrile qu'il connaissait habituellement, tout lui paraissait terne, et bien qu'il répondît aux injonctions d'Edward, il le faisait dans une sorte de transe, comme si ses membres agissaient de leur propre chef et qu'il n'en fût plus le maître. Il ne cessait de repenser aux paroles de son grand-père – « Tous deux ont besoin de toi, Edward et son bien-aimé » – et quand il se réveilla au petit matin, il se dégagea du bras d'Edward, s'habilla sans un bruit et quitta la pension.

Il était si tôt que les bougies brûlaient encore dans les lanternes des réverbères et que la lumière se teintait de gris. Les talons de ses bottines résonnant sur les pavés, il déambula jusqu'à la rivière où il observa l'eau lécher la jetée de bois. La journée allait être humide, et froide de surcroît, et il s'enveloppa de ses bras en promenant son regard sur l'autre rive. Andrew et lui se promenaient parfois sur la berge en devisant, bien que cette époque lui parût bien lointaine, comme si elle remontait à plusieurs dizaines d'années.

Qu'allait-il faire ? Ici, sur cette rive, se trouvait l'Edward qu'il connaissait, et là-bas, sur l'autre, l'Edward que son grand-père pensait avoir démasqué, et entre les deux coulait une étendue d'eau impossible à franchir, pas très large mais profonde et apparemment impraticable. S'il partait avec Edward, il perdrait son grand-père pour toujours. S'il restait, c'est son amant qu'il perdrait. Croyait-il en sa parole ? Oui et non. Il ne cessait de repenser à ce moment, la veille au soir, où Edward avait été si bouleversé – bouleversé, certes, mais pas désarçonné ; il n'y avait pas d'incohérences, ou très peu, dans ses explications, et même s'il en restait quelques-unes, elles ne paraissaient pas essentielles –, cela ne suffisait-il pas à prouver qu'on pouvait lui faire confiance ? Il songea à la tendresse avec laquelle Edward lui parlait, le touchait, l'enlaçait. Ce ne pouvait pas être seulement un produit de son imagination. Comment aurait-il pu s'agir d'une pantomime ? La passion qu'ils ressentaient l'un pour l'autre, l'ardeur de leurs étreintes, comment croire à une mascarade ? Ici, c'était New York, et tout ce qu'ils connaissaient. Là-bas, avec Edward, un lieu différent, un pays où il n'avait jamais mis les pieds, mais dont il avait toujours rêvé, il le reconnaissait. Il avait pensé aborder ses rives avec Andrew, mais ce n'était qu'un mirage. Il n'aurait jamais pu y accéder avec Charles. N'était-ce pas le but même de l'existence, la raison pour laquelle ses ancêtres avaient fondé cet État ? Pour qu'il puisse un jour avoir le droit à ses sentiments, le droit au bonheur ?

Il ne trouva aucune réponse à ses propres questions et reprit le chemin de la pension où Edward l'attendait. Les jours suivants obéirent au même rituel : David se réveillait le premier et marchait jusqu'à la rivière, puis il rentrait et reprenait son interrogatoire, qu'Edward supportait avec patience, et même avec indulgence. Oui, la fille de la gravure était bien Belle ; non, l'homme sur le daguerréotype n'était pas Aubrey, mais un vieil amant, du temps du conservatoire, et si ce cliché perturbait David, il allait – et il joignait le geste à la parole – le jeter au feu, parce que ce garçon ne signifiait rien pour lui, en tout cas plus rien aujourd'hui ; oui, ce billet était bien de la main de sa mère. Il fournissait toutes les explications qu'on lui réclamait, et David buvait ses paroles encore et encore, jusqu'à ce que, le soir venu, il se sentît à nouveau désorienté et épuisé ; alors, Edward lui ôtait ses vêtements, le portait au lit, et le cycle recommençait le lendemain.

Il ne parvenait pas à trancher.

« Mon trop cher David, s'il te reste des doutes, nous devrions peut-être renoncer à nous marier, lui dit Edward un après-midi. Je continuerais à vouloir vivre avec toi, mais ta fortune serait à l'abri.

— Alors tu ne veux plus m'épouser ?

— Si, bien sûr que si ! Mais si c'est le moyen de te convaincre que je n'ai aucune intention, nul désir de te déposséder…

— Mais de toute façon, notre mariage ne serait pas reconnu en Californie, alors cela ne représenterait nullement pour toi un sacrifice, n'est-ce pas ?

— C'en serait un si j'avais des vues sur ton argent ; parce qu'alors, je t'épouserais tout de suite, te volerais jusqu'au dernier sou, et ensuite je te quitterais. Et c'est parce que je n'en ai absolument pas l'intention que je le suggère ! »

Dans les mois et les années qui s'ensuivraient, il repenserait à cette période, et se demanderait si sa mémoire le trahissait : n'y avait-il pas eu un moment précis, une heure, un jour où il avait décidé, résolument et définitivement, qu'il aimait Edward, et que son amour pour lui allait surmonter tous les obstacles qui lui venaient encore à l'esprit, malgré toutes les explications fournies par Edward ? Mais non, il n'y avait eu aucun épisode de ce genre, aucune révélation soudaine qu'il pût dater et consigner par écrit. Tout simplement, à chaque jour qui passait, il ne réussissait pas à retourner à Washington Square, avec chaque lettre – d'abord de son seul grand-père, puis d'Eliza, John, Eden, Francis et même de Norris – qu'il refusait de lire, soit les jetant droit au feu, soit les conservant encore cachetées dans la pile de celles d'Edward qu'il avait emportées – avec chaque vêtement, chaque livre, chaque cahier qu'il demandait à ce qu'on lui fît parvenir de chez son grand-père, à chaque matin où il ne se résolvait pas à écrire à Christopher D. pour le prier de le rencontrer, à chaque semaine où il ne demandait pas à Edward s'il avait effectivement envoyé une lettre à Belle lui réclamant de corroborer ses dires, et à chaque semaine qui passait sans réponse de la jeune femme, il affirmait en fait son intention d'entamer une autre vie, une nouvelle vie, une vie inédite.

Près d'un mois s'était écoulé de cette façon, et bien qu'Edward n'eût jamais exigé de David l'engagement définitif de partir avec lui en Californie après tout, David n'émit aucune protestation quand Edward acheta deux billets sur le Transcontinental Express, aucune quand ses effets personnels disparurent dans une des malles, soigneusement rangés parmi ceux de son compagnon. Edward débordait d'énergie – il empaquetait, déclinait des projets, un vrai moulin à paroles – et plus il se montrait actif, moins David l'était. Chaque matin, il se rappelait qu'il pouvait encore arrêter la machine de ce qui semblait inévitable, qu'il avait encore le choix, aussi humiliant que cela pût être, dès aujourd'hui et pour toujours ; mais le soir venu, il se laissait de nouveau porter par le courant de l'enthousiasme d'Edward, si bien qu'il se retrouvait perdu toujours plus loin en mer. Et pourtant, il n'avait pas vraiment envie de résister, pourquoi le voudrait-il ? Comme c'était agréable, comme c'était enivrant d'être désiré comme le désirait Edward, d'être chéri, embrassé, de se laisser murmurer à l'oreille combien on tenait à lui, de ne jamais être interrogé sur sa fortune, d'être dévêtu avec une telle avidité et regardé avec un appétit si totalement dénué de gêne ? S'était-il jamais trouvé dans cette situation ? Assurément non, et pourtant il n'en doutait pas : c'était cela le bonheur, c'était cela la vie.

Néanmoins, à des moments plus froids – juste avant l'aube –, David se rendait compte que ce mois n'avait pas été sans difficulté. Il ignorait tellement de choses, il n'avait jamais fait la moindre tâche ménagère, et en certaines occasions, son incompétence avait rendu la situation un peu tendue entre eux ; il ne savait pas faire cuire un œuf, repriser une chaussette ou planter un clou.

Il n'y avait pas de cabinets de toilette dans les chambres, seulement une salle de bains commune, et la première fois où, par un jour glacial, David s'en était servi, il avait involontairement utilisé toute l'eau destinée à être partagée entre les résidents, et Edward s'était montré sévère : « Mais tu ne sais vraiment rien ! », s'était-il exclamé sèchement quand David lui avait avoué qu'il n'avait jamais allumé de feu, et il avait même ajouté : « Ce n'est pas ton tricot, tes dessins et tes broderies qui vont nous aider à survivre, tu sais ? », ce sur quoi David était parti en claquant la porte et avait arpenté les rues, les larmes lui brûlant les yeux, et quand il avait fini par rentrer – parce qu'il avait froid et ne savait pas où aller –, Edward était là (un feu crépitant dans la cheminée) pour l'accueillir avec tendresse et des excuses, le guider vers le lit où il promit de le réchauffer. Par la suite, il avait demandé s'ils ne pourraient pas déménager dans un endroit plus confortable et mieux équipé, pour lequel il serait ravi de payer, mais Edward s'était contenté de l'embrasser entre les yeux et de répondre qu'il leur fallait se montrer économes, et que de toute façon, David devrait acquérir tous les savoir-faire dont ils auraient besoin en Californie, où, après tout, ils allaient vivre dans une ferme. Et donc, il avait essayé de s'améliorer. Mais sans grand succès.

Et puis soudain, il ne resta plus que cinq jours, quatre jours, trois jours, deux jours avant le départ prévu – la date avait été avancée pour qu'ils atteignent la Californie seulement quelques jours après l'arrivée de Belle – et la petite chambre, auparavant terriblement encombrée, s'était soudain vidée, tout ce qu'ils possédaient ayant été entassé dans d'énormes malles-cabines, dont David avait fait venir la dernière de Washington Square. La nuit précédant leur avant-dernier jour à New York, Edward avait suggéré qu'il pourrait leur être utile d'avoir avec eux autant de liquidités que David pourrait en rassembler avant le départ : le lendemain il allait se lever tôt pour acheter quelques provisions dont ils pourraient avoir besoin, et sans que ce fût véritablement formulé, David irait rendre visite à son grand-père.

Ce n'était pas une demande déraisonnable : elle était même, en réalité, inévitable. Et pourtant, le matin, quand David quitta la pension pour ce qui devait être une des dernières fois de sa vie, qu'il descendit les marches grinçantes pour rejoindre la rue, il eut l'impression de prendre en plein visage la beauté âpre et sale de la ville, les arbres hérissés de minuscules feuilles d'un vert éclatant, le joli claquement des sabots des chevaux qui passaient, les fabriques qui l'entouraient ; les femmes de ménage qui balayaient leurs perrons ; le petit charbonnier qui tirait avec peine sa charrette, pouce après pouce ; le ramoneur équipé de son seau qui sifflotait un air joyeux. Ces gens n'avaient rien à voir avec lui, bien sûr, et pourtant si : ils étaient tous citoyens des États-Libres, et c'est ensemble qu'ils avaient fait de leur pays, de leur ville, ce qu'ils étaient, eux à la sueur de leur front, David grâce à son argent.

Il avait d'abord songé à héler un fiacre, au lieu de quoi il avait marché lentement, d'abord vers le sud, puis vers l'est, en rêvassant, ses pieds réussissant instinctivement à éviter un tas de crottin, une épluchure de navet, un chaton sauvage qui gambadait, alors que ses yeux ne les avaient pas remarqués. Il avait l'impression d'être un mince cône de feu, qui en avançant léchait de ses flammes les chères rues si mal entretenues qu'il avait arpentées tout sa vie, ses semelles n'y laissant aucune empreinte, ne produisant aucun bruit, les gens s'écartant sur son passage avant même qu'il dût se racler la gorge. Et donc, quand il atteignit la banque Bingham Brothers, il n'était pas tout à fait lui-même, il avait la sensation de flotter, de tournoyer même plusieurs mètres au-dessus de la ville avant de redescendre lentement en décrivant des cercles autour de l'édifice de pierre, puis de se poser en douceur sur le perron et de franchir ses portes, comme il l'avait si souvent fait depuis près de vingt-neuf ans, alors que bien sûr il n'était aujourd'hui plus le même.

Il traversa le hall d'entrée, passa les portes qui menaient aux bureaux de la banque, puis tourna à gauche, vers celui de l'employé responsable des comptes de la famille, auprès duquel il retira toutes ses économies : les devises des États-Libres étaient acceptées dans l'Ouest, mais avec réticence, et David avait fait prévenir qu'il voulait son argent en or. Il regarda l'employé peser les lingots et les envelopper dans du tissu, avant de les empiler dans une petite mallette en cuir noir, puis de boucler les courroies.

En lui tendant la mallette, le banquier – un nouveau, qu'il ne connaissait pas – s'inclina respectueusement. « Permettez-moi de vous souhaiter bonne chance, Mister Bingham », dit-il gravement, et David, le souffle soudain coupé, l'épaule ployant sous le poids du métal, ne put que hocher la tête pour tout remerciement.

Une fois de plus, tout le monde était au courant de son histoire, et après avoir quitté le banquier, alors qu'il empruntait le long couloir à l'épais tapis qui menait au bureau de son grand-père, il perçut un murmure collectif, presque un bourdonnement de voix, tout en ne croisant personne. Il avait presque atteint la porte fermée du bureau quand il finit par apercevoir enfin quelqu'un : Norris qui sortait rapidement d'un vestibule pour l'accueillir dans le couloir.

« Mister David, dit-il. Votre grand-père vous attend.

— Merci Norris », réussit-il à articuler. Il pouvait à peine parler, les mots l'étouffaient.

Il se retourna pour frapper à la porte, mais à ce moment précis, Norris lui posa soudainement la main sur l'épaule. David en fut très surpris. Norris ne touchait jamais ni lui, ni son frère, ni sa sœur, et quand il le regarda de nouveau, il fut stupéfait de découvrir qu'il avait les yeux humides. « Je vous souhaite beaucoup de bonheur, Mister David. » L'instant d'après Norris avait disparu et David tournait la poignée en laiton de la porte du bureau et entrait. Son grand-père était là, il se leva de derrière son bureau, sans lui faire signe d'approcher comme il le faisait d'ordinaire, mais attendant qu'il se fût avancé sur le somptueux tapis, si épais qu'on pouvait, comme David l'avait fait un jour quand il était petit, y laisser tomber un verre en cristal qui au lieu de se briser eût rebondi doucement. Il vit aussitôt le regard du vieil homme se poser sur la mallette, et il comprit qu'il savait ce qu'elle contenait ; que, de fait, il savait au gramme près combien d'or s'y trouvait, et en s'asseyant, alors que son grand-père n'avait toujours pas prononcé un seul mot, il sentit une odeur familière de fumée et de terre ; il ouvrit les paupières pour le voir servir une tasse de Lapsang Souchong, et une fois de plus, les larmes lui montèrent aux yeux. Puis il comprit : il n'y avait qu'une tasse, et c'était celle de son grand-père.

« Je suis venu dire au revoir », dit-il au bout d'un silence si lourd qu'il ne pouvait plus le supporter, même s'il entendait sa voix trembler en parlant. Puis, voyant que son grand-père ne répondait pas, il demanda : « N'allez-vous pas prononcer un seul mot ? » Il avait songé à plaider de nouveau sa cause – les explications d'Edward, l'amour que ce garçon lui portait, la façon dont il avait su apaiser ses inquiétudes – et soudain, il s'en rendit compte : rien ne l'y obligeait. À ses pieds, il y avait un magot d'or, comme droit sorti d'un conte de fées, il lui appartenait, et à moins de deux kilomètres se trouvait un homme qui l'aimait, ensemble ils allaient parcourir une distance considérable, et David espérait que leur amour serait du voyage – parce qu'il le croyait, parce qu'il devait y croire.

« Grand-Père, hésita-t-il, puis, voyant que sa seule réaction était de siroter une gorgée de thé, David le répéta, le répéta encore, et même le cria – *Grand-Père !* –, mais le vieil homme demeura impassible et porta de nouveau la tasse à ses lèvres.

« Il n'est pas encore trop tard », lâcha enfin Nathaniel Bingham, et le son de cette voix – sa patience, son autorité, que David n'avait jamais eu aucune raison ni aucun désir de remettre en question – le frappa comme un coup de poing, il dut s'interdire de se pencher en avant et de se tenir le ventre pour apaiser la douleur – « Tu peux choisir. Je peux te protéger. Je peux encore te protéger. »

Il comprit alors, comme il l'avait en fait toujours su, qu'on ne lui laisserait pas la chance de s'expliquer – il n'aurait jamais la discussion qu'il souhaitait, jamais la parole qu'il revendiquait, il ne serait jamais que le petit-fils de Nathaniel Bingham. Que pesait Edward Bishop contre pareille figure ? Que valait l'amour face à tout ce qu'était son grand-père et qu'il incarnait ? Qu'était-il, lui, comparé à tout cela ? Il n'était personne. Il n'était rien. Seulement un homme qui aimait Edward Bishop et qui, peut-être pour la première fois de sa vie, osait une action qui l'effrayait lui-même, mais il prenait une décision qui lui appartenait. Il faisait un choix déraisonnable, peut-être, mais il faisait un choix. Il tendit le bras vers ses pieds et passa les doigts dans la poignée de la mallette, l'agrippa et se releva.

« Au revoir, murmura-t-il. Je vous aime, Grand-Père. »

Il était déjà à mi-chemin vers la sortie quand le vieil homme s'écria d'une voix qu'il ne lui avait jamais entendue : « Tu es un imbécile, David ! » Il continua sans ralentir, et quand il referma la porte derrière lui, il entendit non plus crier mais gémir son nom, deux syllabes étranglées par l'angoisse : « David ! »

Personne ne l'arrêta. Il foula en sens inverse l'épais tapis du couloir, puis franchit les portes monumentales et traversa le hall de marbre. L'instant d'après, il était dehors, la Bingham Brothers dans son dos et toute la ville devant lui.

Autrefois, alors que son frère, sa sœur et lui étaient encore petits, sans doute peu de temps après qu'ils avaient emménagé à Washington Square, ils avaient eu une conversation avec leur grand-père au sujet du Paradis, et quand le vieil homme eut expliqué de quoi il s'agissait, John s'était promptement exclamé : « Moi je voudrais que le mien soit tout en crème glacée ! », mais David, qui à l'époque n'aimait pas beaucoup les aliments trop froids, avait exprimé son désaccord : son Paradis à lui serait fait de gâteaux. Il se l'imaginait déjà : des océans aux eaux enflées de crème au beurre, des montagnes de génoises, des arbres aux branches couvertes de cerises confites. Il ne voulait pas aller au Paradis de John, il voulait avoir le sien. Ce soir-là, quand son grand-père était venu lui souhaiter une bonne nuit, il lui avait demandé avec anxiété : comment Dieu pouvait-il savoir ce que chaque personne voulait ? Comment pouvait-Il être sûr que chacun ou chacune se retrouvait bien là où il ou elle avait rêvé d'être ? Son grand-père avait éclaté de rire. « Il sait, David, avait-il répondu. Il sait et Il créera autant de Paradis que nécessaires. »

Et si c'était cela son Paradis ? Et si oui, le saurait-il ? Peut-être pas. Mais il savait en revanche que son Paradis n'était pas l'endroit qu'il venait de quitter. C'était le Paradis de quelqu'un d'autre, pas le sien. Le sien se trouvait ailleurs, mais il n'apparaîtrait pas par magie sous ses yeux. En fait, il lui appartiendrait de le trouver.

D'ailleurs, n'était-ce pas ce qu'on lui avait appris, qu'on lui avait dit d'espérer depuis toujours ? L'heure était venue de se mettre en quête. De se montrer courageux. Et c'était seul qu'il y parviendrait. Par conséquent, il allait rester là encore quelques minutes, la mallette pesant une tonne au bout de son bras, puis il respirerait un grand coup, et il ferait son premier pas : le premier pas vers une nouvelle vie, le premier pas… vers le paradis.

LIVRE II

Lipo-wao-nahele

PREMIÈRE PARTIE

La lettre arriva au bureau le jour de la réception. Il recevait rarement du courrier, et quand c'était le cas, il n'était en fait jamais vraiment pour lui – rien que des offres d'abonnement à des magazines ou à des revues spécialisées portant la mention « Assistant juridique » et déposées en paquet sur l'un des bureaux par le préposé au courrier –, si bien que c'est seulement devant son café de l'après-midi qu'il prit la peine de faire glisser l'élastique de la liasse d'enveloppes et de les parcourir pour finir par soudain découvrir son nom. Quand il vit l'adresse de l'expéditeur, il eut brusquement du mal à respirer, un malaise si intense que l'espace d'un instant tous les bruits alentour s'évanouirent à l'exception du mugissement d'un vent sec et brûlant.

Il prit l'enveloppe, la fourra dans la poche de son pantalon, et se précipita vers les archives, le bureau le plus tranquille de tout l'étage, où il la garda un moment contre sa poitrine avant de l'ouvrir, déchirant la lettre au passage dans sa hâte. Mais alors qu'il avait à moitié sorti la feuille de papier qui s'y trouvait, il la remit dans l'enveloppe qu'il plia en deux et la glissa dans sa poche de chemise. Il dut ensuite s'asseoir sur une pile de vieux livres de droit, et il souffla dans ses mains croisées – un geste familier pour lutter contre l'angoisse – jusqu'à se sentir prêt à retourner à sa place.

Quand il s'assit de nouveau à sa table, il était 4 heures moins le quart. Il avait déjà demandé la permission de partir à 4 heures ce jour-là, mais il alla prier sa responsable de le laisser filer encore quelques minutes plus tôt. Bien sûr, dit-elle. Il n'y avait pas beaucoup de travail, ils se verraient lundi. Il la remercia et rangea la lettre au fond de son sac.

« Bon week-end, lança-t-elle comme il tournait les talons.

— Vous aussi », répondit-il.

Il lui fallait longer le bureau de Charles pour atteindre l'ascenseur, mais il ne passa pas la tête à l'intérieur pour prendre congé, parce qu'ils avaient tous deux décidé qu'il était plus sûr de ne pas se montrer plus familiers que ne devaient l'être un associé actionnaire et un jeune assistant juridique. Au début de leur relation, il se surprenait à passer une dizaine de fois devant le bureau de Charles, dans l'espoir de le voir exécuter un geste ordinaire, et d'autant plus captivant qu'il était précisément ordinaire : plaquer ses cheveux en arrière en lisant une note de service, enregistrer un message sur son dictaphone, feuilleter les pages d'un livre de droit, parler au téléphone en regardant l'Hudson, le dos à la porte. Charles faisait comme si de rien n'était, mais David était certain qu'il remarquait ses allées et venues.

Cela avait d'ailleurs été la source d'une de leurs premières brouilles : la façon dont Charles l'ignorait. « Mais que veux-tu que j'y fasse, David ? », lui avait-il demandé, sans se fâcher, alors qu'ils étaient au lit une nuit. « Ce n'est pas comme si je pouvais passer par l'open-space des assistants chaque fois qu'il m'en prend l'envie. Ou même t'appeler : Laura voit à qui je téléphone sur son poste, et elle finirait par se douter qu'il y a anguille sous roche. »

Il ne répondit rien, mais enfonça le visage dans son oreiller et Charles soupira. « Ce n'est pas que je n'aie pas envie de te voir, ajouta-t-il gentiment. Les choses sont un peu compliquées. Tu le sais bien. »

Finalement, ils avaient mis au point un code. Quand il passerait devant son bureau et que Charles ne serait pas occupé, il se raclerait la gorge et ferait tourner un crayon entre ses doigts. Ce serait le signe qu'il avait vu David. C'était puéril – David n'oserait jamais confier à ses amis la façon dont ils interagissaient au bureau ; ils se fiaient déjà assez peu à Charles comme ça – mais aussi, satisfaisant. « J'appartiens à Larsson & Wesley pendant la journée, mais à toi la nuit », répétait Charles, et cela aussi lui allait bien.

Mais tu leur consacres plus d'heures qu'à moi, avait-il objecté un jour.

« C'est faux, répondit Charles. Tu as aussi les week-ends et les vacances, en plus des nuits. » Il tendit la main pour prendre sa calculette – Charles était la seule personne avec qui il ait couché, ou même avec qui il soit simplement sorti, qui garde une calculette en permanence sur sa table de nuit, voire qui la consulte durant les disputes et les discussions – et il se mit à tapoter sur les touches. « Vingt-quatre heures dans une journée, sept jours dans une semaine. Larsson & Wesley obtiennent quoi ? Douze heures par jour, cinq jours par semaine, plus, disons, environ sept heures au cours du week-end. Ça fait soixante-sept heures au total. Cent soixante-huit heures dans une semaine, retire soixante-sept : pendant cent une heures par semaine, au minimum, je suis complètement à ta disposition. Et ce calcul ne tient pas compte des heures où je pense à toi chez Larsson, ni de celles où je pense à toi en essayant de ne pas penser à toi. »

Et il y en a combien ? avait-il demandé, et à ce moment-là, ils souriaient déjà tous les deux.

« Des quantités, répondit Charles. Incalculables. Des dizaines de milliers de dollars en heures facturables. Davantage que celles que je consacre à n'importe quel client. »

Il passa devant le bureau de Charles qui se racla la gorge et fit tourner un crayon entre ses doigts, et David sourit : on l'avait vu. Maintenant, il pouvait s'en aller.

*

À la maison, tout était prêt. C'est ce que lui annonça Adams à son retour. « Tout est prêt, Mister David. » Comme toujours, il paraissait un peu déconcerté – par David lui-même, par sa présence dans la maison, par le fait de devoir le servir, et par la conviction qu'avait le jeune homme de pouvoir être utile à quoi que ce soit dans la préparation d'un dîner, le genre de réception qu'Adams organisait depuis bien longtemps, davantage d'années que n'en comptait la vie entière du nouveau venu.

Quand il s'était installé chez Charles un an plus tôt, il avait demandé et répété à Adams de l'appeler David, et pas Mister David, mais Adams ne s'y résoudrait jamais, en tout cas, il ne le faisait toujours pas. Adams ne s'habituerait jamais à lui et réciproquement. Après une des premières nuits qu'il avait passées avec Charles, ils étaient au lit enlacés, prêts à faire l'amour, quand il avait entendu une voix grave prononcer le nom de Charles : il avait poussé un cri, bondi en l'air et en levant les yeux, découvert Adams sur le seuil de la chambre.

« Je peux vous apporter le petit déjeuner maintenant, Mister Charles, à moins que vous ne préfériez un peu plus tard.

— Un peu plus tard, Adams, merci. »

Après le départ du domestique, Charles avait de nouveau attiré son compagnon à lui, mais David l'avait repoussé, et Charles avait éclaté de rire. « Quel cri tu as poussé ! se moqua-t-il gentiment avant d'imiter quelques aboiements. On aurait dit un marsouin. Absolument adorable !

— Est-ce qu'il fait toujours ça ? avait-il demandé.

— Adams ? Oui. Il connaît mes habitudes.

— Je ne trouve pas ça très rassurant, Charles.

— Oh Adams est complètement inoffensif. Un peu vieux jeu peut-être. Et c'est un excellent majordome. »

Au fil des mois, il avait essayé d'aborder le sujet d'Adams avec Charles, mais sans le moindre succès, en partie parce qu'il ne réussissait jamais à formuler ses objections avec précision. Adams ne le traitait jamais qu'avec un respect grave et distant, et pourtant, David sentait qu'il ne l'aimait pas beaucoup. Quand il avait parlé d'Adams à sa meilleure amie et ex-colocataire, Eden, elle avait levé les yeux au ciel. « Un majordome ! Laisse-moi rire, David ! De toute façon, il doit voir d'un mauvais œil tous les mecs d'un soir de Chuck. » (Eden appelait Charles Chuck, et maintenant tous ses amis utilisaient eux aussi ce diminutif.) `

Je ne suis pas un mec d'un soir, avait-il protesté.

« Bon, d'accord, excuse-moi, dit Eden. Tu es son petit ami. » Elle avait esquissé une petite moue en battant des cils – la monogamie n'était pas vraiment son truc, et les hommes non plus d'ailleurs. « Toi mis à part, David, mais tu comptes pour du beurre.

Il disait : Oh, merci, et elle riait.

Or il savait qu'il était faux qu'Adams voyait d'un mauvais œil tous les petits amis de Charles, parce qu'il avait un jour surpris une conversation entre le majordome et son employeur sur l'ex de Charles, Olivier, avec lequel il sortait juste avant David. « Mister Olivier a téléphoné, disait Adams avant de transmettre son message, et David, l'oreille collée à la porte du bureau, entendit une note particulière dans la voix du domestique.

— Et comment l'avez-vous trouvé ? », demanda Charles. Olivier et lui étaient restés en bons termes mais ne se voyaient au plus qu'une fois ou deux par an.

« Très bien. Transmettez-lui mes salutations, s'il vous plaît.

— Je n'y manquerai pas. »

De toute façon, tenter de se plaindre d'Adams était inutile parce que Charles ne se séparerait jamais de lui. Il avait été le majordome de ses parents quand il était adolescent, et à leur mort, Charles, leur fils unique, avait hérité non seulement de la maison mais d'Adams du même coup. David ne pourrait jamais confier cela à ses amis : ils considéreraient la façon dont Charles employait un vieil homme de soixante-quinze ans sur un poste physiquement épuisant comme une forme d'exploitation gériatrique, même si, David le savait, Adams se réjouissait de cette occupation autant que Charles avait plaisir à la lui procurer. Ses amis ne comprenaient pas que, pour certaines personnes, le travail était la seule chose qui leur donnait le sentiment d'exister.

« Je sais que cela peut paraître anachronique d'avoir un majordome », avait expliqué Charles – peu de ses amis en employaient un, même ceux qui étaient plus riches que lui ou jouissaient de fortunes plus anciennes –, « mais quand on a été élevé en en ayant un, c'est une habitude difficile à perdre. » Il soupira. « Je ne m'attends pas à ce que tu comprennes, ni toi ni personne, d'ailleurs. » David ne répondit pas. « Cette maison est autant celle d'Adams que la mienne », répétait souvent Charles, et David savait qu'il le disait avec sincérité, même si ce n'était pas vrai. Habiter n'est pas synonyme de posséder, avait-il rappelé à son amant, citant son professeur de droit de première année, et Charles lui avait bondi dessus (ils étaient au lit cette fois-là aussi) et demandé en riant : « Serais-tu en train de m'expliquer les bases du droit à la propriété ? À moi ! Tu es vraiment adorable ! » *Tu ne comprendrais pas*, lui disait Charles à ce sujet comme à beaucoup d'autres, et souvent, quand il le faisait, David revoyait en un éclair le visage de sa grand-mère. La vieille dame aurait-elle jamais pu dire que leur maison était autant celle de Matthew et de Jane que la leur ? Il ne le croyait pas. Leur maison n'appartenait qu'aux Bingham, et la seule façon de porter ce nom, c'était d'être né avec ou de l'avoir acquis par le mariage.

Ni Matthew ni Jane n'auraient certainement jamais eu l'idée de considérer que la demeure des Bingham était la leur, et David se disait qu'il devait en être de même pour Adams : c'était la maison de Charles, ce le serait toujours, et même s'il en faisait partie, c'était à la manière d'une chaise ou d'un placard mural – un élément du décor, et non comme un être doté de désirs, de motivations ou du sens de son autonomie. Adams avait le droit d'agir comme s'il était chez lui – il suffisait de voir comment il ignorait la présence de l'organisatrice de la soirée et dirigeait lui-même les livreurs vers la cuisine et les déménageurs vers la salle à manger – or, bien qu'il eût une sorte d'autorité naturelle, il tirait une grande partie de son pouvoir de son association avec Charles, dont il invoquait le nom seulement en cas de nécessité, mais avec une certaine fréquence tout de même. « Vous savez très bien que Mr. Griffith ne les aime pas », reprochait-il à la fleuriste qui se tenait devant lui, protestait et essayait de le convaincre, les mains agrippées à un seau en plastique vert empli de lis de Pâques. « Nous en avons déjà discuté. Il leur trouve un parfum funèbre.

— Mais j'en ai commandé par brassées ! gémissait presque la fleuriste.

— Alors je vous suggère de contacter directement Mr. Griffith et de tenter de le faire changer d'avis », répliquait Adams, en sachant qu'elle n'oserait jamais, et de fait, elle tourna les talons et se tourna vers ses livreurs en criant : « On est bons pour remballer les lis ! », puis, à mi-voix, « Pauvre con ! »

David la regarda s'en aller, avec un sentiment de triomphe parce que c'était lui qui aurait dû se charger de coordonner la décoration florale. Après la dernière grande réception – peu de temps après son emménagement –, il avait suggéré à Charles que les fleurs étaient un peu molles et beaucoup trop parfumées : une senteur trop entêtante détournait l'attention de la nourriture. « Tu as raison, avait opiné Charles. La prochaine fois, tu t'en occuperas. »

Vraiment ?

« Bien sûr. Moi, je ne connais rien aux fleurs. C'est toi le spécialiste », avait dit Charles avant de l'embrasser.

Sur le moment, il avait ressenti cette délégation de pouvoir comme un privilège, un cadeau, mais depuis, il avait compris que quand Charles admettait son ignorance, cela signifiait qu'en fait il jugeait le sujet sans importance. Il pouvait transformer son absence de connaissance – sur les fleurs, le base-ball, le football, l'architecture moderniste, la littérature et l'art contemporain, les spécialités culinaires d'Amérique latine – en revendication : il ne savait rien parce qu'il n'y avait rien à savoir. Si vous, vous y connaissiez quelque chose, vous aviez perdu votre temps, alors que lui avait des choses plus importantes à découvrir et à garder en mémoire. Au bout du compte, ce n'était pas arrivé : Charles s'était souvenu de demander à l'organisatrice de changer de fleuriste, mais avait oublié d'annoncer que David se chargerait de la décoration. Il avait passé tout le mois à réfléchir aux compositions florales, appelé différents magasins du Flower District pour leur demander s'ils pouvaient passer une commande spéciale de jasmin de Madagascar et de protées royales, et deux semaines plus tôt, alors qu'ils prenaient un verre au salon, Charles avait demandé à Adams où en étaient les préparatifs de la soirée – « Oui, elle a engagé un autre fleuriste » – et David avait compris qu'au bout du compte, il ne s'occuperait pas des fleurs.

Il avait attendu qu'Adams sorte de la pièce pour interroger Charles, d'une part parce qu'ils s'appliquaient à ne jamais se quereller en sa présence, d'autre part parce qu'il voulait d'abord réfléchir à la façon d'intervenir, s'assurer qu'il ne donnerait pas l'impression de geindre. Mais il avait tout de même osé.

Je pensais que c'était moi qui devais me charger de la décoration florale.

« Comment ? »

Tu te rappelles, tu avais dit que je pouvais m'en occuper.

« Ah mon Dieu ! J'avais dit ça ?

— Oui.

— J'ai oublié. Mais si tu le dis, c'est sans doute vrai. Oh, David, excuse-moi. » Et devant son silence boudeur : « Tu n'es pas fâché, n'est-ce pas ? Il ne s'agit que de stupides bouquets. David. Tu m'en veux ?

Non, mentit-il.

« Je vois bien que si. Je suis désolé. Tu t'en chargeras la prochaine fois, je te le promets. »

Il avait hoché la tête, puis Adams était revenu annoncer que le dîner était servi et ils s'étaient tous deux dirigés vers la salle à manger. Pendant le repas, il s'était appliqué à se montrer joyeux pour faire plaisir au maître de maison, mais plus tard, au lit, Charles s'était tourné vers lui dans le noir et avait demandé : « Tu es encore contrarié, pas vrai ? »

Difficile d'expliquer pourquoi il ne décolérait pas – il ne voulait pas paraître mesquin. Je veux seulement t'aider, avait-il commencé. Je veux seulement avoir l'impression de servir à quelque chose ici.

« Mais il n'y a aucun doute là-dessus. Chaque nuit que tu passes ici, tu fais déjà quelque chose pour moi. »

Eh bien… je te remercie. Mais ce que je veux, c'est sentir que nous faisons quelque chose ensemble, que j'ai une part dans ta vie. J'ai l'impression de… d'occuper une chambre dans cette maison, et de ne rien faire en retour, tu comprends ?

Charles avait marqué une pause. « Oui, je comprends. La prochaine fois, je te le promets, David. Et puis, je me disais aussi, tu ne voudrais pas qu'on invite quelques-uns de tes amis à dîner ? Rien que tes amis. Tu connais tous les miens, et moi, j'ai à peine rencontré les tiens. »

Sérieusement ?

« Oui. Tu es chez toi ici. Je veux qu'ils se sentent accueillis dans notre maison. »

Il s'était senti soulagé cette nuit-là, mais depuis, Charles n'avait pas renouvelé sa proposition, et David ne la lui avait pas rappelée, en partie parce qu'il n'était pas sûr que Charles ait été sérieux, mais aussi parce qu'il n'était pas sûr de vouloir le présenter à ses amis. Le fait que la rencontre ne se fût pas encore produite, alors que leur liaison durait depuis si longtemps, avait d'abord été inhabituel et était devenu franchement suspect : qu'avait-il à cacher ? Pourquoi ne pas vouloir les mettre en présence ? Ils savaient déjà l'âge de Charles, n'ignoraient rien de son argent ni de la façon dont ils s'étaient rencontrés, alors pourquoi se sentait-il encore gêné ? Alors oui, ils viendraient, mais dans le but de rassembler des preuves, et après le dîner, ils repartiraient ensemble et se demanderaient ce que faisait David avec Charles, et ce qu'il pouvait bien trouver à un homme de trente ans son aîné.

« Il y a une chose que je sais… », entendait-il déjà Eden confier aux autres.

Pourtant, David se demandait souvent si la différence d'âge suffisait à expliquer pourquoi il se sentait comme un enfant en présence de Charles, d'une façon qu'il n'avait même pas connue avec son propre père, de cinq ans plus jeune que son amant. Voyez un peu comme il se cache dans l'escalier qui relie le salon à l'étage, accroupi sur une marche d'où, il le savait, il pouvait épier sans risquer d'être vu ce qui se passait au rez-de-chaussée, et d'où il surveillait la fleuriste, toujours en pétard, qui coupait la ficelle retenant des branches de genévrier, et juste derrière elle, les deux déménageurs, gantés de blanc, qui soulevaient comme un cercueil le long buffet du XVIIIe siècle pour le porter de la salle à manger à la cuisine où il resterait toute la soirée. Gamin, il se cachait aussi dans l'escalier pour écouter son père et sa grand-mère se disputer, et plus tard, Edward et sa grand-mère se quereller à leur tour, prêt à remonter précipitamment dans sa chambre et à se cacher au fond de son lit si nécessaire.

Ce soir, son rôle avait été réduit à celui d'un inspecteur des travaux finis. « C'est toi qui contrôles la qualité », lui avait dit Charles. J'ai besoin que tu sois là pour t'assurer que tout se présente bien comme il faut. » Mais il savait pertinemment que Charles voulait se montrer gentil, que sa présence, là comme dans beaucoup de circonstances, était passive et au bout du compte superfétatoire. Ses réflexions, son avis seraient de peu d'importance. Chez Charles, tout comme au bureau, ses suggestions comptaient bien peu.

« Un homme qui passe son temps à se lamenter sur son sort n'a rien de séduisant », répétait souvent sa grand-mère.

Et une femme, alors ?

« Tout aussi peu séduisant, mais compréhensible, répondait-elle. Une femme a largement de quoi se plaindre. »

Ce qu'on attendait de lui en réalité (comme chaque soir), il ne l'ignorait pas, c'était qu'il se montre charmant et décoratif ; cela, il savait le faire, et donc, il se releva pour monter dans leur chambre. Cinq ans plus tôt, Charles avait acheté pour son majordome un petit appartement dans un immeuble situé à une rue plus au nord, mais avant cela, Adams dormait juste au-dessus, au troisième étage, dans ce qui depuis avait été transformé en chambre d'amis supplémentaire. David se l'imaginait à quatre pattes sur le plancher, encore vêtu de son costume noir, l'oreille collée au tapis pour les espionner. Il n'aimait pas beaucoup cette vision, durant laquelle Adams avait toujours le visage tourné du mauvais côté, si bien qu'il ne parvenait pas à déchiffrer son expression, mais il ne pouvait pas s'empêcher de la susciter.

La réception de ce soir était en l'honneur d'un autre ex de Charles, mais leur histoire remontait à si longtemps – la pension – que David ne se sentait pas menacé et ne voyait pas pourquoi il serait jaloux. Peter était le premier garçon avec qui Charles avait couché, Peter avait seize ans et lui quatorze, et ils étaient restés amis depuis, leurs relations reprenant occasionnellement un caractère sexuel pendant quelques mois et parfois plus longtemps, mais pas au cours des dix dernières années.

Or aujourd'hui Peter allait mourir. C'était la raison pour laquelle la réception avait lieu un vendredi, et non un samedi, jour qui avait la préférence de Charles – car le lendemain, Peter devait prendre un avion pour Zürich, où il retrouverait un de ses anciens camarades de promotion à l'université, un médecin suisse qui avait accepté de lui administrer l'injection de barbituriques qui provoquerait un arrêt cardiaque.

David avait du mal à savoir ce que Charles ressentait vraiment à ce sujet. Il était chaviré, bien sûr – « Je suis bouleversé », disait-il –, mais que signifiait vraiment « bouleversé » ? Charles n'avait pas pleuré une seule fois, ni manifesté de colère, ni même eu le moindre passage à vide, au contraire de David quand il avait vu mourir son premier ami, sept ans plus tôt, et comme cela lui arrivait à chaque fois depuis. Quand Charles avait annoncé à David la décision de Peter, il l'avait fait d'un ton neutre comme on annonce une nouvelle ou une réflexion après coup, et lorsque David avait senti sa gorge se serrer et qu'il s'était presque mis à pleurer (alors qu'il ne connaissait pas bien Peter et que, de plus, il ne l'aimait pas beaucoup), c'était Charles qui avait dû le réconforter. Charles avait proposé d'accompagner Peter qui avait refusé – ce serait trop dur pour lui, avait-il dit. Il passerait son dernier soir avec son vieil ami, mais le lendemain matin, il prendrait l'avion, avec l'infirmière qu'il avait engagée pour seule compagnie.

« Au moins, ce n'est pas la maladie », avait dit Charles, une phrase qu'il répétait souvent. Parfois en s'adressant directement à David, parfois presque comme une annonce générale, à des moments inattendus, même si David était la seule personne à l'entendre. « Au moins, ce n'est pas la maladie. Pas la maladie qui va l'emporter. » Peter était atteint de myélome multiple, un cancer avec lequel il vivait depuis neuf ans.

« Et maintenant, mon heure est arrivée », avait-il déclaré avec un enthousiasme délibéré et non sans ironie, à un ami que Charles et lui n'avaient pas vu depuis longtemps au dernier dîner. « Plus de prolongations pour le malheureux que je suis !

— C'est le…

— Oh mon Dieu non ! Rien que cette barbe de cancer, je le crains.

— Tu n'as jamais suivi les modes, Peter.

— Je préfère me voir comme quelqu'un de traditionnel. C'est important, les traditions, tu sais. Il faut bien que quelqu'un les maintienne. »

David enfila un costume – toutes ses tenues élégantes avaient été offertes par Charles, mais il avait cessé de les porter au bureau quand un autre assistant juridique s'était permis un commentaire – et choisit une cravate avant de décider de s'en passer. Le costume suffirait. Il était le seul jeune de vingt-cinq ans à sa connaissance qui portait des costumes en dehors des heures de travail, sauf Eden, qui le faisait par esprit de subversion. Mais en s'approchant de sa partie du dressing pour y replacer la cravate, il remarqua juste à côté de son sac la lettre qu'il avait posée là.

Il s'assit sur le lit, l'enveloppe entre les mains. Elle ne contiendrait rien de bon, il le savait ; elle concernerait son père, les nouvelles seraient mauvaises, et il lui faudrait rentrer chez lui, sa vraie maison pour le coup, et rendre visite à un homme qui avait cessé d'exister vraiment à ses yeux : c'était plutôt un fantôme, qui apparaissait dans les rêves de David, un être qui s'était depuis longtemps dérobé à sa conscience claire pour se réfugier là où il pouvait bien se trouver aujourd'hui, perdu à jamais pour son fils. Depuis dix ans qu'ils ne s'étaient pas vus, David s'était consciencieusement appliqué à l'oublier, parce que penser à lui c'était comme succomber à une déferlante si puissante qu'il craignait de ne jamais en émerger, d'être emporté si loin au large que jamais il ne parviendrait à revenir vers la rive. Chaque matin au réveil, il s'exerçait à ne pas penser à son père, comme un athlète pratique son sport ou un pianiste fait ses gammes. Et aujourd'hui tous ses efforts allaient être mis en péril. Quoi que contienne cette enveloppe, ce serait le début de toute une série de conversations avec Charles, ou au moins d'une très longue discussion au cours de laquelle il devrait lui annoncer qu'il devait partir. *Pourquoi ?* demanderait alors Charles. Puis : *Où ? Qui ? Je croyais que tu m'avais dit qu'il était mort. Attends, ne va pas si vite* – Qui ?

Cette conversation n'aurait pas lieu ce soir, décida-t-il. C'était la soirée de Peter. Il avait déjà fait le deuil de son père, et depuis des années. Cette lettre pouvait attendre. Et donc, il la fourra au fond de son sac, comme si, en ne la lisant pas, il en rendait le contenu moins réel – le message restait suspendu entre New York et Hawaii : tel un événement qui avait failli se produire mais qu'il aurait, en ne le reconnaissant pas, tenu à distance.

*

La réception commençait à 7 heures du soir, et Charles avait promis de rentrer une heure avant, mais à 6 heures et quart, il n'était toujours pas là, et David guettait son arrivée à la fenêtre, observant la rue et le théâtre d'ombres de Washington Square.

À l'université, le club-théâtre avait monté une pièce sur une héritière au XIXe siècle qui espérait se marier avec un homme dont son père pensait qu'il ne la courtisait que pour son argent. La jeune fille était assez laide, le garçon très beau, et personne – ni le père de l'héritière, ni sa vieille fille minaudière de tante, et moins encore ses amies – ne croyait qu'elle ait pu réellement attirer son bien-aimé ; elle était la seule à penser l'inverse. Son entêtement était pensé comme une manifestation de son manque de jugeote, mais David y voyait une sorte de grande maîtrise d'elle-même, semblable à celle qu'il admirait chez Charles. La première scène de l'acte II la montrait debout à sa fenêtre, les cheveux partagés par une raie et relevés en chignon sur la nuque, avec deux anglaises qui, pareilles à des rideaux, encadraient son doux visage rond. Vêtue d'une robe en soie de couleur pêche qui froufroutait doucement, elle paraissait calme et sereine, les mains croisées au creux de son ventre. Elle guettait son bien-aimé, certaine qu'il n'allait pas tarder.

Et voilà que David se trouvait dans la même situation, qu'il attendait lui aussi son bien-aimé. Au contraire de l'héritière, il avait peu de raisons de s'inquiéter, et pourtant il ne pouvait s'en empêcher. Mais pourquoi ? Charles l'aimait, il prendrait toujours soin de lui, il lui avait offert une vie qu'il n'aurait jamais pu connaître, même si parfois il avait l'impression qu'elle n'était pas tout à fait sienne, qu'il n'était qu'une doublure qu'on pousse sur scène alors qu'elle a oublié ses répliques et qui espère, en s'inspirant des reparties de ses camarades, que son texte lui reviendrait en mémoire.

Quand il avait rencontré Charles, un an et demi plus tôt, il partageait un deux pièces avec Eden à l'angle de la 8e Rue et de l'Avenue B, et même si Eden trouvait le quartier excitant – les poivrots geignards qui vous criaient dessus, sans raison, rien que pour vous faire peur ; les garçons aux cheveux longs qu'ils découvraient parfois évanouis sur leur perron le matin –, lui non. Il avait appris à quitter la maison à 7 heures pile le matin pour se rendre au cabinet d'avocats : plus tôt, il devrait croiser les noceurs et les dealers qui rentraient chez eux bredouilles ; plus tard, il lui faudrait affronter les premiers mendiants de la journée, qui grommelaient leur demande d'oboles alors qu'ils titubaient de Tomkins Square Park à St. Marks Place.

« Une petite pièce ? Une petite pièce ? Une petite pièce ? »

Désolé, non, rien sur moi, avait-il murmuré un matin, la tête baissée comme s'il avait honte en essayant de contourner l'obstacle.

Normalement, cela suffisait, mais cette fois, le type – un Blanc avec une barbe blonde clairsemée et poisseuse de crasse, dont une touffe était retenue par un élastique – s'était mis à le suivre, de si près que David sentait le bout des chaussures du clochard presque toucher ses talons, et les remugles poivrés et porcins de son haleine. « Tu mens, avait-il éructé. Pourquoi tu mens ? J'entends le fric au fond de ta poche : il y a des pièces qui tintent là-dedans. Pourquoi tu mens ? Parce que tu es un des leurs, un putain de Latino, c'est ça ? »

Il avait pris peur – il n'était que 7 heures et demie et la rue était encore presque déserte, mais il y avait tout de même quelques passants, qui étaient restés là à les regarder, comme si tous deux jouaient une scène destinée à les divertir. (C'était une des choses qu'il en était venu à détester dans cette ville : la façon dont les New-Yorkais se félicitaient d'ignorer les grands drames, alors qu'ils se repaissaient avec avidité des spectacles des malheurs ordinaires qui se déroulaient sous leurs yeux dans la rue.) Il avait presque atteint la 3e Avenue à ce moment-là, et en un des rares cadeaux providentiels que cette ville offrait parfois, son bus était en train de ralentir devant son arrêt – encore dix pas, et il serait hors de danger. Dix, neuf, huit, sept. Il monta à bord, se retourna et cria en direction du type, la voix encore tremblante de peur : Je suis tout sauf latino !

« Oh ! », s'exclama l'homme sans tenter de s'approcher du bus. Il y avait du plaisir dans sa voix, la joie d'avoir obtenu une réponse. « Un putain de Viet, ou de Chinetoque ! Un sale pédé ! Un connard de Rital ? Va te faire foutre ! » Pendant que la portière se refermait, il s'était baissé, et quand le bus avait quitté l'arrêt, on avait entendu quelque chose heurter le flanc du véhicule ; David s'était retourné, et par la vitre, il l'avait vu, avec maintenant une seule chaussure au pied, qui partait à la recherche de l'autre en boitillant.

Quand il arriva au bureau, en finissant le chemin à pied de la 56e Rue à Broadway, il avait réussi à se ressaisir, mais en voyant son reflet dans les vitres blindées de l'immeuble, il s'aperçut que son stylo-plume avait fui et que toute la partie gauche de sa chemise était imbibée d'encre bleu nuit. À l'étage, il se dirigea vers les toilettes, mais les trouva inexplicablement closes, et le souffle quasiment coupé par la panique, il se rendit dans celles réservées à la direction qui étaient vides. Là, il se mit sans grand espoir à tamponner sa chemise avec une serviette et l'encre se dissipa un peu mais pas suffisamment. Maintenant, ses doigts et sa joue étaient aussi tachés de bleu. Que faire ? Il faisait chaud et il ne portait pas de veste. Il allait devoir courir dans un magasin s'acheter une chemise, et il n'avait pas l'argent pour ça – ni pour l'achat lui-même, ni pour ce que lui coûteraient les heures de travail perdues.

Tandis qu'il continuait à essayer de faire disparaître la tache, la porte s'ouvrit, il releva les yeux et vit Charles. Il savait qui il était, un des principaux associés du cabinet, et plutôt bien fait de sa personne. Il n'avait jamais pensé à lui au-delà de ces considérations : Charles était un homme puissant et d'un certain âge. Passer davantage de temps à admirer sa belle allure aurait été contreproductif, voire risqué. Il n'ignorait pas que les secrétaires le jugeaient séduisant. Il savait aussi qu'il n'était pas marié : un motif de spéculation parmi les employées.

« Tu crois qu'il est homosexuel ? avait-il entendu un jour une secrétaire chuchoter à une autre.

— Mr. Griffith. Oh non ! Il n'en a pas du tout l'air. »

Il commença à s'excuser – d'utiliser les toilettes de la direction, d'être couvert d'encre, d'être tout simplement vivant.

Charles fit comme si de rien n'était, cependant : « Vous vous rendez compte que cette chemise est bonne à jeter, n'est-ce pas ? », demanda-t-il, et David releva les yeux pour s'apercevoir qu'il souriait. « Je suppose que vous n'en avez pas d'autre ? » Non, Monsieur, reconnut-il.

« Charles, dit-il alors, sans cesser de sourire. Charles Griffith. Je vous serrerai la main une autre fois. »

Oui, bien sûr. David Bingham.

Il résista à l'envie de s'excuser à nouveau de sa présence dans ces toilettes. *Nulle terre n'est terre de quiconque*, lui répétait souvent Edward, quand il s'appelait encore Edward. *Tu as le droit d'être là où ça te chante.* Il se demanda si Edward penserait que le même principe s'appliquerait aux toilettes réservées à la direction dans un cabinet d'avocats du quartier d'affaires huppé de Manhattan. Sans doute, même si le concept même d'un cabinet d'avocats, et à New York par-dessus le marché, lui aurait souverainement déplu avant même d'en venir à l'absurdité de toilettes distinctes selon le niveau hiérarchique des employés du cabinet en question. *Tu devrais avoir honte, Kawika, oui, honte à toi, ce n'est pas comme ça que je t'ai élevé.*

« Attendez-moi ici », commanda Charles, et il quitta les lieux, laissant David planté devant le miroir mesurer l'étendue de la catastrophe – une tache d'encre juste au-dessus de son œil droit avait marqué la peau comme une ecchymose. Il prit son paquet de serviettes en papier et alla s'enfermer dans un des box, au cas où un autre associé entrerait. Mais quand la porte des toilettes se rouvrit, c'était à nouveau Charles, un carton plat sous le bras. « Où êtes-vous passé ? », demanda-t-il.

Il passa la tête par la porte du box. Ici, répondit-il.

Charles paraissait amusé. « Mais pourquoi vous cachez-vous là-dedans ? »

Je ne suis pas censé être là. Je ne suis qu'assistant, expliqua-t-il.

Le sourire de Charles s'élargit encore. « Eh bien, monsieur l'Assistant, dit-il en soulevant le couvercle du carton dans lequel se trouvait une chemise blanche, pliée et impeccable. C'est tout ce que je peux vous proposer. Elle est sans doute un peu grande pour vous, mais cela vaudra mieux que de vous promener dans les bureaux déguisé en face cachée de la lune. »

Ou torse nu, s'entendit-il répondre, et il vit qu'un éclair d'intérêt avait traversé les yeux de Charles. « Oui, répondit-il après un court silence. Ou torse nu. On ne saurait tolérer une chose pareille. »

Je vous remercie, dit-il en prenant la boîte des mains de Charles. La qualité du coton lui indiquait que c'était une chemise de prix, et il retira les pinces et la bande de carton sous le col avant d'entreprendre de défaire les boutons de ses doigts tachés d'encre. Il s'apprêtait à l'accrocher à la porte du box et à déboutonner la sienne quand Charles tendit la main : « Passez-la-moi », dit-il, et il posa la chemise propre à cheval sur son avant-bras, comme une caricature de domestique d'un autre âge, tandis que David commençait à se déshabiller. Il lui aurait semblé ridicule de fermer la porte pour protéger son intimité, et de fait, Charles resta planté là, sans un mot, et le regarda tandis qu'il déboutonnait puis retirait sa chemise, l'échangeait contre celle qu'il lui tendait avant de la boutonner. Il était conscient du bruit de leurs respirations, du fait qu'il ne portait pas de maillot de corps, et de la chair de poule qui lui hérissait la peau alors qu'il ne faisait pas vraiment froid dans ces toilettes. Quand il eut fini de boutonner la chemise et d'en glisser les pans dans son pantalon – tournant le dos à Charles pour déboucler sa ceinture : comme c'était immanquablement maladroit et disgracieux de s'habiller et de se dévêtir ! –, il remercia Charles à nouveau. Merci d'avoir tenu ma chemise, dit-il. Merci pour tout. Je vais la rapporter chez moi. Mais Charles avait fait la moue. « Je crois que vous feriez mieux de la jeter. Elle ne sera pas récupérable, je pense. » C'est vrai, reconnut-il, sans ajouter qu'il n'en possédait que six et qu'il ne pouvait pas se permettre d'en perdre une.

La chemise de Charles flottait autour de lui comme un ballon de coton frais et sec, et quand il sortit du box, Charles lâcha un petit bruit amusé et dit : « J'avais complètement oublié ça », et David regarda son flanc gauche, juste au-dessus du rein, là où les initiales de Charles étaient brodées au fil noir : CGG. « Eh bien, moi, je me débrouillerais pour les cacher, si j'étais vous. Il ne faudrait pas qu'on pense que vous m'avez volé une chemise. » Et après lui avoir adressé un clin d'œil il disparut, tandis que David restait figé sur place, un peu hébété. Un instant plus tard, la porte s'ouvrit à nouveau et le visage de Charles réapparut. « Delacroix à l'approche », souffla-t-il. Delacroix était le directeur général du cabinet. Puis il lui décocha un nouveau clin d'œil et s'en fut.

« Bonjour », dit Delacroix en l'observant, manifestement sans le reconnaître mais en se demandant s'il ne devrait pas – il ne ressemblait à aucun employé autorisé à utiliser ces toilettes fréquentées par des personnes d'un certain âge, mais ces derniers temps, tous les adultes de moins de cinquante ans avaient l'air d'enfants à ses yeux, alors qui sait ? Peut-être ce garçon était-il un associé, après tout ?

Bonjour, répondit David d'un ton aussi assuré qu'il put, et il se hâta de tourner les talons.

Durant tout le reste de la journée, il garda le bras plié à angle droit sur son ventre pour cacher les initiales. (Le soir, il lui vint à l'esprit qu'il aurait pu coller un rectangle de papier dessus.) Même si personne ne remarqua rien il se sentit marqué, comme au fer rouge, et quand, en sortant des archives, il vit Charles marcher droit vers lui en compagnie d'un autre associé, il rougit violemment et faillit lâcher les livres qu'il tenait en main, jetant un nouveau coup d'œil au dos de Charles avant qu'il ait tourné l'angle du couloir. À la fin de la journée, il était épuisé, et cette nuit-là, son bras ne cessa de se soulever en direction de son torse, déjà dressé à obéir.

Le lendemain était un samedi, et malgré tous ses efforts, Charles avait vu juste, la chemise n'était pas récupérable. Il avait songé à se débrouiller pour laver et repasser lui-même la chemise de Charles, mais cela aurait impliqué de l'ajouter à son propre linge pour la porter au Lavomatic, et l'idée de la fourrer dans le même filet que ses sous-vêtements et ses tee-shirts le gênait profondément. Et donc, il avait dû porter la chemise à la blanchisserie, dépensant l'argent qu'il n'avait pas.

Le lundi, il s'assura d'arriver au bureau particulièrement tôt, et c'est seulement en se dirigeant vers la porte de Charles qu'il se rendit compte qu'il ne pouvait pas laisser le carton devant son bureau. Il s'arrêta net, se demandant que faire, quand soudain Charles fit son apparition en costume cravate, son attaché-case à la main, le regardant avec la même expression amusée que la semaine précédente.

« Bonjour, Assistant David. »

Bonjour, je vous ai rapporté votre chemise. (Il se rendit compte trop tard qu'il aurait dû penser à un cadeau pour remercier Charles, mais sans la moindre idée de ce qu'il aurait pu trouver.) Merci. Merci beaucoup. Vous m'avez sauvé. Elle est toute propre, ajouta-t-il assez bêtement.

« Mais j'espère bien, répondit Charles en continuant à sourire, puis il ouvrit la porte de son bureau, prit le carton qu'il posa sur sa table de travail tandis que David attendait sur le seuil. « Vous savez, reprit-il après une pause en se retournant vers le jeune homme, je pense que vous me devez quelque chose après ça.

Ah oui ? réussit-il à articuler.

« Je crois bien, dit Charles en s'approchant. Je vous ai sauvé, non ? » Il sourit à nouveau. « Pourquoi ne viendriez-vous pas dîner avec moi un de ces jours ?

Oh, s'exclama-t-il. Puis encore une fois : Oh ! O.K. Oui.

— Parfait, dit Charles. Je vous appellerai. »

— Oh, répéta-t-il. D'accord. Oui. O.K.

Ils étaient seuls dans le bureau, et pourtant ils parlaient à voix basse, chuchotant presque, et quand David s'éloigna pour rejoindre l'open-space des assistants, il avait le visage en feu.

Le dîner fut fixé au jeudi suivant, et selon les instructions de Charles, David quitta le bureau le premier, à 19 h 30, et se rendit seul au restaurant, un endroit sombre et silencieux, où on le fit asseoir dans un box avant de lui tendre une grande carte dans un étui en argent. Quelques minutes après 20 heures, Charles arriva, le maître d'hôtel le salua et David le vit murmurer quelque chose à son oreille qui le fit sourire et lever les yeux au ciel. Une fois installé, on lui porta un Martini Dry sans qu'il ait eu à le commander. « Monsieur va en prendre un aussi », dit Charles au serveur en désignant David, et quand on lui eut apporté son cocktail, Charles leva son verre et trinqua : « Aux stylos-plumes qui n'explosent pas ! »

Oui, aux stylos-plumes qui n'explosent pas, répéta-t-il machinalement.

Plus tard, en repensant à cette soirée, il devait se dire que c'était le premier rendez-vous galant de sa vie. Charles avait commandé pour eux (filet d'aloyau, bleu, avec un accompagnement d'épinards et de pommes de terre rôties au romarin) et dirigé toute la conversation. Il devint rapidement évident qu'il s'était fait un certain nombre d'idées sur lui que David n'avait pas jugé bon de rectifier. De plus, la plupart n'étaient pas fausses. Effectivement, il était pauvre. Il n'avait pas fréquenté une université prestigieuse. Il était naïf. Il n'était jamais allé nulle part. Et pourtant, sous ces vérités se cachaient ce que Charles, au tribunal, aurait appelé des facteurs atténuants : il n'avait pas toujours été pauvre. Il avait fréquenté des établissements de premier ordre. Il n'était pas complètement naïf. Il avait autrefois vécu dans un endroit où ni Charles ni personne qu'il connaissait ne pourrait jamais aller.

Ils avaient largement entamé leur steak quand David se rendit compte qu'il n'avait posé aucune question à Charles sur lui-même. « Mais non, qu'y aurait-il à dire ? Je crains d'être une personne très ennuyeuse », dit Charles avec cette désinvolture que seuls peuvent afficher ceux qui savent qu'ils n'ont précisément rien d'ennuyeux. « Nous nous entretiendrons de moi plus tard. Parlez-moi de votre appartement. » Et David, enivré par le gin et la sensation inhabituelle d'être traité comme un objet de fascination et une source de sagesse, s'exécuta : il décrivit les souris, les châssis des fenêtres encrassés, la triste drag-queen qui avait élu domicile sur leur perron et qui adorait beugler à 2 heures du matin sa ballade favorite, « Walzing Mathilda », et sa colocataire, Eden, une vraie artiste, peintre avant tout, mais qui travaillait comme correctrice dans une maison d'édition. (Il ne lui confia pas qu'Eden l'appelait tous les jours au bureau à 3 heures de l'après-midi et qu'ils bavardaient pendant une bonne heure, David chuchotant dans le téléphone et feignant des quintes de toux pour masquer ses rires.)

« D'où venez-vous ? », s'enquit Charles après avoir souri ou s'être esclaffé à toutes les histoires que racontait David.

Hawaii. Puis, avant que Charles ait pu poser la question, O'ahu. Honolulu.

Charles y était allé, bien sûr, comme tout le monde, et pendant un certain temps, David donna quelques détails sur sa vie : oui, il avait encore de la famille là-bas. Non, pas très proche. Non, son père était mort. Non, il n'avait jamais connu sa mère. Non, ni frère ni sœur, et son père aussi était fils unique. Oui, une grand-mère, paternelle.

Charles le regarda en penchant la tête. « J'espère ne pas vous paraître grossier, mais êtes-vous… êtes-vous… » Il s'interrompit, incapable de prononcer le mot.

Hawaïen, compléta David avec fermeté, même si ce n'était pas toute la vérité.

« Mais votre nom de famille ?

Le nom d'un missionnaire. Un nombre assez important de missionnaires américains ont commencé à arriver dans les îles au début du XIXe siècle, beaucoup d'entre eux se sont mariés avec des Hawaïens.

« Bingham… Bingham », réfléchit Charles à haute voix, et David devina ce qu'il allait dire ensuite. « Vous savez, il y a une résidence d'étudiants à Yale qui s'appelle Bingham Hall. J'y ai habité en première année de licence. Y a-t-il une relation ? » Il souriait, les sourcils levés : il avait déjà décidé que non.

Oui – c'est un de mes ancêtres.

« Vraiment ? s'étonna Charles, et il se rencogna dans son siège, tout sourire évanoui. Il ne parlait plus, et David comprit que, pour la première fois, il l'avait surpris et déconcerté, et devait se demander si ses intuitions sur David étaient bonnes au bout du compte. Ils avaient passé moins d'une heure ensemble, mais David comprenait déjà que Charles n'aimait pas être étonné, devoir réviser ses opinions, modifier la façon dont il avait décidé de voir les choses. Plus tard, alors qu'il vivait déjà avec lui, il avait repensé à ce moment et reconnu qu'il aurait pu donner un tout autre tour à leur relation si au lieu de répondre comme il l'avait fait, il avait dit quelque chose comme *Oh oui, je viens d'une des plus vieilles familles d'Hawaii. Une lignée royale. Tout le monde sait qui nous sommes là-bas. Si les choses avaient évolué différemment, j'aurais été roi.* Et cela aurait été vrai.

Mais à quoi bon la vérité ? Dans son université de troisième ordre, il avait fait à son petit ami du moment – un joueur de crosse qui, hors de leur chambre, soit ignorait David, soit agissait comme s'il n'existait pas – un résumé de l'histoire de sa famille, et le garçon s'était moqué. « Très drôle, mec. Et moi, je descends de la reine d'Angleterre. Juré. » Il avait insisté, et l'autre avait fini par lui tourner le dos dans le lit, manifestement peu intéressé. Après cela, il avait appris à ne plus aborder le sujet, parce qu'il lui semblait plus facile et confortable de mentir que de ne pas être cru. Sa famille, c'était de l'histoire ancienne, mais il n'avait tout de même pas envie qu'on se moque d'eux ; il ne voulait pas qu'on lui rappelle que la source de la fierté de sa grand-mère était considérée comme ridicule par la plupart des gens. Il ne voulait pas non plus penser à ce pauvre père qu'il avait perdu.

Et donc : nous sommes issus de la branche désargentée de la famille, avait-il dit, et Charles, soulagé, avait ri.

« Cela arrive aux meilleurs d'entre nous. »

Dans le taxi qui les ramenait vers le centre, ils n'avaient plus parlé, et Charles, en fixant le dos du siège avant, avait posé la main sur le genou de David ; le jeune homme l'avait prise pour la déplacer vers sa braguette, et il avait vu l'ombre du profil de Charles se muer en sourire. Ce soir-là, ils n'étaient pas allés plus loin – Charles l'avait déposé sur la 2e Avenue, parce que David était trop gêné pour lui montrer l'immeuble où il habitait. La maison de Charles se trouvait à moins de deux kilomètres à l'ouest, mais on aurait dit un autre pays, et six mois après leur premier rendez-vous, il avait emménagé à Washington Square.

Il avait l'impression d'avoir simultanément vieilli et rajeuni au cours de leurs six premiers mois ensemble. Isolé de ses amis, il passait plus de temps avec ceux de Charles, faisant le beau à des dîners où les plus polis d'entre eux s'appliquaient à le faire participer à la conversation, et où ceux qui l'étaient moins faisaient de lui le sujet de la discussion. Au bout d'un moment, cependant, les deux groupes l'oubliaient totalement, les débats dérivant vers de mystérieuses arguties juridiques ou les marchés financiers, et il s'excusait et filait au lit attendre Charles. Parfois, ils allaient dîner chez les amis de Charles, et il écoutait en silence pendant qu'ils discutaient de différentes choses – des gens dont il n'avait jamais entendu parler, des événements qui s'étaient produits quand il n'était pas encore né – jusqu'à ce qu'il soit temps de rentrer (jamais très tard, heureusement).

Mais il avait aussi l'impression d'être un enfant. Charles choisissait ses vêtements, leurs lieux de vacances, leurs menus : autant de choses qu'il avait dû faire pour son père, autant de choses qu'il aurait aimé que son père ait faites pour lui. Il savait qu'il aurait dû se sentir infantilisé par le déséquilibre évident de leur couple, mais non : il y trouvait son compte, cette vie lui paraissait relaxante. C'était reposant de vivre avec un homme au caractère aussi affirmé ; confortable de ne pas avoir à penser. L'aplomb de Charles, qui se manifestait dans tous les aspects de leur quotidien, le rassurait. Il donnait des ordres à Adams ou à la cuisinière du même ton à la fois vif, autoritaire et chaleureux qu'il employait avec David quand ils étaient au lit. Il avait parfois l'impression de revivre son enfance, cette fois avec Charles dans le rôle de son père, et cela lui donnait un peu la nausée, parce que Charles n'était pas son père mais son amant. Pourtant, la sensation persistait – il était face à quelqu'un qui lui permettait d'être un objet d'inquiétude, jamais celui pour lequel il devait s'inquiéter. Quelqu'un dont les rythmes et les habitudes étaient intelligibles et fiables, et qui, quand on les avait assimilés, avaient peu de chance de changer. Depuis toujours, il savait qu'il lui manquait quelque chose dans la vie, mais ce n'est pas avant d'avoir rencontré Charles qu'il comprit que ce quelque chose était la logique – la fantaisie, dans l'existence de Charles, se limitait au lit, et même là, on pouvait y trouver un sens.

Il n'avait jamais beaucoup pensé au genre d'homme avec lequel il pourrait vivre un jour, mais il s'était glissé si facilement dans la peau du petit ami de Charles qu'il ne prenait conscience qu'en de rares occasions avec une soudaine crampe d'estomac qu'il en était venu à ressembler à son père d'une façon qu'il n'aurait jamais prévue ou imaginée – quelqu'un qui aspirait à ce qu'on l'aime, qu'on prenne soin de lui, et qu'on le pilote. Et c'était lors de pareils moments – qu'il passait dans le noir, devant la fenêtre, la main sur le volet, à guetter l'arrivée de Charles dans la pénombre de la place, attendant comme un chat le retour de son maître – qu'il pouvait accepter de se dire à qui il ressemblait : pas seulement à l'héritière dans sa trop jolie robe couleur pêche mais à son père : debout à la fenêtre de leur maison, juste avant le coucher du soleil, épuisé par l'angoisse d'avoir espéré et patienté toute la journée, il scrutait encore la rue où il verrait arriver Edward dans son tacot, attendant de dévaler les marches du perron et de rejoindre son ami, pressé d'être emmené loin de sa mère et de son fils et de toutes les déceptions de la petite vie à laquelle il ne pouvait pas échapper.

*

Le premier coup de sonnette retentit alors que Charles était encore en train de s'habiller. « Bon sang, grommela-t-il, quels invités peuvent bien avoir l'idée d'arriver pile à l'heure où ils sont attendus ? »

Les Américains, répondit David, qui l'avait lu dans un livre, et Charles éclata de rire.

« C'est vrai, dit-il, et il l'embrassa. Tu veux bien descendre bavarder un peu avec lui, qui qu'il soit ? Je vous rejoins d'ici dix minutes.

Dix minutes, fit mine de s'outrager David. Il te faut encore dix minutes pour te préparer ?

Charles lui donna un coup de serviette. « Tout le monde ne peut pas être aussi beau que toi en sortant de la douche. Certains ont besoin de quelques retouches. »

Il descendit donc l'escalier, un large sourire aux lèvres. Ils avaient souvent des échanges du même ordre – chacun complimentant l'autre sur son apparence tout en critiquant la sienne – mais seulement en privé, parce qu'ils se savaient tous les deux beaux, mais ils n'ignoraient pas qu'en faire état à haute voix était non seulement inélégant mais encore potentiellement cruel par les temps qui couraient. Ils étaient tous les deux vaniteux, mais la vanité était un plaisir à s'accorder, un signe de vitalité, de bonne santé, une action de grâce. Parfois, au restaurant ou au spectacle, ou même invités chez des amis parmi un groupe d'autres hommes, leurs regards se croisaient rapidement avant de se détourner, parce qu'ils sentaient bien qu'il y avait quelque chose d'obscène dans leurs joues encore bien rebondies, et leurs bras toujours musclés. En certaine compagnie, ils représentaient une véritable provocation.

Au rez-de-chaussée, aucun lis que l'on puisse voir ou sentir, seulement Adams qui repartait vers la cuisine avec un plateau en argent désormais vide. Dans la salle à manger, que David avait inspectée plus tôt, les employés du traiteur disposaient des assiettes pleines autour de vases de houx et de freesias. Charles avait proposé des sushis à Peter mais il avait refusé la suggestion. « Ce n'est pas aujourd'hui, sur mon lit de mort, que je vais commencer à manger du poisson. Pas après une vie entière passée à éviter de le faire. Commande-moi quelque chose de normal, Charles. De normal et de bon. » Et donc, Charles avait demandé à l'organisatrice de la réception d'engager les services d'un traiteur d'inspiration méditerranéenne, et la table était en train de se remplir de plats en terre cuite contenant des lamelles de steak, de courgettes grillées et des bols de vermicelles aux olives et aux tomates séchées. Le personnel de service était uniquement composé de femmes en pantalon et chemisier noir – n'ayant pas réussi à superviser la décoration florale, David avait trouvé le moyen de réclamer que le traiteur préféré de Charles n'envoie que ses serveuses. David savait qu'il serait irrité en découvrant que l'escouade habituelle – tous de jeunes blonds que David avait surpris lors de la dernière soirée à lorgner Charles, et lui à se réjouir de leur attention – avait été remplacée, mais il savait aussi qu'il serait pardonné avant qu'ils n'aillent se coucher, parce que Charles adorait rendre David jaloux, et aimait recevoir les preuves qu'il avait toujours le choix.

La salle à manger, où Charles et lui dînaient tous les soirs quand ils ne sortaient pas, était vieillotte et démodée, laissée quasiment intacte depuis l'époque des parents de Charles. Le reste de la maison avait été rénové dix ans plus tôt quand il s'y était installé, mais cette pièce conservait sa longue table en acajou ciré d'origine et son buffet assorti datant du tournant du XIXe siècle, son papier peint vert bouteille avec ses motifs de volubilis, ses rideaux, vert bouteille eux aussi, en doupion de soie, et les portraits alignés des ancêtres de Charles, les premiers Griffith venus d'Écosse en Amérique, leur horloge au cadran en ivoire de baleine – une antiquité dont Charles était particulièrement fier – trônant entre eux sur la tablette de la cheminée. Charles ne savait pas vraiment pourquoi il n'avait pas fait rénover cette pièce, et David, quand il s'y asseyait, ne pouvait s'empêcher de revoir celle de sa propre grand-mère, très différente en apparence et dans le détail, mais tout aussi inaltérable – et davantage qu'à la salle à manger elle-même, il repensait à leurs dîners de famille : la façon dont son père, de plus en plus nerveux, finissait par laisser tomber la louche dans la soupière, aspergeant toute la nappe de potage, et sa grand-mère qui alors se fâchait : « Pour l'amour du Ciel, mon fils. Ne peux-tu pas faire un peu attention ? Regarde ce que tu as fait !

— Je suis désolé, Mère, murmurait son père.

— Vois quel exemple tu donnes », insistait la vieille dame, sourde aux excuses de son fils. Puis, se tournant vers David : « Tu seras plus soigneux que ton père, n'est-ce pas, Kawika ? »

Oui, promettait-il, et il se sentait coupable parce qu'il avait trahi son père, et quand il venait le border dans sa chambre pour lui souhaiter bonne nuit, David lui disait qu'il voulait être exactement comme lui. Des larmes montaient alors aux yeux de son père, d'abord parce qu'il savait que son fils mentait, et aussi parce qu'il lui en était reconnaissant.

« Non, surtout ne me ressemble pas, Kawika, lui disait-il alors en l'embrassant sur la joue. D'ailleurs il n'y a aucun risque. Tu vaudras mieux que moi, je le sais. » David ne savait que répondre, et donc, la plupart du temps, il restait muet ; son père embrassait alors le bout de ses doigts et les lui posait sur le front. « Dors maintenant, mon fils, mon Kawika. »

Il sentit soudain une sorte de vertige. Que penserait son père de lui aujourd'hui ? Que ressentirait-il s'il savait que son fils avait reçu une lettre contenant probablement des nouvelles, de mauvaises nouvelles le concernant, et avait choisi de ne pas la lire ? *Mon fils. Mon Kawika.* Il était saisi par l'envie de remonter dans la chambre, de déchirer l'enveloppe et de lire cette lettre, quoi qu'elle dise.

Mais non, il ne pouvait pas. S'il le faisait, la soirée serait gâchée. À la place, il se força à se diriger vers le salon, où attendaient trois vieux amis de Peter et de Charles : John, Timothy et Percival. C'étaient sans doute les trois plus gentils, ceux qui ne le jaugeaient furtivement qu'une fois de la tête aux pieds quand il entrait, et qui, pour le restant de la soirée, se forçaient à ne fixer que son visage. « Les Trois Sœurs », les appelait Peter, parce qu'ils étaient célibataires et banals, et aussi : « Les Trois Vieilles Filles », parce qu'il ne les trouvait pas suffisamment excitants. Timothy et Percival étaient tous deux malades, Timothy clairement, Percival, en secret. Sept mois plus tôt il l'avait confié à Charles, qui l'avait répété à David. « J'ai l'air en bonne santé, hein ? » Il était gérant d'une petite maison d'édition prestigieuse et il craignait de se faire renvoyer si les propriétaires l'apprenaient.

« Tu ne te feras pas virer, répétait Charles. Et s'ils s'en avisent, tu sais exactement vers qui te tourner, on les traînera en justice comme des gueux et je t'aiderai. »

Percival ne l'écoutait pas. « Mais ça ne se voit pas, hein ?

— Non, Percy, ça ne se voit pas. Tu es resplendissant. »

En entrant, David jeta un coup d'œil vers Percival. Les autres avaient des verres de vin à la main, mais lui avait réclamé une tasse dans laquelle flottait, David le savait, un sachet de cette tisane médicinale qu'il achetait chez un acupuncteur de Chinatown qui réussissait – Percival ne jurait que par lui – à renforcer son système immunitaire. David l'observa attentivement pendant qu'il était absorbé par son breuvage. Cela se voyait-il ? Il ne l'avait pas croisé depuis cinq mois – était-il amaigri ? Son teint paraissait-il plus grisâtre ? C'était difficile de l'affirmer. Tous les amis de Charles lui semblaient toujours un peu souffreteux, qu'ils soient malades ou non. Un petit quelque chose, une certaine qualité, paraissait les avoir abandonnés, autant qu'ils prennent soin d'eux, aussi robustes qu'ils soient – la lumière avait déserté leurs peaux, si bien que, même assis là à la lueur charitable des bougies que Charles choisissait depuis un certain temps comme unique éclairage pour ses réceptions, ils ne semblaient plus être faits de chair mais de limon froid. Non pas de marbre, mais plutôt d'argile. Il avait un jour essayé de l'expliquer à Eden, qui passait ses week-ends à dessiner des nus, mais elle avait levé les yeux au ciel : « C'est parce qu'ils sont vieux ! », avait-elle déclaré.

Ensuite, il porta son regard sur Timothy, maintenant indubitablement atteint par la maladie, les paupières aussi violettes que s'il les avait maquillées à la peinture, les dents trop longues, les cheveux désormais filasse. Timothy était allé à la même pension que Charles et Peter, et à l'époque, disait Charles, « tu n'imagines pas comme il était séduisant. Le plus beau garçon de l'école ». Il avait tenu ces propos après la soirée où David avait fait la connaissance de Timothy, et la fois suivante, David l'avait soigneusement examiné, à la recherche de cet adolescent dont Charles était tombé amoureux. Il était acteur, n'avait jamais connu le succès, avait été le mari d'une belle femme, puis durant plusieurs dizaines d'années, l'amant d'un homme très riche, mais à la mort de ce dernier, ses enfants avaient chassé Timothy de la maison de leur père, et Timothy s'était installé chez John. Personne ne savait comment John, un joyeux drille plutôt corpulent, gagnait sa vie – il venait d'une famille modeste du Middle West, n'avait jamais gardé un emploi plus de quelques mois, et n'était pas assez attirant pour se faire entretenir –, et pourtant il occupait un hôtel particulier entier dans le West Village, et mangeait comme un ogre (toutefois, seulement quand quelqu'un d'autre payait l'addition, soulignait Charles). « Le jour où les gens comme John ne pourront plus survivre par de mystérieux moyens dans cette ville, alors elle ne vaudra certainement plus la peine qu'on y vive », déclarait Charles avec tendresse. (Pour quelqu'un qui pensait de façon aussi inflexible que chacun devait se débrouiller à la force du poignet, il avait un nombre insolite d'amis qui semblaient ne pas travailler du tout : c'était une des choses que David trouvait attachantes chez lui.)

Comme d'ordinaire, tous trois le saluèrent, lui demandèrent ce qu'il devenait et comment il allait, mais il n'avait que peu de choses à répondre, et finalement, la conversation des trois invités reprit son cours, notamment autour de leurs souvenirs de jeunesse.

« … Bah, ce n'est pas tout à fait aussi moche que quand John était sorti avec ce sans-abri !

— Pour commencer, on ne peut pas vraiment dire que nous sortions ensemble, et ensuite…

— Allez, raconte-nous toute l'histoire encore une fois !

— Bien. C'était, oh, il y a environ quinze ans quand je travaillais dans ce magasin d'encadrement dans la 20e Rue, entre la 5e et la 6e Avenue…

— Duquel tu t'es fait virer pour vol…

— Je te demande pardon. On ne m'a pas renvoyé pour vol, mais parce que j'étais toujours en retard et incompétent, et parce que je ne savais pas m'occuper de ces pauvres clients. C'est de la librairie que je me suis fait mettre à la porte pour vol.

— Toutes mes excuses.

— Bon, je peux continuer ? Donc je prenais la ligne F jusqu'à l'arrêt 23rd Street, et tous les jours je voyais cette petite mignonne, le genre artiste bohème, chemise à carreaux et barbichette, avec un sac à provisions, qui se tenait sur la 6e Avenue près d'un terrain vague à l'angle sud-est. Donc, je lui fais de l'œil, elle me fait de l'œil, et le manège dure pendant plusieurs jours. Et puis, au bout de quatre jours, je m'approche et on se parle. Elle me demande : Vous habitez le quartier ? Et je réponds, « Non, je travaille un pâté de maisons plus loin ». Et elle propose : « Alors, on peut faire un petit tour dans cette allée ? » – ce n'était pas vraiment une allée, mais il y avait un petit passage entre le mur du fond d'un parking et un immeuble en démolition – et c'est ce que nous avons fait.

— Épargne-nous les détails.

— Jaloux ?

— Euh… non.

— En tout cas, le lendemain je descends la rue, et elle était là à nouveau, et nous voilà repartis dans l'allée. Et puis, le surlendemain, je la vois encore une fois, et je me dis : Tiens, on dirait qu'il y a quelque chose qui cloche. Et ensuite je me rends compte qu'elle porte *exactement les mêmes vêtements* que les deux fois précédentes ! Jusqu'aux sous-vêtements. Et aussi, qu'elle dégage une drôle d'odeur. En vérité, il me faut corriger : elle sent franchement mauvais. Pauvre fille ! Elle n'avait nulle part où aller.

— Alors tu as pris tes jambes à ton cou ?

— Bien sûr que non ! Là où on en était ! »

Tous s'esclaffèrent, et ensuite Timothy se mit à fredonner : La da dee la dee da, La da dee la dee da », et Percival fit chorus : Elle est comme toi et moi, mais elle n'a pas de toit, elle n'a pas de toit. » David les quitta, le sourire aux lèvres – il aimait voir ces trois-là ensemble, et leur façon de ne s'intéresser qu'à eux-mêmes. En quoi la vie de son père aurait été différente si Edward avait davantage ressemblé à Timothy, Percival ou John, si son père avait eu un ami qui ait transformé la trame de leur passé en une histoire écrite pour divertir plutôt que maîtriser ? Il tenta de s'imaginer son père dans la maison de Charles, à cette réception. Qu'aurait-il pensé ? Qu'aurait-il fait ? Il se le représenta, avec son petit sourire timide, debout derrière la rampe de l'escalier, regardant les autres hommes mais redoutant de se joindre à eux, supposant qu'ils l'ignoreraient comme il avait été ignoré presque toute sa vie durant. Quelle existence aurait eue son père s'il avait quitté l'île, appris à ne pas tenir compte de sa mère, trouvé quelqu'un pour le chérir ? La conséquence aurait peut-être été un avenir dans lequel David ne serait pas né ? Il resta là à rêver pour lui d'une autre vie : son père longeait l'arc au nord de la Place, un roman glissé sous le bras, il marchait sous les arbres de fin d'automne, aux feuilles aussi rouges que des pommes, le visage levé vers le ciel. C'était un dimanche, et il devait retrouver un ami pour aller au cinéma puis au restaurant. Mais ensuite la vision achoppa : qui était cet ami ? Un homme ou une femme ? Étaient-ils amoureux ? Où habitait son père ? Comment subvenait-il à ses besoins ? Où irait-il le lendemain, et le surlendemain ? Était-il en bonne santé, et sinon, qui prenait soin de lui ? Il sentit un nuage de désespoir l'envelopper : son père lui échappait même dans une fiction, il était incapable de lui inventer une vie heureuse. Il n'avait pas réussi à le sauver, il ne réussissait même pas à trouver le courage d'apprendre ce qu'il était advenu de lui. Il l'avait abandonné dans la vraie vie, et maintenant il le désertait encore dans son monde imaginaire. Ne devrait-il pas au moins être capable de lui imaginer une existence meilleure, une vie plus douce ? Qu'est-ce que cela disait de lui, son fils, qu'il n'en soit même pas capable ?

Mais peut-être, songea-t-il, peut-être n'était-ce pas un manque d'empathie de sa part qu'il fallait blâmer pour cette inaptitude à projeter son père dans une existence différente – peut-être était-elle due au caractère enfantin de son père qui s'était conduit comme aucun parent, aucun autre adulte qu'il ait jamais rencontré, ni alors ni depuis. Il y avait par exemple leurs promenades, qui avaient commencé alors que David avait six ou sept ans. Il était réveillé au milieu de la nuit par son père qui lui tendait la main, David la prenait, et ensemble ils arpentaient les rues du quartier en silence, soulignant à tour de rôle combien les choses les plus familières peuvent prendre un autre aspect la nuit : le buisson aux fleurs tombantes qui ressemblaient à des cornets à piston inversés, l'acacia dans le jardin de leurs voisins, qui dans le noir apparaissait ensorcelé, voire malveillant, et semblait venir d'un pays lointain où ils seraient deux voyageurs traversant des étendues de neige crissant sous leurs bottes, avec à l'horizon une ferme et son unique fenêtre éclairée par une seule bougie d'un jaune ambré, et à l'intérieur se cacherait une sorcière déguisée en gentille veuve qui leur offrirait deux bols d'une soupe aussi épaisse que du porridge, où flotteraient des dés de lard salé et des morceaux d'igname rôtis et sucrés.

Pendant ces promenades, il y avait toujours un moment où il se rendait compte qu'il voyait clair, que la nuit, qui avait d'abord semblé n'être qu'un écran noir, uniforme et silencieux, était plus lumineuse qu'il ne l'avait cru, et bien qu'il se promette toujours de déterminer quand cela se produisait exactement, à quel instant ses yeux avaient réussi à s'accoutumer au filtre de cet éclairage insolite, il n'y parvenait jamais. Ce phénomène se produisait si progressivement, si indépendamment de sa volonté, qu'on aurait dit que son cerveau n'existait pas pour contrôler son corps mais pour s'extasier devant ses facultés, ses capacités d'adaptation.

Tout en marchant, son père lui racontait des anecdotes de sa propre enfance, il lui montrait les endroits où il avait joué ou s'était caché quand il était petit et, la nuit, ces récits ne paraissaient pas aussi tristes que quand sa grand-mère les lui avait relatés, ce n'étaient plus que de simples histoires : les garçons du quartier qui, juchés sur un arbre, lançaient des avocats à son père quand il rentrait de l'école ; la fois où ils l'avaient forcé à grimper sur un manguier dans son jardin et lui avaient interdit de redescendre sous peine d'être rossé, et où pendant des heures, jusqu'à la tombée du jour, jusqu'à ce que tous aient dû abandonner leurs postes pour rentrer dîner, il était resté dans l'arbre, accroupi dans l'étroit espace entre le tronc et les branches, et quand finalement il était redescendu, les jambes flageolantes de faim et d'épuisement, il avait dû rentrer chez lui pour expliquer où il était passé à sa mère qui l'attendait dans la salle à manger, muette et furieuse.

Pourquoi tu ne lui as pas juste dit ce qui t'était arrivé ? avait-il demandé.

— Oh… » Puis, après un silence : « Elle n'aurait pas voulu l'entendre. Elle refusait de savoir que ces garçons n'étaient en fait pas mes amis. C'était gênant pour elle. » David se taisait, il l'écoutait. « Mais toi, ça ne t'arrivera pas, Kawika. Tu as des copains, toi. Je suis fier de mon fils. »

Ensuite, David était resté silencieux, la mélancolique histoire de son père descendait en lui, elle glissait de son cœur à ses intestins, telle une enclume de plomb, et en se le rappelant, il ressentit la même peine, qui cette fois gagnait tout son corps comme si on la lui avait injectée dans les veines. Alors il tourna les talons, avec l'intention d'inventer une raison pour se rendre à la cuisine – surveiller le dressage du repas, dire à Adams que Percival aurait bientôt besoin de plus d'eau chaude –, mais il vit Charles descendre l'escalier.

« Que se passe-t-il ? », demanda Charles en le voyant là, son sourire s'évanouissant. « Un problème ? » Non, non, aucun problème, dit-il, mais Charles lui ouvrit tout de même les bras et David s'y réfugia, à l'abri de sa chaleur, contre son torse robuste et rassurant. « Ne t'en fais pas, David, tout va très bien aller », chuchota Charles, et après quelques secondes, David hocha la tête contre son épaule. Tout irait bien, il le savait – Charles l'avait dit, et David l'aimait, il revenait de loin, et il ne lui arriverait rien de fâcheux que Charles ne puisse régler.

*

Vers 20 heures, les douze invités étaient tous arrivés, Peter le dernier – il s'était mis à neiger, Charles, David et John avaient porté Peter dans son lourd fauteuil roulant pour lui faire monter les marches du perron : David et John chacun d'un côté, Charles soulevant l'arrière.

Il avait vu Peter trois semaines plus tôt à Thanksgiving, et il fut ébahi de voir à quel point son état s'était détérioré en si peu de temps. La manifestation la plus évidente de son déclin était le fauteuil roulant – un modèle à haut dossier avec un appuie-tête –, mais il y avait aussi la perte de poids, la façon dont sa peau, en particulier sur le visage, s'était tendue, si bien que ses lèvres ne semblaient plus réussir tout à fait à lui couvrir les dents. Ou plutôt, c'était moins qu'elle s'était tendue qu'elle s'était rétrécie comme si quelqu'un l'avait saisie à pleines mains derrière le crâne et avait tiré dessus, l'avait cruellement tendue jusqu'à ce que ses yeux paraissent s'exorbiter. Quand il fut à l'intérieur, ses amis se pressèrent autour de lui, mais David voyait bien qu'eux aussi étaient choqués par son apparence ; personne ne semblait savoir que dire.

« Eh bien quoi ? Vous n'avez jamais vu de mourant ? », demanda paisiblement Peter, et tous détournèrent le regard.

C'était une question rhétorique, plutôt violente, mais Charles répondit : « Bien sûr que si, Peter », d'un ton neutre et professionnel. Il était allé chercher un plaid dans son bureau et le passait sur les épaules de Peter en le croisant sur sa poitrine. « Maintenant, occupons-nous de te trouver quelque chose à manger. Allez, tout le monde ! Le dîner est prêt dans la salle à manger. S'il vous plaît, servez-vous. »

Charles avait d'abord pensé à un dîner où tous prendraient place à table, mais Peter l'en avait dissuadé. Il n'était pas sûr d'avoir la force de rester assis durant un long repas, expliqua-t-il, et par ailleurs, le but de cette réception était qu'il prenne congé de chacun. Il fallait qu'il puisse circuler entre les convives, leur parler, et aussi s'éloigner d'eux quand il le souhaiterait. Alors que tout le monde se dirigeait en file indienne et non sans une certaine réticence vers la salle à manger, Charles se tourna vers lui : « David, tu veux bien préparer une assiette pour Peter ? Je vais l'installer sur le sofa. »

Bien sûr, répondit-il.

Dans la salle à manger régnait une atmosphère de joie excessive, tandis que les invités se servaient plus de nourriture qu'ils ne pourraient en consommer, en déclarant à haute voix qu'ils faisaient un écart avec leur régime. Ils étaient venus pour Peter, mais personne ne parlait de lui. Ils le voyaient pour la dernière fois, ils allaient prendre congé de lui pour toujours, et la soirée prit soudain l'allure grotesque d'un bal des vampires. Pressé de mener à bien sa mission, David se précipita de plat en plat, coupant la file, et il emplit l'assiette de Peter de viande, de pâtes et de légumes braisés, avant d'en prendre une autre dans laquelle il disposa tous les mets favoris de Charles.

De retour au salon, il trouva Peter assis à une extrémité du sofa, les jambes posées sur le pouf, et Charles penché vers lui, le bras droit passé autour de ses épaules, la tête de Peter enfouie dans son cou ; quand David s'approcha, Charles se retourna, sourit, et David vit qu'il avait pleuré alors qu'il ne pleurait jamais. « Merci », dit-il à David, et en tendant l'assiette à Peter, il ajouta : « Tu vois ? Pas de poisson. Exactement comme tu l'avais demandé.

— Parfait, répondit le malade en tournant sa tête de mort vers David. Merci, jeune homme. » Peter l'appelait toujours ainsi. Cela ne lui plaisait guère mais que pouvait-il y faire ? Après ce week-end, il n'aurait plus jamais à supporter que Peter l'appelle « jeune homme ». Quand il se rendit compte de ce qu'il venait de penser, il eut honte, presque comme s'il avait parlé à haute voix.

Or, si Peter avait un avis précis sur ce qu'il fallait servir à ce dîner, il n'avait d'appétit pour rien – même l'odeur de la nourriture lui levait le cœur, expliqua-t-il. Et pourtant, tout le restant de la soirée, l'assiette que David lui avait préparée resta sur la table d'angle à sa droite, les couverts enveloppés d'une serviette en tissu glissée sous le bord, comme s'il pouvait à tout moment changer d'avis, s'en saisir et manger tout ce qu'elle contenait. Ce n'était pas la maladie qui l'avait privé d'appétit : c'était la nouvelle chimiothérapie qu'il avait entamée un mois plus tôt. Mais les médicaments s'étaient à nouveau révélés impuissants ; le cancer demeurait, alors que les forces physiques de Peter déclinaient.

Il avait été étonné quand Charles le lui avait raconté. Pourquoi Peter avait-il commencé une nouvelle chimiothérapie alors qu'il savait qu'il allait se donner la mort ? À ses côtés, Charles avait soupiré sans répondre tout de suite. Puis au bout de quelques instants : « Il est difficile d'abandonner tout espoir. Même à la toute fin. »

C'est seulement quand davantage de convives furent repartis vers le salon avec leurs assiettes remplies, prenant provisoirement place dans les fauteuils, sur les repose-pieds et autres sofas comme des courtisans autour du trône d'un roi, que David s'autorisa à aller lui aussi chercher quelque chose pour se restaurer. La salle à manger était déserte, les plats s'étaient peu à peu vidés, et tandis qu'il emplissait son assiette de ce qu'il trouvait, un serveur sortit de la cuisine. « Oh, dit-il, je suis désolé. Nous allons réapprovisionner tout de suite. » Il s'aperçut que David avait essayé de se servir du steak. « Je vais en chercher un plat supplémentaire. »

Il repartit, et David le suivit des yeux. C'était un jeune et beau garçon (tout ce que David avait rigoureusement proscrit), et à son retour, David s'assit en silence, et le laissa échanger le plat vide contre un plein.

« Ce steak est parti très vite, commenta-t-il.

— Normal. Il est délicieux. Nous l'avons goûté avant de le servir. »

Le jeune homme leva les yeux en souriant, et David lui rendit son sourire. Puis, après quelques secondes :

« Je m'appelle David.

— James.

— Enchanté, déclarèrent-ils en même temps avant d'éclater de rire.

— Alors, c'est une soirée d'anniversaire ? s'enquit James.

— Non, plutôt un hommage à Peter – le type en fauteuil roulant. Il est… il est malade. »

James hocha la tête et un nouveau silence s'installa. « Elle est belle, cette maison », et David hocha la tête en réponse. Oui, très belle.

« Elle appartient à qui ? »

À Charles, le grand monsieur blond ? Celui qui porte un pull-over vert ? *Mon compagnon,* aurait-il dû ajouter mais il n'en fit rien.

« Ah oui, je vois. » James tenait toujours le plat, et il le fit tourner entre ses mains avant de relever les yeux et de sourire à nouveau. « Et vous ? »

Moi ? demanda-t-il, flirtant à son tour.

« C'est quoi votre problème ? »

Aucun.

James, d'un geste du menton, désigna le salon. « Vous sortez avec un de ces types ? »

Il ne répondit pas. Dix-huit mois après leur premier rendez-vous, il lui arrivait encore de s'étonner que Charles et lui forment un couple. Ce n'était pas seulement parce que Charles était tellement plus âgé, mais plutôt parce qu'il n'était pas le genre d'homme qui l'avait attiré auparavant : trop blond, trop riche, trop blanc. Il mesurait l'effet qu'ils produisaient quand ils étaient ensemble ; il savait ce que les gens murmuraient. « Et quand bien même ils penseraient que tu es un gigolo ? », avait demandé

Eden quand il s'en était ouvert à elle. « Les gigolos sont des êtres humains comme les autres. » Je sais, je sais, répondit-il. Mais c'est différent.

« Ton problème, dit Eden, c'est que tu ne peux pas accepter que les gens ne te voient que comme un vaurien à la peau brune. » Et de fait, cela le dérangeait qu'on suppose qu'il était pauvre, sans instruction et qu'il ne s'intéressait à Charles que pour son argent. (Eden : « Tu es effectivement pauvre et sans instruction. Qu'est-ce que ça peut foutre ce que ces vieux cons pensent de toi ? »)

Mais si, à la place, ce James et lui formaient un couple, tous deux jeunes, pauvres et pas vraiment blancs ? Et s'il était avec quelqu'un qu'il pourrait regarder et en qui il pourrait se reconnaître, ne serait-ce que superficiellement ? Était-ce la fortune de Charles, son âge, ou sa couleur de peau qui le faisait si souvent se sentir vulnérable et inférieur ? Aurait-il davantage de détermination, serait-il moins passif, si la relation avec son amant était plus équitable ? Aurait-il moins l'impression d'être un traître ?

Néanmoins, il se comportait bel et bien comme tel en ne revendiquant pas sa liaison avec Charles, en se sentant coupable.

Oui, avoua-t-il à James. Avec Charles. C'est mon compagnon.

« Oh », dit James, et David vit passer quelque chose sur son visage – de la pitié ? Du mépris ? « Dommage », ajouta-t-il avec un large sourire, et il ouvrit d'un coup la porte à deux battants de la cuisine, disparaissant avec son plat et laissant David seul à nouveau.

Il prit son assiette et quitta la pièce, éprouvant à la fois une grande gêne et, moins facile à expliquer, une sorte de rage contre Charles pour ne pas être le genre d'homme avec lequel il devrait être, pour le faire se sentir honteux. Il savait que c'était injuste : il avait besoin de la protection de Charles et en même temps il voulait être libre. Parfois, quand Charles et lui avaient choisi de rester un samedi soir à New York et prenaient place dans le bureau devant un de ces films en noir et blanc que Charles aimait depuis sa jeunesse, ils entendaient le chahut d'un groupe de joyeux drilles qui passaient devant la maison, en chemin vers une boîte, un bar ou une fête. Il les reconnaissait à leurs rires, à leurs éclats de voix

– sans savoir spécifiquement qui ils étaient, mais devinant qu'ils appartenaient à la tribu des jeunes sans argent et sans avenir dont il faisait lui-même encore partie un an et demi plus tôt. Il avait parfois l'impression d'être l'un de ses ancêtres, qu'on avait convaincu de monter dans un bateau et expédié dans le vaste monde, forcé à monter sur une estrade dans des facultés de médecine à Boston, Londres et Paris, pour que docteurs et étudiants puissent examiner les tatouages élaborés qui marquaient sa peau et son collier de cheveux tressés – Charles était son guide, son mentor, mais aussi son gardien, et maintenant qu'il avait été arraché à son peuple, il ne serait plus jamais autorisé à retourner dans son sein. Cette sensation était particulièrement vive les nuits d'été, alors qu'ils gardaient les fenêtres ouvertes, et qu'à 3 heures du matin il était réveillé par une troupe de noceurs éméchés qui faisaient le tour de la place en chantant, le son de leurs voix s'estompant peu à peu entre les arbres. Alors, il regardait Charles couché à côté de lui et ressentait un mélange de pitié, d'amour, de dégoût et d'irritation – accablé d'être avec un homme aussi différent, reconnaissant que cet homme soit Charles. « L'âge, ce n'est qu'un nombre », avait dit l'un de ses amis les plus superficiels en voulant se montrer gentil, mais il se trompait – l'âge, c'était un autre continent, et tant qu'il serait avec Charles, il y resterait amarré.

Non qu'il ait ailleurs où aller. Son avenir était incertain et nébuleux. Il n'était pas seul dans ce cas. Beaucoup de ses amis et camarades de classe étaient comme lui, passant de la maison au bureau puis retour à la maison avant de repartir vers une boîte, un bar ou chez des copains. Ils n'avaient pas d'argent, et nul ne savait combien de temps il leur restait à vivre. Se préparer à avoir trente ans, sans songer encore à quarante et moins encore à cinquante, c'était comme acheter des meubles pour décorer une maison de sable – qui pouvait dire quand elle serait emportée par la mer, et qu'elle commencerait à se détruire toute seule, à se désagréger peu à peu ? Il valait bien mieux utiliser l'argent gagné à la sueur de votre front à vous convaincre que vous étiez encore en vie. Un de ses amis, après la mort de son compagnon, avait commencé à s'empiffrer. Tout ce qu'il possédait, il le dépensait en nourriture.

David était allé dîner avec Ezra un soir et l'avait regardé avec un étonnement horrifié avaler un bol de soupe cantonaise, puis un wok de mangetouts et de châtaignes d'eau suivi par une assiette de langue de bœuf braisée et un canard laqué entier. Il mangeait avec une sorte de détermination implacable et sans joie, promenant son doigt dans les dernières traînées de sauce avant de les lécher, empilant les assiettes vides comme des documents déjà traités. David avait trouvé cela écœurant, mais en même temps il comprenait : la nourriture, c'était du concret, un signe de vie, elle prouvait que votre corps vous appartenait toujours, qu'il réagissait et continuerait à réagir à ce que vous fourriez à l'intérieur, et que vous pouviez le faire fonctionner. Avoir faim, c'était être vivant, et quand on est vivant, on a besoin de se nourrir. Au fil des mois, Ezra avait pris du poids, d'abord un peu, puis de plus en plus, et aujourd'hui, il était franchement gros. Mais tant qu'il l'était, il n'était pas malade, et personne n'aurait pensé qu'il l'était : il avait les joues chaudes et bien roses, les lèvres et le bout des doigts souvent maculés de graisse – où qu'il aille, il laissait des preuves de son passage. Même son nouvel embonpoint grotesque était une sorte de cri, de défi ; son corps prenait plus de place que ce qui était permis, ou convenable. Il avait fait de lui-même une présence qu'on ne pouvait plus ignorer. Il s'était rendu incontournable.

Mais David avait plus de mal à analyser pourquoi il trouvait si peu de sens à sa propre vie. Il n'était pas malade. Pas pauvre non plus, et tant qu'il partagerait l'existence de Charles, il ne le serait jamais. Et pourtant il avait du mal à imaginer pour quoi il pourrait bien vivre. Il avait terminé une année d'études de droit avant d'être obligé d'abandonner par manque de moyens et d'accepter un emploi d'assistant juridique chez Larsson & Wesley trois ans auparavant ; Charles essayait d'ailleurs toujours de le convaincre de se réinscrire. « Où tu veux, la meilleure faculté où tu seras accepté », répétait-il. (David avait étudié dans une université publique et il savait que Charles attendait mieux de lui. « Je paierai le nécessaire. » Quand David hésitait, Charles ne comprenait pas : « Mais pourquoi ? Tu as fait un an. C'était clairement ton projet auparavant. Et puis tu as les capacités qu'il faut. Pourquoi ne veux-tu pas continuer ? » Il ne pouvait pas avouer à Charles qu'il n'avait eu alors aucun goût particulier pour le droit, qu'il ne savait pas lui-même pourquoi il s'était inscrit pour commencer – mis à part le fait que c'étaient peut-être des études que son père aurait voulues pour lui, une carrière qui l'aurait rendu fier. Décrocher un diplôme de droit entrait dans la vaste catégorie de la quête d'autonomie, une valeur que son père avait toujours essayé de lui inculquer, mais une aptitude qu'il n'avait lui-même jamais eue.

Est-ce que nous sommes vraiment forcés d'avoir cette conversation ? demandait-il à Charles.

« Non, rien ne nous y oblige, répondait-il. C'est seulement que je déteste voir quelqu'un d'aussi brillant que toi perdre son temps à travailler comme assistant juridique. »

Moi, ça me plaît d'être assistant. Je ne suis pas aussi ambitieux que tu voudrais que je le sois, Charles.

Et Charles soupirait. « Je veux seulement te voir heureux, David. Je souhaiterais que tu saches ce que tu souhaites faire de ta vie. À ton âge, moi, je voulais tout. Compter pour quelque chose, plaider devant la Cour suprême, être respecté. Toi, que veux-tu ?

Être ici, avec toi, répondait-il invariablement, et Charles soupirait à nouveau, en souriant, agacé mais aussi ravi. « David », gémissait-il, et la querelle, si c'en était une, s'arrêtait là.

Parfois pourtant, ces nuits d'été, il pensait savoir exactement ce qu'il voulait. Il aurait souhaité se trouver quelque part entre l'endroit où il était, entre des draps d'un coton de qualité aux côtés d'un homme qu'il s'était mis à aimer, et dans la rue, longeant le parc, poussant des cris et s'agrippant à ses copains quand un rat déboulait de l'ombre à quelques centimètres de ses pieds, ivre, libre et sans espoir, brûlant sa vie, sans personne qui lui rêve un avenir, ni Charles ni lui-même.

*

Au salon, deux serveurs circulaient, remplissaient les verres d'eau, débarrassaient les assiettes vides ; Adams se chargeait des alcools. Il y avait une barmaid parmi les employés du traiteur, mais David savait qu'elle était retenue prisonnière dans la cuisine, ses tentatives pour l'aider repoussées par Adams, qui adorait mixer les cocktails lui-même et ne laissait jamais personne discuter ses recettes. Et donc, à chaque réception Charles rappelait à l'organisatrice de demander au traiteur de ne pas amener de barman ; chaque fois le traiteur s'obstinait, « au cas où », et chaque fois, le malheureux se retrouvait consigné dans la cuisine, sans pouvoir faire son travail.

De son poste d'observation au pied de l'escalier, il regarda James entrer au salon, s'aperçut que les autres convives le remarquaient, les vit jauger ses fesses, ses yeux et son sourire. David n'étant pas dans la pièce, ce garçon était seul à ne pas être blanc parmi les présents. James se pencha vers les Trois Sœurs et dit quelques mots que David n'entendit pas mais qui les fit rire, avant de se redresser et de repartir avec une pile d'assiettes. Quelques minutes plus tard, il revint avec d'autres et le saladier de pâtes qu'il proposa aux convives, tenant le plateau en équilibre sur la paume de sa main droite en gardant son autre poing fermé derrière son dos.

Et s'il l'appelait au moment où James quitterait la pièce ? Le garçon regarderait alentour, l'air surpris, puis il le verrait, sourirait et viendrait à sa rencontre, David le prendrait par la main et le conduirait dans la soupente de l'escalier où Adams remisait les réserves d'antimite, de bougies, et les sacs en toile contenant des fragments d'écorce de cèdre qu'il glissait entre les pull-overs de Charles avant de les ranger pour l'été et que Charles aimait jeter dans la cheminée pour parfumer la fumée. Le plafond était juste assez haut pour s'y tenir debout, et l'espace assez profond pour s'y agenouiller ; il sentait déjà la peau de James sous ses doigts, il entendait déjà leurs halètements. Puis James s'en irait, il retournerait à ses tâches, et David attendrait, compterait jusqu'à deux cents avant de quitter le cagibi à son tour, se précipiterait dans la salle de bains conjugale pour se rincer la bouche avant de retourner au salon, où James serait déjà en train de proposer aux invités de se resservir du bœuf ou du poulet, et il reprendrait place auprès de Charles. Tout le restant de la soirée, ils s'appliqueraient à ne pas trop se regarder, mais à chaque passage dans la pièce, James lui jetterait un coup d'œil furtif et il le lui rendrait ; puis, pendant que l'équipe du traiteur plierait bagage, il dirait à Charles qu'il avait oublié son livre au rez-de-chaussée et il filerait sans lui laisser le temps de répondre, il trouverait James en train d'enfiler son manteau, lui glisserait dans la paume un papier avec son numéro de téléphone au bureau, et lui dirait de l'appeler. Pendant des semaines, des mois peut-être par la suite, ils se reverraient, toujours chez James, et puis un jour, le garçon rencontrerait quelqu'un d'autre, déménagerait ou simplement se lasserait, et David n'entendrait plus jamais parler de lui. Il voyait, sentait, goûtait chaque détail avec une précision telle que c'était un peu comme si tout cela s'était déjà produit, qu'il soit en train de revivre un souvenir. Mais quand en réalité il aperçut James qui repartait vers la cuisine, il se força à se cacher, tournant la tête vers le mur pour éviter la tentation de lui parler.

Ce désir constant ! Était-ce parce qu'il était désormais dangereux de faire l'amour comme il le faisait autrefois, ou parce que Charles et lui étaient monogames, ou bien seulement parce qu'il ne tenait pas en place ? « Tu es jeune », s'était esclaffé Charles, sans en prendre ombrage quand il lui en avait parlé. « C'est normal, ça te passera dans les soixante années à venir environ. » Mais il n'était pas sûr que ce soit la question, ou du moins que ce soit la seule. Il lui fallait simplement plus de vie. Il ne savait pas ce qu'il en ferait, mais il en voulait – et pas seulement plus de vie dans la sienne, mais dans celle des autres. Plus, plus et plus encore, jusqu'à s'en étouffer.

Inévitablement, il songeait à son père, à ce qu'il avait recherché. L'amour, sans doute, l'affection. Mais rien d'autre. La nourriture ne l'intéressait pas, le sexe, les voyages, les voitures ou les maisons non plus. Un Noël – l'année précédant leur départ pour Lipo-wao-nahele, il devait donc avoir neuf ans –, on leur avait donné comme consigne à l'école de demander à leurs parents ce qu'ils voudraient comme cadeau, et ensuite ils le confectionneraient en cours d'art plastique. Bien sûr, ils ne seraient jamais capables de fabriquer ce que leurs parents souhaitaient vraiment, mais les mères et les pères des autres enfants, qui tous le comprenaient, avaient suggéré quelque chose de réalisable – « Je voudrais que tu me fasses un beau dessin », avait dit l'une ; « j'aimerais un nouveau cadre à photos », avait proposé un autre. Mais le père de David s'était contenté de lui prendre la main. « Je t'ai toi. Je n'ai besoin de rien d'autre. » Tu dois pourtant bien avoir envie de quelque chose ! avait-il insisté, frustré, et son père avait secoué la tête : « Tu es mon plus grand trésor. Je t'ai toi et je ne veux rien d'autre. » Finalement, David avait dû expliquer son problème à sa grand-mère, qui s'était précipitée vers la véranda où son père lisait le journal en attendant Edward et lui avait dit sèchement : « Wika ! Ton fils va avoir un zéro en travaux manuels si tu ne lui dis pas tout de suite ce qu'il peut confectionner pour toi ! »

Au bout du compte, il avait moulé pour son père un objet de décoration en argile, cuit dans le four de l'école. C'était une espèce de bloc assez informe, seulement à moitié verni, qui ressemblait vaguement à une étoile, avec le nom du destinataire – leur nom – gravé dessus, mais son père l'avait adoré et accroché au-dessus de son lit (pas de sapin cette année-là), plantant lui-même le clou. Il se rappela que son père avait failli pleurer, et combien il s'était senti gêné pour lui d'être aussi heureux d'un cadeau aussi banal, moche et mal réussi, un objet qu'il avait réalisé en hâte, rien que quelques minutes, pressé qu'il était d'aller jouer avec ses copains.

Mais peut-être Charles était-il responsable de cette envie constante de sexe. David ne s'était pas senti attiré par lui lors de leur première rencontre – il avait flirté par automatisme plus que poussé par une émotion quelconque – et c'est par curiosité qu'il avait accepté son invitation à dîner, pas par désir. Mais au milieu du repas, quelque chose avait changé, et quand ils s'étaient revus, chez Charles le lendemain, leur rencontre avait été ardente et s'était presque passée de paroles.

Néanmoins, malgré leur appétit réciproque, ils avaient en fait attendu pendant plusieurs semaines avant de coucher ensemble, parce qu'ils voulaient tous les deux éviter la conversation qu'il leur faudrait avoir d'abord, la conversation que l'on pouvait lire sur les visages de tant de personnes qu'ils connaissaient.

Finalement, il avait lui-même abordé le sujet. Écoute, avait-il dit, je ne l'ai pas, et il avait vu les traits de Charles s'affaisser.

« Dieu merci », avait-il dit. Il s'attendait à ce que Charles annonce que lui non plus, mais il n'en fit rien. « Personne ne le sait, dit-il. Toi, il faut que tu le saches. Mais à part Olivier – mon ex –, personne d'autre n'est au courant. Rien que mon médecin, lui, moi, et maintenant toi. Oh et Adams, bien sûr. Mais personne au travail. Ils ne doivent pas l'apprendre. »

Il était un instant demeuré sans voix mais Charles avait brisé le silence. « Je suis en très bonne santé. Je suis le traitement, je le supporte très bien. » Une pause. « Personne n'a besoin de savoir. »

Il avait été surpris, puis surpris de sa propre surprise. Il avait couché avec des hommes contaminés, même eu des liaisons plus ou moins durables avec certains, mais Charles semblait l'antithèse vivante de la maladie, une personne chez qui le virus n'oserait pas se loger. Il savait que c'était ridicule mais c'était ce qu'il ressentait. Depuis qu'ils étaient officiellement en couple, les amis de Charles lui demandaient souvent – en plaisantant à moitié seulement – ce qu'il pouvait bien trouver de séduisant chez leur si *vieil* ami (« Allez vous faire foutre, intervenait Charles en souriant de toutes ses dents), et David répondait que c'était son assurance (« Remarque qu'il n'a rien dit de ton physique, Charlie », ironisait Peter.) Et si c'était vrai, ce n'était pas la seule chose qui l'attirait, pas exactement en tout cas : plutôt la capacité qu'avait Charles de donner de lui une image d'indestructibilité, la conviction radicale que tout problème allait être résolu, qu'une solution pouvait toujours être trouvée tant qu'on avait l'argent, les relations et l'intelligence nécessaires. Seule la mort aurait raison de Charles, c'est ce qu'il semblait du moins. C'était une force qu'il garderait jusqu'à la fin de ses jours, et ce qui manquerait le plus à David quand il aurait disparu.

Et c'était cette même force qui permettait à David d'oublier – pas toujours, mais pendant de longues périodes – que Charles était infecté. Il le voyait prendre son traitement, il savait qu'il consultait son médecin à l'heure du déjeuner le premier lundi de chaque mois, mais pendant des heures, des jours, des semaines, il était capable de prétendre que la vie de Charles et leur vie commune ne prendraient jamais fin, tel un rouleau de parchemin se déroulant lentement sur l'herbe d'un long chemin. Il pouvait taquiner Charles sur le temps qu'il passait devant le miroir, sur la façon dont il se tartinait de crème avant de se coucher en faisant d'affreuses grimaces ; sur la manière dont il contemplait son reflet en sortant de la douche, maintenant d'une main la serviette qui lui ceignait la taille et tordant le cou pour scruter son dos, sur ce tic qui consistait à retrousser les lèvres et à tapoter sur ses gencives du bout de son ongle. L'examen que se faisait subir Charles était sans doute dû au narcissisme de l'âge et à l'insécurité qui l'accompagne – certainement exacerbés par la présence de David dans sa vie, par sa jeunesse –, mais David savait aussi – tout en s'appliquant à ne pas le reconnaître – que c'était l'expression des peurs de Charles : perdait-il du poids ? ses ongles se décoloraient-ils ? ses joues se creusaient-elles ? une lésion était-elle apparue ? quand la maladie viendrait-elle s'inscrire sur son corps ? quand les médicaments qui avaient réussi à la tenir à distance laisseraient-ils leur trace ? quand deviendrait-il un citoyen du pays des malades ? Se bercer d'illusions était ridicule, et ils le savaient tous les deux, mais ce pouvait aussi être dangereux. Charles faisait semblant, et David le laissait faire. Ou bien était-ce David qui faisait semblant et Charles qui le laissait faire ? Dans les deux cas, le résultat était le même : ils ne parlaient que rarement de la maladie, et ils ne prononçaient jamais son nom.

Toutefois, si Charles refusait de reconnaître que lui était malade, il n'était pas dans le déni pour ses amis. Percival, Timothy, Teddu, Norris : Charles leur donnait de l'argent, leur prenait des rendez-vous médicaux, engageait les cuisinières, les employés de maison et les infirmières qui osaient, qui daignaient, leur venir en aide. Il avait même installé Teddy, décédé peu avant que Charles et David ne commencent à sortir ensemble, dans le bureau à côté de sa chambre ; et c'est là, entouré par les collections d'estampes botaniques de Charles, que Teddy avait passé ses derniers mois. Quand il était mort, avec l'aide des autres amis de Teddy, Charles avait déniché un prêtre compatissant, organisé la veillée funèbre, partagé les cendres de Teddy entre eux. Le lendemain, il était allé travailler. Le travail, c'était un domaine, et le monde en dehors du travail un autre, et il semblait accepter l'idée que les deux ne se rencontrent jamais, que la mort de ses amis ne soit jamais une excuse valable pour arriver en retard ou ne pas se présenter du tout au cabinet. Sa peine, tout comme son amour, il n'espérait pas que qui que ce soit la comprenne ou la partage chez Larsson & Wesley. Il était épuisé, David devait le comprendre plus tard, mais jamais il ne s'en plaignait, parce que la fatigue était un privilège des vivants.

Et là encore, David avait honte, honte d'avoir peur, d'éprouver du dégoût. Il ne voulait pas regarder le visage émacié de Timothy ; il ne voulait pas voir les poignets de Peter, devenus si maigres qu'il avait échangé sa montre en métal contre une montre d'enfant en plastique qui lui glissait tout de même le long du bras comme un bracelet. Il avait eu des amis qui étaient tombés malades, mais il les avait soigneusement évités, leur faisant des bises de loin plutôt que de les embrasser sur la joue, changeant de trottoir pour ne pas les croiser, flânant devant des immeubles où autrefois il se précipitait, attendant au coin de la rue quand Eden se jetait dans leurs bras, se hâtant de quitter les chambres où ils étaient tellement en mal de visites. Ne suffisait-il pas qu'à vingt-cinq ans il soit obligé de vivre comme ça ? N'était-ce pas montrer assez de courage ? Comment pouvait-on s'attendre à ce qu'il en fasse plus, qu'il soit plus que ça ?

Sa conduite, sa lâcheté, avaient été la cause de sa première grosse dispute avec Eden. « Tu n'es vraiment qu'un pauvre connard », avait-elle rugi en le découvrant au bas des marches, assis sur le perron d'un de leurs amis, l'attendant dans le froid depuis une demi-heure. Il n'avait pas pu le supporter – l'odeur de renfermé, l'angoisse et la résignation qui flottaient dans la chambre. « Qu'est-ce que tu dirais, David ? », lui avait-elle hurlé dessus, et quand il avait reconnu qu'il avait peur, elle s'était moquée : « Tu as *peur* ? Tu me dis que tu as *peur* ? Bon Dieu, David, j'espère que d'ici ma mort tu auras réussi à t'en faire pousser une paire ! » Et il y parvint : vingt-deux ans plus tard, alors qu'Eden elle-même serait à l'agonie, ce serait lui qui resterait à son chevet, une nuit après l'autre, pendant plusieurs mois ; lui qui irait la chercher à la sortie de ses sessions de chimiothérapie ; lui qui la tiendrait dans ses bras le dernier jour ; lui qui lui caresserait le dos tandis que sa peau deviendrait froide et toute lisse. À la façon dont certaines personnes décident qu'ils vont mener une vie plus saine, lui avait décidé de devenir meilleur, d'être plus courageux, et quand Eden avait fini par mourir, il avait pleuré parce qu'elle le quittait mais aussi parce que personne n'avait jamais été aussi fier de lui, personne n'avait vu tous les efforts qu'il avait dû fournir pour ne pas partir en courant. Elle était le dernier témoin de la personne qu'il avait été, et avec elle disparaissait le souvenir qu'elle gardait de sa transformation.

Des dizaines d'années plus tard, alors que Charles était mort depuis longtemps et que David était lui-même un vieil homme, son mari, beaucoup plus jeune que lui – l'histoire se répétant mais sur un mode inversé –, éprouverait une curieuse nostalgie pour ces années et un curieux étonnement pour cette maladie, qu'il s'obstinait à appeler « la peste ». « Est-ce que vous n'avez pas eu l'impression que tout s'effondrait autour de vous ? », demanderait-il, prêt à s'indigner pour le compte de David et de ses amis, disposé à lui offrir sympathie et consolation, et David, qui à cette époque avait vécu avec la maladie depuis presque aussi longtemps que son mari était sur terre, répondrait que non, il n'avait pas eu cette impression. Peut-être que Charles oui, mais pas moi, dirait-il. L'année où j'avais commencé à avoir des relations sexuelles était celle où on avait mis un nom sur ce virus – je n'ai jamais connu le sexe ni même l'âge adulte sans lui. « Mais comment pouviez-vous même fonctionner en sachant qu'il faisait tant de victimes ? Ça ne vous apparaissait pas impossible ? », insisterait-il, et David peinerait à exposer ce qu'il voulait qu'Aubrey comprenne. Oui, dirait-il lentement, parfois oui. Mais le monde continuait à tourner. Nous n'avions pas le choix. Nous nous rendions aux enterrements et dans les hôpitaux, mais nous allions aussi au travail, à des soirées, à des expositions, dans les magasins, nous faisions l'amour, nous avions des rencarts, nous étions aussi jeunes et insouciants. Nous

nous entraidions, c'est vrai, nous nous aimions, mais nous bavions aussi les uns sur les autres, nous nous moquions, nous nous bagarrions et parfois nous étions de bien mauvais copains et de bien mauvais compagnons. On faisait une chose et son contraire, on faisait tout.

Il ne dirait pas que ce n'est qu'avec une dizaine d'années de recul qu'il avait fini par comprendre combien cette période avait été extraordinaire, à quel point ces terreurs avaient été nombreuses alors que, étrangement, ses souvenirs les plus vivaces étaient les trivialités, les détails épars, les petits riens qui ne revêtaient d'importance qu'à ses yeux : non pas les chambres d'hôpital et les visages, mais le soir où Eden et lui décidèrent de ne pas se coucher de la nuit, burent une tasse de café après l'autre jusqu'à ce qu'ils soient électrisés au point de perdre l'usage de la parole, ou bien le chat blanc et gris qui vivait dans la petite boutique d'un fleuriste où il allait souvent, à l'angle de Horatio Street et de la 8e Avenue, ou encore le genre de bagels que préférait Nathaniel, l'homme avec qui il avait vécu et qu'il avait aimé après Charles : graines de pavot et pâte à tartiner au saumon fumé et à la ciboulette. (C'est en honneur de ce Nathaniel qu'il avait donné ce prénom au fils qu'il avait eu avec Aubrey – le premier Bingham depuis des générations à ne pas s'appeler David). Ce fut aussi seulement des années plus tard qu'il en vint à se rendre compte qu'il avait tout simplement accepté comme incontournable – alors qu'il n'aurait pas dû l'accepter du tout – le fait d'avoir passé sa jeunesse à se rendre à des cérémonies de commémoration plutôt que d'élaborer des projets d'avenir ; qu'il n'avait jamais aucun rêve à long terme. Il voyait bien désormais qu'il s'était glissé au fil de cette décennie, qu'il l'avait traversée avec le détachement froid d'un somnambule – se réveiller aurait voulu dire se laisser submerger par tout ce à quoi il avait assisté et tout ce qu'il avait dû endurer. D'autres en avaient été capables, mais pas lui. Il s'était appliqué à se blinder, à s'inventer un lieu sûr, où le monde extérieur ne pourrait jamais pénétrer complètement. Leur génération avait été mise en suspens – certains avaient trouvé refuge dans la colère, d'autres dans le silence. Ses amis défilaient, protestaient et vociféraient contre le gouvernement et les grands labos pharmaceutiques ; de leur plein gré, ils se laissaient submerger par la vague d'horreur qui les assaillait. Mais lui ne faisait rien, comme si rester inactif signifiait qu'aucun mal ne lui serait fait : l'époque était tonitruante, mais il avait choisi le repli, et même s'il éprouvait de la honte pour sa passivité et sa peur, même cette honte n'avait pas suffi à le pousser à s'engager dans le monde qui l'entourait. Il voulait être protégé. Il voulait rester en retrait. Il cherchait, il ne l'ignorait pas, ce que son père était peut-être lui aussi allé chercher à Lipo-wao-nahele. Et comme son père, il avait fait le mauvais choix – il avait tenté de ne pas prendre en compte la colère qui couvait en lui et voulu s'en mettre à l'abri. Mais se cacher n'avait pas empêché les choses de se produire. La seule chose que cela lui avait évitée, c'était de finir par se laisser rattraper.

*

Il était maintenant 21 heures, dans la salle à manger les plats avaient été retirés de la table et remplacés par des desserts, et une fois de plus, chacun se levait pour aller se couper des parts de la tarte aux pignons, du gâteau de polenta sur lequel luisaient des rondelles d'oranges confites, et d'un autre aux deux chocolats réalisé à partir d'une recette inventée par la cuisinière de la grand-mère de Charles et qu'il faisait servir à chacune de ses réceptions. À nouveau, David suivit les invités dans la salle à manger afin de préparer des assiettes pour Peter et Charles.

Quand il revint, James était occupé à installer une coupe d'abricots secs, de figues, d'amandes salées et d'éclats de chocolat noir sur la table basse, près du sofa où Charles et Peter étaient restés assis, et David observa les deux hommes qui lorgnaient James, le visage attentif mais indéchiffrable. « Merci beaucoup, jeune homme », dit Peter alors que James se redressait.

Il évita de regarder James quand ils se croisèrent dans l'entrée, le bras gauche du jeune homme frôlant son bras droit, et il alla poser l'assiette de Peter à côté de lui avant de tendre la sienne à Charles, qui lui saisit la main au passage. Peter les observa, toujours impassible.

Il avait rencontré tous les autres amis proches de Charles avant Peter, et la combinaison de la réticence apparente de Charles à les présenter d'une part, et de l'autre, les fréquentes références à Peter et à ses avis – « Peter a vu le nouveau spectacle au Signature Theater et il dit que ça ne vaut rien » ; « Je veux m'arrêter chez Three Lives pour acheter cette biographie que Peter m'a recommandée » ; « Peter dit que nous devrions aller voir l'exposition Adrian Piper à la galerie Paula Cooper dès qu'elle ouvrira » – le rendait nerveux. Quand ils firent enfin connaissance, trois mois après le début de leur liaison, cette nervosité s'était muée en angoisse, aggravée d'ailleurs par celle de Charles. « J'espère que le dîner sera bon », s'agitait-il pendant que David cherchait frénétiquement une de ses chaussettes pour finir par s'apercevoir qu'elle était sur le lit, là où il l'avait laissée cinq minutes plus tôt. « Peter est très difficile pour la nourriture. Et il a un goût très raffiné. Donc si ce n'est pas bon, il le fera remarquer. » (« Ce Peter a l'air d'un sacré connard », avait commenté Eden quand David avait parlé de lui, ou au moins du Peter qu'il connaissait par personne interposée, et il dut s'interdire de répéter à haute voix le jugement de la jeune femme.)

Cet avatar de Charles, si nerveux et confus, le fascinait et l'inquiétait à la fois. C'était un soulagement de voir que même lui pouvait se sentir incapable ; mais par ailleurs, ils ne pouvaient pas tous les deux commencer cette soirée avec le même manque de confiance en soi – David comptait sur Charles pour le défendre. Pourquoi t'agites-tu comme ça ? avait-il demandé. C'est ton plus vieil ami.

« C'est précisément pour cette raison que je me sens nerveux, dit Charles en passant le rasoir sous son menton. Tu n'as pas un ami, toi, dont l'opinion compte plus que celle de tous les autres ? »

Non, répondit-il, tout en songeant à Eden au même instant.

« Eh bien, un jour, tu en auras un, dit Charles. Bon sang ! » Il venait de se couper et il s'empara d'un carré de papier toilette qu'il pressa contre sa peau. « Enfin, je te le souhaite. Il faut toujours avoir un ami que tu craignes un peu. »

Pourquoi ?

« Parce que ça signifie que tu auras quelqu'un dans ta vie qui représentera pour toi un défi qui te forcera d'une certaine façon à te dépasser sur le terrain qui te fait le plus peur. C'est devant son jugement que tu devras répondre. »

Mais était-ce bien vrai ? Il pensa à son père, qui avait sérieusement peur d'Edward. Il avait sans cesse quêté son approbation, assurément ; et Edward avait constitué pour lui un défi, c'était certain aussi. Mais Edward ne l'avait pas poussé à se dépasser – ni à devenir plus intelligent, plus cultivé, ou plus indépendant. Il voulait seulement que son père... comment dire ?... soit d'accord, lui obéisse, lui tienne fidèlement compagnie. Il avait prétendu que la docilité escomptée était au service d'une plus noble cause, mais c'était faux : il s'agissait pour lui de trouver un admirateur inconditionnel, ce que tout le monde semble rechercher au bout du compte. Le genre d'ami que décrivait Charles était quelqu'un qui vous poussait à devenir de plus en plus vous-même. Mais c'était exactement l'inverse que voulait Edward pour son père. Il désirait le réduire à n'être qu'un automate décérébré.

Bon, mais un ami n'est-il pas censé être gentil avec toi ?

« Oui, c'est pour ça que je t'ai choisi, toi », répondit Charles en lui souriant dans le miroir.

Quand enfin il rencontra Peter, il fut d'emblée surpris par sa laideur fascinante. Ce n'était pas qu'un trait ou un autre soit particulièrement discutable – il avait de grands yeux clairs, pareils à ceux d'un chien, un nez protubérant plein d'assurance, et de longs sourcils noirs qui semblaient avoir jailli d'un seul coup plutôt que d'avoir poussé poil après poil – mais l'ensemble était disharmonieux, même si on ne pouvait en détacher le regard. C'était comme si chaque élément de son visage aurait dû être soliste, plutôt que de se fondre dans un chœur.

« Peter, dit Charles en le serrant dans ses bras.

— Charlie », répondit Peter.

Pendant toute la première partie du dîner, Peter monopolisa la parole. C'était apparemment quelqu'un qui avait des opinions arrêtées et bien informées sur pratiquement tous les sujets, et son monologue, alimenté par quelques brefs commentaires et questions de Charles, les aborda successivement : le ravalement de son immeuble, le retour sur le marché d'espèces quasiment disparues de courgettes, les défauts d'un roman récent que la critique portait aux nues, le charme d'un recueil de petits essais rédigés par un moine japonais au XIVe siècle, les liens entre les adversaires du modernisme et l'antisémitisme, la raison pour laquelle il ne passerait plus jamais de vacances à Hydra, mais plutôt à Rhodes. David ne connaissait rien à aucune de ces questions, et pourtant, malgré sa gêne croissante, il se sentait intrigué par Peter. Moins par ce qu'il disait – il était incapable d'en suivre la plus grande part – que par sa façon de le dire : il avait une belle voix grave, et il parlait comme pour le plaisir que lui procurait le passage des mots sur sa langue, ne s'exprimait que parce qu'il recherchait cette sensation.

« Et donc David, dit Peter en se tournant vers lui comme le jeune homme savait que cela finirait par se produire. Charles m'a déjà raconté comment vous vous étiez rencontrés. Mais parlez-moi de vous. »

Il n'y a vraiment pas grand-chose à raconter, commença-t-il, en jetant un coup d'œil à Charles qui lui adressa un sourire encourageant. Il exposa les faits que Charles connaissait déjà, tandis que Peter le fixait de ses yeux de loup si pâles. Il aurait pensé que Peter se montrerait inquisiteur, qu'il se mettrait à lui poser les questions que tous lui posaient – Ainsi, votre père n'a jamais travaillé ? Jamais ? Vous n'avez pas connu votre mère ? Pas même un peu ? – mais il s'était contenté de hocher la tête et n'avait ajouté aucun commentaire.

Je suis quelqu'un d'ennuyeux, s'était-il excusé pour conclure, et Peter avait lentement hoché la tête d'un air grave, comme si David avait dit quelque chose de profond. « C'est certain. Mais vous êtes jeune. À votre âge, il est normal d'être ennuyeux. » Il n'était pas sûr de savoir comment prendre cette remarque, mais Charles s'était contenté de sourire. « Cela signifie-t-il que toi aussi tu étais ennuyeux à vingt-cinq ans, Peter ? », plaisanta-t-il, et Peter avait de nouveau hoché la tête. « Bien sûr que oui, et toi aussi, Charles.

— Alors quand as-tu commencé à devenir intéressant ?

— C'est une conjecture de taille, n'est-ce pas ? Mais je dirais que c'est au cours de ces dix dernières années.

— Aussi récemment ?

— Je ne parle que de mon cas personnel, dit Peter, et Charles s'esclaffa.

— Espèce de teigne », dit-il avec tendresse.

« Je pense que ça s'est bien passé », avait commenté Charles cette nuit-là au lit, et David s'était déclaré d'accord, alors qu'il n'en pensait pas un mot. Depuis ce soir-là, il n'avait eu à croiser Peter qu'en quelques rares occasions, et chaque fois, il y avait eu une pause dans la conversation au cours de laquelle Peter tournait sa grosse tête vers David et demandait : « Alors, que vous est-il arrivé depuis la dernière fois, jeune homme ? », comme si David ne faisait pas l'expérience de sa propre vie mais qu'elle lui tombait dessus par hasard. Puis la maladie de Peter s'était aggravée, et David l'avait rencontré encore moins souvent, et après cette soirée, il ne le reverrait jamais. Charles avait expliqué que Peter mourait déçu : il était reconnu comme poète, mais ces trente dernières années, il s'était consacré à un roman qui n'avait jamais trouvé d'éditeur. « Il s'était dit que ce serait son héritage. »

David ne comprenait pas vraiment ce souci qu'avaient Charles et ses amis de savoir ce qu'ils pourraient léguer. Parfois, lors de ces réceptions, la conversation tournait autour de la façon dont on pourrait se souvenir d'eux après leur mort, de ce qu'ils laisseraient derrière eux. Occasionnellement, ils parlaient d'un ton satisfait ou provocateur, mais le plus souvent plaintif ; ce n'était pas seulement que certains d'entre eux avaient l'impression de laisser un héritage insuffisant, mais surtout, de faire un legs trop complexe, trop compromis. Qui se souviendrait d'eux et de quoi se souviendrait-on ? Leurs enfants se rappelleraient-ils les goûters qu'ils avaient partagés, les moments où ils leur avaient lu des histoires ou appris à intercepter une balle ? Ou bien se rappelleraient-il plutôt qu'ils avaient quitté leurs mères, qu'ils étaient partis de leurs maisons dans le Connecticut pour s'installer dans des appartements new-yorkais qui n'étaient jamais adaptés aux enfants, autant qu'ils s'appliquent à les rendre accueillants ?

Leurs amants les reverraient-ils au temps où ils rayonnaient tellement de santé que des hommes se retournaient sur leur passage quand ils marchaient dans la rue, ou bien garderaient-ils l'image de ceux qu'ils étaient devenus, de vieux types qui n'étaient même pas vieux, et dont le visage et le corps faisaient fuir ? Savoir et accepter qui ils étaient durant cette vie avaient représenté de durs combats, mais ils ne pourraient pas contrôler qui ils deviendraient après leur mort.

Mais au fond, quelle importance ? Les morts ne savaient rien, ne ressentaient rien, n'étaient plus rien. Quand il avait décrit à Eden les inquiétudes de Charles et de ses amis, elle avait rétorqué que l'héritage était une fixette typique du mâle blanc. Comment ça ? avait-il demandé. « Seuls ceux qui ont une chance d'être immortalisés par l'histoire sont obsédés par la façon dont ils pourraient l'être alors que nous, nous sommes trop occupés à nous demander si nous allons réussir à tenir jusqu'à demain. » Sur le moment, il avait ri, lui avait reproché de trop aimer le mélo, et d'être une réac qui détestait les hommes, mais cette nuit-là, dans son lit, il avait repensé au raisonnement d'Eden et s'était demandé si elle avait vraiment tort. « Si j'avais eu un enfant, soupirait parfois Charles, j'aurais l'impression de laisser quelque chose derrière moi, une empreinte dans le monde. » Il comprenait ce qu'il voulait dire, mais s'étonnait tout de même de constater qu'il était incapable de considérer tous les présupposés inhérents à cette déclaration : comment avoir un enfant pourrait-il garantir quoi que ce soit ? Et si votre enfant ne vous aimait pas ? Qu'il ne s'intéressait pas à vous ? S'il devenait un adulte épouvantable, quelqu'un auquel vous auriez honte d'être associé ? Alors quoi ? Un être humain était le pire legs possible, parce que par définition il était imprévisible.

Sa grand-mère le savait. Quand il était tout petit, il lui avait demandé pourquoi on l'appelait Kawika si son vrai prénom était David. Tous les premiers-nés de la famille se nommaient David, et pourtant on les appelait Kawika, l'hawaïnisation de David. Mais si on nous appelle tous Kawika, pourquoi nous prénommer David ? s'était-il demandé à haute voix devant elle, et son père – ils étaient assis ensemble à la table du dîner – avait lâché ce petit pépiement qu'il produisait quand il était effrayé ou inquiet.

Mais il n'y avait pas de quoi avoir peur, parce que sa grand-mère ne s'était pas fâchée et avait même lâché un petit sourire. « Parce que, expliqua-t-elle, le roi s'appelait David. » Le roi, leur ancêtre, ça, il le savait.

Cette nuit-là, son père était venu le voir avant qu'il ne s'endorme. « Ne pose pas de questions comme ça à ta grand-mère. » Pourquoi ? avait-il demandé. Elle ne s'est pas fâchée. « Pas avec toi. Mais plus tard, avec moi. Elle a voulu savoir pourquoi je n'étais pas capable de mieux te transmettre ces choses. » Il paraissait si contrarié que David avait promis et s'était excusé ; son père avait soupiré de soulagement et s'était penché pour l'embrasser sur le front. « Merci. Bonne nuit, Kawika. »

Il n'avait pas les mots pour le dire, il était trop petit, mais il avait compris, même alors, que sa grand-mère avait honte de son père. Au mois de mai, quand ils se rendaient au banquet annuel de son association, c'était David qui entrait dans le palais avec sa grand-mère. Elle le présentait à ses amies, toute rayonnante quand elles l'embrassaient sur la joue et lui disaient combien il était beau. Quelque part derrière eux, il le savait, se tenait son père, souriant à ses chaussures, qui ne s'attendait à aucune reconnaissance publique et d'ailleurs ne jouissait d'aucune. Une fois que les invités étaient sortis pour le dîner donné dans les jardins du palais, David rentrait discrètement dans le bâtiment et trouvait son père qui s'attardait dans la salle du trône, assis devant une des baies vitrées, à demi dissimulé derrière les voilages de soie, et qui observait les pelouses éclairées par des torches.

Da, disait-il. Viens rejoindre les autres.

« Non, Kawika. Vas-y, toi. Amuse-toi bien. On ne veut pas de moi là-bas. »

Mais il insistait, et son père finissait par dire : « Je n'irai que si tu m'accompagnes. » Bien sûr, répondait-il et il lui tendait la main. Son père la prenait et ils se dirigeaient ensemble vers la réception qui avait continué sans eux.

Son père avait été la première déception de sa grand-mère en termes d'héritage ; David savait qu'il était lui-même la deuxième. Quand il s'apprêtait à quitter Hawaii en sachant que c'était pour toujours, il était allé le lui annoncer – non pas parce qu'il voulait son approbation (il s'était dit juste avant que cela lui était égal), et pas non plus parce qu'il s'attendait à ce qu'elle essaie de l'en dissuader, mais parce qu'il souhaitait lui demander de prendre soin de son père et de le protéger. Il savait qu'en partant, il renonçait aussi à ce qui lui revenait de naissance : la terre, l'argent, sa fiducie. Mais cela lui apparaissait comme un bien petit sacrifice, petit et uniquement théorique, parce que rien de tout cela ne lui avait jamais réellement appartenu. Ce n'était pas son bien en propre, mais celui de la personne qui se trouvait porter son nom, et il allait renoncer à cela aussi.

À l'époque, il vivait depuis deux ans sur la Grande Île. Il était retourné à la maison d'O'ahu Avenue, où il avait trouvé sa grand-mère dans la véranda, installée dans son fauteuil au dossier canné, agrippant l'extrémité de ses accoudoirs de ses longs doigts robustes. Il avait pris la parole, elle était restée muette, et finalement elle avait posé, rien qu'une seconde, les yeux sur lui avant de détourner le regard. « Je suis déçue, dit-elle, par toi et par ton père. Après tout ce que j'ai fait pour vous, Kawika. Après tout ce que j'ai fait. »

Mon nom n'est plus Kawika, répondit-il. Je suis David. Ensuite, il avait tourné les talons et s'était enfui avant que sa grand-mère n'ait pu ajouter quoi que ce soit : *Tu ne mérites pas d'être appelé Kawika. Tu ne mérites pas ce nom.*

Plusieurs mois plus tard, en repensant à cette conversation, il fondrait en larmes, parce qu'il y avait eu un temps – plusieurs années, en réalité – où il avait été l'orgueil de sa grand-mère ; elle le faisait asseoir à ses côtés sur la causeuse, serré contre elle. « Je n'ai pas peur de la mort, Kawika. Et tu sais pourquoi ?

— Non, avait-il répondu.

— Parce que je sais que je continuerai à vivre en toi. Mon rêve – mon existence même – vivra en toi, parce que tu es ma fierté et ma joie. Mon histoire, notre Histoire, vit en toi. »

Mais cela ne s'était pas passé comme ça, du moins pas à la manière qu'elle avait prévue. Il l'avait trahie de tant de façons. Il l'avait quittée, il avait rejeté son pays, sa foi, son nom. Il vivait à New York avec un homme, un Blanc de surcroît. Il ne parlait jamais ni de sa famille, ni de ses ancêtres. Il ne fredonnait jamais les chants qu'on lui avait enseignés, il ne dansait jamais sur les histoires qu'on lui avait appris à danser, il n'évoquait jamais l'histoire qu'il aurait dû révérer. Elle avait supposé qu'elle se perpétuerait en lui – et pas seulement elle, mais le grand-père et le grand-père du grand-père de ce garçon. Il s'était toujours dit qu'il avait choisi de la trahir parce qu'elle n'avait pas assez aimé son père, mais plus récemment, il avait commencé à se demander si sa déloyauté avait été délibérée ou s'il fallait l'attribuer à une déficience, une sorte de froideur constitutive. Il savait combien Charles serait heureux si, après une de leurs conversations, il lui promettait qu'il serait son légataire, qu'il continuerait à vivre en lui pour toujours. Il n'ignorait pas à quel point Charles serait ému s'il le faisait. Et pourtant, il ne pouvait s'y résoudre. Non parce que ce serait mentir – il continuerait d'aimer Charles, il parlerait de lui à tous ses futurs amants, à son futur mari, à son futur fils, à ses futurs collègues et amis, pendant des dizaines d'années après sa mort : tout ce qu'il lui avait enseigné, les endroits qu'ils avaient visités ensemble, son parfum, son courage et sa générosité, la façon dont il lui avait appris à manger de la moelle, des escargots et des artichauts ; il leur dirait combien il était sexy, comment ils s'étaient rencontrés, comment ils s'étaient séparés – mais parce qu'il en avait eu autrefois assez d'être l'héritier de quelqu'un d'autre, il connaissait la peur de se sentir inepte, il savait combien décevoir quelqu'un peut peser. Jamais il ne le referait ; il lui fallait être libre. Ce qu'il ne découvrirait pas avant d'être beaucoup plus âgé, c'était que personne n'est jamais complètement libre, que connaître et aimer quelqu'un, c'est assumer le devoir de se souvenir de lui, même s'il est encore vivant. Personne ne saurait se soustraire à ce devoir, et en vieillissant, on en arrivait à désirer cette responsabilité tout en en souffrant, cette certitude que votre vie est indissolublement liée à celle d'un autre, que l'existence de quelqu'un a été marquée par son association avec vous.

Debout au côté de Charles, il respira profondément. Il allait falloir parler à Peter à un moment ou à un autre, il allait devoir lui dire au revoir. Depuis des semaines, il pensait à ce qu'il lui dirait, mais il savait que tout ce qui lui paraissait significatif serait considéré comme banal par Peter, et que tout ce qui pouvait être de l'ordre de la généralité divertissante lui semblerait une perte de temps. Il possédait quelque chose que Peter n'avait pas – la vie, la perspective et la promesse d'un avenir – et pourtant, il continuait à se sentir intimidé. Allez, vas-y, s'enjoignit-il. Parle-lui maintenant, pendant que le salon est encore vide et que personne ne t'entendra.

Mais quand il finit par s'asseoir à la gauche de Charles, les deux amis n'interrompirent pas le murmure de leur conversation, il s'appuya donc contre son compagnon qui lui prit la main et la serra, avant de se tourner vers lui et de lui dire en souriant : « J'ai l'impression de ne pas t'avoir vu de la soirée. »

La nuit ne fait que commencer, et ma vie aussi, dit-il, une vieille plaisanterie entre eux, et Charles posa la main sur la nuque de David et l'attira à lui : « Tu veux bien m'aider ? »

Il avait été prévenu par Charles qu'il aurait besoin de son assistance pour s'occuper de Peter, alors il se releva et aida le malade à s'asseoir dans son fauteuil roulant avant de le pousser pour sortir du salon et emprunter le couloir sur la gauche ; ils passèrent devant le cagibi et gagnèrent les toilettes aménagées sous l'escalier. Cette petite pièce, lui avait raconté le maître de céans, était légendaire : lors des soirées d'autrefois, quand il était plus jeune et plus fou, c'était là que les gens s'éclipsaient discrètement, par deux ou trois, au milieu des dîners et des fêtes du petit matin, tandis que les autres, assis dans la salle à manger ou au salon, échangeaient des plaisanteries sur les déserteurs, et les accueillaient à leur retour avec des cris joyeux et des éclats de rire. Toi, tu t'y enfermais parfois avec quelqu'un ? avait-il demandé, et Charles avait souri : « Bien sûr que oui. Qu'est-ce que tu crois ? Je suis un mâle américain au sang chaud. » Adams disait qu'ils allaient « se repoudrer le nez », une expression qu'il voulait bienséante, mais que les amis de Charles trouvaient hilarante.

Aujourd'hui, plus personne ne s'y « repoudrait le nez », et quand deux personnes se retrouvaient dans ce cabinet de toilette, c'était parce que l'un des deux assistait l'autre pour utiliser les w.c. David aida Charles à remettre Peter debout (car, aussi maigre qu'il soit, il était beaucoup plus lourd qu'on ne l'aurait cru, avec ses jambes qui se dérobaient sous lui), et quand Charles lui eut enlacé la poitrine de ses bras, David leur adressa un petit signe de tête, referma la porte et les attendit devant, s'appliquant à ne pas entendre les bruits que faisait Peter. Il était toujours étonné et impressionné par le volume des déchets que le corps produisait jusqu'à la toute fin, même quand on lui donnait peu d'aliments à digérer. La machine continuait à fonctionner, les plaisirs quotidiens – manger, baiser, boire, danser, se promener – disparaissaient l'un après l'autre, jusqu'à ce qu'il ne vous reste que les activités et les mouvements les moins dignes, l'essence même du corps – chier, pisser, pleurer, saigner – qui se vidait de ses liquides, comme un fleuve résolu à s'assécher.

Il entendit l'eau couler au robinet, des mains se laver, et une voix l'appeler. Il ouvrit la porte, et remit le fauteuil roulant en position puis aida Charles à y rasseoir Peter avant de glisser l'oreiller derrière son dos. David s'était appliqué à éviter de croiser le regard du malade, convaincu qu'il devait mal supporter sa présence, mais alors qu'il se redressait, Peter releva les yeux, et ils se fixèrent l'espace de quelques secondes. L'échange fut bref, si rapide que Charles qui remettait en place le pull-over de son ami ne s'en aperçut même pas, mais quand ils eurent ramené Peter au salon – qui s'était à nouveau empli d'invités et dans lequel flottaient les bonnes odeurs du chocolat bien sucré et du café que versait Adams dans les tasses –, David se serra de nouveau contre Charles, se sentant puéril, mais aussi en mal de protection après la frustration, la fureur, le *manque* terrible qu'il avait lus sur le visage de Peter. Rien de tout cela n'était spécifiquement dirigé contre lui, mais plutôt contre tout ce qu'il représentait. Il était en vie, et quand cette réception se terminerait, il monterait l'escalier, peut-être Charles et lui feraient-ils l'amour mais peut-être pas, et le lendemain, il se lèverait, choisirait son petit déjeuner et déciderait de sa journée – il irait à la librairie, au cinéma, ou au restaurant pour déjeuner, au musée, ou simplement en promenade. Et durant cette même journée, il ferait des centaines de choix, si nombreux qu'il en perdrait le compte, si nombreux qu'il agirait sans avoir besoin d'y réfléchir, et à chacun d'eux, il réaffirmerait sa présence, sa place dans ce monde. Et à chaque choix qu'il ferait, Peter, lui, se retrouverait plus éloigné de la vie, de sa propre mémoire, plus en passe de n'être plus qu'une page d'histoire à chaque minute, à chaque heure, et finirait un jour par être complètement oublié : l'héritage de rien, le souvenir de personne.

*

Pendant la plus grande partie de la soirée, les invités de Peter avaient tourné autour de lui plutôt que de l'aborder directement. Il arrivait que quelqu'un à proximité immédiate se tourne vers lui au beau milieu d'une conversation avec quelqu'un d'autre – « Tu te rappelles cette nuit-là, Peter ? » ; « Ce garçon, Peter, comment s'appelait-il déjà ? Tu sais celui qu'on avait rencontré à Palm Springs » ; « Tu sais, Peter, on parle de ce voyage qu'on avait fait en 1978 » – mais pour l'essentiel, ils ne parlaient qu'entre eux, laissant Peter échoué au bout de son sofa, accompagné du seul Charles. Ils avaient tous peur de Peter, David l'avait compris depuis longtemps, et ce jour-là, il les effrayait davantage encore, parce que c'était la dernière fois qu'ils le verraient, et que la pression causée par les adieux qu'il allait leur falloir prononcer les amenait à l'ignorer à la place. Peter, cependant, semblait satisfait de sa position. Il y avait quelque chose de majestueux dans sa sérénité, dans la façon dont il promenait le regard sur ses amis, tous rassemblés pour lui ; il hochait parfois le menton à ce que lui disait Charles, pareil à un vieux chien corpulent qui ne quitte pas son maître et surveille la pièce tout en sachant qu'aucun danger ne le menace ce soir-là.

Mais soudain, comme s'ils répondaient à un appel qu'ils auraient été seuls à entendre, les convives se rapprochèrent de Peter, l'un après l'autre, et se penchèrent pour lui murmurer quelque chose à l'oreille. John se présenta parmi les premiers, et David donna un coup de coude à Charles qui fit mine de se relever et de s'éloigner pour leur laisser un moment d'intimité, mais Peter posa la main sur la cuisse de Charles qui se rassit. Et donc, David et lui restèrent là et regardèrent John regagner son fauteuil à l'autre bout de la pièce et être bientôt remplacé par Percival, puis Timothy, et ensuite Norris, Julien et Christopher, qui chacun leur tour prirent les mains de Peter dans les leurs, se penchèrent, s'accroupirent ou s'assirent à ses côtés pour un dernier conciliabule. David n'entendait que peu, et même rien de ce qu'ils lui chuchotaient, mais Charles et lui ne quittaient pas leur poste, comme si Peter était l'empereur, et ces gens ses ministres, venus lui porter les nouvelles du royaume, et qu'eux deux soient ses valets, censés ne rien entendre de ces conversations mais qu'on ne laissait pas retourner à leur place aux cuisines.

Bien sûr, ils n'avaient rien à dire de confidentiel du tout, rien que des banalités exprimées sur le ton intime du secret. Ils s'exprimaient comme si Peter était un vieillard cacochyme à la mémoire évanouie depuis longtemps. « Mais oui, je me rappelle très bien, sais-tu ? », répétait inlassablement Peter comme il le faisait à chaque fois que quelqu'un introduisait une anecdote par « Est-ce que tu te souviens... » – « Je ne suis pas aussi gâteux que ça ! » Mais en ce moment précis, il semblait avoir été touché par une nouvelle grâce, qui se manifestait sous la forme d'une patience inédite, et il laissait chaque ami l'étreindre et parler en sa présence sans véritablement attendre de réaction. David n'aurait jamais cru que Peter souhaiterait, et encore moins pourrait, être digne dans la mort, mais il se tenait là, bienveillant et majestueux, à les écouter, souriant à divers moments, hochant la tête et leur abandonnant sa main :

« Tu te rappelles cet été il y a dix ans où nous avions loué ce chalet délabré près de Yosemite, et où un matin, en descendant l'escalier, tu avais vu un cerf au beau milieu du séjour, en train de bouffer les nectarines que Christopher avait oubliées sur le comptoir ? »

« J'ai toujours regretté la fois où nous nous sommes disputés – tu sais de quoi je parle. Je m'en suis toujours voulu. Je voudrais ne t'avoir jamais dit ces choses. Je suis désolé, Peter. S'il te plaît, dis-moi que tu me pardonnes. »

« Peter, je ne sais pas comment je vais faire ce chemin, tout ce chemin, sans toi. Je sais que tout n'a pas toujours été facile entre nous, mais tu vas me manquer. Tu m'as tellement appris. Je voulais seulement te remercier. »

David avait fini par se rendre compte que c'était quand vous alliez mourir que les gens vous en demandaient le plus – ils voulaient que vous vous souveniez, que vous les rassuriez, que vous leur pardonniez. Ils exigeaient reconnaissance et rédemption ; ils demandaient que vous les aidiez à ne pas se sentir coupables – de rester alors que vous partiez, de vous en vouloir de les abandonner et de redouter ce moment ; de leur rappeler par votre mort prochaine que la leur était inéluctable ; de ne pas réussir à cause de leur embarras à trouver les mots justes. S'apprêter à mourir c'était aussi tenir infatigablement les mêmes propos, comme Peter le faisait en ce moment : *Oui, je me rappelle. Non, tout ira bien pour moi. Non, tout ira bien pour toi. Mais oui, bien sûr que je te pardonne. Non, il ne faut pas te sentir coupable. Non, je ne souffre pas du tout. Non, je sais très bien ce que tu essaies de dire. Mais oui, moi aussi je t'aime. Je t'aime moi aussi. Je t'aime moi aussi.*

David écoutait tout cela, toujours blotti contre Charles, le bras gauche de son compagnon passé sur ses épaules, son bras droit autour de celles de Peter. Il avait enfoui la tête contre le torse de Charles, comme un enfant, si bien qu'il pouvait écouter sa respiration lente et régulière et sentir la chaleur de son corps contre sa joue. Charles avait glissé la main gauche sous son bras, et maintenant la sienne partit à sa rencontre pour entrelacer leurs doigts. Ils n'avaient pas grand rôle à jouer dans cette partie de la soirée, mais en observant ce trio d'en haut, vous auriez eu l'impression d'un seul organisme, d'une créature dotée de douze membres et de trois têtes, une tête se dodelinant et écoutant, les deux autres silencieuses et immobiles, toutes trois maintenues en vie par un unique et énorme cœur, qui battait assidûment et sans faillir dans la poitrine de Charles, envoyant du sang neuf et propre dans le réseau d'artères qui connectait leurs trois formes confondues et leur insufflait la vie.

*

Il était encore tôt, mais les invités s'apprêtaient déjà à partir. « Peter est fatigué », se disaient-ils entre eux, avant de lui demander : « Tu es fatigué ? », ce à quoi il répondait invariablement : « Oui, un peu », jusqu'à ce que se remarque dans sa voix une certaine lassitude, dont on n'aurait su dire si elle était due à l'épuisement de sa patience ou à une véritable exhaustion. Il passait le plus clair de ses journées à dormir, avait-il confié à Charles, et le soir, il sommeillait jusque vers minuit, heure à laquelle il se réveillait pour « faire ce qu'il y avait à faire ».

Comme quoi ? avait-il demandé lors d'un déjeuner environ six mois plus tôt, peu après que Peter eut mis au point son plan suisse.

« Je rassemble mes papiers. Je brûle les lettres que je ne veux pas voir tomber dans de mauvaises mains. Je fais l'inventaire des cadeaux qui figurent en annexe à mon testament – je décide de qui aura quoi. Je dresse la liste des gens à qui je souhaite faire mes adieux. La liste de ceux que je ne veux pas qu'on invite à mon enterrement. Je n'aurais jamais pensé que mourir entraînait la rédaction d'autant de listes. On fait des listes de gens qu'on aime et de ceux qu'on déteste. On fait la liste de ceux qu'on souhaite remercier, de ceux à qui on veut demander pardon. La liste de ceux qu'on désire voir et de ceux qu'on ne veut pas voir. La liste des chansons dont on a envie pour la cérémonie funéraire, des poèmes dont on aimerait la lecture. La liste des invités possibles.

Bien sûr, tout cela seulement si vous avez eu la chance de garder votre tête. Même si, ces derniers temps, j'ai commencé à me demander si c'était vraiment une chance d'être aussi lucide, d'avoir pleinement conscience qu'à partir de ce moment, plus aucun progrès n'était possible. Vous ne serez jamais plus cultivé, plus instruit ou plus intéressant que vous ne l'êtes maintenant

– tout ce que vous faites et éprouvez, dès l'instant où vous avez activement commencé à mourir est inutile, ce n'est qu'une vaine tentative de changer la fin de l'histoire. Et pourtant vous continuez tout de même à vous y efforcer – on lit ce qu'on n'a pas lu, on voit ce qu'on n'a pas eu le temps de voir. Mais sans but, vous comprenez ? On n'agit que par habitude, parce que c'est ce que fait un être humain.

Mais faudrait-il que ce soit avec un objectif précis ? avait demandé David, un peu hésitant. S'adresser directement à Peter le rendait toujours nerveux, mais il n'avait pu s'en empêcher – il avait pensé à son père.

« Non, bien sûr que non. Mais on nous a appris qu'il le fallait, l'expérience, la connaissance sont les voies du salut ; c'est le sens même de la vie. Mais en fait, non. L'ignorant meurt de la même façon que l'intellectuel. Cela ne fait aucune différence au bout du compte.

— D'accord, mais et le plaisir ? avait insisté Charles. C'est une bonne raison de le faire.

— Le plaisir, certainement. Mais le plaisir n'y change rien, en fait. Non qu'il faille faire ou ne pas faire les choses parce qu'elles ont ou pas une importance au bout du chemin. »

Vous avez peur ? avait-il demandé.

Peter n'avait pas répondu et David avait craint de s'être montré grossier. Mais ensuite, il avait repris la parole : « Ce n'est pas la douleur que je crains », prononça-t-il lentement, et quand il releva la tête, ses grands yeux clairs paraissaient encore plus grands et plus clairs que d'ordinaire. « Ce que je redoute, c'est de penser au dernier moment à tout le temps que j'ai perdu, à la vie que j'ai gâchée. J'ai peur parce que je vais mourir sans être fier de la façon dont j'ai vécu. »

Le silence s'était installé après cela, puis la conversation avait repris, mais différemment. Il se demandait si Peter pensait toujours la même chose, s'il se disait encore maintenant qu'il avait raté sa vie. Il se demandait si c'était la raison pour laquelle Peter avait entamé cette chimiothérapie après tout, s'il avait décidé qu'il allait essayer encore une fois, s'il espérait pouvoir changer d'avis et ressentir les choses autrement. David espérait que c'était le cas, que Peter n'avait plus cette conviction. Mais il ne pouvait pas poser une question pareille. *Est-ce que vous pensez toujours avoir raté votre vie ?* Et donc il n'en fit rien, même si plus tard il regretterait de ne pas avoir osé. Il songea, comme toujours, à son père, qui avait écarté sa propre vie, à moins que lui ne s'en soit délibérément écarté. Cela avait été son seul acte de désobéissance, et David lui en voulait.

Au salon, les Trois Sœurs enfilaient leurs manteaux, s'enveloppaient le cou de leurs écharpes, prenaient congé de Peter, puis de Charles, avec un dernier baiser. « Tu vas tenir le coup ? entendit-il Charles demander à Percival. « On se voit la semaine prochaine, d'accord ? » Et la réponse de Percival : « Oui, ça va aller. Merci, Charles. Merci pour tout. » David se laissait toujours émouvoir par cet aspect de Charles : son côté maternel, sa façon de prendre soin des autres. Il revit soudain l'image d'une mère dans le livre que son père et lui lisaient ensemble, avec son foulard, son tablier de Babouchka et son embonpoint avenant, qui vivait dans une maison de pierres dans un village inconnu d'un pays d'Europe anonyme, et glissait dans la poche de ses enfants des cailloux qu'elle avait fait chauffer dans le four pour leur réchauffer les doigts sur le chemin de l'école.

Il savait que Charles avait demandé à Adams de donner l'instruction au traiteur d'emballer tous les restes pour que les invités qui le souhaiteraient puissent les emporter, même s'il n'ignorait pas que Charles en destinait la plus grande partie à John et Timothy. À la cuisine, il trouva quelques-uns des employés occupés à empaqueter les derniers cookies et gâteaux dans des boîtes en carton et ces mêmes boîtes dans des sacs en papier, tandis que d'autres emportaient de grandes caisses de vaisselle sale vers leur camionnette, garée derrière la maison, dans la cour qui séparait autrefois le bâtiment principal des écuries, désormais transformées en garage. James, comme David fut à la fois déçu et soulagé de le constater, avait disparu, et pendant un moment, il observa fasciné la façon délicate dont une jeune femme faisait glisser le quart restant d'un cheesecake dans un Tupperware, l'y déposant comme elle aurait couché un bébé dans son berceau.

La seule chose qu'on n'emballait pas était cette brique informe de chocolat noir, striée et en partie couverte de poudre comme l'énorme batterie d'une automobile. Cela, ainsi que le gâteau aux deux chocolats, était la marque distinctive des réceptions que donnait Charles, et quand David l'avait découvert, qu'il avait vu un des serveurs enfoncer une alène dans son flanc et tapoter dessus avec un petit marteau tandis qu'un de ses collègues approchait une assiette pour recueillir les morceaux qui tombaient, il avait été littéralement captivé. N'était-il pas à la fois improbable et ridicule que l'on puisse commander un bloc de chocolat si gros qu'il faille ensuite utiliser marteau et ciseau pour le découper jusqu'à ce que ses bords aient l'air d'avoir été rongés par des souris, et encore plus invraisemblable qu'il soit le compagnon d'un homme qui trouve l'opération entière toute naturelle ? Il avait ensuite décrit la scène à Eden qui s'était moquée et avait lâché des propos inutiles comme « Voilà pourquoi la révolution ne va plus tarder ! » et « Tu es mieux placé que quiconque pour savoir que consommer du sucre est un acte de violence colonialiste ! », mais il sentait bien qu'au fond elle était elle aussi éblouie par une pratique qui ressemblait à la réalisation d'un rêve d'enfant – après cela, ne pouvait-on pas s'attendre à trouver une maison en pain d'épice, des nuages en barbe à papa, et s'apercevoir que les arbres de Washington Square avaient une écorce de menthe ? Cela devint par la suite une plaisanterie rituelle entre eux. Elle faisait une omelette délicieuse, disait-il, mais rien de comparable à une montagne de chocolat. La fille avec laquelle elle avait couché la veille n'était pas mal, mais elle ne valait pas une montagne de chocolat. « La prochaine fois, il faudra que tu prennes une photo pour me montrer l'étendue de la dépravation capitaliste de Charles ! », lui dit-elle. Elle lui demandait toujours quand aurait lieu la réception suivante, quand elle aurait enfin la preuve attendue sous les yeux.

Et donc, il avait été tout excité à l'idée d'inviter Eden à la prochaine soirée de Charles, la réception qu'il donnait chaque année avant Noël. Il y aurait bientôt un an de cela, peu de temps après qu'il eut emménagé, et il n'osait pas demander, mais Charles s'était montré enthousiaste. « Bien sûr que tu devrais l'inviter. Je suis pressé de rencontrer ta Pasionaria. » Viens, avait-il dit à Eden. Et tâche d'avoir faim. »

Elle avait levé les yeux au ciel. « Je ne viens que pour la montagne de chocolat », soupira-t-elle, et malgré cet effort pour paraître blasée, David avait senti qu'elle était tout excitée.

Le soir de la réception, il avait attendu et attendu, mais elle n'avait jamais fait son apparition. C'était un dîner assis et sa place était restée vide, sa serviette pliée sur son assiette. Il était gêné et inquiet, mais Charles s'était montré gentil. « Elle a dû avoir un empêchement », lui chuchota-t-il alors qu'il se glissait sur sa chaise après être allé lui téléphoner pour la troisième fois. « Ne t'en fais pas, David. Je suis sûr que tout va bien. Elle doit avoir une bonne raison. »

Ils étaient en train de prendre le café au salon quand Adams s'était approché, l'air réprobateur. « Mister David, murmura-t-il. Une certaine Miss Eden demande à vous voir. »

Il se sentit d'abord soulagé, puis furieux. Contre Adams et sa condescendance, et contre Eden, pour être en retard, pour l'avoir fait attendre et s'inquiéter.

Faites-la entrer, s'il vous plaît, Adams.

« Elle refuse. Elle demande que vous sortiez. Elle vous attend dans la cour. »

Il s'était levé, avait pris son manteau dans le placard, s'était frayé un chemin dans la mêlée des domestiques et il était sorti par la porte de derrière, devant laquelle Eden l'attendait, assise sur les pavés. Mais juste avant de passer le seuil, il s'était arrêté pour l'observer et l'avait vue, le souffle court, regarder vers les fenêtres éclairées et couvertes de buée en direction des beaux serveurs en manches de chemise et cravates noires. Et soudain, il avait compris, aussi clairement que si elle l'avait exprimé, qu'elle s'était sentie intimidée. Il se l'imaginait marcher vers l'ouest en longeant Washington Square North, s'arrêter devant la maison, vérifiant et vérifiant encore le numéro, avant de finir par gravir les marches du perron. Puis il se la représentait en train de jeter un coup d'œil à l'intérieur, d'apercevoir ce salon plein de quinquagénaires, la plupart visiblement riches, même en jeans et en pull-over ; il la voyait flancher. Elle avait sans doute hésité avant de poser le doigt sur la sonnette, tentant de se convaincre qu'elle ne valait pas moins qu'eux, qu'elle se moquait éperdument de leur opinion de toute façon, qu'ils n'étaient rien qu'un ramassis de vieux Blancs friqués, qu'elle n'avait à s'excuser de rien, et aucune raison d'avoir honte.

Puis il se l'imaginait observant Adams entrer au salon pour annoncer que le dîner était servi, et bien qu'elle sache déjà que Charles avait un majordome, elle ne s'était pas complètement préparée à le voir, et pendant que la pièce se vidait, elle avait dû plisser les yeux et se rendre compte que le tableau sur le mur du fond était un Jasper Johns, un Jasper Johns authentique – au contraire des reproductions qu'elle avait punaisées dans sa chambre – que Charles s'était offert tout seul comme cadeau d'anniversaire pour ses trente ans, et dont David ne lui avait jamais parlé. Alors elle aurait tourné les talons, dévalé les marches, et fait le tour de la place, tentant de se persuader de franchir le pas, se rappelant que son meilleur ami vivait dans cette maison, et qu'elle avait tous les droits d'y être elle aussi.

Mais elle n'avait pas pu. Et donc, elle était restée dehors, sur le trottoir d'en face, adossée aux grilles de fer froides qui entourent la place, à regarder les serveurs présenter le potage, puis la viande, et ensuite la salade, servir le vin, et bien qu'elle n'ait pas pu les entendre, devinant que les plaisanteries circulaient en voyant la tablée s'esclaffer. Et ce fut seulement quand tous les convives se levèrent que, si transie qu'elle pouvait à peine bouger, les pieds engourdis dans ses vieux godillots militaires réparés avec du chatterton, elle vit un des employés du traiteur aller s'en griller une sur la 5e Avenue puis disparaître à l'arrière de la maison, et qu'elle se rendit compte qu'il y avait une entrée de service. Elle allait s'y présenter, sonnerait, donnerait le nom de David et refuserait d'entrer dans cette cage dorée.

Il comprit, en la voyant là, qu'une part d'elle ne lui pardonnerait jamais, n'accepterait jamais qu'il l'ait fait – même sans le vouloir – se sentir aussi mal à l'aise et se considérer comme une moins-que-rien. Il se tenait de l'autre côté de la porte, dans ce pull-over et ce pantalon que Charles lui avait offerts, les étoffes les plus douces qu'il ait jamais portées, et l'observa vêtue de ce qu'elle appelait sa tenue des grands soirs – un pardessus d'homme à chevrons tout effiloché, si long qu'il touchait par terre ; un costume marron acheté chez un fripier si usé que le tissu brillait, une vieille cravate à rayures orange et noires ; un feutre repoussé en arrière pour dégager son visage rond et ordinaire ; la petite moustache qu'elle dessinait à l'eyeliner au-dessus de sa lèvre supérieure pour les occasions spéciales – et il mesura que l'avoir invitée là, la rendre témoin de sa vie dans cette maison, lui avait ôté toute joie de porter ces vêtements et d'être qui elle était. Eden lui était chère, c'était sa meilleure amie, à elle seule il avait confié ce qui était réellement arrivé à son père. « Je troue le ventre du premier qui s'en prend à toi », lui répétait-elle alors qu'ils traversaient un secteur dangereux d'Alphabet City ou le Lower East Side, et il s'appliquait à ne pas perdre son sérieux, parce qu'elle mesurait facilement trente centimètres de moins que lui, qu'elle était si grassouillette et chatouilleuse que rien que l'idée de l'imaginer bondir sur un agresseur un couteau à la main avait de quoi le faire sourire, mais il savait aussi qu'elle ne plaisantait pas. Elle le protégerait, toujours, et contre qui que ce soit. Mais en l'invitant, lui ne l'avait pas protégée. Dans leur monde, parmi leurs amis, elle était la brillante, spirituelle et unique Eden. Dans celui de Charles, à l'inverse, elle serait celle que tous les autres voyaient en elle : une petite Sino-Américaine, masculine et en surpoids, si peu féminine et si peu séduisante, sans charme, le verbe haut, qui portait des vêtements de seconde main bon marché et se dessinait une moustache, quelqu'un qu'on ignorait ou dont on se moquait, comme les amis de Charles l'auraient indubitablement fait, malgré tous leurs efforts pour s'en empêcher. Or, aujourd'hui, le monde de Charles était aussi devenu celui de David ; pour la première fois, un fossé s'était creusé dans leur amitié, et elle n'avait aucun moyen de le franchir, et lui aucun de revenir vers elle.

Il ouvrit la porte et marcha vers Eden. Elle leva les yeux, le vit, et ils se regardèrent sans un mot. Eden, dit-il, entre, tu es gelée.

Mais elle secoua la tête. « Pas question ! »

S'il te plaît. Il y a du thé, du vin, du café, du cidre…

« Je ne peux pas rester. » *Mais alors pourquoi es-tu venue jusque-là ?* avait-il envie de demander, pourtant il s'en abstint. « J'ai des endroits où aller, reprit-elle. Je suis seulement venue te donner ça », et elle lui tendit un petit paquet compact enveloppé dans du papier journal. « Tu l'ouvriras plus tard », recommanda-t-elle, et il le glissa dans la poche de son manteau. « Je ferais mieux d'y aller maintenant », dit-elle encore.

Attends une seconde, demanda-t-il, et il se précipita dans la maison où le personnel finissait d'empaqueter les derniers restes, recouvrant la montagne de chocolat de papier d'aluminium. Il s'en empara – Adams fronça les sourcils mais ne fit aucun commentaire – et dévala à nouveau les marches en la serrant contre lui.

Tiens, dit-il à Eden, et il la lui posa en équilibre entre les bras. C'est la montagne de chocolat.

Elle était surprise, devinait-il, et elle la prit dans ses bras, cédant quelque peu sous son poids. « Mais ça va pas, David ? Qu'est-ce que tu veux que j'en foute ? »

Il avait haussé les épaules. Je n'en sais rien, répondit-il, mais c'est pour toi.

« Comment tu veux que je la rapporte à la maison ? »

Un taxi.

« J'ai pas l'argent pour ça. Et je veux pas, s'écria-t-elle en voyant David fouiller dans sa poche, je veux pas de ton argent, David. »

Je ne sais pas quoi te dire, Eden, se lamenta-t-il. Puis, voyant qu'elle ne répondait pas, il ajouta : Je l'aime. Je suis désolé mais c'est comme ça. Je l'aime.

Pendant quelques instants, ils étaient restés sans rien ajouter dans la nuit glacée. Il entendait maintenant le bruit sourd de la house music qui commençait à s'échapper de l'intérieur. « Alors va te faire foutre, David », lança paisiblement Eden avant de tourner les talons et de disparaître en charriant toujours la montagne de chocolat, l'ourlet de son manteau balayant le trottoir d'une façon qui lui donnait une allure souveraine. Il l'avait regardée tourner le coin de la rue, puis il était rentré s'asseoir auprès de Charles.

« Tout va bien ? », demanda Charles, et David hocha la tête.

Par la suite, ils firent de leur mieux. Le lendemain, il téléphona à Eden chez elle, et laissa un message sur son répondeur, la voix tranquille, mais elle ne décrocha pas et ne le rappela pas. Pendant un mois entier, ils ne communiquèrent pas, et tous les après-midi chez Larsson & Wesley, il fixait son téléphone en lui enjoignant de sonner pour qu'il entende le coassement sec et guttural d'Eden à l'autre bout de la ligne. Puis, finalement, elle l'appela, un après-midi de la fin janvier.

« Je ne compte pas m'excuser », commença Eden.

Je ne m'attends pas à ce que tu le fasses, répondit David.

« Tu ne vas jamais croire ce qui m'est arrivé pendant le réveillon de la Saint-Sylvestre. Tu te rappelles cette fille avec qui je m'envoyais en l'air ? Theodora ? »

Tu ne croirais pas non plus ce qui m'est arrivé à moi, aurait-il pu répliquer, parce que, entre-temps, Charles lui avait fait la surprise d'un voyage à Gstaad, la première fois qu'il quittait le pays, où il avait appris à skier, mangé de la pizza parsemée de copeaux de truffe et un velouté d'asperges blanches à la crème, et où Charles et lui avaient eu un plan à trois – une première pour David – avec un des moniteurs, et pendant plusieurs jours, il s'était complètement laissé aller. Mais il ne le confia jamais à Eden. Il voulait qu'elle pense que rien n'avait changé, et elle, de son côté, le laissa agir comme si elle y croyait aussi.

L'autre chose qu'il ne lui dit jamais non plus était merci. Cette nuit-là, après le départ d'Eden et des invités, Charles et lui étaient montés dans leur chambre. « Ton amie va bien ? », avait demandé Charles alors qu'ils se couchaient.

Oui, avait-il menti. Elle s'est trompée de date. Elle est vraiment désolée et te prie de l'excuser. Ils ne se rencontreraient jamais, il le savait désormais, mais les bonnes manières étaient importantes pour Charles et il voulait qu'il apprécie Eden, ou du moins qu'il aime l'idée qu'il aurait d'elle.

Charles s'était endormi, mais David ne parvenait pas à trouver le sommeil. Il pensait à Eden. Puis il se rappela qu'elle lui avait donné quelque chose, il sortit du lit et descendit chercher son manteau dans le placard et fouilla sa poche à la recherche du petit paquet compact. Elle l'avait enveloppé dans la page du *Village Voice* qui publie des annonces de cavaliers d'un soir, leur papier d'emballage favori, et ensuite attaché avec de la ficelle, et il lui fallut employer un couteau pour l'ouvrir.

À l'intérieur se trouvait une petite sculpture en argile représentant deux corps, deux hommes qui se serraient l'un contre l'autre en se tenant les mains. Eden avait commencé à sculpter seulement quelques mois avant que David ne déménage, et même si les silhouettes restaient imparfaites, il constatait qu'elle avait déjà progressé – les lignes étaient plus fluides, les formes plus nettes, les proportions mieux réussies. Toutefois, l'ensemble restait rudimentaire, d'une certaine façon plus vivant que réaliste, et cela aussi était délibéré. Eden essayait de repeupler le monde de statues du genre de celles qu'avaient détruites au fil des siècles les pillards occidentaux. Il examina la pièce plus attentivement et se rendit compte qu'elle était censée les représenter, Charles et lui – Eden avait reproduit la moustache de Charles par une série de courts traits verticaux et bien rendu la raie marquée qui lui partageait les cheveux. Sur le socle, elle avait gravé la date, leurs initiales et au-dessous, les siennes.

Elle n'aimait pas Charles – par principe, parce qu'il lui avait enlevé son meilleur ami. Mais dans cette sculpture, elle les avait unis tous les trois : elle s'était gravée dans la vie de David et Charles.

Il remonta l'escalier pour retourner dans leur chambre ; il était d'abord passé par leur placard, avait glissé la sculpture dans une chaussette de sport, et l'avait cachée au fond du tiroir où ils rangeaient leurs sous-vêtements. Il ne la montra jamais à Charles, et Eden ne lui en reparla jamais. Mais des années plus tard, alors qu'il quittait la maison de Charles, il la retrouva, et dans son nouvel appartement, il l'installa sur la tablette de la cheminée, et de temps à autre, il la prenait dans sa paume. Il avait passé une si grande partie de son enfance à souffrir de la solitude que quand il avait commencé à sortir avec Charles, il s'était dit qu'il ne serait plus jamais seul, plus jamais il ne se sentirait abandonné.

Il se trompait, bien sûr. Il continuait à se sentir seul auprès de Charles et encore plus seul après lui. C'était un sentiment qui ne le quittait jamais. Mais cette sculpture lui rappelait autre chose. Tout bien pesé, il n'était pas seul avant de rencontrer Charles – il appartenait à Eden. Seulement, à ce moment-là, il ne le savait pas.

Elle, oui.

*

Les invités étaient partis, les employés du traiteur aussi, et la maison était imprégnée de cette atmosphère mélancolique particulière qui suivait toujours les réceptions. On lui avait demandé de donner une représentation brillante, pendant quelques heures, et voilà qu'elle était rendue à son existence terne et ordinaire. Les Trois Sœurs, qui s'étaient attardées le plus longtemps, avaient fini par s'en aller, les bras chargés d'une demi-douzaine de sacs en papier pleins de boîtes de nourriture, John ronronnant de joie quand on les lui avait donnés. Même Adams avait été renvoyé dans ses pénates, mais avant de quitter les lieux, il s'était incliné, solennellement, devant Peter, qui avait penché la tête en retour. « Que Dieu vous garde, Mister Peter, avait dit le majordome avec gravité. Je vous souhaite un bon voyage.

— Merci, Adams », répondit Peter qui avait eu coutume de l'appeler « Miss Adams » dans son dos. « Merci pour tout. Vous avez été si bon pour moi durant toutes ces années, pour moi et pour nous tous. » Ils se serrèrent la main.

« Bonne nuit, Adams, dit Charles qui se tenait derrière Peter. Merci pour ce soir – tout était parfait, comme toujours », et Adams avait de nouveau incliné la tête avant de sortir du salon pour se diriger vers la cuisine. Quand les parents de Charles étaient encore en vie et qu'ils employaient à demeure une cuisinière, une gouvernante, une bonne et un chauffeur ainsi qu'Adams, tout le personnel devait utiliser la porte de service pour ses allées et venues. Et bien que Charles ait depuis longtemps révisé cette règle, Adams continuait à arriver et à repartir par la porte de la cuisine – à l'origine parce que, d'après Charles, le majordome était embarrassé à l'idée de bousculer une tradition ancienne, mais plus récemment parce qu'il se faisait vieux, et que cet escalier était moins escarpé et ses marches plus larges.

En le regardant s'en aller, David se demanda, comme souvent, à quoi pouvait ressembler la vie d'Adams loin de cette maison. Quels vêtements portait-il, à qui parlait-il et comment, quand il n'était pas chez Charles, qu'il n'arborait pas son costume, qu'il ne servait pas ? Comment s'occupait-il dans son appartement ? Quels étaient ses passe-temps ? Il avait congé le dimanche, ainsi que le troisième lundi de chaque mois, et cinq semaines de vacances, dont deux début janvier quand Charles allait skier. Lorsque David avait posé la question, Charles avait répondu qu'il croyait qu'Adams louait un bungalow à Key West et qu'il allait y pêcher, mais il n'en était pas très sûr. Il savait si peu de chose d'Adams. Avait-il été marié ? Avait-il un compagnon, une compagne ? Avait-il jamais partagé la vie de quelqu'un ? Avait-il des frères et sœurs, des nièces ou des neveux ? Des amis ? Au début de leur liaison, quand il avait encore du mal à s'habituer à la présence constante du majordome, David avait posé toutes ces questions à Charles, qui avait lâché un rire embarrassé : « C'est affreux, mais je ne sais te répondre sur aucun point. » Comment est-ce possible ? avait-il insisté sans se rendre compte sur l'instant de ce que sa question sous-entendait, pourtant Charles ne l'avait pas mal pris. « C'est difficile à expliquer, mais il y a des gens dans votre vie sur lesquels il est simplement… il est simplement plus facile de ne pas trop en savoir. »

Il se demandait aujourd'hui s'il entrait lui-même dans cette catégorie, quelqu'un dont le charme serait détruit par les complications de son histoire personnelle mais surtout qui avait été choisi parce qu'il semblait ne pas en avoir du tout. Il savait que Charles ne redoutait pas les existences difficiles, mais peut-être David l'avait-il séduit parce qu'il paraissait si simple, un jeune homme qui n'était encore marqué ni par les ans ni par l'expérience. Une mère morte, un père mort, une année d'études de droit, une enfance passée loin de New York dans une famille bourgeoise, beau mais pas au point de l'intimider, d'une intelligence certaine mais pas remarquable, quelqu'un qui avait des préférences et des désirs, mais pas si affirmés qu'il ne puisse pas accueillir ceux de l'autre. David voyait comment aux yeux de Charles il se définissait en creux – pas de secrets, pas d'ex envahissants, pas de maladies, pas de passé.

Et puis, il y avait Peter : un homme que Charles connaissait intimement, et qui en retour, David s'en rendait compte dans l'après-coup, en savait plus sur Charles qu'il n'en saurait jamais. Resterait-il plus longtemps avec Charles, en apprendrait-il davantage sur son compte, Peter garderait toujours l'avantage – pas seulement le nombre des années, mais les époques traversées. Il avait connu Charles enfant, adolescent, homme mûr. Il lui avait donné son premier baiser, sa première cigarette, sa première bière, sa première rupture. Ensemble, ils avaient découvert ce qui leur plaisait dans la vie : quels plats, quels livres, quelles pièces de théâtre, quel style de peinture, quelles idées, quelles personnes. Il avait connu Charles avant qu'il ne soit Charles, quand il n'était qu'un robuste garçon sportif qui l'avait brusquement attiré. David comprenait, mais trop tard, après plusieurs mois passés à se demander comment réussir à parler avec Peter, qu'il aurait pu et dû le faire tout simplement en lui posant des questions sur celui qui comptait pour eux deux : qui Charles avait été, quelle vie il avait menée avant leur rencontre. Charles avait sans doute manqué de curiosité au sujet de son nouveau compagnon, mais David pouvait se faire le même reproche. Chacun d'eux voulait que l'autre n'existe que dans le présent de son expérience – comme s'ils avaient tous deux trop peu d'imagination pour se représenter l'autre dans un contexte différent.

Mais supposons qu'ils y soient forcés. Que la Terre se déplace sur son orbite, de quelques centimètres seulement, mais assez pour redessiner leur univers, leur pays, leur ville et eux-mêmes, de fond en comble. Et si Manhattan était envahie par les eaux, une île qui ne soit plus qu'un réseau de canaux et de rivières, où les gens se déplacent dans des pirogues en bois et où vous ramèneriez des filets regorgeant d'huîtres des eaux troubles coulant sous votre maison désormais sur pilotis. Ou s'ils habitaient une métropole étincelante et complètement dépourvue d'arbres, entièrement couverte de givre, aux immeubles bâtis avec des blocs de glace empilés, où l'on chevauche des ours polaires pour se déplacer et où l'on ait des phoques comme animaux de compagnie, contre les flancs tremblants desquels on se blottirait la nuit à la recherche d'un peu de chaleur. Se reconnaîtraient-ils encore quand ils se croiseraient sur différentes embarcations ou que leurs pas feraient crisser la neige alors qu'ils se hâteraient de rentrer au coin du feu ?

Et si New York ne changeait pas, mais qu'aucune de ses connaissances n'y agonise, que personne n'y soit mort, et que la réception de ce soir n'ait été qu'un rassemblement de plus entre amis, que personne ne se sente obligé de tenir des propos intelligents et définitifs, parce qu'ils auraient encore des centaines de dîners, des milliers de nuits, des dizaines et des dizaines d'années pour réfléchir à ce qu'ils voulaient se dire ? Seraient-ils encore ensemble dans ce monde, où nulle peur ne pousserait à s'accrocher les uns aux autres, où tout ce qu'ils avaient appris de la pneumonie, du cancer, des infections fongiques, de la cécité serait désormais obscur, dérisoire et ridicule ?

Et si, lors de ce bouleversement planétaire, ils étaient brutalement précipités vers le sud-ouest, et qu'ils reprennent connaissance dans un lieu complètement différent, disons à Hawaii, et que dans cet Hawaii-là, cet autre Hawaii, le Lipo-wao-nahele, ce lieu où son père l'avait entraîné si longtemps auparavant, n'aurait aucune raison d'être, parce que les ombres qu'il avait tenté de faire apparaître étaient en fait bien réelles ? Et si, dans cet Hawaii-là, l'archipel était encore un royaume, complètement indépendant de l'Amérique, que son père y soit roi et lui, David, le prince héritier ? Se connaîtraient-ils encore ? Seraient-ils encore tombés amoureux ? David aurait-il toujours besoin de Charles ? Là-bas, il serait le plus fort des deux – il ne serait plus en demande de la générosité, de la protection, de l'éducation de quelqu'un d'autre. Que représenterait alors Charles pour lui ? David trouverait-il encore quelque chose à aimer en lui ? Et qu'en serait-il de son père ? Quel homme serait-il ? Plus confiant, plus sûr de lui, moins effrayé, moins perdu ? Edward lui serait-il toujours indispensable ? Ou bien Edward serait-il une poussière, un domestique, un employé anonyme devant lequel son père passerait sans le voir quand il se dirigerait vers son bureau pour y signer documents et traités, son beau visage resplendissant alors qu'il arpenterait pieds nus les parquets lustrés, cirés chaque matin à l'huile de macadamia ?

Il n'en saurait jamais rien. Car dans le monde où ils vivaient, son père et lui, ils étaient seulement ce qu'ils étaient : deux êtres qui avaient tous les deux cherché secours auprès d'un autre homme dont ils espéraient qu'il les arracherait à la médiocrité de leur existence. Son père avait mal choisi. David, non. Mais au bout du compte, ils étaient tous les deux dépendants, déçus par leur passé et effrayés par leur présent.

Il se retourna pour regarder Charles nouer une écharpe autour du cou de Peter. Ils gardaient le silence, et David eut l'impression, comme souvent quand il les observait, mais en particulier ce soir-là, qu'il était un intrus, qu'il n'avait pas le droit d'être témoin de leur intimité. Il resta immobile, mais à quoi bon ? – ils avaient oublié jusqu'à sa présence. Peter avait d'abord pensé passer la nuit dans la maison de Charles, mais la veille il avait changé d'avis. On avait appelé son infirmière, et elle viendrait bientôt le chercher avec un aide-soignant pour le ramener chez lui.

Il était temps de se dire adieu. « Donnez-moi encore une seconde », leur lança Charles d'une voix étranglée avant de quitter la pièce, et ils l'entendirent tous deux monter l'escalier quatre à quatre.

David se retrouva donc seul avec Peter, assis dans son fauteuil roulant, emmailloté dans son manteau et coiffé de son bonnet. Le haut et le bas de son visage étaient assombris par les couches de laine, comme s'il n'était pas en train de mourir mais de se métamorphoser, comme si la laine le recouvrait peu à peu comme une nouvelle peau, et le transformait en quelque chose de doux et de confortable – un divan, un coussin, une pelote. Charles avait été assis sur le sofa pour lui parler, et le fauteuil de Peter était resté tourné vers un siège vide dans une pièce déserte.

Il se dirigea vers le sofa et s'assit à la place de Charles, les coussins encore tièdes sous ses fesses. Charles avait pris les mains de Peter dans les siennes, mais David ne put s'y résoudre. Et même à ce moment, *à ce moment-là* : alors que Peter le fixait du regard, il ne trouva rien, rien qu'il puisse lui dire. Il allait falloir que Peter parle le premier, et c'est ce qu'il fit finalement, David se penchant pour mieux l'entendre.

« David. »

Oui.

« Prenez soin de mon vieux Charles. Vous ferez ça pour moi ? »

Oui, promit-il, soulagé qu'on ne lui ait rien demandé de plus et que Peter n'ait pas saisi l'occasion de lui livrer une observation cinglante, une vérité sur lui-même qui l'aurait hanté à jamais. Bien sûr que je le ferai.

Peter émit un petit bruit dédaigneux. « "Bien sûr", dites-vous... », murmura-t-il.

Je m'y engage, insista David avec force. *Je le ferai.* Il était important que Peter le croie. Mais alors même que David le lui promettait, Peter avait déjà détourné les yeux en entendant Charles revenir et il lui ouvrait les bras, en un geste si enfantin, si affectueux, que David ne serait plus jamais capable de se l'imaginer autrement : Peter, emmitouflé comme un petit garçon qui s'apprête à sortir jouer dans la neige, les bras tendus vers son ami, et Charles, se précipitant pour remplir ce vide de sa présence, le visage décomposé, ne voyant que Peter, comme si personne d'autre au monde n'existait.

*

Au lit, cette nuit-là, Charles et lui ne se touchèrent pas, ne se parlèrent pas, chacun si abîmé en lui-même que si quelqu'un les avait vus, il les aurait pris pour des étrangers.

Peter était parti, porté jusqu'à la rue par l'infirmière et l'aide-soignant et accompagné de David et Charles, puis installé dans la voiture que Charles avait commandée pour lui. Alors le véhicule s'était éloigné vers l'appartement chaleureux et encombré que Peter occupait au premier étage d'une vieille maison de Bethune Street près de la rivière, avec son escalier délabré et sa façade de briques rouges, et ils étaient restés sur le trottoir dans le froid. Il savait depuis toujours que la fin de la soirée serait aussi la dernière fois où ils verraient Peter de leur vie – de la vie de Charles –, et maintenant que cela était arrivé, ce départ lui semblait trop soudain, trop bref, comme droit sorti d'un conte de fées : une horloge sonnait minuit, et le monde s'embrumait de gris, des vies potentielles s'évanouissaient dans le néant.

Ils étaient demeurés là, ensemble, longtemps après que la voiture eut disparu à leur vue. Il n'était pas si tard, mais le froid avait poussé tout le monde chez soi, et seuls quelques rares promeneurs, enveloppés de noir, passaient devant eux. De l'autre côté de la rue, le parc brillait sous la neige. Finalement, il avait pris Charles par le bras. Il fait glacial, dit-il. Rentrons. « Oui », avait murmuré Charles, la voix éteinte.

À l'intérieur, ils éteignirent les lumières du salon, Charles s'assura que les verrous de la porte de service étaient bien poussés, comme il le faisait chaque soir, et ils montèrent dans leur chambre, se déshabillèrent et enfilèrent leurs pyjamas avant de se brosser les dents en silence.

Autour d'eux, la nuit s'obscurcit et s'installa pour de bon. Finalement, après ce qui lui parut être une heure, la respiration de Charles changea, elle devint plus lente et plus profonde ; alors seulement, David sortit du lit et se dirigea sans un bruit vers le placard, prit la lettre dans son sac, et descendit l'escalier.

Durant quelques minutes, il resta assis sur le sofa dans l'obscurité du salon, la lettre entre les mains. C'était le dernier moment où il ne savait pas, où il pouvait prétendre qu'il ne savait pas, et il ne voulait pas le voir finir. Mais au bout du compte, il alluma la lampe, tira la feuille de son enveloppe et en lut le contenu.

Il se réveilla en entendant son nom et en sentant la paume de Charles sur sa joue et, quand il rouvrit les yeux, il comprit en voyant combien la lumière était vive qu'il devait neiger à nouveau. Charles était assis devant lui sur le pouf, vêtu de sa robe de chambre et de ce qu'ils appelaient son pyjama de petit vieux, en coton bleu à rayures avec ses initiales brodées au fil noir sur la poche poitrine. Charles ne descendait jamais au rez-de-chaussée avant de s'être peigné, mais pour l'heure, ses cheveux se dressaient par touffes sur sa tête, si bien que David apercevait le blanc de son crâne là où au sommet, ils s'étaient raréfiés.

« Il est parti », dit Charles.

Oh, Charles ! Quand cela ?

« Il y a environ une heure. Son infirmière a appelé. Je me suis réveillé, je t'ai cherché mais tu n'étais pas à côté de moi. » Il voulut s'excuser mais Charles l'arrêta en posant la main sur son bras. « Je me suis senti désorienté. Pendant quelques instants, je ne savais plus où j'étais. Mais la mémoire m'est revenue : j'étais chez moi, nous étions le lendemain de la réception, et je m'attendais à ce coup de fil – je savais ce qu'on allait me dire. Je m'étais seulement dit que ce serait demain, pas aujourd'hui. Mais non… il n'a même pas réussi à arriver à l'aéroport.

Donc je n'ai pas répondu. Tu n'as pas entendu le téléphone ? Je suis resté allongé à l'écouter sonner, sonner et sonner encore : six, dix, vingt fois – j'avais coupé le répondeur hier soir. Il sonnait tellement fort. Un bruit insistant, *grossier* : je ne m'en étais jamais rendu compte. Finalement, il s'est arrêté, je me suis assis au bord du lit et j'ai tendu l'oreille.

Je me suis surpris à penser à mon frère à ce moment précis. Oh, c'est vrai, tu ne sais pas. Eh bien, quand j'avais cinq ans, ma mère a donné naissance à un autre fils. Mon frère, Morgan. Mes parents essayaient depuis des années d'avoir un deuxième enfant, je devais l'apprendre plus tard. Dix semaines avant la date prévue, le travail a commencé.

À l'époque – ce devait être en 1943 –, on ne pouvait rien faire pour sauver un bébé aussi prématuré. On ne connaissait pas les soins néo-natals. Les couveuses étaient rudimentaires comparées à celles qu'on emploie aujourd'hui. C'était déjà extraordinaire qu'il soit vivant. Le médecin a annoncé à mes parents qu'il ne dépasserait pas les quarante-huit heures.

Personne ne m'a rien expliqué, bien sûr. Aujourd'hui, je suis toujours choqué par la quantité d'informations que les parents fournissent à leurs enfants, des renseignements qu'ils ne sont pas assez mûrs pour assimiler. Quand j'étais petit, je ne savais rien, et ceux qui m'entouraient avaient pour mission de me garder dans l'ignorance. Ce que j'ai appris, c'est en prêtant attention aux murmures et en collant l'oreille aux portes. Et pourtant je ne me souviens pas de m'être senti frustré. Jamais je n'aurais considéré que la vie de mes parents faisait partie de la mienne. Mon univers se cantonnait au troisième étage, avec mes jouets et mes livres. Mes parents y venaient comme en visite. Les seuls adultes qui y étaient à leur place, c'était ma nounou et mon tuteur.

Or je m'étais malgré tout rendu compte que quelque chose clochait – je l'avais compris à voir comment les adultes chuchotaient dans le couloir, ou se taisaient brusquement quand ils repéraient ma présence ; même ma nounou, qui m'adorait, semblait distraite, elle fixait la porte quand la bonne entrait pour me porter mon déjeuner, levait les sourcils d'un air interrogateur, et ses lèvres se pinçaient en la voyant secouer la tête pour toute réponse. Du rez-de-chaussée, aucun bruit ne montait. Les domestiques – c'était bien avant le temps d'Adams – parlaient à voix basse, et durant trois jours, on m'a envoyé me coucher sans me conduire d'abord en bas pour être présenté à mes parents.

Le quatrième jour de ce traitement, j'ai décidé d'aller fouiner moi-même au rez-de-chaussée pour comprendre ce qui se passait. Et donc, j'ai fait semblant de dormir quand Nounou est passée me voir cette nuit-là, puis j'ai attendu, et attendu encore, jusqu'à entendre la dernière domestique gravir l'escalier pour aller se coucher. Ensuite, je suis sorti de mon lit et j'ai marché sur la pointe des pieds jusqu'à la chambre de mes parents. Ce faisant, j'ai remarqué la faible lueur d'une bougie qui venait du boudoir attenant, et en même temps, j'ai perçu un petit bruit inconnu que je ne parvenais pas à identifier. Je me suis rapproché du seuil. J'étais très attentif, et totalement silencieux. Finalement, je suis parvenu devant la porte entrouverte, et j'ai regardé à l'intérieur.

J'ai vu ma mère, assise dans un fauteuil. Une bougie brûlait sur la table à ses côtés, et dans ses bras, elle tenait mon frère. Je me rappelle seulement avoir pensé qu'elle était très belle. Elle avait de longs cheveux auburn qu'elle relevait toujours en chignon, mais qui ce soir-là lui tombaient sur les épaules comme un voile, et elle portait un peignoir de soie couleur lilas et dessous une chemise de nuit blanche. Elle était pieds nus. Je n'avais jamais vu ma mère dans cette tenue – je n'avais jamais vu mes parents autrement que comme ils voulaient que je les voie : habillés de pied en cap, efficaces et compétents.

Au creux de son bras gauche, elle berçait le bébé. Et dans sa main droite, elle tenait un objet étrange, une sorte de coupe en verre transparent, qu'elle ajustait sur la bouche et le nez du nourrisson avant de presser sur la poire en caoutchouc qui y était attachée. C'était le bruit que j'avais entendu, la poire en caoutchouc qui sifflait quand elle se remplissait ou se vidait de l'air que ma mère donnait à Morgan. Elle maintenait un rythme régulier et n'accélérait jamais : pas trop vite, pas trop d'air. Toutes les dix pressions, elle s'arrêtait pendant une seconde, et j'entendais, mais à peine, la respiration si paisible du bébé.

Je ne sais pas combien de temps je suis resté à la regarder. Elle n'a jamais levé les yeux. L'expression de son visage… j'aurais du mal à la décrire. Ni détresse, ni tristesse, ni désespoir. Aucune émotion ne s'y lisait. Mais pas rien. Une grande concentration, je suppose. Comme si rien d'autre n'existait pour elle – ni passé, ni présent, ni mari, ni fils, ni maison –, comme si elle n'existait que pour oxygéner les poumons de son bébé.

Cela n'a pas suffi, évidemment. Morgan est mort le lendemain. Nounou a fini par m'en parler : j'avais eu un petit frère, mais ses poumons fonctionnaient mal, il était mort, il ne fallait pas que je sois triste parce qu'il était allé rejoindre Dieu. Plus tard, quand ma mère était à l'agonie, j'ai appris que mes parents s'étaient querellés. Mon père s'était opposé à cette tentative, il lui avait interdit d'utiliser l'instrument. Je ne sais pas comment elle se l'était procuré. J'ignore si elle lui avait jamais pardonné : de ne pas y avoir cru, de l'avoir dissuadée d'essayer. Mon père, m'a-t-on dit, ne voulait même pas le ramener de l'hôpital et quand ma mère avait lutté pour qu'ils le fassent – ils donnaient tellement d'argent à cet hôpital que personne n'aurait rien osé lui refuser –, il avait là aussi manifesté sa réprobation.

Ma mère n'était pas une femme sentimentale. Elle n'a plus jamais parlé de Morgan, et elle a fini par se remettre de sa mort.

Une année après l'autre, elle s'occupait de ses bonnes œuvres, organisait des réceptions, montait à cheval, peignait, lisait et collectionnait des livres rares, travaillait comme bénévole dans un foyer de jeunes mères célibataires, s'appliquait à ce que mon père et moi ayons une belle vie dans cette maison.

Je n'ai jamais pensé que je lui ressemblais beaucoup et elle non plus. 'Tu es exactement comme ton père', me disait-elle parfois, non sans une petite note de tristesse dans la voix. Et elle avait raison – je n'ai jamais été un de ces gays qui se sentent très proches de leur mère. Mis à part le fait que nous n'avons jamais parlé de mes amours, j'avais effectivement une préférence pour mon père. Pendant longtemps, j'ai fait semblant de croire que nous ne discutions pas de qui j'étais, ou de cette partie de moi, parce que nous avions trop d'autres sujets à aborder. Le droit, par exemple. Ou les affaires. Ou encore, les biographies que nous aimions tous les deux lire. Quand j'ai fini de me cacher, il était déjà mort.

Mais récemment, je repense de plus en plus souvent à cette nuit-là. Je me demande si je ne lui ressemble pas plus que je ne le croyais. Je me demande qui tiendra cette petite pompe à air quand mon tour viendra. Pas parce qu'ils penseront que cette machine pourrait me ressusciter ou me sauver. Mais parce qu'ils penseront que ça vaudra la peine d'essayer.

J'étais plongé dans ces pensées quand le téléphone a sonné à nouveau. Cette fois je me suis levé et j'ai décroché. C'était le nouvel infirmier de jour de Peter – un garçon sympathique. Je l'avais croisé plusieurs fois. Il m'a annoncé que Peter était mort, que ses derniers instants avaient été paisibles, et il m'a présenté ses condoléances. Ensuite, j'ai raccroché et je suis parti à ta recherche. »

Il se tut, et David comprit qu'il avait fini son récit. En parlant, Charles regardait par la fenêtre, désormais transformée en écran blanc, mais maintenant qu'il s'était tu, il se tourna à nouveau vers David qui s'enfonça dans les coussins du sofa en l'invitant à venir s'étendre à ses côtés.

Ils gardèrent le silence un long moment, et même si beaucoup de choses lui traversaient la tête, David pensait surtout que c'était en réalité bien bon d'être allongé auprès de Charles dans une maison chaude alors qu'il neigeait au-dehors. Il aurait aimé lui dire qu'il actionnerait la pompe à air pour lui, mais il n'y parvint pas. Il aurait tellement voulu lui donner quelque chose, lui rendre la pareille après tout l'apaisement qu'il lui avait offert, mais il ne pouvait pas. Plus tard, il regretterait à de nombreuses reprises de ne pas avoir dit quelque chose, n'importe quoi, aussi maladroits que ses mots auraient pu être. À l'époque, la crainte – de paraître stupide, de ne pas être à la hauteur – lui interdisait la générosité qu'il aurait pu montrer, et ce n'est pas avant d'avoir accumulé d'innombrables regrets de ce genre qu'il comprit que ses paroles de consolation auraient pu prendre n'importe quelle forme, que l'essentiel aurait été d'avoir tenté d'en offrir.

« Je suis descendu, finit par reprendre Charles, je suis descendu et je t'ai trouvé au salon. Et – il respira profondément – tu étais endormi, une lettre posée sur la poitrine, sous ta main. Alors, je te l'ai prise, et je l'ai lue. Je ne sais pas pourquoi. Pardon, David. » Il marqua une pause. « Je suis désolé pour toi de ce que j'ai appris. Pourquoi ne m'en as-tu jamais parlé ? »

Je ne sais pas, répondit-il enfin. Mais il n'en voulait pas à Charles d'avoir lu sa lettre. Il se sentait soulagé que Charles soit au courant, qu'une fois de plus sa détermination ait aplani une difficulté.

« Et donc, ton père… Il est encore vivant. »

À peine. Enfin, oui, pour l'instant.

« Bon. Et ta grand-mère veut que tu viennes le voir.

— C'est ça.

« Et cet endroit où il habitait… »

Ce n'est pas ce que tu crois, l'interrompit-il. Enfin, si. Mais en fait, non. Comment pouvait-il en parler à Charles ? Comment lui faire comprendre ? Comment pouvait-il faire apparaître Lipo-wao-nahele comme un lieu différent, meilleur, plus sain qu'il ne l'était ? Non pas une folie, une illusion, un rêve inaccessible, mais quelque chose en quoi son père – et même lui, David – avait cru de toute la force de leur espoir, un endroit où l'histoire n'avait aucun sens, un endroit où ils finiraient par se sentir chez eux, un lieu vers lequel son père était parti porté par le désir autant que par la peur. Impossible de le lui expliquer. Sa grand-mère n'avait jamais saisi. Charles ne saisirait sans doute pas non plus.

Je ne peux pas t'expliquer, ajouta-t-il finalement. Tu ne comprendrais pas.

« Donne-moi une chance », dit Charles.

Peut-être, répondit-il, mais il savait qu'il essaierait. Charles était capable d'aider n'importe qui – et s'il parvenait à l'aider lui aussi ? À quoi bon l'aimer et être aimé en retour s'il n'essayait pas ?

Mais avant tout, il lui fallait manger quelque chose. Il avait faim. Il se tortilla pour se relever du sofa, tendit la main à Charles, et en se dirigeant vers la cuisine, il repensa à son père. Pas tel qu'il était dans cette maison de repos où il logeait désormais, pas comme il était les derniers temps où il vivait à Lipo-wao-nahele, les yeux vides, le visage maculé de terre ; mais tel qu'il était quand ils habitaient ensemble chez eux, quand il avait quatre, cinq, six, sept, huit, neuf ans, comme un père et son fils, et qu'il n'avait jamais eu aucune raison de douter que son père prendrait toujours soin de lui, ou du moins qu'il essaierait, parce qu'il avait promis qu'il le ferait sans jamais faillir, qu'il savait que son père l'aimait et qu'ainsi allait le monde. Que de pertes, que de manques ! Il avait tant perdu. Comment pourrait-il un jour se sentir entier ? Comment pourrait-il jamais rattraper ces années gâchées ? Comment pourrait-il pardonner ? Comment pourrait-il espérer être pardonné ?

« Voyons », dit Charles, alors qu'ils étaient ensemble dans la cuisine et décidaient de ce qu'ils allaient manger. Sur le comptoir était posée une miche de pain au levain enveloppée de papier brun qu'Adams avait mise de côté pour eux, et Charles en découpa deux tranches avant de lever la sienne vers David.

« À ton père, dit-il.

À Peter, répondit David.

« Un toast à la nouvelle année un peu à l'avance. Plus que six ans avant le XXIe siècle !

Ils trinquèrent solennellement en entrechoquant leurs tranches de pain puis mordirent dedans. Derrière eux, le vent faisait trembler les vitres mais ils ne le sentaient pas, la maison était parfaitement calfeutrée. « Voyons un peu ce qu'Adams nous a gardé », dit Charles quand ils eurent fini, et il ouvrit le réfrigérateur, en tira un bocal de mayonnaise, un Tupperware de rôti froid, un pot de moutarde, un morceau de fromage. « Du Jarlsberg, le fromage préféré de Peter », murmura Charles.

Il lui passa un bras autour des épaules, Charles se laissa aller contre lui et ils restèrent un instant silencieux. C'est à ce moment précis que David eut une vision d'eux des années plus tard, dans un futur à la date imprécise. Au-dehors, le monde avait changé. Les rues étaient envahies de végétation, les pavés de la cour hérissés d'herbe de la pampa, le ciel d'un vert visqueux ; une créature aux ailes palmées et caoutchouteuses se faufilait sous leurs yeux. Une voiture descendait la 5e Avenue dans un nuage de fumée, à quelques centimètres au-dessus du macadam, et son moteur sifflait. Le garage était à moitié en ruine, ses briques déchaussées, ramollies et encrassées, et au milieu de toute cette désolation, crevant le toit délabré, poussait un manguier semblable à celui qui fleurissait dans le jardin de leur maison, ses branches regorgeant de fruits. Ce n'était pas exactement la fin des temps, mais presque – les mangues étaient trop contaminées pour être consommées ; la voiture n'avait plus de vitres ; l'air vibrait de fumées toxiques ; la créature s'était posée sur l'immeuble d'en face, les griffes accrochées au parapet, ses yeux noirs balayant la rue à la recherche d'une proie sur laquelle fondre pour la dévorer.

Mais à l'intérieur, Charles et lui n'étaient étrangement pas différents de ceux qu'ils étaient. Deux amoureux, qui se préparaient quelque chose à manger, les provisions ne manquaient pas, et tant qu'ils ne sortaient pas, rien de fâcheux ne pouvait leur arriver. À leur droite, au fond de la cuisine, s'ouvrait une porte, et après l'avoir poussée ils se retrouvaient dans une réplique exacte de leur maison, sauf que Peter était là, bien vivant, sarcastique et intimidant, et qu'à droite de celle-ci il y en avait une autre où habitaient John, Timothy et Percy, et dans la suivante, Eden et Teddy, et ainsi de suite, une rangée ininterrompue de maisons, et les gens qu'ils aimaient ressuscités et en pleine santé, une infinité de repas, de conversations, de querelles et de réconciliations. Ensemble, ils traversaient ces demeures, ouvraient les portes, saluaient leurs amis, refermaient les battants derrière eux, et parvenaient en fin de course face à ce qu'ils devinaient, sans trop savoir comment, être la dernière porte. Là, ils marquaient une pause, étreignaient chacun la main de l'autre avant de tourner la poignée et d'entrer dans une cuisine pareille à la leur, les mêmes murs vert jade, la même porcelaine ourlée d'or dans les placards, les mêmes gravures encadrées sur les murs, les mêmes torchons en lin doux au toucher, accrochés aux mêmes patères en frêne sculpté, mais dans laquelle poussait un manguier dont les feuilles touchaient le plafond.

Et là son père, assis sur une chaise, attendant patiemment, et en voyant David il bondissait sur ses pieds, le visage illuminé et inondé de larmes de joie. « Mon Kawika, s'écriait-il, tu es venu me chercher ! Tu es enfin venu me chercher ! » Sans hésiter, il courait se jeter dans ses bras. Charles, rayonnant, assistait à la scène : la réunion si longtemps attendue d'un père et d'un fils qui se retrouvent enfin.

DEUXIÈME PARTIE

Mon fils, mon Kawika – que fais-tu aujourd'hui ? Je sais où tu te trouves parce que Maman me l'a dit : New York. Mais où à New York, je me le demande ? Et qu'y fais-tu ? Elle m'explique que tu travailles dans un cabinet d'avocats, bien que tu ne le sois pas, mais ne crois pas que je sois moins fier de toi pour autant. Je suis allé à New York une fois, le sais-tu ? Oui, c'est vrai – ton papa a quelques secrets bien à lui.

Je pense souvent à toi. Le jour, mais aussi la nuit. Tous mes rêves parlent de toi d'une façon ou d'une autre. Parfois, je rêve du temps avant que nous ne partions pour Lipo-wao-nahele, quand nous habitions ensemble dans la maison de ta grand-mère et que nous nous promenions ensemble la nuit. Tu t'en souviens ? Je te réveillais et nous sortions sans un bruit. Nous remontions O'ahu Avenue jusqu'à East Manoa Road, avant de tourner dans Mohala Way, parce qu'une des maisons dans cette rue avait dans son jardin un buisson de fleurs trompettes qui te fascinait, tu te rappelles ? Elles étaient jaune pâle, un peu de la couleur de l'ivoire, et elles poussaient en s'évasant vers le bas comme la cloche d'un cornet. En tout cas, c'est ce que disaient les gens. Toi, tu n'étais pas d'accord, cependant. « Le tulipier à l'envers », tu appelais ce buisson, et je n'ai jamais pu le voir autrement depuis. Ensuite, nous descendions Lipioma Way jusqu'à Bexwith Street, puis Manoa Road à nouveau pour rentrer chez nous. C'est curieux – moi qui avais peur de tout, je ne craignais pas l'obscurité. Dans le noir, tout le monde est démuni, et le fait de savoir que j'étais comme les autres, que je ne valais pas moins qu'eux, me rendait plus courageux.

J'adorais nos promenades, et je crois que toi aussi. Nous avons dû arrêter quand tu en as parlé à ta maîtresse – tu t'endormais en classe, elle t'a demandé pourquoi, et tu lui as dit que c'était à cause de nos promenades nocturnes ; elle m'a fait venir et elle m'a adressé des reproches. « Votre fils est en pleine croissance, Mr. Bingham. Il a besoin de sommeil. Vous ne pouvez pas le réveiller au milieu de la nuit pour aller vous balader avec lui. » Je me suis senti ridicule, même si elle s'est montrée gentille avec moi. Elle aurait pu en parler à ta grand-mère, mais elle ne l'a pas fait. « J'ai seulement envie de passer plus de temps avec lui », lui ai-je expliqué, et elle m'a regardé d'une façon qui m'a fait comprendre comme cela m'arrive souvent que j'avais dit quelque chose qu'il ne fallait pas, quelque chose de bizarre, mais finalement, elle a hoché la tête. « Vous aimez votre fils, Mr. Bingham, et c'est merveilleux. Mais si vous l'aimez vraiment, vous allez le laisser dormir. » J'étais gêné, parce que, bien sûr, elle avait raison : tu n'étais qu'un enfant. Je n'avais pas le droit de te réveiller et de te tirer du lit. La première fois, tu avais l'air perdu, mais ensuite, tu t'étais habitué, tu te frottais les yeux et tu bâillais, mais jamais tu ne te plaignais. Tu enfilais tes chaussons, tu prenais ma main, et tu me suivais dehors. Je n'ai jamais eu besoin de te dire de ne pas en parler à ta grand-mère ; tu avais compris tout seul qu'il ne fallait pas. Plus tard, j'ai raconté à Edward que j'avais eu des ennuis avec l'institutrice et pourquoi. « Pauvre idiot ! », m'a-t-il dit, mais d'une façon telle que j'ai compris qu'il n'était pas fâché, seulement inquiet. « Ils auraient pu appeler les Services d'aide à l'enfance et te retirer la garde de Kawika. — Tu es sûr ? » Je ne pouvais rien imaginer de pire. « Bien sûr qu'ils auraient pu. Mais ne t'en fais pas. Quand nous partirons pour Lipo-wao-nahele, tu pourras élever Kawika comme tu l'entends et personne ne pourra protester. »

Tu as d'autres souvenirs ? Moi, je passe mon temps à me rappeler. Je vois des choses, mais très peu, rien que de la lumière et de l'obscurité. Te rappelles-tu que nous allions régulièrement au cimetière chinois pour nous asseoir au sommet de la colline près de l'arbre à pluie ? Nous nous couchions sur l'herbe, le visage tourné vers le soleil. « Ferme les yeux », te disais-je, mais même à travers nos paupières, nous voyions un vaste champ orange, piqué de petites taches noires qui tressautaient comme des mouches. Après que je t'ai eu expliqué comment fonctionnait la vision, tu m'as demandé si ce que tu voyais c'était la face cachée de tes yeux, et je t'ai répondu que peut-être. En tout cas, c'est comme ça pour moi : je vois de la couleur et des taches noires, mais pas grand-chose d'autre. Quand on me promène dehors cependant, on me fait toujours porter des lunettes de soleil. C'est parce que, à en croire un des médecins ici, je devrais toujours être capable de voir – il n'y a aucun problème avec mes yeux, et donc, il faut les protéger. Jusqu'à récemment, ta grand-mère m'apportait des photos de toi qu'elle approchait de mon visage, si près qu'elles me chatouillaient le nez. « Regarde-le, Wika, disait-elle. Regarde-le. Arrête ces absurdités. Tu ne veux pas voir les photos de ton fils ? » Bien sûr que si, je le voulais, et j'essayais, j'essayais de toutes mes forces. Mais je ne réussissais jamais à distinguer rien de plus que les contours du cadre, peut-être aussi la masse sombre de tes cheveux. À moins que ce n'ait pas été du tout un portrait de toi qu'elle me montrait. Peut-être la photo d'un chat ou d'un champignon. Je n'arrivais pas à faire la différence. L'essentiel est que je ne vois jamais rien de nouveau ; tout ce que je parviens à distinguer, je l'ai déjà vu avant.

Mais si je ne vois rien, j'entends très bien. La plus grande partie de ces sons n'a pas beaucoup de sens pour moi, non pas exactement parce que je ne comprends pas, mais parce que je suis endormi la plupart du temps et que j'ai du mal à distinguer ce que j'entends vraiment de ce que j'imagine. Et souvent, quand j'essaie de faire la différence, je m'endors à nouveau, et quand je me réveille, je suis encore plus désorienté – à supposer que je sache encore ce que je tentais de discriminer avant de tomber dans le sommeil, je ne sais plus à ce moment-là si j'ai vraiment entendu quelque chose, si je crois l'avoir entendu, ou si j'étais en proie à une hallucination. Que tu vives à New York, par exemple : je me suis réveillé un jour avec la conviction que tu habitais là-bas. Mais était-ce vrai ? Quelqu'un me l'avait-il dit ou l'avais-je inventé ? J'ai réfléchi et réfléchi encore, si fort que je m'entendais geindre de frustration et de confusion, et puis on est entré dans ma chambre, et ça a été à nouveau le vide complet. Quand je me suis réveillé, je me rappelais seulement que quelque chose m'avait bouleversé, et c'est seulement plus tard que je me suis souvenu de la raison. Je n'avais aucun moyen de demander si tu étais effectivement à New York ou pas, bien sûr, et donc j'ai été obligé d'attendre que quelqu'un – ta grand-mère – vienne me rendre visite, en espérant qu'elle me parlerait de toi. Et finalement, elle est venue, m'a dit qu'elle avait reçu une lettre de toi, qu'il faisait chaud à New York, chaud et pluvieux, et que tu me souhaitais de me rétablir. Là, je suppose que tu te demandes comment je savais que cela s'était effectivement passé, que je ne l'avais pas rêvé, et la réponse est que ce jour-là, je sentais les fleurs que portait ta grand-mère. Te souviens-tu, quand les vignes de pakalana étaient en fleur, qu'elle t'envoyait sur le côté de la maison en cueillir quelques grappes, qu'ensuite elle les glissait dans une petite broche en argent, celle qui avait la forme d'un petit vase dans lequel on pouvait effectivement faire tenir quelques fleurs ? Voilà la raison pour laquelle je ne doute pas de la réalité de ce moment, et je sais aussi que c'était l'été parce que c'est la saison où les pakalanas fleurissent. C'est aussi pour ça que, chaque fois que je pense à toi, je sens un parfum de pakalana.

J'ignore depuis combien de temps tu es parti. Longtemps, j'imagine. Des années. Dix peut-être. Mais alors je me rends compte, si c'est bien le cas, que je suis ici, dans cet endroit, depuis des années, peut-être dix aussi. Et ensuite, je m'entends commencer à geindre, de plus en plus fort, je m'agite comme un diable, je me pisse dessus, et puis j'entends des gens accourir vers moi, et parfois je les entends prononcer mon nom : « Wika. Wika, il faut vous calmer. Il faut vous calmer, Wika. » Wika : ils m'appellent toujours comme ça. Personne ici ne m'appelle Mr. Bingham sauf quand ta grand-mère vient me rendre visite. Mais ce n'est pas grave. Ça ne m'avait jamais semblé normal qu'on me donne du Mr. Bingham.

Or, je ne peux pas me calmer, parce que maintenant je pense que je ne sortirai jamais d'ici, que ma vie – ma vie entière – s'est passée dans des endroits dont je n'ai pas pu m'échapper. La maison de ta grand-mère. Lipo-wao-nahele. Et maintenant ici. Cette île. Je ne pourrai jamais vraiment en partir. Toi oui. Tu t'en es allé.

Alors je continue à me manifester comme je peux, je repousse leurs mains, je gémis quand ils tentent de m'apaiser, et je continue jusqu'à sentir le médicament faire effet dans mes veines, me réchauffer le corps, me calmer le cœur, me replonger dans cet état où j'oublie tout.

Je veux te parler, mon fils, mon Kawika, tout en sachant que jamais tu ne m'entendras, non plus que je serai un jour capable de te dire ces mots à haute voix, il est trop tard. Mais je veux tout de même te parler de tout ce qui s'est passé, et essayer de t'expliquer pourquoi j'ai fait ce que j'ai fait.

Tu n'es jamais venu me voir. Je le sais, et pourtant je ne le sais pas avec certitude. Parfois, je parviens à me persuader que si, que je suis seulement dans la confusion. Mais je sais que non. Je ne connais plus le son de ta voix, ni ton odeur. L'image de toi que j'ai conservée remonte à quinze ans, quand tu m'as quitté après un week-end passé ensemble, et j'ignorais alors – sans doute toi aussi, peut-être m'aimais-tu encore un peu à ce moment-là en dépit de tout – que je ne te reverrais jamais. Bien sûr, cela me rend triste. Pas seulement pour moi mais pour toi aussi. Parce que tu as un père qui est en vie et qui pourtant ne l'est pas, que tu es encore un jeune homme, et qu'à cet âge, on a besoin d'un père.

Je ne saurais te dire exactement où je me trouve, parce que je l'ignore. Parfois, j'imagine que je suis sur le Mont Tantale, tout là-haut dans la forêt, parce qu'il fait frais, qu'il pleut beaucoup et que tout est silencieux, mais je pourrais aussi être sur les falaises de Nuʻuanu, ou même dans la vallée de Manoa. Je sais que je ne suis pas chez nous, parce que cet endroit ne sent pas comme notre maison. Longtemps, j'ai cru être dans un hôpital, mais ça n'en a pas non plus l'odeur. Pourtant, il y a des médecins, des infirmières et des aides-soignants, et tous prennent soin de moi.

Durant une longue période, je n'ai pas quitté mon lit du tout, et un jour, ils ont commencé à me forcer à me lever. « Allez, Wika ! », m'enjoignait une voix masculine. « Vas-y, mon frère ! » Et je sentais une main dans mon dos qui m'aidait à m'asseoir, puis quatre mains posées sur moi, dont deux autour de ma taille qui me soulevaient et me reposaient dans un fauteuil. Ensuite on me poussait, et je devinais qu'on était sortis, le soleil me réchauffait la nuque. Une des mains me soulevait le menton, je fermais les yeux : « Ça fait du bien, pas vrai, Wika ? » Mais ensuite, elle me lâchait le menton et ma tête retombait en avant. Maintenant, quand ils me font faire le tour du bâtiment ou qu'ils m'emmènent dans le parc, ils m'attachent quelque chose autour du front pour que ma tête reste en place. Parfois une femme se présente, elle me fait bouger les bras et les jambes et elle me parle. Elle se penche et tire sur chaque membre, elle me masse avant de me faire coucher sur le ventre et de me pétrir le dos. Je me rappelle un temps où j'aurais été gêné, d'être allongé comme ça tout nu avec une inconnue qui m'aurait touché, mais désormais ça m'est égal. Elle s'appelle Rosemary, et pendant qu'elle me masse, elle me parle de sa journée et de sa famille : son mari, qui est comptable, son fils et sa fille, encore à l'école primaire. De temps à autre, une réflexion ou une autre me fait penser que pas mal de temps a dû s'écouler, mais plus tard, je ne suis plus sûr de rien parce que – je te le répète – je ne sais plus si elle l'a vraiment dit ou si je l'ai inventé. Le mur de Berlin est-il tombé, ou non ? Y a-t-il des colonies sur Mars, ou pas ? Edward a-t-il finalement triomphé, la monarchie a-t-elle été restaurée et ai-je été couronné roi des îles Hawaii et ma mère nommée régente, ou non ? Un jour, elle m'a parlé de toi, mon fils, et je me suis tellement agité qu'elle a dû sonner pour demander de l'aide, et elle n'a plus jamais prononcé ton nom.

Aujourd'hui, j'ai pensé à toi pendant qu'ils me faisaient manger. On ne me donne que des aliments mous parce que parfois, quand je me dis qu'il va falloir déglutir, je suis pris de panique et je m'étouffe, et si je n'ai pas à mâcher, j'y pense moins. Le dîner était composé de bouillie de riz avec des jaunes d'œufs séchés et des oignons verts, un des plats que je demandais à Jane de te cuisiner quand tu étais malade – un de ceux qu'elle me préparait quand j'étais petit. C'était aussi un des plats favoris de mon père, mais lui y faisait ajouter du poulet bouilli.

Je pense que Jane est morte. Matthew aussi. Personne ne me l'a dit, mais je le sais, parce que avant, ils venaient me rendre visite et plus maintenant. Ne me demande pas depuis combien de temps ou comment ils venaient. Je ne pourrais pas te répondre. Mais ils étaient vieux – plus vieux que ta grand-mère. Un jour, je l'ai entendue raconter que son père lui avait donné Jane et Matthew comme cadeau de mariage, deux domestiques de son père qui l'aideraient à gérer sa propre maison. Mais ce n'est pas vrai. Ils étaient entrés dans cette maison bien avant elle. Et par ailleurs, non seulement son père n'avait sûrement pas assez d'argent pour s'offrir un seul domestique, et deux encore moins, mais il n'aurait jamais pu se défaire de deux. Et s'il avait été assez riche, il est très improbable qu'il les lui aurait donnés, alors que légalement ils n'avaient aucun lien de sang.

Je ne savais jamais que faire quand j'entendais ta grand-mère te raconter des histoires qui n'étaient pas vraies. Je ne voulais pas la contredire. Je comprenais qu'il valait mieux éviter. Et puis, je désirais que tu aies confiance en elle, que tu la croies – je voulais que les choses soient plus faciles pour toi que pour moi, et cela signifiait avoir une bonne relation avec elle. J'ai beaucoup œuvré pour que les choses se passent bien, et je pense avoir réussi, ce qui signifie que je n'ai pas tout raté pour toi. J'ai tout fait pour que ta grand-mère t'aime. Mais aujourd'hui, tu es adulte, tu vis en sécurité à New York, et je sens que je peux t'avouer la vérité.

À la décharge de ta grand-mère, je dirais qu'elle ne prenait rien de ce qu'elle possédait pour acquis. Ce qu'elle avait, elle s'était battue pour l'obtenir, et elle a passé sa vie à s'assurer qu'on ne lui enlèverait pas. Elle m'a élevé en s'appliquant à ce que je ressente tout l'inverse, et pourtant, en certaines occasions, je crois qu'elle m'en voulait de le croire alors que c'est elle-même qui l'avait voulu. Elle n'éprouvait aucune rancune contre mon père, mais me concernant oui, parce que j'étais à elle en partie, et aurais donc dû avoir conscience de la précarité de ma situation, car alors elle se serait sentie moins seule avec ses propres angoisses. Il arrive souvent qu'on en veuille à ses enfants d'avoir réussi ce qu'on a souhaité pour eux – et je ne veux surtout pas dire par là que c'était mon cas, même si j'ai avant tout souhaité qu'en grandissant tu me dépasses.

Au sujet de mon père, je n'ai pas grand-chose à ajouter que tu ne saches déjà. J'avais huit ans, presque neuf, quand il est mort, et pourtant je garde peu de souvenirs de lui – une présence un peu floue, un homme jovial, énergique et chaleureux, qui me faisait sauter dans ses bras quand il rentrait du travail, me faisait voler la tête en bas alors que je criais comme un putois, et qui avait essayé sans succès de m'apprendre à frapper une balle. Je ne lui ressemblais pas, mais il ne paraissait pas déçu par son fils, au contraire de ma mère, insatisfaite pratiquement depuis l'âge où j'avais été assez grand pour avoir une idée de son opinion. J'aimais lire, et il m'appelait « Professeur », sans se moquer, même si je ne m'intéressais en fait qu'aux bandes dessinées. « Voici Wika, le lecteur de la famille », disait-il pour me présenter à ses connaissances, et j'étais gêné parce que je savais que je ne lisais que des ouvrages sans valeur, que je ne méritais vraiment pas d'être appelé lecteur. Mais cela n'avait aucune importance pour lui. Si j'avais fait de l'équitation, j'aurais été le Cavalier, si j'avais joué au tennis, le Champion, et que je me sois ou non distingué lui aurait été égal.

La plus grande part de notre fortune avait déjà fondu quand mon père a rejoint l'entreprise familiale, et il ne semblait pas très désireux de remplir les coffres. Nous passions des week-ends entiers au club, où nous déjeunions ensemble – les gens s'arrêtant à notre table pour serrer la main de mon père et sourire à ma mère, alors qu'on plaçait devant moi la tranche de gâteau à la noix de coco, écœurant et aussi plat qu'un tapis, que mon père me commandait toujours comme dessert malgré les protestations de ma mère – avant qu'il n'aille faire son parcours de golf et que ma mère ne s'installe près de la piscine avec une pile de magazines sous un parasol d'où elle pouvait me surveiller. Plus tard, alors qu'Edward et moi devenions amis, je me taisais quand il racontait les week-ends où il allait à la plage avec sa mère ; ils emportaient un pique-nique, et ils y passaient toute la journée, sa mère assise sur une couverture avec ses amies, et lui gambadant et pataugeant joyeusement dans les vaguelettes jusqu'à la tombée du jour où ils pliaient bagage pour rentrer chez eux. Le club était tout près de l'océan – depuis le terrain de golf, on l'apercevait entre les branches, une bande de lumière d'un bleu étincelant – mais nous n'aurions jamais songé à y aller : trop de sable, trop sauvage, trop indigent. Mais je me gardais bien de le confier à Edward. Je lui disais que j'adorais moi aussi passer des journées à la mer, même si, quand nous avons commencé à y aller ensemble, une part de moi ne pensait qu'à repartir, à rentrer prendre une douche et me sentir à nouveau propre.

C'est seulement à la mort de mon père que j'ai compris que nous étions riches, et à ce moment-là, nous l'étions beaucoup moins que nous l'avions été. Mais le genre de fortune que mon père avait possédée n'était pas ostentatoire – nous avions une grande maison, mais ordinaire, avec une large galerie, une vaste véranda encombrée et une petite cuisine. On m'offrait tous les jouets que je désirais, mais ma première bicyclette était d'occasion, rachetée au fils de voisins. Nous avions Jane et Matthew, mais nos repas étaient simples – du riz et de la viande d'une sorte ou d'une autre au dîner, du riz, du poisson et des œufs au petit déjeuner ; un bento en fer-blanc que j'emportais à l'école pour le déjeuner – et c'est seulement quand mes parents recevaient, qu'on allumait les bougies et dépoussiérait le lustre que la maison paraissait grandiose et que je me rendais compte qu'il y avait quelque chose de noble dans sa simplicité : la table de la salle à manger sombre et bien cirée ; le bois lisse et blanc des lambris aux murs et au plafond ; les fleurs coupées que l'on remplaçait un jour sur deux. C'était la fin des années quarante, une époque où nos voisins posaient du lino sur leurs planchers et remplaçaient la faïence de leur vaisselle par du plastique, mais notre maison, comme se plaisait à répéter ma mère, n'était pas « fonctionnelle ». Chez nous, il y avait du parquet, les couverts étaient en argent, les assiettes et les bols en porcelaine. Pas de la porcelaine précieuse, mais pas du plastique non plus. Les années de l'après-guerre avaient apporté de nouvelles richesses dans les îles, des denrées inconnues arrivaient du continent, mais là encore, notre foyer ne cédait pas à ce que ma mère appelait des modes. Pourquoi acheter des oranges hors de prix venues de Floride alors que celles de votre jardin étaient bien plus juteuses ? Pourquoi acheter du raisin de Californie quand les litchis de nos arbres étaient plus sucrés ? « Ils ont attrapé la folie du continent », disait-elle de nos voisins, critiquant une crédulité qu'elle interprétait comme un mépris de notre mode de vie et de notre identité. Edward n'a jamais pu saisir cet aspect de ma mère, son patriotisme farouche, son amour de sa terre – il ne voyait que l'incohérence avec laquelle s'exprimait sa fierté, la manière dont elle décriait ceux qui recherchaient les innovations musicales et culinaires du continent, tout en portant le collier de perles qu'elle avait acheté à New York, les jupes longues en coton qu'elle commandait à sa couturière à San Francisco, où elle et mon père se rendaient chaque année, une habitude qu'elle devait conserver après la mort de son mari.

Deux fois par an, nous partions tous les trois vers La'ie sur la côte Nord. Là se trouvait une petite église en roche de corail dont mon arrière-grand-père avait été un des donateurs depuis sa jeunesse, et c'était là que mon père distribuait des enveloppes d'argent, vingt dollars par adulte, pour fêter l'anniversaire de la naissance de l'aïeul et celui de sa mort en faisant ces cadeaux aux habitants d'un lieu que son grand-père avait tant aimé. Alors que nous approchions de l'église, quittant la route pour nous engager sur un chemin de terre, nous voyions les gens s'attrouper autour de la porte, et quand mon père descendait de voiture pour y accéder, ils s'inclinaient. « Monseigneur », murmuraient-ils, ces grands gaillards à la peau sombre, aux voix exceptionnellement douces, « Bon retour parmi nous, mon Roi ». Mon père les saluait d'un signe de tête, les laissait prendre ses mains et les serrer, et à l'intérieur, après avoir distribué l'argent, il prenait place pour écouter leur meilleur soliste qui entonnait une chanson, puis un autre qui psalmodiait, et ensuite, nous repartions en voiture vers la ville.

Ces visites me mettaient toujours mal à l'aise. J'avais l'impression, même enfant, d'être un imposteur – qu'avais-je donc fait pour mériter qu'on m'appelle « Prince », qu'une vieille dame, si âgée qu'elle ne parlait qu'hawaïen, s'incline devant moi, la main agrippée au pommeau de sa canne pour ne pas tomber ? Sur le chemin du retour, mon père était d'humeur joyeuse, il sifflotait l'air qu'on venait de lui chanter, tandis que ma mère, assise à côté de lui, restait silencieuse, le dos droit, l'air royal. Après la mort de mon père, j'avais continué d'y aller seul avec elle, et tout en étant toujours aussi respectueux, ils ne saluaient que moi ; elle se montrait toujours polie mais elle n'avait pas l'enjouement de mon père, sa capacité à faire se sentir égaux des gens beaucoup plus pauvres que lui, et la célébration avait quelque chose de forcé. Quand j'ai eu dix-huit ans, âge auquel j'étais censé m'acquitter de ce devoir, l'ensemble de l'entreprise avait commencé à paraître anachronique et paternaliste, si bien que ma mère, à compter de ce moment, se contenta de faire parvenir une donation annuelle au centre communautaire chargé d'une répartition équitable entre les habitants. J'aurais de toute façon été incapable de remplacer mon père – c'est ce que j'avais annoncé à ma mère : pas question d'être son substitut. « Mais tu ne comprends pas, Wika, avait-elle répondu avec lassitude. Tu n'es pas son remplaçant, tu es son successeur. » Mais elle ne m'avait pas contredit non plus. Nous savions tous les deux que je ne pouvais pas égaler mon père.

Les choses se sont modifiées après sa mort, bien sûr. Pour ma mère, ces changements étaient plus profonds et plus menaçants. Une fois les dettes payées – mon père aimait les jeux d'argent et les grosses voitures –, il restait moins d'argent qu'elle ne l'avait supposé. Avec sa disparition, elle avait aussi perdu la certitude de qui elle était – il avait en quelque sorte légitimé celle qu'elle avait toujours affirmé qu'elle était, et sans lui, elle serait désormais obligée de défendre son droit à revendiquer la noblesse de sa lignée.

Mais l'autre changement était que ma mère et moi nous retrouvions seuls, et nous n'avons compris qu'après son décès que c'était mon père qui était le garant de nos identités. Elle était l'épouse de Kawika Bingham, moi le fils de Kawika Bingham. Même après sa mort, nous ne nous définissions qu'en fonction de lui. Sans mon père, nos relations semblaient plus délicates. Elle était maintenant la veuve de Kawika Bingham, moi son héritier. Mais Kawika Bingham n'était plus là, et sans lui, nous ne savions plus bien ce que devaient être nos rapports.

Après la mort de mon père, ma mère s'est de plus en plus engagée dans les *Kaikamahine ku Hawa'i*. Cette association, dont les membres s'appellent « Les Filles de Famille », était ouverte à toutes celles qui pouvaient faire la preuve d'une ascendance aristocratique.

Pour ma mère, revendiquer sa lignée n'était pas une mince affaire. Son père adoptif, cousin éloigné de mon père, était noble : comme mon père, ce dernier pouvait faire remonter ses ancêtres jusqu'avant l'époque du Grand Roi. Mais les origines de ma mère elle-même étaient plus opaques. En grandissant, j'ai entendu plusieurs histoires différentes la concernant. La plus répandue était qu'elle était en fait l'enfant naturelle de son père adoptif, et que sa mère était une barmaid *haole* qui était rentrée chez elle en Amérique peu de temps après l'accouchement. Mais il existait d'autres versions, selon lesquelles elle n'était non seulement pas noble mais encore pas hawaïenne du tout, que sa mère était la secrétaire de son père adoptif, et son géniteur le valet de ce même homme – connu pour préférer engager des *haoles* parce qu'il aimait montrer qu'il avait le statut et l'argent nécessaires pour engager des Blancs. Quand il lui arrivait de parler de son père adoptif, elle confiait seulement qu'il avait été bon pour elle, même si quelqu'un – je ne sais plus qui – m'avait donné le sentiment que s'il avait peut-être été bon pour elle c'était de façon plutôt vague ; il était sévère avec ses propres enfants, sa fille et son fils, parce qu'il attendait beaucoup d'eux et pour eux. Ils détenaient le pouvoir de le décevoir, mais aussi celui de lui plaire. Ils étaient des prolongations de lui-même, ce que ma mère ne pouvait pas être.

Le mariage avec mon père avait fait taire la plupart des rumeurs – ses origines à lui étaient indiscutables, inattaquables –, mais à sa mort, je pense qu'elle s'est à nouveau sentie sur la défensive, guettant toutes les allégations de ses détracteurs. C'est sans doute la raison de son engagement extrême dans Les Filles de Famille – elle donnait chaque année une réception destinée à lever des fonds, présidait des comités, lançait des actions de bienfaisance, et expliquait à l'envi pourquoi elle tentait par tous les moyens imaginables à son époque d'incarner la femme hawaïenne idéale.

Le problème, comme toujours quand on essaie d'être l'idéal de quoi que ce soit, c'est que les critères finissent toujours par varier, et que ce dont vous avez fait l'objectif d'une vie entière n'est pas une vérité unique mais une série d'attentes déterminées par une certaine situation. Si le contexte change, si les perspectives changent, alors vous n'êtes à nouveau plus rien.

Quand Edward fit la connaissance de ma mère, il se montra d'abord circonspect et courtois. C'est seulement plus tard, quand nous nous sommes rapprochés à l'âge adulte, qu'il a commencé à douter d'elle. Elle ne parlait pas hawaïen, faisait-il remarquer (moi non plus d'ailleurs ; mis à part les quelques phrases et mots que nous connaissions tous, et une bonne dizaine de rengaines et de chants, je ne parlais qu'anglais et un peu le français). Elle ne soutenait pas la lutte. Elle ne se battait pas pour la restauration du royaume d'Hawaii. Mais il ne faisait jamais observer, au contraire de nombreux autres, combien elle avait la peau claire ; il était plus pâle qu'elle encore, et à moins d'avoir grandi dans les îles, vous n'auriez pas su aller plus loin que ses cheveux et ses yeux pour deviner son hawaïénité, un secret qui se cachait juste sous la surface. À cette époque, il était devenu envieux de mon apparence, ma peau, mes cheveux et mes yeux. Parfois je le surprenais en train de m'observer fixement. « Tu devrais te laisser pousser les cheveux, m'avait-il dit un jour. Ça ferait plus authentique. » Il supportait mal que, même quand tout le monde s'était mis à garder les cheveux longs, je continue à porter les miens comme mon père – bien peignés et très courts – parce qu'ils étaient laineux et épais, et que s'ils poussaient trop, ils formaient une boule autour de ma tête.

« Je n'ai aucune envie que ça ait l'air d'une coupe afro », lui avais-je répondu.

— Et qu'est-ce que tu trouverais à y redire ? », avait-il rétorqué, avec ce regard fixe et dur qu'il avait parfois, quand ses yeux soudain s'assombrissaient, et devenaient d'un bleu plus foncé ; je m'étais mis à bégayer, comme souvent quand j'étais nerveux.

« Rien, je n'ai rien contre les coupes afro. »

Il avait reculé et m'avait regardé un long moment, et j'avais dû détourner les yeux. « Un vrai Hawaïen a une chevelure abondante », dit-il. Ses cheveux à lui étaient bouclés mais fins, comme ceux d'un enfant, et il les portait noués en arrière, retenus par un élastique. « Abondante et fière ». Il s'était mis à m'appeler Le Comptable après ça, parce que, disait-il, j'avais l'air d'un employé de banque qui compte l'argent des autres. « Et comment va le Comptable », disait-il en guise de bonjour quand il passait me chercher. « Les affaires tournent ? » Je savais qu'il se moquait de moi, mais parfois j'avais l'impression d'une expression de tendresse, d'affection, un lien que nous étions seuls à partager.

Je ne savais jamais quoi dire quand il critiquait ma mère. À l'époque, j'avais déjà compris depuis longtemps que je ne la satisferais jamais, et pourtant je ne pouvais m'empêcher de vouloir la protéger, même si elle ne m'avait jamais rien demandé de tel, et que, de fait, j'en aurais été bien incapable. J'aime penser, rétrospectivement, qu'une partie de ce qui me mettait mal à l'aise était que pour lui il n'y avait qu'une seule façon d'être hawaïen. Mais à ce moment-là, je ne raisonnais pas de façon assez élaborée pour penser les choses en ces termes – l'idée que mon appartenance ethnique puisse m'obliger à me comporter de telle ou telle façon m'était si étrangère qu'on aurait pu aussi bien m'expliquer qu'il existait une autre manière, plus correcte, de respirer ou d'avaler. Je sais aujourd'hui que beaucoup de jeunes de mon âge autour de moi avaient exactement les mêmes conversations : comment être noir, asiatique, américain, ou même une femme. Mais je n'avais jamais entendu ces discussions, et quand j'y ai assisté enfin, c'était en compagnie d'Edward.

Donc, à la place, je me contentais de répondre : « Elle est hawaïenne », même si au moment même où je prononçais ces mots, ils résonnaient à mes oreilles comme une question. « Elle est hawaïenne ? »

Et c'est sans doute la raison pour laquelle Edward me répondait comme il le faisait :

« Non, elle ne l'est pas. »

*

Mais revenons à notre première rencontre. J'avais dix ans à l'époque, et je venais de perdre mon père. Edward était nouveau dans notre école. L'établissement ouvrait ses inscriptions à la maternelle, au CM2, en 5e et en 3e. Plus tard, Edward devait regretter amèrement que nous ayons été élèves dans cette école plutôt que dans celle qui n'acceptait que les enfants de sang hawaïen. Notre école avait été inscrite sur la charte royale, mais fondée à l'origine par des missionnaires. « Bien sûr, on ne nous a jamais appris qui nous étions et d'où nous venions, disait-il. Bien sûr que non. L'objectif même de cette maudite école était de nous soumettre en nous colonisant. » Et pourtant, il y avait été élève. C'était un des nombreux exemples des choses dans la vie d'Edward et la mienne qu'il en viendrait à détester ou qui lui feraient honte, et mon refus ou mon incapacité d'avoir les mêmes regrets – alors que j'en avais sur tant d'autres sujets – finit par provoquer sa rage.

J'étais inscrit dans cet établissement parce que les membres de ma famille l'avaient toujours fréquenté. Dans la partie lycée du campus, il y avait même un bâtiment appelé Bingham Hall, l'un des premiers édifiés par les missionnaires, qui devait son nom à un pasteur qui devait plus tard épouser la princesse héritière. Tous les Kawika Bingham qui y avaient été élèves – mon père, mon grand-père, mon arrière-grand-père, et mon arrière-arrière-grand-père – avaient posé pour une photo ou une esquisse devant le bâtiment, sous leur nom gravé dans la pierre.

Dans la famille d'Edward, personne n'y avait jamais été élève, et c'est seulement – m'expliquait-il – grâce à une bourse qu'on avait pu l'y inscrire. Il me donnait ces détails d'un ton neutre, sans gêne ni auto-apitoiement, ce que je jugeais remarquable.

Nous avons mis du temps à devenir amis. Ni lui ni moi n'en avions. Quand j'étais plus petit, il y avait bien quelques garçons dont les mères voulaient qu'ils me fréquentent à cause de mes parents. Ces souvenirs me font grincer des dents encore aujourd'hui : par exemple, l'un d'eux traversait la cour de récréation à pas lents, se présentait et me demandait si je voulais jouer avec lui. Je disais toujours oui, et s'ensuivait un morose jeu de cache-cache. Au bout de quelques jours, j'étais invité chez lui. Matthew m'y conduisait en voiture s'ils n'habitaient pas dans la vallée. Là, je rencontrais la mère du garçon, qui en souriant nous préparait un encas de saucisses de Francfort et de riz, ou des tartines à la confiture de fruits de la passion, ou encore des fruits à pain rôtis avec du beurre. On jouait à nouveau à cache-cache sans échanger un mot, puis Matthew me ramenait à la maison. Selon le degré d'ambition de la mère, il y avait deux ou trois invitations de plus, mais ensuite le manège s'arrêtait, et à l'école le garçon se dépêchait de rejoindre ses vrais camarades pendant la récréation, sans un regard pour moi. Ils n'étaient jamais cruels à mon égard, ne me tyrannisaient pas, mais sans doute seulement parce que je n'en valais pas la peine. Dans le quartier, comme je te l'ai raconté, certains gamins me harcelaient, eux, mais j'en avais pris l'habitude, et puis c'était une forme d'attention comme une autre.

Je n'avais pas d'amis parce que j'étais sans intérêt ; Edward, lui, n'en avait pas parce qu'il était bizarre. Ce n'était pas une question d'apparence – ses vêtements n'étaient pas aussi neufs que les nôtres, mais c'étaient les mêmes, chemises hawaïennes et pantalons en coton ; néanmoins il paraissait, même à l'époque, replié sur lui-même. Il pouvait, sans l'exprimer jamais, faire sentir aux autres qu'il n'avait besoin de personne, qu'il avait compris des choses que tous ignoraient, et qu'en attendant que nous y ayons accès, il ne voyait pas l'intérêt d'engager une conversation avec nous.

Au début du trimestre, cependant, il m'a approché pendant une récréation. J'étais assis, comme toujours, au pied d'un immense arbre à pluie, et je lisais une bande dessinée. L'arbre était au sommet du terrain de jeux qui descendait en pente douce vers l'extrémité sud du campus, et tout en lisant, je gardais un œil sur mes camarades de classe – les garçons jouaient au football, les filles sautaient à la corde. Alors, j'ai levé la tête et j'ai vu Edward qui se précipitait vers moi, mais quelque chose dans son allure m'a fait penser qu'il courait seulement dans ma direction et pas vraiment pour venir me parler.

Pourtant, c'est devant moi qu'il s'est arrêté. « C'est toi, Kawika Bingham ?

— Wika.

— Quoi ?

— Wika. Les gens m'appellent Wika, en général.

— O.K. Wika. » Et puis il s'est éloigné. L'espace d'un instant, j'ai eu des doutes – étais-je bien Kawika Bingham ? – et puis je me suis dit que oui, puisqu'il l'avait confirmé.

Le lendemain, il s'est approché à nouveau. « Ma mère veut que tu viennes chez nous après l'école demain. » Il avait une façon de vous parler sans vous regarder comme s'il s'adressait à un point situé derrière vous, si bien que quand il posait finalement les yeux sur vous – comme c'était le cas maintenant, dans l'attente de ma réponse – vous aviez l'impression d'une pression, presque d'un interrogatoire.

« D'accord. » Je ne savais pas que dire d'autre.

Le lendemain matin, j'ai dit à Matthew et Jane que j'allais chez un camarade après l'école. Je le leur ai annoncé vite, à voix basse, en prenant mon petit déjeuner, parce que je devinais qu'Edward ne trouverait pas grâce aux yeux de ma mère. Ce n'était peut-être pas juste de ma part – elle ne rejetait pas les gens moins riches qu'elle, au moins pas d'une façon dont j'aurais été conscient à l'époque – mais je sentais que je ne pouvais pas le lui dire.

Matthew et Jane se sont regardés. Toutes mes rencontres avec des camarades avaient été organisées par les mères des garçons et la mienne, je n'en avais jamais suggéré aucune. Je voyais bien qu'ils s'en réjouissaient pour moi et qu'ils ne voulaient pas que je sois gêné.

« Tu as besoin que je vienne te chercher après, Wika ? », m'a demandé Matthew, mais j'ai secoué la tête. Je savais déjà qu'Edward habitait près de l'école et que je pourrais donc rentrer à pied comme d'ordinaire.

Jane s'est levée. « Il faut que tu apportes quelque chose à sa mère ». Elle est allée prendre un pot de confiture de mangue dans le cellier. « Dis-lui qu'elle pourra te rendre le bocal quand elle l'aura fini, et que je lui remplirai à la saison prochaine, d'accord, Wika ? » C'était faire preuve de beaucoup d'optimisme – la saison des mangues venait à peine de se terminer, si bien que pour être réapprovisionnée, Mrs. Bishop devrait escompter que son fils et moi restions amis pendant encore un an. Mais je me suis contenté de remercier Jane et j'ai glissé le pot de confiture dans mon sac à dos.

Edward et moi étions dans des salles de classe voisines et il m'a attendu à la sortie du bâtiment. Nous avons traversé en silence les terrains du collège, et sauté par-dessus le muret d'enceinte. Il habitait à deux pas de ce mur, au milieu d'une rue étroite par laquelle j'étais souvent passé avec Matthew.

J'ai aussitôt pensé que la maison était enchantée. La rue était bordée de petites boutiques et de commerces d'un seul étage – une mercerie, une quincaillerie, une épicerie – et soudain, comme si elle avait jailli de terre par magie, une minuscule maison en bois. Aucun arbre alentour, mais là s'élevait un immense manguier, si majestueux et feuillu qu'il semblait protéger la petite construction des regards. Rien d'autre ne poussait sur le terrain, pas même de l'herbe, et l'allée en béton qui menait au porche d'entrée était toute déformée par les racines de l'arbre qui avaient même fendu en deux l'une des dalles. La maison elle-même était une version miniature de celles qu'on voyait dans mon quartier – une maison de planteurs, comme on m'avait appris à les appeler, dotée d'une large *lanaï* et de grandes fenêtres abritées par des stores en métal.

Surprise suivante : la porte était fermée. Tous les gens que je connaissais gardaient leur porte ouverte jusqu'au moment du coucher ; il n'y avait que la moustiquaire qu'il suffisait de pousser pour entrer et sortir. J'ai regardé Edward fouiller sous sa chemise et en tirer une clé, qui pendait à un fil en coton accroché à son cou, pour la déverrouiller. Il a retiré ses *zoris* pour entrer, et j'ai attendu bêtement qu'il me demande de le suivre avant de me rendre compte que ça allait de soi.

À l'intérieur, tout était clos, il faisait sombre, et après avoir refermé la porte à clé, Edward a fait le tour du séjour pour entrouvrir les persiennes et laisser entrer la brise, même si le manguier empêchait toute lumière de filtrer. Mais son ombre gardait aussi la fraîcheur, et accentuait l'impression que la maison était envoûtée.

« Tu veux manger quelque chose ? a proposé Edward en se dirigeant déjà vers la cuisine.

— Oui, s'il te plaît. »

Il est revenu quelques minutes après avec deux assiettes et il m'en a tendu une. Il y avait disposé quatre crackers avec une pointe de mayonnaise sur chaque. Il s'est assis sur une des banquettes en osier, moi sur l'autre, et nous avons pris notre goûter en silence. Je n'avais jamais mangé de crackers à la mayonnaise avant, et je n'étais pas sûr d'apprécier, ni même d'être censé apprécier.

Edward s'est dépêché de finir son assiette, comme s'il s'agissait d'une tâche à accomplir, puis il s'est relevé : « Tu veux voir ma chambre ? » Là encore, il avait posé la question en regardant ailleurs, presque comme s'il s'était adressé à quelqu'un d'autre dans la pièce alors que j'étais seul présent.

« Oui. »

Trois portes fermées donnaient sur le séjour. Il a ouvert celle de droite, et nous sommes entrés dans une chambre. Exiguë, mais confortable, comme le terrier d'un petit animal inoffensif. Il y avait un lit étroit, avec une couverture à rayures, et pendues au plafond d'un mur à l'autre, des guirlandes en papier Kraft de couleurs vives. « C'est ma mère et moi qui les avons faites », a expliqué Edward, et même si, par la suite, je devais me souvenir de son ton surprenant – tellement prosaïque, et même presque fier, alors que nous arrivions à un âge où admettre qu'on faisait des travaux manuels avec sa mère n'était pas vraiment bien vu –, j'ai surtout pensé que l'idée qu'un garçon puisse bricoler quoi que ce soit avec sa mère m'était complètement étrangère, surtout quelque chose qui finirait accroché au plafond et qui rendrait sa chambre plus désordonnée et bizarre que nécessaire.

Edward s'est alors retourné pour prendre un objet dans le tiroir de sa table de chevet. « Regarde un peu », m'a-t-il dit avec solennité en brandissant une boîte tapissée de velours noir d'environ la taille d'un jeu de cartes. Il a soulevé le couvercle, et à l'intérieur se trouvait une médaille en métal cuivré : c'était le sceau de notre école et, sur un parchemin au-dessous, on lisait les mots : « Bourse d'études : 1953-54. » Il l'a retourné pour me montrer son nom estampé au dos : Edward Paiea Bishop.

« Ça sert à quoi ? ai-je demandé et il a laissé échapper un petit bruit d'impatience.

— À rien ! Ils me l'ont donné quand j'ai reçu ma bourse.

— Oh ! » Je me suis rendu compte que j'étais censé dire quelque chose mais je me sentais incapable de décider quoi. Je ne connaissais aucun autre bénéficiaire. En fait, avant de rencontrer Edward, je ne savais même pas ce qu'était une bourse, et j'avais dû demander à Jane de m'expliquer. « C'est chouette ! ai-je dit finalement, et il a refait ce petit bruit.

— C'est stupide », a-t-il commenté, mais il a replacé la boîte dans son tiroir avec une vraie tendresse et il a passé la main sur le tissu pelucheux.

Ensuite, il a ouvert un autre tiroir, encastré sous son lit celui-là – avec le temps je devais me rendre compte que, bien que minuscule, cette chambre était aussi efficacement organisée qu'une cabine de bateau, et que la personne qui l'avait arrangée avait pris en compte tous les intérêts et les besoins d'Edward –, et en a tiré un carton. « Tu veux jouer aux dames ? »

Et tandis que nous faisions une partie après l'autre, la plupart du temps sans échanger un mot, j'ai eu le temps de réfléchir à ce que cette maison avait de proprement extraordinaire. Ce n'étaient pas ses dimensions, sa pénombre (bien que curieusement l'obscurité l'ait rendue plus confortable que lugubre, et que même en fin d'après-midi il n'y avait nul besoin d'allumer une lampe), mais le fait que nous y étions complètement seuls. Chez moi, je ne l'étais jamais. Si ma mère était à l'une de ses réunions, il restait Jane, et à tout le moins, Matthew. Mais Jane était toujours là. Elle s'affairait dans la cuisine, époussetait le salon, ou balayait le couloir du premier étage. Elle ne disparaissait jamais plus loin qu'au coin de la maison pour étendre le linge, ou occasionnellement dans notre allée pour porter son déjeuner à Matthew qui lavait la voiture. Même la nuit, Matthew et elle n'étaient qu'à une trentaine de mètres, dans leur appartement au-dessus du garage. Mais je n'étais jamais allé dans la maison d'un camarade de classe où il n'y avait pas de mère. On ne s'attendait pas à croiser un père – ces créatures ne se manifestaient qu'à l'heure du dîner, jamais durant l'après-midi – mais les mères étaient toujours là, une présence aussi inamovible qu'un canapé ou une table. Assis à jouer aux dames sur le lit d'Edward, j'ai eu soudain l'impression qu'il vivait seul. Je me le suis imaginé en train de faire chauffer son dîner sur la cuisinière (je n'avais pas le droit de toucher aux fourneaux chez moi), prenant son repas à la table de la cuisine, lavant la vaisselle, prenant un bain, et allant se coucher tout seul. Très souvent, j'avais ressenti le manque d'une vraie intimité à la maison, mais soudain, la situation alternative – une absence radicale de compagnie, rien que le temps qui passe et le silence – m'a semblé horrible, je me suis dit que je devrais rester auprès d'Edward tant que je le pourrais, car quand je repartirais, il n'aurait plus personne.

Mais précisément au moment où je retournais cette idée dans ma tête, la porte d'entrée s'est ouverte et une voix de femme, claire et joyeuse, a appelé Edward. « Ma mère », a-t-il claironné, et pour la première fois, un sourire fugitif mais radieux s'est dessiné sur son visage ; il s'est relevé et précipité vers le séjour.

Je l'ai suivi et j'ai vu sa mère l'embrasser, et ensuite, sans qu'il ait pu dire un mot, s'approcher de moi en me tendant les bras. « Tu dois être Wika, a-t-elle dit, tout sourires à son tour. Edward m'a tellement parlé de toi », et elle m'a serré contre elle.

« Enchanté, Mrs. Bishop », n'ai-je pas manqué de répondre, et le visage rayonnant, elle m'a étreint à nouveau. « Victoria », a-t-elle corrigé, mais en voyant ma surprise elle ajouta : « Ou Tantine ! Mais surtout pas Mrs. Bishop. » Elle s'est tournée vers Edward, toujours sans me lâcher. « Vous avez faim, les garçons ?

— Non, on a goûté », a-t-il répondu, et elle a aussi souri à son fils : « Bravo, mon petit. » Mais le compliment semblait s'adresser à nous deux.

Je l'ai regardée se diriger vers la cuisine. C'était la plus belle des mamans que j'avais jamais vue, tellement belle que si je l'avais rencontrée dans un autre contexte, je n'aurais jamais pensé qu'elle pouvait être mère. Elle avait les cheveux d'un blond fauve, relevés en chignon sur la nuque, sa peau était couleur de bronze – plus lumineuse que la mienne et plus foncée que celle de son fils – et elle portait ce qu'à l'époque on considérait comme une robe échancrée en coton rose, avec des parements blancs aux manches et au col, et qui voletait autour de ses jambes à chaque pas. Elle sentait délicieusement bon, un fumet de beignets de viande et, en note de fond, le parfum de la fleur de gardénia accrochée derrière son oreille. Elle ne marchait pas, elle virevoltait dans la petite maison comme dans un palais, un endroit soudain aussi spacieux qu'éblouissant.

C'est seulement quand elle a dit qu'elle espérait me garder à dîner que j'ai regardé le cadran rond de l'horloge au-dessus de l'évier et que je me suis rendu compte qu'il était presque 5 heures et demie. J'avais dit à Matthew et Jane que je serais rentré à 4 heures et demie au plus tard – je n'aurais jamais pensé m'attarder avec plaisir chez un camarade aussi longtemps. Je sentais monter en moi ce désarroi qui m'envahissait quand j'avais commis unc faute, mais Mrs. Bishop m'a dit de ne pas m'inquiéter et de téléphoner à la maison. Quand Jane a décroché, elle paraissait soulagée : « Matthew va passer te chercher tout de suite », a-t-elle annoncé avant que j'aie eu la moindre chance de demander si je pouvais rester dîner (ce que je n'étais pas sûr de vouloir faire de toute façon). « Il sera là d'ici dix minutes. »

« Il faut que je rentre, ai-je expliqué à Mrs. Bishop après avoir raccroché. Je suis désolé, et elle m'a souri à nouveau.

— Tu resteras la prochaine fois, a-t-elle répondu de sa voix légèrement chantante. Ça nous ferait plaisir, pas vrai, Edward ? » Et il a hoché la tête, bien qu'il soit déjà affairé dans la cuisine avec sa mère, occupé à sortir des choses du réfrigérateur, et qu'il ait semblé très vite avoir oublié ma présence.

Avant de partir, j'ai donné à Mrs. Bishop le pot de confiture à la mangue que j'avais dans mon sac. « C'est pour vous, elle – j'ai deviné qu'il valait mieux ne pas préciser que je parlais de la gouvernante et pas de ma mère – a dit que vous pourriez me le rendre quand il serait vide et qu'elle le remplirait à la saison prochaine. » Mais ensuite, je me suis rappelé le manguier dans le jardin, me suis senti ridicule, et j'allais m'excuser quand elle m'a une fois de plus serré dans ses bras.

« Ma confiture préférée. Dis à ta mère que je la remercie beaucoup. » Elle a éclaté de rire. « Il n'est pas impossible que je lui demande sa recette. Chaque année, je jure que je vais faire des confitures, et je ne m'y mets jamais. Je suis un tel désastre dans une cuisine, tu vois. » Et elle m'a fait un clin d'œil, comme si elle me confiait un secret que personne ne partageait, pas même son fils.

J'ai entendu la voiture de Matthew s'arrêter et j'ai pris congé de tous les deux. Mais sur le *lanaï*, je me suis retourné, et à travers la moustiquaire, je les ai vus, mère et fils, qui préparaient ensemble le dîner. Edward disait quelque chose à sa mère et elle renversait la tête en riant, avant de tendre la main pour lui ébouriffer les cheveux facétieusement. Ils avaient allumé le plafonnier de la cuisine, et j'ai eu l'impression étrange de plonger le regard dans un diorama pour découvrir une scène de bonheur dont je pouvais être le témoin mais à laquelle je ne pourrais jamais participer.

« Bishop, a répété plusieurs fois ma mère, ce même soir. Bishop... »

Je savais parfaitement, même alors, ce qu'elle devait penser : Bishop est un nom connu, le nom d'une famille presque aussi célèbre et ancienne que la nôtre. Elle se disait sans doute qu'Edward était quelqu'un comme nous, et pourtant, je savais que c'était faux, en tout cas pas comme elle le croyait.

« Que fait son père ? », a-t-elle demandé, et en reconnaissant que je n'en savais rien, je me suis aperçu que je n'avais pas pensé une seconde à cet homme. En partie parce que, comme je l'ai dit, les pères étaient plutôt des ombres dans nos vies. On les voyait le week-end et le soir, et si vous aviez de la chance, ils étaient bienveillants et indifférents, ils vous donnaient une sucrerie de temps à autre ; si vous n'en aviez pas, ils étaient froids et distants, et se chargeaient de vous donner le fouet ou la fessée. Ma compréhension du monde était limitée, mais j'avais deviné d'une façon ou d'une autre qu'Edward n'avait pas de père – ou plus exactement, que Mrs. Bishop n'avait pas de mari. Mère et fils paraissaient tellement dans leur bulle : ils préparaient le repas ensemble dans cette cuisine exiguë ; pour rire, elle se déhanchait contre lui, il faisait mine de déraper théâtralement vers la droite, elle éclatait d'un rire moqueur… Il n'y avait manifestement aucune place pour un père ou un mari : ils formaient un duo, un acteur et une actrice, et un homme de plus aurait tout simplement bousculé ce précieux équilibre.

« Bien, a conclu ma mère. Nous devrions les inviter à prendre le thé. »

Et donc, le dimanche suivant, ils sont venus. Ils ne pouvaient pas le samedi, avais-je entendu Jane expliquer à ma mère, parce que Mrs. Bishop devait prendre son service. (« Son *service* », avait répété ma mère, d'un ton qui semblait porteur d'implications que je ne saisissais pas. « C'est entendu, Jane. Proposez dimanche. ») Ils étaient venus à pied, mais ils ne paraissaient pas avoir souffert de la chaleur, ce qui indiquait qu'ils avaient sans doute pris le bus et marché jusque chez nous depuis l'arrêt le plus proche. Edward portait les mêmes vêtements qu'à l'école ; sa mère, une autre de ses amples robes en coton, celle-ci d'un jaune hibiscus, ses cheveux blond fauve relevés en chignon, les lèvres d'un rouge vif, encore plus belle que dans mon souvenir.

Elle souriait tandis que ma mère s'approchait.

« Mrs. Bishop, quel plaisir de vous rencontrer ! » Ce à quoi l'invitée a répondu, ainsi qu'elle l'avait fait avec moi : « Appelez-moi Victoria, je vous en prie.

— Victoria, a répété ma mère, comme si c'était un prénom étranger et qu'elle ait voulu s'assurer de le prononcer correctement, mais sans proposer la réciproque, à laquelle Mrs. Bishop semblait d'ailleurs ne pas s'attendre.

« C'est si aimable à vous de nous recevoir. Edward – elle a braqué les yeux sur son fils qui observait fixement ma mère avec un air grave, pas vraiment soupçonneux mais attentif – est nouveau dans cette école, et Wika s'est montré si gentil avec lui. » Et elle s'est tournée vers moi avec le même clin d'œil que l'autre fois, comme si parler à son fils avait été une faveur que je lui aurais accordée, que j'aie bousculé un emploi du temps très chargé pour le faire.

Même ma mère a semblé un peu surprise de cette déclaration. « Eh bien, je suis ravie d'apprendre que Wika s'est fait un nouvel ami. Mais entrez, je vous en prie. »

Nous sommes passés l'un après l'autre dans la véranda, où Jane nous a servi des sablés, puis a versé du café aux femmes – « Oh ! merci – Jane ? Merci, Jane, ces biscuits m'ont l'air délicieux ! » – et du jus de goyave à Edward et moi. J'avais souvent vu d'autres invités de ma mère se laisser impressionner par cette pièce et ne plus dire un mot, alors que pour moi c'était une simple véranda, inondée de soleil et banale, mais eux y voyaient un musée consacré aux ancêtres de mon père : la planche en bois toute éraflée sur laquelle mon arrière-grand-père, qu'on appelait le Prince Pansu, avait surfé à Waikīkī ; les daguerréotypes de la sœur de mon arrière-arrière-grand-père, la reine, dans sa robe de taffetas noir, et d'un arrière-grand-cousin, un explorateur qui avait bâti une université qui portait son nom. Mais Mrs. Bishop ne semblait nullement intimidée, et promenait sans gêne apparente son regard alentour avec un plaisir sincère. « Quelle jolie pièce, Mrs. Bingham ! s'est-elle exclamée en souriant à ma mère. Toute ma famille a toujours beaucoup admiré celle de votre mari et tout ce qu'il a fait pour les îles. »

C'était exactement ce qu'il convenait de dire, elle l'avait fait avec simplicité et naturel, et je me rendais compte que ma mère était surprise. « Je vous remercie, répondit-elle avec une certaine raideur. Il adorait sa maison. »

Pendant un moment, ma mère s'est entretenue avec Edward : elle lui a demandé s'il aimait sa nouvelle école (oui), si ses anciens amis lui avaient manqué (pas vraiment), et quels étaient ses passe-temps favoris (natation, randonnée, camping, aller à la plage). Quand je suis devenu moi-même père d'un petit garçon, j'ai pu apprécier l'aisance d'Edward, l'imperturbabilité apparente avec laquelle il répondait ; enfant, moi, j'étais avide de plaire, trop avide, et je souriais désespérément aux amis de mes parents en espérant ne pas leur faire honte. Mais Edward n'était ni servile ni mal à l'aise – il répondait aux questions de ma mère avec franchise, sans concessions ni excuses. Même alors, il possédait cette dignité hors du commun qui le faisait paraître invincible. C'était presque comme si le jugement des autres lui était indifférent, et pourtant je ne voudrais pas donner l'idée qu'il était fier ou distant, parce qu'il n'était aucun des deux.

Finalement, ma mère a réussi à en venir à Mr. Bishop : certains Bishop avaient été des cousins éloignés de mon père, à la façon dont les descendants de missionnaires qui avaient épousé des membres de la famille royale hawaïenne étaient tous plus ou moins cousins – était-il possible qu'il y ait un lien ?

Mrs. Bishop s'est esclaffée. Aucune amertume dans ce rire. Rien de faux. C'était l'expression d'une joie sans mélange. « Oh, je crains que non. Moi seule suis hawaïenne, pas mon mari. » Ma mère a semblé perplexe, et Mrs. Bishop a souri de nouveau. « Luke avait été franchement surpris, un *haole* venu d'une petite ville du Texas dont le père était maçon, de se rendre compte que son nom lui donnait un statut spécial.

— Je vois, a dit ma mère calmement. Et votre mari travaille aussi dans le bâtiment ?

— Pas impossible. » Nouveau sourire. « Mais nous n'en savons rien, pas vrai, Edward ? » Puis s'adressant à ma mère : « Il est parti il y a longtemps, quand mon fils n'était qu'un bébé, et je ne l'ai jamais revu. »

Je ne dirais pas qu'il n'arrivait pas fréquemment que les hommes quittent leur famille au début des années 50. En revanche, je dirais – et c'était toujours vrai des dizaines d'années plus tard – que la désertion d'un mari ou d'un père était une chose honteuse, comme si la responsabilité en incombait aux laissés-pour-compte, la femme et les enfants. Quand les gens osaient l'avouer, ils le chuchotaient. Mais pas les Bishop. Mr. Bishop était parti, mais ce n'étaient pas eux les perdants – c'était lui.

Ce fut une de ces rares occasions où ma mère et moi nous sommes retrouvés unis dans notre déconvenue. Avant leur départ, nous avons appris que le dimanche était le jour de congé de Mrs. Bishop, qu'elle travaillait comme serveuse dans un restaurant très fréquenté à quelques pâtés de maisons de chez eux, le Mizumoto, dont ma mère n'avait jamais entendu parler, mais Jane et Matthew oui, et qu'elle venait de Honoka'a, une petite bourgade, un village en fait, sur la Grande Île.

« Quelle femme extraordinaire ! », s'est exclamée ma mère en les regardant tourner à droite au bout de notre allée et se diriger vers l'arrêt de bus. Je sentais bien que ce n'était pas vraiment un compliment.

Mais j'étais d'accord – elle était de fait extraordinaire. Ils l'étaient tous les deux. Je n'avais jamais vu deux êtres qui semblent aussi peu embarrassés par les circonstances de leurs vies. Toutefois, alors que cette volonté de ne pas s'excuser se manifestait chez Mrs. Bishop par une pétulance irrépressible, le genre d'enthousiasme que seules possèdent les rares personnes qui n'ont jamais eu honte d'elles-mêmes, chez Edward, elle prenait la forme d'un défi, qui au fil des ans se figerait en colère.

Je m'en rends compte seulement avec le recul, bien sûr. Mais il m'a fallu beaucoup de temps. Et quand j'en prendrais conscience, j'aurais déjà troqué ma propre vie et donc la tienne, contre la sienne. Non que j'aie partagé sa colère mais parce que je lui enviais son assurance – l'idée étrange et magique qu'il n'existait qu'une seule réponse et que si j'y croyais, je cesserais d'être hanté par tout ce qui me troublait à mon sujet depuis si longtemps.

*

Et maintenant, Kawika, je vais faire un bond en avant de plusieurs années. Tout d'abord, cependant, je veux te raconter quelque chose qui m'est arrivé hier.

J'étais dans mon lit comme d'habitude. C'était l'après-midi et il faisait très chaud. Plus tôt dans la journée, ils avaient ouvert les fenêtres et branché le ventilateur, mais maintenant, la brise était tombée, et personne n'était venu remettre la climatisation en marche. Cela arrivait parfois, et puis quelqu'un entrait dans la chambre, pestait contre la chaleur, avec une nuance de reproche dans le ton comme si j'aurais pu les appeler et ne l'avais pas fait par pur entêtement. Une fois, ils avaient complètement oublié de l'allumer, et ma mère était venue me faire une visite surprise. Je l'avais entendue parler et entrer dans la chambre, puis faire demi-tour, et revenir quelques secondes plus tard accompagnée d'un aide-soignant, qui bredouillait des excuses interminables tandis qu'elle le tançait vertement : « Savez-vous quelles sommes je débourse pour qu'on s'occupe de mon fils ? Trouvez-moi le responsable de service. C'est absolument inacceptable. » J'étais humilié d'entendre ça – j'avais presque cinquante ans et je dépendais encore de ma mère –, mais aussi réconforté, et je me suis rendormi au son de sa colère.

Normalement, la chaleur ne me dérangeait pas autant, mais hier elle était oppressante, mon visage et mes cheveux sont devenus moites ; j'ai senti la transpiration couler dans ma couche. Pourquoi personne ne vient-il m'aider ? ai-je pensé. J'ai essayé de produire un son, mais évidemment, je n'ai pas pu.

Alors quelque chose d'étrange s'est produit. Je me suis levé. Je ne peux pas expliquer comment c'est arrivé – je ne m'étais pas levé depuis des années, pas depuis qu'on m'avait sauvé en me ramenant de Lipo-wao-nahele. Mais là, non seulement j'étais debout mais de plus j'essayais de marcher et de me diriger vers l'endroit où était le climatiseur. Toutefois, quand je m'en suis rendu compte, je suis tombé, et au bout de quelques minutes, une personne est entrée dans la chambre et en a fait toute une histoire, me demandant ce que je faisais par terre et si j'étais tombé de mon lit. L'espace d'un instant, j'ai craint qu'elle ne m'attache au matelas, comme c'était déjà arrivé, mais non, elle s'est contentée de sonner pour demander du renfort, quelqu'un d'autre est entré, et ensemble elles m'ont ramené dans mon lit, et enfin, Dieu merci, elles ont remis l'air conditionné en marche.

L'important tout de même, c'est que je m'étais levé, que j'avais tenu debout. Une position à la fois étrangère et familière, même si j'ai tremblé longtemps par la suite parce que mes membres étaient épuisés. La nuit dernière, après qu'on m'a eu nourri et lavé, l'espace, plongé dans l'obscurité, est redevenu silencieux, et je me suis mis à réfléchir. Il valait mieux que personne ne m'ait vu marcher, parce qu'alors, on m'aurait posé des questions, on aurait appelé ma mère, on m'aurait fait passer des tests comme ceux que j'avais subis en arrivant ici : pourquoi ne voulais-je pas marcher, pourquoi refusais-je de parler ou de voir ? « Vous posez les mauvaises questions, avait sèchement déclaré ma mère à un médecin. Vous devriez lui demander pourquoi il en est incapable ? — Non, Mrs. Bingham. Je pose exactement les bonnes questions », avait-il répliqué, et j'avais perçu l'agacement dans sa voix. Il ne s'agit pas de savoir pourquoi il ne peut pas, mais pourquoi il ne veut pas faire ces choses », et ma mère s'était tue.

Là, cependant, j'ai commencé à comprendre. Et si je pouvais réapprendre à marcher ? Si chaque jour je m'entraînais à me mettre debout ? Que se passerait-il ? L'idée m'effrayait, mais je la trouvais aussi excitante. Et si je finissais par guérir ?

Mais je voulais continuer mon récit. Jusqu'à la fin de l'année scolaire, Edward et moi nous sommes beaucoup fréquentés. De temps à autre, il venait à la maison, mais le plus souvent, nous nous retrouvions chez lui pour jouer aux dames ou aux cartes. Chez moi, il voulait jouer dehors, parce que son jardin était trop petit pour jouer au ballon, mais il a vite compris que je n'étais pas vraiment sportif. C'est étrange, mais nous ne sommes jamais devenus significativement intimes. Il est possible que les garçons de cet âge n'échangent ni confidences ni secrets, mais ils deviennent souvent physiquement proches. Je me rappelle comment toi, au même âge, tu te roulais par terre dans l'herbe avec tes copains comme de petits animaux, à quel point tu prenais plaisir à te salir avec eux. Mais Edward et moi n'étions pas comme ça – j'étais trop délicat, et lui trop posé. J'avais senti, depuis le début, qu'il ne serait jamais quelqu'un auprès de qui je pourrais complètement me relâcher, et je ne trouvais rien à y redire.

L'été est arrivé. Edward est allé dans la Grande Île passer les vacances chez ses grands-parents ; ma mère et moi à Hāna, où nous possédions à l'époque une maison qui avait été dans la famille de mon père depuis avant l'annexion. Et à la rentrée, quelque chose avait changé. Les amitiés à cet âge sont fragiles, parce que celui que vous êtes – non seulement physiquement mais aussi émotionnellement – se métamorphose si radicalement de mois en mois. Edward s'est inscrit dans l'équipe de basket-ball et celle de natation, et s'est fait de nouveaux copains. Je suis retourné à ma solitude. Je suppose aujourd'hui que j'en avais été triste, mais curieusement, je ne me rappelle aucune peine, aucune colère – c'était comme si l'année précédente avait été une erreur et que je savais que les choses reprendraient leur cours normal. Parallèlement, il n'y avait entre nous aucune animosité – nous nous étions éloignés, pas séparés, et quand nous nous croisions sur le campus ou dans les couloirs, nous nous adressions un signe de tête ou de la main, des gestes pareils à ceux qu'on échange de part et d'autre d'un vaste bras de mer, quand on sait que sa voix ne portera pas assez loin. Quand nous nous sommes rapprochés, plus de dix ans après, notre réunion nous est apparue inévitable, comme si nous avions chacun dérivé si loin que nous ne pouvions que nous retrouver.

Il y a cependant deux rencontres au cours de ces années que j'avais jugées marquantes. La première a eu lieu alors que j'avais environ treize ans. J'avais surpris une conversation entre deux filles de ma classe. L'une d'elles, tout le monde le savait, avait le béguin pour Edward. Mais son amie n'était pas d'accord. « Tu ne peux pas faire ça, Belle, s'emportait-elle. – Et pourquoi pas ? demandait l'autre. – Parce que sa mère, rétorquait la première en baissant la voix, parce que sa mère est danseuse. »

Depuis qu'il était arrivé dans cette école, Edward avait de temps à autre fait l'objet non pas de rumeurs, parce que tout était vrai, mais de commérages. Nous avions fini par apprendre qui étaient les boursiers, et la profession de leurs parents circulait d'un élève à l'autre qui tous imitaient la voix de leurs propres parents quand ils discutaient des nouveaux-venus. Edward n'avait pas de père, sa mère était serveuse, mais il n'était jamais le sujet de franches moqueries : c'était un sportif accompli, et de plus, il semblait indifférent aux racontars, ce qui d'ailleurs motivait ces mêmes commérages – je pense que les autres élèves espéraient le faire réagir, mais il ne tombait jamais dans le piège.

Au moins, il n'était pas asiatique. C'était l'époque des quotas, où seuls dix pour cent des élèves étaient asiatiques, même si cette ethnie représentait environ trente pour cent de la population du territoire. La plupart de ceux qui arrivaient n'avaient parfois jamais porté de chaussures, rien que des sandales en caoutchouc. Ils étaient tous boursiers, parce que leurs enseignants de l'école publique les avaient signalés comme prometteurs et intelligents, et on les soumettait à toutes sortes de tests avant de les inscrire. Leurs parents étaient employés dans la dernière plantation de canne à sucre de l'île ou dans les conserveries, et le week-end et en été ils y travaillaient aussi, coupant les tiges (« cueillant le sucre », comme ils disaient) dans les champs avant de les charger sur les camions. Il y avait un garçon, Harry, qui avait commencé l'école en cinquième, dont le père était « bousier », c'est-à-dire un de ces ouvriers qu'on emploie pour vider les latrines des plantations et pour transporter les excréments humains vers – nous ne savions pas où. On racontait que son fils empestait la merde, et même si lui aussi restait toujours tout seul pour manger ses sandwiches de riz, je n'ai jamais pensé à me présenter : moi aussi, je le méprisais.

Entendre parler de Mrs. Bishop me fit comprendre qu'elle m'avait manqué. De fait, elle était ce que je regrettais le plus de mon amitié avec Edward : sa manière de me prendre par les épaules et de me serrer contre elle en riant ; le baiser qu'elle posait sur mon front quand je repartais le soir ; la façon qu'elle avait de me dire qu'elle espérait me revoir bientôt.

Je n'avais jamais prêté attention à ce qu'on racontait sur Edward, mais j'ai commencé à le faire et au bout de quelques semaines j'ai appris que, si Mrs. Bishop était toujours serveuse au Mizumoto, elle dansait désormais trois soirs par semaine dans un autre restaurant, le Forsythia. C'était un établissement populaire près du Mizumoto, un repaire pour les syndicalistes de toutes ethnies. Le frère de Matthew, dont notre chauffeur était très fier, était délégué syndical pour les Philippins employés dans les conserveries, et je savais qu'il fréquentait parfois le Forsythia, parce que de temps à autre, Jane m'invitait à la rejoindre dans la cuisine, et avec un grand geste théâtral, me montrait le carton à desserts jaune du restaurant, dans lequel se trouvait une génoise aux goyaves, nappée d'un glacis rose vif.

« De la part du frère de Matthew », disait-elle – fière de lui, elle aussi, et la fierté la rendait plus généreuse encore : « Prends-en une grosse tranche, Wika. Ressers-toi. »

Je ne comprenais pas pourquoi j'avais tellement envie de la revoir. Mais un vendredi après-midi, j'ai annoncé à Matthew et Jane que j'allais rentrer tard parce que je devais aider à peindre les décors pour la pièce de théâtre annuelle de l'école, et je suis parti à bicyclette. Le Forsythia (beaucoup plus tard, je me demanderais qui avait choisi ce nom, parce que ce n'était pas une plante qui poussait à Hawaii, et que personne ne savait ce que c'était) se trouvait au bout d'une rangée de petites boutiques aux propriétaires pour la plupart japonais, du même genre que celles qui entouraient la maison des Bishop, et bien que sa façade en stuc ait été repeinte en jaune canari, elle essayait de ressembler à un salon de thé japonais, avec un toit pointu et de petites lucarnes percées haut dans les murs. Derrière le bâtiment, cependant, près d'un des angles, il y avait une longue fenêtre étroite, et c'est vers elle que j'ai silencieusement poussé mon vélo.

Je me suis assis pour attendre. L'entrée des cuisines était à deux-trois mètres, mais j'ai repéré une benne à ordures derrière laquelle me cacher. Un groupe de musique hawaïenne se produisait le vendredi et le week-end, jouant tous les grands succès du répertoire que mon père avait tellement appréciés : « Nani Waimea », « Clair de lune à Hawaii », « Ē Liliʻu ē » – et c'est après le quatrième air que j'ai entendu le guitariste annoncer : « Et maintenant Messieurs, et aussi Mesdames, pas vrai ? Je vous demande d'accueillir avec moi la délicieuse Miss Victoria Nāmāhānaikaleleokalani Bishop ! »

Le public a lancé des hourras et par la fenêtre j'ai pu voir Mrs. Bishop, vêtue d'un *holokū* moulant jaune à motifs d'hibiscus blancs imprimés, un *lei* de *puakenikeni* orange autour de la tête, les cheveux relevés en chignon, les lèvres écarlates, qui montait sur la petite scène. Elle a salué les spectateurs, qui l'applaudissaient, et je l'ai regardée danser sur la musique de « My Yellow Ginger Lei » et « Pālolo ». Elle dansait merveilleusement, et même si je ne parlais pas plus de quelques mots d'hawaïen, j'ai compris les paroles rien qu'en admirant ses mouvements.

J'ai soudain pensé en regardant son visage rayonnant de bonheur que, tout en l'ayant toujours beaucoup aimée, une part de moi avait rêvé de la voir rabaissée d'une façon ou d'une autre. « Danser » dans la bouche de mes camarades de classe paraissait tellement sordide, c'était quelque chose à quoi seule une femme désespérée aurait pu être contrainte, et j'avais éprouvé l'envie d'être le témoin de cette déchéance. La voir maintenant, si majestueuse et élégante, était à la fois un soulagement et – autant qu'il m'en coûte de le reconnaître – une déception. J'ai alors compris qu'après tout, j'en voulais à son fils, que j'aurais souhaité qu'il ait honte de quelque chose, et que j'aurais adoré que ce quelque chose soit sa mère, qui avait toujours été si gentille avec moi, gentille comme lui ne serait jamais capable de l'être. Elle ne dansait pas parce que les circonstances l'y avaient obligée, mais parce qu'elle aimait danser, et alors même qu'elle inclinait la tête avec grâce sous les applaudissements de la foule, il était également clair que sa joie n'était pas liée à leur approbation.

Je suis parti avant la fin de son numéro. Mais dans mon lit, cette nuit-là, j'ai repensé au soir où j'étais reparti de chez les Bishop la première fois et où je m'étais retourné pour les voir ensemble dans la cuisine, riant et plaisantant dans la chaude lumière jaune de leur maison. Là, j'ai corrigé ce souvenir : ils avaient passé un disque sur le pick-up, et Mrs. Bishop, encore vêtue de son uniforme du Mizumoto, dansait et Edward l'accompagnait sur son ukulélé. Au-dehors, dans le minuscule jardin, tous nos camarades de classe étaient rassemblés, ainsi que les clients du Forsythia, et nous regardions tous en applaudissant, même si la mère et le fils ne s'étaient jamais retournés pour saluer notre présence – pour chacun d'eux, seul l'autre comptait, et c'était comme si nous n'existions pas.

Voilà pour le premier épisode que je souhaitais te raconter. Le deuxième s'est produit trois ans plus tard, en 1959.

C'était le 21 août, et l'année scolaire venait de commencer. J'étais en seconde, j'avais presque seize ans. Maintenant que nous étions au lycée, je revoyais Edward plus souvent que les années précédentes, où nous nous étions trouvés dans des classes uniques et différentes. Désormais, nous passions d'un professeur à l'autre, et parfois, nous étions dans la même salle. La popularité qu'il avait connue au début, quand on avait découvert ses talents sportifs, s'était émoussée, et maintenant je le voyais surtout entouré des trois ou quatre mêmes garçons. Comme toujours, nous nous adressions des signes de tête au passage, et parfois même nous échangions quelques mots quand nous nous retrouvions à proximité – *je crois que j'ai foiré ce devoir de chimie. Oh moi aussi* – mais personne n'aurait pu penser que nous étions amis.

J'étais en cours d'anglais quand les haut-parleurs ont grésillé et que la voix du principal a résonné, rapide et émue : le président Eisenhower avait signé un décret accordant à Hawaii le statut d'État. Nous étions désormais officiellement le cinquantième État américain. De nombreux élèves, ainsi que mon professeur, ont applaudi.

On nous a libérés pour le reste de la journée afin de fêter l'événement. Pour la plupart d'entre nous, il ne s'agissait que d'une formalité, mais je savais que Matthew et Jane seraient enthousiastes. Ils vivaient sur ce territoire depuis trente ans, ils voulaient bénéficier du droit de vote, ce à quoi, moi, je n'avais jamais pensé.

Je me dirigeais vers le portail ouest du campus quand j'ai aperçu Edward qui allait vers le sud. La première chose qui m'a frappé, c'était sa lenteur ; d'autres élèves le dépassaient, discutaient de comment ils allaient employer cette journée de liberté inespérée, mais lui marchait comme un somnambule.

J'étais en train de me rapprocher de lui quand il a soudain levé les yeux et m'a vu. « Salut », ai-je lancé, et devant son absence de réponse, j'ai ajouté : « Tu vas faire quoi de ce jour de vacances ? »

Pendant un moment, il n'a pas réagi, et j'ai cru qu'il ne m'avait peut-être pas entendu. Mais ensuite, il a déclaré : « C'est une horrible nouvelle ! »

Il avait parlé à voix si basse que j'ai d'abord pensé avoir mal compris. « Oh ! », me suis-je exclamé bêtement.

Mais on aurait dit que j'avais tenté d'entamer une dispute. « C'est une horrible nouvelle, a-t-il répété d'un ton neutre, horrible ! » Sur ce, il m'a tourné le dos et a repris son chemin. Je me rappelle avoir pensé qu'il paraissait accablé par la solitude, même si je l'avais vu de nombreuses fois sans compagnie, et que je n'avais jamais pensé qu'il souffrait d'être seul, comme moi je pouvais en souffrir. Cette fois, cependant, j'avais une impression différente. Il paraissait – bien que je n'aie sans doute pas eu le mot pour le penser à ce moment-là – désemparé. Je ne voyais pas son visage, mais il y avait quelque chose dans son dos, dans l'affaissement de ses épaules qui, si je n'avais pas su ce qu'il se passait, m'aurait fait croire qu'il venait de subir une perte effroyable.

Je me rends compte que cet incident, si on prend en compte ce que tu sais d'Edward, pourrait bien ne pas te paraître particulièrement remarquable. Mais cela ressemblait si peu à l'Edward que je connaissais alors – c'est-à-dire, pas très bien, j'en conviens. Toutefois, s'il avait jamais exprimé un avis tranché sur le droit des Hawaïens à une patrie indépendante, je l'aurais appris – soit de sa bouche soit par le biais des commérages – alors que l'idée même d'une nation hawaïenne n'avait pas encore été inventée. (Aujourd'hui, j'imagine sans peine qu'Edward aurait protesté : « Mais bien sûr que l'idée circulait déjà ! ») Bon, disons à tout le moins qu'elle n'avait pas encore reçu d'appellation. Ni nommée, ni rendue publique, même sur une petite échelle. Un groupe de garçons de seconde s'intéressaient à la politique – l'un d'eux, fils du Gouverneur territorial, s'était même mis en tête qu'il deviendrait un jour président des États-Unis. Mais Edward n'en faisait pas partie, ce qui a rendu ce qui allait se passer plus tard d'autant plus surprenant.

Je devrais ajouter, néanmoins, qu'Edward n'était pas le seul à être bouleversé ce jour-là. De retour à la maison, j'ai trouvé ma mère assise dans la véranda, occupée à confectionner une courtepointe. C'était inhabituel, parce qu'elle passait d'ordinaire ses vendredis après-midi avec Les Filles de Famille, qui organisaient une soupe populaire destinée aux nécessiteux hawaïens. Quand je suis entré, elle a levé les yeux de son ouvrage, et nous nous sommes longtemps fixés sans un mot.

« Ils nous ont laissé sortir de bonne heure. À cause de la déclaration. »

Elle a hoché la tête. « Je suis restée à la maison toute la journée. Je ne pouvais tout simplement pas supporter l'idée. » Elle a regardé son quilt – un motif de fruits à pain, vert bouteille sur fond blanc – puis elle a de nouveau relevé les yeux. « Cela ne change absolument rien, tu sais, Kawika ? Ton père devrait toujours être roi. Et un jour, tu devras l'être à ton tour. Ne l'oublie jamais. »

C'était un mélange insolite de temps et de modes, une phrase faite de promesses et de griefs, de rassurances et de consolations.

« Entendu », ai-je répondu, et elle a hoché la tête.

« Cela ne change rien, a-t-elle insisté. Cette terre nous appartient. » Puis son regard s'est reposé sur son cadre de broderie, le signe qu'elle me donnait congé, et je suis monté dans ma chambre.

Je n'avais pas d'avis arrêté sur le statut d'État. Pour moi, cette question était d'ordre politique, et la politique ne m'intéressait pas. Qui était en charge, quelles décisions se prenaient – rien de tout cela ne me regardait. Une signature apposée sur un décret n'allait rien changer à ma vie. Notre maison, ceux qui y habitaient, mon lycée : rien n'en serait modifié. Mes responsabilités n'étaient pas liées à une citoyenneté mais à un héritage : j'étais David Bingham, le fils de mon père, et tout ce que cela impliquait. Je suppose, en y repensant, qu'il n'est pas impossible que je me sois senti soulagé d'un poids – maintenant que le sort des îles était scellé, je n'aurais peut-être plus le devoir et l'obligation d'essayer de corriger une histoire dont je ne pouvais pas espérer changer le cours.

Il devait s'écouler encore dix ans avant que je ne revienne dans l'orbite d'Edward, mais durant cette période, beaucoup de choses se sont passées.

La première est que j'ai terminé le lycée avec succès – tous les élèves ont décroché leur diplôme. La plupart de mes camarades de classe se sont inscrits à l'université sur le continent ; c'était ce pour quoi on nous avait préparés, après tout – l'objectif cardinal de notre école. Nous devions partir, obtenir d'autres diplômes, peut-être voyager un peu, et ensuite, nous rentrerions après une licence ou une autre, des études de droit ou de médecine, nous serions recrutés par les banques locales les plus renommées, les cabinets d'avocats les plus prestigieux, les meilleurs hôpitaux – fondés ou possédés par nos familles ou nos aïeux. Certains d'entre nous feraient de la politique, dirigeraient les départements des Transports, de l'Éducation ou de l'Agriculture.

Au début, j'étais dans leurs rangs. Le Doyen m'avait dirigé vers une obscure université de lettres et sciences humaines dans la vallée de l'Hudson, État de New York, et en septembre 1962, j'ai quitté la maison.

Il est vite apparu évident que je n'étais pas fait pour cette université. Elle était sans doute petite, chère et inconnue, mais les autres étudiants, pour la plupart issus de riches familles new-yorkaises vaguement bohèmes, étaient beaucoup plus sophistiqués et cultivés que moi. Non que je ne sois jamais sorti de mon île, mais mes voyages avaient toujours été orientés vers l'Est, et mes nouveaux camarades ne semblaient pas du tout s'intéresser aux lieux que j'avais visités. Ils étaient tous allés en Europe, certains même chaque été, et on m'a vite fait sentir mon côté provincial. Peu d'entre eux savaient qu'Hawaii avait été un royaume ; plus d'un m'a demandé si je vivais dans une « vraie » maison, c'est-à-dire en pierre, avec un toit de bardeaux. La première fois, je n'avais pas su quoi répondre, la question était si ridicule, et je m'étais donc figé sur place en clignant les paupières pour attendre que le curieux déguerpisse. Les références qu'ils utilisaient, les livres qu'ils citaient, les gens qu'ils semblaient tous connaître – tout cela bourdonnait à mes oreilles sans faire sens.

Le plus étrange, cependant, est que je ne leur en voulais pas : j'en voulais à mon lieu d'origine. Je maudissais mon école, que des générations de Bingham avaient fréquentée, pour m'avoir aussi mal préparé. Qu'avais-je appris d'utile ? J'avais suivi les mêmes cours que mes nouveaux camarades, mais apparemment, j'avais dû consacrer trop de temps à l'étude de l'histoire hawaïenne et de quelques bribes de la langue, que d'ailleurs je ne parlais toujours pas. En quoi ces connaissances étaient-elles censées m'être utiles, alors que le reste du monde s'en fichait éperdument ? Je n'osais pas expliquer qui était ma famille – je devinais que la moitié ne me croirait pas, et que l'autre se moquerait de moi.

J'en ai acquis la conviction après le spectacle de variétés. En décembre, l'université montait chaque année une série de saynètes mises en scène par des étudiants où ils faisaient la satire de plusieurs professeurs et membres de l'administration. Un des sketchs montrait le président de l'université, qui parlait sans cesse de recruter des étudiants venus d'autres pays et de contrées improbables, et essayait de convaincre un sauvage originaire d'une nation digne de l'âge de pierre – le Prince Woogawooga de la tribu des Ooga-Ooga était son nom – de s'inscrire. L'étudiant qui jouait l'indigène s'était noirci la peau au cirage marron et il en portait une couche surdimensionnée ; sur chaque aile de son nez était collée la moitié d'un os en carton, de façon à ce que l'appendice paraisse transpercé de part en part. Il portait une serpillière sur la tête, dont les franges étaient peintes en noir et attachées en arrière.

« Bonjour, jeune homme, lançait l'étudiant jouant le président. Vous m'avez l'air d'un garçon intelligent.

— Ooga booga, hooga booga, beuglait celui qui incarnait le prince de la tribu, se grattant les aisselles comme un chimpanzé et se balançant d'un pied sur l'autre.

— Nous enseignons tout ce qu'un jeune homme doit savoir pour être considéré comme instruit, poursuivait le président en ignorant stoïquement les singeries de l'indigène. Géométrie, histoire, littérature, latin, et bien sûr les sports : lacrosse, tennis, football américain, badminton. » Et là, il montrait une balle de badminton à l'individu qui se la fourrait aussitôt dans la bouche.

« Non, non ! s'écriait le président, perdant enfin patience. Ce n'est pas fait pour être mangé, mon brave ! Crachez-moi ça tout de suite ! »

Le sauvage s'exécutait, sans cesser de se gratter en bondissant sur place, puis après une pause où il fixait le public, les yeux écarquillés, ses lèvres encerclées d'un trait rouge vif se tendaient, et il se jetait sur le président pour lui mordre la joue.

« À l'aide ! hurlait le vieil homme. À l'aide ! » Tous deux se mettaient à courir sur la scène, les mâchoires du prédateur se refermant sur le vide avec un claquement de dents sonore tandis qu'il poursuivait sa victime en poussant des cris divers jusque dans les coulisses.

Les deux acteurs sont revenus saluer sous un tonnerre d'applaudissements. Les spectateurs s'étaient esclaffés d'un bout à l'autre, d'une façon exagérée et obscène, comme s'ils n'avaient jamais ri de leur vie et qu'ils venaient d'apprendre. Nous n'étions que deux à demeurer silencieux : moi, et un étudiant ghanéen inscrit en licence que je ne connaissais pas. Je l'avais observé tandis qu'il regardait la scène, le visage figé et crispé, et j'avais compris qu'il croyait que la satire visait son pays, alors que je savais qu'elle s'attaquait à moi et au mien – les palmiers en carton-pâte, les fougères attachées en touffes irrégulières autour des chevilles et des poignets de l'indigène, le *lei* composé de pailles en plastique et les fleurs découpées dans du papier journal. C'était un costume grossier et rudimentaire, réalisé à peu de frais et sans effort, méprisant jusque dans son caractère ridicule. Voilà ce qu'ils pensent de moi, me suis-je dit, et plus tard, quand Edward m'a parlé pour la première fois de Lipo-wao-nahele, je me suis souvenu de cette représentation : la sensation d'être paralysé alors que sous mes yeux, tout ce que j'étais, tout ce qu'était ma famille, se voyait brutalement taillé en pièces, mis à nu, et poussé sur les planches pour être livré en pâture à l'hilarité générale.

Comment aurais-je pu rester là après ça ? J'ai fait mon sac, pris un car pour Manhattan, et suis descendu au Plaza, le seul hôtel dont je connaissais le nom. J'ai envoyé un télégramme à mon oncle William qui administrait les biens de mon père, en lui demandant de m'expédier de l'argent et de ne rien dire à ma mère. Il m'a répondu par retour qu'il allait le faire, mais qu'il ne pourrait pas le lui cacher très longtemps, et qu'il espérait que j'agissais pour le mieux.

J'ai passé mes journées à marcher. Chaque matin, j'allais dans un modeste restaurant près du Carnegie Hall pour prendre mon petit déjeuner, où je pouvais commander des œufs sur le plat, des pommes de terre, du bacon et du café pour beaucoup moins d'argent qu'à l'hôtel, puis je me dirigeais au hasard vers le nord, le sud, l'est ou l'ouest. Je portais un manteau en tweed, élégant et de bonne coupe mais pas tout à fait assez chaud, et tout en arpentant les rues, je me soufflais sur les mains, et quand je ne supportais plus le froid, j'entrais dans un bar ou un café pour y boire un chocolat brûlant et me réchauffer.

Mon identité se modifiait en fonction des quartiers que je traversais. À Manhattan, on me pensait noir, mais à Harlem, on savait que je ne l'étais pas. On s'adressait à moi en espagnol, en portugais, en italien et même en hindi, et quand je répondais que j'étais hawaïen, les gens me répondaient invariablement qu'eux-mêmes, un frère ou un cousin, y étaient allés après la guerre, et me demandaient ce que je faisais à New York, si loin de chez moi, alors que j'aurais pu batifoler sur une plage avec une jolie petite *hula*. Je n'avais jamais de réponse à ces questions, mais ils n'en attendaient aucune de toute façon – c'était la seule idée qui leur était venue, mais personne ne voulait vraiment entendre ce que j'aurais pu dire.

Le huitième jour néanmoins – l'Oncle William m'avait envoyé un télégramme le matin même pour m'annoncer que ma mère avait été prévenue par l'intendant de l'université que j'avais quitté l'école, et lui demandait de m'envoyer un billet de retour que je trouverais dès ce soir –, je rentrai à mon hôtel après être allé voir l'arc dans le parc de Washington Square. Il faisait très froid cet après-midi-là, le vent soufflait en rafales, et la ville semblait refléter mon humeur, grise et triste.

J'avais remonté Broadway, et en tournant dans Central Park South, j'ai failli bousculer un mendiant. Je l'avais déjà croisé, c'était un petit homme trapu à la peau sombre et à l'air abattu, toujours posté à ce coin de rue, dans un manteau noir beaucoup trop long – il tendait à deux mains un chapeau melon en feutre, à la mode trente ans plus tôt, et il l'agitait quand les gens passaient devant lui : « Une pièce ou deux ? À votre bon cœur ! »

Je m'apprêtais à le dépasser, prêt à bredouiller une excuse, quand il m'a vu et s'est soudain redressé de toute sa hauteur, comme un soldat au garde-à-vous, avant de s'incliner respectueusement en lâchant dans un souffle : « Votre Altesse », comme à l'adresse du trottoir.

J'ai commencé par avoir honte. J'ai regardé alentour, mais personne n'avait été témoin de la scène, personne n'avait rien vu.

Il a relevé la tête, les yeux humides. Je découvrais maintenant qu'il était un des miens, un des nôtres : je reconnaissais la forme de son visage et sa couleur de peau, ses traits en général si ce n'était spécifiquement. « Prince Kawika », dit-il encore, la voix vibrant sous l'effet conjugué de l'émotion et de l'alcool ; j'en sentais l'odeur sur lui. « J'ai connu votre père, j'ai bien connu votre père. » Et il agita son chapeau dans ma direction. « Je vous en prie, Votre Altesse, donnez quelque chose à l'un de vos sujets exilé à des kilomètres de chez nous. »

Il n'y avait rien de rusé dans son ton, rien qu'une supplique. Ce n'est que plus tard, de retour dans ma chambre, que je me suis demandé ce qu'il faisait aussi loin d'Hawaii, comment il avait fini au coin d'une rue à New York, et s'il avait vraiment connu mon père – c'était possible, après tout. Pour les vrais royalistes, dont il semblait faire partie, le statut d'État américain était une insulte, la perte de tout espoir. « S'il vous plaît, Monseigneur, j'ai faim. » Son chapeau était noir, et je ne voyais sur le fond de feutre luisant que quelques pièces rouler.

J'ai sorti mon portefeuille et me suis dépêché de lui donner tout ce que je possédais : quarante dollars environ, je pense, et j'ai repris mon chemin pour m'éloigner au plus vite de ses cris de remerciements. J'étais le prince Woogawooga de la tribu des

Ooga-ooga, mais au lieu de poursuivre quelqu'un, je fuyais devant lui, comme s'il allait me pourchasser, cet homme qui se disait mon fidèle sujet. Il avait faim, il allait ouvrir la bouche, et quand il refermerait ses mâchoires, j'en serais prisonnier, ma tête déchiquetée par ses dents, jusqu'à la fin de la représentation.

Je suis rentré au bercail ; je me suis inscrit à l'université d'Hawaii, que les diplômés de mon école ne fréquentaient que s'ils étaient pauvres ou avaient des résultats médiocres. Après ces études, on m'a trouvé un poste dans ce qui avait été autrefois l'entreprise de mon père, même si ce n'en était pas vraiment une car elle ne produisait rien, ne vendait rien, n'achetait rien – c'était un ramassis des biens immobiliers et des produits des investissements familiaux, et mis à part l'Oncle William, qui y travaillait comme avocat et comptable, il n'y avait qu'un employé et une secrétaire.

Au début, je me présentais à 8 heures chaque matin. Mais au bout de quelques mois, il est devenu évident que ma présence était superflue. Mon titre officiel était « gérant immobilier » mais il n'y avait rien à gérer. Le trust était conservateur, et uniquement quelques rares fois par an, des actions étaient achetées ou vendues et les dividendes réinvestis. Un Chinois aux allures de lapin avait pour mission d'encaisser les loyers des différentes propriétés et, si les occupants refusaient ou étaient dans l'impossibilité de payer, on dépêchait un Samoan, énorme et terrifiant, pour assurer le succès de la visite suivante. Les objectifs du trust manquaient délibérément d'ambition, car qui dit ambition dit prise de risques, et après le règlement des dettes de mon père on visait la stabilité, de quoi vivre à ma mère et moi, et si on planifiait de façon optimale, à mes arrière-petits-enfants et arrière-arrière-petits-enfants.

Une fois qu'il a été clair pour moi que l'entreprise continuerait cahin-caha que je sois là ou non, j'ai commencé à m'autoriser de longues pauses. Les bureaux se trouvaient dans un bel immeuble de style espagnol, et je les quittais à 11 heures avant la cohue du déjeuner pour marcher, quelques rues plus loin, jusqu'au quartier chinois. Je touchais un salaire, mais je vivais modestement : j'allais dans un restaurant qui servait des bols de raviolis au porc et aux crevettes pour vingt-cinq cents, et après avoir réglé l'addition, je déambulais alentour, passant devant les marchands ambulants qui disposaient leurs pyramides de caramboles et de ramboutans, les apothicaires avec leurs corbeilles de racines racornies et de graines séchées, leurs bocaux emplis de liquides troubles, d'herbes diverses et de différentes pattes d'animaux non identifiés dépouillées de leur poil. Rien ne changeait jamais à Hawaii : c'était comme si j'apparaissais chaque jour sur un plateau de théâtre, et que chaque matin, avant mon réveil, il avait été déployé, balayé, et préparé pour que je puisse entrer en scène.

Bien sûr, je me sentais seul. D'autres garçons, dont j'avais pu prétendre qu'ils étaient mes amis au lycée étaient eux aussi revenus en ville, mais la préparation de diplômes de troisième cycle ou leurs nouveaux emplois les absorbaient entièrement, si bien que le plus clair de mon temps se passait comme quand j'étais enfant : dans ma chambre chez ma mère, ou dans la véranda, affalé devant la télévision sur le petit canapé noir et blanc que j'avais acheté avec une partie de mon salaire. Le week-end, j'allais regarder les pêcheurs à Waimānalo et Kaimana ou voir un film au cinéma. Mon vingt-deuxième, puis mon vingt-troisième anniversaires sont passés ainsi.

J'avais déjà vingt-quatre ans quand, un beau soir, je me rendais tard en ville au volant de la voiture. À l'époque, j'avais déjà complètement cessé d'aller travailler, me démarquant peu à peu de la vie du bureau jusqu'à simplement ne plus y mettre les pieds du tout. Personne n'avait semblé ni contrarié ni même surpris ; c'était mon argent, après tout, et il continuait de m'être versé sous forme de salaire tous les quinze jours.

Donc, je roulais dans les rues de Kailua, à l'époque une toute petite ville, sans encore aucun des magasins ou des restaurants qu'on y verrait dix ans plus tard, quand je suis passé devant un arrêt de bus. Deux fois par mois, je faisais tout le tour de l'île en voiture, une semaine par l'est, l'autre par l'ouest. C'était un passe-temps comme un autre : j'allais m'asseoir sur la plage près de l'église en pierre où mon père faisait sa distribution d'argent, et je regardais la mer. Cet arrêt de bus se trouvait sous un réverbère, un des rares de la route, et une jeune femme était assise sur le banc. Je roulais assez lentement pour me rendre compte qu'elle avait des cheveux noirs tirés en arrière, et qu'elle portait une jupe en coton à motifs imprimés orange – sous la lumière, on aurait dit qu'elle brillait. Elle se tenait très droite, les genoux serrés, les mains croisées sur les genoux, la bandoulière de son sac à main enroulée autour d'un de ses poignets.

Je ne sais pas pourquoi je n'ai pas tout simplement poursuivi mon chemin, mais je ne l'ai pas fait. J'ai opéré un demi-tour un peu plus loin sur la route déserte, et je suis revenu vers elle.

« Salut, ai-je lancé une fois plus près, et elle m'a regardé à son tour.

— Salut.

— Où allez-vous ?

— J'attends le bus qui descend en ville.

— Il ne passe plus à cette heure-ci, ai-je expliqué, et pour la première fois, elle a paru inquiète.

— Oh non ! Il faut que je rentre à la résidence universitaire, sinon ils vont fermer les portes.

— Je peux vous déposer, ai-je proposé, et elle a hésité, en fouillant du regard la route sombre et déserte. Vous pouvez vous installer à l'arrière, si vous préférez. »

Elle a hoché la tête et souri. « Merci, ce serait très gentil. »

Elle s'est assise dans la même position qu'à l'arrêt de bus : le dos droit, l'air paisible, regardant droit devant elle. Je l'ai observée dans le rétroviseur.

« Je suis étudiante à la fac, a-t-elle fini par dire en guise d'ouverture.

— Vous êtes en quelle année ?

— Troisième. Mais je ne suis là que pour deux semestres. »

Elle faisait partie d'un programme d'échange, m'a-t-elle expliqué. L'an prochain, elle retournerait à Minneapolis pour finir sa licence. Elle s'appelait Alice.

J'ai commencé à sortir avec elle. Alice habitait une des résidences réservées aux jeunes filles, Frear Hall, et je devais attendre dans le hall qu'elle descende. Tous les mercredis, elle prenait des cours de tissage à Kailua chez une vieille dame hawaïenne, pour lesquels elle portait toujours une jupe pudique qui descendait jusqu'aux genoux et ses cheveux tirés en arrière. Le reste du temps, elle préférait les jeans et lâchait ses cheveux. À observer la texture et la forme de son nez, je voyais bien qu'elle n'était pas entièrement *haole*, mais je ne savais pas très bien d'où elle venait en fait. « Je suis espagnole », mais depuis mon temps passé sur le continent, je savais que ce mot pouvait signifier mexicaine, ou portoricaine, ou même une identité complètement différente. Elle me parlait de ses études, me racontait qu'elle était venue à la recherche d'un pays chaud pour une fois dans sa vie, mais qu'elle avait fini par se plaire à Hawaii. Elle voulait tout de même rentrer chez elle, devenir professeure, sa mère lui manquait (son père était mort) ainsi que son petit frère. Elle rêvait d'aventures, et elle disait qu'habiter à Hawaii, c'était un peu comme vivre à l'étranger, qu'un jour elle partirait pour la Chine ou l'Inde, et aussi la Thaïlande quand la guerre serait finie. Nous parlions de ce qui se passait au Vietnam, des élections, de musique ; elle avait toujours plus de choses à dire que moi sur chacun de ces sujets. Parfois, elle me posait des questions sur ma vie, mais il n'y avait pas grand-chose à raconter. Pourtant, elle semblait bien m'aimer ; elle se montrait gentille avec moi, et quand je commettais des erreurs, par exemple quand j'avais du mal à la débarrasser de ses vêtements, elle posait mes mains sur ses épaules, et déboutonnait elle-même sa robe.

Nous avons fait l'amour la première fois dans sa chambre une nuit où sa colocataire était de sortie. Il a fallu qu'elle me montre quoi faire et comment ; d'abord j'ai été très embarrassé, et après, je n'ai rien ressenti du tout. Par la suite, j'ai repensé à cette expérience : ni agréable ni déplaisante, mais j'étais heureux de l'avoir faite et ravi qu'elle soit terminée. J'avais franchi un seuil important, j'étais désormais adulte, même si mon existence quotidienne le démentait. Si j'avais trouvé moins de plaisir que je l'escomptais, les choses avaient aussi été plus faciles : nous nous sommes revus quelquefois et j'ai eu l'impression que ma vie allait de l'avant.

Arrive maintenant la partie de l'histoire que tu connais, Kawika, et c'est aussi la plus difficile.

Bien sûr Alice savait qui était ma famille, mais il semblait qu'elle n'en avait pas mesuré toutes les implications avant de rentrer chez elle. Quand sa lettre m'est arrivée au bureau, j'avais déjà connu ma première crise. D'abord j'ai pensé qu'il s'agissait seulement de maux de tête. Le monde devenait silencieux et uniforme, et des bandes de couleur en mouvement – pareilles à celles que nous voyons après avoir longuement fixé ensemble le soleil et fermé nos paupières – flottaient dans mon champ de vision. Quand je reprenais conscience, une minute et jusqu'à une heure plus tard, je me sentais nauséeux et désorienté. Après le diagnostic, on m'a retiré mon permis de conduire ; à compter de ce jour, Matthew a dû prendre le volant à chacun de mes déplacements, et quand il n'était pas disponible, ma mère s'en chargeait.

Et donc, je ne me rappelle pas le déroulement exact des événements qui t'ont ramené à moi. Je sais que ta grand-mère t'a raconté que ta mère t'avait de fait abandonné, qu'elle avait écrit à l'Oncle William pour lui dire que quelqu'un devait venir te chercher parce qu'elle quittait à nouveau Minneapolis, cette fois pour aller étudier au Japon, et que sa mère n'était absolument pas en capacité de s'occuper d'un bébé ; plus tard, l'Oncle William m'a expliqué que, si Alice avait contacté l'entreprise, c'était ta grand-mère, après avoir reçu les preuves que tu étais bel et bien un Bingham, qui lui avait proposé de l'argent. Alice, ta mère, avait exigé un montant plus important, une somme qui, l'Oncle William en avait averti ta grand-mère, allait nécessiter de vendre la maison de Hāna. « Fais-le », lui avait-elle dit, sans besoin de se justifier. Tu serais l'héritier de la famille, et il n'y avait aucune garantie que je puisse jamais lui en donner un autre. Il lui fallait saisir la chance qui se présentait. Un mois plus tard, l'Oncle William s'est envolé pour le Minnesota et a fait contresigner tous les papiers nécessaires ; quand il est rentré, il t'a ramené. Il y avait là un écho aux prétendues origines de ma mère, même si aucun d'entre nous n'en a jamais parlé.

Je ne sais pas quelle version est la bonne. Ce que je peux dire, c'est qu'elle ne m'avait jamais annoncé ni sa grossesse, ni son accouchement. Elle a disparu de ma vie à la fin de l'année universitaire 1967. Je sais pour sûr qu'elle est décédée – elle s'était mariée au début des années 70 avec un type rencontré lors de ses études à Kobe ; ils ont tous les deux trouvé la mort dans un naufrage en 1974. Mais quant à dire pourquoi ni elle ni sa famille n'ont jamais essayé d'entrer en contact avec toi, je dois me contenter d'imaginer que les termes du contrat passé avec ta grand-mère l'interdisaient.

Tu ne dois pas éprouver de rancune, Kawika – ni envers ta grand-mère ni envers Alice. L'une te voulait de toutes ses forces, l'autre n'avait pas prévu de se retrouver mère.

Je peux aussi te dire que tu es et as toujours été la joie de ma vie, que t'avoir m'a donné l'impression d'avoir au bout du compte un rôle à jouer quelque part. Tu étais encore tout bébé quand je t'ai connu, et durant ces années où tu apprenais à rouler sur toi-même, à t'asseoir, à marcher et à parler, ma mère et moi avons vécu dans l'harmonie – grâce à toi. Parfois, assis sur le plancher de la véranda, nous t'observions battre des jambes en babillant, et parfois, alors que nous riions de tes efforts et que nous applaudissions, nos regards se croisaient, et c'était comme si nous n'étions pas mère et fils, mais mari et femme, et que tu étais notre enfant.

Elle a toujours été fière de toi, Kawika, comme je l'étais et le suis toujours. Elle l'est encore aujourd'hui – seulement déçue parce que tu lui manques, tout comme tu me manques.

Et là, il me faut répéter que je ne te reproche pas de m'avoir laissé. Je n'étais pas à ta charge, c'est toi qui étais à la mienne. Tu as dû inventer une façon de te sortir d'une situation où tu n'aurais jamais dû te trouver pour commencer.

Au fil des ans, j'ai sans cesse attendu le jour où tu poserais des questions sur ta mère, mais tu ne l'as jamais fait. Je dois reconnaître que j'en étais soulagé, même si, par la suite, j'ai compris que tu ne demandais rien pour m'épargner, parce que tu voulais toujours me protéger, alors que cela aurait dû être mon rôle de veiller sur toi. Ton manque d'intérêt apparent pour ta mère a été le sujet d'un conflit avec ta grand-mère, une des rares fois où je me suis opposé à elle. « C'est bizarre, avait-elle lâché – après une réunion parents-enseignants où ton institutrice s'était étonnée de ne rien savoir de ta mère –, de voir à quel point cet enfant manque de curiosité ! » Elle semblait impliquer d'une certaine façon que tu étais lent, lent ou peu éveillé, et je lui avais aboyé dessus : « Parce que tu préférerais peut-être qu'il se mette à poser des questions ! », et elle avait légèrement haussé les épaules, sans lever les yeux de son cadre de broderie. « Bien sûr que non. Je trouve seulement insolite qu'il ne le fasse pas. » J'étais furieux contre elle. « C'est un tout petit garçon, et il croit ce que tu lui as raconté. Je n'arrive pas à accepter que tu t'étonnes de sa confiance, que tu veuilles même y voir un défaut. » Je me suis levé, j'ai quitté la pièce, et ce soir-là, elle a demandé à Jane de te préparer du gâteau de riz, ton dessert préféré, ce qui était, je le savais, une façon de s'excuser auprès de toi, même si tu ne saisirais jamais son intention.

Au bout du compte, nous avons trouvé facile de faire comme si tu n'avais jamais eu de mère du tout. Il y avait ce conte japonais que tu adorais que je te raconte, avec un garçon né d'une pêche et adopté par un vieux couple sans enfant. « Lis-moi encore Momotaro », répétais-tu, et ensuite, alors que je venais de finir : « Encore ! » Au bout d'un moment, j'ai commencé à inventer pour toi une version où un enfant, Mangotaro, avait été découvert dans une mangue suspendue à une branche dans notre jardin : en grandissant le garçon connaissait de nombreuses aventures et se faisait beaucoup d'amis. À la fin de l'histoire, il quittait son père et sa grand-mère, sa tante et son oncle, et s'en allait dans un pays lointain où il connaissait de nouvelles aventures et se faisait de nouveaux amis. Je savais, même à l'époque, qu'il m'appartenait de rester et à toi de partir, d'aller vers un lieu que je ne connaîtrais jamais, de faire ta propre vie.

« Et après, il se passe quoi ? demandais-tu quand le récit se terminait et que je t'embrassais pour te souhaiter une bonne nuit.

— Il faudra que tu reviennes un jour pour me le raconter. »

*

Kawika : c'est arrivé à nouveau. J'ai rêvé que non seulement je tenais debout mais que je marchais. J'avançais les mains tendues, comme un zombie, et en traînant un pied après l'autre. Alors je me suis rendu compte que, encore une fois, je ne rêvais pas mais que je marchais bel et bien, et j'ai commencé à me concentrer, utilisant mes mains pour toucher les murs et faire précautionneusement le tour de la chambre.

Mon lit est placé au centre, ce que je savais pour avoir entendu ma mère s'en plaindre – pourquoi, demandait-elle, l'avait-on mis en plein milieu au lieu de le pousser contre un mur ou un autre ? – mais moi, je m'en félicitais, parce que cela rendait l'espace plus facile à arpenter. De ce côté, se trouvaient les fenêtres qui donnaient sur le parc ; ici, la porte de la salle d'eau où on m'emmenait pour que je prenne mon bain ou ma douche ; là, la porte – verrouillée – qui ouvrait, je l'imaginais, sur le couloir. Dans ce coin, une commode sur laquelle étaient posées quelques bouteilles, certaines lourdes, d'autres légères, les premières en verre, les secondes en plastique. J'ai ouvert le tiroir du haut, et j'ai tâté mes shorts, mes tee-shirts. Le sol était froid, du carrelage ou de la pierre, mais en me rapprochant du lit, j'ai senti une surface différente, que j'ai reconnue pour être une natte *lahaula* tressée, toute douce sous mes pieds, pareille à celles qui tapissaient ma chambre à la maison. Elles gardaient la fraîcheur dans toute la pièce, et même si elles se fendillaient, s'effilochaient et vite, on pouvait facilement les remplacer tous les quelques mois.

Après avoir réussi à regagner mon lit, je suis resté éveillé longtemps parce que soudain j'avais pris conscience de quelque chose : et si je pouvais partir ? Puisque je réussissais à marcher, le reste de mes facultés ne me reviendrait-il pas lui aussi ? La vue, par exemple ? La parole ? Que se passerait-il si je m'enfuyais d'ici un beau soir ? Si j'allais te retrouver ? Ne serait-ce pas une surprise ? Te revoir, te serrer dans mes bras à nouveau ? Je savais qu'entretemps, j'allais n'en parler à personne, pas avant de m'être suffisamment entraîné, car, de fait, ces quelques pas m'avaient laissé hors d'haleine. Mais maintenant, tu sais toi aussi. Je vais partir à ta rencontre – je vais partir à pied tout seul.

J'avais également beaucoup marché le jour où j'ai retrouvé Edward. C'était en 1969, et tu étais auprès de moi depuis exactement quatre mois – tu n'avais pas encore un an. Quelques fois par semaines, je demandais à Matthew de nous conduire au parc Kapi'olani où je poussais ton landau parmi les samans et autres arbres à pluie. Parfois nous nous arrêtions pour voir les équipes du club de cricket disputer un match. D'autres jours je t'amenais sur la plage de Kaimana, où je m'attardais pour regarder les pêcheurs.

À l'époque – et peut-être encore maintenant – il était rare de voir un jeune homme pousser un landau, et parfois les gens riaient. Je ne réagissais jamais cependant, je ne répondais rien et continuais mon chemin. Et donc ce matin-là, quand j'ai senti, plutôt que vu, quelqu'un s'arrêter pour nous observer, je n'ai rien pensé de particulier, et c'est seulement quand cette personne a prononcé mon nom que moi aussi, je me suis immobilisé, et seulement parce que j'avais reconnu cette voix.

« Qu'est-ce que tu deviens ? m'a-t-il demandé, comme si cela faisait une semaine et pas dix ans que nous ne nous étions pas croisés.

— Je vais plutôt bien », ai-je répondu en lui serrant la main. On m'avait rapporté qu'il était parti pour Los Angeles étudier à l'université, mais quand je le lui ai dit, il a haussé les épaules. « Je viens de rentrer. » Ensuite, il a jeté un coup d'œil à l'intérieur du landau. « Il est à qui, ce bébé ?

— À moi », ai-je répondu, et il a cillé. N'importe qui d'autre aurait bruyamment manifesté son étonnement, ou pensé que je blaguais, mais il s'est contenté de hocher le menton. Je me suis rappelé qu'il ne plaisantait jamais, ni n'imaginait que quelqu'un d'autre pourrait le faire.

« Ton fils, a-t-il articulé lentement, comme s'il voulait goûter le mot. Le petit Kawika, a-t-il ajouté pour juger de l'effet du nom. Ou bien est-ce que vous l'appelez David ?

— Non, Kawika, ai-je répondu, et il a lâché un léger sourire.

— Bien. »

Sans que je comprenne comment, il a été décidé de trouver quelque chose à manger, nous avons tout chargé dans sa vieille guimbarde et roulé jusqu'au quartier chinois, où nous nous sommes arrêtés devant ce restaurant où j'avais coutume d'acheter des bols de raviolis à vingt-cinq cents. En chemin, je lui avais demandé comment allait sa mère, et j'ai compris à son silence et sa grimace douloureuse, avant qu'il ne m'ait répondu, qu'elle était morte – cancer du sein, a-t-il expliqué. C'était la raison de son retour.

« Je regrette de ne pas l'avoir su », ai-je dit. J'avais l'impression d'avoir reçu un coup de poing en pleine poitrine. Mais il a haussé les épaules : « Ça a d'abord été lent, puis très rapide. Elle n'a pas trop souffert. Je l'ai enterrée à Honoka'a. »

Après ce déjeuner, nous avons recommencé à nous voir. On ne peut pas dire que nous en ayons discuté. Il m'a simplement annoncé qu'il passerait me prendre dimanche midi et que nous pourrions aller à la plage, et j'ai accepté. Au fil des semaines, puis des mois, nous nous sommes retrouvés de plus en plus souvent, jusqu'à finir par nous voir au moins un jour sur deux. Curieusement, nous ne parlions que rarement des endroits où il s'était rendu, ou moi, et de ce que nous avions fait durant ces dix ans pendant lesquels nous ne nous étions pas vus, ni même de la raison pour laquelle nous nous étions éloignés l'un de l'autre pour commencer. Mais même si le passé était moins oublié qu'exclu de nos conversations, nous étions tous deux attentifs – sans avoir jamais besoin d'en parler – à ce que ma mère ne découvre pas que nous avions renoué des liens. Quand il venait, j'attendais (parfois avec toi, parfois seul) sur le perron si elle était sortie, ou au pied de la colline quand elle était à la maison, et Edward me ramenait au même endroit.

Il est difficile de me rappeler le sujet de nos discussions ces jours-là. Tu seras sans doute surpris, mais il m'a fallu plusieurs mois pour comprendre qu'Edward avait radicalement changé – je ne parle pas de cette métamorphose que nous subissons tous en passant de l'enfance à l'âge adulte, mais du fait que, dans ses idées et ses convictions, il était devenu quelqu'un que je ne reconnaissais plus. En partie – je suis gêné de l'avouer – parce qu'il était physiquement le même, j'ai supposé qu'il n'avait pas changé. Je savais, grâce aux reportages et aux informations télévisées, que le continent était plein de hippies aux cheveux longs, et alors qu'on en voyait aussi à Honolulu, ils ne paraissaient pas animés par la même rage, les mêmes élans révolutionnaires. Tout arrivait toujours tard à Hawaii – même les nouvelles dans nos journaux avaient un jour de retard –, et donc, si tu avais vu Edward à l'époque, tu n'aurais pas pu l'identifier comme un militant activiste à sa seule allure. Certes, ses cheveux étaient plus longs, plus cotonneux que les miens, mais toujours propres. L'effet était plus joli que réellement intimidant.

Ni lui ni moi ne travaillions. Edward n'avait jamais terminé sa licence. Il avait, comme il finit par me l'expliquer, abandonné en début de quatrième année, et passé le reste de l'automne à sillonner l'Ouest en autostop. Quand il avait besoin d'argent, il retournait en Californie, faisait les vendanges ou la récolte d'ail, de fraises ou de noix, suivant les saisons – jamais plus il ne mangerait une fraise de sa vie, affirmait-il. Maintenant, de retour à Honolulu, il se trouvait des petits boulots. Il aidait un copain à repeindre des maisons, rejoignait une équipe de déménageurs pendant quelques jours. La petite maison où il vivait avec sa mère était une location, le propriétaire un vieux Chinois qui avait le béguin pour Mrs. Bishop, et Edward allait finir par devoir décamper, mais cela ne semblait pas l'inquiéter, pas plus que son avenir d'ailleurs. Très peu de choses en fait paraissaient l'effrayer, et cela me rappelait son assurance d'enfant, son absence totale d'incertitudes sur lui-même.

Mais c'est vers la fin de l'année que j'ai enfin mesuré quelle personne différente il était devenu. « On va à une réunion, dit-il en passant me chercher un soir au pied de la colline, pour rencontrer des copains à moi. » Il ne m'a pas donné d'informations supplémentaires, et moi, comme d'habitude, je n'en ai pas demandé. Or, je voyais bien qu'il était excité, et même nerveux – tout en conduisant, il martelait d'un doigt un rythme saccadé sur le volant.

Nous nous sommes enfoncés loin dans la vallée de Nu'unau au long d'une étroite voie privée tellement obscurcie par le feuillage des arbres et si mal éclairée que même avec les phares je devais utiliser une torche électrique pour nous guider. Nous sommes passés devant une série de portails, et au quatrième, Edward s'est arrêté et est descendu de voiture ; il y avait une clé accrochée à un long fil de fer sur le pilier, il a déverrouillé le portail et nous sommes entrés, stationnant à nouveau pour le refermer après notre passage. Devant nous, s'ouvrait un long chemin de terre et tandis que nous avancions en cahotant, j'ai vu et senti qu'il était bordé de bosquets de gingembre blanc, dont les fleurs ressemblaient à des fantômes dans le noir.

Au bout de l'allée s'élevait une vaste maison blanche en bois, autrefois sans doute grandiose et entretenue, qui ressemblait à la mienne, sauf que devant, une bonne vingtaine de voitures étaient garées et que, même de dehors, on entendait des gens parler, l'écho de leurs voix se réverbérant dans le silence de la vallée.

« Allez viens », a commandé Edward.

Il y avait environ cinquante personnes à l'intérieur, et une fois remis de ma surprise initiale, j'ai pu les observer avec attention. La plupart avaient notre âge, ils venaient tous de la région, et certains étaient clairement des hippies. Beaucoup d'entre eux faisaient cercle autour d'un géant noir qui me tournait le dos, si bien que je ne pouvais distinguer que sa coupe afro, une énorme masse de cheveux épais et luisants. Quand il bougeait, le sommet de son crâne frôlait le lustre du plafond qui se balançait et faisait tanguer la lumière dans toute la pièce.

« Allez viens », a répété Edward, et cette fois j'ai clairement perçu l'enthousiasme dans sa voix.

La foule s'est mise à se déplacer comme un seul homme, et nous avons été poussés vers une vaste enfilade de pièces. Dans la première, il n'y avait aucun meuble et plusieurs lattes du plancher s'étaient fendillées et craquelées à cause de l'humidité. Là, dominant les conversations, j'ai entendu un vrombissement, comme si un avion passait dans le ciel, mais en regardant par la fenêtre, j'ai compris qu'il s'agissait d'une cascade au fond du jardin.

Une fois tout le monde assis par terre, un silence tendu s'est installé qui m'a semblé de plus en plus long et profond. « Qu'est-ce qui se passe, bordel ? », a demandé un type, et d'autres l'ont fait taire. Quelqu'un a gloussé de rire. Le silence s'est prolongé, et finalement les mouvements et les murmures se sont arrêtés ; pendant une bonne minute, l'assistance entière est restée muette et immobile.

C'est à ce moment-là que le géant noir s'est relevé de la place qu'il occupait parmi la foule et a bondi vers l'avant de la salle. Entre sa taille et notre position sur le plancher, il apparaissait immense, un édifice plutôt qu'un homme. Il n'était pas si noir que je l'avais cru – ma peau était plus foncée que la sienne – et pas non plus franchement beau. Il avait l'épiderme luisant, une barbe peu fournie, et une traînée de boutons sur la joue gauche qui lui donnait un air plus adolescent qu'il l'aurait sans doute souhaité. Il y avait néanmoins plusieurs choses remarquables dans son physique : un grand sourire avec quelques dents manquantes qui pouvait le faire paraître crétin ou féroce, et de longs membres élastiques qu'il pliait et disloquait à loisir quand il bougeait, si bien que vous étiez forcé non seulement de l'écouter mais aussi de le regarder. Mais sa voix surtout était captivante : ce qu'il disait, et la façon dont il le disait. Une voix douce, grave et feutrée dont vous auriez été heureux qu'elle vous dise qu'il vous aimait, et pourquoi, et comment.

Il a commencé par un sourire. « Mes frères, mes sœurs. *Aloha.* » L'assistance a applaudi et son sourire s'est encore élargi, lent et séducteur à la fois. « *Aloha* et *mahalo* pour m'avoir invité dans votre beau pays.

Il me semble particulièrement juste que nous soyons réunis ici ce soir, parce que savez-vous comment s'appelle cette maison ? Oui, c'est exact, elle a un nom, comme toutes les demeures prestigieuses, je suppose, dans le monde entier – elle s'appelle Hale Kealoha, la Maison d'*Aloha*, la Demeure de l'Amour, la Maison des Aimés.

Et cela m'intéresse vivement, parce que moi aussi je porte le nom d'une maison : Bethesda. Qui se souvient de sa Bible ? De son Nouveau Testament ? Ah, je vois une main qui se lève là-bas, et ici une autre. Toi ma sœur, au fond de la salle, dis-nous ce que cela signifie ? C'est juste, la Piscine de Bethesda, Bethesda voulant dire “La Maison de la Miséricorde”, cette piscine étant l'endroit où le Christ a soigné un paralytique. Et donc me voici : la Maison de la Miséricorde dans la Maison de l'Amour.

J'ai été invité à venir, non seulement ici ce soir, mais dans vos îles, votre terre, par mon cher ami, le frère qui est assis tout au bout à droite, Frère Louis. Merci, Frère Louis.

J'ai honte de le reconnaître maintenant, mais quand il m'a demandé de venir, je croyais tout savoir de ces lieux. J'ai pensé : ananas. J'ai pensé : arcs-en-ciel. J'ai pensé : danseuses de *hula* qui balancent leurs hanches d'avant en arrière, si belles et si douces. Je sais, je sais ! Mais c'est ce que j'ai pensé. Tout de même, au bout de quelques jours, avant même de quitter la Californie, j'ai compris mon erreur.

J'ai aussi honte d'avouer que je ne voulais pas venir. En tout cas, pas au début. Vous comprenez, ce que vous avez ici, je me disais, ce n'est pas la réalité. Ce n'est pas le monde comme il est. J'habite près d'Oakland – ça, c'est vraiment le monde tel qu'il est. Voyez un peu ce qui se passe là-bas, ce contre quoi nous devons lutter là-bas : l'oppression de l'homme et de la femme noirs, un asservissement qui sévit depuis la fondation de l'Amérique et qui continuera tant que nous n'aurons pas tout rasé et brûlé pour repartir sur des bases nouvelles. Parce qu'on ne peut pas réparer l'Amérique – on ne peut pas se contenter d'améliorer les choses à la marge et dire que la justice est rétablie. Non, mes frères, mes sœurs, ce n'est pas comme ça que la justice fonctionne. Ma mère travaillait comme aide-soignante à ce qu'ils appelaient le "Negro Hospital" de Houston, et elle me racontait les histoires d'hommes et de femmes qui arrivaient avec des crises cardiaques, qui ne pouvaient plus respirer, les ongles bleus parce qu'ils manquaient d'oxygène. Les surveillantes disaient à ma mère de masser les mains des patients pour faire revenir le sang dans leurs extrémités, et quand elle le faisait, elle voyait leurs ongles redevenir roses, leurs mains se réchauffer sous ses doigts. Mais un beau jour, elle a compris que ça ne réglait rien – elle rendait leurs mains plus belles, elle les faisait peut-être mieux marcher, mais ils avaient toujours le cœur malade. Au bout du compte, rien n'avait changé.

De la même façon, rien n'a vraiment changé ici. L'Amérique a le péché au cœur. Vous savez de quoi je parle. Une vague de gens exilés de leur pays ; une autre vague arrachée au leur. Nous avons pris votre place, et pourtant nous n'avons jamais voulu la prendre. Nous voulions rester là où nous étions. Aucun de nos ancêtres, de nos arrière-arrière-arrière-grands-parents, ne s'est jamais réveillé un matin en se disant : *Allons donc voir de l'autre côté de l'océan, accaparons-nous les terres, allons lutter contre les peuples indigènes.* Jamais de la vie ! Ce n'est pas comme ça que pensent des gens normaux, des gens bien – c'est le diable qui pense comme ça. Mais ce péché, cette marque de la faute ne s'efface jamais, et même si nous n'y sommes pour rien, nous avons été contaminés.

Laissez-moi vous dire pourquoi. Imaginez à nouveau ce cœur, mais cette fois souillé par une tache d'huile. Pas de l'huile de cuisson, de l'huile de moteur, le genre épais et collant, qui vous colle aux mains et aux vêtements comme du goudron. Ce n'est rien qu'une petite tache d'huile, vous croyez, et elle finira par disparaître. Et donc, vous décidez de ne plus y penser. Mais les choses ne se passent pas comme ça. Dans les faits, chaque fois que votre cœur bat, chaque fois qu'il cogne dans votre poitrine, cette petite tache s'étend, et s'étend encore. Les artères l'entraînent, les veines la ramènent. Et à chaque circuit du sang dans votre corps, elle laisse un dépôt et au bout du compte – pas tout de suite, mais avec le temps – chaque organe, chaque vaisseau sanguin, chaque cellule sont souillés à leur tour. Parfois, vous ne la voyez même plus, mais vous savez qu'elle est là. Parce qu'à ce moment-là, mes frères, mes sœurs, cette huile est partout. Elle a enduit l'intérieur de toutes vos veines, elle borde votre gros intestin et votre foie, elle nappe votre rate et vos reins. Votre cerveau. Cette négligeable tache d'huile, cette petite saleté que vous pensiez pouvoir ignorer, elle est partout maintenant. Et désormais, on ne peut plus la nettoyer. Le seul moyen de l'effacer, c'est d'arrêter le cœur, de brûler le corps pour le purifier. Le seul moyen est de la détruire. Vous voulez éliminer la marque : il faut éliminer les tissus qui la portent.

Voyons. Vous vous demandez sans doute ce que cela a à voir avec nous, ici, à Hawaii. Un pays, vous vous dites peut-être, n'est pas un corps. La métaphore ne tient pas debout. Vous en êtes sûrs ? Nous sommes là ensemble, mes frères, mes sœurs, dans ce joli endroit loin d'Oakland. Et pourtant, pas si éloigné que ça. Parce que c'est bien le cœur de la question, mes frères, mes sœurs. Vous avez, c'est certain, des ananas ici. Vous avez, c'est certain, des arcs-en-ciel. Vous avez, c'est certain, des danseuses de *hula*. Mais rien de tout ça n'est vraiment à vous. Ces champs d'ananas que le frère Louis m'a emmené visiter ? Qui les possède ? Pas vous, en tout cas. Ces arcs-en-ciel ? Vous les avez, mais est-ce que vous parvenez encore à les voir avec tous ces gratte-ciel, ces hôtels et ces résidences qu'on construit à Waikīkī ? Et qui possède toutes ces constructions ? Vous ? Et vous là-dedans ? Ces danseuses de *hula* – ce sont vos sœurs, vos sœurs à la peau brune, et pourtant, vous les laissez danser… pour qui ?

C'est bien ce qu'il y a de discordant dans le fait de vivre ici. C'est ça le mensonge que vous vous êtes laissé raconter. Je vous regarde tous ici, avec vos peaux brunes, vos cheveux crépus, et puis je regarde ceux qui possèdent cette île. Je regarde qui vous avez élus comme représentants officiels. Je regarde qui est à la tête de vos banques, de vos entreprises, de vos écoles. Ils ne vous ressemblent pas. Résumons : vous êtes pauvres ? Vous n'avez pas d'argent ? Vous voulez faire des études ? Vous acheter une maison ? Et pourtant, vous ne pouvez pas ? Et pourquoi ? Quelle est la raison selon vous ? Est-ce parce que vous êtes tous trop bêtes ? Est-ce parce que vous ne méritez pas de faire des études ou d'avoir un toit sous lequel vivre ? Est-ce parce que vous êtes de mauvais sujets ?

Ou bien serait-ce parce que vous vous êtes laissé bercer, parce que vous avez accepté d'oublier ? Vous vivez dans un pays non pas de lait et de miel, mais de canne à sucre et de soleil, et pourtant vous avez pris l'habitude de vous enivrer. Vous êtes devenus paresseux sur cette terre. Vous êtes devenus complaisants. Et que s'est-il passé, pendant que vous surfiez, chantiez et rouliez des hanches ? On vous a volé votre pays, votre âme, petit à petit, sous votre nez brun, tandis que vous regardiez les choses se dérouler sans bouger le petit doigt, sans rien faire pour que ça n'arrive pas. À vous observer, on serait tenté de dire que vous *vouliez* tout perdre. "Prenez ma terre ! disiez-vous. Prenez-moi tout ! Parce que je m'en fiche. Ce n'est pas moi qui vous en empêcherai." »

Il a marqué une pause pour reprendre son souffle, s'est balancé sur ses talons et essuyé le front avec un bandana rouge. L'assistance était restée jusque-là complètement pétrifiée, mais un sifflement s'est mis à bourdonner dans l'air, comme un essaim d'insectes, et quand il a repris la parole, sa voix était plus douce, son ton plus bienveillant, presque apaisant.

« Mes frères, mes sœurs. Nous avons autre chose en commun. Nous venons, vous et moi, d'un pays de souverains. Nous étions tous rois, reines, princes et princesses. Nous étions tous riches de fortunes léguées de père en fils en petit-fils en arrière-petit-fils. Vous avez de la chance cependant. Parce que vous vous rappelez vos rois et vos reines. Vous connaissez leurs noms. Vous savez où ils sont enterrés. Nous sommes en 1969, mes amis, en 1969 ! Cela veut dire que c'est seulement il y a soixante et onze ans que votre pays vous a été volé par les Américains, soixante-seize ans que votre reine a été trahie par ces démons. Et voilà qu'aujourd'hui – pas tous, c'est vrai, mais beaucoup d'entre vous, mes frères, mes sœurs, suffisamment d'entre vous en tout cas –, vous vous appelez Américains. Vous croyez à ces conneries qui disent que "l'Amérique est le pays de tous" ? L'Amérique n'est pas le pays de tous. Ce n'est pas le nôtre. Vous le savez au fond, pas vrai ? Dans vos cœurs et dans vos âmes. Vous savez que l'Amérique vous méprise, non ? Elle veut votre terre, vos champs, vos montagnes, mais elle ne veut pas de vous.

Cette terre n'a jamais été celle des Américains. Juridiquement, elle l'est à peine. Cette terre vous a été prise. Ce n'est pas votre faute. Mais accepter qu'elle reste entre leurs mains, ça, oui, c'est votre faute.

Vous les avez laissés vous déposséder, mes frères, mes sœurs. Vous avez accepté de croire qu'un jour ils vous rendraient une partie de cette terre. Mais regardez autour de vous. Vous savez que vous êtes plus nombreux en prison que n'importe qui d'autre ici ? Vous savez que vous êtes plus à vivre dans la misère que n'importe qui d'autre ? Davantage à avoir faim que n'importe qui d'autre ? Vous savez que vous mourez plus jeunes, que vos bébés sont moins nombreux à survivre, que vous mourez en couches plus que n'importe quelles autres femmes ? Vous êtes *hawaïens*. Ce pays vous appartient. L'heure est venue de le reprendre. Pourquoi vivez-vous sur vos terres comme des métayers ? Pourquoi avez-vous peur de réclamer votre dû ? Quand je traverse Waikīkï – comme je l'ai fait hier – pourquoi est-ce que je vous vois sourire, remercier ces diables blancs, ces voleurs, de venir en touristes chez vous ? "Oh merci d'être venus ! *Aloha* pour votre visite ! Merci de débarquer sur notre île ! Nous espérons que vous vous y plairez !" Merci ? Mais merci de quoi ? D'avoir fait de vous des mendiants sur votre propre terre ? D'avoir fait de vous, rois et reines que vous êtes, des bouffons et des clowns ? »

À nouveau, ce sifflement, et tous ont semblé reculer comme un seul homme, s'écarter de lui. Pendant toute cette dernière partie du discours, il avait parlé de moins en moins fort, mais quand il a repris la parole, après avoir laissé le silence s'installer pendant quelques secondes intolérables, il l'a fait d'une voix redevenue aussi puissante qu'auparavant.

« Cette terre est à vous, mes frères, mes sœurs. Il vous appartient de la revendiquer. Vous pouvez le faire. Vous devez le faire. Si vous n'agissez pas pour vous-mêmes, personne ne le fera à votre place. Qui vous respectera si vous n'exigez pas qu'on vous respecte ?

Avant de venir ici, avant de visiter ce pays – votre pays –, j'ai effectué quelques recherches. Je suis allé à la bibliothèque municipale, et je me suis mis à lire. Et même si j'ai trouvé pas mal de mensonges dans ces livres, comme dans presque tous les livres d'ailleurs, mes frères, mes sœurs, c'est sans importance, parce qu'on apprend à décoder ces mensonges, on apprend à débusquer la vérité qui se cache sous toutes ces mystifications.

Et c'est au cours de mes lectures que j'ai trouvé cette chanson. Je sais que beaucoup d'entre vous la connaissent, mais je vais tout de même vous la réciter sans la musique, en anglais, pour que vous puissiez réellement entendre chaque mot : *Honneur aux enfants d'Hawaii / Restés loyaux à leur île / Quand débarque le messager au cœur félon / Porteur vorace du décret d'extorsion.* »

Il avait à peine fini le premier vers que l'assistance s'est mise à chanter, et bien qu'il ait demandé que nous écoutions les paroles, il a frappé dans ses mains quand la mélodie s'est fait entendre, et à nouveau quand le premier spectateur, son ami Frère Louis, s'est mis à danser. C'était un chant que nous savions tous par cœur, écrit peu après que la reine eut été détrônée. Je l'avais toujours considéré comme une vieille rengaine même si, comme Bethesda l'avait rappelé, il n'était pas si vieux que ça – certaines personnes, encore vivantes aujourd'hui, l'avaient entendu interprété par l'Orchestre royal d'Hawaii juste après sa composition ; il y avait dans la salle des gens dont les grands-parents se seraient rappelé avoir vu la reine dans sa robe de soie noire saluant la foule sur les marches du palais.

Alors il s'est levé et nous a regardés, un large sourire à nouveau aux lèvres, comme s'il avait prévu que tout cela arriverait, qu'il nous ait ramenés à la vie après une longue hibernation et assistait au retour de la mémoire de qui nous étions. Je n'avais pas aimé la fierté sur son visage, on aurait dit que nous étions des élèves intelligents et lui notre professeur infatigable. On a chanté chaque couplet d'abord en hawaïen puis en anglais, et je n'avais pas apprécié non plus qu'il déclame au fur et à mesure de la traduction, en suivant sur la feuille de papier qu'il avait tirée de la poche de son pantalon.

Mais surtout, je n'avais pas aimé l'expression sur le visage d'Edward quand j'avais glissé un regard vers lui : ravi tel que je ne l'avais jamais vu, le poing levé comme Bethesda, beuglant pratiquement les paroles les plus connues de la chanson comme s'il avait devant lui un public de milliers de personnes, et que tous se soient rassemblés pour l'entendre dire quelque chose de radicalement nouveau.

ʻA ole aʻe kau i ka pūlima	N'appose pas ta signature
Maluna o ka pepa o ka ʻenemi	Sur le papier de l'ennemi
Hoʻobui ʻāina kūʻai hewa	Avec son péché d'annexion
I ka pono sivila aʻo ke kanaka	Qui vend les droits civiques du peuple
ʻA ole mākou aʻe minamina	Nous n'attachons aucune valeur
I ka puʻu kālā a ke aupuni	Aux tas d'argent du gouvernement
Ua lawa mākou i ka pōhaku	Nous nous contentons des pierres
I ka ʻai kamahaʻo o ka ʻāina	Et des fruits merveilleux de la terre

*

Si tu devais demander à ma mère ce qui s'est passé ensuite – moi, je ne peux pas, et personne d'autre ne le pourrait –, elle te dirait que ça a été une surprise complète. Mais ce n'est pas vrai. Même si je comprends pourquoi elle a sans doute ressenti les choses de cette façon. Elle avait assisté à des années d'oisiveté apparente suivies, sans crier gare, de ce qu'elle appellerait probablement une rupture. Une nuit, nous étions tous les deux au lit dans la maison d'Oʻahu Avenue ; la nuit d'après, nous n'y étions plus. Par la suite, je le sais, elle décrirait notre départ comme un abandon, une fuite abrupte et inattendue. Parfois, elle en parlerait comme d'une perte, comme si nous étions toi et moi des boutons ou des épingles de nourrice. Mais à mon avis, c'était davantage comme une désintégration, un pain de savon qui se polit et s'amenuise jusqu'à n'être plus rien entre vos doigts.

Il y avait toutefois une autre personne qui aurait rejoint ma mère dans sa vision des événements qui s'ensuivirent, et ironiquement, ce quelqu'un était Edward. Plus tard, il rapporterait qu'il avait été « métamorphosé » par cette soirée à Hale Kealoha, une sorte de résurrection. Je le crois. Sur la route du retour, cette nuit-là, nous avions pratiquement gardé le silence, moi parce que je n'étais pas sûr de ce que je pensais de Bethesda et de ce qu'il avait dit, Edward parce que ce message l'avait frappé comme la foudre. Tout en conduisant, il tapait de temps à autre le volant du plat de la main en s'exclamant « Bon Dieu ! » ou « Ça alors ! » ou encore « Putain ! », et si je n'avais pas été si perturbé, j'aurais pu trouver ça comique. Comique ou inquiétant – Edward qui s'enthousiasmait si rarement, soudain capable de lâcher des explosions de sons plutôt que véritablement des mots.

La conférence de Bethesda avait été enregistrée, et Edward s'en est procuré une copie. Au cours des semaines suivantes, nous nous allongions sur le matelas dans la chambre qu'il louait à une famille de la vallée, et nous l'écoutions en boucle sur son magnétophone à bandes, jusqu'à le savoir tous les deux par cœur – non seulement le discours lui-même, mais aussi les exclamations du public en colère, le craquement du plancher quand Bethesda changeait de pied d'appui, la foule qui chantait presque comme un murmure, et les applaudissements occasionnels de l'orateur qui couvraient les voix comme des détonations.

Et pourtant, même après ce soir-là, il m'a fallu plusieurs mois avant de comprendre que quelque chose avait irrévocablement changé pour Edward. Je ne l'avais jamais connu (si tant est que je l'aie vraiment connu) comme un touche-à-tout ou un dilettante, quelqu'un qui bondit d'une passion à une autre, donc on ne peut pas dire que j'ai été témoin de son intérêt croissant pour la souveraineté d'Hawaii en estimant que ce n'était qu'une passade – je crois plutôt qu'il s'était appliqué à me cacher une partie de sa transformation. Je ne pense pas non plus qu'il ait fait preuve de duplicité. C'est davantage parce qu'il s'agissait pour lui de quelque chose de précieux, d'inestimable et d'intime, et aussi, d'une certaine façon, d'insondable, et qu'il voulait nourrir cette pensée en secret, sans témoin ni commentaire.

Mais si je devais dater avec précision le début de sa conversion, je dirais que ce fut probablement en décembre 1970, environ un an après avoir entendu Bethesda dans cette maison de la vallée de Nu'uanu. Même alors, ma mère ne s'était pas encore vraiment rendu compte qu'Edward était à nouveau dans ma vie – il me déposait toujours au pied de la colline, il n'était jamais revenu à la maison. Avant de descendre de voiture, je lui demandais s'il voulait entrer, chaque fois il refusait et j'en étais soulagé. Mais un soir, quand je lui ai posé la question, il a répondu : « Bien sûr, pourquoi pas ? », comme s'il avait coutume d'accepter, que tout soit une question d'humeur.

« Oh ! » Je ne pouvais pas prétendre qu'il plaisantait – comme je te l'ai dit, ce n'était pas son genre. Alors j'ai mis pied à terre, et au bout d'une seconde, il m'a suivi.

Tandis que nous remontions la colline, je me sentais de plus en plus anxieux, et quand nous avons atteint la maison, j'ai vaguement marmonné que je devais vérifier que mon fils allait bien – les jours où je t'emmenais, je m'asseyais à l'arrière et te tenais dans mes bras – et j'ai filé à l'étage pour te voir, endormi sous tes draps. Nous t'avions récemment installé dans un vrai petit lit, bas et entouré de coussins, parce que tu avais le sommeil agité et que parfois tu tombais du futon au plancher. « Kawika, je me souviens de t'avoir murmuré, que dois-je faire ? » Mais tu n'as pas répondu bien sûr, tu dormais et tu n'avais que deux ans.

Quand je suis redescendu au rez-de-chaussée, ma mère et Edward s'étaient déjà rencontrés et m'attendaient assis à la table de la salle à manger. « Edward me dit que vous vous êtes retrouvés », m'a-t-elle lancé après que nous nous fûmes servis, et j'ai opiné du chef. « Ne hoche pas la tête, parle ! » a-t-elle ajouté, et je me suis raclé la gorge avant de me forcer à répondre.

« Oui. »

Elle s'est tournée vers Edward. « Que fais-tu à Noël ? » a-t-elle demandé comme si elle le voyait tous les mois et savait suffisamment bien comment il passait normalement Noël pour déterminer si cette année les fêtes auraient pour lui quelque chose d'inhabituel.

« Rien », a-t-il répondu, et après une pause : « Je vois que vous avez installé un sapin. »

Il avait fait cette remarque d'un ton neutre, mais ma mère, déjà soupçonneuse, et donc particulièrement attentive, s'était raidie d'un coup. « En effet, a-t-elle répliqué d'un ton tout aussi détaché.

— Ce n'est pas très hawaïen, n'est-ce pas ? », a-t-il commenté.

Nous avons tous regardé le sapin dans un coin de la véranda. Nous avions un sapin parce que nous en avions toujours eu un. Chaque année, on en importait un nombre limité du continent et ils se vendaient à prix d'or. L'arbre en lui-même n'avait rien de spécial, si ce n'est ce parfum sucré pareil à un léger relent d'urine que pendant des années j'ai associé au continent dans son ensemble. Là-bas il y avait de l'asphalte, de la neige, des autoroutes, et l'odeur des pins : c'était un pays assiégé par un hiver perpétuel. Nous nous donnions peu de mal pour le décorer – de fait, c'était pour l'essentiel Jane qui s'en chargeait – mais cette année-là, la coutume semblait plus intéressante que d'ordinaire, parce que tu étais là, et assez grand pour tirer sur les branches et éclater de rire quand tu te faisais gronder pour ça.

« Il ne s'agit pas de savoir si c'est hawaïen ou pas, a rétorqué ma mère. C'est une tradition.

— Oui, mais la tradition de qui ?

— Mais de tout le monde !

— Pas la mienne.

— Ce devrait pourtant l'être. Passe-moi le riz, s'il te plaît, Wika.

— Pas la mienne en tout cas », a répété Edward.

Elle n'a pas réagi. C'est seulement des années plus tard que j'ai mesuré l'équanimité de ma mère ce soir-là. Il n'y avait rien de polémique dans le ton d'Edward, mais elle avait compris – bien avant moi d'ailleurs. Je n'avais grandi auprès de personne qui remettait en question qui j'étais ou ce qui m'était dû, contrairement à elle. Son nom et sa naissance avaient toujours été discutés. Elle savait très bien qui essayait de la provoquer et quand.

« C'est une tradition chrétienne, a-t-il repris finalement devant son silence. Ce n'est pas la nôtre. »

Elle s'est autorisée à sourire en levant les yeux de son assiette. « À t'entendre, il n'y aurait pas d'Hawaïens chrétiens, si je comprends bien ? »

Il a haussé les épaules. « Pas si on est un vrai Hawaïen. »

Le sourire de ma mère s'est élargi et tendu à la fois. « Je vois. Mon grand-père serait surpris de l'entendre. Il était chrétien, tu sais, et servait à la cour du Roi. »

Edward a haussé les épaules à nouveau. « Je ne dis pas qu'il n'y a pas d'Hawaïens chrétiens. Seulement que c'est une contradiction dans les termes. » (Plus tard, il devait me répéter la même idée, l'étendant à une situation qu'il ne connaissait pas de première main. « C'est la même chose quand on parle de la situation des Noirs chrétiens. Les Noirs ne comprennent-ils pas qu'ils révèrent les outils mêmes de leurs oppresseurs ? On les a encouragés à devenir chrétiens pour qu'ils s'imaginent qu'une vie meilleure les attendait dans l'Au-delà, après des années de souffrance. Le christianisme était une façon de contrôler les esprits, et il l'est encore. Cette morale, ces discours sur le péché – ils ont tout gobé, et ils en restent prisonniers. ») Voyant qu'elle ne répondait pas, il a poursuivi : « Ce sont les chrétiens qui nous ont pris notre danse, notre langue, notre religion, notre terre, et même notre reine. Et vous êtes bien placée pour le savoir. » Elle a posé sur lui des yeux surpris, et moi aussi – personne n'avait jamais défié ma mère de cette façon –, et il a soutenu son regard. « Et donc, on peut trouver étrange que de vrais Hawaïens puissent croire en une idéologie dont les tenants les ont dépouillés de tout. »

(De vrais Hawaïens, d'authentiques Hawaïens, c'était la première fois que je l'entendais utiliser pareilles expressions, et bientôt elles me donneraient la nausée, autant parce qu'elles visaient à m'accuser que parce que je ne les comprenais pas. Je savais seulement que, selon ce raisonnement, je n'étais pas un vrai Hawaïen. Un vrai Hawaïen était plus en colère, plus pauvre, il savait se faire entendre. Il parlait couramment la langue, il dansait avec énergie, il chantait de toute son âme. Non seulement il n'était pas américain, mais il se fâchait si vous vous avisiez de le considérer comme tel. La seule chose que je partageais avec un Hawaïen authentique, c'était la couleur de ma peau et mon sang, même si par la suite, on devait me reprocher aussi ma famille, preuve manifeste de mes tendances à l'assimilation. Même mon prénom serait jugé insuffisamment hawaïen, alors qu'un roi des îles l'avait porté – c'était l'hawaïnisation d'un prénom chrétien, et donc pas hawaïen du tout.)

Nous aurions pu rester comme ça, immobiles, pendant une éternité, si ma mère ne s'était pas tournée vers moi – animée par la colère, sans doute –, le souffle court, et ne s'était écriée : « Wika ! » Je l'avais entendue mais quand j'avais rouvert les yeux, j'étais couché dans l'obscurité de ma chambre.

Elle était assise à mes côtés. « Prends garde, me dit-elle alors que j'essayais de me relever. Tu as fait un malaise et tu t'es cogné la tête. Le médecin estime que tu dois rester au lit encore vingt-quatre heures. Kawika va bien », a-t-elle ajouté quand j'ai retrouvé la parole pour lui poser la question.

Un long moment, nous sommes restés silencieux. Puis elle m'a annoncé : « Je ne veux plus que tu voies cet Edward, tu m'entends, Wika ? »

J'aurais pu rire, j'aurais pu ironiser, j'aurais pu lui rappeler que j'étais adulte, qu'elle n'avait plus à me dire qui je pouvais fréquenter ou non. J'aurais pu préciser que je trouvais moi-même Edward inquiétant, mais surtout passionnant et que j'allais continuer à le voir.

Mais je n'ai rien fait de tel. Je me suis contenté de hocher la tête, et j'ai refermé les paupières. Avant de me rendormir, je l'ai entendue me dire : « Mon brave petit », et j'ai senti sa paume sur mon front. En sombrant dans le sommeil, j'ai eu l'impression d'être à nouveau un enfant auquel on donnait une chance de repartir de zéro, et qui, cette fois, allait agir comme il le fallait.

*

J'ai tenu ma promesse. Je n'ai pas revu Edward. Il appelait, mais je ne venais pas au téléphone ; il passait à la maison mais je faisais répondre à Jane que je n'étais pas là. Je restais chez moi et te regardais grandir. Quand je sortais, j'étais inquiet : Honolulu était (et est encore) une petite ville sur une petite île, et je craignais de le rencontrer, mais cela ne s'est jamais produit.

Rien n'a changé pour moi durant les trois années où je me suis terré. Rien mais toi, oui, Kawika : tu as appris à parler, d'abord par phrases, puis par paragraphes ; tu as appris à courir, à lire, à nager. Matthew t'a montré comment escalader les branches basses du manguier, Jane à faire la différence entre un fruit juteux et un fruit fibreux. Tu as assimilé quelques mots d'hawaïen, avec ma mère comme professeure, et quelques bribes de philippin avec Jane, mais seulement en secret : ta grand-mère ne supportait pas le son de cette langue et tu avais compris qu'il valait mieux ne pas t'en servir devant elle. Tu as appris à discerner les aliments que tu aimais – comme moi, tu préfères le salé au sucré – et, sans effort, tu t'es fait des amis, ce dont j'avais été, moi, incapable. Tu as compris qu'il fallait appeler à l'aide quand je faisais une de mes crises, puis, quand j'en émergeais, à venir me tapoter la joue, et je prenais ta main dans la mienne. Ce sont les années où tu m'as le plus aimé. Tu n'as jamais pu m'aimer plus, ni même autant, que moi je t'aimais et t'aime, mais c'est l'époque où nos sentiments réciproques étaient les plus forts.

Tu as changé, et le reste du monde aussi. Chaque soir à la télévision passait au moins un reportage sur les manifestations du jour : d'abord des foules qui protestaient contre la guerre du Vietnam, puis ceux qui défendaient la cause des Noirs, celle des femmes, puis des homosexuels. Je les regardais sur notre petit poste noir et blanc, ces masses animées qui déferlaient sur San Francisco, Washington, New York, Oakland, Chicago, et je me demandais toujours si Bethesda, qui avait quitté l'île juste après sa conférence, s'y trouvait. Les manifestants étaient presque toujours jeunes, et même si je l'étais aussi, n'ayant pas encore trente ans en 1973, je me sentais tellement plus âgé : je ne me reconnaissais dans aucun d'entre eux. Je ne ressentais aucune affinité avec eux, leurs luttes ou leurs passions. Ce n'était pas seulement que je ne leur ressemblais pas, je ne saisissais pas leur ferveur. Ils étaient nés en prise directe avec les extrêmes, ils les comprenaient ; moi, non. J'aurais voulu que la vie s'écoule sous mes yeux, une année indiscernable de la suivante, avec toi pour seul calendrier. Mais eux voulaient arrêter le temps – l'arrêter, puis l'accélérer, le faire aller de plus en plus vite jusqu'à ce que le monde entier disparaisse dans les flammes et tout recommencer.

On assistait à des changements ici aussi. Parfois, on voyait à la télévision des émissions sur le *Keiki kū Ali'i* : un groupe d'Hawaïens de naissance qui, selon le jour et le membre auquel vous posiez la question, exigeaient soit la sécession d'avec les États-Unis soit la restauration de la monarchie, ou bien la fondation d'une nation à l'intérieur de la nation pour les Hawaïens, ou encore la création d'un État indépendant. Ils voulaient rendre l'enseignement de la langue hawaïenne obligatoire dans les écoles, ils réclamaient un roi ou une reine, et exigeaient le départ de tous les *haoles*. Ils ne voulaient même plus qu'on les appelle Hawaïens, ils étaient désormais des *Kānaka maoli*.

Regarder ces reportages paraissait toujours une activité illicite, et la peur que l'un d'eux puisse passer à l'écran tandis que j'étais dans la pièce avec ma mère m'a fait complètement cesser de regarder les informations du soir. Je ne faisais exception que quand je savais qu'elle serait de sortie, et même alors, je baissais le volume de façon à l'entendre rentrer et à éteindre précipitamment la télévision. Je m'asseyais près du poste, prêt à tourner le bouton en un éclair, les paumes mouillées de sueur.

Étrangement, je sentais que je voulais protéger non pas ma mère mais les manifestants, ces jeunes gens aux cheveux hirsutes, mes pairs, qui scandaient leurs slogans et levaient le poing en une imitation des Black Panthers. Je savais déjà ce que ma mère pensait d'eux – « Quels imbéciles ! », avait-elle murmuré, presque avec sympathie, à la fin de la première séquence télévisée que nous avions regardée ensemble, dans un silence fasciné, un an plus tôt. « Ils ne savent même pas ce qu'ils veulent. Comment pourraient-ils l'obtenir ? On ne peut pas demander à la fois la restauration de la monarchie *et* la création d'un nouvel État ! » – et pour une raison qui m'échappait, je n'avais plus envie de l'entendre les insulter. Je savais que ce n'était pas très rationnel de ma part, en partie parce que je n'étais pas en désaccord avec elle : de fait, ils avaient l'air un peu ridicule avec leurs tee-shirts et leurs tignasses, leurs slogans et leurs chants tocards qui jaillissaient quand les caméras tournaient ;

leurs porte-parole parlaient à peine anglais correctement, et pourtant ils ânonnaient aussi en hawaïen. J'étais gêné pour eux. Ils faisaient tellement de bruit pour pas grand-chose.

Cependant, je les enviais. Sauf pour toi, je n'avais jamais ressenti aucune ferveur. Je regardais ces hommes et ces femmes et je savais ce qu'ils voulaient – leur désir était plus fort que la logique ou l'organisation. On m'avait toujours dit que je devrais essayer de vivre ma vie dans la sérénité, mais la sérénité pouvait-elle vous donner l'enthousiasme et l'énergie que la colère allumait clairement en vous ? Leur avidité était telle qu'elle semblait prendre le pas sur tous les autres désirs – si elle vous habitait, vous n'auriez peut-être plus jamais rien recherché d'autre. La nuit, je m'amusais à prétendre que j'étais l'un des leurs : serais-je jamais capable d'autant d'indignation ? Pourrais-je un jour désirer quelque chose aussi fort ? Ressentirais-je alors tous les torts qu'on m'avait causés ?

Impossible. Mais je me suis mis à essayer. Comme je l'ai exposé, je ne m'étais jamais franchement interrogé sur ce qu'être hawaïen signifiait. C'était un peu comme se dire qu'on est de sexe masculin, qu'on appartient à l'espèce humaine – c'était ce que j'étais, et le simple fait de le savoir me paraissait suffisant. J'ai commencé à me demander s'il n'y avait pas une autre façon d'être, si je ne m'étais pas trompé durant tout ce temps, si je n'étais tout simplement pas capable de voir ce qui semblait si clair à tous ces gens.

Je suis allé à la bibliothèque et j'ai emprunté des livres que j'avais déjà lus sur le renversement de l'ancien régime ; au musée, où la cape en plumes de mon arrière-grand-père était exposée dans une vitrine – une double donation de mon père : la cape elle-même et la vitrine. J'ai essayé d'éprouver quelque chose, mais je n'ai rien ressenti d'autre qu'une impression diffuse de scepticisme amusé : ce n'étaient pas les *haoles* qui faisaient des choses en mon nom mais les militants eux-mêmes. *Keiki kū Ali'i* : les enfants de la monarchie. Mais si quelqu'un descendait de la famille royale, c'était moi. Quand ils imaginaient le roi qu'ils remettraient un jour sur le trône, ils parlaient de moi, de plein droit, et pourtant ils ne savaient même pas qui j'étais. Ils évoquaient le retour du monarque, mais ils n'avaient jamais pensé à demander au roi s'il voulait revenir. Qui j'étais, je le savais, était moins important que ce que je représentais – de fait, ce que je représentais était la seule chose qui conférait le moindre sens à celui que j'étais. Pourquoi auraient-ils un jour songé à me poser la question ?

Ils ne le feraient jamais, mais Edward oui. Je le reconnais, si j'étais trop lâche pour lui parler, je le cherchais sans arrêt. Je scrutais l'écran du téléviseur, passant en revue la bande de manifestants qui tentaient d'envahir le bureau du gouverneur, celui du maire, celui du président de l'université. Mais alors que j'ai aperçu Louis – notre frère Louis – une fois ou deux, je n'ai jamais vu Edward. Pourtant, je n'ai jamais cessé de croire qu'il était là lui aussi, en dehors du champ de la caméra, adossé à un mur pour balayer la foule du regard. Dans mon imagination, il était même devenu une sorte de leader, insaisissable et évanescent, faisant à ses partisans la grâce d'un rare sourire comme une bénédiction quand ils lui avaient donné satisfaction. La nuit, je rêvais de lui dans la pénombre d'une maison qui ressemblait à Hale Kealoha, prononçant un discours, et je me réveillais émerveillé, empli d'admiration pour lui, son éloquence et sa distinction naturelle, jusqu'à me rendre compte que les mots qui m'avaient captivé n'étaient pas les siens mais ceux de Bethesda, ceux que je m'étais récités tant de fois qu'ils étaient devenus un leitmotiv de mon subconscient, comme l'hymne national d'Hawaii ou la comptine que Jane me chantait quand j'étais petit et que je te chantais à mon tour : *Toi l'oiseau jaune, haut sur le bananier / Toi l'oiseau jaune, comme moi délaissé…*

Et quand finalement je l'ai retrouvé, ma seule surprise a été qu'il ait fallu autant de temps. C'était un mercredi, ce dont je suis sûr car tous les mercredis, après t'avoir déposé à l'école, je faisais une longue promenade ; je marchais jusqu'à Waikīkī où je m'asseyais sous un arbre de Kapiʻolani Park, à l'ombre duquel nous nous installions ensemble quand tu étais tout bébé, et je mangeais un paquet de crackers. Chaque emballage en contenait huit, mais je n'en consommais que sept, j'écrasais le dernier et lançais les miettes aux mainates avant de me remettre en route.

« Wika », ai-je entendu, et quand j'ai levé les yeux, il était là et se dirigeait vers moi. « Eh bien, mon frère, ça fait un bail », a-t-il lancé en souriant.

Le sourire était nouveau. Le mot « frère » aussi. Ses cheveux avaient encore poussé, blondis par endroits à cause du soleil, et rassemblés en chignon avec tout de même des mèches éparses. Il était plus hâlé, ce qui rendait ses yeux plus clairs et plus lumineux, mais la peau tout autour s'était ridée et il avait maigri. Il portait une chemise hawaïenne délavée, décolorée jusqu'au bleu ciel, et des jeans coupés – il avait l'air à la fois plus jeune et plus mûr que dans mon souvenir.

Ce qui n'avait pas changé, c'était l'absence de surprise manifestée devant notre rencontre. « Tu as faim ? », m'a-t-il demandé, et quand j'ai répondu oui, il a proposé que nous allions dans le quartier chinois manger un bol de nouilles. « Je n'ai plus la voiture », a-t-il expliqué, et quand j'ai exprimé mon inquiétude ou ma compassion par un petit bruit, il a haussé les épaules. « Aucune importance. Je la récupérerai un de ces jours. C'est juste que je ne l'ai pas là, maintenant. » Son incisive gauche était jaunie, elle avait pris la couleur du thé.

Le plus grand changement était sa toute nouvelle volubilité. (Durant les six mois qui suivirent nos dernières retrouvailles, je passais mon temps à évaluer ce qui était différent ou familier, et j'en venais invariablement à la même conclusion : je ne savais pas qui il était. Je connaissais quelques faits, j'avais quelques impressions, mais tout le reste, je l'avais inventé, faisant de lui celui que je voulais qu'il soit.) Pendant ce déjeuner, et au cours des mois suivants, il s'est ouvert de plus en plus, certains jours même, quand nous roulions pendant plusieurs heures (la voiture qui avait mystérieusement disparu était réapparue tout aussi mystérieusement), il parlait, parlait et parlait encore, et parfois je cessais complètement de l'écouter : j'appuyais la tête contre le dossier du siège et je laissais ses paroles déferler, tel un bulletin d'information sans intérêt à la radio.

De quoi parlait-il ? D'abord, il y avait cette nouvelle façon de s'exprimer : il avait adopté les inflexions du pidgin, mais comme il n'avait pas grandi en le parlant – c'était un boursier, ne l'oublions pas ; il n'aurait jamais été pris dans notre école si sa mère ne s'était pas assuré que son anglais était parfaitement canonique –, le résultat était artificiel et étrangement guindé. Même moi pouvais apprécier la richesse robuste et désinvolte du pidgin quand il était parlé par les autochtones : ce n'était pas une langue faite pour échanger des idées mais plutôt des plaisanteries, des insultes et des commérages. Edward, lui, en faisait ou essayait d'en faire une langue d'enseignement.

Il n'avait pas besoin de demander si je comprenais la situation – il savait que non. Je ne saisissais pas pourquoi notre destin en tant qu'Hawaïens était lié à celui des Noirs sur le continent (« Il n'y a pas de Noirs à Hawaii », lui rappelais-je, reprenant à mon compte une affirmation de ma mère alors que nous regardions un jour un reportage consacré aux mouvements de protestation des Noirs sur le continent. « Il n'y a pas de Noirs à Hawaii », avait-elle déclaré – le spectre de ce qu'elle ne s'était pas donné la peine d'ajouter – *Dieu merci !* – flottant dans l'air entre nous.) Je ne voyais pas en quoi nous avions été utilisés comme des pions, ne comprenais pas ce qu'il voulait démontrer en affirmant que les Asiatiques nous exploitaient – beaucoup d'Asiatiques que je connaissais étaient franchement pauvres, à tout le moins bien loin d'être riches, et pourtant, aux yeux d'Edward, ils étaient à blâmer tout autant que les missionnaires *haoles* dans la disparition de nos terres. « Et on les voit aujourd'hui acheter des maisons, ouvrir des magasins. S'ils sont pauvres, ils ne le resteront pas longtemps. » Pourtant, il m'apparaissait impossible de séparer les Asiatiques et les *haoles* de qui nous étions – tous les Hawaïens que je connaissais étaient aussi en partie asiatiques ou en partie blancs, quand ce n'était pas les deux, et dans certains cas, comme Edward (même si je me gardais bien de le dire), majoritairement *haole*.

Un des concepts les plus difficiles à appréhender pour moi était que ma mère et moi faisions partie d'un *nous*. Ces hommes robustes à la peau brune, aux gestes lents et au corps massif, que je voyais souvent ivres et affalés dans le parc : ils étaient sans doute hawaïens, mais je ne me sentais en rien proche d'eux. « Ce sont des rois eux aussi », me morigénait Edward, et tout en gardant le silence, je songeais à ce que ma mère me disait quand j'étais jeune : « Seuls peu de gens sont de vrais rois, Wika. » Je lui ressemblais peut-être au fond, bien que je ne veuille de mal à personne ; elle les aurait estimés différents d'elle parce qu'elle les voyait comme ses inférieurs, alors que je les considérais comme différents parce qu'ils me faisaient peur. Je n'aurais pas nié que nous appartenions à la même race, mais nous étions distincts, et c'est ce qui nous divisait.

J'avais supposé depuis le début qu'Edward était membre du *Keiki kū Ali'* – dans mes rêves, je l'ai dit, il en était même le leader. Mais la vérité était autre. Il avait été membre de cette organisation, m'a-t-il expliqué, mais il en était parti peu après. « Une bande d'ignorants, déclarait-il avec mépris. Incapables de se coordonner. » Il avait essayé de partager avec eux ce qu'il avait appris en matière d'organisation sur le continent, tenté de les pousser à voir plus loin, à être plus radicaux dans leur approche. Mais ils ne voulaient que de petites choses : plus de terres réservées aux Hawaïens pauvres, plus de programmes d'aide sociale. « C'est tout le problème dans cette île – elle est beaucoup trop provinciale », répétait-il souvent. Car, aussi affligé qu'il aurait été si on le lui avait fait remarquer, lui aussi pouvait être snob ; lui aussi se jugeait d'essence supérieure.

J'avais involontairement joué un certain rôle dans sa déception vis-à-vis de ce groupe, m'a-t-il expliqué. C'était lui qui avait insisté sur l'idée d'une restauration de la monarchie, lui qui avait introduit les concepts de sécession et de renversement du pouvoir. « Je leur ai fait valoir que je connaissais le roi », disait-il, et bien que ce soit moins un hommage que l'énoncé d'un fait – je *serais* finalement roi, enfin, je l'aurais été –, je l'avais tout de même pris comme un compliment, et je m'étais senti rougir. Cependant, parler de sécession et de renversement du pouvoir s'était révélé trop inquiétant pour la plupart des militants, qui craignaient de voir compromises leurs chances d'obtenir des concessions supplémentaires de la part de l'État ; il y eut des disputes, et Edward perdit la partie. « Dommage », a-t-il soupiré, en laissant ses doigts flotter en dehors de la voiture. « Ils ont l'esprit trop étriqué. » Nous étions en route vers Waimālalo, sur la côte Est, et il prenait ses virages à toute allure pendant que je fixais l'immense drap bleu plissé de l'océan.

Nous avions décidé de nous arrêter chez un routier qu'Edward appréciait, juste avant Sherwood Forest, mais il l'a dépassé. À un moment donné, j'ai eu des convulsions : je sentais ma tête cogner contre le siège, j'entendais la voix d'Edward, sans pouvoir distinguer les mots, et le soleil vibrait derrière mes paupières. Quand j'ai repris connaissance, nous étions garés sous un immense acacia. La voiture sentait la viande frite, et je me suis tourné vers Edward qui m'observait en mangeant un hamburger. « Réveille-toi, *lolo*, a-t-il dit, avec gentillesse toutefois. Je t'ai acheté un hamburger. » Mais j'ai secoué la tête, ce qui m'a donné encore plus le vertige – j'avais toujours trop la nausée pour manger après une de mes crises. Il a haussé les épaules. « Comme tu veux ! » Puis il s'est attaqué au mien, et quand il a eu terminé, je me sentais déjà mieux.

Il m'a annoncé qu'il voulait me montrer quelque chose, nous sommes alors descendus de voiture et avons commencé à marcher. Nous étions quelque part au nord de l'île – je le voyais au paysage désert. Nous traversions une grande étendue d'herbes hautes desséchées par le soleil, et autour de nous il n'y avait rien : ni maisons, ni constructions, ni voitures. Derrière nous, les montagnes et devant nous, l'océan.

« Allons à l'eau », a lancé Edward, et je l'ai suivi. En chemin, nous avons traversé un sentier de terre argileuse plein de bosses ; il n'y avait aucune route dallée en vue. Au fur et à mesure que nous avancions, les hautes herbes devenaient plus rares pour finir par céder la place au sable, et nous nous sommes retrouvés sur une plage, où les vagues venaient lécher le rivage avant de refluer, encore et encore.

Je ne saurais décrire ce qui m'a rendu les lieux si étrangers. Peut-être l'absence totale de gens, même si à l'époque il n'était pas rare de dénicher encore des endroits sur l'île où on pouvait aller sans rencontrer personne. Or, quelque chose donnait à cette plage un air particulièrement farouche, isolé et abandonné. Pourtant je n'étais, et ne suis toujours pas, capable de dire pourquoi : il y avait du sable, de l'herbe, la montagne, les trois mêmes éléments que l'on trouvait partout dans l'île. Les végétaux, palmiers, arbres à pluie, halas et acacias étaient les mêmes que ceux de la vallée ; les tiges des héliconies étaient identiques, elles aussi. Et pourtant, il y avait quelque chose d'inexplicablement différent. Plus tard, je tenterais de me dire que, dès l'instant où j'avais vu cette terre, j'avais su que j'y reviendrais, mais c'était de la fiction. L'inverse est beaucoup plus vraisemblable : étant donné ce qui s'est passé là-bas, j'ai commencé à transformer mon souvenir pour en faire un lieu chargé de sens, alors que sur le moment, il ne m'avait pas frappé comme spécial du tout : rien qu'une bande de terre inoccupée.

« Qu'est-ce que tu en dis ? a fini par demander Edward, et j'ai levé les yeux vers le ciel.

— C'est joli. »

Il a hoché la tête lentement, comme si j'avais dit quelque chose de profond.

« C'est à toi », a-t-il ajouté.

C'était le genre de propos qu'il avait pris l'habitude de tenir, en montrant du doigt à travers la vitre de la voiture des plages où des enfants gambadaient en tous sens sur le sable, jouaient avec des cerfs-volants, ou bien des parkings, ou même lors de nos promenades dans le quartier chinois. *Cette terre t'appartient*, répétait-il, et parfois il le disait en raison de mes ancêtres, parfois en signifiant qu'elle était aussi la sienne, car cette terre nous appartenait à tous puisque nous étions hawaïens.

Mais quand je me suis retourné, il me regardait fixement. « Elle est à toi. À toi et à Kawika. Regarde ! » et avant que j'aie pu répondre, il avait déjà tiré de sa poche une feuille de papier qu'il a dépliée rapidement et m'a présentée : « Je suis allé faire une visite au cadastre du département d'État, a-t-il expliqué, tout excité. J'ai cherché les archives de ta famille. Tu es propriétaire de cette terre, Wika, elle était à ton père, et aujourd'hui, elle t'appartient. »

J'ai jeté un coup d'œil au document. « Lot 45090, Hau'ula. 15 hectares », et ensuite je n'ai rien pu lire de plus, et je le lui ai rendu.

J'étais très fatigué et je mourais de soif ; le soleil tapait dur. « Il faut que je m'allonge à nouveau », ai-je balbutié ; j'ai senti le sol s'ouvrir sous mes pieds avant de s'effondrer, et je suis tombé, comme au ralenti, la tête la première, dans les bras d'Edward. Pendant quelques instants, le silence s'est fait. « Espèce de grand *lolo* », l'ai-je finalement entendu dire, comme de loin, et il y avait de la tendresse dans sa voix. « Gros bêta, gros bêta, gros bêta, gros bêta », répétait-il comme une caresse, tandis qu'au-dessus de nous le soleil s'était arrêté dans sa course et illuminait tout ce qui m'entourait d'une blancheur aveuglante.

*

Kawika : je peux désormais faire le tour de ma chambre sans me fatiguer. Je garde la main sur le mur de droite et je me guide avec : les murs sont en stuc, frais et granuleux, et je parviens parfois à me convaincre que je palpe quelque chose de vivant, comme la peau d'un reptile. Demain soir, je tenterai d'emprunter le couloir. La nuit dernière, j'ai essayé la poignée pour la première fois, en supposant que la porte était fermée à clé, mais elle s'est abaissée facilement sous mes doigts, si facilement que j'en ai presque été déçu. Mais ensuite je me suis rappelé que je devais tenter une nouvelle aventure et que, chaque jour où j'étais capable de me prouver que je pouvais aller plus loin et plus loin encore, je me rapprochais de toi.

Ta grand-mère est venue me rendre visite aujourd'hui. Elle m'a parlé du prix du porc, de ses nouveaux voisins qui ne lui plaisent pas beaucoup – il est japonais et a été élevé à Kaka'ako ; elle est *haole*, elle vient du Vermont ; ce sont tous les deux des chercheurs qui se sont enrichis en mettant au point un traitement antiviral – et d'une maladie des arbres qui a infecté le *'ōhai ali'i*. J'avais espéré qu'elle aurait de tes nouvelles, mais non. Cela fait si longtemps qu'elle ne prononce pas ton nom que parfois je me demande s'il ne te serait pas arrivé quelque chose. Mais ça n'arrive que durant le jour ; la nuit, curieusement, je sens que tu vas bien. Tu es sans doute loin de moi, peut-être trop loin, mais je sais avec certitude que tu es en vie et en bonne santé. Depuis peu, je rêve souvent de toi en compagnie d'une femme ; vous descendez ensemble la 57e Rue, comme je le faisais autrefois, bras dessus bras dessous. Tu te tournes vers elle, et elle sourit. Je ne vois pas son visage, je sais seulement qu'elle est brune, comme l'était ta mère, mais je devine qu'elle est belle et que tu es heureux. C'est peut-être ce que tu es en train de faire en ce moment ? J'aime penser que oui.

Mais ce n'est pas ce que tu veux entendre. Tu as envie que je te raconte ce qui s'est passé ensuite.

Le lendemain de mon excursion à Hau'ula, je suis allé rendre visite à l'Oncle William qui a été surpris de me voir – je n'avais pas mis les pieds au bureau depuis plus de cinq ans – et je lui ai demandé s'il pouvait me décrire en détail les biens immobiliers de la famille. Il me paraît absurde aujourd'hui, et même honteux, de n'avoir jamais posé la question plus tôt, mais je n'avais eu jusque-là aucune raison de m'y intéresser. L'argent avait toujours été là quand j'en avais besoin, je n'avais jamais eu à m'inquiéter d'où il venait.

Ce pauvre Oncle William était ravi que je montre un intérêt pour le trust, et il s'est mis à me détailler quelles terres nous possédions et où elles se trouvaient. C'était beaucoup plus que je ne l'avais cru, même si l'ensemble restait modeste. Il y avait un peu moins de trois hectares près de Dallas, deux parkings en Caroline du Nord, et plus de trois hectares de champs non loin d'Ojai. « Ton grand-père a acheté des terres à bas prix sur le continent toute sa vie », a expliqué William, aussi fier que s'il avait réalisé l'opération lui-même.

En définitive, j'ai dû l'interrompre. « Mais à Hawaii ? », ai-je demandé, et quand il a sorti une carte de Maui, je l'ai de nouveau arrêté : « O'ahu, en particulier. »

Là encore, j'ai été étonné. En plus de notre toit à Manoa, nous possédions deux immeubles délabrés à Waikīkī, trois boutiques attenantes dans le quartier chinois, une petite maison à Kailua et même l'église de Lā'ie. J'ai patienté pendant que l'Oncle William faisait le tour de l'État dans le sens contraire des aiguilles d'une montre depuis le sud de Honolulu, le plaignant comme jamais auparavant à cause de la douceur dans sa voix, de la fierté que lui inspirait cette terre qui ne lui appartenait même pas.

Mais si j'éprouvais de la pitié pour William, je ressentais du dégoût pour moi-même. Qu'avais-je fait pour mériter tout ça ? Rien. L'argent, mon argent, poussait bel et bien sur des arbres : sur des arbres, dans les champs, entre les blocs de ciment. On le récoltait, le nettoyait, le comptait et l'emmagasinait, et chaque fois que j'en avais besoin, avant même d'en exprimer le désir, il était là, par piles, plus abondant que je ne serais jamais capable d'en vouloir.

Je demeurais silencieux pendant que l'Oncle William parlait, jusqu'à ce que, finalement, j'entende les mots : « Et puis, il y a la propriété à Hau'ula », qui m'ont fait me redresser sur ma chaise pour me pencher en avant et examiner la carte de l'île sur laquelle il faisait tendrement glisser ses doigts. « Un peu plus de douze hectares, mais cette terre n'est bonne à rien. Trop aride et trop petite pour y cultiver quoi que ce soit ; trop loin de tout pour y bâtir une maison. La plage n'est pas belle non plus – trop sauvage et trop de coraux. La route n'est même pas goudronnée, et l'État n'a aucune intention de prolonger le réseau aussi loin. Pas de voisins, pas de restaurants, pas d'épiceries, pas d'écoles. »

On ne pouvait plus l'arrêter, il détaillait interminablement les défauts du terrain, jusqu'à ce que je finisse par lui demander : « Alors quel est l'intérêt de le posséder ?

— Ah ! a-t-il répondu en souriant. C'était un caprice de ton grand-père, et ton père était trop sentimental pour le revendre. Oui, a-t-il insisté en interprétant à tort mon expression comme la manifestation d'un étonnement, il pouvait parfaitement être sentimental, ton père. » Il a souri à nouveau et secoué la tête. « Lipo-wao-nahele.

— C'est-à-dire ?

— C'est le nom que ton grand-père avait donné à cette terre. La Forêt Obscure, techniquement, mais il l'avait traduit par « La Forêt du Paradis ». Il m'a regardé longuement. « Tu te serais attendu à '*Nahelekūlani*', n'est-ce pas ? » J'ai haussé les épaules.

L'hawaïen de l'Oncle William était bien meilleur que le mien ; mon grand-père avait payé pour qu'il l'apprenne quand il était étudiant et venait de commencer à travailler pour l'entreprise familiale. « Théoriquement, tu aurais raison, mais ton grand-père Kawika disait que c'était de l'hawaïen trop facile, plaqué, que ce serait un peu comme appeler cette forêt *Kawiwakūlani* : le David du Paradis. » Il s'est mis à chanter :

"He ho'oheno kē 'ike aku
Ke kai moana nui lā
Nui ke aloha e hi'ipoi nei
Me ke 'ala o ka līpoa

« Tu connais ce chant, bien sûr. (Il avait raison, tout le monde le connaissait). « "Ka Uluwehi O Ke Kai", "La Bienfaisance de la Mer". *Lipoa :* presque la même chose, pas vrai ? En fait, non – ici, le mot est *līpoa* et il désigne les algues. Mais ton grand-père avait choisi *lipoa,* comme dans *ua lipoa wale i ka ua ka nahele,* "la forêt obscure où il pleut" – très joli, tu ne trouves pas ? Donc "*Lipo wao nahele*" : la Forêt Obscure. Mais ton grand-père a préservé la *mana*, l'énergie spirituelle, de ce nom : "La Forêt du Paradis". »

Il s'est rencogné dans son siège en souriant encore, un sourire si doux, empli de la joie de comprendre une langue que je ne parlais pas et ne pouvais pas vraiment saisir. Soudain, je l'ai détesté – ce qu'il possédait était hors de ma portée, et ce n'était pas l'argent, mais ces mots qui roulaient dans sa bouche comme des galets lisses et brillants, aussi blancs et purs que la lune.

« Est-ce qu'il y a une forêt là-bas ? ai-je demandé pour finir, alors même que j'avais été sur le point de l'affirmer : *Il n'y a pas de forêt là-bas.*

— Plus maintenant, m'a-t-il répondu. Mais autrefois oui, c'est du moins ce que ton grand-père répétait. Il avait l'intention de la replanter un jour, et alors cette forêt serait son paradis.

Ton père appréciait beaucoup moins ce terrain que ton grand-père – il pensait qu'il ne valait pas la peine qu'on s'en préoccupe.

Mais il ne l'a jamais revendu. Il disait toujours que c'était parce que personne n'aurait voulu l'acheter, parce qu'il était loin de tout et pas franchement attirant. Moi, j'ai toujours pensé que c'était une autre forme de sentimentalisme. Tu sais sans doute que ces deux-là n'étaient pas vraiment proches, en tout cas c'est ce que l'un comme l'autre prétendaient, et pourtant je suis sûr que ce n'était pas tout à fait vrai. Ils se ressemblaient trop, au contraire, et ils s'étaient tous deux habitués à cette version de leur histoire, qui leur semblait plus facile et plus digne qu'une tentative d'abolir la distance qui les séparait. Mais je n'étais pas dupe. Par exemple, je me rappelle… »

Et il s'est lancé dans des histoires qu'on m'avait déjà racontées : mon père qui avait fracassé la voiture de mon grand-père et ne s'était jamais excusé ; qui avait été si mauvais élève au lycée que mon grand-père avait dû faire une donation supplémentaire pour qu'on lui accorde son diplôme ; que son père aurait voulu le voir devenir un intellectuel alors qu'il n'aimait que le sport. Des problèmes typiques entre un père et son fils, et qui pourtant me semblaient aussi lointains et inintéressants que si j'en avais entendu parler dans un livre.

Et de tous ces récits émergeaient les mots *Lipo wao nahele*, un nom fait pour être chanté, pour qu'il vous roule sous la langue, et tout en regardant l'Oncle William qui souriait et hochait le menton sans jamais cesser de parler, je pensais à cette terre qui m'appartenait bel et bien, sur laquelle je m'étais couché au pied d'un acacia et avais regardé à quelques pas Edward retirer son short et sa chemise, se précipiter en poussant des cris de guerre dans l'eau étincelante, et plonger sous une vague si haute que durant quelques secondes on aurait dit que, victimes d'une opération alchimique, ses os s'étaient transformés en écume.

Finalement, j'avais des informations à apporter à Edward : il avait peut-être découvert que ce terrain m'appartenait, mais je pouvais maintenant lui dire ce qu'il signifiait pour mon grand-père, le dernier membre de la famille à avoir été appelé Prince Kawika. Aujourd'hui je suis gêné de m'être senti gratifié par son exaltation, par la possibilité d'avoir enfin un présent à lui offrir et de le voir reçu avec autant d'enthousiasme, avec tout l'égoïsme de celui qui fait un cadeau.

C'est devenu une sorte de mot de passe entre nous. Pas vraiment une plaisanterie. Mais pas non plus un sujet que je prenais très au sérieux. J'avais peu d'imagination, et lui encore moins, mais nous nous sommes mis à en parler comme d'un endroit bien réel, comme si chaque fois que nous prononcions ce nom, un nouvel arbre commençait à pousser, comme si cette forêt existait davantage à chaque évocation. Parfois nous t'emmenions en week-end, et l'après-midi, après ta baignade avec Edward, tu venais t'allonger à mes côtés et je te racontais des histoires que je me rappelais avoir entendues enfant, remplaçant chaque forêt enchantée, chaque vallon hanté, par Lipo-wao-nahele. La chaumière de la sorcière dans « Hansel et Gretel » qui, petit, m'avait tellement déconcerté avec ses murs de pain d'épice et ses avant-toits bordés de boules de gomme (C'était quoi le pain d'épice ? Les boules de gomme ? Et les avant-toits ?) devenait à Lipo-wao-nahele une hutte de palmes, un toit de tranches de mangue séchées et, sur le seuil, un rideau de graines dont les senteurs de sel et de sucre emplissaient la cuisine de la sorcière. Parfois, je te décrivais les lieux comme s'ils existaient vraiment – ou plutôt je te laissais les imaginer exactement comme tu voulais : « Est-ce qu'il y a des lapins ? », demandais-tu (tu avais une passion pour les lapins à l'époque). « Oui. — Est-ce qu'il y a des glaces ? — Oui. » Y avait-il un train électrique à Lipo-wao-nahele ? Une aire de jeux rien que pour toi ? Un pneu sur lequel on pourrait se balancer ? Oui, oui, oui. Tout ce que tu voulais se trouvait à Lipo-wao-nahele, qui se définissait aussi par tout ce qui n'y existait pas : l'heure impérative du coucher, du bain, les devoirs, les oignons. Il n'y avait aucune place pour tout ce que tu détestais à Lipo-wao-nahele. Ce qui en était exclu contribuait à en faire un paradis.

Qu'est-ce que je cherchais à faire ? C'était le temps où tu avais cinq, six, sept, huit ans, où tu étais encore assez petit pour croire, parce que je te racontais des histoires merveilleuses, que ton Papa l'était aussi. À l'époque, cela me semblait non seulement inoffensif mais même utile. Pour la première fois de ma vie, j'avais l'impression qu'il n'était pas impossible après tout que je sois roi. Il existait une terre dont mon grand-père avait pensé qu'elle était un paradis, alors pourquoi n'aurais-je pas été d'accord ? Qui étais-je pour remettre sa parole en doute ?

Tu te demandes peut-être ce que ta grand-mère pensait de tout cela. Quand elle a découvert que je fréquentais à nouveau Edward – et elle devait s'en apercevoir, c'était inévitable –, elle ne m'a pas adressé la parole pendant une semaine. Toutefois, le pouvoir qu'exerçait sur moi Lipo-wao-nahele était tel que, dans mon souvenir, cela m'était complètement égal. J'avais un secret bien à moi, plus important que tout le reste : un endroit où je me sentirais invincible, où j'aurais pour une fois l'impression d'être chez moi, où je n'aurais jamais ni honte ni à m'excuser de qui j'étais. Enfant, je ne m'étais jamais révolté, absolument jamais, et pourtant, je l'avais tout de même déçue parce que je n'étais pas le fils qu'elle aurait voulu. Or, je ne l'avais pas fait volontairement, et pour être honnête, je dois avouer qu'il y avait maintenant une certaine excitation à la défier, à provoquer son désarroi, à inviter de nouveau Edward à la maison, chez moi, à notre table, et à la réduire à l'impuissance.

Nous avons commencé à nous y rendre chaque week-end, Edward et moi, et même si, la première fois, je manquais d'enthousiasme, ne pensant qu'aux critiques de l'Oncle William (« *une terre bonne à rien* »), celui d'Edward était tel que je me suis laissé emporter. « Voilà où nous installerons mes bureaux », disait-il en arpentant un carré autour de l'acacia. « On gardera l'arbre et on construira un patio autour. Là, on construira l'école où tous les cours seront dispensés en hawaïen. Et là, on édifiera ton palais, près de l'arbre à pluie. Tu vois ? Face à la mer, pour qu'à ton réveil tu admires le lever du soleil sur les vagues. » Le week-end suivant, nous y avons passé la nuit, campant sur la plage, et après le coucher du soleil, Edward a ramassé quelques petits calmars-lucioles échoués sur le sable, et les a fait griller en les embrochant sur des rameaux d'‘*ōhi*‘a. Le lendemain, je me suis réveillé de bonne heure, avant Edward, et j'ai contemplé les montagnes. À l'aube, le terrain, d'ordinaire brûlé de soleil, paraissait luxuriant, plein de douceur et vulnérable.

Aujourd'hui cependant je me rends compte que Lipo-wao-nahele représentait des choses différentes pour chacun de nous – différentes mais également similaires. C'était pour nous deux le fantasme d'être utile, du sens de notre présence dans ce monde. Edward avait hérité un peu d'argent de sa mère, suffisamment pour louer un bungalow d'une pièce sur un terrain de Lower Valley que possédait une famille coréenne à cinq minutes à pied de chez moi. Une équipe de maçons lui confiait parfois de petits travaux de peinture. Moi, j'étais encore moins occupé : quand tu allais à l'école toute la journée, je n'avais rien à faire qu'attendre ton retour. Parfois, j'aidais ma mère pour de menues tâches, comme glisser les appels aux dons annuels des Filles de Famille dans des enveloppes, mais pour l'essentiel, je passais mon temps à attendre. Je lisais des magazines et des livres. Je faisais de longues promenades, je dormais. J'espérais même une de mes crises à cette époque, parce qu'elle aurait démontré que mon oisiveté n'avait pas pour cause la paresse ou l'inconséquence, mais qu'elle était indispensable. « Est-ce que tu y vas doucement ? », me demandait mon médecin – qui me connaissait depuis l'enfance – à chaque consultation, et je répondais toujours oui. « Parfait, déclarait-il avec gravité. Tu ne dois surtout pas te fatiguer, Wika », et je promettais de lui obéir.

Nous étions absolument inutiles. Moi à toi et à ma mère, nous deux à Hawaii. C'était toute l'ironie de la situation : nous avions besoin de l'idée d'Hawaii plus que notre île de nous. Personne ne demandait que nous prenions le pouvoir ; personne ne réclamait notre aide. Nous jouions un rôle, et parce que cette illusion n'affectait personne – jusqu'à ce que le contraire se produise, évidemment – nous pouvions nous en bercer à notre guise. Ah les mirages que nous faisions naître ! Je serais roi, Edward mon premier conseiller ; à Lipo-wao-nahele, nous allions bâtir le paradis dont mon grand-père avait sans doute rêvé, même si, à l'évidence, il n'aurait jamais songé que quelqu'un comme moi puisse exécuter son projet. En réalité, nous ne faisions rien – nous n'avons même pas tenté de planter la forêt qu'il avait imaginée.

La différence entre nous, cependant, était qu'Edward y croyait. Il était riche de convictions, il ne possédait rien d'autre. Lipo-wao-nahele était une retraite et un passe-temps pour nous deux, mais pour lui, c'était aussi quelque chose de plus. Quand j'y réfléchis aujourd'hui, je comprends qu'Edward ait eu *besoin* d'être hawaïen, ou au moins de correspondre à l'image de l'Hawaïen qu'il s'était créée. Il lui fallait sentir qu'il faisait partie d'une tradition plus grande, plus noble. Sa mère était morte, et il n'avait jamais connu son père. Il n'avait pratiquement pas d'amis et aucune famille. Être hawaïen n'était pas pour lui un impératif politique mais, plutôt, une exigence personnelle. Et pourtant, sur ce terrain-là non plus il n'était très convaincant pour personne : il s'était fait débarquer du Keili kū Ali'i, mal accueillir (à l'en croire) dans les cours d'hawaïen auxquels il avait tenté de s'inscrire, renvoyer de la *hālau* de danse parce que ses petits boulots de peinture lui avaient fait manquer trop de répétitions. C'était son droit de naissance, et pourtant même ici personne ne voulait de lui nulle part.

En revanche, à Lipo-wao-nahele, on ne pouvait rien lui refuser, personne ne pouvait lui dire que sa façon d'être hawaïen n'était pas la bonne. Il n'y avait que moi, et toi parfois, et nous croyions dur comme fer à tout ce qu'il annonçait. J'étais le souverain en titre, mais c'était lui qui commandait, et au fil des ans, ces quelque douze hectares passèrent dans son esprit du statut de métaphore à autre chose. Cette terre deviendrait au bout du compte son royaume, et nous ses sujets, et nul ne pourrait jamais plus le contester.

La première étape a été de modifier nos noms.

C'était en 1978, douze mois avant notre départ. Il avait déjà changé le sien l'année précédente. Il était d'abord devenu Ekewaka, l'hawaïnisation d'Edward, un nom bien étrange et difficile à prononcer. Non sans soulagement, j'avais appris qu'il voulait s'en débarrasser et adopter Paiea, son deuxième prénom. « Un vrai nom hawaïen », se rengorgeait-il, comme s'il l'avait inventé tout seul, au lieu de se rappeler qu'il l'avait toujours porté. Paiea : le crabe, et le prénom de Kamehameha le Grand. Et désormais aussi celui d'Edward.

J'aurais dû prévoir qu'il veuille aussi remplacer les nôtres, mais bizarrement, comme dans beaucoup d'autres cas, je n'avais jamais pensé qu'il puisse exiger quelque chose d'aussi important. « L'hawaïnisation d'un nom de baptême n'en fait pas moins un prénom chrétien sous un masque de "peau-brune" », disait-il. À l'évidence, il venait d'apprendre ce terme, calqué sur peau-rouge, parce qu'une légère hésitation s'entendait dans sa voix.

« Mais je porte le nom du premier roi ! », me suis-je exclamé, en une rare manifestation de résistance, alors que j'étais plus surpris que d'humeur batailleuse. Le roi n'était-il pas, lui non plus, suffisamment hawaïen à ses yeux ?

« C'est vrai, a-t-il reconnu, et il a semblé un instant décontenancé. Rapidement, le nuage s'est dissipé. « Nous allons repartir de zéro à Lipo-wao-nahele. Ton sang te donne le droit au trône, mais nous allons fonder une nouvelle dynastie avec un nouveau nom. »

Il s'était mis à dresser la liste de ce qu'il considérait être de « vrais » prénoms hawaïens, antérieurs aux premiers contacts avec l'Occident. Il regrettait toutefois qu'il en existe si peu, qu'ils aient pratiquement disparu par manque d'intérêt. Il ne m'était bêtement jamais venu à l'esprit qu'un nom, à l'instar d'une plante ou d'une créature vivante, pouvait s'éteindre par manque de popularité, et je ne voyais pas non plus le sens de la quête d'Edward : on ne pouvait pas ressusciter un nom de force. Un nom, au contraire d'un végétal ou d'un animal, naissait d'un désir, pas d'une nécessité, et était donc soumis aux vicissitudes de l'intérêt des humains. Les noms anciens avaient-ils disparu parce que, comme le prétendait Edward, les missionnaires les avaient bannis, ou plutôt parce qu'ils n'avaient pas su résister à l'attrait nouveau des prénoms occidentaux ? Edward aurait répondu que les deux raisons avaient la même origine. Ils avaient été balayés par les intrus. Mais un nom chargé de sens ne devrait-il pas en avoir suffisamment pour garder sa place, même confronté à toutes les révolutions ?

Je n'ai pas posé cette question. Et je n'ai pas beaucoup protesté quand il nous a attribué – à moi d'abord, puis à toi – de nouveaux prénoms. Mais tu sais – en tout cas, je l'espère – que je n'ai pas laissé nos noms nous être enlevés. Je veux croire que tu auras remarqué que je ne t'appelais par le nom qu'il t'avait choisi qu'en sa présence, et que dans toutes les autres circonstances, tu restais "mon Kawika" et le resteras toujours. J'ai aussi continué à résister sur un mode mineur – bien que j'aie accepté, au bout du compte, de l'appeler Paiea, dans ma tête il n'a jamais cessé de se prénommer Edward.

Je suis frappé, aujourd'hui, en te confiant toutes ces choses, par la part de fiction qui y entrait. Nous ne savions pratiquement rien de rien : rien de l'histoire, rien du monde du travail, rien d'Hawaii, rien de ce que signifie responsabilité. Et ce que nous savions, nous nous appliquions à le désapprendre : la sœur de mon arrière-grand-père, qui lui avait succédé sur le trône après son décès prématuré, celle qui avait été renversée et qui avait vu la fin de la monarchie – n'était-elle pas chrétienne elle aussi ? N'avait-elle pas concédé pouvoir et richesses à ces mêmes hommes, blancs, chrétiens et missionnaires, qui devaient plus tard la chasser du pouvoir ? N'avait-elle pas senti qu'on encourageait son peuple à apprendre l'anglais et à aller à l'église ? N'avait-elle pas porté des robes en soie et des diamants en diadèmes et en sautoirs telle une reine d'Angleterre ? N'avait-elle pas lissé avec de l'huile et coiffé ses cheveux noirs ? Mais ces différents faits compliquaient le travail de notre imagination, et nous choisissions de les ignorer. Nous étions des adultes, qui avaient depuis longtemps dépassé l'âge de faire semblant, et pourtant nous entretenions nos illusions comme si nos vies en dépendaient. Que croyions-nous – que croyais-je – qui allait arriver ? Quel pouvait être la conséquence selon moi de tous ces mensonges ? Le plus pathétique est que je ne me posais même pas la question. Je faisais semblant, parce que ainsi, je m'étais trouvé une façon de passer le temps.

Ce n'est pas comme si nous voulions que quelque chose arrive – nous souhaitions tout l'inverse. Plus tu grandissais, et moins le monde me paraissait déchiffrable. Le soir, je regardais les informations, les reportages sur les grèves et les manifestations, les défilés et autres commémorations occasionnelles. J'ai suivi la fin de la guerre, vu des feux d'artifice illuminer la statue de la Liberté, la mer à ses pieds étinceler comme si elle était couverte d'huile. J'ai regardé un nouveau Président prêter serment et les images d'un homme assassiné à San Francisco. Comment allais-je t'expliquer le monde alors que je ne le comprenais pas moi-même ? Comment allais-je pouvoir t'y laisser entrer quand tout autour de nous n'était que terreur et horreur, des cauchemars dont je ne saurais jamais te tirer ?

Mais à l'intérieur de Lipo-wao-nahele, rien ne changeait jamais. C'était moins un fantasme qu'un suspens – tant que j'y resterais, le temps s'arrêterait. Si tu ne grandissais pas, le jour ne viendrait jamais où tu en saurais plus que moi, où tu apprendrais à me considérer avec mépris. Si tu ne grandissais pas, je ne te décevrais jamais. Il m'arrivait de prier pour que le temps reparte à rebours, non pas qu'on revienne de deux siècles en arrière, comme l'aurait souhaité Edward, pour que je puisse voir nos îles telles qu'elles étaient alors, mais de huit ans, quand tu étais encore mon bébé, que tu apprenais à marcher, où tout ce que je faisais te paraissait merveilleux, où je n'avais qu'à prononcer ton nom pour qu'un sourire illumine ton visage. « Ne me quitte jamais », te murmurais-je alors bien souvent, alors même que je savais que ma tâche était de t'apprendre à vivre sans moi, que ton but devait être de quitter ceux qui t'avaient élevé, un objectif que je n'avais pour ma part jamais atteint. J'étais égoïste, je voulais que tu m'aimes pour toujours. Je n'ai pas agi au mieux pour toi – j'ai fait ce que je *croyais* être le mieux pour moi.

Mais, comme la suite l'a démontré, je me trompais aussi sur ce point.

*

Kawika, quelque chose de très important m'est arrivé la nuit dernière : j'ai réussi à sortir.

Pendant des mois, je n'ai rien pu faire d'autre que de tourner en rond dans ma chambre avant de me retrouver à bout de souffle, sans parler de mes découragements. Et puis, hier soir, sans raison particulière, j'ai actionné la poignée de ma porte et je me suis avancé dans le couloir. Une seconde, j'étais dans ma chambre, la suivante, j'étais sorti, et rien n'avait changé mis à part le fait que j'avais essayé. C'est comme ça parfois, tu sais ; on patiente, on patiente encore et encore, et puis un jour, l'attente se termine. On oublie alors à quoi ressemblait d'attendre. L'état dans lequel on se trouvait depuis parfois des années a disparu, ainsi que le souvenir qu'on en avait gardé. Au bout du chemin, il n'y a plus que la perte.

Sur le seuil, j'ai tourné à droite et longé le couloir, faisant courir ma main droite sur le mur pour guider mes pas. Au début, j'étais si agité que j'ai cru que j'allais vomir, et au moindre bruit, mon cœur cessait de battre.

Mais ensuite – je ne saurais dire quelle distance j'avais parcourue ni combien de temps il m'avait fallu –, quelque chose d'étrange s'est produit. J'ai senti une immense joie m'envahir, une sorte d'extase, et soudain, aussi abruptement que j'avais abaissé la poignée de la porte, ma main a lâché la paroi, je me suis décalé vers le milieu du couloir et j'ai commencé à marcher avec une rapidité et une assurance telles que je ne me rappelais pas en avoir jamais fait l'expérience. J'avançais plus vite, mon allure était plus certaine, et c'était comme si à chaque pas je faisais surgir une nouvelle pierre sur laquelle poser le pied, comme si les murs autour de moi étaient de plus en plus hauts, et que ce couloir, si je ne le quittais jamais, allait s'allonger jusqu'à l'infini.

À un moment donné, j'ai obliqué vers la droite, la main tendue devant moi, et là encore, comme par magie, une poignée est apparue. Pour une raison obscure, sans savoir pourquoi, j'ai deviné que cette porte conduisait au jardin. J'ai actionné la poignée, et avant même que le battant s'ouvre, j'ai senti le *pīkake*, dont je savais, parce que Maman me l'avait dit, qu'on en avait planté tout le long du bâtiment.

J'ai commencé à déambuler dans le parc. Je ne pensais pas avoir accordé beaucoup d'attention à ses dimensions, ses allées et ses chemins quand on y poussait mon fauteuil roulant. Mais au bout de neuf ans – je me suis arrêté net en faisant ce calcul, tout enthousiasme soudain envolé – j'avais dû tout de même mémoriser ses contours. Ma confiance en moi était telle que l'espace d'un instant, désorienté, je me suis demandé si je n'avais pas recouvré la vue, si ma vision elle-même n'avait pas changé et si ce n'était pas l'effet nouveau qu'elle produisait. Parce que même si je ne discernais rien d'autre que le même écran gris foncé que je voyais tous les jours, cela semblait ne plus avoir d'importance. Au long des sentiers que je parcourais, je n'avais apparemment plus besoin de tendre les mains en avant, ni de faire une halte – mais même dans ce cas, j'aurais instinctivement su où étaient les bancs.

Au fond du parc, il y avait une porte, et je savais que si j'en tournais la poignée, je me retrouverais à l'extérieur – non pas seulement au-dehors, dans cet air doux et immobile, mais bien à l'extérieur de cet endroit, dans le monde. Je suis resté quelques instants la paume posée sur le battant à me demander ce que j'allais faire, comment j'allais partir.

Mais bientôt, j'ai repris conscience : où irais-je ? Je ne pouvais pas rentrer chez ma mère. Ni retourner à Lipo-wao-nahele. La maison, parce que je savais exactement ce que j'y trouverais, la forêt parce qu'elle avait disparu. Pas physiquement, mais ce qu'elle représentait : elle s'était évanouie avec Edward.

Néanmoins, Kawika, tu aurais été fier de moi. Autrefois, la situation m'aurait découragé. J'aurais perdu tout repère, et allongé par terre, j'aurais gémi pour appeler à l'aide, j'aurais enfoui la tête dans mes bras et j'aurais prié à haute voix que les montagnes m'écrasent, que tout cesse de bouger autant et aussi vite. Tu m'as vu dans cet état, des quantités de fois. La première, c'était l'hiver après notre départ pour Lipo-wao-nahele. J'avais été terrassé à l'idée de ce que je venais de faire – je t'avais arraché à ton foyer, j'avais rendu ma mère folle de rage, et au fond, rien n'avait changé : j'étais toujours aussi décevant, aussi craintif, et en grandissant, ces traits de caractère ne s'étaient pas modifiés ; au contraire, je m'y étais complu, et ils ne m'avaient pas empêché de devenir quelqu'un d'autre, si bien qu'ils se confondaient en fait aujourd'hui avec moi. Tu étais venu en visite ce week-end-là et tu avais pris peur, tu m'avais étreint la main comme tu savais le faire depuis mes crises, et quand il était apparu clairement que ce n'en était pas une, mais tout autre chose, tu avais lâché ma main et traversé la plaine en appelant Edward ; il était revenu avec toi, m'avait secoué très fort en me criant de cesser de me comporter comme un imbécile, comme un bébé. « T'as pas le droit de traiter mon père d'imbécile ! », avais-tu protesté, déjà si brave, et Edward avait sifflé entre ses dents : « Je l'appelle comme il le mérite ! » Et tu avais craché, pas vraiment pour l'atteindre mais pour la force du geste, et il avait levé la main. De là où je me tenais, allongé par terre, on aurait presque dit qu'il voulait bloquer les rayons du soleil. Toi, toujours aussi courageux, tu étais resté campé là, les bras sur ta poitrine, alors que tu n'avais que onze ans et que tu devais être terrifié. « Je t'épargne cette fois, parce que je respecte mon prince », et si j'en avais été capable, j'aurais ri de cette déclaration pompeuse et de sa vanité. Mais il me faudrait beaucoup de temps avant de penser de cette façon, et sur l'instant, j'étais aussi effrayé que toi, sauf que moi j'aurais dû prendre soin de mon fils au lieu d'attendre en observant ce qu'il se passait.

En tout cas, je ne suis pas tombé dans l'allée, je n'ai pas pleuré et pas geint. À la place, je me suis adossé à un arbre (je reconnaissais un petit banyan chétif) et j'ai pensé à toi. J'ai compris qu'il me fallait continuer à m'entraîner. Cette nuit-là, je m'étais repéré dans le parc ; demain, ou peut-être la semaine suivante, j'essaierais de quitter les lieux. Chaque soir, j'irais un peu plus loin. Chaque fois, je serais un peu plus fort. Et un beau jour, tout proche sans doute, je te reverrais, et te dirais toutes ces choses en face.

*

Tu te rappelles le jour où nous nous sommes enfuis ? C'était le lendemain de la fin de ton CM2. Tu avais dix ans. En juin, tu en aurais onze.

J'avais fait un sac pour toi que j'avais entreposé dans le coffre de la voiture d'Edward. Au fil des deux derniers mois, de petites choses avaient peu à peu disparu de ta chambre – slips, tee-shirts, shorts, ton jeu de cartes favori, un de tes skateboards, ta peluche préférée : un requin dont tu étais trop gêné pour reconnaître que tu dormais encore parfois avec et que tu cachais sous ton lit. Tu n'as pas remarqué la volatilisation des vêtements, mais celle du skateboard, oui : « Pa, tu aurais pas vu mon skateboard ? Non, le violet. Non, j'ai regardé. Il y est pas. Je vais redemander à Jane. »

J'avais aussi empaqueté des provisions, de la mortadelle, des conserves de maïs et de haricots rouges. Une casserole et une bouilloire. Des allumettes et un butagaz. Des paquets de crackers et des nouilles déshydratées. Des bouteilles d'eau en verre. Chaque week-end, nous en emportions davantage. En avril, nous avions installé la bâche et caché les tentes sous un tas de coraux rapportés de la mer. « Bientôt, on construira un vrai palais », disait Edward, et comme chaque fois qu'il annonçait des choses improbables, je gardais le silence. S'il était sérieux, c'était gênant pour lui. Sinon, c'était embarrassant pour moi.

En ce point précis, mon histoire rejoint la tienne, et pourtant, j'en sais si peu sur ce que tu as vu et ressenti. Qu'as-tu bien pu penser cet après-midi où nous sommes arrivés à Lipo-wao-nahele et que tu as découvert les tentes – une pour toi et moi, une pour Edward – installées sous l'acacia, la bâche bien tendue entre les quatre pieux de métal récupérés dans une usine de ciment désaffectée sur la côte Ouest de l'île – les cartons de nourriture, de vêtements et de fournitures cachés dessous ? Je me rappelle que tu avais souri, sans grande conviction, tes yeux allant de la bâche à Edward qui déchargeait le barbecue Hibachi de sa voiture. « Pa ? » as-tu dit en me regardant bien en face. Mais tu n'avais pas trouvé quoi dire avant quelques secondes : « Qu'est-ce que c'est ? », et j'ai fait mine de ne pas t'avoir entendu, alors qu'en fait si, évidemment, mais je ne savais pas comment répondre.

Ce week-end-là, tu as joué le jeu. Quand Edward nous a réveillés tôt le vendredi matin pour psalmodier avec lui, tu n'as pas rechigné, et quand il a annoncé que, à compter de ce jour, nous allions tous les trois prendre des cours d'hawaïen, que ce serait la seule langue que nous parlerions à Lipo-wao-nahele, tu m'as jeté un coup d'œil oblique, et en voyant que je hochais la tête, tu as haussé les épaules en signe d'acquiescement. « O.K. », as-tu ajouté.

— *Ae*, t'a corrigé Edward.

— *Ae*. »

La plupart du temps, on ne pouvait pas savoir ce que tu pensais, mais j'ai vu la perplexité passer comme l'éclair sur ton visage, et un léger amusement aussi. Edward s'attendait-il *vraiment* à ce que tu pêches pour te nourrir ? Allais-tu *vraiment* apprendre à faire griller le poisson sur le feu ? Allions-nous *vraiment* nous coucher à 8 heures pour nous lever avec le jour ? Oui, apparemment. Oui et oui. Tu étais déjà intelligent et tu as choisi de ne pas le défier – tu savais aussi que ce n'était pas un jeu pour lui, qu'il n'avait aucun sens de l'humour. « Edward », as-tu lâché une fois et il n'a même pas levé les yeux, faisant semblant de ne pas avoir remarqué, et j'ai clairement vu à ton expression que tu commençais à comprendre. « Paiea », as-tu repris, et aussitôt, il s'est tourné vers toi : « *Ae ?* »

Je pense que c'est parce que tu n'as jamais vraiment cru en mes capacités d'être père que tu appris de bonne heure que les gens refusaient de se comporter comme ils devraient, et que les choses n'étaient pas conformes à leur apparence. Nous étions là, ton père et son ami, que tu connaissais depuis ta petite enfance, et nous étions partis faire un peu de camping, histoire de nous donner du bon temps. Et pourtant, était-ce bien cela dont il s'agissait ? Personne n'avait parlé de bon temps, et de fait, il y avait quelque chose de laborieux dans ce séjour à Lipo-wao-nahele, même s'il te donnait l'occasion de faire tout ce que tu aimais : pêcher, nager, escalader les contreforts des montagnes toutes proches, chercher des végétaux rares. Mais quelque chose clochait, quelque chose n'allait pas. Tu n'aurais pas su dire quoi, mais tu le sentais parfaitement.

« Pa », m'as-tu chuchoté la deuxième nuit, tandis que je soufflais la bougie dans la lampe-tempête posée entre nous. « Qu'est-ce qu'on fait ici ? »

J'ai mis si longtemps à répondre que tu as enfoncé gentiment ton index dans mon bras. « Pa ? Tu m'as entendu ?

— On campe, Kawika. » Puis, devant ton silence, j'ai ajouté : « Tu ne t'amuses pas ?

— Peut-être bien », as-tu marmonné, comme à regret. En fait, tu ne t'amusais pas du tout, mais tu ne pouvais pas expliquer pourquoi. Tu étais un enfant, et le problème n'est pas que les enfants n'éprouvent pas toute la gamme des sentiments à la disposition des adultes – c'est seulement qu'ils ne possèdent pas tous les mots pour les exprimer. Moi, j'étais un adulte, j'avais tout le vocabulaire nécessaire, et pourtant je ne pouvais pas décrire ce qui n'allait pas dans cette situation, moi non plus je ne parvenais pas à mettre des mots sur ce que je ressentais.

Le lundi s'est poursuivi sur le même mode : les cours d'hawaïen, les longues heures d'ennui, la pêche, le feu. Je t'ai surpris plusieurs fois à la dérobée en train de fixer la voiture, on aurait dit que tu rêvais de l'appeler comme on siffle un chien pour qu'elle se précipite vers toi.

Le jeudi, tu devais rejoindre un camp de vacances où tu apprendrais à construire des robots. Tu étais très excité à cette perspective. Tu en parlais depuis des mois, relisant la brochure, me décrivant quelle sorte de machine tu voulais fabriquer – tu l'appellerais l'Araignée, et elle serait capable de grimper au sommet des étagères et d'attraper des objets que Jane ne pouvait pas atteindre. Trois de tes camarades étaient inscrits au même stage.

La veille, tu m'as interrogé : « À quelle heure on part ? » Et voyant que je ne te répondais pas : « Pa. Le camp commence à 8 heures demain matin.

— Vois ça avec Paiea », ai-je fini par répondre d'une voix que je ne reconnaissais pas.

Tu m'as fixé du regard, une expression d'incrédulité totale sur le visage, puis tu t'es levé pour courir vers Edward. « Paeia, t'ai-je entendu lui demander, on part à quelle heure ? Mon camp, c'est demain.

— Tu n'y vas pas, t'a répondu posément Edward.

— Qu'est-ce que tu veux dire ? » Et avant qu'il ait pu répondre, tu as repris : « Edward, enfin, Paiea, qu'est-ce que tu veux dire ? »

Oh, on peut supposer que nous espérions tous les deux qu'il plaisantait, qu'il soit capable d'humour. Mais tout en sachant que non, je n'ai jamais cru, jamais cru au fond, jusqu'à ce qu'il soit trop tard, qu'il ferait, comme toujours, exactement ce qu'il avait dit qu'il ferait – pourtant il était la personne la moins secrète, la moins sournoise que j'ai connue. Il faisait toujours ce qu'il avait annoncé qu'il allait faire.

« Tu n'y vas pas, a-t-il répété. Tu restes ici.

— *Ici.* Où ça, ici ?

— Ici. À Lipo-wao-nahele.

— Mais elle n'existe pas, ta forêt ! », as-tu crié avant de te tourner vers moi : « Pa ! Pa ! » Mais je n'ai rien dit, j'en étais incapable, et tu n'as même pas continué à essayer de me faire intervenir – tu savais que je ne te serais d'aucune utilité, d'aucun secours. Alors tu as pivoté sur tes talons en direction d'Edward : « Je veux rentrer chez moi ! » Et devant son silence, ta voix s'est faite complètement hystérique : « Je veux rentrer chez moi ! Je veux rentrer chez moi ! »

Tu t'es précipité vers la voiture, assis au volant, et tu t'es mis à marteler le klaxon qui produisait de petits bêlements aigus. « Ramenez-moi à la maison ! »

Tout autre homme se serait moqué de toi, mais il ne l'a pas fait – le seul avantage de son manque d'humour était qu'il ne voulait humilier personne ; à sa façon, il t'a pris au sérieux. Il t'a simplement laissé crier et t'époumoner pendant quelques minutes, jusqu'à ce que tu te glisses hors de la voiture, épuisé et en larmes, et puis il a quitté l'acacia au pied duquel il était assis, s'est approché et assis à tes côtés, et malgré toi, tu t'es affaissé contre lui.

« Tout va bien, l'ai-je entendu te dire en passant un bras autour de tes épaules avant de te caresser les cheveux. Tu es chez toi, petit Prince. Tu es chez toi ici. »

Que pensais-tu d'Edward ? Je ne te l'ai jamais demandé parce que je n'ai jamais voulu entendre la réponse, et de toute façon, cela aurait été une question impossible à poser pour un père à son fils : comment trouves-tu mon ami ? Mais aujourd'hui, nous sommes adultes tous les deux, et je peux te la poser : que pensais-tu de lui ?

Je continue à redouter la réponse. Tu avais compris, bien avant moi, qu'il y avait chez lui quelque chose d'effrayant, quelque chose qui interdisait de lui faire confiance. Même tout petit, tu regardais tour à tour ta grand-mère, ton père et ton oncle Edward quand il restait dîner, et même si tu n'étais pas capable de verbaliser les tensions qui régnaient entre nous, tu les sentais. Tu remarquais combien je restais silencieux en sa présence, que j'attendais qu'il me donne la permission de parler avant d'ouvrir la bouche. Un jour, alors que tu devais avoir à peu près dix ans, nous passions la journée sur la plage à Lipo-wao-nahele. C'était la fin de l'après-midi, presque l'heure de repartir, et j'ai demandé à Edward si je pouvais aller me soulager d'abord. « Oui », a-t-il répondu et je me suis exécuté. Il n'y avait là rien de particulier pour moi – je quêtais sans arrêt une permission ou une autre : si je pouvais manger, prendre quelques secondes, rentrer à la maison. Les seuls points sur lesquels je ne l'interrogeais pas étaient les questions te concernant – et ce n'est pas avant que je te borde le soir au coucher que tu m'as demandé pourquoi je n'y étais pas allé tout simplement, pourquoi j'avais eu besoin de cette autorisation. J'ai essayé de te dire que ce n'était pas exactement comme ça, mais en fait, j'étais bien incapable d'expliquer en quoi c'était différent, en quoi tu te trompais, pourquoi je ne m'étais pas carrément levé pour aller faire ce que j'avais à faire quand le besoin s'en était fait sentir. C'est terrible pour un fils de devoir mesurer que son père est faible, trop faible pour le protéger. Certains enfants réagissent par le mépris, et d'autres – comme toi à ce moment-là – avec compassion. Je crois que c'est là que tu as pris conscience que tu n'étais plus un enfant, qu'il te fallait me prendre en charge, que j'avais besoin de ton aide. Là que tu as compris que tu allais devoir te débrouiller tout seul.

Parfois, Edward t'assénait ses discours, des versions maladroites de la conférence de Bethesda. Il essayait d'imiter la rhétorique de l'orateur, son sens du rythme, mais à part quelques phrases plagiées qu'il scandait pour ponctuer sa leçon – « l'Amérique a le péché au cœur » –, il en était incapable, et ses tentatives étaient décousues, répétitives, ternes et sans queue ni tête. Je m'entendais le juger sévèrement, et je me sentais coupable de ma trahison, même si je ne disais jamais rien à haute voix, et surtout pas à toi. « Aucune terre n'appartient à personne », martelait Edward, oubliant que la possession de Lipo-wao-nahele était essentielle à son fantasme. « Tu as le droit d'être qui tu veux », répétait-il, mais ça non plus, il ne le pensait pas vraiment – tu serais un Hawaïen, un dauphin, comme il se plaisait à t'appeler, bien qu'il n'ait eu qu'une vague conception de ce que signifiait ce titre, et moi pas davantage. Si tu avais dit alors, comme tu en avais parfaitement le droit, que tu voulais grandir à ta guise, épouser la femme la plus blonde possible, vivre dans l'Ohio et diriger une banque, il aurait été horrifié, mais l'aurait-il été par tes choix ou par tes ambitions ? Comme tu te serais montré courageux de franchir toute la distance qui nous séparait du Midwest, d'abandonner tous les privilèges attachés à ton nom, de te retrouver dans un pays où tu pourrais tout aussi bien être le Prince Wooga-wooga, étranger partout et ridicule, ton statut envolé en fumée dès que tu aurais grimpé dans ta petite pirogue en bois de cocotier et que tu te serais éloigné des rivages sablonneux d'Ooga-ooga !

Sa conception de ce qu'était Hawaii, de ce qu'être hawaïen signifiait, était si creuse, que de tout ce qui me fait honte rétrospectivement, c'est sans doute ce qui m'affecte le plus. Non pas cette superficialité en soi, mais le fait que j'y sois resté aveugle, que je l'ai laissé jouer et que j'ai sacrifié nos vies à son jeu. Durant toutes ces années, il a essayé de t'enseigner l'hawaïen, à partir d'un vieux manuel dérobé à la bibliothèque universitaire – et tu n'as jamais rien assimilé, parce qu'il n'avait jamais appris non plus. Ses cours d'histoire hawaïenne étaient eux aussi pour l'essentiel pure invention, des projections de ce qu'il aurait voulu voir se passer plutôt que ce qui s'était effectivement produit. « Nous sommes un pays de rois, de reines, de princes et de princesses », te répétait-il, mais en vérité, il n'y avait sur cet archipel que deux personnes de sang royal, toi et moi, et que le contraire aurait été étonnant, parce que les souverains ont besoin d'un peuple pour les aduler, sinon ils cessent tout bonnement de régner.

Je l'entendais te débiter ses cours et j'étais incapable d'y mettre fin. Chaque jour qui passait, je me sentais moins apte à défaire ce que j'avais laissé se construire. C'était comme si on m'avait amené à Lipo-wao-nahele – je n'avais pas choisi d'y venir, on m'avait posé là, comme si un grand vent m'avait fait traverser l'île et retomber au pied de l'acacia. Ma vie, l'endroit où j'habitais, m'étaient devenus étrangers.

C'est le dimanche suivant le jour où je n'avais pas réussi à t'amener à ton camp de vacances que nous avons entendu la voiture. Entendue d'abord, puis aperçue qui avançait en cahotant sur la route de pierres. Tu avais passé les trois derniers jours sous le choc de ce qui t'était arrivé. Le jeudi où tu devais commencer ce stage sur les robots, tu t'étais aperçu au petit matin que tu étais encore à Lipo-wao-nahele – je crois que tu devais encore espérer que ce ne soit qu'un mauvais rêve, que tu allais te réveiller dans ton lit chez ta grand-mère – et tu t'étais jeté par terre en sanglotant, martelant le sol de tes bras et de tes jambes en une parodie de crise de rage. « Kawika », t'ai-je murmuré en rampant vers toi (Edward était allé marcher sur la plage). Kawika, tout ira bien. »

Alors tu t'es redressé d'un coup, le visage en larmes et tu as crié : « Comment tu peux dire que tout ira bien ? Hein ? Comment ? »

Je m'étais rassis sur mes talons. « Je ne sais pas, ai-je été obligé de reconnaître.

— Bien sûr que tu ne sais pas ! as-tu grondé. Tu ne sais rien ! Jamais rien ! » Et tu as recommencé à pleurer et je me suis éloigné. Je ne t'en voulais pas. Comment l'aurais-je pu ? Tu avais raison.

Le vendredi et le samedi, tu t'es muré dans le silence. Tu refusais de quitter la tente, même pour manger. Je m'inquiétais pour toi, mais pas Edward. « Laisse-le tranquille. Il finira par réapparaître. »

En fait, non. Et donc, quand la voiture est arrivée, tu as mis un certain temps à sortir de la tente, clignant les paupières au soleil, tu l'as fixée comme un mirage. C'est seulement quand l'Oncle William a mis pied à terre que tu as émis un petit cri d'animal, comme je ne t'avais jamais entendu en pousser, et tu as couru vers lui en titubant à cause de la faim et de la déshydratation.

Il n'était pas venu seul. Ta grand-mère était sur le siège passager, Jane et Matthew, l'air effrayé, sur la banquette arrière. C'est ta grand-mère qui t'a ouvert les bras, avant de s'interposer entre toi et Edward en te poussant derrière elle, comme s'il risquait de te frapper. « Je ne sais pas à quoi vous jouez, ni ce que vous fabriquez, mais je prends mon petit-fils et je pars avec lui. »

Edward a haussé les épaules. « Je ne pense pas que cette décision vous appartienne, ma petite dame », a-t-il dit, et j'ai reculé malgré moi. *Ma petite dame.* Je n'avais jamais entendu personne s'adresser à ma mère avec aussi peu de respect. « C'est votre fils qui décide.

— Et c'est bien là où vous vous trompez, Mr. Bishop », a-t-elle rétorqué, puis d'une voix plus douce, en se tournant vers toi : « Monte dans la voiture, Kawika. »

Mais tu n'as pas obéi. À la place, tu nous as regardés, elle d'abord, moi ensuite.

« Pa ?

— Kawika, a-t-elle répété. Monte dans la voiture.

— Non, pas sans lui. » *Lui* : tu parlais de moi.

— Pour l'amour du Ciel, Kawika. Lui n'a aucune envie de partir.

— Mais si, as-tu insisté. Il ne veut pas non plus rester ici, pas vrai, Pa ? Rentre à la maison avec nous.

— Cette terre est à lui, est intervenu Edward. Une vraie terre hawaïenne. Il nc partira pas. »

Ils se sont mis à se quereller, Edward et ta grand-mère, et j'ai levé les yeux vers le ciel, chauffé à blanc, beaucoup trop chaud pour ce mois de mai. Ils semblaient avoir oublié que j'existais, que j'étais là, à égale distance de chacun d'eux, comme le troisième sommet d'un triangle. Mais j'avais cessé d'écouter, je n'entendais ni le charabia d'Edward, ni les invectives de ta grand-mère ; à la place, je regardais l'Oncle William, Jane et Matthew, qui tous trois gardaient les yeux fixés sur nous trois, mais aussi sur le terrain alentour. J'ai vu qu'ils remarquaient les tentes, la bâche en plastique bleu, les cartons. Il avait plu deux nuits auparavant, et le vent avait fait s'affaisser la tente que toi et moi partagions sur tout un côté, si bien que quand j'y dormais, la toile en nylon me recouvrait comme un linceul. Nos cartons étaient encore humides, et nous avions mis le contenu – nos vêtements et tes livres – à sécher dans le champ ; on aurait dit qu'une bombe avait explosé et tout éparpillé. La bâche était maculée de boue ; aux branches de l'acacia étaient accrochés une dizaine de sacs en plastique où nous gardions nos provisions pour les protéger des fourmis et des mangoustes. J'ai vu ce qu'ils voyaient : un terrain couvert de broussailles et sans aucun intérêt, jonché de débris disgracieux : bouteilles vides et fourchettes cassées en plastique, la bâche soulevée par la brise. Lipo-wao-nahele : une forêt où nous n'avions planté aucun arbre, et où nous utilisions ceux qui s'y trouvaient comme garde-manger. Les lieux étaient maintenant dans un état pire que délaissé, ils étaient dégradés, et Edward et moi étions les seuls responsables.

Ils t'ont emmené ce jour-là. Ils ont tenté de me faire déclarer en incapacité. Parent irresponsable. Ils ont essayé de me retirer mon fidéicommis. Je dis « ils » parce que l'Oncle William est celui qui fut envoyé (discrètement) parler à quelqu'un du Service de la protection des mineurs, puis consulter un de ses anciens camarades de la faculté de droit, devenu juge aux Affaires familiales, mais en fait, je veux moins dire « ils » que « elle » : ta grand-mère.

Je ne peux pas le lui reprocher aujourd'hui, et je n'ai pas réussi non plus à l'époque. Je n'ignorais pas que j'agissais mal. Je savais que tu devrais rester là où tu étais, qu'il n'y avait pas de vie possible pour toi à Lipo-wao-nahele. Alors pourquoi avais-je laissé faire ? Pourquoi ? Je pourrais te dire que c'était parce que je voulais partager ces choses avec toi, ce lieu qu'à tort ou à raison j'avais créé pour toi, un domaine où je prenais les décisions te concernant dont je pensais qu'elles te seraient bénéfiques, qui pourraient enrichir ton esprit d'une façon ou d'une autre. Mais ce serait mentir. Ou bien, je pourrais te faire valoir que j'avais à l'origine des espoirs pour Lipo-wao-nahele, pour l'existence que nous pourrions y mener et que j'avais été le premier surpris quand ils avaient été déçus. Mais ce ne serait pas vrai non plus.

La vérité est ailleurs. Elle est beaucoup plus pathétique. La vérité est que j'avais tout simplement suivi quelqu'un, que je lui avais abandonné les rênes de ma vie, et que j'avais, ce faisant, sacrifié aussi la tienne. Et qu'ensuite, après avoir démissionné de mon rôle, je ne savais plus comment revenir en arrière, comment réparer les torts que j'avais causés. La vérité, c'est que j'étais un faible. Un incapable. La vérité, c'est que j'ai abandonné la partie. La vérité, c'est que je t'ai abandonné toi aussi.

À l'automne, nous étions parvenus à un accord. J'aurais le droit de te voir deux week-ends par mois à Lipo-wao-nahele, mais seulement si les conditions matérielles requises étaient remplies. Le reste du temps, tu résiderais chez ta grand-mère. Si je ne respectais pas ces règles d'une façon ou d'une autre, je serais condamné. Edward s'était mis en colère, mais je n'y pouvais rien, ma mère avait encore une influence décisive pour manipuler certains processus, et nous avions tous les deux compris qu'en cas de conflit, je perdrais – je te perdrais toi, et je perdrais ma liberté. Même si, je le suppose, à ce stade j'avais déjà perdu les deux.

Ma mère est venue me parler une dernière fois, juste après que nous eûmes tous deux signé l'accord. C'était en novembre, une semaine environ avant Thanksgiving – j'essayais encore à l'époque de rester conscient du calendrier. Je ne m'attendais pas à sa visite. Toute la semaine précédente, une équipe de charpentiers avait commencé à construire ce qui serait bientôt une petite maison à l'extrémité Nord de la propriété, au pied de la montagne. Elle comprendrait une chambre pour moi, une pour Edward et une pour toi, mais seule la tienne serait meublée. Il ne s'agissait pas d'avarice – c'était Edward qui avait refusé l'offre de l'Oncle William, en lui indiquant que nous dormirions à la belle étoile sur des nattes en palmes de *hala*.

« Je me moque de l'endroit où vous dormez, pourvu que vous soyez dans la maison quand le petit sera là », avait répliqué l'Oncle William.

Notre expérience était mise à l'épreuve, disait Edward. Il ne fallait pas lâcher. Nous continuerions à vivre comme nos ancêtres quand tu ne serais pas avec nous. Lors de tes visites, nous ferions livrer de la nourriture et nous la consommerions ensemble, mais en ton absence, nous nous contenterions des produits de notre pêche et de nos cueillettes que nous ferions cuire au feu de bois. Nous ferions aussi pousser nos propres taros et patates douces ; il m'incombait de vider la tranchée que j'avais creusée afin de récupérer nos déjections et de les utiliser comme engrais pour nos plantations. Le téléphone, que nous avions fait installer à grands frais – pas de lignes à proximité –, serait débranché dès que tu repartirais ; l'électricité, que l'Oncle William avait réussi à nous obtenir de l'État, ne serait pas davantage en service. « Tu ne vois pas qu'ils essaient de nous briser ? avait demandé Edward. C'est un test, une façon pour eux d'évaluer la force de notre désir. »

Il pleuvait le matin où ta grand-mère est venue me rendre visite, et je la voyais s'avancer avec prudence sur l'étendue d'herbe boueuse sur laquelle j'étais en train de déplier la bâche au pied de l'acacia. La bâche, autrefois un plafond, servait désormais de plancher, et j'y passais le plus clair de mon temps, j'y dormais, je regardais se finir le jour et le prochain commencer. Parfois, Edward essayait de me réveiller, mais de moins en moins fréquemment, et le plus souvent, il disparaissait pendant des heures, des jours peut-être – autant que je m'y efforce, je ne parvenais plus à mesurer le temps qui passait –, et il me laissait seul à somnoler, ne reprenant vraiment conscience que quand j'avais trop faim pour dormir. Parfois, je rêvais du soir dans cette maison où nous avions écouté Bethesda, et je me demandais si l'homme existait vraiment ou si nous l'avions fait surgir depuis un autre monde.

Elle est restée campée au-dessus de moi quelques secondes avant de prendre la parole : « Réveille-toi, Wika. » Et devant mon absence de réaction, elle s'est agenouillée et m'a secoué par l'épaule. « Wika, lève-toi ! », a-t-elle répété plusieurs fois, et j'ai fini par obtempérer.

Elle m'a regardé longuement, puis elle s'est redressée. « Allez, debout. On va faire un tour ! »

Je me suis levé et je l'ai suivie. Elle portait un sac en tissu et un tatami qu'elle m'a tendus. Il ne pleuvait plus, mais le ciel restait gris, et le soleil ne perçait pas. Nous avons marché en direction de la montagne, et devant l'arbre à pluie, elle m'a indiqué d'un geste qu'elle voulait que je déroule la natte. « Je nous ai apporté un pique-nique », et avant que j'aie pu jeter un coup d'œil alentour, elle a ajouté : « Il n'est pas là. »

J'aurais voulu lui dire que je n'avais pas faim, mais elle déballait déjà les provisions : des bentos de riz, poulet frit japonais, *nishime*, *namasu* de concombres, et cantaloup en tranches comme dessert – tout ce que j'avais autrefois adoré. « Tout est pour toi, a-t-elle précisé, j'ai déjà déjeuné. »

J'ai mangé si vite et tellement que j'ai failli m'étouffer, mais elle ne m'a adressé aucun reproche, et quand j'ai eu terminé, elle est restée silencieuse. Elle avait retiré ses chaussures, les avait soigneusement posées au bord de la natte, et elle avait étendu les jambes. Je me suis rappelé qu'elle choisissait toujours ses bas d'une teinte plus foncée que sa peau. Elle portait une jupe vert tilleul imprimée de roses blanches, aujourd'hui défraîchie, dont je me souvenais du temps où j'étais enfant, et quand elle a levé la tête pour regarder le ciel à travers les branches puis fermé les paupières, je me suis demandé si elle aussi – comme j'étais encore capable par instants de le faire, mais de moins en moins fréquemment – réussissait à apprécier la beauté farouche de ce paysage, la façon qu'avait cette terre de sembler ne jamais céder devant rien ni personne. À quelques mètres de nous, les charpentiers avaient terminé leur pause-déjeuner et recommencé à scier et à clouer. J'en avais entendu un affirmer que ce terrain était trop humide pour une maison en bois, et un autre le contredire en rétorquant que le problème n'était pas l'humidité mais la chaleur. Ils avaient dû retarder le travail des fondations, puis déplacer le projet initial quand on avait découvert que la construction aurait jouxté un marais, asséché puis comblé. Pendant un moment, nous avons écouté le bruit des travaux, et j'ai attendu qu'elle se décide à dire ce pour quoi elle était venue.

« Tu avais trois ans quand je t'ai conduit sur le continent pour consulter un spécialiste. Parce que tu ne parlais pas. À l'évidence, tu n'étais pas sourd, ce qui avait été notre première idée. Mais quand ton père ou moi prononcions ton nom, tu te retournais, et à l'extérieur, lorsqu'un chien aboyait, tu t'agitais, souriais et battais des mains.

Tu aimais aussi la musique, et quand nous écoutions tes chansons favorites, il t'arrivait parfois, pas exactement de fredonner l'air, mais au moins de produire de petits bruits d'accompagnement. Néanmoins, tu ne voulais pas dire un mot. Le médecin a suggéré que peut-être nous ne te parlions pas assez, alors nous nous sommes mis à le faire constamment. Le soir, ton père t'asseyait à côté de lui et te lisait la rubrique des sports. Mais étant donné que j'étais le plus souvent avec toi, c'est surtout moi qui te parlais. Sans cesse, en fait. Je t'emmenais partout. Je te lisais des histoires, des recettes, et en voiture je te décrivais tout ce qu'il y avait sur notre chemin. "Tu vois, disais-je, voici l'école où tu iras un jour, quand tu seras un peu plus grand ; là, c'est la maison où ton père et moi avons vécu juste après notre mariage avant de nous installer dans la vallée ; c'est au sommet de cette colline qu'habitent le camarade de lycée de ton père et sa femme – ils ont un petit garçon de ton âge."

Pour l'essentiel cependant, je te parlais de ma vie. Mon père, mes frères et sœurs. Le désir que j'avais, quand j'étais jeune, de partir pour Los Angeles et de devenir danseuse, mais, bien sûr, ce n'était pas le genre de choses qu'on m'autoriserait à faire et, de toute manière, je n'étais pas une très bonne danseuse. Je te racontais même que ton père et moi avions essayé à de nombreuses reprises de te donner une petite sœur, et qu'à chaque fois elle s'échappait avant l'heure, jusqu'à ce que le médecin nous annonce que tu resterais notre unique enfant.

Je te parlais sans arrêt ! Je me sentais si seule à l'époque. Je n'avais pas encore rejoint Les Filles de Famille, et la plupart de mes anciennes camarades de classe avaient des familles nombreuses ou s'affairaient à tenir leur maison, tandis que moi, je m'étais déjà éloignée de mes frères et sœurs. Donc, je n'avais que toi. La nuit, couchée dans mon lit, je repensais souvent à tout ce que je t'avais confié et je craignais de t'avoir peut-être causé du tort en te disant des choses qu'on ne devrait pas partager avec un enfant. Une fois, j'étais si inquiète que je l'avais avoué à ton père qui m'avait serrée dans ses bras en riant et dit : "Ne sois pas sotte, poussin – il m'appelait souvent 'poussin' –, il ne comprend même pas ce que tu lui racontes. Tu pourrais aussi bien l'insulter toute la journée, il ne verrait pas la différence !" Je lui avais donné une tape sur le bras et l'avais réprimandé, mais il n'en avait que ri de plus belle, et il avait fini par réussir à me réconforter.

Durant le vol vers San Francisco cependant, j'ai repensé à tout ce que je t'avais révélé, et sais-tu ce que j'aurais souhaité ? Que tu ne parles jamais. Je craignais que si tu y parvenais, tu finisses par répéter toutes les choses que je t'avais dites, que tu ne trahisses mes secrets. "N'en parle à personne", t'ai-je murmuré à l'oreille alors que tu t'étais endormi sur mes genoux. "Ne répète jamais rien de ce que je t'ai dit." Et je me suis senti terriblement coupable – d'avoir souhaité que mon fils ne parle jamais, d'être si égoïste. Quelle sorte de mère étais-je donc ?

En tout cas, je n'aurais pas dû m'inquiéter. Trois semaines après notre retour – le spécialiste de San Francisco n'avait pas apporté plus de lumière sur ton cas que notre médecin de famille –, tu t'es mis à parler, non seulement des mots entiers mais même de vraies phrases. J'étais si soulagée que j'en ai pleuré de joie. Ton père, qui s'était moins fait de bile, s'est moqué de moi, mais avec gentillesse, comme il savait le faire. "Tu vois, poussin ? Je savais bien qu'il allait y arriver. Il ressemble à son père, je ne te l'avais pas dit ? Maintenant tu vas commencer à demander au Ciel qu'il arrête ce moulin à paroles !"

C'est ce que tout le monde me répétait : je prierais un jour pour que tu te taises. Mais je n'ai jamais eu à prier pour ça, tu étais si peu bavard. Parfois, alors que tu grandissais, je me suis demandé si ce n'était pas une punition divine. Je t'avais expressément prié de ne rien dire, et voilà que maintenant… » Elle s'est interrompue pour se racler la gorge. « Et voilà où nous en sommes aujourd'hui. »

Nous sommes restés muets pendant un long moment. « Pour l'amour du Ciel, Wika, a-t-elle fini par me supplier. Dis quelque chose.

— Il n'y a rien à dire.

— Ce n'est pas une vie ici, tu comprends ? a-t-elle lâché d'une traite. Tu as trente-six ans, ton fils onze. Cet endroit, comment l'appelles-tu déjà ? Lipo-wao-nahele ? Tu ne peux pas y rester, Wika. Vous n'avez aucun savoir-faire particulier, ni ton ami, ni toi. Tu ne sais pas te faire à manger, ni prendre soin de toi-même, ni... rien en fait ! Tu ne sais rien, Wika. Tu... »

Une fois de plus, elle s'est arrêtée au milieu d'une phrase. Elle a secoué la tête avec vigueur. Elle semblait vouloir se reconcentrer. Puis, elle a empilé les boîtes vides l'une dans l'autre et les a rangées, avant de se relever en poussant sur ses talons. Elle a enfilé ses chaussures et ramassé son sac.

J'ai levé les yeux vers elle, elle a baissé les siens vers moi. J'ai pensé qu'elle allait dire quelque chose de terrible, quelque chose de si blessant que je ne pourrais jamais lui pardonner et qu'elle ne pourrait peut-être jamais se pardonner elle-même.

Mais non. « Pourquoi me faire autant de souci ? » a-t-elle simplement demandé en examinant non seulement mon visage mais moi tout entier, mon tee-shirt crasseux, mon short de bain et la barbe clairsemée qui me piquait les joues. « Tu ne pourras jamais survivre ici. Tu seras de retour à la maison en moins de temps qu'il n'en faut pour dire ouf ! »

Ensuite, elle a tourné les talons et s'est éloignée ; je l'ai regardée partir. Elle s'est glissée au volant, a posé le sac contenant les boîtes vides sur le siège passager, a jeté un coup d'œil dans le rétroviseur en faisant courir une main sur son visage, comme pour se rappeler qu'il était toujours là. Puis elle a mis le contact et démarré.

« Au revoir », lui ai-je lancé tandis que la voiture disparaissait. « Au revoir. » Dans le ciel, les nuages viraient au gris – j'ai entendu le contremaître faire presser son équipe pour que les ouvriers finissent le travail avant la pluie.

Je me suis allongé à nouveau. J'ai fermé les yeux et fini par m'endormir, un de ces sommeils où les rêves semblent plus vrais que la réalité, et quand je me suis réveillé – tôt le lendemain matin, Edward toujours invisible – je me suis senti presque capable de me convaincre que je pouvais repartir de zéro.

Au bout du compte, ma mère avait tort : je ne suis pas rentré à la maison. Ni très vite, ni jamais. Avec le temps, Lipo-wao-nahele est devenu l'endroit où je vivais et qui j'étais, même si je gardais l'impression d'un lieu de transit, un endroit où voir passer le temps, tout en n'attendant rien d'autre que le lever du jour suivant.

Autour de nous, tout indiquait que cette terre, jamais habitée, allait frustrer nos tentatives de la domestiquer, et que toute construction humaine ne serait qu'éphémère. La maison, de béton et de bois, était laide, trapue, et sans aucun charme. Seule ta chambre avait été peinte, il y avait un lit, une natte sur le sol et une lampe au plafond – les autres pièces étaient encore en panneaux de Placoplatre et au sol, à la demande expresse d'Edward, le ciment était resté nu.

Même toi, tu passais tout ton temps à l'extérieur lors de tes visites. Non pas parce que tu aimais jouer dehors – ou en tout cas, pas à Lipo-wao-nahele – mais parce que la maison était tellement sinistre, si évidemment hostile à tout confort de ses occupants. Je voulais te voir. Mais je savais aussi que quand tu étais là, et pendant les jours qui suivaient, la nourriture était meilleure, plus diversifiée et plus abondante. Le jeudi précédant tes visites, l'Oncle William venait avec des sacs pleins de provisions qu'une fois vides je conservais pour notre stock. Il branchait le réfrigérateur – Edward n'aimait pas s'en servir – et y entreposait la bouteille de lait, les briques de jus de fruits, les oranges, les cœurs de laitue et les steaks hachés : toutes ces bonnes choses qui s'achètent au supermarché et que je consommais autrefois à volonté. Si Edward n'était pas dans les parages, il me donnait en cachette quelques barres chocolatées. La première fois, j'avais refusé, mais finalement j'avais accepté, et ce jour-là, les larmes étaient montées aux yeux de mon oncle et il s'était pudiquement détourné. Je cachais les friandises dans un trou que j'avais creusé derrière la maison, où elles resteraient au frais et où Edward ne les trouverait jamais.

C'était toujours l'Oncle William qui venait, jamais un secrétaire ou un autre employé du bureau, et je m'étais demandé pourquoi jusqu'à comprendre que c'était ma mère qui ne voulait pas que qui que ce soit voie la façon dont vivait son fils. Elle pouvait faire confiance à l'Oncle William, mais à personne d'autre. C'était lui, je le supposais, qui payait les factures de téléphone et d'électricité, lui qui payait aussi pour l'eau courante. Il nous apportait du papier hygiénique, et en repartant, il se chargeait aussi de nos poubelles parce qu'il n'y avait pas de collecte des ordures ménagères dans notre région. Quand notre bâche bleue a fini si déchiquetée qu'elle ressemblait à une toile d'araignée, c'est lui encore qui nous en a acheté une neuve, qu'Edward – pendant un certain temps – a refusé d'utiliser, jusqu'à être obligé de concéder que le changement était indispensable.

Chaque fois, avant de repartir, il me demandait si je voulais rentrer avec lui, et chaque fois, je secouais la tête. Un jour, il n'a pas posé la question, et je me suis senti abandonné en le voyant s'éloigner, comme si la porte s'était finalement refermée et que j'aie été désormais vraiment seul, échoué dans ce désert à cause de ma propre faiblesse et de mon entêtement : deux traits de caractère contradictoires, l'un annihilant l'autre, avec pour résultat l'immobilité.

La troisième année, Edward s'absentait de plus en plus souvent. L'Oncle William t'avait offert un kayak pour l'anniversaire de tes douze ans et l'avait livré à Lipo-wao-nahele. C'était une embarcation à deux places, et toi et moi pouvions y monter ensemble. Mais ça ne t'intéressait guère, et moi j'étais trop fatigué, si bien qu'Edward se l'était accaparé, et presque tous les jours, il partait tôt le matin, et à grands coups de pagaie, il quittait la baie, contournait le promontoire rocheux et disparaissait. Parfois, il ne rentrait pas avant la nuit tombée, et s'il ne restait plus de provisions, je devais me débrouiller pour trouver quelque chose à manger. Il y avait un bananier latundan à l'extrémité est du domaine, et bien souvent il me fallait me contenter de ces fruits verts et trapus, pas assez mûrs et au goût de féculents, qui me donnaient des crampes d'estomac, mais je n'avais pas le choix. J'étais devenu quelque chose comme son chien ; la plupart du temps, il pensait à me donner à manger, mais sinon, je n'avais d'autre solution que d'attendre.

Nous ne possédions pratiquement rien, et pourtant, le terrain paraissait toujours jonché de déchets. Il y avait immanquablement des sacs en plastique, déchirés et inutilisables, qui flottaient au vent ; tu avais laissé un des manuels d'hawaïen dehors pendant l'une de tes visites – délibérément ou non, je l'ignore – et ses pages s'étaient gorgées d'eau avant de se dessécher au soleil, et maintenant, elles craquaient bruyamment sous la brise ; des matériaux que nous avions accumulés pour des projets qui n'avaient jamais vu le jour (une pyramide de coraux, une autre de petit bois) s'entassaient sous l'acacia. Lors de tes visites, tu arpentais, l'air maussade et dégoûté, l'espace entre la maison et cet arbre, comme si en marchant inlassablement tu avais pu faire apparaître quelqu'un d'autre : tes amis, un nouveau père… Un jour, l'Oncle William m'avait apporté un cerf-volant pour que je te l'offre à ton prochain passage, et malgré quelques tentatives, tu n'as jamais réussi à le faire décoller. Même le vent nous avait abandonnés.

Quand tu partais le dimanche, c'était si douloureux que je ne pouvais même pas me lever du pied de l'arbre pour t'accompagner jusqu'à la voiture de ta grand-mère. La première fois, tu as crié mon nom à trois reprises et tu t'es approché pour me secouer par l'épaule. « Tutu ! t'es-tu exclamé. Papa a quelque chose qui ne va pas !

— Mais non, Kawika. » Elle avait la voix très lasse. « Il n'arrive pas à se lever, voilà tout. Dis-lui au revoir et reviens. Nous devons rentrer à la maison, maintenant ; Jane t'a préparé des spaghettis et des boulettes de viande pour le dîner. »

Je t'ai senti t'accroupir près de moi. « Au revoir, Papa, m'as-tu murmuré. Je t'aime. » Puis tu t'es penché pour m'embrasser, la caresse de tes lèvres aussi légère qu'une aile, et tu es parti. Plus tôt dans la journée, tu t'étais rapproché pour me poser ta paume sur la joue et me bercer doucement, comme tu m'avais vu le faire ces derniers temps parce que j'avais très mal à une dent. « Pa, fais-moi voir », avais-tu dit, l'air inquiet, et quand j'avais avec réticence fini par ouvrir la bouche, tu avais sursauté : « Pa, ta dent a l'air vraiment dans un sale état. Tu ne veux pas revenir en ville pour la faire soigner ? » J'ai fait non de la tête, gémissant de la douleur que m'avait causée ce simple mouvement, et tu t'es assis à côté de moi en me tapotant le dos. « Pa, rentre avec moi. » Mais je ne pouvais pas. Tu avais treize ans. À chacune de tes visites, je pensais aux heures qui me filaient entre les doigts. Quand tu repartais, c'était comme si le temps au contraire ralentissait : alors, je n'avais plus ni passé ni avenir, je n'avais commis aucune erreur puisque je n'avais pris aucune décision, et tout restait possible.

Finalement, comme je savais que cela devait arriver, tu as cessé de venir. Tu grandissais, tu étais déjà presque un homme. Tu paraissais tellement en colère lors de tes visites à Lipo-wao-nahele : contre ta grand-mère, contre Edward, mais surtout contre moi. Un week-end, un des derniers avant que tu ne viennes plus du tout, peu de temps après l'anniversaire de tes quinze ans, tu m'aidais à récolter des pousses de bambou que tu avais découverts deux ans auparavant sur l'autre versant de la montagne. Elles me sauvaient, ces pousses de bambou, même si je n'avais plus la force de les déraciner. J'étais si faible que l'Oncle William avait renoncé à me demander de l'accompagner en ville pour consulter un médecin et m'en envoyait un tous les mois. Il me donnait des gouttes pour protéger mes yeux de la brûlure du soleil, des fortifiants, des pommades pour les piqûres d'insectes sur mon visage, ainsi que des cachets pour lutter contre mes crises. Un dentiste est venu m'arracher la dent. Il a comblé le trou avec de la gaze et m'a laissé un tube de pommade pour favoriser la cicatrisation.

Ce jour-là, j'étais très fatigué. Ma seule tâche était de maintenir ouvert un vieux sac de riz pour que tu puisses y déposer les pousses de bambou. Après en avoir terminé, tu m'as pris le sac des mains et tu l'as chargé sur ton épaule, me tendant ton autre main pour m'aider à redescendre la pente. Tu étais déjà aussi grand que moi à ce stade, mais beaucoup plus fort, et tu me tenais tout doucement par le bout des doigts, comme si tu craignais de les briser.

Edward était présent ce week-end-là, mais il ne nous adressait pas la parole, et personne ne s'en plaignait. Je redoutais seulement qu'il soit fâché avec moi, mais tu avais cessé depuis longtemps de te soucier de ce qu'il pensait de toi et compris également que tu n'avais rien à craindre de lui – lui aussi s'était désintégré, mais d'une façon différente de la mienne. Il était exaspérant, mais pas dangereux – l'avait-il d'ailleurs jamais été ? –, et quand tu venais en visite, tu nous servais nos repas et nous distribuais nos assiettes, assis par terre, tendant la main comme des enfants alors que nous avions déjà – ou seulement – quarante ans, avant de prendre place à ton tour. Seul Edward parlait pendant ces repas, il te récitait de vieilles histoires, des anecdotes éculées : nous allions refaire cette île comme elle était autrefois, nous le faisions pour toi, notre fils d'Hawaii, notre prince. « C'est chouette, Paiea », disais-tu parfois avec indulgence, comme on s'adresse à un gamin qui répète toujours la même chose. Une fois, il avait levé les yeux vers toi, l'air complètement perdu. « Edward, avait-il balbutié. Je m'appelle Edward. » Mais la plupart du temps, il ne s'adressait pas vraiment à toi, il se contentait de parler et de parler encore, jusqu'à ce que finalement sa voix s'éteigne et qu'il se lève pour sortir, marcher vers la plage et regarder l'océan. Nous étions tous les deux considérablement diminués – nous étions venus redonner vie à cette terre, mais au bout du compte, elle nous avait dérobé la nôtre.

Nous sommes allés dans la cuisine et tu t'es mis à préparer le dîner. Assis sur une chaise, je te regardais t'activer, remiser les pousses de bambou pour que je puisse les manger après ton départ, et sortir la chair à saucisse du réfrigérateur. Ma vue avait déjà beaucoup baissé, mais je pouvais encore admirer mon fils et apprécier la perfection de sa silhouette.

Jane t'avait appris à cuisiner – des choses simples, comme des nouilles et du riz sauté – et quand tu nous rendais visite, c'était toi le chef. Plus récemment, tu avais aussi assimilé quelques recettes de pâtisserie, et ce week-end-là, tu avais apporté des œufs frais, de la farine ainsi que du lait et de la crème fraîche. Le lendemain matin, tu allais me préparer un gâteau à la banane, avais-tu annoncé. Lors de tes deux visites précédentes, tu t'étais montré boudeur et un peu agressif, mais ce matin-là tu étais d'humeur légère et joyeuse, tu sifflotais en déballant les courses. Je te regardais, si empli de tendresse et d'amour que je pouvais à peine parler, quand soudain j'ai compris ce que signifiait ta joie : tu étais amoureux.

« Pa, tu veux bien mettre la crème et le lait au frigidaire ? J'ai encore des trucs à aller chercher. » Quand tu étais petit, l'Oncle William ne te confiait jamais de provisions à nous porter, mais maintenant, il le faisait parfois, et je te regardais décharger rouleaux de papier hygiénique et sacs de courses, parfois des stères de bois, tandis que ta grand-mère restait au volant, fixant la mer à travers la vitre.

Tu es sorti et je suis resté sur ma chaise (notre seule chaise), les yeux rivés sur le mur de la cuisine, en me demandant de qui tu étais amoureux et si elle t'aimait en retour. J'ai rêvassé de longues minutes jusqu'à ce que je t'entende à nouveau prononcer mon nom – tu étais obligé de nous appeler comme des chiens à cette époque, et nous répondions docilement avant de nous rapprocher en traînant les pieds – et nous sommes partis ramasser les pousses de bambou.

Je repensais à ce matin-là, à ton sourire rêveur et mystérieux, tandis que tu marmonnais tout seul en fouillant le réfrigérateur à la recherche de poivrons et de courgettes que tu voulais faire rissoler, quand soudain je t'ai entendu jurer : « Bon Dieu, Pa ! », et je me suis concentré pour te voir soulever la bouteille de crème que j'avais oublié de ranger quand tu me l'avais demandé. « Tu as laissé la crème dehors, Pa ! Et le lait aussi. Maintenant, ils ont tourné ! »

Tu as jeté la crème dans l'évier et tu t'es retourné vers moi. Je discernais tes dents, tes yeux noirs et brillants. « Tu es vraiment complètement incapable ? La seule chose que je t'ai demandée, c'était de mettre la crème et le lait au frais, et tu ne peux même pas faire ça ? » Tu t'es rapproché, m'as pris par les épaules et tu m'as secoué énergiquement en criant : « Qu'est-ce que tu as ? Mais qu'est-ce que tu as, bon sang ? Tu ne sais plus rien faire ? »

J'avais appris, au fil des ans, que quand on vous secoue comme ça il valait mieux ne pas résister et suivre le mouvement et c'est ce que j'ai fait : j'ai laissé aller ma tête et mes bras se ramollir, et tu as fini par arrêter mais tu m'as poussé si fort que je suis tombé de ma chaise, et ensuite j'ai vu tes pieds s'éloigner et entendu la porte à moustiquaire claquer.

Quand tu es rentré, il faisait nuit. J'étais toujours prostré par terre là où j'étais tombé. La chair à saucisse, abandonnée sur le comptoir, s'était gâtée elle aussi, et à la lueur de la lampe, j'ai vu des petits moucherons s'y attaquer.

Tu t'es assis à mes côtés, et je me suis niché dans la chaleur de ta peau nue. « Pa ! » Je me suis contorsionné pour me redresser. « Là, laisse-moi t'aider », as-tu dit ; et tu as passé un bras dans mon dos pour me faire asseoir et tu m'as donné un verre d'eau. « Je vais nous faire quelque chose à manger. » Et je t'ai entendu jeter le porc à la poubelle et commencer à couper les légumes.

Tu nous as préparé deux assiettes de légumes rissolés accompagnés de riz, et nous avons mangé ensemble assis par terre dans la cuisine.

« Excuse-moi, Pa », as-tu dit finalement, et j'ai hoché la tête, la bouche trop pleine pour te répondre. « Tu m'énerves tellement parfois », as-tu poursuivi, et j'ai à nouveau dodeliné du chef. « Pa, tu ne pourrais pas me regarder ? » J'ai levé les yeux pour essayer de t'obéir, et tu as pris ma tête entre tes paumes pour l'approcher de ton visage. « Je suis là, as-tu murmuré. Tu me vois maintenant ? » Et j'ai à nouveau remué la tête.

« Ne hoche pas le menton, parle, as-tu ordonné, mais d'une voix douce.

— Oui. Je te vois. »

Ce jour-là, j'ai dormi à l'intérieur, dans ta chambre, dans ton lit. Edward n'était pas dans les parages pour me l'interdire, et tu allais pêcher de nuit. « Mais quand tu vas rentrer ? », ai-je demandé, et tu m'as répondu que tu te glisserais dans le lit, et que nous dormirions côte à côte, comme avant sous la tente. « Allez, prends le lit », et sans doute je n'aurais pas dû accepter, je l'ai fait. Mais tu n'es jamais venu me rejoindre pour me tenir compagnie, et le lendemain tu étais silencieux et distant, ton entrain du matin précédent avait disparu.

C'est ce week-end-là que je t'ai vu pour la dernière fois. Deux semaines plus tard, je t'attendais assis sur la bâche quand l'Oncle William est descendu de voiture, il avait les mains vides. Il m'a expliqué que tu ne pouvais pas venir ce week-end, que tu avais un spectacle au lycée et que tu ne pouvais pas t'y dérober. « Oh, mais il sera là la semaine prochaine, non ? » Et l'Oncle William avait lentement hoché la tête. « Je ne vois pas pourquoi il ne viendrait pas », m'a-t-il répondu. Mais tu n'es pas venu, l'Oncle William n'est pas passé me l'annoncer, et ce n'est que le mois suivant que je l'ai vu arriver, cette fois avec des provisions en tous genres et un message. Tu ne reviendrais plus à Lipo-wao-nahele. Plus jamais. « Essaie de te mettre à sa place, Wika, m'a-t-il dit d'une voix presque suppliante. Kawika grandit, fils. Il a envie de passer du temps avec ses amis et ses camarades de classe. C'est trop dur pour un adolescent de se retrouver si loin de tout. » On aurait cru qu'il s'attendait à ce que je proteste, mais je ne pouvais pas parce que je savais qu'il avait raison. Et je devinais aussi ce qu'il avait voulu dire : Lipo-wao-nahele n'était pas le problème en soi, ce qui était difficile, c'était de passer du temps avec moi, avec celui que j'étais devenu et que j'avais peut-être toujours été.

Beaucoup de gens pensent qu'ils ont gâché leur vie. Quand j'étais à l'université, sur le continent, il avait neigé une nuit, et le lendemain matin, les cours étaient annulés. Ma chambre dans la résidence universitaire donnait sur une colline escarpée qui menait à un étang, et de ma fenêtre, et tout l'après-midi, j'avais regardé mes camarades faire de la luge et du traîneau, se laissant glisser jusqu'en bas avant de remonter péniblement au sommet, et s'accrocher les uns aux autres en riant comme s'ils étaient épuisés par l'effort. Ils n'étaient pas rentrés avant le soir, et à travers ma porte, je les avais entendus parler de leur journée. « Mon Dieu, où avais-je la tête ? se désespérait ironiquement l'un d'eux. J'avais un devoir de grec à rendre demain ! Je suis en train de gâcher ma vie ! »

Tous s'étaient esclaffés, parce que c'était absurde – il n'avait pas gâché sa vie. Il se mettrait bientôt à rédiger son devoir de grec, il aurait une bonne note, il obtiendrait son diplôme, et des années plus tard, en voyant son fils partir pour l'université, il lui dirait : « Prends du bon temps, mais pas trop. » Et il lui parlerait des années où lui était étudiant, et du jour qu'il avait gâché à glisser sur la neige. Mais cette histoire n'aurait aucun suspens parce qu'ils en connaîtraient tous les deux la fin.

Moi, cependant, j'avais effectivement gâché ma vie. À part toi, ma seule réussite avait été de ne pas quitter Lipo-wao-nahele. Mais ne pas faire quelque chose, ce n'est pas pareil que de faire quelque chose. J'avais gâché ma vie, mais tu n'allais pas me laisser gâcher aussi la tienne. Par conséquent, j'étais fier de toi en comprenant que tu m'abandonnais, parce que tu parvenais à faire ce dont moi j'avais été incapable – tu ne te laisserais pas séduire, abuser, ensorceler ; tu allais m'abandonner derrière toi, mais pas seulement moi et Lipo-wao-nahele, tout le reste aussi : l'île, l'État, l'histoire, celui qui tu étais destiné à être, celui que tu aurais pu devenir. Tu allais te défaire de tout ce fardeau, et ensuite, tu te sentirais si léger qu'en t'avançant dans la mer tes pieds ne s'enfonceraient pas dans le sable, tu marcherais à la surface de l'eau : et de là, tu irais droit vers l'est, vers une autre vie, une vie où personne ne saurait qui tu étais, pas même toi.

*

Tu sais ce qui m'est arrivé ensuite, Kawika, peut-être mieux que je ne le sais moi-même. Quelques mois après ton départ – sept, m'a dit l'Oncle William –, Edward s'est noyé, et si on a conclu à un accident, je me demande encore parfois s'il ne s'est pas suicidé. Il était venu là pour trouver quelque chose, mais il n'en avait pas eu la force, et moi non plus. J'étais censé être le témoin de son aventure, et je m'en étais révélé incapable. Sans moi, il avait abandonné la partie lui aussi.

C'est l'Oncle William qui a trouvé son corps sur le rivage lors d'une de ses visites, et ce même jour – quand la police a fini de m'interroger –, il m'a ramené à Honolulu et conduit à l'hôpital. À mon réveil, j'étais dans une chambre, j'ai levé les yeux et vu le médecin, qui répétait mon nom en m'examinant les yeux à la vive lumière blanche d'une torche électrique.

Il s'est assis à côté de moi et m'a posé des questions : Est-ce que je savais comment je m'appelais ? Où je me trouvais ? Qui était le Président ? Pouvais-je compter à l'envers de six en six à partir de cent ? J'ai répondu et il a tout noté. Puis, avant de me laisser, il m'a dit : « Wika, tu l'as sans doute oublié, mais on se connaît. » Devant mon silence, il a repris : « Je m'appelle Harry Yoshimoto ; on est allés à l'école ensemble. Tu te souviens ? » Mais ce n'est que le soir, seul dans mon lit, que je me le suis rappelé. Harry, le garçon qui mangeait des sandwiches de riz et à qui personne n'adressait la parole. Harry, le type que je me réjouissais de ne pas être.

Et ça a été la fin. Je ne suis jamais rentré dans notre maison de la vallée. Au bout d'un moment, ils m'ont amené ici. Finalement, j'ai perdu le peu de vue qu'il me restait, l'envie, puis la capacité de faire quoi que ce soit. Je passais la journée au lit à rêver, et les repères du temps se sont brouillés puis doucement effacés, c'était comme si je n'avais jamais commis aucune faute. Même toi – qu'on avait envoyé dans une autre école sur la Grande Île –, même toi qui ne me rendais jamais visite, je pouvais imaginer ta présence à mes côtés, et les jours de grande chance, je réussissais même à me convaincre que tu n'avais jamais existé. Tu serais le premier Kawika Bingham à ne pas être diplômé de cette école – qui sait quelles autres choses tu serais le premier à faire ? Le premier à vivre à l'étranger ? Le premier à être quelqu'un d'autre ? Le premier à aller si loin que de là où tu serais même la lointaine Hawaii paraîtrait à proximité immédiate d'une autre terre ?

Je pensais à tout cela quand des pleurs m'ont réveillé ce matin – quelqu'un pleurait mais essayait de s'en empêcher, cette personne respirait par à-coups. « Je suis désolé, Mrs. Bingham, disait une voix, mais c'est comme s'il se laissait partir, nous ne pouvons le garder en vie que s'il le veut lui-même. » Puis ces bruits à nouveau, cette tristesse, ce désespoir. Et encore une fois, la voix : « Je suis désolé, Mrs. Bingham. Vraiment désolé.

— Il va falloir que j'écrive à mon petit-fils ; le fils de mon fils. Je ne peux pas le lui dire au téléphone. En aurai-je le temps ?

— Oui, a répondu l'homme. Mais demandez-lui de faire vite. »

J'aurais voulu leur dire qu'il ne fallait pas s'inquiéter, que j'allais mieux, que j'étais presque guéri. J'avais déjà tellement de mal à ne pas sourire, à ne pas pousser des cris de joie en appelant ton nom. Mais je veux te faire la surprise – je veux voir ta tête quand tu passeras enfin cette porte et que je bondirai du lit pour t'accueillir. Tu vas être sacrément étonné. Et eux tous aussi. Je me demande s'ils m'applaudiront. S'ils seront fiers de moi. Ou bien gênés, ou même fâchés – gênés de m'avoir sous-estimé, fâchés que je les aie fait passer pour des imbéciles ?

Mais j'espère que non, parce qu'on n'a pas le temps d'être en colère. Tu arrives, et je sens mon cœur battre de plus en plus vite, le sang cogner à mes tympans. Pour l'instant, cependant, je vais continuer à m'entraîner. Je suis tellement fort maintenant, Kawika. Je suis presque prêt. Cette fois je suis décidé à te faire honneur. Cette fois, je ne te décevrai pas. Tout ce temps, j'avais cru que Lipo-wao-nahele serait la seule page que j'aurais à écrire sur ma vie, mais aujourd'hui je le sais : je vais avoir une nouvelle chance d'en rédiger une autre, une chance de te transmettre une histoire différente. Et donc, cette nuit, quand il fera bien sombre et que tout sera silencieux autour de moi, je vais me lever, reprendre le chemin du parc, et cette fois je franchirai la porte pour retourner dans le monde. Je vois déjà la cime des arbres, noirs sur le ciel obscur ; je sens le parfum du gingembre m'envelopper. Ils avaient tort : il n'est pas trop tard, il n'est pas trop tard, il n'est pas trop tard en fin de compte. Et ensuite, je me mettrai en route – ni vers la maison de ma mère, ni vers Lipo-wao-nahele, mais ailleurs, vers cet endroit où tu es déjà, j'espère, et je ne m'arrêterai pas, je n'aurai aucun besoin de repos, jusqu'à y parvenir, jusqu'à toi… Je serai en marche vers le paradis.

LIVRE III

Zone Huit

I. Automne 2093 425
II. Automne. Cinquante ans plus tôt 458
III. Hiver 2094 500
IV. Hiver. Quarante ans plus tôt 545
V. Printemps 2094 593
VI. Printemps. Trente ans plus tôt 631
VII. Été 2094 681
VIII. Été. Vingt ans plus tôt 718
IX. Automne 2094 782
X. 16 septembre 2088 810

I. Automne 2093

Normalement, pour rentrer chez moi, je prends la navette de 18:00 qui me dépose à l'angle de la 8e Rue et de la 5e Avenue entre 18:30 et 18:40 environ, selon les perturbations, mais aujourd'hui, je savais qu'il allait y avoir une Cérémonie, et j'ai demandé au Dr Morgan si je pouvais partir plus tôt. Je craignais que la navette ne soit bloquée près de la 42e Rue, et ensuite, qui sait pour combien de temps il y en aurait, et il risquait d'être trop tard pour acheter de quoi préparer le dîner de mon mari. J'étais en train d'expliquer la situation au Dr Morgan mais il ne m'a pas laissé finir : « Vous n'avez pas besoin de me donner de détails. Bien sûr, vous avez ma permission. Prenez la navette de 17:00. » C'est ce que j'ai fait après l'avoir remercié.

Les passagers de la navette de 17:00 étaient différents de ceux de la navette de 18:00. Parmi ces derniers, il y avait toujours d'autres techniciens de laboratoire et des scientifiques, même certains des chercheurs les plus importants, mais la seule personne que j'ai reconnue dans celle de 17:00 était une des gardiennes. J'ai même pensé à la saluer, une seconde après son passage, et j'ai regardé par-dessus mon épaule, mais je ne crois pas qu'elle ait remarqué ma présence parce qu'elle n'a pas répondu à mon geste.

Comme je l'avais prévu, la navette a ralenti et s'est arrêtée juste un peu plus bas que la 42e Rue. Les vitres sont dotées de barreaux, mais on voit tout de même assez bien au-dehors. J'avais choisi une place du côté droit pour apercevoir l'Ancienne Bibliothèque, et de fait, j'ai vu les chaises, une rangée de six, disposées de façon à faire face à l'avenue, même si personne n'était encore assis dessus et que les cordes de sécurité n'avaient pas encore été déroulées. La Cérémonie ne commencerait pas avant deux heures, mais il y avait déjà des techniciens radio qui déambulaient dans les parages dans leurs longs manteaux noirs, et deux hommes qui emplissaient des poubelles en fil de fer avec des pierres qu'ils déchargeaient d'un gros camion. C'était ce camion qui avait bloqué la circulation, mais il n'y avait rien eu à faire tant qu'ils n'avaient pas fini cette opération, n'étaient pas remontés dans leur véhicule et n'avaient pas libéré la voie. Ensuite le reste du trajet s'était effectué très rapidement, malgré les checkpoints.

Quand nous avons atteint mon arrêt, il était 17:50, et malgré ce ralentissement inattendu, j'étais tout de même à la maison beaucoup plus tôt que d'habitude. Comme d'ordinaire après le travail, j'ai cependant été faire les courses. C'était un jour de viande, mais aussi le troisième jeudi du mois, j'avais par conséquent droit à notre ration mensuelle de savon et de papier hygiénique. J'avais aussi économisé mes coupons de légumes de la semaine précédente, et donc, en plus des pommes de terre et des carottes, j'ai pu prendre une boîte de petits pois. Ce jour-là, en marge de l'assortiment ordinaire des briques de protéines aromatisées, de steaks de soja et de viande synthétique, il y avait aussi de la vraie viande de cheval, de chien, de biche, et de ragondin. La viande de ragondin était la moins chère, mais mon mari la trouve trop grasse, alors j'ai acheté une livre de cheval, et aussi de la semoule de maïs parce qu'il ne nous en restait presque plus. Nous avions besoin de lait, mais si j'économisais encore une semaine de coupons, je pourrais nous offrir cinq cents grammes de pudding, et à la place j'ai donc choisi du lait en poudre, que mon mari et moi n'aimons pas beaucoup, mais il nous faudra faire avec.

Ensuite, j'ai longé les quatre pâtés de maisons qui me séparaient de notre immeuble, et c'est seulement une fois à l'abri de notre appartement, en faisant rissoler la viande de cheval dans de l'huile végétale, que je me suis rappelé la soirée libre de mon mari et qu'il ne rentrerait pas dîner. Mais il était trop tard pour cesser de cuisiner, alors j'ai fini de faire cuire la viande et je l'ai mangée avec des petits pois. Au-dessus de ma tête, j'entendais l'écho de voix qui criaient, et j'ai compris que les voisins écoutaient la retransmission de la Cérémonie à la radio, mais moi, je ne voulais pas l'entendre ; après avoir lavé la vaisselle, j'ai pris place sur le canapé pour attendre un moment mon mari, tout en sachant qu'il n'était pas près de rentrer, et finalement, j'ai décidé d'aller me coucher.

*

Le lendemain, rien d'exceptionnel, donc j'ai pris la navette de 18:00 pour rentrer. En passant devant l'Ancienne Bibliothèque, j'ai cherché du regard des traces de la Cérémonie, mais il n'y en avait aucune : les pierres, les chaises et les banderoles avaient disparu, les marches étaient propres, grises et désertes, comme d'habitude.

À la maison, j'avais mis de l'huile à chauffer pour faire rissoler un peu de viande quand j'ai entendu mon mari tapoter sur la porte – tic tic tac tac tac – et son appel – « Cobra » – auquel j'ai répondu « Mangouste », puis le cliquetis des verrous qui tournaient : un, deux, trois, quatre. Ensuite la porte s'est ouverte, et il est apparu, mon mari, ma Mangouste.

« Le dîner est presque prêt.

— J'arrive tout de suite », a-t-il lancé avant d'aller se changer dans notre chambre.

J'ai posé un morceau de viande dans son assiette et un autre dans la mienne, ainsi que des petits pois et une demi-pomme de terre pour chacun, que j'avais fait cuire au four le matin après que mon mari était parti travailler, et que je venais de réchauffer. Ensuite, j'ai attendu qu'il vienne s'asseoir à table en face de moi.

Pendant un moment, nous avons mangé en silence. Puis : « Cheval ? », a demandé mon mari.

— Oui.

— Mmmm. »

Bien que nous soyons mariés depuis plus de cinq ans, j'ai toujours du mal à trouver quoi lui dire. C'était déjà comme ça quand nous nous sommes rencontrés, et alors que nous étions en train de quitter l'agence matrimoniale, Grand-Père avait passé un bras sur mon épaule, me serrant contre lui, mais il n'avait pas dit un mot avant que nous soyons de retour à la maison.

« Qu'est-ce que tu en as pensé ?

— Je ne sais pas », avais-je répondu. Il ne faut pas dire : *Je ne sais pas* – on m'a fait valoir que je le répète trop souvent –, mais dans ce cas précis, je ne savais effectivement pas. « Je ne savais pas quoi lui dire quand je n'avais pas à répondre à ses questions.

— C'est normal, m'avait dit Grand-Père pour me réconforter. Avec le temps, les choses te paraîtront plus simples. » Une pause. « Rappelle-toi seulement nos cours. Tout ce dont nous avons discuté. Tu t'en souviens ?

— Oui, bien sûr », avais-je répondu. Puis : « Comment s'est déroulée ta journée ? Tu as entendu cette histoire à la radio ? Il s'est passé quelque chose d'intéressant aujourd'hui ? » Nous avions dressé une liste, Grand-Père et moi, des questions qu'une personne peut poser à une autre. Parfois, encore aujourd'hui, je la parcours à nouveau avant d'aller me coucher, en pensant que le lendemain, je pourrai en poser une à mon mari ou à un de mes collègues. Le problème est que certaines de ces questions – « Que veux-tu manger ce soir ? Quels livres lis-tu en ce moment ? Quand prends-tu tes prochaines vacances ? Il a fait très beau/très moche aujourd'hui, n'est-ce pas ? Comment te sens-tu ? » – ont perdu leur pertinence ou sont devenues dangereuses à poser. En consultant la liste, je me rappelais cet entraînement à la conversation avec Grand-Père, mais j'étais incapable de me remémorer ses réponses.

J'ai demandé à mon mari : « Comment tu trouves la viande ?

— Ça va.

— Pas trop dure ?

— Non, ça va. » Il a pris un autre morceau. « Elle est bonne. »

Ce compliment m'a fait me sentir mieux, plus tranquille. Grand-Père m'avait expliqué qu'en cas d'angoisse, je pouvais me calmer en additionnant des chiffres dans ma tête, et c'est ce que je commençais à faire quand mon mari avait réussi à me rassurer.

Après cela, l'inquiétude était suffisamment émoussée pour que je puisse lui dire autre chose. « Comment s'est passée ta soirée libre ?

— Bien », a-t-il répondu sans lever les yeux. « Sympa. »

Je ne savais pas quoi dire de plus. Ensuite, je me suis rappelé : « Il y a eu une Cérémonie hier soir. Je l'ai vue en rentrant à la maison. »

Cette fois, son regard s'est posé sur moi. « Tu l'as écoutée à la radio ?

— Non. Et toi ?

— Non.

— Tu sais qui c'était ? », ai-je demandé alors que nul n'ignore qu'il ne faut pas poser cette question.

Je l'avais posée seulement pour alimenter la conversation avec mon mari, mais à ma surprise, ses yeux se sont fixés à nouveau sur moi, et pendant quelques secondes, il a gardé le silence, et je n'ai rien dit non plus. Puis : « Non. » Il m'a semblé qu'il aurait voulu ajouter quelque chose, mais il s'en est bien gardé, et nous avons fini de dîner en silence.

*

Deux nuits plus tard, un martèlement et des voix d'hommes nous ont réveillés. Mon mari a bondi hors du lit en jurant, et j'ai tendu la main pour allumer la lampe de chevet. « Reste ici », a-t-il commandé, mais je le suivais déjà vers l'entrée.

« Qui est là ? », a-t-il demandé devant la porte fermée, et comme toujours dans ces cas-là, son courage, l'absence de peur dont il témoignait m'ont fait une forte impression.

« Brigade d'Investigation 546 du 3e Arrondissement. Agents 5528, 7879 et 4578 », a répondu une voix de l'autre côté du battant. J'ai entendu un chien aboyer. « Nous recherchons des personnes soupçonnées d'avoir enfreint les Codes 122, 135, 229, 247 et 333. » Les codes commençant par un 1 désignent des crimes contre la sûreté de l'État. Ceux qui débutent par un 2 concernent les trafics en tous genres. Ceux qui commencent par un 3 sont des délits d'information, qui signifient que l'accusé s'est connecté à Internet ou a été trouvé en possession d'un livre interdit. « Permission de fouiller l'unité d'habitation. »

Ils se passaient de permission, mais il fallait néanmoins la leur donner. « Permission accordée », a dit mon mari en tirant les verrous, et trois hommes accompagnés d'un grand chien maigre au museau pointu sont entrés. Le plus costaud des trois est resté sur le seuil, pointant son arme sur nous, et nous sommes restés adossés au mur face à lui, les mains levées et les coudes à angle droit, tandis que les deux autres ouvraient nos placards et fouillaient la salle de bains et la chambre. Ils étaient censés faire tout cela en silence, mais je les entendais dans la chambre soulever un matelas puis l'autre, qui retombaient sur le sommier avec un bruit sourd, et même si le policier resté sur le seuil avait un corps massif, je voyais derrière lui d'autres brigades de policiers en action, l'une investissant l'appartement de nos voisins de gauche, une autre montant l'escalier au pas de charge.

Quand ils ont eu fini, les deux hommes accompagnés du chien sont sortis de la chambre, et l'un d'eux a annoncé : « R.A.S. » à celui qui gardait la porte, avant de nous ordonner : « Signature », et nous avons apposé notre pouce droit sur l'écran qu'il tendait en déclinant nos noms et numéros d'identité dans le micro de la tablette. Ensuite, ils ont tourné les talons et nous avons refermé la porte derrière eux.

Les fouilles de ce genre laissent toujours un désordre indescriptible, tous nos vêtements et nos chaussures avaient été sortis du placard, les matelas étaient posés de travers sur les sommiers, et la fenêtre avait été laissée ouverte quand les policiers avaient vérifié que personne n'était suspendu au rebord extérieur, ou ne se cachait dans les arbres, comme cela s'était apparemment produit un an plus tôt. Mon mari s'est assuré que la grille de défense ouvrante de la vitre était bien en place et verrouillée, puis il a refermé la fenêtre et tiré le rideau noir avant de m'aider à redresser mon matelas, puis le sien. Je m'apprêtais à ranger un peu le placard mais il a arrêté mon geste. « Laisse tomber. Ça peut attendre demain. » Puis il s'est couché dans son lit, moi dans le mien, il a éteint la lumière, et nous nous sommes retrouvés dans l'obscurité totale.

Le silence aussi est revenu, mais pas complètement. Les policiers arpentaient l'appartement du dessus – un objet lourd est tombé et le lustre du plafond a tremblé. Il y a eu des cris étouffés et les aboiements d'un chien. Ensuite, nous avons entendu les pas des policiers qui redescendaient l'escalier, puis le « R.A.S. » diffusé par les haut-parleurs installés sur le toit d'une de leurs camionnettes : « Zone Huit, 13, Washington Square North, huit unités d'habitation plus caves. Inspection complète terminée. » Après cela, nous avons aussi repéré le hoquet des pales de l'hélicoptère de la police qui tournoyaient, et cette fois, le silence s'est installé, si profond que nous avons perçu les pleurs de quelqu'un, une femme, provenant de l'appartement du dessus ou d'à côté. Mais bientôt cela aussi a cessé, et s'en est suivi un silence total cette fois, et depuis mon lit, j'ai observé les rayons clignotants qui passaient sur le dos de mon mari avant de remonter le long du mur et de disparaître par la fenêtre. Les rideaux étaient censés obstruer ces lumières stroboscopiques mais ils n'y réussissaient pas complètement, même si au bout d'un moment, on ne les voyait même plus.

Soudain j'ai eu peur, et j'ai cherché refuge au fond du lit, la tête sous les oreillers et le corps blotti sous les couvertures, comme quand j'étais enfant. Je vivais encore chez Grand-Père quand j'avais connu ma première descente de police, et cette nuit-là, ma frayeur avait été telle qu'ensuite j'avais commencé à geindre, à me balancer sur place en gémissant, et Grand-Père avait dû me ceinturer entre ses bras pour que je ne me blesse pas. « Tout ira bien, tout ira bien », répétait-il inlassablement, et le lendemain matin au réveil, j'avais toujours peur mais moins, et il m'avait expliqué que c'était normal d'avoir peur, qu'avec le temps je m'habituerais à ces fouilles, que j'étais quelqu'un de bien, que je ne manquais pas de courage et qu'il ne fallait pas que je l'oublie.

Mais – à l'instar du mal que j'avais toujours à parler à mon mari –, les choses n'étaient jamais devenues plus faciles, même si au fil des ans après cette première descente de police, j'avais trouvé comment me réconforter par la suite ; j'avais appris, si je me couvrais la tête pour que l'air que j'inspirais soit le même que celui que j'expirais, de façon à ce qu'il n'y ait plus dans l'espace que je créais autour de moi rien d'autre que mon souffle chaud et familier, je finissais par me persuader que j'étais ailleurs, dans une nacelle en plastique qui traversait l'espace.

Cette nuit-là cependant, je n'ai pas réussi à imaginer que la nacelle existait bel et bien. Je sentais que je voulais m'accrocher à quelque chose, un corps chaud, compact, et qui vibrerait de son propre souffle, mais je n'arrivais pas à trouver quoi. J'ai essayé de deviner ce que dirait Grand-Père s'il était là, mais je ne parvenais pas à me l'imaginer non plus. Alors, à la place, j'ai commencé à faire des additions dans ma tête, la bouche plaquée contre les draps, et finalement, j'ai réussi à me rassurer et à m'endormir.

*

Le lendemain, j'ai émergé du sommeil plus tard que d'habitude, mais sans toutefois risquer d'être en retard. Normalement, je me réveille à temps pour voir mon mari quitter la maison, mais pas cette fois.

La navette de mon mari passe plus tôt que la mienne, parce qu'il est employé dans une zone de sécurité plus haute que celle où je travaille, et que tous doivent être scannés et examinés avant de pouvoir pénétrer sur le site. Tous les jours, avant de sortir, il nous prépare le petit déjeuner, et ce jour-là, il avait laissé le mien dans le four : un bol en pierre de flocons d'avoine, saupoudrés de ce que je savais être nos dernières amandes, grillées au préalable à la poêle et écrasées. Tout en déjeunant, j'ai jeté un coup d'œil par la fenêtre de notre séjour à travers la grille métallique. Sur la droite, on voyait les restes de ce qui avait été une terrasse en bois flanquant une unité d'habitation dans l'immeuble voisin du nôtre. J'avais beaucoup aimé regarder cette terrasse, ces pots d'herbes aromatiques et de tomates qui prospéraient, croissaient, mûrissaient de jour en jour, et quand il était devenu illégal de faire pousser ses propres produits alimentaires, les occupants l'avaient décorée avec des plantes artificielles, faites de plastique et de papier qu'ils s'étaient débrouillés pour peindre en vert, et cela m'avait rappelé Grand-Père et la façon dont, même quand les choses avaient mal tourné, il avait déniché du papier qu'il découpait pour nous : des fleurs, des flocons de neige, des animaux qu'il voyait quand il était enfant, et qu'il avait collés sur nos vitres avec une larme de porridge. Les locataires de l'immeuble voisin avaient fini par cacher leurs plantes sous une bâche bleue qu'ils avaient récupérée quelque part, et tout en prenant mon petit déjeuner, j'ai marché vers la fenêtre, regardé la bâche, et imaginé les fausses plantes cachées dessous, et la sérénité m'est revenue.

Mais les forces de l'ordre avaient fait irruption, et les voisins avaient été accusés d'abriter un ennemi, et la terrasse avait été détruite la nuit même où ils avaient été emmenés. Cela avait été la dernière descente de police en date, cinq mois auparavant. Je n'ai jamais su qui étaient ces gens.

Mon mari avait commencé à ranger nos affaires dans le placard avant de partir, mais je n'ai réussi à faire qu'un peu de ménage supplémentaire avant de prendre la navette de 8:30. Notre arrêt était à l'angle de la 6e Avenue et de la 9e Rue, à trois pâtés de maisons de chez nous. Huit navettes partaient chaque matin de la Zone Huit, toutes les trente minutes à partir de 6:30. Elles marquaient six arrêts dans la Zone Huit et trois dans la Zone Neuf avant d'atteindre la Zone Dix où travaillait mon mari, puis la Zone Quinze où je me rendais, et de finir leur circuit en Zone Seize. Puis chaque soir à partir de 16:00 et jusqu'à 20:00, elles entamaient le trajet inverse : Zone Seize, Zone Quinze, Zone Dix et retour aux Zones Neuf et Huit avant de couper vers l'est jusqu'à la Zone Dix-sept.

Au début, quand je prenais la navette, j'aimais observer les autres passagers et deviner ce qu'ils faisaient et où ils descendraient : l'homme grand, maigre et haut sur pattes comme mon mari, je me disais qu'il était ichtyologue et qu'il travaillait dans l'Étang de la Zone Dix ; la femme à l'air malveillant, avec ses petits yeux noirs ressemblant à des graines, devait être une épidémiologiste employée en Zone Quinze. Je savais qu'ils étaient tous chercheurs ou techniciens, mais qu'au-delà de ça, je n'apprendrais jamais rien d'autre sur eux.

Il n'y avait jamais rien de nouveau à voir sur le trajet mais je choisissais toujours un siège côté fenêtre parce que j'aimais regarder dehors. Quand j'étais enfant, nous avions un chat, et il aimait les promenades en voiture – il s'installait entre mes jambes et posait les pattes de devant sur le rebord de la vitre pour admirer le paysage, et je l'imitais ; Grand-Père, qui s'asseyait parfois à l'avant à côté du chauffeur pour me laisser plus de place, se retournait vers nous en riant : « Mes deux petits chats, disait-il, regardent passer le monde. Que voyez-vous, petits chats ? » Et je lui répondais – une voiture, un monsieur ou une dame, un arbre, et Grand-Père me demandait : « Où crois-tu que va cette auto ? Que penses-tu que cette personne a pris à son petit déjeuner ce matin ? Te représentes-tu quel goût auraient les fleurs de cet arbre si tu pouvais les manger ? » Il m'aidait toujours à inventer des histoires, car mes institutrices le répétaient souvent, je manquais un peu d'imagination. Parfois, en route vers le travail, je décrivais à Grand-Père dans ma tête les choses que j'observais : un immeuble de brique brune avec au troisième étage une fenêtre condamnée par deux bandes de ruban adhésif noir en forme de X, entre lesquelles le petit visage d'un gamin était fugitivement apparu, comme un clin d'œil ; une voiture de police noire dont l'une des portières s'était entrouverte à l'arrière pour laisser passer un grand pied blanc ; un groupe d'une vingtaine d'enfants en uniforme bleu marine agrippant chacun un nœud sur une longue corde grise, qui faisaient la queue au checkpoint de la 23e Rue pour se rendre en Zone Neuf, où se trouvaient les écoles de l'élite. Alors je pensais à Grand-Père, et j'aurais aimé avoir davantage de choses à lui raconter, mais en vérité, rien ne changeait jamais ou presque en Zone Huit, et c'était d'ailleurs une des raisons pour lesquelles nous avions tellement de chance d'y habiter. Dans d'autres quartiers, il y avait sans doute davantage à voir, mais en Zone Huit, il ne se passait rien et c'était aussi pour ça que nous pouvions nous estimer heureux.

Un jour, un an plus tôt environ, j'étais en chemin vers le travail quand j'ai effectivement vu quelque chose qui ne s'était jamais produit en Zone Huit. Nous remontions la 6e Avenue, comme d'habitude, et traversions la 14e Rue quand un homme a brusquement traversé le carrefour en courant. De ma place au milieu de la rame, du côté gauche, je n'avais pas vu d'où il venait mais j'avais constaté qu'il était torse nu et qu'il portait ces pantalons blancs en toile légère qu'avaient les gens dans les lieux de confinement avant d'être envoyés dans les centres de délocalisation. Clairement, cet homme disait quelque chose, mais les vitres de la navette, à l'épreuve des balles, étaient aussi insonorisées, si bien que je ne l'entendais pas. Toutefois, je voyais bien qu'il criait. Il avait les bras tendus, et les muscles de son cou saillaient, si raides et si durs qu'on aurait cru l'espace d'un instant que c'était une statue de pierre. Sur sa poitrine, on apercevait une douzaine de marques là où il avait essayé de dissimuler les signes de la maladie, ce que les gens faisaient souvent, brûlant les lésions avec une allumette, ce qui laissait sur la peau des cicatrices d'un noir mat pareilles à des sangsues. Je n'ai jamais compris pourquoi ils faisaient ça car, si tout le monde savait parfaitement ce que signifiaient ces lésions, nul n'ignorait non plus le sens de ces cicatrices, et donc, c'était un peu échanger une trace contre une autre. L'homme en question était jeune, la vingtaine probablement, et blanc ; bien que maigre et pratiquement chauve, comme cela se produit lors de la deuxième phase de la maladie, je devinais qu'il avait dû être séduisant, et voilà qu'aujourd'hui il était là, pieds nus dans la rue, et criait à pleins poumons. Deux soldats se sont rapprochés de lui au pas de course dans leur combinaison de protection biologique argentée et leur casque à écran réfléchissant, si bien qu'en les regardant vous ne voyiez que votre propre visage qui vous fixait en retour, et l'un d'eux s'est précipité vers le fuyard pour tenter de le plaquer au sol.

Mais l'homme était étonnamment rapide, il a filé hors de la trajectoire du soldat et a couru vers notre navette : tous les passagers, jusqu'alors observateurs silencieux, ont retenu leur souffle comme s'ils avaient tous avalé une goulée d'air au même moment, et le chauffeur, qui avait dû freiner brutalement pour ne pas renverser les gardiens, a klaxonné comme pour faire s'enfuir l'individu dans une autre direction. Alors, l'homme a bondi vers ma fenêtre, et là, une fraction de seconde, j'ai vu son œil à l'iris si grand et d'un bleu si étincelant que j'ai pris peur, et j'ai réussi à entendre ce qu'il criait, même à travers la vitre : « À l'aide ! » Ensuite, on a entendu un gros bruit, sa tête a reculé d'un coup, il a disparu de mon champ de vision, mais j'ai aperçu les soldats qui le poursuivaient ; l'un d'eux tenait son arme à bout de bras.

Après cela, la navette s'est remise en route, à bonne allure, comme si la vitesse pouvait effacer ce qui s'était passé, et le silence est retombé. J'avais l'impression que tous me regardaient, comme s'ils pensaient que tout était de ma faute, comme si j'avais demandé à cet inconnu d'essayer d'entrer en contact avec moi. Les passagers de la navette parlaient rarement, mais j'ai entendu l'un d'eux déclarer : « Il n'aurait jamais dû être encore à Manhattan », et bien que personne n'ait répondu, ils étaient à l'évidence tous d'accord, et même moi je me rendais compte qu'ils étaient effrayés, et qu'ils l'étaient parce qu'ils avaient l'esprit embrouillé. Or, bien que les gens craignent souvent les choses parce qu'ils ne les comprennent pas, cette fois je leur donnais raison – quelqu'un d'aussi malade aurait dû avoir été transporté ailleurs à ce stade.

La journée au travail avait été ralentie, ce qui était regrettable parce que je continuais à retourner en pensée vers ce qui s'était passé. Or, ce à quoi je songeais le plus, ce n'était pas à l'homme lui-même, ni d'ailleurs à son œil brillant, mais à la façon dont il n'avait pratiquement pas fait de bruit en tombant, tant il était léger et doux. Quelques mois plus tard, on a annoncé que les centres de rétention des Zones Huit et Neuf étaient délocalisés, et même si pas mal d'interprétations ont circulé à ce sujet, on n'a évidemment jamais su le fin mot de l'histoire.

Depuis ce fameux jour, il n'y avait pas eu d'autre incident bizarre en Zone Huit, et ce matin-là j'ai vu en regardant par la fenêtre que tout était pareil, si prévisible qu'on n'avait pas l'impression de traverser la ville mais plutôt qu'on la faisait défiler sous nos yeux comme sur un rail une série de décors et d'acteurs. Nous sommes passés devant les immeubles d'habitation, puis devant la chaîne des enfants qui se tenaient par la main, puis entrés en Zone Neuf, avec ses deux vastes hôpitaux aujourd'hui désaffectés, la clinique, et juste avant la Ferme, la rangée des ministères.

C'était le signe qu'on allait passer en Zone Dix, la plus importante. Personne n'y habitait. À part quelques ministères, le quartier est réservé à la Ferme, autrefois un parc gigantesque qui coupait l'île en deux. Il était si grand, ce parc, qu'il constituait un pourcentage significatif de la surface de Manhattan. Je n'avais jamais connu le parc, mais Grand-Père oui, et il me racontait qu'il était sillonné d'allées, en ciment ou en terre, que les gens y couraient, faisaient du vélo, de simples balades et même des pique-niques. Il y avait autrefois un zoo où les visiteurs payaient rien que pour voir des animaux bizarres et inutiles, qui restaient là à manger la pitance qu'on leur fournissait, et puis un lac, où on pouvait se promener en barque, et au printemps, les gens se rassemblaient pour admirer les oiseaux venus du sud de l'équateur, cueillir des champignons et regarder les fleurs. À différents endroits, on voyait des sculptures en fer aux formes insolites censées divertir les enfants. Il y a très longtemps, il avait même neigé, et les citadins venaient au parc en s'attachant aux pieds de longues et fines planches de bois pour dévaler les petites collines couvertes de glace ; Grand-Père disait qu'elles étaient glissantes et pouvaient provoquer des chutes, mais sans gravité, si bien que les gens avaient envie de recommencer et de recommencer encore. Je sais qu'il est difficile aujourd'hui de comprendre à quoi servait ce parc, mais Grand-Père expliquait que le but n'était pas qu'il *serve* à quoi que ce soit. Il s'agissait seulement qu'on puisse y prendre du bon temps. Même le lac n'avait pour raison d'être que le divertissement – on allait y faire voguer des bateaux en papier, on se promenait autour, ou bien on s'asseyait sur un banc pour le contempler.

La navette s'est arrêtée devant le portail principal de la Ferme et les passagers sont descendus et ont commencé à faire la queue pour entrer. Seules les deux mille personnes environ qui possèdent un certificat de travail à la Ferme peuvent y accéder, et avant même de rejoindre la file d'attente, il faut un scan rétinien pour prouver que vous avez bien le droit de franchir la porte, et il y a toujours des soldats armés en faction au cas où quelqu'un essaierait de forcer le passage, ce qui arrive parfois. On entend toutes sortes de rumeurs sur la Ferme : on y élèverait de nouvelles races d'animaux – des vaches avec deux rangées de mamelles pour produire le double de lait ; des poulets sans cerveau et sans pattes qu'on pourrait entasser plus facilement dans des cages et qui seraient nourris à l'aide de tubes ; des moutons programmés pour ne consommer que des déchets, afin de ne plus avoir à utiliser la terre et ses ressources pour faire pousser de l'herbe. Mais aucun de ces bruits n'a jamais été confirmé, et si on créait effectivement de nouveaux animaux, nous n'en avions jamais vu la queue d'un.

On travaille aussi sur beaucoup d'autres projets à la Ferme : il y a les serres, où on fait pousser toutes sortes de nouvelles plantes, comme aliments mais aussi comme médicaments possibles ; la Forêt, où on plante de nouvelles espèces d'arbres ; le Labo, où les chercheurs tentent de créer de nouveaux biocarburants, et l'Étang, où est employé mon mari. L'Étang est divisé en deux parties : le bassin où on élève des animaux et celui où on cultive des plantes. Les ichtyologues et les généticiens travaillent dans le premier, les botanistes et les chimistes, dans l'autre. Mon mari travaille dans le second, même s'il n'est pas à proprement parler un scientifique, parce qu'il n'a pas pu terminer ses études. Il est jardinier aquatique, ce qui signifie qu'il plante les spécimens que les botanistes ont approuvés ou mis au point – différentes sortes d'algues, pour l'essentiel –, puis qu'il surveille leur croissance et la récolte. Certaines de ces plantes seront transformées en médicaments, d'autres en aliments, et celles qui ne peuvent être utilisées d'une façon ou d'une autre, seront transformées en engrais.

Mais malgré tout, la vérité est que je ne sais pas exactement ce que fait mon mari. Je *pense* que c'est ce qu'il fait – planter, entretenir, récolter – mais je ne le sais pas avec certitude, de même qu'il ne peut pas être sûr de ce que moi je fais.

Ce matin comme d'habitude, j'ai regardé très attentivement par la vitre de la navette, mais, comme d'habitude, il n'y avait rien à voir. La Ferme entière est entourée d'un mur en pierre de quatre mètres de haut, et dessus, tous les trente centimètres, ont été installés des capteurs, si bien que même si vous parveniez à l'escalader, votre présence serait presque aussitôt détectée, et vous seriez arrêté. La quasi-totalité de la Ferme est en outre protégée par un immense biodôme, mais quelques mètres carrés près du mur Sud ne sont pas couverts, et juste au-delà, s'élèvent deux rangées d'acacias qui s'étirent sur toute la longueur, de Farm Avenue West jusqu'à la 5e Avenue. Il y a des arbres dans toute la ville, mais ils ne gardent presque jamais leurs feuilles parce que les citadins les cueillent pour se faire des tisanes ou des bouillons. Cueillir les feuilles est illégal, naturellement, mais les gens le font quand même. Personne n'ose y toucher dans l'enceinte ou les parages de la Ferme, et chaque fois que la navette tourne en direction de l'est pour emprunter Farm Avenue South, vous les apercevez, tels des nuages d'un vert éclatant, et même si je les vois cinq jours par semaine, le spectacle continue de me surprendre.

Après l'arrêt de la Ferme, la navette a continué vers Madison Avenue, puis a tourné vers le nord, puis de nouveau à droite dans la 68e Rue, vers le sud dans York Avenue, où elle a fait halte devant Rockefeller University dans la 65e Rue. C'est là que je descends, ainsi que tous les gens qui travaillent à l'université ou au Centre de Recherche Sloan Kettering, une rue plus loin à l'ouest. Ceux qui se rendent à l'université se partagent en deux files : les chercheurs d'un côté, les techniciens de laboratoire et les auxiliaires de l'autre. On doit vérifier nos empreintes digitales et fouiller nos sacs, nous passer au scanner avant de nous laisser entrer sur le campus, et renouveler toutes ces opérations avant que nous franchissions les portes de nos bâtiments. La semaine dernière, mon responsable a annoncé qu'à cause d'un incident allaient aussi être mis en place des scanners rétiniens. Tout le monde a été très agacé parce qu'il n'y a pas d'auvent pour nous protéger de la pluie, au contraire de celui qui protège l'entrée de la Ferme, et bien que le campus lui-même soit couvert par un biodôme, la zone des contrôles de sécurité ne l'est pas, ce qui signifie que nous pourrions parfois attendre trente minutes en pleine chaleur. Mon responsable nous a dit qu'ils allaient poser des climatiseurs au cas où l'attente serait trop longue, mais ils ne sont toujours pas arrivés. Toutefois, ils ont commencé à échelonner nos heures d'arrivée et de départ pour que nous ne soyons pas tous là en même temps.

« C'était quoi, l'incident en question ? », a demandé un technicien d'un autre laboratoire, un type que je ne connaissais pas, mais le responsable n'a pas répondu et d'ailleurs personne ne s'attendait à ce qu'il le fasse.

Je travaille au Centre Larson, qui a été construit dans les années 2030 et se compose d'un bâtiment mais aussi d'une passerelle qui relie le campus principal à une annexe beaucoup plus petite installée sur une île artificielle de l'East River. Il y a neuf labos à Larson, tous spécialisés dans différents types de grippe. L'un d'eux étudie les mutations de la grippe de 2046, que son évolution a rendue de plus en plus agressive ; un autre s'intéresse aux mutations de celle de 2056, qui, à en croire le Dr Morgan, n'était en fait pas une grippe du tout. Mon labo, dirigé par le Dr Wesley, est spécialisé dans les grippes potentielles, ce qui veut dire que nous essayons de prévoir la prochaine grippe encore inconnue, qui pourrait tout aussi bien n'avoir rien à voir avec les deux précédentes. Notre labo est un des plus importants de l'institut : à part le Dr Wesley, notre directeur de recherches à la tête du labo, il y a aussi vingt-quatre post-doctorants – comme le Dr Morgan – ce qui signifie qu'ils ont déjà passé leur doctorat et essaient de faire une découverte majeure pour qu'on leur confie un jour leur propre labo ; neuf étudiants en cours de rédaction, qu'on appelle les thésards, et dix techniciens et assistantes dont je suis.

Je travaille avec les souris. Nous en avons toujours au moins quatre cents, soit significativement plus que chacun des deux autres labos. J'entends parfois mes homologues discuter de la façon dont leurs chefs se plaignaient des sommes considérables que reçoit le Dr Wesley, de l'argent qu'il utilise pour « partir à la pêche », une expression que m'avait apprise Grand-Père et qui signifie qu'il n'a aucune preuve véritable ni information sérieuse et qu'il se contente de chercher quelque chose qu'il ne saura même pas identifier. Je l'ai répété un jour au Dr Morgan qui a froncé les sourcils et m'a dit qu'il était déplacé de leur part de parler comme ça, et que de toute façon ce n'étaient que des techniciens de laboratoire. Ensuite, il m'a demandé leurs noms, mais j'ai prétendu que c'étaient des assistants temporaires et que je ne les connaissais pas, et il m'a jeté un regard dur et m'a fait promettre de venir lui rapporter toute future discussion du même acabit ; j'en ai pris l'engagement mais ne l'ai jamais fait.

Je suis responsable des embryons de souris. Les choses se passent ainsi : les souris, gravides depuis une semaine, nous sont livrées dans des caisses par le fournisseur. Les chercheurs me font parvenir une liste qui m'indique l'âge des embryons dont ils ont besoin : souvent dix jours, mais parfois un peu plus. Ensuite j'extermine les souris et je récolte les fœtus que je prépare dans des tubes à essai ou des haricots, ça dépend, et je les mets au réfrigérateur par rangées d'âge. Mon travail consiste à m'assurer que les chercheurs ne manquent jamais de cobayes.

Tout cela demande beaucoup de temps, surtout si on fait son travail avec soin, mais il y a toujours des moments où je me retrouve sans aucune tâche. Alors je demande la permission de prendre une de mes deux pauses de vingt minutes. Parfois je fais une promenade. Tous les bâtiments de Rockefeller University sont reliés par des souterrains, et donc vous n'êtes jamais obligé de sortir. Durant l'épidémie de 2056, ils ont construit des hangars et des chambres fortes, mais je ne les ai jamais vus. Tout le monde raconte que sous ces tunnels, se cachent encore deux étages de salles d'opération, laboratoires et chambres froides. Mais Grand-Père me disait toujours de ne pas croire ce que je ne pouvais pas prouver. « Rien n'est vrai pour un scientifique tant qu'il ne l'a pas démontré », répétait-il. Et même si cette qualification ne me correspond pas, je me rappelle ses paroles chaque fois que j'emprunte les tunnels et que la peur me saisit, quand la certitude m'envahit que l'air est soudain devenu plus froid, et que j'entends, comme de très loin, les grattements des souris dans le sous-sol, accompagnés de gémissements et de murmures. La première fois, je crois que j'ai perdu connaissance, et à mon réveil, j'étais dans un angle du couloir, près de la porte de l'escalier et j'appelais mon grand-père. Je n'en ai aucun souvenir, mais le Dr Morgan, qui était parti à ma recherche, m'a dit que j'avais fait pipi sur moi ; il m'avait fallu attendre sur une chaise à la réception en compagnie d'un technicien d'un autre labo que je ne connaissais pas jusqu'à ce que mon mari vienne me chercher.

C'était peu de temps après notre mariage et après la mort de Grand-Père, et quand j'ai repris conscience, il faisait nuit, j'avais le cerveau embrouillé jusqu'à ce que je finisse par comprendre que j'étais dans mon lit à la maison. Puis en levant les yeux, j'avais aperçu quelqu'un sur l'autre lit qui m'observait : mon mari.

« Tu vas mieux ? »

Je me sentais bizarre, à bout de fatigue, et incapable de trouver les mots dont j'avais besoin. Il n'avait allumé aucune des lampes, mais les rayons des projecteurs balayaient notre chambre et je distinguais son visage.

J'ai essayé de dire quelque chose, mais j'avais la bouche trop sèche, et mon mari m'a tendu une tasse, et j'ai bu sans m'arrêter. Quand il n'y a plus eu d'eau – beaucoup trop tôt – il m'a pris la tasse des mains et il a quitté la pièce, et j'ai entendu le couvercle du récipient en pierre qu'il soulevait, la louche en bois qui cognait contre les parois, puis le gargouillis de l'eau qui remplissait à nouveau la tasse.

« Je ne me rappelle pas ce qui s'est passé, ai-je dit après quelques nouvelles gorgées.

— Tu as perdu connaissance. Au travail. Ils m'ont appelé et je suis venu te chercher pour te ramener à la maison.

— Oh ! » Le souvenir m'est revenu, mais seulement en partie, comme s'il s'agissait d'une histoire que m'avait racontée Grand-Père longtemps auparavant. « Excuse-moi.

— Ne t'en fais pas. Je me réjouis que tu ailles mieux. »

Il s'est relevé puis approché de moi, et l'espace d'un instant, j'ai cru qu'il allait me toucher, peut-être même m'embrasser, et je ne savais pas quoi en penser, mais il s'est contenté de me regarder dans les yeux en posant brièvement la main sur mon front. Il avait la main fraîche et sèche, et j'ai eu soudain envie de saisir ses doigts, mais j'ai résisté à l'impulsion, parce que nous ne touchons jamais de cette façon.

Ensuite, il est sorti de la pièce en refermant la porte derrière lui. J'ai gardé longtemps les yeux ouverts, je guettais son pas ou le bruit de la lampe du séjour qui s'allumait. Mais je n'ai rien entendu. Il a passé la nuit au salon, dans le noir, sans rien faire, sans aller nulle part, en tout cas il n'est pas revenu dans la chambre.

Cette nuit-là, j'ai rêvé de Grand-Père. Je pense souvent à lui, mais cette nuit-là tout spécialement : je me suis répété tout ce qu'il me disait des souris, et j'ai pensé à la façon dont, quand j'avais fait quelque chose de bien, il me serrait dans ses bras, ce qui ne me plaisait pas du tout et m'enchantait à la fois. Il m'appelait son petit chat, et quand j'avais peur la nuit, j'allais vers lui, il me ramenait dans ma chambre et restait assis sur mon lit en me tenant la main jusqu'à ce que je me rendorme. J'ai essayé de ne pas repenser à la dernière fois où je l'ai vu, alors qu'on l'emmenait : il s'était retourné et je l'avais vu balayer la foule du regard à ma recherche ; j'avais essayé de crier mais ma frayeur était telle que je n'avais pas pu ; sans bouger je me tenais à côté de mon mari, que je venais d'épouser, et j'ai regardé les yeux de Grand-Père aller et venir, aller et venir encore, jusqu'à ce que finalement, pendant qu'on lui faisait monter les marches de l'estrade, il lance une dernière fois : « Je t'aime, petit chat », mais là non plus, je n'avais pas pu prononcer un mot.

« Tu m'entends, petit chat ? », avait-il crié, me cherchant toujours, mais il ne regardait pas du bon côté, il s'époumonait en direction de la foule qui se moquait de lui, et l'homme sur l'estrade s'était approché avec un bandeau noir entre les mains. « Je t'aime, petit chat, ne l'oublie jamais. Quoi qu'il arrive. »

Dans mon lit, tout en me berçant, j'ai parlé à Grand-Père à haute voix : « Je n'oublierai jamais. » Mais même si je n'avais pas oublié, j'avais perdu le sens de ces mots : un jour, je l'avais su, mais je l'avais oublié.

*

Quelques semaines après la descente de police, j'écoutais l'émission du matin et j'ai appris que la climatisation de Rockefeller University avait mal fonctionné et qu'on nous demandait de ne pas venir travailler ce jour-là.

Chaque matin, il y avait quatre bulletins – à 5:00, 6:00, 7:00 et 8:00 – et on était tenus d'en écouter au moins un parce qu'ils pouvaient contenir des informations indispensables. Quelquefois, par exemple, la navette était déroutée à cause d'un incident, et le présentateur ou la présentatrice vous annonçait quels quartiers étaient affectés et où il fallait attendre à la place. Parfois, on entendait des communiqués sur la mauvaise qualité de l'air, on savait alors qu'il fallait porter son masque, ou sur l'indice UV trop élevé, dans ce cas, on devait avoir recours au voile de protection, ou sur la température caniculaire, et il fallait porter sa combinaison isolante. On diffusait également les notifications de Cérémonie ou de procès, et on savait qu'on devait réorganiser son emploi du temps en conséquence. Si on travaillait pour un des grands projets d'État ou un institut, comme mon mari et moi, on trouvait aussi des informations sur les fermetures de sites ou des phénomènes qui pouvaient les affecter. Par exemple, l'année dernière, il y avait eu un ouragan inattendu, et alors que l'Université était complètement fermée, mon mari et d'autres techniciens avaient dû se rendre à la Ferme pour nourrir les animaux, assurer l'entretien, vérifier la mesure de salinité de l'eau dans les réservoirs répertoriés, et mener à bien toutes les tâches dont les ordinateurs ne pouvaient pas s'acquitter. Une navette spéciale, desservant toutes les zones et pas seulement certaines, était venue chercher mon mari et l'avait déposé au retour juste devant notre immeuble, au moment même où le ciel devenait noir.

Quand j'ai commencé à travailler à R.U. il y a six ans, il n'y avait jamais aucune panne de climatisation. En revanche, l'an dernier, on en a connu quatre. Les bâtiments ne se retrouvaient jamais complètement privés d'électricité, bien sûr : on comptait cinq gros générateurs programmés pour compenser toute baisse de courant presque immédiatement. Mais après le dernier blackout, en mai, on nous avait ordonné de ne pas venir s'il s'en produisait un autre, parce que les générateurs fonctionnaient au maximum de leurs capacités rien que pour maintenir les réfrigérateurs à la température adéquate et que la chaleur produite collectivement par nos corps allait trop exiger du système.

Même si je ne devais pas aller travailler ce jour-là, j'ai suivi toute la routine quotidienne : j'ai mangé mes flocons d'avoine, me suis brossé les dents, j'ai fait ma toilette avec des lingettes désinfectantes, fait mon lit. Ensuite, il ne me restait plus rien à faire : je pouvais seulement aller à l'épicerie à l'heure autorisée, et même si j'avais voulu m'avancer pour la lessive, ce n'était possible que le jour de notre surplus d'eau, c'est-à-dire pas avant la semaine suivante. Finalement, j'ai sorti le balai du placard et je l'ai passé dans tout l'appartement, ce que normalement je fais le mercredi et le dimanche. Il ne m'a pas fallu beaucoup de temps, parce qu'on était jeudi : j'avais nettoyé la veille et les sols étaient encore propres. Ensuite j'ai relu le bulletin mensuel de la Zone Huit, distribué dans chaque foyer, qui donnait la liste des travaux de réfection des rues prévus dans notre quartier, ainsi qu'une mise à jour de plantations d'arbres sur la 5e et la 6e Avenues et un recensement des nouvelles denrées bientôt disponibles au magasin d'alimentation, assorti du nombre de coupons exigés pour chaque achat. Le bulletin publiait aussi une recette proposée par un résident de la Zone Huit, que j'essayais d'ordinaire de mettre en pratique. Cette fois, il s'agissait de ragondin grillé accompagné de livèche et de polenta, ce que j'ai trouvé particulièrement intéressant parce que je déteste le ragondin et que je suis toujours à la recherche de moyens pour le rendre meilleur. J'ai découpé cette fiche et je l'ai rangée dans un tiroir de la cuisine. Plusieurs fois par an, je soumets une recette de mon cru, mais on ne m'en a jamais publié aucune.

Ensuite, sur mon canapé, j'ai écouté la radio. On passe de la musique de 8:30 à 17:00, jusqu'aux trois bulletins du soir, puis à nouveau de la musique entre 18:30 et 23:59. Ensuite la station cesse d'émettre jusqu'à 4:00 du matin, à la fois pour diffuser des messages cryptés à l'intention des personnels militaires, que nous captons sous la forme d'un long bip à faible volume, et pour encourager tout le monde à dormir parce que l'État souhaite que nous ayons une vie saine – la raison pour laquelle les réseaux électriques divisent par deux l'alimentation à ces mêmes heures. Je ne connaissais pas le titre du morceau, mais je le trouvais beau et apaisant, et en l'écoutant, j'ai pensé aux embryons de souris qui nagent dans leur récipient de solution saline, dont les pattes ne se sont pas encore développées et qui ressemblent à de minuscules mains humaines. Ils n'ont pas encore de queue non plus, rien qu'une petite prolongation de la colonne vertébrale, et si vous ne saviez pas ce que c'était, vous ne pourriez jamais deviner qu'il s'agit d'embryons de souris. Ça pourrait être des chats, des chiens, des singes ou même des êtres humains. Les scientifiques les appellent des « petits doigts ».

Je m'inquiétais pour ces embryons, sans raison. Les générateurs les maintiendraient au frais, et de plus, ils étaient morts. Ils resteraient ce qu'ils étaient à ce stade, ils ne se transformeraient jamais en rien, ils ne grandiraient pas, leurs yeux ne s'ouvriraient jamais et ils n'auraient jamais de poils blancs. Et pourtant, c'était à cause d'eux que la climatisation était tombée en panne. Car il existait plusieurs groupes de personnes qui n'aimaient pas Rockefeller University. Certains pensaient que les chercheurs n'y travaillaient pas assez dur – que s'ils s'activaient un peu, la maladie serait enrayée et les choses iraient mieux, peut-être même qu'elles redeviendraient ce qu'elles étaient au temps où Grand-Père avait mon âge. D'autres se disaient que les solutions recherchées étaient mauvaises. D'autres encore allaient jusqu'à croire que les scientifiques créaient eux-mêmes le virus dans nos laboratoires parce qu'ils voulaient éliminer certaines sortes de gens et qu'ils voulaient aider le gouvernement à garder le contrôle du pays, et ces détracteurs-là étaient plus dangereux que tous les autres réunis.

La principale tentative menée par ces deux derniers groupes avait été de priver les scientifiques de « petits doigts » : s'ils n'avaient plus d'embryons de souris, ils ne pourraient plus leur injecter le virus, et il leur faudrait alors abandonner leurs recherches ou changer leur façon de les envisager. C'est ce que pensaient ces deux groupes. En marge des blackouts, il y avait eu des rumeurs selon lesquelles des activistes avaient attaqué les camions blindés qui transportaient les cobayes depuis les bâtiments où les femelles étaient fécondées, à Long Island. Depuis l'incident de 2088, tous les conducteurs de camions étaient armés, et chaque véhicule escorté par trois soldats. Mais deux ans plus tôt, il s'était tout de même produit un accident : des activistes avaient réussi à arrêter un camion et tout le monde à bord avait été tué ; pour la première fois de l'histoire de l'université, les spécimens n'étaient pas arrivés à bon port. C'est à peu près à la même époque qu'avait eu lieu le premier sabotage du réseau électrique. L'université ne possédait alors que deux générateurs et cela n'avait pas suffi, l'aile Delacroix s'était retrouvée sans courant du tout, et des centaines d'embryons avaient été gâchés, des mois de travail perdus, et après cela, le président de l'université s'était adressé à l'État pour réclamer un renforcement de la sécurité, des générateurs supplémentaires, et des châtiments exemplaires pour les insurgés, et on lui avait tout accordé.

Bien sûr, personne ne m'a raconté toutes ces choses. Je les ai peu à peu comprises en espionnant les chercheurs qui se rassemblaient pour chuchoter entre eux dans un coin du labo ; tandis que j'apportais les embryons et en reprenais d'autres, je m'attardais, assez peu longtemps pour qu'on ne remarque pas ma présence, et je tentais de saisir leurs conciliabules. Aucun d'eux ne me portait la moindre attention lors de mes allées et venues, bien que tout le monde sache qui j'étais, à cause de Grand-Père. Je devinais toujours quand les nouveaux post-doctorants et thésards apprenaient qui j'étais, parce que, quand j'entrais dans la salle, ils me regardaient fixement et par la suite, me remerciaient quand je leur apportais leur nouveau lot de souris, et me remerciaient encore quand je les débarrassais de l'ancien. Mais au bout du compte, ils s'habituaient à moi, cessaient d'exprimer leur gratitude, et oubliaient jusqu'à ma présence, ce qui me convenait parfaitement.

J'ai écouté la musique pendant ce qui m'est apparu comme un long moment, alors qu'en consultant l'horloge j'ai vu qu'il ne s'était écoulé que vingt minutes, qu'il n'était encore que 9:20, si bien que je n'avais rien à faire avant ma période de courses autorisées qui commençait à 17:30, dans encore très longtemps. C'est ainsi que j'ai décidé d'aller faire une promenade autour de Washington Square.

*

Notre appartement est situé du côté nord de la Place, à l'angle est de la 5e Avenue. Quand j'étais enfant, cet immeuble était un hôtel particulier, et seuls Grand-Père et moi y habitions, avec une cuisinière et deux domestiques. Mais durant le soulèvement de 2083, l'État l'a divisé en huit appartements, deux par étage, et nous a laissé choisir celui que nous voulions garder. Puis, après mon mariage, mon époux et moi nous y sommes installés et Grand-Père a déménagé. Une unité d'habitation par étage donne sur la Place, et les fenêtres de l'autre ouvrent au nord. Le nôtre fait partie de ces dernières, plus calmes et donc plus agréables, et se trouve au deuxième étage. Ces appartements surplombent la cour, où, au moment de la construction il y a plus de deux siècles, la famille logeait ses chevaux, qu'elle utilisait non pas pour se nourrir mais pour tirer ses fiacres.

Je n'avais pas vraiment envie de faire le tour de la Place, d'abord parce qu'il faisait très chaud, plus encore que d'habitude à la fin octobre, et ensuite parce que pareille balade peut avoir quelque chose d'effrayant. En même temps, je n'en pouvais plus de rester chez moi sans rien à faire ni personne à regarder, et donc, finalement, sans oublier protection solaire, chapeau et vêtement à manches longues, j'ai descendu l'escalier pour aller prendre l'air, j'ai traversé la rue et me voilà sur la Place.

On trouve tout ce qu'on veut sur Washington Square. Du côté nord-ouest, il y a les métallurgistes qui peuvent vous fabriquer n'importe quoi, d'un verrou à une casserole, et qui vous rachètent aussi tous vos vieux objets en métal. Ils les pèsent, vous disent ce que c'est, un alliage de cobalt et d'aluminium, un mélange de fer et de nickel, et ils vous les échangent contre de l'or, des cartes d'alimentation ou des coupons d'eau, ce que vous préférez, et ensuite ils les fondent pour les transformer en autre chose. Un peu plus au sud sont installés les marchands de tissu, pas seulement des commerçants mais aussi des tailleurs et des couturières, qui vous rachètent les étoffes et les vêtements dont vous n'avez plus l'usage, ou vous taillent dedans de nouveaux habits. À l'angle, on voit des prêteurs et juste à côté, les herboristes ; plus au sud, les menuisiers, qui peuvent façonner ou reprendre n'importe quel objet en bois. Il y a aussi les réparateurs de tuyaux en caoutchouc, les fabricants de cordages, et les colporteurs de plastique qui eux aussi achètent, échangent ou transforment en objets neufs tout ce que vous leur portez.

Ils ne possèdent pas tous une licence pour faire du commerce sur la Place, et une fois tous les deux ou trois mois, il y a une descente de police, et tous, même les vendeurs autorisés, se volatilisent pendant une semaine avant de réapparaître. Les gens – enfin pas tous, pas les gens comme les chercheurs et les ministres, mais la plupart des autres – ont besoin de ces commerçants. En Zone Quatorze, tout là-haut, il y a des boutiques dans lesquelles vous pouvez vous rendre pour faire vos achats, je ne sais pas exactement quoi, mais à part les épiceries, on ne trouve pas de magasins en Zone Huit, et donc à la place, nous avons Washington Square. De toute façon, les autorités ne s'intéressent pas tellement aux marchands de tissu, aux menuisiers et aux métallurgistes : leur souci est davantage ceux qui gravitent autour des vendeurs. Ils n'ont pas d'emplacements fixes sur la Place au contraire des commerçants : une table en bois, une bâche tendue au-dessus de leurs têtes pour se protéger du soleil ou de la pluie. Au pire, ils se contentent d'un tabouret et d'une ombrelle et ils changent d'emplacement tous les jours. Parfois, ils n'ont même pas ça et ils déambulent simplement sur la Place parmi les étals. Tout le monde cependant, tous les autres vendeurs et les clients réguliers savent qui ils sont et où les trouver, même si aucun n'utilise son vrai nom. Ces gens peuvent vous remettre un os en place et vous faire quelques points de suture, ou bien vous aider à sortir de la préfecture de police, vous procurer n'importe quoi, depuis des livres interdits jusqu'à du sucre, ou encore vous aider à retrouver une personne en particulier. Certains peuvent vous dénicher un enfant, d'autres en enlever un. Certains réussissent à vous obtenir un centre de confinement plus clément, certains à vous faire sortir d'un plus sévère. Il y a même des gens qui prétendent pouvoir vous guérir des maladies, et ceux que les autorités recherchent essaient par tous les moyens d'arraisonner, mais on raconte qu'ils savent disparaître dans la nature selon leur bon plaisir et qu'on ne pourra jamais les arrêter. Tout ça n'est pas très vraisemblable : personne ne peut disparaître. Et pourtant les rumeurs circulent à leur sujet et sur la façon dont ils réussissent à échapper à leurs poursuivants.

Au centre de la Place, se trouve une vaste fosse en ciment peu profonde en forme de cercle, et au milieu, sur un piédestal, brûle un feu qu'on n'éteint jamais, pas même pendant les plus fortes canicules, sauf pendant les descentes de police, et autour du foyer, sont installés d'autres marchands. Entre vingt et trente suivant les jours, et ils prennent place dans la fosse, et sur les margelles surélevées du cercle, ils déploient des bâches en plastique, et ils y disposent divers morceaux de viande. Parfois on peut déterminer de quel animal provient cette viande, mais pas toujours. Chacun a un couteau bien affûté, une paire de pinces et de longues broches en métal, et un éventail en plastique tressé qu'ils agitent au-dessus de leur marchandise pour en chasser les mouches. Ils acceptent l'or ou les coupons, et soit ils découpent la viande et l'enveloppent dans une feuille de papier pour que vous l'emportiez, soit ils l'embrochent sur place et la font cuire pour vous à la flamme, à votre convenance. Autour du brasier sont posés des plateaux métalliques pour récolter la graisse qui tombe de la viande, et si on ne peut pas s'offrir le morceau lui-même, il reste possible d'acheter cette graisse, et de l'emporter chez vous pour cuisiner. Étrangement, tous les vendeurs qui travaillent dans cette fosse sont très maigres et on ne les voit jamais en train de manger. On raconte toujours qu'ils n'oseraient sans doute pas consommer la viande qu'ils vendent, et tous les mois environ, on entend une rumeur selon laquelle il s'agirait de chair humaine achetée dans un des camps. Mais cela n'empêche nullement les clients d'acheter, d'arracher la viande de la broche à coups de dents, de sucer la tige en métal pour la rendre propre et brillante au marchand.

La Place a beau être toute proche de notre immeuble, je ne m'y rends presque jamais. Mon mari, peut-être. Mais moi, non. Il y a trop de bruit, trop de confusion, et la foule, les odeurs, les cris des commerçants – *Par ici le métal ! Apportez-moi votre métal !* – et les coups de marteau qui s'abattent inlassablement sur le bois me mettent les nerfs à vif. Et puis la chaleur est insupportable, le feu finit par rendre l'air humide, et je crains toujours de m'évanouir.

Je n'étais pas la seule personne que la Place mettait mal à l'aise, ce qui était un peu ridicule, parce qu'il y avait au moins vingt drones-insectes pour surveiller les environs, bourdonnant sans cesse d'un bout à l'autre de Washington Square, et si quelque chose de dangereux se produisait, la police interviendrait aussitôt. Néanmoins, nous étions un certain nombre à nous promener sur le trottoir qui faisait le tour du périmètre en observant ce qui se passait à l'intérieur à travers les grilles mais sans jamais les franchir. La plupart étaient âgés et au chômage et je n'en connaissais aucun – il était même possible qu'ils ne vivent pas en Zone Huit mais dans d'autres quartiers, ce qui était techniquement illégal, mais ce règlement n'était que rarement appliqué. Les zones du sud et de l'est avaient leurs propres versions de la Place, mais celle de la Zone Huit était considérée comme la plus agréable, parce que notre quartier était stable, sain et calme.

Après avoir fait le tour de la Place plusieurs fois, j'avais terriblement chaud. En bordure du côté sud se trouvait une rangée de stations de réfrigération, mais il y avait une longue file d'attente, et il aurait été stupide de payer pour ça alors que je pouvais tout simplement rentrer à la maison. Quand Grand-Père avait mon âge, ces stations n'existaient pas, et il n'y avait pas de marchands non plus. À l'époque, on y trouvait des arbres et des pelouses, et la fosse centrale était une fontaine d'où des jets d'eau s'élevaient et retombaient dans le bassin. Inlassablement l'eau jaillissait et s'abattait, jaillissait et s'abattait encore, pour le simple plaisir des passants. Je sais que cela peut sembler bizarre, mais c'est la vérité : Grand-Père m'avait montré une photo un jour. À l'époque, les gens avaient des chiens pour leur tenir compagnie, dont ils prenaient soin comme d'enfants, et ces chiens avaient leur nourriture spéciale, ils portaient un nom comme les humains, et leurs propriétaires les menaient sur la Place pour les faire courir sur les pelouses, et assis sur des bancs installés exactement dans ce but, leurs maîtres les surveillaient. Voilà ce que m'avait dit Grand-Père. En ce temps-là, il venait s'asseoir sur un banc avec un livre, ou bien il se promenait jusqu'à la Zone Sept, qui avait alors un vrai nom, comme une personne elle aussi. Beaucoup de choses avaient un nom à l'époque.

Je réfléchissais à tout ça en longeant la lisière sud de la Place, quand j'ai vu un groupe de gens qui s'étaient rassemblés autour d'un étal près de l'entrée se disperser ; le vendeur se tenait près d'une machine qui ressemblait à une gigantesque pince en métal entre les dents de laquelle il était en train de placer un énorme bloc de glace. Je n'avais pas vu un aussi gros morceau de glace depuis bien longtemps, et bien qu'elle ne soit pas tout à fait pure – elle était beige, et on apercevait de petits moucherons prisonniers à l'intérieur –, elle paraissait suffisamment propre. J'avais fait halte pour regarder la scène quand le vendeur s'est retourné vers moi.

« Quelque chose de frais ? », m'a-t-il proposé. C'était un vieil homme, plus âgé que le Dr Wesley, presque autant que Grand-Père, et il portait un pull-over à manches longues malgré la chaleur et des gants en plastique.

Je n'avais pas l'habitude que des inconnus m'adressent la parole, et la panique m'est montée à la gorge mais j'ai fermé les yeux en respirant profondément, comme Grand-Père m'avait appris à le faire, et quand je les ai rouverts, il était toujours là à me regarder, mais sans plus provoquer en moi la moindre nervosité.

« Combien ? ai-je finalement réussi à articuler.

— Un coupon de produits laitiers ou deux de céréales. »

C'était beaucoup demander, parce qu'on ne nous distribuait que vingt-quatre coupons de produits laitiers et quarante de céréales par mois, d'autant plus que je ne savais pas ce qu'il vendait. J'aurais pu lui poser la question mais j'ai préféré m'abstenir. Je ne sais pas pourquoi. *On peut toujours demander,* me rappelait souvent Grand-Père, et même si ce n'était pas vrai, en tout cas plus vrai aujourd'hui, il est certain que j'aurais pu l'interroger. Personne ne se serait fâché et je ne me serais pas créé de problème.

« Vous avez l'air d'avoir sacrément chaud », et devant mon absence de réponse, il a ajouté : « Je vous promets que ça vaut le coup. » C'était un gentil vieillard, ai-je décidé, et sa voix ressemblait à celle de Grand-Père.

« O.K. », et j'ai fouillé dans ma poche, déchiré un coupon de produits laitiers, le lui ai tendu, et il l'a enfoui dans la poche de son tablier. Ensuite il a placé un gobelet en carton dans un logement de la machine directement sous le bloc de glace, il s'est mis à tourner une manivelle à toute vitesse et des copeaux de glace sont tombés dans le gobelet. Après l'avoir rempli, il l'a tapoté contre la pince pour tasser la glace, l'a remis en place et a recommencé à tourner la manivelle, en faisant pivoter le gobelet jusqu'à obtenir un petit monticule. Finalement il a réarrangé les copeaux et a pris à ses pieds une bouteille en verre contenant un liquide pâle et trouble qu'il a lentement versé sur la glace avant de me tendre ma boisson.

« Je vous remercie », ai-je dit. « À votre santé », a-t-il répondu. Il a levé le bras pour s'éponger le front, mais au passage, la manche de son pull-over a glissé, et j'ai compris en apercevant les cicatrices sur la face interne de son avant-bras qu'il avait dû survivre à l'épidémie de 2070 qui avait surtout affecté les enfants.

Cela m'a fait une impression étrange, et j'ai tourné les talons pour m'éloigner aussi vite que possible, et ce n'est pas avant d'avoir atteint l'angle ouest de la Place, avec tous ces gens qui faisaient la queue devant les stations de réfrigération, et en sentant la glace dégoutter sur ma main que je me suis rappelé mon achat. J'ai léché la glace et je me suis rendu compte qu'elle avait été arrosée de sirop, un sirop sucré. Pas du vrai sucre, c'était une denrée trop rare, mais quelque chose qui en avait le goût et qui m'a semblé presque aussi bon. La glace était bien froide, mais ma nervosité avait repris le dessus, et après l'avoir léchée deux ou trois fois, j'ai jeté le gobelet dans une poubelle, et j'ai repris aussi vite que possible le chemin de notre appartement, la langue engourdie et en feu.

*

J'ai éprouvé un vrai soulagement en arrivant sans encombre à la maison, et sur le canapé, j'ai respiré à fond jusqu'à me sentir mieux. Au bout de quelques minutes, l'angoisse disparue, j'ai allumé la radio, puis continué à remplir et vider mes poumons.

Au bout d'un moment, j'ai senti la honte m'envahir : j'avais pris peur sans raison et j'avais dépensé un de nos précieux coupons, alors qu'on n'était qu'au milieu du mois, ce qui signifiait qu'il allait falloir nous passer de lait et de crème deux jours de plus. Non seulement ça, mais j'avais acheté de la glace probablement peu hygiénique, et pire encore, je ne l'avais même pas mangée. De plus, la promenade m'avait fait transpirer abondamment, il n'était que 11:07, et j'allais devoir attendre encore neuf heures avant de pouvoir prendre une douche.

Soudain, j'ai regretté que mon mari ne soit pas là. Non pas pour lui avouer ce que j'avais fait mais parce que en sa présence je savais que rien n'allait m'arriver, j'étais en sécurité, et il prendrait toujours soin de moi comme il s'y était engagé.

Et puis je me suis rappelé qu'on était jeudi, sa soirée libre, et qu'il ne rentrerait pas pour dîner, peut-être même pas avant que j'aille me coucher.

Y songer m'a provoqué cet étrange état d'agitation qui me saisit parfois, pas exactement pareil à la nervosité qu'il m'arrive de ressentir, et qui ressemble à une sorte d'excitation, comme si quelque chose allait se passer. Mais bien sûr, il ne se passerait rien : j'étais dans notre appartement, nous habitions la Zone Huit, et je serais toujours sous protection parce que Grand-Père y avait veillé.

Je me sentais néanmoins incapable de rester tranquillement en place, et j'ai commencé à arpenter l'appartement de long en large. Puis j'ai entrepris d'ouvrir des portes, ce que j'avais coutume de faire quand j'étais enfant et que je voulais trouver quelque chose d'impossible à décrire. « Qu'est-ce que tu cherches, petit chat ? », me demandait Grand-Père, mais je ne pouvais jamais répondre. Avant cela, il avait essayé de m'arrêter, il me prenait sur ses genoux et me tenait les poignets en me murmurant : « Ne t'en fais pas, petit chat, tout ira bien. » Mais je criais et je me débattais parce que je ne voulais pas qu'on me restreigne, j'aimais trop ma liberté, j'aimais vagabonder. Puis, un peu plus tard, il laissait tout simplement tomber ce à quoi il était occupé et se mettait à chercher avec moi. J'ouvrais un placard sous l'évier, je le refermais, et il m'imitait, l'air sérieux, jusqu'à ce que j'aie inspecté et refermé tous les placards de la maison, à chaque étage, et qu'il m'ait emboîté le pas. Alors la fatigue me gagnait, je n'avais toujours pas trouvé ce que je cherchais, et Grand-Père me soulevait dans ses bras et me portait dans mon lit. « On le trouvera la prochaine fois, petit chat. Ne t'inquiète pas, on finira par le trouver. »

Aujourd'hui cependant, chaque chose était à sa place : dans la cuisine, les conserves de haricots et de poissons, les bocaux de cornichons et de radis, les boîtes de flocons d'avoine et de feuilles de tofu séché, les ampoules de verre contenant du miel artificiel ; dans le placard de l'entrée, nos parapluies, nos imperméables, nos combinaisons et nos voiles réfrigérants, nos masques et notre sac à dos d'urgence contenant des bouteilles d'eau de quatre litres, des antibiotiques, des torches électriques, des piles, de l'écran total et des gels rafraîchissants, ainsi que des chaussettes, des baskets, des leggings, des briques de protéines, des fruits secs ; dans le placard du couloir, nos chemises, pantalons, sous-vêtements et chaussures de rechange, ainsi qu'une réserve d'eau potable pour deux semaines, et sur le plancher, une boîte avec nos actes de naissance, nos certificats de citoyenneté et permis de résidence, des copies de nos habilitations de sécurité, nos résultats d'examens médicaux les plus récents, et quelques photos de Grand-Père que j'avais réussi à conserver ; dans le placard de la salle de bains, nos vitamines, nos réserves d'antibiotiques, nos provisions de produits solaires et de gel anti-brûlures, de shampooing, de lingettes nettoyantes et de papier hygiénique ; dans le tiroir sous mon lit, nos pièces d'or et nos bons d'achat. Nos échelons comme fonctionnaires d'État nous assuraient des indemnités qui nous permettaient de nous offrir deux petits plaisirs par semaine, comme des glaces ou une combinaison de trois à six coupons de nourriture supplémentaires. Mais parce que ni lui ni moi ne nous autorisions jamais aucun caprice, nous en avions économisé beaucoup que nous pourrions utiliser un jour pour acquérir quelque chose de plus important, comme des vêtements ou un transistor neufs. Mais en fait, nous n'avions besoin de rien : en marge de nos uniformes, l'État nous fournissait deux jolies tenues par an, une nouvelle radio tous les cinq ans, et donc il aurait été stupide d'utiliser nos pièces ou nos bons pour des achats de ce genre. Et donc nous ne nous en servions pas, même pour des choses dont nous avions envie, comme des coupons de produits laitiers supplémentaires – je ne sais pas pourquoi.

De retour dans le couloir, j'ai sorti la boîte de sa cachette, parce que je voulais revoir les photos de Grand-Père. Mais quand j'ai retiré l'enveloppe contenant nos actes de naissance, d'autres papiers ont glissé et sont tombés par terre, ainsi qu'une autre enveloppe que je n'avais jamais vue. Elle n'était pas exactement vieille mais, à l'évidence, elle avait déjà servi, et en l'ouvrant, j'ai trouvé six autres feuilles de papier. En fait moins des feuilles que des bouts de papier, provenant de pages différentes : certains avaient des lignes, d'autres avaient manifestement été arrachés à des livres, et aucun d'eux n'était ni daté, ni adressé à quelqu'un, ni signé, et tous étaient très peu remplis, rien que quelques mots sur chaque, à l'encre noire, tracés d'une écriture rapide et maladroite. « Tu me manques », disait l'un d'eux. « 22 heures », lisait-on sur un autre. « 20 heures », précisait le troisième. Le quatrième et le cinquième portaient le même message : « Je pense à toi. » Venait enfin le sixième, avec trois mots seulement : « Un jour peut-être. »

Pendant un moment j'ai examiné ces morceaux de papier en me demandant d'où ils venaient. Mais je savais qu'ils devaient appartenir à mon mari parce qu'ils n'étaient pas à moi, et que personne d'autre n'entrait jamais dans cet appartement. Quelqu'un avait écrit ces petits mots à mon mari, et il les avait conservés. J'ai deviné qu'ils n'étaient pas censés me tomber sous les yeux parce qu'ils avaient été soigneusement rangés entre nos papiers, et que c'était mon mari, et non pas moi, qui s'occupait des documents administratifs et renouvelait chaque année nos certificats de citoyenneté.

Mon mari ne rentrerait pas avant plusieurs heures encore, et pourtant, après avoir fini de parcourir ces billets, je les ai précipitamment remisés dans l'enveloppe et j'ai rangé la boîte sans même regarder les photos que je voulais voir, comme si j'avais pu l'entendre frapper à la porte d'une minute à l'autre. Puis, j'ai filé vers notre chambre, et immobile sur notre lit, j'ai longuement fixé le plafond.

« Grand-Père », ai-je soupiré.

Mais bien sûr, personne ne m'a répondu.

J'ai tout fait pour penser à autre chose qu'à ces bouts de papier avec leurs déclarations et leurs indications, que leur simplicité même rendait compliquées. J'ai songé aux petits doigts, à Grand-Père, à ce que j'avais vu sur la Place. Mais durant tout ce temps, les trois mots du dernier billet résonnaient à mes oreilles, ces deux mots adressés à mon mari qui les avait gardés. *Un jour peut-être,* avait écrit quelqu'un, il avait conservé ce message, et le coin supérieur gauche du papier était plus défraîchi que le reste, comme s'il avait été frotté entre les doigts du destinataire, manipulé un nombre incalculable de fois pour être lu et relu. *Un jour peut-être, un jour peut-être, un jour peut-être.*

II. Automne. Cinquante ans plus tôt

Cher Peter, 1er septembre 2043

Merci beaucoup pour les fleurs, qui sont arrivées hier et que vraiment il ne fallait pas envoyer. Mais elles sont magnifiques et nous les avons adorées. Merci.

Pendant que nous y sommes, le fleuriste s'est trompé. J'avais dit que nous voulions des orchidées Miltonia blanches ou violettes, et qu'a-t-il commandé ? Des quantités et des quantités de cattleyas couleur chartreuse. On aurait dit que la boutique avait été entièrement aspergée de bile. Comment des choses pareilles peuvent-elles se produire ? Comme tu le sais, moi ça ne m'importe pas énormément, mais Nathaniel est facilement hors de lui, et il faut que je fasse preuve de compréhension et que je simule une colère pour préserver la sérénité du foyer : la paix du ménage plutôt que le chaos, etc.

Plus que quarante-huit heures avant le grand jour. Je n'arrive toujours pas à croire que j'aie donné mon accord. Et pas non plus à croire que tu ne seras pas là avec nous. Je te pardonne, bien sûr, mais rien ne sera pareil sans toi.

Nathaniel et le bébé t'embrassent affectueusement. Et moi aussi.

Cher P., 5 septembre 2043

Eh bien, je suis toujours vivant. À peine. Mais vivant.

Par où commencer ? Il avait plu la nuit précédente, et il ne pleut jamais du côté nord de l'île. Toute la soirée, j'ai dû écouter Nathaniel s'agiter – Mais la boue ? Et si la pluie ne s'arrêtait pas ? (Nous n'avions pas de plan B.) Et la fosse que nous avions creusée pour les cochons ? Et s'il faisait trop humide pour que les branches de kiawe soient sèches ? Ne devrions-nous pas demander à John et Matthew de les empiler à l'intérieur ? – jusqu'à ce que je le supplie de se taire. Voyant que rien n'y changeait, je lui ai fait prendre un cachet et il a fini par fermer l'œil.

Naturellement, dès qu'il s'est endormi, je n'ai moi-même pas pu trouver le sommeil, je suis sorti et je me suis aperçu que la pluie avait cessé de tomber, que la lune était énorme et argentée, et que les quelques nuages encore présents filaient droit au nord vers la mer ; John et Matthew avaient remisé les stères de bois sous la véranda et recouvert la fosse de feuilles de monstera. Tout sentait bon et vert, et j'ai éprouvé – pour la première mais pas la dernière fois – un sentiment qu'on pourrait appeler émerveillement : j'allais avoir la chance de vivre dans cet endroit magnifique, au moins pour un certain temps encore, et j'allais me marier.

Et puis, treize heures plus tard, Nathaniel et moi avons convolé en justes noces. Je vais t'épargner (presque tous) les détails, mais je te dirai seulement que j'ai été surpris d'être à nouveau ému, que Nathaniel a pleuré (évidemment) et que moi aussi. La cérémonie était organisée sur la pelouse de John et Matthew, et pour une raison inconnue, Matthew avait construit une sorte de houppa en bambou. Après l'échange des serments, Nathaniel a soudain eu l'idée de sauter par-dessus la haie et de courir plonger dans l'océan, et c'est ce que nous avons fait.

Et aujourd'hui, nous avons repris le collier comme d'habitude – la maison est encore dans un fouillis indescriptible, et les déménageurs viennent dans moins de deux semaines, mais je n'ai pas commencé à mettre de l'ordre dans le labo et je dois absolument terminer le dernier article de ma vie de post-doctorant : la lune de miel (si c'est le mot qui convient, avec le bébé dans les jambes) devra attendre. Au fait, il a beaucoup aimé tes cadeaux, merci de les avoir envoyés : ils étaient tous très bien choisis, de quoi le rassurer pleinement sur le fait que si c'était sans doute le seul jour de sa courte vie dont il paraissait ne pas être le centre, en fait, il l'était. (Avant le mariage, il a piqué une colère, et quand Nathaniel et moi, nous agitant autour de lui comme deux mamans corneilles, l'avons supplié de se calmer, il a crié : « Et arrêtez de m'appeler "le bébé" : je vais avoir quatre ans ! » Nous avons éclaté de rire et ça l'a rendu encore plus furieux.)

Je vais de ce pas relire le mail qu'il prépare pour son oncle P.

Avec tendresse, Moi.

P-S : J'allais oublier l'incident du Mayfair. Horrible ! Ils passent des images en boucle aux informations. Ce café n'était-il pas juste un peu plus bas dans la rue où se trouve le bar qu'on fréquentait il y a quelques années ? J'imagine que ça doit te donner pas mal de travail. Non que ce soit le pire dans cette histoire, bien sûr. Mais tout de même.

Cher Petey, 17 septembre 2043

On a réussi. Ouf ! Nathaniel était en larmes, le bébé aussi, et moi pas loin. Je te récris bientôt. Affectueusement, Moi.

Mon cher Peter, 1er octobre 2043

Désolé d'être un aussi piètre correspondant. Tous les jours depuis environ trois semaines, je me répète qu'il faut que j'écrive à Peter pour raconter ce qui s'est passé aujourd'hui, et chaque soir, je ne vais pas plus loin que notre habituel : Comment vas-tu ? Tu me manques. As-tu vu les nouvelles ? Alors, je te demande pardon.

Ce mail est en deux parties : professionnelle, puis personnelle. L'une des deux sera sans doute un peu plus intéressante que l'autre. Devine laquelle.

Nous sommes maintenant installés dans Florence House East, un vieux gratte-ciel qui se trouve un peu à l'ouest du Franklin D. Roosevelt Drive. Il a presque quatre-vingts ans, mais comme pas mal d'immeubles construits dans les années 1960, il a l'air à la fois plus récent et plus ancien que ça, anachronique et pas encore tout à fait de son temps. La plupart des post-doctorants et presque tous les chercheurs les plus importants (c'est-à-dire les responsables de labo) vivent sur le campus dans une de ces unités d'habitation. Apparemment, notre arrivée a causé une polémique parce que notre appartement se situe 1) à un étage élevé (20e), 2) à un angle du bâtiment, 3) face au sud-est (plus de lumière, etc.), 4) comprend trois vraies chambres (au contraire de la plupart des autres quatre-pièces qui sont en fait de grands trois-pièces transformés et dont la troisième chambre n'a pas de fenêtre). Selon un de nos voisins, il devait être organisé une loterie, fondée sur la taille de la famille, la position hiérarchique et – comme tout ici –, le volume des publications, au lieu de quoi le logement nous a été attribué, ce qui donne à tous les autres encore une bonne raison de nous détester par avance. Ah, que veux-tu, c'est toujours le genre de choses qui m'arrive !

L'appartement est vaste et bien situé (je serais amer moi aussi à leur place), avec une belle vue sur le vieil hôpital dédié à la variole sur Roosevelt Island qu'ils se préparent aujourd'hui à convertir en un de ces nouveaux camps de réfugiés. Par temps clair, on voit l'île sur toute sa longueur, et quand il fait soleil, la rivière, normalement brune et boueuse, se met à briller et en serait presque belle. Hier nous avons aperçu une vedette de la police remonter lentement vers le nord, ce qui arrive souvent, au dire du même voisin. Il semble que les gens se suicident en sautant du pont et qu'ensuite leurs corps flottent vers l'aval ; la police doit alors aller les repêcher. J'aime les moments où il y a des nuages et où le ciel devient gris acier – hier, nous avons eu un orage et regardé les éclairs qui zébraient l'eau : le bébé sautait sur place en poussant des cris de joie.

À propos du bébé, il est déjà inscrit à l'école du campus (subventionnée mais chère) où il pourra rester jusqu'en troisième, après quoi – sauf désastre, renvoi ou échec –, il ira directement à Hunter pour les années de lycée (gratuitement !). L'école est ouverte à tous les enfants dont les parents sont soit professeurs soit post-doctorants à Rockefeller University, ou boursiers en cours de thèse ou encore assistants temporaires au centre Memorial Sloan Kettering, une rue plus loin vers l'ouest et une rue plus loin vers le sud. Cela signifie que la population étudiante est d'une grande diversité ethnique, des Indiens aux Japonais en passant par toutes les identités intermédiaires. Il y a une passerelle en ciment d'inspiration soviétique qui relie notre immeuble à une aile de l'ancien hôpital, et de là, on accède à un réseau de souterrains qui dessert tout le campus, que les gens semblent préférer aux allées extérieures, et aboutit au sous-sol du Centre de l'Enfance et de la Famille. Pour l'instant, on ne voit pas beaucoup de signes de véritable enseignement – pour autant que je puisse en juger, les élèves passent leur temps au zoo ou à écouter l'instituteur leur faire la lecture – mais Nathaniel affirme que l'école a bien changé depuis notre temps, et je lui fais confiance sur ce point. En tout cas, le bébé paraît ravi, et je ne vois pas ce que je pourrais attendre de mieux d'un enfant de quatre ans.

J'aimerais pouvoir dire la même chose de Nathaniel qui est clairement malheureux mais tout aussi déterminé à ne pas se plaindre : je l'admire pour ça mais je suis aussi triste pour lui. Il était clair que je ne pouvais pas ne pas prendre ce travail, mais nous savions tous les deux que très probablement il ne trouverait pas de poste de curateur à New York pour un expert de l'art textile hawaïen du XIXe siècle, et malheureusement, nos peurs se sont avérées fondées. Je crois t'avoir dit qu'il était en contact avec un ami de son 3e cycle, chercheur au département Océanie du Metropolitan, qui pensait avoir un moyen de lui dénicher un emploi dans ce musée, même à temps partiel, mais apparemment, ça ne va pas marcher et c'était son meilleur tuyau. Nous avions parlé de temps en temps, l'an dernier, de ce qu'il pourrait faire d'autre et envisagé une formation différente, mais nous n'osions ni l'un ni l'autre nous engager aussi loin sur ce terrain que nous aurions sans doute dû le faire : lui, par peur, et moi, parce que je savais que cette conversation ne pourrait que mettre en lumière combien la décision de venir ici était égoïste de ma part, que notre installation ici le prive de moyens de subsistance et d'une identité professionnelle. Et donc, chaque matin, je pars au labo et lui va déposer le bébé, puis il passe le reste de la journée à tenter de rénover l'appartement, dont je sais à quel point il le trouve déprimant : plafonds bas, portes en contreplaqué, carrelage mauve dans la salle de bains.

Le pire est que sa tristesse me fait hésiter à trop lui parler du labo, parce que je ne veux pas lui rappeler ce que j'ai et lui pas. Pour la première fois, nous avons des secrets l'un pour l'autre, et ces soucis sont d'autant plus difficiles à cacher qu'ils sont quotidiens, toutes ces choses dont nous pourrions parler en lavant la vaisselle ou après avoir couché le bébé, ou encore le matin quand Nathaniel prépare le repas de midi du petit. Et il y en a tellement ! Par exemple : j'ai fait mon premier recrutement le lendemain de notre arrivée, une technicienne de labo qui avait étudié à Harvard et était venue ici parce que son mari est musicien de jazz, pensant qu'il trouverait plus facilement des contrats à New York ; elle doit avoir une petite quarantaine d'années, et elle s'est occupée pendant dix ans de cobayes et d'immunologie. Cette semaine, j'ai engagé mon deuxième post-doctorant, un jeune type très intelligent sorti de Stanford qui s'appelle Wesley. Donc, il me reste des fonds pour trois post-doctorants supplémentaires et quatre ou cinq thésards, qui occupent des postes tournants dans nos labos par cycles de douze semaines. Les thésards attendent en général qu'un labo soit opérationnel avant de décider s'ils veulent ou non le rejoindre – c'est un peu comme quand les étudiants font le tour des fraternités avant de choisir, je dois reconnaître – mais on m'a expliqué qu'étant donné ma « renommée », il est possible que j'en recrute quelques-uns avant. Je te promets que je ne joue pas les gros bras. Je te répète seulement ce qu'on m'a dit.

Mon labo (*mon* labo !), Larson, est un des bâtiments les plus récents ; une partie de la construction forme littéralement un pont entre Manhattan et une espèce de colline élevée par l'homme qui touche Roosevelt Island. De mon bureau, j'ai une vue légèrement différente de celle que j'ai de chez moi : la rivière, la voie rapide, la passerelle en ciment, et les résidences Florence Houses, Est et Ouest. Tous les labos ont leur nom officiel : le mien s'appelle le « Laboratoire des Infections Émergentes et Latentes. » Mais ce matin de bonne heure quand un appariteur est venu me livrer mon contingent d'Erlenmeyers, il m'a demandé : « Vous êtes bien le département des Nouvelles Maladies ? » et j'ai ri. « Quoi ? Je me suis trompé ? », m'a-t-il demandé, et je lui ai répondu que pas du tout.

Excuse-moi d'avoir tant parlé de moi dans cette lettre, mais c'est toi qui l'as voulu. La semaine prochaine, nous aurons notre dernier rendez-vous au Bureau de l'Immigration, après quoi nous serons officiellement, à plein temps et en toute légalité, des résidents permanents des États-Unis (berk !). Donne-moi de tes nouvelles, ton travail, cette créature loufoque avec qui tu sors, et tout le reste. En attendant de te lire, je t'envoie mes amitiés depuis le Département des Nouvelles Maladies.

Ton vieux copain, C.

Cher Peter, 20 avril 2045

Merci de ton dernier petit mot. Il m'a un peu égayé, ce qui est mission quasi impossible ces derniers temps.

Je me demande, étant donné tout ce que tu sais déjà à ce sujet (sans parler de ce qui se passe dans ton coin du monde), si tu as déjà entendu parler des coupes budgétaires qui vont être annoncées avant la fin de l'été et dont on raconte qu'elles vont affecter toutes les unités de recherche fédérales. Officiellement, on avance que l'argent va être réemployé pour financer l'effort de guerre, et d'une certaine façon, c'est vrai, mais tout le monde dans la communauté scientifique sait pertinemment que l'argent part vers le Colorado, où la rumeur veut que le travail ait commencé pour l'élaboration d'une nouvelle arme biologique. J'ai de la chance au sens où R.U. ne dépend pas exclusivement des subventions de l'État, mais tout de même largement, et je crains que mes recherches n'en soient affectées.

Ensuite, il y a la question de la guerre elle-même, qui me crée de sérieux problèmes. Les Chinois, comme tu le sais, ont mené des études très poussées sur les maladies infectieuses les plus diverses, et les nouvelles sanctions nous interdisent de communiquer avec eux – officiellement, du moins. Il y a eu des tractations secrètes entre nous, l'Agence Nationale de la Santé, le Centre de Contrôle des Épidémies et le Congrès depuis que les sanctions ont été soumises au vote l'an dernier, mais rien n'a changé. Là encore, mon travail n'est pas aussi touché que celui de plusieurs de mes collègues, mais cela signifie qu'il le sera indubitablement un jour et que pour l'instant on ne peut rien y faire.

Il semble particulièrement dément qu'ils puissent agir de cette façon après l'incident de Caroline du Sud – je ne sais pas si tu en as entendu parler, mais au début février, un nouveau virus s'est déclaré aux alentours de la ville de Moncks Corner, au sud-est de l'État, où se trouve également un marais d'eaux noires paysagé appelé Cypress Gardens. Une quadragénaire du cru, en bonne santé par ailleurs, a attrapé ce qui semblait être la grippe, après avoir été piquée par un moustique alors qu'elle faisait du kayak dans le marais en question. Quarante-huit heures après le diagnostic, elle a été prise de convulsions ; soixante-douze heures plus tard, elle était paralysée ; quatre-vingt-seize heures après, elle était morte. Or, au moment du décès, le fils de cette femme et leur voisin, un homme âgé, montraient des symptômes similaires. Cela ressemble un peu, je m'en rends compte, à une encéphalite équine de l'Est, mais ce n'est pas le cas. En fait, il s'agit du variant Alpha du virus. On a eu la chance insigne que le maire de la ville ait été, aussi improbable que cela puisse paraître, missionnaire en Afrique de l'Est durant l'épidémie de chikungunya en 2037, et qu'il ait flairé le problème. Il a contacté le Centre de Contrôle des Épidémies, ils ont envoyé une équipe et confiné la ville. Le vieil homme est mort, mais le fils a survécu. Bien sûr le CCE y voit une grande victoire : non seulement la maladie ne s'est pas répandue, mais ils ont aussi réussi à ce qu'on n'en parle pas aux informations nationales. Ils ont complètement escamoté la nouvelle, en réalité – ils ont poussé le Président à ordonner au maire de n'en parler devant aucun media et encore moins à ses concitoyens, et il a obéi. On chuchote que cela va conduire à un décret qui interdira, dans l'intérêt national, à tous les journalistes de diffuser des informations dont le contenu n'aura pas été approuvé au préalable sur tout futur foyer d'épidémie. L'idée sous-jacente est que la panique amènerait les habitants à fuir la zone infectée, et que des mesures immédiates de confinement sévère sont seules capables de stopper une épidémie galopante. Je vois bien sûr l'intérêt de pareille décision, mais je pense aussi que c'est une solution dangereuse. Les informations trouvent toujours le moyen de circuler en dépit des interdictions, et quand la population découvrira qu'on lui a menti, ou au moins qu'on l'a maintenue dans l'ignorance, on aboutira seulement à une défiance et des soupçons accrus, et donc, à une panique encore plus grande. Mais le Gouvernement fait tout ce qu'il peut pour retarder la réflexion sur le véritable problème et le moment d'y faire face : l'ignorance scientifique des Américains !

En tout cas, comme je le disais, tel est le contexte dans lequel ont eu lieu les coupes budgétaires. Sont-ils vraiment assez myopes pour penser que c'était la dernière épidémie ? Tout semble dicté par la conviction, non dite mais persistante, que la maladie se déclenche toujours *ailleurs,* et que, parce que nous avons de l'argent, des ressources et une infrastructure de recherche sophistiquée, nous pourrons entraver la progression de n'importe quel virus avant que la situation ne devienne alarmante. Mais qu'entendent-ils par « alarmante », et comment prétendent-ils agir avec moins de cerveaux et moins de fonds ? Je ne suis pas un de ces scientifiques comme Wesley – Dieu bénisse son pauvre cœur ratatiné – qui voient l'apocalypse à chaque coin de rue et prédisent presque en se frottant les mains « le grand fléau ». Je crois néanmoins qu'il est dangereux et grotesque de réagir à une nouvelle flambée épidémique en réduisant les moyens, comme si en écartant les solutions, on pouvait aussi résoudre le problème et même l'empêcher de se poser. Nous sommes désormais tous tellement habitués à ces flambées que nous oublions qu'il n'existe aucun virus mineur ; la seule différence est que la progression de certains a été enrayée tôt, celle d'autres, non. Pour l'instant, nous avons eu de la chance. Mais nous n'en aurons pas toujours.

Autant pour le travail. À la maison, les choses ne sont vraiment pas terribles non plus. Nathaniel a fini par décrocher un emploi, et il était temps – la situation était vraiment devenue tendue entre nous. Se retrouver toute la journée dans un appartement qu'il déteste ne l'a pas amené à se faire de nouveaux amis, et même si, comme tu le sais, il a fait des efforts pour s'occuper – bénévolat à l'école et dans un refuge pour SDF où il va tous les jeudis préparer des repas –, il se sent (à ce qu'il m'en dit) « inutile et insignifiant ». Enfin, il savait pourtant qu'il ne trouverait jamais de travail dans son domaine, mais il aura mis presque deux ans à l'accepter vraiment et à ne plus seulement *dire* qu'il l'acceptait. Donc aujourd'hui, il enseigne les arts plastiques à des élèves de CM1 et CM2 dans une petite école, chère mais mal cotée, à Brooklyn, le genre d'établissement qui attire les parents bourrés de fric de gosses aux moyens limités. Nathaniel n'avait jamais enseigné avant, et le trajet lui pèse beaucoup, mais il semble néanmoins beaucoup plus heureux. Il a été engagé au pied levé pour remplacer une femme à qui on venait de diagnostiquer un cancer de stade 3 et qui était partie au milieu du trimestre.

Une des conséquences imprévues de cette situation – moi, satisfait de mon travail, Nathaniel frustré à la maison – est que lui et le bébé se sont construit une vie en marge de la mienne. Certes, Nathaniel avait toujours été le parent le plus présent, mais on dirait qu'il s'est produit un changement autour de l'an dernier, et j'ai l'impression qu'on me rappelle sans arrêt qu'ils ont établi une relation dont je suis exclu d'une certaine façon, et que je ne sais rien de leur vie quotidienne. Ces signes se manifestent imperceptiblement : ils partagent au dîner une plaisanterie que je ne comprends pas et qu'ils ne se donnent pas toujours la peine de m'expliquer (et moi, rancunier, je ne pose pas la question, et plus tard, je m'en veux) ; poussé par la culpabilité, j'ai fait cadeau au bébé d'un robot en alu violet fluo pour finir par apprendre que le violet n'est plus sa couleur préférée, que c'est désormais le rouge, ce qui m'est communiqué d'un ton impatient et déçu, et je me sens plus blessé que de raison.

Et puis, hier soir, alors que je le couchais, tout à trac le bébé a déclaré : « Maman est au paradis. »

Au paradis ? Où a-t-il entendu une chose pareille ? Et « Maman » ? Nous n'avions jamais parlé de la cousine de Nathaniel comme de la maman du bébé – nous avions toujours dit la vérité : cette parente éloignée de Nathaniel l'avait porté, mais il n'était qu'à nous, c'était notre choix. Et quand elle était décédée, nous avions pesé chaque mot : *La cousine de Papa, celle qui a contribué à ta naissance, est morte la nuit dernière.* Mais je suppose qu'il a pris mon silence pour une gêne d'une autre sorte, parce qu'il a ajouté pour clarifier les choses : « Elle est morte. Donc, elle est au paradis. »

Pendant un moment, je suis resté interloqué. « Eh bien oui, elle est morte », ai-je réagi un peu lâchement, en songeant que j'allais demander à Nathaniel d'essayer de savoir d'où lui était venue cette idée du paradis (sûrement pas de l'école ?) et ensuite, je n'ai rien trouvé à ajouter qui n'exige pas une longue, longue conversation.

Il est resté silencieux pendant un temps, et je me suis demandé, comme souvent, ce qui se passe dans la tête des enfants, comment ils peuvent avoir simultanément à la conscience deux ou trois idées, complètement contradictoires ou différentes, et qui sont pour eux non seulement liées mais dépendantes les unes des autres. À quel moment perd-on cette capacité ?

Ensuite, il a dit : « C'est Papa et Maman qui m'ont fait. »

Il s'est de nouveau tu un moment. « Mais maintenant je suis seul », a-t-il murmuré et je me suis senti flancher.

« Tu n'es pas seul. Tu as Papa, tu m'as, moi, et nous t'aimons beaucoup. »

Il a réfléchi quelques secondes : « Est-ce que tu vas mourir ?

— Oui, mais pas avant longtemps.

— Combien de temps ?

— Très longtemps. Si longtemps que je ne sais pas compter jusque-là. »

Il a fini par sourire. « Bonne nuit.

— Bonne nuit », ai-je répondu avant de l'embrasser. « À demain matin. »

Je me suis levé pour éteindre la lumière (remarquant au passage le robot violet relégué dans un coin, la tête contre terre, ce qui m'a serré la gorge de chagrin, comme si cette créature stupide avait des sentiments et n'était pas seulement un jouet que j'avais acheté dans la boutique juste avant la fermeture) ; je m'apprêtais à me diriger vers notre chambre pour interroger Nathaniel quand je me suis soudain senti accablé par une fatigue extrême. Moi, un homme qui dirigeait son propre laboratoire, avait une famille, un appartement enviable, pour qui tout allait bien, enfin plutôt bien, et pourtant j'ai eu à ce moment précis l'impression d'être en équilibre sur un tube en plastique blanc qui dévalait un chemin de terre, et je surfais dessus, enfin du mieux que je pouvais, mes pieds glissaient sans arrêt, en essayant de me maintenir debout. C'est ce à quoi ressemblait ma vie. Et donc, j'ai regagné notre chambre, mais je n'ai rien dit de ma conversation avec le bébé, et à la place, Nathaniel et moi avons fait l'amour pour la première fois depuis longtemps, puis il s'est endormi, et moi finalement aussi.

Donc, voilà ce qui m'arrive. Désolé de m'être tant apitoyé sur mon sort et montré si occupé de moi-même. Je sais combien tu as travaillé dur, et j'imagine sans peine tous les problèmes auxquels tu as été confronté. Je devine que ça ne te consolera pas vraiment, mais quand mes collègues se plaignent des bureaucrates, je pense à toi et je sais, même si je suis en désaccord avec les conclusions de certains de tes semblables, que certains s'efforcent de prendre les décisions les meilleures, les plus justes, et que tu en fais partie. Si seulement tu pouvais être ce genre de fonctionnaire intègre ici en Amérique – je me sentirais mieux pour nous tous si c'était possible.

Avec toute mon affection, C.

Mon cher Petey, 22 novembre 2045

Eh bien c'est arrivé ! Je devine que tu as dû suivre les nouvelles, et que tu dois savoir que nous étions menacés par un risque de coupe budgétaire fédérale, mais comme tu ne l'ignores pas, je ne m'attendais tout de même pas en réalité à ce que cela se produise. Nathaniel dit que j'étais bien naïf, mais l'étais-je vraiment ? Voyons un peu : le pays dans une situation à peine stable depuis la grippe de 2035. Au moins dix mini-flambées de l'épidémie en Amérique du Nord ces cinq dernières années. Étant donné ces circonstances, quelle était la chose la plus bête à faire ? Oh, je sais, couper les fonds à l'un des plus grands centres de recherche scientifique du pays ! Le problème, m'a expliqué un des autres directeurs de laboratoire, c'est que si *nous* savons tous que nous avons frôlé la catastrophe en 2035, le reste de la nation n'en a pas conscience. Et on ne peut pas le leur expliquer aujourd'hui parce que ça n'intéresserait personne. (Or, nous n'aurions pas pu le leur dire alors parce que la panique aurait été générale. Il me vient à l'esprit, et ce n'est pas la première fois, qu'une partie toujours plus grande et plus désespérante de notre travail se passe à débattre de comment, quand et si nous devrions révéler que certaines découvertes ont nécessité des années et des millions de dollars.) Le problème est que si nous nous plaignons, personne ne nous croira. En d'autres termes, nous sommes pénalisés par notre compétence même.

Bien sûr, je ne suis pas censé parler de tout ça à quiconque en dehors de notre université. Enfin, si j'en crois le responsable de la communication de l'institut, qui nous a rassemblés dans un amphithéâtre pour nous faire la leçon avant que les nouvelles ne soient divulguées, et surtout à en croire la conversation que j'ai eue avec Nathaniel alors que nous étions pris dans les embouteillages en allant dîner hier soir. C'est exactement la raison pour laquelle je t'écris.

Je ne t'en ai pas parlé pour des raisons que j'essaierai d'expliquer plus tard – peut-être la semaine prochaine quand nous nous verrons – mais Nathaniel s'est fait de nouveaux amis. Ils s'appellent

Norris et Aubrey (Aubrey !) : un couple de vieilles tantes bourrées de fric que Nathaniel a rencontrées il y a quelques mois quand un commissaire-priseur lui a demandé d'évaluer une collection privée de ce qui était censé être des couvre-lits kapa hawaïens, sans doute volés. En tout cas, Nathaniel les a expertisés et a déterminé leurs origine et date de fabrication – il pense qu'ils remontent au début des années 1700, c'est-à-dire avant tout contact avec les Occidentaux, ce qui les rendrait infiniment rares et précieux.

En fait, cette salle des ventes avait déjà un acheteur potentiel, un certain Aubrey Cooke, qui collectionne les artéfacts primitifs polynésiens et micronésiens. Donc une rencontre a été organisée entre lui et Nathaniel, et ils sont immédiatement tombés amoureux l'un de l'autre, si bien que maintenant Nathaniel s'est vu offrir une mission free-lance pour cataloguer la collection d'Aubrey Cooke, qui, je cite Nathaniel, est « d'une diversité et d'une richesse spectaculaires ».

Je réagis de plusieurs façons à cette situation : la première, c'est le soulagement. Depuis que nous sommes arrivés ici, je cache en moi un vide, une douleur, en pensant à ce que j'ai fait à Nathaniel et même au bébé. Ils étaient tellement heureux à Honolulu et, mis à part mon ambition personnelle, je l'étais aussi. Toutefois, malgré mes frustrations, nous étions chez nous là-bas. Nous étions tous occupés, moi, dans un labo petit mais respecté, Nathaniel, comme curateur dans un musée petit mais respecté ; le bébé, étant donné son âge, dans une crèche petite mais respectée – et je nous ai tous fait partir parce que je voulais travailler à R.U. Je ne peux pas prétendre, comme je le fais parfois, que c'était pour sauver des vies ou que je serais plus utile ici : c'était parce que je voulais intégrer une institution prestigieuse, et parce que j'aime la chasse. Je passe mes jours à craindre une nouvelle flambée d'épidémie, mais j'en rêve aussi. Je veux être aux premières loges quand la prochaine pandémie se déclarera. Je veux être celui qui découvrira le virus, celui qui trouvera la solution, je veux être celui qui lève les yeux de son bureau pour s'apercevoir qu'il fait nuit noire, qu'il ne sait plus depuis combien de temps il bosse dans son labo, qu'il a été si absorbé, si immergé dans son travail qu'il a perdu le sens de ce qu'était une journée. Je sais tout ça, et je m'en sens coupable, et pourtant je ne cesse pas pour autant de le vouloir. Et donc, quand Nathaniel est venu me raconter sa première journée dans la salle des ventes, il était heureux, si heureux, que je me suis senti exonéré. J'ai mesuré depuis combien de temps je ne l'avais pas vu si enthousiaste, et à quel point j'avais espéré que ça se produirait un jour quand je lui répétais qu'il finirait par trouver sa place, un sens à cette ville et à ce pays qu'il déteste en silence. Quand il est revenu tout joyeux d'avoir rencontré Aubrey Cooke, je me suis réjoui moi aussi. Il s'était fait jusque-là très peu d'amis, la plupart parents d'élèves à l'école du bébé.

Cette gaieté, cependant, s'est vite muée en autre chose, et même si j'ai honte de le reconnaître, ce sentiment s'appelle évidemment jalousie. Depuis deux mois, tous les samedis, Nathaniel prend le métro pour Washington Square, où Aubrey possède un hôtel particulier face au Parc, et je reste à la maison avec le bébé (le message implicite étant que c'est bien mon tour après deux ans de week-ends entiers passés au labo pendant que Nathaniel s'occupait de lui). Et quand il rentre en fin d'après-midi, il est rayonnant. Il prend le bébé dans ses bras, le fait voler et se met à préparer le dîner ; tout en cuisinant, il me parle d'Aubrey et de son mari, Norris. Combien sont riches et approfondies les connaissances qu'a Aubrey de l'Océanie des XVIIIe et XIXe siècles. À quel point la maison est splendide. De quelle façon Aubrey a fait fortune en gérant les fonds de diverses fondations. Comment Aubrey et Norris se sont connus. Où et comment ils aiment passer leurs vacances. Qu'ils nous invitent à passer un week-end « à l'Est », à Frog's Pond, leur « domaine » de Water Mill. Ce que dit Norris du roman de X ou de la pièce de Y. Ce qu'Aubrey pense du gouvernement. Leurs brillantes idées sur les camps de réfugiés. Ce qu'il *faut* absolument que nous voyions/fassions/goûtions/essayions, à en croire Aubrey et Norris.

À chaque description, je m'extasie dûment : « Ouah ! » ou « Super, mon vieux, c'est génial ! ». Je m'applique à paraître sincère mais franchement, ça n'aurait aucune incidence si je n'y arrivais pas, parce que Nathaniel ne s'intéresse pas à mon avis. Ma vie en dehors du labo a toujours eu deux points d'attache : lui et le bébé. Mais aujourd'hui, la sienne en a trois (dans le désordre) : moi, le bébé, Aubrey et Norris. Chaque samedi, il bondit du lit, s'habille pour la salle de sport (il la fréquente plus assidûment depuis qu'il les connaît), s'entraîne, rentre pour se doucher et donner à manger au bébé, nous embrasse tous les deux, et disparaît pour passer la journée au centre-ville. Que ce soit clair, je ne pense pas qu'il soit amoureux ou qu'il baise avec eux – tu sais que nous n'avons ni l'un ni l'autre de problèmes avec ça. Mais sa fascination pour eux rime avec la répudiation de ma personne. Pas de nous, pas de moi et du bébé, mais de moi seulement.

J'avais toujours pensé que Nathaniel était satisfait de notre vie. Il ne s'est jamais laissé séduire par l'argent, le confort ou les paillettes. Mais après une soirée entière passée à écouter la description détaillée de la belle maison d'Aubrey et Norris, et de tous ses magnifiques objets, je fixe notre plafond bas sans trouver le sommeil, nos volets à lattes en plastique branlants, le luminaire dont j'ai promis à Nathaniel de changer l'ampoule grillée depuis six mois, et je me demande si ma réussite et ma position lui ont vraiment assuré ce qu'il veut et qu'il mérite. Il a toujours été heureux pour moi, et fier de moi, mais suis-je parvenu à lui donner la vie dont il rêvait ? Ne risque-t-il pas de me quitter pour s'en construire une autre ?

Venons-en à hier soir. Quand l'invitation à dîner est arrivée, comme je savais qu'elle arriverait un jour, j'ai commencé par utiliser le bébé comme excuse. Il a souffert de légers problèmes de respiration tout l'automne : il fait très chaud, puis soudain plutôt frais, et à nouveau très chaud, et les crocus qui l'an dernier avaient fleuri en octobre s'y sont mis en septembre, suivis par les pruniers un mois plus tard, et il tousse et éternue en conséquence depuis des semaines. Mais en vérité, il va mieux, il a commencé à se sentir moins physiquement handicapé, et par ailleurs, Nathaniel a déniché une baby-sitter qui lui plaît – je n'avais plus d'arguments, et donc nous avons pris un taxi pour nous rendre chez Aubrey et Norris au cœur de la ville.

Je n'étais pas complètement sûr de savoir comment je les avais imaginés : seulement des gens dont il fallait que je me méfie et que j'étais déjà prêt à détester. Oh, et blancs. Je m'attendais à ce qu'ils soient blancs. En fait, non. Un très beau blond d'environ cinquante ans en costume nous a ouvert, et j'ai laissé échapper un « Vous devez être Aubrey », pour entendre Nathaniel à mes côtés lâcher un rire embarrassé. L'homme a souri. « Non, je suis Adams, le majordome. Mais entrez. Ils vous attendent à l'étage dans le boudoir. »

Nous avons monté un escalier sombre et chatoyant, moi, fulminant contre Nathaniel qui s'était montré gêné par moi, et alors qu'Adams nous faisait franchir des doubles portes entrouvertes du même bois satiné, nos deux hôtes se sont levés.

Je savais par Nathaniel qu'Aubrey avait soixante-cinq ans et que Norris était un peu plus jeune, même s'ils avaient ces visages resplendissants et sans âge des gens très riches. Seules leurs gencives les trahissaient : celles d'Aubrey étaient d'un violet sombre, et celles de Norris du gris rose d'une gomme trop fréquemment utilisée. Mais l'autre surprise était leur couleur de peau. Aubrey était noir et Norris asiatique… mais un autre sang coulait dans ses veines. Il ressemblait en fait un peu à mon grand-père, et sans pouvoir m'en empêcher, j'ai de nouveau parlé sans réfléchir : « Vous êtes hawaïen ? » Le rire embarrassé de Nathaniel a une fois de plus retenti, et Norris et Aubrey ont fait chorus. « Nathaniel m'a posé la même question quand nous nous sommes rencontrés, a répondu Norris, sans se vexer. Mais non, je crains que non. Je déteste l'idée de vous décevoir mais je ne suis qu'un Asiatique à la peau foncée.

— Pas seulement, est intervenu Aubrey.

— En partie indien, c'est vrai, a précisé Norris. Mais les Indiens sont aussi des Asiatiques. » Puis s'adressant à moi : « Indien et Anglais du côté paternel et ma mère était chinoise.

— La mienne aussi, ai-je répliqué bêtement. Une Hawaïenne chinoise. »

Il a souri. « Je le sais. Nathaniel nous l'a dit.

— Venez donc vous asseoir », a proposé Aubrey.

Nous nous sommes poliment exécutés. Adams est revenu avec des cocktails, et nous avons parlé du bébé pendant un moment, jusqu'à ce que le majordome nous annonce que le dîner était servi. Nous nous sommes relevés pour nous diriger vers la salle à manger où trônait une petite table ronde couverte d'une nappe que j'ai d'abord prise, le cœur bondissant dans ma poitrine, pour du kapa tressé. Quand j'ai relevé les yeux, Aubrey me souriait : « C'est un tissage contemporain, inspiré par le vrai, dit-il. Joli, n'est-ce pas ? » J'ai dégluti et murmuré deux-trois mots confus.

Nous avons pris place à table. Le dîner – « un hommage à l'automne » consistant en une soupe de citrouille à la saucisse servie dans un énorme pâtisson évidé, des côtes de veau accompagnées de haricots verts au beurre frais et d'une tarte à la tomate – a été servi. Nous avons mangé. À un moment donné, Norris et Nathaniel se sont mis à parler, et je me suis retrouvé à devoir m'entretenir avec Aubrey, assis à côté de moi. Il fallait que je me lance. « Et donc », ai-je commencé et je n'ai ensuite trouvé aucun sujet pour continuer. Ou plutôt, j'en avais trop en tête, mais aucun ne semblait convenir. J'avais, par exemple, prévu d'engager une petite bataille avec Aubrey en suggérant subtilement qu'il s'appropriait la culture des autres, mais vu qu'il ne m'avait pas, comme je le craignais, fait faire le tour de sa collection, et étant donné qu'il était noir (plus tard Nathaniel et moi nous querellerions pour savoir si on pouvait considérer les Noirs comme coupables d'appropriation culturelle), cette idée ne semblait plus aussi excitante ou provocatrice qu'elle aurait pu l'être.

J'ai gardé le silence si longtemps que Aubrey a fini par s'esclaffer : « Bon, je vais me lancer », et bien qu'il ait voulu se montrer gentil, je me suis tout de même senti rougir. « Nathaniel nous a un peu parlé de ce que vous faites.

— J'ai essayé en tout cas », est soudain intervenu Nathaniel depuis l'autre côté de la table avant de se tourner à nouveau vers Norris.

« Il a essayé, et moi, j'ai tenté de comprendre, a repris Aubrey. Mais je serais honoré d'entendre les explications à leur source, si j'ose dire. »

Alors je lui ai fait mon petit laïus habituel sur les maladies infectieuses et sur la façon dont je passe mes journées à en prévoir de nouvelles, en insistant sur les statistiques que les civils aiment entendre, parce qu'ils aiment avant tout se faire peur : la grippe espagnole avait fait cinquante millions de victimes en 1918, ce qui avait amené des pandémies supplémentaires mais moins meurtrières en 1957, 1968, 2009 et 2022. Depuis les années 1970, nous vivions dans une ère de pandémies multiples, avec le surgissement d'une nouvelle tous les cinq ans. Les virus n'étaient jamais véritablement éradiqués, on ne faisait que les contrôler. Des décennies de prescriptions excessives et imprudentes d'antibiotiques avaient donné naissance à une nouvelle famille de microbes, plus puissants et plus résistants que jamais au cours de l'histoire de l'humanité. La destruction des habitats et la croissance des mégapoles nous avaient amenés à vivre dans une proximité toujours plus grande avec les animaux, et causé la propagation de maladies zoonotiques. Une nouvelle pandémie catastrophique était inévitable, telle qu'elle pourrait potentiellement éliminer un quart de la population de la planète, la rendant équivalente à la Peste Noire plus de sept cents ans plus tôt. Tout ce qui s'était produit durant ce siècle, depuis la flambée épidémique de 2030 jusqu'à l'épisode de l'an dernier au Botswana, représentait une série de tests auxquels nous avions échoué au bout du compte, parce que vaincre la maladie n'avait rien à voir avec le fait d'avoir su traiter individuellement chaque crise mais exigeait la mise en place d'un plan mondial d'action dont l'absence signifiait que nous étions irrémédiablement condamnés.

« Mais pourquoi ? m'a demandé Aubrey. Nos systèmes de santé se sont incommensurablement améliorés, sans parler des traitements et des mesures d'hygiène, depuis 1918, et même à l'évidence ces vingt dernières années.

— C'est vrai. Mais la seule raison pour laquelle la grippe espagnole a été moins désastreuse au bout du compte qu'elle aurait dû l'être, c'est qu'elle s'est propagée lentement : le microbe a voyagé d'un continent à l'autre par bateau, et à l'époque, la traversée de l'Atlantique prenait une semaine et souvent plus. Le taux de mortalité des personnes infectées durant ce voyage était si élevé qu'il restait beaucoup moins de porteurs capables de répandre la maladie de l'autre côté de l'océan. Mais ce n'est plus vrai aujourd'hui, et ça ne l'est plus d'ailleurs depuis un siècle au moins. La seule chose capable d'enrayer une infection potentiellement endémique, pour ce qu'on en sait, c'est moins la technologie que la séparation et l'isolement de la zone touchée, et cela dépend de la transmission des données par les autorités locales au centre national ou régional, qui devraient aussitôt déclencher un processus de confinement.

« Le problème est que, bien sûr, les municipalités hésitent à signaler les nouvelles maladies. Mis à part les réactions de panique et la baisse des activités, la ville est stigmatisée et le demeure bien souvent après qu'on a réussi à contenir l'épidémie. Par exemple, iriez-vous en voyage à Séoul aujourd'hui ?

— Je reconnais que non.

— Vous voyez ! Et pourtant, cela fait quatre ans que la menace de EARS a été complètement éradiquée. Et dans ce cas, nous avons eu de la chance. Le maire avait été informé par un membre de son conseil municipal dès le troisième décès, et après le cinquième, il avait alerté des Services de Santé Nationaux, si bien qu'en douze heures, tout le quartier de Samncheong-dong avait été barricadé et les ravages ont été limités à cette zone.

— Mais il y en avait eu tellement !

— Oui, et c'est regrettable. Mais il y en aurait eu beaucoup plus si ces mesures n'avaient pas été prises.

— Mais ils ont tué ces gens !

— Faux ! Ils ne les ont pas tués, ils ne les ont seulement pas laissé partir.

— Le résultat a été le même !

— Non, au bout du compte, il y a eu beaucoup moins de morts qu'il y en aurait eu sinon : neuf mille morts au lieu, potentiellement, de quatorze millions. Sans compter l'endiguement d'un microbe particulièrement pathogène.

— Mais que faites-vous de l'argument selon lequel le confinement de la zone a condamné ces gens plutôt que les aider ? Que si elle avait été ouverte à l'assistance internationale, on aurait pu les sauver ?

— Vous vous placez d'un point de vue mondialiste, et dans de nombreux cas, l'argument est recevable. Le nationalisme implique une réduction des échanges d'informations entre les scientifiques, et c'est extrêmement dangereux. Mais ce n'était pas le cas. La Corée n'est pas un pays hostile ; ses dirigeants n'essayaient pas de cacher quelque chose ; ils ont librement et honnêtement partagé tout ce qu'ils apprenaient sur le terrain avec la communauté scientifique internationale, sans parler des autres gouvernements. Ils se sont conduits de façon exemplaire, exactement comme tous les pays devraient le faire. Ce qui est apparu comme une décision unilatérale – le confinement du quartier – était en réalité une mesure altruiste – ils ont éradiqué une pandémie potentielle en sacrifiant un nombre relativement peu élevé de leurs concitoyens. C'est précisément le genre de calcul qu'il faut que chaque communauté opère si nous voulons endiguer – véritablement endiguer – un virus. »

Aubrey a secoué la tête. « Je suppose que je suis trop vieille école pour considérer neuf mille morts comme un dénouement heureux. C'est aussi la raison pour laquelle je n'y suis jamais retourné : je ne peux pas effacer l'image de ces tentes en plastique noir envahissant tout le quartier, avec ces gens qui attendaient la mort. On ne les voyait jamais. Mais on savait qu'ils étaient là. »

Je ne pouvais rien répondre sans paraître insensible, j'ai donc gardé le silence en sirotant mon vin.

Une pause s'est ensuivie, et Aubrey a hoché de nouveau la tête sur un rythme rapide, comme s'il voulait rassembler ses esprits. « Comment avez-vous commencé à vous intéresser à l'art hawaïen ? », lui ai-je demandé, en sentant qu'il le fallait.

Il a souri. « J'allais dans l'archipel en touriste depuis des années. J'adore ces îles. Elles font même un peu partie de mon histoire familiale, en réalité : mon arrière-arrière-grand-père avait été affecté à Kaho'olawe du temps où c'était une base militaire américaine, juste avant la Sécession. » Il s'est repris aussitôt : « Je veux dire la Restauration.

— Pas de problème. Nathaniel me dit que vous possédez une collection impressionnante. »

Tout rayonnant à ces mots, il s'est mis à déblatérer un certain temps sur ses différentes pièces et leur provenance, et sur la façon dont il avait installé au sous-sol une salle climatisée pour certains objets, qu'il aurait sans doute mieux fait d'aménager au troisième étage parce que les sous-sols ont tendance à être humides, et même si avec l'aide de son chauffagiste il avait réussi à maintenir une température de 21 degrés Celsius, ils ne parvenaient pas à stabiliser l'hygrométrie, dont le taux aurait dû être de 40 % mais qui avoisinait toujours les 50, quoi qu'ils fassent. À l'écouter, j'ai compris deux choses : que par osmose j'en avais appris davantage sur les armes, les textiles et les objets divers fabriqués à Hawaii aux XVIIIe et XIXe siècles que je le croyais ; et ensuite que le plaisir de collectionner me resterait toujours étranger – toutes ces recherches, cette poussière, ces problèmes, cet entretien. Et dans quel but ?

Toutefois, son ton – confidentiel, tout à la fois réservé et fier – m'a fait relever les yeux vers lui. « Mais mon plus précieux trésor, a-t-il repris, mon plus précieux trésor ne me quitte jamais. » Il m'a montré sa main droite, et j'ai vu qu'au petit doigt, il portait un épais anneau d'or sombre et bosselé. Il l'a fait rouler sur lui-même et je me suis rendu compte qu'il gardait face à la paume le joyau qui y était serti : une perle à l'orient trouble, opaque et grossièrement taillée. J'ai deviné ce qu'il allait faire ensuite, mais je l'ai néanmoins regardé presser les petits crochets de part et d'autre de la bague, et la perle s'est écartée comme une trappe pour dévoiler un compartiment secret et minuscule. Il l'a tourné vers moi et je l'ai examiné : vide. C'était exactement le genre de bague que portait autrefois mon arrière-arrière-grand-mère, pareille à celles que des centaines de femmes avaient vendues à des chasseurs de trésors pour tenter de lever les fonds nécessaires à leur campagne pour la restauration de la monarchie. Elles cachaient quelques grains d'arsenic dans ce compartiment, pour affirmer symboliquement qu'elles étaient prêtes à se suicider si leur reine ne retrouvait pas son trône. Et voilà qu'elle parait aujourd'hui le doigt de cet homme. L'espace d'un instant, j'en suis resté muet.

« Nathaniel me dit que vous-mêmes n'êtes pas collectionneurs, disait Aubrey.

— Nous n'avons pas besoin de folklore hawaïen. Nous *sommes* hawaïens. »

J'avais parlé d'un ton plus sec que je l'aurais voulu, et pendant quelques secondes, le silence est à nouveau retombé. (Note bien que ma déclaration avait sans doute eu l'air moins emphatique sur place que couchée sur le papier.)

Or, les séquelles de ma bévue (mais en était-ce une ?) ont été dissipées par l'arrivée du cuisinier qui me proposait une assiette de gâteau aux mûres. « Droit venues du marché », a-t-il dit, comme s'il avait inventé le concept même de marché, et je l'ai remercié en en prenant une part. À partir de là, la conversation a tourné vers des sujets qu'abordent inévitablement des gens aimables qui pensent plus ou moins la même chose : le temps (triste), le naufrage du bateau chargé de réfugiés philippins au large des côtes du Texas (triste aussi), l'économie (en triste état, mais pas aussi triste que le promettait la suite ; comme tous les financiers, Aubrey ne le regrettait pas vraiment, tout comme moi, pour être honnête, quand je parle de la pandémie) ; la guerre contre la Chine qui se préparait (une très triste affaire, mais qui serait réglée « en moins d'un an », à en croire Norris, qui était avocat et dont un des clients vendait « des équipements militaires », c'est-à-dire un marchand d'armes ; les dernières nouvelles de l'environnement et le massacre prévisible des réfugiés climatiques (absolument triste). J'avais envie de dire, « Mon ami Peter, très haut placé dans le gouvernement britannique, affirme que la guerre avec la Chine durera au moins trois ans et qu'elle provoquera une crise migratoire mondiale sans précédent, avec des millions de nouveaux réfugiés) » mais je me suis tu. J'ai écouté sans répondre, et je n'ai pas regardé Nathaniel qui ne m'a pas regardé non plus.

« Quelle maison vous avez ! », me suis-je exclamé à un certain moment, et bien que ce ne soit pas vraiment un compliment, ni que j'aie eu l'intention d'en faire un (je sentais le regard dur de Nathaniel posé sur moi), Aubrey a souri. « Merci », a-t-il répondu. Ensuite il s'est lancé dans un long récit sur la façon dont il l'avait achetée au descendant d'une famille de banquiers supposés célèbres et dont je n'avais jamais entendu parler ; l'homme était pratiquement ruiné, il se répandait en histoires diverses sur la fortune perdue de ses aïeux, et Aubrey expliquait que c'était vraiment excitant pour un Noir d'acheter pareille maison à un Blanc qui croyait la posséder pour toujours. J'ai entendu mon grand-père protester : « Regardez-vous un peu, vous êtes une bande d'hommes à la peau noire qui singez les Blancs » ; toutefois, il n'aurait pas dit « Blancs », mais *haole*. Tout ce que je faisais qui lui semblait étranger était invariablement *haole* : lire des livres, m'inscrire en troisième cycle, partir pour New York. Il considérait ma façon de vivre comme une condamnation de la sienne, rien que parce qu'elle était différente.

À ce stade, il était suffisamment tard pour entamer une retraite polie, et au bout d'environ vingt minutes à siroter mon café, je me suis mis ostensiblement à m'étirer et j'ai annoncé qu'il nous fallait rentrer à cause du bébé. J'avais senti – le genre d'intuition que vous donnent quinze ans de vie commune – que Nathaniel s'apprêtait à suggérer qu'Aubrey nous montre sa collection, et je n'en avais pas la moindre envie. J'ai aussi eu l'impression qu'il était sur le point de protester, mais je suppose qu'il a dû se dire qu'il m'en avait assez fait supporter comme ça (ou que, avant peu, j'allais lâcher quelque chose de franchement inconvenant) et nous nous sommes levés pour prendre congé ; Aubrey a dit qu'il faudrait qu'on se revoie pour qu'il nous fasse faire une petite visite, et j'ai répondu que j'en serais très honoré, sans le penser, évidemment.

En route vers la maison, nous n'avons pas échangé un mot. Pas un mot non plus en entrant dans l'appartement, en payant la baby-sitter, en allant nous assurer que le bébé allait bien, et en nous préparant à nous coucher. C'est seulement quand nous nous sommes retrouvés allongés côte à côte dans le noir que Nathaniel a rompu le silence :

« Tu peux aussi bien le dire.

— Quoi ?

— Ce que tu retournes dans ta tête.

— Je n'ai rien à dire de particulier. » (Un mensonge manifeste, j'avais passé la dernière demi-heure à préparer mon discours, et à me demander comment le faire paraître spontané.) Il a soupiré.

« Je trouve seulement que c'est un peu bizarre, ai-je fini par me lancer. Nate, tu détestes les gens comme ça normalement ! Est-ce que tu n'as pas toujours dit que collectionner des objets autochtones était une forme de colonialisme matériel ? N'as-tu pas toujours milité pour qu'on les rende à l'État hawaïen ou au moins qu'on les offre à un musée ? Et te voilà à faire ami-ami avec ce connard plein de fric et son marchand d'armes de mari, non seulement en train d'accepter son trafic de trophées mais de t'en faire complice ? Et je ne parle pas du fait que pour lui le royaume est une vaste plaisanterie. »

Il est resté de glace. « Je n'ai jamais eu cette impression.

— Il a parlé de "sécession", Nate. Il s'est repris, mais s'il te plaît, on les connaît ces gens. »

Il a gardé longtemps le silence. « Je me suis promis de ne pas me mettre sur la défensive », a-t-il fini par dire. Puis après une pause : « À t'entendre, on croirait que Norris est un marchand d'armes.

— Et c'est faux ?

— Il est l'avocat de certains, ce qui n'est pas la même chose.

— Oh, je t'en prie, Nate ! »

Il a haussé les épaules : on ne se voyait pas dans le noir, mais j'ai entendu la couverture se soulever et retomber sur sa poitrine.

« Au fait, tu ne m'avais jamais dit qu'ils n'étaient pas blancs », ai-je continué à pester. Il a tourné la tête vers moi.

« Mais si, je te l'avais dit.

— Faux.

— Bien sûr que si. Tu ne m'écoutais pas, comme d'habitude. De toute façon, quelle importance ?

— Oh arrête un peu ! Tu sais très bien que ça en a. »

Il a grommelé. Il n'y avait pas grand-chose à répondre. Puis, nouveau silence. Et finalement : « Je sais que ça peut paraître bizarre. Mais je les aime bien. Et je me sens seul. Avec eux, je peux parler du pays. »

Tu peux aussi en parler avec moi, aurais-je dû répondre. Mais je ne l'ai pas fait. Parce que je savais, et lui aussi savait, que c'était à cause de moi qu'il avait abandonné un travail et une vie dont il était fier. Il était devenu aujourd'hui une personne qu'il ne reconnaissait pas et qu'il n'aimait pas, et il faisait tout son possible pour ne pas m'en vouloir, jusqu'à renier ce qu'il était. Je le savais, et lui le savait.

Donc, je n'ai pas répondu, et quand, enfin, j'ai trouvé quelque chose à dire, il dormait déjà ou faisait semblant, et une fois de plus, il n'avait pas pu compter sur moi.

Je me suis rendu compte que telle serait désormais notre vie. Il serait de plus en plus proche d'Aubrey et Norris, et je devrais l'y encourager, sinon son ressentiment à mon encontre deviendrait si fort et si pesant qu'il ne pourrait plus prétendre qu'il n'existait pas. Et ensuite, il me quitterait, en emmenant le bébé, et je me retrouverais seul, sans ma famille.

Voilà, c'est tout. Je sais que tu as des problèmes beaucoup plus sérieux à résoudre que ceux de ton vieil ami, mais toute parole de réconfort serait la bienvenue. Je suis si impatient de te voir. Donne-moi de tes nouvelles, toutes celles que tu pourras me donner. Je serai muet comme une tombe, ou une carpe, je ne sais plus quelle est l'expression.

Affectueusement à toi. C.

Mon cher Peter, 29 mars 2046

Au lieu de m'excuser à la fin de cette lettre d'être si absorbé par moi-même, je vais cette fois commencer par m'excuser de l'être.

En revanche, je ne suis pas sûr de devoir me montrer aussi désolé car la semaine dernière t'a été entièrement consacrée, et c'était magnifique ! Quel beau mariage, Petey ! Merci du fond du cœur de nous avoir reçus. J'ai oublié de te dire qu'au moment où nous sortions du temple, le bébé m'a regardé et m'a déclaré solennellement : « Oncle Peter avait l'air très content. » Il avait raison, bien sûr. Et moi aussi je suis content, si content, pour toi !

À l'heure qu'il est, Olivier et toi devez voler quelque part au-dessus de l'Inde, je suppose. Comme tu le sais, Nathaniel et moi ne sommes jamais partis en voyage de noces. On était censés le faire, et puis, j'ai eu le labo à aménager, puis le bébé à installer, et, je ne sais pas, mais on n'est jamais partis au bout du compte. (Nous avions projeté, tu t'en souviens, d'aller aux Maldives. Je suis vraiment doué pour choisir des endroits impossibles, pas vrai ?)

Je t'écris de Washington, où j'assiste à un colloque sur les zoonoses – N et le bébé sont restés à la maison – en fait, ils ne sont pas à la maison du tout, ils sont partis chez Aubrey et Norris à Frog's Pond Way. C'est le premier week-end où il fait assez bon pour se baigner, et Nathaniel veut apprendre au bébé à surfer. Il voulait le faire en janvier, pendant nos vacances à Honolulu, mais il y avait une telle invasion de méduses que nous avions fini par éviter complètement les plages. Néanmoins, les choses vont un peu mieux entre nous, merci de me poser la question. Je me sens un peu plus proche d'eux deux ces derniers temps – enfin, c'est peut-être parce que Olivier et toi aviez besoin de réceptacles pour recueillir tout le débordement de votre amour, et que nous étions là tous les trois pour tenir ce rôle. Donc, on verra bien. Je pense qu'une fraction de notre proximité retrouvée est due, comme tu l'as fait observer, aux efforts que je fournis pour m'habituer à Aubrey et Norris. Ils font désormais partie de notre vie, du moins c'est ce qu'il semble. Pendant des mois, j'ai lutté. Ensuite, je me suis résigné. Aujourd'hui ? Je suppose que ça va. Ils se sont montrés très généreux envers nous, c'est certain. Nathaniel a fini depuis longtemps son travail de consultant auprès d'Aubrey, mais il va néanmoins les voir au moins deux fois par mois. Et le bébé les aime beaucoup, Aubrey en particulier.

L'humeur est sombre ici. D'abord, les rationnements sont beaucoup plus stricts qu'à New York – hier, on a complètement coupé l'eau à l'hôtel. Ça n'a duré qu'une heure, mais tout de même. Ensuite, plus inquiétant, toutes les dotations ont été réduites – une fois de plus. Notre troisième tranche va sans doute être annoncée la semaine prochaine. Mon labo court moins de risques que d'autres – nous ne recevons de l'État que 30 % de nos subventions, et l'Institut Howard Hughes compense une partie des baisses – mais je suis anxieux. Tous les Américains en parlent entre les sessions du colloque : Combien avez-vous perdu ? Qui se charge de vous fournir ce qui manque ? Quel programme est ou sera bientôt menacé ?

Mais l'ambiance est morose pour d'autres raisons, plus alarmantes, bien au-delà des difficultés administratives des Américains et de notre malaise collectif. La conférence plénière était donnée par deux scientifiques de l'Université Erasmus de Rotterdam, qui avaient travaillé sur l'épidémie de Venise en 2039, attribuée, tu le sais, à une mutation du virus Nipah. Leur communication était extraordinaire au sens propre pour un certain nombre de raisons, avant tout parce qu'elle avait un caractère plus spéculatif que la plupart de celles auxquelles on est habitué. Il est vrai, en revanche, que c'est de plus en plus souvent le cas – quand j'étais étudiant, les présentations de ce genre concernaient avant tout les découvertes faites par les labos, et décrivaient d'ordinaire une mutation de deuxième ou troisième génération d'un virus ou d'un autre. Aujourd'hui, sont apparus tellement de nouveaux virus que ces colloques sont devenus l'occasion de clarifier des comptes rendus que nous avons lus sur les réseaux privés de nos institutions, sur lesquels tout chercheur dans une université accréditée peut télécharger ses résultats ou ses questions. L'absence de la Chine sur ces réseaux (et des congrès au sens large) est un des problèmes les plus pressants qui se posent à la communauté internationale, et une des révélations de ce colloque – murmurée d'un chercheur à l'autre – est qu'un groupe de scientifiques chinois a créé un portail secret, sur lequel ils téléchargent leurs résultats. Moi, j'ai l'impression que si nous sommes au courant, leur gouvernement doit l'être aussi, et que donc, les informations ne sont pas totalement fiables – et pourtant ne pas les prendre en compte pourrait provoquer une catastrophe.

Bon.... L'équipe d'Erasmus affirme avoir isolé un nouveau virus, dont ils prétendent qu'il est encore une fois dû aux chauves-souris. Il se classe lui aussi parmi les Hénipavirus, ce qui signifie que c'est un virus ARN qui mute à grande vitesse. Au xxe siècle, on pensait que cette famille de virus pouvait devenir endémique seulement en Afrique et en Asie – alors que, comme le prouve la flambée de 2039, le Nipah en particulier s'est révélé capable de réémergences fréquentes, et a suscité beaucoup de recherches au cours des sept dernières années sur son aptitude à résister au changement climatique, mais surtout à s'adapter sur le mode des maladies zoonotiques à des hôtes – les chiens, dans l'exemple italien – qu'il n'avait jamais infectés. Bien qu'il ait décimé le bétail et autres animaux domestiques, le Nipah n'avait jamais auparavant été considéré comme une menace pour nous, parce qu'il ne pouvait notoirement pas se transmettre d'un être humain à un autre, et ne pouvait survivre sans se trouver un hôte au-delà de quelques jours. Quand il a finalement réussi à infecter des humains, il a considérablement perdu en puissance : les taux de contamination étaient faibles, et le virus s'est révélé incapable de continuer à se transmettre. Par exemple, dès que Venise a eu éliminé sa population canine, la maladie a disparu du même coup.

Or, aujourd'hui, l'équipe d'Erasmus suggère que ce nouveau sous-groupe, qu'ils nomment Nipah-45, est non seulement capable d'infester les humains mais qu'il est aussi éminemment contagieux et mortel. Comme le virus souche, il peut se transmettre par des aliments contaminés de même que par l'air ambiant, et au contraire de son prédécesseur dans le processus d'évolution, il peut demeurer actif chez l'hôte pendant plusieurs mois. Leur étude se fonde sur l'observation d'un groupe de hameaux au nord de Luang Prabang où le gouvernement laotien a relocalisé des minorités musulmanes venues clandestinement de Chine. Selon eux, il y a six mois, la population s'est vue décimée à cause du virus : presque sept mille morts en huit semaines. Le virus est passé de la chauve-souris au buffle d'eau, et de là aux réserves alimentaires. Il se manifeste chez l'humain par une toux qui dégénère rapidement en arrêt respiratoire majeur, puis en défaillance organique – en moyenne, les patients trouvaient la mort en onze jours après le diagnostic. Et aussi spectaculaire que soit ce taux de mortalité, l'équipe d'Erasmus affirme que le confinement de la population et l'impossibilité de voyager à l'intérieur du pays (la loi leur interdit tout déplacement) ont évité une dissémination massive.

Six mois plus tard, ces hameaux demeurent confinés. Néanmoins, le gouvernement laotien, poussé par les Américains, continue désespérément d'empêcher l'information d'être transmise, car, en marge de la propagation de la maladie, la priorité reste 1) la stigmatisation quasi inévitable de ces populations démunies qui pourrait facilement conduire à leur élimination comme on l'a vu en Malaisie dans les années 2040 ; et 2) un nouvel afflux massif de réfugiés. Les frontières de Hong Kong sont surveillées, ainsi que celles de Singapour, de l'Inde, de la Chine, du Japon, de la Corée et de la Thaïlande. Donc, si de nouveaux mouvements de population se dessinent, il paraît inéluctable que les réfugiés tentent de traverser le Pacifique. Ceux sur lesquels on ne tire pas à vue au large des côtes des Philippines, d'Australie, de Nouvelle-Zélande, d'Hawaii ou des États-Unis essaieront (toujours à les en croire) de se diriger vers l'Oregon, l'État de Washington ou le Texas, et depuis ces pays, de passer la frontière des États-Unis.

Sans surprise, ce rapport a provoqué un tollé. Non pas à cause des conclusions des chercheurs – elles étaient indiscutables – mais parce qu'ils suggéraient, sans jamais le déclarer ouvertement mais en l'insinuant lourdement – que ce virus pourrait bien être celui que nous attendions tous et auquel nous nous étions préparés. Se mêlait à la peur un certain degré de jalousie professionnelle, ainsi que de ressentiment (si nous avions eu un gouvernement aussi décidé à subventionner nos recherches que celui des Pays-Bas, alors c'est nous qui aurions fait cette découverte), sans parler d'une certaine surexcitation. Un membre du comité de rédaction d'un bulletin d'information avait comparé la virologie spéculative à la position d'une doublure dans un de ces spectacles qui tiennent longtemps l'affiche à Broadway : vous attendez et vous attendez encore votre chance de monter sur les planches, et la plupart du temps, elle n'arrive jamais, mais il faut tout de même rester en éveil, car, que se passerait-il si soudain, elle vous était donnée ?

Et maintenant, parce que je sais que tu vas poser la question : la réponse est que je ne sais pas. Est-ce que, effectivement, ce virus sera *le bon* ? Je ne peux pas le dire. Mon sentiment est que non, que si le Nupah-45 avait le potentiel d'être véritablement dévastateur, nous l'aurions découvert il y a très longtemps. *Toi*, tu en aurais entendu parler beaucoup plus tôt. Il se serait répandu bien au-delà de cette grappe de hameaux. Qu'il ne l'ait pas fait devrait nous rassurer. Mais d'un autre côté, beaucoup de choses devraient nous réconforter ces temps-ci.

Je te tiendrai au courant. Fais pareil, s'il te plaît. Il semble remarquable qu'un vice-ministre de l'Intérieur soit de plus en plus fréquemment mieux informé que moi sur les épidémies qui ravagent la planète, mais voilà bien où nous en sommes. Entretemps, reçois toutes mes amitiés et transmets-les à Olivier. Prends soin d'éviter les problèmes… et les chauves-souris.

Affectueusement, Moi.

Mon très cher Peter, 6 janvier 2048

Nous sommes tous pétrifiés par l'horreur de ce qui se passe là-bas. Les labos ont plus ou moins cessé leurs activités aujourd'hui parce que tout le monde voulait voir les informations, et quand le pont a explosé, on a entendu des cris de surprise, pas seulement dans notre labo mais aux autres étages aussi. Ces images ahurissantes du London Bridge qui s'effondrait, de ces voitures et de ces gens qui tombaient dans le vide… Dans le reportage que nous regardions, le journaliste a mugi : pas un mot, rien qu'un son, puis il s'est tu, et on n'a plus entendu que les hélicoptères dans le ciel. Ensuite, nous sommes restés à nous demander qui pouvait être le responsable, et un de mes doctorants a dit que nous ferions mieux de réfléchir à qui nous souhaitions que ce ne soit pas, parce qu'il y avait trop de coupables éligibles. Est-ce que toi tu penses que c'était un attentat contre le camp de réfugiés ? Ou autre chose ?

Mais surtout, Peter, j'ai été tellement, tellement triste d'apprendre qu'Alice faisait partie des victimes. Je sais combien vous étiez proches, et depuis combien de temps vous travailliez ensemble, et je ne peux qu'imaginer ce que toi et vos collègues ressentez en ce moment.

Nathaniel et le bébé se joignent à moi pour t'envoyer nos pensées les plus affectueuses. Je n'ignore pas qu'Olivier doit prendre soin de toi, mais envoie-moi un texto ou téléphone-moi si tu as besoin de parler.

Tu sais que je t'aime. C.

Cher Peter, 14 mars 2049

Je t'écris depuis notre nouvel appartement. Oui, les rumeurs sont fondées : nous avons déménagé, pas très loin et pas vraiment pour le mieux. C'est un trois-pièces, à l'angle de la 70e Rue et de la 2e Avenue, au troisième étage d'un immeuble des années 1980, mais il le fallait, pour la sérénité de Nathaniel et donc, ma santé mentale. Il était cependant bon marché, mais seulement parce qu'on raconte que l'East River va finalement submerger les barrages l'année prochaine ou jamais. (Bien sûr, c'est aussi pourquoi nous aurions dû garder l'appartement de Rockefeller University, qui risque davantage encore d'être inondé et est donc encore moins cher, mais Nathaniel n'en pouvait plus et il était impossible de discuter avec lui.)

Il n'y a pas grand-chose à dire de notre nouveau quartier, parce qu'il ressemble plus ou moins à l'ancien. La différence est qu'ici, les fenêtres du séjour donnent sur une station sanitaire de l'autre côté de la rue. Vous ne connaissez pas encore ce genre d'établissement, n'est-ce pas ? Ça ne va pas tarder. Il s'agit de boutiques désaffectées (celui-ci était, comble d'ironie, un glacier) que le Gouvernement reprend et dans lesquelles il installe un système de climatisation de niveau industriel ainsi que, en général, de dix à vingt douches d'air – une technologie nouvelle qu'ils sont en train de tester : on se déshabille, on entre dans un box qui ressemble à un cercueil cylindrique vertical, on appuie sur un bouton et on se fait asperger par de puissantes rafales d'air. Le concept est qu'on n'a plus besoin d'eau, parce que la force de l'air balaiera toute la saleté.

Je suppose que ça marche. En tout cas, c'est mieux que rien. Quoi qu'il en soit, ils ouvrent des stations de ce genre dans toute la ville, l'idée étant que vous payez un abonnement mensuel et que vous pouvez les utiliser à la demande ; les plus chères, encore régulées par le gouvernement fédéral mais appartenant à des sociétés privées, vous permettent de rester toute la journée dans un lieu climatisé et proposent des douches d'air à volonté, ainsi que des espaces de travail et des lits pour ceux qui ont besoin d'y passer la nuit parce que l'électricité est coupée dans leur résidence. Celle qui est en face de chez nous, cependant, est un centre d'urgence, c'est-à-dire qu'il est destiné aux gens dont les immeubles n'ont plus ni eau ni électricité depuis un certain temps (plus de quatre-vingt-seize heures), ou ceux dont les quartiers ne possèdent pas assez de générateurs pour assurer l'alimentation. Et donc, toute la journée, on voit ces malheureux par centaines – beaucoup d'enfants et de vieillards dont aucun n'est blanc – faire la queue littéralement pendant des heures dans la fournaise. Or, à cause de l'alerte du mois dernier, on ne peut pas entrer si on tousse, et même si ce n'est pas le cas, on doit se soumettre à un test de température, ce qui est grotesque parce que, après être resté debout dans la chaleur si longtemps, on a naturellement de la fièvre. Les fonctionnaires municipaux prétendent que les gardiens savent faire la différence entre une fièvre due à l'infection et un simple coup de chaud, mais j'en doute très sérieusement. Et pour compliquer davantage encore la situation, il faut aussi désormais montrer ses papiers d'identité à la porte : seuls sont acceptés les citoyens américains et les résidents permanents.

Un jour, le mois dernier, Nathaniel et moi avons rassemblé quelques vieux vêtements du bébé pour les donner, et nous avons fait la queue pendant quelques minutes dans une file d'attente réservée. Bien que plus rien ne puisse me surprendre dans cette pourriture de ville, j'ai été choqué par ce centre : il y avait là environ cent adultes et cinquante enfants dans un espace prévu pour soixante personnes, et la puanteur – vomi, déjections, cheveux et peau jamais lavés – était si envahissante qu'on pouvait pratiquement la voir, colorant la salle d'un jaune moutarde. Mais ce qui m'a le plus frappé, c'était le silence : mis à part un bébé qui pleurait d'une voix faible et désemparée, on aurait entendu une mouche voler. Tous faisaient la queue sans un bruit devant l'une des sept douches, et quand quelqu'un en sortait, le suivant prenait silencieusement sa place et refermait le rideau.

Nous nous sommes faufilés dans la foule, qui s'écartait sans un mot pour nous laisser passer, et nous sommes dirigés vers le fond de la salle où se trouvait une table en plastique, derrière laquelle se tenait une femme d'une cinquantaine d'années. Sur la table, était posé un énorme chaudron en métal, et devant, d'autres gens faisaient la queue, une chope en céramique en main. Quand ils arrivaient devant la femme, ils lui tendaient leur chope, elle plongeait une louche dans le chaudron et leur servait de l'eau froide. À côté d'elle, deux autres marmites aux flancs couverts de buée, et juste derrière, un gardien, les bras croisés, une arme dans un étui attaché à sa hanche, surveillait les opérations. Nous avons dit à la femme que nous apportions des vêtements à donner, et elle nous a indiqué que nous pouvions les déposer dans un des bacs sous les fenêtres, ce que nous avons fait. Alors que nous repartions, elle nous a remerciés et nous a demandé si nous n'aurions pas à la maison des sirops antibiotiques, de la crème pour bébé ou des boissons protéinées. Nous avons dû répondre que non, que notre fils avait largement dépassé l'âge où on utilise ces produits, et elle a hoché la tête d'un air las. « Merci quand même », a-t-elle soupiré.

Nous avons retraversé la rue – la chaleur était si épaisse et accablante qu'on aurait dit que l'air avait été tricoté avec de la laine –, et nous sommes remontés chez nous en silence ; une fois la porte refermée, Nathaniel s'est tourné vers moi et nous nous sommes enlacés. Cela ne nous était pas arrivé depuis longtemps, très longtemps, et même si je savais qu'il me serrait contre lui plus par détresse et par peur que par affection, je m'en suis réjoui.

« Ces pauvres gens », a-t-il murmuré contre mon épaule, et j'ai soupiré en retour. Puis, soudain furieux, il s'est écarté de moi : « On est à *New York !* En 2049 ! Bon Dieu ! » J'avais envie de dire, oui, on est à New York, en 2049, c'est bien le problème. Mais je m'en suis abstenu.

Ensuite, nous avons pris une longue douche, une idée grotesque étant donné ce que nous venions de voir, mais il y avait là un vrai plaisir et un peu de défi – une façon de nous dire que nous pouvions nous laver quand nous voulions, que nous n'étions pas dans la même situation que ces gens, que nous ne le serions jamais. Enfin, c'est ce que j'ai expliqué après, alors que nous étions dans notre lit. « Dis-moi que ça ne nous arrivera jamais, a gémi Nathaniel.

— Ça ne nous arrivera jamais.

— Promets-le-moi.

— Je te le promets », lui ai-je assuré, alors que je ne pouvais pas le promettre. Mais que pouvais-je dire d'autre ? Ensuite nous sommes restés sans bouger à écouter le ronronnement du climatiseur, puis Nathaniel s'est relevé pour emmener le bébé à son cours de natation.

Je sais que j'en ai parlé dans mon dernier message, mais à part les motifs financiers, le bébé est l'autre raison pour laquelle nous avons dû rester dans ce quartier, parce que nous essayons de maintenir pour lui une certaine continuité. Je t'ai raconté l'incident sur le terrain de basket-ball l'an dernier, et il y a deux jours, il s'en est produit un autre. On m'a appelé au labo (Nathaniel était en voyage scolaire avec ses élèves dans le nord de l'État), et j'ai dû me précipiter à l'école, où j'ai trouvé le bébé assis dans le bureau de la directrice. Il avait manifestement pleuré mais prétendait l'inverse, et j'ai été si défait – à la fois furieux, effrayé et désemparé – que je pense être resté planté là à le fixer bêtement avant de lui ordonner de sortir, et il s'est exécuté, en feignant de donner un coup de pied au chambranle de la porte au passage.

Je sais cependant que j'aurais dû le prendre dans mes bras et lui dire que tout irait bien. De plus en plus souvent, toutes mes interactions avec mes semblables semblent suivre le même schéma – j'identifie un problème, je me sens dépassé, je ne leur témoigne aucune compassion alors que la situation l'impose, et les autres s'éloignent avec rage.

La directrice est une lesbienne dure à cuire nommée Eliza, et je l'aime bien – le genre de personne qui ne se laisse impressionner par aucun adulte et s'intéresse à tous les enfants sans exception – mais quand elle a posé la seringue entre nous sur le bureau, il m'a fallu agripper les accoudoirs de mon fauteuil pour ne pas la gifler : j'ai détesté cette façon théâtrale de procéder, cette mise en scène.

« Je travaille dans cette école depuis longtemps, Dr Griffith, a-t-elle commencé. Mon père était chercheur, lui aussi. Donc je n'ai pas besoin de vous demander où votre fils a trouvé cet objet. Mais je n'ai jamais vu aucun enfant utiliser une aiguille comme arme. » Et j'ai pensé : Vraiment ? *Jamais ?* Les gamins manqueraient-ils de fantaisie de nos jours ? J'ai gardé ces questions pour moi cependant – je me suis contenté de présenter des excuses pour le compte du bébé et j'ai expliqué qu'il avait une imagination débordante et du mal à s'adapter à l'Amérique. Ce qui était vrai. Je n'ai pas ajouté que j'étais sous le choc, alors que je l'étais.

« Mais vous vivez en Amérique depuis – elle a jeté un coup d'œil à l'écran de son ordinateur – presque six ans, n'est-ce pas ?

— Cela reste difficile pour lui. Une langue différente, un environnement différent, des habitudes différentes…

— Pardonnez-moi de vous interrompre, Dr Griffith. Je n'ai pas besoin de vous dire que David est très, très intelligent. » Elle m'a dévisagé avec sévérité, comme si l'intelligence du bébé pouvait m'être reprochée. « Mais il a eu constamment des problèmes avec la maîtrise de ses impulsions – ce n'est pas la première fois que nous avons cette conversation. Et il a rencontré des… difficultés de socialisation. Il a un certain mal à comprendre les règles qui régissent la vie en communauté.

— Moi aussi, à son âge. Mon mari vous dirait que c'est encore le cas. » J'ai souri mais elle ne m'a pas rendu mon sourire.

Ensuite, elle a poussé un soupir, s'est avancée sur son siège, et un peu de son vernis professionnel s'est effacé de son visage.

« Dr Griffith, a-t-elle repris, je m'inquiète pour David. Il aura dix ans en novembre : il mesure les conséquences de ses actes. Il n'a plus que quatre ans à passer ici, et il partira pour le lycée, et s'il n'apprend pas maintenant, cette année, à interagir convenablement avec les enfants de son âge… » Elle a marqué une pause. « Son institutrice vous a-t-elle expliqué ce qui s'est passé ?

— Non », ai-je reconnu.

Alors, elle m'a tout raconté. En bref : il y a une bande de garçons – ni beaux ni sportifs : ce sont des enfants de scientifiques, après tout – qui sont très « populaires » à l'école parce qu'ils fabriquent des robots. Le bébé voulait rejoindre leurs rangs et avait essayé de se rapprocher d'eux pendant la pause-déjeuner. Mais ils l'avaient repoussé, de nombreuses fois. (« Avec respect, je vous assure. Nous ne tolérons aucune brutalité et aucune incivilité dans cet établissement »), et ensuite, je suppose que le bébé est venu avec cette seringue et a annoncé au chef de la bande qu'il allait lui refiler un virus s'il ne le laissait pas être l'un des leurs. Toute la classe a été témoin de cet échange.

À ces mots, deux sensations contradictoires m'ont envahi : en premier lieu, j'étais horrifié que mon enfant en menace un autre, et que non seulement il le menace, mais qu'il utilise à cet effet ce qu'il disait être un virus. Ensuite, j'étais désespéré pour lui. J'ai accusé et j'accuse encore le mal du pays d'être à l'origine de son sentiment de solitude, mais en vérité, même à Hawaii, il n'avait pas beaucoup d'amis. Je ne crois pas te l'avoir déjà dit, mais un jour, alors qu'il avait environ trois ans, je l'ai vu au square se diriger vers d'autres gamins qui s'amusaient dans le bac à sable et leur demander s'il pouvait jouer avec eux. Ils avaient accepté, et il était entré, mais à ce moment-là ils avaient détalé vers les cages à poules et l'avaient laissé seul. Ils n'avaient pas dit un mot, ne l'avaient pas insulté, mais comment pouvait-il considérer leur départ comme autre chose que ce que c'était – un rejet ?

Or, le pire était à venir : il était resté dans le bac à sable à les regarder de loin tout en se mettant lentement à jouer tout seul. De temps à autre, il levait les yeux vers eux, s'attendant à ce qu'ils reviennent, mais ils ne l'avaient pas fait. Au bout de cinq minutes ou un peu plus, n'y tenant plus, j'étais allé le chercher et je lui avais proposé de lui acheter une glace à condition qu'il ne le rapporte pas à Papa.

Ce soir-là, cependant, je n'ai pas raconté à Nathaniel ce qui s'était passé au bac à sable. J'avais honte, d'une certaine façon, je me sentais en partie responsable du chagrin du bébé. Il avait échoué, et j'avais été impuissant à lui venir en aide. Il s'était fait rejeter, et c'était plus ou moins de ma faute, ne serait-ce que parce que j'avais assisté à la scène et que je n'avais pas su y remédier. Le lendemain, en chemin à nouveau vers le square, il m'avait tiré par la manche en me demandant si nous étions obligés d'y aller. J'avais répondu que non, et à la place, nous avions été acheter une deuxième glace illicite. Nous ne sommes jamais retournés dans ce square. Aujourd'hui, je pense que nous aurions mieux fait. J'aurais dû lui dire que ces gamins s'étaient montrés méchants et qu'il n'y était pour rien, qu'il trouverait d'autres copains, qui l'aimeraient et l'apprécieraient vraiment, et que ceux qui ne le feraient pas ne méritaient pas son attention de toute façon.

Mais je n'ai rien dit. Nous n'en avons jamais reparlé. Et au fil des ans, le bébé s'est montré de plus en plus renfermé. Peut-être pas avec Nathaniel – en fait, si, même avec lui. Je ne sais simplement pas si Nathaniel s'en rend compte. Je ne pourrais sans doute pas vraiment décrire son comportement avec exactitude. Mais j'ai de plus en plus l'impression qu'il n'est pas vraiment présent, même quand il l'est, comme s'il avait déjà commencé à se détacher de nous. Il a deux amis ici, des garçons tranquilles et sérieux, mais ils viennent rarement chez nous, et il est peu souvent invité chez eux. Nathaniel répète toujours qu'il est très mûr pour son âge, comme le disent invariablement les parents inquiets que leurs rejetons déconcertent, mais moi je pense que c'est ce sentiment de solitude qui n'est pas de son âge. Un enfant peut passer du temps seul. Mais il ne doit pas *se sentir* seul. Et c'est le cas de notre fils.

Eliza a conseillé de lui faire rédiger des lettres d'excuses, l'a exclu pendant quinze jours, recommandé qu'il voie un thérapeute une fois par semaine et pratique un sport d'équipe ou deux – « pour le mettre au défi, pour qu'il se débarrasse de son ressentiment » – et enfin que « ses parents s'impliquent davantage dans la vie de l'école », ce qui m'était directement adressé, parce que Nathaniel ne manque jamais une réunion, un match, une manifestation ou un spectacle. « Je sais que ce n'est pas facile pour vous, Dr Griffith », et avant que j'aie pu protester ou émettre une remarque défensive, elle a ajouté d'un ton plus doux : « Je ne l'ignore absolument pas, et je le dis sans ironie aucune. Nous sommes tous très fiers du travail que vous accomplissez, Charles. » J'ai soudain senti les larmes me monter bêtement aux yeux, et j'ai balbutié : « Je suppose que vous tenez le même discours à tous les virologistes », avant de quitter le bureau et de prendre mon fils par l'épaule au passage.

Nous sommes rentrés sans échanger un mot, mais une fois à la maison, je me suis tourné vers lui. « Qu'est-ce que tu as fait, bon Dieu, David ? », ai-je explosé. « Tu te rends compte que l'école aurait pu te renvoyer définitivement et te faire arrêter ? Nous sommes des résidents temporaires dans ce pays – comprends-tu qu'ils auraient pu t'enlever à tes parents, t'envoyer dans une institution d'État ? Sais-tu que d'autres gosses s'y sont retrouvés pour moins que ça ? » Je m'apprêtais à continuer quand je me suis aperçu qu'il était en larmes, et je me suis arrêté sur-le-champ parce que le bébé pleure très rarement. « Je suis désolé, hoquetait-il. Je suis désolé.

— David », ai-je grommelé et je me suis assis à côté de lui, l'ai pris sur mes genoux comme quand il était vraiment bébé et je l'ai bercé, comme je le faisais aussi à l'époque. Longtemps, nous avons gardé le silence.

« Personne ne m'aime », a-t-il finalement murmuré, et j'ai dit la seule chose qui me venait à l'esprit : « Mais bien sûr que si, David. » Alors qu'en fait, j'aurais dû dire : « Personne ne m'aimait non plus quand j'avais ton âge, David. Mais ensuite j'ai grandi, et les gens se sont mis à m'aimer, et j'ai rencontré ton papa, nous t'avons eu, et maintenant je suis la personne la plus heureuse qui soit. »

Nous sommes restés assis encore un moment. Cela faisait de longues, très longues années que je ne l'avais pas tenu dans mes bras comme ça. Enfin, il a repris la parole : « Ne lui dis pas.

— À Papa ? Je ne peux pas le lui cacher, et tu le sais. »

Il a semblé résigné et s'est levé pour partir. Un détail continuait néanmoins à me trotter dans la tête. « David, où as-tu trouvé cette seringue ? »

Je m'attendais à une réponse évasive, comme « c'est des jeunes qui me l'ont donnée », ou « je sais pas » ou encore « je l'ai trouvée ». Au lieu de quoi, il m'a répondu : « Je l'ai commandée.

— Montre-moi. »

Et il m'a conduit dans le bureau où je l'ai regardé se brancher sur mon ordinateur – contournant le contrôle de rétine en tapant le mot de passe avec une dextérité qui confirmait qu'il n'en était pas à son premier essai – puis se connecter à un site tellement illégal que j'allais devoir rédiger un rapport pour expliquer ce qui s'était passé et réclamer un autre ordinateur portable. Il s'est écarté de ma chaise et a laissé retomber sa main le long du corps, et durant quelques secondes nous avons fixé ensemble l'écran sur lequel tournoyait le graphique d'un atome. Toutes les quelques révolutions, l'atome s'arrêtait, et une nouvelle liste de propositions apparaissait au-dessus : « Agents viraux », « Aiguilles et seringues », « Anticorps », « Toxines et antitoxines ».

Tu imagineras sans peine ce que j'ai ressenti. Mais mes premières questions ont été d'ordre pratique : comment avait-il appris l'existence d'un site pareil ? Comment avait-il franchi le second pare-feu pour y accéder ? Comment avait-il su quoi commander ? Qui lui en avait donné l'idée ?

Était-ce normal pour un enfant de son âge ?

Quelque chose ne tournait-il pas rond dans sa tête ?

Qui était vraiment mon enfant ?

Je l'ai dévisagé longuement. « David », ai-je commencé, sans la moindre idée de la façon dont j'allais poursuivre.

Il a gardé la tête obstinément baissée, même quand j'ai répété son nom. « David », ai-je dit pour la troisième fois, « je ne suis pas en colère » – ce qui n'était pas exactement vrai, mais j'aurais été incapable de décrire ce que j'éprouvais – « Je te demande seulement de me regarder ». Et quand il s'y est enfin résolu, j'ai lu dans ses yeux qu'il avait peur.

Alors – je ne sais pas pourquoi, vraiment pas – je l'ai giflé du plat de la paume, en plein visage. Il a poussé un gémissement et il est tombé à la renverse. Je l'ai relevé et frappé à nouveau, sur la joue gauche cette fois, et il a éclaté en sanglots. Ça m'a soulagé, d'une certaine façon, de voir qu'il pouvait encore être effrayé, encore me craindre ; je me suis rappelé que c'était encore un enfant malgré tout, qu'il y avait de l'espoir pour lui, qu'il n'était pas détraqué, mauvais ou malfaisant. Mais je ne serais capable de me le formuler que plus tard – à ce moment précis, j'avais seulement peur : peur pour lui et aussi peur de lui. Je m'apprêtais à le frapper à nouveau quand Nathaniel a surgi, et m'a tiré en arrière en criant : « Mais putain, qu'est-ce que tu fais, Charles ? Espèce de salopard, de psychopathe, c'est quoi, ça ? » Il m'a poussé très fort, je suis tombé face contre terre sur le plancher, et il a enlacé le bébé qui sanglotait pour le consoler. « Chut, chut, tout va bien, David. Tout va bien, mon chéri, je suis là, je suis là.

— Il fait du mal aux autres », ai-je balbutié, mais mon nez saignait tellement que mes paroles n'étaient plus qu'un gargouillis. « Il a voulu agresser quelqu'un. »

Nathaniel ne m'a pas répondu. Il a retiré sa chemise et l'a pressée contre le nez du bébé qui saignait aussi, ensuite ils se sont relevés et ils ont quitté la pièce, le bras de Nathaniel autour des épaules de son fils. Il ne s'est même pas retourné pour me regarder.

Tout ça pour te dire que je suis dans notre nouvel appartement. Je t'écris dans le bureau où on m'a exilé pour une durée indéterminée. Nathaniel ne m'a toujours pas adressé la parole, et le bébé non plus. Hier j'ai déposé mon ordinateur portable auprès du responsable de la sécurité technologique et je lui ai expliqué ce qui s'était passé – il a paru moins choqué que je l'avais escompté, et je me suis dit par conséquent qu'il y avait moins de raisons de s'inquiéter que je l'avais cru. Mais alors qu'il me remettait un nouvel ordinateur, il m'a demandé : « Redites-moi l'âge de votre fils.

— Presque dix ans. »

Il a secoué la tête. « Et vous êtes des ressortissants étrangers, n'est-ce pas ?

— Oui.

— Dr Griffith, je suppose que vous le savez, mais il faut que vous soyez prudent. Si votre fils avait eu accès à ce site et que vous n'ayez pas eu l'habilitation de sécurité qui est la vôtre…

— Je le sais.

— Non », a-t-il insisté, en me regardant longuement. « Vous ne le savez pas. Soyez prudent, Dr Griffith. L'Institut ne pourra pas grand-chose pour protéger votre fils si cela se reproduit. » J'ai eu l'envie soudaine de m'éloigner de lui en courant. Et pas seulement de lui mais de tout le reste : Rockefeller University, mon labo, New York, l'Amérique, et même Nathaniel et David. Je voulais rentrer chez moi, dans la ferme de mes grands-parents, aussi malheureux que j'y aie été, bien avant que ça – avant que tout ça – n'arrive. Mais je ne pourrai jamais rentrer, mes grands-parents et moi ne nous parlons plus, la ferme a été inondée, et ce « tout ça », c'est ma vie aujourd'hui. Il me faut en tirer le meilleur parti. Et je vais y parvenir.

Sauf que, parfois, je n'en suis pas si sûr.

Avec toute mon affection, Charles.

III. Hiver 2094

Un des jolis souvenirs que j'ai conservés est celui de Grand-Père me brossant les cheveux. J'aimais m'asseoir dans un coin de son bureau pour le regarder travailler ; je pouvais y rester des heures durant, occupée à dessiner ou à jouer, presque sans faire de bruit. Un jour, un de ses assistants de recherche était entré et m'avait trouvée là, et j'avais bien vu qu'il était surpris. « Je peux l'emmener ailleurs si sa présence vous dérange », avait-il chuchoté. Ce fut au tour de Grand-Père d'être étonné. « Ma petite ? Elle n'importune jamais personne ; moi, moins que quiconque. » En entendant ces mots, je m'étais sentie fière, comme si j'avais bien agi.

J'avais un coussin sur lequel je m'asseyais tandis que Grand-Père lisait, tapait sur son clavier ou écrivait, et quand j'en avais assez de l'observer, j'avais des cubes en bois avec lesquels je jouais. Ils étaient tous peints en blanc, et je m'appliquais à ne pas les empiler trop haut pour qu'ils ne dégringolent pas avec fracas.

Mais parfois Grand-Père s'interrompait et faisait pivoter son fauteuil. « Approche un peu, petite », me disait-il et je venais installer mon coussin par terre entre ses genoux ; alors il sortait de son tiroir la grosse brosse à dos plat et me la passait dans les cheveux. « Quels beaux cheveux tu as ! s'exclamait-il. Qui te les a donnés ? » Mais c'était une question rhétorique, ce qui veut dire que je n'avais pas à y répondre, et je m'en gardais bien. En fait, je n'avais jamais besoin de rien dire. J'attendais toujours ces moments où Grand-Père me brossait les cheveux. C'était si bon, si relaxant, comme si je m'étais laissée tomber dans la fraîcheur d'un long tunnel.

Durant ma maladie cependant, j'avais perdu mes beaux cheveux. Aucun des enfants qui ont survécu ne les a conservés. C'était à cause des médicaments qu'ils nous avaient fait prendre. D'abord, nos cheveux tombaient, et quand ils repoussaient, ils étaient fins, clairsemés et gris, et quand ils descendaient plus bas que votre menton, ils se cassaient. La plupart des gens les coupaient très court, juste de quoi couvrir le crâne. La même chose était arrivée à de nombreux survivants des épidémies de 2050 et 2056, mais la situation était pire pour nous, survivants de celle de 2070. Pendant un certain temps, c'était un bon moyen pour reconnaître ceux qui avaient vaincu la maladie, mais ensuite, un variant du même produit a été prescrit pour l'épidémie de 2072, et on a eu plus de mal à s'y retrouver : les cheveux courts étaient seulement plus pratiques : on avait moins chaud, et il fallait moins d'eau et moins de savon pour les laver. C'est ainsi qu'aujourd'hui beaucoup ont les cheveux courts – il faut de l'argent si on veut les garder longs. C'est un moyen facile pour déterminer qui habite en Zone Quatorze ; ils ont tous les cheveux longs, parce que, comme chacun sait, la Zone Quatorze reçoit trois fois plus d'eau que celle qui la suit immédiatement en termes de volume d'alimentation, la nôtre, la Zone Huit.

La raison pour laquelle je me suis mise à penser à ces choses est que la semaine dernière, alors que j'attendais la navette, un homme que je n'avais jamais vu a pris place dans la queue. J'étais presque au bout de la file, et j'ai eu tout loisir de l'observer. Il portait une combinaison grise pareille à celles de mon mari, ce qui signifiait qu'il devait être technicien de maintenance à la Ferme, peut-être même à l'Étang, et par-dessus, il avait enfilé une légère veste en nylon, grise elle aussi, et une casquette à longue visière.

Je me sentais bizarre depuis quelques semaines. D'un côté, j'étais heureuse parce que nous serions bientôt en décembre, le meilleur mois de l'année : il faisait parfois assez frais pour qu'on puisse porter un anorak la nuit, et y compris s'il ne pleuvait pas, le brouillard de pollution qui flottait au-dessus de la ville se levait un peu, et les magasins proposaient des fruits et des légumes qui ne poussaient qu'à la saison froide comme les pommes et les poires. En janvier, les tempêtes arriveraient, et en février, ce serait le Nouvel An Lunaire, et tous ceux qui travaillaient sur un site ou dans une institution d'État recevraient pour le mois quatre coupons supplémentaires de céréales, et deux coupons additionnels, soit de produits laitiers, soit de fruits et légumes, au choix. Mon mari et moi partagions d'ordinaire nos coupons, si bien qu'à nous deux, nous bénéficions de huit coupons de céréales, de deux coupons de produits laitiers et de deux coupons de fruits et légumes. L'année d'après notre mariage, celle où mon mari a été engagé à la Ferme, nous avions acheté une grosse part de fromage à pâte dure avec nos coupons-cadeaux : il l'avait enveloppé dans du papier et remisé dans le placard du couloir, qui selon lui était la pièce la plus fraîche de l'appartement, et il s'était conservé longtemps. Cette année, une rumeur a circulé selon laquelle nous aurions un jour de congé supplémentaire cette semaine-là pour la toilette et la lessive, ce qui s'était produit il y a deux ans, mais pas l'année dernière, à cause de la sécheresse.

Mais d'un autre côté, malgré toutes les choses positives qui m'attendaient, je me surprenais souvent à penser aux petits mots. Chaque semaine, lors de la soirée libre de mon mari, je vidais à nouveau la boîte pour vérifier s'ils étaient toujours là, et c'était le cas. Je les relisais, tournant et retournant ces bouts de papier entre mes mains sous une lampe, et ensuite je les replaçais dans l'enveloppe et rangeais la boîte dans le placard.

J'étais une fois de plus en train de m'interroger sur ces mots quand j'ai vu l'homme à la combinaison grise prendre place dans la queue. Sa présence signifiait qu'un habitant du quartier était mort ou avait été emmené, parce que la seule façon d'obtenir un logement en Zone Huit était d'attendre que quelqu'un le laisse libre, et personne ne s'en allait volontairement. Et puis, une chose étrange s'est produite : l'inconnu a réajusté sa casquette, et une longue mèche de cheveux s'est échappée et a glissé le long de sa joue. Il s'est empressé de la remettre en place et il a jeté un coup d'œil rapide alentour pour s'assurer que personne n'avait remarqué, mais tous regardaient droit devant eux, comme c'était l'usage de le faire. J'étais la seule à l'avoir vu, parce que je m'étais retournée, mais il ne s'était pas aperçu que j'avais surpris son geste. Je n'avais jamais croisé aucun homme aux cheveux longs avant. Toutefois, ce qui avait le plus attiré mon attention, c'était qu'il ressemblait terriblement à mon mari – même couleur de peau, d'yeux, de cheveux, même si ceux de mon mari sont courts, tout comme les miens.

Je n'ai jamais aimé que des choses inattendues se produisent, même quand j'étais enfant, ni qu'elles ne soient pas conformes à ce qu'elles devraient être. Quand j'étais petite, Grand-Père me lisait des histoires mystérieuses, mais elles me rendaient toujours anxieuse – j'aimais savoir ce qui se passait ; j'aimais que les situations restent les mêmes. Je ne le disais pas à Grand-Père, parce que, clairement, lui les aimait et que je m'appliquais à apprécier ce qui lui plaisait. Mais bien sûr, ce genre de littérature n'était plus autorisée, et j'avais pu cesser de faire semblant.

Aujourd'hui cependant, j'étais face à deux mystères d'ordre privé : les fragments de messages étaient le premier. Et cet individu aux cheveux longs qui habitait la Zone Huit, le second. J'avais l'impression que quelque chose s'était passé sans que j'en sois prévenue, que tous partageaient un secret que je ne pouvais pas percer seule. Cela m'arrivait sans arrêt au travail, mais je n'y accordais aucune importance, parce que je n'étais pas une scientifique et que je n'avais aucun droit de savoir tout ce qui se passait – je n'avais pas la formation suffisante et je n'aurais pas tout saisi de toute façon. Or, j'avais toujours pensé que je comprenais très bien l'endroit où je vivais, et là, je commençais à me dire qu'après tout, je m'étais trompée.

*

C'est Grand-Père qui m'avait expliqué le concept de « soirée libre ».

Quand il m'avait annoncé que j'allais me marier, j'étais tout excitée, mais aussi effrayée, et j'ai commencé à tourner littéralement en rond, ce que je ne fais que quand je suis très heureuse ou très nerveuse. Les autres en sont souvent gênés, mais Grand-Père s'est contenté de dire : « Je comprends ce que tu ressens, petit chat. »

Ensuite, il est venu me border dans mon lit et me montrer la photo de mon mari, que je n'avais pas songé à réclamer auparavant. J'ai longuement observé ce portrait, le touchant comme si je pouvais réellement poser les doigts sur son visage. Quand j'ai essayé de la lui rendre, Grand-Père a secoué la tête : « Elle est à toi.

— Quelle est la date prévue ?

— Dans un an. Et donc, il me reste douze mois pour t'expliquer tout ce que tu dois savoir sur le mariage. »

Ces paroles m'ont considérablement apaisée – Grand-Père trouvait toujours les mots justes même quand je ne savais pas ce que j'avais besoin d'entendre. « Nous commencerons demain », m'a-t-il promis, puis il m'a embrassée sur le front et a éteint la lampe pour regagner le séjour, où il dormait.

Le lendemain, Grand-Père a commencé ses leçons. Sur une feuille de papier, il avait établi une longue liste, et chaque mois, il choisissait trois sujets à discuter. Nous nous entraînions à la conversation, il m'expliquait comment me montrer utile, et soulignait certaines situations où j'aurais à mon tour besoin d'aide et comment en demander. Il décrivait ce que je devrais faire dans différents cas d'urgence. Nous parlions aussi de la façon dont j'apprendrais à faire confiance à mon mari, de ce que je pourrais faire pour me montrer une bonne épouse, de ce que cela représentait de partager la vie de quelqu'un et de ce que j'aurais à faire si mon mari faisait un jour des choses qui m'effrayaient.

Je sais que cela peut paraître bizarre, mais après mon angoisse initiale, j'étais moins nerveuse à l'idée du mariage que devait le supposer Grand-Père. Après tout, lui mis à part, je n'avais jamais vécu avec personne. En fait, ce n'est pas tout à fait exact – j'avais vécu avec mon autre grand-père et mon père autrefois, mais j'étais bébé, et je ne me rappelais même pas vraiment leurs visages. Je devais imaginer que partager la vie de mon mari serait comme partager celle de Grand-Père.

C'est vers la fin du sixième mois de mon entraînement qu'il m'a parlé des « soirées libres » : chaque semaine, mon mari sortirait et j'aurais une soirée pour moi. Puis, un autre jour, ce serait mon tour de quitter l'appartement et de faire ce que bon me semblerait. Il m'a observée attentivement en m'expliquant tout ça, et m'a laissé le temps d'y penser.

« Ce sera quel soir de la semaine ?

— Vous en déciderez avec ton mari. »

J'ai continué à réfléchir. « Et qu'est-ce que je serai censée faire de ma soirée ?

— Ce que tu voudras. Une promenade peut-être, ou le tour de la Place. À moins que tu ne préfères passer quelques heures au Centre de Loisirs pour jouer au ping-pong avec quelqu'un.

— Ou peut-être te rendre visite. » La seule chose que j'avais apprise et qui m'avait causé une certaine surprise était que Grand-Père ne vivrait pas avec nous ; une fois mariée, j'habiterais avec mon époux dans notre appartement, et Grand-Père déménagerait.

« Passer du temps avec toi me fait toujours plaisir, petit chat, a répondu lentement Grand-Père. Mais il faut que tu t'habitues à être avec ton mari ; tu ne devrais pas commencer ta nouvelle vie en te demandant à quelle fréquence tu me verras. » Je me suis tue alors, parce que je sentais bien que Grand-Père essayait de me dire quelque chose d'autre sans le formuler vraiment, et sans savoir de quoi il retournait, je pressentais que je n'aurais aucune envie de l'entendre. « Allons, petit chat », a-t-il fini par reprendre et il a souri en me tapotant la main. « Ne t'inquiète pas. C'est un moment exaltant. Tu te maries, et je suis si fier de toi. Mon petit chat, déjà si grande et prête à fonder son propre foyer. »

Toutes ces années depuis mon mariage, je n'ai eu que peu l'occasion de mettre à profit les leçons de Grand-Père. Je n'ai jamais dû me rendre au commissariat parce que mon mari m'aurait battue, par exemple, et je n'ai jamais eu à lui demander de partager les tâches ménagères, ni à m'inquiéter qu'il garde ses coupons de rationnement pour lui, ni à me réfugier chez un voisin parce qu'il m'aurait crié dessus. Mais j'aurais aimé penser à poser plus de questions à Grand-Père sur les soirées libres, et sur ce que je ressentirais à ce sujet.

Peu de temps après le mariage, nous avons décidé que le jeudi serait sa soirée libre, et le mardi la mienne. Ou plutôt, mon mari a décidé et j'ai accepté.

« Tu es sûre que le mardi ne te dérange pas ? », avait-il demandé avec sollicitude, comme si je pouvais répondre : « Non, je préférerais le jeudi en fin de compte. » Il aurait alors échangé avec moi. Mais cela m'allait bien, le jour m'indifférait complètement.

Au début, j'ai essayé de sortir pendant ma soirée libre. Au contraire de mon mari, je rentrais du travail pour dîner avec lui d'abord, puis je me changeais pour enfiler des vêtements plus décontractés et je partais. C'était étrange de me retrouver dehors toute seule après toutes ces années où Grand-Père me rappelait sans cesse que je ne devais pas sortir sans être accompagnée, et surtout, absolument jamais la nuit. Mais c'était au temps où tout allait mal, où le danger menaçait, avant le second soulèvement.

Pendant ces premiers mois, je faisais ce que Grand-Père avait suggéré : j'allais au Centre de Loisirs. Il était situé dans la 14e Rue, un peu à l'ouest de la 6e Avenue, et parce qu'on était déjà en juin, je devais porter ma combinaison réfrigérante sous peine d'avoir trop chaud. Je remontais la 5e Avenue, puis tournais dans la 12e Rue, parce que j'aimais les vieux immeubles de ce pâté de maisons, qui ressemblaient à celui où mon mari et moi habitions. Les fenêtres de certains appartements étaient éclairées, mais la plupart toutes noires, et il n'y avait que peu de gens dans la rue, qui se dirigeaient vers le même endroit que moi.

Le centre était ouvert entre 06:00 et 22:00, et seulement aux résidents de la Zone Huit. Chacun avait droit à vingt heures gratuites de présence par mois, et il y avait un contrôle d'empreintes digitales à l'entrée et à la sortie. On pouvait y suivre des cours de cuisine, de couture, de tai chi ou de yoga, ou encore s'inscrire dans un des clubs : il en existait pour ceux qui aimaient les échecs, le badminton, le ping-pong ou les dames. On pouvait aussi offrir ses services comme bénévole, c'est-à-dire préparer des paquets pour les personnes dans les centres de relocalisation. Une des meilleures choses était qu'il y faisait toujours frais parce que le bâtiment était doté d'un puissant générateur : durant les mois tempérés, les gens restaient chez eux et accumulaient leurs heures pour y passer davantage de temps pendant les longs jours d'été à profiter de la climatisation plutôt qu'enfermés dans la chaleur de leurs appartements. On pouvait aussi y prendre une douche d'air, et parfois quand je mourais d'envie de me sentir propre et que ce n'était pas encore un jour où l'eau était autorisée, j'utilisais un peu de mon temps au centre pour en profiter. Vous pouviez aussi y faire faire vos vaccinations annuelles, vos prises de sang et tests salivaires bihebdomadaires, réclamer vos coupons d'alimentation et vos pensions, et, de mai à septembre, les trois kilos de glace par mois que chaque résident pouvait acheter à un prix encadré.

Mais avant mes premières soirées libres, je n'étais jamais allée au centre pour me distraire, même si c'était une de ses vocations. Grand-Père m'y avait amenée une fois, juste après l'ouverture, et nous avions assisté à une partie de ping-pong. Le centre possédait deux tables, et pendant que certains jouaient, d'autres prenaient place tout autour de la salle pour les regarder, applaudissant parfois quand un joueur marquait un point. Je me rappelle avoir pensé alors que ça paraissait amusant, j'avais aimé le petit bruit joyeux que faisait la balle en rebondissant sur la table, et j'étais restée longtemps à admirer le spectacle.

« Tu veux jouer ? avait murmuré Grand-Père.

— Oh non ! Je ne sais pas.

— Tu peux apprendre. » Mais je m'en savais incapable.

En quittant les lieux, cet après-midi-là, Grand-Père m'avait expliqué : « Tu peux revenir quand tu veux, petit chat. Il suffit de t'inscrire et de demander à quelqu'un de jouer avec toi. » J'avais gardé le silence, parce que parfois Grand-Père parlait de ces choses comme si elles étaient faciles à faire pour moi. J'étais fâchée parce qu'il ne comprenait pas, il ne comprenait pas que j'étais incapable de faire ce qu'il croyait être à ma portée, et je m'étais sentie de plus en plus nerveuse et en colère. Mais ensuite il avait remarqué, s'était arrêté pour poser ses mains sur mes épaules. « Tu *peux* le faire, petit chat », avait-il murmuré. Tu te rappelles comment nous nous sommes exercés à parler aux autres ? Notre entraînement à la conversation ?

— Oui.

— Je sais que ce n'est pas facile pour toi. Crois-moi, je le comprends. Mais je ne t'encouragerais pas à le faire si je n'étais pas convaincu, tout au fond de moi, que tu en es capable. »

Et donc j'étais allée au Centre de Loisirs, ne serait-ce que pour pouvoir annoncer à Grand-Père – qui était encore vivant à l'époque – que je l'avais fait. Mais une fois sur place, je n'avais même pas réussi à franchir le seuil. À la place, j'étais restée assise sur le muret d'enceinte et j'avais observé les gens entrer, seuls ou par deux. Ensuite, j'avais remarqué qu'il y avait une fenêtre de l'autre côté de la porte principale, et que si je me plaçais où il fallait, je pouvais voir les gens à l'intérieur jouer au ping-pong, et c'était agréable, parce que j'avais presque l'impression de faire partie de leur groupe sans jamais avoir à adresser la parole à qui que ce soit.

Voilà comment j'ai passé plus ou moins le premier mois de mes soirées libres, plantée devant le centre à regarder des matches de ping-pong à travers la vitre. Parfois les parties étaient particulièrement excitantes, et je me hâtais de rentrer à la maison en pensant que j'allais pouvoir raconter à mon mari ce que j'avais vu, même s'il ne me posait jamais aucune question sur la façon dont je passais mes soirées libres, pas plus qu'il ne me décrivait ce qu'il faisait des siennes. Parfois, je m'imaginais m'être fait un nouvel ami : la femme avec de courts cheveux bouclés et des fossettes qui faisait voler la balle d'un côté à l'autre de la table en prenant appui sur son talon gauche ; ou l'homme qui portait un survêtement rouge avec des nuages blancs imprimés dessus. Parfois, je me voyais me rapprocher d'eux au bar d'hydratation par la suite, et je pensais à quel effet ça ferait de déclarer à mon mari que je voulais utiliser un des coupons de liquide pour prendre un verre avec mes amis ; il me dirait oui, bien sûr, et peut-être viendrait-il me regarder jouer un jour.

Mais au bout de quelques mois, j'ai cessé de me rendre au centre. D'abord, Grand-Père était mort, et je n'avais plus envie d'essayer. Ensuite, il faisait de plus en plus chaud et je ne me sentais pas bien. Et donc, le mardi suivant, j'ai déclaré à mon mari que j'étais fatiguée et que j'allais rester à la maison à la place.

« Tu es malade ? m'a-t-il demandé en lavant la vaisselle.

— Non, mais sortir ne me dit rien.

— Tu veux prendre ta soirée libre mercredi en échange ?

— Non, c'est aujourd'hui ma soirée libre, mais je ne vais pas sortir, voilà tout.

— Oh ! » Il a posé la dernière assiette sur l'égouttoir. Ensuite, il m'a demandé : « Tu voudrais le séjour ou la chambre ?

— Je ne comprends pas.

— Eh bien, je souhaite te laisser ton intimité. Alors quelle pièce voudrais-tu ? Le séjour ou la chambre ?

— Ah… la chambre, je suppose. » J'y ai réfléchi un moment. Était-ce la bonne réponse à donner ? « Ça te convient ?

— Bien entendu. C'est ta soirée. »

Et donc, je suis allée dans la chambre, où je me suis changée pour enfiler ma chemise de nuit et je me suis allongée sur le lit. Au bout de quelques minutes, on a frappé doucement à la porte, et quand mon mari est entré, il portait le transistor. « J'ai pensé que tu aimerais peut-être écouter un peu de musique », a-t-il dit, en branchant puis en allumant le poste, avant de repartir en fermant la porte derrière lui.

Je suis restée allongée longtemps à écouter la radio. Finalement, je suis allée aux toilettes, me suis brossé les dents et nettoyé le visage et le corps avec des lingettes hydro-alcooliques et, en même temps, j'ai jeté un coup d'œil dans le séjour où mon mari lisait assis sur le canapé. Il a un niveau d'habilitation plus élevé que le mien et il a donc le droit de lire certains ouvrages, ceux qui sont liés à son domaine, et il les emprunte pendant un certain temps à son travail. Celui-ci concerne le soin et la culture de plantes aquatiques tropicales comestibles, et même si le sujet ne m'intéresse pas, je l'ai aussitôt envié. Mon mari peut rester assis à lire pendant des heures, et moi je le regarde en regrettant l'absence de Grand-Père qui, lui, aurait su quoi dire pour me réconforter. J'ai fini de me préparer, je suis retournée dans la chambre, et au bout de ce qui m'a semblé être plusieurs heures, j'ai entendu mon mari soupirer, éteindre la lumière du séjour, et se diriger à son tour vers la salle de bains, puis enfin entrer dans notre chambre, enfiler son pyjama et se coucher dans son lit.

Depuis ce soir-là, je passe mes soirées libres à la maison. De temps à autre, si je me sens trop nerveuse, je vais faire une promenade, autour de la Place, par exemple, ou jusqu'au centre. Mais le plus souvent, je reste dans notre chambre, où mon mari a toujours pensé à apporter le poste. Je me déshabille, j'éteins la lumière, je me couche et j'attends : je guette le moment où il prendra place sur le canapé, celui où il fera craquer ses doigts en lisant, et enfin, celui où il refermera son livre et éteindra à son tour. Chaque jeudi au cours des six dernières années et demie, j'ai attendu que mon mari rentre de sa soirée libre avec laquelle il enchaîne directement en quittant son travail. Chaque mardi, je suis restée couchée dans notre chambre, en attendant la fin de ma soirée libre et le retour de mon mari, même s'il ne dit jamais un mot.

*

C'est au laboratoire que m'est venue l'idée de suivre mon mari durant l'une de ses soirées libres. C'était un vendredi. Le 1er janvier 2094, et le Dr Wesley, qui s'intéresse à l'histoire occidentale et ne fête la nouvelle année qu'en accord avec le calendrier traditionnel, a rassemblé tous les employés du laboratoire pour offrir un verre de jus de raisin. Tout le monde en a eu, même moi. « Encore six ans avant le XXIIe siècle ! », a-t-il annoncé, et nous avons tous applaudi. Le jus de fruit était d'un violet sombre et trouble, et si sucré qu'il m'a râpé la gorge. Mais je n'en avais pas bu depuis longtemps, et je me suis demandé si ce serait une chose intéressante à raconter à mon mari, parce que au moins cela changeait un peu de ce qui se passait d'ordinaire au labo, sans relever du secret défense.

En retournant vers mon secteur du labo, j'ai fait une pause pour aller aux toilettes, et assise dans le box, j'ai entendu deux personnes entrer et commencer à se laver les mains. C'étaient deux femmes, mais je ne reconnaissais pas leurs voix, toutes deux des doctorantes, je pense, parce qu'elles paraissaient jeunes et parlaient d'un article qu'elles venaient de lire dans une publication scientifique.

Elles discutaient du contenu – une nouvelle sorte d'antivirus élaboré à partir d'un virus existant dont le code génétique avait été d'une façon ou d'une autre modifié –, et l'une d'elles a lâché, très rapidement : « Donc, j'ai pensé que Percy me trompait.

— Vraiment ? Mais pourquoi ?

— Eh bien, il se comportait de manière vraiment étrange, tu vois ? Il rentrait tard du travail, et il oubliait tout – il ne s'est même pas rappelé qu'il devait me retrouver pour le check-up des six mois. Et puis, il s'est mis à quitter la maison très tôt le matin, en disant qu'il avait beaucoup de travail en retard à terminer ; il a été franchement bizarre avec mon père quand nous sommes allés déjeuner chez mes parents comme tous les samedis, comme s'il évitait de croiser son regard. Donc un jour, quand il est parti à son travail, j'ai laissé passer quelques minutes, et je l'ai suivi.

— Belle ! Tu n'as pas fait ça !

— Mais si ! Je préparais déjà ce que j'allais lui dire, ce que je dirais à mes parents et ce que j'allais faire ensuite quand je me suis rendu compte qu'il se dirigeait vers le Bureau du Logement. J'ai crié son nom et il a été franchement surpris. Il m'a expliqué qu'il essayait de nous obtenir un meilleur appartement dans un meilleur quartier de la Zone pour l'arrivée du bébé, et que mon père et lui s'en étaient occupés en secret pour me faire la surprise.

— Oh, Belle, c'est merveilleux !

— Je sais. Je me suis sentie si coupable de l'avoir détesté, même si ça n'avait duré que quelques semaines. »

Elle a éclaté de rire et son amie aussi. « Bon, Percy peut bien supporter un peu de haine si elle vient de toi.

— C'est vrai, s'est esclaffée la première. Il sait bien qui est aux manettes. »

Elles ont quitté les toilettes, j'ai tiré la chasse, me suis lavé les mains et suis sortie à mon tour, et dans le couloir, je suis passée devant les deux amies qui parlaient encore. Elles étaient toutes les deux très jolies, avec des cheveux noirs et brillants relevés en chignons bien tirés sur la nuque, et de petites boucles d'oreilles en or en forme de planètes. Elles portaient leurs blouses de labo, bien sûr, mais j'ai vu sous l'ourlet qu'elles avaient dessous des jupes en soie de couleurs vives et des escarpins en cuir à talons plats. L'une d'elles, la plus jolie, était enceinte, et en parlant à sa copine, elle se massait doucement le ventre d'un mouvement circulaire.

Je suis retournée dans mes quartiers, où m'attendait une nouvelle livraison de « petits doigts » que je devais déposer dans des boîtes de Pétri individuelles remplies au préalable de solution saline. Tout en travaillant, j'ai repensé à ces bouts de papier que mon mari avait conservés. Puis à cette femme dans les toilettes qui avait cru que le sien la trompait. Mais au bout du compte, son mari n'avait rien fait de mal : il voulait seulement lui trouver un plus grand logement, parce qu'elle était jolie, instruite et enceinte, et il n'aurait eu aucune raison de chercher quelqu'un d'autre, quelqu'un de mieux, parce qu'il n'y aurait eu personne de mieux. À voir ses cheveux, j'avais deviné qu'elle devait habiter en Zone Quatorze, qu'elle préparait une thèse, et cela signifiait que ses parents vivaient sans doute en Zone Quatorze eux aussi, qu'ils lui avaient payé des études chères, et dépensaient encore beaucoup pour qu'elle vive près de chez eux. Je me suis surprise à imaginer ce qu'ils mangeaient pour leur repas du samedi – on m'avait raconté un jour qu'en Zone Quatorze, il y avait des boutiques où on pouvait acheter n'importe quelle viande, et autant que vous en vouliez. On y vendait des glaces tous les jours, du chocolat, des jus de fruit, et même du vin. On trouvait des confiseries, des fruits et du lait. On pouvait aussi rentrer chez soi prendre une douche quotidienne. En songeant à tout cela, je me sentais de plus en plus nerveuse, et j'ai fait tomber un des « petits doigts ». Il était si fragile qu'il s'est écrasé comme une tache de confiture sous le choc et j'ai poussé un cri : d'ordinaire, j'étais si soigneuse. Je n'en faisais jamais tomber aucun. Mais ce jour-là, si.

J'ai pensé à cette femme qui vivait en Zone Quatorze tout le week-end, encore le lundi, et quand mardi, donc le jour de ma soirée libre, est arrivé, je pensais encore à elle. Après dîner, je suis allée directement dans la chambre au lieu d'aider mon mari à débarrasser comme je le faisais d'habitude pour faire passer un peu de temps. Allongée sur le lit, je me suis bercée en songeant à Grand-Père et je lui ai demandé ce que je devais faire. Je l'ai imaginé me répondre : « Tout ira bien, petit chat », et puis, « je t'aime, petit chat », mais je n'arrivais pas à inventer la suite. De son vivant, il m'aurait aidée à comprendre pourquoi j'étais si chamboulée, et comment arranger les choses. Mais Grand-Père n'était plus là, et donc je devais trouver des réponses par moi-même.

Ensuite, je me suis rappelé les confidences de cette femme aux toilettes : elle avait suivi son mari. Au contraire du sien, mon mari ne partait pas spécialement tôt le matin. Le soir, il ne rentrait pas tard. Je savais toujours où il se trouvait – sauf le mardi.

Et à ce moment-là j'ai décidé que lors de sa prochaine soirée libre, j'allais le suivre, moi aussi.

*

Le lendemain, je me suis rendu compte qu'il y avait une faille dans mon plan : ses soirées libres, mon mari ne repassait jamais par la maison en quittant son travail, il me faudrait donc soit réussir à le suivre depuis la sortie de la Ferme, soit imaginer une façon de le faire rentrer à la maison avant de repartir. J'ai décidé que la seconde possibilité était la plus facile à réaliser. J'ai réfléchi, et réfléchi encore, et j'ai trouvé une solution.

Ce soir-là, durant le dîner, j'ai dit : « Je crois qu'il y a une fuite au pommeau de douche. »

Sans lever le nez de son assiette, il a répondu : « Je n'ai rien entendu.

— Mais il y a une flaque d'eau au fond de la baignoire. »

Il s'est redressé, a repoussé sa chaise et s'est rendu dans la salle de bains, où j'avais versé une tasse d'eau dans la baignoire ; il devait en rester juste assez pour donner l'impression que l'embout fuyait. Je l'ai entendu tirer le rideau, ouvrir les robinets et les refermer rapidement.

Pendant ce temps, je suis restée assise, droite sur ma chaise, comme Grand-Père me l'avait appris, en attendant qu'il revienne. À son retour, il avait les sourcils froncés. « Quand l'as-tu remarqué ?

— Ce soir, en rentrant à la maison. » Il a soupiré. « J'ai demandé au gardien de la Zone de prier le gérant d'immeuble d'envoyer quelqu'un inspecter la fuite », ai-je ajouté, et il m'a regardée. « Mais ils ne peuvent pas venir avant 19:00 demain. » Il a fixé le mur en soupirant à nouveau, un gros soupir cette fois, qui lui a soulevé puis fait s'affaisser les épaules. « Je sais que c'est ta soirée libre », ai-je poursuivi, et j'ai dû paraître effrayée parce que mon mari a relevé les yeux vers moi avec un petit sourire.

« Ne t'inquiète pas. Je rentrerai directement à la maison pour être avec toi, et je sortirai après.

— D'accord. Merci. » Ensuite, je me suis rendu compte qu'il aurait pu décider de prendre sa soirée libre le vendredi à la place. Puis, plus tard encore, j'ai compris que le fait qu'il ne veuille pas changer de jour signifiait qu'on – ce « on » qui lui avait adressé ces petits mots – l'attendait probablement le jeudi, et que maintenant, il allait devoir trouver un moyen de le prévenir qu'il serait en retard. Mais je savais aussi qu'il attendrait que l'inspecteur soit passé – notre consommation d'eau était mesurée chaque mois, et si vous dépassiez votre quota, il fallait payer une amende et elle serait consignée dans votre dossier de citoyen.

Ce jeudi, j'ai annoncé au Dr Morgan que j'avais une fuite à ma douche, et que j'avais besoin de l'autorisation de rentrer de bonne heure, et il me l'a accordée. Ensuite, j'ai pris la navette de 17:00, si bien qu'au retour de mon mari – à 18:17, comme toujours – j'étais en train de préparer le dîner. « J'arrive trop tard ? a-t-il demandé.

— Non. Il n'est pas encore venu. »

J'avais fait cuire un steak de ragondin supplémentaire au cas où, ainsi que des ignames et des épinards en plus, mais quand j'ai demandé à mon mari s'il voulait prendre quelque chose en attendant, il a secoué la tête.

« Non, mais toi, tu devrais manger pendant que c'est chaud. La viande de ragondin durcit si on ne la mange pas dès qu'on la sort de la poêle. »

Donc, je me suis mise à table et j'ai commencé à triturer les morceaux de viande du bout de ma fourchette. Mon mari s'est assis lui aussi, et il a ouvert son livre. « Tu es sûr que tu n'as pas faim ?

— Non, merci », a-t-il répondu.

Nous avons gardé le silence pendant un moment. Il s'est déplacé sur sa chaise. Nous ne parlions jamais beaucoup pendant le dîner, mais au moins nous faisions quelque chose ensemble quand nous prenions place pour manger. Mais là, on aurait dit que nous étions dans deux chapes de verre placées l'une à côté de l'autre, et bien que nous puissions théoriquement nous voir, nous ne percevions ni image ni son venus de l'extérieur, et nous ignorions combien nous étions proches.

Il a une fois de plus remué sur son siège. Il a tourné une page, est revenu en arrière, parcourant à nouveau ce qu'il venait de lire. Il a jeté un coup d'œil à la pendule et moi aussi. Il était 19:14. « Bon sang ! s'est-il exclamé. Je me demande ce qu'il fabrique. » Il m'a regardée. « On n'avait reçu aucun message, n'est-ce pas ?

— Non. » Et il a hoché le menton avant de se replonger dans son livre.

Cinq minutes plus tard, il a relevé les yeux. « À quelle heure était-il censé arriver ?

— 19:00 », ai-je répondu et il a secoué la tête une fois de plus.

Quelques minutes plus tard encore, il a fermé son livre pour de bon, et nous nous sommes retrouvés à fixer ensemble l'horloge et son cadran rond et muet.

Soudain, mon mari s'est levé. « Il faut que j'y aille, que je parte tout de suite. » Il était 19:33. « Je… je dois être quelque part. Je suis déjà en retard. » Il m'a regardée. « Cobra, s'il arrive, est-ce que tu peux gérer la situation toute seule ? »

J'ai compris qu'il voulait que je dise oui, et aussitôt, j'ai pris peur, comme si j'allais vraiment devoir affronter la perspective de parler au gérant de l'immeuble moi-même, sans que mon mari soit présent. C'était presque comme si j'avais oublié que le gérant ne venait pas en réalité, que j'avais inventé toute cette histoire pour faire quelque chose qui aurait dû m'effrayer bien davantage : suivre mon mari lors de sa soirée libre.

« Oui. Je peux m'en occuper. »

Alors il a souri, ce qui était très rare. « Tout ira bien. Tu as déjà rencontré le gérant, c'est un type sympathique. Et je rentrerai tôt ce soir, avant que tu t'endormes, d'accord ?

— D'accord.

— Ne sois pas nerveuse. Tu sais comment te débrouiller dans ces situations. » C'était quelque chose que Grand-Père me répétait souvent autrefois : *Tu sais le faire, petit chat. Il n'y a rien à craindre.* Ensuite, il a décroché son anorak du portemanteau. « Bonne nuit, a-t-il dit en fermant la porte.

— Bonne nuit », ai-je répondu face au battant.

*

J'ai attendu vingt petites secondes après le départ de mon mari pour quitter l'appartement à mon tour. J'avais déjà un sac où j'avais fourré ce dont je pensais pouvoir avoir besoin, y compris une petite torche électrique, un cahier et un crayon, ainsi qu'une Thermos d'eau au cas où j'aurais soif, et mon anorak si j'avais froid, bien que ce soit peu probable.

Dehors, il faisait sombre et doux, pas chaud cependant, et il y avait plus de passants qu'à l'ordinaire qui faisaient le tour de la Place ou rentraient de courses. J'ai aussitôt repéré mon mari : il remontait la 5e Avenue d'un pas alerte, et je l'ai suivi alors qu'il tournait dans la 9e Rue. C'était le même itinéraire que nous empruntions tous les deux chaque matin, à des heures différentes, jusqu'à l'arrêt de la navette, et l'espace d'un instant, je me suis demandé s'il n'allait pas attendre à nouveau la navette pour retourner sur son lieu de travail. Mais il a continué à marcher, il a traversé la 6e Avenue et un quartier qu'on appelle la Petite Huit, à cause de son ensemble de gratte-ciel qui fait penser à un quartier indépendant à l'intérieur de la Zone Huit, ensuite la 7e Avenue, toujours sans s'arrêter.

Je me suis retrouvée beaucoup plus loin à l'ouest que là où j'avais généralement eu des raisons de me rendre. La Zone Huit s'étend de l'extrémité sud de New First Street jusqu'au nord de la 23e Rue, entre Broadway à l'est et la rivière à l'ouest. Techniquement, elle allait même plus loin, mais dix ans plus tôt, la plus grande partie des rues au-delà de la 8e Avenue avaient été inondées durant la grande tempête, ce qui signifiait que les gens ayant choisi de rester vivre dans les battures du fleuve étaient aussi des résidents de la Zone Huit. Chaque année, davantage d'entre eux étaient relocalisés parce qu'on découvrait sans cesse des choses étranges dans la rivière, et qu'il n'était pas très clair qu'il soit sûr d'habiter à proximité immédiate.

La Zone Huit était la Zone Huit, et il n'était pas censé y avoir de hiérarchie à l'intérieur de ses limites, aucun quartier n'était considéré meilleur qu'un autre. C'était ce qu'affirmait l'État. Mais si vous y habitiez effectivement, vous saviez qu'il existait en réalité des secteurs – comme celui où mon mari et moi vivions – plus favorisés que d'autres. Il n'y avait pas d'épiceries à l'ouest de la 6e Avenue, par exemple, ni de stations de lavage ou de soins d'hygiène mis à part celui qui était réservé aux résidents de la Petite Huit, où on trouvait aussi un commerce appelé le Cellier qui vendait des denrées non périssables, comme des céréales et des aliments lyophilisés, mais rien susceptible de se gâter.

Comme je l'ai expliqué, la Zone Huit était un des quartiers les plus sûrs de Manhattan, et même de la ville entière. Néanmoins, des rumeurs circulaient sur ce qui se passait près de la rivière, tout comme on en entendait sur ce qui avait lieu dans la Zone Dix-Sept, qui longeait les axes nord et sud de la Zone Huit et s'étendait jusqu'aux berges du fleuve sur la 1re Avenue, du côté est. On racontait par exemple que le quartier situé le plus à l'ouest de la Zone Huit était hanté. J'avais interrogé Grand-Père à ce sujet un jour, et il m'avait emmenée sur la 8e Avenue pour me montrer qu'il n'y avait là aucun fantôme. Il m'avait expliqué que cette fable avait commencé avant ma naissance, à l'époque où une série de tunnels passaient sous les rues et allaient jusqu'aux centres de relocalisation, sauf qu'à ce moment-là on ne les appelait pas comme ça, c'étaient simplement des secteurs, comme la Zone Huit, où les gens vivaient et travaillaient. Puis, après la pandémie de 2070, ces souterrains avaient été fermés, et on avait commencé à raconter que l'État les avait utilisés comme espaces de confinement pour les malades contaminés, qui à ce stade se comptaient par centaines de milliers, avant de les obstruer avec du ciment, et tous étaient morts à l'intérieur.

« C'est vrai ? », avais-je demandé à Grand-Père. Nous étions au bord de la rivière et nous parlions à voix basse, parce que rien qu'en parler était considéré comme une trahison. J'avais toujours peur quand Grand-Père et moi parlions de sujets illicites, mais je me sentais bien aussi, parce que je savais qu'il pensait que j'étais capable de garder des secrets et que je ne le trahirais jamais.

« Non, ce sont des histoires apocryphes.

— Qu'est-ce que ça veut dire ?

— Cela signifie “fausses”. »

J'avais réfléchi un moment avant de demander : « Si elles ne sont pas vraies, pourquoi les gens les racontent ? » Et son regard s'était détourné, perdu dans le lointain, vers les usines de l'autre côté de la rivière.

« Parfois, quand les gens racontent des histoires comme celle-ci, ils tentent en fait d'exprimer leur peur, ou leur colère. L'État commettait à l'époque des actes vraiment horribles », dit-il lentement, et j'avais ressenti une sorte d'excitation en entendant quelqu'un parler de l'État en ces termes, et que ce quelqu'un soit mon grand-père. « Des actes vraiment horribles, répéta-t-il après une pause. Mais pas ça. » Il m'a regardée longuement. « Tu me crois ?

— Oui. Je crois tout ce que tu me dis, Grand-Père. »

Son regard s'est à nouveau détourné, et j'ai craint d'avoir dit ce qu'il ne fallait pas, mais il s'est contenté de poser sa main sur ma nuque sans ajouter un mot.

Il n'en restait pas moins que ces tunnels avaient été bouchés il y a longtemps, et on racontait que si on s'approchait de la rivière la nuit, on entendait les sanglots et les gémissements de ceux qu'on avait laissé mourir à l'intérieur.

L'autre rumeur qui circulait à propos de l'extrémité ouest de la Zone Huit était qu'on y trouvait des immeubles qui avaient l'air d'en être mais où personne n'habitait. Il m'a fallu quelques années d'espionnage des doctorants pour comprendre ce que cela signifiait.

Une bonne partie de la Zone Huit avait été construite à la fin du XVIIIe siècle et au début du XIXe, mais tout un secteur avait été démoli avant ma naissance et remplacé par des tours dont le nombre s'était multiplié par deux pour créer des cliniques. Avant cela, la population y avait été très dense et les gens y affluaient depuis le monde entier. Mais l'épidémie des années 1950 avait pratiquement mis fin à l'immigration, et ensuite, celles de 2056 et de 2070 avaient résolu toute la question de la surpopulation, ce qui signifie que, même si la Zone Huit conservait une haute densité d'habitants, personne n'y vivait plus illégalement. Cependant, certains immeubles originels de la Zone avaient été épargnés, en particulier ceux proches de la 5e Avenue et de Washington Square, et ceux voisins de la 8e Avenue. Là, les constructions ressemblent à celle où mon mari et moi logeons ; elles sont en brique rouge et rarement plus hautes que de trois étages. Certaines étaient même plus petites encore et n'abritaient pas plus de quatre unités d'habitation.

À en croire les doctorants dont j'écoutais les conversations, quelques-uns de ces immeubles à proximité de la rivière, autrefois divisés en appartements, exactement comme le nôtre, s'étaient au fil des ans vidés de leurs habitants. À la place, on s'y rendait pour – eh bien en fait, je ne sais pas ce qu'on allait y faire, mis à part le fait que c'était interdit, et que quand les thésards en parlaient, ils éclataient de rire et s'exclamaient par exemple : « Tu en sais quelque chose, toi, Foxley, pas vrai ? » C'est ainsi que j'ai deviné qu'il s'agissait de lieux dangereux mais excitants que ces étudiants prétendaient connaître mais qu'ils étaient sans doute trop peu hardis pour aller explorer.

Plongée dans mes pensées, je venais d'atteindre les environs de la rivière, une rue appelée Bethune Street. Quand j'étais petite, l'État avait essayé de remplacer tous les noms de rues par des chiffres, ce qui avait surtout affecté les Zones Sept, Huit, Dix-sept, Dix-huit et Vingt et une. Mais ça n'avait pas marché et les gens continuaient de les appeler comme au XXe siècle. Durant tout ce temps, mon mari ne s'était pas retourné une seule fois. Il faisait désormais très sombre, et par bonheur, il portait un anorak gris clair que je pouvais suivre facilement. Manifestement, il avait souvent emprunté cet itinéraire auparavant – à un moment donné, il est descendu du trottoir et quand j'ai regardé le macadam, j'ai vu qu'il y avait un énorme trou qu'il avait pensé à éviter.

Bethune Street était une de ces rues que les gens croyaient hantées, bien qu'elle ait été assez éloignée de l'entrée des anciens tunnels. Elle avait encore tous ses arbres, même s'ils avaient perdu la plupart de leurs feuilles, et je suppose que c'est ce qui lui donnait cet air un peu ancien et lugubre. C'était une des artères qui n'avaient pas été inondées, et elle se prolongeait en direction de l'ouest jusqu'à Washington Street. J'ai vu mon mari s'avancer jusqu'au milieu d'un pâté de maisons et il s'est arrêté pour promener son regard alentour.

Il n'y avait personne dans la rue à part moi, et je me suis vite cachée derrière un tronc d'arbre. Je ne m'inquiétais pas qu'il puisse découvrir ma présence : je portais des vêtements et des chaussures noires, et ma peau est plutôt sombre – je me savais invisible. En fait, mon mari a pratiquement la même couleur de peau que moi, et il faisait alors tellement nuit que si je n'avais pas distingué son anorak, je ne l'aurais sans doute pas vu non plus.

« Bonsoir, a lancé mon mari d'une voix forte. Il y a quelqu'un ? »

Je sais que ça va paraître ridicule, mais à cet instant, j'ai eu envie de répondre. « Je suis là », aurais-je dit avant de m'écarter de l'arbre. « Je veux seulement savoir où tu vas, je veux être avec toi », mais je n'avais pas la moindre idée de ce qu'il aurait pu me répondre.

Alors je n'ai rien dit, je suis restée derrière mon tronc d'arbre. Mais j'ai tout de même constaté que mon mari était calme, parfaitement serein et décidé.

Ensuite, il s'est remis en marche, et j'ai quitté ma cachette pour le suivre, en laissant cette fois une plus grande distance entre nous. Finalement, il a atteint le numéro 27, une des dernières maisons, un immeuble ancien, assez semblable au nôtre, et il a de nouveau jeté un coup d'œil circulaire avant de gravir le perron de pierre et de tapoter sur la porte une suite insolite de petits coups : tap-ta-taptap-tap-tap-tap-ta-taptaptap. Alors un petit guichet s'est ouvert dans le battant, et un rectangle de lumière a éclairé le visage de mon mari. Quelqu'un lui a sans doute posé une question parce qu'il a répondu par quelques mots que je n'ai pas entendus, la trappe s'est refermée et la porte s'est entrouverte – juste assez pour qu'il se glisse à l'intérieur. « Tu es en retard ce soir », ai-je entendu lui dire une voix d'homme, et la porte s'est refermée.

Et il a disparu. Je suis restée devant l'immeuble à en fixer la façade. Depuis la rue, il paraissait inhabité. Aucune lumière, aucun bruit. Au bout de quelques minutes, j'ai monté les marches à mon tour et collé l'oreille à la porte, enduite d'une peinture noire qui s'écaillait. J'ai écouté et écouté encore. Mais rien. C'était comme si mon mari s'était volatilisé – non pas dans une maison mais dans un autre monde.

*

Ce n'est pas avant le lendemain, à nouveau en sécurité dans mon laboratoire, que j'ai mesuré le danger de mes activités de la nuit précédente. Et si mon mari m'avait découverte ? Si quelqu'un m'avait vue le suivre et m'avait soupçonnée d'activités illicites ?

Toutefois, je me suis appliquée à me rappeler que précisément, mon mari ne m'avait pas vue. Personne, d'ailleurs. Et si par hasard, j'avais été repérée par un drone-insecte solitaire patrouillant dans le quartier, j'aurais simplement déclaré à la police que mon mari avait oublié ses lunettes en partant faire sa promenade nocturne et que j'étais allée les lui porter.

De retour à la maison, je m'étais couchée tôt, si bien que quand mon mari était rentré, je faisais déjà semblant de dormir. Je lui avais laissé un mot dans la salle de bains disant que la fuite était réparée, et je l'ai entendu tirer le rideau de la douche pour examiner le pommeau. Je n'aurais su dire s'il était effectivement rentré plus tôt que d'habitude, car il n'y avait pas d'horloge dans la chambre. En revanche, je savais qu'il me croyait endormie parce qu'il n'avait fait aucun bruit pour se déshabiller, enfiler son pyjama et se mettre au lit.

J'étais tellement absorbée dans mes pensées ce jour-là au laboratoire qu'il m'a fallu un certain temps pour me rendre compte que quelque chose clochait, et c'est seulement en portant un nouveau bac de « petits doigts » au groupe de doctorants que j'ai remarqué qu'ils n'échangeaient pas un mot parce que, le casque sur la tête, ils écoutaient tous la radio.

Il y avait deux transistors au labo. L'un d'eux était un poste normal, pareil à ceux que tout le monde possédait. L'autre était une radio qui ne diffusait que des communications réservées à la communauté scientifique internationale, permettant à différents chercheurs d'annoncer leurs découvertes pertinentes, de partager des conférences ou des mises à jour. Typiquement, bien sûr, pareils résultats seraient publiés dans des revues en ligne spécialisées auxquelles n'avaient accès que des chercheurs dûment accrédités sur des ordinateurs hautement sécurisés. Mais en cas d'urgence, cette radio spéciale les transmettait, derrière un écran sonore qui recouvrait la voix de celui qui communiquait, si bien qu'à moins d'être muni du casque adéquat, vous n'entendiez qu'un bruitage aléatoire et dépourvu de sens, comme un chant de grillons ou le crépitement d'un feu. Chaque personne autorisée à suivre ce programme recevait un code numérique qu'elle devait taper pour entrer, et chaque séquence était diffusée à un auditeur particulier, si bien que l'État pouvait contrôler qui écoutait quoi et quand. Les casques eux aussi ne fonctionnaient qu'à l'aide du code, et avant de quitter leur labo le soir venu, les chercheurs devaient enfermer le leur dans un coffre, où étaient aménagées de petites cases qui ne s'ouvraient qu'à l'aide d'un autre code personnel.

Là, tout le monde était silencieux, tous écoutaient la radio, les sourcils froncés. J'ai posé le plateau de boîtes de Pétri contenant les nouveaux « petits doigts » sur le coin de la paillasse, et un des doctorants m'a fait un signe impatient de la main pour me demander de me retirer ; les autres n'ont même pas levé le nez des blocs sur lesquels ils griffonnaient des notes, marquant des pauses pour écouter avant de se remettre à écrire.

Je suis retournée dans la salle où je gardais mes souris et j'ai observé les scientifiques à travers la vitre. Aucun mouvement dans le laboratoire entier. Même le Dr Wesley, enfermé dans son bureau, écoutait, concentré sur son ordinateur.

Au bout de vingt minutes environ, la diffusion a dû se terminer parce que tous ont arraché leurs casques et se sont précipités dans le bureau du Dr Wesley – même les thésards qui étaient normalement exclus de ce genre de réunions. Quand je les ai vus éteindre la radio, je me suis rendue dans la partie du labo réservée aux doctorants et j'ai entrepris d'empiler les boîtes de Pétri vides sur un plateau, ce qui ne fait pas partie de mes attributions. Mais ce faisant, j'ai entendu l'un d'eux demander à un autre : « Tu crois que c'est vrai ? », et le deuxième lui répondre : « Putain, j'espère que non ! »

Ensuite, ils se sont tous retrouvés dans le bureau, et je n'entendais plus rien. Mais je voyais le Dr Wesley parler et les autres hocher la tête : tous paraissaient graves. Alors j'ai eu peur, parce que normalement, quand une mauvaise nouvelle tombait – par exemple, quand on découvrait un nouveau virus –, les chercheurs étaient plus excités qu'effrayés.

Mais là, ils semblaient terrifiés et sérieux, et en allant aux toilettes durant ma pause, je suis passée devant les autres labos de l'étage ; là aussi, les seules personnes que j'ai aperçues étaient les techniciens et les employés de maintenance qui s'affairaient, nettoyaient, et s'organisaient comme nous le faisions tous les jours, parce que les scientifiques étaient rassemblés dans les bureaux de leurs chefs de service respectifs, discutant entre eux derrière des portes fermées.

J'ai attendu et attendu encore, mais tous sont restés à parler dans le bureau du Dr Wesley. La vitre était insonorisée, et je n'entendais rien. Finalement, j'allais rater ma navette et il m'a fallu partir, mais j'ai laissé un mot au Dr Morgan expliquant que je devais y aller et je l'ai posé sur son bureau, au cas où il me chercherait.

*

Il m'a fallu encore une semaine pour découvrir ce que les scientifiques avaient entendu à la radio, et dans l'intervalle, les jours ont été très bizarres. Normalement, je parviens à trouver les renseignements que je cherche assez rapidement. On dissuade les chercheurs de bavarder et de réfléchir à haute voix, mais ils le font de toute façon, même s'ils murmurent. En marge de leur absence de discrétion, cependant, l'autre chose qui me sert à satisfaire ma curiosité, c'est que pour eux c'est à peine si j'existe. Parfois, ça me dérange. Mais la plupart du temps, je sais en tirer avantage.

J'ai beaucoup appris rien qu'en écoutant. J'ai découvert, par exemple, que Roosevelt Island, sur l'East River, avait été l'un des premiers centres de relocalisation de la ville durant la pandémie de 2050, puis un camp de prisonniers, et qu'ensuite, après l'invasion de rongeurs porteurs d'une infection, l'État l'avait déplacé sur Governor's Island, plus au sud, auparavant un camp de réfugiés, et avait fait répandre des milliers de croquettes empoisonnées qui avaient tué toute cette vermine ; depuis, personne n'avait mis les pieds sur Roosevelt Island, mis à part les employés du crématorium. J'ai aussi appris que le Dr Wesley se rendait régulièrement dans les Colonies occidentales, où l'État avait construit un grand complexe de recherche avec une chambre forte souterraine dans laquelle était entreposé un échantillon de chaque microbe connu au monde. J'ai compris également que l'État prédisait une sécheresse sévère au cours des cinq prochaines années, et qu'une équipe de scientifiques ailleurs dans le pays essayait d'imaginer comment produire de la pluie à grande échelle.

En marge de ces informations, j'ai appris d'autres choses en espionnant aussi les doctorants. La plupart étaient mariés et parfois, ils parlaient d'amour, de ce qui s'était passé avec leurs maris ou leurs femmes. Mais dans ce cas, ils s'exprimaient plus par leurs silences que par les détails qu'ils livraient. Ils faisaient des phrases comme « Tu sais ce qui est arrivé ensuite », et l'autre répondait « Bien sûr que oui ». Et parfois je mourais d'envie de leur demander : « Alors, qu'est-ce qui est arrivé ? De quoi parlez-vous ? » Parce que moi, je n'en savais rien, et que j'aurais voulu le savoir. Mais je savais aussi qu'il ne fallait pas poser de question.

Or, durant la semaine après la diffusion, ils étaient tous inhabituellement silencieux – graves et concentrés –, et tous travaillaient beaucoup plus dur, même si je n'avais aucune idée de ce sur quoi ils travaillaient exactement. Je savais seulement qu'il y avait une modification dans leur attitude et que quelque chose avait changé au labo.

Avant que je découvre de quoi il s'agissait, cependant, j'ai de nouveau suivi mon mari. Je ne comprends pas pourquoi. Je suppose que je voulais savoir ce qu'il faisait tous les jeudis, parce que ce serait au moins quelque chose d'autre que je saurais sur lui.

Cette fois, je suis allée directement de l'arrêt de la navette à l'extrémité ouest de Bethune Street, et j'ai attendu. Il y avait une maison juste en face de celle dans laquelle était entré mon mari, et, comme toutes les constructions de cette époque, elle avait une entrée principale en haut d'un perron, et une autre cachée sous les marches. Grand-Père m'avait raconté qu'autrefois cette porte était protégée par une grille de fer, mais elle avait été retirée il y a longtemps et le métal fondu pour un usage militaire, et par conséquent, j'ai pu me cacher sous l'escalier et observer facilement l'autre côté de la rue.

Il n'y avait pas eu beaucoup de circulation ce jour-là, et donc j'étais dans ma cachette dès 18:42. J'ai regardé la maison, aussi déserte apparemment que le jeudi précédent. Il faisait déjà nuit, parce que nous étions en janvier, mais moins sombre que huit jours plus tôt, et je me suis rendu compte que les fenêtres avaient été recouvertes de papier ou de peinture noirs qui obstruaient la vue dans les deux sens. Je voyais aussi que la construction, bien qu'assez délabrée, tenait bon : l'escalier était vétuste, mais à part une pierre manquante à la deuxième marche, le reste demeurait solide. Le compacteur de compost était net et propre, et aucun moucheron ne voletait au-dessus.

Trois minutes plus tard environ, j'ai vu quelqu'un descendre la rue en direction de l'ouest, et je me suis dissimulée sous l'escalier, en pensant que c'était mon mari. Mais non. L'homme avait environ mon âge et celui de mon mari, mais il était blanc, portait une chemise et un pantalon en toile légère. Il marchait d'un pas vif, comme mon mari l'autre jour, et quand il a atteint la maison qui me faisait face, il a escaladé les marches sans vérifier le numéro, et il a tapoté sur la porte sur le même rythme que mon mari la semaine précédente. La même chose s'est alors produite : la trappe qui coulisse, le rectangle de lumière, la question, la réponse et la porte qui s'ouvre juste assez pour laisser entrer l'individu.

Pendant un moment, je n'arrivais pas à croire ce que j'avais vu. C'était comme si mon désir de la voir avait créé cette scène. J'avais été si attentive à l'arrivée de cet homme que je n'avais enregistré aucun détail utile le concernant. « Chez chaque personne que tu rencontres, tu devrais t'appliquer à mémoriser cinq caractéristiques », me conseillait Grand-Père quand j'essayais à grand-peine de décrire quelqu'un. « À quel groupe ethnique appartient-il ?

Est-il grand ou petit ? Gros ou maigre ? Ses mouvements sont-ils rapides ou lents ? Regarde-t-il droit devant lui ou baisse-t-il les yeux ? Autant d'éléments qui t'en diront beaucoup sur ce qu'il te faut savoir au sujet d'un inconnu.

— Comment ça ? » Je n'avais pas compris.

« Eh bien, par exemple, disons qu'il marche d'un bon pas dans la rue ou dans un couloir. Est-ce qu'il se retourne de temps à autre ? Il est peut-être en train de fuir quelque chose ou quelqu'un. Tu pourrais alors te dire qu'il a peur. Ou alors il parle tout seul, il consulte sans arrêt sa montre, et tu devinerais qu'il est sans doute en retard. Ou bien disons qu'il marche lentement en regardant ses pieds. Une façon de te dire qu'il est plongé dans ses pensées, ou bien qu'il rêve tout éveillé. Dans un cas comme dans l'autre, tu saurais que son attention est tournée vers autre chose et qu'il vaut mieux – suivant la situation – ne pas le distraire. À moins précisément qu'il ait besoin d'être dérangé, qu'il te faille l'alerter sur un danger qui le menace. »

Me rappelant ces conseils, j'ai essayé de mettre au point un portrait. Il était blanc, comme je l'ai dit, il marchait vite mais ne se retournait pas. Il se déplaçait comme les post-doctorants dans les couloirs du labo : ne regardant ni à droite ni à gauche, et jamais derrière eux. À part ça, il était difficile à analyser. Il n'était ni gros ni maigre, ni jeune ni vieux, ni grand ni petit. C'était seulement un passant de Bethune Street qui venait de franchir le seuil de la maison où mon mari était entré la semaine précédente.

Pendant que je réfléchissais, j'ai entendu un nouveau bruit de pas et, en relevant les yeux, j'ai vu que c'était mon mari qui approchait. Une fois de plus, je paraissais avoir rêvé sa présence et il ne semblait pas complètement réel. Il portait son sac en nylon et des vêtements de ville, ce qui signifiait qu'il avait laissé sa combinaison et s'était changé à la Ferme. Cette fois, il n'a pas regardé alentour, n'a pas soupçonné une seconde qu'on pouvait l'observer. Il a escaladé les marches, frappé à la porte, et on l'a fait entrer.

Ensuite, plus aucun mouvement. J'ai attendu vingt minutes de plus pour voir si quelqu'un d'autre se présentait, mais non, et finalement, j'ai tourné les talons pour rentrer chez moi. En chemin, j'ai croisé quelques passants – une femme, qui marchait toute seule ; deux hommes qui discutaient des réparations électriques qu'ils venaient d'effectuer dans une école ; un homme avec des sourcils noirs en broussaille – et chaque fois, je me suis posé des questions : Se rendaient-ils eux aussi dans la maison de Bethune Street ? Allaient-ils monter ces marches, frapper à la porte, prononcer un mot de passe pour être autorisés à entrer ? Une fois à l'intérieur, que feraient-ils ? De quoi parleraient-ils ? Connaissaient-ils mon mari ? L'un d'eux était-il celui qui lui avait adressé ces petits mots ?

Depuis combien de temps se rendait-il dans cette maison ?

De retour dans notre appartement, j'ai ouvert une fois de plus le carton dans le placard et relu les messages. Je pensais qu'il y en aurait peut-être un nouveau, mais non. En les relisant, je me suis rendu compte qu'ils ne disaient en fait rien de si intéressant : ce n'étaient que des mots du quotidien. Et pourtant, je savais intuitivement que ce n'était pas le genre de billets que mon mari m'aurait adressés ni que je lui aurais écrits. Je le sentais mais je n'aurais pas su expliquer en quoi ils étaient différents. Je les ai parcourus à nouveau, puis je les ai rangés et me suis étendue sur mon lit. Je regrettais d'avoir suivi mon mari, parce que je n'avais rien appris d'utile. En fait, j'avais seulement compris qu'il se rendait sans doute au même endroit à chacune de ses soirées libres, même si ce n'était qu'une hypothèse que je ne pourrais pas vérifier à moins de le suivre dorénavant tous les jeudis. Mais le détail qui m'avait le plus perturbée était que mon mari, après avoir répondu à la personne de l'autre côté de la porte, avait ri. Je ne me rappelais pas la dernière fois que je l'avais entendu rire, ni même si c'était déjà arrivé – il avait un joli rire. Il était dans la maison de quelqu'un d'autre, il riait, et moi j'étais chez nous, à attendre son retour.

Le lendemain, je suis allée à Rockefeller University, comme d'habitude, et l'ambiance au labo restait étrange, les post-doctorants s'affairaient sans un mot, les thésards paraissaient toujours aussi anxieux et agités. Je vaquais à mes occupations au milieu d'eux, distribuant les nouveaux « petits doigts », reprenant les précédents, m'attardant auprès des étudiants dont je savais qu'ils étaient les plus bavards, ceux qui aimaient les commérages. Cette fois cependant, le silence était total.

Mais j'étais patiente, une vertu sous-estimée au dire de Grand-Père, et je savais que les thésards avaient tendance à se détendre entre 15:00 et 15:30, la demi-heure de pause durant laquelle ils prenaient le thé. Ils n'étaient pas censés le faire à leur poste de travail, bien sûr, mais la plupart le faisaient quand même, d'autant plus facilement que les post-doctorants se réunissaient alors quotidiennement dans une autre pièce. Et donc j'ai attendu qu'il soit un peu plus de 15:00 avant d'aller chercher les embryons déjà utilisés dans la salle des thésards.

Pendant quelques minutes, ils se sont contentés de siroter leur thé – qui d'ailleurs n'en était pas mais une poudre à haute teneur nutritionnelle au goût de thé dont la formule avait été élaborée à la Ferme. Ça me faisait toujours penser à Grand-Père. J'avais dix ans quand le thé était entré dans la catégorie des produits à usage restreint, mais Grand-Père avait une petite réserve de thé noir fumé, et pendant un an encore, nous en avons bu. Il le rationnait très soigneusement – rien que quelques brins par théière – mais les feuilles avaient un arôme si puissant qu'on n'avait guère besoin de davantage. Quand le stock s'était finalement épuisé, il avait acheté de la poudre, mais n'en consommait jamais lui-même.

Toutefois, un des étudiants a fini par lâcher : « Vous croyez que c'est vrai ?

— Ils font tout comme si ça l'était, a répondu un autre.

— Oui mais comment savoir si ce n'est pas encore un exemple de faux-positif ? a demandé un troisième.

— Le séquençage du génome est différent cette fois », a expliqué un quatrième, et la discussion est devenue trop technique pour que je puisse suivre, mais je suis restée pour continuer à écouter tout de même. Je ne comprenais pas grand-chose, mais je saisissais toutefois qu'on avait isolé un nouveau virus, qu'il était très puissant et potentiellement ravageur.

On découvrait souvent de nouveaux virus à R.U., et pas seulement là, mais dans d'autres laboratoires du monde entier aussi. Tous les lundis, Pékin envoyait aux principaux chercheurs des réseaux de laboratoires accrédités un état des lieux qui détaillait le nombre de victimes de la semaine précédente, les derniers développements pour les trois ou quatre plus sévères pandémies existantes, ainsi que sur les nouveaux variants qu'ils avaient repérés. Les chiffres étaient répartis par continent, puis par pays, et ensuite, si nécessaire, par préfecture et par municipalité. Enfin, tous les vendredis, Pékin rassemblait et envoyait les découvertes scientifiques les plus récentes – cliniques ou épidémiologiques – signalées par les États membres. L'objectif, avait un jour expliqué le Dr Wesley, n'était pas d'éradiquer les virus, parce que ce serait impossible, mais de les maîtriser, de les contenir dans les régions où ils avaient été observés. « Des épidémies, pas des pandémies », disait le Dr Wesley. Notre but est de les isoler avant qu'elles ne se disséminent. »

Je travaille à Rockefeller University, dans le laboratoire du Dr Wesley, depuis sept ans, et au moins une fois par an, nous avons connu une alerte au minimum, avec des annonces d'urgence à la radio, comme il y en avait eu une la semaine précédente, et tout le monde au labo s'était agité et avait pris peur, parce qu'il semblait que nous courions le risque d'une nouvelle pandémie, aussi dévastatrice que celles de 2056 et de 2070, qui avaient toutes deux « reconfiguré le monde », au dire du Dr Wesley. Mais au bout du compte, chacune de ces menaces avait été écartée. En réalité, aucune n'avait affecté Manhattan ; il n'y avait eu ni quarantaine ni confinement, pas de bulletins spéciaux et pas de coordination imposée avec l'Unité Nationale de Pharmacologie. Néanmoins, la procédure voulait qu'on demeure sur le qui-vive pendant les trente premiers jours suivant la découverte d'un nouveau virus, parce que cela correspondait à la période d'incubation la plus fréquente de la plupart de ces maladies – même si, comme chacun le reconnaissait en privé, ce n'est pas parce que cela avait été le mode de fonctionnement des dernières qu'on pouvait être sûr que ce serait celui des suivantes. C'est la raison pour laquelle le travail des chercheurs de notre labo était si important – ils s'efforçaient de prévoir la prochaine mutation, la nouvelle épidémie qui nous menacerait tous.

Je mesure ce que cette révélation peut avoir de surprenant, mais de nombreux scientifiques peuvent être très superstitieux. Je le dis parce que, au fil des dernières années, la frayeur causée par ces rapports a augmenté. Je pense que tous croient que le fléau à venir – quel qu'il soit – est déjà en retard. Quatorze années s'étaient écoulées entre l'épidémie de 2056 et celle de 2070, nous sommes aujourd'hui en 2094, et aucune catastrophe ne s'est produite. Bien sûr, comme se plaît à le répéter le Dr Morgan, nous sommes dans une bien meilleure situation qu'en 2070, et il a raison. Nos laboratoires sont plus sophistiqués ; il existe davantage de coopération scientifique. Il est beaucoup plus difficile de répandre de fausses nouvelles et donc de semer la panique ; on ne peut plus monter dans un avion et contaminer involontairement les habitants d'autres pays ; on n'a plus le droit de partager ses théories les plus loufoques sur Internet avec qui que ce soit et quand ça vous chante ; des systèmes ont été mis en place pour confiner et traiter humainement les personnes atteintes. Donc, on peut dire que les choses vont mieux.

Moi, je ne suis pas superstitieuse. Je ne suis peut-être pas une scientifique, mais je sais que les choses ne se déroulent jamais suivant des schémas identifiés, même si on pourrait le croire à priori. C'est pourquoi j'étais convaincue qu'il s'agissait d'un incident mineur de plus, pareil aux précédents, qui provoquerait une certaine agitation pendant quelques semaines puis serait oublié, une autre maladie qui ne méritait même pas d'être désignée par un nom.

*

À chaque Nouvel An Lunaire, il y avait une quantité limitée de viande de porc en vente à l'épicerie. Typiquement, l'Unité Nationale d'Alimentation savait en décembre combien de kilos seraient disponibles dans les zones préalablement désignées, et avant la fin du mois, un panneau annonçait dans chaque boutique combien de portions d'une livre seraient proposées, et combien de coupons de protéines il faudrait pour les acquérir. Ensuite, il fallait s'inscrire à la loterie, dont le tirage avait lieu le dernier dimanche de janvier, sauf quand le Nouvel An tombait tôt, auquel cas il était organisé dix jours avant la fête, pour vous laisser le temps nécessaire à vous organiser si vous n'aviez pas été tiré au sort.

Je n'avais gagné à cette loterie du cochon qu'une fois, deux ans après notre mariage. Après cela, il y avait eu des intempéries dans les préfectures et les colonies où on pratiquait cet élevage, et très peu de viande avait été produite. Mais 2093 avait été une bonne année, sans aucun désordre climatique constaté, avec des crises sanitaires bien contrôlées, et j'espérais que cette fois nous aurions du porc pour la fête.

J'ai été folle de joie quand mon numéro a été parmi les tirés au sort. Je n'avais pas mangé de porc depuis longtemps et j'en étais friande, ainsi d'ailleurs que mon mari. J'avais craint que la célébration du Nouvel An ne tombe un jeudi, comme deux ans auparavant, et que je ne me retrouve seule ; au lieu de quoi, c'était un lundi, et mon mari et moi avons passé la journée à cuisiner. C'est une chose que nous avions faite – sauf deux ans auparavant – à chaque fête lunaire depuis notre mariage, et voilà pourquoi j'attendais ce jour avec une impatience particulière.

J'avais très habilement économisé nos coupons depuis quatre mois pour que nous puissions nous offrir un vrai festin, et en plus du porc, j'en avais accumulé suffisamment pour acheter de la pâte : la moitié servirait à préparer des boulettes, le reste à confectionner un pain aromatisé à l'orange. Mais ce qui m'excitait le plus, c'était le cochon. Chaque année ou presque, l'État essayait d'introduire un nouvel ersatz de porc et autres viandes d'origine animale, et alors que certains étaient assurément des réussites, les substituts de protéines de bœuf et de cochon laissaient beaucoup à désirer. Il y avait quelque chose qui clochait dans le goût, malgré tous les efforts déployés. Au bout du compte cependant, ils avaient abandonné ces tentatives, parce que ceux d'entre nous qui se rappelaient la saveur du bœuf et du cochon finiraient par l'oublier et que les enfants qui naîtraient ne l'auraient jamais connue.

Nous avons passé la matinée aux fourneaux, et ensuite nous avons dîné tôt, à 16:00. Il y avait suffisamment de nourriture pour que nous ayons droit à huit boulettes chacun, ainsi que du riz et des feuilles de moutarde que mon mari avait fait cuire en ragoût dans de l'huile de sésame que nous avions dû économiser pour l'acheter, et à une part de gâteau chacun. C'était le seul jour de l'année où la conversation était facile, parce que mon mari et moi pouvions parler de ce qu'il y avait sur la table. Parfois, nous évoquions même les plats que nous mangions quand nous étions plus jeunes, entre deux périodes de rationnement strict, mais il y avait toujours un danger, parce que alors nous nous mettions à repenser à d'autres épisodes de notre enfance.

Soudain, mon mari m'a confié : « Mon père faisait un excellent porc à l'effiloché. » Apparemment, je n'avais rien à répondre, parce que c'était une déclaration, pas une question, et de fait, il a poursuivi : « Nous en mangions au moins deux fois par an, même après le rationnement ; il le faisait cuire pendant des heures, et il suffisait d'y toucher du bout de la fourchette pour qu'il s'étale dans l'assiette. Il le servait avec des haricots verts et des macaronis, et quand il en restait, ma mère en faisait des sandwiches. Ma sœur et moi… » Brusquement, il s'est interrompu, a reposé ses baguettes, et il a fixé le mur un long moment avant de les reprendre. « En tout cas, je me réjouis que nous ayons pu en avoir au repas ce soir.

— Moi aussi. »

Cette nuit-là, alors que nous étions couchés, je me suis demandé comment était mon mari avant notre rencontre. J'y pensais de plus en plus au fil de nos années de mariage, surtout parce que je ne savais pas grand-chose de lui. Il venait de la Préfecture Un, et ses deux parents avaient été professeurs dans une grande université. Je n'ignorais pas non plus qu'à un moment donné, ils avaient tous les deux été arrêtés et emmenés dans des camps de rééducation, qu'il avait une sœur aînée, conduite elle aussi dans un camp, et que, parce que les membres de sa famille la plus proche avaient été déclarés ennemis de l'État, il avait été renvoyé de l'université où il poursuivait ses études doctorales. Nous avions tous deux été officiellement graciés selon les termes du Décret d'Indulgence de 2087, et on nous avait offert des emplois honorables, mais jamais plus nous ne serions autorisés à nous réinscrire à l'université. Au contraire de mon mari, je n'avais nulle envie d'y retourner – je me satisfaisais d'être technicienne de laboratoire. Mais lui avait voulu devenir chercheur, et il ne le serait jamais. Grand-Père m'avait prévenue : « C'est tout ce que je peux faire, petit chat », mais il ne m'avait jamais expliqué ce qu'il entendait par là.

Après le Nouvel An Lunaire, venait le Jour de l'Honneur, qui tombait toujours un vendredi et avait été institué par l'État en 2071. Toutes les entreprises et institutions étaient fermées ce jour-là, et on était censé passer la journée dans le recueillement, en pensant à tous ceux qui étaient morts, non seulement en 2070 mais durant toutes les épidémies. La devise de cette célébration était : « Tous ceux qui sont morts n'étaient pas innocents, mais tous ceux qui sont morts sont pardonnés. »

Les couples passaient d'ordinaire le Jour de l'Honneur ensemble, mais mon mari et moi, non. Il s'est rendu au centre, où l'État avait subventionné un concert de musique classique et des conférences sur le deuil, et moi, je suis allée me promener autour de la Place. Mais ensuite, je me suis demandé s'il n'était pas en fait retourné dans la maison de Bethune Street.

Pour l'essentiel cependant, j'ai pensé à Grand-Père, qui n'avait pas succombé à une maladie, mais qui était mort néanmoins. Nous avions passé tous les Jours de l'Honneur ensemble, et il me montrait des photos de mon père, décédé en 2066, alors que j'avais deux ans. Il n'était pas mort de maladie, lui non plus, mais je ne l'ai appris que plus tard. C'est aussi le moment où mon autre grand-père avait disparu. Ils étaient morts en même temps, au même endroit. J'étais liée génétiquement à cet autre grand-père, mais je ne peux pas dire qu'il m'ait manqué, parce que je ne me souvenais pas du tout de lui. Mais Grand-Père disait toujours qu'il m'avait beaucoup aimée, et cela faisait plaisir à entendre, même si je l'avais complètement oublié.

Je ne me rappelle presque rien de mon père non plus, parce que je n'ai que peu de souvenirs de ma vie avant la maladie. Parfois, j'avais le sentiment d'avoir été quelqu'un de complètement différent, une personne qui n'avait pas autant de mal à comprendre les autres, et ce qu'ils essayaient en réalité de dire sous le masque des mots. Un jour, j'ai demandé à Grand-Père s'il m'avait aimée davantage avant que je ne sois malade, et il a détourné la tête un instant, puis m'a prise dans ses bras et attirée à lui, même s'il savait que je n'aimais pas ça. « Non », avait dit Grand-Père, d'une voix bizarre, comme étouffée, « je t'ai toujours aimée autant, depuis le jour où tu es née. Je ne voudrais pas que mon petit chat soit différent en quoi que ce soit », ce qui était bien agréable à entendre et m'a fait me sentir mieux, comme quand il faisait assez frais dehors pour qu'on puisse porter des manches longues et marcher, marcher encore, sans jamais avoir trop chaud.

Mais une des raisons pour lesquelles je soupçonnais qu'il était possible que j'aie changé était que, dans mon souvenir le plus vif de mon père, il rit et fait virevolter une petite fille en la tenant par les mains : elle tourne si vite qu'elle s'envole, ses pieds décollent du sol. Elle porte une robe rose pâle, sa queue-de-cheval danse derrière elle et la fillette rit aux éclats elle aussi. Une des rares choses que je me rappelle à propos de ma maladie, c'est cette image, et une fois rétablie, j'avais demandé à Grand-Père qui était cette enfant, et avec une expression étrange sur le visage, il avait répondu : « C'était toi, petit chat. Toi et ton père. Il te faisait tournoyer comme ça jusqu'à ce que vous en ayez tous les deux le vertige. » À l'époque, je ne l'avais pas cru, parce que j'étais devenue chauve et que je ne pouvais pas m'imaginer avec autant de cheveux. Mais ensuite, en grandissant, j'ai pensé : Et si c'était bien moi, en fait, avec tous ces cheveux ? Qu'est-ce que j'avais eu d'autre dont je ne me souvenais pas ? Je revoyais cette petite fille qui riait aux éclats, et son père qui riait avec elle. Je ne faisais jamais rire personne, pas même Grand-Père, et personne ne parvenait à me faire rire. Mais un jour, j'avais su. C'était un peu comme m'entendre dire qu'autrefois, je savais voler.

Grand-Père disait toujours que le Jour de l'Honneur était destiné à me rendre hommage, parce que j'avais survécu. « Tu as deux anniversaires chaque année, petit chat. Celui où tu es née, et celui où tu m'es revenue. » Voilà pourquoi j'ai toujours considéré le Jour de l'Honneur comme le mien, même si je ne me risquais jamais à le dire à voix haute, parce que je savais que c'était égoïste, et même irrespectueux pour tous ceux qui étaient morts.

L'autre chose que je ne disais jamais à haute voix était que j'aimais entendre Grand-Père me parler du temps où j'étais malade : comment j'étais restée dans un lit d'hôpital pendant des mois, avec durant plusieurs semaines une fièvre si forte que je ne pouvais même pas parler ; la plupart des autres patients qui avaient succombé ; le jour où j'avais enfin ouvert les yeux et demandé à le voir. C'était agréable d'entendre Grand-Père me raconter ces histoires, me dire à quel point il avait été inquiet alors qu'il restait toutes les nuits à mon chevet, me faisait la lecture tous les jours, me décrivait les gâteaux qu'il m'achèterait si je me rétablissais, des gâteaux avec de vraies fraises noyées dans la crème ou surmontés de feuilles de chocolat bosselées comme de l'écorce d'arbre, ou parsemés de graines de sésame grillées. Grand-Père disait que j'adorais toutes les douceurs, en particulier les gâteaux, quand j'étais petite, mais qu'après ma maladie, j'avais cessé de les aimer, ce qui valait mieux parce que, depuis, le sucre avait commencé à faire l'objet de restrictions.

Depuis la mort de Grand-Père, cependant, personne ne se rappelait que j'avais été malade, ou que quelqu'un avait voulu tellement fort que je guérisse qu'il était venu me rendre visite toutes les nuits.

Cette année, je me suis sentie particulièrement seule le Jour de l'Honneur. L'immeuble était plongé dans le silence. Le lendemain du Nouvel An Lunaire, nos voisins de palier avaient été emmenés lors d'une descente de police, et même s'ils n'avaient jamais été très bruyants, je me suis rendu compte que je les entendais plus que je le croyais, parce que notre appartement me semblait désormais très silencieux sans leur présence toute proche. La veille, j'avais de nouveau ouvert l'enveloppe contenant les messages de mon mari, et j'en avais trouvé un nouveau, de la même écriture, griffonné sur un autre bout de papier. « Je t'attendrai », disait-il, et rien de plus.

J'aurais voulu, comme souvent, que Grand-Père soit encore en vie, ou avoir une photo récente de lui, pour la regarder et lui parler. Mais je n'en possédais aucune, et désormais je n'en aurais plus jamais, et y penser me bouleversait tellement que je me suis mise à arpenter l'appartement qui, soudain, m'a paru si exigu que je ne pouvais plus respirer. Alors j'ai pris mes clés, dévalé l'escalier et suis sortie dans la rue.

La Place était aussi animée que d'habitude, comme si ce n'était pas le Jour de l'Honneur ; je me suis jointe à ceux qui en faisaient inlassablement le tour, et peu à peu je me suis calmée. Je me sentais moins seule parmi la foule, même si la raison pour laquelle nous nous trouvions tous ensemble était la solitude.

Je venais souvent sur la Place avec Grand-Père de son vivant. À l'époque tout un groupe de conteurs se rassemblait au coin nord-ouest qui avait été le lieu favori de Grand-Père quand il voulait aller lire à l'extérieur. Il m'avait raconté qu'un jour, alors qu'il était assis sur un des bancs en bois qui avaient été installés sur la Place et qu'il mangeait un casse-croûte au jambon et à l'œuf, un écureuil avait bondi sur son épaule pour lui voler son sandwich et s'était enfui en courant.

J'avais compris à l'expression de Grand-Père que l'anecdote devait être amusante, et pourtant je ne l'avais pas trouvée drôle. Il m'avait regardée et s'était empressé d'ajouter : « C'était avant… », signifiant par là avant l'épidémie de 2052, qui avait d'abord frappé les écureuils avant de se transmettre aux humains, et avait entraîné l'éradication totale de tous ces rongeurs nord-américains.

En tout cas, quand Grand-Père et moi allions nous promener sur la Place, c'était surtout pour écouter les conteurs. Ils se réunissaient habituellement le week-end, et certains soirs de semaine pour que les gens puissent venir les entendre après leur travail, et ils étaient organisés en ce que Grand-Père appelait une confrérie, ce qui voulait dire qu'ils partageaient leurs gains et planifiaient leur emploi du temps de façon à ne pas être là plus de trois à la fois. Vous veniez à une heure donnée – disons 19:00 les jours de semaine et 16:00 le week-end, et vous payiez soit en coupons soit en monnaie. On réglait par périodes d'une demi-heure, si bien que toutes les trente minutes un des assistants des conteurs passait dans l'assistance avec un seau, et quand on voulait rester plus longtemps, on payait à nouveau, sinon on était libre de s'en aller.

Le répertoire de chaque conteur était différent. Si vous étiez amateur de légendes romanesques, vous vous approchiez de l'un, d'un autre si vous préfériez les fables, d'un troisième si vous aimiez les récits d'animaux, d'un autre encore si vous vous intéressiez à l'histoire. Ces conteurs étaient considérés comme des semi-marchands, ce qui signifiait qu'ils possédaient des licences accordées par l'État, comme les menuisiers ou les vendeurs de plastique, mais ils étaient aussi beaucoup plus étroitement surveillés. Toutes leurs histoires devaient être soumises à la censure de l'Unité d'Information, mais il y avait toujours des drones-insectes présents à leurs prestations, et certains conteurs étaient considérés comme plus dangereux que d'autres. Je me rappelle être allée en entendre un avec Grand-Père qui, en voyant de qui il s'agissait, avait eu le souffle coupé. « Que se passe-t-il ? », avais-je demandé. « Ce conteur, m'avait-il murmuré à l'oreille, était un grand écrivain dans ma jeunesse. J'ai du mal à croire qu'il soit encore vivant. » Il avait observé l'homme, bien vieux et un peu bancal, qui s'installait sur son tabouret. Nous avions pris place par terre autour de lui, sur des chiffons ou des sacs en plastique apportés de la maison. « J'ai failli ne pas le reconnaître », avait-il chuchoté, et de fait, il y avait quelque chose de bizarre sur le visage de ce monsieur, comme si toute sa mâchoire gauche avait été retirée ; toutes les deux ou trois phrases, il approchait un mouchoir de sa bouche pour essuyer la salive qui lui coulait sur le menton. Mais une fois habituée à son débit, son histoire – celle d'un homme qui avait vécu à Manhattan, précisément sur cette Place, deux cents ans auparavant, et qui avait renoncé à sa grande fortune pour suivre celui qu'il aimait jusqu'en Californie, alors que sa famille était convaincue que l'autre finirait par le trahir – était si captivante que j'avais même cessé d'entendre le bourdonnement des drones-insectes qui volaient au-dessus de nous, si fascinante que même les quêteurs en avaient oublié de circuler dans le public. C'est seulement au bout d'une heure que le conteur avait reculé sur son siège et annoncé : « La semaine prochaine, je vous dirai ce qui lui est arrivé », et tout le monde, même Grand-Père, avait gémi de déception.

La semaine suivante, nous étions tout un groupe à attendre que reparaisse le conteur, et nous avons patienté et patienté encore, jusqu'à ce qu'une de ses collègues s'approche et nous annonce qu'elle était désolée de nous apprendre qu'il souffrait d'une violente migraine et qu'il ne viendrait pas sur la Place ce jour-là.

« Et la semaine prochaine ? avait crié quelqu'un.

— Je ne sais pas », avait reconnu la femme, et même moi, je me rendais compte qu'elle était effrayée et soucieuse. « Mais nous avons trois autres excellents conteurs ici aujourd'hui, et vous êtes tous invités à venir les entendre. »

Environ la moitié des spectateurs avaient rejoint les cercles de ces autres conteurs, mais le reste, dont Grand-Père et moi faisions partie, avaient refusé. Nous nous étions éloignés, Grand-Père les yeux rivés au sol, et en arrivant à la maison, il s'était allongé sur son lit, face au mur, ce qu'il faisait toujours quand il voulait qu'on le laisse tranquille, et je suis restée dans l'autre pièce à écouter la radio.

Au cours des semaines suivantes, nous étions fréquemment retournés sur la Place, mais le conteur, celui qui était autrefois un écrivain célèbre, n'avait jamais réapparu. Le plus étrange était combien Grand-Père avait été chamboulé. Chaque fois que nous rentrions de la Place, il marchait plus lentement sur le chemin du retour.

Finalement, au bout d'un mois passé à guetter et à attendre le conteur, j'ai demandé à Grand-Père ce qu'il pensait qui lui était arrivé. Il m'a fixée longuement avant de répondre : « Il avait été réhabilité, mais parfois, les réhabilitations ne sont que temporaires. »

Je n'ai pas saisi ce qu'il me disait, mais j'ai compris qu'il ne fallait pas poser d'autres questions. Peu après, les conteurs se sont volatilisés, et quand ils ont fini par revenir, il y a environ huit ans, Grand-Père ne voulait plus aller les entendre, et moi, je ne voulais pas y aller sans lui. Mais ensuite, il est mort, et je me suis forcée à y retourner, trois ou quatre fois par an, pas plus. Toutefois, même au bout de tout ce temps, je me suis surprise à continuer de me demander ce qui était arrivé à cet homme qui voulait partir pour la Californie : l'avait-il fait au bout du compte ? Son bien-aimé l'avait-il attendu ? Avaient-ils été réunis et trouvé le bonheur ? Ils étaient peut-être encore en Californie et toujours heureux ensemble. Je savais que c'était ridicule, parce qu'ils n'existaient même pas vraiment, mais je pensais souvent à eux. J'aurais voulu savoir ce qui leur était arrivé.

Aucun des conteurs que j'avais écoutés depuis cette époque avec Grand-Père n'était aussi doué que ce vieil homme, mais la plupart avaient tout de même du talent. Et la majorité de leurs histoires étaient beaucoup plus heureuses. L'un d'eux en particulier racontait des récits d'animaux qui faisaient des bêtises, jouaient des tours, parfois pendables, mais au bout du compte, ils présentaient leurs excuses et tout finissait pour le mieux.

Ce conteur n'était pas là aujourd'hui, mais j'en ai reconnu un autre que j'appréciais, spécialiste des histoires amusantes d'un couple qui connaissait d'innombrables mésaventures. Au cours de l'une d'elles, le mari ne se rappelait pas si c'était son tour ou celui de sa femme de faire les courses, et comme c'était leur anniversaire de mariage, il ne voulait pas lui poser la question pour ne pas la décevoir, et donc il allait acheter du tofu lui-même. Dans le même temps, l'épouse avait elle aussi oublié si c'était le tour de son mari ou le sien, et parce que c'était leur anniversaire de mariage, elle ne voulait pas le lui demander, et elle allait aussi à l'épicerie et en achetait elle aussi. En fin de compte, ils riaient ensemble de la quantité de tofu qu'ils avaient rapportée, et en faisaient toutes sortes de ragoûts délicieux qu'ils partageaient. Bien sûr l'histoire n'était pas très réaliste. Comment se procuraient-ils tous ces coupons de protéines ? Ne se seraient-ils pas disputés dans la vraie vie en constatant qu'ils en avaient gâché autant ? Arrivait-il jamais à quelqu'un d'oublier que c'était son tour d'aller faire les courses ? Rien de tout cela ne comptait. Le conteur imitait leurs voix – celle de l'homme haut perchée et inquiète, celle de la femme grave et hésitante – et l'assistance riait, non pas parce que l'histoire était vraie, mais parce que le problème n'en était pas véritablement un et qu'on le traitait comme si c'en était un.

Accroupie au dernier rang, j'ai senti que quelqu'un prenait place près de moi. Pas trop près, mais suffisamment pour que je remarque sa présence. Je n'ai pas levé les yeux et il ne m'a pas regardée. Cette nouvelle histoire parlait des mêmes époux qui pensaient tous les deux avoir égaré un coupon de produits laitiers. Elle n'était pas aussi bonne que celle du tofu, mais tout de même pas mauvaise, et quand les quêteurs se sont approchés, j'ai mis un coupon dans le seau pour rester une demi-heure de plus.

Le conteur a annoncé un bref entracte, et quelques spectateurs ont sorti des petites conserves de choses à manger. J'ai regretté de ne pas avoir fait la même chose, mais je n'y avais pas pensé. Toutefois, pendant que je me faisais cette réflexion, l'homme installé à côté de moi m'a adressé la parole : « Vous en voulez un ? », a-t-il demandé.

En me retournant j'ai vu qu'il me tendait un petit sac en papier contenant des noix pré-craquées, et j'ai secoué la tête : ce n'était pas prudent d'accepter la nourriture que vous proposait quelqu'un – personne n'avait assez à manger pour en offrir à un inconnu qu'il n'avait jamais rencontré, et s'il le faisait, il y avait quelque chose de potentiellement louche là-dessous – « Je vous remercie malgré tout », ai-je dit, et je me suis rendu compte en le regardant que c'était la même personne que j'avais remarquée à l'arrêt de la navette, avec ses longs cheveux bouclés. J'ai été si surprise que j'ai continué à le fixer, mais il n'a pas semblé en prendre ombrage, et il a même souri. « Je vous ai déjà vue quelque part », a-t-il dit, et voyant que je ne répondais rien, il a penché la tête sur le côté, sans cesser de sourire. « Le matin, à l'arrêt de la navette, a-t-il ajouté.

— Oh ! », me suis-je exclamée comme si je ne l'avais pas reconnu tout de suite. « Oui, c'est exact. »

Il s'est penché sur une nouvelle noix, a achevé de l'ouvrir avec son pouce et a détaché adroitement les fragments de coquille restants. Pendant ce temps, j'ai eu tout loisir de l'observer ; il portait la même casquette, mais cette fois ses cheveux ne dépassaient pas, et une chemise grise en nylon pareille à celles qu'affectionnait mon mari. « Vous venez souvent écouter ce conteur ? »

J'ai mis un moment à me rendre compte que c'était à moi qu'il s'adressait, et alors, je n'ai pas su quoi répondre. Personne ne me parlait jamais à moins d'y être obligé : l'épicier pour savoir si je voulais du ragondin, du chien ou de la viande de soja ; les doctorants pour me réclamer davantage de « petits doigts » ; l'employé du centre qui me tendait sa machine et me demandait mes empreintes pour vérifier si j'avais reçu le nombre correct de coupons mensuels. Or, voilà que cet inconnu me posait une question, et qui plus est en souriant, en souriant comme si la réponse lui importait. La dernière personne qui m'avait souri et posé des questions était, bien sûr, Grand-Père, et en m'en souvenant, je me suis soudain sentie très agitée, et j'ai commencé à me balancer sur place, rien qu'un peu, mais quand je me suis ressaisie et que j'ai à nouveau levé les yeux vers lui, il continuait à me regarder en souriant, comme si j'étais quelqu'un de tout à fait normal.

« Oui », ai-je répondu mais ce n'était pas tout à fait vrai. « Enfin, non, ai-je rectifié. Je veux dire parfois. Ça m'arrive parfois.

— Moi aussi », a-t-il répondu, d'une voix égale, comme si je n'étais pas différente des autres, comme si j'étais le genre de personne habituée aux conversations.

Alors, j'ai senti que c'était à mon tour de dire quelque chose, mais je ne trouvais aucune idée, et une fois de plus, c'est lui qui m'a sauvée : « Vous vivez depuis longtemps dans la Zone Huit ? »

La question aurait dû me paraître facile, mais j'ai hésité. En vérité, j'ai habité toute ma vie en Zone Huit. Cependant, quand je suis née, les zones n'existaient pas ; cet endroit était un quartier comme un autre, et on était libre de circuler dans toute l'île à sa guise, et on pouvait habiter là où on le souhaitait, à condition d'avoir l'argent nécessaire, évidemment. Ensuite, alors que j'avais sept ans, les zones avaient été instituées, mais comme Grand-Père et moi résidions déjà dans ce qui s'appelle aujourd'hui la Zone Huit, nous n'avions pas été obligés de déménager ou de nous faire reloger.

Mais tout ça me paraissait trop compliqué à expliquer, alors j'ai simplement répondu que oui.

« Moi je viens d'y emménager », a-t-il dit, alors que je n'avais même pas pensé à lui demander s'il y habitait depuis longtemps. (« Dans les conversations, il faut toujours penser à la réciprocité, m'avait recommandé Grand-Père. Cela signifie qu'il faut toujours poser à ton interlocuteur la question qu'il vient de te poser. Par exemple, s'il te demande, "Comment allez-vous ?", tu réponds et ensuite tu l'interroges à ton tour : "Et vous ?" ») « Auparavant, je vivais dans la Zone Dix-Sept, mais ce quartier est beaucoup plus agréable. » Il a souri à nouveau. « J'habite dans la Petite Huit. »

— Oh, c'est joli la Petite Huit !

— Oui. J'habite au Bâtiment Six.

— Oh ! » Le Bâtiment Six était le plus grand de la Petite Huit, et on ne pouvait y loger que si on n'était pas marié, si on avait travaillé au moins trois ans sur un des projets de l'État et si on avait moins de trente-cinq ans. Il fallait participer à un tirage au sort spécial pour y habiter, et personne ne pouvait y rester plus de deux ans parce qu'un des avantages de vivre là était que l'État arrangeait votre mariage. Autrefois, cette tâche incombait aux parents, mais aujourd'hui peu d'adultes avaient encore les leurs. Les gens l'appelaient le « Bâtiment Sexe ».

Il était inhabituel mais pas impossible d'être transféré de la Zone Dix-Sept à la Zone Huit, et plus spécifiquement au Bâtiment Six. C'était plus fréquent si vous étiez chercheur, statisticien ou ingénieur, si vous aviez fait des études, mais je savais déjà, à cause de la combinaison qu'il portait à l'arrêt de la navette, que cet homme était technicien, peut-être d'un échelon plus élevé que le mien, mais tout de même pas du plus haut niveau. Toutefois, il avait peut-être rendu des services exceptionnels : par exemple, on racontait qu'un technicien botaniste à la Ferme avait promptement emporté tous les semis dont il avait la charge vers un autre laboratoire quand le générateur du sien était tombé en panne ; ou, cas plus extrême encore, qu'un technicien animalier avait fait bouclier de son corps pour sauver les éprouvettes contenant ses fœtus de coups de feu quand son convoi avait été attaqué par des insurgés. (Cet employé était mort, mais on lui avait accordé une promotion à titre posthume et rendu hommage.)

Je me demandais ce que cet inconnu avait fait pour mériter son déménagement quand le conteur est revenu et s'est remis à parler. La nouvelle histoire avait pour sujet un homme et une femme qui se préparaient mutuellement un cadeau pour leur anniversaire de mariage. Il demandait à son supérieur hiérarchique quelques heures de congé et il achetait un billet de tombola pour des places de concert de musique classique. Dans le même temps, elle avait aussi demandé une autorisation d'absence et pris un billet de loterie pour un concert de musique folk. Mais dans leur tentative de se faire une surprise, ils avaient oublié de coordonner leurs dates, et leurs réservations tombaient le même jour. Au bout du compte, cependant, tout s'était arrangé parce qu'un collègue du mari avait échangé ses places de concert pour une date ultérieure, si bien que le couple avait pu bénéficier de deux célébrations, et que chacun était ravi de l'attention de son conjoint.

Toute l'assistance a applaudi et a commencé à rassembler ses affaires, mais je suis restée assise. Je me demandais ce que l'homme de l'histoire faisait de ses soirées libres, et ce que la femme faisait des siennes.

Quelqu'un m'a alors adressé la parole : « Hé ! » J'ai levé les yeux et vu que l'individu aux cheveux longs se tenait face à moi et me tendait la main. J'ai d'abord été déconcertée, puis j'ai compris qu'il proposait de m'aider à me remettre debout, mais je me suis débrouillée toute seule en époussetant mon pantalon au passage.

Je craignais d'avoir été grossière en refusant son geste, mais quand je l'ai regardé, j'ai vu qu'il souriait encore. « C'était sympa, a-t-il commenté.

— Oui.

— Vous comptez revenir la semaine prochaine ?

— Je ne sais pas.

— Eh bien, a-t-il dit en ajustant la bandoulière de son sac, moi oui. » Et après une pause : « On se reverra peut-être.

— D'accord. »

Il a souri une fois de plus et tourné les talons. Mais au bout de quelques pas, il s'est arrêté et retourné. « Je ne vous ai même pas demandé comment vous vous appelez. »

Il semblait sous-entendre que c'était inhabituel, comme si mes collègues de travail par exemple connaissaient tous mon nom, comme s'il était grossier ou extraordinaire de ne pas le connaître. Je ne dirais pas que personne ne demandait jamais son nom à personne. Ni qu'il était dangereux de le donner à quelqu'un d'autre. J'ai pensé aux deux jeunes chercheuses et je me suis dit qu'on devait sans arrêt leur demander comment elles s'appelaient.

J'ai revu mon mari dans Bethune Street, la façon familière dont l'homme sur le seuil lui avait dit « tu es en retard ce soir ». Dans cette maison, tout le monde devait connaître son nom. J'ai songé à la personne qui lui adressait tous ces petits mots et qui sans doute le connaissait elle aussi. J'ai pensé aux post-doctorants, aux scientifiques et aux thésards au labo, dont je connaissais tous les noms – ils savaient aussi le mien, mais parce que c'était mon nom ; ils le connaissaient parce que nul n'ignorait ce qu'il représentait, ils savaient que mon nom expliquait pourquoi je me trouvais là.

Mais depuis quand quelqu'un m'avait demandé comment je m'appelais rien que pour le connaître ? Pas parce qu'ils en avaient besoin pour remplir un imprimé, pour un prélèvement ou pour vérifier mon dossier – mais simplement pour s'adresser à moi, parce qu'ils étaient curieux, parce qu'un jour quelqu'un m'avait donné ce nom et qu'ils voulaient le connaître.

Des années… Plus depuis le jour où j'avais rencontré mon futur conjoint à l'agence matrimoniale de la Zone Neuf. J'avais décliné mon identité, et lui la sienne, et ensuite nous avions parlé. Un an plus tard, nous étions mariés. Trois mois après, Grand-Père mourait. J'avais l'impression que personne ne m'avait demandé mon nom depuis.

Alors je me suis tournée vers l'homme en gris, qui était resté là à attendre ma réponse.

« Charlie. Je m'appelle Charlie.

— Enchanté d'avoir fait votre connaissance, Charlie. »

IV. Hiver. Quarante ans plus tôt

Mon cher Peter, 3 février 2054

Il m'est arrivé quelque chose d'étrange aujourd'hui.

Il était environ 14 heures, et je m'apprêtais à prendre le bus qui traverse la ville d'ouest en est par la 96e Rue quand, à la dernière minute, j'ai décidé de rentrer à pied à la Place. Il pleut depuis plusieurs semaines, si bien que l'East River a encore débordé et qu'il a fallu sabler toute la partie est du campus, mais pour une fois, il faisait beau. Pas vraiment de soleil, mais pas de pluie non plus, et la température était douce, presque chaude.

Je n'avais pas traversé le Parc depuis longtemps, et au bout de quelques minutes, je me suis surpris à déambuler vers le nord. Je me suis rendu compte que je ne m'étais pas trouvé dans cette partie du parc – on l'appelle « la Ravine », et c'est la partie la plus sauvage, un grand espace de nature artificielle – depuis que j'étais venu visiter New York quand j'étais étudiant, et cet endroit m'avait semblé à l'époque complètement exotique – exotique et superbe. C'était en décembre, à l'époque où il faisait encore froid en hiver, et même si j'avais vu pas mal de végétation de la côte Est et de Nouvelle-Angleterre, j'avais été fasciné par ces couleurs brunes, noires et glacées, ces arbres dénudés, étonnants d'austérité. Je me rappelle avoir été impressionné par tous les bruits de l'hiver. Les feuilles tombées, les rameaux à terre, la fine couche de glace qui recouvrait les allées : on marchait dessus, et vos pas crissaient et craquaient, tandis qu'au-dessus de votre tête, les branches s'agitaient au vent, et qu'alentour, vous entendiez la glace fondre goutte à goutte sur la pierre. J'avais l'habitude de marcher dans des jungles où les plantes sont muettes parce qu'elles ne perdent jamais leur humidité. Au lieu de se recroqueviller, elles s'affaissent, et quand elles touchent le sol, elles se transforment non pas en cosses et en balles, mais en tourbe. La jungle est silencieuse.

Aujourd'hui, bien sûr, la Ravine n'a plus la même allure. Elle n'a plus les mêmes senteurs. Les ormes, les peupliers, les érables ont disparu depuis longtemps, desséchés par la chaleur, et remplacés par des arbres et des plantes que j'avais connus enfant, autant de végétaux qui ont encore l'air complètement déplacés ici. Mais ils ont bien prospéré à New York – sans doute mieux que moi. Aux environs de la 98e Rue, j'ai traversé un vaste taillis de bambous verts qui s'étend sur l'équivalent d'au moins cinq pâtés de maisons en direction du nord. Il crée une sorte de tunnel d'air frais et vert, enchanteur et délicieux, et j'y suis resté un long moment à respirer avant de sortir à proximité de la 102e Rue, près de la Loch, une rivière artificielle qui coule entre la 106e et la 102e Rues. Tu te rappelles cette photo de David et Nathaniel qui portaient les écharpes que tu nous avais offertes ? Elle avait été prise ici, pendant une sortie scolaire. Moi, je n'y étais pas.

En tout cas, c'est en quittant le tunnel de bambous, la tête ailleurs, saoulé d'oxygène, que j'ai entendu un son, un éclaboussement qui venait de la Loch à ma droite. Je me suis retourné en m'attendant à voir un oiseau, sans doute un de ces flamants qui par vols entiers avaient migré vers le nord l'an dernier et n'étaient jamais repartis, mais tu ne devineras jamais ce que j'ai découvert : un ours. Un ours noir, adulte à en croire son allure. Il était assis dans une posture presque humaine, sur un des rochers plats dans le lit de la rivière, penché en avant, appuyé sur sa patte gauche, tandis qu'il plongeait la droite dans l'eau qu'il laissait s'écouler entre ses griffes. Ce faisant, il émettait un bruit étrange, une sorte de grognement. Il ne me paraissait pas en colère, mais plutôt avide : il y avait quelque chose d'intense et de concentré dans sa façon de pêcher ; on aurait dit un chercheur d'or dans un vieux western qui écumait le sable pour trouver un trésor.

Je suis resté pétrifié sur place, incapable de bouger, en tentant de me rappeler ce que tu disais qu'il fallait faire quand on rencontrait un ours (Essayer de paraître grand ? Se faire tout petit ? Faire du bruit ? S'enfuir en courant ?) mais il ne s'est même pas retourné. Le vent toutefois a dû tourner, et il a sans doute flairé mon odeur, parce qu'il a brusquement relevé la tête, et tandis que je risquais un pas hésitant pour déguerpir, il s'est dressé sur ses pattes de derrière en rugissant.

Il allait se précipiter sur moi. Je l'ai compris aussitôt, et j'ai ouvert la bouche moi aussi pour crier, mais avant que j'aie pu le faire, j'ai entendu un brusque claquement et l'ours est retombé de ses trois mètres de haut, à la renverse dans la rivière avec un gros plouf, et j'ai vu l'eau se teinter de rouge.

L'instant d'après, un homme était à côté de moi, et un autre courait vers l'animal. « Il s'en est fallu de peu, m'a dit le plus proche. Monsieur ? Vous vous sentez bien ? Monsieur ? »

C'était un garde forestier, mais j'étais incapable de lui répondre ; il a ouvert son gilet, en a tiré une poche en plastique pleine de liquide. « Vous êtes sous le choc. Buvez ça, il y a du sucre dedans. » Mais mes doigts refusaient de m'obéir, et il a dû l'ouvrir pour moi et il m'a aidé à détacher mon masque pour que je puisse boire. Non loin de là, un deuxième coup de feu a retenti et j'ai tressailli. L'homme s'est mis à parler dans sa radio : « On l'a eu, Monsieur. Oui. La Loch. Non. Rien qu'un promeneur. Pas de blessures constatées. »

Finalement, j'ai réussi à parler. « C'était un ours, ai-je dit bêtement.

— Oui, Monsieur, a répondu le garde avec patience (je m'étais rendu compte qu'il était tout jeune). Ça faisait un moment qu'on le poursuivait, celui-là.

— Celui-là ? Vous voulez dire qu'il y en a eu d'autres ?

— Six au cours des douze derniers mois environ. » Puis devant ma surprise, il a ajouté : « On est restés discrets sur le sujet. Pas de victimes, pas d'agressions. C'était le dernier d'un clan entier dont on suivait les traces. Le mâle alpha. »

Il leur a fallu m'aider à retraverser le taillis de bambous jusqu'à leur véhicule pour qu'ils puissent m'interroger sur cette rencontre, et ensuite, ils m'ont laissé partir. « Vaudrait mieux ne pas repasser dans cette partie du Parc, m'a conseillé le plus âgé des deux gardes. Il paraît que la ville va la fermer d'ici deux-trois mois de toute façon. L'État l'a réquisitionnée pour y installer une infrastructure.

— Tout le Parc ?

— Pas encore, mais sans doute toute la partie au nord de la 96e Rue. Bonne continuation. »

Ils ont démarré et je suis resté sur le sentier encore quelques minutes. Non loin de moi, il y avait un banc, j'ai retiré mes gants et détaché mon masque, et j'ai continué à inspirer et expirer le bon air en faisant courir mes mains sur le bois, usé, lisse et brillant, après toutes ces années où des promeneurs s'y étaient assis et l'avaient caressé. J'ai pris conscience de ma chance ; d'avoir été sauvé, bien sûr, et de surcroît par des gardes forestiers et pas des soldats, qui m'auraient sûrement emmené dans un centre d'interrogatoire pour me poser des questions, parce que c'est ce qu'ils font d'ordinaire. Ensuite je me suis relevé et rapidement dirigé vers la 5e Avenue, et de là, j'ai pris un bus pour rentrer.

Il n'y avait personne dans l'appartement à mon retour. Il n'était que 3 heures et demie environ, mais je me sentais trop agité pour repartir au labo. J'ai envoyé un texto à Nathaniel et David, passé mon masque et mes gants au désinfectant, me suis lavé les mains et le visage, j'ai pris un cachet pour me détendre, et je me suis allongé sur mon lit. Je pensais à l'ours, le dernier membre de son clan, qui, je m'en étais rendu compte quand il s'était dressé sur ses pattes, était maigre, voire décharné, et dont la fourrure pelait par endroits. C'était seulement maintenant, loin de lui, que je comprenais que j'avais surtout été terrifié par sa taille, et le simple fait que c'était un ours, mais j'avais senti sa panique, cet affolement que ne peut produire que la faim extrême, la faim qui vous rend fou, qui vous conduit à marcher vers le sud au long de routes et de rues, jusqu'à un lieu où l'instinct devrait vous pousser à ne pas aller, où vous serez cerné de créatures qui ne vous voudront que du mal, où vous courrez à votre propre perte. Vous le saviez et pourtant vous y alliez, parce que cette faim, assouvir cette faim, compte plus que de se protéger ; elle a plus d'importance que la vie. Je voyais et je revoyais son énorme gueule rouge ouverte, ses crocs pourris et ses yeux noirs brûlant de terreur.

J'ai dormi. À mon réveil, il faisait déjà sombre – j'étais toujours seul. Le bébé voyait son thérapeute ; Nathaniel devait travailler tard. Je savais que je devrais faire quelque chose d'utile, me lever, préparer le dîner, descendre dans le hall et demander au concierge s'il avait besoin d'aide pour changer le filtre de la capsule de décontamination. Mais non. Je suis resté allongé dans le noir, à regarder le ciel et la nuit qui tombait.

Voici maintenant la partie que j'essaie d'éviter depuis un certain temps.

Je suppose, si tu as lu jusque-là, que tu te demandes pourquoi je parcourais le Parc pour commencer. Et tu as sans doute deviné que la raison est liée au bébé, parce que tout ce que j'ai fait de travers semble avoir un rapport avec lui, d'une façon ou d'une autre.

Comme tu le sais, le bébé a changé trois fois d'école en trois ans, et le principal m'a fait clairement comprendre que c'était sa dernière chance. Comment pourrait-ce être sa dernière chance alors qu'il n'a pas encore quinze ans ? avais-je demandé, et le principal, un petit homme aigre, m'avait fixé en fronçant les sourcils. « Je veux dire que vous n'avez plus le choix », avait-il répondu, et malgré mon envie de lui balancer un coup de poing, je m'étais retenu, en partie parce que je savais qu'il disait vrai : c'est la dernière chance de David. Il faut que ça marche cette fois.

L'école est située de l'autre côté du Parc, sur la 94e Rue, un peu à l'ouest de Columbus Avenue, dans ce qui était autrefois un immeuble de prestige, et qui a été racheté par le fondateur dans les années 2020, au pic de l'engouement pour les écoles sous contrat. Ensuite, elle a été convertie en école privée pour des garçons qui rencontraient « des difficultés de comportement ». Ils ont de petites classes, et chaque élève a droit à une thérapie périscolaire si l'enfant ou ses parents en font la requête. On m'a fait valoir ainsi qu'à

Nathaniel un nombre incalculable de fois que David avait beaucoup, beaucoup de chance d'avoir été admis, qu'ils avaient une liste d'attente d'élèves beaucoup plus longue que l'école ne pourrait jamais en inscrire, plus qu'au cours de toute l'histoire de l'établissement, et que c'était seulement à cause de nos *relations spéciales* – le président de Rockefeller University connaît un des membres du Conseil d'administration et lui a écrit, en partie parce qu'il se sentait coupable que David ait été exclu de l'école Rockefeller, ce qui a conduit à ce parcours erratique de trois ans – qu'on l'avait accepté. (Plus tard, j'ai repensé à ce que cette déclaration avait de peu crédible : statistiquement, le nombre d'élèves de moins de dix-huit ans avait baissé de façon significative durant les quatre dernières années. Alors pourquoi était-il plus difficile que jamais d'y inscrire un enfant ? Avaient-ils réajusté le nombre d'élèves en tenant compte de ces chiffres ? Ce soir-là, j'avais demandé à Nathaniel ce qu'il en pensait, et il s'était contenté de grommeler qu'il se réjouissait que je n'aie pas eu la mauvaise idée de poser cette question au principal.)

L'année scolaire a commencé en octobre – comme je te l'ai dit précédemment, elle avait été repoussée d'un mois après une flambée locale de l'épidémie à la fin août, la source de cette information demeurant inconnue à ce jour – et le bébé a déjà eu des problèmes à deux reprises. La première pour avoir répondu avec insolence à son professeur de mathématiques. La seconde pour avoir manqué deux séances de sa thérapie comportementale (qui, au contraire de celles qui ont lieu après les cours, individuelles et à la demande, rassemblent de petits groupes et sont obligatoires). Puis, hier, on nous a convoqués à nouveau à propos d'un devoir que David avait rédigé pour son cours d'anglais.

« Il va falloir que tu y ailles », m'a dit Nathaniel avec lassitude hier soir, quand nous avons reçu le mail du principal. Il n'avait pas besoin de le dire, j'avais été obligé de me rendre aux deux dernières réunions de parents également. Un autre détail que j'ai oublié de mentionner est que cet établissement coûte effroyablement cher ; après la fermeture de son école l'an dernier, Nathaniel a finalement réussi à décrocher un travail de tuteur pour s'occuper de deux jumeaux de six ans à Cobble Hill. Leurs parents ne les ont pas laissé sortir de la maison depuis 2050, et Nathaniel et un autre enseignant passent toute la journée auprès d'eux – il ne peut pas être de retour en ville avant le soir.

En arrivant à l'école, j'ai été conduit au bureau du principal, où une jeune femme, la professeure d'anglais, attendait elle aussi. Elle était nerveuse, un peu tremblante, et quand je l'ai regardée, elle a détourné le regard en se tapotant la joue. Plus tard, j'ai remarqué qu'elle avait essayé de dissimuler des marques de petite vérole le long de sa mâchoire avec du fond de teint, et que sa perruque bon marché la démangeait sans doute ; j'ai ressenti de la tendresse pour elle, bien qu'elle ait dénoncé mon fils : cette femme était une survivante.

« Dr Griffith, m'a dit le principal. Merci d'être venu. Nous voulions vous parler de la composition d'anglais de David. Savez-vous de quoi je parle ?

« Oui. » C'était son devoir de la semaine dernière. *Décrivez un anniversaire important dans votre vie. Par exemple la première fois où vous êtes allé quelque part, ou avez fait une expérience, ou encore rencontré quelqu'un d'important pour vous aujourd'hui. Faites preuve de créativité ! Ne vous contentez pas de votre propre anniversaire, ce serait trop facile. Cinq cents mots. N'oubliez pas de donner un titre à votre travail. À rendre lundi prochain.*

« Avez-vous lu ce qu'il a écrit ?

— Oui... » Mais en fait, non. J'avais proposé à David de l'aider et il avait refusé, et ensuite, j'avais oublié de lui demander ce qu'il avait finalement rédigé.

Le principal m'a regardé. « Non, ai-je reconnu. Je sais que j'aurais dû, j'ai été trop pris, et mon mari a un nouvel emploi, alors... »

Il a levé la main. « J'ai le devoir ici », m'a-t-il interrompu, et il m'a tendu sa tablette. « Pourquoi ne pas le lire maintenant ? » Ce n'était pas une simple proposition. (J'ai corrigé les fautes d'orthographe et les fautes de grammaire.)

« QUATRE ANS. » UN ANNIVERSAIRE.
PAR DAVID BINGHAM-GRIFFITH.

Cette année est le quatrième anniversaire de la découverte du NiVid-50, communément appelé Syndrome de Lombok, la plus grave pandémie de l'histoire depuis le SIDA au siècle dernier. Il a tué 88 895 personnes rien qu'à New York. C'est aussi le quatrième anniversaire de la mort des droits civiques et l'avènement de l'État fasciste qui répand la désinformation parmi ceux qui choisissent de croire tout ce que leur dit le gouvernement.

Prenons par exemple le nom de la maladie, qui est censée être apparue à Lombok, une île d'Indonésie. C'est une zoonose, ce qui veut dire qu'elle a commencé chez un animal avant de contaminer la population humaine. Les zoonoses ont un taux d'incidence qui a augmenté régulièrement ces quatre-vingts dernières années, et la raison en est que de plus en plus d'espaces naturels ont été peuplés, que les animaux ont perdu leur habitat et ont été forcés d'entrer en contact plus étroit avec les humains qu'ils auraient dû le faire. Dans ce cas précis, la maladie a d'abord touché les chauves-souris, chassées ensuite par les civettes, qui ont à leur tour infecté le bétail qui a contaminé les humains. Le problème est que l'île de Lombok n'a pas assez de terres pour nourrir le bétail, et que sa population musulmane ne mange pas de porc. Alors comment cette maladie pourrait-elle venir de là-bas ? Est-ce qu'on ne serait pas une fois de plus en train de rendre les pays asiatiques responsables de toutes les maladies de la planète ? On les a déjà accusées en 2030 et 2035, et aussi en 2047, et voilà qu'on recommence.

Les différents gouvernements ont agi rapidement pour contenir l'épidémie, tout en reprochant à l'Indonésie son manque de transparence, mais le gouvernement américain n'est pas honnête non plus. Tout le monde a pensé que tout allait pour le mieux, mais ensuite, l'immigration vers les États-Unis s'est complètement arrêtée, des familles ont été séparées, et des milliers de gens se sont noyés en mer ou ont été repoussés loin des côtes et sont morts sur leurs bateaux. Mon pays natal, le Royaume d'Hawaii, s'est totalement confiné, mais ça n'a rien changé, et maintenant, je ne pourrai jamais retourner là où je suis né. Ici en Amérique, on a déclaré la loi martiale, et d'immenses camps pour les malades et les réfugiés désespérés ont été ouverts sur Roosevelt Island et Governor's Island à New York, ainsi que dans beaucoup d'autres endroits. Le gouvernement américain doit absolument être renversé.

Mon père est le chercheur qui a travaillé le premier sur cette maladie. Il ne l'a pas découverte, c'est quelqu'un d'autre qui l'a fait, mais c'est lui qui a révélé qu'il s'agissait de la mutation d'un virus isolé avant qui s'appelait le Nipah. Mon père travaille à Rockefeller University et c'est quelqu'un d'important. Il soutient les mesures de quarantaine et les camps. Il dit que parfois il faut savoir se boucher le nez et faire quand même ces choses. Il dit aussi que la meilleure amie d'une épidémie, c'est la démocratie. Mon autre père dit qu'il…

Et le devoir s'arrêtait là, sur les mots « dit qu'il ». J'ai essayé de rafraîchir l'écran pour voir s'il n'y avait pas une deuxième page, mais non. Quand j'ai levé les yeux vers le principal et la professeure, tous deux m'observaient d'un air grave.

« Eh bien, a dit le principal. Vous voyez le problème ? Ou plutôt les problèmes ? »

En fait, non. « Lesquels ? »

Ils se sont redressés sur leurs chaises. « Pour commencer, quelqu'un a dû l'aider à rédiger ce devoir, a-t-il répliqué.

— Ce n'est pas un crime. Et puis, qu'en savez-vous ? Le propos n'est pas si élaboré que ça.

— C'est vrai. Mais étant donné les difficultés à écrire que connaît David, il est clair qu'il a reçu une aide considérable, une aide qui dépasse la simple correction des fautes et la mise en forme. » Une pause, et puis d'un ton triomphant : « Il a déjà reconnu les faits, Dr Griffith. Il a payé un étudiant qu'il a rencontré en ligne pour écrire ses devoirs.

— Dans ce cas, il a gaspillé son argent », ai-je rétorqué, mais aucun des deux n'a bronché. « Le travail n'est même pas fini.

— Dr Griffith, est intervenue la professeure d'anglais, d'une voix étonnamment douce et mélodieuse, nous prenons la tricherie très au sérieux dans cet établissement. Et nous savons tous les deux qu'il est, qu'il peut être dangereux pour David d'écrire des choses pareilles.

— Vous auriez sans doute raison s'il était fonctionnaire du gouvernement. Mais ce n'est pas le cas. C'est un gamin de quatorze ans, dont toute la famille est morte sans qu'il puisse même leur dire adieu, et il est élève dans une école que mon mari et moi payons très cher pour le protéger et l'instruire. »

De nouveau, ils se sont redressés sur leur siège. « J'apprécie peu votre façon d'insinuer que nous… », a commencé le principal, mais la professeure l'a interrompu en posant une main sur son bras. « Dr Griffith, nous ne dénoncerions jamais David, mais il faut qu'il soit prudent. Contrôlez-vous ses fréquentations, les gens avec qui il converse, ce qu'il dit à la maison, ce qu'il fait sur Internet ?

— Bien sûr », ai-je répondu parce que c'était vrai, mais tout en parlant, je me suis senti rougir, comme s'ils savaient que je savais que je ne l'avais pas surveillé d'assez près, et qu'ils devinaient aussi pourquoi : je ne voulais pas m'apercevoir que David s'éloignait de plus en plus de nous, je ne voulais pas affronter l'idée de nouveaux écarts de conduite ; je ne voulais pas de preuves que je ne comprenais pas mon fils, qu'au fil des ans il était devenu de plus en plus impénétrable pour moi, et que depuis des années, je pensais que c'était ma faute.

Je suis ressorti de ce bureau peu après en m'étant engagé à enjoindre à David de se montrer plus prudent dans ce qu'il disait du gouvernement et ce qu'il écrivait à son sujet, et à lui rappeler que des réglementations sur les propos séditieux avaient été mises en place après les soulèvements, et que la loi martiale était toujours en vigueur.

Mais je ne lui ai pas parlé. J'ai traversé le Parc où j'ai croisé l'ours, je suis rentré à la maison et j'ai fait une sieste. Puis, avant le retour de Nathaniel et de David, je me suis dépêché de filer au labo où je me trouve en ce moment et d'où je t'écris à minuit.

Je n'avais jamais pensé que nous vivrions onze ans ici, Peter. Je n'ai jamais eu l'intention de faire passer à David son enfance dans cette ville, dans ce pays. « Quand nous rentrerons chez nous… », lui répétions-nous sans arrêt, avant de cesser complètement. Et aujourd'hui, il n'y a plus de chez nous où rentrer, c'est ici chez nous, même si nous ne l'avons jamais senti et ne le sentons toujours pas. De la fenêtre de mon bureau, la vue donne directement sur le crématorium qu'ils ont construit sur Roosevelt Island. Le président de l'université a protesté énergiquement – les nuages de cendres, a-t-il expliqué, allaient dériver vers l'ouest en direction du campus – mais la municipalité l'a tout de même fait édifier, en arguant du fait que si tout se déroulait selon les plans, le crématorium ne resterait que quelques années en activité. Et d'ailleurs, cette prédiction s'est réalisée : trois fois par jour pendant trois ans, nous avons vu des panaches de fumée noire s'échapper des cheminées et monter vers le ciel. Mais aujourd'hui, les crémations sont réduites à une par mois et le ciel est redevenu clair.

Nathaniel m'envoie un texto. Je ne réponds pas.

Mais ce à quoi je continue de penser, c'est aux dernières lignes du devoir de David. Il les avait rédigées lui-même, j'en suis sûr. Je pouvais imaginer son visage tandis qu'il les tapait sur son clavier, avec cet air perplexe et méprisant que je surprends parfois quand il me regarde. Il ne comprend pas pourquoi j'ai pris les décisions qu'il m'a fallu prendre, mais c'est sans importance : c'est un enfant. Alors pourquoi suis-je envahi par la culpabilité, par l'envie de me justifier, alors que je n'ai rien fait d'autre qu'agir au mieux pour éviter la propagation de l'épidémie ? « Mon autre père dit »… Que dit-il ? Que dit Nathaniel de moi ? Nous nous sommes disputés, terriblement, le jour où je lui ai annoncé que j'avais accepté de travailler avec le gouvernement à la mise en place des mesures de confinement. Le bébé n'était pas présent – il rendait visite à Aubrey et Norris au centre-ville – mais je me demande si Nathaniel lui en a parlé. Je m'interroge sur ce qu'ils ont pu se dire en mon absence. Comment cette dernière phrase était-elle censée se terminer ? « Mon autre père dit que mon père agit au plus juste pour nous protéger » ? « Mon autre père dit que mon père fait de son mieux » ?

Ou bien, comme je le redoute, a-t-il dit quelque chose de complètement différent ? « Mon autre père dit que mon père est devenu quelqu'un que nous ne pouvons plus respecter » ? « Mon autre père dit que mon père est une mauvaise personne » ? « Mon autre père dit que c'est la faute de mon père si nous sommes ici, seuls, et sans personne pour nous sauver » ?

Comment, Peter, par quelle phrase cette lettre devait-elle se terminer ?

Charles

Mon cher Peter, 22 octobre 2054

Il me faut tout d'abord te remercier de m'avoir écrit au sujet de David la semaine dernière – tu m'as un peu réconforté. Il reste beaucoup à dire, mais je t'en parlerai dans un prochain mail. Et nous pourrons aussi discuter d'Olivier – j'ai quelques idées sur la question.

Je crains de ne rien savoir de plus que toi sur les rapports venus d'Argentine, sauf qu'ils paraissent potentiellement troublants. J'ai parlé à un collègue du NIAID (l'Institut National des Allergies et Maladies Infectieuses) qui m'a dit que les trois semaines à venir seraient décisives ; si le virus ne s'est pas propagé d'ici là, tout ira bien. Le gouvernement argentin, pour ce que je comprends, se montre étonnamment coopératif – et même docile. Ils ont suspendu tout accès à Bariloche et toute sortie de cette ville, mais je suppose que tu es déjà au courant. Il va falloir que tu me mettes à jour sur ces questions – j'ai quelques connaissances en épidémiologie, mais qui se limitent à la virologie, et je doute qu'elles t'éclairent étant donné ce que tu sais déjà.

Maintenant, quelques nouvelles de moi. Comme je te l'ai dit, notre demande de voiture a finalement été approuvée, et dimanche, on nous en a livré une. C'est un modèle standard du gouvernement, bleu marine, tout simple. Mais avec le réseau du métro encore tellement perturbé, ça a un sens – Nathaniel met deux heures pour se rendre à Cobble Hill tous les matins. Et j'ai réussi à défendre l'idée que je devais aller régulièrement à Governor's Island et à Bethesda et que faire le voyage en voiture reviendrait finalement moins cher que les trajets bihebdomadaires en avion ou en train.

L'idée était que ce serait Nathaniel qui l'utiliserait en priorité, mais le hasard a voulu que je sois appelé dans les bureaux du NIAD lundi (une vérification administrative qui fait partie du nouvel effort de collaboration entre les institutions, sans rapport avec Bariloche), si bien que j'ai pris la voiture, dormi sur place et que je suis revenu du Maryland mardi. Alors que je traversais le pont cependant, j'ai reçu un texto des Holson, les parents de ces jumeaux dont Nathaniel est le tuteur : Nathaniel avait eu un malaise. J'ai essayé de les appeler, mais comme d'habitude ces temps-ci, il n'y avait pas de réseau, et donc j'ai changé de direction et pris aussitôt la direction de Brooklyn.

Nathaniel est au service de cette famille depuis plus d'un an, mais nous parlons très peu d'eux. Mr. Holson, courtier en fusions d'entreprises, passe le plus clair de son temps dans le Golfe. Mrs. Holson était avocate d'affaires, mais elle a cessé de travailler pour rester à la maison et s'occuper de ses fils après le diagnostic.

Les Holson habitent une belle construction en grès brun, qui date de deux cents ans ou davantage, rénovée avec beaucoup d'argent et de goût ; le perron qui mène à la porte principale a été reconstruit pour agrandir le palier et pour que la capsule de décontamination soit installée hermétiquement dans un petit sas de pierre indépendant, qui semble naturellement intégré à l'ensemble – quand il s'est ouvert, la porte, laquée d'un noir brillant, a pivoté sur ses gonds elle aussi. À l'intérieur, il faisait sombre, les volets étaient tous fermés, et les sols peints de la même couleur que la porte. Une femme – blanche, petite, les cheveux noirs – s'est approchée. Elle a pris mon masque et l'a tendu à une domestique, et nous nous sommes salués. Elle m'a donné une paire de gants en latex pour que je les enfile. « Dr Griffith, je suis Frances Holson. Il a repris connaissance, mais j'ai cru bon de vous joindre de toute façon pour que vous le rameniez chez vous.

— Je vous remercie. » Ensuite je l'ai suivie dans l'escalier et elle m'a conduit dans ce qui semblait être une chambre d'amis, où Nathaniel était allongé sur un lit. Il a souri en me voyant.

« Ne te redresse pas », ai-je conseillé, mais trop tard. « Que s'est-il passé, Natey ? »

Il m'a expliqué qu'il avait seulement été pris de vertige, sans doute parce qu'il n'avait rien mangé de la journée, mais je savais qu'il était en fait épuisé, même si je lui ai ostensiblement posé la main sur le front pour m'assurer qu'il n'avait pas de fièvre, et examiné sa bouche et ses yeux à la recherche de taches.

« Rentrons à la maison. J'ai la voiture. »

Je m'attendais à ce qu'il discute, mais non. « D'accord. Je veux juste dire au revoir aux garçons d'abord. »

Nous avons traversé le palier jusqu'à une porte au bout du couloir. Elle était entrouverte, mais il a frappé doucement avant d'entrer.

À l'intérieur, deux garçons, assis à une table d'enfant, assemblaient un puzzle. Je savais qu'ils avaient sept ans mais ils en paraissaient quatre. J'avais lu les résultats de la recherche sur les survivants en bas âge, et j'ai immédiatement identifié ces enfants : ils portaient tous les deux des verres teintés même dans la pénombre, pour protéger leurs yeux, ils étaient pâles, leurs membres grêles et flasques, leurs cages thoraciques larges et massives, leurs joues et leurs mains constellées de cicatrices. Leurs cheveux avaient repoussé mais ils restaient fins et légers, comme ceux de bébés, et les médicaments absorbés pour aider à la régénération capillaire étaient responsables aussi de la présence d'un duvet sur le menton et le front, sur les côtés du cou et la nuque. Chacun d'eux était équipé d'un mince tube trachéen relié à un petit moteur de ventilation attaché à sa ceinture.

Nathaniel m'a présenté Ezra et Hiram, et ils m'ont fait un geste de leurs petites mains molles pareilles aux pattes d'une salamandre. « Je reviens demain », leur a-t-il annoncé, et même si je le savais déjà, j'ai senti à son ton qu'il leur était attaché, qu'ils comptaient pour lui.

« Qu'est-ce qui ne va pas, Nathaniel ? », a demandé un des jumeaux, Ezra ou Hiram, d'une voix faible et voilée, et Nathaniel lui a caressé la tête, les cheveux du garçon soulevés par l'électricité statique due aux gants de son tuteur. « Je suis seulement un peu fatigué, a-t-il répondu.

— Tu as attrapé la maladie ? », s'est enquis l'autre, et Nathaniel a fait une petite grimace avant de lui sourire. « Non. Rien à voir. Je reviens demain. C'est juré. »

Au rez-de-chaussée, Frances nous attendait, et elle nous a tendu nos masques en me faisant promettre de prendre soin de Nathaniel. « Bien sûr », ai-je répondu et elle a hoché la tête. C'était une jolie femme, mais deux rides profondes marquaient l'espace entre ses yeux ; je me suis demandé si elle les avait toujours eues, ou si elles étaient apparues au cours des quatre dernières années.

De retour dans notre appartement, j'ai mis Nathaniel au lit, j'ai envoyé un texto à David pour lui dire de ne pas faire de bruit et de laisser son père se reposer, et je suis reparti au labo. En chemin, j'ai pensé à David, je me suis dit que nous avions beaucoup de chance qu'il ne soit pas malade ni en danger. *Protège-le*, répétais-je sans savoir à qui je m'adressais en marchant vers mon lieu de travail, en lavant la vaisselle, ou en prenant ma douche. *Protège-le, protège-le. Protège mon fils.* C'était irrationnel. Mais ça avait marché jusque-là.

Plus tard, pendant que je dînais à mon bureau, j'ai songé de nouveau aux deux garçons, Ezra et Hiram. On aurait dit une scène tirée d'un conte de fées : la maison silencieuse avec sa lumière tamisée, Frances Holson et Nathaniel dans le rôle des parents, moi, le visiteur qui rôdait, et ces deux créatures pareilles à de petits elfes – mi-humains mi-produits de la science pharmaceutique – dont c'était le domaine. Une des raisons pour lesquelles je ne suis jamais devenu clinicien est que je n'ai jamais été convaincu que la vie – qu'il faut sauver, prolonger, rendre – était définitivement le meilleur objectif à atteindre. Pour être un bon médecin, on doit le penser, on doit croire fondamentalement que la vie vaut davantage que la mort, et qu'elle doit tendre vers plus de vie encore. Je n'ai pas prescrit de thérapie aux malades atteints du NiVid-50, je n'ai pas participé à la mise au point des médicaments adéquats. Je ne me suis jamais demandé à quoi pouvait ressembler l'existence des survivants – ce n'était pas mon affaire. Mais ces dernières années, alors que la maladie a été maîtrisée, je me trouve confronté presque quotidiennement à la réalité de leurs vies. Certains, comme la professeure à l'école de David, déjà adulte et probablement en bonne santé quand elle avait contracté le virus, ont pu retrouver une version de leur vie antérieure.

Mais celle de ces garçons ne sera jamais normale. Ils ne pourront jamais sortir, ne seront jamais touchés par d'autres mains nues que celles de leur mère. C'est une vie. C'est la leur. Ils sont trop petits pour se souvenir d'autre chose. Cependant, ceux que je plaignais étaient plus leurs parents qu'eux-mêmes – leur mère inquiète, leur père absent. Quel effet cela pouvait-il vous faire d'avoir vu vos enfants frôler la mort d'aussi près, et ensuite, en les sauvant, de vous rendre compte que vous les aviez en fait transportés dans un lieu d'où vous, vous pouviez vous échapper, mais eux jamais plus ? Il ne s'agit plus de mort ou de vie, mais d'existence, et leur univers entier se réduit à une maison, les espoirs que vous formiez pour ce qu'ils seront, verront et connaîtront un jour sont enterrés dans le jardin pour ne plus jamais être exhumés. Comment pourriez-vous les encourager à rêver d'autre chose ? Comment vivre avec la peine et la culpabilité de les avoir condamnés à une existence dénuée de tout plaisir : le mouvement, le contact, la caresse du soleil sur leur visage ? Comment pourriez-vous même y survivre ?

Avec toute mon affection, Charles.

7 août 2055

Mon cher P., pardonne s'il te plaît cette réponse hâtive, mais je suis très bousculé (pour des raisons évidentes). Je peux seulement dire que ça semble certainement être le cas. J'ai lu le même rapport que toi, mais j'en ai aussi reçu un autre, émanant cette fois d'un collègue, et je ne peux pas interpréter autrement ces observations. Une équipe composée de spécialistes venus de plusieurs instituts part pour Manille afin de rejoindre Boracay demain. On m'a demandé si je pouvais participer à l'expédition, parce que ce nouveau virus ressemble beaucoup au variant de 2050. Mais je ne peux pas – les choses vont si mal avec David que c'est impossible. Ne pas y aller me fait l'effet d'un abandon de poste, mais partir ne serait pas mieux.

La seule question qui se pose maintenant, si on peut encore s'en poser, est de savoir ce qui peut être fait en termes de confinement. Je crains que ce soit très peu. Je te tiendrai au courant de tout ce que j'apprendrai, et surtout ne donne à personne la source de tes informations – aussi incomplètes qu'elles soient.

Salut, cher P. 11 octobre 2055

Ce matin j'ai eu ma première réunion de l'ERIMI. Que veut dire ce sigle ? Je te remercie d'avoir posé la question. Il signifie : Équipe de Riposte Interdisciplinaire aux Maladies Infectieuses. Sur le papier, ce pourrait être un euphémisme victorien pour l'appareil génital féminin, ou désigner le repaire d'un scélérat de science-fiction. Ça se prononce comme ça s'écrit, en un seul mot, et c'est apparemment ce qu'un groupe de fonctionnaires ont pu produire de mieux comme acronyme (sans vouloir offenser personne).

L'objectif est de créer (enfin, de recréer) une riposte interdisciplinaire mondiale à ce qui nous attend en créant un groupe qui rassemblera épidémiologistes, spécialistes des maladies infectieuses, économistes, fonctionnaires divers de la Banque centrale ainsi que des représentants des ministères des Transports, de l'Éducation, de la Justice, de la Santé et de la Sécurité publiques, de l'Information, de la Sûreté d'État, et de l'Immigration, ainsi que des délégués des plus grands laboratoires pharmaceutiques, deux psychologues, spécialistes de la dépression et des tentations suicidaires, le premier chez les adultes, le second chez les enfants.

Je suppose que tu dois au moins siéger à l'un de vos comités d'action équivalents. Je présume aussi que vos réunions sont mieux organisées, plus calmes, plus respectueuses de chacun et moins polémiques que la nôtre l'a été. À la fin, nous avons dressé une liste des choses que nous étions d'accord pour *ne pas* faire (dont la plupart seraient illégales sous la présente Constitution de toute façon), ainsi qu'une liste de choses aux conséquences desquelles nous allions réfléchir suivant nos différents domaines de spécialité. Le plan est que chacun des pays-membres essaie de mettre en place un accord uniforme.

Là encore, je ne sais rien de ton propre comité, mais la plus grande controverse à l'intérieur du nôtre a porté sur les camps d'isolement que nous avons tous tacitement résolu d'appeler « camps de quarantaine », même si le mot est volontairement inapproprié. J'aurais cru que l'affrontement serait de nature idéologique, mais à ma grande surprise, cela n'a pas été le cas. De fait, tous les présents dotés d'une formation scientifique en ont recommandé l'instauration – même les psychologues, quoique avec réticence – et tous ceux qui n'en avaient aucune s'y sont opposés. Mais au contraire de 2050, je ne vois pas comment nous pourrions y échapper cette fois. Si les projections sont exactes, ce virus sera infiniment plus pathogène et contagieux, il se répandra plus rapidement et fera davantage de victimes que son prédécesseur ; notre seul espoir est l'évacuation de masse. Un des épidémiologistes a même proposé le déplacement anticipé des groupes à risque, mais tous les autres participants ont jugé que cela soulèverait une vague de protestations. « Nous ne pouvons pas risquer une opposition de type politique », a dit un des représentants du ministère de la Justice – un commentaire si inepte, à la fois si bêtement évident et si impossible à prendre en compte, que tous les autres l'ont ignoré.

La réunion s'est terminée par une discussion sur le moment où il faudrait fermer les frontières. Trop tôt, et on provoquerait une panique ; trop tard, et la mesure deviendrait inutile. Selon moi, l'annonce sera faite au plus tard fin novembre.

Au fait : étant donné ce que nous savons tous les deux, je ne pense pas qu'il serait responsable de notre part de venir vous rendre visite, à toi et à Olivier. Je dis cela à regret et avec tristesse. David se réjouissait à cette perspective. Nathaniel également. Et moi surtout. Nous ne nous sommes pas vus depuis si longtemps, et tu me manques. Je sais que je ne peux le confier qu'à toi, mais je ne me sens pas prêt à affronter une nouvelle pandémie. Évidemment, on n'a pas le choix. Un des épidémiologistes a déclaré aujourd'hui :

« Nous allons avoir la chance de faire les choses comme il faut. » Il voulait dire que nous pourrions mieux nous en tirer qu'en 2050 : nous sommes mieux préparés, plus réalistes, nous communiquons mieux, nous avons moins peur. Mais nous sommes aussi plus las. Le problème qui se pose quand on prend des mesures la deuxième fois est que, tout en sachant ce qu'on peut amender, on sait aussi ce qui dépasse l'étendue de nos pouvoirs – et je n'ai jamais autant qu'aujourd'hui souhaité être plus ignorant.

J'espère que tout va bien là-bas. Je m'inquiète pour toi. Olivier t'a-t-il laissé entendre de près ou de loin quand il reviendrait ?

Affectueusement à toi. Moi.

Mon cher Peter, 13 juillet 2056

Il est très tard ici, presque 3 heures du matin, et je suis à mon bureau au labo.

Ce soir, nous sommes allés chez Aubrey et Norris. Je n'en avais aucune envie. J'étais fatigué, nous l'étions tous, et je ne voulais pas devoir enfiler une combinaison de décontamination complète rien que pour me rendre chez eux. Mais Nathaniel a insisté : il ne les avait pas vus depuis plusieurs mois, et il s'inquiétait pour eux. Aubrey, tu sais, aura soixante-seize ans le mois prochain ; Norris, soixante-douze. Ils ne sont pas sortis de chez eux depuis que le premier cas a été diagnostiqué dans l'État de New York, et parce que si peu de gens possèdent une combinaison de protection, ils se retrouvent très isolés. À part vérifier comment ils se portaient, il y avait un autre motif à notre visite, lié à David. Donc, nous y sommes allés.

Après avoir garé la voiture, pendant que David descendait nonchalamment de voiture avant nous, j'ai pris le temps de regarder leur maison. J'avais un souvenir précis de notre première visite où, depuis le trottoir, j'avais admiré les fenêtres qui brillaient d'une lumière dorée. Même de la rue, leur opulence était manifeste, le genre de richesse qui avait toujours su se protéger – personne ne songerait à cambrioler une maison comme celle-ci, même si tous ses objets d'art et ses trésors étaient exposés aux regards, prêts à être volés, à vous appartenir.

Depuis, cependant, les fenêtres avaient été complètement murées par des briques, comme celles de beaucoup de citadins après les premiers blocus. Des histoires avaient circulé, dont certaines étaient vraies, selon lesquelles des gens avaient été réveillés par des intrus dans leur maison ou leur appartement, venus non pas pour voler mais pour réclamer quelque chose à manger, des médicaments, ou un abri, et la plupart de ceux qui vivaient plus bas que le troisième étage avaient décidé de se barricader. Les fenêtres du haut s'étaient bardées de barreaux en fer, et je devinais sans avoir besoin de vérifier que les volets avaient été soudés.

Il y avait aussi d'autres changements. À l'intérieur, la maison était dans un état de négligence que je ne lui connaissais pas. Nathaniel m'avait dit que leurs deux domestiques de toujours avaient fait partie de la première vague de victimes en janvier ; Adams était mort en 2050 et avait été remplacé par un type au teint jaunâtre nommé Edmund qui semblait toujours venir de se remettre d'un rhume. Il avait repris l'essentiel des tâches ménagères, mais de façon bien peu convaincante ; le sas de décontamination avait grand besoin d'être décapé, par exemple, et quand nous sommes entrés dans le vestibule, la force d'aspiration a fait voleter de petits nuages de poussière sur tout le plancher. Le quilt hawaïen accroché au mur était gris le long des coutures ; le tapis, qu'Adams s'appliquait à retourner tous les six mois, brillait sur tout un bord, usé par les pas. Tout sentait un peu le renfermé, comme un pull-over resté trop longtemps au fond d'un tiroir.

Mais le changement qui m'a le plus frappé était celui d'Aubrey et de Norris eux-mêmes alors qu'ils venaient à notre rencontre, le sourire aux lèvres et les bras tendus. Parce que nous portions tous trois des combinaisons, nous avons pu les embrasser, et ce faisant, je me suis aperçu qu'ils avaient perdu du poids, j'ai senti que leurs forces avaient décliné. Nathaniel aussi l'a remarqué – quand Aubrey et Norris se sont retournés, il m'a jeté un regard préoccupé.

Le dîner était simple : une soupe de haricots blancs avec du chou et de la pancetta, ainsi que du bon pain. La soupe est ce qu'il y a de moins facile à manger avec ces nouveaux masques, mais aucun de nous, pas même David, n'en a fait la remarque, et ni Aubrey ni Norris ne semblaient remarquer nos difficultés. Auparavant, on servait toujours les repas à la lueur des bougies, mais cette fois, un gros globe de verre était suspendu au-dessus de la table et émettait un léger bourdonnement et une lumière blanche et crue : c'était l'une de ces lampes solaires, destinée à donner à ceux qui restaient confinés chez eux leur quota de vitamine D. J'en avais déjà vu, bien sûr, mais jamais une aussi grosse. L'effet n'était pas désagréable, mais les rayons soulignaient tout ce qui dans la pièce paraissait inexorablement défraîchi, la saleté qui inévitablement s'accumule dans une pièce quand elle est continuellement occupée. En 2050, quand nous avions décidé de nous confiner, je me disais souvent que l'appartement n'était pas fait pour que nous y passions toute la journée, tous les jours – il fallait qu'il y ait des pauses dans notre occupation, de l'air qui entre par les fenêtres ouvertes à la volée, un répit dans la chute de nos squames et des cellules de notre peau. Autour de nous, la climatisation – aussi puissante au moins que dans mon souvenir – exhalait de profonds soupirs alors qu'elle passait d'une étape à l'autre de son cycle ; le déshumidificateur ronronnait en fond sonore.

Cela faisait plusieurs mois que je n'avais pas vu Aubrey et Norris en personne. Trois ans plus tôt, Nathaniel et moi nous étions terriblement disputés à leur sujet, un de nos plus gros conflits. C'était environ onze mois après qu'il était devenu évident que nous ne reverrions jamais Hawaii, quand les premiers rapports classés secret défense sur les pillages avaient commencé à circuler. Des incidents semblables se produisaient dans d'autres lieux décimés, dans tout le Pacifique Sud. Des maraudeurs y accédaient sur leurs propres bateaux et amarraient dans les ports. Par escouades entières, ils débarquaient – avec des équipements complets de protection – et ils faisaient le tour de l'île, vidant tous les musées et les maisons de leurs objets d'artisanat. Ces rapines étaient commanditées par une association de milliardaires qui s'était donné le nom de « Projet Alexandrie », dont le but était de « préserver et de défendre les plus grandes réalisations artistiques de notre civilisation », en les

« rapatriant » depuis des endroits qui « malheureusement avaient perdu les garants de leur protection ». Ils prétendaient être en train de bâtir un musée (au lieu non spécifié), doté d'une archive numérique pour conserver ces œuvres. Mais en réalité, ils gardaient tout pour eux-mêmes, entreposaient le produit des vols dans d'immenses hangars d'où rien ne ressortirait jamais plus.

Dans tous les cas, j'avais acquis la conviction qu'Aubrey et Norris, s'ils ne faisaient pas vraiment partie de cette association, avaient au moins acquis quelques objets ainsi dérobés. Je faisais régulièrement un rêve éveillé où je voyais Aubrey agiter le kilt de ma grand-mère, celui-là même qu'elle voulait me léguer, et qui comme tant de choses fragiles que possédaient mes grands-parents avait été brûlé dans un incendie survenu après leur mort. (Non, je n'aimais pas mes grands-parents et eux ne me portaient pas dans leur cœur non plus, ce n'était pas la question.) J'avais aussi une vision de Norris drapé dans une cape de plumes pareille à celle que mon grand-père avait dû vendre à un collectionneur des dizaines d'années plus tôt afin de payer mes frais de scolarité.

Je n'avais aucune preuve, c'est vrai : j'ai seulement lancé cette accusation un beau soir, et c'était comme si j'avais libéré des années de rancunes diverses que nous nous étions jetées au visage. La façon dont je n'avais jamais vraiment fait confiance à Aubrey et Norris, même après qu'ils avaient fourni un objectif et une certaine stimulation intellectuelle à Nathaniel quand il s'était retrouvé désemparé à New York à cause de mon travail ; la naïveté enfantine de Nathaniel qui excusait Aubrey et Norris d'une manière que je n'avais jamais comprise ; la haine qu'ils m'inspiraient rien que parce qu'ils étaient riches, une détestation de l'argent, tellement puérile et stupide ; le désir secret qu'avait Nathaniel d'être riche lui aussi, et combien j'étais navré de l'avoir déçu sur ce point ; l'altruisme avec lequel il m'avait toujours laissé libre de mes choix professionnels, même si cela entraînait le sacrifice de sa propre carrière et de ses passions personnelles ; sa gratitude pour Aubrey et Norris parce qu'ils s'intéressaient à sa vie, et qui plus est, à celle de David, en particulier durant les mois, les années où je n'avais pas été présent pour notre fils, notre fils qui venait de se faire renvoyer pour « insubordination extrême » de l'une des dernières écoles de Manhattan qui l'avait accepté.

Nous nous crachions ces reproches à la figure d'un bout à l'autre de la chambre, le bébé endormi dans la sienne juste à côté. Mais aussi sérieuse qu'ait été cette bagarre, aussi sincère qu'ait été notre colère, se dissimulait sous nos accusations un courant souterrain de ressentiments et de reproches plus vrais encore, des choses que si nous avions osé nous les dire auraient inévitablement mis fin à notre couple : j'avais gâché leurs vies. Les problèmes de discipline que connaissait David, sa tristesse, sa révolte, son absence d'amis : tout était de ma faute. Lui, David, Norris et Aubrey s'étaient créé une famille et m'en avaient exclu. Il leur avait vendu son pays, notre pays. Je nous avais arrachés à notre terre pour toujours. Il avait monté David contre moi.

Mon autre père dit…

Ni lui ni moi n'avait prononcé ces mots à haute voix, mais ce n'était pas nécessaire. J'attendais – et je sais que lui aussi – que l'un de nous dise quelque chose d'irréparable, quelque chose qui nous jetterait à terre et nous ferait traverser les différents étages de notre immeuble jusqu'à nous retrouver dans la rue.

Mais personne ne s'y était risqué. La dispute s'était terminée, tant bien que mal, comme toujours les disputes, et pendant une semaine environ par la suite, nous nous étions montrés attentifs et polis l'un envers l'autre. C'était presque comme si le spectre des paroles que nous aurions pu prononcer s'était interposé entre nous, que nous craignions de nous confronter à lui, de peur qu'il ne se transforme en démon. Au cours des mois suivants, j'ai pratiquement regretté que nous ayons exprimé si peu de ce que nous avions en tête, parce que, au moins alors, nous l'aurions *dit*, au lieu de continuer à y penser constamment. Mais si nous l'avions fait – il fallait que je me le rappelle sans arrêt – nous n'aurions eu d'autre solution que de nous séparer.

Il paraissait inévitable et juste que la conséquence de cette explosion ait été que Nathaniel et David se soient mis à passer plus de temps chez Aubrey et Norris. D'abord, Nathaniel a prétendu que c'était parce que je travaillais tard, puis qu'Aubrey exerçait une influence salutaire sur David (ce qui était vrai ; il réussissait à l'apaiser, et je n'ai jamais compris comment ; alors même que notre fils est devenu de plus en plus marxiste, il a continué à considérer Aubrey et Norris comme des exceptions), puis Nathaniel a avancé que c'était parce que Aubrey et Norris (Aubrey surtout) se cloîtraient toujours plus chez eux, craignant d'attraper la maladie s'ils sortaient, et que tant de leurs amis de leur âge étaient morts qu'il se sentait responsable de leur bien-être après qu'ils s'étaient montrés si généreux à notre égard. Finalement, j'ai été forcé d'y aller moi aussi, et nous avons passé une soirée sans intérêt, le bébé acceptant même une partie d'échecs avec Aubrey après dîner tandis que je m'appliquais à ne pas chercher de preuves d'acquisitions récentes mais les trouvant tout de même : cette tapisserie kapa avait-elle toujours été là, encadrée et accrochée dans la cage d'escalier ? Ce bol en bois tourné était-il un nouvel achat, ou avait-il été auparavant entreposé quelque part ? Aubrey et Nathaniel avaient-ils échangé le plus furtif des regards en s'apercevant que je remarquais la dent de requin en pendentif exposée, ou bien l'avais-je seulement imaginé ? Toute la soirée, je m'étais senti comme un intrus dans la pièce de théâtre de quelqu'un d'autre, et après cela, je m'étais tenu à l'écart.

Une des raisons pour lesquelles nous y étions allés ce soir-là était que Nathaniel et moi étions tombés d'accord pour dire que David avait besoin de l'aide d'Aubrey. Il lui restait deux ans de lycée et il n'avait aucun établissement où les terminer ; or, Aubrey était l'ami du fondateur d'une nouvelle école à but lucratif qui ouvrait dans le West Village. Nous avions tous les trois – c'est-à-dire Nathaniel, David et moi – eu une violente dispute au cours de laquelle David avait annoncé clairement qu'il n'avait nulle intention de retourner au lycée, et où Nathaniel et moi (unis comme nous ne l'avions pas été depuis ce qui m'apparaissait comme des années) avions décidé qu'il le fallait. Autrefois, nous lui aurions dit qu'il n'avait qu'à faire ses valises s'il ne voulait pas continuer ses études, mais nous craignions qu'il ne nous prenne au mot, et dans ce cas, nous aurions passé nos soirées non plus à nous rendre aux convocations du principal mais à arpenter les rues à sa recherche.

Donc, après dîner, Norris, Nathaniel et moi sommes passés au salon, tandis qu'Aubrey et David restaient dans la salle à manger pour jouer aux échecs. Au bout d'une demi-heure environ, ils nous ont rejoints, et j'ai compris qu'Aubrey avait réussi à convaincre le garçon de retourner à l'école et que David s'était confié à lui. Tout en enviant leurs rapports, je me suis senti soulagé, et désespéré à la fois, que quelqu'un ait réussi à atteindre mon fils même si ce n'était pas moi. David paraissait plus à l'aise, plus léger, et je me suis demandé une fois de plus ce qu'il trouvait à Aubrey. Comment ce vieil homme était-il capable de le réconforter alors que moi, non ? Était-ce seulement parce que ce n'était pas un de ses parents ? En fait, je ne pouvais pas me laisser aller à entretenir cette idée qui me rappellerait que ce n'étaient pas ses parents que David détestait – mais un seul des deux – moi.

Aubrey s'est assis sur le canapé à côté de moi, et tandis qu'il se servait du thé, j'ai remarqué que sa main tremblait, très légèrement, et qu'il avait les ongles un peu trop longs. J'ai songé à Adams, qui n'aurait jamais accepté que son employeur se serve tout seul, ou qu'il reçoive des invités, même nous, dans un état aussi négligé. J'ai soudain eu l'impression que si moi, je m'étais senti un peu piégé dans cette maison, Aubrey et Norris l'étaient pour de bon. Aubrey était l'homme le plus riche que je connaissais, et pourtant il était là, à presque quatre-vingts ans, enfermé dans un espace qu'il ne quitterait plus jamais. Il avait fait une série de mauvais calculs : à trois heures de distance plus au nord, la propriété de Newport restait inoccupée, la proie sans doute de squatters ; vers l'est, à Water Mill, la maison de Frog's Pond Way avait été déclarée insalubre et rasée. Quatre ans plus tôt, il avait eu l'occasion – je le savais par Nathaniel – de fuir vers une villa qu'il possédait en Toscane, mais il ne l'avait pas fait, et aujourd'hui la Toscane n'était plus habitable, de toute façon. Il apparaissait d'ailleurs de plus en plus clairement qu'au bout du compte, plus personne ne serait plus autorisé à voyager. Avoir autant d'argent et nulle part où aller…

Pendant que nous buvions notre thé, la conversation a dérivé, comme toujours, vers les camps de quarantaine, et en particulier vers les événements du week-end passé. Je n'avais jamais pensé qu'Aubrey et Norris puissent s'intéresser au sort du commun des mortels, mais apparemment, ils faisaient partie d'une association qui réclamait la fermeture de ces camps. Inutile de le préciser, Nathaniel et David étaient d'accord avec eux. Intarissables, ils ont comparé leurs indignations et cité des statistiques (certaines exactes, d'autres non) sur tout ce qu'il s'y passait. Bien sûr, aucun d'eux n'avait effectivement vu de ses yeux l'intérieur d'un de ces camps. Personne, d'ailleurs.

« Et vous avez vu cette histoire qui est sortie aujourd'hui ? », a demandé le bébé, plus animé que je ne l'avais vu depuis un moment. « Sur cette mère et son enfant ?

— Non, que s'est-il passé ?

— Cette femme du Queens a un bébé qui a été testé positif. Elle sait que l'administration de l'hôpital va l'envoyer dans un camp, alors elle dit qu'elle doit aller aux toilettes, et elle s'enfuit pour rentrer chez elle. Elle y reste deux jours, et soudain, on cogne à sa porte et les soldats font irruption. Elle crie, le bébé aussi, et ils lui disent qu'elle peut soit les laisser emmener sa petite fille, soit venir avec elle. Elle décide de les suivre.

« Ils la font monter dans un camion avec beaucoup d'autres malades. Ils sont serrés les uns contre les autres. Tout le monde tousse et pleure. Les gosses pissent dans leurs culottes. Le camion roule pendant des kilomètres, les voilà aux portes d'un camp dans l'Arkansas et on les fait tous descendre. On les trie selon le stade de la maladie : début, milieu ou fin. Le bébé est diagnostiqué au stade du milieu. On les conduit dans un bâtiment où on leur donne un seul lit de camp qu'elles doivent partager. On ne donne pas de médicaments aux malades au stade du milieu, seulement à ceux qui en sont au début. Ils laissent passer deux jours pour voir si votre état empire, et bien sûr il s'aggrave puisqu'il n'y a pas de médicaments. Alors quand la maladie progresse, ils vous emmènent au bâtiment réservé au stade terminal. Et donc cette femme, contaminée maintenant elle aussi, est déplacée avec son bébé, et leur état s'aggrave encore, parce qu'il n'y a ni médicaments ni nourriture, ni même d'eau. Quarante-huit heures plus tard, elles sont mortes toutes les deux, et quelqu'un passe toutes les nuits pour évacuer les corps et les brûler. »

Il s'agitait de plus en plus en rapportant cette histoire : j'ai regardé mon fils et je l'ai trouvé beau, beau et naïf, et j'ai pris peur pour lui. Toute cette passion, cette colère, ce besoin de quelque chose que je ne parvenais pas à identifier et que je ne pouvais pas lui donner ; ses disputes à l'école avec ses camarades, avec ses professeurs, la rage qu'il promenait partout. Si nous étions restés à Hawaii, serait-il le même ? Étais-je responsable de qui il était devenu ?

Pourtant – alors même que cette pensée m'envahissait, je me suis entendu prendre la parole, les mots se sont échappés de mes lèvres comme si j'en avais perdu le contrôle, ma voix s'est élevée pour couvrir leurs exclamations d'horreur et d'autosatisfaction : ils condamnaient sans appel le monstre qu'était devenu l'État et la violation des droits civiques de cette femme, ils reconnaissaient qu'il y avait un prix à payer pour endiguer ces épidémies, mais ce prix ne pouvait pas être notre commune humanité. Bientôt, ils allaient échanger les mêmes propos qui alimentaient toutes les conversations de gens comme eux : les ethnies diverses étaient envoyées dans des camps différents, les Noirs dans l'un, les Blancs dans un autre, et le reste d'entre nous, sans doute dans un autre encore. On proposait aux femmes cinq millions de dollars pour qu'elles donnent leur bébé en bonne santé à la science afin qu'on fasse sur eux des expériences. Ce gouvernement contaminait les gens (à travers le réseau de canalisations, le lait en poudre pour les nourrissons, l'aspirine) pour ensuite les éliminer. Ce virus n'était pas un accident, mais avait été créé dans un laboratoire.

« Ce n'est pas vrai », ai-je lancé.

Ils se sont tus aussitôt. « Charles », a commencé Nathaniel pour me dissuader, mais David s'était déjà redressé sur son siège, instantanément prêt au combat. « Qu'est-ce que tu veux dire par là ?

— Cette histoire est une invention. Les choses ne se passent pas comme ça dans les camps.

— Qu'est-ce que tu en sais ?

— Je le sais, c'est tout. Même si le gouvernement était capable d'exactions pareilles, il ne pourrait pas les cacher au public très longtemps.

— Putain, ce que t'es naïf !

— *David !* » C'était Nathaniel. « Ne parle pas comme ça à ton père ! »

Un très court instant, je me suis réjoui. Depuis combien de temps Nathaniel n'avait-il pas pris spontanément et si passionnément ma défense ? On aurait dit une déclaration d'amour. Mais rien n'y a fait, j'ai continué à mitrailler.

« Réfléchis un peu, David, ai-je dit, me détestant au moment même où je reprenais la parole. Pourquoi arrêterait-on de donner des traitements aux gens ? La situation n'est pas la même qu'il y a six ans. Il y a des stocks de médicaments disponibles. Et pourquoi aurait-on créé l'étape intermédiaire de – comment appelles-tu ça déjà ? – ce bâtiment réservé au stade “du milieu” ? Pourquoi ne pas expédier les malades directement à celui du stade terminal ?

— Mais…

— Ce que tu décris, c'est un camp de la mort, et nous n'en avons pas dans ce pays.

— Votre foi en l'Amérique est touchante », est paisiblement intervenu Aubrey, et je me suis senti presque aveuglé par la rage. Comment osait-*il me* prendre de haut, lui dont la maison était pleine d'objets volés dans mon pays ?

« Charles, on devrait rentrer maintenant », a dit Nathaniel en se levant brusquement, au moment même où Norris posait la main sur l'épaule de son compagnon. « Aubrey, tu es injuste. »

Mais je n'ai pas répondu à Aubrey. Je me suis seulement adressé à mon fils à la place. « Et puis, David, si cette histoire était vraie, alors tu te serais trompé d'ennemi. Le coupable ici, ce n'est pas l'administration, l'armée, ou le ministère de la Santé – c'est cette femme elle-même. Eh oui : une femme qui savait que son bébé était malade, qui a pris la peine de l'emmener à l'hôpital, et qui au lieu de se laisser soigner prend la fuite. Où va-t-elle ? Elle prend le métro ou le bus, elle rentre dans son immeuble. Combien de rues a-t-elle traversées en chemin ? Combien de gens a-t-elle bousculés au passage ? Sur combien d'inconnus son bébé a-t-il soufflé ? Combien de spores a-t-elle répandues ? Combien y a-t-il de logements dans son immeuble ? Combien de personnes y vivent ? Combien d'entre elles souffrent de comorbidités ? Combien sont des enfants, malades ou handicapés ?

« À combien d'entre eux dit-elle : "Ma petite fille est malade. Je crois qu'elle est contaminée. Vous devriez vous éloigner" ? Appelle-t-elle les services de santé pour signaler qu'il y a un malade au foyer ? Est-ce qu'elle pense à qui que ce soit ? Ou bien seulement à elle-même et à sa propre famille ? Bien sûr, tu me répondras que c'est naturel de la part d'une mère. Mais c'est précisément pour ça, à cause de cet égoïsme compréhensible que le gouvernement *doit* intervenir, tu comprends ? Pour que ceux qui entourent cette femme soient en sécurité, tous ces gens dont elle se fout complètement, c'est pour tous ceux qui perdront leurs enfants à cause d'elle qu'il a été obligé d'agir. »

Le bébé était resté immobile et silencieux pendant ma diatribe, mais soudain, il a reculé comme si je l'avais giflé. « Tu as dit "on" », a-t-il grincé et quelque chose a changé dans l'atmosphère de la pièce.

« Comment ?

— Tu as dit "qu'on a été obligés d'agir".

— Non, j'ai dit "qu'il a été obligé d'agir".

— C'est faux, tu as dit "on". Putain de merde. Tu as les mains dedans, pas vrai ? Putain de merde. Tu as participé à la création de ces camps, hein ? » Et puis, se tournant vers Nathaniel : « Papa. *Papa.* Tu as entendu ? Tu as entendu ? Il est mouillé ! Il est derrière tout ça ! »

On a tous les deux regardé Nathaniel, qui restait assis, la bouche entrouverte, et qui nous dévisageait l'un après l'autre. Il a cligné les yeux. « David… »

Mais David s'était déjà levé, grand et maigre comme Nathaniel, et il me montrait du doigt. « Tu es un des leurs, a-t-il lancé, la voix haut perchée et surexcitée. Je sais que c'est vrai. J'ai toujours su que tu étais un collabo. Que tu étais derrière ces camps. Je le savais.

— David ! s'est écrié Nathaniel, envahi par l'angoisse.

— Va te faire foutre, a prononcé distinctement le bébé, les yeux dans les yeux, en tremblant de rage. Va te faire foutre ! » Puis il s'est tourné vers Nathaniel : « Et toi aussi, va te faire foutre ! Tu sais que j'ai raison. On en a parlé tous les deux, on sait qu'il travaille pour l'État. Et maintenant, tu es même pas capable de me soutenir ! » Et avant que l'un ou l'autre ait pu réagir, il courait déjà vers la porte et l'ouvrait ; le sas de décontamination a produit un gros bruit de succion sur son passage.

« David ! », a hurlé Nathaniel et il se précipitait déjà à son tour vers la porte quand Aubrey – qui était resté avec Norris à nous regarder, leurs yeux passant de l'un à l'autre, et se tenant les mains comme s'ils étaient au théâtre et que nous soyons des acteurs jouant une scène particulièrement éprouvante – s'est levé. « Nathaniel, ne t'inquiète pas. Il n'ira pas loin. Nos vigiles vont le prendre en charge. » (Voilà un autre phénomène de nos jours : les gens engagent des agents de sécurité, avec tout un équipement de protection, pour surveiller leur propriété nuit et jour.)

« Je ne sais pas s'il a ses papiers », a continué Nathaniel, en plein désarroi – nous passions notre temps à rappeler sans arrêt à David qu'il lui fallait avoir sur lui sa carte d'identité et son pass sanitaire chaque fois qu'il quittait l'appartement, mais il oubliait régulièrement.

« Pas de problème, a repris Aubrey. Je vous le promets. Il n'ira pas loin et l'équipe va le filer. Je vais les appeler tout de suite », et il s'est dirigé vers son bureau.

Nous nous sommes retrouvés à trois. « On devrait y aller maintenant, ai-je dit. On récupère David et on s'en va », mais Norris a posé la main sur mon bras. « À votre place, je ne l'attendrais pas, a-t-il suggéré avec douceur. Laissez-le dormir ici ce soir, Charles. Les vigiles vont le ramener et nous prendrons soin de lui. Nous demanderons à l'un des deux de le raccompagner chez vous demain. » J'ai regardé Nathaniel qui m'a fait signe d'accepter et j'ai hoché le menton à mon tour.

Aubrey est revenu, excuses et remerciements ont été échangés mais en sourdine. Alors que nous sortions, je me suis retourné et j'ai vu Norris qui me fixait avec une expression que je n'ai pas comprise. Puis la porte s'est refermée, et nous nous sommes retrouvés dehors dans la nuit, l'air était chaud, humide sans un souffle de vent. Nous avons allumé les déshumidificateurs de nos masques.

Nous avons crié : « David ! David ! » mais personne n'a répondu.

« On s'en va ? », ai-je demandé à Nathaniel, alors même qu'Aubrey venait de nous appeler pour nous dire que David était à l'abri dans la cabane en pierre qu'ils avaient fait construire pour leurs vigiles à l'arrière de la maison, en sécurité avec un des deux gardiens.

Nathaniel a soupiré et haussé les épaules. « Oui, je suppose, a-t-il répondu avec lassitude. Il ne voudra pas rentrer avec nous, de toute façon. Pas ce soir. »

Nos regards se sont portés vers le sud, en direction de la Place. Pendant quelque temps, nous avons gardé le silence. Il y avait un bulldozer dont la trajectoire était éclairée par un seul phare puissant et qui faisait des restes des abris de fortune un monticule de plastique et de contre-plaqué. « Tu te rappelles la première fois où nous sommes venus à New York ? lui ai-je demandé. On logeait dans cet hôtel pourri près du Lincoln Center, et on avait marché jusqu'à TriBeCa. On s'était arrêtés dans ce parc pour manger des glaces. Quelqu'un avait installé un piano sous l'arc, tu t'es assis et tu as joué…

— Charles, m'a dit Nathaniel de la même voix douce. Je n'ai pas très envie de parler maintenant. Je veux seulement rentrer à la maison. »

Pour une raison qui m'a échappé, cette phrase m'a davantage ébranlé que tout le reste de la soirée. Plus que la dégradation de l'état d'Aubrey et de Norris ; plus que de constater à quel point David me haïssait. J'aurais préféré que Nathaniel soit en colère après moi, qu'il m'accuse, qu'il m'affronte. Alors j'aurais pu riposter. Nous avions toujours eu de saines disputes. Mais cette résignation, cette lassitude – je ne savais pas comment réagir.

Nous nous étions garés dans University Place, et nous avons donc repris notre chemin. Il n'y avait personne dans les rues, évidemment. Je me suis rappelé une nuit, il y a environ douze ans, où j'acceptais encore qu'Aubrey et Norris s'apprêtent à entrer dans notre vie, parce qu'ils faisaient partie de celle de Nathaniel. Ils avaient organisé un dîner, et nous avions laissé David – qui avait seulement sept ans, un bébé en réalité – avec un baby-sitter et nous avions pris le métro en direction du sud de la ville. La soirée rassemblait tous les riches amis d'Aubrey et Norris, mais certains avaient des compagnons ou des maris d'à peu près notre âge, et même moi j'avais pris du bon temps. Nous avions décidé de rentrer à pied. Ce n'était pas si près, mais en ce mois de mars, le temps était idéal, pas trop chaud, nous avions tous les deux un peu trop bu, et dans la 23e Rue, nous nous étions arrêtés sur un banc pour nous faire un câlin, parmi d'autres gens qui faisaient la même chose sur d'autres bancs. Nathaniel était tout joyeux ce soir-là parce que nous nous étions fait de nouveaux amis. C'était l'époque où nous faisions encore semblant de croire que nous n'allions rester que quelques années à New York.

Là, nous marchions en silence, et alors que j'étais en train de déverrouiller la voiture, Nathaniel m'a arrêté et m'a forcé à lui faire face. C'était la première fois depuis des mois qu'il posait la main sur moi, avec cette détermination.

« Charles. Est-ce que c'est vrai ?

— Vrai que quoi ? »

Il a inspiré un grand coup. Le filtre du déshumidificateur de son casque avait besoin d'être nettoyé, et quand il respirait, son visage disparaissait et réapparaissait lorsque l'écran s'embuait puis s'éclaircissait. « Est-ce que tu as effectivement participé à l'installation de ces camps ? », a-t-il demandé. Il a détourné le regard quelques secondes avant de me fixer à nouveau. « Est-ce que tu t'en occupes toujours ? »

Je ne savais pas quoi répondre. J'avais lu les rapports, bien sûr – ceux qu'on publie dans la presse et qu'on montre à la télévision, ainsi que les autres, ceux que tu connais toi aussi. J'étais à la réunion du Comité le jour où a été visionné le film tourné à Rohwer, et quelqu'un dans la salle, une avocate du ministère de la Justice, avait poussé un cri en découvrant ce qui s'était passé dans les quartiers des bébés et elle avait quitté les lieux sur-le-champ. Bien sûr, j'aurais préféré que nous n'ayons jamais eu besoin de ces camps. Mais la nécessité était là, et je ne pouvais rien y changer. Je ne pouvais que chercher les moyens de nous protéger. Je n'avais pas à m'en excuser. Je n'aurais pas su expliquer. Je m'étais porté volontaire pour cette mission. Je ne pouvais pas maintenant la renier parce qu'il se passait des choses que j'étais le premier à déplorer.

Mais comment expliquer tout cela à Nathaniel ? Il ne comprendrait pas. Il ne pourrait pas comprendre. Alors je suis resté planté devant la voiture, la bouche ouverte, hésitant entre parler et me taire, entre mentir et me justifier.

« Je crois que tu devrais coucher au labo ce soir », a-t-il fini par dire, toujours de cette voix douce.

« Oh… comme tu veux. » Et pendant que j'acquiesçais, il a reculé comme si je l'avais frappé en pleine poitrine. Je ne sais pas : peut-être s'attendait-il à ce que je me bagarre, que je plaide ma cause, que je nie tout en bloc, que je lui mente. Mais c'était comme si, en acceptant sa proposition, j'avais confirmé tout ce qu'il refusait de croire. Il m'a regardé à nouveau, mais son écran était de plus en plus embué, et finalement, il est monté dans la voiture pour se diriger vers le nord de la ville.

J'ai marché. Dans la 14e Rue, je me suis arrêté pour laisser passer un tank, et ensuite une brigade de soldats dont les masques ont un effet miroir, si bien que quand vous parlez à quelqu'un qui en porte un, vous ne voyez que votre propre image qui vous regarde dans les yeux. J'ai repris mon chemin, marché encore, franchi la barrière de la 23e Rue, où un militaire m'a fait obliquer vers l'est pour éviter Madison Park, sur lequel avait été installé un dôme géodésique climatisé pour y entreposer les cadavres jusqu'à ce qu'on les emporte vers un crématorium. À chaque coin du parc, la caméra d'un drone pivotait sur elle-même et ses rayons illuminaient brièvement les cercueils en carton, empilés par quatre en rangées bien nettes. En traversant Park Avenue, j'ai vu un homme venir en sens inverse ; quand il s'est approché de moi, il a baissé les yeux. As-tu déjà été exposé à ça, cette réticence à croiser le regard, comme si la maladie ne se répandait pas par le souffle mais en se faisant face ?

Finalement, je suis arrivé à Rockefeller University, j'ai pris une douche et fait le lit sur mon canapé. Mais je n'ai pas réussi à trouver le sommeil, et au bout de deux heures, je me suis relevé, j'ai remonté les stores occultants et j'ai regardé les hélicoptères qui allaient livrer leur cargaison sur Roosevelt Island, leurs pales clignotant à la lumière des miradors. Ici, les crématoriums ne s'arrêtent jamais, mais les transports par péniches ont été suspendus parce qu'on a fermé les voies d'eau en espérant décourager les radeaux des réfugiés climatiques, poussés à l'eau en pleine nuit à l'embouchure de l'Hudson ou de l'East River, et forcés de finir leur périple à la nage.

Et maintenant, je suis épuisé, plus fatigué que je pense l'avoir jamais été. Ce soir, nous dormons tous dans des endroits différents. Toi, à Londres ; Olivier, à Marseille. Mon mari, quatre rues plus loin vers le nord. Mon fils, à cinq kilomètres au sud. Moi, ici, dans mon labo. Comme j'aimerais être auprès de l'un de vous, peu importe lequel. J'ai laissé un store ouvert, si bien que sur le mur d'en face, un carré de lumière vacille et disparaît, vacille et disparaît, vacille et disparaît, comme un code que je serais seul à comprendre.

Avec toute mon affection, Moi.

Mon cher Peter, 20 septembre 2058

Aujourd'hui a eu lieu l'enterrement de Norris. J'ai retrouvé Nathaniel et David à la Maison des Amis de Rutherford Place. Je n'avais pas vu David depuis trois mois, Nathaniel depuis une semaine, et par respect pour Norris, nous nous sommes montrés infiniment courtois les uns avec les autres. Nathaniel m'avait appelé avant pour me demander de ne pas essayer d'embrasser David, et je lui ai obéi, mais il nous a tous deux surpris en me tapotant gentiment le dos avec un petit grommellement.

Durant le service, court et modeste, j'ai observé attentivement le visage de David. Il était assis dans la rangée juste devant moi, un siège plus à gauche, et j'ai pu examiner son profil, son long nez maigre, sa nouvelle coiffure qui donne l'impression qu'il porte une couronne d'épines. Il avait commencé les cours dans sa nouvelle école, celle à laquelle Aubrey lui avait conseillé de s'inscrire après qu'il avait décidé de ne plus fréquenter celle qu'il lui avait recommandée deux ans plus tôt, et à ma connaissance, jusque-là personne ne s'était plaint, ni eux, ni lui. L'année scolaire a débuté il y a trois semaines seulement, je l'admets.

Je ne connaissais pas la plupart des présents – j'en avais vu certains à des dîners et des réceptions plusieurs années auparavant – mais j'avais tout de même une impression de grand vide : ils avaient perdu davantage d'amis que je l'avais constaté en 2056, et bien que la salle soit à moitié remplie, le sentiment demeurait, persistant et troublant, que quelque chose ou quelqu'un manquait.

Ensuite, Nathaniel, le bébé et moi sommes allés chez Aubrey où quelques autres personnes s'étaient rassemblées. Aubrey portait sa combinaison de décontamination pour que ses invités puissent retirer la leur. Durant toute cette année, alors que Norris s'éteignait lentement, ils s'étaient mis à garder la maison dans la pénombre, n'éclairant les pièces qu'à la bougie. Cela avait assurément son effet – et Aubrey et la maison paraissaient moins sur le déclin dans ces ténèbres – mais vous donnait aussi l'impression d'être entré dans un autre siècle, une époque où l'électricité n'avait pas encore été inventée. À moins que la maison n'ait semblé maintenant habitée moins par des humains que par une autre espèce d'animaux : des taupes, peut-être, des créatures dotées de petits yeux myopes en forme de billes qui ne supportaient pas le plein éclat de la lumière du jour. J'ai pensé aux élèves de Nathaniel, Hiram et Ezra, aujourd'hui âgés de onze ans, qui vivaient toujours dans leur royaume des ombres.

Finalement, nous n'étions plus que quatre, Nathaniel et David avaient proposé de passer la nuit là, et Aubrey avait accepté. J'allais profiter de leur absence de l'appartement pour récupérer quelques affaires, et les rapporter à la résidence étudiante de R.U., où je vis toujours.

Pendant un moment, nous avons tous gardé le silence. Aubrey, la tête contre le dossier du canapé, a fermé les yeux. « David », a chuchoté Nathaniel, en lui faisant signe de l'aider à faire pivoter Aubrey pour qu'il puisse s'allonger, et le bébé se levait déjà pour obtempérer quand le vieil homme a pris la parole.

« Vous vous rappelez notre conversation peu après qu'on avait annoncé le diagnostic du premier malade en 2050 ? », a-t-il demandé, les paupières toujours closes. Personne n'a répondu. « Vous, Charles, je me rappelle vous avoir demandé si c'était celui que nous redoutions, le virus qui allait tous nous éliminer, et vous aviez dit : "Non, mais il va être résistant." Vous vous en souvenez ? »

Sa voix était paisible, mais j'ai tout de même fait la grimace. « Oui, je me rappelle. » Et j'ai entendu Nathaniel soupirer, un son doux et triste à la fois : « Hum... » Puis après une nouvelle pause, il a ajouté : « Tu avais raison, étant donné la façon dont les choses ont tourné. Parce que ensuite, il y a eu 2056.

— Je ne vous l'ai jamais raconté, a repris Aubrey, mais en novembre 2050, un de nos vieux amis nous a contactés. Enfin, il était davantage l'ami de Norris que le mien, ils se connaissaient depuis l'université où ils avaient eu une brève liaison. Il s'appelait Wolf. À l'époque, nous habitions à Frog's Pond Way depuis environ trois mois. Nous pensions, comme beaucoup de gens – y compris vos collègues, Charles –, que nous serions mieux à l'abri là-bas, qu'il valait mieux s'éloigner de la ville, surpeuplée et tellement sale. C'était juste après le début des pillages. Tous craignaient d'abandonner leurs maisons. La menace n'était pas aussi sérieuse qu'en 2056 – vous ne vous faisiez pas agresser dans la rue par des gens qui vous toussaient à la figure pour vous contaminer parce qu'ils voulaient que vous tombiez vous aussi malade. Mais la situation était grave. Vous vous souvenez ?

« En tout cas, un soir, Norris m'a annoncé que Wolf avait pris contact avec lui ; il était dans les parages et demandait s'il pouvait passer nous rendre visite. Bien. Nous prenions toutes les mesures sanitaires très au sérieux. Norris commençait à avoir de l'asthme, et si nous nous étions réfugiés à Long Island pour commencer, c'était avant tout pour éviter de croiser les gens. Donc, nous avons décidé de dire à Wolf que nous aurions grand plaisir à le voir, mais que pour son bien et le nôtre, nous ne pensions pas que c'était très sûr, même si bien entendu, quand les choses seraient un peu apaisées, nous serions ravis de nous réunir.

« Et donc, Norris lui envoie ce message, mais Wolf répond aussitôt : la question ne se pose pas en termes d'envie de nous voir, mais de *besoin* de nous voir. Il réclame notre aide. Norris lui demande si nous pouvons parler par visio, mais il insiste : il faut qu'il nous voie.

« Que pouvions-nous faire ? Le lendemain à midi, nous recevons un texto : "Je suis devant la porte." Nous sortons. Pendant un certain temps, nous ne voyons rien. Puis nous entendons Wolf appeler Norris et nous descendons l'allée, mais toujours rien. Ensuite, nous l'entendons à nouveau, et nous avançons un peu plus loin. La scène se reproduit plusieurs fois, et alors nous entendons Wolf nous dire : "Arrêtez-vous."

« Nous obéissons. Rien ne se passe. Alors nous entendons des brindilles craquer derrière le grand peuplier près de la maison du gardien, et Wolf s'avance à découvert.

« Il nous apparaît aussitôt qu'il est très malade. Son visage est couvert de marques, il est squelettique. Il utilise une branche de magnolia comme canne, mais il n'a pas la force suffisante pour la soulever, et donc, elle traîne derrière lui comme un balai. Il trimbale un petit sac à dos et retient son pantalon d'une main. Il porte une ceinture, mais elle ne sert à rien.

« Norris et moi reculons immédiatement. À l'évidence, Wolf approche le stade terminal de la maladie, et il est donc particulièrement contagieux. Il nous dit : "Je ne serais pas venu ici si j'avais autre part où aller. Vous vous en doutez. Mais j'ai besoin d'aide. Je n'en ai plus pour très longtemps. Je me rends compte du fardeau que ça représente. Mais j'espère… je vous demande de me laisser mourir ici."

« Il s'était échappé d'un des centres. Plus tard, nous devions apprendre qu'il s'était rapproché de quelques autres personnes et que toutes l'avaient repoussé. Il a ajouté : "Je ne vous demanderai pas de me laisser entrer chez vous. Mais j'ai pensé… j'ai pensé que je pourrais peut-être me cacher dans le pavillon de piscine ? Je ne réclamerai rien d'autre. Mais je ne veux pas mourir dehors."

« Je ne savais que répondre, j'ai senti Norris derrière moi qui me prenait le bras. Finalement, j'ai dit : "Il faut que je parle avec Norris", et Wolf a hoché la tête avant de se réfugier à nouveau derrière le peuplier, comme pour nous laisser libres de discuter tranquillement, et Norris et moi avons remonté l'allée. Il m'a regardé, je l'ai regardé, et aucun de nous deux n'a prononcé un mot. C'était inutile, nous savions ce que nous allions faire. J'avais mon portefeuille sur moi, j'en ai sorti tout ce que j'avais – un peu plus de cinq cents dollars. Nous avons repris la direction du peuplier et Wolf a reparu.

« "Wolf, ai-je dit, je suis désolé. Vraiment désolé. Mais nous ne pouvons pas. Norris est trop fragile, tu le sais. C'est impossible, c'est tout à fait impossible. Je regrette." J'ai parlé de vous, Charles. "Un ami à nous a des relations haut placées, il pourra te venir en aide, te faire admettre dans un meilleur centre." Je n'étais pas sûr que pareille chose existe, mais j'ai promis. Ensuite j'ai déposé l'argent par terre, à trente centimètres de nous. "Je peux t'en trouver plus, si nécessaire", ai-je ajouté.

« Il n'a rien dit. Il est resté là, haletant, les yeux rivés à l'argent, en se balançant d'un pied sur l'autre. Ensuite, j'ai saisi la main de Norris, et nous nous sommes précipités vers la maison – les cent derniers mètres, nous avons couru, couru comme si Wolf avait eu la force de nous poursuivre, comme s'il avait pu tel un sorcier s'élever dans les airs et nous barrer l'accès. Une fois à l'intérieur, nous avons tiré les verrous et fait le tour de la maison pour inspecter chaque fenêtre et chaque serrure, comme si Wolf risquait de faire irruption et de contaminer toute la maison.

« Mais savez-vous le pire ? Norris et moi étions *furieux.* Furieux que Wolf ait attrapé la maladie, qu'il soit venu vers nous, qu'il ait demandé notre assistance, qu'il nous ait placés dans cette situation. Voilà ce que nous nous sommes dit ce soir-là autour d'un bon repas, tous les stores tirés, tous les systèmes d'alarme branchés, le pavillon de piscine – parce qu'il aurait pu malgré tout s'y réfugier – dûment cadenassé. Comment osait-il ? Comment osait-il nous faire ressentir cela ? Comment osait-il nous forcer à lui dire non. Voilà ce que nous pensions. Un ami était sans défense et en proie à la peur, et voilà comment nous réagissions.

« Les choses n'ont plus jamais été exactement les mêmes entre nous par la suite. Oh, je sais bien que tout semblait parfait. Mais quelque chose avait changé. C'était comme si notre relation n'était plus fondée sur l'amour mais sur la honte, sur ce terrible secret que nous partagions, sur cet acte effroyable et inhumain que nous avions commis ensemble. Et j'en veux à Wolf de cela aussi. Tous les jours, depuis la maison, nous surveillions la propriété à l'aide de jumelles. Nous avions proposé aux vigiles de doubler leur salaire pour qu'ils reviennent, mais ils avaient refusé, et nous nous sommes préparés à tenir le siège contre un homme, un homme seul. Nous gardions en permanence les stores baissés et les volets tirés. Nous vivions comme dans un film d'horreur, comme si à n'importe quel moment nous aurions pu entendre un bruit à l'une des fenêtres et découvrir Wolf écrasé contre la vitre. Nous avions convaincu la police locale de nous laisser consulter la liste des décès survenus dans la région, mais quand nous avons appris deux semaines plus tard que Wolf avait été retrouvé au bord de la route, mort apparemment depuis plusieurs jours, nous n'avons pas été capables de renoncer à notre vigilance : nous avons cessé de répondre au téléphone, de consulter nos messages, de nous rendre disponibles pour qui que ce soit, parce que si nous n'avions aucun contact avec l'extérieur, on ne nous demanderait rien et nous serions en sécurité.

« Après la fin de l'alerte, nous avons regagné Washington Square. Mais nous ne sommes jamais retournés à Water Mill. Nathaniel, tu m'as demandé un jour pourquoi nous n'allions plus à Frog's Pond Way. C'est la raison. Nous n'avons plus non plus jamais parlé de Wolf. Inutile de nous concerter, nous savions tous les deux que le sujet était tabou. Au fil des ans, nous nous sommes efforcés de nous racheter. Nous avons fait des dons réguliers aux associations qui aidaient les malades, aux hôpitaux, aux groupes d'opposants qui militaient contre les camps. Mais quand on a découvert la leucémie de Norris, la première chose qu'il a dite lorsque le médecin a eu quitté la pièce a été : "C'est une punition pour Wolf." Je sais qu'il le pensait. Lors de ses derniers jours, alors que les médicaments le faisaient délirer, ce n'était pas mon nom qu'il répétait, mais celui de Wolf. Et même si je vous raconte cette histoire comme si je n'y croyais pas, en fait, je pense la même chose. Je sais qu'un jour – un jour – Wolf reviendra pour se venger de moi aussi. »

Nous étions tous silencieux. Même le bébé, pourtant toujours fidèle à son absolutisme moral, était sombre et restait muet. Nathaniel a soupiré : « Aubrey… », mais le vieil homme ne l'a pas laissé finir.

« Il fallait que je le confesse à quelqu'un, et c'est une des raisons pour lesquelles je vous l'ai confié. Mais l'autre est que… David, je sais que tu en veux beaucoup à ton père, et je le comprends. Mais la peur nous pousse parfois à des actes que nous regrettons, des choses dont nous ne nous serions jamais crus capables. Tu es si jeune, et tu as passé presque toute ta vie à côtoyer la mort et l'éventualité de la mort – tu es en quelque sorte immunisé, ce qui fend le cœur. Par conséquent, tu ne comprendras pas vraiment ce que je veux dire.

« Mais en vieillissant, on fait tout ce qu'on peut pour essayer de rester en vie. Parfois sans même en avoir conscience. Quelque chose, l'instinct peut-être ou la part du mal en soi, prend le dessus – et on se perd. Pas tout le monde, mais beaucoup d'entre nous.

« Je suppose que ce que j'essaie de dire c'est que tu dois pardonner à ton père. » Il a tourné les yeux dans ma direction. « Moi, je vous pardonne, Charles. Pour… pour votre implication – quelle qu'elle ait été – dans l'édification des camps. Je tenais à vous le dire. Norris ne vous en a jamais tenu rigueur autant que moi, et il n'avait donc aucun pardon à accorder ou à implorer. Mais moi oui. »

J'ai senti qu'il me fallait répondre. « Merci, Aubrey », ai-je dit à un homme qui avait accroché les objets les plus précieux et les plus sacrés volés à mon pays sur ses murs, comme des posters dans une chambre d'étudiant, et qui deux ans plus tôt, m'avait accusé d'être un suppôt du gouvernement américain. « Je vous en suis reconnaissant. »

Il a soupiré, ainsi que Nathaniel, comme si je n'avais pas joué le rôle qu'on attendait de moi. De l'autre côté de la pièce, David détournait la tête et je ne pouvais pas lire l'expression de son visage. Il adorait Aubrey. Il le respectait. Je m'imaginais sans peine ce qu'il devait ressentir, et j'avais de la peine pour lui.

Je n'étais pas suffisamment égocentrique pour lui demander aussitôt son pardon. Mais sans pouvoir m'en empêcher, je rêvais déjà à notre réconciliation : je rentrerais à la maison, le bébé cesserait d'être en colère contre moi, et nous serions à nouveau une famille.

Je n'ai pas prononcé un mot, cependant. Je me suis levé, j'ai pris congé de tout le monde et je suis repassé par notre appartement comme prévu avant de rentrer vers la résidence étudiante où je logeais.

J'ai entendu – nous avons tous les deux entendu – beaucoup d'histoires terribles sur ce que les humains ont fait à d'autres humains ces deux dernières années. Le récit d'Aubrey n'était pas le pire, loin s'en fallait. Au fil des mois, on a rapporté que des parents avaient abandonné leurs enfants dans le métro, qu'un homme avait abattu ses parents d'une balle dans la nuque alors qu'ils étaient paisiblement assis dans leur jardin, qu'une femme avait poussé son époux à l'agonie dans son fauteuil sous le Lincoln Tunnel et l'avait laissé là, après quarante ans de mariage. Mais ce qui m'avait le plus frappé dans l'histoire d'Aubrey, je suppose, ce n'étaient pas les faits en eux-mêmes, mais plutôt la façon dont l'existence qu'il partageait avec Norris s'était rétrécie. Je les imaginais sans peine : tous deux enfermés dans cette maison qui m'emplissait de ressentiment et d'envie, les volets clos pour occulter la lumière, recroquevillés dans un coin pour se faire tout petits, dans l'espoir, s'ils y parvenaient, que le grand œil de la maladie ne les repérerait pas, les laisserait indemnes, comme s'ils pouvaient ne jamais se faire prendre.

Affectueusement, C.

Cher Peter, 30 octobre 2059

Merci de ton message tardif pour mon anniversaire. J'avais complètement oublié. Cinquante-cinq ans. Séparé de mon conjoint. Haï par mon fils et la majeure partie du monde occidental (enfin, ce que je fais, si ce n'est pas moi en personne qu'ils haïssent). Complètement passé d'un rôle de scientifique autrefois prometteur, à celui d'éminence grise du gouvernement. Que dire de plus ? Pas grand-chose, je présume.

On a plus ou moins fêté ça ce soir dans la maison d'Aubrey, où Nathaniel et le bébé vivent désormais à plein temps. Je sais que je ne t'en ai pas parlé, et je suppose que c'est sans doute parce que les choses se sont faites toutes seules, sans que Nate ou moi en prenions vraiment conscience. David et lui ont commencé à passer plus de temps chez Aubrey pour lui tenir compagnie dans le sillage du décès de Norris. Il m'envoyait un texto quand c'était le cas pour que je puisse passer une nuit à l'appartement. J'errais d'une pièce à l'autre, ouvrant les tiroirs du bureau du bébé et fouinant dans tous les coins, fouillant le tiroir à chaussettes de Nathaniel. Je ne recherchais rien de précis – je savais que Nathaniel n'avait aucun secret et que David avait dû emporter les siens avec lui. Je furetais, voilà tout. Je repliais les tee-shirts de David. Je me penchais sur les sous-vêtements de Nathaniel pour en sentir l'odeur.

J'ai fini par me rendre compte que les choses disparaissaient peu à peu – les baskets de David, les livres que Nathaniel entreposait sur la table de chevet. Un soir, je suis arrivé et le ficus n'était plus là. On aurait presque dit un dessin animé. Je partais pour la journée, et tous ces objets se hâtaient de se volatiliser en mon absence. Bien sûr, c'était à Washington Square qu'ils allaient. Après cinq mois de ce déménagement au compte-gouttes, Nathaniel m'a écrit que je pouvais me réinstaller là-bas, dans notre appartement, si je voulais, et si j'ai d'abord refusé par principe – toutes les quelques semaines, nous discutions brièvement de la possibilité qu'il me rachète ma part pour que je puisse en acquérir un autre, tout en sachant pertinemment qu'il n'en avait pas les moyens financiers et moi non plus –, de guerre lasse, j'ai emménagé à nouveau. Toutefois, ils n'ont pas tout emporté chez Aubrey, et quand je suis le plus enclin à me lamenter sur mon sort, j'entrevois le sens symbolique de la manœuvre. Les vieux livres d'images du bébé, quelques vestes de Nathaniel pour lesquelles il fait maintenant beaucoup trop chaud, une casserole au fond irrémédiablement noirci par des années de plats calcinés – et moi : tous les déchets de leurs vies, tout ce dont ils ne voulaient plus.

Nathaniel et moi faisons l'effort de nous parler une fois par semaine. Parfois, ces échanges se passent bien. D'autres fois, non. On ne peut pas dire que nous nous disputons vraiment, mais chaque conversation, aussi agréable qu'elle soit, a quelque chose d'une fragile couche de glace, et juste au-dessous, se devine une mare d'eau gelée, des dizaines d'années de ressentiment et de reproches. La plupart concernent David, mais il est aussi ce qui nous lie. Nous nous faisons tous les deux du souci pour lui, même si Nathaniel est plus indulgent que moi. Il aura vingt ans le mois prochain, et nous ne savons pas quoi faire de lui ou pour lui – il n'a décroché aucun diplôme de fin d'études, n'a aucune intention de s'inscrire à la fac, ou de chercher un emploi. Tous les jours, me rapporte Nathaniel, il disparaît pendant des heures, ne rentre que pour le dîner et une partie d'échecs avec Aubrey, avant de s'évanouir à nouveau dans la nature. Au moins, me dit Nathaniel, il montre toujours de la tendresse pour le vieil homme. Avec nous, il lève les yeux au ciel et ricane quand on lui parle de trouver du travail, de finir son diplôme, mais il écoute patiemment les légères remontrances que lui fait parfois Aubrey ; parfois, avant de repartir, il l'aide à monter se coucher.

Ce soir, nous étions en train de partager un gâteau d'anniversaire quand la porte du sas de décontamination a claqué et David a fait son apparition. Je ne sais jamais de quelle humeur sera le bébé quand il me croise : se montrera-t-il méprisant, levant les yeux au ciel à tout propos ? Sarcastique, me demandant de combien de morts je suis responsable cette semaine ? Ou bien, contre toute attente, sera-t-il timide, presque docile, haussant avec gêne les épaules quand je lui ferai un compliment, quand je lui avouerai combien il me manque ? Chaque fois, je le lui répète. Chaque fois je lui dis que je l'aime. Mais je ne lui demande pas pardon, même si je sais que c'est ce qu'il attend, parce que lui n'a rien à me pardonner.

« Salut, David », ai-je lancé, en observant l'expression incertaine qui se dessinait sur son visage. J'ai soudain eu la conviction qu'il ne savait pas plus que moi quelle serait sa réaction en me voyant.

Il a opté pour la moquerie : « J'ignorais que nous recevions des criminels de guerre au dîner de ce soir.

— David, a soupiré Nathaniel avec lassitude. Arrête un peu. Je t'ai dit que c'était l'anniversaire de ton père aujourd'hui. »

Puis, avant qu'il ait pu ajouter quoi que ce soit, Aubrey est intervenu avec douceur : « Assieds-toi, David. Viens passer un moment avec nous. » Puis, voyant que le garçon hésitait : « Il reste tout plein de choses à manger. »

David a pris place, et Edmund lui a apporté une assiette, et nous l'avons tous les trois regardé pendant qu'il lui faisait rapidement un sort et se rencognait dans son fauteuil en rotant.

« *David !* », nous sommes-nous exclamés d'une même voix, et le bébé soudain a souri en nous fixant tour à tour, ce qui nous a fait nous regarder nous aussi, et l'espace d'un instant, nous avons eu tous les trois le sourire aux lèvres.

« Vous ne pouvez pas vous en empêcher, pas vrai ? », a demandé David, presque avec tendresse, s'adressant à Nathaniel et moi comme à une unité, et nous avons souri à nouveau : à notre fils, puis l'un à l'autre. Face à nous, le bébé s'attaquait au gâteau à la carotte. « Ça te fait quel âge, vieux ?

— Cinquante-cinq. » J'ai décidé d'ignorer la provocation de ce « vieux » que je déteste, ce qu'il savait parfaitement, mais cela faisait un bail qu'il ne m'avait pas appelé « Papa », et plusieurs années qu'il ne m'avait plus appelé du tout.

« Bon Dieu ! s'est exclamé le bébé, sincèrement excité à cette idée. « Cinquante-cinq ! Te voilà presque un vieillard !

— Un senior », ai-je confirmé, en souriant. Et à côté de David, Aubrey s'est esclaffé : « Un gamin. Un bébé ! »

Normalement, David en aurait profité pour se lancer dans ses rengaines habituelles – sur l'âge moyen des mineurs qu'on isolait dans les camps, le taux de mortalité des enfants autres que blancs, la façon dont le gouvernement saisissait l'occasion de cette épidémie pour éliminer des Noirs et des Indiens, la raison pour laquelle on avait laissé se répandre librement les derniers virus pour commencer – mais il n'en a rien fait, il s'est contenté de lever les yeux au ciel, mais avec bonne humeur, et il s'est servi une deuxième part de gâteau. Avant de s'y attaquer cependant, il a dénoué son bandana, dévoilant l'énorme tatouage qu'il portait sur tout le côté droit du cou.

« Bon sang ! », ai-je lâché, et Nathaniel, comprenant ce que je venais de voir, a prononcé mon prénom comme un avertissement. Il m'avait déjà dressé la liste des sujets qu'il valait mieux ne pas aborder avec David et sur lesquels il était préférable de ne pas poser de question, entre autres, son diplôme, ses ambitions et ses amis. Mais il n'avait pas parlé des tatouages qui le défiguraient, et je me suis précipité de l'autre côté de la table comme s'il risquait de disparaître si je ne l'examinais pas de près dans les cinq secondes qui suivaient. J'ai tiré sur l'encolure de son tee-shirt et je l'ai observé attentivement : c'était un œil, d'environ quinze centimètres de large, écarquillé et menaçant, et il en émanait des rayons lumineux ; en lettres gothiques, on pouvait lire au-dessous : « *Ex Obscuris Lux.* »

J'ai lâché le tee-shirt et reculé d'un pas. David souriait d'un air narquois.

« Tu es entré à l'Académie Américaine d'Ophtalomologie, maintenant ? », lui ai-je demandé.

Il a cessé de sourire et a semblé décontenancé. « Quoi ?

— *Ex Obscuris Lux.* Des ténèbres jaillit la lumière. C'est la devise de l'Académie », ai-je expliqué.

Pendant quelques instants, il a paru perplexe à nouveau. Puis il s'est repris. « Non », s'est-il contenté de répondre, et je voyais bien qu'il était embarrassé et furieux de l'être.

« Alors, ça représente quoi, dis-moi, David ?

— Charles, a soupiré Nathaniel, pas maintenant.

— Comment ça, pas maintenant ? Je ne peux même pas demander à mon fils pourquoi il porte un tatouage énorme – j'allais dire affreux – sur le cou ?

— C'est parce que je suis membre de La Lumière », a déclaré fièrement David avant de lever encore une fois les yeux au ciel devant mon absence de réaction. « Mais enfin, vieux. *La Lumière.* C'est une organisation.

— Quel genre d'organisation ?

— Charles, a averti Nathaniel.

— Oh Nate, arrête un peu avec tes *Charles, Charles* ! David est mon fils aussi et je peux lui poser les questions que je veux. » Je me suis à nouveau tourné vers le rebelle. « Quel genre d'organisation ? »

Il souriait à nouveau d'un air moqueur et j'avais envie de le gifler. « Un groupe d'action politique.

— Quelle sorte de groupe d'action politique ?

— Un groupe qui essaie de défaire tout ce que tu as fait. »

À ce moment-là, Peter, tu aurais été fier de moi. J'ai eu comme rarement l'intuition claire et précise d'où allait nous mener cette conversation. Le bébé allait tout essayer pour me provoquer. Il y réussirait. Je dirais quelque chose de violent, et il riposterait sur le même registre. Nathaniel resterait sur la touche et se tordrait les mains. Aubrey demeurerait avachi sur son siège, nous observant avec chagrin et pitié ; il avait l'air un peu révulsé à l'idée que nous faisions partie de sa vie et que nous en soyons tous les trois arrivés à ce stade regrettable.

Mais je ne me suis pas laissé piéger. À la place – témoignant d'une sérénité dont je ne me serais pas cru capable – j'ai dit que je me réjouissais qu'il se soit trouvé une mission dans la vie, et que je lui souhaitais ainsi qu'à ses camarades bonne chance dans leur combat. J'ai remercié Aubrey et Nathaniel pour le dîner et je suis parti. « Oh Charles, a dit Nathaniel en me suivant vers la porte. Charles, ne t'en va pas. »

Je l'ai tiré vers le salon. « Nathaniel, est-ce qu'il me déteste ?

— Qui ? », a-t-il demandé alors qu'il savait parfaitement de qui je parlais. « Non, bien sûr que non, Charles. Il traverse une certaine phase. Et puis, il défend ses idées avec passion. Tu le sais bien. Il ne te déteste pas.

— Mais toi oui.

— Non. Je déteste ce que tu as fait, Charles. Pas toi.

— Je n'ai fait que mon devoir, Natey.

— Charles. Je ne vais pas en discuter avec toi maintenant. Ce qui compte, c'est que tu es son père, et que tu le seras toujours. »

Bizarrement, je n'ai pas trouvé ces paroles réconfortantes, et après mon départ (j'avais espéré que Nathaniel insisterait davantage pour que je reste, mais il s'en est bien gardé), je me suis arrêté à l'entrée nord de Washington Square et j'ai observé la génération la plus récente des sans-abri qui s'entassaient dans les parages. Certains se lavaient dans la fontaine, et il y avait une famille – une petite fille et ses parents – qui avait allumé à côté de l'arc un petit feu, à la flamme duquel ils faisaient rôtir un animal non identifié. « Il est cuit, maintenant ? », demandait sans arrêt la petite fille, tout excitée. « Il est cuit, Papa ? Il est cuit ? — Presque, ma chérie, répondait le père. Presque. Presque. » Il a arraché la queue de la bête et l'a tendue à la gamine qui a poussé un cri de joie avant de se mettre aussitôt à la rogner, et j'ai tourné les talons. Environ deux cents personnes vivaient sur cette place, et même s'ils savaient qu'un soir, les bulldozers viendraient anéantir leurs abris, ils revenaient toujours. L'endroit était plus sûr qu'un pont ou un tunnel. Je me demandais tout de même comment ils parvenaient à dormir, avec ces projecteurs qui les harcelaient, mais je suppose qu'on s'habitue à tout. Beaucoup d'entre eux portent des lunettes de soleil même la nuit, ou un bandeau de gaze noire sur les yeux. La plupart ne possèdent pas de casques de protection, si bien que de loin ils ont l'air de fantômes, le visage entier enveloppé de coton.

De retour à l'appartement, j'ai fait des recherches sur La Lumière, qui correspondait bien à ce que j'avais imaginé : une faction opposée au gouvernement et à la science, qui se donnait pour objectif de « dévoiler la vérité sur les manipulations de l'État et d'en finir avec cette ère de fléaux ». Apparemment, ils n'étaient pas nombreux, même pour une organisation de ce genre, ils n'avaient pas commis d'agression répertoriée ni revendiqué d'incidents notoires. J'ai tout de même adressé un mail à mon contact de Washington pour qu'on m'envoie le dossier complet – sans préciser le motif de ma requête.

Peter, je ne te sollicite jamais pour ce genre de faveurs. Mais peux-tu essayer d'une façon ou d'une autre de trouver des infos ? Excuse-moi de te le demander. Sincèrement, je suis désolé. Je ne le ferais pas si je n'y étais pas obligé.

Je sais que je ne peux pas l'arrêter. Mais je peux peut-être l'aider. Il faut que j'essaie, tu ne crois pas ?

Avec toute mon affection. Charles.

Cher Peter, 7 juillet 2062

Je vais être bref parce qu'il faut que je sois à Washington dans six heures. Mais je voulais profiter de quelques minutes pour t'écrire.

Il fait intolérablement chaud ici.

La création du nouvel État sera déclarée aujourd'hui à 16 heures (heure de la côte Est). À l'origine, l'annonce devait être faite le 3 juillet, mais tout le monde s'est accordé à penser qu'il fallait laisser les gens profiter d'un dernier Jour de l'Indépendance. L'idée était qu'en choisissant la fin de la journée, il serait plus facile de bloquer certaines parties du pays avant le week-end, et ensuite de se donner quarante-huit heures pour que l'effet de choc s'émousse avant la réouverture des marchés lundi.

Quand tu liras ces mots, l'affaire sera déjà entendue.

Merci pour tous tes conseils ces derniers mois, mon cher Peter. Finalement, je t'ai écouté et j'ai refusé un portefeuille de ministre : au bout du compte, je resterai en coulisse, et ce que je perdrai en pouvoir, je le gagnerai en sécurité. En tout cas, j'ai suffisamment d'influence malgré tout – j'ai demandé aux Services secrets une surveillance électronique pour David, maintenant que La Lumière pose un tel problème, et il y a deux agents en civil postés devant chez Aubrey pour le protéger ainsi que Nathaniel au cas où les émeutes seraient aussi violentes qu'on le redoute. Aubrey ne va pas bien du tout : il a des métastases au foie, et Nathaniel me dit que son médecin craint qu'il ne lui reste que six à neuf mois à vivre.

Je t'appellerai sur ta ligne sécurisée ce soir (mon heure ; demain matin très tôt pour toi). Souhaite-moi bonne chance. Toutes mes amitiés à toi et à Olivier.

Charles.

V. Printemps 2094

Dans les semaines qui ont suivi notre première rencontre, nous nous sommes croisés de plus en plus souvent. Au début, ce n'était qu'une coïncidence : le dimanche d'après la fois où nous avions écouté le conteur, en faisant le tour du Parc, je me suis rendu compte que quelqu'un me suivait. Bien sûr, il y avait beaucoup de gens derrière moi, et devant moi également – je marchais au cœur de la foule –, mais cette présence était différente, et quand je me suis retournée, il était là de nouveau, tout sourire.

« Salut, Charlie », m'a-t-il dit, l'air enjoué.

Son sourire me rendait nerveuse. À l'époque où Grand-Père avait mon âge, tout le monde se souriait sans arrêt. Grand-Père disait que les Américains étaient connus pour ça. À l'origine, il n'était pas américain lui-même, même s'il l'était devenu. Moi, je ne souriais pas facilement, et personne que je connaissais non plus.

« Salut. »

Il s'est approché, et nous avons déambulé ensemble. Je craignais qu'il n'essaie d'engager une vraie conversation, mais non, et nous avons fait trois fois le tour de la Place. Ensuite il m'a dit que ça avait été un plaisir de me retrouver, et que peut-être, on se reverrait à la prochaine séance du conteur, puis il a souri une fois de plus et il a disparu en direction de l'ouest avant que j'aie eu le temps de trouver quoi répondre.

Le samedi suivant, je suis retournée écouter le conteur. Je n'avais pas pensé que j'espérais le revoir, mais quand je l'ai aperçu, assis au dernier rang comme le jour où nous nous étions rencontrés, un sentiment bizarre m'a envahie, et je me suis dépêchée de franchir les derniers mètres pour que personne ne prenne ma place. Là, je me suis arrêtée en chemin. Et si lui n'avait pas envie de me revoir ? Mais ensuite, il m'a repérée à son tour, m'a souri et fait signe de m'approcher, en tapotant le sol à côté de lui. « Salut, Charlie », a-t-il dit quand je l'ai rejoint.

« Salut », ai-je répondu.

Il s'appelait David. Il me l'avait dit lors de notre première rencontre. « Oh, m'étais-je exclamée, mon père aussi s'appelait David.

— Vraiment ? Le mien aussi.

— Ah ! » J'ai eu le sentiment de devoir ajouter quelque chose. « Ça fait beaucoup de David », et il avait souri, un grand sourire, et il avait même ri un peu. « C'est vrai. Ça en fait effectivement beaucoup. Vous avez le sens de l'humour, pas vrai, Charlie ? » – le genre de question dont je savais que ce n'en était pas une, et qui de plus, était un mensonge. Personne ne m'avait jamais dit que j'avais le sens de l'humour.

Cette fois, j'avais apporté de la peau de tofu, que j'avais écrémée et fait sécher moi-même avant de la découper en triangles, et une boîte de levure nutritionnelle pour les tremper dedans. Pendant que le conteur s'installait sur sa chaise pliante, j'ai tendu le sac à David : « Vous pouvez en prendre… », ai-je proposé, aussitôt inquiète de ne pas avoir été assez avenante, assez chaleureuse, alors qu'en fait, j'étais seulement nerveuse. « Si vous voulez », ai-je ajouté.

Il a regardé dans le sac, et j'ai craint qu'il ne se moque de moi et de mon encas. Mais il a pris une chips, l'a plongée dans la levure, et a mordu dedans. « Merci, a-t-il murmuré alors que le conteur prenait la parole. C'est très bon. »

Dans l'histoire du jour, le mari, la femme et leurs deux enfants découvrent un matin au réveil un oiseau dans leur appartement. Ce n'était pas non plus très réaliste parce que les oiseaux sont rares aujourd'hui, mais le conteur réussissait à évoquer avec talent leurs tentatives ratées d'attraper l'intrus, et la façon dont le père, la mère, le fils et la fille se cognaient sans arrêt les uns dans les autres alors qu'ils le poursuivaient en brandissant une taie d'oreiller. Finalement, l'oiseau est capturé, et le fils suggère de le manger, mais la fille sait qu'il ne vaut mieux pas, et toute la famille le porte au centre animalier du quartier, comme il est réglementaire de le faire, et ils reçoivent en récompense trois coupons de protéines supplémentaires, que la mère échange contre des steaks hachés.

L'histoire terminée, nous avons marché vers l'extrémité nord de la Place.

« Qu'en avez-vous pensé ? », m'a demandé David, et je n'ai pas répondu parce que j'étais gênée de reconnaître que je m'étais sentie dupée par ce récit. Au début j'avais pensé que le mari et la femme étaient un couple ordinaire, comme mon mari et moi, et brusquement, ils avaient deux enfants, un garçon et une fille, et donc ils ne nous ressemblaient pas du tout. Ils n'étaient pas seulement un homme et une femme, mais aussi un père et une mère.

Mais ç'aurait été bête de le dire, alors je me suis contentée de répondre : « Pas mal.

— Moi, je l'ai trouvée idiote », a dit David, et j'ai levé les yeux vers lui. « Qui a un appartement assez grand aujourd'hui pour qu'on y coure dans tous les sens ? Et qui est assez nunuche pour porter un oiseau dans un centre animalier ? »

C'était très excitant à entendre, mais aussi inquiétant. J'ai fixé le bout de mes chaussures. « C'est la loi.

— Bien sûr que c'est la loi, mais ce type est un conteur. S'attend-il vraiment à nous faire croire que, si un gros pigeon bien dodu entre par une fenêtre, il y aurait quelqu'un d'assez bête pour ne pas le zigouiller, le plumer et le mettre au four ? » J'ai relevé la tête à nouveau, et j'ai vu qu'il me regardait avec un petit sourire narquois.

Je ne savais pas trop quoi dire : « Bah, ce n'est qu'une histoire.

— C'est bien là le problème », s'est-il exclamé, comme si je venais de lui donner raison. Ensuite, il a pris congé avec un petit geste de la main. « Au revoir, Charlie. Merci pour les amuse-gueule et la compagnie. » Puis il a disparu vers l'ouest, en direction de la Petite Huit.

Il n'avait pas dit qu'on se reverrait la semaine suivante, mais le samedi d'après, il était là, debout devant la tente du conteur, et j'ai eu la même sensation bizarre à l'estomac.

« Je me suis dit qu'on pourrait se balader un peu à la place, si ça vous chante », a-t-il proposé alors qu'il faisait très chaud, tellement chaud que j'avais dû enfiler ma combinaison réfrigérante. Lui, cependant, portait toujours le même tee-shirt et le même pantalon gris, la même casquette grise, et il ne semblait pas souffrir de la canicule du tout. Il parlait comme si nous avions prévu de nous retrouver, que nous avions fait des projets qu'il était en train de changer.

En marchant, j'ai pensé à lui poser la question qui me tarabustait depuis le début de la semaine. « Je ne vous vois plus à l'arrêt de la navette.

— C'est vrai. Mes horaires ont changé. Je prends celle de 7:30 maintenant.

— Oh ! Mon mari la prend aussi.

— Vraiment ? Il travaille où ?

— À l'Étang.

— Moi aussi, je travaille à la Ferme. »

Inutile de lui demander s'ils se connaissaient parce que la Ferme était la plus grande institution de la préfecture et que des dizaines de chercheurs et des centaines de citoyens y étaient employés, et que, de plus, ceux qui travaillent à l'Étang sont isolés des autres, et n'ont que rarement l'occasion de rencontrer ceux qui appartiennent aux autres composantes de la structure d'ensemble.

« Je suis spécialiste des broméliacées », m'a confié David, bien que je ne le lui aie pas demandé parce qu'on ne pose pas ce genre de questions. « C'est ma qualification officielle, mais en fait, je suis simplement jardinier. » Cela aussi, c'était inhabituel : d'abord de décrire son emploi, et ensuite d'en minimiser l'importance. « Je participe aux croisements des espèces existantes, mais pour l'essentiel, je suis là pour m'occuper des plantes. » Il avait un ton enjoué et prosaïque pour dire ces choses, mais j'ai soudain ressenti le besoin de valoriser son travail à ses yeux.

« Ce que vous faites est important, nous avons besoin de toute la recherche qui est réalisée à la Ferme.

— Peut-être bien. Mais je ne fais pas vraiment de recherche moi-même. Malgré tout, j'aime les plantes, même si ça peut sembler bête à dire.

— Moi aussi j'aime les “petits doigts”. » Et en le disant, je me suis rendu compte que c'était vrai. J'adorais mes « petits doigts ». Ils étaient si fragiles et leur vie, si brève. De malheureuses bestioles encore informes, qu'on ne créait que pour les tuer, les disséquer et les examiner, avant de les incinérer et de les oublier.

« Les “petits doigts” ? Qu'est-ce que c'est ? »

Alors, je lui ai un peu expliqué ce que je faisais, comment je préparais les fœtus, et l'agacement des chercheurs quand ils n'étaient pas prêts à temps, ce qui l'a fait rire, et je me suis sentie nerveuse parce que je n'aurais pas voulu qu'il croie que je me plaignais des scientifiques, ou que je me moquais d'eux, parce que leur travail était essentiel, et je le lui ai dit.

« Non, je n'ai pas pensé que vous disiez du mal d'eux. C'est seulement que… ce sont des gens importants, mais en fait, ce sont des êtres humains comme tout le monde, vous savez ? Ils s'impatientent, sont de mauvaise humeur, exactement comme nous tous. »

Je n'avais jamais pensé aux chercheurs de cette façon, comme à des êtres ordinaires, et je n'ai rien répondu.

« Vous êtes mariée depuis combien de temps ? »

C'était une question très directe, et l'espace d'un instant, je n'ai pas su quoi répondre. « Je n'aurais peut-être pas dû vous le demander, a-t-il dit en me regardant. Il faut m'excuser. Là d'où je viens, les gens parlent beaucoup plus librement.

— Ah… D'où venez-vous ? »

Il était originaire de la Préfecture Cinq, dans le Sud, mais il n'avait pas d'accent. Il arrivait que des personnes changent de préfecture, surtout quand ils avaient des qualifications inhabituelles ou très recherchées, cependant. Par conséquent, je me suis demandé si David n'était pas en fait quelqu'un de plus important qu'il le disait ; cela expliquerait comment il était arrivé là, non seulement dans la Préfecture Deux, mais aussi en Zone Huit.

« Je suis mariée depuis bientôt six ans », et, parce que je devinais ce qu'il allait demander ensuite, j'ai ajouté : « Nous sommes stériles.

— J'en suis désolé, Charlie. » Son ton était gentil, mais sans commisération, et au contraire de beaucoup d'autres, il ne s'est pas détourné de moi, comme si ma stérilité avait quelque chose de contagieux. « C'est à la suite d'une maladie ? »

Cette question aussi était très directe, mais je commençais à m'habituer à ses manières, et je n'ai pas été aussi choquée que si quelqu'un d'autre s'était montré aussi inquisiteur. « Oui, l'épidémie de 2070.

— Et votre mari ? Pour la même raison ?

— Oui. » Mais ce n'était pas vrai. Je ne voulais plus aborder ce sujet, ce n'était vraiment pas une question dont on discute avec des inconnus, de vagues connaissances, ni même avec personne en vérité. L'État avait beaucoup œuvré pour réduire la stigmatisation de la stérilité, mais la plupart d'entre nous choisissaient de se rassembler, parce que c'était plus facile : personne ne vous regardait bizarrement, et de plus, vous n'aviez pas à être confronté aux bébés et aux enfants des autres, rappel constant de votre incapacité. Notre immeuble, par exemple, était presque entièrement occupé par des couples stériles. L'an dernier, l'État avait officiellement autorisé un individu stérile quel que soit son sexe à épouser un individu fécond, mais à ma connaissance, personne ne l'avait fait, parce que si vous aviez la possibilité d'avoir des enfants, vous n'aviez aucune raison de gâcher votre vie de cette façon.

Je devais avoir l'air un peu bizarre à ce moment-là, parce que David m'a touché l'épaule : j'ai tressailli et reculé, mais il n'a pas paru vexé. « Je vous ai contrariée, Charlie. Je suis désolé de m'être montré aussi indiscret. » Il a soupiré. « Ça ne fait pas de vous une mauvaise personne, vous savez ? »

Et avant que j'aie pu trouver quelque chose à répondre, il a tourné les talons et disparu en me faisant une fois de plus son signe de la main. « À la semaine prochaine.

— O.K. » Et je suis restée sur place à le regarder se diriger vers l'ouest jusqu'à ce qu'il ait disparu complètement.

*

J'ai revu David tous les samedis après ce jour-là, et bientôt, le mois d'avril est arrivé et il a fait de plus en plus chaud, au point que nous allions devoir renoncer à nos promenades. J'essayais de ne pas penser à ce qui se passerait ensuite.

Un soir, environ un mois après notre rencontre, mon mari m'a dévisagée pendant le dîner avant d'affirmer : « Tu as quelque chose de différent.

— Vraiment ? » Plus tôt, David m'avait confié des anecdotes sur son enfance en Préfecture Cinq : ses copains et lui qui grimpaient dans les pacaniers et mangeaient des noix à s'en rendre malades. Je lui ai demandé s'il n'avait pas peur d'en cueillir, parce que selon la loi, tous les arbres fruitiers appartenaient à l'État, mais il m'a expliqué que les autorités étaient plus coulantes en Préfecture Cinq. « En fait, elles ne s'intéressent vraiment qu'à la Préfecture Deux, parce que c'est là que sont concentrés l'argent et le pouvoir. » Il a livré cette réflexion d'un air désinvolte, alors que n'importe qui aurait pu l'entendre, mais quand je lui ai conseillé de baisser la voix, il a paru perplexe. « Pourquoi ? a-t-il demandé. Il n'y a aucune trahison dans mes propos », et il a fallu que j'y réfléchisse. Rien de répréhensible, c'était vrai, mais quelque chose dans son ton m'avait donné l'impression inverse.

« Je suis désolée », ai-je dit.

— Mais non, a répondu mon mari. Il n'y a pas de quoi s'excuser. Tu as seulement l'air… » – et là, il m'a observée attentivement, me regardant plus longtemps qu'il l'avait sans doute jamais fait, si longtemps que j'ai fini par me sentir inquiète – « en bonne santé. Heureuse. Ça me fait plaisir.

— Merci », ai-je fini par répondre, et mon mari, à nouveau penché sur son steak de tofu, a hoché la tête.

Cette nuit-là, dans mon lit, je me suis rendu compte que je ne m'étais pas demandé depuis des semaines comment mon mari passait ses soirées libres, et que je n'avais même pas eu l'idée d'aller voir s'il y avait de nouveaux petits mots dans la boîte. En y songeant, j'ai soudain revu la maison de Bethune Street, et mon mari qui se glissait par la porte entrebâillée, j'ai réentendu la voix de cet homme dire « Tu es en retard ce soir », et pour chasser ces souvenirs, j'ai pensé à David qui m'avait dit en souriant que j'avais le sens de l'humour.

Plus tard dans la nuit, un rêve m'a tirée du sommeil. Je rêvais rarement, mais celui-là était si intense qu'en ouvrant les yeux, j'étais totalement désorientée. Je traversais la Place avec David, et nous nous trouvions à proximité de l'entrée nord, là où la Place jouxte la 5e Avenue, et David avait posé les mains sur mes épaules et m'avait embrassée. De façon frustrante, je ne parvenais pas à retrouver la sensation exacte, mais je savais que c'était bon et que j'y avais pris plaisir. Ensuite je m'étais réveillée.

Les deux nuits suivantes, j'ai encore rêvé plusieurs fois de David qui m'embrassait. Je ressentais des choses différentes dans ces rêves : j'avais peur, mais surtout j'étais surexcitée, et également soulagée. Personne ne m'avait jamais embrassée avant, et j'avais fini par accepter l'idée que ça n'arriverait jamais. Mais là, tout d'un coup, quelqu'un finissait par le faire.

Deux samedis après le début des rêves de baisers, j'étais une fois de plus sur la Place avec David. C'était maintenant la troisième semaine d'avril et la canicule était épouvantable, même David avait commencé à porter sa combinaison réfrigérante. Ces combinaisons sont efficaces, mais elles sont si volumineuses qu'elles vous donnent une drôle de démarche, et nous étions obligés de déambuler lentement, à cause du capitonnage lui-même mais aussi pour ne pas nous épuiser.

Nous en étions à notre deuxième tour de la Place, David me racontant d'autres histoires de son enfance en Préfecture Cinq, quand j'ai soudain vu mon mari qui marchait dans notre direction.

Je me suis arrêtée aussitôt. « Charlie ? », a dit David en me regardant, mais je ne lui ai pas répondu.

À ce moment, mon mari m'avait déjà aperçue, et il s'est dirigé vers nous. Il était seul, il portait lui aussi sa combinaison réfrigérante, et il a levé la main pour nous saluer.

« Bonjour, a-t-il dit en s'approchant.

— Bonjour », a répondu David.

Je les ai présentés et ils ont chacun incliné le buste. Ils ont ensuite échangé quelques propos sur le temps – sans effort apparent, comme tant de gens semblent avoir l'habitude de le faire. Puis, mon mari a repris son chemin, en direction du nord, David et moi, de l'ouest.

« Votre mari a l'air sympathique, a fini par dire David parce que je n'avais plus prononcé un mot.

— Oui, il est sympathique.

— C'était un mariage arrangé ?

— Oui, par mon grand-père. »

Je me suis rappelé la première fois où Grand-Père m'avait parlé de mariage. J'avais vingt et un ans ; l'année précédente, on m'avait demandé de quitter l'université parce que mon père avait été déclaré ennemi de l'État, même s'il était mort depuis longtemps. C'était une période étrange : suivant les semaines, on entendait des rumeurs selon lesquelles les insurgés gagnaient du terrain, suivies par des communiqués annonçant que l'État les avait repoussés. Aux informations officielles, on promettait que l'État serait vainqueur, et Grand-Père m'avait expliqué que ce serait le cas. Mais il avait aussi dit qu'il voulait que mon avenir soit assuré, que quelqu'un prenne soin de moi. « Mais je t'ai, toi », avais-je répondu et il avait souri. « Oui, tu as tout mon cœur, petit chat. Mais je ne serai pas toujours là, et je veux être sûr que tu seras toujours protégée, même longtemps après ma disparition. »

Je n'avais rien répondu, parce que je n'aimais pas l'entendre parler de sa mort, mais la semaine suivante, Grand-Père et moi nous étions rendus chez un conseiller matrimonial. Il avait encore un peu d'influence, et celui qu'il avait choisi était un des plus prestigieux de la préfecture ; normalement, il ne s'occupait que des couples résidant en Zone Quatorze, mais il avait accepté de faire cette faveur à Grand-Père.

À l'agence matrimoniale, Grand-Père et moi patientions dans la salle d'attente quand une autre porte s'était ouverte sur un homme grand et maigre au teint très pâle. « Docteur ? », a-t-il dit en s'adressant à Grand-Père.

« Oui, a aquiescé Grand-Père en se levant. Je vous remercie de nous recevoir.

— C'est bien naturel », a dit alors l'inconnu qui ne cessait de me fixer du regard depuis qu'il était entré. « Et voici votre petite-fille, je suppose ?

— Oui », a répondu Grand-Père avec fierté, et il m'a attirée près de lui. « Je vous présente Charlie.

— Je vois. Bonjour, Charlie.

— Bonjour », ai-je murmuré.

Il y a eu un silence. « Elle est un peu timide », a expliqué Grand-Père en me caressant les cheveux.

« Je vois », a répété l'homme. Voulez-vous entrer seul, Docteur, pour que nous puissions parler ? » Puis il s'est tourné vers moi : « Vous pouvez attendre ici, petite demoiselle. »

J'étais restée là environ un quart d'heure, donnant des coups de talon dans les pieds de la chaise, une de mes mauvaises habitudes. Il n'y avait rien à observer dans la pièce, rien à voir : rien que quatre chaises ordinaires et un tapis gris tout aussi banal. Mais j'ai perçu alors des éclats de voix provenant de l'autre côté de la porte, des bruits de dispute, et je me suis rapprochée pour coller l'oreille au battant.

La première voix que j'ai entendue était celle de l'homme : « Sauf votre respect, Docteur, tout le respect que je vous dois, il faut que vous soyez un peu réaliste.

— Et qu'entendez-vous par là ? », s'est enquis Grand-Père qui, à ma grande surprise, paraissait furieux.

Le silence est retombé, puis, quand l'homme a repris la parole, il paraissait plus calme, et j'ai dû me concentrer très fort pour saisir leur échange.

« Docteur, pardonnez-moi… mais votre petite-fille est…

— Ma petite-fille est quoi ? », l'a vivement interrompu mon grand-père, et une fois de plus, le silence s'est fait.

« Spéciale.

— C'est exact, elle est spéciale, très spéciale, et il va lui falloir un mari qui le mesure pleinement. »

J'en avais assez entendu, je m'étais rassise, et quelques minutes plus tard, Grand-Père était sorti d'un pas rapide, m'avait ouvert la porte du bureau, et nous étions repartis. Dans la rue, nous n'avions échangé aucun mot, jusqu'à ce que finalement, je lui demande : « Tu as trouvé quelqu'un pour moi ? »

Grand-Père avait poussé un petit grognement : « Ce type est un imbécile, je ne sais pas ce qu'il fabrique. Nous irons ailleurs, voir quelqu'un de différent. Je suis désolé de nous avoir fait perdre notre temps, petit chat. »

Après cela, nous avions consulté deux autres conseillers matrimoniaux, et en ces deux occasions, Grand-Père était sorti en trombe du bureau, m'avait fait décamper, et une fois dans la rue, il avait déclaré que le type était soit crétin, soit ridicule. Ensuite, il a décidé que je n'avais plus besoin de l'accompagner à ces rendez-vous, parce qu'il ne voulait pas me faire perdre mon temps en plus du sien. Il a fini par dénicher un conseiller à son goût, spécialisé dans les unions de candidats stériles, et un beau jour, il m'a annoncé qu'il m'avait trouvé un mari, quelqu'un qui prendrait soin de moi pour toujours.

Il m'a montré une photo de celui qui devait devenir mon époux. Au dos, on pouvait lire son nom, sa date de naissance, sa taille, son poids, ses origines ethniques et son métier. La carte portait le tampon spécial qu'il fallait apposer sur tous les papiers des individus stériles, ainsi que celui qui signifiait qu'un membre de sa famille immédiate au moins était un ennemi de l'État. D'ordinaire, les cartes de ce type fournissaient le nom des parents et des métiers qu'ils exerçaient, mais là, les cases en question étaient restées vides. Pourtant, bien que ses parents aient été déclarés ennemis de l'État, il devait connaître ou avoir dans sa famille quelqu'un d'important ou de haut placé, parce que tout comme moi, il n'avait pas été envoyé dans un camp de travail, une prison ou un centre de détention : il était en liberté.

J'ai retourné la carte pour regarder à nouveau la photo : il avait un beau visage grave, les cheveux courts, propres et soignés. Son menton avançait légèrement, ce qui lui donnait un air volontaire. Souvent les gens stériles ou liés à des traîtres gardaient les yeux baissés, comme s'ils avaient honte ou voulaient s'excuser, mais lui non.

« Qu'en dis-tu ? m'a demandé Grand-Père.

— D'accord », et il a dit qu'il allait organiser une rencontre.

Après ce premier rendez-vous, notre mariage a été fixé à un an plus tard. Comme je l'ai expliqué, mon mari poursuivait des études doctorales quand il avait été mis sur la liste noire, mais il tentait de faire appel de cette décision – un autre signe que quelqu'un devait l'aider – et il avait demandé à ce qu'on repousse la cérémonie jusque après son procès, et Grand-Père avait accepté.

Un jour, quelques mois après la signature des promesses d'engagement, Grand-Père et moi descendions la 5e Avenue quand il m'a dit : « Il existe différentes sortes de mariage, petit chat. »

J'ai attendu qu'il en dise plus, et quand il s'est finalement décidé, il a parlé beaucoup plus lentement que d'habitude, marquant des pauses entre chaque segment de phrase.

« Certains conjoints sont très attirés l'un par l'autre. Ils sont unis par une sorte d'alchimie physique, un appétit réciproque. Tu comprends ce que je veux dire ?

— Le sexe. » Grand-Père lui-même m'avait parlé de sexualité des années auparavant.

« Exactement. Mais certains couples ne connaissent pas cette attirance. L'homme que tu t'apprêtes à épouser, petit chat, ne s'intéresse pas beaucoup… n'a pas grand intérêt pour… Bon, disons seulement que ce n'est pas son affaire.

« Mais cela n'en rend pas ton mariage moins valide. Et cela ne signifie pas que ton mari ne soit pas une bonne personne, ou que toi tu ne le serais pas. Je veux que tu saches, petit chat, que la sexualité fait partie du mariage, mais pas toujours. Et ce n'est pas la seule chose qui compte dans une union, loin de là. Ton mari te traitera toujours bien, je te le promets. Tu saisis ce que j'essaie de te dire ? »

J'ai pensé que oui, mais aussi que ce que Grand-Père disait n'était peut-être pas exactement ce qu'il voulait dire, au bout du compte.

« Je crois, oui. » Et il m'a regardée en hochant la tête.

Plus tard, alors qu'il m'embrassait pour me souhaiter une bonne nuit, Grand-Père a ajouté : « Ton mari sera toujours bon pour toi, petit chat. Je n'ai pas d'inquiétude. » Et j'avais fait oui de la tête, alors que je pensais qu'en fait, il était bel et bien inquiet, parce qu'il avait terminé en m'expliquant ce qu'il fallait que je fasse si un jour mon mari me traitait mal – même si, comme je l'ai expliqué, la question ne s'est jamais posée.

Je réfléchissais à tout ça quand je suis finalement rentrée à la maison après avoir pris congé de David sur la Place. Mon mari est arrivé alors que je terminais de préparer le dîner, et il s'est débarrassé de sa combinaison réfrigérante avant de mettre la table et de nous servir de l'eau.

Je m'étais sentie nerveuse à l'idée de voir mon mari après notre rencontre sur la Place, mais ce repas s'apprêtait à ressembler à tous les autres. Je ne savais où mon mari allait le samedi, mais il n'était d'ordinaire pas absent toute la journée. Il faisait les courses le matin, et le dimanche, nous partagions les tâches domestiques : la lessive, chacun notre tour, et le ménage, et ensuite, nous allions au jardin de la communauté pour y faire nos heures, mais pas au même moment.

Le dîner ce soir-là était composé du reste de tofu, dont j'avais fait une salade, et tandis que nous mangions, mon mari m'a dit, sans relever la tête : « J'ai été ravi de faire la connaissance de David aujourd'hui.

— Oui. C'était sympathique.

— Comment l'as-tu rencontré ?

— À une séance de lecture de contes. Il était assis à côté de moi.

— Quand ?

— Il y a environ sept semaines. »

Il a hoché la tête. « Il travaille où ?

— À la Ferme. Il est technicien en botanique. »

Il m'a regardée. « Il vient d'où ?

— La Petite Huit. Mais avant ça, de la Préfecture Cinq. »

Mon mari s'est essuyé les lèvres avec sa serviette puis s'est adossé à sa chaise en fixant le plafond. Il semblait chercher ses mots. Enfin, il a lâché : « Et que faites-vous ensemble ? »

J'ai haussé les épaules. « On va écouter le conteur, ai-je commencé, alors que nous n'y étions pas allés depuis au moins un mois. Et puis on se promène sur la Place. Il me raconte son enfance en Préfecture Cinq.

— Et toi, tu lui parles de quoi ?

— De rien », et au moment où j'ai répondu, je me suis rendu compte que c'était vrai. Je n'avais rien à raconter – ni à David ni à mon mari.

Mon mari a soupiré, il s'est passé la main devant les yeux, comme toujours quand il était fatigué. « Cobra, a-t-il dit. Je veux que tu sois prudente. Je suis content que tu te sois fait un ami, sincèrement. Mais tu le connais à peine. Je souhaite que tu restes vigilante. » Sa voix était douce, exactement comme d'habitude, mais il me regardait bien en face, et j'ai fini par détourner le regard. « Est-ce que tu t'es dit que c'était peut-être un agent de l'État ? »

Je n'ai rien répondu. Quelque chose montait en moi. « Cobra ? » a insisté mon mari gentiment.

« Parce que personne ne pourrait avoir envie d'être mon ami, c'est ce que tu veux dire ? » Je n'avais jamais élevé la voix pour parler à mon mari, je ne m'étais jamais fâchée contre lui, et il a eu l'air surpris, sa bouche s'est entrouverte.

« Non, ce n'est pas ce que je veux dire. C'est seulement… Seulement que j'ai promis à ton grand-père de toujours prendre soin de toi. »

Je suis restée un moment sans bouger. Puis je me suis levée, j'ai quitté la table, je suis allée dans notre chambre, j'ai fermé la porte et me suis allongée sur mon lit. Tout était silencieux, et j'ai entendu sa chaise grincer en reculant sur le carrelage, puis les bruits de vaisselle et le son de la radio ; ensuite il m'a rejointe dans la chambre et j'ai fait semblant de dormir. Je l'ai entendu s'asseoir sur son lit, et j'ai cru qu'il allait me parler. Mais non. Bientôt, j'ai compris à sa respiration régulière qu'il s'était endormi.

Bien sûr, il m'était en fait déjà venu à l'idée que David puisse être un informateur au service de l'État. Mais si c'était le cas, il n'était pas très doué, parce que les informateurs étaient en général silencieux et invisibles, et que lui n'était ni l'un ni l'autre. Évidemment, je m'étais aussi demandé si ce n'était pas une manœuvre : si le fait qu'il soit si peu prédisposé à ce rôle augmentait les probabilités qu'il soit bel et bien un agent. Le plus étrange à propos des informateurs était qu'ils étaient si silencieux et si invisibles que d'habitude vous les repériez facilement. Peut-être pas immédiatement, mais au bout du compte, oui. Il y avait quelque chose en eux, que Grand-Père appelait un manque de vitalité, qui les distinguait. Finalement, je me suis convaincue toute seule que David n'en était pas un en pensant à qui j'étais. Qui se serait intéressé à moi ? Quels secrets pouvais-je bien garder ? Tout le monde savait qui était mon grand-père et qui avait été mon père. Nul n'ignorait comment ils étaient morts. Tous savaient de quoi ils avaient été accusés, et que la condamnation avait été annulée, mais trop tard. Ma seule faute avait été de suivre mon mari ces fameux soirs, mais ce n'était pas vraiment le genre de délit qui aurait justifié qu'on m'attribue un informateur.

Mais si David ne pouvait pas être un agent de l'État, alors pourquoi passait-il du temps avec moi ? Je n'avais jamais été quelqu'un dont on recherchait la compagnie. Après que je m'étais rétablie de ma maladie, Grand-Père m'avait amenée à des activités de loisir, des petits cours avec des enfants de mon âge. Les parents prenaient place autour de la salle, et les enfants jouaient. Mais après quelques séances, nous avions cessé d'y aller. Je n'y avais vu aucun inconvénient parce que je pouvais toujours m'amuser, parler et passer du temps avec Grand-Père – jusqu'au jour où je n'avais plus pu.

Pendant que, dans mon lit cette nuit-là, j'écoutais la respiration de mon mari en repensant à ce qu'il avait dit, je me suis demandé s'il n'était pas possible que je ne sois pas en réalité la personne que je m'imaginais être. Je savais que j'étais terne, sans intérêt, et que souvent, je ne comprenais pas les gens. Mais j'avais peut-être changé, en quelque sorte, sans m'en rendre compte. Je n'étais peut-être plus celle que je croyais.

Je me suis levée pour aller dans la salle de bains. Il y avait un petit miroir au-dessus du lavabo qu'on pouvait orienter pour voir son corps en entier. Je me suis déshabillée et je me suis regardée, et j'ai constaté que je n'avais pas changé du tout. J'étais toujours la même, avec mes jambes lourdes, mes cheveux trop fins et mes petits yeux. Rien n'était différent. J'étais restée celle que je savais déjà être.

Je me suis rhabillée, j'ai éteint la lumière et je suis retournée dans notre chambre. Alors, je me suis sentie très mal, parce que mon mari avait raison. C'était bizarre que David prenne le temps de parler avec moi. Je n'étais personne, alors que lui était quelqu'un.

Tu n'es pas personne, petit chat, aurait dit Grand-Père. *Tu es ma petite-fille.*

Mais c'était bien le plus étrange : la raison pour laquelle David voulait être mon ami était sans importance. Je voulais seulement qu'il continue à en avoir envie. Et j'ai décidé, quelles que soient ses raisons, qu'elles ne comptaient pas pour moi. Je me suis aussi rendu compte que plus vite je m'endormirais, plus vite ce serait dimanche, puis lundi, mardi, et que chaque jour qui passerait me rapprocherait de celui où je le reverrais. Et c'est en le comprenant que j'ai fermé les yeux et enfin trouvé le sommeil.

*

Je n'ai pas parlé depuis longtemps de ce qui se passait au labo.

En vérité, mon amitié avec David m'occupait tellement l'esprit que j'avais moins de temps et moins envie d'espionner les doctorants. Par ailleurs, il y avait aussi moins de raisons d'être discret, car il se passait clairement quelque chose et que les scientifiques s'étaient mis à en discuter ouvertement, même s'ils n'étaient pas censés le faire. Bien sûr, ce n'était pas facile pour moi d'apprendre les détails, et de toute façon, je n'aurais pas tout compris – mais il semblait probable qu'un nouveau virus soit apparu, et on prévoyait qu'il serait terriblement mortel. Mais je ne savais rien de plus. On l'avait découvert quelque part en Amérique du Sud, et la plupart des scientifiques pensaient qu'il circulait dans l'air, provoquait sans doute des fièvres hémorragiques et se transmettait aussi par les liquides organiques, et constituait donc une des pires maladies possibles, d'une nature que nous étions le moins bien équipés pour combattre parce que tellement d'argent, de recherches et de moyens de prévention avaient été consacrés aux épidémies respiratoires. Mais je ne savais rien d'autre, sans doute parce que les chercheurs eux-mêmes n'en savaient pas davantage : ils ignoraient à quel point il était contagieux, quelle était sa période d'incubation ou son taux de mortalité. Je ne crois pas qu'ils savaient non plus combien il avait déjà fait de victimes, pas encore. Le fait qu'il ait commencé son parcours en Amérique du Sud était regrettable, parce que ces pays étaient historiquement les moins disposés à partager leurs informations sur la recherche et les infections. Au cours de la dernière flambée épidémique, Pékin les avait même menacés de sanctions sévères pour les forcer à collaborer.

Il peut paraître étrange d'entendre que, malgré tout cela, l'ambiance au labo était agréable. Les scientifiques aimaient avoir un sujet sur lequel se concentrer, et l'inquiétude initiale s'était transformée en excitation. Ç'allait être la première maladie importante qu'aurait à traiter la majorité des jeunes chercheurs ; beaucoup des doctorants avaient à peu près mon âge, et tout comme moi, ils se rappelaient à peine les événements de 2070, et depuis l'interdiction de déplacement, il y avait eu beaucoup moins de maladies en circulation. Officiellement, tous disaient qu'ils espéraient que ce serait un incident isolé, qu'il pourrait facilement être circonscrit, mais ensuite, je les entendais chuchoter, et parfois ils échangeaient de petits sourires, et je comprenais que c'était parce que leurs aînés leur répétaient qu'ils avaient eu la chance de ne jamais faire l'expérience d'une pandémie en tant que professionnels, et que maintenant, ils allaient pouvoir le faire.

Je n'avais pas peur non plus ; mon quotidien restait le même. Le laboratoire aurait toujours besoin des petits doigts, que l'épidémie s'avère importante ou pas.

Mais l'autre raison pour laquelle j'étais aussi sereine était que j'avais désormais un ami. Dix ans auparavant environ, l'État avait promulgué une loi exigeant qu'on déclare le nom de ses amis au centre local, mais elle avait été rapidement abrogée. Même Grand-Père avait trouvé l'idée ridicule. « Je comprends ce qu'ils essaient de faire, mais les gens sont moins oisifs, avait-il déclaré, et donc moins difficiles à gérer quand on leur permet d'avoir des amis. » J'avais moi-même fini par considérer que c'était vrai. Je me surprenais à noter mentalement ce que j'observais pour avoir des choses à raconter à David. Jamais je ne lui aurais confié ce qui se passait au laboratoire, bien entendu, mais il m'arrivait d'imaginer nos conversations si je l'avais fait. Au début, c'était difficile, parce que je ne comprenais pas sa façon de penser. Ensuite, je m'étais rendu compte qu'il affirmait d'ordinaire le contraire de ce qu'une personne banale aurait prétendu. Et donc, si je devais dire : « Au labo, on s'inquiète de l'apparition d'un nouveau virus », là où n'importe qui aurait demandé : « Et c'est sérieux ? », David répondrait quelque chose de différent, de très différent, comme : « Qu'est-ce qui te fait dire qu'ils s'inquiètent ? » Et il me faudrait alors soigneusement réfléchir à ma réponse. Comment est-ce que je *savais* qu'ils étaient inquiets ? Et comme ça, je me donnais l'illusion de parler avec lui les jours où je ne le voyais pas.

Je pouvais néanmoins partager quelques observations avec lui, et je ne m'en privais pas. Rentrant à la maison avec la navette, par exemple, j'avais vu un chien policier, alors qu'ils étaient d'ordinaire silencieux et obéissants, bondir en aboyant et en agitant la queue alors qu'il poursuivait un papillon. Ou quand Belle, la thésarde, avait accouché de sa fille, elle avait envoyé des dizaines de boîtes de biscuits confectionnés avec du vrai citron et du vrai sucre à tous les labos de notre étage, et tout le monde en avait reçu, même moi. Ou encore lorsque j'avais découvert le petit doigt à deux têtes et six pattes. Avant, j'aurais gardé ces anecdotes pour les raconter à mon mari au dîner. Mais maintenant, je pensais seulement à la réaction de David, si bien qu'au moment même où j'observais quelque chose, une partie de moi imaginait notre prochaine rencontre et quelle tête il ferait en m'écoutant.

Le samedi suivant où nous nous sommes vus, il faisait presque trop chaud pour se promener, même avec nos combinaisons réfrigérantes. « Tu sais ce que nous devrions faire ? », a demandé David, alors que nous marchions lentement vers l'ouest. On devrait aller au centre à la Place, et assister à un concert. »

J'ai réfléchi quelques instants. « Mais alors on ne pourra pas parler.

— C'est vrai. Pas pendant le concert. Mais on pourrait bavarder après, sur la piste. » Il y avait une piste couverte dans le centre sur laquelle on pouvait faire des tours en profitant de la climatisation.

Je n'ai rien répondu, et il m'a regardée. « Tu vas souvent au centre ?

— Oui », ai-je dit, même si c'était un mensonge. Mais je ne voulais pas avouer que j'avais eu trop peur pour y entrer. « Mon grand-père me répétait souvent que je devrais y aller plus souvent, que ça pourrait me plaire.

— Tu as déjà parlé de ton grand-père. À quoi ressemblait-il ?

— Il était gentil », ai-je répondu après une pause, même si ce n'était pas vraiment une façon adéquate de le décrire. « Il m'aimait beaucoup. Il s'occupait de moi. Et on jouait beaucoup ensemble.

— À quoi, par exemple ? »

Je m'apprêtais à répondre quand je me suis rendu compte que le genre de jeux auxquels nous jouions – comme celui où nous faisions semblant d'avoir une conversation, ou celui où je lui livrais toutes mes observations sur une personne que nous avions croisée – ne paraîtraient sans doute pas très drôles à qui que ce soit à part nous, et que le seul fait de les appeler « jeux » me ferait paraître bizarre : bizarre parce que je les appelais jeux, et bizarre parce que j'avais besoin d'y jouer. Donc, à la place, j'ai dit : « au ballon, aux cartes, des choses de ce genre », car je savais que c'étaient de vrais jeux, et j'ai été fière d'avoir trouvé cette réponse.

« Ça m'a l'air sympa », a commenté David, et nous avons continué à marcher. Est-ce qu'il était lui aussi technicien de laboratoire ? »

C'était une bien étrange question. Si j'avais eu un enfant, il serait sans doute devenu technicien de laboratoire à son tour, ou aurait eu une qualification équivalente, à moins qu'il n'ait été exceptionnellement brillant et qu'on l'ait orienté de bonne heure vers une carrière de chercheur. Mais à l'époque de Grand-Père, on pouvait choisir de devenir ce qu'on voulait, et personne ne vous en empêchait.

C'est à ce moment-là aussi que j'ai compris que David ignorait qui était Grand-Père. Autrefois, tout le monde le savait, mais aujourd'hui, je suppose, seuls les gens du gouvernement et du monde scientifique connaissaient son nom. Or, je n'avais jamais dit le mien à David. Pour lui mon grand-père était seulement mon grand-père et rien d'autre.

« Oui. Il était aussi technicien de laboratoire.

— Il travaillait également à Rockefeller University ?

— Oui, ai-je répondu parce que c'était la vérité.

— Décris-le-moi. »

Cela aussi peut paraître étrange, mais tout en passant beaucoup de temps à penser à lui, je me rappelais de moins en moins à quoi il ressemblait. Ce dont je me souvenais le mieux, c'étaient du son de sa voix et de son odeur, de ce que je ressentais quand il me prenait dans ses bras. L'image que je revoyais le plus souvent, c'était ce moment où on l'avait fait monter sur l'estrade, où il m'avait cherchée dans la foule, son regard balayant ces centaines d'inconnus, rassemblés pour voir la scène et lui hurler dessus, où il avait crié mon nom avant que le bourreau lui enfile la cagoule noire sur la tête.

Mais bien sûr, je ne pouvais pas raconter tout ça. « Il était grand, et très mince. Il avait la peau plus foncée que moi, les cheveux gris, courts, et… » Et là, j'ai hésité parce que je ne voyais vraiment pas ce que je pouvais ajouter.

« Est-ce qu'il était élégant ? Mon grand-père maternel aimait beaucoup les vêtements chics.

— Non », ai-je répondu, mais à ce moment-là, je me suis rappelé une bague que Grand-Père portait quand j'étais petite. Très ancienne, en or, avec sur le côté, une perle, et quand on pressait sur de petits crochets, la perle s'écartait et on découvrait un minuscule compartiment secret. Grand-Père la portait au petit doigt de la main gauche, et il gardait toujours la perle tournée vers la paume. Puis, un jour, il avait cessé de la porter, et quand je lui avais demandé pourquoi, il m'avait félicitée pour mon sens de l'observation. « Mais où est-elle ? » Et il avait souri devant mon insistance. « Il a fallu que je la donne en paiement à la fée. — Quelle fée ? — Celle qui s'est penchée sur toi quand tu étais malade. Je lui ai promis de lui offrir tout ce qu'elle voulait si elle prenait soin de toi, elle a accepté mais à condition que je lui donne ma bague en échange. » À cette époque, j'étais guérie depuis plusieurs années, et je savais que les fées n'existaient pas, mais chaque fois que je l'interrogeais sur cette bague, Grand-Père souriait et me répétait la même histoire, si bien que j'avais fini par ne plus poser la question.

Mais ça non plus, je ne pouvais pas le raconter à David, et de toute façon, il s'était mis à me parler de son autre grand-père, qui possédait une ferme en Préfecture Cinq avant qu'on lui donne ce nom. Il élevait des cochons, des vaches et des chèvres, et il avait une centaine de pêchers. David m'a raconté que quand il était petit, il allait en vacances dans cette ferme et qu'il pouvait manger autant de pêches qu'il voulait. « J'ai honte de l'avouer, mais quand j'étais gamin, je détestais les pêches. Il y en avait tellement et partout : ma grand-mère en mettait sur les tartes, les gâteaux, le pain, elle en faisait de la confiture, et même du cuir – oh, pour ça il fallait les laisser sécher en quartiers au soleil jusqu'à ce qu'elles durcissent, comme de la viande en conserve – et de la glace. Et tout ça, c'était après en avoir suffisamment mis en bocal pour que nous et nos voisins en ayons des provisions toute l'année. » Mais ensuite la ferme avait été réquisitionnée par l'État, et son grand-père était passé du statut d'exploitant à celui d'ouvrier agricole, et les pêchers avaient été abattus pour faire place aux champs de soja, un aliment plus nutritif que la pêche, d'où des récoltes plus rentables. C'était imprudent de parler du passé comme David le faisait, et encore plus des réquisitions du gouvernement, mais il s'exprimait avec la même facilité sur ce sujet que quand il avait décrit l'utilisation des pêches. Grand-Père m'avait expliqué un jour qu'on décourageait l'évocation du passé, parce qu'elle rendait les gens furieux ou tristes, mais David, apparemment, n'était ni l'un ni l'autre. C'était comme s'il décrivait ce qui était arrivé non pas à lui mais à quelqu'un d'autre, à une personne qu'il ne connaissait pas vraiment.

« Aujourd'hui, bien sûr, je tuerais pour une pêche », a-t-il ajouté joyeusement alors que nous nous approchions de la partie nord de la Place où nous nous retrouvions et nous quittions tous les samedis. « À la semaine prochaine, Charlie. Pense à ce qu'il te ferait plaisir de faire au centre. »

De retour à la maison, j'ai tiré la boîte du placard et regardé les photos que j'avais de Grand-Père. Sur l'une d'elles, il était à la faculté de médecine, il avait les cheveux longs, bouclés et noirs et il riait aux éclats. Sur une autre, il posait avec mon père, âgé de deux ou trois ans, et mon autre grand-père, celui dont je descends génétiquement. Dans ma tête, c'est à Grand-Père que mon père ressemble, mais sur cette photo, on voit qu'en fait c'est l'autre avec qui il partage plusieurs similitudes : ils avaient tous les deux la peau plus claire que Grand-Père, et des cheveux noirs et raides, comme les miens autrefois. Sur le troisième cliché, mon préféré, il ressemble au souvenir que j'ai de lui : un grand sourire aux lèvres, il tient un petit bébé tout menu dans ses bras, et ce bébé, c'est moi. « Charlie et Charlie », a écrit quelqu'un au dos, « 12 septembre 2064 ».

Je me surprends, depuis que j'ai rencontré David, à penser à la fois plus et moins à Grand-Père. J'ai moins besoin qu'avant de lui parler dans ma tête, mais j'ai aussi envie de lui raconter davantage de choses, surtout à propos de David, et de lui confier quel effet ça fait d'avoir un ami. Je me demande souvent ce qu'il aurait pensé de lui. Et s'il aurait donné raison à mon mari.

Je me demande aussi comment David aurait jugé Grand-Père. C'est bizarre de me dire qu'il ne sait pas qui il était, que pour lui, c'est seulement un membre de ma famille, que j'avais beaucoup aimé et qui était mort. Comme je l'ai expliqué, tous mes collègues de travail savent qui était Grand-Père. Une serre sur la terrasse d'un bâtiment de R.U. porte son nom, et aussi une loi, le Décret Griffith, qui avait autorisé la création des centres de relocalisation, qu'on appelait autrefois des camps de quarantaine.

Mais il n'y a pas si longtemps, beaucoup de gens détestaient Grand-Père. Je suppose qu'il en reste un certain nombre encore aujourd'hui, mais on n'entend plus parler d'eux. J'ai pris conscience de cette haine, alors que j'avais onze ans, en cours d'éducation civique. On nous apprenait comment, dans le sillage de l'épidémie de 2050, un nouveau gouvernement avait commencé à se former, si bien que lors de celle de 2056, il était mieux préparé, et en 2062, le nouvel État avait été créé. Une des mesures ayant contribué à contenir l'épidémie de 2070 – qui, pour terrible qu'elle ait été, aurait pu être bien pire – avait été l'ouverture des centres de relocalisation, qui existaient à l'origine seulement dans l'Ouest et le Midwest, mais qui étaient apparus dans toutes les municipalités à partir de 2069. « Ces camps sont devenus très importants pour nos chercheurs et nos médecins, avait expliqué mon institutrice. Quelqu'un sait-il les noms de ces tout premiers camps ? » Les réponses avaient fusé : « Heart Mountain. Rower. Minidoka. Jerome. Poston. Gila River.

— Oui, oui, avait dit l'enseignante après chaque réponse. Tout à fait exact. Et l'un de vous connaît-il le nom de leur fondateur ? »

Personne ne savait. Alors Miss Bethesda m'avait regardée : « C'était le grand-père de Charlie. Le Dr Charles Griffith. Un des architectes des camps. »

Tous s'étaient tournés vers moi, et j'avais rougi d'embarras. J'aimais beaucoup ma maîtresse. Elle s'était toujours montrée gentille. Quand les autres enfants me fuyaient dans la cour de récréation et partaient en riant, elle s'approchait toujours pour me demander si je voulais rentrer dans la classe et distribuer le matériel de dessin pour la leçon de l'après-midi. Là, j'ai relevé la tête, et elle me regardait, comme d'habitude, et pourtant quelque chose clochait. J'avais l'impression qu'elle était fâchée contre moi et je ne savais pas pourquoi.

Ce soir-là, au cours du dîner, j'ai demandé à Grand-Père si c'était lui qui avait inventé les camps. Il m'a dévisagée lentement, il a fait un geste de la main, et le domestique qui était en train de me servir du lait a reposé le broc et quitté la pièce. « Pourquoi me poses-tu cette question, petit chat ?

— On l'a appris en cours d'instruction civique. La maîtresse a dit que tu faisais partie des gens qui les avaient inventés.

— Vraiment ? » Il avait la même voix que toujours mais je voyais bien que les doigts de sa main gauche s'étaient refermés et que son poing tremblait. Ensuite, il a remarqué que je m'en étais aperçue, et il a posé sa paume à plat sur la table. « Qu'a-t-elle dit d'autre ? »

J'ai rapporté à Grand-Père que Miss Bethesda avait expliqué que ces centres avaient évité beaucoup de morts, et il a hoché la tête lentement. Il a gardé le silence pendant un moment, et j'ai écouté le tic-tac de la pendule posée sur la tablette de la cheminée.

Finalement, Grand-Père a repris la parole. « Des années auparavant, certaines personnes s'opposaient aux camps, ils ne voulaient pas qu'on en construise, et ils disaient que j'étais un mauvais homme parce que je soutenais le projet. » J'ai dû paraître surprise parce qu'il a hoché la tête à nouveau. « Oui. Ils ne comprenaient pas que ces camps étaient édifiés pour préserver notre santé et notre sécurité à tous. Au bout du compte, ils ont fini par en mesurer la nécessité et nous avons dû les créer. Tu saisis pourquoi ?

— Oui. » Je l'avais aussi appris en cours d'instruction civique. « Parce que comme ça, les malades restaient à un endroit pour que ceux qui étaient en bonne santé ne soient pas contaminés.

— Tout à fait.

— Mais alors pourquoi les gens n'en voulaient pas ? »

Il a scruté le plafond, ce qu'il faisait souvent quand il cherchait une réponse à mes questions. « C'est difficile à expliquer, a-t-il dit lentement. Mais une des raisons est qu'à l'époque, on éloignait seulement le malade, pas sa famille entière, et certaines personnes pensaient qu'il était cruel de séparer les gens de cette façon.

— Ah… » J'ai réfléchi durant quelques secondes. « Moi, je n'aimerais pas être séparée de toi, Grand-Père. » Et il a souri.

« Moi non plus, petit chat, je ne laisserais personne me séparer de toi. C'est pourquoi la politique sanitaire a changé, et que maintenant, on envoie toute la famille au centre. »

Inutile de demander ce qui se passait dans ces centres, je le savais déjà : on y trouvait la mort. Mais au moins, on mourait dans un endroit propre, sûr et bien équipé. Il y avait des écoles pour les enfants, des équipements sportifs pour les adultes, et quand votre état empirait vraiment, on vous conduisait à l'hôpital du centre, éclatant de blancheur, où médecins et infirmières prenaient soin de vous jusqu'à la fin. J'avais vu des photos des centres à la télévision, et il y en avait aussi dans nos manuels scolaires. Je me souvenais de l'une d'elles, prise à Heart Mountain, où l'on voyait une jeune femme toute joyeuse tenant dans ses bras une fillette qui riait ; à l'arrière-plan, on distinguait leur bungalow, avec un pommier planté devant. À côté de la mère et la fille, se tenait une médecin, et bien qu'elle porte une combinaison complète de protection, on voyait qu'elle riait aussi, la main posée sur l'épaule de la jeune femme. Pour votre propre protection, il était interdit de rendre visite aux patients dans les centres, mais la personne malade pouvait amener qui il ou elle voulait, et parfois des familles entières y allaient en groupe : pères, mères, enfants, grands-parents, oncles, tantes et cousins. Au début, on y entrait volontairement ; puis c'était devenu obligatoire, ce qui était plus délicat, parce que, comme le disait Grand-Père, les gens n'aimaient pas se voir dicter leur conduite, même si c'était pour le bien de leurs concitoyens.

Bien sûr, à l'époque – c'est-à-dire en 2075 – il y avait moins de monde dans les centres, parce que la pandémie avait été presque jugulée. Parfois, je regardais les photos dans mon manuel, et je regrettais de ne pas y vivre moi-même. Pas parce que j'aurais voulu être malade, ou que Grand-Père le soit, mais parce que tout avait l'air si beau là-bas, avec ces pommiers et ces vastes champs verts. Mais nous n'y allions jamais, non seulement parce que c'était interdit, mais parce que la présence de Grand-Père était indispensable en ville. C'est la raison pour laquelle nous n'étions pas allés dans un centre quand j'étais tombée malade – il fallait que Grand-Père reste à proximité de son laboratoire, et le centre le plus proche se trouvait sur Davids Island, à de nombreux kilomètres de Manhattan, ce qui aurait causé un problème.

« As-tu d'autres questions ? a demandé Grand-Père en me souriant.

— Non. »

C'était un vendredi. Le lundi suivant j'étais allée à l'école, et au lieu de ma maîtresse sur le seuil de la classe, se tenait quelqu'un d'autre, un petit homme brun à moustache. « Où est Miss Bethesda ? avait demandé un élève.

— Elle ne travaille plus dans cette école. Je suis votre nouvel instituteur.

— Elle est malade ?

— Non. Mais elle ne travaille plus dans cette école. »

Je ne sais pas pourquoi mais je n'ai pas rapporté à Grand-Père que Miss Bethesda était partie. Je ne lui ai d'ailleurs jamais dit, même si je n'ai jamais revu mon institutrice. Plus tard, j'ai appris que les centres ne ressemblaient peut-être pas exactement aux photos de mon manuel, au bout du compte. C'était en 2088, au début du second soulèvement. L'année suivante, les insurgés seraient définitivement vaincus, le nom de Grand-Père serait lavé de tout soupçon et il retrouverait son statut. Mais à ce moment-là, il serait trop tard. Grand-Père était déjà mort, et moi, seule avec mon mari.

Au fil des ans, je me suis de temps à autre posé des questions sur les centres de relocalisation. Quelle version était la bonne ? Durant les mois précédant l'exécution de Grand-Père, des manifestants avaient défilé devant notre maison en brandissant des agrandissements de photos dont ils disaient qu'elles avaient été prises dans les centres. « Ne regarde pas », m'enjoignait Grand-Père, les rares fois où nous sortions de chez nous. « Détourne les yeux, petit chat. » Mais parfois, je regardais quand même, et les gens qu'on voyait sur ces photos étaient si déformés qu'ils paraissaient à peine humains.

Toutefois, je n'ai jamais pensé que Grand-Père était un mauvais homme. Il avait fait ce qu'il était nécessaire de faire. Et il avait pris soin de moi toute ma vie. Personne n'était plus gentil avec moi, personne ne m'aimait davantage. Mon père, je le savais, n'était pas d'accord avec Grand-Père. J'ignore comment je l'avais appris, mais je le savais. Il avait voulu que Grand-Père soit puni. C'était une chose bizarre de savoir que votre propre père avait souhaité que le sien soit jeté en prison. Mais ça ne changeait pas mes sentiments. Mon père m'avait laissée quand j'étais petite – Grand-Père, jamais. Je ne voyais pas comment quelqu'un qui abandonnait sa fille pouvait être meilleur qu'un homme qui avait seulement tenté de sauver autant de gens que possible, même si, dans ce but, il avait commis des erreurs.

*

Le samedi suivant, j'ai retrouvé David sur la Place comme toujours, il a de nouveau proposé que nous allions au centre, et cette fois j'ai accepté, parce qu'il faisait désormais vraiment très chaud. Nous avons longé les huit pâtés de maisons et demi en direction du nord en marchant lentement pour ménager nos combinaisons réfrigérantes.

David avait parlé d'un concert, mais quand nous avons acheté nos billets, il n'y avait qu'un seul musicien sur le podium, un jeune homme à la peau foncée avec un violoncelle. Quand nous avons tous eu pris place, il a fait une petite courbette et il s'est mis à jouer.

Le violoncelle ne m'avait jamais particulièrement touchée, mais à la fin du récital, j'aurais préféré ne pas avoir accepté de faire un tour sur la piste couverte et pouvoir rentrer à la maison. Quelque chose dans cette musique m'avait fait penser à celle que Grand-Père écoutait sur un transistor dans son bureau quand j'étais petite, et j'avais ressenti si fort son absence que j'avais du mal à déglutir.

« Charlie ? m'a interrogée David, l'air inquiet. Tu te sens bien ?

— Oui. » Je me suis forcée à me lever pour sortir de la salle, que le public et le violoncelliste avaient déjà quittée.

Au bord de la piste couverte, un homme vendait des jus de fruit glacés. Nous l'avons tous les deux regardé, avant d'échanger un coup d'œil parce que nous ne savions pas si l'autre pouvait s'en offrir un.

« Pas de problème, ai-je fini par dire. Je peux payer. »

Il a souri. « Moi aussi. »

Nous avons acheté les boissons et les avons sirotées en marchant autour de la piste. Il n'y avait qu'une dizaine d'autres personnes. Nous portions toujours nos combinaisons réfrigérantes : une fois enfilées, il était plus simple de les garder – mais nous les avions dégonflées, et c'était agréable de pouvoir marcher normalement.

Pendant un certain temps, nous avons gardé le silence. Puis David m'a demandé : « Est-ce qu'il t'arrive d'avoir envie de visiter un pays étranger ?

— Ce n'est pas permis.

— Je le sais. Mais t'arrive-t-il d'en rêver ? »

Brusquement, j'en ai eu assez des interrogatoires insolites de David, de sa façon de toujours me poser des questions, sinon illégales du moins impolies, sur des sujets auxquels il ne fallait pas penser. Quel était l'intérêt d'évoquer des choses qui n'étaient pas permises ? En rêver n'y changerait rien. Pendant des mois, j'avais souhaité tous les jours que Grand-Père revienne – pour être honnête, j'en rêvais encore. Mais cela n'arriverait jamais. Il valait mieux ne pas le désirer. Rêver ne faisait que vous rendre malheureux, et moi, je n'étais pas malheureuse.

Je me rappelle un jour, quand j'étais à l'université, où une fille de ma classe avait trouvé le moyen de se connecter à Internet. Une manœuvre très difficile, mais elle était très intelligente, et alors que quelques autres étudiantes avaient voulu voir comment ça fonctionnait, moi non. Je savais ce qu'était Internet, mais j'étais trop petite quand nous l'avions encore pour m'en souvenir. J'avais trois ans lorsque c'était devenu illégal. Je ne suis même pas sûre que je comprenais à quoi ça servait exactement. Un jour, alors que j'étais adolescente, j'avais demandé à Grand-Père de m'expliquer ; il était resté longtemps silencieux, et il avait fini par me dire que c'était un moyen pour les gens de communiquer sur de grandes distances. « Le problème était qu'Internet permettait aux abonnés d'échanger de mauvaises informations – des choses mensongères, dangereuses. Et quand cela se produisait, les conséquences étaient très néfastes. » Après l'interdiction, avait-il ajouté, tout était devenu plus sûr, parce que les gens recevaient tous les mêmes informations au même moment, si bien qu'il y avait moins de risques de confusion. Cela m'avait semblé être une bonne raison. Plus tard, quand les quatre filles qui avaient consulté Internet avaient disparu, tout le monde s'était dit que l'État les avait emmenées, mais moi, je m'étais souvenue de ce que Grand-Père avait dit, et je m'étais demandé si elles n'avaient pas été contactées par des gens sur Internet qui leur avaient fourni de mauvaises informations et si quelque chose de fâcheux ne leur était pas arrivé. Je me disais qu'il ne servait à rien de se demander quel effet cela ferait de faire des choses ou d'aller ailleurs alors que je ne pourrais jamais réaliser ces rêves. Je n'avais pas songé à essayer de me connecter à Internet, et je ne pensais pas non plus à voyager à l'étranger. Certaines personnes oui, mais moi non.

« Pas vraiment.

— Mais tu ne voudrais pas savoir à quoi ressemble un autre pays ? », a insisté David, et cette fois, même lui a baissé la voix. « Peut-être la vie est-elle meilleure ailleurs.

— Meilleure en quoi ? ai-je demandé malgré moi.

— Eh bien de beaucoup de façons. Dans un autre pays, nous aurions peut-être des emplois différents, par exemple.

— J'aime mon travail.

— Je sais. Moi aussi, j'aime le mien. Je réfléchis seulement à haute voix. »

Mais je continuais à ne pas voir comment la vie serait différente dans un autre pays. Le monde entier avait été ravagé par les épidémies. C'était partout pareil.

Quand il avait mon âge, cependant, Grand-Père avait voyagé dans beaucoup de pays différents. À l'époque, on pouvait aller où on voulait, pourvu qu'on ait de l'argent. Donc, après avoir terminé ses études, il était monté dans un avion et avait atterri au Japon. De là, il avait continué vers l'ouest, traversé la Corée, la République Populaire de Chine, puis l'Inde, et il avait gagné la Turquie, la Grèce, l'Italie, l'Allemagne et les Pays-Bas. Pendant plusieurs mois, il avait séjourné en Grande-Bretagne, chez les amis d'un ami de l'université, puis il avait repris son périple. Il était descendu le long d'une des côtes de l'Afrique et remonté par l'autre, puis fait la même chose en Amérique du Sud. Il était allé en Australie et en Nouvelle-Zélande ; au Canada et en Russie ; en Inde, il avait traversé un désert à dos de chameau ; au Japon, il avait escaladé une montagne jusqu'au sommet ; en Grèce, il avait nagé dans une mer plus bleue que le ciel. Je lui avais demandé pourquoi il ne s'était pas contenté de rester chez nous, et il m'avait répondu que notre pays était trop petit – il voulait voir comment vivaient les autres gens, ce qu'ils mangeaient, quels vêtements ils portaient, ce qu'ils souhaitaient faire de leur vie.

« Je venais d'une toute petite île, avait-il expliqué. Je savais que tout autour de moi existaient d'autres peuples, qui faisaient des choses que je ne verrais jamais si je restais là. Donc, il me fallait partir.

— Et ce qu'ils faisaient était mieux ?

— Pas mieux, mais différent. Plus j'ouvrais mon horizon, et moins j'avais l'impression que je pourrais rentrer un jour là d'où je venais. » Nous chuchotions, même si Grand-Père avait allumé la radio pour que la musique brouille l'écoute des mouchards branchés dans toute la maison.

Mais le reste du monde avait finalement dû lui paraître meilleur, parce que en Australie, Grand-Père avait rencontré quelqu'un qui venait aussi d'Hawaii, ils étaient tombés amoureux, étaient rentrés à Hawaii où ils avaient eu un fils, mon père. Puis ils étaient repartis pour l'Amérique et n'étaient plus jamais rentrés chez eux, même avant l'épidémie de 2050. Et puis il avait été trop tard, parce que, à Hawaii, tout le monde était mort, et qu'à ce stade, ils étaient tous trois devenus citoyens américains. Ensuite, après les lois de 2067, plus personne n'avait le droit de quitter le territoire national, de toute façon. Les seules personnes qui se rappelaient d'autres pays étaient déjà vieux, et ils ne parlaient pas de ces années-là.

Après avoir fait dix fois le tour de la piste, nous avons décidé de rentrer. Mais une fois dehors, nous avons entendu un martèlement sourd, et bientôt nous avons vu un pick-up qui se rapprochait lentement. Sur le plateau arrière, trois personnes étaient agenouillées. On ne pouvait pas dire s'il s'agissait d'hommes ou de femmes, parce qu'ils portaient tous de longues tenues blanches et une cagoule noire qui leur couvrait entièrement la tête et qui devait leur tenir très chaud. Ils avaient les mains attachées devant eux, et deux gardiens se tenaient derrière, vêtus de combinaisons réfrigérantes et de casques à visière réfléchissante. Couvrant les roulements de tambour, une voix répétait dans un mégaphone : « Jeudi à 18:00. Jeudi à 18:00. » Ils annonçaient les Cérémonies comme celles-ci seulement quand les coupables avaient été condamnés pour trahison, et qu'ils occupaient des positions sociales importantes, c'étaient parfois même de hauts fonctionnaires de l'État. D'ordinaire, ils étaient punis de cette façon quand on les avait surpris en train d'essayer de quitter le pays, ce qui était illégal, ou s'ils essayaient d'y faire pénétrer quelqu'un en fraude, ce qui était à la fois illégal et dangereux, parce que cette personne pouvait faire entrer un microbe étranger, ou encore parce qu'ils tentaient de répandre des informations classées secret défense, à l'aide de moyens technologiques qu'ils n'avaient le droit ni de posséder ni d'utiliser. On les juchait sur le plateau d'un camion et on leur faisait traverser toutes les zones pour que tout le monde les voie et les conspue si on voulait. Ni David ni moi ne le faisions jamais, mais nous avons tout de même regardé passer le véhicule avant de nous diriger vers le sud sur la 7e Avenue.

Quand le pick-up a disparu, cependant, quelque chose d'étrange s'est produit : j'ai regardé David et j'ai vu qu'il fixait le sillage du véhicule, la bouche entrouverte, et qu'il avait les larmes aux yeux.

C'était très étonnant et aussi franchement dangereux – montrer le moindre signe de compassion pour les accusés pouvait vous faire repérer par un drone-mouche, programmé pour interpréter les expressions du visage humain. Je me suis empressée de murmurer son nom, et il a cligné les paupières avant de se tourner vers moi. J'ai jeté un regard alentour, je ne pensais pas que qui que ce soit nous ait vus. Mais au cas où, il valait mieux reprendre notre chemin et feindre un air normal, et donc, j'ai commencé à faire quelques pas vers l'est, en direction de la 6e Avenue, et au bout d'un instant, il m'a suivie. J'avais envie de lui dire quelque chose, mais je ne savais pas quoi. J'étais effrayée, sans comprendre pourquoi, et aussi fâchée contre lui pour avoir réagi d'une façon aussi déconcertante.

Alors que nous traversions la 13e Rue, il m'a chuchoté : « C'était terrible. »

Il avait raison – c'était vraiment terrible – mais cela arrivait sans arrêt. Je n'aimais pas non plus voir passer ces camions ; je n'aimais pas assister aux Cérémonies, ni même les entendre retransmises à la radio. Mais c'était dans la nature des choses : on faisait quelque chose de mal et on était puni, et on ne pouvait rien y changer : ni la mauvaise action, ni la punition.

Pourtant David se comportait comme s'il n'avait jamais vu un de ces pick-up. Il regardait droit devant lui, restait muet et se mordillait les lèvres. D'ordinaire, nous ne portions pas nos casques quand nous nous promenions ensemble, mais cette fois, il tira le sien de son sac et l'enfila, et je m'en suis réjouie, parce que ce n'était pas habituel de montrer une émotion en public et que cela pouvait attirer l'attention.

À l'extrémité nord de la Place, nous nous sommes arrêtés. C'était l'endroit où nous prenions habituellement congé : il tournait à gauche pour se diriger vers la Petite Huit, et moi à droite, pour rentrer à la maison. Pendant un moment, nous avons gardé le silence. Nos adieux étaient toujours faciles parce que David trouvait invariablement quelque chose à dire, puis il agitait la main et disparaissait. Mais là, il ne disait rien, et à travers la visière de son casque, je voyais qu'il était bouleversé.

Je me suis sentie coupable même s'il s'était conduit de manière irresponsable. C'était mon ami, et les amis doivent faire preuve de compréhension, même dans des situations confuses. Je n'avais pas été bienveillante envers David, et c'est sans doute la culpabilité qui m'a poussée à faire ce que j'ai fait : j'ai tendu les bras et je l'ai enlacé.

Ce n'était pas commode, parce que nos deux combinaisons réfrigérantes étaient gonflées à bloc, et donc l'embrasser s'était résumé à lui tapoter le dos. Pendant cette quasi-étreinte cependant, je me suis surprise à inventer un scénario : nous étions mariés, c'était lui mon conjoint. Il n'était pas fréquent de témoigner son affection, même à son mari, en public, mais personne ne manifestait de réprobation non plus ; c'était seulement inhabituel. Un jour, cependant, j'avais vu un couple s'embrasser pour se dire au revoir ; la femme se tenait sur le seuil de leur immeuble, et l'homme, un technicien, partait pour la journée. Elle était enceinte, et après l'avoir embrassée, il avait posé les mains sur son ventre, et ils s'étaient regardés en souriant. Dans la navette, je m'étais retournée pour les voir encore, l'homme avait mis son chapeau et s'était éloigné, le sourire toujours aux lèvres. Et voilà que je m'imaginais que David était mon mari, que nous formions un couple pareil à celui-là, que nous nous étreindrions en public sans pouvoir nous en empêcher ; un couple avec un trop-plein de tendresse tel qu'il fallait qu'elle s'exprime par gestes parce que les mots ne suffisaient plus.

Je songeais à tout cela quand je me suis aperçue que David ne me rendait pas mon geste, que, entre mes bras, il était raide et immobile, et je me suis écartée de lui en faisant un pas en arrière.

J'étais très gênée maintenant. Je sentais mon visage s'empourprer, et j'ai vite enfilé mon casque. J'avais fait quelque chose de complètement saugrenu. Je m'étais rendue ridicule. Il fallait que je m'en aille.

« Au revoir, ai-je dit en commençant à m'éloigner.

— Attends, a-t-il lancé, au bout de quelques secondes. Attends, Charlie, attends. »

Mais j'ai fait comme si je ne l'entendais pas et j'ai poursuivi mon chemin sans me retourner. Je me suis risquée sur la Place jusqu'au coin des herboristes et j'ai attendu d'être sûre qu'il avait bien tourné les talons. Puis j'ai fait demi-tour et suis rentrée à la maison. Une fois en sûreté dans notre appartement, j'ai retiré mon casque et ma combinaison. Mon mari était sorti. J'étais seule.

Soudain, je me suis sentie furieuse. Je ne suis pas une personne colérique – même petite, je ne piquais pas de colères, je ne criais jamais, je n'exigeais jamais rien. J'essayais d'être aussi sage que possible pour faire plaisir à Grand-Père. Mais cette fois, j'avais envie de taper sur quelque chose, de cogner fort et même de casser un objet : les assiettes étaient en plastique, les saladiers en silicone, les casseroles en métal. Même si je ne faisais pas de colères quand j'étais enfant, je me suis rappelé alors que je m'étais souvent sentie hors de moi, et qu'à ces moments-là, je gémissais, je me griffais les bras, et je me ruais dans les bras de Grand-Père qui essayait de m'apaiser. Alors je me suis couchée sur mon lit et j'ai utilisé la méthode qu'il m'avait enseignée quand tout me paraissait trop oppressant : allongée sur le ventre, le nez enfoui dans l'oreiller, j'ai respiré très fort jusqu'à en avoir le vertige.

Ensuite, je me suis relevée. Je ne pouvais pas rester dans cet appartement : je ne le supportais plus. J'ai donc enfilé à nouveau ma combinaison réfrigérante et je suis ressortie.

C'était maintenant la fin de l'après-midi, et il faisait un peu moins chaud. J'ai commencé à faire le tour de la Place. J'ai trouvé bizarre de marcher seule après tant de semaines où je m'étais promenée avec David, et c'est sans doute la raison pour laquelle, au lieu de continuer à déambuler autour de la Place, je suis entrée du côté ouest. Je ne voulais rien, je n'avais besoin de rien que j'aurais pu y trouver, mais j'ai marché mécaniquement vers le secteur sud-est.

Je ne sais pas très bien pourquoi, mais cette partie de la Place avait mauvaise réputation. D'où cela venait restait mystérieux. Comme je l'ai expliqué, ce secteur était surtout occupé par des menuisiers, et si le grincement des scies et le raffut des marteaux ne vous dérangeaient pas, c'était en vérité un endroit très agréable – le bois avait une forte odeur de neuf, et on pouvait rester à regarder les artisans fabriquer ou réparer chaises, tables et seaux, et ils ne vous auraient jamais chassé comme d'autres camelots le faisaient. Et pourtant, pour je ne sais quelle raison, c'était là qu'on venait pour trouver un de ces marchands dont j'ai déjà parlé, ceux qui ne possédaient pas de licence, n'avaient pas d'étal, et qui pourtant occupaient la Place et pouvaient résoudre des problèmes au sujet desquels vous ne saviez pas à qui vous adresser.

Une des théories expliquant l'origine de cette mauvaise réputation n'avait aucun sens. La partie sud-est de la Place jouxtait un haut immeuble en brique qui avait été autrefois la bibliothèque d'une université voisine. Quand l'établissement avait fermé, le bâtiment avait un temps servi de prison. Aujourd'hui, c'était le bureau des archives de quatre des zones sud de Manhattan, y compris la Huit. L'État y conservait les actes de naissance et de décès des habitants de ces zones, ainsi que les dossiers ou les rapports les concernant. La façade était en verre, et on pouvait voir à travers les vitres les rangées de casiers emplis de registres ; dans le hall, au rez-de-chaussée, on apercevait un cube noir sans fenêtre, d'environ trois mètres sur trois, et à l'intérieur se tenait le documentaliste qui pouvait vous trouver tous les documents que vous réclamiez. Bien sûr, le hall des archives lui-même n'était accessible qu'aux fonctionnaires d'État, et seulement les plus haut placés dans la hiérarchie. Il y avait toujours quelqu'un dans le cube noir, et c'était un des rares immeubles éclairés en permanence, même aux heures où il était interdit d'allumer pour économiser l'électricité. Je n'ai jamais compris en quoi la proximité du coin sud-est avec ces archives pouvait être liée à une activité illicite, mais c'est ce que tout le monde disait : il était plus facile de commettre des actes dangereux à proximité d'un bâtiment officiel, parce que l'État ne supposerait jamais qu'on s'y risque. C'est ce que les gens répétaient à l'envi, en tout cas.

Comme je l'ai précisé, les gens dont j'ai parlé n'avaient pas de point de vente ou de stand permanent, et donc, ce n'était pas comme si vous pouviez directement vous diriger vers un endroit donné en vous attendant à les rencontrer là – c'est eux qui devaient vous trouver. Il fallait se contenter de déambuler entre les marchands, sans lever les yeux, sans regarder alentour. Vous marchiez tout simplement, en fixant les copeaux de bois qui jonchaient le sol, et finalement, quelqu'un s'approchait pour vous poser une question. Deux ou trois mots en général, et si ce n'était pas la bonne, vous poursuiviez votre chemin. Si la question tombait juste, vous releviez les yeux. Moi, je ne l'avais jamais fait, mais je m'étais tenue près de l'un des menuisiers et j'avais vu le manège se mettre en place. Une jeune femme, jolie et à la peau claire, s'était avancée très lentement, les mains derrière le dos. Elle portait un foulard vert sur la tête, mais je voyais dépasser quelques mèches de cheveux, épaisses et rousses, qui lui caressaient le menton. Je l'avais observée tandis qu'elle décrivait des cercles concentriques pendant trois minutes jusqu'à ce que le premier vendeur, un petit quinquagénaire fluet, s'approche pour lui dire quelque chose que je n'avais pas saisi. Mais elle avait continué à marcher, presque comme si elle ne l'avait pas entendu, et il s'était éloigné. Une minute plus tard, un autre avait tenté sa chance, mais elle avait poursuivi son chemin. La cinquième fois, une femme l'avait abordée, et cette fois, la jeune passante avait levé la tête et suivi la vendeuse, qui l'avait conduite à une petite tente à l'extrémité est de la Place. Puis elle avait soulevé un pan de la bâche et vérifié qu'il n'y avait pas de drones-insectes dans le ciel avant de faire entrer sa cliente et de se glisser à son tour à l'intérieur.

Je ne sais pas ce qui m'a poussée à me diriger vers ce secteur sud-est ce jour-là. Je me suis concentrée sur la sciure éparpillée par terre. Comme on pouvait s'y attendre, au bout de quelques minutes, j'ai senti que quelqu'un me suivait. Puis j'ai entendu une voix masculine me murmurer tout bas : « Vous cherchez quelqu'un ? » Mais je ne me suis pas arrêtée et l'homme s'est rapidement éloigné.

Peu de temps après, j'ai vu les pieds d'un autre inconnu qui s'approchaient. « Maladie ? Médicaments ? » Mais j'ai continué d'avancer.

Pendant un certain temps, il ne s'est rien passé. J'ai ralenti le pas. Alors j'ai aperçu les pieds d'une femme qui venaient vers moi. Je savais que c'était une femme parce que ses pieds étaient petits. Ils se sont encore rapprochés et j'ai entendu une voix chuchoter : « Amour ? »

J'ai levé les yeux et je me suis rendu compte que c'était la même personne que j'avais vue plus tôt, dont la tente se trouvait à la lisière est de la Place. « Suis-moi », et je lui ai emboité le pas. J'agissais sans réfléchir. Je ne pensais pas du tout. C'était comme si ce qui était en train de se passer était arrivé à quelqu'un d'autre, comme si j'étais seulement spectatrice. Devant la tente, elle a vérifié s'il n'y avait pas de drones-insectes dans les airs – tout comme elle l'avait fait pour la jeune cliente précédente – et m'a fait signe d'entrer.

À l'intérieur, il faisait une chaleur étouffante. Il y avait un coffre en bois brut fermé par un cadenas, et deux coussins sales en coton, sur lesquels nous nous sommes assises.

« Enlève ton casque », m'a-t-elle dit, et j'ai obtempéré. Elle n'en portait pas, mais elle avait un foulard enroulé autour de sa bouche et de son nez, elle l'a retiré, et j'ai vu que la partie inférieure de sa joue gauche avait été rongée par la maladie et qu'elle était plus jeune que je l'avais cru.

« Je t'ai déjà vue », a-t-elle poursuivi et je l'ai regardée avec étonnement. « Oui, tu faisais le tour de la Place avec ton mari. Un bel homme. Mais il ne t'aime pas ?

— Non, ai-je répondu après m'être ressaisie. Ce n'est pas mon mari. C'est un ami.

— Ah ! » Son visage s'est détendu. « Je comprends. Et tu veux qu'il tombe amoureux de toi ? »

Pendant quelques secondes, je n'ai pas pu parler. Était-ce ce que je voulais ? Pour cette raison que j'étais venue ? De toute façon, ce serait impossible – je sentais bien que personne ne m'aimerait jamais, enfin, pas au sens où les gens parlaient d'amour d'habitude. Je savais que je ne tomberais jamais amoureuse non plus. Ce n'était pas pour moi. J'avais tellement de mal à comprendre ce que je ressentais. Les autres étaient capables d'affirmer « Je suis heureux », « Je suis triste », « Tu me manques », « Je t'aime », mais moi je n'avais jamais su. « Je t'aime, petit chat », répétait Grand-Père, mais je ne réussissais que rarement à lui répondre la même chose, parce que je ne savais pas ce que ça signifiait. Les sentiments que j'éprouvais, quels mots avais-je pour les décrire ? Ce que j'avais ressenti en lisant les mots adressés à mon mari ; ce que j'avais ressenti en le voyant entrer dans la maison de Bethune Street ; ce que je ressentais en l'entendant rentrer tard le jeudi, allongée dans mon lit, en me demandant si un jour il allait me toucher, m'embrasser, tout en sachant qu'il ne le ferait jamais – quels étaient ces sentiments ? Comment s'appelaient-ils ? Et avec David : ce que je ressentais quand depuis le coin nord de la

Place je le voyais s'approcher en me faisant un signe de la main ; ce que je ressentais quand je le regardais s'éloigner à la fin d'une journée passée ensemble ; ce que je ressentais le vendredi soir en sachant que j'allais le revoir le lendemain ; ce que j'avais ressenti quand j'avais essayé de le serrer dans mes bras, puis quand j'avais découvert son visage, son air décontenancé, et qu'il s'était écarté de moi – quels étaient ces sentiments ? Étaient-ils tous les mêmes ? Tous de l'amour ? Finalement, étais-je capable d'en éprouver ? Ce que j'avais toujours supposé impossible pour moi était-il quelque chose que je connaissais en fait depuis toujours ?

Soudain, j'ai pris peur. En venant là, je m'étais comportée irrationnellement et dangereusement. J'avais perdu le sens commun. « Je dois partir, ai-je annoncé en me relevant. Je suis désolée. Au revoir.

— Attends, m'a crié la femme. Je peux te donner quelque chose : une poudre. Tu la verses dans une boisson, et en cinq jours… »

Mais j'étais déjà près de la bâche. J'ai rapidement quitté la tente, pour ne pas entendre ce qu'elle me disait de plus, pour ne pas être tentée de revenir sur mes pas, mais pas trop vite pour ne pas attirer l'attention d'un drone-insecte.

Je suis sortie de la Place par la porte est. Quelques centaines de mètres encore, et je serais de retour dans mon appartement, en sécurité, et une fois là, je pourrais faire comme si rien de tout cela ne s'était passé. Je serais de nouveau celle que j'étais, une femme mariée, technicienne de laboratoire, quelqu'un qui acceptait le monde tel qu'il était, qui comprenait que rêver d'autre chose était inutile, parce que je ne pouvais rien faire pour le changer, et que donc, il valait mieux ne pas même essayer.

VI. Printemps. Trente ans plus tôt

Mon cher Peter, 2 mars 2064

Avant de me lancer : toutes mes félicitations ! Voilà une promotion largement méritée, même si je suppose que plus on gravit les échelons, moins le titre vous impressionne et vous paraît clair. Et moins on reçoit de témoignages de la reconnaissance publique. Non que ça compte beaucoup. Je sais que nous en avons déjà parlé, mais ne te sens-tu pas comme moi, pareil à une espèce de fantôme ces temps-ci ? Capable de traverser les portes (sinon les murs) qui sont fermées au plus grand nombre, mais qu'on ne voit jamais : un objet d'horreur et d'effroi, qu'on croise rarement mais dont on sait qu'il existe. Une abstraction plutôt qu'un véritable être humain. Je sais que certains raffolent de cette sorte de vie spectrale. C'était mon cas, autrefois.

Enfin… Oui, je te remercie d'avoir posé la question, c'est bien aujourd'hui que se sont signés les papiers officiels, et la maison d'Aubrey est officiellement devenue la propriété de Nathaniel. Il la cédera ensuite à son tour à David, et au bout du compte, David à quelqu'un d'autre, ce que je t'expliquerai bientôt.

Bien que Nathaniel y ait vécu depuis un certain nombre d'années, il n'avait jamais parlé de cette maison comme étant sienne, ni ne l'avait jamais considérée comme telle. C'était toujours « chez Aubrey et Norris », puis, « chez Aubrey ». Même à l'enterrement du vieil homme, il avait invité les gens « à venir à une réception chez Aubrey », jusqu'à ce que je lui rappelle que désormais la maison lui appartenait. Il m'avait décoché un de ses regards sévères, mais plus tard, il avait commencé à parler de « la maison ». Plus celle d'Aubrey, pas encore la sienne, ni celle de quiconque, mais une maison qui avait accepté de nous recevoir.

J'avais passé beaucoup plus de temps que d'habitude à la maison (tu vois, j'utilise cette expression moi aussi), toute cette dernière année. D'abord, il y avait eu la mort d'Aubrey. Non sans une certaine dignité dans son agonie, je dois reconnaître. Il avait toujours belle allure, j'entends par là que, bien que rongé par la maladie, il s'était vu épargner beaucoup des outrages que nous avons tous deux vu affecter les mourants ces dix dernières années – pas d'escarres purulents, pas de bave dégoulinante, pas de pertes de sang. Ensuite, avait eu lieu son enterrement, il avait fallu mettre de l'ordre dans ses papiers, et puis j'avais dû m'éloigner pour mon travail durant un certain temps, et à mon retour, le personnel avait été congédié (chaque domestique avec une gratification précisée dans le testament d'Aubrey), et Nathaniel essayait de se sentir propriétaire de cette immense bâtisse sur Washington Square.

J'ai été surpris, en y pénétrant aujourd'hui, de voir à quel point les lieux avaient changé. Nathaniel n'avait rien pu faire aux fenêtres condamnées par des briques à l'étage du salon, ni aux barreaux à celles des étages, mais l'ensemble paraissait plus clair, plus aérien. Aux murs restaient accrochés quelques précieux objets d'art hawaïen – le reste était allé au Metropolitan, qui abritait maintenant aussi les pièces les plus importantes que possédait la famille royale, autant de trésors que les conservateurs voulaient protéger avant de les restituer un jour, qui néanmoins appartiennent désormais définitivement au musée – mais il avait fait modifier l'éclairage et peindre les murs d'un gris soutenu, qui paradoxalement donnait plus de lumière à l'ensemble. Les lieux étaient encore pleins d'Aubrey et de Norris, et pourtant leur présence avait été effacée.

Nous avons fait le tour et contemplé les collections : maintenant que Nathaniel en était propriétaire – un Hawaïen qui détenait des objets d'art hawaïen –, j'étais davantage capable de les apprécier ; ils me paraissaient moins en exhibition qu'offerts au regard, si tu vois ce que je veux dire. Nathaniel commentait chaque tissu, chaque bol, chaque collier : d'où ils venaient, comment ils avaient été fabriqués. Pendant qu'il parlait, je l'observais. Depuis si longtemps il voulait une belle maison, emplie de jolies choses, et maintenant il l'avait. Même si les biens d'Aubrey étaient infiniment inférieurs à tout ce que nous avions imaginé – l'argent ayant été dilapidé en services de sécurité, en mesures pseudo-scientifiques de médecine préventive, et, crois-le si tu veux, en dons à des associations caritatives –, il en restait tout de même suffisamment pour que Nathaniel puisse enfin se sentir à l'abri. À l'approche du Nouvel An, le bébé, d'humeur particulièrement haineuse, m'avait révélé que Nathaniel avait une liaison avec un avocat du ministère de la Justice – « Ouais, un type super-cool » : je n'ai rien dit du fait que, s'il travaillait pour ce ministère, il était par définition complice du maintien des camps de quarantaine – mais Nathaniel ne m'en a pas parlé et je n'ai évidemment pas posé de questions.

Après la visite, nous sommes retournés au salon, et Nathaniel a dit qu'il avait quelque chose pour moi que m'avait laissé Aubrey. Une des dernières fois où j'étais venu le voir avait coïncidé avec un de ses moments de plus grande lucidité, et il m'avait alors demandé si je voulais un objet de ses collections. Mais j'avais répondu non. J'avais fini par accepter Aubrey, et même par bien l'aimer, mais sous le compromis et l'affection se cachait un noyau de ressentiment : non pas, au bout du compte, à cause des trésors qu'il avait amassés, ni parce qu'il possédait plus d'objets hawaïens que moi, mais parce que lui, mon mari et mon fils étaient devenus une famille et que j'en avais été exclu. Quand Nathaniel avait rencontré Aubrey et Norris, cela avait été le début de la fin, un processus si lent d'abord que je n'avais pas su le reconnaître, puis si inexorable que je n'aurais pas pu espérer l'arrêter.

J'ai pris place sur un des sofas et Nathaniel a tiré quelque chose du tiroir d'une table d'angle : une petite boîte tapissée de velours, d'environ la taille d'une balle de golf.

« Qu'est-ce que c'est ? » Cette question idiote que posent les gens quand on leur offre un cadeau, et il a souri : « Ouvre et tu verras. »

À l'intérieur se trouvait la bague d'Aubrey. Je l'ai sortie de son écrin, l'ai soupesée, sentant toute la chaleur de l'or. J'ai écarté la perle, mais il n'y avait rien dans le compartiment secret.

« Eh bien ? », a demandé Nathaniel d'un ton léger en venant s'asseoir à côté de moi.

« Bien.

— Il disait que tu le détestais par-dessus tout à cause de cette bague », a poursuivi Nathaniel avec sérénité, et j'ai levé les yeux vers lui d'un air étonné. « Oh oui, il savait très bien que tu ne le portais pas dans ton cœur.

— Je ne le détestais pas, ai-je répliqué, sans conviction.

— Mais si ! a insisté Nathaniel. Tu ne voulais simplement pas le reconnaître.

— Voilà encore une chose qu'Aubrey savait et pas moi », ai-je rétorqué en m'appliquant à ne pas paraître trop sarcastique.

« En tout cas, cette bague est à toi aujourd'hui. »

Je l'ai glissée à mon auriculaire gauche et j'ai levé la main pour qu'il l'admire. Je portais toujours mon alliance, et il l'a effleurée doucement. Il avait retiré la sienne des années plus tôt.

À cet instant, j'ai senti que j'aurais pu me pencher pour l'embrasser et qu'il m'aurait laissé faire. Mais je n'ai pas essayé, et lui, comme s'il sentait ce qui risquait de se produire, s'est relevé brusquement.

« Maintenant, a-t-il dit d'un ton redevenu pragmatique, quand David rentrera, je voudrais que tu sois non seulement courtois mais encourageant.

— Je le suis toujours.

— Charles, je parle sérieusement. Il va te présenter une amie, qui compte beaucoup pour lui, et il a… du nouveau.

— Il reprend ses études ? », ai-je demandé, rien que pour faire le malin. Même moi, je connaissais la réponse. David ne les reprendrait jamais.

Nathaniel n'a fait aucun cas de ma provocation. « Promets-le-moi. » Puis, en un autre revirement d'humeur, il s'est de nouveau assis près de moi. « Je déteste voir comment se passent les choses entre vous deux. » Je n'ai pas répondu. « Tout le reste mis à part, tu es toujours son père.

— Dis-le-lui.

— Je l'ai fait. Mais La Lumière est importante à ses yeux.

— Oh, mon Dieu ! » J'avais espéré que nous pourrions mener cette conversation sans qu'il soit fait référence à La Lumière.

À ce moment-là, le sas de décontamination s'est ouvert avec un grincement, et David est entré, suivi par une femme. Je me suis levé et nous nous sommes salués d'un hochement de tête. « Regarde, David », ai-je dit en lui montrant la bague. « Super, vieux, tu l'as finalement récupérée. » Je me suis senti piqué au vif mais je n'ai rien dit. Et puis, il avait raison. Je l'avais effectivement récupérée.

Les relations s'étaient stabilisées entre nous, ce qui signifie que nous avions, sans nous mettre explicitement d'accord, conclu un pacte de non-agression. Je ne le titillais plus sur La Lumière, et il ne m'attaquait plus au sujet de mon travail. Mais pareil traité ne pouvait être respecté qu'environ un quart d'heure, et seulement quand nous trouvions un autre sujet de discussion : je ne veux pas paraître cynique, mais la mort d'Aubrey nous avait bien rendu service à cet égard. Il y avait toujours des détails de sa chimio à aborder, son humeur et sa consommation d'eau à commenter, la gestion de sa douleur à contrôler. Et j'avais été ému – ému, et je dois le reconnaître, aussi un peu jaloux – de voir avec quelle attention, avec quelle douceur, le bébé avait pris soin d'Aubrey durant ses derniers mois : il lui tamponnait le visage avec un linge frais, il lui tenait la main, il s'adressait à lui comme savent le faire très peu de gens quand ils parlent aux mourants, un baratin coulant sans effort et sans condescendance et qui prenait en compte la présence d'Aubrey tout en signifiant clairement qu'il n'attendait aucune réponse. Il avait un vrai don pour aider les agonisants, un talent rare et précieux qui aurait pu être efficacement employé dans toutes sortes de circonstances.

Durant un certain temps, nous sommes tous restés sans parler, puis Nathaniel, qui se sent toujours obligé de jouer les négociateurs, les médiateurs, a pris la parole : « Oh ! Charles, je te présente Eden, une amie proche de David. »

Elle avait trente-cinq ans environ, au moins dix de plus que le bébé. Une Coréenne à la peau pâle, avec la même coiffure ridicule que David. Des tatouages dépassaient de ses manches et de son col ; le dos de ses mains était constellé de minuscules étoiles dont j'apprendrais plus tard qu'elles formaient des constellations – la gauche, celles qu'on voit au printemps dans l'hémisphère Nord, la droite, celles qu'on voit à la même saison dans l'hémisphère Sud. Elle n'était pas exactement jolie – la coupe de cheveux, les tatouages, les sourcils délibérément trop soulignés avec une encre si épaisse qu'on aurait dit de la pâte à pizza – mais elle avait quelque chose d'ondoyant, une belle souplesse féline et sauvage.

Nous nous sommes salués. « Enchanté, Eden. »

Je ne saurais dire si son sourire était narquois à ce moment-là ou s'il était toujours comme ça. « Moi de même, Charles. David m'a beaucoup parlé de vous. » Elle avait prononcé cette dernière phrase de manière appuyée mais je n'ai pas mordu à l'hameçon.

« J'en suis ravi. Oh, et appelez-moi Charles, je vous en prie.

— Charles », a grondé Nathaniel, mais David et Eden se sont contentés de se regarder en souriant – les mêmes sourires légèrement moqueurs.

« Je te l'avais dit », s'est amusé David.

Nathaniel avait commandé à dîner – pitas et hors-d'œuvre grecs variés – et nous sommes passés à table. J'avais apporté une bouteille de vin, David, Nathaniel et moi l'avons partagée, Eden a dit qu'elle ne buvait que de l'eau.

La conversation a commencé. Nous étions tous, je le sentais, infiniment prudents, et les échanges restaient très superficiels. Pas tout à fait comme si le seul sujet était la météo, mais à peine mieux. La liste des thèmes qu'il m'était interdit d'aborder avec David s'était considérablement allongée, si bien qu'il était plus simple de me rappeler ceux que je pouvais choisir sans risquer de nous entraîner en terrain miné : l'agriculture biologique, le cinéma, la robotique, la cuisine sans levure. Je me suis surpris à regretter l'absence d'Aubrey qui savait exactement comment contrôler les débats et rediriger quiconque s'égarait vers des questions polémiques.

David, ai-je pensé, comme souvent durant ces conversations, était encore un enfant, et c'était cela – son enthousiasme pour les sujets qui le passionnaient, son débit qui s'accélérait, sa voix qui montait dans les aigus – qui me faisait regretter qu'il ne soit pas allé à l'université. Il s'y serait trouvé une vraie tribu, il se serait senti moins seul. Il serait peut-être même devenu moins étrange, ou à tout le moins, il aurait rencontré des gens pour qui il l'aurait moins été. Je me l'imaginais dans une salle pleine de jeunes gens, tous excités jusqu'au vertige, je me le représentais sentant qu'il était enfin chez lui quelque part. Cependant, l'endroit qu'il avait choisi à la place était La Lumière, que, grâce à toi, je peux surveiller aussi obsessionnellement que je le souhaite, même si c'est rarement le cas. Auparavant, je voulais ne rien ignorer de ce que David faisait et pensait – aujourd'hui je préfère ne pas savoir, m'inventer la vie de mon fils et prétendre que les choses qui le rendent heureux n'existent pas.

Mais la personne que j'observais vraiment était Eden. Elle était assise en bout de table, David à sa gauche, et elle le regardait avec une espèce d'affection indulgente, comme une mère son enfant indiscipliné mais doué. David ne l'incluait pas dans ses monologues, mais de temps à autre, il lui jetait un coup d'œil, et elle hochait brièvement la tête, un peu comme s'il avait récité un texte et qu'elle ait confirmé qu'il ne s'était pas trompé. J'ai remarqué qu'elle avait très peu mangé – sa pita intacte ; il y avait une petite entaille dans le houmous dont elle s'était servi une cuiller, mais elle n'avait pas touché au reste qui se figeait dans son assiette. Elle n'avait pas bu non plus, et la rondelle dc citron coulait lentement vers le fond de son verre.

Quand le bébé s'est enfin interrompu, Nathaniel est intervenu. « Avant que j'aille chercher le dessert, David, tu voudras peut-être dire à ton père ce qu'il y a de nouveau dans ta vie ? »

Le bébé a eu l'air si gêné que je savais que, quoi qu'il ait à dire, je n'aurais pas envie de l'entendre. Donc, avant qu'il ait pu reprendre la parole, je me suis tourné vers Eden : « Comment vous êtes-vous rencontrés tous les deux ?

— À une réunion. » Elle avait une façon lente, presque langoureuse de parler, qui ressemblait à un accent du Sud.

« Une réunion ? »

Elle m'a toisé presque avec mépris. « La Lumière.

— Ah ! ai-je soupiré sans regarder Nathaniel. La Lumière. Et que faites-vous dans la vie ?

— Je suis artiste.

— Eden est une artiste prodigieuse, s'est empressé d'ajouter David. Elle dessine tous nos sites Web, toutes nos publicités – tout. Elle a un vrai talent.

— Je n'en doute pas. » Et bien que je me sois appliqué à ne pas paraître sarcastique, elle m'a gratifié d'un nouveau sourire narquois comme si je l'avais été, et pourtant j'étais, et non pas elle, la cible de mon ironie. « Vous sortez ensemble depuis combien de temps ? »

Elle a haussé les épaules, enfin seulement la gauche, d'un geste presque imperceptible. « Environ neuf mois. » Elle a décoché un de ses demi-sourires au bébé. « Je l'ai vu, et j'ai compris que je ne pouvais pas laisser passer l'occasion. » Le bébé a rougi à ces mots, à la fois embarrassé et flatté, et le sourire d'Eden s'est accentué.

Nathaniel a fait une nouvelle tentative : « Ce qui nous ramène aux nouvelles de notre fils. David ?

— Excusez-moi », ai-je dit en me levant brusquement, sans faire cas du regard furibond que me lançait Nathaniel, et je me suis précipité vers le petit cabinet de toilette aménagé sous l'escalier. Aubrey racontait toujours que ce cagibi avait été le lieu de nombreuses pipes de fin de soirée entre les invités quand il était plus jeune, mais il avait depuis été tapissé de papier peint surchargé de motifs de roses noires qui me faisait toujours penser à un bordel de l'époque victorienne. Je me suis lavé les mains et j'ai respiré profondément. Le bébé allait m'annoncer qu'il s'apprêtait à épouser cette femme bizarre, étrangement séduisante et beaucoup trop vieille pour lui, et mon devoir était de rester calme. Non, il n'était pas mûr pour le mariage. Non, il n'avait pas de travail. Non, il n'avait pas quitté le foyer parental. Non, il n'avait pas fait d'études. Mais ce n'était pas mon rôle de dire quoi que ce soit. De fait, ce que j'aurais pu dire n'avait aucune pertinence, personne n'aurait voulu l'entendre.

Ma résolution prise, je suis retourné m'asseoir à table. « Désolé », ai-je dit à la cantonade. Puis, à David : « Je t'écoute.

— Eh bien », a-t-il balbutié, l'air un peu honteux, avant d'ajouter : « Eden est enceinte.

— Quoi ?

— De quatorze semaines », a précisé Eden, et elle a reculé sur sa chaise, et son étrange demi-sourire s'est à nouveau dessiné sur son visage. « La naissance est prévue pour le 4 septembre.

— Elle n'était pas sûre de vouloir le garder », a repris le bébé, tout excité maintenant, mais Eden l'a interrompu.

« Mais ensuite, j'ai pensé – elle a haussé les épaules – que pourquoi pas ? J'ai trente-huit ans, je n'ai pas tant de temps que ça devant moi. »

Oh Peter, tu imagines sans peine ce que j'aurais pu répondre, peut-être même dû répondre. Au lieu de quoi, au prix d'un effort tel que je me suis mis à transpirer à grosses gouttes, je me suis assis sur mes mains, j'ai fermé les yeux, renversé la tête en arrière et je n'ai rien dit. Quand j'ai rouvert les paupières – qui sait au bout de combien de temps, cela aurait pu durer une heure – ils me fixaient tous du regard, sans moquerie mais avec curiosité, et peut-être avec un peu de crainte, comme s'ils redoutaient que j'explose pour de bon.

« Je vois », ai-je fini par articuler, d'un ton aussi neutre que possible. (Trente-huit ans, en plus ! Et David n'en a que vingt-quatre, et il est bien jeune pour son âge.) « Et vous comptez vivre tous les trois ici, avec Papa ?

— Tous les trois ? s'est étonné David. Ah oui, le bébé. » Il a relevé un peu le menton, ne sachant pas très bien si ma question était un défi ou une simple demande de précision. « Oui, je suppose ; enfin, il y a toute la place, je veux dire. »

Mais à ce moment-là, Eden a émis une sorte de grognement, et nous avons tous tourné les yeux vers elle. « Moi, en tout cas, pas question que je vive ici.

— Oh ! a dit le bébé, tout dépité.

— Il ne faut pas le prendre mal », a-t-elle repris en s'adressant peut-être à David, peut-être à Nathaniel, peut-être même à moi. « C'est seulement que j'ai besoin de mon espace à moi. »

Un silence s'est ensuivi. « Apparemment, vous avez beaucoup de choses à mettre en place, tous les deux. » Et David m'a décoché un regard haineux, parce que j'avais raison, et parce que j'avais assisté à son humiliation.

Après cela, je n'avais pas grand-chose à ajouter à cette conversation, sauf à provoquer une conflagration, et donc, j'ai annoncé que je devais rentrer et personne ne m'en a dissuadé. Je me suis forcé à embrasser David, mais nous étions tous deux si gauches qu'on aurait dit une bousculade, et ensuite je me suis appliqué à faire de même avec Eden, son mince corps de garçon tout rigide contre le mien.

Nathaniel m'a raccompagné à la porte. Une fois sur le perron, il m'a chuchoté : « Avant que tu dises quoi que ce soit, Charles, je veux que tu saches que je suis d'accord avec toi.

— Nate, c'est de la folie ! Il la connaît à peine ! Elle a presque quarante ans ! Tu sais quelque chose de cette femme ? »

Il a soupiré. « J'ai demandé à un ami, et il m'a dit…

— Celui qui travaille au ministère de la Justice ? »

Il a soupiré à nouveau et il a levé les yeux au ciel. (Il ne me regarde que rarement en face ces temps-ci.) « Oui, celui-là. Il a effectué des recherches sur elle, et il n'a rien trouvé d'inquiétant – elle n'est qu'un membre lambda, un sous-lieutenant de l'organisation, elle vient d'une famille de la petite bourgeoisie de Baltimore, a fait une école de beaux-arts, n'a pas de casier judiciaire.

— Quelqu'un d'extraordinaire, en somme ! ai-je persiflé, mais il n'a pas répondu. Nate, tu te rends compte que c'est toi qui vas t'occuper de cet enfant, n'est-ce pas ? Tu sais que David n'en est pas capable ?

— Eh bien, il aura Eden et…

— Je ne crois pas qu'on puisse compter sur elle non plus. »

Une fois de plus, il a soupiré. « Ça finira sans doute comme tu dis », a-t-il reconnu.

Je me suis demandé, comme souvent, quand Nathaniel était-il devenu aussi passif ? Mais passif n'est sans doute pas le mot – s'occuper d'un enfant n'a rien de passif –, résigné, plutôt. Était-ce quand je les avais tous les deux amenés ici ? Quand le bébé avait commencé à mal se comporter ? Quand il avait perdu son emploi ? Quand Norris était mort ? Ou bien Aubrey ? Quand notre fils avait rejoint une minable et marginale organisation d'activistes ? Ou bien était-ce au bout de ces longues années passées avec moi ? J'avais envie de lui dire : « Eh bien, on peut dire que tu as fait du beau boulot quand tu as élevé le premier ! » avant de me rendre compte que cette accusation m'aurait visé moi d'abord.

Alors je me suis tu. Sans parler, nous avons regardé la Place. Les bulldozers étaient revenus, et la dernière mouture des abris de fortune avait été nettoyée – un soldat montait la garde à chaque entrée, pour s'assurer que personne ne venait les reconstruire. Au-dessus de nos têtes, le ciel, éclairé par les projecteurs, était blanc.

« Je ne sais pas comment tu peux dormir avec toute cette lumière », ai-je dit, et il a haussé les épaules, encore une fois résigné.

« Toutes les fenêtres qui donnent sur la Place sont condamnées de toute façon. » Puis il s'est tourné vers moi. « J'ai entendu dire qu'ils fermaient les camps de réfugiés. »

À mon tour, j'ai haussé les épaules. « Mais que va-t-il advenir de tous ces gens ? a-t-il insisté. Où vont-ils aller ?

— Tu n'as qu'à demander à ton ami du ministère de la Justice, ai-je suggéré, puérilement.

— Charles, a-t-il soupiré avec lassitude. J'essaie seulement de faire la conversation. »

En fait, je ne savais pas où iraient les réfugiés. Il y avait de tels mouvements de population – entrées et sorties des hôpitaux, déplacements vers les camps de quarantaine, les crématoriums, les cimetières et les prisons – que je ne pouvais plus me tenir au courant d'où allait tel groupe à tel moment.

Pour l'essentiel, néanmoins, je pensais que le pire dans cette situation où David s'apprêtait à faire venir un bébé au monde n'était pas son incapacité totale en tant que potentiel parent. C'était l'idée même de créer une nouvelle vie. Les gens le font sans arrêt, bien sûr, nous comptons sur eux pour ça. Mais pourquoi le faire si c'est seulement pour s'amuser un peu ? Il passe sa vie entière à essayer de détruire ce que représente ce pays. Alors pourquoi vouloir y amener un bébé de plus ? Qui rêverait d'élever un enfant aujourd'hui dans un endroit pareil ? Il faut une sacrée dose de cruauté pour mettre au monde un bébé aujourd'hui, en sachant que l'univers dont il va hériter et qu'il habitera sera sale, malsain, injuste et difficile. Qui en aurait l'idée ? Où est passé le respect pour la vie ?

Avec affection, Charles.

Mon cher Peter, 5 septembre 2064

Je n'aurais jamais pensé écrire des mots pareils à mon âge, mais me voici grand-père. Charlie Keonaonamaile Bingham-Griffith est née le 3 septembre 2064 à 5:58 du matin, trois kilos cinq cent quarante.

Au cas où je risquerais d'être flatté, on m'a clairement expliqué que ce n'était pas en hommage à moi, mais plutôt à la mère d'Eden (décédée) qui se faisait appeler Charlie, que le prénom avait été choisi. Un prénom de jolie fille, et elle est loin de l'être. Elle a le menton fuyant, le nez épaté, et de petits yeux bridés.

Pourtant je l'adore. À contrecœur, on m'a laissé entrer ce matin dans la chambre de l'accouchée, et à contrecœur, on m'a laissé la prendre dans mes bras. Penché au-dessus de moi, David me donnait des conseils comme « Soutiens-lui la tête, vieux. Il faut que tu lui soutiennes la tête ! », comme si je n'avais jamais porté de bébé, à commencer par lui. Mais son harcèlement ne m'a pas dérangé – en fait, c'était plutôt émouvant de le voir s'inquiéter de quelqu'un d'autre, de le découvrir si vulnérable, capable de gestes si tendres pour tenir sa fille dans ses bras.

Maintenant que le bébé est arrivé, de nombreuses questions demeurent, y compris celle de savoir si Eden va finalement emménager à Washington Square ou rester chez elle à Brooklyn. Surtout, qui va s'occuper de Charlie, Eden ayant déjà annoncé qu'elle n'abandonnerait pas son « travail » à La Lumière, alors que David, conventionnel comme seuls savent l'être les jeunes gens, pense qu'ils devraient se marier et vivre ensemble.

Mais en attendant, le moment nous réunissait tous les quatre (sans compter Eden, bien entendu). Cette enfant est incontestablement ce que David a fait de mieux, mais avant que tu n'interprètes cette déclaration comme ambiguë, j'ajouterais qu'elle est aussi ce qu'il fera jamais de mieux. Ma petite Charlie.

En tout cas, c'est fait. J'accueille avec joie et prudence la nouvelle du retour d'Olivier dans le tableau. Au chapitre des représentations visuelles, je joins en document attaché une centaine de photos.

Avec toute mon affection, C.

Mon cher Peter, 21 février 2065

Une des qualités que je dois reconnaître à Nathaniel est son sens des responsabilités envers ceux dont il pense qu'ils sont moins aptes à les assumer. Au fil des ans, j'avais eu du mal à l'accepter. Moi par exemple, puisqu'il me considérait comme capable, je n'avais selon lui nul besoin qu'on m'aide ni qu'on m'accorde de l'attention ou du temps. Mais ses élèves, puis après qu'il eut quitté l'enseignement, Norris, Aubrey et David, classés comme vulnérables, méritaient tous ses soins.

Même après avoir hérité d'une part des biens d'Aubrey, il a continué à voir ses deux anciens élèves, Hiram et Ezra, ces garçons dont je t'ai raconté qu'ils avaient survécu à l'épidémie de 2050 et qu'on n'avait plus jamais laissé sortir. Quand ils avaient eu douze ans, leur mère avait engagé une nouvelle équipe de tuteurs capables de leur enseigner l'algèbre et la physique, mais Nathaniel n'a pas cessé de passer le pont presque une fois par semaine pour leur rendre visite. Puis, après la naissance de Charlie, il a mis en place des visioconférences à la place, parce que la petite lui prenait trop de son temps.

Comme je l'avais prédit, c'est surtout Nathaniel qui s'occupe de Charlie. Il y a une nounou, mais en réalité, il fait l'essentiel. Les horaires de David sont fluctuants et ceux d'Eden plus encore. Je suppose que je devrais ajouter ici (comme Nathaniel ne manque jamais de le souligner) que quand David est effectivement disponible, il se montre adorable avec le bébé. Mais en fait, l'essentiel n'est-il pas de simplement être là, présent ? Être parent consiste moins à bien faire les choses qu'à les faire avec constance. Quant à Eden, je préfère ne rien dire. J'ignore si David et elle sont toujours ensemble, même si je sais qu'il est toujours amoureux d'elle. Mais elle semble montrer remarquablement peu d'intérêt pour sa propre fille. Elle m'avait confié un jour qu'elle voulait « faire l'expérience » de la grossesse, mais apparemment, elle ne souhaitait pas ou n'avait même pas songé à faire celle du rôle de mère. Ce mois-ci par exemple, elle n'est venue que deux fois, et jamais quand David est dans les parages. Nathaniel propose toujours de lui amener le bébé, mais elle soulève invariablement une objection : elle est trop occupée, ou son appartement n'est pas assez sûr, ou encore elle a un rhume. Alors Nathaniel offre la possibilité de lui laisser un étage entier de la maison, ou de l'argent pour arranger son appartement, mais chaque fois elle paraît déstabilisée et n'accepte jamais.

La semaine dernière, Nathaniel m'a demandé d'aller chez les Holson pour voir les jumeaux – ils avaient manqué leurs deux derniers rendez-vous en visio, et ne répondaient à aucun de ses appels ou textos. « Tu plaisantes, pourquoi tu n'irais pas toi-même ?

— Je ne peux pas. Charlie est enrhumée et il faut que je la garde.

— Mais alors pourquoi je ne resterais pas avec la petite pour que tu puisses y aller ? » Je suis toujours avide de passer du temps avec ce bébé. Dès que j'ai une soirée libre, je descends au centre-ville pour être avec elle.

« Charles, a-t-il répondu en faisant glisser le bébé d'une épaule à l'autre, je te le demande comme un service. De plus, s'ils ont un problème, tu peux sans doute les aider.

— Je ne suis pas clinicien », lui ai-je rappelé, mais il ne servait à rien de discuter. Il fallait que j'y aille. On peut dire que Nathaniel et moi sommes installés dans une relation où nous sommes davantage mariés que jamais auparavant. Cette situation est en grande partie due au bébé – c'est un peu comme si nous revivions les débuts de notre vie conjugale, sauf que chacun sait désormais parfaitement combien l'autre l'a déçu.

Donc, après ma dernière réunion lundi, je suis allé en voiture jusqu'à Cobble Hill. Je n'avais pas vu ces enfants depuis cinq ans, quand leurs parents (enfin, leur mère, Mr. Holson étant absent comme toujours) avaient organisé pour Nathaniel une fête d'adieux à retardement – pour marquer la fin de son rôle de tuteur dans la vie d'Hiram et d'Ezra. Ils avaient treize ans à ce moment-là, et en paraissaient neuf ou dix. Bien élevés, ils servaient des parts de gâteau aux convives : moi, Nathaniel, leur gouvernante, leur mère – nous étions tous vêtus de nos combinaisons de protection complètes, parce que les garçons avaient du mal à respirer dans les leurs – avant de remplir leurs propres assiettes. Ils n'avaient pas droit au sucre, qui, expliquait Nathaniel, risquait selon Mrs. Holson de causer des inflammations internes (si ça veut dire quelque chose), mais le gâteau en question en contenait très peu : des pommes écrasées incorporées à de la pâte, qui semblait pour eux être un véritable festin. Ils répondaient à mes questions de leurs voix nasillardes et haut perchées, et quand Mrs. Holson leur avait demandé d'aller chercher la carte qu'ils avaient confectionnée pour Nathaniel, ils s'étaient précipités tous les deux de leur démarche raide, les réserves d'oxygène rebondissant sur leurs reins.

Quand Nathaniel m'avait décrit les projets qu'avait conçus Mrs. Holson pour les études de ses enfants, je les avais trouvés insolites, voire cruels. Certes, ils pourraient peut-être un jour s'inscrire virtuellement à l'université et décrocher un diplôme. Ils pourraient sans doute même trouver un emploi, travailler côte à côte comme ingénieurs ou analystes-programmeurs, assis devant des écrans jumeaux. Mais la question demeurait de ce que serait leur vie – enfermés à la maison avec chacun son frère et leur mère pour unique compagnie – et elle m'avait toujours préoccupé.

Je ne peux pas dire que les revoir m'ait fait changer d'avis. Mais j'ai compris que tandis que leur mère les avait préparés pour un monde dans lequel ils ne vivraient jamais – ce que rendaient évident leurs manières raffinées, leur capacité à vous regarder bien en face, leur talent pour la conversation, autant de choses dont je devais reconnaître que nous n'avions jamais su les enseigner à David –, elle leur avait aussi appris à accepter les bornes et les limites de leur existence. Quand l'un des deux, Hiram ou Ezra (je n'arrivais toujours pas à les différencier) m'a interrogé : « Nathaniel disait que vous venez de faire un voyage en Inde », j'ai dû me mordre les lèvres pour ne pas par réflexe demander : « Oui. Et vous, vous y êtes allés ? » À la place, j'ai répondu que oui, j'en arrivais justement, et l'autre jumeau a soupiré : « Quel merveilleux voyage cela a dû être ! » C'était la réponse qui convenait, une réponse polie (un peu ampoulée peut-être), mais il n'y avait aucune envie dedans, aucune jalousie. La suite de la conversation a révélé qu'ils savaient beaucoup de choses sur l'histoire de ce pays, ses désastres politiques et épidémiologiques, tout en laissant entendre qu'ils n'en seraient jamais les témoins ; ils avaient réussi à connaître le monde tout en acceptant qu'ils n'en feraient jamais partie. Cependant, nous sommes nombreux dans cette situation : nous possédons des informations sur l'Inde mais nous n'en ferons jamais partie. Ce qui était émouvant et dérangeant à la fois, c'est que pour ces garçons, *Brooklyn,* c'était l'Inde. Cobble Hill, c'était l'Inde. Le jardin de leur maison, qu'ils voyaient depuis leur salle de jeux, aujourd'hui convertie en salle de classe, c'était l'Inde – des endroits sur lesquels ils pourraient tout apprendre, mais qu'ils ne découvriraient jamais.

Et pourtant, aussi bien élevés qu'ils se montrent, aussi intelligents qu'ils soient, j'éprouvais pour eux de la pitié. J'ai pensé à David au même âge, renvoyé d'un établissement après l'autre, aux belles lignes de son corps athlétique quand il tentait un saut sur son skateboard, la façon dont il rebondissait dans les airs après s'être ramassé sur lui-même ou dont il faisait la roue à une main sur la pelouse de Washington Square, sa peau étincelant au soleil.

Les garçons devaient avoir presque dix-huit ans aujourd'hui, et en frappant à leur porte, j'ai songé, comme souvent, à ma petite Charlie. *Qu'ils soient protégés de tous les dangers, parce que s'ils le sont, ma petite-fille le sera elle aussi.* Mais je me disais aussi : *Si quelque chose leur arrivait, rien ne pourrait la menacer elle.* Tout cela était complètement absurde, bien entendu.

Personne ne venant ouvrir, j'ai tapé sur le clavier le code que m'avait donné Nathaniel et je suis entré. J'ai flairé, à peine le sas de décontamination s'était-il ouvert, une odeur de mort. Ces nouveaux casques décuplent toutes les sensations olfactives, et j'ai arraché le mien pour me couvrir le nez et la bouche avec mon pull-over. La maison était aussi sombre que d'habitude. Silence complet, aucun mouvement : rien que ces relents nauséabonds.

« Frances ! Ezra ! Hiram ! C'est Charles Griffith… C'est Nathaniel qui m'envoie. Ohé ? »

Mais personne n'a répondu. Une porte séparait le vestibule du reste du rez-de-chaussée, je l'ai poussée et j'ai failli suffoquer. Je suis entré dans le salon. Pendant quelques instants, je n'ai rien vu, puis j'ai entendu un petit bruit, comme un bourdonnement, et j'ai aperçu un petit nuage dense qui flottait au-dessus du sofa. En m'approchant, j'ai compris qu'il s'agissait d'un bataillon de mouches noires qui virevoltait en vrombissant comme une tornade. Ce qu'elles assiégeaient ainsi, c'était le corps d'une femme, Frances Holton, recroquevillée sur elle-même, morte depuis au moins deux semaines, peut-être plus.

Je me suis éloigné, le cœur battant la chamade. « Les garçons, ai-je crié. Hiram ! Ezra ! » Mais là encore, silence total.

J'ai continué à parcourir le salon. Ensuite, j'ai perçu un léger froissement de tissu. Au bout de la pièce, j'ai distingué un mouvement, et en m'approchant, j'ai vu que c'était en fait une sorte de rideau de plastique transparent tendu sur le seuil de la cuisine, et qui isolait cette pièce du reste de la maison. Dans la partie inférieure droite, deux ouvertures avaient été pratiquées :

par la première, passait un tube en plastique dirigé vers le salon, l'autre n'était qu'un simple rectangle découpé. C'était cette trouée qui s'était détachée et qu'une brise venue d'on ne sait où faisait trembloter.

À travers le plastique, j'ai jeté un coup d'œil dans la cuisine. Il m'est venu à l'esprit qu'on aurait dit le terrier d'un animal : un gaufre, ou un chien de prairie, par exemple. Les stores étaient baissés, et toutes les surfaces étaient encombrées. J'ai écarté la paroi de plastique et je suis entré : c'était la même puanteur de décomposition, mais ici l'odeur était d'origine végétale. Les plans de travail croulaient sous les plats, les marmites, les casseroles et les piles de livres. Dans l'évier, d'autres récipients sales étaient plongés dans un dépôt d'eau graisseuse, comme si quelqu'un avait entrepris de laver la vaisselle mais avait laissé tomber à mi-parcours. À côté de l'évier se trouvaient deux assiettes à soupe, deux cuillers et deux chopes, toutes parfaitement propres. On avait repoussé dans tous les coins des sacs-poubelle noirs rebondis, et quand je me suis forcé à en ouvrir un, j'ai vu qu'ils étaient pleins non pas de fragments de corps humains découpés mais d'épluchures de carottes et de miettes de pain, tellement pourries qu'un liquide fétide en dégoulinait, et de sachets de thé complètement desséchés. Le bac de recyclage débordait, comme une parodie de corne d'abondance. J'ai ramassé une conserve de pois chiches, qui n'avait pas seulement été vidée mais méticuleusement décapée, si propre qu'elle brillait. La boîte de conserve voisine était dans le même état, la suivante aussi.

Au milieu du carrelage, à environ trente centimètres l'un de l'autre, séparés par une pile de livres, sur laquelle était posés deux ordinateurs portables, étaient étendus deux sacs de couchage, et – détail qui m'a bouleversé – un ours en peluche glissé sous chaque duvet, la tête posée sur un oreiller, leurs yeux noirs fixant le plafond. Autour de ce dortoir improvisé, se dessinait clairement un chemin qui conduisait à une salle de bains, où deux réserves d'oxygène étaient branchées à une prise murale ; il y avait deux verres au bord du lavabo, deux brosses à dents, et un tube de dentifrice encore presque plein. La salle de bains communiquait avec une buanderie, et là aussi, tout semblait en ordre. Les placards étaient emplis de serviettes, de paquets de papier hygiénique, de torches électriques, de piles, de détergents ; deux taies d'oreiller et deux jeans d'enfants étaient encore dans le sèche-linge.

Je suis retourné dans la cuisine et me suis frayé un chemin à travers les détritus jusqu'au centre de la pièce où j'ai regardé alentour en me demandant que faire après. J'ai appelé Nathaniel mais il n'a pas décroché.

Ensuite, je suis allé me chercher quelque chose de frais à boire dans le réfrigérateur : il était vide. Pas une bouteille de jus de fruit, pas un bocal de moutarde, pas même une feuille de salade en train de se dessécher au fond d'un casier. Dans le congélateur, rien non plus. Alors une sorte d'effroi m'a gagné, et j'ai commencé à ouvrir tous les placards, tous les tiroirs – rien, rien, rien ! Il n'y avait pas la moindre chose comestible dans cette cuisine : pas le moindre ingrédient – farine, bicarbonate de soude, levure – qui aurait pu être utilisé pour préparer quoi que ce soit de consommable. Voilà pourquoi les boîtes de conserve étaient si propres. Elles avaient été léchées jusqu'à la dernière miette de nourriture. Voilà pourquoi un tel capharnaüm régnait dans cette cuisine. On avait tout retourné pour trouver quelque chose à manger.

Je ne savais pas pourquoi ils s'étaient enfermés comme ça – ou de façon plus probable pourquoi leur mère les avait murés dans cette cuisine, mais c'était sans doute pour les mettre à l'abri. Quand ils s'étaient retrouvés sans nourriture, j'ai compris qu'ils avaient dû explorer toute la maison pour en dénicher.

Je me suis précipité hors de la cuisine et dans l'escalier. « Ezra ! Hiram ! » La chambre de leurs parents était au premier et elle avait été elle aussi mise sens dessus dessous : sous-vêtements, chaussettes, maillots de corps jaillissaient des tiroirs, des chaussures jonchaient le parquet devant le placard.

Au deuxième étage, même tableau : tiroirs vidés, placards en désordre total. Seul leur bureau était aussi ordonné que dans mon souvenir – ils le connaissaient sans doute assez intimement pour ne pas avoir besoin de chercher ce qu'ils savaient ne pas pouvoir y trouver.

Là, j'ai marqué une pause pour tenter de me calmer. J'ai de nouveau appelé Nathaniel et lui ai envoyé un texto. Et c'est en attendant qu'il réponde que j'ai regardé par la fenêtre et aperçu en contrebas deux corps qui gisaient face contre terre dans le jardin.

C'étaient les garçons, bien sûr. Ils portaient des vestes en laine, bien qu'il fasse franchement trop chaud pour ce genre de vêtements. Ils étaient très maigres. L'un des deux, Hiram ou Ezra, avait la tête tournée vers son frère, dont le visage était collé aux dalles. Leurs réserves d'oxygène restaient arrimées à leurs pantalons, les chambres à air vidées depuis longtemps. Et bien qu'il fasse chaud, les dalles étaient froides, ce qui avait contribué à préserver les corps dans une certaine mesure.

Je suis resté jusqu'à l'arrivée du médecin légiste et de son équipe, je leur ai dit ce que je savais, puis je suis repassé par la maison pour annoncer la nouvelle à Nathaniel qui l'a très mal prise. « Pourquoi je n'y suis pas allé plus tôt ? Je savais qu'il s'était passé quelque chose. Je le savais. Où était passée leur gouvernante ? Où était leur putain de père ? »

J'ai fait effectuer des recherches en utilisant l'argument qu'il pouvait s'agir d'une question de santé publique, et j'ai demandé à ce qu'une enquête complète soit diligentée, aussi rapidement que possible. J'ai reçu aujourd'hui le rapport sur ce qu'il s'est passé, ou plus exactement sur ce qu'on croit qu'il s'est passé. L'hypothèse est que, il y a environ cinq semaines, Frances Holson a été victime d'« une maladie à la pathologie inconnue ». Se rendant compte qu'elle était contagieuse, elle a enfermé les enfants dans la cuisine, et demandé à la gouvernante de venir régulièrement leur porter de quoi se nourrir. Elle s'est acquittée de cette tâche pendant au moins la première semaine. Mais voyant que l'état de Frances se détériorait, la gouvernante a eu trop peur pour revenir. On pense que la mère s'est installée au rez-de-chaussée pour être plus près des enfants et qu'elle leur a donné le reste de la nourriture qu'elle avait prévue pour elle-même en la faisant passer à l'aide de gants stériles par une des fenêtres découpées dans la paroi de plastique. Les garçons l'ont sans doute vue mourir, et ont survécu au moins pendant deux semaines avec son cadavre sous les yeux. On présume qu'ils ont dû ensuite sortir de la cuisine en descendant l'escalier métallique qui mène au jardin pour trouver de quoi manger, environ cinq jours avant que je les découvre. Hiram – celui qui était étendu face contre terre – était mort le premier, et on suppose qu'Ezra, qui avait tourné la tête vers son jumeau, avait succombé un jour plus tard.

Restaient toutes ces choses que nous ne savions pas et que nous n'apprendrions sans doute jamais. Pourquoi aucun des trois – Francis, Hiram, Ezra – n'avait-il appelé personne ? Pourquoi leurs professeurs en voyant le chaos de la cuisine durant leurs visioconférences n'avaient-ils pas demandé s'ils avaient besoin d'aide ? N'avaient-ils aucune famille qu'ils puissent tenter de joindre ? Aucun ami ? Comment la gouvernante avait-elle pu abandonner à leur sort des enfants aussi vulnérables ? Pourquoi Frances n'avait-elle pas commandé davantage de nourriture ? Pourquoi les garçons ne l'avaient-ils pas fait ? Avaient-ils été contaminés par le virus inconnu de leur mère ? Ils n'auraient pas pu mourir de faim en une semaine, ni même deux. Était-ce le choc de se retrouver à l'extérieur ? La faiblesse de leur système immunitaire ? Ou bien quelque chose qui ne porte pas de nom clinique : le désespoir ? la déréliction ? la peur ? Ou encore une sorte d'abandon, de renoncement à la vie – parce que, à l'évidence, ils auraient pu trouver du secours, non ? Ils avaient les moyens de communiquer avec l'extérieur : pourquoi n'avaient-ils pas davantage essayé de le faire, à moins de penser qu'ils n'en pouvaient plus de leur existence elle-même, du simple fait d'être vivants ?

Et surtout, où était passé leur bon dieu de père ? Le ministère de la Santé a retrouvé sa trace dans Brooklyn Heights, à moins de deux kilomètres, où apparemment il vivait depuis cinq ans avec sa deuxième famille : une seconde femme, avec laquelle il avait entamé une liaison sept ans plus tôt, et ses deux nouveaux enfants, âgés de cinq et six ans, tous deux en parfaite santé. Il a répondu aux enquêteurs qu'il s'était toujours assuré qu'Ezra et Hiram ne manquaient de rien, qu'il envoyait à Frances une pension alimentaire mensuelle. Mais quand ils lui ont demandé dans quel funérarium il voulait que ses fils soient envoyés après l'autopsie, il a secoué la tête : « Le crématorium municipal fera l'affaire. Ils sont morts il y a longtemps. » Puis il a refermé la porte.

Je n'ai rien rapporté de tout cela à Nathaniel. Il en aurait été trop chaviré. Moi, j'en ai été bouleversé. Comment un homme pouvait-il renier ses enfants si totalement, si radicalement ? On aurait dit qu'ils n'avaient jamais existé pour lui. Comment un parent peut-il à ce point être dénué de sentiments ?

La nuit dernière, je n'ai pas trouvé le sommeil et j'ai pensé aux Holson. Aussi peiné que je sois pour les jumeaux, je l'étais plus encore pour Frances : les avoir élevés et protégés avec tant de soin et de vigilance pour qu'ils finissent par mourir de désespoir… Et alors que j'allais enfin m'endormir, je me suis demandé si les garçons n'avaient pas décidé de ne pas appeler au secours simplement parce qu'ils voulaient voir le monde extérieur. Je les ai imaginés se prenant la main et passant la porte, descendant les marches, et s'avançant dans le jardin. Là ils seraient restés, toujours main dans la main, à respirer l'air et à regarder la cime des arbres autour d'eux, bouchée bée, leur vie soudain merveilleuse, l'espace d'un instant, alors même qu'elle allait prendre fin.

Affectueusement à toi, Moi.

Mon cher Peter, 19 avril 2065

Désolé de ne pas t'avoir écrit depuis tout ce temps. J'ai conscience que cela fait plusieurs semaines. Mais je sais que tu comprendras quand je t'aurai expliqué ce qu'il s'est passé.

Eden est partie. Et quand je dis « partie », ce n'est pas comme si elle avait disparu un beau soir en laissant une lettre. Nous savons exactement où elle est : dans son appartement de Windsor Terrace, sans doute en train de faire ses bagages. Par « partie », je veux dire qu'elle ne veut plus être parent. En fait, c'est ainsi qu'elle l'a formulé : « Je ne pense tout simplement pas qu'il soit dans ma nature d'être mère. »

Il n'y a vraiment pas grand-chose à ajouter, et absolument aucune raison d'en être surpris. Depuis la naissance de Charlie, j'ai dû voir Eden environ six fois. Il est vrai que je ne vis pas dans cette maison, et donc il est possible qu'elle y soit passée plus souvent que seulement pour Thanksgiving, Noël, le Nouvel An, etc. Mais vu comme Nathaniel semble marcher sur des œufs en sa présence, j'en doute sérieusement. Il ne s'est jamais autorisé à se plaindre de notre « belle-fille » – non parce qu'il pensait du bien d'elle, mais plutôt parce qu'il devait estimer que s'il disait à haute voix « Eden est une mauvaise mère », elle le deviendrait effectivement. Alors qu'en fait, elle l'était déjà. Je sais que ça n'a aucun sens, mais Nathaniel raisonne de cette façon. Toi et moi savons très bien ce que sont les mauvaises mères, mais Nathaniel non – il a toujours aimé la sienne, et il trouve toujours difficile de comprendre que toutes les mères ne soient pas capables d'assumer ce rôle par sens du devoir, sans même parler d'amour inné.

Je n'étais pas présent quand elle a parlé avec Nathaniel. David non plus, dont nous ne savons le plus souvent ni l'un ni l'autre où il se trouve. Mais apparemment, elle lui a envoyé un texto un beau jour pour lui annoncer qu'elle avait besoin de lui parler et qu'elle le retrouverait au parc : « J'amènerai Charlie », a répondu Nathaniel, et elle l'en a aussitôt dissuadé, alléguant qu'elle avait la grippe « ou quelque chose du genre », et ne voulait pas la lui passer. (Que craignait-elle ? Que si elle annonçait que Charlie ne l'intéressait plus, Nathaniel risquait de la lui coller dans les bras et de s'enfuir ?) Donc, ils se sont rencontrés au parc. Nathaniel m'a dit qu'Eden était arrivée avec une demi-heure de retard (ce qu'elle avait justifié par la fermeture des métros, alors qu'ils ne fonctionnent plus depuis six mois), accompagnée d'un type qui l'avait attendue sur un autre banc quelques mètres plus loin tandis qu'elle annonçait à Nathaniel qu'elle quittait le pays.

« Où vas-tu ? a demandé Nathaniel, après avoir encaissé le choc initial.

— Dans l'État de Washington. Ma famille allait en vacances sur Orcas Island quand j'étais petite, et j'ai toujours eu envie d'essayer d'y habiter.

— Mais Charlie ? »

À ce moment-là une ombre lui est passée fugitivement sur le visage – peut-être un sentiment de culpabilité, de honte, j'espère. « Je pense qu'elle est franchement mieux avec vous », et voyant que Nathaniel restait muet, elle a ajouté : « Vous faites ça très bien, mon vieux. Je ne pense tout simplement pas qu'il soit dans ma nature d'être mère. »

Dans mon effort nouveau pour être concis, je vais t'épargner les détails de cette conversation, les supplications, les nombreuses tentatives de faire participer David à cette décision, les négociations, et je te dirai uniquement qu'Eden est sortie de la vie de Charlie. Elle a signé des papiers pour renoncer à tous ses droits qui laissent David seul parent de la petite. Mais comme je te l'ai dit, David est rarement dans les parages, ce qui signifie que dans les faits, sinon légalement, c'est Nathaniel qui tient ce rôle.

« Je ne sais pas ce que je vais faire », m'a dit Nathaniel. C'était hier soir, après dîner. Nous étions assis sur le canapé au salon. Charlie s'était endormie dans ses bras. « Pour l'instant, je vais la mettre au lit.

— Non, laisse-moi la prendre un peu », et il m'a fixé avec cet air si particulier – mi-agacé mi-attendri – avant de me la poser entre les bras.

Pendant un certain temps nous sommes restés comme ça, je regardais Charlie et il lui caressait la tête. J'avais l'étrange impression que le temps entre nous s'était aboli, qu'on nous avait donné une seconde chance, comme parents, comme couple. Nous étions à la fois plus jeunes et plus âgés que dans la réalité, et nous connaissions toutes les erreurs que nous étions capables de commettre et pourtant nous ne savions rien de ce qui pouvait survenir. C'était notre bébé, rien de ce qu'il s'était passé ces vingt dernières années n'était arrivé – mon travail, la pandémie, les camps, notre divorce. Mais ensuite, je me suis rendu compte qu'en effaçant tout ça, je faisais aussi disparaître David et donc Charlie.

J'ai tendu la main pour caresser les cheveux de Nathaniel, et il a haussé un sourcil, mais ensuite, il a reposé sa tête, et pendant un moment, nous avons continué, moi à lui effleurer les cheveux, lui, ceux de la petite.

« Je pense que peut-être, je devrais venir m'installer ici », ai-je dit, et il m'a regardé en levant l'autre sourcil.

« Tu crois ?

— Oui. Je pourrais t'aider et passer plus de temps avec Charlie. » Je n'avais pas prévu de faire cette proposition, mais elle sonnait juste à mes oreilles. Mon appartement – autrefois le nôtre – était devenu moins un lieu de vie qu'un endroit où entreposer des objets inanimés. Je dormais au labo. Je prenais mes repas chez Nathaniel. Et ensuite, je repassais par l'appartement pour me changer. Cela n'avait pas grand sens.

« Eh bien, a-t-il dit en changeant légèrement de position, je ne serais pas contre. » Il a marqué une pause. « Mais on ne se remet pas ensemble, tu comprends ?

— Je le sais. » Je n'étais même pas vexé.

« On ne couche pas ensemble non plus.

— On verra. »

Il a levé les yeux au ciel. « Je t'assure que non, Charles.

— D'accord. Peut-être que oui, peut-être que non. » Mais ce n'était que pour le taquiner. Je n'avais pas envie de coucher avec lui non plus.

Voilà, c'était seulement pour te tenir au courant. Je suis sûr que tu auras des questions à me poser, n'hésite pas. De toute façon, on se voit d'ici quelques jours. Tu pourras peut-être m'aider à déménager ? (C'est une blague.)

Affectueusement, Charles.

Cher Peter, 3 septembre 2065

Merci beaucoup à toi et à Olivier pour les jouets : ils sont arrivés pile à temps, et Charlie les adore, c'est-à-dire qu'elle s'est immédiatement fourré le chat dans la bouche et mise à téter avec détermination, ce qui, je pense, est signe d'une indubitable affection.

Je n'ai pas beaucoup d'expérience en termes de fêtes de premier anniversaire, mais celle-ci était plutôt modeste : rien que moi, Nathaniel et même David. Et Charlie, bien sûr. Tu as sans doute entendu la dernière théorie conspirationniste, selon laquelle le gouvernement aurait inventé la maladie du mois dernier (pour quoi faire et dans quel but n'est jamais discuté, parce que la logique semble naturellement s'opposer aux théories de ce genre), mais David semble l'avoir gobée et s'est appliqué à me parler le moins possible durant tout l'après-midi.

Je tenais Charlie dans mes bras quand il est rentré, l'air débraillé et pas rasé, mais rien d'extraordinaire à ça, et après avoir retiré sa combinaison et s'être lavé les mains, il s'est approché et l'a soulevée de mes genoux sans un mot, comme si je n'étais rien qu'un porte-bébé, et il s'est allongé avec elle sur le tapis.

Tu te rappelles David bébé – il était si menu et silencieux, et quand il ouvrait la bouche, c'était pour brailler. Lorsque j'avais huit ans, ma mère, peu de temps avant de s'en aller, m'avait dit qu'un parent décide de ce qu'il pense de son enfant au cours des six premières semaines (ou bien des six premiers mois ?) de sa vie, et bien que je me sois efforcé de ne pas me rappeler ces paroles, elles m'étaient revenues, involontairement, à des moments inopportuns durant l'enfance de David. Même aujourd'hui, je crains, tout au fond de moi, de ne l'avoir jamais aimé et que, tout au fond de lui, il le sache.

Ce souvenir est en partie la raison pour laquelle Charlie me procure une telle joie – et pas seulement une joie, mais aussi un soulagement. Il est facile de l'aimer, de la câliner, de la serrer contre soi. David, lui, s'arc-boutait pour échapper à mes bras (et à ceux de Nathaniel, pour être honnête) quand j'essayais de l'étreindre, alors que Charlie se blottit contre vous, et quand on – c'est-à-dire moi – lui sourit, elle sourit en retour. Autour d'elle, nous sommes tous plus doux, plus tendres, comme si nous nous étions mis d'accord pour lui cacher la vérité de qui nous sommes, comme si elle allait désapprouver si elle savait, comme si elle risquait de se lever pour gagner la porte et nous quitter pour toujours. Tous les surnoms affectueux que nous lui donnons sont liés à la viande : « Longe de porc », « côtelette d'agneau », « travers grillé » – autant de bonnes choses que nous n'avons pas mangées depuis des mois, depuis que le rationnement a été mis en place. Parfois nous faisons semblant de lui grignoter la jambe, en poussant des grognements de chien. « Je vais te manger tout entière », dit Nathaniel, en lui mâchonnant la cuisse, et elle rit jusqu'à en perdre haleine. (Oui, je sais que tout cela peut être dérangeant si on y réfléchit attentivement.)

Nathaniel avait dépensé sans compter et confectionné un gâteau au citron, que nous avons tous partagé, sauf Charlie, parce que Nathaniel ne la laisse pas encore manger de sucre, ce qui est sans doute pour le mieux car qui sait combien il en restera quand elle aura notre âge. « Allez, Papa, juste un petit morceau », a imploré David en lui présentant une miette, comme si elle était un chiot, mais Nathaniel a secoué la tête : « Absolument hors de question », a-t-il déclaré, et David a soupiré en souriant, presque avec fierté, comme si c'était lui le grand-père et qu'il ait désapprouvé la sévérité déraisonnable de son fils. « Que veux-tu, Charlie ? a-t-il dit à sa fille. J'aurai essayé. » Puis le moment inévitable est arrivé où il fallait coucher Charlie, après quoi David nous a rejoints au salon et s'est lancé dans ses attaques mille fois ressassées contre le gouvernement, les camps de réfugiés (dont il est convaincu qu'ils fonctionnent toujours), les centres de relocalisation (qu'il s'entête à appeler camps d'internement), l'inutilité des sas de décontamination et des casques (ce avec quoi je suis secrètement d'accord), l'efficacité des médicaments à base de plantes (qui ne me convainc pas), et la dénonciation de différents plans secrets qui permettent au Centre de Lutte Contre les Maladies et « à d'autres instituts de recherche subventionnés par l'État » (par exemple Rockefeller University) de passer leur temps à ne pas enrayer les épidémies, mais au contraire à en créer de nouvelles. Il pense que l'État est dirigé par une vaste confrérie d'hommes blancs aux cheveux gris et de tempérament sombre, vêtus d'uniformes militaires, qui vivent dans des bunkers aux murs capitonnés sur lesquels on projette des hologrammes et qui sont truffés de logiciels d'espionnage. Il trouverait sans doute la réalité écrasante de banalité.

C'était la même rengaine, avec quelques rares variations, que celle entendue ces six dernières années. Et pourtant, elle ne me troublait plus – ou plus exactement, elle ne me dérangeait plus pour les mêmes raisons. Cette fois-ci, comme la précédente, je me suis contenté de regarder mon fils, toujours aussi enflammé, qui parlait si vite et si fort qu'il devait sans cesse essuyer la salive qui lui coulait de la bouche, en se penchant vers Nathaniel qui hochait la tête d'un air las, et j'ai ressenti une sorte de chagrin pervers. Je savais qu'il croyait à ce que représentait La Lumière, mais je n'ignorais pas qu'il y était entré pour essayer de trouver un endroit où il aurait sa place, où il pourrait enfin se dire qu'il était là où il devait être.

Et pourtant, malgré tout son dévouement à La Lumière, la réciproque n'était pas certaine. L'organisation du pouvoir y est quasi militaire, avec des membres qui se tatouent des étoiles sous le bras droit, au fur et à mesure de l'avancement que leur accorde le comité central. Eden en avait trois quand nous l'avons rencontrée ; elle en avait déjà ajouté une quatrième quand Nathaniel l'avait vue pour la dernière fois. Mais le poignet de David n'était décoré que d'une seule. C'était un éternel troufion, relégué (je le sais par tes rapports) aux fonctions subalternes : trouver les composants que les ingénieurs assemblaient pour confectionner les bombes, jamais nommément remercié dans les discours enflammés diffusés par le quartier général après chaque attentat réussi. Il n'était personne, un anonyme, un oublié. Bien sûr je me réjouissais de cette situation, de son manque d'importance, de la façon dont il était ignoré – cela lui évitait les dangers, les engagements. Mais je me rendais compte que j'en étais aussi venu à détester La Lumière non seulement pour les idées qu'elle propageait mais aussi pour son refus de reconnaître les efforts de mon fils. Il avait rejoint cette organisation pour sentir enfin qu'il avait trouvé une famille, et elle avait fini par le traiter comme tout le monde auparavant. Comme je te l'ai dit, je sais que c'est un raisonnement pervers – aurais-je été plus satisfait s'il avait eu le bras couvert d'étoiles bleues ? Non, bien sûr que non. Mais ce serait une sorte différente d'insatisfaction, une frustration qui se mêlerait d'un orgueil un peu tordu, un soulagement de voir que si Nathaniel et moi n'étions pas sa vraie famille, il avait fini par en trouver une au bout du compte, même si elle était dangereuse et dans l'erreur. À part Eden, il n'avait jamais ramené personne à la maison pour que nous fassions sa connaissance, il ne parlait d'aucun ami, il ne bondissait jamais sur son téléphone au milieu de nos dîners parce qu'il recevait tellement de messages qu'il était obligé de les lire, souriant face à l'écran tandis qu'il aurait tapé une réponse. Bien que je ne l'aie jamais vu en action, pour ainsi dire, je me l'imaginais constamment à la marge des groupes, écoutant toutes les conversations sans que jamais on lui propose d'y participer. Je n'ai pas de preuves, bien sûr, mais je crois que cette absence d'amis était en partie ce qui lui interdisait de passer plus de temps avec sa fille – comme s'il craignait que sa solitude ne la contamine, qu'elle aussi en vienne à le considérer comme un être de peu d'importance.

J'en avais mal pour lui. Je l'ai revu, comme cela m'arrivait souvent – bien trop souvent puisque c'est aujourd'hui un adulte de vingt-cinq ans, et même un jeune père –, petit garçon sur l'aire de jeux à Hawaii : les autres enfants qui le fuyaient, la façon dont il avait compris, même à l'époque, qu'il y avait en lui quelque chose qui clochait, quelque chose qui repoussait les autres, qui l'isolait et le ferait rester sur la touche toute sa vie.

Aujourd'hui, je peux seulement continuer à espérer pour lui, et faire mieux avec et pour son enfant. Je ne dirais pas que je peux me servir de cette petite pour rattraper tout ce que j'ai raté avec lui, mais je sais qu'il m'appartient d'essayer. Tant de choses ont changé depuis que David était bébé, tant de choses ont été perdues. Notre maison, notre famille, nos espoirs. Mais les enfants ont besoin des adultes. Ça au moins n'a pas changé. Donc je peux essayer à nouveau. Et non seulement je peux, mais je dois.

Avec affection, Charles.

Mon cher Peter, 7 janvier 2067

C'est la fin d'une bien longue journée et d'une bien longue semaine. Je suis rentré tard du Comité, la nounou avait déjà couché Charlie, plusieurs heures plus tôt, et la cuisinière m'avait laissé un bol de riz et de tofu, et des concombres marinés. Juste à côté, j'ai trouvé une feuille de papier, avec un trait épais tracé au pastel qui zébrait la page. « De Charlie, pour son Grand-Papa », avait noté la nounou dans le coin inférieur droit. Je l'ai rangée dans mon attaché-case pour l'emporter au labo lundi.

Le Comité avait discuté de la situation présente au Royaume-Uni – pardon, en Nouvelle-Grande-Bretagne – depuis les élections. Tu seras heureux d'apprendre que chacun a estimé que la transition se faisait de manière beaucoup plus harmonieuse que tu ne le craignais. Et tu ne seras pas surpris non plus si je te dis que tout le monde estime que, malgré tout, tu as pris la mauvaise décision et que tu t'es montré beaucoup trop indulgent avec la population et que tu as fait trop de concessions aux opposants. Tous trouvaient aussi qu'il était fou de ta part de rouvrir le métro. Tu devines que je ne leur donne pas tout à fait tort.

Après mon dîner, j'ai déambulé dans la maison. Une habitude que j'ai prise et qui se répète chaque fin de semaine. Tout a commencé le premier samedi après les événements, quand un rêve m'avait réveillé en sursaut. J'y avais vu Nathaniel et moi de retour à Hawaii, dans la maison que nous occupions autrefois, mais à l'âge que nous avons aujourd'hui. Je ne sais pas si dans ce rêve David existait – s'il habitait sa propre maison, s'il vivait avec nous mais était sorti faire une course, où s'il n'était pas né du tout. Nathaniel avait passé un certain temps à chercher une photo, prise peu de temps après notre rencontre. « J'ai remarqué quelque chose d'étrange sur cette photo, il faut que je te la montre. Mais je n'arrive pas à remettre la main dessus. »

C'est à ce moment-là que je m'étais réveillé. Je savais que j'avais rêvé, et pourtant quelque chose m'a poussé à me lever pour chercher à mon tour. Pendant une bonne heure, j'ai marché d'étage en étage – c'était avant que la nounou et la cuisinière ne déménagent au troisième – en ouvrant des tiroirs au hasard, en sortant des livres de la bibliothèque sans raison particulière et en feuilletant leurs pages. J'ai fouillé dans le saladier où traîne tout un fatras de petits objets sur le comptoir de la cuisine – des attaches en métal, des élastiques, des trombones, et des épingles de nourrice : tout ce petit matériel modeste mais indispensable que je me rappelais de mon enfance, qui avait perduré alors que tant d'autres choses avaient changé. J'ai fureté dans le placard de Nathaniel, ses chemises qui portaient encore son odeur, et dans son cabinet de toilette, les vitamines qu'il prenait, même longtemps après qu'elles s'étaient révélées inefficaces.

Durant ces premières semaines, je n'avais ni le droit ni l'envie d'entrer dans la chambre de David, mais même après la fin de l'enquête, j'ai gardé la porte fermée en permanence, et je me suis installé dans la chambre de Nathaniel au rez-de-chaussée, si bien que je n'avais nulle raison de monter au deuxième étage. Il m'a fallu deux mois pour m'y décider. Le Bureau d'investigation avait laissé la chambre dans un ordre parfait. En partie à cause du volume d'encombrement soudain réduit : les ordinateurs et les téléphones de David avaient disparu, ainsi que les piles de livres et de papiers qui jonchaient le sol, le meuble de rangement en plastique avec ses dizaines de petits tiroirs contenant toutes sortes d'objets, clous, punaises, fils de fer, d'un usage que je préférais ne pas connaître de trop près parce que alors, il m'aurait fallu le dénoncer au Bureau moi-même longtemps auparavant. C'était un peu comme s'ils avaient complètement effacé les dix dernières années, si bien que tout ce qu'il restait – son lit, quelques vêtements, plusieurs figurines de monstres qu'il avait sculptées quand il était gamin, le drapeau d'Hawaii qui avait toujours flotté dans ses chambres successives depuis qu'il était bébé – c'était l'adolescent qu'il avait été avant de rejoindre les rangs de La Lumière, avant que Nathaniel et moi nous soyons séparés, avant qu'il ait été mis un terme à l'aventure de notre famille. La seule indication que le temps était tout de même bel et bien passé, était deux photos encadrées de Charlie sur sa table de chevet : la première, que lui avait donnée Nathaniel, montrait la petite le jour de ses un an, un grand sourire aux lèvres et la bouche barbouillée de purée ; la seconde était la capture d'écran d'une vidéo prise par Nathaniel quelques mois plus tard, où on voit David la prendre dans ses bras et la faire tournoyer. La caméra s'attarde d'abord sur le visage du père, puis passe à celui de la petite, et on voit qu'ils crient tous les deux de joie et rient à gorge déployée.

Maintenant, environ quatre mois après ce jour, il m'arrive de passer plusieurs heures sans penser à eux, sans que des hallucinations – je me demande par exemple au milieu d'une réunion ennuyeuse ce que Nathaniel va préparer pour le dîner, ou si David passera voir Charlie ce week-end – ne viennent me terrasser. Ce que je ne parviens pas à cesser de faire en revanche, c'est de revoir la scène elle-même, alors que je n'y ai pas assisté et que quand on m'a donné la possibilité de visionner la vidéo confidentielle, j'ai refusé : l'explosion, le corps de ceux qui se trouvaient à proximité de l'engin volant en éclats, tous les bocaux en verre alentour se fracassant. Je me rappelle t'avoir dit que la seule image que j'ai regardée, avant de refermer le dossier pour de bon, avait été prise ce soir-là. Elle montrait le sol, près de l'endroit où la bombe avait explosé, juste à côté du rayon des sauces et des soupes. Le carrelage était couvert d'une substance rouge et visqueuse, non pas du sang, mais de la sauce tomate cuisinée, et dans cette flaque nageaient des centaines de clous, noircis et tordus par la chaleur de l'explosif. Sur le côté droit, on voyait, détachées de son corps, la main d'un homme et une partie de son bras, une montre encore attachée au poignet.

Les autres images que j'ai consultées sont celles de la vidéo où David se précipite dans la boutique. Il n'y a pas de son, mais on se rend compte à la manière dont il tourne la tête dans tous les sens qu'il est déchaîné. Ensuite, il ouvre la bouche, et on reconnaît le seul mot qu'il prononce : « Papa, Papa » ; puis, il s'enfonce dans le magasin et plus rien, l'image de la porte, maintenant fermée, devient floue et disparaît.

C'est cette vidéo que je montre aux enquêteurs et aux ministres depuis des mois, depuis qu'elle est en ma possession, pour tenter de leur prouver que David ne peut pas être responsable de l'explosion, qu'il aimait Nathaniel, qu'il n'a pas pu vouloir le tuer. Il savait que Nathaniel faisait ses courses dans ce magasin, quand il a compris ce que préparait La Lumière et après que Nathaniel lui a envoyé un message disant qu'il allait aux commissions, ne s'était-il pas jeté à l'intérieur pour le trouver et le sauver ? Je ne pourrais pas affirmer avec certitude qu'il n'a jamais voulu assassiner d'autres personnes – même si je l'ai déclaré – mais je suis sûr qu'il n'aurait jamais voulu tuer son père.

Or l'État n'est pas d'accord avec moi. Mardi, le ministre de l'Intérieur en personne est venu me voir et m'a expliqué que puisque David était un membre « important et connu » d'une organisation dissidente responsable de la mort de soixante-douze personnes, il allait leur falloir prononcer une condamnation post mortem pour haute trahison. En conséquence il ne pourrait être inhumé dans un cimetière, ses descendants ne pourraient hériter d'aucun de ses biens, qui seraient saisis par l'État.

Puis une étrange expression est passée sur son visage, et il a ajouté : « C'est donc une chance – si je peux utiliser ce terme dans cette horrible situation – que votre ex-mari ait spécifié dans son testament que la maison et tous ses biens, au détriment de votre fils, seraient légués à votre petite-fille. »

J'étais si abasourdi encore par ce qu'il avait dit de la condamnation de David que je ne comprenais pas ce qu'il essayait de m'expliquer. « Non, c'est faux ! Tout devait revenir à David.

— Non, Dr Griffith », a insisté le ministre, et il a tiré quelque chose de la poche de son uniforme, qu'il m'a tendu. « Je crois que vous vous trompez. Il est clairement stipulé dans son testament que l'héritage entier doit aller à votre petite-fille, et que vous en serez l'exécuteur. »

J'ai déplié la liasse de papiers, et tout était consigné là, comme si je n'avais pas été témoin de la rédaction et de la signature de ce testament un an plus tôt exactement. Il devait y avoir un fidéicommis au bénéfice de Charlie, mais David hériterait de la maison, à condition qu'il la lègue à son tour à sa fille après sa mort. Or maintenant j'avais sous les yeux un document signé de Nathaniel et de moi, numériquement tatoué et dûment tamponné, et paraphé de nos trois signatures – celle du notaire, celle de Nathaniel et la mienne – attestant les dispositions qu'avait décrites le ministre. Et quelque chose d'autre : le nom officiel de Charlie sur le document apparaissait non pas comme « Charlie Bingham-Griffith », mais simplement comme « Charlie Griffith » – le nom de son père, le nom de Nathaniel, entièrement effacés. J'ai relevé les yeux, le ministre m'a toisé, un long regard indéchiffrable, avant de quitter son siège : « Je vais vous laisser cet exemplaire pour vos archives, Dr Griffith », a-t-il annoncé avant de s'en aller. C'est seulement le soir, de retour à la maison, que j'ai approché le document de la lumière et constaté que les signatures étaient parfaites, et les sceaux authentiques. Puis, j'ai brusquement pris peur, convaincu qu'il y avait un micro caché dans le papier lui-même, bien que cette technologie soit dépassée depuis au moins dix ans.

Depuis lors, j'ai essayé de retrouver le testament original, même si cela était sans doute inutile et même dangereux. J'ai retiré du coffre tous les documents que Nathaniel y avait enfermés, et chaque nuit, j'en parcours quelques-uns, observant en quelque sorte la vie se dérouler à l'envers : des papiers faisant officiellement de Nathaniel le tuteur légal de Charlie, paraphés trois semaines avant l'attentat ; des papiers signés par Eden qui renonçait à l'autorité parentale et à la garde de sa fille ; le certificat de naissance de Charlie ; le testament d'Aubrey ; nos papiers de divorce.

Et ensuite je me suis mis à fureter dans toute la maison. Je me raconte que je recherche le testament, mais je ne le crois pas moi-même, parce que Nathaniel ne l'aurait jamais rangé dans les endroits où je fouille, et que s'il en avait conservé un exemplaire chez lui, il aurait été subtilisé depuis longtemps sans que nous nous en rendions compte. Il ne servait à rien de chercher, de même qu'il avait été inutile d'appeler notre avocat et de l'entendre affirmer que non, je me trompais, que le testament tel que je le décrivais n'avait jamais existé. « Vous êtes sous le coup d'une grande tension, Charles. Le chagrin peut – il a marqué une pause – déformer les souvenirs. » Alors j'ai pris peur à nouveau, je lui ai dit qu'il m'avait convaincu et j'ai raccroché.

J'ai de la chance, je le sais. Des choses bien pires sont arrivées aux familles des opposants, à des gens associés à des attentats infiniment moins meurtriers que celui qui concernait David. Je suis encore trop utile à l'État. Tu n'as pas à te faire de souci pour moi, Peter. Pas encore. Je ne suis pas en danger immédiat.

Parfois je me demande si ce que je cherche en fait serait moins le testament lui-même que des traces de celui que j'étais avant que tout cela ne commence. Jusqu'à quand devrais-je remonter pour en trouver ? Avant la création de l'État ? Avant ce coup de téléphone du ministère me demandant si je voulais être un « architecte de la solution » ? Avant l'épidémie de 2056 ? Avant celle de 2050 ? Plus tôt ? Avant que je ne sois engagé par Rockefeller University ?

Jusqu'à quand faut-il reculer ? Combien de décisions dois-je regretter ? Il m'arrive de penser que quelque part dans cette maison se cache un papier portant toutes les réponses, et que si j'espère assez fort, je me réveillerai durant ce mois ou cette année où j'ai commencé à m'égarer, mais cette fois, je saurai prendre le bon chemin. Même si ça fait mal. Même si ça sonne faux.

Affectueusement, Charles.

Cher Peter, 21 août 2067

Un petit bonjour du labo un dimanche après-midi. Je suis venu rattraper de petits retards et lire quelques-uns des rapports en provenance de Pékin – comment as-tu compris celui de mardi ? Nous n'en avons pas parlé mais je suppose que tu n'as pas été surpris non plus. Bon Dieu ! Apprendre avec certitude que non seulement ces imbéciles de sas de décontamination mais aussi les casques sont complètement inutiles va provoquer des émeutes. Les gens se sont ruinés pour installer les uns et en assurer l'entretien, pour remplacer les autres sans arrêt depuis quinze ans, et maintenant, nous nous apprêtons à dire à tous que, désolés, c'était une erreur, on peut s'en débarrasser. L'annonce est prévue lundi en huit, et je crains le pire.

Mais les cinq jours qui arrivent vont être les plus rudes. Mardi, on va annoncer qu'Internet sera « suspendu » pour une durée indéterminée. Jeudi, que tous les vols internationaux, vers ou en provenance d'autres pays, y compris le Canada, le Mexique, la Fédération Occidentale et le Texas, seront aussi interdits.

Je suis très inquiet et Charlie le sent. Elle grimpe sur mes genoux et me caresse le visage. « Tu es triste ? », me demande-t-elle, et je lui dis que oui. « Pourquoi ? », et je lui explique que c'est parce que dans notre pays les gens se battent, et que nous devons essayer de mettre fin à ces luttes. « Oh, s'exclame-t-elle, ne sois pas triste, Grand-Papa. » Je réponds : « Je ne suis jamais triste quand tu es là », alors qu'en fait je le suis – triste qu'elle ait à vivre dans un monde pareil. Mais je devrais peut-être lui dire la vérité en fait : je suis triste, tout le temps, et on a le droit de l'être. Mais cette gamine est si joyeuse que cela semblerait immoral de le faire.

Les ministères de la Justice et de l'Intérieur semblent certains de pouvoir écraser la révolte en trois mois. L'Armée est prête à se déployer, mais comme je sais que tu l'as vu dans le dernier rapport, le nombre d'infiltrés dans ses rangs est devenu inquiétant. L'Armée dit qu'elle a besoin de temps pour « tester la loyauté » de ses membres (qui sait ce que ça veut dire !) ; la Justice et l'Intérieur répondent qu'il n'y a pas une minute à perdre. Le rapport le plus récent affirme qu'un nombre considérable de « citoyens historiquement défavorisés » prêtent main-forte aux insurgés, mais il n'a nullement été question de châtiment en conséquence, Dieu merci. Je sais que je suis bien protégé, que je suis une exception, et pourtant, la situation me rend très nerveux.

Ne t'inquiète pas pour moi, cher Peter. Je sais que tu ne peux pas t'en empêcher, mais essaie. *Mon* accès au numérique n'a pas été réduit, bien sûr – ne serait-ce que parce que je dois communiquer avec Pékin – et même si toutes nos communications sont cryptées, il se peut que je me mette à te faire parvenir mes futures lettres par l'intermédiaire de notre ami commun, par précaution. Cela signifie que nos échanges seront sans doute moins fréquents (veinard !), mais plus fournis (pas de chance pour toi !). On verra comment les choses tournent. De toute façon, tu sais comment me joindre en cas d'urgence.

Toutes mes amitiés à toi et à Olivier, C.

Mon cher Peter, 6 septembre 2070

Il est très tôt, et je t'écris du labo. Merci à toi et à Olivier pour les livres et les cadeaux, au fait – je voulais t'écrire la semaine dernière quand ils sont arrivés, mais ça m'est sorti de la tête. J'avais espéré qu'ils laissent sortir Charlie à temps pour fêter son anniversaire à la maison, mais elle a eu une nouvelle crise d'épilepsie mardi, et donc, ils ont décidé de la garder encore quelques jours ; si son état reste stable durant le week-end, elle quittera l'hôpital lundi.

J'ai évidemment passé chaque jour avec elle, et la plupart des nuits. Le Comité s'est montré presque trop humain à ce sujet. C'est un peu comme s'ils savaient que l'un de nous verrait un jour son enfant ou son petit-enfant contaminé – la probabilité que ça se produise était trop forte – et ils sont soulagés que ce soit tombé sur ma petite-fille et pas sur leurs propres rejetons. Ce soulagement les fait se sentir coupables, et cette culpabilité les rend généreux : la chambre de Charlie est pleine de plus de jouets qu'elle n'en pourra jamais utiliser, comme si ces cadeaux étaient une sorte d'offrande sacrificielle, et la petite une déesse mineure, et qu'en l'apaisant, ils protégeront leur famille.

Nous sommes ici, à Frear, depuis deux mois. Neuf semaines demain pour être précis. Il y a de nombreuses années, quand Nathaniel et moi nous sommes installés à New York, ce service accueillait des patients adultes atteints d'un cancer. Puis, en 2056, ils l'ont transformé en aile destinée aux maladies infectieuses, et depuis l'hiver dernier en unité réservée aux enfants atteints de ces mêmes maladies. Le reste des patients a été transféré dans le service des grands brûlés, et les grands brûlés répartis dans d'autres hôpitaux. Aux premiers temps de l'infection, avant qu'elle ne soit annoncée au public, je pressais l'allure quand je passais devant cet établissement, sans jamais un regard pour sa masse imposante, parce que je savais que c'était l'endroit le mieux équipé pour accueillir les enfants qui allaient tomber malades, et parce que je pensais qu'en ne regardant jamais la façade, je ne verrais jamais l'intérieur.

Le service est au neuvième étage et ses fenêtres donnent à l'est, sur la rivière, et donc sur les crématoriums, dont les fours fonctionnent sans relâche depuis mars. Au début, quand je venais en observateur, et non pas en visiteur – ou en « proche » comme le personnel nous appelle –, on pouvait jeter un coup d'œil à l'extérieur et voir les camionnettes décharger les cadavres sur les bateaux. Les corps étaient si petits qu'ils pouvaient en faire tenir quatre ou cinq par brancard. Au bout de six semaines, l'État avait fait bâtir une clôture sur la berge est de la rivière, parce que quand les bateaux appareillaient, les parents se jetaient à l'eau, en criant le nom de leurs enfants, et tentaient de gagner l'autre rive. La clôture avait mis fin à cela, mais elle n'avait pas empêché les occupants du neuvième étage (les parents surtout, parce que la plupart des enfants étaient dans le coma) de regarder par les fenêtres pour se distraire et de découvrir, par la plus cruelle des ironies du sort, l'endroit où leurs petits iraient ensuite, comme si Frear n'était qu'une halte avant la destination finale. Par conséquent, l'hôpital avait fait obstruer toutes les fenêtres qui donnaient à l'est, à cet étage et aux autres, et engagé des étudiants des beaux-arts pour peindre les vitres. Mais au fil des mois, les scènes représentées par ces jeunes talents – la 5e Avenue bordée de palmiers avec des gamins joyeux qui couraient sur les trottoirs, les paons de Central Park auxquels des bambins ravis donnaient du pain – avaient fini par sembler inhumaines elles aussi, et elles avaient été recouvertes de peinture blanche.

Le service est prévu pour accueillir cent vingt patients, mais on en compte aujourd'hui environ deux cents. Charlie détient le record de durée d'hospitalisation. Au cours des neuf dernières semaines, beaucoup d'autres enfants sont entrés et repartis. La plupart ne restent que quatre-vingt-seize heures, mais j'ai vu un petit garçon, sans doute d'un an plus âgé que Charlie – il paraissait avoir sept ans, peut-être huit –, admis trois jours avant elle et qui est mort la semaine dernière. Il se situait juste derrière Charlie pour le record de longévité. Tout le monde ici a un lien avec quelqu'un qui travaille pour l'État, ou à qui l'État est redevable – une dette assez importante pour qu'un centre de relocalisation leur soit épargné. Pendant les sept premières semaines, nous avons bénéficié d'une chambre individuelle, et même si on m'avait assuré que nous pourrions toujours la garder, aussi longtemps que nous en aurions besoin, est arrivé un moment où je n'arrivais plus à justifier moralement cette faveur à mes propres yeux. Donc, Charlie partage sa chambre avec deux autres patients, dans un espace qui pourrait en accueillir trois de plus. Les autres parents et moi nous saluons d'un signe de tête – tout le monde porte tellement de vêtements de protection que seuls les yeux restent visibles – mais sinon, nous faisons tous comme si les autres n'existaient pas. Seuls existent nos enfants.

J'ai vu ce que tu fais là-bas, mais ici, le lit de chaque patient est entouré de parois de plastique transparent, comme celle derrière laquelle avaient vécu Ezra et Hiram, les parents restent de l'autre côté et glissent une main dans les gants insérés dans la cloison pour que chacun entretienne l'illusion d'un contact physique. Les rares parents qui, pour une raison ou une autre, n'avaient jamais été exposés au virus précédent, celui qui a une réactivité croisée avec le virus actuel, n'ont pas du tout le droit d'entrer à Frear – ils sont tout aussi vulnérables que leurs enfants et devraient en fait être eux-mêmes isolés. Mais ce n'est pas le cas, bien sûr. À la place, ils restent sur le parvis de l'hôpital, malgré la chaleur, qui est devenue franchement insupportable au cours des derniers mois, et ils lèvent les yeux vers les fenêtres. Il y a des années, quand j'étais petit, j'ai vu une vieille vidéo où une foule de fans attendait au pied d'un hôtel parisien qu'un chanteur pop se montre au balcon de sa chambre. La foule ici est tout aussi compacte, mais alors que cet autre rassemblement avait quelque chose d'effervescent, au bord de l'hystérie collective, celui-ci est paisible, étrangement silencieux, comme si faire le moindre bruit pouvait réduire leurs chances d'entrer pour voir leurs enfants. Pourtant ils n'ont aucun espoir d'y parvenir, en tout cas pas tant qu'ils sont encore contagieux ou qu'ils risquent de propager l'épidémie. Les plus chanceux peuvent au moins apercevoir en direct des images de leurs enfants, inconscients dans leurs lits ; les autres n'ont même pas cette possibilité.

Quand ils entrent à Frear, les petits patients ont leur individualité propre, mais au bout de deux semaines sous Xychor, ils finissent par tous se ressembler. Tu connais le tableau : visages émaciés, dents ramollies, perte de cheveux, extrémités couvertes de furoncles. J'ai lu le rapport publié par Pékin, mais ici, le taux de mortalité est le plus élevé parmi les moins de dix ans ; les adolescents ont plus de chances de survivre, même si les chiffres – qui varient suivant les comptes rendus consultés – restent accablants.

Ce qu'on ne connaît toujours pas, et qu'on ne découvrira pas avant environ dix ans au moins, ce sont les effets secondaires à long terme du Xychor. Ce médicament n'a pas été conçu pour les enfants, et il est certain qu'on ne devrait pas le leur administrer à pareilles doses. Ce qu'on sait en revanche, depuis la semaine dernière, c'est que sa toxicité altère – on ignore comment – le développement pubertaire : par conséquent, il y a de sérieuses probabilités pour que Charlie soit stérile. Après l'avoir appris à l'une des réunions du Comité à laquelle j'étais parvenu à assister, j'ai couru me réfugier dans les toilettes pour pleurer. J'avais réussi à la protéger pendant tous ces mois ; neuf mois de plus, et nous aurions eu un vaccin. Mais j'ai échoué.

Les rapports m'avaient appris qu'elle changerait, et c'est le cas, même si, comme pour de nombreuses choses que je ne sais pas, j'ignore encore à quel point. « Il y aura des dommages », ai-je lu dans le dernier compte rendu, qui ensuite décrivait en termes très vagues ce qu'ils pourraient être : Différences cognitives. Réflexes ralentis. Croissance entravée. Stérilité. Cicatrices. De ces effets secondaires, le premier est le plus terrifiant, parce que « différences cognitives » est une expression tellement vide de sens. Son silence récent, alors qu'elle était si bavarde, est-il une « différence cognitive » ? Sa nouvelle froideur polie – « Qui suis-je, Charlie ? lui ai-je demandé le jour où elle a repris connaissance. Tu me reconnais ? »

« Oui, a-t-elle répondu après m'avoir longuement dévisagé, tu es mon grand-père. — Oui », ai-je dit, tout rayonnant, avec un si grand sourire que j'en avais mal aux joues, mais elle a continué à me regarder fixement, muette et impavide. « C'est moi. Ton Grand-Papa qui t'aime. — Grand-Père », a-t-elle répété, mais sans rien ajouter, et ensuite elle a refermé les yeux – c'est une différence cognitive ? Sa conversation ralentie, sa nouvelle absence d'humour, sa façon d'observer mon visage, l'air placide mais toujours un peu étonné, comme si j'appartenais à une autre espèce et qu'elle tente d'interpréter qui j'étais – c'est une différence cognitive ? Hier soir, je lui ai lu une histoire qu'elle aimait beaucoup auparavant, sur deux lapins dotés de la parole, et quand j'ai eu terminé, là où elle aurait normalement lancé un joyeux « Encore ! », elle s'est contentée de me regarder, les yeux vides. « Les lapins ne parlent pas », a-t-elle fini par déclarer. « Tu as raison, ma chérie, mais c'est une histoire. » Et voyant qu'elle ne réagissait pas, qu'elle continuait à me fixer, le visage indéchiffrable, j'ai ajouté : « C'est un monde imaginaire. »

Recommence, Grand-Papa ! Fais mieux les voix des lapins cette fois.

« Oh ! », a-t-elle lâché pour finir.

Aussi une différence cognitive, j'imagine.

Ou bien sa toute nouvelle gravité – la façon qu'elle a de dire « Grand-Père » la fait paraître légèrement réprobatrice, comme si elle avait conscience que le titre est trop beau pour moi – est-elle la conséquence de la mort qu'elle a vue de si près ? Bien que je me sois appliqué à ne pas en parler avec elle, elle a dû avoir l'intuition du caractère critique de son état et des centaines de milliers d'enfants qui ont trouvé la mort, non ? Pour commencer, ses compagnons de chambre avaient été remplacés sept fois en deux semaines, transformés après un dernier soupir en cadavres qu'on emportait hors de la chambre sous une tente de mousseline pour que Charlie, endormie de toute façon, ne voie pas leur départ. On assiste à ce genre de gentilles attentions, encore aujourd'hui.

Je lui ai caressé la tête, hérissée de croûtes et sur laquelle commencent à réapparaître les premiers cheveux. J'ai une fois de plus pensé à cette phrase du rapport que je me répète désormais d'innombrables fois par jour : *Ces observations restent pour l'heure des hypothèses, et le demeureront tant que nous n'aurons pas pu étudier un échantillon plus important de survivants, tout comme la durée des effets en question ne peut pas être déterminée.* « Il faut dormir maintenant, petite Charlie », lui ai-je murmuré, et alors qu'autrefois, elle aurait gémi, réclamé une autre histoire, elle a aussitôt fermé les yeux, un acte d'obéissance qui m'a donné le frisson.

Vendredi dernier, je l'ai regardée dormir jusque vers 11 heures du soir (ou 23:00, conformément aux instructions officielles), jusqu'à finir par me forcer à sortir de la chambre. Au-dehors, les rues étaient désertes. Le premier mois, ils ont fait une exception au couvre-feu pour les parents qui attendent sur le parvis, et qui dorment sur le trottoir, enroulés dans des couvertures qu'ils apportent de chez eux ; typiquement, l'autre parent, quand il y en a un, vient prendre la relève de son conjoint au lever du jour, lui apporte à manger et s'installe à son tour. Mais ensuite, l'État a commencé à craindre les émeutes et a interdit tous les rassemblements nocturnes, même si ces gens ne voulaient rien d'autre que ce qui se trouvait à l'intérieur de l'hôpital. Naturellement, j'avais été en faveur de ce dispersement, ne serait-ce que pour des raisons épidémiologiques, mais ce que je n'avais pas mesuré jusqu'à ce que tous s'en aillent, c'est que les petits bruits humains produits par ces attroupements – les soupirs, les ronflements, les murmures, le claquement sec de la page d'un livre que l'on tournait, le gargouillis d'une rasade d'eau bue à la bouteille – effaçaient en quelque sorte les autres sons : le bourdonnement des camions réfrigérés dont les moteurs tournaient au ralenti sur les docks, l'écho assourdi des corps enveloppés de draps qu'on empilait les uns sur les autres, le teuf-teuf des bateaux qui allaient d'une rive à l'autre. Tous les employés qui travaillaient sur l'île avaient été entraînés à le faire en silence, par respect, mais parfois on en entendait un s'exclamer, pousser un juron ou même un cri, et on ne pouvait pas savoir si c'était parce qu'ils avaient laissé tomber un corps, qu'un linceul avait glissé et révélé un visage, ou s'ils étaient tout simplement accablés par la tâche de brûler tant de cadavres, des cadavres d'enfants.

Le chauffeur savait où j'allais ce soir-là, et j'ai pu appuyer la tête contre la vitre et dormir une demi-heure avant qu'il ne m'annonce que nous étions arrivés au centre.

Ce centre se trouve sur une île qui, cinquante ans plus tôt, abritait une réserve naturelle pour les espèces d'oiseaux en danger : sternes, plongeons, balbuzards. En 2055, les sternes avaient disparu, et l'année suivante, un nouveau crématorium avait été édifié sur la rive sud. Mais ensuite, l'île avait été inondée au cours de la tempête et était restée à l'abandon jusqu'en 2068, date à laquelle l'État s'était mis à la reconstruire discrètement, à l'aide de bancs de sable artificiels et de murs en béton.

Ces fortifications visent à protéger l'île de futures crues, mais elles constituent aussi un rempart contre toute intrusion visuelle. L'intention première n'était pas celle-là, mais ce centre a fini par recevoir avant tout des enfants. Il y a eu un débat pour décider s'il fallait laisser y venir les parents. J'ai défendu cette idée parce que la majorité d'entre eux étaient immunisés. Mais les psychologues du Comité s'y sont opposés : le problème étant, selon eux, qu'ils ne se remettraient jamais de ce qu'ils auraient vu, et que ce traumatisme, à si grande échelle, risquait de provoquer une certaine instabilité sociale. Finalement, un dortoir a été édifié pour les parents du côté nord de l'île, mais ensuite, un incident a eu lieu au mois de mars, et aujourd'hui plus aucun parent n'est autorisé à venir sur place. Donc, les familles se sont construit une sorte de bidonville – les plus riches, de vraies petites maisons de brique, les plus pauvres, des abris en carton – sur la côte de New Rochelle, même si de là, ils ne voient rien d'autre que les murs d'enceinte et les hélicoptères qui descendent du ciel.

Il y avait eu, tu t'en souviens, pas mal de discussions sur l'endroit où devrait être installé ce centre. La majorité des membres du Comité s'était prononcée pour le site d'un des anciens camps de réfugiés : Fire Island, Block Island, Shelter Island. Moi, j'avais défendu l'idée de celle-ci : suffisamment éloignée au nord de Manhattan pour nous épargner les visiteurs indésirables, mais assez proche pour les hélicoptères et les bateaux qui pouvaient désormais aisément descendre le fleuve vers le crématorium depuis que les voies d'eau avaient été rouvertes.

Mais même si je n'en ai jamais soufflé mot, la vraie raison pour laquelle j'avais choisi cet endroit était à cause de son nom : Davids Island. Non pas David au singulier – David's Island – mais au pluriel, comme si cette terre était habitée non pas par une population toujours renouvelée avant tout composée d'enfants, mais par une multitude de David. Mon fils, démultiplié, à tous les âges possibles, et qui faisait tout ce qu'il avait aimé faire aux différentes étapes de sa vie. Fabriquant des bombes, certes. Mais aussi celui qui lisait, jouait au basket, gambadait comme un chien fou pour nous faire rire, Nathaniel et moi, faisait tournoyer sa fille, et grimpait dans mon lit les nuits d'orage parce qu'il avait peur du tonnerre. Les David plus âgés seraient les parents des David les plus jeunes, et quand l'un d'eux finissait par mourir – mais cela ne se produirait pas avant très longtemps parce que les résidents les plus vieux n'avaient encore que trente ans – l'âge qu'aurait eu mon David s'il avait vécu – il serait remplacé par un autre, si bien que la population de David ne varierait pas : jamais elle n'augmenterait ni ne diminuerait. Il n'y aurait aucune mésentente, aucune inquiétude de voir les jeunes David mal tourner à force d'être un peu bizarres, parce que les David plus âgés les comprendraient. Personne ne se sentirait seul, parce que ces David n'auraient jamais connu aucun parent, aucun camarade de classe, aucun inconnu qui refuse de jouer avec eux : ils seraient tout les uns pour les autres, c'est-à-dire pour eux-mêmes, et leur bonheur serait total, parce qu'ils ignoreraient toujours la souffrance qu'on éprouve à vouloir être quelqu'un d'autre, car il n'y aurait personne à admirer ou à envier.

Il m'arrive de venir ici, tard le soir, quand même les occupants des bidonvilles se sont endormis, et de m'asseoir au bord de cette eau sombre et saumâtre pour regarder l'île briller dans le lointain – elle est éclairée en permanence –, en me demandant ce que mes David peuvent être en train de faire. Peut-être les plus âgés partagent-ils une bière. Peut-être certains des adolescents jouent-ils au volley sous la lumière blanche des projecteurs, ceux qui jamais ne s'éteignent et donnent à l'eau tout autour des reflets de pétrole. Peut-être les plus jeunes lisent-ils des bandes dessinées sous leurs couvertures à la lueur d'une torche électrique – ou quoi que fassent les gosses pour s'amuser un peu. (Mais s'amusent-ils encore ? En tout cas, je l'espère.) Peut-être débarrassent-ils les tables après le dîner, parce que les jeunes David ont appris à se rendre utiles, à être de bons enfants, à se montrer gentils les uns avec les autres ; peut-être sont-ils toute une bande affalée sur un lit de plusieurs mètres de large où ils dorment tous ensemble, les corps entremêlés, l'haleine chaude de l'un contre le dos de l'autre, l'un tendant la main parce que sa cuisse le démange et finissant par gratter celle de son voisin : mais c'est sans importance, parce que tous ressentent tout quoi qu'il arrive.

« David. » Je murmure à l'adresse de l'eau, tout doucement, pour ne pas réveiller les parents qui dorment derrière moi. « Est-ce que tu m'entends ? » Puis je tends l'oreille.

Mais personne ne répond jamais.

Affectueusement, Charles.

Mon cher Peter, 5 septembre 2071

Aujourd'hui nous avons fêté le septième anniversaire de Charlie, que nous n'avions pas pu célébrer jeudi comme prévu, parce qu'elle ne se sentait pas bien. Je n'ai pas eu l'occasion de te le dire quand nous nous sommes parlé, mais tout ce dernier mois, elle a eu de petites crises d'absences épileptiques : elles ne durent que de huit à onze secondes, mais elles surviennent plus fréquemment que je ne m'en étais rendu compte. Elle en a fait une dans le cabinet du neurologue, en réalité, mais je ne m'en étais pas aperçu avant qu'il ne me le fasse remarquer – un long silence, le regard fixe et la bouche entrouverte. « Ce sont ces signes qu'il vous faut surveiller », m'a dit le spécialiste, mais j'ai eu trop honte pour avouer qu'elle avait souvent cette expression, que je la lui connaissais bien et que j'avais pensé que ce n'était pas un symptôme de maladie neurologique mais faisait partie de sa personnalité. Un effet secondaire du Xychor, là encore, qui touche en particulier les enfants à qui ce médicament a été administré avant la puberté. Le médecin pensait que ces crises disparaîtraient avec l'âge et sans traitement – je ne pouvais pas même envisager qu'il lui en soit prescrit un nouveau, en particulier un médicament qui l'anesthésierait davantage encore – mais il n'est pas certain « des retentissements sur son développement personnel ».

Après ces crises, elle se montre ralentie, sans volonté. Depuis son retour à la maison, elle paraît tellement insensible ; quand je tends la main, elle recule en titubant avec une sorte de raideur de tous les membres qui serait comique si elle n'était pas si consternante. Maintenant, j'ai appris à me contenter de la soulever de terre et à la tenir contre moi, et quand elle commence à regimber – elle n'aime plus être prise dans les bras – je sais que la crise est passée.

J'essaie d'aplanir pour elle toutes les difficultés. Le Centre Rockefeller pour l'Enfance et la Famille a fermé, faute d'élèves, et je l'ai par conséquent inscrite dans une petite école primaire hors de prix près de Union Square, où chaque enfant a son propre enseignant ; ils ont accepté qu'elle y entre fin septembre, quand elle aura repris un peu de poids et que ses cheveux auront commencé à repousser. Moi, bien sûr, il m'est égal qu'elle ait des cheveux ou non, mais c'est le seul élément de son aspect physique qui semble l'embarrasser. En tout cas, j'étais ravi de la garder à la maison un peu plus longtemps. La directrice de l'école a suggéré que je lui offre un animal pour lui donner l'occasion d'interagir, et donc lundi, je lui ai trouvé un chat, une petite boule de poils grise, et je le lui ai donné au réveil. Elle n'a pas vraiment souri – elle ne sourit que rarement ces derniers temps – mais elle lui a immédiatement témoigné de l'intérêt : elle l'a pris dans ses bras et l'a regardé droit dans les yeux.

« Comme veux-tu l'appeler, Charlie ? », lui ai-je demandé. Avant sa maladie, elle donnait des noms à tout : aux gens qu'elle croisait dans la rue, aux plantes dans leurs pots, aux poupées sur son lit, aux deux canapés du rez-de-chaussée dont elle disait qu'ils ressemblaient à des hippopotames. Là, elle m'a fixé de ce nouveau regard inquiétant, dans lequel on peut voir soit une grande profondeur, soit un néant absolu.

« Chat, a-t-elle fini par répondre.

— Tu n'aimerais pas quelque chose d'un peu plus… descriptif ? (« Demandez-lui de vous décrire des choses, avait conseillé sa psychologue. Faites-la parler le plus possible. Vous ne réussirez pas forcément à réveiller son imagination, mais vous pouvez lui rappeler qu'elle est là, à sa disposition. »)

Elle est restée si longtemps muette à regarder le chaton en lui caressant les poils que j'ai cru à une nouvelle absence. Puis elle a repris la parole : « Petit Chat.

— D'accord. » J'ai senti les larmes me brûler les yeux. J'ai éprouvé, comme souvent en l'observant, une douleur profonde, qui part du cœur et irradie dans tout mon corps. « Il est *petit*, pas vrai ?

— Oui. »

Elle est si différente aujourd'hui. Avant la maladie, je pouvais la regarder depuis le seuil de sa chambre, soucieux de ne pas interrompre ses jeux en lui adressant la parole ; je l'écoutais parler à ses peluches, utilisant une voix pour donner des ordres, une autre pour les faire répondre, et je sentais une chaleur monter en moi. Pendant mes études de médecine, je me rappelle avoir rencontré une femme, la mère d'une gamine trisomique, qui était venue nous raconter la façon dont les spécialistes et les généticiens lui avaient annoncé le diagnostic postnatal de sa fille, entre une absence totale de cœur et une imbécillité totale. Mais ensuite, nous avait-elle rapporté, le jour où elles allaient sortir de la maternité, l'interne de garde était venu prendre congé : « Profitez de votre bébé », lui avait-il dit. *Profitez de votre bébé.* Personne ne lui avait jamais dit qu'elle pourrait savourer ces instants, que sa petite serait sans doute une source de soucis, mais aussi de plaisir.

Et sur le même mode, j'avais toujours profité des moments passés avec Charlie. J'en avais toujours eu parfaitement conscience : ces joies, le plaisir que me procurait sa présence étaient inextricablement liés à mon amour pour elle. Aujourd'hui, cependant, ce plaisir a disparu, il est remplacé par une autre sensation, plus profonde et plus douloureuse aussi. C'est comme si je ne pouvais pas m'empêcher de la voir multipliée par trois : l'ombre de l'enfant qu'elle était, la réalité de ce qu'elle est maintenant, la projection de celle qu'elle pourrait devenir. Je pleure la première, suis dérouté par la deuxième et redoute la troisième. Je n'avais jamais mesuré tout ce que j'avais considéré comme allant de soi pour son avenir, jusqu'à ce qu'elle sorte du coma si profondément transformée. Je savais bien que je ne pouvais pas prévoir à quoi ressembleraient plus tard New York, ce pays, cet univers, mais j'avais toujours pensé qu'elle affronterait le futur avec vaillance et fortitude, qu'elle possédait l'assurance, le charme et l'intuition nécessaires pour y survivre.

Mais désormais, j'ai constamment peur pour elle. Comment vivra-t-elle dans ce monde ? Qui sera-t-elle ? Je n'étais même pas conscient de me l'être imaginée adolescente, rentrant bruyamment de nuit à la maison après avoir rendu visite à un ami, et moi, la houspillant pour son retard – cela se produira-t-il un jour ? Sera-t-elle capable de traverser Greenwich Village – pardon, la Zone Huit – seule ? Aura-t-elle un jour des copains ? Qu'adviendra-t-il d'elle ? Parfois mon amour pour elle me paraît terrible, immense et sombre : une vague si haute et tellement silencieuse qu'aucune lutte n'est possible, elle ne vous laisse aucun espoir – vous ne pouvez que rester là, à attendre qu'elle vous submerge.

Je comprends que cet épouvantable amour se nourrit de ma prise de conscience grandissante que le monde dans lequel nous vivons – un monde que, je le reconnais, j'ai contribué à créer – ne sera plus capable de tolérer les humains fragiles, différents, ou meurtris. Je me suis toujours demandé comment les gens avaient su que le temps était venu de partir, de quitter Phnom Penh, Saigon ou Vienne. Que fallait-il qu'il vous arrive pour que vous décidiez de tout abandonner, pour que vous perdiez l'espoir que la situation s'améliore un jour, que vous vous précipitiez vers une vie dont vous ignorez tout ? Je m'étais toujours imaginé que cette conscience vous venait lentement, lentement mais inexorablement, si bien que les changements, aussi terrifiant que soit chacun d'eux, devenaient inopérants de par leur fréquence même, comme si les avertissements perdaient en urgence du fait de leur multiplication.

Et puis soudain il est trop tard. Durant tout ce temps, pendant que vous dormiez, travailliez, dîniez, lisiez des histoires à vos enfants ou parliez avec des amis, les portes se verrouillaient, les routes se barricadaient, les chemins de fer étaient démantelés, les bateaux amarrés, les avions détournés. Un jour, quelque chose se passe, peut-être même un incident mineur, comme le chocolat qu'on ne trouve plus dans les rayons, la disparition des magasins de jouets dans la ville entière, la destruction du terrain de jeux sur le trottoir d'en face, le démantèlement des cages à poules en métal emportées dans un camion, et soudain vous comprenez que vous êtes en danger : la télévision ne reviendra jamais ; Internet ne reviendra jamais ; même si le pire de la pandémie est passé, on construit encore des camps ; quelqu'un a dit, à la dernière réunion du Comité, que « la procréation chronique de certains groupes d'individus est la bienvenue pour la première fois de l'histoire », personne n'a réagi, pas même toi. Tu mesures alors que tout ce que tu avais toujours soupçonné au sujet de ce pays – que l'Amérique n'était pas la patrie de tous ; qu'elle ne l'était pas pour les gens comme moi ou les gens comme toi ; que l'Amérique a le péché au cœur – était vrai. Que quand la Loi pour l'Élimination et la Prévention du Terrorisme est passée, autorisant qu'on donne le choix aux ressortissants nationaux condamnés pour sédition entre emprisonnement et stérilisation, il était inévitable que la Justice trouverait un jour le moyen d'étendre ces mesures punitives d'abord aux enfants, aux frères et sœurs, des insurgés déclarés coupables.

Alors l'évidence te frappe : je ne peux pas rester ici. Je ne peux pas élever ma petite-fille dans ce pays. Alors tu fais appel à tes contacts. Tu procèdes discrètement à des enquêtes. Tu joins ton meilleur et plus vieil ami, ton ancien amant, et tu lui demandes de te tirer de là. Mais il ne peut pas. Personne ne peut. Ton gouvernement te fait valoir que ta présence est indispensable. On t'explique que tu seras autorisé à voyager à l'aide d'un passeport à durée limitée, mais qu'on ne peut pas en délivrer un à ta petite-fille. Tu saisis qu'ils ont deviné que tu ne partirais jamais sans elle – tu sais qu'elle est la raison pour laquelle tu dois t'enfuir ; tu sais aussi qu'ils se servent d'elle pour s'assurer que tu ne le feras jamais.

Tu passes des nuits sans dormir, tu penses à ton mari mort, ton fils mort, la loi en passe d'être votée selon laquelle la famille que vous constituiez autrefois deviendra illégale. Tu te rappelles ta fierté d'alors : comment tu te vantais de diriger un labo, comment tu t'étais porté volontaire pour mettre en place les systèmes auxquels tu voudrais aujourd'hui échapper. Tu te dis que la seule chose qui garantit ta sécurité c'est de continuer à participer. Tu voudrais pourtant plus que tout rembobiner le fil du temps. C'est ton rêve et ton souhait les plus chers.

Mais tu ne peux pas. Tu peux seulement préserver ta petite-fille du danger. Tu n'as pas l'étoffe d'un héros – tu le sais. Mais aussi lâche que tu sois, jamais tu ne l'abandonneras, même si elle est devenue un être auquel tu n'as pas accès et que tu ne comprends pas.

Chaque nuit, tu implores le pardon.

Tu sais qu'il ne te sera pas accordé.

Affectueusement à toi, Charles.

VII. Été 2094

J'étais nerveuse le jour où j'ai rencontré mon mari la première fois. C'était au printemps 2087 ; j'avais presque vingt-deux ans. Le matin où on devait être présentés, je me suis réveillée plus tôt que d'habitude et j'ai enfilé la robe que Grand-Père m'avait achetée quelque part – elle était verte, comme des bambous. Elle avait une ceinture à la taille que j'ai nouée, et des manches longues, qui cachaient les marques laissées par la maladie.

À l'agence matrimoniale, en Zone Neuf, on m'a conduite dans une pièce blanche toute simple. J'avais demandé à Grand-Père s'il assisterait au rendez-vous, mais il avait répondu qu'il fallait que je rencontre seule mon prétendant, et qu'il resterait tout près, dans la salle d'attente.

Au bout de quelques minutes, le candidat est entré. Il était joli garçon, comme sur sa photo, et je me suis sentie malheureuse parce que je savais que je n'étais moi-même pas très belle, et que son allure me ferait paraître moins séduisante encore. Je pensais qu'il allait peut-être me rire au nez, ou détourner le regard, ou encore, faire volte-face et s'en aller.

Mais il n'a rien fait de tel. Il a incliné le buste, profondément, et je l'ai salué à mon tour, puis nous nous sommes présentés. Ensuite, il s'est assis, et moi aussi. Il y avait une théière – du thé en poudre – et deux tasses, et un petit ramequin avec quatre biscuits. Il m'a demandé si je voulais du thé, j'ai dit que oui, et il m'a servie.

J'étais inquiète, mais il a essayé de rendre la conversation facile. Chacun savait déjà toutes les choses importantes concernant l'autre : j'avais appris que ses parents et sa sœur avaient été condamnés pour trahison, envoyés en camps d'internement, et ensuite exécutés. Je savais qu'il avait entrepris des études supérieures de biologie, et qu'il était même inscrit en doctorat quand on l'avait renvoyé parce qu'il y avait des traîtres dans sa famille. Il n'ignorait pas qui était Grand-Père, ni qui était mon père. Il avait appris que la maladie m'avait rendue stérile ; moi, qu'il avait choisi la vasectomie plutôt que l'internement dans un camp de rééducation. Je savais qu'il avait été un étudiant prometteur. Qu'il était très intelligent.

Il m'a demandé ce que j'aimais manger, quelle était ma musique préférée, si j'appréciais mon travail à Rockefeller University, si j'avais des passe-temps favoris. Les rencontres entre parents de traîtres à la nation étaient en général enregistrées, même les rendez-vous tels que le nôtre, et nous étions prudents. J'appréciais qu'il le soit et qu'il ne m'ait pas posé de questions auxquelles je n'aurais pas pu répondre. J'aimais sa voix, douce et apaisante.

Mais je ne savais toujours pas si je voulais l'épouser. Je n'ignorais pas qu'il faudrait que je me marie un jour. Mais si je me décidais, je ne serais plus seule avec Grand-Père, et je voulais retarder l'événement autant que possible.

Au bout du compte, cependant, je m'y suis résolue. Le lendemain, Grand-Père est allé voir le conseiller matrimonial pour finaliser le contrat, et bientôt, un an plus tard, est arrivée la dernière nuit avant la cérémonie. Nous avons partagé un dîner de fête, pour lequel Grand-Père avait déniché du jus de pomme que nous avons bu dans nos tasses à thé préférées, et des oranges, pas très juteuses et aigres mais que nous avons trempées dans du miel artificiel pour les adoucir. Le lendemain, je reverrais l'homme qui allait devenir mon mari ; il avait perdu son appel contre la décision d'expulsion de l'université, mais Grand-Père lui avait trouvé un emploi à l'Étang, qu'il occuperait dès la semaine suivante.

Alors que nous finissions notre repas, Grand-Père a dit : « Petit chat, il faut que je t'apprenne quelque chose sur ton futur mari. »

Il s'était montré grave et silencieux durant tout le dîner, mais quand je lui ai demandé s'il était fâché contre moi, il s'est contenté de sourire et de secouer la tête. « Non, pas fâché. Mais c'est un moment doux et amer à la fois. Mon petit chat, déjà adulte et prête à se marier. » Puis, il a poursuivi : « J'ai longuement réfléchi à te le dire ou non. Mais je pense – enfin, je crois qu'il le faut, pour des raisons que je vais t'expliquer. »

Il s'est levé pour allumer la radio puis il s'est rassis. Il a longtemps gardé le silence. Ensuite : « Petit chat, ton futur mari est comme moi. Est-ce que tu comprends ce que je veux dire par là ?

— C'est un scientifique », ai-je répondu, alors que ça, ce n'était pas nouveau pour moi. Ou en tout cas, c'était un chercheur en herbe, et je m'en réjouissais.

— Non. Enfin, si, mais ce n'est pas ce que j'essaie de te dire. Je voudrais t'expliquer qu'il est... il est comme moi, et comme ton autre grand-père... l'était aussi. » Il s'est tu, alors, jusqu'à être sûr que je l'avais compris.

« Il est homosexuel.

— Oui », a répondu Grand-Père.

Je savais quelques petites choses sur les homosexuels. Je savais ce que c'était. Je savais que Grand-Père en était un, et qu'autrefois, l'homosexualité était légale. Désormais, elle n'était ni autorisée ni interdite. On pouvait être homosexuel, et avoir des relations physiques homosexuelles, mais c'était déconseillé. Et on ne pouvait pas épouser quelqu'un du même sexe. Techniquement, tout adulte pouvait vivre avec une autre personne qui n'était pas de sa famille, et donc deux hommes ou deux femmes pouvaient cohabiter, mais très peu de gens choisissaient de le faire – deux personnes vivant ensemble sans être mariées recevaient des coupons de nourriture, d'eau et d'électricité pour une seule. Il n'existait que trois sortes de logements : les appartements destinés aux célibataires, ceux réservés aux couples mariés sans enfants, ceux qu'on attribuait aux familles (les uns pour les familles avec un seul enfant, les autres pour celles qui en avaient deux ou plus). Jusqu'à l'âge de trente-cinq ans, vous pouviez habiter dans un studio pour célibataire. Mais ensuite, selon la Loi Matrimoniale de

2078, il fallait vous marier. Si vous l'étiez, que vous divorciez ou que votre conjoint décède, vous aviez quatre ans pour vous remarier, et vous pouviez bénéficier du parrainage de l'État pendant deux ans. Quelques exemptions étaient accordées, bien sûr, pour des personnes comme Grand-Père. L'État honorait également les unions homosexuelles légales préexistantes, mais seulement pour une durée de vingt ans après la promulgation de la loi. Je veux dire qu'en fait, il était illogique de choisir de vivre avec quelqu'un sans se marier ; il était par ailleurs presque impossible pour deux personnes de survivre avec les avantages consentis à une seule. Une société était plus stable et plus saine quand ses citoyens étaient mariés, c'est pourquoi l'État tentait de dissuader les gens d'adopter des arrangements alternatifs.

D'autres pays avaient banni l'homosexualité pour des raisons religieuses, mais ce n'était pas le cas chez nous. Ici on en était simplement dissuadé : c'était le devoir des adultes de procréer, pour la raison que le taux de natalité avait chuté de façon catastrophique, que tant d'enfants étaient décédés durant les pandémies de 2070 et 2076, et que tellement de survivants étaient restés stériles. De plus, la façon dont ces enfants avaient trouvé la mort avait été si horrible que beaucoup de parents et d'anciens parents s'étaient montrés réticents à l'idée d'en concevoir d'autres, certains qu'ils étaient de les voir mourir à leur tour dans des conditions tout aussi atroces. Mais l'autre raison pour laquelle les homosexuels étaient devenus un objet d'opprobre, était que beaucoup d'entre eux avaient participé à la rébellion de 2067 ; ils s'étaient rangés du côté des insurgés, et l'État avait dû les punir et, de surcroît, les placer sous surveillance. Grand-Père m'avait expliqué un jour que beaucoup de représentants des groupes ethniques minoritaires s'étaient aussi joints aux révoltés, mais les punir de la même façon aurait été contre-productif parce que l'État avait besoin de tous pour assurer le repeuplement.

Or, si l'homosexualité n'était pas illégale, ce n'était pas non plus un sujet de discussion. À part Grand-Père, je ne connaissais aucun autre homosexuel. Je n'avais rien ni pour ni contre. Ce n'étaient simplement pas des gens qui affectaient ma vie de façon significative.

« Oh ! me suis-je exclamée.

— Petit chat », a commencé Grand-Père mais il s'est interrompu. Puis il a repris : « J'espère qu'un jour tu comprendras pourquoi j'ai décidé que cette union était la meilleure possible pour toi. Je voulais un mari qui prendrait toujours soin de toi, qui se chargerait de toi, qui jamais ne lèverait la main sur toi, qui ne crierait jamais ni te rabaisserait. Je suis convaincu que ce jeune homme correspond à ce portrait.

« J'aurais pu ne pas t'en parler. Mais je choisis de le faire, parce que je ne veux pas que tu croies que c'est de ta faute si ton mari et toi n'avez pas de relations sexuelles. Tu ne dois pas te sentir coupable s'il n'exprime pas ses sentiments d'une certaine façon. Il t'aimera autrement, ou au moins il te témoignera son amour autrement, et c'est sans doute le plus important. »

J'ai réfléchi. Nous avons gardé le silence un long moment. Puis, j'ai dit : « Il changera peut-être d'avis. »

Grand-Père m'a regardée, puis il a baissé les yeux. Nouvelle pause. « Non, a-t-il murmuré doucement. Il ne changera pas, petit chat. Ce n'est pas quelque chose qu'il peut changer. »

Je sais que je risque de paraître idiote, parce que Grand-Père était si intelligent et que, comme je l'ai dit, je le croyais en toutes choses. Mais même s'il m'avait affirmé le contraire, j'ai toujours espéré qu'il avait pu se tromper, qu'un jour mon mari pourrait être physiquement attiré par moi. Je ne vois pas bien, cependant, comment ça pourrait arriver. Je n'ignore pas que je n'ai aucun charme. Je savais aussi que même si j'en avais, cela aurait laissé mon mari froid.

Pourtant, durant les deux premières années de notre mariage, je rêvais régulièrement qu'il tombait amoureux de moi. Ce n'était pas un vrai rêve, plutôt une rêverie éveillée, parce que je ne l'ai jamais fait dans mon sommeil sans jamais cesser d'espérer que ça se produirait un jour. Dans mon rêve, j'étais dans mon lit, et soudain je sentais que mon mari se glissait à côté de moi sous les draps. Il me prenait dans ses bras et ensuite, on s'embrassait. C'était la fin de ce rêve-là, mais parfois il m'en venait d'autres, au cours desquels mon mari m'embrassait alors que nous étions debout, ou bien que nous allions au centre pour écouter de la musique et qu'il me prenait la main.

Je comprenais que Grand-Père m'avait dit la vérité au sujet de mon mari avant le mariage pour que je ne m'accuse pas de son absence d'attirance pour moi. Mais cette vérité ne rendait pas la situation plus facile ; elle ne m'empêchait pas de penser que mon mari était peut-être une exception, que notre vie finirait par être différente de celle que m'avait décrite Grand-Père. Et même si rien n'avait changé, c'était difficile de cesser d'espérer. J'avais toujours été douée pour accepter les choses comme elles étaient, mais ça, c'était plus difficile que je l'avais escompté. Chaque jour, je m'y efforçais. Chaque jour, sans succès. Certains jours, même certaines semaines, je n'espérais plus que peut-être, je dis bien peut-être, Grand-Père avait pu se tromper sur le compte de mon mari – qu'il finirait par m'aimer en retour. Je savais qu'il aurait été plus réaliste et au bout du compte moins désespérant de m'appliquer à accepter plutôt que de continuer à espérer. Mais l'espoir, s'il me faisait me sentir mal, me faisait aussi me sentir mieux.

Je savais que la personne qui envoyait ces petits mots à mon mari était un homme – je le devinais à son écriture. Le savoir me rendait triste, mais moins que s'ils avaient été rédigés par une femme : cela signifiait que Grand-Père avait vu juste, que mon mari était bien celui qu'il m'avait décrit. Mais je n'en étais pas moins malheureuse. J'avais tout de même l'impression d'avoir échoué, même si Grand-Père m'avait dit qu'il ne fallait pas penser comme ça. D'une certaine façon, je n'avais pas besoin de savoir qui c'était, ni ce qui se passait exactement dans la maison de Bethune Street – tout ce que je pourrais apprendre de plus serait inutile, rien que des détails. Je ne pourrais rien y changer, rien corriger. Pourtant, je voulais tout de même savoir – c'était comme si la vérité valait mieux que l'ignorance, aussi pénible qu'elle puisse être. C'était sans doute ce qui avait poussé Grand-Père à me parler de mon mari.

Aussi désespérante que soit l'incapacité de mon mari à m'aimer, celle de David cependant m'atteignait plus encore. C'était pire parce que je n'avais pas vraiment compris ce que je ressentais pour lui ; pire parce que je m'étais mise à penser qu'il pourrait m'apprécier lui aussi, et m'aimer comme mon mari était incapable. Et pire surtout, parce que je m'étais trompée : il ne partageait pas mes sentiments.

Le samedi suivant, à 16:00, je suis restée à la maison. Mon mari faisait la sieste dans notre chambre ; il se sentait fatigué ces derniers temps et il avait besoin de repos. Mais au bout de dix minutes, je suis descendue sur le pas de la porte de notre immeuble. Il faisait beau et chaud, et la Place était très animée. Une foule de gens attendait devant le stand du vendeur de métaux, installé le plus au nord. Mais soudain, certains se sont déplacés et j'ai aperçu David. Malgré la chaleur, la qualité de l'air était bonne, et il tenait son casque à la main. De l'autre, il se protégeait les yeux, et il tournait la tête de gauche à droite, lentement, comme s'il cherchait quelque chose ou quelqu'un.

Je me suis rendu compte que c'était moi qu'il cherchait, et j'ai reculé contre le battant avant de me rappeler que je n'avais jamais confié à David où je vivais – il savait que je demeurais en Zone Huit, comme lui. J'étais en train d'y réfléchir quand il a semblé regarder droit dans ma direction, et j'ai retenu mon souffle, comme si cela avait pu me rendre invisible, mais ensuite, il a tourné la tête de l'autre côté.

Finalement, au bout de deux minutes environ, il est reparti, jetant un dernier coup d'œil par-dessus son épaule en prenant la direction de l'ouest.

Le samedi suivant, le scénario s'est reproduit. Cette fois, j'attendais devant la porte à 15:55 pile pour le voir approcher, se camper au centre de la partie nord de la Place, et pendant onze minutes encore, me chercher du regard avant de se décider à tourner les talons. Le samedi suivant, la même chose, et celui d'après, la même encore.

Cela me faisait du bien de penser qu'il voulait me revoir, même après mon geste embarrassant. Mais je me sentais aussi triste, parce que je savais que nous ne pourrions plus nous rencontrer. Je sais que je dois paraître ridicule, un peu puérile sans doute, parce que même s'il ne partageait pas mes sentiments, il voulait malgré tout être mon ami, et n'était-ce pas ce que je voulais depuis le début ?

Or, je ne pouvais pas me résoudre à le revoir. Je sais que ça doit paraître absurde. Mais il me fallait tant d'énergie et d'autodiscipline pour me rappeler de ne pas espérer que mon mari m'aime un jour que je ne pensais pas avoir suffisamment de force pour me convaincre de ne pas espérer que David pourrait m'aimer. C'était trop dur pour moi. J'allais devoir apprendre à oublier ou à ignorer mes sentiments pour David, et je n'y parviendrais pas si je continuais à le voir. Il valait mieux faire comme si nous ne nous étions jamais rencontrés.

*

Sur le toit du bâtiment où je travaillais, il y avait une serre. Pas celle à laquelle on avait donné le nom de Grand-Père qui se trouvait sur une autre terrasse.

La serre du Centre Larsson n'était pas opérationnelle, c'était plutôt un musée. L'université y entretenait un spécimen de chacune des plantes qu'on avait fait pousser à Rockefeller pour les utiliser dans la préparation des médicaments, depuis aussi loin que 2037. Les végétaux avaient chacun leur pot en argile et étaient disposés en rangées, et bien qu'ils n'aient rien eu de bien remarquable, chacun était pourvu d'une étiquette portant son nom latin, et celui du labo qui l'avait planté, et spécifiait dans la composition de quel médicament il entrait. L'essentiel de la recherche botanique avait depuis longtemps été transféré à la Ferme, mais quelques scientifiques de R.U. participaient encore au programme de développement.

Tout le monde pouvait visiter cette serre, même si peu de gens s'y rendaient. En fait, très peu montaient sur la terrasse, ce que je trouvais mystérieux, parce que c'était très agréable. Comme je l'ai déjà rappelé, tout le campus est placé sous un biodôme, ce qui signifie qu'il est partout climatisé, et près de la serre étaient installés quelques tables et des bancs pour qu'on puisse s'asseoir et admirer l'East River ou regarder les terrasses des autres bâtiments, sur certaines desquelles on fait pousser des légumes, des fruits et des herbes aromatiques que la cafétéria utilise pour préparer les repas des employés de l'université. Tous ceux qui travaillent à R.U. peuvent déjeuner à la cafétéria pour un prix modique, et j'ai souvent emporté mon plateau sur la terrasse où je pouvais manger seule sans me sentir gênée de l'absence de compagnie.

C'était particulièrement agréable de s'y installer pendant l'été. On avait presque l'impression d'être dehors, mais c'était encore mieux, parce que, au contraire de ce qui se passe à l'extérieur, on n'était pas obligé de porter sa combinaison réfrigérante. On pouvait se contenter de sa combinaison ordinaire, et croquer son sandwich en regardant l'eau brune en contrebas.

En déjeunant, j'ai pensé, comme souvent, à David. Je ne l'avais pas revu depuis presque un mois, et autant que je m'efforce de l'oublier, je continuais à voir tous les jours des choses dont je me disais qu'elles pourraient l'intéresser, et j'avais besoin d'un gros effort pour me rappeler que je ne le verrais plus, et qu'il fallait que je cesse d'emmagasiner des informations pour les partager avec lui. Ensuite, je me suis souvenue que Grand-Père disait qu'on ne note pas seulement ses impressions pour les communiquer, qu'observer dans le seul but d'observer valait la peine en soi. « Pourquoi ? », avais-je demandé et il avait pris le temps d'y réfléchir. « Parce que nous en sommes capables. C'est une faculté humaine. » Parfois je me demandais si mon manque d'intérêt pour l'observation de ce qui m'entourait signifiait que je n'étais pas un être humain, mais je savais bien que ce n'était pas ce que Grand-Père avait voulu dire.

J'étais en train d'y songer quand les portes de l'ascenseur se sont ouvertes et que trois personnes, une femme et deux hommes, en sont descendues. À voir leurs uniformes, j'ai aussitôt compris que c'étaient des agents de l'État et qu'ils étaient en pleine discussion : l'un des deux hommes se penchait vers l'autre et tous parlaient à voix basse. Puis la femme a relevé la tête, m'a aperçue et a dit : « Bon Dieu, les mecs, allons autre part », et avant que j'aie pu proposer de leur laisser la place, ils sont remontés dans l'ascenseur et ils ont disparu.

Grand-Père disait toujours que les agents de l'État et les autres travailleurs avaient en commun le désir de ne pas se côtoyer : les premiers ne voulaient pas nous voir et nous non plus. Et la plupart du temps, ça n'arrivait pas. Les ministères se trouvaient tous dans la même zone, et les agents de l'État avaient leurs propres navettes, leurs magasins d'alimentation et leurs résidences. Ils ne vivaient pas tous dans le même quartier, même si la plupart des responsables habitaient en Zone Quatorze, comme c'était le cas des scientifiques de rang A à R.U., et des ingénieurs et chercheurs les plus gradés à la Ferme et à l'Étang.

Nul n'ignorait qu'il y avait un bureau d'agents de l'État dans chaque institut de recherche biologique du pays. C'était indispensable pour qu'ils puissent nous surveiller. Mais même si nous savions tous qu'il en existait un, nous ignorions où il se trouvait, et combien de gens y travaillaient. Certains affirmaient qu'il ne pouvait pas y en avoir plus de dix. Mais d'autres disaient qu'ils étaient plus, beaucoup plus, jusqu'à une centaine peut-être, deux agents par chercheur important sur le campus. Des rumeurs circulaient selon lesquelles ce bureau se trouvait plusieurs étages sous le niveau du sol, plus bas encore que les hypothétiques laboratoires supplémentaires avec leurs hypothétiques surplus de souris, et les hypothétiques blocs opératoires, et que ces salles souterraines étaient reliées à des tunnels spéciaux, où attendaient des trains destinés à ramener les agents dans leurs ministères, ou même jusqu'à la Municipalité Un.

Cependant, d'autres encore disaient qu'il s'agissait seulement d'une petite enfilade de pièces dans un des bâtiments les moins fréquentés, ce qui était probablement la vérité, bien que le campus de R.U. ne soit pas si vaste qu'on ne finisse pas toujours par y croiser tout le monde à un moment ou un autre, et pourtant je n'avais jamais vu ces agents de l'État auparavant, même si je les avais aussitôt identifiés.

Leur présence ici était de fait un développement assez récent. Quand Grand-Père avait commencé à travailler à Rockefeller, ce n'était rien qu'un institut de recherche. Les laboratoires recevaient des fonds de l'État, et il leur arrivait de collaborer avec les divers ministères, la Santé et l'Intérieur notamment, mais l'État n'exerçait aucun contrôle sur leurs activités. Après 2056 toutefois, la situation a changé, et en 2062, lors de la création de l'État, il s'est doté d'un droit de regard sur tous les instituts de recherche du pays. L'année suivante, les quarante-cinq États étaient divisés en onze préfectures, et en 2072, l'année après l'établissement des zones, l'État a fait partie des quatre-vingt-douze pays qui ont signé avec Pékin un traité autorisant à la Chine le libre accès aux informations de toutes les institutions scientifiques en échange de fonds et d'autres ressources, y compris la nourriture, l'eau, les médicaments et diverses formes d'aide humanitaire. En conséquence, alors que tous les projets fédéraux étaient désormais contrôlés par le pouvoir, seuls les agents de l'État en charge de surveiller les institutions comme R.U. devaient en bout de course rendre des comptes à Pékin – les Chinois ne s'intéressant pas aux autres entreprises nationales, à part celles qui s'occupaient de maladies et de prévention des épidémies, comme la nôtre.

En marge des personnes qui appartenaient manifestement à l'appareil d'État, il fallait désormais compter avec un certain nombre de scientifiques et autres chercheurs qui travaillaient à la fois pour l'institut et pour l'État. Cela ne faisait pas exactement d'eux des espions – l'institut était tenu informé de leur double allégeance. Grand-Père avait été l'un d'eux : il avait commencé comme scientifique, mais il avait fini par collaborer aussi avec l'État. Quand je suis née, il était depuis un certain temps très puissant. Mais ensuite, il avait vu son pouvoir décliner, et quand les insurgés avaient pour la seconde fois pris brièvement le contrôle du pays, il avait été exécuté pour ses liens avec l'État, et pour ce qu'il avait fait afin de tenter d'enrayer la pandémie.

Ce que je veux dire, c'est qu'il était étrange de voir ces agents de l'État se déplacer aussi librement sur le campus et se comporter de façon aussi bizarre. Donc, il ne faut sans doute pas s'étonner si, une semaine plus tard environ, au retour de ma pause-déjeuner, j'ai trouvé cinq doctorants tout excités qui chuchotaient dans un coin de la salle de détente à propos d'une annonce toute récente du ministère de la Santé selon laquelle tous les centres de confinement de notre préfecture devaient fermer, avec entrée en vigueur immédiate.

« Vous pensez que ça veut dire quoi ? », demandait un des doctorants, qui commençait toujours les conversations par cette question, et que j'entendais parfois répéter à d'autres les réponses obtenues.

« C'est évident », répondait un autre, grand et robuste, et dont on racontait que l'oncle était un des collaborateurs du ministre de l'Intérieur. « Cela signifie que ce nouveau virus est non seulement une réalité mais qu'on estime qu'il est très dangereux et doté d'un pouvoir de contamination fulgurant.

— Pourquoi dis-tu ça ?

— Parce que s'il était facile à traiter ou à contenir, le vieux système suffirait : quelqu'un tombe malade, on le garde une semaine ou deux pour voir si son état s'améliore, et dans le cas contraire, on l'expédie dans un centre de relocalisation. Ça marche parfaitement depuis, combien, vingt-cinq ans, non ?

— En vérité », est intervenu un autre doctorant qui levait les yeux au ciel dès que le neveu du collaborateur du ministre ouvrait la bouche, « je n'ai jamais pensé que ce système était très efficace. Une trop grande marge d'erreur.

— Oui, le système a ses failles, a répondu son interlocuteur, irrité de se voir contredit. Mais n'oublions pas les résultats que les centres de confinement ont réussi à obtenir. » J'avais déjà entendu le neveu du collaborateur du ministre défendre les centres de confinement. Il rappelait toujours à qui voulait l'entendre que ces centres donnaient aux scientifiques la possibilité de mener une recherche en temps réel sur des humains, et de trouver des cobayes parmi les résidents pour tester les nouveaux médicaments. « Maintenant, leur idée est que, dans tous les cas, soit on n'aura plus le temps pour l'étape que représentait le centre de confinement, soit il sera inutile de les maintenir parce que le taux de mortalité sera si élevé et la contamination si rapide qu'il serait plus simple et plus efficace d'envoyer toutes les personnes infectées droit vers un centre de relocalisation et de leur faire quitter Manhattan au plus vite. »

Il semblait surexcité par ces informations. Tous l'étaient. Une importante nouvelle maladie faisait décidément son apparition, et leur heure était venue d'être aux premières loges et de tenter d'apporter des solutions. Aucun d'eux ne paraissait effrayé(e), ne semblait penser qu'il ou elle pouvait être contaminé(e). Ils avaient peut-être raison de ne pas avoir peur. Peut-être cette épidémie ne les toucherait-elle pas – ils en savaient plus long que moi sur la question, donc je ne pouvais pas me permettre de penser qu'ils se trompaient.

Dans la navette qui me ramenait à la maison, j'ai songé à l'homme que j'avais vu deux ans plus tôt tenter de s'échapper du centre de confinement et que les soldats avaient arrêté. Depuis ce jour-là, je regardais chaque fois par la vitre en passant devant le centre. Je ne sais pas pourquoi je le faisais – le centre n'existait plus, et de toute façon, la façade était couverte de vitres réfléchissantes, si bien qu'on ne pouvait pas voir à l'intérieur. Mais je continuais néanmoins à regarder, comme si un jour, le même homme pouvait réapparaître, sortant cette fois du centre dans ses vêtements ordinaires parce qu'il aurait été guéri et qu'il rentrerait chez lui à l'endroit où il avait vécu avant de tomber malade.

*

Les quelques semaines suivantes au labo ont été extrêmement lourdes pour tout le monde, moi comprise. Cela rendait plus difficile d'espionner, parce qu'il y avait bien plus de réunions entre les chercheurs, dirigées pour beaucoup par le Dr Wesley, et donc moins d'occasions pour les doctorants de se rassembler et discuter de ce qui s'était dit lors de ces mêmes réunions, et donc moins de possibilités pour moi de tendre l'oreille.

J'ai mis plusieurs jours à comprendre que même les scientifiques les plus chevronnés étaient décontenancés par ce qui se passait. Nombre d'entre eux avaient été thésards ou post-doctorants pendant l'épidémie de 2070, mais le pouvoir était beaucoup plus fort maintenant qu'il l'était alors, et la présence constante et multipliée des agents de l'État leur causait de la confusion et même une certaine angoisse : les trois individus que j'avais vus sur la terrasse, mais aussi des dizaines d'autres, dépêchés par plusieurs ministères différents. Ils étaient sans doute occupés à organiser la riposte à la maladie, et ils allaient prendre les commandes non seulement de notre labo, mais de tous ceux de R.U.

Le nouveau virus n'avait pas encore de nom, mais nous avions tous reçu l'ordre strict de n'en parler à personne. Si nous y contrevenions, nous pourrions être accusés de trahison. Pour la première fois, je me suis réjouie que David et moi ne nous voyions plus, car je n'avais jamais eu à cacher un secret à un ami, et je n'étais pas sûre d'y réussir. Mais maintenant, la question ne se posait plus.

Depuis que j'avais cessé de voir David, j'avais recommencé à espionner mon mari le jeudi soir. Il n'y avait rien de plus à voir qu'avant – il s'approchait de la maison de Bethune Street, tapait le code secret sur la porte, glissait quelques mots que je n'entendais pas par l'embrasure, puis disparaissait à l'intérieur – et pourtant, je continuais à l'observer, dissimulée par l'escalier de la maison d'en face. Une fois, le battant s'est ouvert un peu plus que d'ordinaire, et j'ai entrevu la personne à l'intérieur : un homme blanc d'à peu près l'âge de mon mari, aux cheveux blonds, a passé la tête dehors et a rapidement regardé de droite et de gauche avant de claquer la porte. Quand elle se refermait, je restais là quelques minutes de plus pour voir si autre chose se passait, mais rien ne s'est jamais produit. Alors je rentrais à la maison.

En fait, tout était redevenu comme avant ma rencontre avec David, et pourtant les choses étaient également différentes, parce que j'avais eu l'impression d'être quelqu'un d'autre tant qu'il était mon ami, et maintenant qu'il n'était plus là, j'avais du mal à me rappeler qui j'étais vraiment.

Un soir, environ six semaines après ma dernière rencontre avec David, mon mari m'a demandé pendant le dîner : « Cobra, tu vas bien ?

— Oui. Merci, ai-je failli oublier d'ajouter.

— Et comment va David ? », a-t-il repris après une pause et j'ai relevé les yeux.

« Pourquoi poses-tu la question ? »

Il a haussé une épaule et l'a laissé retomber. « J'en ai eu envie, comme ça. Il fait tellement chaud maintenant, vous continuez à vous balader ou vous passez plus de temps au centre ?

— Nous ne sommes plus amis. » De l'autre côté de la table, mon mari a gardé le silence quelques secondes.

« Je suis désolé, Cobra. » J'ai haussé les épaules à mon tour. Soudain j'étais en colère : fâchée que mon mari ne soit pas jaloux de David ou de notre amitié, furieuse qu'il ne se soit pas senti soulagé que nous ne nous voyions plus, exaspérée que ça ne le surprenne pas.

« Où vas-tu lors de tes soirées libres ? », lui ai-je demandé, et j'ai été ravie de voir qu'il était étonné et reculait sur sa chaise.

« Je vais voir des amis, a-t-il dit après quelques secondes.

— Et que fais-tu avec eux ? » Il a de nouveau tardé à répondre. « On parle. On joue aux échecs. »

Ensuite, nous avons tous deux gardé le silence. J'étais toujours en colère. J'avais encore envie de lui poser des questions. Mais j'en avais tellement que je ne savais pas par où commencer, et de surcroît, j'avais peur : et s'il me confiait quelque chose que je ne voulais pas entendre ? Et s'il se fâchait et se mettait à crier ? S'il quittait l'appartement ? Alors je me retrouverais seule et je ne saurais pas quoi faire.

Finalement, il s'est levé pour débarrasser. Nous avions mangé du cheval ce soir-là, mais nous n'avions ni l'un ni l'autre fini notre assiette. Je savais qu'il allait envelopper les restes pour que les os donnent plus tard du goût à notre porridge.

On était jeudi, c'était ma soirée libre, mais alors que je me dirigeais vers notre chambre et que mon mari interrompait sa vaisselle pour m'apporter le transistor, je l'ai arrêté : « Je ne veux pas écouter la radio. J'ai envie de dormir.

— Cobra, a-t-il dit en se rapprochant. Tu es sûre que tout va bien ?

— Oui.

— Mais tu pleures », s'est-il exclamé alors que je ne pensais pas avoir versé la moindre larme. « Est-ce que David t'a fait du mal d'une façon ou d'une autre, Cobra ?

— Non, il ne m'a fait aucun mal. Je suis seulement très fatiguée et j'ai envie d'être seule, s'il te plaît. »

Il s'est éloigné, et je suis passée par la salle de bains avant d'aller me coucher. Quelques heures plus tard, mon mari est entré. C'était inhabituel pour lui de se coucher si tôt, mais nous avions tous les deux travaillé de longues heures, et tout comme moi, il était épuisé. La veille, il y avait eu une descente de police à l'aube qui nous avait tirés du sommeil. Mais bien que nous soyons tous les deux fatigués, il a été le seul à s'endormir tout de suite, tandis que je restais éveillée à regarder la lumière du projecteur balayer le plafond. Je m'imaginais mon mari dans la maison de Bethune Street jouer aux échecs avec quelqu'un d'autre, mais malgré tous mes efforts, je n'arrivais pas à me représenter l'intérieur de cette maison autrement que ressemblant à notre appartement, et la seule autre personne que je réussissais à voir en train de jouer avec mon mari, ce n'était pas l'homme qui lui avait ouvert la porte, mais David.

*

À la mi-juillet, j'ai commencé à avoir l'impression de vivre dans deux mondes différents : le labo avait été transformé, la terrasse de Larsson aménagée en bureau pour une équipe d'épidémiologistes du ministère de la Santé, et toute une portion du plus long des tunnels convertie en local de travail pour des employés du ministère de l'Intérieur. Les chercheurs pressaient le pas, l'air constamment préoccupé, et même les doctorants restaient muets. Je savais seulement que quel que soit le virus isolé depuis peu, il était très dangereux, si dangereux que même l'excitation de la découverte en était assombrie.

Toutefois, en dehors de R.U., rien n'avait changé. La navette me ramassait et me déposait. On trouvait de quoi remplir son panier au magasin d'alimentation, et il y avait même eu une semaine de promotion sur la viande de cheval, comme cela se produisait parfois quand les abattoirs de l'ouest avaient un excédent. La radio passait de la musique aux heures convenues et des bulletins d'information aux autres. On ne voyait se mettre en place aucun des préparatifs auxquels on avait eu recours pour l'épidémie de 2070 comme je l'avais appris à l'école : pas d'augmentation de la présence militaire, pas d'immeubles réquisitionnés, pas de réinstauration du couvre-feu. Le week-end, la Place était bondée, comme d'ordinaire, et bien que David ne m'y attende plus, je continuais à me poster dans le hall et à observer la foule par la vitre chaque samedi à l'heure où nous nous retrouvions, le cherchant du regard comme il m'avait cherchée. Mais je ne le voyais jamais. Plusieurs fois, je me suis interrogée pour savoir si je n'aurais pas dû acheter la poudre magique de la vendeuse et la verser dans le verre de David, comme elle me l'avait conseillé, juste avant de me rappeler que ce n'était pas lui qui avait mis fin à nos rendez-vous mais l'inverse. Je me demandais alors si je ne devrais pas me rendre sur la Place et laisser cette femme m'aborder à nouveau – non pas pour lui acheter la poudre magique qui ferait tomber David amoureux de moi, mais pour une autre poudre, grâce à laquelle je croirais enfin qu'il était possible que quelqu'un m'aime un jour.

Loin du labo, la seule chose différente, je suppose, était que mon mari restait à la maison plus souvent que d'habitude, paressant dans son lit ou se reposant sur le canapé. Il rentrait plus tôt de ses soirées libres, et ces soirs-là, je l'entendais se déplacer dans l'appartement avec lenteur, et même avec lourdeur. Normalement, son pas était léger, mais sa démarche avait changé, et quand il se couchait, il gémissait sans articuler aucun mot, comme s'il souffrait, et son visage était souvent boursouflé. Il avait fait beaucoup d'heures supplémentaires à l'Étang, et moi beaucoup aussi au labo, mais je ne savais pas s'il savait ce que je savais, c'est-à-dire pas grand-chose. Les employés de la Ferme et de l'Étang occupaient des postes essentiels, mais tout comme j'ignorais ce qu'ils faisaient exactement, ils n'en étaient pas souvent sûrs eux-mêmes. Il était possible qu'il travaille tard, par exemple, parce qu'un labo – de R.U. ou d'ailleurs – avait réclamé dans l'urgence un produit tiré d'une certaine plante, et tout comme j'ignorais dans quel but je devais préparer les souris, il n'avait aucune idée de la destination de son échantillon. Il recevait simplement l'ordre et il l'exécutait. La différence est que je n'étais pas curieuse de connaître ces raisons : il me suffisait de penser que mon travail était nécessaire, utile, et qu'il devait être fait. Mais mon mari était à deux ans de terminer son doctorat quand il avait été déclaré ennemi de l'État et expulsé de l'université – il voulait sans doute comprendre le pourquoi des ordres qu'il recevait. Il aurait peut-être même souhaité donner son avis. Pourtant, cela n'arriverait jamais.

Je me rappelle qu'un jour, j'avais été très contrariée après une leçon avec Grand-Père où il m'expliquait quelle sorte de questions je devrais poser aux gens. J'étais souvent découragée après ces séances, parce qu'elles me mettaient face au fait que j'avais un mal fou à dire et à faire ce qui paraissait si simple aux autres. « Je ne sais pas comment poser les bonnes questions », avais-je déclaré à Grand-Père, même si ce n'était pas exactement ce que je voulais dire, et si je ne réussissais pas à exprimer ce que j'avais précisément en tête.

Grand-Père avait laissé passer un moment avant de me répondre. « Parfois, il est judicieux de ne pas poser de questions, petit chat. Ce peut être un moyen d'éviter le danger. » Puis il s'était tourné vers moi, m'avait longuement regardée, comme s'il voulait mémoriser mon visage au cas où il ne le reverrait jamais. « Mais parfois, il faut oser, même si c'est dangereux. » Une pause. « Tu t'en souviendras, petit chat ?

— Oui. »

Le lendemain au labo, je suis allée voir le Dr Morgan, le plus chevronné des post-doctorants, qui supervisait tous les techniciens. Mais il avait beau être le plus qualifié, les thésards n'avaient aucune envie de lui ressembler. « Pourvu que je ne devienne jamais comme Morgan », entendais-je parfois l'un d'eux dire à ses pairs. C'était parce que le Dr Morgan ne dirigeait pas son propre labo et qu'il travaillait toujours sous les ordres du Dr Wesley, sept ans après son arrivée. En fait, le Dr Morgan et moi avions été embauchés par le Dr Wesley la même année. Grand-Père m'avait expliqué qu'il y avait dans chaque labo au moins un post-doctorant qui végétait sur place, mais que je serais bien inspirée de ne pas le leur dire en face, de ne pas leur rappeler depuis combien de temps ils étaient là, ni même de leur demander pourquoi ils n'étaient jamais partis ailleurs.

Donc je m'en étais bien gardée. Mais le Dr Morgan avait toujours été très gentil avec moi, et au contraire de beaucoup d'autres chercheurs du labo, il me saluait toujours quand il me croisait dans le couloir. Néanmoins, j'avais peu de contacts avec lui, sauf quand je sollicitais la permission de partir plus tôt ou d'arriver plus tard, et parce que je ne savais pas très bien comment l'aborder, j'ai passé cinq bonnes minutes devant son box alors que tous étaient partis déjeuner en me demandant comment m'y prendre et en espérant qu'il finirait par lever les yeux de son travail.

Finalement, il a remarqué ma présence.

« On dirait que quelqu'un m'observe, a-t-il dit avant de se retourner. Charlie, qu'attendez-vous comme ça ?

— Excusez-moi, Dr Morgan.

— Quelque chose qui ne va pas ?

— Non. » Mais comment poursuivre ? « Dr Morgan, ai-je lâché précipitamment avant de perdre courage. Vous voulez bien me dire ce qui se passe ? »

Le Dr Morgan m'a regardée et j'ai fait comme lui. Il y avait toujours eu en lui quelque chose qui me rappelait Grand-Père, même si, pendant un certain temps, je m'étais demandé quoi : il était beaucoup plus jeune que lui, et de quelques années seulement plus âgé que moi. Il appartenait à une autre race. Et au contraire de Grand-Père, il n'était ni célèbre ni influent. Puis, j'avais compris que c'était parce qu'il répondait toujours à mes questions – les autres au labo, même si j'en posais, prétendaient que je ne pouvais pas comprendre, mais le Dr Morgan, lui, ne me disait jamais ça.

« C'est une zoonose, et assurément, une fièvre hémorragique. Elle se transmet par les aérosols respiratoires, les gouttelettes ainsi que les fluides corporels, ce qui la rend intensément contagieuse. Nous n'avons pas encore une idée claire de sa durée d'incubation, ni du temps entre le diagnostic et le décès. Le virus a été isolé au Brésil. Le premier cas a été découvert chez nous il y a un mois, dans la Préfecture Six. » Inutile d'ajouter que c'était une chance, parce que la Préfecture Six est la moins densément peuplée de toutes. « Mais depuis lors, nous savons que l'épidémie s'étend – on ignore encore à quelle vitesse. Et je ne peux rien dire de plus. »

Je n'ai pas demandé si c'était parce qu'il n'en savait pas davantage ou s'il n'avait pas le droit de m'en révéler plus. Je l'ai remercié et je suis repartie vers ma partie du labo pour réfléchir à ce qu'il m'avait appris.

Je sais que la première question qui se pose est de savoir comment ce virus est arrivé ici pour commencer. Une des raisons pour lesquelles nous n'avions pas connu de pandémie depuis presque vingt-quatre ans est que, comme je l'ai dit, l'État avait fermé toutes les frontières et interdit aussi tous les voyages internationaux. Beaucoup de pays avaient fait la même chose. En fait, il ne restait que dix-sept pays en tout – la Nouvelle-Grande-Bretagne, un regroupement de nations de la Vieille Europe et un autre en Asie du Sud-Est – qui octroyaient encore des droits de déplacement réciproques entre leurs citoyens.

Mais bien que personne ne soit autorisé à entrer ou à sortir, cela ne signifiait pas en réalité que personne ne le faisait. Quatre ans plus tôt, par exemple, une rumeur avait circulé qu'un passager clandestin en provenance d'Inde avait été découvert dans un conteneur d'expédition sur un bateau dans un des ports de la Préfecture Trois. Et comme le répétait souvent Grand-Père, un microbe peut se déplacer dans la gorge de n'importe quel être vivant : une personne, bien sûr, mais aussi une chauve-souris, un serpent ou une puce. (Une figure de style, évidemment, parce que ni les serpents ni les puces n'ont de gorge.) Et comme le disait toujours le Dr Wesley, il suffit d'un seul.

Ensuite, il y a une autre hypothèse, que pour ma part je me garderai de colporter – même si d'autres ne s'en privaient pas – qui voulait que l'État ait imaginé toutes ces maladies, que la moitié des instituts de recherche, R.U. comprise, s'employait à créer de nouveaux virus, tandis que l'autre moitié tentait de trouver comment les éradiquer, et que, selon ses besoins, l'État en mettait parfois un en circulation. Ne me demandez pas comment je sais que certains pensent de cette façon, je ne pourrais pas l'expliquer, mais je le sais, voilà tout. Je peux affirmer avec certitude que mon père le savait, et que c'est une des raisons pour lesquelles il avait été déclaré ennemi de l'État.

Mais bien que j'aie souvent entendu ces théories auparavant, je n'y croyais pas. Si elles avaient été vraies, pourquoi l'État aurait-il déployé un virus en 2083 ou en 2088, durant les insurrections ? Alors Grand-Père serait toujours vivant, et je pourrais toujours lui parler.

Je ne l'admettrais jamais, mais parfois j'espérais que nous arrive de loin une autre pandémie. Non pas parce que je voudrais que les gens meurent, mais parce que ce serait une preuve. J'aurais aimé être sûre qu'il existait d'autres endroits, d'autres pays, avec des gens qui y vivaient, prenaient leurs propres navettes, travaillaient dans leurs labos, et faisaient frire leurs steaks hachés de ragondin pour le dîner. Je savais que jamais je ne pourrais visiter ces pays – je ne rêvais même pas d'avoir le droit de m'y rendre, au fond.

Mais parfois, j'avais envie de savoir qu'ils existaient, que tous ces lieux où Grand-Père s'était rendu, toutes ces rues qu'il avait arpentées, étaient toujours là. Quelquefois, je voulais même faire comme s'il n'était pas mort du tout, et croire, quand il était tombé par la trappe de l'estrade, qu'il avait en réalité atterri dans une de ces villes où il était allé dans sa jeunesse : Copenhague, Shanghai, ou Lagos. Il y habitait peut-être maintenant et il pensait à moi. Bien sûr il me manquerait tout autant, mais il me suffirait de savoir qu'il était encore vivant, qu'il ne m'avait pas oubliée même s'il se trouvait dans un lieu que je n'aurais même pas pu commencer à m'imaginer.

*

Au cours des semaines suivantes, les choses ont commencé à changer. Pas de façon immédiatement perceptible – ce n'était pas comme si vous aviez soudain vu des files de camions ou assisté à une mobilisation militaire – mais pourtant, il était clair que quelque chose se passait.

Ils travaillaient surtout la nuit, si bien que c'est en prenant la navette en direction du nord vers Rockefeller University que j'ai commencé à remarquer les différences. Un matin, par exemple, nous avons attendu au checkpoint beaucoup plus longtemps que d'habitude ; un autre jour, un soldat nous a scanné le front avant que nous montions à bord avec un thermomètre en forme de baguette que je n'avais jamais vu avant. « Déplacez-le lentement », a-t-il ordonné mais sans rudesse, et bien que personne ne lui ait posé la question, il a ajouté : « L'État veut tester ce nouveau matériel, voilà tout. » Le lendemain, il n'était plus là, mais à sa place, un autre militaire montait la garde, la main sur son arme, tandis que nous montions à bord. Il n'a rien dit, rien fait, mais il scrutait attentivement un passager après l'autre, et quand l'homme juste devant moi s'est avancé, le soldat a étendu la paume. « Halte. C'est quoi, ça ? » a-t-il demandé en désignant une marque couleur de raisin écrasé sur son visage. « Tache de naissance », a répondu le passager, qui n'avait pas l'air effrayé du tout. Le soldat a sorti un instrument de sa poche et dirigé un faisceau lumineux sur sa joue ; puis il a consulté son écran, hoché la tête, et fait signe du bout de son arme à l'homme de monter à bord.

Je ne saurais dire ce qu'ont relevé les autres passagers sur le trajet de ma navette. D'un côté, si peu de choses se modifiaient en Zone Huit qu'il paraissait impossible de ne se rendre compte de rien. Par ailleurs, la plupart des gens ne remarquaient pas les changements. Il me faut néanmoins supposer que la plupart savaient ou soupçonnaient ce qui était en train de se passer. Nous travaillions tous pour des instituts de recherche dirigés par l'État, au bout du compte. Ceux d'entre nous qui étaient employés dans des laboratoires dédiés aux sciences biologiques en savaient peut-être plus que ceux qui travaillaient à l'Étang ou à la Ferme. Malgré tout, personne n'a pipé mot. C'était facile de penser que rien n'était en train de se passer : il suffisait de fermer les yeux.

Un jour, j'occupais mon siège habituel dans la navette et je regardais par la vitre quand soudain j'ai aperçu David. Il portait sa combinaison grise et descendait la 6e Avenue. Nous allions marquer l'arrêt obligatoire au checkpoint de la 14e Rue, et tandis que nous attendions notre tour, je l'ai vu tourner à droite dans la 12e Rue, se diriger vers l'ouest et disparaître.

La navette avançait au ralenti, et je me suis retournée sur mon siège. J'ai compris que ça n'avait pas pu être David en fin de compte. Nous étions une heure plus tard que le moment où il prenait sa navette habituelle – il devait déjà être à son travail à la Ferme.

Et pourtant je n'avais eu aucun doute, même si c'était impossible. Pour la première fois, je me suis mise à redouter ce qui était en train de se passer : la maladie, mes informations insuffisantes, la suite des événements. Je n'avais pas peur d'être moi-même contaminée ; je ne savais pas très bien pourquoi. Mais ce jour-là, dans la navette, j'ai eu l'étrange sensation que le monde se scindait réellement en deux parties, et que dans la première, je me rendais à mon labo pour m'occuper des « petits doigts », tandis que dans l'autre, David allait quelque part de complètement différent, un endroit que je n'avais jamais vu, qu'on ne m'avait jamais décrit, comme si la Zone Huit était en fait beaucoup plus vaste que je le croyais, et qu'il s'y trouvait des lieux dont tout le monde à part moi connaissait l'existence.

*

Je ne cessais jamais d'avoir Grand-Père à l'esprit, et pourtant, il y avait deux jours où je pensais à lui particulièrement fort. Le premier, c'était le 20 septembre, le jour de son exécution. Le deuxième, c'était le 14 août, celui où on l'avait emmené loin de moi, les dernières heures que nous avions partagées, et même si je mesure que cela peut sembler bizarre, cette date était encore plus douloureuse pour moi que le véritable anniversaire de sa mort.

J'étais avec lui cet après-midi-là. C'était un samedi, et il était venu me voir dans ce qui avait été notre appartement, et que j'occupais désormais avec mon époux. Nous n'étions mariés que depuis le 4 juin, et si tout me semblait encore étrange et difficile, le plus dur et le plus surprenant était assurément de ne plus voir Grand-Père tous les jours. Il avait été relogé dans un minuscule studio près de la limite est de la zone, et durant les deux premières semaines après la Cérémonie, j'étais allée tous les jours chez lui après le travail pour l'attendre dans la rue, parfois plusieurs heures, jusqu'à ce qu'il rentre. Chaque fois, il souriait mais il secouait la tête : « Petit chat, répétait-il en me caressant les cheveux, les choses ne deviendront jamais faciles pour toi si tu continues à venir tous les soirs. De plus, ton mari va s'inquiéter.

— Non, pas du tout. Je lui ai dit que je passerais te voir. »

Alors Grand-Père soupirait. « Monte ! », cédait-il, et je grimpais les escaliers à sa suite. Il posait son attaché-case, me donnait un verre d'eau, et ensuite, il me raccompagnait chez moi à pied. En chemin, il me posait des questions sur mon travail, prenait des nouvelles de mon mari, demandait si nous nous sentions bien dans notre appartement.

« Je ne comprends pas pourquoi ils t'ont fait partir.

— Je te l'ai déjà expliqué, petit chat, disait mon Grand-Père pour la énième fois, avec douceur. C'est parce que c'est ton appartement. Et que tu es mariée maintenant. Pas question de t'accrocher aux basques de ton vieux grand-père pour toujours. »

Au moins, Grand-Père et moi passions encore tous nos week-ends ensemble. Chaque vendredi, nous l'invitions à dîner, et lui et mon mari parlaient de sujets scientifiques complexes auxquels je ne comprenais plus rien après dix minutes de conversation. Puis, le samedi et le dimanche, c'était juste nous deux. La situation était très difficile au travail pour Grand-Père – la capitale était tombée aux mains des insurgés six semaines plus tôt, et ils avaient organisé d'immenses manifestations où ils promettaient aux citoyens de leur rendre l'accès à la technologie et de punir les dirigeants du régime. J'étais inquiète, en les entendant, parce que Grand-Père travaillait pour eux. J'ignorais s'il était exactement un dirigeant, mais je savais qu'il était quelqu'un d'important. Pour l'instant toutefois, rien ne s'était passé, mis à part le couvre-feu à 23:00 que le nouveau gouvernement avait instauré. Tout le reste cependant semblait exactement identique. Je commençais à penser qu'au bout du compte, aucun bouleversement ne se produirait, parce que, en réalité, rien n'avait changé. Qui était en charge de l'État n'avait aucune importance pour moi : je n'étais qu'une simple citoyenne, je le resterais quoi qu'il advienne, et il ne m'appartenait pas de m'inquiéter de choses pareilles.

Ce samedi, le 14 août, était un jour ordinaire. Il faisait très chaud, et donc, Grand-Père et moi nous nous sommes retrouvés au centre pour écouter un quatuor à cordes. Ensuite, il nous a acheté du lait glacé, et nous nous sommes assis à l'une des tables, pour le déguster à la petite cuiller. Il m'a demandé comment allaient les choses au labo, si j'aimais le Dr Wesley, qui avait travaillé pour lui des années auparavant. J'ai répondu que j'appréciais mon travail, que le Dr Wesley était gentil – les deux étaient vrais – et il a hoché la tête. « C'est bien, petit chat. Je me réjouis de l'entendre. »

Pendant un moment, nous sommes restés à profiter de la climatisation, puis Grand-Père a déclaré que le pic de la canicule devait être passé, et que nous pouvions aller voir ce que proposaient les marchands ambulants de la Place, ce que nous faisions parfois, avant que je rentre à la maison.

Nous n'étions qu'à trois rues de l'entrée nord quand une camionnette s'est arrêtée à notre hauteur, et trois hommes vêtus de noir en sont sortis. « Dr Griffith ? », a dit l'un d'eux à Grand-Père, qui s'était arrêté, la main posée sur mon épaule, pour regarder la camionnette s'approcher. Il m'a pris la main, l'a serrée dans la sienne et il m'a forcée à me tourner vers lui.

« Il faut que je suive ces hommes, petit chat », m'a-t-il dit calmement.

Je n'ai pas compris. J'ai cru que j'allais m'évanouir. « Non. Non, Grand-Père ! »

Il m'a caressé les doigts. « Ne t'inquiète pas, petit chat. Tout ira bien pour moi. Je te le promets.

— Montez », a ordonné un autre des hommes en noir, mais Grand-Père l'a ignoré. « Rentre chez toi, m'a-t-il murmuré. C'est tout près. Rentre et dis à ton mari que j'ai été emmené, mais ne t'en fais pas, d'accord ? Je serai bientôt de retour auprès de toi.

— Non », ai-je répété, et Grand-Père m'a adressé un clin d'œil avant de monter à l'arrière du véhicule. « Non, Grand-Père. Non, non ! »

Il m'a regardée en souriant, et il a commencé à me dire quelque chose, mais celui qui lui avait dit de monter a claqué les portières, les trois hommes ont pris place à l'avant et la camionnette a démarré.

Je m'étais mise à crier et si certains passants se sont arrêtés pour me regarder, la plupart ont poursuivi leur chemin. Trop tard, je me suis mise à courir derrière la camionnette qui prenait la direction du sud, mais qui ensuite a obliqué vers l'ouest. Il faisait tellement chaud, j'étais si lente que j'ai trébuché et que je suis tombée et restée sur le trottoir à me balancer sur place.

J'ai fini par me relever. J'ai marché jusqu'à notre immeuble et je suis montée jusqu'à notre appartement. Mon mari était là, et quand il m'a vue, il a ouvert la bouche, mais avant qu'il ait pu dire un mot, je lui ai raconté ce qui s'était passé. Il s'est précipité vers le placard, en a tiré le carton contenant nos papiers et en a sorti quelques-uns. Puis il s'est dirigé vers le tiroir sous mon lit et y a pris quelques-unes de nos pièces d'or. Il a tout fourré dans un sac, puis il a rempli une chope d'eau qu'il m'a tendue. « Il faut que j'aille voir si je peux faire quelque chose pour ton grand-père. Je reviens dès que possible, d'accord ? » J'ai fait oui de la tête.

J'ai attendu toute la soirée le retour de mon mari, assise sur le canapé dans ma combinaison réfrigérante, le sang des égratignures que je m'étais faites au front commençait à sécher et la peau me démangeait. Finalement, très tard, il est rentré juste avant le couvre-feu, et quand j'ai demandé : « Où est Grand-Père ? », il a baissé les yeux.

« Je suis désolé, Cobra. Ils n'ont pas voulu le laisser sortir. Je vais continuer à essayer. »

Alors j'ai commencé à gémir, à me balancer en geignant, et mon mari est allé chercher mon oreiller pour que je puisse y enfouir ma tête, et il s'est assis par terre à côté de moi. « Je vais continuer à essayer, Cobra, a-t-il répété. Je vais continuer. » Et il a tenu parole, mais le 15 septembre, on m'a annoncé que Grand-Père avait perdu son procès et qu'il allait être exécuté. Cinq jours plus tard, ils l'ont assassiné.

Aujourd'hui, c'était le sixième anniversaire du jour où Grand-Père a été emmené, que mon mari et moi commémorions toujours avec une bouteille de jus de raisin que nous achetions à la boutique. Mon mari nous servait à chacun un verre, nous portions un toast à Grand-Père à haute voix, et ensuite nous buvions.

Je passais toujours cette journée seule. Chaque 13 août, ces cinq dernières années, mon mari demandait : « Veux-tu rester seule demain ? » et je répondais : « Oui », même si depuis l'année dernière à peu près, j'ai commencé à me demander si c'était bien vrai, ou si je ne disais oui que parce que c'était plus simple pour nous deux. S'il m'avait demandé à la place : « Voudrais-tu que je te tienne compagnie demain ? », j'aurais peut-être également répondu oui. Mais je n'aurai jamais aucun moyen de le savoir parce que, la nuit dernière, il avait demandé comme d'habitude si je voulais être seule, et comme d'habitude, j'avais répondu oui.

Je dormais toujours le plus tard possible ce jour-là, pour qu'il reste moins d'heures à passer. Quand j'ai fini par me lever, vers 11:00, mon mari était sorti, son lit aussi impeccable que d'ordinaire, un bol de porridge préparé pour moi dans le four, un second bol posé dessus comme couvercle pour que la surface ne sèche pas. Tout était comme d'habitude.

En me dirigeant vers la salle de bains après avoir rincé mon bol, cependant, j'ai remarqué qu'il y avait un papier par terre sur le sol près de la porte d'entrée. Pendant quelques secondes, je l'ai regardé fixement car, pour une raison inconnue, je redoutais de le ramasser. J'ai regretté que mon mari ne soit pas là pour m'aider. Ensuite, je me suis dit que c'était peut-être un mot qui lui était adressé par la personne qu'il aimait, et j'ai eu plus peur encore – c'était comme si, en touchant ce message, j'allais démontrer que cet autre homme existait bel et bien, qu'il avait réussi à pénétrer dans notre immeuble, qu'il avait monté l'escalier et déposé ce papier. Ensuite, je me suis sentie furieuse, car, même si je savais que mon mari ne m'aimait pas, comment pouvait-il se soucier assez peu de moi pour ne pas dire à cette personne que c'était le pire jour de ma vie, que chaque année à cette date je repensais à tout ce que j'avais eu autrefois et qu'on m'avait enlevé ? C'est cette colère qui finalement m'a fait me pencher pour ramasser le papier.

Mais là, ma rage s'est éteinte aussitôt parce que le mot n'était pas adressé à mon mari. Il était pour moi.

Charlie. Retrouve-moi près de notre conteur habituel aujourd'hui.

Aucune signature, mais ça ne pouvait être que de David. Maintenant, je me sentais perplexe, et j'ai commencé à marcher de long en large, en me demandant à haute voix ce que je devais faire ensuite. J'étais trop gênée pour le voir : j'avais mal interprété ses sentiments, et je m'étais conduite comme une idiote. Quand je pensais à lui, je revoyais l'expression de son visage avant que je recule, pas méchante mais pire encore – il avait l'air gentil, et même triste, et cela me faisait plus honte que s'il m'avait repoussée, qu'il se soit moqué de moi ou même qu'il m'ait ri au nez.

Mais il me manquait aussi. J'avais envie de le revoir. Je voulais retrouver ce que j'avais éprouvé quand j'étais avec lui, un sentiment que seul était capable de me donner Grand-Père, comme si j'étais quelqu'un de spécial, une personne digne d'intérêt.

J'ai continué à tourner en rond un long moment. Une fois de plus, j'ai regretté qu'il n'y ait rien à nettoyer dans l'appartement, j'ai cherché quelque chose à réaménager, une tâche quelconque à accomplir. Mais rien. Les heures se sont égrenées lentement, si lentement que j'ai songé à aller au centre pour me distraire, mais je n'avais aucune envie d'enfiler ma combinaison réfrigérante, ni de quitter l'appartement. Je ne sais pas pourquoi.

Finalement, à 15:30, alors qu'il ne fallait que cinq minutes, et même moins, pour rejoindre l'emplacement du conteur, je me suis décidée à sortir. C'est seulement sur le chemin que m'est venue l'idée de me demander comment David avait su où j'habitais, par quel moyen il était entré dans notre immeuble alors qu'il fallait deux clés pour y accéder, en plus d'un scan à reconnaissance digitale, et brusquement, j'ai failli faire demi-tour – et si mon mari avait raison et que David était un indicateur ? Mais je me suis rappelé à nouveau que je ne savais rien, que je n'étais personne, que je n'avais rien à cacher et aucun secret à révéler, et j'ai pensé qu'il y avait de toute façon d'autres explications possibles : il avait pu me voir rentrer chez moi un jour ou un autre. Il avait pu confier le mot à un voisin qui entrait dans l'immeuble et lui demander de le glisser sous ma porte. La requête aurait été inhabituelle, mais David n'était pas quelqu'un d'ordinaire. Pourtant ce raisonnement a entraîné une question tout aussi déplaisante : Pourquoi voulait-il me voir après tant de temps ? Et s'il savait où j'habitais, pourquoi n'avait-il pas essayé d'entrer en communication plus tôt ?

J'étais si absorbée dans mes pensées que ce n'est pas avant de m'être rendu compte que quelqu'un me parlait que j'ai compris que je m'étais immobilisée devant la tente. « Vous entrez, Mademoiselle ? », m'a demandé l'assistante du conteur, et j'ai hoché la tête, puis je suis allée étendre mon carré de tissu sur le sol, près du fond.

J'étais en train de poser mon sac à côté de moi quand j'ai senti la présence de quelqu'un debout devant moi ; j'ai levé les yeux, c'était David.

« Salut, Charlie », a-t-il dit en prenant place.

Mon cœur battait très fort. « Salut. »

Mais ensuite, nous n'avons pas pu échanger un mot de plus parce que le conteur s'était lancé dans son histoire.

Je ne pourrais pas dire de quoi elle parlait ce jour-là, parce que je ne réussissais pas à me concentrer – seuls mes questions et mes doutes me trottaient dans la tête – et j'ai donc été surprise d'entendre l'assistance applaudir et David me dire : « Allons vers les bancs. »

Les bancs en question n'en étaient pas vraiment, c'étaient des blocs de ciment qui avaient été utilisés des années plus tôt pour endiguer la foule. Après la défaite des insurgés, l'État en avait laissé une rangée face à un bâtiment du côté est de la Place, et parfois les gens, surtout les personnes âgées, s'y asseyaient pour regarder passer l'escadron qui faisait sa ronde. L'avantage de ces bancs était qu'ils offraient un semblant d'intimité, même s'ils étaient dans un espace ouvert, et qu'on pouvait s'y arrêter pour se reposer. L'inconvénient était qu'ils gardaient la chaleur, et qu'en été, on la sentait monter de la pierre à travers la combinaison réfrigérante.

David en a choisi un près de l'extrémité sud de la Place, et nous sommes restés quelques minutes sans parler. Nous portions tous les deux nos casques, et quand j'ai tendu la main pour détacher la sangle du mien, il m'a arrêtée : « Non. Ne le retire pas. Regarde droit devant toi et ne manifeste aucune réaction à ce que je vais te dire. » J'ai obtempéré.

« Charlie, a-t-il commencé avant de s'interrompre aussitôt. Charlie, je veux te confier quelque chose. »

Sa voix semblait différente, plus grave, et une fois de plus, j'ai eu peur. « Tu es en colère contre moi ? ai-je demandé.

— Non. Pas du tout. J'ai seulement besoin que tu m'écoutes, d'accord ? »

Et il a tourné la tête vers moi, imperceptiblement, et j'ai opiné du menton, imperceptiblement moi aussi, pour lui montrer que je comprenais.

« Charlie, je ne suis pas d'ici.

— Je le sais. Tu viens de la Préfecture Cinq.

— Non. Ce n'est pas vrai. Je viens de… je viens de Nouvelle-Grande-Bretagne. » Il m'a jeté un nouveau coup d'œil rapide, mais j'ai gardé un visage impassible, et il a poursuivi : « Je sais que cela va te paraître bizarre, mais j'ai été envoyé ici par mon employeur.

— Pourquoi ? » ai-je murmuré.

Cette fois il m'a regardée bien en face. « Pour toi. Pour que je te trouve, et que je te surveille jusqu'à ce qu'il n'y ait plus de danger. » Et devant mon silence, il a ajouté : « Tu sais qu'une nouvelle épidémie se prépare. »

Durant quelques secondes, j'ai été si surprise que je n'ai pas pu parler. Comment David était-il au courant ? « C'est une certitude ?

— Oui, tout à fait. Et elle va être virulente, très virulente. Autant qu'en 2070, et même pire. Mais ce n'est pas la raison pour laquelle il nous faut partir tout de suite, même si cela complique évidemment les choses.

— Quoi ? Partir ?

— Charlie, regarde devant toi », a-t-il chuchoté vivement et j'ai corrigé ma position. Il n'était pas prudent de montrer colère ou panique. « Aucune émotion négative », m'a-t-il rappelé, j'ai hoché la tête, et le silence est retombé.

« Je travaille pour un grand ami de ton grand-père. Son ami le plus proche. Avant sa mort, ton grand-père lui a demandé de tout faire pour te faire sortir de ce pays, et depuis six ans, nous nous y employons. Il y a quelques mois, cela nous a finalement semblé possible, nous avions peut-être trouvé une solution. Et aujourd'hui, elle se concrétise. Nous pouvons t'exfiltrer et t'emmener en lieu sûr.

— Mais je ne suis pas en danger ici », ai-je répondu quand j'ai retrouvé l'usage de la parole, et une fois de plus, j'ai senti que sa tête se tournait, très légèrement, vers moi.

« Non, Charlie. Tu n'es pas à l'abri. Tu ne le seras jamais ici. Et de plus – et là, il a changé de position sur le bloc – ne rêves-tu pas d'une autre vie, Charlie ? D'un endroit où tu pourrais être libre.

— Je suis libre ici », ai-je rétorqué, mais il a poursuivi : « Quelque part où tu pourrais – je ne sais pas, lire des livres, voyager, aller où bon te semble ? Où tu pourrais te faire des amis ? »

J'avais du mal à parler. « J'ai des amis ici. » Et comme il ne répondait pas, j'ai ajouté : « Tous les pays sont pareils. »

Là, il s'est vraiment tourné vers moi, et à travers la vitre teintée de son masque, j'ai vu ses yeux, grands et noirs, comme ceux de mon mari, qui me fixaient bien en face. « Non, Charlie, a-t-il murmuré avec douceur. Tu te trompes. »

Alors je me suis levée. Je me sentais bizarre – tout allait trop vite et je n'aimais pas ça. « Il faut que j'y aille. Je ne sais pas pourquoi tu me dis toutes ces choses, David. Je ne sais pas pourquoi, mais ce que tu dis, c'est de la trahison. Inventer des histoires pareilles, c'est déloyal. » J'avais les yeux en feu et mon nez commençait à couler. « Je ne sais pas pourquoi tu fais ça. » La panique me faisait parler plus fort. « Je ne sais pas pourquoi. Je ne sais pas ce que tu veux. » Et David s'est levé d'un bond et il a fait quelque chose d'extraordinaire :

il m'a attirée à lui et m'a serrée dans ses bras sans dire un mot, et au bout d'un moment, je l'ai étreint moi aussi, et même si au début j'étais gênée en pensant que les gens devaient nous regarder, au bout de quelques secondes, je les avais complètement oubliés.

« Charlie, a dit sa voix quelque part au-dessus de ma tête, je comprends que ce soit un grand choc pour toi. Je sais que tu ne me crois pas. Je sais tout ça. Et je suis désolé. J'aurais aimé te rendre les choses plus faciles. » Alors j'ai senti qu'il glissait quelque chose dans la poche de ma combinaison réfrigérante, un petit objet dur. « Je veux que tu l'ouvres quand tu seras de retour chez toi et seule. Tu as bien compris ? Seulement quand tu seras absolument sûre que personne ne peut te voir, pas même ton mari. » J'ai hoché la tête contre sa poitrine. « Bon, a-t-il repris. Maintenant nous allons nous séparer, je vais marcher en direction de l'ouest, toi du nord, tu vas rentrer dans ton appartement, et ensuite, je t'enverrai un message pour te dire quand et où nous nous retrouverons la prochaine fois, d'accord ?

— Mais comment ?

— Ne t'inquiète pas de ça. Sache seulement que je le ferai. Et si ce qui se trouve maintenant dans ta poche ne te convainc pas, tu n'auras qu'à ne pas venir au rendez-vous. Pourtant, Charlie – et là, il a respiré un grand coup, j'ai senti son ventre se rétracter – j'espère que tu le feras. J'ai promis à mon employeur de ne pas rentrer en Nouvelle-Grande-Bretagne sans toi. »

Subitement, il a laissé retomber ses bras et il est parti vers l'ouest, ni trop vite ni trop lentement, comme un acheteur parmi tant d'autres sur la Place.

Je suis restée debout sans bouger pendant quelques secondes. J'avais l'étrange sensation d'avoir fait un rêve et de ne pas en être tout à fait sortie. Mais non. Au-dessus de moi, le soleil était blanc et brûlant, et je sentais des gouttes de sueur me couler sur les flancs.

J'ai augmenté au maximum la puissance de la combinaison réfrigérante et suivi les instructions de David. Une fois à la maison cependant, la porte d'entrée soigneusement verrouillée et mon casque retiré, j'ai eu l'impression que j'allais m'évanouir, et je me suis assise par terre, adossée au battant, et j'ai respiré à grands coups jusqu'à me sentir mieux.

Finalement, je me suis relevée. J'ai de nouveau vérifié les verrous, puis j'ai appelé mon mari, alors que, clairement, il n'était pas dans l'appartement. J'ai tout de même inspecté chaque pièce : la cuisine, le séjour, notre chambre, la salle de bains. Ensuite, je suis retournée dans le séjour, j'ai baissé les stores de la fenêtre qui donne sur l'arrière d'un autre immeuble et de celle qui ouvre sur la colonne d'air. Alors seulement je me suis assise sur le canapé et j'ai fouillé dans ma poche.

C'était un paquet approximativement de la taille d'une coquille de noix : du papier kraft qui enveloppait un objet dur. L'emballage avait été fixé avec du scotch et après l'avoir retiré, j'ai découvert que sous la première strate s'en trouvait une autre, puis un fin tissu blanc que j'ai déchiré. Je me suis alors trouvée face à une petite bourse noire confectionnée dans une étoffe dense et douce, solidement fermée par un cordon. Je l'ai desserré, et quand j'ai secoué la bourse, au creux de ma paume est tombée la bague de Grand-Père.

Je n'avais pas su à quoi m'attendre, et seulement plus tard, j'ai pensé que j'aurais dû avoir peur, que j'aurais pu avoir transporté n'importe quoi : un explosif, un bocal de virus, un drone-insecte.

Mais d'une certaine façon, la bague était plus dangereuse encore. Je n'arrive pas à dire exactement pourquoi, mais je vais essayer. C'était comme si j'apprenais que quelque chose était complètement différent de ce que j'avais cru. Bien sûr, cela s'était effectivement produit : David avait reconnu ne pas être celui qu'il prétendait. Mais j'avais réussi à ne pas lui faire confiance jusqu'à trouver la bague. Je m'étais réfugiée dans ce que Grand-Père avait un jour appelé « un déni plausible », ce qui signifie qu'on peut faire comme si on ignorait une réalité tout en la connaissant parfaitement. Et donc, si David me disait la vérité à son sujet, les autres choses qu'il affirmait étaient-elles vraies elles aussi ? Comment avait-il été mis au courant de l'épidémie ? Quelqu'un l'avait-il réellement envoyé me chercher ?

Les autres pays étaient-ils effectivement différents de celui-ci ?

Qui *était* David ?

J'ai observé la bague, aussi lourde que dans mon souvenir, sa perle-fermoir aussi lisse et brillante qu'autrefois. « On appelle cela de la nacre, avait expliqué Grand-Père. C'est du carbonate de calcium produit par un mollusque, qui en accumule une couche après l'autre autour d'un élément irritant – un grain de sable par exemple – qui a pénétré à l'intérieur de sa coquille. Comme tu le vois, c'est une matière très dure.

— Les êtres humains peuvent-ils fabriquer de la nacre ? », avais-je demandé et Grand-Père avait souri.

« Non, ils doivent trouver d'autres façons de se protéger. »

Je n'avais pas vu cette bague depuis presque vingt ans, et voilà que je la tenais dans mon poing : elle était chaude et solide. *Il a fallu que je la donne en paiement à la fée*, avait dit Grand-Père. *Celle qui s'est penchée sur toi quand tu étais malade.* Et même si j'avais toujours su qu'il plaisantait, et que les fées n'existaient pas, je pense que c'est ce qui me rendait au fond le plus triste : que Grand-Père n'ait pas eu au bout du compte à payer pour qu'on me rende à lui. J'étais tout simplement revenue auprès de lui, et un jour, il avait seulement expédié cette bague ailleurs, à quelqu'un d'autre, et maintenant qu'elle m'était rendue, je ne savais plus quel sens elle avait, où elle était passée entre-temps, ni ce qu'elle avait autrefois représenté.

*

Nous nous sommes revus le jeudi suivant. Ce matin-là, au travail, j'étais allée aux toilettes, et de retour devant ma paillasse, j'ai trouvé un petit papier plié qu'on avait glissé sous un bocal de solution saline, et je m'en suis emparée, m'assurant que personne ne me regardait, ce qui bien sûr, était le cas. Il n'y avait que moi et les « petits doigts ».

Quand je suis arrivée au centre à 19:00, il était déjà là, sur le parvis, et il m'a tendu la main. « Je me suis dit qu'on pourrait faire quelques tours de piste », a-t-il proposé et j'ai acquiescé.

À l'intérieur, il nous a acheté des jus de fruit, et ensuite nous avons commencé à marcher, lentement mais pas trop, à notre allure habituelle. « Ne retire pas ton casque », et j'ai obéi, entrouvrant la petite fente autour de la bouche quand je voulais siroter une gorgée. Il faisait frais dans le centre, mais certaines personnes gardaient leurs casques par pure paresse, et donc nous ne paraissions pas suspects. « Je suis heureux de te voir, a dit David à voix basse. Ton mari a sa soirée libre. » Et ce n'était pas une question mais une affirmation, et quand je me suis tournée vers lui, il a secoué la tête, très légèrement. « Pas de surprise, pas de colère, pas de signe d'inquiétude », a-t-il rappelé, et j'ai recommencé à regarder droit devant moi.

« Comment sais-tu quels jours sont nos soirées libres ? ai-je demandé en m'efforçant de rester calme.

— Ton grand-père l'a expliqué à mon employeur. »

Il peut paraître insolite que David n'ait pas demandé à ce que nous nous retrouvions chez moi, ou chez lui. Mais mis à part le fait que je n'aurais pas voulu le voir dans mon appartement, ou accepté de me rendre dans le sien, la raison est qu'il était simplement plus sûr de nous rencontrer dans un lieu public. Durant l'année des insurrections, avant que l'État reprenne le pouvoir, beaucoup supposaient que la plupart des espaces privés étaient surveillés, et même aujourd'hui, il fallait faire pleinement confiance à quelqu'un avant d'aller chez elle ou chez lui.

Pendant plusieurs minutes, nous avons gardé le silence. « Est-ce que tu as des questions à me poser ? », a-t-il demandé de cette même voix paisible que je ne lui connaissais pas auparavant. Mais une fois de plus, j'ai dû me remettre en tête que le David que je connaissais n'existait pas. À moins que si, mais alors ce n'était pas celui auquel j'étais en train de parler.

J'avais beaucoup de questions, évidemment, tellement que je ne savais pas par où commencer. Que dire ? Que demander ?

« Les habitants de la Nouvelle-Grande-Bretagne n'ont-ils pas un accent différent ?

— Oui. C'est vrai.

— Mais toi, tu parles comme les gens de chez nous.

— Je fais semblant. Si nous étions dans un endroit sûr, j'utiliserais ma voix normale et tu entendrais quelque chose de différent.

— Oh ! » Nouveau silence prolongé. Puis je lui ai posé une question qui me taraudait depuis longtemps. « Tes cheveux. Ils sont longs. » Il m'a regardée avec surprise et je me suis sentie fière de l'avoir étonné. « Des mèches se sont échappées de ta casquette le premier jour où je t'ai vu en train d'attendre la navette. » Il a hoché la tête.

« C'est vrai. J'avais les cheveux longs. Mais je les ai coupés il y a plusieurs mois.

— Pour ne pas te faire remarquer ?

— Exactement. Tu es très observatrice, Charlie », et j'ai souri, rien qu'un peu, ravie du compliment, et heureuse parce que je savais que Grand-Père aurait été fier lui aussi que j'aie remarqué un détail que les autres auraient laissé passer.

« Les habitants de la Nouvelle-Grande-Bretagne ont les cheveux longs ?

— Certains oui. D'autres non. Les gens les portent comme ils veulent.

— Même les hommes ?

— Oui. Même les hommes. »

J'ai réfléchi un instant : un endroit où on pouvait garder ses cheveux longs à sa guise – s'ils voulaient bien pousser, du moins. Ensuite j'ai demandé : « Tu connaissais mon grand-père ?

— Non, je n'ai pas eu cette chance.

— Il me manque.

— Je sais, Charlie. Je comprends.

— On t'a vraiment envoyé ici pour venir me chercher ?

— Oui, c'est la seule raison de ma présence. »

Et de nouveau, je n'ai plus su quoi dire. Je sais que cela va paraître prétentieux, et pourtant je ne le suis pas du tout, mais entendre que David était venu seulement pour moi, rien que pour me retrouver, m'a fait me sentir toute légère. J'aurais voulu qu'il le répète, encore et encore. J'aurais aimé le dire à tout le monde. Quelqu'un était venu pour me retrouver : j'étais sa seule raison d'être là. Personne ne pourrait le croire. Je n'y croyais pas moi-même.

« Je ne sais pas quoi d'autre te demander », ai-je fini par dire. Et une fois de plus, j'ai eu l'impression qu'il me jetait un coup d'œil à la dérobée.

« Bien, alors je te propose de te dévoiler le plan », et il m'a regardée à nouveau, j'ai opiné du chef, et il s'est mis à parler. Nous avons fait inlassablement le tour de la piste, dépassant parfois d'autres marcheurs, en laissant parfois d'autres nous doubler. Nous n'étions ni les plus rapides ni les plus lents, et si vous nous aviez observés d'en haut, vous n'auriez jamais pu déterminer qui parlait d'un sujet innocent, et qui, en ce moment précis du moins, discutait de quelque chose d'aussi dangereux, de si inimaginable, que vous n'auriez jamais pensé que ces gens pouvaient être encore en vie.

VIII. Été. Vingt ans plus tôt

Mon très cher Peter, 17 juin 2074

Merci de ton mot si joli et si gentil, et toutes mes excuses pour cette réponse tardive. Je voulais t'écrire plus tôt, parce que je savais que tu t'inquiéterais, mais je n'ai pas trouvé avant aujourd'hui un nouveau messager auquel je puisse totalement faire confiance.

Bien sûr que je ne suis pas fâché contre toi. Bien sûr que non. Tu as fait ton maximum. C'était ma faute – j'aurais dû te laisser m'exfiltrer quand cela était encore possible pour moi (et pour toi). Je ne cesse de me le répéter : si je te l'avais demandé ne serait-ce que cinq ans plus tôt, nous serions en Nouvelle-Grande-Bretagne aujourd'hui. Cela n'aurait pas été facile, mais néanmoins faisable. Et puis invariablement, j'ai des pensées plus insidieuses et plus désespérantes : si nous étions partis, Charlie serait-elle tombée malade ? Si elle ne l'avait pas été, serait-elle plus heureuse aujourd'hui ? Qu'en serait-il de moi ?

Mais ensuite je me dis que tout ça, la façon qui n'est désormais plus nouvelle qu'elle a de penser et d'être, l'a peut-être mieux armée pour affronter les réalités de ce pays, après tout. Peut-être son insensibilité est-elle une sorte d'impassibilité qui l'aidera à traverser les épreuves de ce monde, quoi qu'il devienne. Peut-être la perte des qualités que j'ai regrettées pour elle – une certaine sophistication affective, une spontanéité d'expression et même un côté rebelle – devrait-elle plutôt me soulager. Dans les moments optimistes, je peux presque m'imaginer qu'elle a d'une certaine façon évolué pour devenir une personne mieux adaptée à notre temps et notre pays. Elle en tout cas ne se plaint pas de qui elle est.

Mais ensuite, la vieille rengaine reprend : si elle n'était pas tombée malade, si elle n'avait pas pris de Xychor. Si elle avait grandi dans un pays où la tendresse, la vulnérabilité, le romantisme étaient encore, sinon encouragés, du moins tolérés ? Qui serait-elle alors ? Qui serais-je, moi, sans cette culpabilité, cette peine, et cette peine que me cause la culpabilité ?

Ne te fais pas de souci pour nous. Ou plutôt si, inquiète-toi, mais pas plus qu'il ne faut. Ils ne savent pas que j'ai tenté de m'enfuir. Et comme j'ai conscience de nous le rappeler très souvent, ils ont besoin de moi. Tant qu'il y aura des épidémies, je serai là.

Avec toute ma gratitude et mon affection. (Comme toujours.)
Charles.

Cher Peter, 21 juillet 2075

Je t'écris à la hâte, parce que je veux être sûr d'attraper le coursier avant son départ. J'ai failli te téléphoner aujourd'hui, et le ferai peut-être bientôt, même s'il est de plus en plus difficile d'obtenir une ligne sécurisée. Mais si je trouve un moyen dans les jours qui suivent, je n'y manquerai pas.

Je crois t'avoir expliqué qu'au début de l'été, j'ai commencé à laisser Charlie sortir seule pour de brèves promenades. Et quand je dis brèves, je veux dire brèves. Elle peut aller une rue plus loin vers le nord, jusqu'aux Mews, puis vers l'est jusqu'à l'université, et enfin vers le sud, jusqu'à Washington Square North, avant de repartir vers l'ouest jusqu'à la maison. J'étais réticent, mais l'une de ses tutrices a encouragé ces sorties – elle aura onze ans en septembre, m'a-t-elle rappelé ; il fallait que je la laisse découvrir le monde, au moins un peu.

Donc je m'y suis décidé. Pendant les trois premières semaines, je l'ai fait suivre, pour plus de sécurité. Mais elle a obéi à mes instructions à la lettre, et je l'ai regardée depuis la fenêtre du premier étage quand elle a monté les marches du perron.

Je ne voulais pas qu'elle sache combien je m'étais inquiété, et donc j'ai attendu le dîner pour en reparler. « Comment s'est passée ta promenade, petit chat ? »

Elle a levé les yeux vers moi : « Bien.

— Qu'est-ce que tu as vu ? »

Elle a réfléchi. « Des arbres.

— Parfait. Quoi d'autre ? »

Nouveau silence. « Des immeubles.

— Parle-m'en. As-tu vu quelqu'un à sa fenêtre ? De quelle couleur étaient les façades ? Y avait-il des fleurs aux balcons ? De quelle couleur étaient les portes ? »

Ces exercices lui font du bien, mais ils me donnent aussi l'impression que j'entraîne un espion : as-tu remarqué des gens suspects ? Que faisaient-ils ? Quels vêtements portaient-ils ? Tu les reconnais sur ces photos que je te montre ?

Elle s'applique tellement à me donner ce qu'elle croit que je veux. Mais en fait je ne souhaite rien d'autre que la voir rentrer à la maison en me disant qu'elle a vu quelque chose de drôle, de beau ou d'effrayant – je rêve de la savoir un jour capable de se raconter une histoire. En parlant, elle me regarde de temps à autre, et je hoche la tête ou je souris pour lui signifier mon approbation, et quand je le fais, j'éprouve ce terrible serrement dans ma poitrine, une sensation qu'elle seule est capable de me causer.

Fin juin, j'ai commencé à la laisser sortir seule. Quand je ne suis pas à la maison, sa gouvernante attend son retour ; elle ne met que sept minutes à faire le circuit, en comptant largement le temps de s'arrêter pour observer des choses en chemin. Elle n'a jamais manifesté l'envie de s'aventurer plus loin, et il fait trop chaud de toute façon. Mais ensuite, au début du mois, elle a demandé si elle pouvait se promener sur la Place.

Une part de moi était tout excitée à cette idée : ma petite Charlie qui ne réclame jamais rien, qui ne demande jamais à se rendre quelque part, qui paraît parfois complètement dénuée d'appétits, de désirs et de préférences. Ce n'est d'ailleurs pas tout à fait vrai :

elle fait la différence entre le salé et le sucré, par exemple, et elle préfère le salé. Elle fait la différence entre un joli chemisier et un laid, et elle préfère le joli. Elle sait distinguer un rire méchant d'un rire joyeux. Elle ne saurait pas expliquer comment, mais elle les reconnaît. Je le lui rappelle constamment : elle a tout à fait le droit de réclamer ce qu'elle veut, c'est normal d'apprécier quelqu'un, une chose ou un lieu plus que d'autres. C'est aussi normal de détester. « Tout ce que tu dois faire, c'est le dire. Ou le demander. Tu comprends, petit chat ? »

Elle me regarde et je ne parviens pas à deviner ce qu'elle pense. « Oui », répond-elle. Mais je ne sais pas si c'est vrai.

Je ne l'aurais jamais autorisée à se rendre sur la Place il y a encore six mois. Mais aujourd'hui que l'État a repris le pouvoir, seuls peuvent y accéder les résidents de la Zone Huit – il y a des soldats postés à chaque entrée pour vérifier l'identité des gens. Je m'étais inquiété, après la conversion l'an dernier du reste de Central Park, qu'ils ne se mettent à transformer tous les espaces verts en instituts de recherche, même si ce n'était pas le projet, à l'origine. Mais faisant pour une fois alliance, les ministres de la Santé et de la Justice se sont unis pour convaincre le reste du Comité qu'un manque de lieux de rassemblement augmenterait les activités de trahison, et forcerait les groupes d'insurgés potentiels à se réunir dans des endroits clandestins où nous aurions plus de mal à les surveiller. Donc, nous avons remporté cette bataille, mais de justesse, même s'il semble que Union Square va suivre l'exemple de Madison Square et devenir, sinon un institut de recherche, du moins un site polyvalent au service de l'État : tantôt une morgue improvisée, tantôt, le mois suivant, une prison de fortune.

Washington Square, cependant, est un cas différent. C'est un petit parc, situé dans un quartier résidentiel, et à ce titre, n'a jamais vraiment causé de soucis à l'État. Au fil des ans, les bidonvilles sont apparus, ils ont été détruits, puis reconstruits, enfin rasés à nouveau. Même de mon point d'observation à la fenêtre du premier étage, je devinais quelque chose d'un peu mécanique dans leur démolition, un manque de cœur à l'ouvrage chez le jeune soldat près de l'entrée nord qui faisait tournoyer sa matraque en la tenant par sa courroie, dans la façon dont la conductrice du bulldozer penchait la tête en arrière en bâillant, une main sur les manettes, l'autre pendant par la vitre.

Il y a quatre mois cependant, un bruit sourd de masse qui s'effondre m'a tiré du sommeil et, en regardant par la fenêtre, j'ai vu que le bulldozer était de retour, mais cette fois, pour déraciner les arbres du côté ouest de la Place. Deux engins ont œuvré pendant deux jours, et quand ils ont eu terminé, l'équipe de replantation est arrivée, et ils ont enveloppé les racines des arbres abattus dans d'immenses carrés de toile et des mottes de terre, avant de disparaître à leur tour, sans doute vers la Zone Quatorze, où on transfère beaucoup des arbres les plus anciens.

Désormais la Place paraît vide, dépourvue d'arbres mis à part une bande étroite qui va du coin nord-est à l'angle sud-est. Ici, il reste des bancs, des allées, quelques jeux pour les enfants. Mais j'imagine que c'est transitoire ; dans tout le reste du parc, des ouvriers ont passé la journée à recouvrir les pelouses de ciment. Un de mes collègues au ministère de l'Intérieur a dit que cet espace allait être transformé en une espèce de bazar de plein air, avec des marchands ambulants pour compenser la disparition des magasins.

Par conséquent, c'était là, dans cette dernière portion de verdure, que j'avais autorisé Charlie à s'aventurer. Elle devait se limiter à cette zone, et ne parler à personne ; si quelqu'un l'approchait, il fallait qu'elle rentre aussitôt à la maison. Pendant les deux premières semaines, je l'ai observée – j'avais installé une caméra sur une fenêtre à l'étage, et tout en travaillant au labo, je la voyais à l'écran, marchant d'un pas rapide vers l'extrémité sud du parc, ne s'arrêtant jamais pour regarder alentour, puis s'accorder quelques secondes de repos avant de prendre le chemin du retour. Bien vite, elle était rentrée, et la deuxième caméra la montrait en train de franchir le seuil, de verrouiller la porte, et d'aller boire un verre d'eau à la cuisine.

D'ordinaire, elle attend la fin de l'après-midi pour se promener, quand le soleil a déjà décliné, et tout en parlant ou en écrivant, je continue à suivre ses mouvements, une étroite bande sur l'écran qui s'éloigne de la caméra puis s'en rapproche, son petit corps replet et son visage rond diminuant peu à peu avant de grossir progressivement au retour.

Et puis est arrivé jeudi dernier. Je suivais une réunion du Comité au téléphone. Le sujet était la combinaison réfrigérante qui serait sans doute mise en service l'an prochain, et qui diffère de votre version parce que la nôtre est complétée par un casque dur doté d'une visière anti-pollution. En as-tu déjà essayé une ? On n'a plus l'impression de marcher mais de patauger, et le casque est si lourd que le fabricant va y incorporer une minerve. Mais elles sont véritablement efficaces. Nous avons été quelques-uns à les tester un soir, et pour la première fois depuis des années, je suis rentré au labo sans me mettre aussitôt à tousser, à éternuer et à transpirer. Elles vont coûter cher, cependant, et l'État étudie les moyens de faire passer le prix d'astronomique à simplement extraordinaire.

En tout cas, je suivais la conversation d'une oreille tout en surveillant Charlie qui commençait sa promenade au parc. Je suis allé aux toilettes, j'ai pris un thé au distributeur, et suis revenu à mon bureau. Un des collaborateurs du ministre de l'Intérieur continuait son laïus, insistant sur les difficultés qu'on rencontrerait pour réaliser la production en masse des combinaisons et j'ai regardé à nouveau mon écran – pour m'apercevoir que Charlie avait disparu.

Je me suis levé d'un bond, comme si cela pouvait améliorer les choses. Quand elle atteint l'extrémité sud du parc, elle s'assied normalement sur un des bancs. Lorsqu'elle a apporté un encas, elle le mange. Ensuite, elle repart et se dirige vers le nord : mais là, elle n'était nulle part. Il n'y avait qu'un employé municipal qui balayait le trottoir, et à l'arrière-plan, un soldat qui regardait vers le sud.

Je suis allé dans les réglages de la caméra et je l'ai orientée vers la droite, mais je n'ai vu que les soldats en uniformes bleu marine, appartenant manifestement au corps des ingénieurs, qui prenaient des mesures sur la Place. Puis j'ai fait pivoter la caméra sur la gauche, le plus loin possible.

Pendant quelques secondes, je n'ai rien remarqué. Rien que le balayeur et le soldat et, à l'angle nord-ouest, un autre militaire qui se balançait d'avant en arrière sur ses pieds : un de ces gestes désinvoltes et insouciants qui m'étonnent plus que tout le reste – penser que, malgré tous les changements qui se sont produits, les gens continuent à se balancer sur leurs pieds, à se mettre les doigts dans le nez, à se gratter les fesses et à roter.

Puis, à l'extrême sud-est du parc, j'ai repéré quelque chose : un mouvement. J'ai agrandi l'image au maximum. Il y avait deux garçons – deux adolescents, ai-je pensé – debout, le dos à l'objectif, parlant à quelqu'un d'autre face à la caméra, dont je ne voyais que les pieds, chaussés de baskets blanches.

Oh, oh non..., me suis-je dit.

Puis un des garçons s'est déplacé et j'ai vu que la troisième personne n'était autre que Charlie, avec ses baskets blanches et sa robe tee-shirt rouge, et qu'elle leur emboîtait le pas, alors qu'ils ne se donnaient même pas la peine de regarder alentour et se dirigeaient vers l'est sur Washington Square South.

« Soldat ! », ai-je crié en vain à l'adresse de mon écran. « Charlie ! »

Mais bien sûr, personne ne s'est arrêté, et j'ai continué, impuissant, à les voir s'éloigner avant de disparaître complètement de l'écran. Un des garçons avait passé un bras autour du cou de Charlie, si petite que le haut de sa tête se logeait juste sous son aisselle.

J'ai demandé à ma secrétaire de faire déployer une unité de sécurité, puis je me suis précipité pour prendre ma voiture, appelant sans arrêt la gouvernante en chemin tandis que nous roulions vers le sud. Quand elle a enfin décroché, je lui ai hurlé dessus. « Mais Dr Griffith, a-t-elle répondu, toute tremblante, Charlie est là. Elle vient de rentrer de sa promenade.

— Passez-la-moi », l'ai-je interrompue, et quand le visage de Charlie est apparu à l'écran, arborant la même expression que d'habitude, j'ai failli éclater en sanglots. « Charlie. Petit chat. Tout va bien ?

— Oui, Grand-Père.

— Ne ressors pas. Reste où tu es. Je suis en train de rentrer.

— D'accord. »

À la maison, j'ai congédié la gouvernante (sans lui préciser si c'était pour la journée ou à titre définitif) et je suis monté dans la chambre de Charlie, qui, assise sur son lit, tenait son chat dans les bras. J'avais craint de trouver des vêtements déchirés, des marques, des larmes, mais elle était telle qu'en elle-même – le visage un peu rouge peut-être, mais ce pouvait être dû à la chaleur.

J'ai pris place à côté d'elle, m'efforçant de me calmer. « Petit chat, je t'ai vue sur la Place aujourd'hui. » Elle ne s'est pas détournée. « Avec la caméra », ai-je ajouté, mais elle a gardé le silence. « Je ne suis pas en colère, Charlie, je veux seulement savoir qui sont ces garçons. »

Elle restait muette. Au bout de quatre ans, je me suis habitué à ses silences. Ce n'est pas une question de désobéissance ou d'entêtement – elle réfléchit seulement à comment répondre, et cela lui prend du temps. Finalement, elle a lâché : « Je les ai rencontrés.

— J'entends bien. Mais quand ? Et où ? »

Elle a froncé les sourcils pour se concentrer. « Il y a une semaine. Sur University Place.

— Près des Mews ? ai-je insisté, et elle a hoché le menton. Comment s'appellent-ils ? » Mais elle a secoué la tête et j'ai senti qu'elle commençait à s'agiter – qu'elle ne savait pas ou ne parvenait pas à se souvenir. C'était une des choses que je lui rappelais constamment : *Demande aux gens comment ils s'appellent. Et si tu oublies leur nom, redemande-le-leur. Tu peux toujours demander, tu en as tout à fait le droit.* « Ne t'en fais pas », ai-je repris. Est-ce que tu les as vus tous les jours depuis votre première rencontre ? » De nouveau, elle a fait non de la tête.

Finalement, d'une petite voix, elle a répondu : « Ils m'ont dit de les retrouver au parc aujourd'hui.

— Et qu'avez-vous fait ?

— Ils ont dit qu'on devrait aller faire un tour. Mais après… » Et là, elle s'est interrompue, et elle a enfoui son visage dans la fourrure de Petit Chat. Elle s'est mise à se balancer, ce qu'elle fait quand elle est bouleversée, et je lui ai caressé le dos en même temps. « Ils ont dit qu'ils étaient mes copains », a-t-elle fini par reprendre, et elle a étreint le chat si fort que l'animal a poussé un cri. « Ils ont dit qu'ils voulaient être mes copains », a-t-elle répété, en gémissant presque, et quand je l'ai attirée à moi, elle n'a opposé aucune résistance.

La médecin a expliqué qu'il n'y avait pas de dégâts permanents à craindre : quelques écorchures, quelques petites marques, un peu de sang perdu. Elle a suggéré qu'elle voie un psychologue, et j'ai acquiescé, sans lui confier que Charlie en consulte déjà un, en plus d'un ergothérapeute et d'un spécialiste du comportement. Ensuite, j'ai transmis la vidéo au ministère de l'Intérieur et demandé une enquête complète – en trois heures, ils ont retrouvé les coupables, deux garçons de quatorze ans, résidents de la Zone Huit, fils d'assistants de recherche au Memorial Hospital, l'un blanc, l'autre asiatique. Un des parents est un ami d'un ami de Wesley, et il a envoyé un mot réclamant la clémence pour son fils, que Wesley m'a apporté en personne à la maison hier, le visage impavide. « Ça n'a aucune importance pour moi, Charles », a-t-il précisé, et quand j'ai froissé le papier et le lui ai rendu, il s'est contenté d'opiner du chef, il m'a souhaité une bonne soirée, et il est reparti.

Ce soir, comme depuis trois nuits, je vais rester auprès de Charlie quand elle sera couchée. Jeudi, environ trente minutes après s'être endormie, elle a commencé à pousser des grognements venus du fond de la gorge, la tête et les épaules secouées de soubresauts. Mais ensuite, elle s'est arrêtée, et après l'avoir surveillée pendant encore à peu près une heure, je suis allé me coucher. J'ai regretté, comme souvent, l'absence de Nathaniel. J'ai aussi déploré, comme cela m'arrive rarement, celle d'Eden. Je suppose que ce qui me manquait en réalité, c'était la présence de quelqu'un qui soit responsable de Charlie à mes côtés.

Je ne dirais pas que ce qui s'est passé était depuis toujours ma plus grande peur pour elle – je crains avant tout qu'elle ne meure – mais ça n'en était pas loin. J'avais tenté de lui parler de son corps, de lui expliquer qu'il n'appartenait qu'à elle, qu'elle ne devait pas accepter de faire ce qu'elle ne voulait pas. Non, ce n'est pas tout à fait exact. Je n'avais pas seulement essayé, je l'avais fait. Je savais qu'elle était vulnérable ; que quelque chose de ce genre pouvait se produire. Et même, que ça devait arriver. Et je savais aussi que nous avions eu de la chance, car aussi terribles qu'aient été les choses, nous avions échappé au pire.

Pendant mes premières années de fac, un de mes professeurs nous avait dit qu'il y avait deux sortes de gens : ceux qui pleuraient pour le monde, et ceux qui se lamentaient sur eux-mêmes. Pleurer pour sa famille, avait-il poursuivi, c'était une autre façon de se lamenter sur soi-même. « Ceux qui se félicitent des sacrifices auxquels ils consentent pour leurs proches ne sacrifient rien, en fait, parce que leurs familles sont le prolongement d'eux-mêmes, et donc une manifestation de leur moi. » Le véritable altruisme, selon lui, c'était donner de soi à un inconnu, à quelqu'un dont la vie ne serait jamais liée à la vôtre.

Mais n'était-ce pas ce que j'avais essayé de faire ? J'avais tenté d'améliorer l'existence de gens que je ne connaissais pas, et j'y avais perdu ma famille, et donc, moi-même. Et pourtant les progrès que j'ai tenté d'apporter sont aujourd'hui contestés. Je ne peux plus rien faire pour être utile au monde. La seule personne que je peux m'efforcer d'aider, c'est Charlie.

Maintenant, je suis épuisé. Je pleure, bien entendu, égoïstement, je suppose ; je ne connais personne cependant qui ne se lamente pas sur son propre sort aujourd'hui – la maladie vous lie aux inconnus, et donc, même si c'est à eux que vous pensez, ces millions de gens que vous côtoyez en ville, vous vous demandez par définition quand leurs vies vont frôler la vôtre, chaque rencontre risquant de vous contaminer, chaque contact un danger de mort. C'est sans doute de l'égoïsme, mais cela semble inévitable.

Affectueusement à toi et à Olivier. Charles.

Mon cher Peter, 3 décembre 2076

Il y a bien longtemps, alors que je traversais Achgabat, j'ai rencontré un homme dans un café. C'était dans les années 2020, à l'époque où la République turkmène s'appelait encore Turkménistan et vivait encore sous un régime autoritaire.

J'étais à l'université alors, et cet homme avait engagé la conversation : pourquoi j'étais venu à Achgabat et ce que j'en pensais. Je me rends compte aujourd'hui que c'était sans doute quelque espion, mais alors, peu expérimenté, stupide et surtout seul, j'étais impatient de partager mes idées sur l'inhumanité d'un État autocrate : sans défendre la démocratie, je lui fis tout de même valoir qu'il y avait une différence entre la monarchie constitutionnelle en vigueur dans mon pays et la dictature dans laquelle il vivait.

Il m'écouta patiemment pérorer et quand j'en eus fini, il m'invita à le suivre pour regarder par une des fenêtres ouvertes. Le café se trouvait au premier étage d'un immeuble dans une étroite venelle, un raccourci qui menait au Marché russe, une des dernières rues de la ville qu'on n'avait pas encore rasée et rebâtie en verre et en acier. « Voyez un peu, me dit l'inconnu. Vous avez l'impression d'une dictature ? »

Je regardai. Voir les habitants vêtus comme au XIXe siècle arpenter les rues d'une ville édifiée pour le XXIe représentait un des contrastes d'Achgabat. En contrebas, j'aperçus des femmes vêtues de foulards et de robes bariolés, chargées de lourds sacs en plastique, tandis que des hommes filaient à toute allure en poussant des charrettes à bras et que des enfants vociféraient. Le soleil brillait mais il faisait frais, et même aujourd'hui, alors qu'on a oublié jusqu'à la sensation de l'hiver, je me rappelle ces températures en revoyant un peu de ce décor : une bande d'adolescentes aux joues rougies par le froid, qui descendaient la rue ; un vieillard qui faisait passer d'une main dans l'autre une pomme de terre rôtie encore brûlante, la vapeur lui montant au visage ; l'écharpe en laine d'une femme voletant autour de son front.

Or ce n'était pas le froid que l'homme voulait me montrer, mais comment on vivait sous ses auspices. Les femmes plus très jeunes aux sacs pleins de courses, qui bavardaient devant une porte peinte en bleu, la bande de gamins qui jouaient au football, les deux filles qui descendaient la rue bras dessus bras dessous en dégustant des petits pains fourrés à la viande – alors qu'elles passaient sous notre fenêtre, l'une d'elles dit quelque chose à l'autre et elles éclatèrent de rire en se couvrant la bouche de leurs mains. Il y avait un soldat, mais adossé à un mur, la tête contre la brique, les paupières closes, la cigarette au bec, il s'abandonnait aux pâles rayons du soleil.

« Alors, vous voyez... », me dit mon compagnon.

Je repense souvent à cet échange ces temps-ci, ainsi qu'à la question sous-jacente : *Vous avez l'impression que ce pays est une dictature ?* Je me la pose souvent au sujet de notre métropole, où, en l'absence de magasins, le commerce continue, aujourd'hui sur la Place, où déambulent les mêmes personnes qu'autrefois : des couples en promenade, des enfants qui braillent parce qu'on leur a refusé une friandise, une femme qui s'emporte alors qu'elle marchande avec un vendeur truculent le prix d'une casserole en cuivre. Depuis la disparition des salles de spectacle, les gens continuent à affluer pour assister à des concerts dans les centres communautaires qu'on ouvre dans toutes les zones. Depuis la diminution du nombre d'enfants et de jeunes gens, davantage de soins et d'amour sont prodigués à ceux qui restent, même si je suis bien placé pour savoir qu'il peut y avoir là plus de désir d'emprise que de sentiment. La réponse, implicite dans la question de l'inconnu, était qu'une dictature n'offre aucun spectacle particulier : de fait, on aurait pu se croire n'importe où ailleurs.

Et pourtant si, une dictature a des traits spécifiques. Les choses que j'ai décrites sont des éléments d'une vie encadrée, celle qu'on peut mener en surface. Mais du coin de l'œil, on en entrevoit une autre, celle qu'on surprend dans les regards et les mouvements furtifs. Il n'y a pas de télévision, par exemple, il n'y a pas Internet, et pourtant les informations circulent, les dissidents réussissent toujours à se télégraphier leurs messages. J'en prends parfois connaissance lors de nos briefings quotidiens, et si la plupart du temps il faut moins d'une semaine pour les repérer – bon nombre d'entre eux, mais est-ce vraiment surprenant ? concernent des agents de l'État –, certains continuent néanmoins à nous échapper. Les voyages à l'étranger sont interdits, et pourtant, on nous rapporte chaque mois des tentatives d'évasion, des canots coulent régulièrement au large des côtes du Maine, de la Caroline du Sud, du Massachusetts ou de Floride. Les camps de réfugiés ont fermé, et pourtant on nous signale encore – de moins en moins souvent, il est vrai – des immigrés en provenance de pays pires encore que le nôtre que l'on a découverts entassés dans des embarcations de fortune et qu'on refoule vers la mer sous bonne garde. Vivre dans un territoire comme le nôtre rend conscient que ce mouvement imperceptible, ces infimes soubresauts pareils au léger bourdonnement de moustiques, ne sont pas une chimère mais la preuve d'une autre existence, celle du pays d'autrefois, dont on sait qu'il n'a pas pu disparaître, qu'il vit encore à la lisière de nos perceptions.

Données, enquête, analyse, nouvelles, rumeur : une dictature écrase les différences entre ces termes pour n'en faire plus qu'un. Il y a d'une part ce que dit l'État, et de l'autre, tout le reste – un reste qui tombe dans une seule et unique catégorie : l'information. Aux débuts d'une dictature, le peuple réclame l'information à grands cris, il en est assoiffé, il tuerait pour l'obtenir. Mais avec le temps, cette exigence diminue, et au bout de quelques années, vous en avez perdu le goût, vous oubliez l'excitation ressentie à être le premier à savoir quelque chose, à partager ce savoir avec certaines personnes, à vous imposer et exiger des autres le secret. Vous êtes peu à peu délesté du poids de la connaissance. Vous apprenez, sinon à faire confiance à l'État, du moins à vous en remettre à lui.

Et nous essayons de rendre le processus d'oubli et de désapprentissage aussi facile que possible. Voilà pourquoi les apparences et le système de toutes les dictatures semblent coulés dans le même moule. On commence par la suppression de tous les vecteurs d'information (presse, télévision, Internet, livres – même si je pense que nous aurions dû conserver la télévision dont je crois qu'elle peut aisément être rendue utile), et on insiste à l'inverse sur tout ce qui est élémentaire (les produits de la cueillette ou les objets artisanaux). Au bout du compte, les deux univers, le primitif et le technologique, se rejoignent dans des réalisations comme la Ferme, qui apparaît comme un projet agraire mais sera en fait soutenu par les systèmes d'irrigation et de climatisation les plus sophistiqués que l'État peut subventionner. Finalement, on espère que les gens qui y travaillent oublieront que ces technologies ont été appliquées, ce qu'elles étaient jadis capables d'apporter, combien nous en dépendions et quelles sources de connaissances elles fournissaient.

Je te regarde, Peter, je vois ce que vous faites là-bas, et je sais que nous sommes perdus. Bien sûr que j'en ai conscience. Mais que puis-je y faire maintenant ? Où pourrais-je aller ? La semaine dernière, ils ont changé ma profession sur tous les papiers officiels, de « scientifique » à « responsable administratif ». « Une promotion, m'a dit le ministre de l'Intérieur, Félicitations. » Mais est-ce complètement vrai ? Si j'étais encore considéré comme un scientifique, j'aurais en théorie le droit d'assister à des colloques et des congrès à l'étranger, même si on ne peut pas dire que les invitations aient afflué. Mais en tant que responsable administratif, il n'y a aucune raison, aucun besoin de me laisser sortir du territoire. Je suis un homme puissant dans un pays que je n'ai pas le droit de quitter, ce qui revient à faire de moi un prisonnier.

C'est la raison pour laquelle je t'envoie ceci. Je ne crois pas qu'on me retirera jamais mes biens. Mais cette bague est précieuse, et j'imagine que si un jour Charlie et moi réussissons à partir, on ne pourra emporter ni argent ni objets de valeur. Il est même possible qu'on ne puisse rien prendre du tout. S'il te plaît, garde-la pour nous. Je pourrai peut-être un jour te la réclamer, ou te demander de la vendre afin de nous installer quelque part avec cet argent. Je me rends compte que tout cela doit sembler bien naïf. Mais je sais aussi que, parce que tu es généreux, tu ne te moqueras pas de moi. Je devine que tu t'inquiètes. J'aimerais pouvoir te dire de ne pas te faire de souci pour moi. Pour l'instant, je sais que tu vas protéger cet objet auquel je tiens.

Avec tendresse, Charles.

Mon cher Peter, 29 octobre 2077

Pardon de ce long silence. Oui, je m'engage à te tenir régulièrement au courant, ne serait-ce que pour dire « Je suis en vie, tout va bien ». Tu es gentil de me demander des nouvelles. Et merci aussi pour le nouvel intermédiaire – il est plus sûr, je crois, d'utiliser quelqu'un de chez toi, plutôt que de chez moi, surtout aujourd'hui.

Ici tout le monde s'étonne que vous mettiez fin à nos relations diplomatiques. Je ne le dis pas comme un reproche, et d'ailleurs cela n'y changerait rien, mais je pensais jusque-là qu'il s'agissait de ce genre de menaces jamais mises à exécution. La plus grande crainte n'est cependant pas que vous nous teniez à distance, mais que vous inspiriez des mesures similaires à d'autres pays.

Pourtant, nous comprenons parfaitement vos raisons. Quand la Loi Matrimoniale a été remise en question la première fois, il y a six ans, les choses ont semblé non seulement impossibles mais absurdes. Avait été publiée cette étude de l'université de Kandahar, selon laquelle les taux croissants d'agitation publique dans trois pays différents étaient liés au pourcentage d'hommes célibataires âgés de plus de vingt-cinq ans. La démonstration négligeait de prendre en compte d'autres facteurs de déstabilisation comme la pauvreté, l'illettrisme, la maladie et les catastrophes climatiques, et elle a finalement été discréditée.

Mais je suppose qu'elle avait eu davantage d'effets sur certains membres du Comité que moi (et peut-être eux-mêmes) je l'avais mesuré, alors que, quand la proposition de loi a été reprise et de nouveau soumise l'été dernier, elle était formulée différemment : le mariage allait être un moyen de favoriser le repeuplement, et de le faire à l'intérieur d'une institution soutenue par l'État. La proposition, corédigée par une secrétaire d'État au ministère de l'Intérieur, et un autre au ministère de la Santé, était étonnamment complète et rationnelle jusqu'à en être inquiétante, comme si le but du mariage n'était pas l'expression de sentiments personnels, mais la reconnaissance des besoins de la société. Ce qu'il est peut-être. Les secrétaires d'État développaient tout un système de récompenses et d'incitations pour favoriser le mariage, qui pouvait être utilisé, arguaient-ils, comme un moyen de pousser peu à peu la population à adopter le concept d'un État-providence global. Il y aurait des allocations logement, et ce qu'ils appelaient des

« primes à la procréation », ce qui signifiait pour l'essentiel que des gens seraient rétribués, sous forme d'avantages divers ou d'argent, pour avoir des enfants.

« Je n'aurais jamais cru voir le jour où des hommes et des femmes noirs et libres seraient récompensés pour se reproduire », a déclaré sèchement l'un des secrétaires d'État à la Justice, et tout le monde s'est raidi.

« La société a besoin de tous ses citoyens, sans aucune exclusive, pour contribuer à sa reconstruction, a rétorqué la secrétaire d'État à l'Intérieur.

— Aux grands maux les grands remèdes, a paisiblement insisté le ministre de la Justice, et un silence tendu s'est ensuivi.

— Entendu, alors », a fini par concéder le secrétaire d'État à la Justice en manière de conclusion.

Le silence est retombé, tout aussi empreint de tristesse, mais aussi d'anxiété, comme si nous étions tous des comédiens lors d'une scène particulièrement intense, et que l'un de nous ait oublié son texte.

Finalement, quelqu'un a pris la parole : « Dites-moi un peu quelle est la définition du mariage utilisée ici ? »

Tous les présents ont fixé soit la table, soit le plafond. L'homme qui avait posé cette question était secrétaire d'État au ministère de Pharmacologie, fraîchement débarqué de la société civile. Je ne savais pas grand-chose d'autre de lui, si ce n'est qu'il était blanc, qu'il avait environ cinquante ans, et que ses deux enfants et son mari étaient morts durant l'épidémie de 2070.

« Eh bien, a fini par soupirer la secrétaire d'État à l'Intérieur, avant de se taire elle aussi, en jetant sur toute la salle un regard presque implorant, comme si quelqu'un allait répondre à sa place. Mais personne ne s'y est risqué. « Nous continuerons bien sûr d'honorer tous les contrats de mariage préexistants », a-t-elle repris après une pause.

« Mais, a-t-elle poursuivi, la Loi Matrimoniale a pour but d'encourager la procréation, et donc – à nouveau, un regard circulaire pour appeler à l'aide ; à nouveau, aucun volontaire – les avantages seront accordés seulement aux individus biologiquement et respectivement mâles et femelles. Cela ne signifie pas », s'est-elle empressée d'ajouter avant que le ministre de la Pharmacologie ne puisse répondre, « que nous proposons des sanctions morales à l'encontre de ceux qui ne correspondent pas à cette définition, mais seulement que ces couples ne seront pas éligibles aux incitations financières de l'État. »

Les questions ont fusé de toutes parts. Des trente-deux personnes présentes dans la salle, nous étions au moins neuf – y compris, j'en étais à peu près sûr, un des rédacteurs du projet, une petite femme qui ressemblait à un lapin – qui n'aurions pas pu recevoir les primes en question si la loi passait. Si nous n'avions été que deux ou trois, je me serais davantage inquiété – en pareil cas, les gens ont tendance à voter contre leur propre intérêt parce qu'ils se croient ainsi plus à l'abri. Mais dans la situation actuelle, nous sommes trop nombreux pour qu'une proposition pareille soit adoptée, sans parler du fait qu'il demeure trop de questions sans réponse : cela signifiait-il que les couples stériles seraient eux aussi privés d'avantages ? Qu'en était-il des parents de même sexe qui avaient des enfants biologiques, ou disposaient de ressources suffisantes pour en mettre au monde davantage ? Qu'adviendrait-il des veufs et des veuves, au nombre historiquement sans précédent ? Étions-nous vraiment et sérieusement en train d'envisager de payer des citoyens pour qu'ils procréent ? Et s'ils avaient des enfants, et que ceux-ci mouraient, conserveraient-ils leurs primes ? S'agissait-il de priver une personne féconde du droit de choisir d'avoir ou non des enfants ? Que se passerait-il si cette personne féconde était physiquement ou mentalement inapte ? L'encouragerait-on tout de même à en avoir ? Et le divorce ? Pareilles mesures ne pousseraient-elles pas les femmes victimes de maltraitance à rester mariées ? Une personne stérile aurait-elle le droit d'épouser une personne féconde ? Et si quelqu'un avait effectué un changement de sexe, la nouvelle législation ne le ou la laisserait-elle légalement pas dans une zone grise irrémédiable ? D'où proviendrait l'argent pour abonder dans ces mesures, à un moment où deux de nos principaux partenaires commerciaux allaient sans doute mettre fin à toute relation avec notre pays ? Si la procréation était si indispensable à notre survie, ne serait-il pas plus utile de gracier les traîtres à la nation et de les inciter à avoir des enfants, même dans un environnement contrôlé ? Pourquoi ne pas simplement adopter les enfants des réfugiés, aujourd'hui orphelins, ou faire venir des enfants des pays ravagés par les crises climatiques, et donc de séparer l'idée de parentalité de la réalité biologique ? Les auteurs étaient-ils vraiment en train de suggérer que nous exploitions un traumatisme national et existentiel, la disparition de toute une génération de nos descendants, pour promouvoir un programme moralisateur ? Avant la fin de la séance, les deux auteurs de la proposition étaient au bord des larmes, et la réunion a été ajournée sur une explosion de mauvaise humeur générale.

Je marchais vers ma voiture quand j'ai entendu quelqu'un m'appeler par mon nom, et j'ai vu qu'il s'agissait du ministre de la Pharmacologie. « Ce texte ne passera pas », a-t-il déclaré, avec une telle fermeté que j'ai failli sourire. Il était si jeune et si sûr de lui. Puis je me suis souvenu qu'il avait perdu toute sa famille et qu'à ce titre, il méritait mon respect.

« J'espère que vous avez raison », ai-je répondu, et il a hoché la tête.

« Je n'ai aucun doute », a-t-il ajouté en s'éloignant pour regagner son véhicule.

Nous verrons bien. Au fil des ans, j'ai été éberlué, désespéré et même atterré par la façon dont la population s'est montrée docile : la peur de la maladie et l'instinct de conservation ont éclipsé tout autre désir et toutes les valeurs qu'elle chérissait, et elle a renoncé à beaucoup des libertés jusque-là considérées comme inaliénables. L'État a prospéré sur ces craintes, et aujourd'hui, il en génère de nouvelles quand celles du peuple s'apaisent. Lundi s'ouvre la troisième semaine consécutive de débats sur la Loi Matrimoniale, et il semble que nous allons pouvoir la repousser au bout du compte – votre réprobation nous a aidés, assurément. Je vois mal comment le processus pourrait s'enclencher sans nous valoir la condamnation unanime de la Vieille Europe, mais bien sûr, je peux me tromper une fois de plus.

Croise les doigts pour nous. Je te réécrirai la semaine prochaine. Mes pensées les plus amicales à Olivier. Et gardes-en quelques-unes pour toi.

Charles.

Cher Peter, 3 février 2078

La loi est passée. Elle sera promulguée demain. Je ne sais pas quoi dire d'autre. Je t'écris bientôt. Charles.

Cher Peter, 15 avril 2079

Il est très tôt, le jour se lève à peine, et je ne trouve pas le sommeil. Je n'ai pas dormi du tout, il me semble, tous ces derniers mois. J'ai essayé de me coucher plus tôt, aux alentours de 11 heures plutôt qu'après minuit, et rien n'y fait. Parfois j'ai l'impression de glisser, au lieu de tomber, dans un état entre veille et sommeil où je reste conscient de la présence de mon matelas sous mon corps et du ronronnement du ventilateur au-dessus de ma tête. Dans ces moments-là, je revis les événements de la journée, mais quand je les fais défiler, je suis parfois participant, parfois témoin, et je ne sais jamais quand la caméra risque de pivoter sur son chariot et me faire changer de perspective.

Hier soir, j'ai revu C. Il n'est pas exactement mon genre, et je n'arrive pas à imaginer que je pourrais être le sien. Mais nous avons la même habilitation de sécurité et le même grade, si bien qu'il peut venir chez moi et moi chez lui, que nous pouvons demander à nos chauffeurs respectifs de nous attendre et de nous reconduire sans question ni difficulté.

On oublie parfois combien on a besoin d'être touché. Ce n'est pas comme la nourriture, l'eau, la lumière ou la chaleur – on peut s'en passer pendant plusieurs années. Le corps ne se souvient pas de la sensation, il vous fait la grâce de vous permettre de l'oublier. Les deux premières fois, nous avons fait l'amour rapidement, presque brutalement, comme si nous risquions de ne plus jamais en avoir l'occasion, mais durant les trois dernières rencontres, nous avons pris tout notre temps. Il habite dans une maison de ville attribuée par l'État en Zone Quatorze, ne contenant que le strict nécessaire, une enfilade de pièces pratiquement vides.

Ensuite, nous faisons semblant de penser que les micros n'existent pas – nous avons aussi ce privilège – et nous bavardons. Il a cinquante-deux ans, vingt-trois de moins que moi, seulement douze de plus que David s'il avait vécu. Il parle, parfois, de ses fils, dont le plus jeune aurait seize ans aujourd'hui, un an de plus qu'aura Charlie en septembre, et de son mari, qui travaillait au département marketing du laboratoire pharmaceutique où il était lui-même employé autrefois. C. avait songé au suicide après leurs morts, survenues en l'espace de six mois, mais au bout du compte, il y avait renoncé, et maintenant, disait-il, il ne se rappelait plus pourquoi.

« Je ne me souviens pas non plus pourquoi j'y ai renoncé », ai-je dit, mais à peine avais-je prononcé ces mots que j'ai compris que ce n'était pas vrai.

« Ta petite-fille ? a-t-il suggéré et j'ai acquiescé.

— Tu as de la chance. »

Tu te rappelles sans doute que c'était C. qui avait lancé avec assurance que la Loi Matrimoniale ne passerait pas. Même aujourd'hui, alors que nous nous voyions de façon quasi clandestine, il continuait à défendre l'idée qu'elle serait repoussée de façon imminente. « Quel est l'intérêt de promouvoir le mariage de gens qui ne vont pas avoir d'enfants ? demandait-il. Si l'objectif est d'en élever davantage, pourquoi ne pas utiliser certains d'entre nous pour prendre soin des enfants, ou nous assigner un rôle de soutien ? Le but général n'est-il pas de tirer parti de tous nos concitoyens ? » Quand je me suis risqué à formuler l'incontournable conclusion – qu'à l'évidence, et malgré les promesses du Comité, le Loi Matrimoniale aboutirait en fin de compte à la criminalisation de l'homosexualité sur des bases morales –, il m'a contredit avec une telle fureur que je n'ai eu d'autre solution que de rassembler mes affaires et partir. « Mais à quoi cela servirait-il ? », m'a-t-il demandé plusieurs fois, et quand j'ai répondu que l'intention était toujours la même partout et chaque fois que l'homosexualité était condamnée – trouver un bouc émissaire pour l'accuser des malheurs s'abattant sur un pouvoir chancelant –, il m'a reproché d'être amer et cynique. « Je crois en cet État », a-t-il affirmé, et quand j'ai répondu que moi aussi, autrefois, il m'a dit qu'il valait mieux que je m'en aille, que nous étions trop philosophiquement différents. Pendant des semaines, le silence a perduré entre nous. Mais ensuite, le besoin nous a réunis, l'origine de notre rapprochement étant précisément cette chose même dont nous ne pouvions plus parler.

Ensuite, il me raccompagne à la porte, nous nous étreignons plutôt que nous embrasser, et nous confirmons notre prochain rendez-vous. Durant les réunions du Comité, nous nous montrons cordiaux. Ni trop distants, ni trop chaleureux. J'imagine que personne n'a remarqué quoi que ce soit. Lors de notre dernier rendez-vous, il m'a raconté que des refuges avaient commencé à se créer, pour la plupart aux confins ouest de la Zone Huit, pour ceux qui n'ont pas comme nous de maisons individuelles. « Ce ne sont pas des bordels, a-t-il précisé. Plutôt des lieux de rencontre.

— Mais qu'y font ces gens ?

— La même chose que nous ici. Mais ce n'est pas seulement pour le sexe.

— Ah non ?

— Non. Ils discutent. Ils se retrouvent pour parler.

— De quoi ? »

Il a haussé les épaules. « Ces choses dont les gens parlent d'habitude. » Et en l'entendant, j'ai compris : je ne savais plus quels étaient aujourd'hui les sujets de conversation. Si tu nous entendais au Comité, tu te dirais que les gens ne parlent que de la façon la plus expéditive de renverser le pouvoir, de comment s'enfuir du pays, de provoquer le chaos. Et pourtant, de quoi pourrait-on bien parler d'autre ? Il n'y a plus de cinéma, de télévision, d'Internet. On ne peut plus passer comme jadis une soirée à débattre d'un article, d'un roman ou à se vanter de vacances à l'autre bout du monde. On ne peut pas échanger sur la personne avec laquelle on vient de coucher, ou sur la manière dont s'est déroulé votre dernier entretien d'embauche, ou sur votre immense envie de vous acheter une nouvelle voiture, un appartement ou une paire de lunettes de soleil. On ne peut pas faire ces choses parce que aucune d'elles n'est plus autorisée aujourd'hui, en tout cas pas au grand jour, et avec leur élimination, a aussi disparu l'équivalent d'heures et même de jours de conversation. Le monde dans lequel nous vivons désormais se concentre sur la survie, et survivre se conjugue toujours au présent. Le passé n'a plus de pertinence, et le futur n'a pas réussi à se matérialiser. La survie permet l'espoir – de fait, elle est conditionnée par l'espoir – mais elle n'autorise pas le plaisir, et en tant que sujet de conversation, elle manque franchement d'intérêt. Se parler, se toucher étaient les raisons pour lesquelles nous nous retrouvions, C. et moi. Quelque part au centre-ville, dans une maison près de la rivière, d'autres personnes comme nous se parlaient rien que pour entendre le son d'une voix répondant à la leur, preuve que celui qu'ils se souvenaient d'avoir été existait toujours.

Ensuite, je rentrais à la maison. Une agente de sécurité montait la garde au rez-de-chaussée les soirs où je savais que je sortirais, et dès que je lui avais donné congé, je montais dans la chambre de Charlie et, assis sur son lit, je la regardais longuement. C'est un de ces enfants qui ne ressemblent ni à leur mère ni à leur père. Elle a peut-être le nez d'Eden, et les lèvres longues et minces de David, mais étrangement, aucun autre trait ne me les rappelle, et je m'en réjouis. Elle s'est pour ainsi dire créée toute seule, sans que pèse sur elle le poids de l'histoire. Elle portait un pyjama à manches courtes et je lui effleurais les bras, marqués par de petits cratères laissés par les cicatrices. À côté d'elle, Petit Chat respirait bruyamment, du pus suintait d'une blessure à sa patte avant droite, et je devinais que je devrais bientôt le porter à la clinique pour le faire euthanasier et trouver un mensonge à dire à Charlie.

Dans mon lit, je pensais à Nathaniel. Les jours de chance, je peux faire surgir son image sans qu'elle entraîne de honte ou d'autoflagellation, mais comme une figure de neutralité. Quand je suis avec C., il m'arrive de fermer les yeux et de faire comme s'il était Nathaniel à cinquante-deux ans. C. a un physique, une odeur, une voix et un goût complètement différents de Nathaniel, mais la peau, ce n'est jamais que la peau. Je n'ose l'avouer à personne d'autre qu'à toi (non qu'il y ait d'autres gens à qui je pourrais en parler), mais de plus en plus souvent, je fais ces rêves où je revois des scènes et des moments de ma vie avec Nathaniel, mais dont David, plus tard Eden, et plus tard encore, même Charlie sont absents. Ces rêves sont souvent bien banals : Nathaniel et moi, de plus en plus âgés, nous querellant pour savoir si nous devons ou non planter des tournesols, ou tentant un jour de chasser un raton laveur de notre grenier. Apparemment, nous vivons dans une petite maison près de la mer dans le Massachusetts, et bien que je n'en voie jamais la façade, j'ai l'impression de savoir à quoi elle ressemble.

Durant la journée, je m'adresse parfois à Nathaniel à haute voix. Par respect pour son opinion, je l'entretiens rarement de mon travail, cela l'irriterait trop. À la place, je lui pose des questions sur Charlie. Après ce premier incident avec les garçons, je lui avais parlé de sexe, de menaces de viol, de façon beaucoup plus complète qu'auparavant. « As-tu des questions ? », lui avais-je demandé, et après un silence, elle avait secoué la tête. « Non. » Elle ne supporte toujours pas qu'on la touche, et si parfois je le regrette pour elle, je l'envie aussi : l'idée d'une vie sans désir (sans parler d'imagination) m'aurait autrefois fait de la peine pour elle, mais aujourd'hui, il est possible que cela garantisse sa survie – ou du moins, en augmente les chances. Pourtant, cette aversion ne l'a pas empêchée de se remettre à fuguer, et j'ai de nouveau provoqué une conversation. « Petit chat », ai-je commencé, et j'ai été bien en peine de poursuivre. Comment pouvais-je lui expliquer que ce n'était pas vraiment elle en tant que personne qui attirait ces garçons, qu'ils ne la voyaient que comme un objet à prendre puis à laisser. Je ne pouvais pas, non, je ne pouvais pas – j'avais l'impression d'être un traître rien qu'en le pensant. À ces moments-là, j'avais envie que quelqu'un la désire, et que même si ce désir était teinté de cruauté, ce serait au moins une forme de passion – cela signifierait que quelqu'un la jugeait jolie, unique et attirante, qu'un jour peut-être quelqu'un l'aimerait comme je l'aimais, mais différemment aussi.

De plus en plus souvent ces temps-ci, je pense, parmi toutes les horreurs qu'ont entraînées les épidémies, qu'une des choses dont on parle le moins est la brutalité saisissante avec laquelle nous nous sommes retrouvés divisés en catégories. La première et la plus évidente coupure a séparé les vivants des morts ; mais ensuite les malades des bien-portants, les affligés des soulagés, les guéris des incurables, les assurés des non-assurés. Nous avons conservé la trace de ces statistiques, nous avons tout consigné. Mais se sont imposées ensuite d'autres divisions, celles qu'il semblait inutile d'enregistrer : entre ceux qui vivaient accompagnés et ceux qui vivaient seuls. Ceux qui avaient de l'argent et ceux qui n'en possédaient pas. Ceux qui avaient des relations et ceux qui ne connaissaient personne. Ceux qui savaient où aller et ceux qui n'en avaient aucune idée.

En fin de compte, rien de tout cela n'avait eu autant d'importance qu'on le craignait. Les riches mouraient de toute façon, peut-être un peu plus lentement qu'ils l'auraient dû ; certains pauvres survivaient. Après la première vague de l'épidémie que le virus avait déclenchée à travers la ville, emportant les proies les plus faciles – les indigents, les infirmes et les jeunes – en avaient déferlé une deuxième, une troisième et une quatrième, jusqu'à ce que seuls résistent les plus chanceux : peut-on dire que Charlie a de la chance ? Peut-être. Elle est là, après tout, elle parle, elle marche, elle apprend, elle est physiquement apte et lucide, elle est aimée, et, je le sais, capable d'aimer. Mais elle n'est pas celle qu'elle aurait pu être, parce que aucun de nous ne l'est – la maladie nous a tous pris quelque chose, et donc notre définition de la chance est relative, comme toujours avec la chance, d'ailleurs, ses paramètres sont établis par d'autres. L'épidémie a mis au clair qui nous sommes ; elle a révélé les fictions sur lesquelles nous avions construit nos existences. Elle a dévoilé que le progrès et la tolérance n'engendrent pas nécessairement plus de progrès et davantage de tolérance. Que la bonté n'entraîne pas forcément la bonté.

Elle a montré la fragilité de la poésie de nos vies, souligné que l'amitié est éphémère et dépend des circonstances ; que les associations humaines sont liées au contexte et aux circonstances. Aucune loi, aucun contrat, aucun amour n'était plus fort que notre besoin de survivre, ni plus fort, pour les plus généreux d'entre nous, que notre besoin de voir nos proches, qui qu'ils soient, survivre eux aussi. Je sens parfois un léger embarras se glisser parmi nous qui en avons réchappé – N'aurions-nous pas été capables de priver quelqu'un d'autre, peut-être même une connaissance, le parent de quelqu'un que nous croisions régulièrement, de médicaments, d'hospitalisation ou de nourriture, si cela nous avait permis de nous en tirer ? N'avons-nous pas dénoncé quelqu'un que nous fréquentions, que nous apprécions même – un voisin, une connaissance, un collègue – au ministère de la Santé, et n'avions-nous pas monté le volume de nos casques stéréo pour étouffer les appels à l'aide tandis qu'on les conduisait vers la camionnette qui les attendait, criant qu'il s'agissait d'un malentendu, que les rougeurs sur le bras de leur fille n'étaient que de l'eczéma, que la plaie au front de leur fils n'était rien d'autre qu'un bouton d'acné ?

Et alors que l'épidémie est désormais jugulée, nous recommençons à nous intéresser aux petits incidents de nos vies : allons-nous trouver du poulet plutôt que du tofu au magasin d'alimentation ? Nos enfants seront-ils acceptés dans cette université plutôt que dans telle autre ? Aurons-nous de la chance cette année à la loterie du logement et pourrons-nous déménager de la Zone Dix-Sept à la Huit, de la Huit à la Quatorze ?

Mais sous ces inquiétudes et ces soucis mineurs se dissimule quelque chose de plus profond : la vérité de qui nous sommes, l'essence même de notre être, cette chose qui fait surface quand tout le reste a brûlé. Nous avons appris à pactiser avec cette personne autant que possible, à ignorer celui ou celle que nous savons être. La plupart du temps, nous y parvenons. Il le faut : faire semblant est le prix à payer pour notre santé mentale. Mais en fait, nous savons tous qui nous sommes au fond. Si nous avons survécu, c'est parce que nous sommes plus mauvais que nous n'avions jamais pensé l'être et pas l'inverse. De fait, on a l'impression parfois que ceux qui ont résisté sont ceux qui se sont montrés les plus rusés, les plus tenaces, les plus intrigants afin d'assurer leur survie. Je sais que cette lecture relève de la fiction, mais dans les moments les plus fantasques, elle fait vraiment sens : nous sommes les laissés-pour-compte, le rebut, les rats qui se battent pour s'arracher les dernières ordures, ceux qui choisissent de rester sur terre, alors que les meilleurs et les plus intelligents sont partis pour un royaume dont nous sommes à peine capables de rêver : nous avons trop peur de pousser la porte ou même de glisser un coup d'œil par l'embrasure.

Charles.

Cher Peter, 15 septembre 2081

Merci comme toujours, pour les cadeaux d'anniversaire de Charlie, particulièrement bienvenus cette année. Le rationnement a été si sévère que je n'ai pas pu lui offrir de nouveaux vêtements depuis quatorze mois, et encore moins de robe neuve. Je te remercie aussi de m'autoriser à lui laisser croire qu'ils viennent de moi. J'ai eu envie, comme souvent, de lui parler de toi, de pouvoir lui dire que quelqu'un, loin de nous, se soucie d'elle aussi. Mais je sais que cela pourrait être dangereux.

Aujourd'hui, je suis allé parler à la proviseure de son lycée. L'an dernier, en première, j'ai commencé à soupçonner que la direction tenterait de la dissuader de s'inscrire à l'université, malgré le soutien de tous ses professeurs. D'ailleurs même sans cela, les notes de Charlie en maths et en physique garantiraient qu'elle soit acceptée au moins dans un IUT.

Depuis des années, j'essaie d'évaluer pour moi-même l'étendue du déficit de Charlie. Comme tu le sais, il reste très peu de recherches en cours sur les effets à long terme du Xychor sur les enfants à qui on en a administré en 2070, en partie parce que, manifestement, assez peu ont survécu, et en partie parce que les tuteurs et les parents des rescapés hésitent à soumettre leurs enfants à des examens et des tests supplémentaires. (Moi-même, je fais partie de ces égoïstes qui entravent une meilleure compréhension scientifique en ne permettant pas que mon enfant soit observée.) Mais les articles, rédigés ici ou dans divers instituts de la Vieille Europe, mieux dotés, n'ont pas été concluants, et je ne retrouve jamais Charlie dans les descriptions de cas que j'ai consultées. Je veux toutefois préciser clairement que je n'ai pas recherché d'explications parce que je ressentirais le besoin de mieux la comprendre pour l'aimer davantage. Une part de moi continue d'espérer, s'il existe d'autres enfants comme elle, qu'elle saura reconnaître un semblable un jour, quelqu'un dont elle se sentira proche. Elle n'a jamais eu d'ami. Je ne sais pas à quel point elle peut souffrir de la solitude, et même si elle est capable – au contraire de son pauvre père – d'identifier cette émotion. Mais mon souhait le plus cher est qu'un jour quelqu'un l'arrachera à cet isolement, de préférence avant qu'elle ait pu se le représenter comme tel.

Pour l'heure, il n'y a eu personne. Je ne sais toujours pas faire la différence entre ce qu'elle comprend et ce qu'elle ne comprend pas, si tu vois ce que je veux dire. Parfois, je crains de m'être bercé d'illusions, et de rechercher en elle une humanité qui a été entièrement balayée. Mais alors, elle fait une observation infiniment perceptive, si fine que je suis horrifié à l'idée qu'elle pourrait avoir senti que je doutais d'elle. Un jour, elle m'a demandé si je l'aimais davantage avant sa maladie, et j'ai eu l'impression d'avoir pris un coup dans le plexus ; j'ai dû l'attirer à moi et la serrer dans mes bras pour qu'elle ne voie pas ma réaction. « Non. Je t'ai toujours aimée autant depuis le jour de ta naissance. Je ne voudrais pas que mon petit chat soit différent en quoi que ce soit. » Ce que je ne pouvais pas avouer sans la troubler ou l'offenser, c'était qu'en fait, je l'aimais *davantage* qu'avant, que mon amour pour elle n'en était que plus violent, qu'il bouillonnait en moi comme une masse d'énergie sombre et informe.

Au lycée, la proviseure a dressé la liste de trois facultés de mathématiques et sciences dont elle pensait qu'elles pourraient convenir à Charlie : toutes à deux heures de la ville, de petite taille et bien protégées. Toutes garantissaient à leurs diplômés un emploi de rang C et plus. La plus chère de ces universités était réservée aux filles, et c'est celle que j'ai choisie pour Charlie.

La proviseure l'a noté. Ensuite, elle a marqué une pause. « La plupart des fonctionnaires d'État de rang A optent pour un dispositif de sécurité 24 heures sur 24 pour leurs enfants. Voulez-vous utiliser les services de l'université ou continuer avec le système que vous utilisez ?

— Je vais conserver le mien. » L'État, au moins, paierait pour ça.

Nous avons discuté de quelques autres détails, puis la proviseure s'est levée. « Charlie a sans doute fini son dernier cours. Voulez-vous que je l'envoie chercher pour que vous rentriez ensemble ? » J'ai volontiers accepté et elle est sortie du bureau pour le dire à sa secrétaire.

Pendant ce temps, j'ai quitté mon siège à mon tour et observé les photos de ses élèves accrochées au mur. Il reste quatre lycées privés pour jeunes filles dans toute la ville ; celui-ci est le plus petit, et il attire ce que l'école appelle les élèves « studieuses », même si le mot est un euphémisme, parce qu'elles sont loin d'être toutes particulièrement douées pour les études. Il laisse plutôt entendre la timidité fondamentale de ces adolescentes, leur « léger retard en matière de sociabilité », comme le lycée se plaît à le décrire.

La proviseure est revenue avec Charlie, nous avons pris congé et sommes sortis. « On va à la maison ? ai-je demandé une fois dans la voiture. Ou on se fait un petit plaisir ? »

Elle a réfléchi. « À la maison », a-t-elle répondu. Le lundi, le mercredi ou le vendredi, elle suit un cours supplémentaire d'aide à l'acquisition des compétences, où elle travaille avec un psychologue à améliorer la communication verbale et non verbale. Ces cours la fatiguent toujours, et elle a appuyé la tête contre le siège avant de fermer les yeux, d'abord parce qu'elle était réellement épuisée, et ensuite, je crois, parce qu'elle voulait éviter les questions qu'elle savait que j'allais poser et auxquelles elle aurait du mal à répondre : que s'est-il passé à l'école aujourd'hui ? Comment tu as trouvé le cours de musique ? Qu'avez-vous écouté ? Qu'as-tu ressenti ? Que crois-tu qu'essayait d'exprimer le compositeur ? Quel morceau as-tu préféré, et pourquoi ?

« Grand-Père, disait-elle invariablement avec irritation. Je n'arrive pas à te répondre.

— Mais si, tu y arrives, petit chat. Et tu te débrouilles très bien. »

De plus en plus, je me demande ce que sera sa vie d'adulte. Pendant les trois premières années après sa guérison, mon seul souci était de la garder en vie : je contrôlais ce qu'elle mangeait, son temps de sommeil, le blanc de ses yeux, le rose de sa langue. Puis, après le premier incident avec les garçons, je n'ai plus pensé qu'à la protéger, même si cette vigilance-là était plus compliquée, parce qu'elle devait s'appuyer autant sur ma surveillance que sur l'espoir qu'elle comprendrait à qui elle pouvait faire confiance ou pas. L'obéissance assurerait sa survie, mais je l'avais peut-être entraînée à se montrer trop docile.

Ensuite, après le deuxième incident, j'ai commencé à réfléchir à la façon dont elle poursuivrait sa vie – à comment la défendre contre ceux qui voudraient profiter d'elle, comment elle vivrait quand j'aurais disparu. J'avais toujours supposé qu'elle passerait le restant de ses jours avec moi, même si je n'ignorais pas que je pensais à tous *mes* jours, et non pas aux siens. J'ai aujourd'hui presque soixante-dix-sept ans, elle dix-sept, et même si je vis encore dix ans – si je ne meurs pas ou qu'on ne me fait pas disparaître, comme C. – je la laisserai tout de même avec des dizaines d'années à affronter seule.

Mais d'une certaine façon, peut-être la société à venir sera-t-elle plus facile pour elle à plusieurs égards. Il existe des agences matrimoniales (avec licence officielle) qui s'engagent à satisfaire toute demande de conjoint. Wesley pourvoira à un emploi, et le système de points lui garantira toujours de quoi se nourrir et un toit pour se loger. Je préférerais être encore là quand elle passera l'étape de la quarantaine, mais la vraie question est de rester en vie le temps de m'assurer qu'elle s'installe avec quelqu'un qui prendra soin d'elle et de lui trouver une place quelque part où je sais qu'elle sera bien traitée. Ces pensées me rendent la tâche moins ardue. J'avais depuis longtemps cessé de considérer que je rendais service à la science, à l'humanité, à ce pays ou à cette ville, mais savoir que j'agis pour son bien à elle, pour la protéger, rend mon existence supportable.

Ou du moins c'est ce dont je parviens à me persuader – certains jours plus que d'autres.

Affectueusement à toi et à Olivier. Charles.

Mon cher Peter, 1er décembre 2083

Joyeux anniversaire ! Soixante-quinze ans. Presque encore un bébé. J'aimerais avoir quelque chose à t'envoyer, mais à la place, c'est toi qui me fais parvenir des cadeaux, enfin, si l'on peut vraiment considérer comme un cadeau une photo de toi et Olivier en vacances. Je te remercie aussi pour le magnifique châle que je vais donner à Charlie quand elle rentrera à la maison pour les congés scolaires d'ici deux semaines. Le nouvel intermédiaire fait du beau travail, au fait – encore plus discret que le précédent, et aussi beaucoup plus rapide.

La maison est presque complètement transformée. Même si j'ai eu droit à deux discours lors des réunions du Comité pour louer ma générosité, ce n'est pas vraiment comme si j'avais eu le choix – quand l'armée réquisitionne la maison d'un particulier, elle ne demande pas, elle ordonne. En tout cas, j'ai eu la chance de pouvoir la conserver aussi longtemps, surtout en période de guerre. J'ai réclamé l'appartement de mon choix, et on me l'a accordé. Ils ont découpé la maison en huit unités d'habitation, et la nôtre est au deuxième, face au nord ; elle se compose de ce qui était autrefois la chambre de Charlie et sa salle de jeux, qui correspond aujourd'hui au salon. Je dors dans la chambre tant qu'elle n'est pas là, et ensuite, je m'installerai au salon. Comme l'acte de propriété était à son nom pour commencer, elle conservera l'appartement une fois mariée, et je déménagerai dans un autre logement de la zone, ce qui faisait aussi partie de l'arrangement initial.

En dépit du fait que je vis désormais dans ce qui est, techniquement, une caserne, il n'y a guère de beaux soldats pour parader dans les parages. Les autres appartements ont été attribués à la place à divers techniciens de maintenance, des hommes avec des allures de cafards qui détournent le regard quand je les croise dans l'escalier, et dont s'échappent parfois les sons aigus de messages radio déformés.

Dans ta dernière lettre, tu dis m'avoir trouvé optimiste. Je dirais plutôt « résigné ». Mon orgueil a été apaisé par le fait que j'étais parmi les trois derniers membres du Comité à voir sa maison réquisitionnée, et mon côté pragmatique a considéré qu'avec Charlie désormais partie pour l'université, je n'avais plus besoin d'un logement aussi spacieux. De plus, cette maison n'a jamais vraiment été à moi : elle appartenait à Aubrey et Norris, puis à Nathaniel. Mais de moi – un peu à la manière de la collection dont j'ai fait don pièce par pièce au Metropolitan, puis après la fermeture du musée, à diverses institutions caritatives –, on pouvait dire que j'avais seulement occupé les lieux, je ne les avais jamais possédés. Au fil des ans, cette demeure, autrefois tout un symbole à mes yeux – le lieu de tous mes ressentiments, la projection de toutes mes peurs – était finalement redevenue une simple maison : un abri, et non plus une métaphore.

Je m'inquiète de savoir comment Charlie va réagir. Elle n'ignore pas ce qui s'est passé ; je suis allé la voir sur son campus il y a quelques semaines, et quand je lui ai demandé si elle avait des questions, elle a secoué la tête. J'essaie de lui rendre les choses faciles, dans la mesure du possible. Par exemple, ces temps-ci il n'y a plus un très grand choix de couleurs de peinture, mais je lui ai dit qu'elle pouvait choisir celle qu'elle préférait, et que nous pourrions peut-être dessiner des motifs sur le mur de la chambre, même si nous ne sommes ni l'un ni l'autre très doués. « Tout ce que tu veux, lui ai-je proposé. C'est ton appartement. » Parfois elle acquiesce en murmurant : « Je sais », mais en d'autres occasions, elle secoue la tête : « Il n'est pas à moi, il est à nous. À toi et à moi, Grand-Père », et je comprends que, malgré tous ses efforts, elle ne cesse de penser à son avenir et qu'il l'inquiète. Alors je change de sujet et nous parlons d'autre chose.

C. avait toujours été persuadé que nous étions plus nombreux à travailler au sommet de l'État que nous nous en doutions, ce qui, disait-il, rendait la situation plus dangereuse, contrairement à ce qu'on pourrait croire, parce que ces gens tenteraient tout pour faire un exemple de ceux qui contreviendraient à la loi pour se protéger, poussés par la logique irrationnelle des vulnérables. Il avait avancé que la Loi Matrimoniale ne serait jamais passée sans les votes d'une majorité d'entre nous au Comité, et que la honte et la culpabilité intériorisées de ne pas pouvoir nous reproduire avaient conduit à un dangereux patriotisme compensatoire, du genre qui nous poussait à créer des lois qui au bout du compte nous mettaient en péril. « Mais, avait-il ajouté, même si les choses s'aggravent, il y aura toujours pour nous des échappatoires, pourvu qu'en public, nous suivions les règles édictées. » C'était peu de temps avant sa disparition. Un an plus tard, comme tu le sais, j'ai commencé à me rendre dans un de ces refuges dont il m'avait parlé et qui continuent d'exister, intacts, alors que tant d'autres choses ont été détruites, contrôlées ou réinventées. Maintenant que Charlie est à l'université, j'y vais assez fréquemment, et la maison ayant été transformée, je devine que ce sera de plus en plus souvent.

Ces changements m'ont aussi fait repenser à Aubrey et Norris. Ça ne m'était pas arrivé depuis des années, mais récemment, je me suis surpris à parler à haute voix à Aubrey en particulier. Au fond, cette maison reste la sienne, malgré tout le temps où j'y ai vécu – presque aussi longtemps qu'Aubrey lui-même. Durant nos conversations, je sens qu'il est en colère, même s'il s'efforce de le cacher. Jusqu'à finalement ne plus y parvenir : « Mais qu'est-ce que vous avez foutu, Charles ? » sur un ton qu'il n'aurait jamais employé dans la vie. « Qu'avez-vous fait à ma maison ? » Et même si je me dis que je n'ai jamais accordé d'importance à son opinion, je ne trouve rien à rétorquer.

« Qu'avez-vous fait, Charles ? », me demande-t-il inlassablement. « Qu'avez-vous fait ? » Mais chaque fois que j'ouvre la bouche pour répondre, aucun son n'en sort.

Affectueuses pensées à toi et à O. Charles.

Cher Peter, 12 juillet 2084

La nuit dernière, j'ai rêvé d'Hawaii. La veille, je m'étais rendu dans ma maison favorite de mauvaise réputation et j'étais resté dormir avec A., quand les sirènes ont retenti.

« Mon Dieu, mon Dieu ! s'est écrié A. en cherchant à tâtons ses vêtements et ses chaussures. C'est une descente de police ! »

Des hommes ont jailli sur le seuil des chambres, boutonnant leur chemise et attachant leur ceinture, le regard vide ou effrayé. Il était plus sûr de garder le silence durant ces opérations, et pourtant, un jeune homme qui occupe un poste quelconque au ministère de la Justice ne cessait de répéter : « Nous ne faisons rien d'illégal ! Nous ne faisons rien d'illégal ! », jusqu'à ce qu'un autre lui intime de se taire parce que nous le savions tous déjà.

Nous sommes restés là à attendre, environ trente d'entre nous répartis sur les quatre étages. Celui qu'ils recherchaient n'était pas accusé d'homosexualité – il pouvait être poursuivi pour contrebande, faux et usage de faux, ou vol – et bien qu'on ne puisse pas nous inculper en raison de ce que nous sommes, on pouvait néanmoins nous humilier pour ça. Sinon, pourquoi auraient-ils choisi d'arrêter ce prévenu alors qu'ils savaient qu'il était là, au lieu de l'arrêter tranquillement à son domicile ? C'était par goût du spectacle que nous allions donner en sortant en file indienne de la maison, pour le plaisir avilissant de nous faire lever les mains sur la tête comme des criminels et agenouiller sur le trottoir, pour la satisfaction sadique de nous forcer à répéter nos noms – *Plus fort, s'il vous plaît, je n'ai pas entendu !* et de les répéter en beuglant au collègue qui les entrait dans la banque de données : *Charles Griffith, 13, Washington Square North. Dit qu'il est chercheur à R.U.*

Âge : quatre-vingts ans en octobre. (Puis un sourire narquois *: Vous faites encore des choses pareilles à quatre-vingts ans ?* Comme s'il était absurde, obscène, que quelqu'un ait encore envie d'être touché, alors qu'en fait, c'est la sensation qui en vient à vous manquer le plus.) Ont suivi les longues heures assis par terre, tête baissée comme si nous avions honte, le suspect emmené depuis longtemps, en attendant que le show se termine, que l'un d'eux se lasse et nous libère, sous les rires de ses compagnons d'armes remontant dans leurs véhicules. Ils ne nous molestaient jamais physiquement, ne nous injuriaient pas – ils n'osaient pas, nous étions trop à avoir trop de pouvoir – mais clairement, ils nous méprisaient, et quand nous nous sommes enfin relevés pour rentrer dans la maison, on a vu la rue s'assombrir à nouveau, les voisins qui n'avaient rien perdu du spectacle et jamais dit un mot retourner se coucher une fois le rideau retombé. « Je préférerais vraiment qu'ils nous déclarent hors la loi », avait grommelé un jeune homme après la dernière descente, et un certain nombre de gens avaient vociféré, lui demandant comment il pouvait être aussi ignorant et stupide, mais moi, je comprenais ce qu'il essayait d'exprimer : officiellement déclarée hors la loi, notre position serait claire. En l'état, nous n'étions rien, on connaissait notre existence, on nous tolérait mais on ne nous reconnaissait pas. Nous vivions dans une incertitude constante, attendant le jour où nous serions considérés comme des ennemis, redoutant le soir où, en l'espace d'une heure, après la signature d'un unique décret, ce que nous faisions passerait de regrettable à délictueux. Le mot même pour nous désigner avait à un moment ou un autre disparu du langage vernaculaire – de notre côté, nous parlions de « gens comme nous » : « Tu connais Charles ? Il est des nôtres. » Même dans nos rangs, on avait recours à l'euphémisme, nous étions incapables de dire ce que nous étions.

Ils n'investissaient presque jamais l'intérieur des locaux – ainsi que je l'ai rappelé, nous étions plusieurs à avoir trop de pouvoir, et c'était comme s'ils savaient que la quantité d'objets de contrebande qu'ils trouveraient allait irrémédiablement leur donner un travail fou pendant toute la semaine suivante – mais il y avait dans chaque chambre une trappe par laquelle on pouvait faire passer ses affaires, et dès que nous étions rentrés, nous nous précipitions au sous-sol pour récupérer dans le coffre livres, portefeuilles, téléphones et tout ce que nous avions jeté, et ensuite nous repartions, la plupart du temps sans même dire au revoir à notre compagnon, et la fois suivante, nous n'en reparlions pas, comme si rien ne s'était passé.

Deux nuits plus tôt, nous attendions depuis trois minutes que retentissent les coups sur la porte et que le porte-voix appelle un de nos noms, quand nous avons compris que les sirènes ne mugissaient pas pour nous. Une fois de plus, nous avons échangé en silence des regards furtifs – les occupants du rez-de chaussée et du premier étage levant les yeux vers ceux du deuxième et du troisième, tous se demandant ce qu'il se passait – quand finalement, un jeune homme au rez-de-chaussée a précautionneusement déverrouillé la porte d'entrée, et après une courte pause, l'a théâtralement ouverte à la volée pour se camper sur le seuil.

Il s'est mis à crier, et nous sommes descendus en courant pour découvrir que Bank Street s'était transformée en rivière et que l'eau se ruait vers l'est. « L'Hudson a débordé », ai-je entendu quelqu'un dire, d'une voix neutre, comme frappée de stupeur, et juste après, une autre personne s'exclamer : « Le coffre ! » Et tout le monde s'est rué vers le sous-sol qui commençait à se remplir d'eau. Une chaîne s'est formée pour remonter vers le grenier les livres et les objets personnels que nous avions entreposés, et ensuite, nous avons regardé le niveau d'eau monter par les fenêtres du rez-de-chaussée. A. possédait un dispositif de communication, d'une sorte que je n'avais jamais vue, différent du mien, par exemple –, il a parlé dans le micro, quelques mots succincts, et dix minutes plus tard, une flottille de canots pneumatiques apparaissait.

« Sortez », a ordonné A., que je n'avais jusque-là connu que passif et légèrement geignard, mais qui soudain s'était transformé en une personne décidée et sévère : son personnage public, ai-je supposé. « Tout le monde se met en file pour monter dans les bateaux. » L'eau avait commencé à lécher les marches du perron.

« Et la maison ? », a demandé quelqu'un, et nous avons tous compris qu'il parlait des livres cachés au grenier.

« Je vais m'en occuper », a annoncé un homme assez jeune que je n'avais jamais rencontré mais dont je savais qu'il était le propriétaire, le gérant ou le gardien – je n'ai jamais su son rôle exact, mais il était responsable des lieux. « Allez-y. »

Et nous avons obtempéré. Cette fois, peut-être à cause de qui était A., ou parce que nous étions tous égaux devant cette catastrophe, aucune plaisanterie, aucune raillerie n'a jailli de la bouche des soldats : ils ont tendu les mains et nous les avons saisies, on nous a fait descendre dans les canots, et les échanges verbaux sont restés si pragmatiques, si solidaires – nous avions besoin d'être sauvés et ils étaient là pour ça – qu'on aurait presque cru que le dégoût ordinairement affiché était feint, et qu'ils avaient pour nous le même respect que pour tous. Derrière nous, une autre flottille approchait, et des annonces résonnaient dans un portevoix : « Résidents de la Zone Huit ! Évacuez vos unités d'habitation ! Avancez sur vos perrons et attendez les secours. »

Déjà, la crue était si forte que le bateau tanguait sur l'eau comme soulevé par une vague, et le petit moteur était étouffé par les feuilles et les brindilles. Un pâté de maisons plus loin, dans Greenwich Street, nous avons été rejoints par d'autres embarcations motorisées qui allaient vers l'est depuis Jane Street et la 12e Rue Ouest, et nous avons lentement progressé de conserve vers Hudson Street, où des unités de soldats entassaient des sacs de sable pour essayer de contenir le flot.

Il y avait là des véhicules d'urgence et des ambulances, mais je suis descendu du canot et j'ai marché vers l'est sans me retourner : il valait mieux ne pas être mêlé à cette affaire si ça ne s'imposait pas, je ne voyais aucune gloire à en tirer, aucune utilité. Je n'avais pas été trop trempé, mais mes chaussettes couinaient dans mes chaussures, et je me réjouissais de ne pas avoir enfilé ma combinaison réfrigérante malgré la chaleur. À l'angle de la 10e Rue Ouest et de la 6e Avenue, un peloton de soldats m'a dépassé au pas de charge ; par groupes de quatre, ils portaient des radeaux pneumatiques. Ils paraissaient fatigués, me suis-je dit, et c'était bien normal. Deux mois plus tôt, les incendies ; le mois dernier, les pluies ; ce mois-ci, les inondations.

Quand je suis finalement rentré chez moi, tout était silencieux, mais j'ignorais si c'était à cause de l'heure tardive ou si certains résidents avaient été appelés pour participer à l'effort collectif.

Le lendemain, jeudi – c'est-à-dire hier – je suis allé travailler et je n'ai pas fait grand-chose d'autre qu'écouter à la radio des reportages sur la crue, qui avait envahi une partie significative de la Zone Huit et la totalité des Zones Sept et Vingt et Un, depuis la voie rapide jusqu'à, en certains points, Hudson Street. La maison de Bank Street avait certainement été dévastée ; je serais tenu au courant dans tous les cas. Deux personnes avaient trouvé la mort : une vieille dame était tombée de son perron sur la 11e Rue Ouest pour atteindre le canot et s'était brisé la nuque ; dans Perry Street, un homme avait refusé de quitter son appartement en sous-sol et s'était noyé. Deux rues avaient été mystérieusement épargnées, purement par hasard : dans Bethune Street et Washington Street tôt lundi matin l'armée avait coupé trois énormes arbres malades qui avaient entravé la montée des eaux. Et pour ce qui était de Gansevoort Street, les soldats avaient commencé à creuser une tranchée dans Greenwich Street pour détourner une canalisation d'évacuation en mauvais état, et là encore, les dégâts avaient été atténués. Alors qu'il y a quelque temps encore, j'aurais été scandalisé par cette inondation – rendue inévitable par des années d'inaction et d'arrogance du gouvernement –, j'ai eu du mal cette fois-ci à éprouver une émotion quelconque. De fait, je ne ressentais qu'une sorte de lassitude, qui ressemblait davantage à une absence de réaction qu'à autre chose. J'écoutais la radio en bâillant sans relâche, les yeux fixés sur l'East River, dont David disait toujours qu'elle ressemblait à du lait chocolaté, et je regardais une petite embarcation remonter péniblement vers le nord : peut-être en route vers Davids Island, peut-être pas.

Mais si je ne réussissais pas à éprouver quoi que ce soit concernant cette inondation, d'autres y parvenaient sans effort : les protestataires se rassemblaient tous les jours sur la Place et on les dispersait le soir venu. Je m'étais attendu à les trouver plus nombreux lorsque je regagnai mon appartement – ils avaient découvert depuis longtemps qui parmi nous faisait partie du Comité, et ils arrivaient à deviner à coup sûr à quelle heure nous rentrions le soir. Peu importait le nombre de fois où nous changions de chauffeur, ou essayions de modifier nos horaires, dès que la voiture approchait de la maison, ils étaient là avec leurs pancartes et leurs slogans. Ils ont le droit de le faire, on ne les laisse pas se rassembler devant les bâtiments officiels, mais devant nos résidences, ils le peuvent, ce qui me semble-t-il est plus justifié – ce sont les architectes qu'ils détestent, plus encore que ce que nous avons construit.

Hier soir cependant, il n'y avait pas âme qui vive, rien que la Place avec ses vendeurs et ses acheteurs autour des étals. Cela signifiait que les inondations avaient fourni à l'État un bon prétexte pour organiser une rafle de ses opposants, et pendant un moment, je me suis attardé dans la rue malgré la chaleur, pour regarder des gens ordinaires se livrer à des activités ordinaires, avant de rentrer dans l'immeuble et de monter chez moi.

Cette nuit-là, j'ai rêvé du temps où j'étais adolescent dans la ferme de mes grands-parents à Lā'ie. C'était l'année du premier tsunami, et même si nous nous trouvions (juste) assez à l'intérieur des terres pour ne pas être directement atteints, ils avaient toujours dit qu'ils auraient aimé l'être, parce que alors, nous aurions pu toucher l'argent de l'assurance et tout recommencer à zéro, ou pas. En l'état, l'exploitation était trop intacte pour être abandonnée, mais trop endommagée pour redevenir productive. La colline qui ombrageait le jardin de plantes aromatiques de ma grand-mère avait été emportée, et les canaux d'irrigation s'étaient emplis d'eau de mer – on la pompait inlassablement, mais elle revenait toujours, et cela avait duré plusieurs mois. Le sel s'était fixé sur toutes les surfaces : les arbres, les animaux, les végétaux, les murs des maisons, tout était souillé de traînées blanches. Il rendait l'air poisseux, et quand les arbres donnèrent leurs fruits cette année-là, mangues, litchis et papayes avaient un goût de sel.

Mes grands-parents n'avaient jamais été des gens heureux : ils avaient acheté cette ferme en un rare élan romantique, mais ces choses-là ne durent pas. Pourtant, ils continuèrent à y trimer bien après que le plaisir eut disparu, en partie parce qu'ils étaient trop fiers pour reconnaître leur échec, et en partie parce qu'ils avaient une imagination limitée et qu'ils ne voyaient pas ce qu'ils auraient pu faire d'autre. Ils avaient voulu connaître l'existence dont avaient rêvé leurs propres grands-parents, avant la Restauration, mais faire quoi que ce soit parce que vos ancêtres l'ont souhaité – réaliser en somme l'ambition de quelqu'un d'autre – n'est pas une très bonne motivation. Ils avaient reproché à ma mère de ne pas être suffisamment hawaïenne, et quand elle s'était enfuie, il leur avait fallu m'élever. Ils m'avaient affirmé que moi non plus, je ne le serais jamais vraiment, et pourtant quand j'étais parti à mon tour – pourquoi serais-je resté puisqu'on me disait que je ne serais jamais chez moi sur cette terre ? – ils m'en avaient voulu tout autant.

Mais mon rêve parlait moins d'eux que d'une histoire que m'avait racontée ma grand-mère quand j'étais petit, celle d'un lézard affamé. Toute la journée, le lézard arpentait la Terre pour trouver de quoi se nourrir. Il dévorait les fruits et les herbes, les insectes et les poissons. Quand la lune se levait, l'animal se couchait, et il rêvait de manger encore. Puis la lune allait dormir, le lézard se réveillait et recommençait à manger. Pour son malheur, il n'était jamais rassasié, même s'il ne savait pas que c'était une malédiction : il n'était pas suffisamment intelligent.

Un jour, au bout de plusieurs milliers d'années, le lézard se réveilla, comme d'habitude, et se mit en quête de nourriture, comme d'habitude. Mais quelque chose clochait. Le lézard comprit pourquoi : il ne restait plus rien à manger pour lui. Il n'y avait plus de plantes, plus d'oiseaux, plus d'herbes, plus de fleurs ni de mouches. Il avait tout dévoré : les pierres, les montagnes, le sable et le sol. (À ce moment-là, ma grand-mère fredonnait un vers tiré d'une vieille chanson de lutte hawaïenne : *Ua lawa mākou i ka pōhaku/ i ka ʻai kamahaʻo o ka ʻāina.*) Il ne restait plus qu'une fine couche de cendres, et au-dessous – le lézard le savait –, le noyau de la Terre, une boule de feu, et malgré son féroce appétit, ça, il ne pouvait pas le manger.

Alors le lézard fit la seule chose qu'il lui restait à faire. Il s'allongea au soleil et attendit, il sommeilla et économisa ses forces. Et cette nuit-là, alors que la lune se levait, il se dressa sur sa queue et avala la lune.

L'espace d'un instant, il se sentit très bien. Il n'avait pas bu de la journée, et la lune était fraîche et lisse dans son estomac, comme s'il avait absorbé un œuf énorme. Mais tandis qu'il profitait de cette sensation, quelque chose se produisit : la lune continua à monter, elle essayait de lui échapper pour poursuivre sa course dans le ciel.

Cela ne peut pas se passer comme ça, songea le lézard, et il se hâta de creuser un trou, étroit mais profond, enfin, aussi profond qu'il put avant d'atteindre le feu au centre de la Terre, et il y enfouit sa tête entière. Voilà qui empêchera la lune de s'enfuir, se dit-il.

Mais il se trompait. Car, tout comme c'était la nature du lézard de manger, c'était celle de la lune de s'élever, et aussi fort qu'il serrât ses mâchoires, la lune continua de monter. Or, le trou qu'avait creusé le lézard dans la Terre était si étroit que la lune ne réussit pas à s'échapper de sa gueule.

Donc le lézard explosa, et la lune jaillit des entrailles de la Terre et elle reprit sa course.

Pendant plusieurs milliers d'années après cela, rien ne se passa. Enfin, je dis « rien » mais en fait, durant ce temps, tout ce que le lézard avait mangé réapparut sur la Terre. Les pierres et le sol. Les herbes, les fleurs, les plantes et les arbres ; les oiseaux, les insectes, les poissons et les lacs. Du haut du ciel, la lune surveillait cette renaissance, elle se levait et se couchait toutes les nuits.

C'était la fin de l'histoire. J'avais toujours supposé que c'était une légende hawaïenne, mais en fait non, et quand je demandais à ma grand-mère qui la lui avait racontée, elle répondait invariablement : « Ma grand-mère. » À l'université, alors que je suivais un cours d'ethnographie, je lui ai demandé de la copier pour moi. Elle m'a ri au nez : « Pour quoi faire ? Tu la connais déjà. » Oui, mais il était important pour moi de l'entendre exactement comme elle la racontait, pas comment je m'en souvenais. Elle ne l'a jamais fait, et j'étais trop fier pour l'implorer à nouveau. Puis, le cours a pris fin.

Ensuite, des années plus tard – on ne communiquait plus que rarement à ce moment-là, séparés par un manque d'intérêt et une déception réciproques –, elle m'a envoyé un mail avec l'histoire. C'était durant mon année de césure à l'étranger, et je me rappelle l'avoir reçu alors que j'étais dans un café à Kamakura, au Japon, avec des amis ; mais ne l'avoir lu que dans l'île de Jeju, en Corée, la semaine suivante. Elle était là sous mes yeux, cette vieille histoire familière et incompréhensible, exactement comme je m'en souvenais. Le lézard mourait, comme toujours ; la Terre renaissait, comme toujours ; et la lune brillait dans le ciel, comme elle ne cesserait jamais de le faire. Mais cette fois, il existait une différence : quand tout renaissait, écrivait ma grand-mère, le lézard revenait, mais cette fois, ce n'était plus un lézard mais *he mea helekū,* une créature qui marche debout. Et cette créature se comportait exactement comme son ancêtre, mort depuis si longtemps : elle mangeait, mangeait et mangeait encore, jusqu'au jour où, regardant alentour, elle s'aperçut qu'il n'y avait plus rien, et dut dévorer la lune.

Tu devines bien sûr ce que je pense. Pendant très longtemps, j'ai supposé qu'un virus serait responsable de notre annihilation totale, que les humains seraient détruits par quelque chose d'à la fois plus grand et plus petit qu'eux. Aujourd'hui, je comprends que ce n'est pas le cas. Nous sommes les lézards, mais nous sommes aussi la lune. Certains d'entre nous mourront, mais d'autres parmi nous continueront à faire ce que nous avons toujours fait, suivant le même chemin d'inconscience, agissant comme notre nature nous y pousse, silencieux, impénétrables, et rien ne saura nous arrêter.

Avec affection, Charles.

Cher P., 2 avril 2085

Merci de ton mot et pour les renseignements. Espérons que c'est vrai. J'ai tout préparé au cas où. Rien que d'y penser me fait bondir dans tous les sens, et je ne vais donc pas en discuter maintenant. Je sais que tu m'as demandé de ne pas te remercier, mais je le fais tout de même. J'ai vraiment besoin que ça marche, plus que jamais, et je vais t'expliquer pourquoi.

Charlie va bien ces temps-ci, enfin aussi bien qu'on peut le souhaiter. Je lui ai expliqué ce qu'était la Loi contre les Ennemis de l'État, et même si je sais qu'elle comprend, je ne suis pas sûr qu'elle en mesure tous les effets sur sa propre vie. Elle voit seulement que c'est la raison pour laquelle elle a été exclue de l'université, trois mois avant d'être diplômée, et que nous avons dû nous rendre au bureau de l'état civil de la zone pour faire tamponner ses documents d'identité. Or, elle ne semble ni particulièrement troublée, ni atteinte ni déprimée, ce qui me rassure. « Je suis navré, petit chat, je suis navré », lui ai-je répété plusieurs fois, mais elle a secoué la tête. « Ce n'est pas ta faute, Grand-Père », et j'ai eu envie de pleurer. On la punit pour des parents qu'elle n'a jamais connus – ce châtiment ne suffit-il pas ? Que doit-elle endurer de plus ? Cette mesure est également grotesque : elle n'arrêtera pas les insurgés. Rien ne les arrêtera. En attendant, Charlie et ses semblables sont mis hors la loi : les enfants, les frères et les sœurs des ennemis de l'État, dont la plupart sont morts depuis longtemps ou ont disparu. Au cours de la dernière réunion du Comité, on nous a annoncé que si l'opposition n'était pas écrasée, ou au moins contrôlée, « des restrictions plus sévères » devraient être adoptées. Personne n'a précisé lesquelles.

Comme tu t'en rends sans doute compte, je suis dans un état plus triste que toi. Je songe sans arrêt à son avenir qui m'a souvent – tu le sais parfaitement – rempli d'angoisse. Elle réussissait bien à la fac – elle s'y plaisait même. J'avais rêvé qu'elle décrocherait son master, peut-être même son doctorat, et qu'elle trouverait un emploi dans un petit laboratoire quelque part : rien d'extraordinaire, de brillant ou de prestigieux. Elle aurait pu entrer dans l'institut de recherche d'une petite municipalité, et avoir une bonne vie paisible.

Mais désormais, on lui interdit de passer son diplôme. Je suis aussitôt allé voir une de mes connaissances au ministère de l'Intérieur, que j'ai suppliée de faire une exception. « Je t'en prie,

Mark. » Il avait rencontré Charlie une fois, des années auparavant. Quand elle était sortie de l'hôpital, il lui avait offert un lapin en peluche. Son propre fils était mort. « Cela suffit, non ? Donne-lui une seconde chance. »

Il a soupiré. « Si l'atmosphère était différente, Charles, je le ferais, je t'assure. Mais j'ai les mains liées – même pour toi. » Puis, il m'a expliqué que Charlie avait « eu de la chance », qu'il avait déjà « tiré quelques ficelles » pour elle. Ce qu'il voulait dire, je n'en sais rien, et soudain, je n'ai surtout pas voulu le savoir. Mais ce qui est clair, c'est qu'on me met sur la touche. Je le sens depuis un certain temps, mais c'en a été la preuve. Ça ne va pas se produire tout de suite, mais c'est inéluctable. J'ai déjà vu des cas semblables. On ne perd pas son influence d'un seul coup – elle diminue par à-coups, au fil des mois et des années. Avec un peu de malchance, on devient un bouc émissaire, et bien que cela puisse apparaître comme une vantardise perverse, je sais qu'avec tout ce que j'ai mis en place, ce que j'ai planifié, ce que j'ai dirigé, je suis un bon candidat pour un désaveu public.

Donc, je dois agir vite, au cas où. Tout d'abord, il faut que je déniche pour Charlie un emploi sûr dans un institut d'État. Ce ne sera pas facile, mais elle serait à l'abri, et pour sa vie entière. Je vais essayer Wesley, qui n'osera rien me refuser, même maintenant. Et puis, aussi absurde que cela puisse paraître, il faut que je lui trouve un mari. Je ne sais pas de combien de temps je dispose, je veux m'assurer de l'avoir mise dans une bonne situation, et sinon, de pouvoir encore l'améliorer pour elle. Cela au moins, je peux le réussir.

J'attends de tes nouvelles.

Affectueusement à toi et à Olivier, C.

Mon cher Peter, 15 janvier 2086

Hier nous avons connu un petit répit dans cette vague de chaleur, qui devrait maintenant remonter vers le nord. Les derniers jours ont été un vrai supplice : plus de morts encore, et il m'a fallu utiliser plusieurs de mes coupons pour remplacer mon climatiseur. Je les avais économisés pour offrir à Charlie une jolie tenue à porter pour nos rendez-vous. Tu sais que je n'aime pas beaucoup devoir te demander de cadeau, mais pourrais-tu m'envoyer quelque chose pour elle ? Une robe, ou bien une jupe et un chemisier ? À cause de la sécheresse, la ville reçoit très peu de tissus, et quand il en arrive, les prix sont prohibitifs. Je joins une photo d'elle et ses mesures. Normalement bien sûr, j'aurais l'argent nécessaire, mais j'essaie d'en mettre autant que possible de côté pour le lui donner quand elle se mariera, surtout parce que mon salaire m'est toujours versé en or.

Certaines dépenses, cependant, ne peuvent pas être évitées. C'est A. qui m'a présenté à ce nouveau conseiller matrimonial, le même auquel il avait eu recours pour son propre mariage avec une veuve lesbienne. Si j'avais besoin d'une preuve du déclin de ma réputation, il suffit de voir le temps qu'a mis ce type à me donner un rendez-vous, alors qu'il est connu pour offrir ses services à tous les fonctionnaires de haut rang d'un ministère d'État. Là, il m'a fallu faire appel à A., que je ne vois plus que rarement, pour en obtenir un.

Il m'a déplu d'entrée de jeu. Grand, maigre et incapable de vous regarder dans les yeux, il m'a clairement laissé entendre par tous les moyens qu'il me faisait une faveur en me recevant.

« Où habitez-vous ? a-t-il demandé, alors que je savais qu'il possédait toutes les informations nécessaires sur ma vie.

— En Zone Huit, ai-je répondu pour jouer le jeu.

— Normalement, je ne reçois que les clients de la Zone Quatorze », a-t-il cru bon de préciser, alors qu'il me l'avait déjà fait savoir par lettre avant notre rencontre.

« Oui, et je vous en suis reconnaissant », ai-je répondu d'un ton aussi neutre que possible. Un silence s'est ensuivi. Je ne disais rien. Il ne disait rien. Finalement, il a poussé un soupir – que pouvait-il faire de plus, en réalité ? – et il a sorti un bloc pour commencer notre entretien. Il régnait une chaleur étouffante dans son bureau, malgré la climatisation. Je lui ai demandé un verre d'eau, et on aurait dit que je l'avais agressé, comme si j'avais réclamé une chose impossible, comme du cognac ou du scotch ; puis il a appelé sa secrétaire pour qu'elle me l'apporte.

Ensuite, la véritable humiliation a débuté. Âge ? Emploi ? Quel grade ? Où habitais-je exactement en Zone Huit ? Actifs ? Origines ethniques ? Où étais-je né ? Quand avais-je été naturalisé ? Depuis combien de temps étais-je employé à Rockefeller University ? Étais-je marié ? L'avais-je été ? Avec qui ? Quand était-il mort ? Comment ? Combien avions-nous eu d'enfants ? Était-il mon fils biologique ? Quelles étaient les origines ethniques de son père ? De sa mère ? Était-il vivant ? Quand était-il mort ? Comment ? J'étais là pour le compte de ma petite-fille, n'est-ce pas ? Qui était sa mère ? Mais où se trouvait-elle ? Était-elle encore en vie ? Ma petite-fille était-elle l'enfant biologique de mon fils ? Elle ou son père avaient-ils eu des problèmes de santé ou des maladies graves ? À chaque réponse, je sentais l'air changer, changer et changer encore autour de moi, devenir sombre, plus sombre et plus sombre encore, les années se heurtant et s'écrasant les unes contre les autres.

Ensuite, sont venues les questions concernant Charlie, alors qu'il avait déjà vu ses papiers, la mention écarlate « Ennemi de l'État » estampillée sur sa photographie : Quel âge avait-elle ? Quelles études avait-elle suivies ? Taille et poids ? À quoi s'intéressait-elle ? Quand était-elle devenue stérile et comment ? Combien de temps avait-elle été sous Xychor ? Et finalement, à quoi ressemblait-elle ?

Cela faisait longtemps que je n'avais pas eu à décrire si précisément ce qu'était Charlie et ce qu'elle n'était pas, ce qu'elle pouvait et ne pouvait pas faire, ce en quoi elle excellait et ce qui lui coûtait : je pense que la dernière fois, c'était quand j'avais essayé de l'inscrire au lycée. Mais après lui avoir fourni les renseignements essentiels, je me suis surpris à continuer d'accumuler les détails : Charlie était attentionnée avec Petit Chat ; par exemple, alors qu'il allait mourir, elle le suivait de pièce en pièce jusqu'à ce qu'elle comprenne qu'il voulait rester tranquille ; comment, quand elle dormait, des plis se formaient sur son front, ce qui lui donnait un air non pas fâché mais curieux et pensif ; elle était incapable de se serrer contre moi ou de m'embrasser, elle devinait toujours les moments où j'étais inquiet ou triste, et m'apportait alors un verre d'eau, ou quand nous en avions encore, une tasse de thé ; enfant, de retour de l'hôpital, il lui arrivait de se blottir contre moi après ses crises et de me laisser lui caresser la tête, ses rares cheveux aussi fins et légers que du duvet ; que tout ce qu'il restait de la petite fille qu'elle était avant sa maladie, c'était son parfum, une odeur chaude et animale, pareille à celle d'une fourrure qu'on a lavée et laissé sécher au soleil ; elle témoignait de ressources qu'on ne lui aurait jamais soupçonnées – elle s'avouait rarement vaincue, elle essayait toujours à nouveau. Au bout d'un moment, une part de moi s'est rendu compte que l'homme avait cessé de prendre des notes, que seule ma voix résonnait dans la pièce, et pourtant j'ai continué à discourir, même si chaque phrase semblait m'arracher le cœur avant de le remettre en place, encore et encore – cette douleur terrible et effrayante, cette joie et cette peine mêlées et débordantes que je ressentais chaque fois que j'évoquais Charlie.

Finalement, je me suis tu, et dans un silence maintenant si absolu qu'il paraissait vibrer, il m'a demandé : « Et que recherche-t-elle dans un mari ? » Là encore, l'angoisse est montée, parce que le seul fait que je sois présent à ce rendez-vous, moi et pas elle, était tout ce que ce marieur avait besoin de savoir. Tout ce que je pouvais dire de Charlie, tout ce qu'elle était par ailleurs, allait être éclipsé par son absence.

Mais j'ai répondu. Quelqu'un de gentil. Un homme protecteur, intègre, patient. Quelqu'un d'avisé. Il n'avait pas besoin d'être riche, instruit, brillant ou beau. Il fallait seulement qu'il me promette de veiller sur elle pour toujours.

« Qu'avez-vous à lui offrir en retour ? », a demandé le conseiller matrimonial. Il pensait à la dot. On m'avait prévenu qu'étant donné « l'état » de Charlie, on m'en réclamerait sans doute une.

Je lui ai annoncé mon offre avec autant d'assurance que possible, et son stylo est resté un instant suspendu au-dessus de la feuille, puis il l'a consignée.

« Il va falloir que je la rencontre, a-t-il dit pour finir. Ensuite je saurai dans quelle direction entamer mes recherches. »

Et donc hier, j'y suis retourné avec Charlie. Je m'étais demandé s'il fallait que je la fasse répéter, mais j'avais finalement décidé que non, parce que ce serait inutile et angoissant pour elle. En conséquence, j'étais beaucoup plus nerveux qu'elle.

Elle s'est bien débrouillée, elle a fait de son mieux. Je vis avec elle et je l'aime depuis si longtemps que je suis parfois décontenancé quand je vois d'autres gens la rencontrer, quand cela me rappelle qu'ils ne la voient pas avec mes yeux. Je le sais, bien sûr, mais je m'accorde le luxe de l'incompréhension. Ensuite, je scrute leurs visages, et tout recommence : mon cœur est arraché à ses veines et ses artères, puis aspiré à nouveau pour reprendre sa place dans ma poitrine.

Le marieur a dit à Charlie que lui et moi devions nous entretenir et qu'elle pouvait attendre dans le hall. Je lui ai adressé un sourire et un petit signe de tête avant de suivre l'homme, presque en traînant les pieds, comme si j'étais de retour au lycée et qu'on m'avait convoqué dans le bureau du proviseur pour mauvaise conduite. J'avais espéré m'évanouir, trébucher et tomber, quelque chose qui renverse la vapeur, qui m'attire un peu de compassion, un témoignage d'humanité. Mais mon corps, comme toujours, a fait son devoir, et je me suis retrouvé assis face à ce type qui pouvait ou non assurer l'avenir de mon enfant.

Nous sommes restés un moment silencieux, en chiens de faïence, jusqu'à ce que je prenne la parole : j'en avais assez de cette mise en scène, de la façon dont il flairait notre vulnérabilité et en jouissait manifestement. Je n'avais aucune envie d'entendre ce que je savais qu'il allait dire, parce que dès lors, l'instant serait terminé et appartiendrait au passé. « Vous avez quelqu'un en tête ? »

Nouveau silence. « Dr Griffith, je suis désolé, mais je ne suis sans doute pas le conseiller matrimonial qu'il vous faut. »

Nouveau coup au cœur. « Pourquoi ça ? », ai-je demandé, malgré moi, parce que je n'étais pas prêt à entendre la réponse. *Allez, dis-le. Dis-le, si tu l'oses.*

« Sauf votre respect, Docteur, a-t-il repris sans le moindre respect dans la voix, sauf votre respect, je crois qu'il faut vous montrer réaliste.

— Ce qui signifie ?

— Docteur, pardonnez-moi. Mais votre petite-fille est…

— Est quoi ? », l'ai-je interrompu, et le silence est retombé.

Longue pause. Je voyais qu'il mesurait combien j'étais en colère, qu'il se rendait compte que je cherchais une raison d'engager le combat, qu'il se préparait à se montrer prudent.

« … spéciale.

— Je vous l'accorde. Elle est spéciale, très spéciale même, et elle aura besoin d'un mari qui le comprenne pleinement. »

J'avais dû paraître aussi furieux que je l'étais, parce que sa voix, jusque-là dépourvue de sympathie, a un peu changé. « Je veux vous montrer quelque chose », a-t-il dit en saisissant une mince enveloppe au bas d'une pile posée sur son bureau. « Voici les candidats que j'ai trouvés pour votre petite-fille. »

Je l'ai ouverte. Il s'y trouvait trois fiches, du genre de celles que l'on fournit à un marieur. Du papier Bristol, d'un peu moins de cinquante centimètres carrés, avec la photo de l'intéressé d'un côté et les renseignements de l'autre.

Je les ai observés. Tous étaient stériles, bien sûr, le « S » rouge estampillé sur leurs fronts. Le premier était un quinquagénaire, trois fois veuf, et la vieille part irrationnelle de moi – celle qui se souvenait de ces thrillers télévisés où des hommes assassinaient leur femme, faisaient disparaître leur corps et échappaient à la justice pendant des dizaines d'années – a reculé, et j'ai reposé sa fiche, le rejetant sans même consulter les informations le concernant, qui révélaient sans doute qu'elles étaient toutes mortes de maladie et non pas de sa main (et pourtant pouvait-on encore parler de malchance quand trois épouses mouraient, cela frôlait tout de même le crime…). Le deuxième à première vue n'avait pas trente ans, mais il semblait tellement en colère – les lèvres serrées en un rictus mauvais, les yeux exorbités et effarés – que j'ai de nouveau eu un souvenir de ces vieilles séries que je regarde encore parfois à la télévision la nuit au bureau, et je l'ai imaginé en train de frapper

Charlie, de l'enterrer, comme si son potentiel de violence était écrit sur son visage. Le troisième, la petite trentaine, avait un visage ordinaire et tranquille, mais en étudiant les données, j'ai vu qu'il avait été déclaré « M.I. », mentalement inapte. C'est une appellation très vague, qui englobe toutes sortes de déficiences depuis ce qu'on désignait autrefois comme maladies psychiatriques jusqu'aux handicaps mentaux. Charlie apparemment n'est pas classée comme telle. J'avais un moment songé à te demander de m'envoyer de l'argent pour graisser la patte de qui il faudrait afin de nous épargner cette humiliation, mais cela s'était finalement avéré inutile, elle avait réussi ses tests et s'était sauvée toute seule.

« Qui sont ces types ? ai-je demandé, d'une voix aiguë perçant le silence.

— Ce sont les trois postulants que j'ai trouvés qui ont accepté d'étudier la candidature de votre petite-fille.

— Mais pourquoi avez-vous commencé à en chercher avant de la rencontrer ? », ai-je demandé, et en posant cette question, j'ai compris qu'il avait décidé de qui était Charlie avant de faire sa connaissance, bien avant même notre première entrevue. La rencontre n'avait rien changé – elle avait seulement confirmé ses idées préconçues.

« Je pense que vous devriez vous adresser à quelqu'un d'autre, a-t-il répété, en me tendant une feuille de papier indiquant les noms de trois autres agences matrimoniales, et je me suis rendu compte qu'il avait résolu de ne pas me venir en aide avant même que j'entre dans ce bureau. « Ces collègues auront des candidats qui correspondront mieux à… ce que vous recherchez. »

Heureusement, il n'a pas souri, sinon j'aurais été capable d'une réaction stupide, masculine et animale : je lui aurais balancé un coup de poing, craché dessus, ou j'aurais balayé tout ce qui se trouvait sur son bureau – le genre de geste qu'aurait eu un personnage dans une de ces vieilles séries télévisées. Mais là, il n'y avait pas de spectateur, pas d'autre caméra que celle, minuscule, qui clignotait quelque part entre les panneaux du plafond et enregistrait la scène sans passion : deux hommes, l'un âgé, l'autre pas encore, qui échangeaient des papiers.

Je me suis recomposé un visage et je suis parti avec Charlie. Je la tenais aussi serrée contre moi qu'elle a bien voulu accepter. Je lui ai dit que j'avais trouvé quelqu'un pour elle, alors qu'au fond de moi, tout s'effondrait. Et si personne ne voulait jamais de mon petit chat ? Sûrement, quelqu'un mesurerait sa valeur, saurait qu'elle avait été entourée d'amour, admirerait son courage ? Elle a réussi à survivre, et pourtant elle est punie pour avoir survécu. Elle n'avait rien à voir avec ces prétendants : ces laissés-pour-compte, ces relégués, ces indésirables. Je pensais tout cela tout en me disant que je comprenais aussi que pour leurs familles, ces garçons n'étaient ni des déchets ni de la racaille – mon cœur se déchirait à nouveau – et même, qu'en lisant la fiche de Charlie, ils pouvaient se dire : « C'est ça qu'ils comptent lui faire accepter ? Sûr qu'il existe quelqu'un de mieux. Qu'il y a d'autres candidates. »

Dans quel monde sommes-nous ? Pour quel monde est-elle restée en vie ? Dis-moi que tout ira bien, Peter. Dis-le-moi, et je te croirai, une dernière fois.

Avec toute mon affection, Charles.

Oh, mon cher Peter, 21 mars 2087

Comme j'aimerais que nous puissions nous téléphoner. Je le regrette souvent, mais ce soir tout particulièrement, au point qu'avant de m'asseoir pour t'écrire, j'ai passé une demi-heure à te parler, à mi-voix pour ne pas réveiller Charlie qui dort dans l'autre pièce.

Je ne t'ai pas tenu au courant des perspectives de mariage de Charlie autant que j'aurais pu, parce que j'ai préféré attendre d'avoir de meilleures nouvelles à te communiquer. Or, il y a un mois, j'ai trouvé un nouveau conseiller matrimonial, Timothy, spécialiste reconnu de ce qu'un de mes collègues appelait « les cas inhabituels ». Il avait lui-même fait appel à Timothy afin de chercher quelqu'un pour son fils après qu'il avait été déclaré M.I. Il a fallu près de quatre ans, mais Timothy a fini par trouver l'âme sœur.

Avec chaque marieur rencontré, je m'étais efforcé de montrer plus d'assurance que je n'en éprouvais. Je reconnaissais que j'avais déjà vu plusieurs de leurs collègues, mais sans jamais préciser combien. Selon mon interlocuteur, j'essayais de faire apparaître Charlie comme difficile à satisfaire, mystérieuse, brillante, distante. Mais tous ces entretiens se terminaient de la même façon, parfois même sans avoir eu la possibilité de leur faire rencontrer Charlie ; on me proposait les mêmes candidats, parfois même certains que j'avais déjà vus. Ce jeune homme pâle et impassible stigmatisé comme M.I. m'avait été montré à trois reprises depuis qu'on m'avait tendu sa fiche le premier jour, et chaque fois que je voyais son visage, je ressentais un mélange de chagrin et de soulagement : chagrin parce que lui non plus n'avait encore trouvé personne ; soulagement parce que tout n'était pas la faute de Charlie. Je pensais à sa fiche, désormais écornée, qu'on présentait et présentait encore, à ces clients ou à ces parents qui l'écartaient. « Non, pas elle », me les imaginais-je en train de dire. « On l'a déjà vue » ; et puis, le soir, entre eux, d'ajouter : « Cette pauvre fille, elle est toujours sur le marché. Au moins notre fils n'est pas un cas aussi désespéré. »

Mais cette fois, je me suis montré honnête. J'ai dressé la liste exacte des agences que j'avais consultées. Je lui ai parlé de tous les candidats qu'on m'avait proposés ou fait rencontrer, et sur lesquels j'avais pris des notes. J'ai été aussi sincère que je pouvais l'être sans me mettre à pleurer ou être déloyal envers Charlie. Et quand Timothy a dit : « Mais la beauté n'est pas tout. A-t-elle du charme ? », j'ai attendu d'être sûr de pouvoir contrôler ma voix avant de répondre que non.

Lors de notre deuxième rendez-vous, il m'a donné cinq fiches, dont je n'avais jamais vu aucune. Quelque chose m'a déplu dans chacune des quatre premières. Mais ensuite, est arrivée la cinquième. C'était un jeune homme, de deux ans seulement plus âgé que Charlie, avec de grands yeux noirs et un nez volontaire, qui regardait droit l'objectif. Il y avait quelque chose d'incontournable en lui – son physique avantageux, d'abord, son assurance tranquille, comme si quelqu'un avait essayé de le convaincre d'avoir honte de lui-même et qu'il ait choisi de passer outre. Au-dessus de sa photo étaient apposés deux tampons : l'un le déclarait stérile, l'autre, ennemi de la nation.

J'ai levé les yeux vers Timothy qui me regardait lui aussi. « Quel est son problème ? »

Il a haussé les épaules. « Aucun. » Puis après une courte pause : « Il a choisi la stérilisation. » J'ai frissonné, comme toujours quand j'apprenais cela de quelqu'un. Il fallait comprendre que sa fertilité ne lui avait pas été retirée par la maladie ou la médecine, mais qu'il avait opté pour cette solution plutôt qu'être envoyé en centre de rééducation. On avait le choix entre le corps et l'esprit, et il avait choisi l'esprit.

« Eh bien, j'aimerais qu'on arrange une entrevue », ai-je décidé, et Timothy a hoché la tête. Toutefois, alors que je me dirigeais vers la sortie, il m'a rappelé : « C'est quelqu'un de bien », a-t-il ajouté : une expression qu'on n'entendait plus très souvent de nos jours. J'avais effectué des recherches sur Timothy avant mon premier entretien – dans sa vie passée, il avait été assistant social. « Vous vous montrerez ouvert d'esprit, d'accord ? » Je ne savais pas ce que je devais comprendre, mais j'en ai pris l'engagement, même si avoir l'esprit ouvert était franchement anachronique, un concept oublié depuis longtemps.

Le jour de notre rencontre est arrivé, et j'étais de nouveau fébrile, plus que de raison, sans doute. J'en étais venu à me dire que, même si Charlie était encore jeune, elle n'aurait bientôt plus le choix. Après cette tentative, je serais obligé d'étendre mes recherches hors des limites de cette municipalité, et même de cette préfecture. Il me faudrait espérer que Wesley m'accorderait encore une faveur, après la dernière dont il m'avait gratifié : il avait donné un emploi à Charlie, un travail qui lui plaisait. Il faudrait que je l'arrache à ce poste, et que je l'installe ailleurs, et je devrais alors trouver le moyen de la suivre, et l'aide de Wesley serait indispensable. Je le ferais, bien sûr, mais ce ne serait pas facile.

Le candidat était déjà là quand je suis arrivé, installé dans la petite pièce sobre qu'on trouvait dans toutes les agences matrimoniales pour accueillir ce type de rencontres, et lorsque je suis entré, il s'est levé et nous nous sommes salués. Je ne l'ai pas quitté des yeux tandis qu'il se rasseyait et que je prenais place sur un autre siège. J'avais supposé que les recommandations de Timothy signifiaient qu'il serait considérablement différent de sa photo, moins avenant, mais il n'en était rien. Il correspondait à son portrait, c'était un jeune homme séduisant, soigné, avec les mêmes yeux noirs et vifs, le même regard franc. Son père avait des origines d'Afrique de l'Ouest et d'Europe du Sud ; sa mère d'Asie du Sud et de l'Est – il ressemblait un peu à mon fils, et j'ai dû détourner la tête.

Sa fiche m'avait fourni tous les renseignements nécessaires, mais j'ai néanmoins posé les mêmes questions : où il avait été élevé, où il avait fait ses études, où il travaillait aujourd'hui. Je savais que ses parents et sa sœur avaient été déclarés ennemis de la nation. Je n'ignorais pas que cela lui avait coûté de ne pas pouvoir terminer son doctorat. Je savais qu'il faisait appel de cette décision, maintenant que le Décret d'Indulgence était passé ; je n'ignorais pas non plus qu'un professeur, un microbiologiste de renom, soutenait sa demande ; j'avais appris que s'il acceptait cette union, il voulait retarder le mariage de deux ans pour achever son diplôme. Il m'a confirmé tous ces éléments ; son récit ne différait en rien de ce que j'avais retenu.

Je l'ai interrogé sur ses parents. Il n'avait plus aucun proche. La plupart des parents d'ennemis de la nation, quand on les interrogeait sur leur famille, se fâchaient ou montraient de l'embarras. On se rendait compte qu'ils ravalaient quelque chose, comme un surcroît d'émotion, et qu'ils s'appliquaient, comme ils avaient appris à le faire, à maîtriser leurs sentiments.

Mais lui n'avait ni colère ni honte. « Mon père était physicien, ma mère, politologue. » Il a cité l'université où ils avaient enseigné, une institution prestigieuse avant qu'elle ne soit reprise par l'État. Sa sœur était professeure de littérature anglaise. Ils avaient tous trois rejoint le camp des insurgés, mais pas lui. Je lui ai demandé pourquoi, et pour la première fois, il a paru troublé, mais je ne saurais dire s'il avait soudain pensé à la caméra cachée au plafond ou à sa famille. « Je leur ai dit que c'était parce que je voulais devenir chercheur, a-t-il répondu au bout d'un moment. Parce que je pensais que je pourrais faire davantage de choses en étant scientifique, que je voulais apporter mon aide de cette façon. Mais au bout du compte… » Là encore, il s'est arrêté, et cette fois, j'étais sûr que c'était à cause de la caméra et de l'enregistrement.

« Mais au bout du compte, vous vous êtes trompé », ai-je terminé pour lui, et il m'a regardé, puis il a jeté un coup d'œil furtif vers la porte comme si un escadron de soldats allait l'enfoncer, prêt à nous arrêter et à nous traîner vers une Cérémonie. « Ne vous inquiétez pas, je suis assez vieux pour dire ce que bon me semble », ai-je déclaré, tout en sachant que c'était faux. Il le savait lui aussi, mais il ne m'a pas contredit.

Nous avons continué à parler, de sa thèse interrompue, de l'emploi qu'il espérait décrocher à l'Étang en faisant appel. Nous nous sommes entretenus de Charlie, de qui elle était, de ses besoins spécifiques. J'ai été – sans savoir pourquoi à ce moment-là – parfaitement honnête avec lui, plus encore que je ne l'avais été avec Timothy. Mais rien n'a semblé le surprendre. On aurait dit qu'il l'avait déjà rencontrée. « Il faudra que vous preniez toujours soin d'elle », me suis-je entendu répéter, encore et encore, et chaque fois il acquiesçait. J'ai compris alors qu'il acceptait ce mariage, que j'avais finalement trouvé un conjoint pour ma petite-fille. Mais à un certain moment, j'ai compris autre chose. J'ai deviné ce que Timothy avait essayé de me dire au sujet de ce garçon. J'ai saisi ce que je reconnaissais en lui et pourquoi il voulait bien épouser Charlie. Cela m'a semblé évident, dès que je me le suis formulé. Je le savais avant même de l'avoir rencontré.

Je l'ai interrompu au milieu d'une phrase. « Je sais qui vous êtes. » Et devant son absence de réaction, j'ai repris : « Je sais ce que vous êtes », et sa bouche s'est ouverte, juste un peu, et le silence est retombé.

« Est-ce si évident ? a-t-il demandé, paisiblement.

— Non. Je le sais seulement parce que je le suis, moi aussi. » Et je l'ai vu se rencogner dans son fauteuil, quelque chose dans ses yeux avait changé, il a levé vers moi un regard différent.

« Accepteriez-vous de renoncer ? », lui ai-je demandé, et ce garçon courageux m'a fixé avec détermination, défi et audace. « Non, a-t-il murmuré doucement. Je vous promets de toujours prendre soin d'elle. Mais je ne peux pas renoncer. » Un nouveau silence s'est ensuivi.

« Jurez-moi que vous ne ferez jamais rien qui lui attirerait des ennuis », ai-je exigé, et il a opiné du chef. « Je vous le jure. Je sais être discret. » *Discret* – quel adjectif déprimant dans la bouche d'un si jeune homme ! C'était un mot qui datait d'avant mon grand-père, qui n'aurait jamais dû refaire son apparition dans notre vocabulaire.

Ma réprobation a dû se lire sur mon visage, parce qu'il a soudain paru inquiet. « Monsieur ?

— Ce n'est rien… Où allez-vous ? »

Il n'a pas bronché. « Où je vais ?

— Oui », et je crains de lui avoir paru irrité. « Où allez-vous ?

— Je ne comprends pas.

— Mais si, vous comprenez. Jane Street ? Horatio ? Perry ? Bethune ? Barrow ? Gansevoort ? Quelle rue ? » Il a dégluti. « Je vais le découvrir de toute façon.

— Bethune Street.

— Ah ! » Cela se comprenait. Bethune attirait des gens plus cultivés. Le gérant, une grande folle qui occupait un poste important à la Santé, avait consacré deux étages entiers à des bibliothèques qui semblaient sorties d'une comédie de salon d'un autre âge. Les chambres se trouvaient au-dessus. On chuchotait aussi qu'il y avait un donjon pour pratiques sadomasochistes, mais je suppose que les rumeurs avaient été lancées par Harry lui-même pour rendre toute l'affaire plus excitante qu'elle ne l'était en réalité. Je m'étais mis pour ma part à fréquenter Jane Street, une maison plus professionnelle : on venait, on prenait du bon temps, on repartait. En tout cas, les confidences du jeune homme étaient un soulagement – j'aimais assez peu l'idée de relever un jour les yeux pour découvrir le mari de ma petite-fille en train de me zieuter.

« Vous avez quelqu'un ? » l'ai-je interrogé.

Il a dégluti à nouveau. « Oui. »

— Vous l'aimez ? »

Cette fois, il n'a marqué aucune hésitation. Il m'a regardé bien en face. « Oui », et sa voix ne tremblait pas.

Soudain, je me suis senti très triste. Ma pauvre petite-fille, que j'allais marier à un homme qui la protégerait mais qui ne l'aimerait jamais, en tout cas pas de la façon dont nous avons tous besoin de l'être ; ce malheureux garçon, qui jamais ne connaîtrait la vie à laquelle il devrait avoir droit. Il n'avait que vingt-quatre ans, et à cet âge, le corps est fait pour le plaisir et on est constamment amoureux. J'ai brusquement revu le visage de Nathaniel le jour de notre rencontre, sa belle peau sombre, ses lèvres entrouvertes, et j'ai détourné la tête parce que j'ai craint de fondre en larmes.

« Monsieur ? l'ai-je entendu me dire, d'une voix douce. Dr Griffith ? » C'était la voix qu'il aurait pour parler à Charlie, me suis-je dit, et je me suis forcé à sourire et à lui faire face.

Nous sommes arrivés à un accord cet après-midi-là. La dot ne semblait pas beaucoup l'intéresser, et après avoir signé les déclarations d'intention, nous avons descendu l'escalier ensemble, sa fiche de mariage dans mon attaché-case.

Sur le trottoir, nous nous sommes à nouveau salués. « Je suis impatient de rencontrer Charlie », a-t-il déclaré, et j'ai répondu que j'étais convaincu que Charlie allait être tout aussi enthousiaste que lui.

Il s'éloignait déjà quand je l'ai rappelé, il s'est retourné et il est revenu vers moi. Pendant quelques secondes, je n'ai pas su par où commencer. « Dites-moi », ai-je hésité avant de m'arrêter. Puis j'ai trouvé exactement ce que je voulais dire. « Vous êtes jeune. Beau. Brillant. » J'ai baissé la voix. « Vous êtes amoureux. Pourquoi faites-vous ce que vous faites aujourd'hui, alors que vous avez tout le temps devant vous ? Ne vous y méprenez pas. Je me réjouis de votre décision, me suis-je empressé d'ajouter, même si son expression n'avait pas changé. « Je suis heureux pour Charlie. Mais pourquoi ? »

Il s'est rapproché d'un pas. Il était grand, moi encore un peu plus, et pendant une seconde j'ai pensé, de façon complètement ridicule, qu'il allait peut-être m'embrasser, que je sentirais ses lèvres effleurer les miennes, et j'ai fermé les paupières, rien qu'une seconde, comme pour que cela se produise. « Moi aussi, j'ai besoin de sécurité, Dr Griffith », a-t-il répondu, à peine plus fort qu'un murmure. Puis il a reculé. « Il faut que je me protège. Sinon, je ne sais pas de quoi je serais capable. »

C'est seulement en arrivant à la maison que j'ai laissé couler mes larmes. Charlie était encore au labo, et j'étais donc seul. J'ai pleuré pour Charlie, parce que je l'aimais, parce que j'espérais qu'elle comprendrait que j'avais fait ce que je croyais être le mieux pour elle, parce que j'avais choisi en son nom la sécurité plutôt que l'épanouissement. J'ai pleuré pour son peut-être futur mari, pour son besoin de se protéger, pour les limites que ce pays avait imposées à sa vie. J'ai pleuré pour l'homme qu'il aimait, qui ne pourrait jamais partager son existence. J'ai pleuré pour tous ces garçons sur les fiches que j'avais vus et rejetés au nom de Charlie. J'ai pleuré pour Nathaniel, pour David, et même pour Eden, tous trois disparus depuis longtemps, et dont Charlie ne se souvenait pas. J'ai pleuré pour mes grands-parents, pour Aubrey et Norris, et pour Hawaii. Mais surtout j'ai pleuré sur mon propre sort, sur ma solitude, sur ce monde que j'avais contribué à édifier, et sur toutes ces années : tous les morts, tous les disparus, tous les oubliés.

Je ne pleure pas souvent, et j'avais oublié comment, sous la gêne physique, se cachait aussi quelque chose d'exaltant, chaque partie du corps participant au déferlement lacrymal, le mécanisme de ses diverses composantes se lançant dans le mouvement, les canaux pompant les liquides, les poumons aspirant l'oxygène, les yeux qui deviennent brillants, la peau qui se gorge de sang. Je me suis soudain dit que c'était la fin de ma vie, que si Charlie acceptait la main de ce garçon, j'aurais accompli mon dernier devoir – je l'avais protégée du danger, accompagnée jusqu'à l'âge adulte, lui avais trouvé un travail et un compagnon. Il ne me restait rien à faire, plus rien à espérer pour elle. Le temps qui s'écoulerait à partir de maintenant serait bienvenu, mais complètement vain.

Il n'y a pas tant d'années que ça, Peter, j'étais sûr que je pourrais te revoir. On déjeunerait tous ensemble, toi, moi, Charlie et Olivier, et ensuite, ils iraient quelque part ensemble, voir un musée ou une pièce de théâtre (ce serait à Londres bien sûr, pas ici), et toi et moi passerions l'après-midi tous les deux, on ferait quelque chose pour toi de très banal mais qui m'était devenu absolument exotique – fouiner dans une librairie, par exemple, passer du temps dans un café, ou une boutique où j'achèterais quelque chose de frivole pour Charlie : un collier peut-être ou des sandales. En fin de journée, nous rentrerions chez toi, dans cette maison que je ne verrai jamais de mes yeux, où Olivier et Charlie seraient occupés à préparer le dîner et où il me faudrait expliquer à la petite ce qu'étaient certains ingrédients : ça, c'est une crevette… un oursin… ça ce sont des figues. Comme dessert, il y aurait du gâteau au chocolat, et nous la regarderions y goûter pour la première fois, une expression que je n'avais pas vue depuis sa maladie se dessinant sur son visage tandis que nous ririons et applaudirions, comme si elle avait accompli un exploit. Nous aurions chacun notre chambre, mais elle viendrait dans la mienne parce qu'elle ne parviendrait pas à trouver le sommeil cette nuit-là, chamboulée par tout ce qu'elle aurait vu, entendu, senti et goûté, et je la prendrais dans mes bras comme quand elle était petite, sentant son corps parcouru de frissons électriques. Et le lendemain, dès le réveil, tout recommencerait, ainsi que le jour suivant, et le suivant encore, et bien que sa nouvelle vie lui devienne peu à peu familière – tandis que moi, j'y avais replongé en à peine quelques jours, les vieux souvenirs se remettant vite en place –, elle ne perdrait plus jamais cette expression d'émerveillement, les lèvres légèrement entrouvertes, le visage levé vers le ciel. Nous souririons en la regardant, n'importe qui aurait fait de même. « Charlie ! » nous écririons-nous en la voyant entrer dans une de ses transes, pour la réveiller, pour lui rappeler où et qui elle était. « Charlie ! Tout ça est à toi. »

Affectueusement, C.

Mon très cher Peter, 5 juin 2088

Voilà, c'est officiel, mon petit chat est marié. Comme tu le devines, cela a été une journée émotionnellement compliquée. Alors que je les regardais ensemble, j'ai fait l'expérience d'un épisode exceptionnellement marquant d'un de ces sauts dans le temps que je connais de plus en plus souvent – j'étais de retour à Hawaii, Nathaniel et moi nous tenions par la main, nous contemplions la mer, face à laquelle Matthew et John avaient installé cette houppa en bambou.

Je devais avoir un air bizarre, parce que, à un moment donné, celui qui est aujourd'hui mon petit-fils par le mariage m'a jeté un coup d'œil et demandé si tout allait bien. « L'âge, c'est tout », ai-je répondu, et il s'est contenté de cette explication ; les jeunes ont toujours tendance à penser que tout ce qui cloche peut être attribué ou reproché à la vieillesse. Au-dehors, nous avons entendu des troupes avancer au pas de charge et les cris des insurgés dans le lointain. Quand les mariés eurent signé les papiers officiels, nous sommes rentrés dans ce qui est désormais leur appartement et nous avons dégusté un gâteau préparé avec du vrai miel que je leur avais offert tout spécialement. Aucun d'entre nous n'avait mangé de pâtisserie depuis plusieurs mois, et alors que j'avais craint que la conversation ne soit un peu empruntée, je n'aurais pas dû m'inquiéter parce que nous étions tous les trois si concentrés sur le plaisir de manger qu'aucun échange n'était vraiment nécessaire.

Les rebelles ont maintenant investi la Place, et même si l'appartement est orienté au nord, nous les entendions tout de même chanter ; ensuite, les mégaphones ont couvert leurs voix pour rappeler le couvre-feu de 23:00, et avertir que quiconque enfreindrait la loi serait immédiatement arrêté. Cela m'a donné le signal du départ, et j'ai regagné mon nouvel appartement, un studio dans un vieil immeuble à l'angle de la 10e Rue et University Avenue, à quatre pâtés de maisons de chez Charlie. J'y ai emménagé la semaine dernière. Elle voulait que je reste avec eux, rien qu'une semaine encore, mais je lui ai rappelé qu'elle était adulte désormais, une femme mariée, et que je viendrais dîner avec elle et son mari le lendemain, comme nous en étions convenus. « Oh ! », s'est-elle exclamée, et l'espace d'un instant j'ai cru qu'elle allait pleurer, ma brave petite Charlie qui ne verse jamais une larme, et j'ai failli changer d'avis.

Cela faisait des années que je n'avais pas dormi seul quelque part. Dans mon lit, j'ai pensé à Charlie, à sa première nuit de jeune mariée. Pour l'instant, il n'y a qu'un seul lit à une place, celui dans lequel dormait Charlie, et le canapé du salon. Je ne sais pas ce qu'ils feront, s'ils achèteront un lit double, ou s'il préférera dormir seul – je n'ai pas pu me résoudre à poser la question. À la place, j'ai essayé de me concentrer sur l'image de ce couple, sur le seuil de leur appartement, agitant la main pour me dire au revoir tandis que je descendais l'escalier. J'avais relevé la tête à un moment donné, et je l'avais vu poser la main sur l'épaule de Charlie, très légèrement, si légèrement qu'elle ne s'en était peut-être pas même rendu compte. J'avais parlé avec elle auparavant, je lui avais dit à quoi il lui fallait s'attendre – ou plutôt ne pas s'attendre. Mais l'explication lui avait-elle suffi ? Espérerait-elle encore que son mari en viendrait à l'aimer d'une façon différente ? Rêverait-elle qu'il la touche ? Se sentirait-elle coupable qu'il ne le fasse pas ? Avais-je fait pour elle le mauvais choix ? Je lui avais épargné de la souffrance, mais ne l'avais-je pas aussi privée d'extase ?

Mais – il faut que je me le rappelle –, au moins, elle aura quelqu'un. Je ne parle pas seulement de quelqu'un qui prenne soin d'elle, qui la protège contre le reste du monde, qui lui explique les choses qui pour elle restent indéchiffrables. J'ai en tête qu'elle fait désormais partie d'une unité, comme Nathaniel et moi en formions une. Cette société n'est pas faite pour les célibataires et les solitaires – non que l'ancienne l'ait été davantage, même si nous prétendions tous l'inverse.

À l'âge de Charlie, je méprisais le mariage, j'y voyais une invention faite pour opprimer ; je ne croyais pas en ces relations sur lesquelles l'État légifère. J'avais toujours pensé que je ne considérais pas les vies indépendantes comme inférieures.

Et puis, un jour, j'avais changé d'avis. C'était au cours du confinement de 2050, et rétrospectivement, je mesure que j'ai connu à ce moment-là l'une des périodes les plus heureuses de ma vie. Certes, l'angoisse régnait, le danger planait, et oui, tout le monde était effrayé. Mais c'étaient aussi les derniers moments où nous étions tous ensemble, en tant que famille. À l'extérieur, il y avait le virus, les centres de confinement, les gens qui mouraient ; à l'intérieur, il y avait Nathaniel, David et moi. Pendant quarante, puis quatre-vingts, ensuite cent vingt jours, nous n'avons pas quitté l'appartement. Durant ces mois, David était devenu plus doux, et nous avons pu à nouveau nous rapprocher. Il avait onze ans, et en regardant en arrière, je comprends aujourd'hui qu'il essayait de choisir qui il allait devenir : serait-il le genre de personne qui s'efforcerait de reproduire le type d'existence que ses parents menaient, cette sorte de vie dont nous attendions qu'elle soit la sienne ? Ou bien préférerait-il être quelqu'un de différent, chercherait-il un autre modèle pour celui qu'il voudrait devenir ? Qui serait-il ? Le garçon de l'année précédente, celui qui menaçait ses camarades de classe avec une seringue – ou quelqu'un qui saurait utiliser une seringue autrement, à bon escient, dans un laboratoire ou un hôpital ? Au cours des années suivantes, je me le suis souvent dit : si seulement nous avions eu quelques semaines de plus à ses côtés, loin du monde ; si seulement nous avions réussi à le convaincre que la sécurité était précieuse, et que nous étions ceux qui pouvaient la lui assurer. Mais nous n'avions pas bénéficié de ces semaines supplémentaires, et nous n'étions pas parvenus à le persuader.

C'est au milieu de la seconde période de quarante jours que j'avais reçu le mail d'une amie rencontrée autrefois en faculté de médecine, une certaine Rosemary, qui était partie en Californie pour son post-doctorat tandis que je rentrais à Hawaii. Rosemary était brillante, drôle et célibataire depuis toujours. Nous avons entamé une correspondance, nos messages consacrés pour moitié à décrire notre travail, pour moitié à nous mettre à jour de tout ce qu'il s'était passé en vingt ans. Deux membres de son équipe étaient tombés malades, m'écrivait-elle. Ses parents et sa meilleure amie étaient décédés. Je lui ai raconté ma vie, parlé de Nathaniel et de David, de la façon dont nous vivions tous les trois dans notre petit appartement. Je me rendais compte, lui disais-je, que je n'avais vu personne d'autre depuis quatre-vingts jours, et que même si j'avais été stupéfait de le constater, je l'avais été plus encore en mesurant que personne ne m'avait manqué. David et Nathaniel étaient les seules personnes que j'avais envie de voir.

Elle a réagi dès le lendemain. N'y avait-il vraiment personne qui me manque, demandait-elle, personne que j'aie envie de revoir vite dès que les mesures de contrainte seraient levées ? Non, ai-je répondu, personne. Et je le pensais vraiment.

Elle ne m'a plus jamais écrit. Deux ans plus tard, j'ai appris par une connaissance commune qu'elle était morte l'année précédente, durant l'un des regains épidémiques.

J'ai souvent pensé à elle depuis. J'en suis venu à comprendre qu'elle souffrait de la solitude. Et bien que je ne puisse pas être la seule personne qu'elle ait essayé de retrouver qui soit aussi solitaire qu'elle – nous avions échangé si peu souvent qu'elle avait dû tenter d'en joindre au moins douze autres –, j'aurais aimé lui avoir menti. J'ai regretté de ne pas lui avoir dit que mes amis me manquaient, que ma famille ne me suffisait pas. J'aurais voulu tenter de la retrouver avant qu'elle ne soit poussée à le faire. J'aurais préféré, après sa mort, ne pas m'être réjoui de ne pas avoir connu la même vie qu'elle, d'avoir un mari et un fils, de m'être dit que jamais je ne me sentirais à ce point seul. Dieu merci, avais-je pensé, Dieu merci que ce ne soit pas moi. Cette jolie fiction que nous entretenions quand nous étions plus jeunes selon laquelle nos amis étaient notre famille, qu'ils comptaient autant que nos conjoints et nos enfants, s'était révélée au cours de la pandémie n'être qu'un leurre : les gens qu'on aimait le plus étaient en fait ceux avec qui on avait décidé de vivre – les amis restaient un à-côté, un luxe, et s'il fallait vous en défaire pour protéger votre famille, vous n'hésitiez pas. Au bout du compte, vous choisissiez, et vous ne choisissiez jamais vos amis, en tout cas si vous aviez un compagnon ou un enfant. Vous poursuiviez votre chemin et vous les oubliiez, et votre vie n'en était pas moins riche pour autant. Alors que Charlie grandissait, j'ai honte de dire que j'ai pensé plus souvent encore à Rosemary. Je saurais lui éviter ce sort, me disais-je – je m'assurerais qu'elle ne deviendrait pas un objet de pitié comme Rosemary avait fini par l'être pour moi.

Et maintenant j'y suis parvenu. Je sais que la solitude ne peut pas être complètement effacée par la présence d'un autre ; mais je sais aussi qu'un compagnon est un rempart, et que sans personne à vos côtés, la solitude s'insinue en vous, tel un fantôme qui se glisse par les fenêtres et vous descend dans la gorge, vous emplissant d'une peine que rien ne peut alléger. Je ne peux pas garantir que ma petite-fille ne se sentira jamais seule, mais je lui ai épargné l'isolement. Je me suis assuré que sa vie aura toujours un témoin.

Avant de partir pour le tribunal hier, j'avais consulté son certificat de naissance, qu'il nous fallait apporter comme preuve de son identité. C'était le nouveau document que m'avait fourni le ministre de l'Intérieur en 2066, celui qui reniait son père – il l'avait protégée pendant un temps, mais plus par la suite.

Quand la filiation de Charlie avait été effacée, son nom l'avait été aussi : Charlie Keonaonamaile Bingham-Griffith, un bien joli nom, donné avec amour, et raccourci par l'État en Charlie Griffith. C'était une réduction de son identité, parce que dans ce monde, celui que j'avais contribué à instaurer, il n'y avait aucune place pour les excès de beauté intentionnels. La seule beauté qu'on tolérait encore était fortuite, voire accidentelle – ces choses que rien ne pouvait faire disparaître : la couleur du ciel avant la pluie, les premières feuilles vertes sur les acacias de la 5e Avenue avant qu'on les recueille.

C'était le nom de la mère de Nathaniel : Keonaonamaile, la maile odorante. Je t'en ai offert une fois – c'est une plante grimpante dont les feuilles sentent le poivre et le citron. Nous portions des *leis* de ses fleurs pour le mariage – la veille nous étions allés marcher dans la montagne avec David, l'air était humide et nous en avions coupé une liane qui poussait entre deux koas. C'était une couronne qu'on portait pour les mariages, mais aussi pour les remises de diplômes et les anniversaires : une plante pour toutes les occasions spéciales, à l'époque où il y avait tellement de plantes que certaines pouvaient être considérées comme spéciales et d'autres non ; on pouvait les cueillir directement dans la nature et les jeter le lendemain.

Ce jour-là, en redescendant de la colline, pataugeant dans la boue, David marchant entre nous en nous tenant par la main, Nathaniel avait coupé suffisamment de mailes pour que chacun puisse s'en faire un collier, mais David avait choisi de porter la sienne sur la tête comme une couronne. Nathaniel l'avait aidé, enroulant la tige sur elle-même et la lui attachant sur le front.

« Je suis roi ! », s'était exclamé le petit, et nous nous étions gentiment moqués de lui. « Oui, David, avions-nous dit, tu es roi. Le roi David.

— Le roi David, avait-il répété. Ce sera mon nom maintenant. » Puis brusquement, il était redevenu sérieux. « N'oubliez pas. Il faudra m'appeler comme ça, d'accord ? Vous promettez ?

— O.K. On n'oubliera pas. On le fera. » C'était une promesse. Mais nous ne l'avons jamais tenue.

Charles.

IX. Automne 2094

Au cours des semaines suivantes, David et moi avons élaboré notre plan. Ou plutôt, c'était son plan et il me l'a communiqué.

Le 12 octobre, je quitterais la Zone Huit. Il me préciserait comment juste avant. Jusqu'alors je ne devais rien faire qui sorte de l'ordinaire. Il fallait maintenir toutes mes activités quotidiennes : j'irais travailler, je ferais les courses, je me promènerais de temps à autre. Nous continuerions à nous voir chaque samedi au stand du conteur, et si David avait besoin de me dire quelque chose entre ces rencontres, il trouverait un moyen de me joindre. Je ne devais rien préparer, surtout pas de bagage au-delà de ce qui tiendrait dans mon sac. Je n'aurais besoin d'aucun vêtement, de nourriture ou même de mes papiers : on m'en ferait de nouveaux à mon arrivée en Nouvelle-Grande-Bretagne.

« J'ai beaucoup de bons que j'ai accumulés pendant toutes ces années, ai-je dit à David. Je pourrais les échanger contre des coupons d'eau ou même de sucre, et les emporter.

— Ils ne te serviront à rien, Charlie. N'emporte que ce à quoi tu tiens. »

À la fin de notre premier rendez-vous, après notre conversation sur les bancs, alors que j'avais commencé à le croire, j'avais demandé à David ce qu'il adviendrait de mon mari. « Bien sûr, ton mari peut venir. Nous avons tout préparé pour lui aussi. Mais, Charlie, il est possible qu'il ne veuille pas.

— Pourquoi ça ? » Mais David ne m'avait pas répondu. « Il aime lire », avais-je insisté. Pendant cette promenade, j'avais posé beaucoup de questions sur la Nouvelle-Grande-Bretagne, mais David avait dit qu'il m'en parlerait pendant le voyage, que pour l'instant il était dangereux d'échanger davantage. Mais une chose qu'il avait précisée, c'était que là-bas on pouvait lire tout ce qu'on voulait, autant qu'on voulait. J'avais pensé à mon mari, qui se forçait à lire lentement, parce qu'on ne pouvait emprunter qu'un ouvrage tous les quinze jours, et qu'il voulait les faire durer. Je le revoyais assis à notre table, la joue droite appuyée sur sa main droite, complètement immobile, un petit sourire aux lèvres, même quand le livre parlait du soin et de l'alimentation des plantes tropicales aquatiques comestibles.

« Sans doute, avait prononcé lentement David. Mais es-tu sûre qu'il voudrait s'en aller ?

— Oui, avais-je répondu sans aucune certitude. Il pourrait lire tout ce qui lui plairait. Même les livres interdits.

— C'est exact. Mais il pourrait avoir d'autres raisons de choisir de rester. »

J'y ai réfléchi, mais je n'en ai vu aucune. Mon mari n'avait ici aucune famille, à part moi. Pourquoi hésiterait-il à partir ? Et pourtant, tout comme David, je n'arrivais pas à croire qu'il souhaiterait s'en aller. « Qu'est-ce que tu veux dire ? » Mais David n'a pas répondu.

Lors de notre rencontre suivante, avant que le conteur commence son histoire, David m'a proposé de m'aider à parler à mon mari.

« Non, je peux le faire toute seule.

— Ton mari est un homme discret. » Je n'ai pas demandé comment il le savait. « Donc, je suis sûr qu'il saura se montrer intelligent. » Il semblait avoir autre chose en tête, mais il n'a rien ajouté.

Après l'histoire du conteur, nous nous sommes baladés. J'avais supposé que nos entretiens seraient compliqués, avec beaucoup de choses à retenir, mais en fait, non. Avant tout, ils paraissaient être l'occasion pour David de s'assurer que je gardais mon calme, que je ne faisais rien, que j'avais toujours confiance en lui, même s'il ne me posait jamais la question.

« Tu sais, Charlie, l'homosexualité est complètement légale en Nouvelle-Grande-Bretagne.

— Oh ! » Je ne voyais pas quoi dire d'autre.

« Eh oui. » À nouveau, j'ai eu l'impression qu'il voulait ajouter quelque chose, mais il ne l'a pas fait.

Ce soir-là, j'ai repensé à tout ce que David savait déjà sur moi. D'une certaine façon, c'était troublant, et même effrayant. Mais c'était aussi apaisant, et même réconfortant. Il me connaissait aussi bien que Grand-Père, et c'était bien sûr de lui que David tenait ces informations. Il n'avait jamais rencontré Grand-Père mais son employeur oui, et c'était un tout petit peu comme si Grand-Père était encore vivant et à mes côtés.

Pourtant, il y avait certaines choses que je ne voulais pas que David sache. J'avais fini par comprendre qu'il devinait que mon mari ne m'aimait pas et qu'il ne m'aimerait jamais, en tout cas pas comme un mari doit aimer sa femme, et pas à la façon dont j'avais espéré être aimée. J'avais honte, parce que s'il n'y a pas de honte à aimer quelqu'un, il y en a à ne pas être aimée du tout.

Je savais qu'il me faudrait demander à mon mari s'il voulait me suivre. Mais les jours passaient, et je n'arrivais pas à m'y résoudre. « Tu lui as posé la question ? », s'est enquis David lors de notre rencontre suivante, et j'ai secoué la tête. « Charlie », a-t-il dit sans méchanceté mais sans douceur non plus. « J'ai besoin de savoir s'il va venir. Ça affecte les plans. Veux-tu que je m'en charge ?

— Non merci. » Mon mari ne m'aimait sans doute pas, mais il restait mon mari, et c'était mon devoir de lui parler.

« Alors, est-ce que tu me promets de le faire ce soir ? Nous n'avons plus que quatre semaines devant nous.

— Oui. Je sais. »

Mais je ne lui ai pas demandé. Cette nuit-là, couchée dans mon lit, j'ai serré dans ma main la bague de Grand-Père que je cachais sous mon oreiller, là où je savais qu'elle était en sécurité. Dans l'autre lit, mon mari dormait. Il était à nouveau fatigué, fatigué et essoufflé, et en portant nos assiettes à la cuisine, il avait trébuché, bien qu'il se soit rattrapé à la table sans rien faire tomber. « Ce n'est rien. La journée a été longue, voilà tout. » Je lui avais conseillé d'aller se coucher, proposé de laver la vaisselle, et après quelques protestations, il avait accepté et disparu dans la chambre.

Je n'avais qu'à prononcer son nom à haute voix, il se réveillerait et je lui poserais la question. Mais si je la lui posais et qu'il réponde non ? S'il déclarait qu'il voulait rester ici ? « Il prendra toujours soin de toi », avait dit Grand-Père. Mais si je partais, il n'y aurait plus de « toujours », et alors je me retrouverais seule, toute seule, il n'y aurait plus que David pour me protéger, et personne ne se souviendrait de moi, ne saurait qui j'étais, où j'avais habité autrefois, ni qui j'avais été. Il était plus sûr de ne pas demander – si je ne posais pas la question, je serais encore ici en Zone Huit et ailleurs à la fois, et comme le 12 octobre se rapprochait de plus en plus, c'était sans doute le meilleur endroit où je pouvais être. C'était comme retomber en enfance, retrouver ce temps où je n'avais qu'à obéir aux instructions, et où je ne m'interrogeais jamais sur ce qui pourrait se passer ensuite, parce que je savais que Grand-Père avait déjà songé à tout pour moi.

*

Depuis deux semaines, j'avais gardé deux choses secrètes : la première était ce que j'avais appris du nouveau virus. La seconde, ce que je savais de mon départ. Mais alors qu'une seule personne connaissait la deuxième, beaucoup de gens – tous ceux qui travaillaient dans mon labo, beaucoup des employés de R.U., divers agents de l'État ; des généraux et des colonels ; des hommes et des femmes qui demeuraient invisibles à Pékin et dans la Municipalité Un, dont je ne pouvais même pas imaginer les visages – étaient au courant de la première.

Et maintenant, de plus en plus de gens en entendaient parler à leur tour. Il n'y avait eu aucune annonce officielle dans les bulletins d'information des différentes zones, ni à la radio, et pourtant tout le monde semblait savoir que quelque chose se passait. Un jour, fin septembre, je suis sortie et j'ai trouvé la Place complètement déserte. Envolés les marchands, les tentes, et même les flammes qu'on entretenait constamment. Et elle n'était pas seulement vide, elle était propre. Pas de copeaux de sciure sur le sol, pas de débris de métal, pas de bouts de fil qui voletaient dans l'air. Tout avait disparu, et pourtant je n'avais rien entendu pendant la nuit, aucun grondement de bulldozer, pas d'escouades de balayeuses industrielles ou de pelleteuses. Les stations de réfrigération n'étaient plus là non plus, et les grilles qui barraient les quatre entrées, qu'on avait retirées depuis longtemps, avaient été remplacées et cadenassées.

Dans la navette ce matin-là, l'atmosphère était très tendue, moins le silence qu'une absence totale de sons. On ne repérait la mise en place d'aucun protocole de préparatifs contre l'épidémie, parce que l'État avait complètement changé depuis 2070, mais c'était comme si chacun savait ce qui était en train d'arriver, et que personne n'ait voulu voir se confirmer ses craintes.

Au labo, un mot m'attendait sous une des cages à souris, le premier depuis que David et moi avions commencé à nous voir auprès du conteur. « Serre de la terrasse, 13:00 », disait-il, et à 13:00 pile, je suis montée sur le toit. Il n'y avait personne d'autre qu'un jardinier dans sa salopette en coton verte qui arrosait les spécimens, et avant que j'aie eu le temps de me demander comment j'allais me mettre à la recherche d'un autre mot de David dans la serre si le jardinier ne décampait pas, il s'est retourné et j'ai reconnu David.

Il a posé aussitôt un doigt sur ses lèvres pour me faire signe de me taire, mais j'étais déjà en larmes. « Mais qui es-tu ? Je ne comprends pas qui tu es ?

— Charlie, calme-toi. » Il est venu s'asseoir à côté de l'endroit où je m'étais effondrée à terre et il a passé le bras autour de mon épaule. « Tout va bien, Charlie. Tout va bien. » Il m'a serrée contre lui et bercée jusqu'à ce que je finisse par m'apaiser. « J'ai désactivé les caméras et les micros, nous avons jusqu'à 13:30 avant le retour des drones-insectes. Tu as vu ce qui s'est passé aujourd'hui ? » J'ai hoché la tête. « L'épidémie a envahi la Préfecture Quatre, et elle arrivera bientôt ici aussi. Pire sera la situation et plus nous aurons de mal à nous enfuir. Et donc la date a été avancée au 2 octobre.

L'État va faire une annonce officielle le lendemain ; une campagne de tests et d'évacuation vers les centres de relocalisation commencera le soir même. Le jour suivant, le couvre-feu sera réinstauré. C'est un peu tard à mon goût, mais il y avait tant de modifications à apporter que je n'ai pas pu faire plus vite. Tu comprends, Charlie ? Il faut que tu sois prête à partir du 2 octobre.

— Mais c'est ce samedi !

— Oui, et j'en suis désolé. J'ai mal calculé – je croyais que l'annonce officielle ne serait pas faite avant le 20 au plus tôt. Mais je me suis trompé. » Il a respiré un grand coup. « Charlie, as-tu parlé à ton mari ? » Et voyant que je ne répondais pas, il m'a prise par les épaules et fait pivoter face à lui. « Écoute-moi bien, Charlie, a-t-il repris d'un ton sévère, il *faut* que tu le lui dises. Ce soir. Sinon, je vais devoir considérer que tu pars sans lui.

— Je ne peux pas partir sans lui. » Et je me suis remise à pleurer. « Je ne le ferai pas.

— Alors tu dois le lui dire », m'a enjoint David. Puis il a consulté sa montre. « Il faut qu'on y aille maintenant. Pars la première.

— Et toi ?

— Ne t'en fais pas pour moi.

— Comment as-tu réussi à entrer ici ?

— Charlie, a-t-il répondu, impatient. Je te le dirai plus tard. Maintenant, vas-y. Et parle à ton mari. Promets-le-moi.

— Je te le promets. »

Mais je ne l'ai pas fait. Le lendemain, un nouveau petit mot m'attendait. *Ça y est ?* Mais je l'ai froissé et brûlé à un bec Bunsen.

C'était mardi. Le mercredi, le même scénario s'est reproduit. Ensuite, jeudi est arrivé, trois jours avant le départ prévu, la soirée libre de mon mari.

Et cette nuit-là, il n'est pas rentré.

*

Maintenant, si on me le demandait, je ne saurais pas dire pourquoi j'ai décidé de m'en remettre à David. En vérité, je ne lui ai pas vraiment fait confiance, en tout cas pas tout de suite. Ce David était différent de celui que j'avais connu : il était plus grave, moins surprenant, plus effrayant aussi. Cependant, l'autre David me faisait peur lui aussi, il était si téméraire, si insolite. D'une certaine façon, celui-ci était plus facile pour moi à accepter, même si j'avais l'impression de le connaître moins chaque jour qui passait. Parfois, la bague de Grand-Père au creux de ma main, je pensais à tout ce que David savait de moi, et je me disais que je pouvais croire en lui, qu'il me protégerait, qu'il avait été envoyé par quelqu'un en qui Grand-Père avait toute confiance. D'autres fois, j'examinais la bague à la lumière de la torche électrique sous mes draps pendant que mon mari dormait, et je me demandais si c'était bien celle de Grand-Père. La sienne n'était-elle pas plus grosse ? L'or était-il bien entaillé sur le côté droit ? Était-ce la vraie ou une copie ? Et s'il ne l'avait pas envoyée à son ami en fin de compte ? Si on la lui avait volée ? Alors je me disais : à quoi bon David mentirait-il ? Je ne valais pas la peine d'être kidnappée. Personne ne paierait une rançon pour moi, je ne manquerais à personne. Je ne voyais aucune raison qu'il aurait pu avoir de m'enlever.

Mais il n'y en avait aucune pour vouloir me sauver non plus. Si je ne valais pas la peine d'être enlevée, je ne valais pas davantage celle d'être sauvée.

Et donc, je serais incapable de dire pourquoi j'ai choisi de partir, ni même si je l'avais réellement décidé. Tout cela me paraissait si lointain, tellement improbable, un peu comme un conte de fées. Je savais seulement qu'on m'emmènerait dans un endroit meilleur, un lieu où Grand-Père voulait que j'aille. Mais j'ignorais tout de la Nouvelle-Grande-Bretagne mis à part le fait que c'était un pays où avait autrefois régné une reine, qu'ils parlaient aussi anglais là-bas et que l'État avait cessé toute relation diplomatique avec eux à la fin des années 2070. Je suppose que ça m'apparaissait un peu comme un jeu, pareil à ceux auxquels je jouais avec Grand-Père quand nous faisions semblant d'avoir des conversations – ça aussi, c'était une conversation imaginaire, et mon départ aussi le serait. Lors de notre dernier entretien, je m'étais disputée avec David à propos des bons qu'il voulait que je laisse, parce que je me demandais ce qui se passerait si j'en avais besoin à mon retour. David m'avait interrompue : « Charlie, tu ne reviendras jamais. Quand tu auras quitté ce pays, ce ne sera plus jamais possible. Tu comprends ?

— Et si j'en ai envie ?

— Je ne crois pas que ça arrivera, a-t-il répondu posément. Mais dans tous les cas, tu ne pourras pas. On t'arrêterait et on t'exécuterait lors d'une Cérémonie si tu essayais, Charlie. »

J'ai affirmé que j'avais compris, et je pense que c'était le cas, mais je n'en suis pas sûre. Un samedi, j'avais demandé à David ce qui arriverait aux « petits doigts », et il m'avait répondu que je n'avais pas à y penser et que tout irait bien pour eux. Alors j'avais été très fâchée, parce que même si je savais que je n'étais pas la seule à pouvoir m'en occuper, j'aimais parfois me dire que si. Je voulais croire que j'étais la meilleure préparatrice, la plus soigneuse, la plus attentive, et que personne n'aurait su s'acquitter de cette tâche aussi bien que moi. « Tu as raison, Charlie, tu as raison », avait-il répondu, et au bout d'un moment je m'étais calmée.

Ce jeudi, en attendant mon mari, j'ai repensé aux « petits doigts ». Ils formaient une partie si importante de ma vie ici que j'ai décidé, quand j'irais travailler le lendemain à Rockefeller University – pour la toute dernière fois, m'avait rappelé David –, de voler une boîte de Pétri. Rien qu'une boîte, avec seulement quelques « petits doigts » dans de la solution saline. David avait dit que je ne devrais emporter que ce à quoi je tenais, et les « petits doigts » étaient très importants à mes yeux.

J'avais énormément de place dans mon sac. Les seules choses que j'avais préparées étaient la moitié des pièces d'or que nous gardions sous mon lit, quatre slips et soutiens-gorge, et la bague de Grand-Père, ainsi que les trois photos de lui. David avait dit de ne pas emporter de vêtements, pas de nourriture ni même d'eau – on me donnerait ce qu'il fallait. Pendant que je faisais mes bagages, j'avais soudain pensé que je pourrais prendre les mots que mon mari avait gardés, mais ensuite, j'avais changé d'avis, exactement comme j'avais finalement décidé de ne pas prendre toutes les pièces d'or. Je m'étais dit que si mon mari décidait de venir avec moi, il emporterait l'autre moitié. Une fois rempli, le sac était encore si petit et si léger que je pouvais le plier et le glisser dans la poche de ma combinaison réfrigérante, suspendue dans le placard.

Je savais que j'allais devoir parler à mon mari le soir même, et donc, plutôt qu'enfiler mon pyjama, je me suis étendue sur mon lit complètement habillée, en pensant que si j'étais moins à l'aise, je risquais moins de m'endormir. Mais j'ai sombré tout de même, et quand je me suis réveillée, je me suis rendu compte qu'il était très tard, et en consultant la pendule, j'ai vu qu'il était 23:20.

Aussitôt, j'ai pris peur. Où était-il ? Il n'était jamais rentré si tard, pas une seule fois.

Je ne savais pas quoi faire. J'ai arpenté le séjour en frappant dans mes mains et en me demandant inlassablement à haute voix où il pouvait être. Ensuite, je me suis rendu compte que je connaissais la réponse : il était dans la maison de Bethune Street.

Avant de laisser revenir la peur, j'ai mis mes papiers dans ma poche au cas où je me ferais arrêter. J'ai pris la torche électrique sous mon oreiller et enfilé mes chaussures. Puis j'ai quitté l'appartement et descendu l'escalier.

Dehors, tout était très silencieux et, sans la lumière du feu sur la Place, très sombre. Il n'y avait de temps à autre que le faisceau d'un projecteur, qui tournoyait lentement et éclairait le flanc d'un immeuble, un arbre, une camionnette en stationnement l'espace d'un instant, avant qu'ils ne soient à nouveau plongés dans le noir.

Je n'étais jamais sortie aussi tard, et bien que ce ne soit pas illégal, ce n'était pas non plus si courant. Il suffisait d'avoir l'air de savoir où on allait, et c'était mon cas. Je me suis dirigée vers l'ouest, j'ai traversé la Petite Huit, en levant les yeux vers les appartements et me demandant lequel était celui de David, puis la 7e Avenue et l'Hudson. Alors que je franchissais le pont, une petite troupe de soldats m'a dépassée et ils se sont retournés pour me regarder, mais quand ils ont vu qui j'étais, rien qu'une petite Asiatique banale à la peau sombre, ils ont poursuivi leur chemin sans même m'arrêter. Dans Greenwich Street, j'ai tourné à droite et marché vers le nord, et bientôt, je me suis retrouvée à l'angle de Bethune Street et j'ai continué jusqu'au numéro 17.

Alors que je m'apprêtais à monter les marches, je me suis arrêtée, reprise par la peur, et pendant un moment, je me suis balancée sur place en m'entendant gémir. Mais ensuite, j'ai repris ma montée, trébuchant sur la pierre manquante à la deuxième marche, et j'ai frappé sur le rythme que j'avais gardé en tête durant tous ces mois : *tap-ta-taptap-tap-tap-tap-ta-taptaptap*.

D'abord le silence. Puis j'ai entendu un pas descendre un escalier, le petit guichet s'est ouvert et, l'instant suivant, le visage d'un homme rubicond aux yeux bleus est apparu. Il m'a regardée et je l'ai regardé. Nouveau silence. Puis il m'a dit : « De meilleur commencement qu'à la minute même où je parle je n'en connais pas, Ni d'occasion plus juste de jeunesse ou d'âge[1]. » Et voyant que je ne répondais pas, il a répété.

« Je ne sais pas ce qu'il faut répondre », ai-je dit, et avant qu'il ait pu refermer le guichet, j'ai ajouté : « Attendez, attendez ! Je m'appelle Charlie Griffith. Mon mari n'est pas rentré et je crois qu'il est chez vous. Son nom est Edward Bishop. »

Sur ce, il a écarquillé les yeux. « Vous êtes la femme d'Edward ? Comment avez-vous dit que vous vous appeliez ?

— Charlie. Charlie Griffith. »

Le petit guichet a claqué et le battant s'est entrouvert, de quelques centimètres seulement, et l'homme de l'autre côté, un quinquagénaire blanc de haute taille, avec de fins cheveux blond clair, m'a fait signe d'entrer et il a refermé à clé. « Au premier étage », a-t-il dit, et tout en le suivant, j'ai regardé sur ma gauche et vu une porte entrebâillée par laquelle filtrait la lueur d'une lampe.

L'escalier était couvert d'un tapis à motifs rouge foncé et bleu marine qui dessinaient des lignes et des formes géométriques, et les marches craquaient à chaque pas. Au premier, il y avait une autre porte, et j'ai compris que la maison avait été aménagée

1. Walt Whitman, *Chanson de moi-même.* 3 (*Feuilles d'herbe,* traduction J. Darras, Gallimard, 2002).

en plusieurs appartements, un par étage, et que pourtant elle continuait d'être utilisée, telle qu'elle avait été conçue à l'origine, comme un corps d'habitation unique. Des roses avaient été peintes sur les murs de la cage d'escalier, et le motif continuait au-delà du premier étage, jusqu'en haut. Du linge – des chaussettes, des chemises et des caleçons d'homme – séchait sur la rampe.

Mon guide a frappé à la porte et tourné la poignée en même temps, et je l'ai suivi à l'intérieur.

Ma première pensée a été que j'étais pour ainsi dire revenue dans le bureau de Grand-Père, du moins tel que je me le rappelais juste avant d'avoir été malade. Tous les murs disparaissaient sous des étagères pleines de ce qui paraissait être des milliers de livres. Un tapis recouvrait le plancher, le même que celui de l'escalier, mais plus large et à motifs plus chargés. Il y avait des sièges rembourrés et un chevalet dans un angle, avec le portrait inachevé d'un homme. Les larges fenêtres étaient cachées par des rideaux gris fer, et d'autres livres s'empilaient sur une table basse, à côté d'un transistor et d'un échiquier. Dans l'angle opposé au chevalet, se trouvait un téléviseur, comme je n'en avais pas vu depuis que j'étais toute petite.

Face à moi, il y avait un canapé, pas du tout comme celui de chez nous, beaucoup plus profond et confortable, et sur lequel était assis un homme, et cet homme était mon mari.

Je me suis précipitée et agenouillée tout près de lui. Il avait les yeux fermés, il transpirait à grosses gouttes, et sa bouche était entrouverte parce qu'il respirait avec difficulté. « Mangouste ! », ai-je murmuré et j'ai pris une des mains qu'il gardait croisées sur sa poitrine, et je l'ai trouvée moite et froide. « C'est moi, Cobra. » Il a gémi faiblement mais n'a rien dit.

Alors j'ai entendu quelqu'un prononcer mon nom, et j'ai relevé la tête. C'était un homme dont je n'avais pas remarqué la présence avant, les cheveux blonds, les yeux verts, d'environ mon âge, agenouillé lui aussi à côté de mon mari. J'ai remarqué qu'il lui soutenait la nuque d'une main et lui caressait les cheveux de l'autre. « Charlie », a répété l'inconnu, et j'ai été surprise de voir qu'il avait les larmes aux yeux. « Charlie, je me réjouis de faire enfin votre connaissance.

— Il faut qu'il parte d'ici tout de suite », a dit quelqu'un d'autre, et en me retournant, j'ai vu que c'était celui qui m'avait fait entrer.

« Bon sang, Harry », s'est exclamée une voix, et j'ai constaté qu'il y avait trois autres inconnus dans la pièce, tous debout à quelques pas du canapé et les yeux fixés sur mon mari. « Ne sois pas si dur !

— Je n'ai pas besoin qu'on me donne de leçons. Je suis chez moi ici. Il nous met tous en danger en restant. Il faut qu'il s'en aille. »

Un autre a commencé à protester, mais celui qui caressait la tête de mon mari les a interrompus. « Je suis d'accord. Harry a raison, c'est trop risqué.

— Mais où comptez-vous aller ? », a demandé quelqu'un, et l'homme aux cheveux blonds m'a regardée.

« À la maison. Charlie, pouvez-vous m'aider ? » Et j'ai fait signe que oui.

Harry a quitté la pièce, et deux des autres ont aidé l'homme aux cheveux blonds à relever mon mari, qui a gémi durant la manœuvre. « Ça va aller, Edward, a-t-il dit en lui passant le bras autour de la taille. « Ne t'en fais pas, mon chéri. Tout ira bien. » Ensemble, ils lui ont fait lentement descendre l'escalier, mon mari geignant et haletant à chaque marche, l'homme blond l'apaisant et lui caressant le visage. La porte de l'appartement du rez-de-chaussée était maintenant grande ouverte, il a dit qu'il devait aller chercher le sac de mon mari et le sien, et il est entré.

Je l'ai suivi sans trop savoir si je devais le faire, et à l'intérieur, tous les hommes présents m'ont fixée du regard. Ils étaient six, je n'aurais pu décrire aucun de leurs visages, seulement la pièce elle-même, décorée comme celle du premier étage, mais de façon plus luxueuse, avec de plus beaux meubles et des tissus plus précieux. Aussitôt cependant, j'ai remarqué que tout était défraîchi : les bords du tapis, les coutures du canapé, le dos des livres. Il y avait là aussi un téléviseur éteint, rien qu'un écran noir. Là encore, on avait abattu des cloisons pour transformer ce qui aurait pu être un deux-pièces en un vaste espace unique.

Ensuite, les hommes se sont rassemblés sur le seuil, et l'un d'eux s'est rapproché du blond. « Fritz, je connais quelqu'un qui pourrait vous aider, laisse-moi lui en parler », mais il a secoué la tête. « Je ne peux pas te faire ça. Ils vont te pendre ou te lapider, et ton ami aussi. » Et l'autre, comme s'il reconnaissait qu'il avait raison, a opiné du chef et reculé d'un pas.

Je les observais quand j'ai senti un regard posé sur moi, je me suis tournée sur ma gauche, et j'ai découvert la présence d'un des doctorants, celui qui levait toujours les yeux au ciel quand le neveu du secrétaire d'État à l'Intérieur prenait la parole.

Il s'est rapproché de moi. « Charlie, n'est-ce pas ? », a-t-il murmuré, et j'ai hoché la tête. Il a jeté un coup d'œil vers le vestibule où les deux hommes soutenaient toujours mon mari, entouré par plusieurs autres. « Edward est votre mari ? »

J'ai fait signe que oui. Je ne pouvais pas parler, à peine opiner du chef, j'avais même du mal à respirer. « Qu'est-ce qu'il a ? », ai-je réussi à articuler.

Il a secoué la tête. « Je l'ignore. On dirait une crise cardiaque, à mon avis. En tout cas je suis sûr que ce n'est pas… le virus.

— Comment le savez-vous ?

— Nous avons examiné certaines des personnes touchées. Et c'est très différent, j'en suis convaincu. Il saignerait du nez et de la bouche s'il l'avait contracté. Mais Charlie, ne l'emmenez pas à l'hôpital, quoi que vous fassiez.

— Pourquoi ?

— Parce que. Eux vont décréter que c'est le virus. Ils en savent moins que nous. Et ils vont l'expédier immédiatement en centre de confinement.

— Il n'y en a plus », lui ai-je rappelé. Et il a une fois de plus secoué la tête.

« Mais si. Ils ont seulement changé de nom. Mais c'est là qu'ils emmènent les premiers cas, pour… pour les examiner. » Il a regardé mon mari, puis s'est tourné à nouveau vers moi. « Ramenez-le chez vous. Laissez-le mourir à la maison.

— Mourir ? Il va mourir ? »

Mais l'homme aux cheveux blonds a réapparu, cette fois avec son sac et celui de mon mari en bandoulière. « Charlie, il faut qu'on y aille ! » Et je l'ai suivi, sans même m'en rendre compte.

Certains ont embrassé le blond sur la joue, d'autres ont embrassé mon mari. « Au revoir, Edward », a dit l'un d'eux, et ils ont tous fait chorus. « Au revoir, Edward. Salut. On t'aime, Edward. Au revoir, Edward. » Puis la porte s'est ouverte, et nous nous sommes tous les trois enfoncés dans la nuit.

*

Nous nous sommes dirigés vers l'est. L'homme blond à droite de mon mari, moi à sa gauche. Il s'accrochait à nos cous et nous avions chacun passé un bras autour de sa taille. Il pouvait à peine marcher et il laissait traîner ses pieds la plupart du temps. Il n'était pas lourd, mais parce que nous étions tous les deux plus petits que lui, nous avions du mal à le faire avancer.

Dans Hudson Street, l'homme blond a regardé alentour. « On va couper par Christopher Street, longer la Petite Huit, et prendre la 9e Rue vers l'est avant d'obliquer vers le sud dans la 5e Avenue. Si on nous arrête, on dira que c'est votre mari, que je suis un ami et qu'il… a bu un coup de trop, d'accord ? » C'était illégal d'être dans la rue en état d'ivresse, mais je savais qu'en pareilles circonstances, il valait mieux dire qu'il était saoul plutôt que malade.

« D'accord. »

Nous avons marché en silence le long de Christopher Street. Les rues étaient si désertes et si obscures que je voyais à peine où nous allions, mais l'homme blond avançait d'un pas rapide et décidé, et moi, je m'efforçais de suivre son rythme. Finalement, nous avons atteint Waverly Place, qui borde la Petite Huit à l'ouest, bien éclairée par des projecteurs, et nous nous sommes collés à la façade d'un immeuble pour ne pas nous faire repérer.

L'homme blond m'a regardée. « Ce n'est plus très loin », puis s'adressant avec douceur à mon mari, qui toussait et gémissait : « Je sais, Edward. On y est presque, je te le promets. Presque. »

Nous avons repris notre chemin aussi vite que possible. Sur ma gauche, je voyais les tours de la Petite Huit, presque aucune fenêtre n'était éclairée. Je me suis demandé quelle heure il pouvait être. Devant nous, s'élevait le grand bâtiment construit plusieurs siècles auparavant comme prison. Ensuite, il était devenu une bibliothèque. Puis à nouveau une prison. Aujourd'hui, c'était un immeuble à usage d'habitation. Derrière se trouvait un terrain de jeux en ciment, mais les enfants ne l'utilisaient que rarement à cause de la chaleur.

C'est juste au moment où nous nous approchions de cet édifice que nous avons été arrêtés. « Halte ! » avons-nous entendu, et nous avons pilé brutalement, en manquant presque de lâcher mon mari. Un soldat, en uniforme noir – ce qui signifiait qu'il était un agent de police municipale et non pas un militaire –, s'était campé devant nous et brandissait son arme vers nos visages.

« Où allez-vous à cette heure de la nuit ?

— Monsieur l'officier, j'ai mes papiers », a balbutié l'homme blond, en fouillant dans son sac, mais le soldat l'a arrêté net :

« Je ne vous ai pas demandé vos papiers, j'ai demandé où vous alliez.

— Nous rentrons chez Madame. » Je me rendais compte qu'il avait peur mais tentait de le cacher. « Son mari… son mari a bu un petit coup de trop et…

— Où ça ? » Et je me suis dit qu'il avait l'air impatient. Les soldats gagnent des points quand ils arrêtent des citoyens pour des infractions qui portent atteinte à la qualité de vie.

Mais avant que nous ayons pu répondre, nous avons entendu quelqu'un s'écrier : « Ah, vous êtes là ! » comme s'il saluait une connaissance, un ami en retard pour le retrouver et aller assister à un concert ou faire une promenade. L'homme aux cheveux blonds, le soldat et moi nous sommes retournés et nous avons vu David. Il venait de l'ouest, et il ne portait pas sa combinaison grise habituelle mais une chemise et un pantalon de coton bleus, pareils à ceux que portait le blond, et même s'il se rapprochait rapidement, il ne semblait pas se dépêcher, il souriait en secouant la tête. Dans une main, il tenait une Thermos, dans l'autre une sacoche en cuir. « Je vous avais bien dit de ne pas bouger. Je vous ai cherchés dans toute la résidence », dit-il encore, sans cesser de sourire, à l'homme blond qui était resté bouche bée de surprise mais l'a refermée et a hoché la tête.

« Je suis désolé, Monsieur l'officier, a dit David au soldat. Je vous présente mon imbécile de grand frère, sa femme, et notre ami (il a désigné le blond) ; je crains bien que mon frère se soit donné un peu trop de bon temps ce soir. Je suis allé lui chercher de l'eau à la maison, et quand je suis revenu, ces trois zozos (il nous a souri avec affection) avaient manifestement décidé de partir sans moi. » Il a alors souri aussi au soldat en secouant un peu la tête et en levant les yeux au ciel. « Tenez, j'ai tous nos papiers sur moi », et il a tendu sa sacoche à l'agent de police, qui n'avait toujours pas baissé son arme, et qui nous avait regardés tour à tour pendant que David parlait ; toutefois il a accepté de prendre la sacoche et a ouvert la fermeture Éclair. Alors qu'il en sortait nos cartes d'identité, j'ai entrevu quelque chose d'argenté qui brillait.

Le soldat a parcouru les papiers, et en lisant le dernier, il s'est soudain redressé et a fait un salut militaire. « Toutes mes excuses, a-t-il dit à David. Je ne savais pas, Monsieur.

— Aucune excuse n'est nécessaire, officier. Vous n'avez fait que votre devoir.

— Merci, Monsieur, a dit le soldat. Avez-vous besoin d'aide pour le ramener à la maison ?

— C'est très aimable à vous, mais non. Vous avez du travail ici. »

Le soldat a salué à nouveau, et David lui a rendu son salut. Puis il a pris ma place au côté de mon mari. « Ah, ce n'est pas bien malin, mon vieux, lui a-t-il dit. Allez, on va rentrer maintenant. »

Nous n'avons pas échangé un mot avant d'avoir traversé la 6e Avenue. « Mais qui… », a commencé le blond, avant de s'interrompre et d'ajouter : « Je vous remercie. » Et David, qui maintenant ne souriait plus, a murmuré : « Au cas où nous croiserions un autre agent de police, laissez-moi faire. Si on nous arrête, personne ne doit paraître inquiet. Vous devez prendre un air… exaspéré, d'accord ? Mais surtout pas effrayé. « Charlie, tu as compris ? »

J'ai fait signe que oui. « Je suis un ami de Charlie, a-t-il expliqué. David. »

L'homme blond m'a regardée. « Fritz », a-t-il répondu, et j'ai hoché la tête pour qu'il sache que j'avais enregistré.

Nous sommes arrivés à la maison sans nous faire arrêter à nouveau, et dès qu'il a eu refermé la porte de l'immeuble derrière nous, David m'a tendu la Thermos, il a soulevé mon mari dans ses bras et il a commencé à monter l'escalier. Je n'ai pas compris comment il en avait la force parce qu'ils ont à peu près la même taille, mais il l'a fait.

Dans l'appartement, il a porté mon mari jusqu'à notre chambre, et malgré la gravité de la situation, j'ai ressenti une légère gêne à l'idée que David et Fritz voient que nous dormions dans des lits jumeaux, à distance l'un de l'autre. Ensuite, je me suis rappelé qu'ils le savaient déjà, et je n'en ai été que plus embarrassée.

Mais aucun des deux n'a semblé le remarquer. Fritz s'était assis à côté de mon mari sur son lit et lui caressait de nouveau le visage. David lui avait pris le poignet et consultait sa montre. Au bout d'un moment, il a reposé le bras de mon mari, comme pour le lui rendre. « Charlie, tu veux bien aller me chercher un peu d'eau, s'il te plaît ? »

À mon retour, David était agenouillé au chevet du lit, il a pris l'eau que je lui tendais, et il a approché la chope des lèvres de mon mari. « Edward, pouvez-vous essayer d'en avaler un peu ? C'est bien. Bravo. Encore un peu. Très bien. » Il a reposé la chope par terre à côté de lui.

« Vous savez que c'est la fin », a-t-il dit, et je ne savais pas très bien s'il s'adressait seulement à Fritz ou à nous deux.

C'est Fritz qui a répondu. « Je le sais, a-t-il murmuré. Le diagnostic est tombé il y a un an. Je pensais qu'il lui resterait un peu plus de temps.

— Le diagnostic de quoi ? me suis-je entendue demander. De quelle maladie ? »

Ils se sont tous les deux tournés vers moi. « Insuffisance cardiaque congestive, m'a répondu Fritz.

— Mais ça se soigne. On peut le traiter ! »

Fritz a secoué la tête. « Non, pas dans son cas. Pas pour ceux qui ont pour famille des traîtres à la nation. » Et en prononçant ces mots, il a éclaté en sanglots.

« Il ne me l'a jamais dit », ai-je balbutié quand j'ai retrouvé l'usage de la parole. « Il ne me l'a jamais dit. » Et j'ai commencé à marcher de long en large en claquant des mains, en répétant inlassablement la même phrase : « Il ne me l'a jamais dit, il ne me l'a jamais dit », jusqu'à ce que Fritz quitte le chevet du lit et vienne prendre mes mains dans les siennes.

« Il cherchait le meilleur moment pour vous le dire, Charlie. Mais il ne voulait pas vous inquiéter. Il craignait que ça ne vous bouleverse.

— C'est maintenant que je suis bouleversée ! ». Et cette fois, c'est David qui a dû s'approcher pour me faire asseoir sur mon lit, et me bercer tout doucement, tout comme Grand-Père le faisait.

« Charlie, Charlie, tu as été si courageuse », a-t-il dit, sans cesser de me bercer. « C'est presque fini maintenant, Charlie, c'est presque fini. » Et j'ai pleuré, et pleuré encore, même si j'avais honte de pleurer, et honte de pleurer sur mon sort autant que sur celui de mon mari : je pleurais parce que je savais si peu de chose, que j'en comprenais si peu, et parce que, même si mon mari ne m'avait pas aimée, moi, je l'avais aimé, lui, et je pensais qu'il le savait. Je pleurais parce qu'il aimait quelqu'un d'autre, quelqu'un qui n'ignorait rien de moi et dont, moi, je ne savais rien. Et puis je pleurais parce que ce quelqu'un était en train de le perdre, tout comme moi. Je pleurais parce qu'il avait été malade et n'avait pas voulu ou pas pu m'en parler – je n'en étais pas sûre, mais ça revenait au même : je n'avais rien su.

Mais je pleurais aussi parce que mon mari était la seule raison pour laquelle je serais restée en Zone Huit, et maintenant qu'il allait mourir, je ne resterais pas non plus. Je pleurais parce que nous partions tous les deux, vers des endroits différents, et que nous allions le faire séparément, qu'aucun de nous deux ne reviendrait jamais, dans cet appartement, dans cette zone, dans cette municipalité, dans cette préfecture… Jamais plus.

*

Nous avons veillé mon mari le reste de la nuit et tout le vendredi. Tôt le matin, David était allé faire enregistrer nos absences de nos postes de travail au centre. Fritz, lui aussi célibataire, habitait le Bâtiment Six, tout comme David, et donc nous n'avions pas à craindre que son épouse s'inquiète de lui puisqu'il n'en avait pas.

À son retour, David lui a fait boire une gorgée de plus du liquide de sa Thermos, et le visage de mon mari s'est détendu, sa respiration s'est apaisée et ralentie. « Nous pourrons lui en donner davantage s'il commence à vraiment souffrir », a-t-il dit, mais ni Fritz ni moi n'avons répondu.

À midi, j'ai préparé quelque chose, mais personne n'a mangé. À 19:00, David a réchauffé le déjeuner au four, et cette fois, nous avons partagé un repas, assis par terre dans notre chambre, en regardant mon mari dormir.

Personne ne disait rien, ou pas grand-chose. À un moment donné, Fritz a demandé à David : « Vous travaillez au ministère de l'Intérieur ? » et David a esquissé un sourire, et il a répondu : « Quelque chose comme ça. » Fritz n'a plus posé de questions.

« Moi, je suis au ministère des Finances », a-t-il expliqué et David a hoché la tête. « Je suppose que vous le saviez déjà. » Et David a de nouveau hoché la tête.

Il serait sans doute naturel de se demander si j'ai interrogé Fritz pour savoir comment et quand mon mari et lui s'étaient rencontrés, depuis combien de temps durait leur relation, et si c'était lui qui lui adressait ces petits mots. Mais je ne l'ai pas fait. J'y ai songé, bien sûr, durant ces longues heures, mais en fin de compte, j'y ai renoncé. Je n'avais pas besoin de le savoir.

J'ai dormi dans mon lit cette nuit-là. David a pris le canapé du séjour. Fritz s'est couché dans le lit de mon mari, en le serrant dans ses bras, même s'il ne pouvait pas lui rendre son étreinte. En entendant mon nom, j'ai ouvert les yeux, et j'ai vu David, penché au-dessus de moi. « Il est l'heure, Charlie. »

J'ai regardé du côté du lit de mon mari : il paraissait presque immobile, il respirait mais à peine. Je me suis approchée et assise par terre près de sa tête. Il avait les lèvres d'un bleu pâle tirant sur le violet, une couleur étrange que je n'avais jamais vue sur aucun être humain. Je lui ai pris la main, elle était encore chaude, mais ensuite, j'ai compris que c'était parce que Fritz la lui avait tenue.

Nous sommes restés comme ça très longtemps. Au lever du soleil, la respiration de mon mari s'est faite difficile, et Fritz a regardé David, assis sur mon lit, et il a dit : « Maintenant, s'il vous plaît, David », et il m'a regardée aussi, parce que j'étais sa femme, et j'ai hoché la tête à mon tour.

David lui a ouvert la bouche. Puis il a tiré un mouchoir de sa poche et il l'a trempé dans la Thermos et a ensuite fait couler le liquide entre ses lèvres avant de lui en humecter les gencives, l'intérieur des joues et la langue. Ensuite, nous avons tous trois écouté la respiration de mon mari ralentir, devenir plus profonde et de moins en moins régulière, avant de s'arrêter complètement.

Fritz a été le premier à prendre la parole, il ne s'adressait pas à nous mais à mon mari. « Je t'aime, a-t-il dit, mon Edward. » Je me suis alors rendu compte qu'il avait été la dernière personne à parler à mon mari, parce que quand je l'avais découvert ce jeudi soir, il ne réagissait déjà plus. Il s'est penché pour l'embrasser sur les lèvres, David a détourné le regard, mais moi non : je n'avais jamais vu personne embrasser mon mari et je ne le verrais plus jamais.

Ensuite, il s'est relevé. « Que faisons-nous ? », a-t-il demandé à David qui a répondu : « Je vais me charger de lui. » Fritz a opiné. « Je vous remercie. Merci beaucoup, David. Merci. » J'ai cru qu'il allait fondre en larmes à nouveau, mais non. « Et voilà », a-t-il dit, et il s'est tourné vers moi. « Au revoir, Charlie. Merci d'avoir été si généreuse avec moi. Et avec lui.

— Je n'ai rien fait, ai-je répondu, mais il a secoué la tête. Oh mais si ! Il tenait beaucoup à vous. » Il a poussé un long soupir et il a ramassé son sac. « J'aimerais garder quelque chose de lui. Un souvenir qui me fasse penser à lui.

— Vous pouvez prendre son sac. » Plus tôt, nous l'avions fouillé, comme s'il avait pu contenir un traitement miracle, ou un autre cœur, mais nous n'avions trouvé que son uniforme de travail, ses papiers, et un petit rouleau de papier contenant quelques noix de cajou, et sa montre.

« Vous êtes sûre ? », m'a demandé Fritz et je le lui ai confirmé. « Merci », a-t-il dit et il a soigneusement glissé le sac de mon mari dans le sien.

David et moi avons raccompagné Fritz à la porte. « Et voilà », a-t-il répété avant de se remettre à pleurer pour de bon. Il a salué David, puis moi, et nous avons incliné le buste en retour. « Je suis désolé, a-t-il dit pour excuser ses larmes. Je suis désolé, je suis désolé. Je l'aimais tellement.

— Nous comprenons, a dit David. Nul besoin de vous excuser. »

Et soudain, je me suis rappelé les petits mots. « Attendez, Fritz. » Et je suis allée tirer la boîte du placard, j'ai ouvert l'enveloppe et pris les papiers. « C'est à vous », ai-je dit en les lui tendant. Il les a regardés et il s'est remis à pleurer.

« Merci. Merci. » L'espace d'un instant, j'ai cru qu'il allait me toucher, mais il s'en est bien gardé parce que ça ne se fait pas.

Ensuite, il a ouvert la porte et s'est glissé dehors. Nous l'avons entendu descendre l'escalier, traverser le hall, puis ouvrir la porte d'entrée et la laisser se refermer derrière lui. L'instant d'après, il avait disparu et le silence était retombé.

*

Ensuite, il ne restait plus qu'à attendre. À 23:00, je devais aller me poster sur la berge entre Charles Street et Hudson Street où une barque viendrait me chercher. Elle me conduirait vers un autre bateau, beaucoup plus grand, et celui-ci m'emmènerait dans un pays dont je n'avais jamais entendu parler, qui s'appelait l'Islande. Là, je serais mise à l'isolement pendant trois semaines, pour s'assurer que je ne portais pas le nouveau virus, et après cela, j'embarquerais sur un troisième bateau qui me conduirait en Nouvelle-Grande-Bretagne.

Mais David n'allait pas m'accompagner jusqu'à la rive. Je devrais le faire toute seule. Il avait des affaires à boucler ici, et donc, je ne le reverrais qu'une fois en Islande. Quand il me l'a appris, je me suis remise à pleurer. « Tu en es capable, Charlie. Je n'ai aucun doute. Tu as été si vaillante. Tu es une jeune femme courageuse. » Finalement, j'ai séché mes larmes et j'ai opiné du chef.

Entre-temps, m'a dit David, je devrais rester à la maison et essayer de dormir, même si je devais faire attention à prévoir une marge de temps suffisante avant de partir. Il s'occuperait de faire enlever le corps de mon mari et organiserait la crémation, mais pas avant mon départ. Nous avions de la chance que la météo soit favorable, a-t-il dit, mais il a tout de même habillé mon mari de sa combinaison réfrigérante et il l'a allumée, à l'exception du casque.

« Je dois y aller maintenant », m'a-t-il annoncé. Nous étions devant la porte. « Tu te souviens du plan ? » Et j'ai hoché la tête. « As-tu encore des questions ? » J'ai fait signe que non. Puis il a posé les mains sur mes épaules et j'ai tressailli, mais il a maintenu la pression. « Ton grand-père serait fier de toi, Charlie. Je le suis aussi. » Il m'a lâchée. « On se retrouve en Islande. Là-bas, tu seras déjà une femme libre. »

Je ne savais pas ce qu'il voulait dire par là, mais j'ai répondu : « Oui, en Islande », et il m'a saluée comme il avait salué le soldat jeudi soir avant de s'en aller.

Je suis retournée dans notre chambre, qui était maintenant seulement la mienne, et qui dès demain serait celle de quelqu'un d'autre. J'ai pris trois des pièces qui restaient encore dans le tiroir encastré sous mon lit. Je me suis souvenue que Grand-Père m'avait expliqué que dans certaines cultures, on pose des pièces d'or sur les paupières des défunts, et que dans d'autres, on en glisse sous leur langue. Je ne me rappelle pas pourquoi ils le font. J'ai placé tout le reste dans mon sac. J'ai regretté de ne pas avoir donné notre reliquat de bons à Fritz, mais j'avais oublié.

Ensuite, je me suis allongée à côté de mon mari. Je l'ai entouré de mes bras. La manœuvre était un peu difficile à cause de la combinaison réfrigérante, mais j'ai tout de même réussi. C'était la première fois que j'étais aussi proche de lui, la première fois que je le touchais. Je l'ai embrassé sur la joue, elle était froide et lisse, comme une pierre. J'ai posé un baiser sur ses lèvres. Un autre sur son front. J'ai caressé ses cheveux, ses paupières, ses sourcils, son nez. Je l'ai embrassé et caressé pendant très longtemps. Je lui ai parlé. Je lui ai dit que j'étais désolée. Je lui ai annoncé que j'allais découvrir la Nouvelle-Grande-Bretagne. Je lui ai dit qu'il allait me manquer, que je ne l'oublierais jamais, que je l'aimais. J'ai repensé à Fritz qui m'avait confié que mon mari tenait à moi. Je ne m'étais jamais imaginé rencontrer la personne qui avait écrit ces petits mots à mon mari, et maintenant c'était arrivé.

Quand je me suis réveillée, il faisait nuit, et j'étais anxieuse parce que j'avais oublié de mettre une alarme. Mais il était à peine plus de 21:00. J'ai pris une douche, même si ce n'était pas un jour où nous avions droit à l'eau. Je me suis brossé les dents, et j'ai rangé la brosse dans mon sac. J'avais peur, si je me recouchais, de me rendormir, et donc, à la place, je me suis assise sur mon lit et j'ai regardé mon mari. Au bout d'un moment, j'ai allumé son casque, pour que son visage et sa tête ne commencent pas à pourrir avant la crémation. Je savais que ça n'avait aucune importance pour lui, ni pour personne en réalité, mais je ne voulais pas imaginer son visage noircir et se ramollir. Je n'étais jamais restée aussi longtemps auprès d'un mort, pas même Grand-Père – c'était mon mari qui avait supervisé son incinération, pas moi, parce que j'étais trop bouleversée.

À 22:20, je me suis relevée. Je portais un tee-shirt et un jean noirs tout simples, comme David me l'avait recommandé. J'ai jeté mon sac sur mon épaule. À la dernière minute, j'ai ajouté mes papiers, même si David avait dit que je n'en aurais pas besoin, parce que je pensais qu'on pourrait me les réclamer si on m'arrêtait en chemin vers la rive ouest. Ensuite, je les ai à nouveau sortis du sac et mis sous mon oreiller. J'ai pensé à la boîte de Pétri et aux embryons que je ne pourrais plus récupérer maintenant. « Au revoir, “petits doigts”, ai-je dit à haute voix. Au revoir. » Mon cœur battait si fort que j'avais du mal à respirer.

J'ai fermé la porte de mon appartement pour la dernière fois. J'ai glissé la clé sous la porte.

Et je me suis retrouvée dehors, marchant vers l'ouest, empruntant presque le même chemin que deux nuits plus tôt. Au-dessus de moi, la lune était si brillante que même quand le rayon des projecteurs avait fini de passer, je voyais où j'allais. David m'avait dit qu'après 21:00, la plupart des drones-insectes seraient déviés de leur trajectoire habituelle pour se rassembler autour des hôpitaux et contrôler les zones à haute densité de population, en prévision de l'annonce du lendemain, et de fait, je n'en ai aperçu que deux ou trois ; à la place de leur bourdonnement familier, le silence régnait.

J'ai atteint la berge à 22:45. Je me suis assise au sec sur un talus pour ne pas marcher de long en large. Il n'y avait absolument aucune lumière. Même les usines sur l'autre rive étaient plongées dans le noir. On entendait seulement l'eau qui clapotait contre les digues de béton.

Soudain, j'ai entendu un tout petit bruit. On aurait cru un murmure, ou un souffle de vent. Puis, j'ai aperçu quelque chose : une bulle de pâle lumière jaunâtre qui semblait flotter au-dessus de la rivière comme un oiseau. Elle est bientôt devenue plus grosse et plus distincte, et j'ai vu qu'il s'agissait d'une petite barque en bois, comme celles que j'avais vues sur des tableaux où les gens ramaient sur l'Étang à l'époque où c'en était encore un vrai.

Je me suis levée et l'embarcation s'est approchée de la rive. Il y avait deux hommes à bord, tous deux entièrement vêtus de noir, l'un tenait à la main une lanterne qu'il a baissée quand ils ont accosté. Même leurs yeux étaient couverts de fins morceaux de gaze noirs et j'avais du mal à les distinguer dans l'obscurité.

« Cobra ? a demandé l'un d'eux.

— Mangouste », ai-je répondu, et celui qui avait parlé a tendu la main pour que je monte dans la barque qui tanguait sous mes pieds, et j'ai cru que j'allais tomber à l'eau.

« Vous allez vous installer là », a-t-il ordonné, et il m'a aidée à me recroqueviller dans l'espace entre lui et l'autre rameur, et une fois que je m'étais faite aussi petite que possible, ils m'ont recouverte d'une bâche. « Pas un bruit », a-t-il ajouté, et j'ai hoché la tête, même s'il ne pouvait pas me voir acquiescer. Alors, le bateau s'est éloigné de la berge, et on n'entendait plus que le bruit des rames qui fendaient l'eau et le souffle des hommes qui inspiraient et expiraient.

Quand David m'avait révélé qu'il ne me retrouverait pas sur les quais, je lui avais demandé comment je saurais que ceux qui viendraient me chercher seraient bien les bons. « Aucun problème. Il n'y a personne sur les berges à cette heure-là. Jamais, d'ailleurs. » Mais j'avais insisté : il fallait que je sois sûre.

Deux semaines après notre mariage, il y avait eu une descente de police dans notre immeuble. C'était la première fois depuis le décès de Grand-Père, et j'avais été si terrifiée que je n'avais pas pu m'empêcher de gémir et de gémir encore, de battre l'air de mes mains en me balançant. Mon mari était désemparé, et quand il avait essayé de me prendre les mains, je l'avais frappé pour qu'il recule.

Cette nuit-là, j'ai rêvé que j'étais à la maison après le travail, que je préparais le dîner, et que j'entendais la clé tourner dans la serrure. Mais quand la porte s'ouvrait, ce n'était pas mon mari, mais une escouade de policiers qui m'avaient commandé en criant de me jeter à terre, leurs chiens me bondissant dessus en aboyant. Je m'étais réveillée en appelant Grand-Père, mon mari était allé me chercher un verre d'eau, et il était resté assis à côté de moi jusqu'à ce que je me rendorme.

Le lendemain soir, je préparais le dîner quand j'ai entendu la clé tourner dans la serrure, et bien que ça ne puisse être que mon mari, j'avais été si effrayée sur l'instant que j'avais fait tomber la casserole de pommes de terre. Après m'avoir aidée à les ramasser, et alors que nous étions à table, mon mari m'avait dit : « J'ai une idée. Pourquoi ne pas décider d'un code secret, deux mots que nous pourrions prononcer en rentrant dans l'appartement, pour que chacun sache que c'est l'autre ? Je dirai le mien, toi, le tien, et alors nous serons sûrs que nous sommes bien la bonne personne. »

J'avais retourné la question dans ma tête. « Quels mots allons-nous choisir ?

— Eh bien, a répondu mon mari après avoir réfléchi un instant. « Pourquoi ne serais-tu pas... un cobra ? » J'avais dû paraître surprise ou vexée, parce qu'il m'a souri : « Les cobras sont féroces. De petits serpents, mais vifs et mortels s'ils vous mordent.

— Et toi, tu seras quoi ?

— Voyons un peu... » Et je l'ai regardé penser. Mon mari aimait la zoologie et les animaux. Le jour où nous nous étions rencontrés, il y avait eu un reportage à la radio sur les manchots de Magellan qui venaient d'être déclarés espèce disparue, et mon mari s'en était dit peiné, il avait expliqué que ces oiseaux étaient résistants, plus qu'on ne le croyait, et plus humains que les gens le pensaient généralement. Quand ils étaient malades, avait-il ajouté, ils s'éloignaient en trottinant de leur colonie afin de mourir seuls, pour que leurs congénères n'assistent pas à la scène.

« Moi, je serai une mangouste, avait-il décidé au bout du compte. Une mangouste est capable de tuer un cobra, si elle le souhaite, mais elle ne le fait que très rarement. » Il avait souri à nouveau. « Ça demande trop d'efforts. Alors, ils décident de se respecter mutuellement. Mais nous, nous serons un cobra et une mangouste qui feront plus que se respecter : nous nous unirons pour protéger l'autre de tous les animaux de la jungle.

— Cobra et Mangouste », avais-je répété après un silence, et il avait hoché le menton.

« Un peu plus dangereux que Charlie et Edward », avait-il ajouté avant de sourire une fois de plus, et j'avais compris qu'il se moquait, mais gentiment.

« Oui, je veux bien. »

J'avais raconté cette histoire à David lors de l'une de nos premières promenades, à l'époque où je croyais qu'il était un simple technicien à la Ferme, et où mon mari vivait encore. Et donc, alors que nous étions devant la porte avant qu'il disparaisse, il m'a dit : « Pourquoi ne pas utiliser des noms de code, comme Cobra et Mangouste ? De cette façon, tu sauras que ceux qui viendront te chercher seront bien les bons.

« D'accord. » C'était une bonne idée.

Maintenant, j'étais recroquevillée sous le banc central de la barque qui tanguait et roulait, mais continuait néanmoins d'avancer, au rythme régulier et rapide des rames qui s'enfonçaient sous la surface. Puis, la coque de notre embarcation s'est mise à trembler, j'ai entendu le ronronnement d'un moteur qui devenait de plus en plus fort.

« Oh merde ! ai-je entendu s'exclamer un des hommes.

— Est-ce que c'est un des nôtres ? a demandé l'autre.

— Qu'est-ce qu'elle fout là, cette putain de vedette ?

— J'en sais fichtre rien. » Il a lâché un nouveau juron. « Eh bien, on peut pas leur échapper. Il faut juste tenter notre chance, et espérer que c'est des gars à nous. » Il m'a poussée doucement du bout du pied. « Mademoiselle, surtout ne faites aucun bruit, et ne bougez pas. S'ils sont pas de notre bord… »

Mais bientôt, je ne suis plus parvenue à l'entendre, parce que le bruit du moteur couvrait sa voix. Je me suis rendu compte que je n'avais jamais demandé à David ce que je devrais faire si j'étais prise, et qu'il ne m'en avait jamais parlé. Était-il tellement certain que tout se passerait comme il l'avait prévu ? Ou bien était-ce là le vrai plan, on allait me livrer à des gens qui s'en prendraient à moi, qui allaient m'emmener quelque part et me faire du mal ? Assurément, David, qui savait tant de choses et qui avait tout planifié, m'aurait expliqué quoi faire si la situation tournait mal. Je n'étais certainement pas désespérée au point de ne pas avoir pensé à lui poser la question. Je me suis mise à pleurer sans bruit, en fourrant un coin de la bâche dans ma bouche. Avais-je eu tort de faire confiance à David ? Ou bien avais-je eu raison et quelque chose lui était-il arrivé ? S'était-il fait arrêter ou abattre, ou bien l'avait-on fait disparaître ? Qu'allais-je faire si on me capturait ? Officiellement, je n'étais personne : je n'avais même pas emporté mes papiers. Bien sûr, ils auraient pu faire de moi ce qu'ils voulaient même si je les avais eus, mais sans papiers d'identité, ce serait encore plus facile pour eux. J'aurais voulu sentir la bague de Grand-Père dans ma main, pour la serrer très fort, et m'imaginer que j'étais en sûreté. J'aurais aimé être chez moi, que mon mari soit encore en vie, et que je n'aie fait aucune des expériences de ces trois derniers jours. J'aurais préféré ne jamais avoir rencontré David, et j'aurais souhaité qu'il soit à mes côtés en ce moment.

Mais ensuite j'ai compris : quoi qu'il m'arrive maintenant, c'était la fin de ma vie. Peut-être la vraie fin. Peut-être seulement la fin de celle que j'avais connue. Mais d'une façon ou d'une autre, elle m'importait moins parce que celui pour qui elle avait le plus compté n'était plus là.

« Vous ! », ai-je entendu une voix me dire, mais avec le bruit du moteur, j'étais incapable de dire si c'était celle d'un des hommes de la barque qui m'avait amenée, ou de l'autre bateau, qui, je le sentais, nous accostait, et à qui elle s'adressait. À ce moment-là, on a arraché la bâche qui me cachait et j'ai senti la brise sur mon visage. J'ai relevé la tête pour voir qui m'avait parlé et où je serais emmenée ensuite.

X. 16 septembre 2088

Mon très cher Peter,

Je me dépêche d'écrire, parce que ce sera ma dernière chance de le faire – la personne qui va trouver le moyen de te faire parvenir cette lettre se tient devant la porte de ma cellule mais doit partir dans dix minutes.

Tu sais que je vais être exécuté dans quatre jours. Cette insurrection a besoin d'un visage, et l'État veut un agneau sacrificiel, et ils ont trouvé en moi un compromis. J'ai réussi à obtenir des concessions des deux en échange d'être pendu en place publique sous les aboiements de la foule, cependant : ils laisseraient Charlie et son mari tranquilles, ils ne seraient jamais punis à cause de moi, Wesley traiterait toujours ma petite-fille décemment. Peu importe quel camp l'emportera, elle sera protégée – en tout cas, pas persécutée.

Est-ce que je leur fais confiance ? Non. Mais en même temps, je n'ai pas le choix. Mourir m'est égal, mais je ne supporte pas de la laisser seule dans ce pays. Bien sûr, elle ne le sera pas vraiment. Mais il ne peut pas rester ici, lui non plus.

Peter, je t'aime. Tu sais que c'est vrai aujourd'hui et depuis toujours. Je sais que tu m'aimes toi aussi. S'il te plaît, prends soin de ma petite-fille, ma Charlie. Je t'en prie, trouve le moyen de la faire sortir de ce pays. S'il te plaît, donne-lui la vie qu'elle aurait dû avoir si je le lui avais fait quitter plus tôt, si j'avais pu la sauver. Tu sais qu'elle a besoin d'aide. S'il te plaît, Peter. Fais tout ce que tu peux. Sauve mon petit chat.

Qui aurait pensé que la Nouvelle-Grande-Bretagne, contre toute attente, deviendrait un jour un paradis alors que ce pays serait aussi spectaculairement infernal ? Toi, je le sais. Mais moi aussi. J'en suis désolé. Je suis profondément triste de tout cela. J'ai fait les mauvais choix, et enchaîné les mauvaises décisions.

Ma seule autre requête – ce n'est pas à toi que je l'adresse, mais à quelqu'un ou à une puissance quelconque – est la suivante : je voudrais revenir sur Terre un jour sous la forme d'un vautour, d'une chauve-souris infestée de microbes, une bête hurlante dotée d'ailes extensibles, qui plane au-dessus de contrées brûlées de soleil à la recherche de carcasses. Où que je me réveille, c'est sur cette ville que je fondrai en premier, quelle que soit la façon dont elle s'appellera alors : New York, la Nouvelle New York, la Préfecture Deux, la Municipalité Trois, peu importe. Je volerai au-dessus de ma vieille maison sur Washington Square et je chercherai Charlie. Si je ne la trouve pas, je poursuivrai vers le nord jusqu'à Rockefeller University et je la chercherai là-bas aussi.

Et si elle n'est pas là non plus, je supposerai qu'elle a connu le meilleur sort possible. Je ne me dirai pas qu'on l'a fait disparaître, qu'on l'a tuée ou internée quelque part, mais que tu as réussi à la sauver en fin de compte. Je ne décrirai même pas de cercles au-dessus de Davids Island, ou des crématoriums, en essayant sans succès de détecter son odeur, croassant son prénom comme je le fais aujourd'hui. Au lieu de quoi, je me réjouirai. Je tuerai un rat, un chat, n'importe quelle proie, je m'en repaîtrai pour reprendre des forces, j'étendrai mes ailes nervurées et je lancerai mon cri, un signe d'espoir et de confiance en l'avenir. Ensuite je virerai vers l'est et je traverserai l'océan à tire-d'aile, pour vous retrouver, elle et toi, et peut-être même son mari, et je volerai vers Londres, vers ceux que j'aime, vers la liberté, la sécurité, la dignité. Vers le paradis.

REMERCIEMENTS

Je suis infiniment reconnaissante au Dr Jonathan Epstein de l'EcoHeath Alliance, et aux scientifiques de Rockefeller University qui m'ont fourni des informations capitales et laissé accéder à des données inestimables aux premières étapes de mes recherches : les Drs Jean-Laurent Casanova, Stephanie Ellis, Irina Matos, et Aaron Mertz. Sincères remerciements au Dr David Morens des National Institutes of Health et du National Institute of Allergy and Infectious Diseases, qui m'a non seulement présentée à ses équipes, mais m'a aussi généreusement donné de son temps pendant la pandémie qui frappait le monde réel pour lire l'histoire d'une autre, imaginaire celle-ci.

Ma profonde gratitude va à Dean Baquet, Michael « Bitter » Dykes, Jeffrey Frankel, Mihoko Iida, Patrick Li, Mike Lombardo, Ted Malawer, Joe Mantello, Kate Maxwell, Yossi Milo, Minju Pak, Adam Rapp, Whitney Robinson, Daniel Schreiber, Will Schwalbe, Adam Selman, Ivo van Hove, Sharr White, Ronald Yanagihara, Susan Yanagihara, Troy Chatterton, Miriam Chotiner-Gardiner, Toby Cox, Yuko Uchikawa, et à tout le personnel de Three Lives Books à New York pour leur soutien indéfectible, la confiance et la générosité qu'ils m'ont témoignées sur les plans professionnel et personnel. Merci à Tom Yanagihara et à Ha'alilio Solomon pour toute leur aide concernant 'Ōlelo Hawaii. Toutes les erreurs qui demeurent – sans parler de la décision de redessiner la topographie de O'ahu selon les besoins du récit – ne sont dues qu'à moi.

J'ai la chance extraordinaire d'avoir deux agents, Anna Stein et Jill Gillett, qui non seulement ne m'ont jamais demandé la moindre concession, mais dont la patience et l'engagement ne se sont à aucun moment démentis. Je suis aussi infiniment reconnaissante à Sophie Baker et à Karolina Sutton, qui m'ont protégée et se sont battues pour ce livre avec ardeur, ainsi qu'à tous mes directeurs de collection, éditeurs et traducteurs à l'étranger, en particulier Cathrine Bakke Bolin, Alexandra Borisenko, Varya Gornostaeva, Kate Greeen, Stephan Kleiner, Päivi Kovisto-Alanko, Line Miller, Joanna Maciuk, Charlotte Ree, Daniel Sandström, Victor Sonkine, Susanne van Leeuwen, Maria Xilouri, Anstasia Zavozova, et tout le personnel de Picador (Royaume-Uni).

Gerry Howard et Ravi Mirchandani ont bien voulu parier sur moi quand personne n'y était prêt. Je leur serai éternellement reconnaissante de leur appui, de leur enthousiasme et de leur confiance. Je m'estime si heureuse d'avoir pu compter sur Bill Thomas, pour cette belle constance et équanimité, merci Bill, ainsi que sur tout le personnel de Doubleday & Anchor, en particulier Lexy Bloom, Khari Dawkins, Todd Doughty, John Fontana, Andy Hughes, Zachary Lutz, Nicole Pedersen, Vimi Santokhi et Angie Venezia, de même que Na Kim, Terry Zaroff-Evans et toujours Leonor Mamanna.

Je n'aurais jamais pu concevoir ce livre, et encore moins l'écrire, sans une suite de conversations et d'échanges enrichissants et féconds avec Karsten Kredel, sur qui j'ai le privilège de pouvoir compter comme un éditeur hors pair et comme un ami fidèle. Une des grandes chances pour moi au cours des cinq dernières années a été mon amitié avec Mike Meagher et Daniel Romualdez, dont l'hospitalité, les conseils et la générosité ont été une source de confort et de plaisir incommensurables. Kerry Lauerman me fait la grâce de son humour et de ses avis éclairés depuis plus de dix ans.

Enfin, je me sens privilégiée d'avoir rencontré Daniel Roseberry, dont la sagesse, l'empathie, l'esprit, l'imagination, l'humilité et la loyauté ont rendu ma vie plus riche et toujours plus étonnante ; je n'aurais jamais pu traverser ces deux dernières années sans lui. Pour finir, rien de ce que je suis comme éditrice, écrivaine et amie ne serait possible sans mon premier lecteur favori, Jared Hohlt, dont l'amour et l'indulgence m'ont soutenue si souvent et sur des modes plus divers que je ne saurais compter. Mon attachement fervent leur est acquis, ce livre leur est dédié.

Cet ouvrage a été achevé d'imprimer
par Normandie Roto Impression s.a.s. à Lonrai
pour le compte des éditions Grasset
en juin 2022.

Mise en pages
PCA 44400 Rezé

PAPIER À BASE DE
FIBRES CERTIFIÉES

Grasset s'engage pour
l'environnement en réduisant
l'empreinte carbone de ses livres.
Celle de cet exemplaire est de :
2,5 kg éq. CO_2
Rendez-vous sur
www.grasset-durable.fr

N° d'édition : 22498 – N° d'impression : 2202713
Dépôt légal : août 2022
Imprimé en France